BASTEI LÜBBE

Von Barbara Goldstein sind bei Bastei Lübbe Taschenbücher lieferbar:

15281 Der Maler der Liebe
15467 Die Kardinälin

Über die Autorin:

Barbara Goldstein arbeitete nach dem Abitur zunächst in der Verwaltung bei japanischen und deutschen Banken, nahm dann ein Studium der Philosophie und Sozialen Verhaltenswissenschaften auf, war als Managerin in der Personalabteilung einer Bank tätig und verfasste zwei Sachbücher. *Der Herrscher des Himmels* ist ihr dritter Roman bei Bastei Lübbe. Wenn sie nicht für Recherchen auf Reisen ist, lebt und arbeitet sie in der Nähe von München.

Barbara Goldstein

Der Herrscher des Himmels

Roman

BASTEI LÜBBE

BASTEI LÜBBE TASCHENBUCH
Band 15609

1. Auflage: Januar 2007

Vollständige Taschenbuchausgabe

Bastei Lübbe Taschenbücher in der Verlagsgruppe Lübbe

Originalausgabe

Titelbild: akg-images/Werner Forman
Umschlaggestaltung: © Atelier Versen, Bad Aibling
Satz: hanseatenSatz-bremen, Bremen
Druck und Verarbeitung: Ebner & Spiegel GmbH, Ulm
Printed in Germany
ISBN-13: 978-3-404-15609-2 (ab 01.01.2007)
ISBN-10: 3-404-15609-9

Ein Verzeichnis der handelnden Personen
findet sich am Ende des Buches

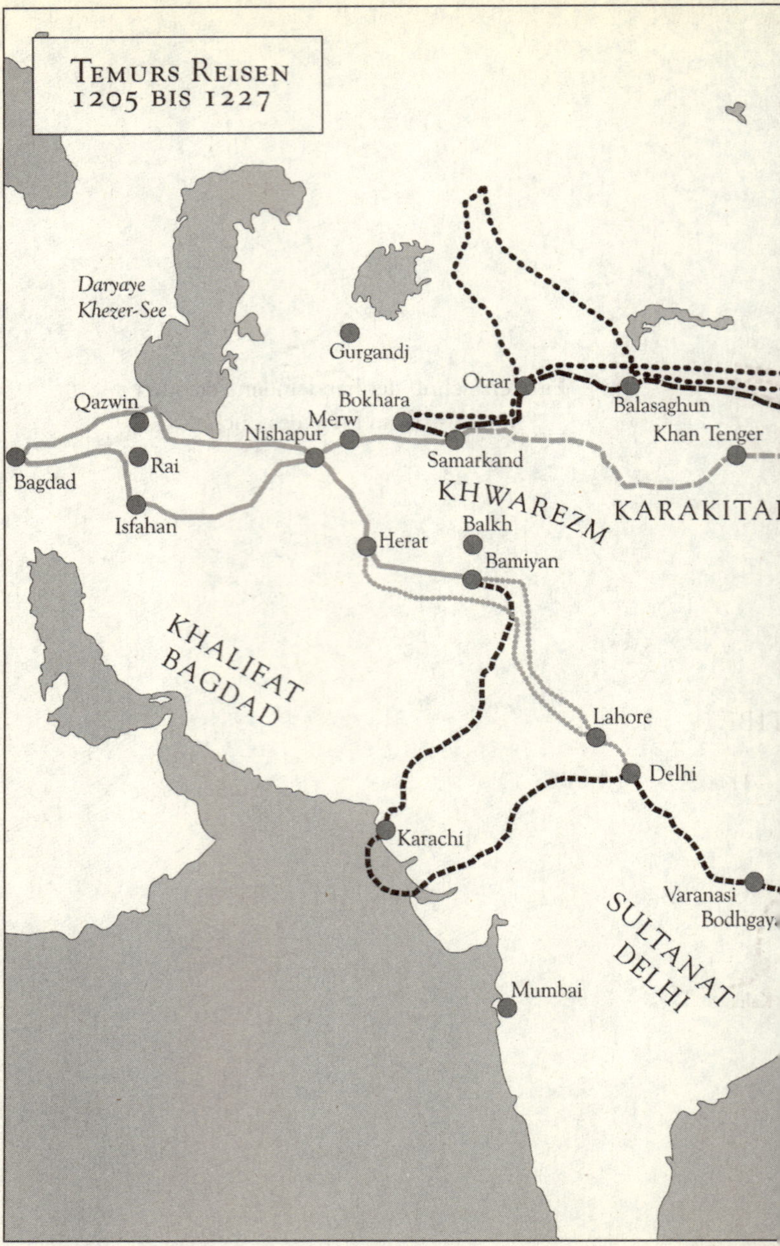
TEMURS REISEN
1205 BIS 1227
Daryaye
Khezer-See
Gurgandj
Otrar
Balasaghun
Qazwin
Bokhara
Merw
Nishapur
Samarkand
Khan Tenger
Bagdad
Rai
Isfahan
KHWAREZM
KARAKITAI
Balkh
Herat
Bamiyan
KHALIFAT
BAGDAD
Lahore
Delhi
Karachi
Varanasi
Bodhgaya
SULTANAT
DELHI
Mumbai

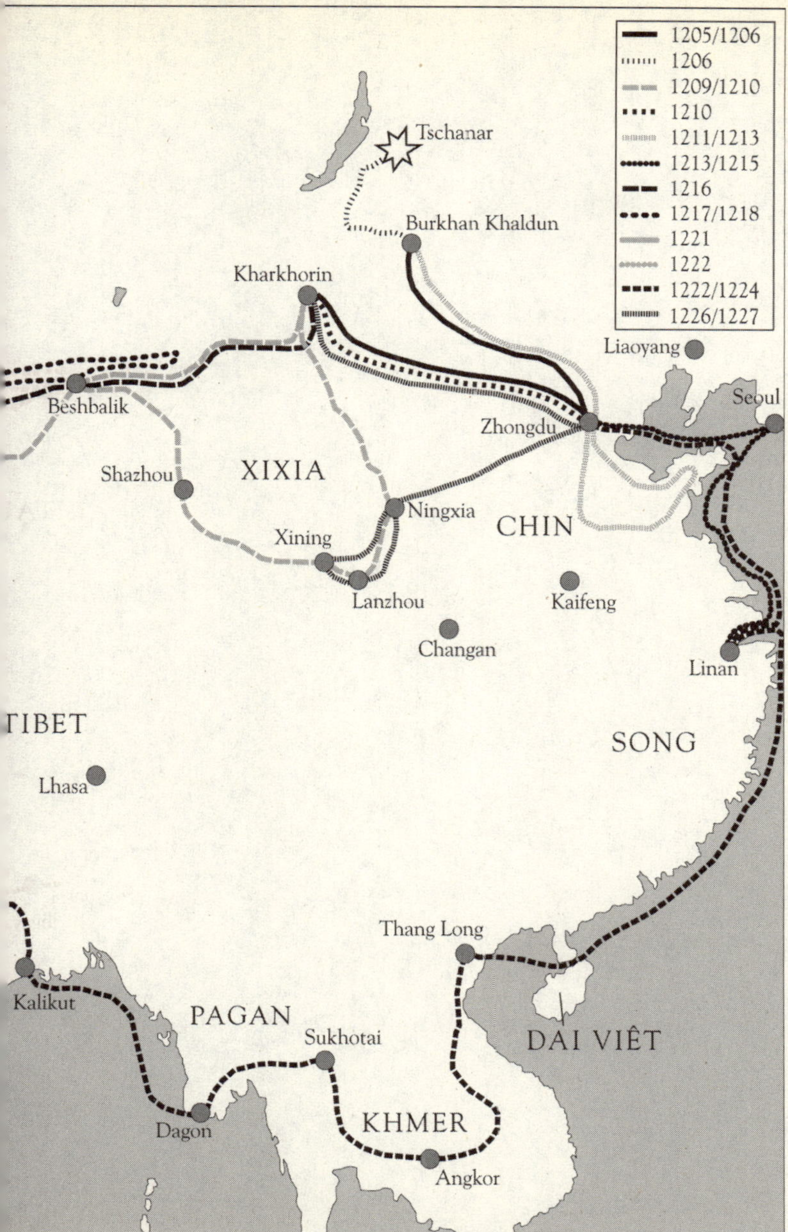
1205/1206
1206
1209/1210
1210
1211/1213
1213/1215
1216
1217/1218
1221
1222
1222/1224
1226/1227
Tschanar
Burkhan Khaldun
Kharkhorin
Liaoyang
Beshbalik
Zhongdu
Seoul
Shazhou
XIXIA
Ningxia
CHIN
Xining
Lanzhou
Kaifeng
Changan
Linan
TIBET
SONG
Lhasa
Thang Long
Kalikut
PAGAN
Sukhotai
DAI VIÊT
Dagon
KHMER
Angkor

Prolog

Es war ein langer Weg zurück, und er schien mir länger als mein halbes Leben. Die Reise dorthin, wo du aufgebrochen bist, um die Welt jenseits des Horizontes kennen zu lernen, ist die längste von allen. Und die einsamste, denn es ist ein Weg, den du allein gehen musst. Aber nun ist es nicht mehr weit.

Ich zügele mein Pferd.

Vor mir erstreckt sich die weite mongolische Steppe bis zu den Bergen in der Ferne, die im rotgoldenen Licht der Abenddämmerung und der kristallklaren Luft zartblau schimmern. Eine Landschaft, die mich versinken lässt in ihrer Unermesslichkeit. Während sich die Sonne über den Horizont neigt, nimmt das Steppengras jenen tiefvioletten Schimmer an, den ich sonst nirgendwo auf der Welt gesehen habe. Gott verschwendet das Licht und all seine Farben an die mongolische Steppe.

Jeder Berg, jeder Felsen, die Quellen, Seen und Flüsse atmen Lebendigkeit. Jeder Grashalm, jede Blume vibriert vor Lebenskraft. Jede Grille, jede Mücke singt ihr Lied mit einer Leidenschaft, als wäre es das letzte ihres Lebens.

Unter mir, am Fuß der Hügelkette, liegt das Lager inmitten eines Meeres von sanft wogendem Steppengras. Zwischen den weißen Jurten erleuchten die ersten Feuer die hereinbrechende Nacht. Von hier oben sehe ich mein eigenes Zelt in der Mitte des Lagers: die Palastjurte des Khans. Zwei Feuer brennen in den vergoldeten Kohlebecken vor dem offenen Eingang – als würde ich erwartet und mit aller Ehrerbietung empfangen werden, damit ich den mir zustehenden Platz auf dem leeren Thron des mongolischen Reiches einnehmen kann.

Unbeweglich sitze ich im Sattel, ein einsamer Reiter, die Hand in der Mähne des Pferdes, den Blick auf den Horizont gerichtet.

Ich muss nachdenken, bevor ich diese unvermeidliche Entscheidung treffe. Wie viele Jahre bin ich vor ihr davongelaufen? Erst jetzt, nachdem ich endlich in die Heimat zurückgekehrt bin, kann ich diesen Gedanken zu Ende denken. Ich muss in die Steppe kommen, mich auf die warme Erde legen, den unendlichen mongolischen Himmel über mir sehen, in den Farben ertrinken und diese große Stille in mich aufnehmen. Das Lied der Steppe hören, das die Grillen und Grashüpfer singen. Den betörenden Duft der Steppenkräuter riechen. Die Augen schließen. Vielleicht würde ich dann zu einem Ende kommen. Und Ruhe finden.

Müde steige ich vom Pferd und setze mich ins Gras, den Blick auf die heraufziehende Nacht gerichtet, nach Osten, wo ich ihn am heiligen Berg begraben habe: »Staub warst du, Staub wirst du sein, ewig und unvergänglich und doch nicht mehr du selbst. Die Flamme deines Lebens ist erloschen. Deine Spuren wird der Wind verwehen …«

Verzweifelt berge ich mein Gesicht in den Händen und weine lautlos in mich hinein.

Wie viele Jahre kann ein Leben haben? Ich bin erst einundvierzig Jahre alt und habe mehr erlebt als ein anderer in einem langen Leben: Ich war am Ende der Welt gewesen und dort, wo sie beginnt. Wie viele Leben hat ein Mensch? Hinter wie vielen Masken versteckt er sich? Ich war ein Khan gewesen, ein Schamane, ein Mönch und ein Eroberer, der weiß, dass er scheitern muss, immer wieder, mit jedem neuen Sieg – denn was ist die Eroberung anderes als die Überwindung der Resignation, der Verzweiflung, den Frieden nicht anders erringen zu können als durch Kriege und immer neue Kriege? Nie ist die Eroberung vollendet, immer ist sie ein Triumph, der schon am nächsten Tag zur vernichtenden Niederlage führen kann – und dann ist es, als hättest du nie gesiegt.

Und trotz aller Umwege, die ich in meinem Leben gegangen bin, nach Zhongdu und Linan, nach Samarkand und Bokhara, Bagdad und Delhi: Nach Venedig, dem Ziel meiner Träume, bin ich nie gekommen …

Es ist nicht wichtig, in welche Richtung du aufbrichst, denke ich. Es ist nicht wichtig, wie viele Umwege du machst, um zum Ziel zu kommen. Es ist nicht wichtig, wann du ankommst. Nur dass du irgendwann aufbrichst, um deinen Weg zu gehen.

Ich weiß, wer ich bin. Ich weiß, wer ich war. Und ich weiß, wer ich sein werde. Hier, in der mongolischen Steppe, bin ich vor einundvierzig Jahren geboren worden. Heute, da ich nach zweiundzwanzig Jahren meiner Reisen endlich hierher zurückgekehrt bin, ist mir, als würde ich noch einmal geboren werden.

Vor seiner Erleuchtung lebt der Mensch sein Leben, als wäre es sein letztes auf dieser Welt. Nach der Erleuchtung lebt er, als wäre es das allererste. Weise ist der, der weiß, dass er nichts weiß. Am Ende steht der Mensch da, wo er aufgebrochen ist. Aber er ist nicht mehr derselbe.

Ich ziehe die zerknitterte Landkarte des mongolischen Reiches hervor. Ein Pergamentfetzen fällt zu Boden, eine Seite, vor Jahren aus einem französischen Notizbuch herausgerissen. Ich halte sie fest, bevor der Wind sie fortträgt – wie meine Hoffnungen und Illusionen.

Dann entfalte ich die Landkarte und betrachte sie. Ein paar Linien auf dem Papier: Gebirge, Wüsten und das Meer – unveränderlich. Städte, die nun erobert sind – schwelende Ruinen. Staaten, die nach Jahrhunderten aufgehört haben zu existieren. An ihrer Stelle das mongolische Weltreich: eine Idee von Frieden und Freiheit, die von Bagdad im Westen bis Zhongdu im Osten reicht, von der mongolischen Steppe im Norden bis zum Yangtse im Süden. Ein Reich, erschaffen von einem Mann, der auf seiner Suche nach dem Frieden zum Schwert gegriffen hat: Dschingis Khan.

Auf der Rückseite der Landkarte lese ich die mit roter Tinte niedergeschriebenen letzten Befehle Dschingis Khans, des Herrschers der Welt. Ich kann meine eigene Handschrift kaum lesen. Nicht weil er zu atemlos diktiert hätte in der Stunde seines Sterbens, sondern weil ich geweint hatte, als ich seine letzten Worte niederschrieb. Um ihn. Und um mich selbst. Um mein Schicksal, das von ihm in seiner letzten Stunde besiegelt worden war: »Ein Gott im Himmel und ein Khakhan auf Erden. Siegel des Herrschers der Welt: Dschingis Khan«, lese ich die Inschrift seines Jadesiegels unter meiner eigenen Handschrift.

Soll ich mich seinem Befehl beugen? Soll ich tun, worum er mich mit seinem letzten Atemzug gebeten hat?

Dann zerreiße ich die Landkarte und den Willen des Herrschers der Welt in kleine Teile, die der Wind über die Steppe weht. Mein Blick folgt den Fetzen bis zum Horizont.

Meine Gedanken wehen ihnen hinterher. In eine andere Welt. In eine andere Zeit.

Nein, ich bin noch nicht zurückgekehrt aus dem Land jenseits des Horizontes. Ich bin getrennt von meiner eigenen Vergangenheit.

Ich muss ganz von vorn anfangen.

Mit geschlossenen Augen sinke ich ins Gras … breite meine Arme aus, als ob ich die ganze Welt umarmen wollte …

… und dann kommen all die verloren geglaubten, die vergessen gehofften und mit Gewalt verdrängten Erinnerungen zu mir zurück …

Kapitel 1

Der letzte Feind

»Du entkommst mir nicht!«, rief ich ihr nach. Übermütig lachend galoppierte Kokatschin vor mir den Hügel hinab. Immer wieder sah sie sich um, ob ich ihr noch folgte.

Schwer atmend trieb ich mein Pferd an und stürmte hinter ihr her, hinunter zum Bach. Mein Hengst war schneller als ihrer, und so hatte ich sie bald eingeholt. Wir galoppierten nebeneinander her, so nah, dass unsere Stiefel aneinander rieben und die Steigbügel sich immer wieder verhakten. Ich beugte mich aus dem Sattel und griff nach den Zügeln ihres Hengstes, als sie das Pferd plötzlich in einem Wirbel aus Gras und Erde herumriss und in einer anderen Richtung davonstob. Ich wendete und folgte ihr.

Meine Gedanken rasten meinem galoppierenden Pferd voraus: die Vorfreude auf das, was wir tun würden, wenn …

Erneut änderte sie die Richtung, galoppierte über die blühende Steppe, setzte mit einem Sprung über den Bach, in dem sich der rotgoldene Abendhimmel spiegelte, und stürmte auf der anderen Seite einen Hügel hinauf. Mein Hengst war kräftiger als ihrer, und so hatte ich sie bald eingeholt. Ich drängte mein Pferd gegen sie, bis wir uns berührten, beugte mich vor, um ihr die Zügel zu entwinden, aber sie schlug nach mir.

Lachend wich ich ihren Schlägen aus, neigte mich zu ihr hinüber und legte meinen Arm um ihre Hüfte, um sie im Galopp auf mein Pferd zu reißen. Mit einem Ruck saß sie vor mir im Sattel. Ihr Hengst, nun ohne Reiterin, blieb hinter uns zurück.

Kokatschin hielt sich an mir fest, damit sie nicht abrutschte. Keuchend zügelte ich das Pferd.

Sie wandte mir ihr Gesicht zu, legte einen Arm um meine Schulter, als ob sie sich an mir festhalten wollte, schenkte mir ein verführerisches Lächeln und hauchte einen Kuss auf meine Lippen. Bevor ich sie festhalten konnte, glitt sie aus dem Sattel und floh erneut. Ich sprang ab und rannte ihr hinterher.

Von hinten warf ich mich auf sie, und sie fiel ins weiche Steppengras. Lachend tollten wir zwischen den Sommerblumen herum, und sie tat so, als wehrte sie sich gegen mich, indem sie mich mit Blüten bewarf.

Als ich mich erschöpft neben sie legte, um zu Atem zu kommen, drehte sie sich zu mir um, beugte sich über mich und strich mir eine Haarlocke aus der Stirn. Ich legte meine Arme um ihre Schultern und zog sie zu mir herunter. Tief atmete ich ihren betörenden Duft ein: Sie trug das chinesische Rosenparfum, das ich ihr geschenkt hatte.

Unser Kuss war stürmische Verliebtheit, gefühlvolle Zärtlichkeit, ein Aufflammen der hitzigen Leidenschaft der letzten Nacht – und er war ein Versprechen.

»Ich liebe dich, Temur!«, hauchte sie.

»Und ich …«, begann ich, doch sie küsste die Worte von meinen Lippen.

Ihr Kuss war sanft, aber fordernd. Ihre Zunge streichelte meine Lippen, und als ich sie öffnete, drang sie ein, provozierte, erregte, wollte entfliehen, ließ sich aufhalten, festhalten, spielte ihr lustvolles Spiel. Dann zog sie sich zurück und ließ mich bebend vor Erregung zurück.

Sie begann, die Verschlüsse an der rechten Schulter meiner Seidenrobe zu öffnen. Ich lag im Gras, beobachtete sie und genoss die Berührung ihrer Finger auf meiner Haut, als sie den Seidenstoff zurückschlug und zart über meine Brust strich. Ihre Nase und ihre Lippen huschten wie ein leiser Lufthauch über meine Haut, als sie mich küsste. Ihre Hände wanderten an der Innenseite meiner Schenkel hinauf, fanden, was sie suchten, glitten sanft darüber hinweg, streichelnd, liebkosend, aufreizend, kehrten zurück, dieses Mal zielsicher zupackend. Mit langsamen Bewegungen erregte sie mich weiter, bis ich mich kaum noch beherrschen und still liegen konnte. Durch die Falten meiner seidenen Hose fühlten sich die Berührungen wundervoll an.

Ungeduldig öffnete ich die Verschlüsse ihrer Seidenrobe, schob den Stoff zur Seite und liebkoste ihre Brüste. Meine Lippen umspielten die aufgerichteten Knospen, während sie sich wohlig unter mir räkelte und seufzte. Schließlich zog sie mich auf ihren bebenden Körper und öffnete sich mir.

Sanft glitt ich in sie hinein und begann mit langsamen, rhythmischen Bewegungen. Sie stöhnte lustvoll und schlang ihre Arme um meine Schenkel, um mich tiefer in sich hineinzuziehen.

»Ich liebe dich«, seufzte ich und barg mein Gesicht in ihrem offenen Haar. »Ich wünsche mir eine Tochter von dir. Eine süße kleine Tochter, die so wunderschön ist wie du, meine Geliebte!«

»Keinen Sohn, der so mächtig ist wie du?«, neckte sie mich. »So gut aussehend, so unwiderstehlich, so *stark* …« Sie lächelte verzückt: »… derart verliebt in die Liebe … und in mich.«

»Ich habe zwei Söhne«, erinnerte ich sie. »Willensstark und eigensinnig, wie ihr Vater – das behauptet zumindest ihre Mutter, wenn die beiden ihr Kriegsgeschrei anstimmen, weil etwas nicht nach ihrem Willen geschieht.« Ich küsste sie. »Nein, Geliebte, ich will eine Tochter von dir: still, zurückhaltend …«

Kokatschin lachte, als sei mein Ansinnen völlig undenkbar: nicht mit mir, ihrem leidenschaftlichen und temperamentvollen Geliebten, als Vater dieses Kindes!

Wir wanden uns ausgelassen im Gras, küssten uns, streichelten uns mit zärtlichen Worten, verführten uns mit einem verliebten Lächeln, erhitzten und entzündeten uns aneinander, rangen um jeden Funken der Lust, stiegen hinauf in den Himmel, höher und immer höher, errangen gemeinsam den Sieg über uns selbst. Ich gab mich ihr hin und verschenkte mich an sie. In einem Feuer der Leidenschaft ergaben wir uns unserem Schicksal: dem Abstieg in die Wirklichkeit, der Rückkehr zu uns selbst.

Als ich mich immer noch vor Lust bebend neben sie legte, schloss ich erschöpft die Augen und versuchte, die entschwindenden Gefühle festzuhalten, um mich erneut an sie zu verlieren. Aber trotz meiner geistigen Kräfte, über die ich als Schamane verfügte, trotz meiner Fähigkeiten der Selbstbeherrschung gelang es mir nicht. Sie lösten sich auf, vergingen in wohliger Entspannung.

Von ferne hörte ich das Donnern von Hufen auf dem Steppenboden. Seufzend setzte ich mich auf. Vom Lager her galoppierte ein Reiter heran. Er hatte die beiden grasenden Pferde schon von weitem gesehen und hielt auf uns zu.

Fluchend brachte ich meine Kleidung in Ordnung, erhob mich und erwartete seine Ankunft.

Dschebe zügelte sein Pferd und brachte es direkt vor mir in einem Wirbel aus Staub und Gras zum Stehen. Mein Freund grinste unverschämt, als er Kokatschin hinter mir erkannte, die sich ein paar Blüten aus den zerwühlten Haaren zog.

Kokatschin war eigentlich Dschebes Kriegsbeute aus dem Kampf gegen das Volk der Naimanen gewesen, doch als er erkannte, wie stürmisch wir uns ineinander verliebt hatten, hatte mein Freund sie mir überlassen. Nach unserer Rückkehr vom Feldzug wenige Wochen zuvor hatte er selbst unsere Hände zum ewigen Bund ineinander gelegt und uns dann zum Hochzeitsbett geleitet.

Mit vierundzwanzig Jahren war Dschebe, »der Pfeil«, der siegesverwöhnte Feldherr des Khans, das Idol aller jungen Männer und der umschwärmte Märchenprinz nicht nur der ledigen Frauen. Seine Lippen verzogen sich zu einem anzüglichen Grinsen: »Ich hoffe, ich konnte dich retten, bevor Kokatschin über dich herfällt, dir die Kleider vom Leib reißt …«

»Um mich zu retten, hättest du früher kommen müssen«, gab ich missgelaunt zurück. »Was ist geschehen? Kann ich nicht einmal für zwei Stunden verschwinden, ohne dass man mir den besten Feldherrn des Khans hinterherschickt, um mich zu suchen?«

»Die Delegation des Kaisers von Chin ist im Lager angekommen. Ein kaiserlicher Prinz wartet im Audienzzelt«, erklärte Dschebe, unbeeindruckt von meinem Unmut.

»Ist der Khan schon zurückgekehrt?«, fragte ich.

»Nein, er ist noch nicht wieder da. Ich habe ihm einen Pfeilboten entgegengeschickt, aber keine Antwort von ihm erhalten. Offenbar hat er Wichtigeres zu tun, als einen Neffen des Himmelssohnes zu empfangen. Da bin ich hergeritten, um dich zu suchen …«

Mit einem unwilligen »Du hättest mich ja nicht unbedingt *finden* müssen« ging ich zu meinem Pferd und schwang mich in den Sattel.

Ich hatte mich auf ein paar sinnliche Stunden mit Kokatschin gefreut, auf ein köstliches Abendessen in ihrer Jurte, auf eine Zeit der Besinnung und des Nachdenkens, ohne Verpflichtungen, ohne Verantwortung und Zeremoniell. Dieser kaiserliche Prinz hatte mir den Abend verdorben! Aber dass noch jemand anderer diese Nacht zu einer der schlimmsten meines Lebens machen würde, konnte ich nicht ahnen …

Die Strahlen der untergehenden Sonne hatten die Wolken in Brand gesteckt und tauchten die weißen Jurten des Lagers in feuriges Licht. Tausend Jurten und mehr Pferde, als der Himmel Sterne hatte. Jenseits des Lagers wand sich der Fluss wie ein goldschimmernder Drache durch die Unendlichkeit der Steppe.

Dschebe folgte mir, als ich den Hügel hinabgaloppierte und den breiten Weg zwischen den Jurten entlangtrabte, die in großen Kreisen um das Zelt des Khans in der Mitte aufgestellt waren. Ein paar Schritte abseits des Weges wurden Stuten gemolken, ein paar Kinder trieben die Fohlen zurück auf die Weiden außerhalb des *Ordu*, des Zeltlagers. Von irgendwoher duftete es köstlich nach Lammbraten und frischem Brot.

Als ich vor meinem Zelt aus dem Sattel sprang, eilte einer meiner Diener herbei, um das Pferd wegzuführen und abzusatteln. Dschebe warf ihm die Zügel zu und folgte mir.

Meine Jurte, die ich allein bewohnte, war größer als die Rundzelte mit den üblichen vier oder fünf faltbaren Scherengittern, die die Wände bildeten. An den Gittern hingen bestickte Wandteppiche und ein tibetischer Thangka, ein mit Brokatstoff eingefasstes

Seidengemälde mit einer Darstellung des Lebensrades, das mein Bruder Schigi mir geschenkt hatte. Darüber wölbte sich ein leichtes Gestänge aus biegsamen Pappelstämmen, die zu einem flachen Dach zusammengefügt waren. Auf den Stangen lagen mehrere Schichten dicken weißen Filzes, der die Jurte im Sommer vor Hitze und Sandstürmen und im Winter vor Kälte und Schnee schützte. Ein aufwändig bestickter Filzteppich bedeckte den Boden. In der Mitte des Raumes flackerte das Feuer, dessen Rauch durch den Dachkranz entweichen konnte. Meine Bettdecken lagen zusammengerollt neben den bemalten Truhen mit meiner Schamanenausrüstung. Am Eingang hingen mein Bogen und mein lackierter Pfeilköcher.

Während ich ungeduldig die Schulterverschlüsse meiner Robe öffnete, brachte meine Gemahlin Nomolun ein weißes Brokatgewand mit Goldstickereien und half mir in die Ärmel. Sie band mir die himmelblaue Seidenschärpe und den Gürtel mit dem mit Silber beschlagenen Schwert um, während Dschebe sich seine Trinkschale mit Airag, gegorener Stutenmilch, einschenkte. Meinem Blick wich sie aus – sie ahnte, wo Dschebe mich gefunden hatte. Und mit wem. Trotz allem, was geschehen war, wurde Nomolun immer noch eifersüchtig, wenn ich mich mit jemand anderem vergnügte. Also liebt sie mich noch!, dachte ich befriedigt und strich sanft über ihren gerundeten Bauch, während sie an der silbernen Gürtelschnalle herumnestelte. Sie war im achten Monat schwanger.

Nomolun sah zu unserem Sohn Kaidu hinüber. Der Dreijährige forderte den Feldherrn des Khans mit seinem Holzschwert zum Zweikampf heraus. Dschebe ließ sich widerstandslos gefangen nehmen und tobte mit Kaidu herum.

Chinkim, mein zweiter Sohn, spielte still und selbstvergessen mit meinem Schamanenspiegel. Ich hoffte sehr, dass er nicht die Gabe besaß und eines Tages von Gott zum Schamanen berufen wurde, so wie ich, als ich in seinem Alter war.

Ich nahm Dschebe die Schale mit Airag aus der Hand und leerte sie durstig, während Nomolun mein Schwert richtete. Dann küsste ich sie auf den Mund, sah großzügig darüber hinweg, dass auch Dschebe sie zart liebkoste, und verließ mit ihm mein Zelt. Dass meine Gemahlin und mein bester Freund mehr als eine leidenschaftliche Nacht miteinander verbracht hatten und dass Nomolun von ihm schwanger war, wusste ich. Wenn zwei Menschen sich lieben, steht es einem Dritten nicht zu, sich zwischen sie zu stellen.

Das große Audienzzelt des Khans lag nur wenige Schritte entfernt. Vor der Jurte stapelten sich Holzkisten und Ballen von chinesischer Seide, offenbar Geschenke des Kaisers von Chin, die die chinesische Karawane durch die Wüste Gobi geschleppt hatte. Als ich näher trat, öffneten die Leibwächter des Khans die Deckel der Truhen. Ich lächelte zufrieden: Silberschmuck, schimmernde Perlen, purpurrote und safrangelbe Seide, glänzende Brokatstoffe, Rosenöl, Jasmintee, kobaltblau bemaltes Porzellan und Lackdosen. Der Kaiser war offensichtlich bereit, den Frieden an der Großen Mauer teuer zu bezahlen! Vermutlich hatte der Prinz auch wieder ein paar kaiserliche Ernennungsurkunden und klangvolle Titel und anderen Ehrenschmuck im Gepäck, um der Eitelkeit von uns wilden Barbaren zu schmeicheln.

Die Bewaffneten verneigten sich respektvoll, öffneten mir den Eingang zum Audienzzelt, und ich schritt durch die Reihen der chinesischen Delegation zum goldenen Thron am anderen Ende der Palastjurte. Die meisten Gefolgsleute des Khans hatten links und rechts vom Thronsessel auf niedrigen Kissen Platz genommen. Sie erhoben sich ehrerbietig, als ich das Zelt betrat. Keiner meiner Brüder war erschienen.

Hadji Hassan as-Siddik trug wie immer einen formvollendet geschlungenen Turban und ein elegantes langes Gewand. Mit beiden Händen überreichte er mir das Beglaubigungsschreiben des Prinzen, das ich sogleich entfaltete, um einen flüchtigen Blick auf das kaiserliche Siegel zu werfen. Ich tat, als könnte ich die chinesischen Schriftzeichen nicht lesen, und gab Hassan den Brief zurück. Mit einer würdevollen Verbeugung zog sich der Finanzminister des Khans drei Schritte zurück.

Der Schamane Kökschu inszenierte einen seiner dramatischen Auftritte mit der dröhnenden Schamanentrommel, als ich ihn ungeduldig zur Seite schob, um zum Thron zu gehen.

Auf diejenigen, die Kökschu nicht – wie ich – persönlich kannten, musste sein grenzenloses Selbstbewusstsein anmaßend und überheblich wirken. Aber diejenigen, die ihn kennen und hassen gelernt hatten, *wussten*, dass er arrogant und hochmütig war. Seine eisblauen Augen funkelten mich hinter der schwarzen Schamanenmaske böse an, und sein langer weißer Bart, der ihm bis zum Gürtel reichte, erzitterte vor Wut, als er mir auswich. Ich war sicher, dass er sich wieder einmal beim Khan über mein respektloses Verhalten gegenüber ihm, dem Obersten Schamanen des Reiches, beschweren würde. Aber nach unserer letzten erbitterten Auseinandersetzung vor einigen Tagen konnte ich die Selbstinszenierung meines Lehrmeisters in der Kunst der Magie nicht mehr ernst nehmen.

Auf den Stufen des Thrones blieb ich stehen und wandte mich um. Kökschu raffte beleidigt sein langes Schamanengewand und die Reste seines Stolzes um sich und rauschte davon.

Der Prinz, der die chinesische Delegation anführte, hatte sich von seinem Faltstuhl erhoben, um mir seine Ehrerbietung zu erweisen. Hassan trat vor, um ihm als Zeichen des Willkommens einen *Khadag* um die Schultern zu legen, einen himmelblauen Seidenschal, der dem Beschenkten Glück verhieß.

Der Neffe des Kaisers trug eine aufwändig mit Drache und Phoenix bestickte Brokatrobe aus pfirsichgelber Seide, die sehr provozierend an das kaiserliche Gelb erinnerte, die Farbe, die allein dem Himmelssohn vorbehalten war. Stolz, geradezu herablassend begegnete er meinem Blick. Dann aber entschloss er sich doch noch zu einem Kotau, einer tiefen Verneigung, und warf sich auf den Boden. Als er sich wieder aufrichtete, erklärte er: »Ich bin Prinz Yun Qi, der Neffe Seiner Majestät des Himmelssohnes Zhang Zong, der Ihnen durch mich seine Grüße übermitteln lässt.«

Der Prinz war zehn Jahre älter als ich, also etwa dreißig Jahre alt. Vielleicht fühlte er sich mir deshalb überlegen. Er war hoch gewachsen und schlank – fast so groß wie ich, aber offenbar nicht kampferprobt und daher auch nicht so kraftvoll athletisch wie ich. Seine Bewegungen waren anmutig und geschmeidig, als sei er geübt in der Kunst des Tai Chi – ein Schwert hatte er dabei sicherlich noch nie in der Hand gehalten. Ich fragte mich, mit welchen Waffen er kämpfte, wenn nicht mit der scharfen Klinge: mit Intrige und Verrat?

Ich spielte den ungebildeten mongolischen Barbaren, der nur die Sprache des Schwertes kennt und dessen einzige sinnvolle Beschäftigung das Plündern und Morden ist. Dabei tat ich so, als würde ich sein Chinesisch nicht verstehen.

Langsam stieg ich die Stufen empor und nahm auf den Leopardenfellen und Brokatkissen des Thrones Platz, während mein Freund Hassan die Worte des Prinzen in die mongolische Sprache übersetzte. Hassan, dessen Karawanen die Handelsrouten zwischen Samarkand im Westen und Zhongdu im Osten bereisten und der seit Jahren als Finanzminister des mongolischen Reiches im Lager des Khans lebte, hatte mich Chinesisch sprechen und schreiben gelehrt.

Ohne ein Wort zu sagen, nickte ich dem kaiserlichen Neffen zu, weiterzusprechen.

»Der Himmelssohn schickt mich zu Ihnen, um seiner Freude Ausdruck zu verleihen, dass in den Ländern nördlich der Großen Mauer seit Monaten Frieden herrscht«, formulierte der Prinz umständlich eine offizielle Begrüßung.

Ich wartete die mongolische Übersetzung seiner Worte ab, dann lächelte ich höflich und schwieg.

Frieden?, dachte ich: Wann war zuletzt Frieden? Wann hatten wir Mongolen nicht gekämpft – gegen die Tataren, die Merkiten, die Kereiten und bis vor wenigen Wochen gegen die Naimanen? Wann hatten wir nicht alles riskiert, um zu überleben?

Prinz Yun Qi war verunsichert. Durch meine abwartende Haltung zwang ich ihn, schneller zur Sache zu kommen, als er geplant hatte. Aber wie konnte er mit einem Mann, der ihn stumm vom Thron herab anlächelte, über das warme Sommerwetter und die mongolischen Weidegründe plaudern? Schon die Erwähnung des offensichtlich kräftigen Zustandes unserer Pferde war aus diplomatischer Sicht bereits sumpfiges Gelände, aus dem es kein Entkommen gab.

Dschebe, der einige Schritte neben dem Thron auf einem Kissen Platz genommen hatte, unterdrückte nur mühsam ein Grinsen.

Yun Qi rang sichtlich um Haltung. Dann nahm er einen neuen Anlauf, sich in eine diplomatisch unverfängliche Unterhaltung mit mir zu stürzen: »Der Himmelssohn schickt mich, um Ihnen seine Glückwünsche zum Sieg über den Khan der Naimanen zu überbringen … und seine Hoffnung auf einen fortdauernden Frieden zwischen den Mongolen und den Chin.«

Ich sah auf: Der Khan hatte das Audienzzelt betreten.

Als er die Situation überblickte, war er im Eingang stehen geblieben und hatte seinen Gefolgsleuten zu schweigen geboten. Der Khan war wohl gerade erst ins Lager gekommen, denn er trug eine schlichte Seidenrobe ohne aufwändige Stickereien. Er gab mir ein Zeichen, mit der Audienz für den Prinzen fortzufahren: Er wollte unbemerkt im Hintergrund bleiben, beobachten, ohne beobachtet zu werden.

Ich nickte dem chinesischen Prinzen gnädig zu. »Ich werde dem Khan die Grüße des Himmelssohnes übermitteln.«

Als Hassan meine Worte übersetzt hatte, war Yun Qi für einen Augenblick sprachlos. »Sie … sind nicht Dschingis Khan?«

»Nein, Prinz Yun Qi«, erwiderte ich auf Chinesisch. »Ich bin Temur, der älteste Sohn des Khans, im Krieg sein Feldherr und im Frieden während seiner Abwesenheit sein Stellvertreter.«

Wenn Yun Qi überrascht war über meine chinesischen Sprachkenntnisse, dann zeigte er es nicht. »Prinz Temur!« Er verneigte sich erneut vor mir. »Ich will ganz offen zu Ihnen sprechen, Exzellenz. Der erhabene Kaiser Zhang Zong beobachtet besorgt die mongolischen Angriffe auf die chinesischen Grenzdörfer nördlich der Großen Mauer …«

»Es tut mir aufrichtig Leid, wenn der Himmelssohn deshalb schlaflose Nächte hat«, konterte ich.

Mein Vater grinste amüsiert, als ihm einer seiner Gefolgsleute die Übersetzung meiner Worte zuflüsterte: Er sprach kein Chinesisch.

Bring zu Ende, was du begonnen hast, Temur!, signalisierte er mir. Dräng ihn in die Enge, bis er mit dem Rücken an der Wand steht! Zeig ihm seine Grenzen!

»Dschingis Khan ist ein Vasall des Himmlischen Kaisers!«, empörte sich der Prinz.

»Mein Vater hat Kaiser Zhang Zong niemals den Vasallenschwur geleistet. Es steht ihm also frei, Krieg zu führen und Frieden zu schließen, mit wem es ihm beliebt«, belehrte ich ihn.

»Er dringt auf chinesisches Gebiet vor, um Dörfer zu plündern!«

»Und ich ungebildeter Barbar dachte immer, dass das Reich Chin an der Großen Mauer beginnt«, erwiderte ich schlagfertig. »Und dass die Steppengebiete nördlich der Mauer mongolische Weiden sind, die zum Reich meines Vaters gehören. So lautet zumindest der Friedensvertrag, den der Kaiser von Chin vor sechzig Jahren mit meinem Urgroßvater Kabul Khan abgeschlossen hat.«

»Es gibt dort chinesische Dörfer!«, protestierte Yun Qi.

»Diese Tatsache ist mir nicht entgangen. Ich habe diese Dörfer oft genug …«

»… geplündert und niedergebrannt …«, unterbrach mich Yun Qi.

»Ich habe ihre Bewohner aufgefordert, das mongolische Reich zu verlassen oder sich dem Khan zu unterwerfen«, fuhr ich unbeirrt fort. »Wie Sie wissen, existieren diese Dörfer noch.«

Yun Qi quälte ein beunruhigtes *»Noch?«* hervor.

»Sagen Sie Ihrem Kaiser, er soll seine Regimenter von der Mauer abziehen und mit dem Säbelgerassel aufhören, das meinem Vater den Schlaf raubt. Dann werden die Dörfer noch lange existieren.«

»Sie drohen dem Kaiser von Chin?«, fragte der Prinz, erbost über meine Unverfrorenheit.

»Der Kaiser von Chin droht dem Khan! Oder wie soll mein Vater die Anwesenheit der Regimenter hinter der Mauer anders interpretieren denn als Vorbereitung für einen Angriff auf das mongolische Reich?«

Mein Vater stand noch immer im Zelteingang und beobachtete gespannt die Reaktion des Prinzen auf meine Provokation. Der Khan wusste: Wenn der Kaiser von Chin beschloss, uns mit seinem gewaltigen Heer noch während des Sommers anzugreifen – solange wir vom letzten Feldzug noch geschwächt waren – würden wir besiegt werden. Das Reich, das mein Vater errichtet hatte, seine Vision von Freiheit und Selbstbestimmung der Mongolen würden wie Staub im Wind der Geschichte verwehen.

Yun Qi schluckte eine Antwort herunter, die entweder eine Bestätigung meiner Vermutungen oder eine fadenscheinige Rechtfertigung kaiserlicher Entscheidungen gewesen wäre. Er hatte sich zu weit auf das Schlachtfeld vorgewagt und konnte nun weder vor noch zurück.

Ich ließ ihm Zeit, sich seiner unmöglichen Lage bewusst zu werden, dann erhob ich mich vom Thron, um die Audienz zu beenden. Der Prinz würde in dieser Nacht kein Auge zutun, da war ich ganz sicher. Gelassen stieg ich die Stufen hinunter, während er sich vor mir verneigte, dankbar darüber, dass ich nicht ernsthaft eine Antwort von ihm verlangte, die ihn den Kopf kosten würde.

»Prinz Yun Qi«, sprach ich ihn an. »Würden Sie mir die Ehre erweisen, morgen Abend mit meinem Vater und mir zu speisen? Sie sind von der langen Reise durch die Steppe sicher so erschöpft, dass Sie heute Nacht ausruhen wollen.«

Bevor er widersprechen konnte, wünschte ich ihm »*Ming tian jian* – Wir sehen uns morgen!« und verließ das Zelt mit Dschebe, der nur mühsam ein Lachen unterdrücken konnte.

Vor der Jurte erwartete mich mein Vater mit seinem Gefolge.

Im Schein der untergehenden Sonne schimmerten seine in mehrere Zöpfe geflochtenen und von silbernen Spangen gehaltenen Haare. Seine opalblauen Augen funkelten zufrieden, als ich zu ihm trat. Er umarmte mich und küsste mich zur Begrüßung auf beide Wangen, dann legte er mir seinen Arm um die Schultern, und wir gingen in Richtung seines Zeltes. Die anderen blieben hinter uns zurück.

»Obwohl ich nicht verstanden habe, welche Unhöflichkeiten du dem Prinzen an den Kopf geworfen hast, bin ich angemessen beeindruckt«, lächelte er. »Er war sehr blass, als du ihn stehen ließest.«

»Ich habe ihn an ein paar Tatsachen erinnert, über die er bis morgen Abend in Ruhe nachdenken kann. Und ich habe ihn zum Essen in deine Jurte eingeladen.«

Mein Vater nickte, offenbar einverstanden mit meiner Entscheidung. Ich folgte ihm.

»Der Prinz wird in den nächsten Tagen Eilboten zum Kaiser nach Zhongdu schicken«, fuhr ich fort, während wir nebeneinander gingen. »Ich werde den Befehl geben, sie *nicht* abzufangen. Yun Qi gibt sich stolz und herablassend und spielt die Rolle des kaiserlichen Prinzen, der dem ungebildeten mongolischen Barbaren überlegen ist. Aber ich muss nur ein wenig am Lack kratzen, um zu erkennen, dass er Angst hat. Deshalb denke ich, dass es klug wäre, seine Briefe ankommen zu lassen, gleichgültig, was er über die Verhandlungen mit dir schreibt. Wenn ich die Boten abfangen lasse, könnte das als kriegerische Handlung ausgelegt werden. Botschafter sind unantastbar …«

Wieder nickte er, ohne ein Wort zu sagen.

Ich musste ihn nur ansehen, um zu wissen, dass er über etwas nachdachte, dass er eine Entscheidung treffen musste, die ihn zutiefst aufwühlte.

»Willst du darüber sprechen?«, fragte ich ihn, als wir eine Weile schweigend gegangen waren.

Er blieb stehen und sah mich erschrocken an. Er, der mächtige Dschingis Khan, fürchtete sich – aber wovor? Er wandte sich ab, ging ein paar Schritte, hielt inne, um nachzudenken, warf einen Blick in den Nachthimmel hinauf. Dann kehrte er zu mir zurück: »Ja, ich will mit dir darüber reden. Es betrifft nicht nur mich, sondern *uns beide*, Temur. Komm mit! Ich will dir etwas zeigen.«

Er packte mich am Ärmel und zog mich mit sich fort zu einer Jurte, die ein paar Schritte entfernt stand. Zwanzig Bewaffnete bewachten das Zelt. Sie verneigten sich vor dem Khan, als wir näher kamen. Einer der Männer schlug den Türfilz zurück. Vier Bewaffnete betraten mit gezogenen Schwertern vor uns die Jurte.

In der Mitte des Zeltes brannte ein Feuer, und meine Augen mussten sich erst an die Dunkelheit jenseits des Lichtscheins gewöhnen. Ein Mann lag am hölzernen Wandgitter der Jurte und starrte mich an. »Dschamuga!«, rief ich überrascht.

Der Fürst lag an Händen und Füßen gefesselt auf dem Filzteppich, unfähig, sich aus eigener Kraft in eine sitzende Position aufzurichten.

Dschamuga war wie mein Vater dreiundvierzig Jahre alt und von ebenso majestätischer Statur. Wie ich trug er seine schwarzen Haare zu langen Zöpfen geflochten, die hinter den Ohren aufgesteckt waren und durch silberne Spangen in schulterlangen Schlaufen zusammengehalten wurden.

Er neigte den Kopf zum Gruß, als er mich erkannte. »Temur! Wie schön, dich zu sehen!«, sagte er. »Und dieses Mal nicht mit einem Schlachtfeld zwischen uns.«

Ich starrte auf ihn hinab. Dschamuga, der Fürst, der sich zum Khan wählen ließ, um meinen Vater zu stürzen. Der Freund, mit dem mein Vater sich zerstritten hatte und gegen den er seit zwanzig Jahren Krieg führte. Der letzte Feind.

Trotz der Gefangennahme seines gefährlichsten Gegners schien mein Vater keinen Triumph zu empfinden, sondern Angst. Was fürchtete er?

Befriedigung – das war es, was ich tief in meinem Innersten fühlte. Der Mann, dem ich in den letzten Jahren so oft mit gezogenem Schwert gegenübergestanden hatte, der mir immer wieder alles genommen hatte, was ich besaß, lag nun gefesselt vor mir. Wie hätte ich denn nicht zufrieden sein sollen? Der letzte Feind war besiegt. Endlich gab es eine Chance auf Frieden!

»Fürst Dschamuga, es scheint dir entfallen zu sein, dass ich derjenige war, der die Schlacht gewann, und du derjenige, der nach der Niederlage vom Schlachtfeld floh, um sich in den sibirischen Wäldern zu verstecken. Was also verschafft uns die Ehre deiner Anwesenheit in unserem Lager?«

»Ich bin von meinen eigenen Männern verraten worden. Sie haben mich ausgeliefert, um ihr Leben zu retten«, stieß er verächtlich hervor.

»Sie werden für ihren Verrat an dir bestraft und morgen hingerichtet werden. Das verspreche ich dir.«

»Mich würdest du am liebsten auch töten, nicht wahr, Temur?«, schleuderte mir Dschamuga entgegen.

»Das ist das Recht des Siegers!«, erklärte ich kalt. Meine Hand lag auf dem Griff meines Schwertes. »Und es wäre das Ende eines Krieges, der mein Leben lang gedauert hat.«

»Temur!« Mein Vater trat zwischen uns und hob die Hand. »Ich will nicht, dass *du* ihn richtest.«

»Wie rührend – Vater und Sohn!« Dschamuga lachte höhnisch. »Wie sehr musst du ihn lieben, Temudschin: wie einen Sohn! Temur ist der einzige deiner Söhne, auf den du dich verlassen kannst, der Einzige, dem du wirklich vertraust! So wie ich immer der Feind war, auf den du dich verlassen konntest. Ohne Temur und ohne mich wärst du immer noch der unbekannte Stammesfürst namens Temudschin, wärst du niemals zu dem geworden, was du heute bist: der mächtige Dschingis Khan!«

Dschamugas hasserfüllte Worte hatten meinen Vater getroffen wie ein Schlag ins Gesicht. »Du hast Recht, Dschamuga. Im Krieg mit dir habe ich das Kämpfen gelernt und in der Niederlage gegen dich das Aufstehen nach dem Sturz, das unbeirrte Weiterkämpfen selbst gegen die größte Übermacht, das Überleben und das Siegen. Obwohl ich immer wieder alles verloren habe, was ich besaß, bin ich am Ende der Sieger. Denn wer nicht zu verlieren gelernt hat, kann nicht Sieger sein.«

»Du hältst dich wirklich für den Sieger in unserem Streit?«, fragte der Gefangene verächtlich, und ich wunderte mich über seine Unerschrockenheit. Er musste doch wissen, welches Schicksal ihm bevorstand!

»Der Krieg ist vorbei, Dschamuga. Du wirst morgen sterben«, entgegnete mein Vater kalt.

»Der Krieg ist nicht vorbei, Temudschin. Er wird niemals vorbei sein. Du hast die mongolische Steppe erobert, einen Stamm nach dem anderen besiegt und deiner Herrschaft als Khan unterworfen. Am Ende bleiben nur noch wir beide übrig, mein Freund. Ich bin der Letzte, den du besiegen kannst. Du weißt es genau, und deshalb hast du Angst vor der Entscheidung, mich hinzurichten. Du wirst allein weitergehen auf deinem Weg in die Einsamkeit des Mächtigen, der keinen Gegner mehr hat als sich selbst. Denn diesen Gegner kannst du auf dem Schlachtfeld nicht besiegen! Der Krieg ist noch lange nicht vorbei, Temudschin. Er geht weiter, bis über meinen Tod hinaus! Ich werde dir noch im Sterben das Kostbarste nehmen, was du besitzt: deinen Sohn.«

In diesem Augenblick verlor mein Vater seine Selbstbeherrschung, wandte sich abrupt um und verließ die Jurte. Er war nicht wütend über Dschamugas Drohung, nein: Er hatte Angst!

Ich warf dem Fürsten einen langen Blick zu, den er mit einem siegesgewissen Lächeln erwiderte, dann folgte ich meinem Vater.

»Ich werde der Sieger sein!«, brüllte Dschamuga mir hinterher.

In jener Nacht lag ich wach auf meinem Bett und starrte in die Finsternis. Kokatschin hatte sich im Schlaf an mich geschmiegt und die Arme um mich gelegt. Ihr Gesicht lag an meiner Schulter, ihr Atem streifte meine Wange. Sie duftete immer noch nach dem chinesischen Rosenparfum, wie vor Stunden, als wir uns in der Steppe geliebt hatten.

Sanft küsste ich sie, befreite mich aus ihrer Umarmung, ohne sie zu wecken, und setzte mich auf.

Seit dem Gespräch mit meinem Vater in seiner Jurte hatte ich keine Ruhe mehr gefunden. Dschamugas Worte »Ich werde der Sieger sein!« hatten mich getroffen – und ich wusste nicht, warum. Was waren sie denn anderes als der trotzige Aufschrei eines zum Tode Verurteilten … die zornige und sinnlose Rache am Sieger angesichts der eigenen Niederlage?

Aber auch das Verhalten meines Vaters hatte mich verwirrt. »Sag mir, Temur: Was soll ich mit ihm tun?«, hatte er mich gefragt.

»Ich dachte, diese Entscheidung wäre schon vor Jahren getroffen worden«, hatte ich geantwortet. »Wie viele Schlachten haben wir gegen Dschamuga geschlagen, wie viele Tote hat dieser endlose Kampf gekostet? Es wird keinen Frieden geben, solange er lebt.«

Mein Vater schien erleichtert, dass er das Todesurteil über Dschamuga nicht allein fällen musste, dass ich ihm die Entscheidung abnahm, dass ich hinter ihm stand. Als hätte er meine Loyalität jemals infrage gestellt!

Was machte meinem Vater solche Angst, was stand unausgesprochen zwischen uns? Was war so Furchtbares geschehen, dass Dschamuga noch im Tode die Macht besaß, mich von meinem Vater zu trennen?

Mit beiden Händen fuhr ich mir über das Gesicht. Dann erhob ich mich, kleidete mich an und verließ meine Jurte.

Im Lager war es still. Es war lange nach Mitternacht, und die meisten Feuer in den Zelten waren erloschen, sodass ich mich durch die Finsternis vorantasten musste.

Die Bewaffneten sprangen erschrocken auf, als ich in den Feuerschein vor Dschamugas Jurte trat. Sie verneigten sich respektvoll – und verstellten mir den Weg zum Eingang.

»Ich wünsche, zu Fürst Dschamuga gelassen zu werden«, erklärte ich ungeduldig und schob einen der Wächter zur Seite.

Der Offizier hielt mich auf. »Der Khan hat ausdrücklich verboten, dass Fürst Dschamuga mit dir spricht, Temur Noyan.«

Wenn mein Vater den Befehl erteilte, mich von Dschamuga fern zu halten, musste er das Schlimmste befürchten.

Unbeeindruckt ging ich einen Schritt weiter. Der Offizier zog sein Schwert, um mich aufzuhalten: »Ich habe den Befehl, dich in deine Jurte zurückzubringen. Notfalls mit Gewalt.«

Mit erhobenen Armen trat ich einen Schritt auf ihn zu. Ich trug keine Waffe, nicht einmal einen Dolch. Trotzdem wich er vor mir zurück.

»Ich nehme nicht an, dass die Befehle des Khans so zu interpretieren sind, dass du mich umbringen sollst, wenn ich darauf bestehe, mit Dschamuga zu sprechen«, sagte ich so leise, dass die Wachen, die uns in weitem Kreis umringten, mich nicht verstehen konnten. »Denn das musst du tun, um mich davon abzuhalten.«

»Ich kann den Befehl des Khans nicht verweigern! Darauf steht die Todesstrafe.«

»Ich weiß. Und welche Strafe erwartet dich, wenn du den Sohn des Khans, deinen vorgesetzten Noyan, tötest? Ich bin unbewaffnet.« Als ich sah, wie er bestürzt den Blick abwandte und einen Schritt zurückwich, ging ich weiter auf den Zelteingang zu und betrat die Jurte.

»Du bist zurückgekommen!«, sagte Dschamuga, als er mich im Feuerschein erkannte. »Hat Temudschin mit dir über mich gesprochen?« Als ich nickte, fragte er: »Aber er hat mit dir nicht über *dich* gesprochen, nicht wahr?«

Verwirrt schüttelte ich den Kopf. »Warum sollten wir über *mich* sprechen?«

»Weil du die Ursache unserer Feindschaft bist, Temur. Weil du der Grund für zwanzig Jahre Krieg bist.«

»Ich?«, fragte ich fassungslos.

Dschamuga nickte. »Setz dich, mein Sohn! Ich werde dir erzählen, was er dir all die Jahre nicht zu sagen wagte, weil er Angst hatte, dich zu verlieren – an mich. Aber in der Stunde meines Todes hast du das Recht, die Wahrheit zu erfahren. Ich werde dir sagen, warum er nicht will, dass du mich richtest.«

Ich zögerte, doch dann ließ ich mich neben ihm am Feuer nieder und half ihm in eine sitzende Position, die ihm weniger Schmerzen bereitete.

»Er will nicht, dass du das Urteil an mir vollstreckst, weil er verhindern will, dass der Sohn den Vater tötet«, erklärte Dschamuga. »Er weiß, dass du ihm das nie verzeihen würdest und dass er dich dann für immer verloren hätte.«

»… den Vater?«, flüsterte ich verwirrt.

»Ich bin dein Vater, Temur«, sagte Dschamuga ernst.

Ich sprang auf. »Nein! Das ist nicht wahr!«, schrie ich. »Ich bin *sein* Sohn!«

»Aber erst, seit er dich mir weggenommen hat!«

Ich schwankte, musste mich festhalten. Ich war verwirrt, wütend. Und ängstlich, er könnte die Wahrheit sagen.

Seine Augen funkelten im Feuerschein. Bösartig? Mitleidig? Oder schon siegesgewiss? Vor wenigen Stunden hatte er gesagt, er würde der Sieger sein. War das die Rache an seinem Freund Temudschin, ihn und mich zu trennen?

Dschamuga wich meinem Blick nicht aus. »Es war vor fast zwanzig Jahren«, begann er zu erzählen, »als Temudschins Gemahlin Börte von den Merkiten entführt worden war. Er und ich waren damals enge Freunde. Wir standen uns so nah wie Dschebe und du. Wie ihr haben wir einander unser Leben anvertraut. Gemeinsam zogen wir nach Norden in die sibirischen Wälder, um Börte aus den Händen der Merkiten zu befreien.«

»Ich kenne die Geschichte: Meine Stiefmutter war schwanger, als sie zu meinem Vater zurückkehrte. Und als mein Bruder Dschutschi geboren wurde, war er nicht sicher, ob sein Sohn nicht der Sohn eines Merkiten war.«

Und seit Dschutschi wusste, wie sein Vater über ihn dachte – dass er ihn ungehorsam nannte, eigensinnig und unfähig, sich selbst und andere zu beherrschen –, flogen die Funken zwischen beiden, wenn sie sich zu nahe kamen.

Dschamuga nickte. »Diese Frage wird für immer zwischen Dschutschi und dem Mann, den er für seinen Vater hält, stehen. Dein Bruder Dschutschi und du, ihr habt viel gemeinsam. Ihr seid im selben Jahr geboren, mit nur wenigen Tagen Abstand, und ihr wisst beide nicht, wer euer Vater ist.«

Zornig rief ich: »Das ist …«

»… die Wahrheit, Temur. Deshalb bist du doch zurückgekommen: um die Wahrheit zu hören. So schmerzhaft sie auch sein mag.«

Betroffen schwieg ich und starrte ins Feuer.

»Ich habe deine Mutter geliebt, Temur«, sagte Dschamuga sanft, als hätte er Angst, seine Worte könnten mich verletzen, und ich könnte aufspringen und vor ihm fliehen, ohne ihm die Gelegenheit zu geben, sich mir vor seiner Hinrichtung noch zu offenbaren. »Vom ersten Augenblick an, als ich sie sah, habe ich sie geliebt. Als Temudschin sie mir wegnahm, war ich sehr wütend. Wir haben uns gestritten. Unsere Freundschaft zerbrach in diesem Kampf aus verletztem Stolz und enttäuschter Liebe. Wir führten Krieg gegeneinander – um die Vorherrschaft, um die Khanwürde, um das nackte

Überleben. Als du geboren wurdest, hat er dich trotz seiner Zweifel als seinen ältesten Sohn anerkannt, um dich mir wegzunehmen.«

Nun wusste ich, warum mein Vater … der Khan verhindern wollte, dass ich in dieser Nacht mit Dschamuga sprach!

Ich barg mein Gesicht in den Händen und versuchte, klar zu denken. Der Khan fürchtete, dass ich erfuhr, wer mein Vater war. War er deshalb so erleichtert gewesen, als ich ihm die Entscheidung abnahm, Dschamuga hinzurichten? Er würde sich nie vor mir rechtfertigen müssen, meinen Vater gerichtet zu haben. Und außerdem wollte er verhindern, dass ich das Urteil selbst an ihm vollstreckte – dass ich meinen Vater tötete. Er würde mich verlieren … Oder hatte er mich bereits verloren?

Dschamuga merkte, was in mir vorging. Ich sah das Mitgefühl in seinen Augen funkeln. »Es wäre für uns beide leichter gewesen, wenn wir uns auf dem Schlachtfeld begegnet wären, wenn einer von uns in diesem endlosen Krieg gefallen wäre. Denn nun hast du – nicht er! – das Todesurteil über mich gesprochen und wirst mir beim Sterben zusehen.«

Ich nickte still.

»Es tut mir Leid um dich, mein Sohn. Du hast einen Vater verloren, den du liebst, einen anderen gefunden, den du hasst, und wirst ihn in wenigen Stunden wieder verlieren, weil du eine unvermeidliche Entscheidung getroffen hast. Du wirst dich selbst hassen, weil du dieses Todesurteil vor dir selbst nicht mehr rechtfertigen kannst.«

Wortlos erhob ich mich, um die Jurte zu verlassen. Ich ertrug es nicht, ihm weiter zuzuhören. Vier Monate zuvor hatten wir uns auf dem Schlachtfeld gegenübergestanden und unsere Heere gegeneinander gehetzt. Und jetzt …

Ich musste gehen, bevor ich eine unsinnige Entscheidung traf, die uns allen noch mehr Leid brachte, noch mehr Siege, die keine waren, noch mehr Tote, die vergeblich starben, noch mehr Krieg!

»Du kannst nicht weglaufen, Temur. Nicht vor der Wahrheit und schon gar nicht vor dir selbst!«, rief er mir nach.

Meine Welt brach zusammen. Durch die Ruinen meines Lebens stolperte ich zu dem Mann, den ich neunzehn Jahre lang für meinen Vater gehalten hatte.

Es war nicht das erste Mal, dass ich alles verlor, was ich besaß. Doch jedes Mal war mir ein Pferd geblieben, ein Schwert oder wenigstens ein Dolch, um mein Leben zu verteidigen. Aber dieses Mal wurde mir alles genommen, meine Existenz als Temur, Sohn des Dschingis Khan, meine Vergangenheit und der Sinn dessen, was ich in den letzten Jahren getan hatte. All die Jahre hatte ich gekämpft: gegen Dschamuga! Es war ein endloser Überlebenskampf gewesen. Wäre der Krieg anders verlaufen, wenn ich geahnt hätte, wer mein Vater war? Vielleicht wäre nicht Dschingis Khan der Sieger gewesen, wenn … ja, wenn …

Dschamuga war der Fürst, der die Stämme immer wieder gegen Dschingis Khan aufgehetzt hatte. Seine Waffen waren nicht Pfeil und Schwert, sondern Intrige und Verrat. Seine Grausamkeit war gefürchtet. Dieser Mann … mein Feind … sollte mein Vater sein? O Gott, tu mir das nicht an!

Die Hinrichtung von Fürst Dschamuga am nächsten Morgen hätte mich befriedigt, hätte mich glücklich gemacht, weil sie den lang ersehnten Frieden ermöglichte. Meine Söhne Kaidu und Chinkim würden nicht wie ich mit dem Schwert in der Hand aufwachsen. Die Vernichtung des Feindes hätte meinen Sieg in der letzten Schlacht gekrönt. Aber die Ermordung meines eigenen Vaters war nichts von alldem …

Die Wachen vor dem Zelt des Khans hielten mich nicht auf, als ich an ihnen vorbei in die Jurte stürmte.

Er lag wach auf seinem Bett und richtete sich auf, als ich eintrat. Das Feuer brannte noch: Er hatte wohl wie ich nicht schlafen können in dieser furchtbaren Nacht des Triumphes, der keiner war. »Du warst bei ihm«, sagte er leise, während er die Verschlüsse seiner Seidenrobe zuband. War er wütend? Nein, nicht wütend: Er war enttäuscht. Traurig.

»Ja, ich habe mit Dschamuga gesprochen«, erklärte ich und ging unbeherrscht ein paar Schritte auf und ab.

Er wandte das Gesicht ab, damit ich nicht sah, dass er weinte. Verstohlen wischte er sich die Tränen ab.

»Du fragst mich nicht, was er mir gesagt hat!«, warf ich ihm verbittert vor. In meinem Zorn ließ ich ihm nicht einmal Zeit, seine eigenen Gefühle zu ordnen.

»Ich muss dich nur ansehen, um zu wissen, was er dir erzählt hat«, sagte er sanft. »Und dass du ihm glaubst. Ich habe dich noch nie in diesem Zustand gesehen, Temur.«

»Seinen Vater verliert man nur einmal im Leben!«, fauchte ich und wandte mich ab.

Er erhob sich, trat hinter mich und legte mir die Hand auf die Schulter, sanft und tröstend. Er ließ mir Zeit, mich zu beruhigen, meine Selbstbeherrschung wiederzugewinnen. Dann drehte er mich zu sich um, damit ich ihn ansehen konnte. »Deinen Vater hast du heute Nacht verloren, Temur. *Mich nicht.*«

Ich konnte die Tränen nicht mehr zurückhalten. Er umarmte mich und hielt mich fest. »Ich habe in dieser Nacht einen Sohn verloren. *Dich* will ich nicht auch noch verlieren, Temur!«

Als ich nicht antwortete, sprach er beruhigend auf mich ein:

»Ich habe deine Mutter geliebt, wie du Kokatschin liebst. Ich war fasziniert von ihr, geradezu besessen. Und ich war glücklich, als sie mir ihre Liebe gestand. Dschamuga war eifersüchtig, behauptete, sie gehöre ihm, und nahm sie mir weg. Er hatte mir geholfen, Börte aus der Gewalt der Merkiten zu befreien, und dachte, ihm stünde als meinem Freund eine angemessene Belohnung zu. Er nahm deine Mutter in sein Bett. Ich habe sie mir wiedergeholt. Ich habe sie so geliebt, Temur! Und als sie mir ihre Schwangerschaft gestand, war ich glücklich: mein erstes Kind! Aber das Glück hatte einen bitteren Nachgeschmack: Warst du *mein* Kind?«

Ich entwand mich seiner Umarmung und riss mich los. »Du hast mich deine Zweifel mein Leben lang spüren lassen!«, schleuderte ich ihm verbittert entgegen. »Du hast mich immer anders behandelt als meine Brüder, nicht nur weil ich ein mächtiger Schamane und wie du von Gott berufen bin. Die Liebe, die du Tschagatai, Ogodei und Tolei und selbst deinem Adoptivsohn Schigi so großzügig geschenkt hast, musste ich mir erkämpfen! Du hast mich mehr gequält als jeden anderen, mehr noch als Dschutschi!«

»Ich verstehe deinen Zorn«, sagte er leise. »Ich konnte doch nie sicher sein, dass du mein Sohn bist. Was von Dschamuga in dir war, wollte ich aus dir herausprügeln. Temudschin, ›der Schmied‹, hat Temur, ›das Eisen‹, geformt und zu einer scharfen Waffe geschmiedet. Ich dachte: Wenn du an den Schlägen zerbrichst, dann warst du es nicht wert. Dann wollte ich dich wegwerfen wie ein zerbrochenes Schwert. Aber du wurdest unter meinen Schlägen immer härter: ein hervorragender Feldherr, ein fähiger Schamane, ein würdiger Fürst.«

Überrascht sah ich ihn an. »Ein Fürst?«

»Ich hatte vor, in den nächsten Tagen mit dir darüber zu sprechen, Temur. Ich will dich zum Fürsten ernennen.«

Ich wandte mich ab. Die Vorstellung, von ihm mit Dschamugas Fürstentitel belohnt zu werden, war mir unerträglich.

Er trat zu mir, legte mir die Hand auf den Arm, aber ich stieß ihn mit einer unbeherrschten Geste zurück.

»Ich habe dich zu dem gemacht, was du heute bist, Temur: ein eigensinniger und loyaler, ein unvernünftiger und intelligenter Mann, der jeden meiner Befehle auslegt, wie es ihm passt. Ein Mann, der tut, was er für richtig hält, und der nie sein Ziel aus den Augen verliert. Ein Mann, der niemals, nicht einmal in den gefährlichsten Situationen auf dem Schlachtfeld, an sich und seinen Fähigkeiten zweifelt.

Ich war immer wie ein Vater für dich da, wenn du mich gebraucht hast, wenn du mich um Rat gefragt hast, um ihn gleich darauf in den Wind zu schlagen, wenn du deine schamanischen Kräfte mit mir messen wolltest, um deine Grenzen zu erforschen – und meine. Wir haben oft gestritten, Temur. Wir sind zornig aufeinander losgegangen und haben uns im Lauf der Jahre schmerzhafte Verletzungen zugefügt. Aber ausgewichen bist du mir nie! Tu es auch jetzt nicht!«

Er vertrat mir den Weg, als ich aus der Jurte stürmen wollte. »Was soll ich tun, Temur? Sag mir, was du willst: Soll ich das Todesurteil aufheben? Soll ich Dschamuga vergeben, ihn begnadigen? Soll ich ihn leben lassen?«

»Nein!«, schluchzte ich und stolperte an ihm vorbei aus dem Zelt.

»Lass nicht zu, dass Dschamuga am Ende über *uns beide* triumphiert!«, rief er mir hinterher.

Dschebe fand mich auf dem Hügel oberhalb des *Ordu*. Ich saß allein in der Finsternis, um nachzudenken.

Mein Freund sprang aus dem Sattel, schickte sein Pferd fort und ließ sich wortlos neben mich ins Gras fallen.

»Wenn Dschingis Khan dich schickt, um mich zur Vernunft zu bringen, kannst du gleich wieder abziehen!«, fauchte ich ihn an.

»Hör auf, wie ein verwundeter Tiger um dich zu schlagen! Du verletzt nur dich selbst, Temur. Mir kannst du nicht wehtun, denn ich weiß, was du empfindest. Ich werde jeden deiner Angriffe mit Nachsicht und Verständnis abwehren!«, sagte er und legte mir die Hand auf den Arm. Ich schüttelte sie ab, doch er gab nicht auf: »Wie du weißt, habe ich in dem Krieg zwischen Dschingis Khan und Dschamuga meinen Vater verloren. Ich habe damals auf Dschamugas Seite gekämpft, und ich wollte mich am Khan rächen. Ich habe ihn in der Schlacht mit meinen Pfeilen so schwer verwundet, dass er fast gestorben wäre. Er hat mir in seinem unendlichen Großmut vergeben, Temur. Er hat mir vergeben! Er behandelt mich wie seinen eigenen Sohn, ersetzt mir durch seine Liebe den verlorenen Vater …«

»Er hat es dir gesagt?«, unterbrach ich ihn.

»Er hat Angst, dich zu verlieren. Er will kein weiteres Opfer dieses furchtbaren Krieges. Er glaubt, die nächsten Opfer wären du und er selbst.«

Ich wandte mich unbeherrscht ab.

»Außer mir weiß es niemand, Temur. Und dabei will er es belassen. Nie soll irgendjemand erfahren, was heute Nacht geschehen ist«, versuchte Dschebe mich zu besänftigen. »Lecke deine Wunden, Tiger, und dann kehre zu ihm zurück!«

»Dschebe, du bist mein Freund. Ich weiß nicht mehr, wie oft du mir in den letzten Jahren das Leben gerettet hast. Aber dieses Mal kannst du mir nicht helfen«, entgegnete ich. »Bitte lass mich allein! Ich muss nachdenken.«

Und eine Entscheidung treffen.

Dschebe umarmte mich liebevoll, küsste mich wie einen Bruder und warf mir einen beschwörenden Blick zu. Dann erhob er sich und ritt ohne ein weiteres Wort ins Lager.

Ich blieb allein zurück.

Rot wie Blut erhob sich die Sonne über den Horizont.

Es war still auf dem großen Platz vor der Palastjurte des Khans. Nur seine Feldzeichen und die weiße Fahne mit dem schwarzen Adler flatterten leise im Wind.

Ein Raunen ging durch die Menge der Zuschauer, als Dschamuga aus seinem Zelt geführt wurde. Die Krieger hatten auf ihren Pferden einen weiten Kreis gebildet. Jeder trug seine Rüstung, den Helm, jeder war mit seinem Schwert, mit Pfeilen und Bogen bewaffnet, als wollte er in die Schlacht ziehen – die letzte dieses Krieges. Die Frauen und Kinder standen abseits. Meine Gemahlin Nomolun hielt meine beiden Söhne Kaidu und Chinkim an der Hand. Neben ihr erkannte ich Kokatschin, die verstohlen zu mir herüberwinkte.

Die großen Trommeln dröhnten, ihr schneller Rhythmus drang in meinen Verstand, versetzte mich wie meine Schamanentrommel in Ekstase und erhitzte mein Blut. Ich musste mich konzentrieren, um nicht wie sonst bei solchen Zeremonien in schamanische Trance zu fallen.

Dann wandte ich mich wieder Dschamuga zu. Seine Hände waren gefesselt, seine Füße mit einem Strick zusammengebunden, und er stolperte vorwärts, als zwei Bewaffnete ihn vor den Thron des Khans schleppten, der vor dem Eingang der Palastjurte aufgestellt worden war. Sie stießen ihn auf die Knie und zwangen ihn mit gezogenen Schwertern zum Kotau vor dem Herrscher.

Unbeweglich stand ich nicht einmal eine Armlänge neben dem

Khan und starrte auf Dschamuga hinab. Als er sich aufrichtete, erwiderte er furchtlos und, wie mir schien, mitleidig meinen Blick. Trotz der Fesseln und der knienden Stellung bewahrte er die Haltung und die Würde eines Khans der Mongolen.

Dschingis Khan beobachtete mich von der Seite. Er war erleichtert gewesen, als ich im Morgengrauen in sein Zelt zurückgekehrt war. Und er hatte keine Einwände gehabt, als ich forderte, die Art von Dschamugas Hinrichtung selbst bestimmen zu dürfen. Er hatte nicht einmal gefragt, was ich vorhatte.

Ich sah ihm fragend in die Augen, und er wandte den Blick ab.

Der Khan hatte einen meiner Brüder ausersehen, Dschamuga hinzurichten. Der trat nun mit gezogenem Schwert hinter den Gefesselten und wartete auf das Zeichen von mir, ihn zu richten.

Das laute Dröhnen der Trommeln verstummte. Die atemlose Stille nach dem Lärm betäubte den Verstand.

Kökschu erschien – aus gegebenem Anlass bemerkenswert zurückhaltend, geradezu unauffällig – im Schamanengewand, um für den zum Tode Verurteilten zu beten und Gottes Wohlwollen für seine Jenseitsreise zu erflehen. Seine langen weißen Haare wehten im Wind. Kökschu war erst neununddreißig, aber sein Haar und sein langer Bart waren seit der Nacht seiner dreizehnten und letzten Schamanenweihe weiß wie Schnee – seit jener Nacht, die er selbst als die seiner Erleuchtung bezeichnete.

Als Kökschu das Gebet beendet und mit gesenktem Blick seinen Platz neben dem Khan eingenommen hatte, schleppten meine Diener eine weiße Filzdecke heran und entrollten sie hinter Dschamuga im Gras. Ich gab meinem Bruder ein Zeichen, das Schwert wegzustecken, und er gehorchte.

»Du willst sein Blut nicht vergießen und ihn wie einen Fürsten sterben lassen!«, sagte der Khan überrascht. »Das ist …«

»… der Hinrichtung eines Khans der Mongolen angemessen. Es ist *dir* angemessen, mein Khan!«, erwiderte ich, und er schwieg.

Kökschu wollte etwas sagen, besann sich aber, als ich ihm in die Augen sah. Offenbar wollte er sich nicht ausgerechnet an diesem Tag mit mir anlegen: Er ahnte wohl, dass es dieses Mal nicht bei

Blitz und Donner und einem Wirbelsturm eisiger Gefühle zwischen uns geblieben wäre.

Zwei Bewaffnete schleppten Dschamuga zur weißen Filzdecke, auf der der Tradition entsprechend ein Khan ernannt und durch seine Gefolgsleute symbolisch in den Himmel gehoben wurde. Sie zerschnitten seine Fesseln und entfernten sich.

Der Fürst nahm mit einer Würde auf der Decke Platz, als sei er der Herrscher eines Reiches, das nur noch die Größe einer Filzdecke hatte. Dann betete Dschamuga, indem er seinen Gürtel löste und über die Schultern legte und die Hände der aufgehenden Sonne entgegenstreckte. Ich gab meinem Bruder, der bereits seinen unruhig tänzelnden Hengst bestiegen hatte, ein Zeichen zu warten, bis der Fürst sein letztes Gebet beendet hatte.

Als Dschamuga sich wieder aufrichtete, fragte Dschingis Khan: »Willst du noch etwas sagen?«

»Nein, Temudschin: Es ist alles gesagt und getan«, erklärte der Fürst. Dann erhob er sich, band seinen Gürtel wieder um und legte sich auf die Filzdecke, den Blick in den Himmel gerichtet.

Vier Bewaffnete eilten herbei, nahmen die Enden der Decke und legten sie über den zum Tode Verurteilten.

Die Trommler begannen einen schnellen Rhythmus zu schlagen und steigerten ihn zum dröhnenden Wirbel, zum infernalischen Donnern, das gewaltsam jedes Gefühl diesseits der ekstatischen Erregung mit sich riss, das die Seele des Sterbenden in den Himmel hinauftragen würde. Mein Herz begann zu rasen.

Mein Bruder trieb seinen vor dem Lärm scheuenden Hengst an und galoppierte über die eingerollte Decke. Die Hufe verfingen sich im weichen Filz, und beinahe wäre er gestürzt. Doch im letzten Augenblick fing sich das Pferd, und er wendete, um erneut über die Decke zu galoppieren. Die Hufe zerschmetterten Dschamugas Körper.

Neun Mal ritt mein Bruder über die weiße Khandecke, bis er sicher war, dass der Fürst nicht mehr lebte, dass der letzte Feind des Khans besiegt war.

Stille. Schweigen. Atemlose Erregung.

Als die Bewaffneten den weißen Filz entrollten und Dschamugas sterbliche Überreste hervorzogen, kniete ich mich neben ihn, um ihm nach einem kurzen Gebet die Augen zu schließen.

Kein euphorisches Gefühl des Triumphes, des Sieges über den Feind, kein schmerzhaftes Gefühl der Trauer um meinen Vater, nicht einmal ein Funken Mitgefühl mit dem Gerichteten. Nichts, ich fühlte nichts. Nichts, außer der eisigen Leere in mir.

Der Khan war vom Thron herabgestiegen und trat neben mich.

»Er ist tot«, sagte ich leise. »Bist du nun zufrieden?«

»Nein, Temur«, entgegnete er verbittert. »Denn die Stunde meines Triumphes ist die Stunde meiner größten Niederlage. Einen abgeschossenen Pfeil kann ich nicht aufhalten.«

Er weiß es!, dachte ich. Er ist Schamane wie ich: Er weiß, was ich tun werde. Was ich tun muss. Und er weiß, dass er es nicht verhindern kann. Nicht verhindern darf.

Der Khan kniete sich neben mich und legte Dschamugas Arme wie im Gebet übereinander. Dann half er mir, den Toten wieder in die weiße Filzdecke einzuwickeln, stand auf und trat einen Schritt zurück, um ein Gebet für seinen toten Feind zu sprechen.

Ich nahm Dschamugas sterbliche Überreste in die Arme und erhob mich. Langsam schritt ich durch die Reihen der Zuschauer, die vor mir zurückwichen und eine Gasse bildeten. Einer meiner Diener führte zwei gesattelte Pferde mit gefüllten Provianttaschen heran. Ich legte den Leichnam über den Sattel meines Ersatzpferdes und band ihn fest.

Dschebe ahnte, was ich vorhatte, und wollte mich davon abhalten, mein Pferd zu besteigen. Ich umarmte und küsste ihn: »Bitte kümmere dich um Kokatschin und Nomolun. Ersetze ihnen den Gemahl. Und sei meinen Söhnen ein Vater, Dschebe.«

»Das werde ich«, seufzte er an meiner Schulter. Er wusste, dass er mich nicht aufhalten konnte.

Und ich war erleichtert, dass er mir die eine Frage nicht stellte, auf die ich keine Antwort hatte – noch nicht: Die Frage, wann ich zurückkehren würde.

Ich musste nachdenken, was ich nun mit meinem Leben anfangen wollte: als Feldherr, als Schamane, als Sohn des Khans. Meine

Welt war in nur einer Nacht zusammengebrochen, und ich würde sie aus den Ruinen neu errichten. Ich hatte es schon so oft getan. Und ich würde *mich selbst* neu erschaffen.

Kokatschin, die neben Nomolun und meinen Söhnen in der Reihe der Zuschauer stand, sah mich erschrocken an. Sie hatte erkannt, dass ich das *Ordu* verlassen wollte, doch sie verstand nicht, warum ich ohne Abschied ging. Wie Nomolun ahnte sie nicht, was in dieser furchtbaren Nacht geschehen war. Sie rannte zu mir, um mich aufzuhalten: »Bitte geh nicht!«, schrie sie verzweifelt. »Verlass mich nicht! Ich liebe dich!«

Entsetzt blieb Nomolun hinter ihr zurück. Weder von meinen Frauen noch von meinen Söhnen Kaidu und Chinkim hatte ich mich verabschiedet. Ich hätte ihre Tränen nach Dschamugas Tod nicht auch noch ertragen.

Ich wandte mich von Dschebe ab und ging zu meinem Pferd, während mein Freund Kokatschin in den Weg trat, sie umarmte und festhielt, damit sie mir nicht nachlief, um mich von etwas abzuhalten, was ich tun musste. Sie weinte und schlug wütend auf Dschebe ein, aber er ließ sie nicht los.

»Lass ihn gehen, Kokatschin«, flüsterte er. »Tu ihm das nicht an! Es ist schwer genug für Temur.«

Mit dem Zügel des Packpferdes in der Hand trabte ich durch die Reihen der Zuschauer, die eine Gasse für mich bildeten.

Mein Sohn Kaidu rannte neben mir her. Er rief mich: »Vater, wohin reitest du? Wann kommst du wieder?«, aber ich ignorierte ihn, seine Tränen und seinen Schmerz und versuchte, einen Rest von Haltung zu bewahren.

Dann hieb ich meinem Hengst die Stiefel in die Flanken und galoppierte so schnell ich konnte hinaus in die Steppe.

Zwei Tage lang ritt ich nach Süden.

Dort, wo die Steppe allmählich in die Gobi übergeht, begrub ich Dschamuga mit seinem Schwert, seinem Pfeilköcher und dem Langbogen, seiner Lederrüstung, einer silbernen Trinkschale, einer Brokatrobe und ein paar persönlichen Gegenständen, die er bei seiner Gefangennahme bei sich getragen hatte. Die anderen Grabbeigaben aus Silber stammten aus meinem Besitz.

Danach führte ich mein Ersatzpferd zum offenen Grab, nahm ihm den Sattel und das Zaumzeug ab und bettete Dschamugas Kopf auf den Sattel. Ich stieg aus dem Grab und warf einen Blick hinunter: Er sah aus, als ob er schlief.

Dann wandte ich mich ab und ging zu dem weißen Hengst, der den Toten bis hierher getragen hatte. Ich umarmte und streichelte ihn und flüsterte ihm beruhigende Worte zu. Das Pferd scheute, wich zurück, aber ich ließ es nicht los.

»Diene deinem Khan in der Anderen Welt!«, flüsterte ich die traditionellen Worte beim Tod eines Herrschers. Dann stieß ich meinen Dolch zwischen die Ohren des Hengstes, der sofort leblos zusammenbrach.

Ich begrub das Pferd zusammen mit Dschamuga, legte dem Toten einen Teil meines Proviantes als Wegzehrung für seine Jenseitsreise ins Grab und verschloss es mit Erde.

Als Schamane vollzog ich die Opferrituale. Ich betete: »Mutter Erde: Staub war er, Staub wird er sein. Vater Himmel: Aus der Ewigkeit kommt er, in sie kehrt er zurück. Vergib ihm seine Schuld, wie auch ich ihm vergeben habe.« Dann zog ich meine silberne Trinkschale aus dem Brustlatz meiner Robe, füllte sie mit gegorener Stutenmilch, versprengte einige Tropfen mit dem Finger in den Himmel, goss ein paar Tropfen auf den Steppenboden.

Anschließend stieg ich in den Sattel und galoppierte so lange über den Grabhügel hinweg, bis sich die Stelle, wo ich Dschamuga begraben hatte, durch nichts von der sie umgebenden Steppe unterschied. Der Wind würde die letzten Spuren verwehen.

Ohne anzuhalten, wendete ich mein Pferd und trabte weiter nach Süden. Der heiße Wind und der Staub der Wüste trockneten meine Tränen.

Stille.

Unendlichkeit.

Nichts veränderte sich. Und doch wandelte sich die Wüste

schneller als alles andere. In jedem Augenblick. Ich blieb derselbe, und doch veränderte ich mich in jedem Atemzug, den ich in der Gobi blieb.

Die Wüste ist Einsamkeit und Reinheit. Sie schmilzt alles Überflüssige von einem Menschen ab, damit er als er selbst weiterleben kann. Sie entfernt alles, was den Menschen an das Irdische bindet. Die Wüste löst alle Verpflichtungen, die ein Mensch in seinem Leben eingegangen ist. Sie bindet ihn nur an sich selbst. Aber das unwiderruflich, bis zu seinem Ende.

Die Wüste ist Ruhe und Gelassenheit. Sie ist das Finden des rechten Maßes. Sie ist Besinnung auf das Wesentliche.

Die Wüste ist Stillstand. Und sie ist Umkehr. Sie lässt den Menschen jeden Weg zurückgehen, den er in seinem Leben gegangen ist.

Sie ist Denken. Sie ist Freiheit.

Die Wüste ist das Ende. Und ein neuer Anfang.

Kapitel 2

Das Einzige, was der Mensch beherrscht, ist er selbst

Die mongolische Welt ist grenzenlos. Sie hat nur einen einzigen Horizont, der den Menschen umgibt. Die Zeit vergeht in der Steppe langsamer als anderswo, stiller und ohne Spuren zu hinterlassen. Gott ist überall – das himmlische Blau spiegelt sich in Bergseen, reißenden Flüssen und selbst in der kleinsten Pfütze, die still den Allmächtigen anbetend den unendlich hohen Himmel reflektiert. Die mongolische Welt besteht aus weißen Jurten, die in der Endlosigkeit der sanft gewellten Steppe verloren wirken, winzig, bedeutungslos. Der Mensch ist nichts angesichts dieser Unermesslichkeit, und in seinem tiefsten Inneren weiß er es.

Nach der unendlichen Weite und der erhabenen Stille der Gobi war Zhongdu unerträglich laut und eng. Der Lärm der Stadt war schon am *Yongding Men,* dem südlichen Stadttor, zu hören. Ich hatte mich mit meinem Pferd zwischen die Ochsenkarren von Feldbauern eingereiht, die in die Stadt ratterten, um dort ihr Gemüse zu verkaufen. Um mich herum summte die Luft von dem Geschwätz der Reisenden. Am Straßenrand wurden Verhandlungen mit fliegenden Händlern geführt, die ihre Waren laut anpriesen: Strohhüte zum Schutz gegen die unbarmherzig brennende Sonne und seidene Fächer gegen die schwüle Hitze.

Ein Torwächter hatte mich gesehen und stellte sich mir in den Weg: »Woher kommen Sie?«

Ich zügelte mein Pferd und sah auf ihn hinunter. »Aus dem Norden. Aus der mongolischen Steppe.«

Der Strom der Reisenden ergoss sich an mir vorbei durch das Tor und drohte, mich mit sich zu reißen.

»Absteigen!«, befahl er nach einem abschätzigen Blick auf meine aufwändig bestickte Seidenrobe, meinen gefüllten Geldbeutel am Gürtel, mein mit Silber beschlagenes Schwert. Als ich zögerte, ergriff er die Zügel und schrie: »Herunter von dem Pferd!«

Ich sprang aus dem Sattel.

»Zeigen Sie mir Ihren Ausweis!«, kommandierte er, beide Hände bedrohlich nah an seinem Schwert.

»Ich habe keinen …«, begann ich.

»Sie sind also illegal über die Große Mauer gekommen!«

Der Offizier winkte zwei Bewaffneten, die mit gezogenen Schwertern näher kamen, um mich festzunehmen. Auf einen ungeduldigen Wink folgte ich ihnen über eine schmale, gewundene Holztreppe in den ersten Stock des Stadttores.

In der Kommandantur, die sich direkt über der Straße befand, standen zwei Tische und mehrere Hocker. Das Wiehern von Pferden, das Rumpeln der hölzernen Wagenräder und das Geschrei der Händler drang durch die beiden Fenster.

Die beiden Wachen blieben an der Tür stehen und ließen mich nicht aus den Augen. Hielten sie mich für einen Spion des Khans, der die Regimenter der Nordprovinzen auskundschaftete, die das mongolische Reich bedrohten?

Der Offizier nahm hinter einem der Tische Platz und zog eine kleine Holzkiste zu sich heran, in der ein Haufen von Papieren aufbewahrt wurde. Als er ein Blatt nach dem anderen entfaltete, um es zu betrachten, erneut zu falten und neben sich auf den Tisch zu legen, setzte ich mich unaufgefordert vor den Schreibtisch. Er sah mürrisch auf, als ich ihn jedoch freundlich anlächelte, fuhr er mit seiner Tätigkeit fort. Die Papiere, die der Offizier ansah, bestanden aus einem skizzierten Bild und einer kurzen Personenbeschreibung.

»Sie sind nicht dabei!«, sagte er schließlich. »Wo ist Ihr Pass? Jeder, der die Große Mauer überquert, erhält am Grenzposten einen Pass.«

»Ich habe ihn verloren«, log ich. Die Einreiseformalitäten hatten mich nicht gekümmert: In einer Neumondnacht hatte ich die Mauer an einer schlecht bewachten Stelle überquert.

»Verloren?« Der Offizier lachte ungläubig. Sein Blick kehrte immer wieder zu meiner Geldbörse zurück. »Sie haben ihn also *verloren*. Dann brauchen Sie jetzt wohl einen neuen Pass.«

Ich nickte und bemühte mich, keine Miene zu verziehen. Sollte ich über die Gier des Offiziers ärgerlich sein oder über seine Bestechlichkeit lächeln? Am liebsten hätte ich ihm meinen goldenen Tigerstab gezeigt, den ich immer bei mir trug und der mich als einen der mächtigsten Männer des mongolischen Reiches auswies. Aber ich wollte lieber seine Demütigungen ertragen, als zu offenbaren, wer ich war. Ich wäre sofort festgenommen worden.

»Ein neuer Pass kostet Gebühren«, eröffnete der Offizier die Verhandlungen.

In den wenigen Tagen, die ich mich bereits im Chin-Reich aufhielt, hatte ich festgestellt, dass *alles* etwas kostete. Ich öffnete die Geldbörse und zog drei Geldstücke hervor, die ich nebeneinander auf die Tischkante legte. Ich hatte keine Ahnung, wie hoch die Gebühren waren und ob die drei Münzen ausreichten, also wartete ich ab.

Der Offizier winkte den Bewaffneten, zu verschwinden. Sie steckten ihre Schwerter ein und zogen ab. Wir waren allein.

»Sie sind ein Ausländer …« Er sah mich so bedeutungsvoll an, als müsste ich wissen, welchen Verwaltungsaufwand das bedeutete.

Ich legte drei weitere Münzen auf den Tisch.

Der Chinese starrte erst die Geldstücke und dann mich an. »Die Ausstellung eines neuen Passes kann lange dauern. Sehr lange. Wir müssen zwei Zeichnungen von Ihnen anfertigen, eine für den Ausweis und eine zur Hinterlegung im Zentralarchiv der Stadtverwaltung von Zhongdu. Dann müssen wir …«

Erneut griff ich in die Börse und zog drei weitere Kupfermünzen hervor, die ich neben die anderen auf den Tisch legte.

Der Offizier fuhr sich mit der Zunge über die trockenen Lippen und ließ die neun Münzen nicht aus den Augen, als hätte er Angst, sie könnten sich durch Magie in Luft auflösen. »Wir können die Formalitäten aber auch gleich erledigen«, murmelte er und legte eine der Münzen in eine verschließbare Holzkassette. Die anderen fädelte er, ohne mich dabei anzusehen, durch das Loch in der Mitte auf ein Band an seinem Gürtel, wo zuvor nur vier Kupfermünzen gehangen hatten.

Ich begriff, dass ich meinen Aufenthalt in Zhongdu teuer bezahlen musste.

Der Offizier rief nach einem Zeichner, der mein Bild mit schwarzer Tusche festhalten sollte. Dann tauchte er einen Pinsel in die Tintenschale und sah mich erwartungsvoll an. »Name?«

»Ich heiße Temur.«

»Und Ihr Familienname?«

Die Chin stellten den Namen ihrer Familie ihrem eigenen voran, aber wir Mongolen hatten keinen Familiennamen.

»Ich bin vom Klan der Kiyat. Schreiben Sie: Kiyan Temur.«

Er pinselte meinen Namen auf das Papier. »Wann sind Sie geboren worden?«

»Im Jahr des Feuerpferdes: Ich bin neunzehn Jahre alt.«

»Wo?«

»In der mongolischen Steppe. In der Nähe des Flusses Kherlen.«

Er schien nicht zu wissen, wo genau das war, und malte ein paar Schriftzeichen auf das Papier. »Welchen Beruf haben Sie?«

Wenn ich mich als Noyan, als Feldherr des Khans, zu erkennen gab, würde er mich als Spion festnehmen.

»Ich bin Schamane«, sagte ich. »Ein Heilkundiger.«

»Was wollen Sie in Zhongdu?«

»Ich will mir die Stadt ansehen.«

Meine Antwort verblüffte ihn. »Und dann?«

»Dann reite ich weiter.«

»Wohin?«

»Das weiß ich noch nicht.«

Er schüttelte unwillig den Kopf und machte ein paar Notizen.

Eine Stunde später war das Dokument fertig, und ich durfte die Kommandantur verlassen und Zhongdu, die »Stadt der Mitte«, die

Hauptstadt von Chin, betreten. Die Chinesen selbst nannten ihr Reich *Tian Xia* – das bedeutet: »Alles unter dem Himmel«.

Hinter dem *Yongding-Men*-Tor begann eine breite Straße, die von zweistöckigen Häusern aus weiß verputztem Stein gesäumt war. Die Fensterrahmen, ein filigranes Gitterwerk aus dunklem Holz, waren von innen mit durchscheinendem Papier beklebt. Dreistufige Treppenrampen aus Stein führten in die zur Straße offenen Handwerksbetriebe und Läden, Garküchen und Teehäuser in den unteren Geschossen der Häuser. An vielen Dachüberständen flatterten geraffte Stoffborten aus gelber und roter Seide als Sonnenschutz im Wind. Neben den Eingangstüren hingen Glücksgebete auf Papierstreifen.

Bisher kannte ich nur die chinesischen Dörfer im Grenzgebiet, die ich zusammen mit meinen Freunden Dschebe, Subotai und Mukali besucht hatte. Sie bestanden aus kaum mehr als ein paar Häusern und hatten nur wenige Einwohner. Yun Qis Vorwurf, wir hätten diese Dörfer aus purer Lust am Erobern und Zerstören niedergebrannt, war lächerlich: Es gab dort nichts zu plündern, was das Risiko eines bewaffneten Überfalls gelohnt hätte.

Zhongdu war anders als alles, was ich bisher gesehen hatte. Faszinierender. Sinnlicher. Und in diesem Moment schien mir diese herrliche »Stadt der Mitte« der Mittelpunkt der Welt zu sein!

Ich zerrte mein scheuendes Pferd am Zügel durch eine Menschenmenge, die eine improvisierte Bühne neben einem Teehaus am Straßenrand belagerte und einem Theaterstück zusah. Die Musik der Geigen, Bambusflöten, Lauten, Gongs und Trommeln war mitreißend. Gebannt sah ich den Darstellern zu, die mit Holzschwertern in der Hand über die Bühne wirbelten und sich Schwertkämpfe lieferten. Einer der Zuschauer erklärte mir, die Oper aus Gesang und Akrobatik zeige die Eroberung des Reiches durch die Dschurdschen achtzig Jahre zuvor. Ich wollte mir das Stück bis zum Ende ansehen.

Der Höhepunkt der Aufführung war die Vertreibung des letzten Kaisers der Liao-Dynastie von seinem Thron, einem wackeligen Stuhl auf einem Holztisch, und die höchst würdelose Inbesitznahme ebendieses Sitzes durch einen in Lumpen gekleideten Barbaren, den dschurdschischen Stammesfürsten Aguda, dem die Schauspieler übertrieben demütig huldigten. Zwei Schauspieler stellten die Minister »Angst« und »Unterwürfigkeit« im kaiserlichen Gefolge dar.

Die meisten Zuschauer johlten und lachten Tränen über die Lächerlichkeit der komischen Figur auf dem wackeligen Drachenthron. Viele andere verfluchten und beschimpften den ersten Kaiser der neuen Chin-Dynastie als Eroberer, als Unterdrücker und Ausbeuter der Chinesen, als ungebildeten dschurdschischen Barbaren und bewarfen ihn mit rohen Eiern.

Als sich aus der Richtung der Nördlichen Stadt eine Gruppe bewaffneter Stadtwachen näherte, löste sich die Vorstellung in Windeseile auf. Die Musiker ergriffen ihre Instrumente und verschwanden unbemerkt in einer Seitengasse, der Drachenthron wurde wieder zu einem klapperigen Stuhl, der Tisch wurde sofort von mehreren Gästen des Teehauses besetzt.

Ich warf eine Münze in die Schale, die mir der »Kaiser« mit einem frechen Grinsen unter die Nase hielt, und bedankte mich mit einem Augenzwinkern für die »interessante Vorstellung!« des chinesischen Widerstandes gegen die Chin-Dynastie.

Dann ging ich weiter und führte mein Pferd in eine der Seitenstraßen. Ruhelos irrte ich durch ein Labyrinth von *Hutongs*, schmalen Gassen, blieb erstaunt stehen, um einem Handwerker zuzusehen, der aus Bambusstäben einen Grillenkäfig anfertigte, ging weiter, blieb wieder stehen, um einen faszinierten Blick in eine Apotheke zu werfen, deren Regale sich unter Gefäßen mit getrockneten Kräutern und Medizin bogen und in der ein Heiler einen Kranken mit Nadeln behandelte, die er in dessen Haut bohrte und mit einem schwelenden Duftstab erhitzte, riss mich von dem Anblick los, zog mein Pferd hinter mir her, schob mich durch die Menge – bis mich der unwiderstehliche Duft von gebratenem Fleisch daran erinnerte, dass ich an diesem Tag noch nichts gegessen hatte.

Holzbuden und offene Läden säumten eine Marktstraße. Sie war erfüllt von den Düften nach Knoblauch und Pfeffer, nach

Ingwer, Safran und Zimt. Die Luft war so dicht, dass die Sonnenstrahlen, die sich zwischen den geschwungenen Ziegeldächern hindurch in die Gasse verirrten, rotgolden schimmerten: Bänder aus Licht!

An einem der Stände wurden Fische verkauft: sich windende Aale in einem mit klarem Wasser gefüllten Bottich, Krebse, die ihre mit bunten Bändern gefesselten Scheren wie zum letzten Gebet in den Himmel reckten. Auf dem Tisch daneben war frisches Gemüse zu Pyramiden aufgestapelt.

Nebenan fand ich einen Verkaufsstand mit großen Säcken voller Gewürze: Safran in der Farbe buddhistischer Mönchshabite, roter Chili-Pfeffer, weißes Salz, gelber Curry aus Indien und grüner Pfeffer aus einem Land, dessen Namen ich nicht verstand und das unfassbar weit entfernt lag, Berge von Galgant und Ingwer und Muskatnüssen, Säcke voller Sternanis und Zimtstangen, getrocknete Feigen und kandierte Melonen, Mangos und Zitronen aus dem Süden des Song-Reiches, Pistazien und Nüsse, brauner Zucker und getrocknete Kräuter, die mich an die betörenden Düfte der mongolischen Steppe erinnerten.

Am nächsten Stand wurden Räucherstäbchen, Feuerwerksraketen, Duftkerzen und kleine Kung-Futse-Figuren angeboten. Erstaunt betrachtete ich die falschen Geldscheine aus Papier, die im Tempel den Ahnen geopfert wurden, indem man sie verbrannte – das erzählte mir der Verkäufer, den mein Wissensdurst begeisterte.

Dass es im Chin-Reich neben den gelochten Kupfermünzen, die man an einem Band am Gürtel trug, seit zweihundert Jahren auch »Fliegendes Geld« gab, hatte ich von den Händlern gehört, die uns jedes Jahr mit ihren Karawanen besuchten. Fasziniert betrachtete ich einen solchen Geldschein: ein Stück Seidenpapier, bedruckt mit einem indigoblauen Muster und mit einem roten Stempel versehen – jeder Schein war datiert und nur drei Jahre gültig. Innerhalb dieser Zeit konnte er für den Gegenwert in Silberbarren oder gegen einen neuen Geldschein eingetauscht werden.

Der Verkäufer erklärte mir auch, wie nicht nur Papiergeld, sondern auch Bücher gedruckt wurden, und zeigte mir den Weg zur Druckerei, die ich mir in den nächsten Tagen ansehen wollte.

Ein paar Schritte die Straße hinunter wurde Kinderspielzeug verkauft: faustgroße Bälle aus Leder, geschnitzte Holzpferde und Kamele, Puppen aus Stoff. Lange hielt ich ein galoppierendes Holzpferdchen in der Hand und dachte an Kaidu und Chinkim. Wie sehr sie sich über ein solches Geschenk freuen würden! Ich sah ihre leuchtenden Augen vor mir, wenn ich … Die Trauer ließ mich tief durchatmen: Würde ich meine Söhne jemals wiedersehen, ihr unbeschwertes Lachen hören, sie im Arm halten? Ich wusste es nicht. Gebannt von diesem Gedanken stand ich vor dem Verkaufstisch und starrte auf das Holzpferd in meiner Hand, wollte es schon zurückstellen, konnte es nicht, hielt es fest, wollte es nicht mehr loslassen, als fürchtete ich, damit die Hoffnung auf eine Rückkehr zu meinen Söhnen endgültig aufzugeben. Ich weiß nicht, warum – aber ich kaufte das Holzpferd. Denn ist es nicht die Hoffnung, die uns unseren Weg weitergehen lässt, wohin er auch führt oder wie lang er auch sein mag?

Ich folgte der Gasse bis zu einer Garküche, wo auf einem Kohlefeuer Speisen in gusseisernen Pfannen zubereitet wurden. Mein chinesischer Koch hatte mir schon mehrmals Gerichte aus seiner Heimat vorgesetzt, aber diese Speisen kannte ich nicht.

»Das ist Schweinefleisch in einer süß-sauren Sauce«, erklärte mir der Verkäufer. »Wollen Sie eine Portion mit Reis?«

»Schweinefleisch?«, fragte ich entsetzt.

»Sind Sie Muslim?«, wollte er wissen. »Wie wäre es mit gebratener Ente in scharfer Chili-Sauce?«

Ich zahlte den verlangten Preis, reichte ihm meine silberne Trinkschale, die er mit Reis und Fleisch füllte, und setzte mich an einer Straßenecke in den Schatten, um meinen Hunger zu stillen. Mein Pferd versorgte ich an einem der Brunnen, dann kehrte ich zurück zur Hauptstraße, der ich in nördlicher Richtung folgte.

Zhongdu bestand aus drei Stadtteilen: der Südlichen Stadt, in der ich mich befand, der Nördlichen Stadt, die ebenfalls von einer hohen Mauer umschlossen wurde und die ich durch das *Zheng Yang*

Men, das »Tor der Mittagssonne«, betrat, der Kaiserstadt mit den Residenzen der Prinzen und Würdenträger, den Ministerien und dem Palast des Himmelssohnes.

Staunend ritt ich entlang der purpurfarbenen Festungsmauer der Kaiserstadt nach Norden. Innerhalb der Befestigung hatte ich das geschwungene Dach eines Pavillons gesehen – von dort oben hätte ich einen fantastischen Blick über Zhongdu. Das Tor zur Kaiserstadt stand offen, war aber bewacht. Mit meinem Papierdokument, das mich als Kiyan Temur auswies, würde ich wohl nicht durchgelassen werden. Sollte ich es riskieren, meinen Tigerstab vorzuzeigen?

Ich beobachtete, wie eine Sänfte an den Bewaffneten vorbei in die Kaiserstadt getragen wurde, ohne aufgehalten zu werden. Kurz entschlossen zog ich meinen goldenen Tigerstab hervor, auf dem mein Name und mein Titel in mongolischer Schrift verzeichnet waren, und folgte der Sänfte. Ein Offizier trat heran und warf einen Blick auf den Kommandostab, dessen Schriftzeichen er nicht lesen konnte. Aber der Tigerstab aus purem Gold, meine aufwändig bestickte Brokatrobe und die Silberbeschläge an meinem Schwert und meinem Sattel schienen ihn zu überzeugen, dass ich als ausländischer Gesandter berechtigt war, die Kaiserstadt zu betreten, um eines der Ministerien aufzusuchen oder eine Audienz beim *Tianzi*, dem Sohn des Himmels, zu erbitten. Ich nickte ihm zu, dann ritt ich durch das Tor.

Wenn ich nur geahnt hätte, dass ich mit dieser Unbesonnenheit mein Leben riskierte! Denn es gab jemanden in Zhongdu, der die Bedeutung eines solchen Tigerstabes kannte …

Hinter dem Tor betrat ich eine andere Welt, fernab von dem Lärm der Stadt. Die Stille wurde nur von dem Gezwitscher der Schwalben durchbrochen, die sich von den geschwungenen Dächern des Kaiserpalastes stürzten, um sich über einem See in den Himmel hinaufzuschwingen. Eine Brücke führte über einen See inmitten eines Parks. Goldfische huschten durch das klare Wasser, in dem sich die Schatten spendenden Bäume spiegelten. Boote in der Form von Drachen schwankten auf den Wellen.

Welch ein Paradies!, dachte ich, als ich die Brücke überquerte und mich der purpurfarbenen Festungsmauer des Kaiserpalastes näherte. Im Norden fand ich den Pavillon, den ich gesehen hatte. Er war auf einem Hügel errichtet worden, der dem Nordtor und dem Festungsgraben des Palastes gegenüberlag.

Ich band mein Pferd an einen Baum und stieg die gewundene Treppe hinauf, die zum Pavillon führte. Der Turm hatte drei Stockwerke. Von seiner obersten Plattform hatte ich einen großartigen Blick über Zhongdu, über den Park mit den Pagoden und dem See und den Kaiserpalast zu meinen Füßen. Die geschwungenen gelben Dächer aus glasierten Ziegeln schimmerten in der Mittagssonne, dazwischen leuchteten der Purpur der lackierten Säulen und das Kobaltblau der geschnitzten und bemalten Deckenbalken. Der Kaiserpalast war ein Labyrinth aus großen Hallen und kleineren Wohngebäuden, die um ruhige Höfe und schattige Gärten errichtet worden waren.

Hier war die Mitte des Reiches. Von diesem großartigen Palast aus wurde ein Staat regiert, der von der Chinesischen Mauer im Norden bis zum Yangtse im Süden und vom Meer im Osten bis zu den tibetischen Bergen im Westen reichte. Der Kaiser herrschte über sechzig Millionen Chinesen. Die dschurdschischen Eroberer aus der östlichen Steppe, die vor achtzig Jahren die Liao-Dynastie vertrieben hatten, um ihre eigene Dynastie Chin zu nennen, waren nur eine kleine Minderheit in diesem Reich – wie es zuvor die mandschurischen Kitan der Liao-Dynastie gewesen waren, die die chinesische Song-Dynastie vertrieben hatten. Die Mitglieder der Kaiserfamilie der Liao waren vor achtzig Jahren geflohen und hatten im Westen das Reich Karakitai mit seiner Hauptstadt Balasaghun gegründet, das nicht mehr von einem Kaiser, sondern von einem Khan regiert wurde.

Im Süden, hinter dem Palast des Himmelssohnes, erkannte ich im Dunst dieses schwülen Sommertages die Gebäude der Ministerien. Weiter konnte ich wegen des Dunstschleiers nicht sehen. Im Osten und im Westen, hinter dem Park, befanden sich die Residenzen der kaiserlichen Prinzen und der Würdenträger des Reiches. Und im Norden konnte ich die Berge mit der Großen Mauer erahnen, und dahinter die mongolische Steppe …

Von einem tiefen Gefühl der Trauer erfüllt, stieg ich vom Hügel, band mein Pferd los und verließ die Kaiserstadt, um Malik zu suchen, den Freund meines Freundes Hassan. Ich hatte mich entschieden, ein paar Tage in Zhongdu zu bleiben – ich war fasziniert von der Stadt.

Ich fragte mich zur Niujie-Moschee durch, die sich inmitten des muslimischen Viertels in der Südstadt befand. Als ich von der Hauptstraße in eine Gasse abbog, die zur Moschee führte, hörte ich zum ersten Mal in meinem Leben den Gebetsruf eines Muezzins. Vergeblich suchte ich zwischen den Dächern den schlanken Turm eines Minaretts, wie Hassan ihn mir so oft beschrieben hatte. Also folgte ich dem Ruf des Muezzins.

Das muslimische Gebetshaus sah anders aus als die Moscheen in Samarkand, von denen Hassan mir erzählt hatte: Es hatte weder eine große Kuppel noch ein schlankes Minarett, das bis in den Himmel reichte. Hätte nicht der Muezzin sein arabisches »*Allah'u akbar* – Gott ist groß!« in den Himmel hinauf gerufen, wäre ich vielleicht an der dreistöckigen chinesischen Tempelpagode mit rot lackierten Säulen und geschwungenen Dächern und im leisen Sommerwind klingenden Glöckchen vorbeigelaufen, ohne sie als Moschee zu erkennen.

Ehrlich gesagt war ich überrascht, wie viele Fremde aus dem fernen Westen hier wohnten. Ich kannte nur meine Freunde Hassan as-Siddik und Djafar Khodja, die seit Jahren im Lager des Khans lebten, und hatte nicht damit gerechnet, in Zhongdu so viele Muslime zu finden.

Während ich fast eine Stunde vor der Moschee wartete, bis der Gottesdienst beendet war und ich nach Malik ar-Rashid fragen konnte, dachte ich an mein erstes Gebet mit Hassan.

Nach meiner letzten, der zehnten Schamanenweihe, hatten mein Freund und ich am Feuer diskutiert. Er war beeindruckt, ja: fasziniert gewesen von meinen Fähigkeiten als Schamane.

»Ich bin erstaunt, wie sehr du auf Gott vertraust und doch keinen Versuch machst, Andersgläubige zu deinem Glauben an den Himmelsgott Tenger zu bekehren, der dir eine derartige Macht gibt, Wunder zu tun!«, hatte Hassan an jenem Abend gesagt. »Stattdessen interessierst du dich für jeden anderen Glauben. Du weißt ebenso viel über den Islam wie dein Bruder Dschutschi, der sich bekehren ließ und sich nun zu Allah bekennt.«

»Es gibt so viele Götter! Unseren Tenger, euren Allah, den ›Ich bin der ich bin‹ der Christen, den Jahwe der Juden, den Tian der Chinesen. Jeder Glaube behauptet, es gebe nur *einen* Gott. Alle sind allmächtig und allwissend, alle sind gut und vergebend. Sind sie nicht möglicherweise alle derselbe Gott? Wir Mongolen respektieren *alle* Götter.«

»Das ist kein Glaube, das ist die Furcht von Ungläubigen!« Hassan hatte sein Glaubensbekenntnis zitiert: »Es gibt keinen Gott außer Allah, und Mohammed ist Sein Gesandter.«

»Ich habe keine Furcht, Hassan. Weder vor Gott noch vor dem Tag des Gerichts. Mein Gebet ist nicht Unterwerfung, nicht demütiger Kniefall. Ich betrachte eine Lilie in der Steppe und sehe Gott. Ich sehe zum wolkenlosen Himmel empor und bin Gott nah. Ich bewundere die Schönheit und Vollkommenheit Seiner Schöpfung, und ich liebe den Menschen, Sein größtes Werk, Ihm ähnlich, liebend und vergebend.

Wie du glaube ich an einen Gott, ob nun Mohammed Sein Prophet war oder nicht. Auch ich bete und faste und tue Gutes, wie es der Islam vorschreibt. Nur in Mekka war ich noch nicht. Macht mich das zu einem Ungläubigen?«, hatte ich meinen Freund gefragt, der beschämt geschwiegen hatte. »Ich will mit dir zusammen das Abendgebet sprechen«, hatte ich Hassan gebeten. »Bitte übersetze mir die arabischen Worte deines Gebetes, damit ich verstehen kann, was ich Tenger und Allah sage …«

»Glaubst du wirklich, Tenger hört auf dein Gebet …?«

»Glaubst du wirklich, dass sich Anbetung und Unterordnung unter den göttlichen Willen darin erschöpfen, Worte auf Arabisch zu sprechen?«, hatte ich ihn unterbrochen. »Worte können nie etwas anderes sein als Worte, gleichgültig in welcher Sprache. Ein Gebet ist Versenkung.«

Hassan hatte mich sprachlos angestarrt, doch dann hatte er ein resigniert-einsichtiges *»Insh'Allah«* gemurmelt und mir den Text der ersten Sure übersetzt: »Lob sei Allah, dem Weltenherrn, dem Erbarmer, dem Barmherzigen, dem König am Tag des Gerichts. Dir dienen wir und zu Dir rufen wir um Hilfe. Leite uns den rechten Pfad, den Pfad derer, denen Du gnädig bist, nicht derer, denen Du zürnst, und nicht der Irrenden.«

Und ich hatte mit ihm gebetet: »Allah, führe meinen Freund auf dem Weg, der zu Verständnis, Einsicht und Toleranz führt!«

»*Nihao* – Guten Tag«, grüßte ich auf Chinesisch, aber Malik sah nicht einmal von seinen Schreibarbeiten auf. In der linken Hand wanderte eine Perlenschnur durch seine Hand, während er mit dem Pinsel etwas niederschrieb. Wegen der Sommerhitze hatte er seinen niedrigen Schreibtisch und das Sitzpolster in der offenen Galerie oberhalb des Innenhofs seiner Karawanserei aufstellen lassen. Die leichte Brise hatte einige der Schriftstücke zu Boden geweht, aber er war zu konzentriert, um es zu bemerken.

Ich wartete einige Herzschläge lang, dann sagte ich: *»Es-salamu alekum* – Friede sei mit dir!«

Malik blickte verblüfft auf und erwiderte den Gruß: *»Alekum es-salam.«* Neugierig musterte er mich. »Was kann ich für dich tun?«

Malik ar-Rashid – sein Name bedeutete »der den rechten Weg des Glaubens geht« – hatte den Lidrand seiner Augen mit einem Kohlestrich betont, was sein Gesicht schwermütig erscheinen ließ, geheimnisvoll und faszinierend. Er war sich seiner Schönheit und Ausstrahlung offensichtlich bewusst. Seine dunklen Haare schimmerten von einem Duftöl und fielen ihm in weichen Locken bis auf die Schultern. Der Bart war gepflegt und kurz geschnitten.

»Mein Name ist Temur«, stellte ich mich vor. »Ich bin ein Freund von Hassan und Djafar und erbitte deine Gastfreundschaft.«

Malik sprang überrascht auf. »Hassan und Djafar!«, rief er, und seine Augen leuchteten. »Sie haben mir seit drei Jahren nicht geschrieben – seit sie im Lager des mongolischen Khans angekommen sind! Wie geht es ihnen?«

»Beiden geht es gut, Malik. Hassan ist Finanzminister des Khans und Djafar organisiert den Handel mit Chin und Karakitai. Er ist mit einer Karawane nach Westen aufgebrochen. In wenigen Wochen wird er in Samarkand ankommen …«

»*Insh'Allah* – wenn Gott es zulässt! Sei mir willkommen, Temur!« Malik umarmte mich herzlich und bat mich, ihm von den beiden lang vermissten Freunden zu berichten.

Und so erzählte ich ihm bei einem duftenden Minztee, wie Hassan und Djafar, die auf der Suche nach einer neuen Route des Handelsweges nach Westen durch die mongolische Steppe geirrt waren, eines Tages im *Ordu* des Khans aufgetaucht und wenig später in seine Dienste getreten waren. Malik ließ meine Teetasse niemals leer werden, während ich redete. Er war froh, endlich von seinen Freunden zu hören, und ich erzählte ihm alles, was er wissen wollte. Alles, nur nicht, wer ich war.

»Wie lange wirst du in Zhongdu bleiben, Temur?«, fragte Malik.

»Ein paar Tage. Ich will mir die Stadt ansehen. Ich will wissen, wie Bücher gedruckt werden, ich will sehen, wie mit Nadeln geheilt wird. Ich will alles lernen, was es in Chin zu lernen gibt!«

Malik freute sich über meine Begeisterung für die chinesische Kultur: »Dann sei mein Gast, Temur! Der *Funduk* hat viele Gästezimmer für reisende Händler, und die Karawane aus Samarkand wird erst in einigen Wochen ankommen. Du kannst bleiben, so lange du willst.« Er erhob sich. »Ich werde dir jetzt dein Zimmer zeigen und dein Gepäck dorthin bringen lassen.«

»Ich habe kein Gepäck«, gestand ich.

Er sah mich verblüfft an. »Du trägst kostbare Kleidung und silberne Haarspangen, besitzt ein mit Silber beschlagenes Schwert von unschätzbarem Wert, bist also offensichtlich reich – und reist ohne Gepäck?«

»Ich habe auch mein Gefolge, meine Frauen, meine Söhne und meine Dienerschaft zu Hause gelassen«, erklärte ich ernst, doch Malik lachte, weil er meine Bemerkung offenbar für einen Scherz hielt. Dann nahm er meine Hand und zog mich mit sich fort.

Der *Funduk*, die Karawanserei, war ein zweigeschossiges Gebäude, das um einen großen Innenhof errichtet worden war. Im Erdgeschoss befanden sich die Warenlager, die Wirtschaftsräume, die Küche und die Unterkünfte für die Kameltreiber und die bewaffneten Eskorten der Karawanen, im Obergeschoss waren die Räume für die reisenden Kaufleute.

Durch die Gänge des *Funduks* folgte ich ihm in eine Wohnung, die aus drei mit chinesischen Möbeln eingerichteten Räumen bestand: einem Schlafzimmer mit einem Bett auf einer erhöhten Estrade, die im Winter mit einem Kohlefeuer beheizt werden konnte, einem mit Seidentapeten geschmückten Raum, in dem Sitzkissen aus Brokatstoff um einen niedrigen Tisch aus Rosenholz lagen, und einer leeren Kammer, die von Händlern als Lagerraum für Waren genutzt wurde.

Während einer seiner Diener meinen Sattel und meine Taschen in die Kammer schleppte, fragte Malik: »Was hältst du von einem Besuch im Bazar? Wir werden dir ein paar Seidengewänder kaufen, die bei dieser Sommerhitze angenehmer zu tragen sind als deine Brokatrobe. Dann gehen wir in den *Hamam* und erfrischen uns. Und danach verspreche ich dir ein köstliches Abendessen: Lamm-Pilaw …«

Wenig später schlenderten wir eine Straße hinunter, in der die Seidenhändler ihre Läden hatten. Dass Malik dabei meine Hand hielt, irritierte mich zunächst, aber von Hassan wusste ich, dass dies ein Zeichen des Vertrauens und der Freundschaft war, und so ließ ich es geschehen. Ich mochte ihn und schätzte die Herzlichkeit, mit der er mich aufgenommen hatte.

Während wir von Laden zu Laden gingen, erzählte Malik mir über seinen einträglichen Handel mit den Reichen westlich von Chin: Xixia, Karakitai und Khwarezm. Mehrmals im Jahr schickte er Karawanen mit Seidenballen, Edelsteinen, Gewürzen wie Ingwer und Zimt, Moschus, Porzellan, Lacken und Pelzen nach Westen, die von Zhongdu über Lanzhou, Shazhou und Kashgar über die Pässe des Pamir bis nach Samarkand und Bokhara und weiter nach Bagdad transportiert wurden. Auf dem Rückweg brachten die Karawanen Weihrauch, Safran, Pfeffer, Henna, Indigo, Lapislazuli,

Goldschmiedearbeiten, arabische Bücher und sogar Glaswaren aus Venedig nach Changan.

Ich begann zu verstehen, warum die Karawanenräuberei in Xixia und Karakitai ein so einträgliches Geschäft war. Die Schutzzölle in beiden Reichen waren so unglaublich hoch, dass Händler wie Hassan und Djafar sichere Ausweichrouten durch die mongolische Steppe suchten, auch wenn diese wesentlich länger waren.

»Der Handel auf dem Weg der Seide und Gewürze ist sehr alt. Man erzählt sich, dass der Kaiser Han Wudi der Han-Dynastie bereits vor eintausenddreihundert Jahren Seide von Changan aus nach Rom exportierte. Der Mönch Xuanzang hat auf diesem Weg die ersten buddhistischen Schriften von Indien nach Changan gebracht. Eigentlich endet die Handelsroute am westlichen Stadttor von Changan«, erklärte mir Malik, während ich eine saphirblaue Robe anprobierte. »Die meisten Karawanen laden nach einer einjährigen Reise von Samarkand dort die Kamele ab. Chinesische Händler bringen dann die Waren weiter nach Zhongdu oder Linan. So habe ich bis vor einigen Jahren auch meine Geschäfte betrieben, doch dann entschloss ich mich, eine Filiale meines Unternehmens in Zhongdu zu eröffnen und die Waren selbst weiterzutransportieren.

Und das erwies sich als kluge Entscheidung, denn es bringt wesentlich mehr Gewinn, wenn ich auf die Zwischenhändler verzichte und die Waren selbst verkaufe. Das Geschäft läuft so gut, dass ich nächstes Jahr eine weitere Filiale in Balasaghun, der Hauptstadt von Karakitai, eröffnen werde. Ich bin einer der reichsten muslimischen Händler in Chin. Nur mein Freund und Geschäftspartner Hassan ist reicher als ich …« Er unterbrach sich, um mich zu betrachten. »Du siehst umwerfend aus, Temur! Wie ein kaiserlicher Prinz!«, zog er mich lachend auf.

Malik bestand darauf, meine Einkäufe zu bezahlen, und ließ die Gewänder durch einen Diener in den *Funduk* bringen. Dann schleppte er mich in den *Hamam*, wo ich im Dampfbad den Staub der Gobi ausschwitzte und mich mit einer sanften Ölmassage verwöhnen ließ. Malik kümmerte sich rührend um mich. Zum scharf gewürzten Lamm-Pilaw gab es einen berauschenden Wein aus Shiraz. Wir scherzten und lachten bis lange nach Mitternacht, denn die Nacht war viel zu heiß, um zu schlafen.

Im Morgengrauen lag ich immer noch schlaflos auf dem Bett und dachte an Kokatschin, ihre Liebe, ihre Zärtlichkeit, ihr Lachen. Wie sehr ich mich nach ihr sehnte!

Das Zwitschern der Schwalben, die unter dem Dach des *Funduk* ihre Nester gebaut hatten, riss mich aus dem Schlaf. Eine Weile lag ich mit geschlossenen Augen auf dem Bett und lauschte auf die ungewohnten Geräusche der erwachenden Stadt, das durchdringende Dröhnen der großen Glocke vom Glockenturm, die das Öffnen der Tore ankündigte, das Rumpeln der Holzkarren auf der Straße … und glitt zurück ins Reich der Träume.

Die Dienerin, die mir Rosenwasser zum Waschen brachte, weckte mich eine Stunde später.

Nach dem Frühstück mit Malik streifte ich allein durch die Straßen. Ich fand zu der Apotheke zurück, die ich am vorigen Tag in den *Hutong*-Gassen entdeckt hatte, und sprach mit dem Heilkundigen. Er erzählte mir, dass ein paar Straßen weiter ein *Yiyuan*, ein Krankenhaus, sei. Und er erläuterte mir, wie er mit Nadeln Krankheiten heilen konnte. Da ich selbst beim Schamanen Kökschu die Kunst des Heilens erlernt hatte und nach einer Schlacht schon manchem Verwundeten geholfen hatte, hörte ich gebannt zu. Er zog mich in die Apotheke und zeigte mir ein medizinisches Lehrbuch mit einer Skizze des menschlichen Körpers.

Aber als ich die Zeichnung betrachtete, wurde mir bewusst, dass die Chinesen nur den Körper des Kranken behandelten, nicht seine Seele. Sie wussten nicht, dass sich die Seele bei ihrer Rückkehr aus der Ewigkeit in die Welt hinein einen Körper erschafft, den sie später, wenn sie vergessen hat, woher sie einst kam, für sich selbst hält. Doch der sterbliche Körper des Menschen ist nur die Hülle seiner Seele, ihr Spiegelbild in der materiellen Welt. Eine reife Seele hat einen schönen Körper, den sie pflegt und liebt und den sie vollendet zu benutzen versteht – eine unreife Seele kann krank werden und leiden, kann sich verirren und sogar verloren gehen und muss dann von einem Schamanen zurückgeholt werden. Das Leiden ist ein Lernprozess der Seele, unvermeidlich und immer schmerzhaft und, wenn die Erkenntnis verweigert wird, am Ende tödlich.

Als ich dem Arzt von meinen schamanischen Heilungen berichtete, sah er mich ungläubig an: Wunderheilungen durch Handauflegen? Er verstand nicht, dass Heilen mit geheimnisvollen Kräften zu tun hat, mit der magischen Vereinigung von Wollen und Können, von Seele und Körper, von Traum und Wirklichkeit, von Gott und Mensch.

Enttäuscht verabschiedete ich mich von ihm und ging weiter.

Ein paar Schritte die Straße hinunter wurden Lerchen verkauft. Lange stand ich vor einem Käfig aus Bambusholz und betrachtete traurig den eingesperrten Vogel. Dann schob ich dem Verkäufer eine Münze über den Tisch. Ich öffnete die Käfigtür, nahm die Lerche und warf sie in den Himmel hinauf.

Wehmütig sah ich dem Vogel nach, bis er zwischen den Dächern von Zhongdu verschwunden war. An die Möglichkeit, dass er schon bald in einem anderen Käfig auf einem anderen Markt zum Verkauf angeboten werden könnte, wollte ich nicht denken. Denn damals glaubte ich noch an die Freiheit …

Dann fragte ich mich zur Druckerei durch, von der ich am Vortag gehört hatte. Ich fand sie in einer Seitenstraße in der Nähe des Himmelstempels.

Der Drucker war erstaunt über meine Fragen, aber er beantwortete sie gern und führte mich herum. Und so erfuhr ich von ihm, dass seit fast fünfhundert Jahren Bücher nicht mehr von Hand geschrieben, sondern gedruckt wurden – bei den Werken des Kung Futse, die für die Beamtenprüfungen auswendig gelernt werden mussten, lagen die Auflagen bei mehreren tausend Exemplaren.

Dank des Druckverfahrens wurden wesentlich mehr Bücher hergestellt und vertrieben, was eine viel größere Verbreitung des Wissens ermöglichte. Während in der Zeit der Tang-Dynastie vor dreihundert Jahren die buddhistischen Klöster und die staatlichen Akademien die meisten Bücher besaßen – damals noch drei oder vier Schritte lange Papierrollen –, konnten sich nun auch die Gelehrten die Werke der großen Meister Kung Futse und Lao Tse kaufen – als gebundene Bücher. Bibliotheken entstanden: Die größte war die des Kaiserpalastes mit mehr als achtzigtausend Werken.

In einer Gasse beim Himmelstempel fand ich, was ich suchte: einen Laden, wo man dieses Wissen der Welt erwerben konnte.

Staunend betrachtete ich die vielen Bücher, die auf einem Tisch auf der Straße vor dem Geschäft zum Kauf angeboten wurden. Bisher kannte ich nur Hassans Koran, aus dem mein Freund mir abends vorgelesen hatte, um mir die Worte des Propheten zu übersetzen, und einige Werke in mongolischer Schrift, die ich bei einem meiner Feldzüge erbeutet hatte und mit deren Hilfe ich lesen und schreiben gelernt hatte.

Begeistert wühlte ich mich durch einen Berg von chinesischen Folianten und arabischen Büchern, ohne zu wissen, was ich eigentlich suchte. Weder die chinesische noch die arabische Schrift beherrschte ich gut genug, um mich ernsthaft für ein Buch zu interessieren.

Der Buchhändler, der mich beobachtet hatte, sprach mich an.

»Ich suche eine Landkarte von Chin«, erklärte ich ihm. Ich wollte wissen, wo die Stadt Changan lag, die laut Malik das Ende der großen Handelsroute nach Westen war.

»Eine Karte des Reiches für den jungen Herrn! Ich werde sehen, was ich finde.«

Ich folgte ihm, denn ich war überzeugt, dass er genau wusste, in welchem staubigen Winkel er eine solche Karte verborgen hatte. Im hinteren Teil seines Ladens rückte er mir ein bequemes Sitzpolster zurecht und bat mich, Platz zu nehmen. »Darf ich Ihnen einen Tee anbieten?«

Wenn er mir einen Tee aufdrängte, besaß er eine Karte, die er mir zu einem besonders hohen Preis verkaufen wollte. Also ging ich auf das Spiel ein. Ich trank den Orangenblütentee, während der Buchhändler in den dunkelsten Ecken des Ladens wühlte, um möglichst viel Staub aufzuwirbeln – und den Preis hochzutreiben. Nach einigen Minuten kehrte er mit einem gerollten Papier zurück, das er vor mir auf einem Tisch ausbreitete.

»Das ist ein Stadtplan von Zhongdu«, meinte ich ungerührt und nippte an meinem Tee.

»Das stimmt«, sagte er. »Sie wollten doch …«

»… eine Karte von Chin«, erinnerte ich ihn.

»Bitte trinken Sie noch einen Tee, während ich weitersuche. Irgendwo muss ich doch …« Dann wühlte er sich auf der anderen Seite des Raums durch die Regale.

Während der Händler den Laden auf den Kopf stellte, blätterte ich in einem Buch von Kung Futse, überflog die Seiten, vertiefte mich in einen Absatz, blätterte weiter, hielt inne und las: »Das Einzige, was der Mensch beherrscht, ist er selbst.«

Ich war so versunken in den Sinn dieser Worte, dass ich erschrak, als der Buchhändler mit einem Buch zu mir zurückkehrte: »Leider kann ich Ihnen keine Karte des Reiches verkaufen. Dieser Atlas ist das Einzige, was ich Ihnen anbieten kann.«

Ich legte das Buch von Kung Futse zur Seite, schlug neugierig die erste Seite des Folianten auf und fand eine Landkarte. Eine detaillierte Karte von Chin und Song! Gebirge, Flüsse und Städte.

Nur mit Mühe verkniff ich mir ein zufriedenes Lächeln und blätterte weiter. Auf der nächsten Doppelseite war ein hohes Gebirge verzeichnet, das sich westlich von Chin und Song befand: der Himalaya mit dem Reich Tibet und seiner Hauptstadt Lhasa. Die nächsten Seiten zeigten ein Land in Form einer Pfeilspitze, dessen Ufer von zwei Meeren umspült wurden, im Osten vom bengalischen und im Westen vom arabischen Meer. Die verzeichneten Städte hießen Lahore, Delhi und Varanasi. Mit zitternden Fingern blätterte ich um und las die chinesische Schreibweise der Städte Gurgandj, Balkh, Merw und Bokhara. Ich versuchte, meine Begeisterung vor dem Händler zu verbergen: das Reich des Sultans von Khwarezm! Weiter im Westen Bagdad und Isfahan: das Reich des Khalifas!

Innerlich aufgewühlt blätterte ich um. Die Karten zeigten das Reich Karakitai und Xixia mit seiner Hauptstadt Ningxia an der Schleife des Huang He. Und nördlich von Ningxia die Große Mauer in ihrer ganzen unglaublichen Länge! Und noch weiter im Norden ... die Gobi. Das mongolische Reich war natürlich auf keiner Karte verzeichnet, aber ich fand die Flüsse Onon und Kherlen: meine Heimat. Wie klein die mongolische Steppe auf der Karte erschien! Wie unscheinbar waren die Flüsse im Vergleich zum Huang He oder zum Yangtse im Süden!

Der Buchhändler beobachtete mich, wie ich den Atlas scheinbar gleichgültig wieder zuklappte. »Ich suche eine Karte von Chin«, wiederholte ich geduldig mein Anliegen.

»Es tut mir Leid. Ich kann Ihnen heute nur diesen Atlas anbieten. Vielleicht in einigen Wochen. Ich könnte mich umhören, ob ich bei einem anderen Buchhändler ...«

»Nein«, sagte ich und machte Anstalten zu gehen.

»Wir haben noch nicht über den Preis gesprochen ...«

Ich blieb stehen, und er hielt mir den aufgeschlagenen Atlas mit der Karte der mongolischen Steppe vor das Gesicht.

»Wie viel wollen Sie für das Buch haben?«, fragte ich.

Er nannte mir einen unverschämt hohen Preis. Ich lächelte ihn freundlich an und wandte mich wieder zum Gehen.

»Das ist der berühmte Atlas von Shen Gua. Das genaueste und verlässlichste Kartenwerk, das jemals hergestellt wurde! Sehen Sie sich doch nur die feinen Linien in den Bergen des Himalaya an! Die klaren Farben der Wüste Gobi ...«

»Der Preis ist eine Unverschämtheit!«, erklärte ich.

»Der Preis ist angemessen für ein solches Werk«, protestierte er. »Die gedruckte Auflage ist nicht sehr hoch. Es gibt nur zweihundert Exemplare im ganzen Reich.«

»Was soll ich mit Karten von Khwarezm und Indien?«

»Vielleicht werden Sie eines Tages dorthin reisen und ...«

Ich lachte amüsiert über diese absurde Idee und wandte mich ab. Der Buchhändler eilte mir nach und schlug eine weitere Karte auf: Sie zeigte Delhi, Varanasi und Srinagar.

Lange konnte ich das Spiel nicht mehr durchhalten. Ich wollte dieses Buch besitzen!

Die Karte des Khalifats von Bagdad besiegelte das Schicksal dieses Buches … und ganz Asiens.

Ich genoss die Tage in Zhongdu, streifte stundenlang durch die Straßen, besuchte den Himmelstempel und den Ahnentempel des Kung Futse und nutzte jede Gelegenheit, meine Sprachkenntnisse zu verbessern. Nachdem ich nun jeden Tag Chinesisch sprach und mir nur noch die Tonlage einiger Wortsilben zu schaffen machte, wollte ich auch Arabisch lernen. Malik begeisterte sich für meine Idee, stellte mich dem Mullah vor und bat ihn, mich in der *Medrese,* der Koranschule, Arabisch zu lehren.

In der *Medrese* der Moschee lernte ich den Koran auswendig. Der Mullah zeigte noch weniger Verständnis für meine Fragen als Hassan, und so enthielt ich mich jeder Diskussion über die Suren und über die Rolle Mohammeds bei ihrer Offenbarung – der Prophet soll das Wort Gottes durch den Erzengel Djibrit, den mein Freund Dschebe Gabriel nannte, empfangen haben. Zu Mohammeds Lebzeiten waren die hundertvierzehn Suren auf Palmblättern und Schulterknochen von Kamelen niedergeschrieben oder mündlich überliefert worden. Erst während der Regierung des dritten Khalifas Othman, Mohammeds Schwiegersohn, war die endgültige Niederschrift und Anordnung in Suren erfolgt.

Die Geschichte Mohammeds hatte mir Hassan an einem Sommerabend erzählt:

»Bism'Allah«, hatte er begonnen. »Mohammed ibn Abdallah – sein Name bedeutet ›der Gepriesene‹ –, wurde vor sechshundertdreiunddreißig Jahren in Mekka geboren. Als seine Eltern viel zu früh starben, wurde er von seinem Onkel Abu Talib erzogen. Wie sein Vater und sein Onkel wurde Mohammed Kaufmann, führte Karawanen und handelte in Mekka, Gaza und Dimashk. Seine Geschäfte liefen so gut, dass ihn eine wohlhabende Witwe namens Khadidja bat, in ihrem Namen Geschäfte abzuwickeln. Später heira-

tete Mohammed die fünfzehn Jahre ältere Frau. Obwohl Khadidja bereits vierzig Jahre alt war, stammten aus dieser Ehe mehrere Kinder, zwei Söhne, die früh starben, und vier Töchter. Nach Khadidjas Tod heiratete Mohammed wieder und hatte dann auch mehrere Frauen, die er …« Hassan wand sich zwischen den Worten heraus. »… die er sehr … *liebte*.«

Ich hatte ein Grinsen nicht unterdrücken können: Offenbar war Mohammed ein sehr sinnlicher Mensch gewesen. »Und wann hatte er da noch Zeit, mit Gott zu sprechen? Ich habe nur eine Gemahlin, Nomolun, und noch keine Kinder. Trotzdem finde ich nur selten Zeit für meine schamanischen Himmelsreisen.«

»Mohammed sprach nicht mit Allah, sondern mit einem Engel, der ihm das Wort Gottes offenbarte.«

»Der Koran ist also das Wort Gottes?«, hatte ich gefragt. »Dasselbe behaupten die Juden von der Thora und die Christen von den Evangelien. Findest du nicht, dass sich die Heiligen Schriften, obwohl alle drei Bücher direkt von Gott offenbart wurden, nicht nur in Einzelheiten unterscheiden?« Als Hassan schwieg, fragte ich: »Irrte sich Gott?«

»Gott irrt nicht! Seine Worte könnten nur falsch gedeutet werden.«

»Und Mohammed hat Allah richtig verstanden?«

»Er war der Gesandte Gottes!«

»Aber Jesus und Moses haben Jahwe falsch verstanden?« Als Hassan sich in trotziges Schweigen hüllte, hatte ich nachgehakt: »Woher nimmst du das Recht, über zwei Propheten zu urteilen, als deren Nachfolger und Vollender Mohammed sich selbst sah? Woher kennst *du* die Wahrheit?«

Den Glauben an die Wahrheit hatte ich damals verloren: »Wahrheit« ist kein göttliches, sondern ein menschliches Wort, und nicht zwei Menschen sind sich darüber einig, was wahr ist und was nicht. Was ist der »Wahre Glaube«? Für meinen Bruder Dschutschi war es der Islam, für Tschagatai das Christentum, für Ogodei die Nachfolge des Buddha, für Tolei waren es die magischen Rituale der Schamanen, und Schigi vervollkommnete sich im tibetischen

Tantra-Yoga. Fünf Wege, die alle zu demselben Ziel führen: der Vollkommenheit!

Der Frage nach der Wahrheit war Hassan ausgewichen, als er fortfuhr: »Mohammeds Erfahrungen in der Wüste waren so überwältigend, dass er als Allahs Prophet auftreten musste. Er fiel während seiner Visionen in Ekstase. Er sank zitternd und bebend zu Boden und hörte ein Donnern.«

»Auch wir Schamanen leiden an dieser göttlichen Krankheit«, hatte ich Hassan erklärt. »Wir sehen das Unsichtbare und hören das Unhörbare: Gott.«

Hassan hatte mich zweifelnd angesehen, aber dann weitererzählt: »Bei seiner Verkündigung fand der Prophet nur wenige Anhänger. Die meisten Mekkaner verhielten sich seiner Botschaft gegenüber so ablehnend, dass sie ihn aufforderten, mit seiner Familie Mekka zu verlassen. Mohammeds Übersiedlung von Mekka nach Yathrib, das später Medinat an-Nabi, die ›Stadt des Propheten‹, genannt wurde, wird als *Hedjra* bezeichnet. Das Jahr der *Hedjra* wurde das Jahr Eins der muslimischen Zeitrechnung. In den zehn Jahren seines Aufenthaltes in Medina bis zu seinem Tod entwickelte Mohammed die Lehre des Islam weiter. *Islam* bedeutet Unterwerfung unter den Willen des einen Gottes, Allahs, des Barmherzigen, des Gütigen.

Mohammed war Kaufmann, Staatsmann und Prophet. Er war oberster Gesetzgeber und Richter, erfolgreicher Feldherr …«

»Ein Noyan?«, hatte ich erstaunt gefragt.

»Mohammed eroberte Mekka nach zähen Verhandlungen über einen Waffenstillstand und für ihn demütigenden Bedingungen über sein Fernbleiben von seiner Vaterstadt. Doch dann ritt Mohammed zur Kaaba in Mekka, riss die Götzenstatuen von ihren Altären und weihte das Heiligtum Allah.«

»Und Allah weinte vor Glück!«

»Wie sein Prophet, der sein Leben noch zwei Jahre genießen konnte, bevor er in den Himmel ritt«, hatte Hassan gelächelt.

»Wie der gekreuzigte Gottessohn Jesus.«

»Issa – dein Freund Dschebe nennt ihn Jesus – ritt nicht in den

Himmel, Temur. Er war auch nicht Allahs Sohn, sondern der letzte Prophet vor Mohammed«, hatte Hassan mich belehrt.

»Vielleicht ritt Jesus nicht wie Mohammed auf einem Pferd durch die Wolken, aber Dschebe hat mir erzählt, dass er eine Himmelsreise antrat. Er befahl seinen Geist in die Hände seines göttlichen Vaters.«

»Das ist Unsinn!«

»Dschebe hält es nicht für Unsinn. Er hat mir erklärt: Wenn Jesus nach der Kreuzigung nicht auferstanden ist, wäre sein Glaube sinnlos.«

»Issa starb nicht am Kreuz, sondern Jahrzehnte nach der Kreuzigung in Kashmir. Ich stand an seinem Grab in der Moschee von Srinagar.«

Nachdem ich nun jeden Tag die *Medrese* von Zhongdu besuchte, um Arabisch zu lernen, begleitete ich Malik zum ersten Mal zum Freitagsgebet in die *Masdjed,* die Moschee. Am Brunnen im Innenhof führte ich die Waschungen durch. Beim Gebet knieten Malik und ich nebeneinander und wiederholten jeder für sich die rituellen Worte. Und doch beteten wir zu unterschiedlichen Göttern: er zu Allah, ich zum Himmelsgott Tenger.

Nach dem Freitagsgottesdienst saß ich manchmal im Hof der *Masdjed* im Schatten eines Baumes und blätterte selbstvergessen in meinem Atlas. Mit dem Finger auf den Karten reiste ich nach Ningxia und Balasaghun. Ich überwand die Pässe des Pamir und erreichte das Fergana-Tal, Samarkand, Bokhara und Merw, die Perle der islamischen Welt. Mein Finger wanderte den Indus hinab nach Delhi, weiter westwärts bis Bagdad, Dimashk und Jerusalem. Und während meine Gedanken meinem Finger hinterherflogen, fragte ich mich, was ich fortan tun wollte.

Ich hatte alles verloren: meinen Vater, nein: meine *beiden* Väter, meinen Titel als Sohn des Khans, den Sinn meines Lebens. Ich hatte Nomolun und Kokatschin verlassen, meine Söhne Kaidu und Chinkim, meinen besten Freund Dschebe, meinen gesamten Besitz.

Ich bin frei!, schoss es mir durch den Kopf. Ich bin so frei, wie ein Mensch nur sein kann! Ich habe keine Verpflichtungen mehr, trage keine Verantwortung, muss keine Entscheidungen über das Leben und den Tod anderer Menschen mehr fällen.

Ich hatte die Chance, die Fesseln abzuschütteln und mich selbst zu befreien! Der erste Schritt einer langen Reise ist immer der schwierigste – aber dieser Schritt lag doch längst hinter mir! Ich musste diesen Weg doch nur immer weitergehen und nicht stehen bleiben, um zurückzublicken.

Ich wollte reisen, bis in die Welt jenseits des Horizontes!

Es war ein Zeichen des Himmels, als am nächsten Tag ein Bote in den *Funduk* stürmte und berichtete, dass die erwartete Karawane aus Samarkand nur noch fünfzig Li[1] entfernt wäre und am nächsten Tag Zhongdu erreichen würde. Ich musste mich beherrschen, um nicht in den Sattel zu springen und der Karawane entgegenzureiten. Am späten Nachmittag tranken Malik und ich Tee, und ich erzählte ihm von meinen Reiseplänen, als ein Junge in den Hof rannte: »Sie kommen! Die Karawane ist schon da!«

Wir stürmten die Treppe hinunter.

»Was hast du gesagt? Sie sollten doch erst morgen Mittag ankommen!«, rief Malik aufgeregt.

»Sie sind schon da!«, versicherte der Junge. »Sie lagern vor dem Westtor! Tarik wartet auf deine Anweisungen.«

»Dieser verfluchte *Kafir!* Er hat die Lasttiere so angetrieben, dass sie … Bei Allah! Wenn auch nur ein einziges Kamel in den nächsten Tagen verendet, werde ich ihm den Kaufpreis von seinem Gewinnanteil abziehen!«

Malik wandte sich an seine Angestellten, die im Hof zusammengelaufen waren. »Khodawend, du begibst dich sofort zum Palast des Handelsministeriums und regelst die Formalitäten. Und fürchte den Zorn Allahs, wenn ich wieder einen Fehler in der Abrechnung finde! Die Regierung wird mir die Handelslizenz entziehen!«

[1] 1 Li = ca. 0,5 km

Khodawend verschwand beleidigt in seinem Arbeitsraum, um die notwendigen Papiere zu holen und sich damit auf den Weg zu machen.

»Sala, du richtest die Räume für die Kaufleute her. Imad, du läufst zum Markt. In zwei Stunden will ich eine ordentliche Mahlzeit servieren.«

Sala und Imad stoben auseinander und verschwanden.

Malik und ich ritten zum Westtor.

Auf dem großen Platz vor dem Stadttor herrschte ein unbeschreibliches Durcheinander. Immer noch drängten Lastkamele heran, während die bereits angekommenen Tiere sich im Sand niedergelassen hatten und losgekettet wurden. Alle Kamele waren mit Säcken und Körben, Holzkisten und Stoffbündeln beladen. Als die ersten Lasten abgenommen wurden, sah ich, wie klein ihre Höcker geworden waren. Die Kamele hatten eine einjährige Reise über hohe Gebirgspässe und durch Sandwüsten unter großen Strapazen hinter sich gebracht.

Malik stürzte sich mit seinem Pferd in das Gewühl auf dem Platz, als wollte er in die Schlacht reiten. »Nicht abladen!«, kommandierte er. »Die Kamele werden erst im *Funduk* abgeladen! Verdammt, versteht ihr mich denn nicht?«

Ich folgte dem fluchenden Malik zwischen den brüllenden Kamelen hindurch. Neugierige strömten aus dem Stadttor und belagerten die Karawane, um einen Blick auf die Schätze aus dem Westen zu werfen. Fliegende Händler verkauften Süßigkeiten und Jasmintee an die Kameltreiber.

»Wo ist Tarik? Wo steckt dieser verfluchte *Kafir*?«, rief Malik.

Wir fanden den Karawanenführer, als er die ankommenden Lastkamele auf den weiten Platz dirigierte und den Treibern Kommandos zurief, wo die Tiere rasten sollten.

»Hat Allah dir den Verstand geraubt?«, brüllte Malik.

Die Begrüßung musste den Karawanenführer beleidigen, doch Tarik stürzte sich auf Malik, umarmte ihn und warf ihn dabei fast um. »*Alekum es-salam,* du größter aller Betrüger!«

Malik küsste Tarik auf beide Wangen. »Können deine Kamele

neuerdings fliegen? Ich habe dich erst in einigen Wochen erwartet!« Vergessen war sein Zorn.

»Der Kamelhändler in Samarkand hat mir so viele Dinare abgenommen, dass man das erwarten könnte!«, grinste Tarik.

»Ich bin froh, dich zu sehen, Tarik!«

»Und ich bin froh, dass wir endlich hier sind, *mon ami!* Die Reise hat dieses Mal eine Ewigkeit gedauert.«

»Sie ist jedes Mal gleich lang.«

»Ich glaube, der Weg wird jedes Mal um tausend Li länger.« Tarik wandte sich mir zu: »Und wer ist dieser junge Mann?«

Sein schulterlanges Haar und sein Bart hatten die Farbe von schmelzendem Gold, seine Augen schimmerten blau – wie Eis im Winter. Ich schätzte ihn auf fünfzig Jahre. Ich war wie mein Vater hoch gewachsen, aber Tarik überragte mich noch.

Er trug ein türkisches Gewand mit hohem Stehkragen, unter dem das weiße Untergewand sichtbar war. Seine mitternachtsblaue Robe wurde nicht, wie bei Mongolen und Chinesen üblich, auf der rechten Schulter geschlossen, sodass ein Brustlatz entstand, der als Tasche für die Trinkschale und andere Dinge benutzt werden konnte, sondern mit fünf Verschlüssen vor der Brust. Über dem Gewand trug er einen weiten Mantel, dessen Aufschläge zurückgeschlagen waren, damit das kirschrote Innenfutter ebenso sichtbar war wie der kostbar bestickte pfirsichfarbene Brokat. Trotz seiner auffallend prächtigen Kleidung schien er nicht gefallsüchtig zu sein.

»Das ist Temur«, stellte mich Malik vor. »Ein Freund von Hassan und Djafar.«

»Was treiben die beiden Verräter?«, fragte Tarik, als er mich an sich drückte. »Hassan hat mir zuletzt vor zwei Jahren geschrieben, dass er Finanzminister eines mongolischen Khans geworden ist. Ich habe ihn ja schon immer für verrückt gehalten, aber das stellt alles Bisherige in den Schatten! Und von Djafar habe ich seit einer Ewigkeit nichts mehr gehört.«

»Djafar ist vor einem Jahr mit einer Karawane nach Westen aufgebrochen«, erklärte ich. »Nach Hause: nach Samarkand.«

Tarik lachte schallend. »Ich hatte erwartet, ihn hier in Zhongdu zu treffen, und muss nun erfahren, dass er dort ist, wo ich herkomme. Allahs Wege sind unergründlich.«

Während im Hof des *Funduk* die ersten Kamele abgeladen und die Kisten und Körbe, Säcke und Bündel aufgestapelt wurden und Malik die unter dem Schutz der Karawane reisenden Kaufleute begrüßte, zogen Tarik und ich uns auf die schattige Galerie oberhalb des Hofes zurück und erfrischten uns mit Minztee.

Tarik hatte sich den verschwitzten Turban vom Kopf gerissen und sich müde, aber glücklich über das Ende der weiten Reise auf eines der Kissen fallen lassen. Ich setzte mich neben ihn und reichte ihm eine Tasse Tee, die er durstig leerte. Während ich ihm nachschenkte, fragte ich: »Du stammst nicht aus Samarkand, nicht wahr? Malik nannte dich einen *Kafir* – einen Ungläubigen ...«

»*C'est juste* – das stimmt! Geboren wurde ich in Frankreich – das ist ein Land am anderen Ende der Welt. Mein Name ist eigentlich Léon. Ich stamme aus Angers, der Hauptstadt der Grafschaft Anjou. Aufgewachsen bin ich am Hof von König Henry II., der Graf von Anjou war, bevor er König von England wurde, und Herzogin Eleonore von Aquitaine. Ich bin im selben Alter wie ihr Sohn Richard, der mein Freund ist ... war.«

»... war? Habt ihr euch zerstritten?«

»Das hat Allah verhindert, indem er uns mit Gewalt trennte und Richard im Jahr 1199 zu sich berief.« Er schüttelte traurig den Kopf. »Richard Löwenherz, der König von England, fiel beim Sturm auf eine unbedeutende französische Festung – welch ein Ende für einen großen König, der gegen den ägyptischen Sultan Sala ad-Din kämpfte!«

»Was ist geschehen, dass du und dein Freund euch zerstritten habt?«, fragte ich. »Und wieso bist du Muslim und kein Christ?«

Der christliche Glaube war mir bekannt: Die Kereiten, die sich vor einigen Jahren dem Khan unterworfen hatten, waren nestorianische Christen. Meine Gemahlin Nomolun – eine Enkelin des letzten Khans der Kereiten – bekannte sich wie mein Freund Dschebe und mein Bruder Tschagatai zu Jesus und erzog unsere Söhne Kaidu und Chinkim in ihrem Glauben.

»Das ist eine lange Geschichte!« Tarik trank seine Teetasse leer.

Ich schenkte ihm nach. »Ich will sie hören, Léon!«

»*Mon Dieu!* Den Namen habe ich schon lange nicht mehr gehört! Léon von Anjou – so nannte Richard mich liebevoll! Ich war der Erbe eines großen Besitzes in der französischen Grafschaft Anjou und in der englischen Grafschaft York. Aber ich bin kein Anjou, sondern nur ein Bastard. Richard störte meine Herkunft nicht. Er sagte immer: ›Lass sie reden, *cher ami!* Auch William der Eroberer hat seinen Aufstieg zum Herzog der Normandie und zum König von England als William der Bastard begonnen‹.

Richard und ich waren im selben Alter und hatten dasselbe feurige Temperament. Auf dem Schlachtfeld und im Bett …« Ein verträumtes Lächeln huschte über seine Lippen. Dann besann er sich. »Ich habe ihn überallhin begleitet, bin ihm gefolgt wie sein eigener Schatten. Ich stand hinter ihm, als er im September 1189 in der Westminster Abbey in London zum König von England gekrönt wurde. Und ich war an seiner Seite, als er wenige Monate später zum Kreuzzug aufbrach.

Richard traf sich mit König Philippe von Frankreich, und die beiden beschlossen, gemeinsam ins Heilige Land zu ziehen, um die heiligen Stätten der Christenheit von den Ungläubigen zu befreien. Die beiden Könige schworen, die Güter aller Kreuzfahrer zu schützen und gegeneinander im guten Glauben zu handeln – was immer das heißen sollte! König Philippe wollte Richard helfen, sein Reich zu verteidigen, wie er Paris verteidigt sehen wollte, wenn es belagert würde. Und König Richard würde Philippe helfen, sein Land zu beschützen, wie er Rouen beschützt sehen wollte, wenn es angegriffen würde. Worte von zwei Königen – was sind sie wert? Nichts!

Die beiden zerstritten sich gleich nach unserem Aufbruch. Ich segelte mit Richards Schiffen von Marseille die Küste Italiens hinunter bis nach Sizilien, wo wir in der Stadt Messina überwinterten. Philippe intrigierte gegen Richard, und die beiden gerieten in heftigen Streit. Ich hatte keine Lust, einen Winter lang im Hafen von Messina auf das Meer hinauszustarren und mir die wütenden Flüche zweier beleidigter Könige anzuhören.

Also bin ich mit dem nächsten Schiff nach Neapel gesegelt. Von dort bin ich nach Rom geritten, um mir die Stadt anzusehen. Perugia, Florenz, Venedig – das waren die Stationen meiner Reise im Winter 1190. In Venedig erfuhr ich dann, dass Richard sich im April 1191 mit seinem Heer eingeschifft hatte und auf dem Weg ins Heilige Land war. Ich bestieg eine venezianische Galeere und ging wenige Wochen später in Akkon an Land, um mich ihm wieder anzuschließen.

Die Lage im Heiligen Land war katastrophal. Sultan Sala ad-Din hatte drei Jahre zuvor Jerusalem erobert, das den Muslimen genauso heilig ist wie den Christen. Kaiser Friedrich Barbarossa war auf dem Weg ins Heilige Land ertrunken, sein Kreuzzug war gescheitert. Die Festung von Akkon war bis zu ihrer Einnahme durch die Ungläubigen vier Jahre zuvor der bedeutendste Hafen und die größte Stadt im Königreich Jerusalem gewesen. Bei unserer Ankunft war sie durch Sala ad-Dins Truppen besetzt. Richard und Philippe schlossen die Stadt mit ihrem Heer ein und belagerten die Festung. Und Sala ad-Din belagerte die Belagerer.

In der Nacht des vierten Juli 1191 wollte er das Lager der Kreuzfahrer stürmen. Aber obwohl Sala ad-Din ein großartiger Feldherr war, scheiterte sein Angriff. Während dieses nächtlichen Kampfes wurde ich verwundet und gefangen genommen.

Wenige Tage später kapitulierte Akkon. Sieger und Verlierer einigten sich auf die Übergabebedingungen. Der Sultan sollte ein Lösegeld für die überlebenden Verteidiger von Akkon zahlen und eintausendfünfhundert christliche Gefangene sowie die Reliquie des Heiligen Kreuzes an Richard ausliefern. Als Sala ad-Din die Bedingungen vernahm, war er entsetzt, aber er hatte keine Wahl, wenn er seine Männer retten wollte.

Im August schiffte sich Philippe nach Frankreich ein. Richard war gereizt, weil er nicht wusste, was er vorhatte: einen Angriff auf sein Reich, das von seinem Bruder John verteidigt wurde?

Sala ad-Din, dessen Gefangener ich war, hielt sehr viel von Richard. Als er erfuhr, dass ich der Freund des englischen Königs war, ließ er mich zu sich bringen, um mit mir zu sprechen. ›Richard mit dem Löwenherz ist ein tapferer Krieger mit einer brennenden Leidenschaft für den Krieg und die Eroberung. Und er ist ein scharfsinniger Mann und ein weiser König: Um seine Ziele zu erreichen, benutzt er sowohl sanfte Worte als auch gewaltsame Taten. Dass du, Léon, sein Freund bist, ehrt dich.‹

Wir unterhielten uns lange und stellten fest, dass wir uns gegenseitig respektierten, ja: mochten. Eines Abends vertraute er mir an, dass er Schwierigkeiten hatte, das Lösegeld für die Verteidiger von Akkon aufzubringen, und dass damit auch meine Freilassung in den Sternen stehe. Er fürchtete, dass Richard glaubte, er würde die Verhandlungen absichtlich in die Länge ziehen – denn solange er Richard in Akkon festhielt, konnte der das Heilige Land nicht erobern. Richard, ohnehin verstimmt durch Philippes Abreise, glaubte den Gerüchten, dass der Sultan nicht bereit war, das Lösegeld zu zahlen, und dass er seine christlichen Gefangenen längst hingerichtet hatte.

Und dann geschah es – wenn ich es nicht mit eigenen Augen gesehen hätte, hätte ich es nicht geglaubt! Richard führte dreitausend muslimische Gefangene vor die Stadttore von Akkon und ließ sie in Sichtweite von Sala ad-Dins Lager hinrichten. Einen nach dem anderen – dreitausend tapfere Krieger, Verteidiger ihres Glaubens! Ich war entsetzt, zu welcher Grausamkeit mein Freund fähig war. Er schien vor nichts zurückzuschrecken, wenn ihn sein furchtbarer Jähzorn entflammte. Sala ad-Din weinte, als er mich zu sich rief. Er sagte: ›Du bist frei, Léon!‹ und überließ mir die Entscheidung, was ich tun wollte.

Ich entschied mich, beim Sultan zu bleiben. Während der nächsten Monate wurden wir enge Freunde. In seinem Lager habe ich zum Wahren Glauben gefunden. Das war 1192 nach Christi Geburt, im Jahr 588 der muslimischen Zeitrechnung. Seit diesem Tag vor dreizehn Jahren bin ich Tarik.«

»Und jetzt führst du Karawanen von Samarkand nach Zhongdu? Du bist weit entfernt von deiner Heimat.«

»Nachdem ich Muslim geworden war, konnte ich nicht nach Anjou oder York zurückkehren. Richard war 1192 auf dem Rückweg vom Heiligen Land durch Leopold von Österreich gefangen genommen worden. Er hätte mich als muslimischen Gefolgsmann nicht schützen können, selbst wenn er als mein König und Freund mein Glaubensbekenntnis akzeptiert hätte. Und mit seinem Bruder John habe ich mich nie besonders gut verstanden.

Nein, ich konnte nicht zurück, selbst wenn ich es nach dem Massaker von Akkon gewollt hätte. Dann starb Sala ad-Din im März 1193 in Dimashk, und ich trauerte um ihn. Ich wollte nicht im Heiligen Land bleiben und gegen meine Freunde aus dem Anjou und der Normandie kämpfen, und so zog ich weiter nach Osten. Ich erreichte Bagdad, Isfahan, Bokhara und schließlich Samarkand. Dort lernte ich Djafar kennen, den ich auf seiner nächsten Reise nach Osten begleitete. Dies ist meine vierte Reise über die ›Straße der Seide‹.«

»Du hast alles verloren: deinen Freund, deinen König, deine Heimat, deinen Besitz und sogar deinen Glauben.«

»Ich habe nicht verloren, Temur, sondern gewonnen!«

»Was hast du gewonnen?«

»*La Liberté* … die Freiheit – das Einzige, was der Mensch niemals aufgeben darf.«

Ich nickte nachdenklich. Er dachte wie ich!

»Wie lange wirst du in Zhongdu bleiben?«, fragte ich.

»In zwei oder drei Wochen werde ich wieder aufbrechen«, antwortete Tarik und schlürfte seinen Minztee.

»So schnell? Du bist doch gerade erst angekommen.«

»Malik sagt, er habe die Waren für die Karawane nach Samarkand seit Wochen in seinem Lager, und die Kamele auf den Weiden außerhalb von Zhongdu seien kräftig genug für die lange Reise. Ich will noch während der Wintermonate die Straße durch die Taklamakan-Wüste hinter mich bringen, in Kashgar rasten und dann im Frühjahr den Pamir überqueren und nach Samarkand zurückkehren. Ich kann nicht länger als zwei oder drei Wochen hier bleiben, wenn ich diesen Zeitplan einhalten will. Würde ich später aufbrechen, könnte ich erst im Frühjahr die Taklamakan erreichen – dann würde ich wegen der Hitze zu viele Lasttiere verlieren. Dies ist meine letzte Reise.«

»Und was tust du, wenn du angekommen bist?«

»Ich habe ein schönes Haus in Samarkand, in der Nähe des *Rigestan.* Während der letzten neun Jahre bin ich kaum dort gewesen, weil ich ständig unterwegs war. Ich wünsche mir nichts sehnlicher als ein paar Monate der Besinnlichkeit in meinem Garten – ohne jeden Tag unermüdlich in den Sattel zu steigen, um dem Horizont ein paar Schritte näher zu kommen.« Er seufzte. »Vielleicht schreibe ich eines Tages ein Buch über meine Reisen vom einen Ende der Welt zum anderen.«

»Ich werde dein Buch sehr gern lesen«, sagte ich – als wäre es bereits geschrieben. »Aber noch viel lieber werde ich dich auf deiner nächsten Reise begleiten.«

In den kommenden Tagen zeigte mir Tarik die Aufzeichnungen, die er während seiner Reisen gemacht hatte. Es war ein kleines Buch aus zusammengenähten Pergamentblättern, aber wie mein Atlas enthielt es die ganze Welt.

Gebannt hörte ich zu, wenn er mir seine Reisenotizen in französischer Sprache vorlas und anschließend ins Arabische übersetzte. Aber noch lieber betrachtete ich die Zeichnungen, die er von Paris und Venedig, von Bagdad und Changan und vielen anderen Orten angefertigt hatte: Kathedralen und Moscheen, die Paläste des Dogen und des Khalifas, die bescheidene Grabkapelle von Jesus, nicht weit entfernt von dem Ort seiner Kreuzigung, den großartigen Felsendom in Jerusalem, wo nach jüdischem Glauben Abraham seinen Sohn opfern sollte und wo nach muslimischem Glauben der Prophet Mohammed in den Himmel ritt, die gewaltige Pyramide des Erbauers der Großen Mauer, des Kaisers Qin Shi Huangdi, und – das Meer! Das ewige und doch ständig sich verändernde Meer, bewegt an der Oberfläche und still in der unermesslichen Tiefe, goldfunkelnd im Sonnenlicht und aufgewühlt und bedrohlich während eines Sturms.

Besonders beeindruckt war ich jedoch von Venedig, einer Stadt, die auf Inseln in einer Lagune erbaut worden war. Doch obwohl die Stadt aus Verzweiflung errichtet worden war, weil man den anrückenden Feinden nicht anders Widerstand leisten konnte als durch den Rückzug auf das Meer, war Venedig eine geniale Vision und eine technische Meisterleistung.

Ich war erfreut, von Tarik zu hören, dass die Welt nicht wie die Landkarte in meinem Atlas am Meer westlich von Bagdad endete. Wenn man die Stadt des Khalifas erreichte, hatte man erst die Hälfte des Weges zum anderen Ende der Welt zurückgelegt. Ich wollte aufbrechen, um die Fremde kennen zu lernen! Changan, Lanzhou, Shazhou, Kashgar – das waren die Stationen der Reise, die ich in wenigen Tagen antreten wollte. Ich würde das Reich Chin durchqueren, das Khanat von Karakitai und das Sultanat von Khwarezm sehen!

Ich freute mich auf diese Reise, die ich in jenen Tagen vor dem Aufbruch für die längste meines Lebens hielt. Wie sehr ich mich irrte, begriff ich erst Jahre später: Denn die Sehnsucht endet nicht, wenn du nach einer Reise, die dich dein halbes Leben und noch viel mehr gekostet hat, dort angekommen bist, wo du hinwillst: bei dir selbst. Es treibt dich immer weiter. Und die Rückreise dorthin, von wo du aufgebrochen bist, um die Länder jenseits des Horizontes zu suchen und deine eigenen Grenzen zu finden – die Rückkehr zu dir selbst –, ist doch immer die längste Reise von allen. Und der Weg, den du selbst finden musst, ist auf keiner Karte verzeichnet …

Ich atmete aus, streifte meine sterbliche Hülle ab wie ein Gewand, das ich eine Zeit lang getragen hatte, ließ Temur hinter mir und kehrte dorthin zurück, woher ich einst gekommen war: in die Ewigkeit. Es war meine erste Himmelsreise seit mehr als einem Jahr. Die letzte hatte ich zusammen mit meinem Vater unternommen: Wir hatten unsere magischen Kräfte gemessen.

Drei Tage vor meiner Abreise hatte ich den Himmelstempel von Zhongdu besucht, um zu beten und ein paar Zeichnungen zu machen. Im Park des Tempels hatte ich mich anschließend in der Abenddämmerung unter einen blühenden Baum gelegt und mich auf die Himmelsreise vorbereitet.

Höher und immer höher schwang ich mich hinauf, ekstatisch, schwerelos, und nur ein Mal blickte ich zurück und erkannte Temur im Gras liegend. Er hatte die Augen geschlossen, als sei er eingeschlafen. Aber er schlief nicht. Er war wach, sah alles, hörte alles, fühlte alles. Er war ich. Und ich war er.

Ich ließ mich hinaufwehen ... in die Ewigkeit ... zu Gott. Welch herrliches Gefühl, körperlos durch die Andere Welt zu gleiten ... emporgetragen zu werden wie durch einen göttlichen Wind. Das Licht, dieses helle, wunderbare Licht war überall. Ich hüllte mich in seine Strahlen und fühlte mich geborgen. Ein unbeschreibliches Gefühl von Glückseligkeit durchflutete mich, riss mich mit sich, immer höher hinauf zu Gott. Wie ich mich nach Ihm sehnte, nach Ruhe und Frieden!

Dann war ich bei Ihm. Er hüllte mich ein in Seine Liebe, die mich durchdrang wie ein helles, warmes Licht. Für einen endlosen Augenblick hörte ich auf ... zu denken ... zu wissen ... zu sein.

Ich war nicht mehr ... kehrte zu der Quelle zurück, aus der ich einst entsprang ... ein Tropfen aus der Strömung ... ein Funke dieses göttlichen Lichts ... floss zurück ... wurde eins ... und existierte nur noch in Ihm und durch Ihn ...

Temur lag mit geschlossenen Augen im Gras, als sie ihn entdeckte. Zunächst hatte sie wohl gedacht, dass er beim Lesen eingeschlafen war, denn neben ihm lag ein aufgeschlagenes Buch. Doch als sie ihn in einer für sie unverständlichen Sprache reden hörte, hielt sie ihn wohl für krank. Sanft fasste sie ihn an der Schulter: »Wachen Sie auf! Geht es Ihnen gut?«

Ich stürzte zurück und schlug mit einer Gewalt in meinen Körper, die mir wehtat. Meine Glieder zuckten, und ich atmete schwer, um die Schmerzen zu bezwingen, die mich bei jeder Rückkehr von einer Himmelsreise quälten. Als ich die Augen öffnete, sah ich in ihr erschrockenes Gesicht.

»Sind Sie krank?«, fragte sie leise. »Sie haben im Schlaf geredet.

Ich wollte gerade zum Tempel gehen, um zu beten ... da habe ich Ihr Stöhnen gehört. Ich habe mir Sorgen gemacht ...«

Benommen starrte ich sie an, unfähig, ein Wort zu äußern, unfähig, mich zu erheben. Dann hatte ich den Schmerz besiegt.

Wäre ihre Erziehung nur ein bisschen weniger streng gewesen, so wäre sie wahrscheinlich aufgesprungen und vor mir geflohen. Und wäre meine Erziehung nur ein wenig strenger gewesen, hätte ich sie nicht so angestarrt.

Ich war so verwirrt, dass ich fürchtete, Unsinn zu reden. Also schwieg ich und hoffte, sie würde nicht im nächsten Augenblick dorthin verschwinden, woher sie so plötzlich gekommen war.

Sie war achtzehn oder neunzehn Jahre alt, trug eine elegante weiße Seidenrobe mit Blumenstickerei, deren purpurfarbener Saum bis zu ihren winzigen Lotusfüßen reichte. Verlegen drehte sie einen lackierten Papierschirm mit aufgemalten blauen Vögeln in der Hand, während sie meinem Blick auswich und die Augen niederschlug. Ihr schwarzes Haar war zu einem Knoten aufgesteckt, in dem goldene und mit winzigen Lotusblüten verzierte Nadeln einen funkelnden Strahlenkranz um ihr Gesicht bildeten. Ihre hohe Stirn und ihre Wangen waren mit weißem und rosenfarbenem Puder geschminkt. Ihre Lippen waren zart wie die Blätter einer Rose. Ihre Augen ...

Ich war verzaubert von ihr.

Da war etwas zwischen uns, das ich nicht in Worte fassen konnte. Was hatte sie getrieben, sich mir zu nähern, um mich aus dem Schlaf zu reißen? Neugier, Mitgefühl – oder etwas anderes? Was ließ mich derart die Selbstbeherrschung verlieren, dass ich sie anstarrte, ohne ein Wort zu sagen? Ein Berührtsein in der Tiefe meiner Seele – oder etwas anderes?

Ich kam zur Besinnung und setzte mich auf.

»Ich weiß, es geht mich nichts an, aber ...« Sie zögerte, dann fragte sie: »Warum liegen Sie hier im Gras?«

»Ich habe gezeichnet«, sagte ich und deutete auf das Notizbuch mit meinen Skizzen von Zhongdu ... meinen Erinnerungen.

Der Anstand gebot ihr, sich von mir zu verabschieden und nicht allein mit mir zu sprechen, aber sie wollte noch nicht gehen. Sie suchte nach Worten, ein Gespräch mit einem Fremden zu beginnen. Schließlich fragte sie: »Was haben Sie gezeichnet?«

»Den Himmelstempel.« Ich nahm mein Reisebuch und erhob mich. Unsere Hände berührten sich, als ich es ihr reichte.

Sie blätterte darin, betrachtete meine Zeichnungen des Kaiserpalastes, des Ahnentempels des Kung Futse und des Himmelstempels. »Das ist … wundervoll.« Sie gab mir das Buch zurück. Wieder streiften ihre Finger wie zufällig meine Hand.

»Nicht halb so schön wie die Unterhaltung mit Ihnen.«

Sie sah mich überrascht an. »Warum sagen Sie das?«

»Weil ich nicht will, dass Sie jetzt schon vor mir fliehen.«

Sie lächelte. »Sollte es denn einen Grund geben, dass ich in einigen Minuten vor Ihnen fliehen sollte?«

»Ich hoffe nicht!«

Meine Bemerkung hatte sie verwirrt. »Hören Sie auf, mich so anzustarren!«, bat sie mich peinlich berührt und wich meinem Blick aus.

»Ist es Ihnen recht, wenn ich die Augen schließe und auf einen wundervollen Anblick verzichte, während wir weitersprechen?«

Sie lachte herzlich, als ich tatsächlich die Augen schloss. »So war das nicht gemeint!« Als ich nicht reagierte, zog sie mich leicht am Ärmel. »Bitte starren Sie mich wieder an, wenn Sie wollen.«

Ich sah ihr in die Augen, und wir mussten beide lachen. Dann wurde ich wieder ernst: »Was haben Sie empfunden, als ich sie eben ansah?«

Verlegen wandte sie sich ab. »Ich weiß nicht … Ich meine: Ich weiß nicht, wie ich in Worte fassen soll, was ich in diesem Moment gespürt habe.« Sie war sehr ernst, als sie mich wieder ansah. »Ich war … *berührt.* Das ist das richtige Wort: Sie haben mich berührt. Tief in meinem Innersten.«

»War es angenehm?«, fragte ich und strich ihr über die Wange.

»Ja, das war es«, hauchte sie und sah mir in die Augen. »Sie sind sehr … *intensiv,* anders kann ich es nicht ausdrücken. Als sie mich eben ansahen, da dachte ich … da dachte ich, Sie kämen aus einer anderen Welt zurück und hätten gerade etwas gesehen, das mit Worten nicht zu beschreiben ist. Sie haben von innen heraus gestrahlt, Ihre Augen haben geleuchtet, und Sie haben gelächelt, als wären Sie glücklich, ekstatisch glücklich, und dabei haben sie gezittert, als hätten Sie furchtbare Schmerzen. Und bei alldem waren Sie so ernst, so … *intensiv.* Das hat mich fasziniert …«

Ich strich ihr über die Wange. »Darf ich Sie küssen?«

Zart liebkoste ich ihre Lippen. Sie schloss die Augen und ließ es geschehen. Mein Kuss erregte sie, und sie beantwortete die ungestellte Frage sehr leidenschaftlich. Ich umarmte sie, während meine Zunge über ihre Lippen strich, in ihren Mund glitt und ihren halbherzigen Widerstand niederrang. Doch schließlich besann sie sich und entwand sich meinen Armen.

»Tun Sie eigentlich immer, was Sie wollen?«, fragte sie.

»Immer«, erwiderte ich ernst.

»Und was nehmen Sie sich als Nächstes vor?«

»Ich würde gern mit Ihnen im Park spazieren gehen.«

»Angenommen, ich würde mit Ihnen spazieren gehen. Was haben Sie dann vor?«

»Wenn Sie sich bis dahin nicht mit mir gelangweilt haben, könnten wir im Gras liegen und den Mond betrachten. Ich bin wirklich gut darin, den Mond anzustarren … und Sie.«

»Sie sind sicher gut in *allem*, was sie tun«, sagte sie schlagfertig.

»Die Liste meiner Niederlagen ist relativ kurz«, konterte ich. »Bisher gab es keine, die mir widerstanden hätte.«

»Sie sind sehr direkt!«

»Direkte Spielzüge bringen beim Spiel den schnellen Sieg.«

»Sie reden wie mein Vater. Glauben Sie nicht, dass die Schnelligkeit Ihrer Vorgehensweise abschreckend wirken könnte?«, fragte sie.

»Ich will Ihrer Enttäuschung zuvorkommen, wenn Sie gegen Ende des Spieles feststellen, dass ich Ihnen nicht meine wahren Absichten verraten habe.«

»Jedes Spiel hat Regeln. Sie sind gerade dabei, sämtliche Regeln zu brechen.«

»Ich halte mich immer an die Spielregeln. An die, die ich selbst gemacht habe.«

»Sie haben Sun Tses Buch *Die Kunst des Krieges* sehr aufmerksam gelesen. Kapitel zwei: Ein schneller Sieg ist das Ziel des Krieges, andernfalls werden die Waffen stumpf, und die Kampfmoral sinkt.«

»Ich werde nicht aufgeben, auch wenn der Sieg nicht heute Abend errungen werden sollte«, versicherte ich ihr.

»Das hatte ich nicht angenommen«, gestand sie mit einem entzückenden Lächeln. »Dann will ich dafür sorgen, dass Ihre Waffen nicht stumpf werden, bis wir uns wiedersehen.«

Sie drängte sich an mich, küsste mich, dann riss sie sich los und verschwand zwischen den Bäumen.

Wie von Sinnen irrte ich durch die Stadt und suchte sie. Warum bloß hatte ich sie nicht nach ihrem Namen gefragt? Wie sollte ich sie denn je wiederfinden? Und warum hatte ich mich überhaupt auf sie eingelassen, drei Tage vor meiner Abreise nach Samarkand? Was hatte mich an ihr so fasziniert? Ihr schönes Gesicht, ihr bezauberndes Lächeln und ihre zarten Hände, nach deren Berührung ich mich sehnte? Ihr Widerstand und ihre schlagfertigen Antworten? Oder das Versprechen eines Wiedersehens, das sie mit ihrem Kuss besiegelte?

Am nächsten Morgen kehrte ich zum Tempel zurück. Ich betete, Gott möge sie mir zurückschicken. Ich suchte sie stundenlang, ging jeden Weg des Parks entlang, setzte mich unter den Baum und wartete. Doch sie kam nicht.

Enttäuscht kehrte ich zurück zum *Funduk*, packte meine Taschen und verbrachte eine schlaflose Nacht. Ich dachte an die bevorstehende Reise – irgendwo auf dem Weg zwischen Lanzhou und Xining würde ich sie vergessen …

Die aufgehende Sonne fand mich wieder im Tempel, wo ich den ganzen Tag verbrachte, um auf sie zu warten. Sie kam nicht.

In jener Nacht packte ich meine Satteltaschen wieder aus …

… und am nächsten Morgen erwachte ich mit dem Gefühl, der größte Narr auf dieser Welt zu sein. Wütend stopfte ich meinen Besitz zurück in die Taschen.

Malik fand mich, wie ich die Karten in meinem Atlas anstarrte, ohne sie wirklich zu sehen. Besorgt setzte er sich neben mich und nahm meine Hand. »Bist du krank? Hast du Fieber? Wenn du nicht reisen kannst …«

Seine Besorgnis rührte mich, und ich wich seinem Blick aus.

»Ich kenne einen chinesischen *Hakim*, der mit Nadeln heilt.«

»Ich bin nicht krank!«, erklärte ich energisch.

»Was ist dann mit dir los?«

»Nichts!«, fauchte ich ihn an.

»*Dieses* Leiden kenne ich gut!«, versicherte er mir mit einem wissenden Lächeln. »Die Nadeln des chinesischen *Hakim* helfen übrigens auch bei akuter Verliebtheit. Falls du morgen reisen willst …«

Auch eine Reise von zehntausend Li beginnt mit einem Schritt. Mit dem Schritt in die Besinnung, mit dem Schritt, der zu uns selbst führt. Auch wenn wir noch nicht wissen, in welche Richtung wir gehen.

Vor dem Stadttor herrschte ein unvorstellbares Gedränge und Geschrei: vierhundert Kamele, eine Herde Schafe und Ziegen, vierundneunzig Treiber und viele Reisende, die sich der Karawane nach Westen anschließen wollten.

Hunderte Zuschauer drängten sich an der Stadtmauer, um die Abreise der Karawane zu beobachten: störrische Kamele, fluchende Treiber, die sehnsuchtsvollen Blicke der Reisenden zum fernen Horizont, Tränen, Worte des Abschieds, Versprechen der Wiederkehr – in zwei oder drei Jahren, wenn der Himmel es zuließ, *Insh'Allah*.

Ich war unruhig, als ich langsam durch die Reihen der knienden Kamele ritt und das Verladen der Waren beobachtete. Die letzten Tiere wurden aneinander gekettet. Von der anderen Seite des Platzes winkte mir Tarik zu und gab das Signal zum Aufbruch.

Die Kamele erhoben sich mit den schweren Lasten und setzten

sich gemächlich in Bewegung. Tarik trabte die lange Reihe der vierhundert Tiere entlang und brüllte Anweisungen für die Kameltreiber.

Ein letztes Mal wandte ich mich zum Stadttor um, um Malik zuzuwinken, der in den letzten Wochen ein vertrauter Freund geworden war, und um Abschied zu nehmen von einer faszinierenden Stadt, in der ich ein paar herrlich unbeschwerte Tage verbracht hatte – und da sah ich sie.

Ein Schmerz durchzuckte mich, als wäre ich von einem Pfeil ins Herz getroffen worden. Ich war unfähig, mich zu rühren, eine Entscheidung zu treffen. Ich hatte mich entschlossen, die Karawane zu begleiten, weil ich dachte, ich würde sie nie wiedersehen. Und nun stand sie plötzlich vor mir …

Unbeweglich saß ich im Sattel, die Hände in der Mähne meines Pferdes, und blickte sie an. Die Kamele zogen vor mir vorbei, und ich redete mir ein, es sei der aufgewirbelte Staub, der mir die Tränen in die Augen trieb.

Sie war einige Schritte auf den Platz hinausgetreten, um den Aufbruch zu beobachten, als sie mich in der Karawane entdeckte. Sie war außer Atem, als wäre sie gerannt, als hätte sie sich ungeduldig durch die dichte Menge der Menschen am Stadttor gedrängt. Als hätte sie gefürchtet, ich könnte schon fort sein.

Traurig kam sie näher und rief mir etwas zu, aber die endlose Reihe der aneinander geketteten Kamele trennte uns, und ich verstand sie nicht.

Tarik hatte mich beobachtet. Er zügelte sein Pferd neben mir und sah zu ihr hinüber. »*Exigua pars est vitae qua nos vivimus. Ceterum quidem omne spatium non vita, sed tempus est*«, sagte er leise. »Das ist von Seneca, einem weisen römischen Philosophen, und heißt übersetzt: ›Nur ein kleiner Teil des Lebens ist es, in dem wir leben. Die ganze übrige Spanne ist nicht Leben, sondern Zeit‹. Er meinte: Zeit, die wir verschwenden, als hätten wir unendlich viel davon.«

»Willst du mit deiner Bildung angeben, Léon von Anjou?«, fragte ich und wischte mir eine Träne ab.

»Ich will dir helfen, *mon cher.*«

»Wobei?«, fragte ich irritiert.

»Beim Stehenbleiben. Du gehst deinen Weg einfach immer weiter. Ohne dich auch nur ein Mal umzudrehen. Denn der Blick zurück könnte …«

»Halt den Mund, Tarik!«, fuhr ich ihn an.

»Das tue ich seit drei Tagen: Ich sehe zu, wie du dich quälst. Weißt du, was Seneca noch geschrieben hat? ›Du lebst, als lebtest du ewig, niemals kommt dir deine Sterblichkeit in den Sinn. Du beachtest nicht, wie viel Zeit schon vergangen ist. Das größte Hindernis im Leben ist die Erwartung, die vom Morgen abhängig ist und das Heute zerstört. Was in die Hand des Schicksals gelegt ist, darüber verfügst du. Was in deiner Hand liegt, das lässt du los.‹ Bleib stehen, Temur, und komm zur Besinnung: Sie ist hier.« Als ich zögerte, sagte er: »Ich bin sicher, dass wir uns eines Tages wiedersehen werden, *mon ami.* In Samarkand.«

Er zog sein Notizbuch hervor, schlug es auf und riss eine Seite heraus: seine Skizzen von Venedig! Der Palast des Dogen und die Basilika von San Marco!

»Tarik, es sind deine Erinnerungen …«, sagte ich, als er mir das Pergament in die Hand drückte.

»Und es ist dein Traum, Temur! Samarkand liegt auf dem Weg nach Venedig. Du könntest mich besuchen … eines Tages«, sagte er. Dann umarmte er mich zum Abschied, flüsterte leise »*Bism'Allah! Dieu te conduise* – Möge Gott dich führen!« Darauf wendete er sein Pferd, bevor ich auch nur ein Wort sagen konnte, und verschwand in einer Staubwolke.

Ich steckte die Skizzen zwischen die Seiten meines eigenen Reisebuches, ritt zu ihr hinüber, auf die andere Seite der Karawane, und sprang aus dem Sattel. »Wie haben Sie mich gefunden?«, fragte ich sie.

»Sun Tses *Kunst des Krieges,* Kapitel dreizehn: Der Einsatz von Spionen.« Sie lächelte mich traurig an. »Die Kopie Ihres Passes liegt im Archiv der Stadtverwaltung. Auf dem Bild sind Sie wirklich gut getroffen, selbst das Funkeln in Ihren Augen.

Ich konnte Sie nicht vergessen. Ich habe es wirklich versucht, aber … die Erinnerung an Sie war zu intensiv. Es tut mir Leid, dass ich vor Ihnen weggelaufen bin. Und es tut mir Leid, wenn ich Sie verletzt habe.« Sie wischte sich eine Träne ab. »Ich hatte Sie nicht nach Ihrem Namen gefragt und war deshalb heute Morgen im Archiv, weil ich herausfinden wollte, wer Sie sind, Kiyan Temur. Sie sind weder ein Chin noch ein Song. Ihrer Aussprache nach stammen Sie aus dem Norden. Bitte entschuldigen Sie, denn Ihr Chinesisch ist wirklich gut. Als ich dann endlich herausgefunden hatte, wer Sie sind, kam ein Bote vom Westlichen Stadttor und brachte das Dokument Ihrer Abreise. Ich war erschrocken … traurig: Sie wollen nach Samarkand. Ich bin sofort hergeeilt.«

»Darüber bin ich sehr glücklich.«

»Nun weiß ich mehr von Ihnen, als Sie von mir, Kiyan Temur. Ich weiß, wann und wo Sie geboren wurden …«

»Mehr haben Sie über mich nicht herausbekommen?«

»Gibt es noch mehr zu wissen?«, fragte sie.

»Finde es heraus!« Ich umarmte sie und küsste sie leidenschaftlich. »Und lass dir viel Zeit dabei: den Tag, die Nacht und den Rest meines Lebens.«

Sie hatte die Augen geschlossen und ergab sich mir mit einem seligen Lächeln. Eng umschlungen lagen wir auf meinem Bett, unsere nackten Körper ineinander verschlungen.

Sanft strich ich ihr über das Gesicht, und sie öffnete die Augen. Wie schön sie war, wie wunderschön!

»Ich liebe dich, Ying Hua«, flüsterte ich bewegt. »Meine wunderschöne ›Kirschblüte‹.«

»Und ich liebe dich, Temur. Vom ersten Augenblick an.«

Meine Hände glitten über ihren Körper, als wir uns küssten, streichelten zart ihre Haut, und sie erschauerte. Dann liebkoste ich ihren Hals und ihre Schultern und ließ meine Lippen über ihre Brüste gleiten, die mich an die weißen Blüten des Lotus erinnerten. Meine Zunge umspielte die aufgerichteten rosigen Knospen, und sie räkelte sich wohlig in den Kissen. Dann wanderte meine Zunge zu ihrem Bauchnabel, umkreiste ihn, und sie lächelte verzückt:

»Du bist ein Magier!«, seufzte sie und strich mir sanft über das Gesicht. »Ich habe noch nie einen Menschen kennen gelernt, der bei der zartesten Berührung so empfindsam reagiert, der so einfühlsam, so sinnlich, so aufmerksam ist wie du, Temur. Und dabei so unglaublich selbstbeherrscht.« Sie drückte mich in die Kissen zurück und beugte sich über mich, um mich zu küssen. »Ich will so viel über dich wissen, mein Geliebter. Wer bist du?«

Vorsichtig löste sie die silbernen Spangen, die meine aufgesteckten Zöpfe in Schlaufen zusammenhielten, die mir bis auf die Schultern fielen. Dann öffnete sie jeden der Zöpfe und fuhr mir mit den Fingern durch das offene Haar, das mir bis zur Hüfte reichte. Ich beobachtete sie, während sie ihr Gesicht in meinem Haar vergrub und tief den Duft einatmete.

»Du hast schönes, seidiges Haar. Wann hast du es zuletzt offen getragen?«, wollte sie wissen.

»Mein Vater flocht mir meine Zöpfe, als ich vier Jahre alt war. Seit diesem Tag trage ich die mongolische Haartracht.«

»Du sprichst von deinem Vater, als würdest du ihn sehr lieben.«

»Ja, ich liebe ihn.«

»Obwohl ihr gestritten habt und du ihn verlassen hast?«

Ying Hua wusste nicht, wer jener Mann war, den ich bis vor wenigen Wochen für meinen Vater gehalten hatte und der es in meinem Herzen immer noch war und stets sein würde. Ich hatte ihr nur anvertraut, dass ich ihn nach einer erbitterten Auseinandersetzung verlassen hatte.

»Ich liebe ihn noch mehr als zuvor, *weil* wir gestritten haben. Wir sind uns sehr ähnlich. Wir sehen uns selbst im anderen: was wir sein wollen und was wir sind. Manchmal fliegen die Funken, wenn wir uns aneinander reiben. Wir liefern uns Wortgefechte und Schamanenkämpfe, lassen die unbeherrschte Wut am anderen aus, weil wir wissen, dass er es ertragen kann. Und dann versöhnen wir uns wieder, weil wir erkannt haben, dass letztlich keiner von uns beiden *gegen* den anderen gewinnen kann. Sondern nur *mit* dem anderen.«

»Du leidest unter der Trennung …«

»Ja, aber nicht, weil eine schwer zu überwindende Wüste und die Große Mauer zwischen uns liegen. Sondern weil ich uns beiden, als ich ihn verließ, die Chance nahm, uns zu versöhnen.«

Sie sah mich lange an, strich mir über das Haar. Schließlich sagte sie: »Dein Vater hat dir also deine ersten Zöpfe geflochten …« Sie breitete mein Haar über das Kopfkissen aus – es war ein ungewohntes Gefühl von … ja: von Ungebundenheit … Freiheit.

»Hat keine deiner Frauen dich je mit offenem Haar gesehen?«

»Nein, noch nie«, sagte ich ernst.

Betroffen sah sie mich an. »Dann habe ich Grenzen überschritten, die ich nicht hätte überschreiten sollen?«, fragte sie leise.

»Du hast bereits *jede* Grenze weit hinter dir gelassen, Ying Hua.«

»Entschuldige, ich … ich wusste nicht …«

Ich zog sie zu mir und küsste ihr die Worte von den Lippen. Dann glitt sie an mir herunter und liebkoste mit Lippen und Händen meine Haut. Seufzend räkelte ich mich in die Kissen, während sie mit ihren Fingern zart über meine Brust strich.

»Woher stammt diese Verletzung?«, fragte sie und küsste die Narbe an meinem linken Arm.

»Aus einem der letzten Feldzüge. Ein kereitischer Offizier kam während der Schlacht nah genug an mich heran, um mich mit seinem Schwert zu verwunden.«

»Es muss wehgetan haben!« Sie strich über die Narbe.

»Nicht mehr als die Hinrichtung dieses tapferen Kriegers, der es wagte, sich mit mir anzulegen. Er war der Vater meiner Gemahlin Nomolun, den ich in jener Schlacht besiegte. Im Zweikampf habe ich ihn so schwer verwundet, dass er keine Chance hatte, zu überleben. Ich habe ihm ein langsames Sterben erspart.«

»Dein Körper ist voller Narben, Temur«, seufzte sie. »Wie viele Verletzungen hat deine Seele?«

Ihre Frage traf mich wie ein Pfeil ins Herz. Ich wandte mich ab, damit sie meine Tränen nicht sah, weinte still. Ich sah all die Toten auf den Schlachtfeldern, die Opfer eines endlosen Krieges, und ich sah Dschamuga, den letzten Feind, und seinen letzten Blick, der sagte: Du bist mein Sohn!

Ying Hua legte sich neben mich, nahm mich in den Arm und ließ mich weinen. »Bitte entschuldige, Temur. Ich wollte dir nicht wehtun. Ich weiß doch nicht, wo die Grenzen sind …«

»Bis eben wusste ich es selbst nicht«, schluchzte ich, und sie küsste mir die Tränen aus dem Gesicht. »Tust du mir einen Gefallen, meine Geliebte?«

»Jeden!«, versprach sie mir.

»Geh niemals hinter die Grenzen zurück, die du längst überschritten hast …«

Sie lächelte traurig. »Das verspreche ich dir.«

»… und verteidige das, was du im Sturm erobert hast: Mich.«

Sie küsste mich leidenschaftlich und rang spielerisch mit mir, bis ich mich ihr ergab.

Eine Weile lagen wir eng umschlungen und lauschten auf den Atem des anderen.

Als wir uns später liebten, taten wir das mit einem heiligen Ernst und einer feierlichen Würde, mit der ich sonst als Schamane Opferrituale vollzog. Sie hatte ein Bein über meine Hüfte gelegt und mich tief in sich eindringen lassen, und wir bewegten uns so langsam, als hätten wir alle Zeit der Welt, um uns mit Händen und Lippen zu erforschen.

»Es ist schön, in deinen Armen schwach sein zu dürfen«, seufzte ich, als sie unmerklich den Rhythmus beschleunigte.

»Und ich dachte, du wärst sehr stark …«, neckte sie mich, »… mächtig, unbesiegt und durch nichts zu zerbrechen …«

»Wenn ich nicht stark wäre, hätte ich die letzten Jahre nicht überlebt. Der mongolische Winter kennt kein Erbarmen. Und die Gegner, die es auf mein Leben abgesehen hatten, schon gar nicht. Ein Feldherr kann sich keine Schwäche leisten, keinen Moment lang. Er muss jederzeit Herr der Lage sein, sich selbst beherrschen und seine Männer, für die er Verantwortung übernommen hat.

Und ein Schamane, der mit Gott spricht, muss mehr ertragen als jeder andere Mensch, denn er ist empfindsamer als andere. Kein Mensch wird freiwillig Schamane – er wird von Gott berufen. Er leidet darunter, dass er Dinge sieht, die andere Menschen nicht sehen, und nicht darüber sprechen kann. Dass er Visionen hat, die so überwältigend sind, dass tausend Worte nicht ausreichen würden, um sie zu beschreiben. Dass er Grenzen überschreitet, deren Existenz andere Menschen nicht einmal erahnen. Das Schwachsein kann tödlich sein. Dass es ein so intensives Gefühl in mir entzünden kann, verwirrt mich.« Ich küsste sie. »Halt mich fest!«

Wir liebten uns, mit unseren Händen und unseren Lippen, wir versenkten uns ineinander, langsam und zärtlich. Immer höher stiegen wir hinauf in die Ekstase der Lust, in die Verzückung der Liebe, in die Glückseligkeit. In diesem unbeschreiblichen Augenblick erkannte ich, dass der Mensch erst dann zu sich selbst findet, wenn er die Liebe gefunden hat. Er muss auf dieses Geschenk warten, denn Liebe ist ein Geschenk.

Kung Futse hatte gesagt: Das Einzige, was der Mensch beherrscht, ist er selbst. Der Weise hatte Unrecht, denn das wahre Menschsein beginnt doch erst jenseits der Grenze der Selbstbeherrschung.

Kapitel 3

»Ich bin wie das Wasser«

Komm sofort zum Tempel in den Bergen – wir müssen reden!«, hatte Ying Hua geschrieben. Zutiefst beunruhigt verbrannte ich das Papier, das mir ein Bote in ein Bambusrohr gesteckt überbracht hatte, und sah ihre Worte in Flammen aufgehen. Was war geschehen, dass wir uns nicht innerhalb der Mauern von Zhongdu treffen konnten, wie wir es sonst taten, sondern in den Bergen jenseits der Stadt?

Ying Hua und ich waren glücklich – und waren es doch nicht, denn das Sehnen nach dem anderen, so herzzerreißend schön und doch so schmerzhaft, ist doch immer nur die Vorbedingung des Glücks in der Erfüllung der Liebe. Wir trafen uns jeden Tag – und taten es doch nicht, denn wir berührten uns nicht, sprachen nicht miteinander und wichen sogar dem sehnsuchtsvollen Blick des anderen aus. Wir genossen die Nähe des anderen, seine Wärme, seine liebevollen Gedanken, seine achtsamen Gesten.

Unsere Liebe musste unentdeckt bleiben, und so trafen wir uns immer nur heimlich: in der Kaiserlichen Bibliothek, wo wir am selben Tag Bücher ausliehen und sie am nächsten Tag wieder zurückbrachten, im Park, wo wir in zwei Drachenbooten auf dem See ruderten und uns unter den Ästen einer über das Wasser ragenden Weide verliebte Worte zuflüsterten, im Kung-Futse-Tempel bei einem Ahnenopfer, wo wir nebeneinander knieten, uns zart berührten und einander Liebesbriefe auf gerolltem Papier in die Ärmel schoben – und Beschreibungen immer neuer Verstecke, an denen wir uns ungestört treffen konnten.

Es war schwierig, Ying Hua zu treffen, denn sie war ständig von einem Gefolge von Bediensteten umgeben, die im Auftrag ihres Vaters sehr genau darauf achteten, dass genau das nicht geschah, was wir miteinander taten. Aber nur selten gelang es uns, ihren Aufpassern zu entkommen und eine Stunde für uns zu haben, für unsere Liebe, unsere Zärtlichkeit, unsere Leidenschaft. War die Pagode in den Bergen oberhalb der Kaiserlichen Sommerresidenz nur eine weitere Variante dieses endlosen Versteckspiels?

Ying Hua war die Tochter von Prinz Wei-Shao Wang. Ich war ihm schon einmal begegnet: Neun Jahre zuvor hatte er mit General Wan Yen Siang gegen die Tataren gekämpft. Der Tatarenfürst war ein Vasall von Chin gewesen, der seinen Eid gebrochen und sich gegen den Kaiser aufgelehnt hatte. General Wan Yen Siang hatte Dschingis Khan zu Hilfe gerufen. Ich war damals zehn Jahre alt gewesen und hatte meinen Vater auf den Feldzug begleitet: Jene Schlacht gegen die Tataren war mein erstes Gefecht gewesen.

Nach der erfolgreichen Niederschlagung des Aufstandes hatte Prinz Wei-Shao Wang dem Khan den chinesischen Titel »Bevollmächtigter für den Frieden« verliehen. Aus diesem Titel, über den der Khan nur gelächelt hatte, hatte Prinz Yun Qi bei seiner letzten Mission sehr großzügig einen angeblichen Vasallenschwur Dschingis Khans gegenüber dem Himmelssohn abgeleitet – worüber der Khan wieder nur gelächelt hatte: »Soll er doch glauben, was er will!«, hatte er mir gesagt, in der Nacht, als ich ihn verließ. Nach dem Sieg über die Tataren waren Wan Yen Siang und Wei nach Zhongdu zurückgekehrt.

Der Prinz war ein Cousin des Kaisers Zhang Zong, einer der mächtigsten Männer des Reiches und ein hervorragender General, das »Schwert des Kaisers«, wie mein Freund Malik mir erklärte. Vor einigen Wochen war Prinz Wei zu einer diplomatischen Mission nach Linan an den Hof des Kaisers von Song aufgebrochen, und während seiner Abwesenheit hatten Ying Hua und ich uns treffen können.

Wenn meine Geliebte mich außerhalb der Stadt sehen wollte, konnte das nur bedeuten, dass ihr Vater überraschend nach Zhongdu zurückgekehrt war. Und dass sie fürchtete, unsere Affäre könnte entdeckt werden. Ihr Vater würde toben, wenn er davon erfuhr, denn Ying Hua war seit Monaten einem der kaiserlichen Prinzen als Erste Gemahlin versprochen.

Sofort machte ich mich auf den Weg zu den Bergen, die ein paar Li nordwestlich von Zhongdu lagen. Die Sonne neigte sich bereits über den westlichen Horizont und ließ den Kunming-See im Gegenlicht wie gehämmertes Gold schimmern, als ich den steilen Pfad zur Pagode hinaufgaloppierte.

Ying Hua erwartete mich mit ihrem Gefolge am »Tempel der Himmlischen Ruhe«. Als ich aus dem Sattel sprang, stieg sie aus der Sänfte und flog in meine Arme.

Was war geschehen, dass Ying Hua, die drei Monate lang so überzeugend die selbstbeherrschte und unnahbare Prinzessin gespielt und nur mir ihre Gefühle – ihr Glück und ihre Verzweiflung – offenbart hatte, mich vor den Augen ihrer Diener umarmte und küsste? Was war geschehen, dass sie sich nun zu unserer Liebe bekannte?

»Ich habe Angst«, flüsterte sie zitternd. »Ich habe furchtbare Angst!« Ich küsste sie zart, aber sie wich mir aus. »Mein Vater kam gestern Abend aus Linan zurück, früher als erwartet. Die Verhandlungen mit dem Kaiser von Song verliefen unerfreulicher als befürchtet. Mein Vater sprach von einem Misserfolg ... und von einem Krieg mit Song.

Vor achtzig Jahren, als wir Dschurdschen das Liao-Reich eroberten, war der Kaiser von Song unser Verbündeter gewesen. Aber als unsere Macht gefestigt war, brach der erste Kaiser von Chin den Freundschaftsvertrag und drängte die Song immer weiter nach Süden zurück, bis jenseits des Yangtse. Seither will der Kaiser von Song die Nordprovinzen zurückerobern, die er an den Kaiser von Chin verloren hat. Er hat die Tributzahlungen eingestellt. Ein Krieg steht unmittelbar bevor! Mein Vater ist jetzt im Palast, um dem *Tianzi* zu berichten ...«

Mit einem unruhigen Blick auf die Diener, die aufgeregt miteinander tuschelten, nahm sie meine Hand und zog mich mit sich fort. Wir stiegen die wenigen Stufen hinauf zum »Tempel der Himmlischen Ruhe«, von dem aus wir einen wundervollen Blick über das in der Ebene liegende Zhongdu hatten. Die Herbstluft war kristallklar, die Blätter der Bäume schimmerten in allen Schattierungen von Gelb und Rot, der Himmel im Osten leuchtete in tiefstem Blau.

Ying Hua hielt sich an der Steinbrüstung fest, starrte zum Abendhimmel empor und rang um Worte, um mir etwas mitzuteilen. »Ich habe meinem Vater von *uns* erzählt«, begann sie schließlich. Dabei strich sie sich sanft über ihren Bauch.

Ich beobachtete sie, sagte aber nichts. Warum konnte sie mir nicht in die Augen sehen? Fürchtete sie sich auch vor *meiner* Antwort, wenn sie mich, wie ihren Vater, zu einer Entscheidung zwang? Glaubte sie, ich würde sie verlassen?

»O Temur, ich habe genug von diesem Versteckspiel«, seufzte sie. »Zufällige Berührungen, ein verstohlenes Lächeln, wenn niemand uns beobachtet … Ich habe meinem Vater erzählt, dass ich dich vor einigen Wochen kennen gelernt und mich in dich verliebt habe. Wir hätten unsere Liebe doch sowieso nicht mehr lange geheim halten können.« Wieder strich sie zart über ihren Bauch, dann sah sie mich endlich an. »Wir können nicht vor ihm weglaufen. Er ist einer der mächtigsten Männer des Reiches. Ich hielt es für besser, es ihm selbst zu sagen, denn er hätte es ja doch bald herausgefunden.«

»Wie hat er reagiert?«, fragte ich. »War er zornig? Du bist einem kaiserlichen Prinzen versprochen …«

»Nein, er war nicht wütend, ich meine: Er hat mich nicht angeschrien. Er war … traurig. Denn genau dieses Schicksal, dass ich mich in einen anderen Mann als meinen künftigen Gemahl verliebe, wollte er mir ersparen. In einigen Monaten werde ich heiraten und dann zu meinem Gemahl ziehen. Eine leidenschaftliche Affäre oder auch nur eine zarte Liebesbeziehung mit einem anderen Mann ist dann ausgeschlossen.« Sie seufzte: »Mein Vater liebt mich sehr. Ich bin seine einzige Tochter. Er hat eine exzellente Heirat für mich arrangiert: Mein künftiger Gemahl ist mit dem Kaiser verwandt, er ist angesehen und wohlhabend, er ist gebildet und hat gute Manieren, ist nur zehn Jahre älter als ich – und außerdem ein schöner Mann, ein Märchenprinz. Die perfekte Verbindung, nicht nur aus politischer Sicht.« Sie lächelte traurig: »Eine zum Scheitern verurteilte Liebesbeziehung ist das Letzte, was mein Vater für mich wollte. Deshalb war er so betroffen, als ich ihm von uns erzählt habe.«

»Und was hast du ihm erzählt?«, wollte ich wissen.

»Ich habe ihm gesagt, wer du bist: ein mongolischer Feldherr und Schamane. Er fragte mich nach deinem Namen. Als ich ihm sagte, du seist Kiyan Temur, sah er mich überrascht an …«

»Er war überrascht?«, fragte ich verwirrt.

Sie nickte. »Dann wandte er sich ab und ging nachdenklich in seinem Arbeitszimmer auf und ab. Schließlich meinte er, dass er sich freuen würde, wenn du heute Abend zum Essen kämest. Er will dich kennen lernen.«

Nun war *ich* überrascht: »Er hat dir nicht verboten, mich wiederzusehen? Stattdessen lädt er den Geliebten seiner Tochter zum Abendessen ein?«

Ying Hua nickte. Schluchzend vergrub sie ihr Gesicht in meinem langen Haar, das ich seit dem Tag, als sie meine Zöpfe entflocht, offen über die Schultern trug. »Ich habe furchtbare Angst, Temur. Wenn er erfährt, dass ich … dass wir …«

Ich gebe es zu: Ich war unruhig, als ich drei Stunden später aus dem Sattel stieg und die Zügel meines Pferdes einem herbeieilenden Diener reichte, der das Tier in den Stall des Palastes führte. So viel hing für Ying Hua und mich von diesem Abendessen mit Prinz Wei ab! Diese Begegnung mit ihrem Vater entschied nicht nur über unser Glück oder das Ende unserer Liebesbeziehung, sondern auch über meine Zukunft als freier Mann. Die Einladung des Prinzen zum Abendessen war ein geschickter Spielzug nach Sun Tses *Kunst des Krieges* gewesen: Er bestimmte das Schlachtfeld, auf dem wir uns trafen, ich begab mich in seine Hand, und er allein entschied über mein Schicksal.

So dachte er jedenfalls, bis wir uns gegenüberstanden!

Die Residenz des Prinzen Wei in der Nähe des Parks der Kaiserstadt war, wie der nahe gelegene Palast des Himmelssohnes, eine Festung. Eine hohe Mauer umschloss mehrere Hallen und großzügige Wohngebäude, die sich um stille Höfe und schattige Gärten gruppierten. Im Westen lag ein kleiner Park mit Bäumen.

Ein Diener empfing mich am Tor der Residenz mit einem Kotau und führte mich dann gemessenen Schrittes durch den Palast, damit ich die rot lackierten Säulen und die vergoldeten Deckenbalken der Hallen in aller Ruhe bestaunen konnte.

Ein Garten trennte den vorderen Palastbereich von den Privaträumen des Prinzen. Eine weiße Marmorbrücke überspannte einen blühenden Lotusteich. Der Duft war atemberaubend. Im Wasser spiegelten sich die Magnolienbäume, der im leichten Sommerwind schwankende Bambus und die bizarr geformten Lavasteine des Gartens. Goldfische huschten durch das algengrüne Wasser. Ein wenig abseits ragte ein Berg aus schwarzen Lavasteinen auf, ein künstlicher Wasserfall rauschte über die Steine in den Teich. Eine beeindruckende technische Leistung!

Außer dem Rauschen des Wassers, dem Zirpen der Grillen und dem fröhlichen Gezwitscher der Schwalben, die sich von den Dächern des Palastes in den Himmel hinaufschwangen, war kein Laut zu hören.

Der Diener führte mich zum Audienzraum, in dem der Prinz seine Gäste empfing. Der Saal war kostbar eingerichtet. An den Wänden hinter dem niedrigen Schreibtisch aus dunklem Holz hingen Rollbilder mit chinesischen Landschaften: schroffe Berge, die sich aus dem zarten Nebel erhoben, vom Wind gebeugte Kiefern über einem Abgrund, tief geneigt, aber dem Sturm noch immer Widerstand leistend, ein Tempel auf einem Felsen über dem Fluss, der durch nicht mehr als drei oder vier zarte Pinselstriche mit schwarzer Tusche angedeutet war.

Ich bewunderte die Kunst des Sagens durch das Nichtsagen, die Darstellung durch das Weglassen des Wesentlichen: Der Nebel war gleichzeitig da und nicht da – er war eine unbemalte Fläche auf dem weißen Papier. Der Zeitpunkt der Entscheidung war dargestellt: Der Baum schien stark und unzerbrechlich, und doch konnte er jeden Moment in die Tiefe stürzen.

Prinz Wei-Shao Wang war allein, als sein Diener mich in den Raum führte und leise die Tür hinter mir schloss. Er erhob sich vom niedrigen Schreibtisch, hinter dem er auf einem Kissen gekniet hatte, um sich in der Schönschreibkunst zu vervollkommnen. Er hatte das Zeichen »Frieden« in schwarzer Tusche begonnen, als ich in den Saal geführt wurde. Als ich das noch unvollendete Schriftzeichen erkannte, dachte ich im Stillen, dass er seine diplomatische Mission zum verfeindeten Kaiser von Song wohl tatsächlich als Fehlschlag ansah, wenn er seinen Wunsch nach Frieden auf das Papier malte.

Ich tat, als hätte ich das Schriftzeichen nicht gelesen, und Prinz Wei tat, als hätte er nicht bemerkt, dass ich es gelesen hatte. Die Kunst des Krieges ist kompliziert, denn niemand spielt nach denselben Regeln – aber ich hatte keine Lust, mit ihm einen Abend lang über den Kaiser von Song, seine großartige Hauptstadt Linan und die Geschichte des Reiches Song zu plaudern, damit Prinz Wei mich kennen lernte, ein wenig mit mir spielte wie ein Tiger mit seiner Beute, bevor er mich dann ohne die ersehnte Antwort wieder fortschickte und aus Zhongdu verbannte, weil ich es gewagt hatte, seine Tochter zu verführen. Nein, ich wollte mit ihm über Ying Hua und unsere gemeinsame Zukunft sprechen.

Prinz Wei trat mir lächelnd entgegen und reichte mir einen Becher mit Reiswein. »Ich freue mich, dass Sie gekommen sind, Kiyan Temur!«, begrüßte er mich, als ich den Weinbecher nahm.

»Und ich danke Ihnen für die Einladung, Exzellenz!«, antwortete ich und leerte höflich den Becher.

Prinz Wei war Anfang vierzig. Er hatte sein langes Haar zu einem Knoten aufgesteckt. Sein Gewand war aus kostbarer Seide, aber er trug kein Zeichen seiner Macht. Seine aufrechte Haltung und seine zurückhaltenden Gesten sprachen nicht nur von seiner Virtuosität in der Kunst des Schwertes, sondern auch von seiner Vollkommenheit in der weit schwierigeren Kunst der Selbstbeherrschung. Ich mochte ihn – was ich ihm mit einem zurückhaltend-freundlichen Lächeln andeutete.

»Ich hielt ein Abendessen für eine gute Gelegenheit, Sie kennen zu lernen, Kiyan Temur«, sagte er und betrachtete irritiert mein offenes Haar, das mir bis zum Gürtel hinabreichte. »Ying Hua erzählte mir, Sie seien ein Mongole. Wenn ich mich richtig erinnere, haben die Mongolen nur einen Geburtsnamen …«

Das war keine Frage, das war eine Feststellung!

»Das ist wahr, Exzellenz. Mein Name ist Temur. Ich gehöre zum Kiyat-Klan.«

»Dann sind Sie von königlicher Herkunft und gehören zur Familie der letzten mongolischen Herrscher Kutula Khan und Ambakai Khan. Und Sie sind mit Dschingis Khan verwandt.«

Mit Fragen schien der Prinz sehr zurückhaltend umzugehen. Stattdessen zog er es vor, seine Gegner mit Feststellungen in die Enge zu treiben.

Was weiß er über mich?, schoss es mir durch den Kopf. Er hatte doch nur ein paar Stunden Zeit, sich über mich zu erkundigen! Der Prinz hatte Sun Tses *Kunst des Krieges* aufmerksam gelesen: »Erkenne den Feind und erkenne dich selbst, und du wirst unbesiegbar sein!«

Ich wich ihm nicht aus: »Ja, der Khan und ich sind verwandt.« Das war nicht einmal gelogen, selbst wenn Fürst Dschamuga mein Vater war: Durch meine Mutter war ich der letzte lebende Urenkel Kutula Khans und sein rechtmäßiger Erbe. Damit war der Khan mein Cousin. »Kennen Sie Dschingis Khan?«

»Ich bin ihm vor neun Jahren begegnet. Damals haben wir gemeinsam die aufständischen Tataren besiegt. Er ist ein großartiger Feldherr. Und ein weiser Herrscher. Seit ich ihn vor Jahren auf Wunsch des Kaisers zum ›Bevollmächtigten für den Frieden‹ ernannt habe, herrscht endlich Ruhe in der mongolischen Steppe – ich meine: im Vergleich zu vorher.

Dschingis Khan setzt die Politik seiner Vorgänger Ambakai Khan und Kutula Khan gegenüber dem Kaiser von Chin nicht fort. Die Überfälle auf chinesische Dörfer in der Nähe der Mauer haben aufgehört.« Ein feines Lächeln huschte über seine Lippen. »Bitte vergeben Sie mir, Temur, ich vergaß zu erwähnen, dass ich als Oberkommandierender der Regimenter an der Mauer für die Sicherheit der chinesischen Dörfer im Grenzland zuständig bin.«

Du willst mich mit gut gezielten Schlägen in die Enge treiben, dachte ich amüsiert. Und das machst du sehr geschickt, aber ich werde mich nicht provozieren lassen.

»Der Khan wünscht sich nichts sehnlicher als Frieden«, erklärte ich mit einem undurchsichtigen Lächeln.

»Davon bin ich überzeugt«, versicherte er, nahm die Karaffe vom Tisch und füllte meinen Becher mit Reiswein. »Auf den Frieden!«

Wir tranken die Becher leer, dann fuhr der Prinz fort: »Zwanzig Jahre lang hat er sich gegen Merkiten und Tataren, Kereiten und Naimanen gewehrt, die ihm immer wieder empfindliche Niederlagen beigebracht haben. Sie haben ihn in die sibirischen Wälder und die Gobi gejagt, aber er hat selbst in verzweifelten Situationen nie die Hoffnung aufgegeben, am Ende diesen endlosen Kampf nicht nur zu überleben, sondern ihn auch noch zu gewinnen. Als General bewundere ich ihn dafür aufrichtig.«

Er machte eine kurze Pause, dann ging er zum Frontalangriff über:

»Ying Hua erzählte mir, Sie seien einer der Feldherren Dschingis Khans.«

»Das ist wahr«, gestand ich und ließ seinen Angriff ins Leere laufen.

Ich begann an unserem Spiel Gefallen zu finden. Er war ein würdiger Gegner, ein wahrer Meister in der Kunst, das eine zu sagen und das andere zu meinen – wie auf der Tuschezeichnung an der Wand den schroffen Fels mit wenigen schwungvollen Pinselstrichen zu zeichnen, um den Nebel nur anzudeuten. Aber wenn er etwas von mir wissen wollte, dann sollte er mir gefälligst eine *Frage* stellen!

»Während ich heute Nachmittag auf die Audienz beim Kaiser wartete, traf ich zufällig meinen Cousin Yun Qi …«, sagte er so beiläufig, als erwartete er, dass ich wüsste, wer Prinz Yun Qi war. Als ich schwieg, fuhr er fort: »Er ist vor einigen Wochen von einer diplomatischen Mission bei Dschingis Khan zurückgekehrt.«

»Ich hoffe, dass seine Reise durch die Weite der Steppe nicht zu anstrengend war«, sagte ich höflich.

»Nein, meinem Cousin ging es hervorragend, bis ich mich bei ihm nach einem jungen Mann namens Temur erkundigte. Er wurde bleich, als er hörte, dass Sie in Zhongdu sind …«

»Es tut mir aufrichtig Leid, wenn meine Anwesenheit in der Stadt bei dem Prinzen derartige Reaktionen hervorruft«, erwiderte ich.

»Ich war erstaunt, von meinem Cousin zu erfahren, dass Sie nicht nur der Familie Dschingis Khans angehören, sondern zudem sein Sohn sind. Sein *ältester* Sohn«, warf er mir vor die Füße, wohl in der Hoffnung, dass ich endlich auf seine Herausforderung reagierte. »Sie sind ein königlicher Prinz und der Erbe des mongolischen Reiches.«

»Bei uns Mongolen erben die Söhne der Ersten Gemahlin. Mein Vater war mit meiner Mutter nicht verheiratet«, entgegnete ich ruhig.

»Als dem Sohn des Khans, als seinem Noyan und Stellvertreter hätte man Ihnen am Stadttor von Zhongdu einen anderen Empfang bereitet als die demütigende Behandlung, die Sie durch meine Wachoffiziere erfahren haben.«

Er hatte nach dem Gespräch mit Yun Qi keine Zeit verloren, sich über mich zu erkundigen, die Wachoffiziere des Stadttores sofort zu sich zu befehlen und über mich auszufragen! Also war auch Prinz Wei beunruhigt über meine Anwesenheit in Zhongdu.

»Hätten Sie mich mit allen militärischen Ehren in die Festung von Zhongdu bringen lassen, um mich dort gefangen zu halten?«, fragte ich amüsiert.

»Nein, Prinz Temur. Ich hätte Sie dem Kaiser vorgestellt.« Als ich ihn überrascht ansah, fuhr er fort: »Ich glaube, dass Yun Qi Sie – und Ihren Vater – falsch einschätzt. Er ist kein Feldherr und versteht nicht, wie Sie denken und warum. Er hat Angst vor Ihnen, und Angst ist keine solide Grundlage für einen Frieden zwischen dem mongolischen und dem chinesischen Reich.«

»Ich gebe Ihnen Recht, Prinz Wei. Und ich freue mich darauf, den Kaiser von Chin kennen zu lernen.«

»Sie *freuen* sich!«, rief er aus. »Jeder andere würde vor Ehrfurcht auf die Knie sinken, wenn er die Gelegenheit hätte, vom Himmelssohn empfangen zu werden. Aber Sie, Prinz Temur, verziehen keine Miene.« Er schüttelte den Kopf und füllte erneut meinen Weinbecher. »Wie alt sind Sie?«

»Ich bin neunzehn.«

Er nickte anerkennend. »Wenn Sie so jung zum Noyan ernannt werden, zum Führer eines Heeres von zehntausend Kriegern, der nur dem Khan selbst untersteht, müssen Sie sich in Schlachten ausgezeichnet haben ...«

»Ja, Exzellenz. Ich habe sie, im Gegensatz zu meinen Gegnern, *überlebt*. Wenn Sie das als Leistung bezeichnen ...«

»Sie sind schlagfertig, Temur Noyan! Sie lassen sich nicht provozieren und schlagen erst zu, wenn Sie wissen, dass der Hieb auch trifft und Sie dem Sieg einen Schritt näher bringt. Sie gefallen mir«, lachte er – und änderte seine Strategie in diesem Wortgefecht: »Bitte verzeihen Sie, wenn ich die ganze Zeit Ihr Schwert anstarre. Es ist wirklich bemerkenswert!« Er deutete auf die mit Silber beschlagene Waffe an meinem Gürtel.

Ich löste das Schwert von meinem Gurt und reichte es ihm. Mit beiden Händen nahm er es entgegen, betrachtete die kostbaren Verzierungen, umfasste den Griff und zog es langsam aus der Scheide. Er wog es in der Hand, wirbelte es herum und schlug dann plötzlich in einer weit ausholenden Bewegung auf einen unsichtbaren Gegner ein, der in einem Kampf auf Leben und Tod keine Chance gehabt hätte.

»Das Schwert eines Fürsten, kostbar und einzigartig«, sagte er bewundernd, während er die scharfe Klinge erneut durch die Luft wirbelte. »Haben Sie mit dieser Waffe getötet, Prinz Temur?«

Was soll denn *diese* Frage?, fragte ich mich irritiert. »Ja.«

»Wen?«

»Denjenigen, dem das Schwert vor mir gehörte.«

Er lachte trocken. »Das ist die Ironie des Schicksals!«

Ich schüttelte den Kopf. »Nein, Prinz Wei. Das Schicksal ist nicht ironisch, es ist grausam und erbarmungslos. Ich finde es tragisch, wenn der Sieger einer Schlacht die Verlierer hinrichten lassen muss, nur weil sie letztlich dasselbe getan haben wie er selbst: Sie haben versucht zu überleben. Das Schwert gehörte dem Vater meiner Gemahlin Nomolun. Ich musste ihn hinrichten – mit dieser Klinge. Ich trage das Schwert aus Hochachtung vor ihm. Aus keinem anderen Grund.«

Er schwieg betroffen. Dann schob er die funkelnde Klinge langsam zurück in die Scheide, um sie mir zurückzugeben.

»Behalten Sie die Waffe, Prinz Wei«, bat ich ihn.

Er sah mich fassungslos an. »Sie schenken mir Ihr Schwert? Das kann ich nicht annehmen!«

»Ich hoffe, dass ich in den nächsten Jahren keine Verwendung mehr für ein Schwert haben werde. Ich würde mich freuen, wenn Sie es als Geschenk annehmen, Exzellenz.«

»Das ist sehr großzügig von Ihnen«, sagte der Prinz erfreut und drehte das Schwert in der Hand. »Ich habe noch nie einen Menschen getroffen, der trotz seiner Erfolge so wenig stolz war wie Sie …«

»Wer eine Schlacht überleben will, kann sich keinen Stolz leisten. Die Stolzen sterben als Erste – auf beiden Seiten. Sie sind die Narren in der ersten Reihe. Ich bin der Narr in der *letzten* Reihe. Ich schicke die Männer, für die ich die Verantwortung übernommen habe, in den Tod – das ist nichts, worauf ich stolz sein müsste«, entgegnete ich. »Bitte nehmen Sie das Geschenk an. Mein Schwiegervater war ein tapferer Krieger. Und ich bin sicher, dass das Schwert in Ihnen einen würdigen Besitzer findet.«

»Ich weiß nicht, was ich sagen soll«, erwiderte der Prinz leise. »Sie beschämen mich. Als meine Tochter mir gestern Abend gestand, sie habe sich in Sie verliebt, war ich entsetzt und zornig. Aber nach allem, was Ying Hua mir von Ihnen erzählt hat, wollte ich Sie kennen lernen. Und das war eine gute Entscheidung: Sie sind der ungewöhnlichste Mann, der mir je begegnet ist.«

»Ist das die bedingungslose Kapitulation nach unserem Wortgefecht, Prinz Wei?«, fragte ich schmunzelnd.

»Nein!«, wehrte er lachend ab. »Es ist ein Friedensangebot! Es tut mir Leid, dass ich Sie derart attackiert habe. Vergeben Sie mir!«

»Ich akzeptiere Ihr Friedensangebot – unter der Bedingung, dass Sie auf die unannehmbare Forderung verzichten, dass ich mich aus allen eroberten Gebieten zurückziehe: Ich werde nicht auf Ying Hua verzichten. Ich liebe sie. Und sie liebt mich.«

Er seufzte: »Sie haben ihr Herz im Sturm erobert.«

»Ich werde Ying Hua heiraten«, erklärte ich.

»Sie ist einem Neffen des Kaisers versprochen!«, protestierte er. »Hat sie Ihnen nicht gesagt, dass sie in einigen Wochen Prinz Yun Qi heiraten und zu ihm ziehen wird? Ich kann Ihnen meine Tochter nicht geben …«

Unter allen kaiserlichen Prinzen soll Ying Hua ausgerechnet Prinz Yun Qi heiraten!, dachte ich: Diese Demütigung, dass *ich* sie heiraten werde, wird er mir niemals verzeihen. Prinz »Glück« wird ein mächtiger Feind sein, der die ersten Stufen zum Drachenthron bereits erklommen hat. Als kaiserlicher Neffe hatte er die besten Chancen, eines Tages der Nachfolger des alternden Kaisers Zhang Zong zu werden. Doch ich ließ mich nicht beirren:

»Vergeben Sie mir, Prinz Wei, wenn ich mich nicht klar genug ausgedrückt habe. Ich sagte: Ich *werde* Ihre Tochter heiraten. Ob Sie einverstanden sind oder nicht, spielt bei meiner Entscheidung keine Rolle. Ying Hua ist schwanger.«

Prinz Wei war blass geworden. Bis zu diesem Moment hielt er sich noch für den Sieger in unserer Auseinandersetzung, der mir sein unerbittliches Nein entgegenschleudern konnte, um mich vom Schlachtfeld zu jagen. »Schwanger?«, flüsterte er bestürzt.

»Ich bin der Vater von Ying Huas Kind – Ihrem Enkel, Prinz Wei. Und ich werde Ihr Schwiegersohn sein. Ich schätze Sie sehr, deshalb liegt mir viel an Ihrer Freundschaft.«

Prinz Wei war fassungslos. »Ich dachte wirklich, unser Wortgefecht vorhin wäre ein Kennenlernen gewesen, ein erstes Kräftemessen. Ich wollte Ihnen Ihre Grenzen zeigen, um Sie dann auf den Ihnen zustehenden Platz zu verweisen. Welch ein Narr ich war!

Den Krieg hatten Sie doch längst gewonnen, als ich mich auf diese sinnlose Schlacht mit Ihnen einließ!«

»Sie irren sich, Prinz Wei. Ich habe nie gegen Sie Krieg geführt, nicht einen Moment lang. *Sie* waren es, der mich herausgefordert hat. Aber ich gestehe: Es hat mir Vergnügen gemacht.« Ich reichte ihm die Hand, um Frieden zu schließen.

Er sah mich nachdenklich an, aber dann ergriff er meine Hand. »Was als Abendessen geplant war, wird zur Siegesfeier für *zwei* Sieger! Sie haben die Frau gewonnen, die Sie lieben – und ich einen Schwiegersohn, den ich sehr schätze.«

Gemeinsam verließen wir den Empfangssaal und gingen durch einen kleinen Garten in eine Halle, in der das Abendessen serviert werden sollte.

Ying Hua erwartete uns im Speisesaal. Sie trug ein mit Goldfäden durchwirktes pfirsichfarbenes Seidengewand, dessen elegante weite Ärmel fast bis auf den Boden herabhingen. Darunter schimmerte der weiße Stoff des Untergewandes. Eine himmelblaue Seidenschärpe schlang sich um ihre Taille und fiel lose auf die lange Schleppe ihres Gewandes.

Sie sprang von ihrem Sessel auf und kam uns entgegen. Ihr Vater trat auf sie zu, ergriff ihre Hand und führte sie zu mir, damit sie mich begrüßte. Ying Huas Blick irrte von ihm zu mir, suchte nach Anzeichen in unseren Gesichtern, wie das erste Kennenlernen verlaufen war – einem zornigen Augenfunkeln, verkniffenen Lippen, einem zufriedenen Lächeln. Nach einem bestürzten Blick zum leeren Schwertgehänge an meinem Gürtel sah sie mich ängstlich an.

Ich schloss sie in die Arme und küsste sie leidenschaftlich. »Du bist so wunderschön, meine Geliebte!«

Sie war zuerst überrascht, dass ich in Gegenwart ihres Vaters derart offen meine Gefühle zeigte, doch dann lehnte sie sich gegen mich und legte die Arme um meine Schultern, um mich zu liebkosen. »Ich liebe dich«, flüsterte sie.

Prinz Wei beobachtete schweigend unsere Zärtlichkeiten. Schließlich legte er mir die Hand auf die Schulter, wies auf den gedeckten Tisch und bat mich, Platz zu nehmen, während die Diener das Essen auftrugen.

Ich traute meinen Augen nicht: »Ein mongolischer Lammbraten!«, freute ich mich. »Ich fühle mich geehrt.«

»Mein Koch hat mich vor Jahren während des Tatarenfeldzugs begleitet. Er konnte sich noch an die mongolische Zubereitung eines Lamms erinnern«, bekannte Prinz Wei mit einer leichten Verneigung. »Bitte vergeben Sie mir! Ich wollte Sie demütigen, indem ich Sie an die Sitten Ihrer Heimat erinnere und Sie auf mongolische Weise mit den Fingern essen lasse.«

»›Auf barbarische Weise‹ wollten Sie sagen!« Ich lachte herzlich. »Prinz Wei, ich *kann* mit Stäbchen essen …«

»Daran zweifele ich mittlerweile nicht mehr, Prinz Temur.«

»… aber ich *will* nicht. Lassen Sie uns diesen Braten auf mongolische Weise genießen!«

Die Diener starrten uns verblüfft an, als Prinz Wei und ich ihnen den Lammbraten und die Becher mit Reiswein abnahmen, in den Garten gingen und uns mit gekreuzten Beinen im Gras niederließen. Ying Hua folgte uns kopfschüttelnd, während die Bediensteten sich beeilten, Teller, lackierte Stäbchen und noch heißes Brot in den Garten hinauszutragen.

Während ich mit meinem Dolch den Braten zerteilte, um Wei und Ying Hua saftige Fleischstücke auf die Teller zu legen, sagte der Prinz: »Ich verstehe, dass Ihre Feinde den allergrößten Respekt vor Ihnen haben, Prinz Temur. Sie zwingen die Menschen dazu, über sich und ihre Handlungsweise nachzudenken, und sie fordern Sie heraus, Dinge zu tun, die sie niemals von sich aus getan hätten. Noch vor einer Stunde wäre ich nicht auf die Idee gekommen, ich könnte mit Ihnen in meinem Garten im Gras sitzen, mir von Ihnen meinen eigenen Lammbraten servieren lassen und mich über die entsetzten Gesichter meiner Diener amüsieren.« Er lachte. »Sie sind wirklich erstaunlich! Sagen Sie mir: Wann waren Sie jemals *nicht* Herr der Situation?«

»Vor vier Monaten«, erwiderte ich und legte ein zartes Stück Braten auf seinen Teller. »Als ich meinen Vater verließ.«

»Ying Hua erzählte mir, dass Sie sich zerstritten haben.«

»Wir streiten uns oft«, gab ich zu, während ich Ying Hua ein Stück Fleisch gab. »Mein Vater und ich sind Schamanen und führen oft gemeinsam Zeremonien durch. Ich habe die zehnte von dreizehn Schamanenweihen, er hat bereits die elfte Weihe bestanden. Zwei Schamanen, die sich so gut kennen wie wir beide, können einfach nicht friedlich miteinander umgehen, ohne sich zum Kampf herauszufordern, um festzustellen, wer der Stärkere ist. Einmal haben wir beide im Zorn auf den anderen den Fehler begangen, einen Schamanenkampf zwischen uns auszutragen. Das ganze Lager hat diesem einzigartigen Schauspiel zugesehen.«

»Wer war der Sieger?«, fragte Prinz Wei gespannt.

»Keiner von uns: Wir waren beide Verlierer in diesem Machtkampf. Wir haben unsere Selbstbeherrschung verloren, als wir aufeinander losgingen, unsere Kräfte aneinander maßen und am Ende den anderen nicht besiegen konnten«, erklärte ich, um mit einem verschmitzten Lächeln fortzufahren: »Und doch haben wir beide gewonnen, denn noch während wir miteinander rangen, entlud sich ein furchtbares Gewitter. Seit jenem Tag behauptet mein Freund Dschebe, mein Vater und ich hätten die Macht, über Wolken und Hagel, Blitz und Donner zu gebieten …«

Ying Hua sah irritiert zu, wie ihr Vater und ich mit den Fingern zu essen begannen. Ich nahm ihr die lackierten Bambusstäbchen aus der Hand, mit denen sie erfolglos versuchte, das viel zu große Stück Fleisch zum Mund zu führen, und zeigte ihr, wie wir Mongolen aßen.

»Einen Schamanenkampf mit Blitz und Donner: Das hätte ich gern gesehen!«, sagte Prinz Wei auf Mongolisch, und ich war überrascht, dass er die Sprache seiner Vorfahren so gut beherrschte. »Wie du siehst, Temur, kann ich meine Wurzeln nicht verleugnen!« Er sprach Mongolisch im dschurdschischen Dialekt der östlichen Steppe.

»Lass uns auf unsere Titel verzichten«, schlug er vor. »Mein Urgroßvater hat noch als Steppennomade am Liao He-Fluss seine Schafe geweidet, als dein Urgroßvater Kabul Khan bereits Herrscher der Mongolen war und ein großes Reich regierte. Deine Familie ist älter und adeliger als meine. Es ist erst achtzig Jahre her, seit wir Dschurdschen die Mauer überquerten und die Liao-Dynastie vertrieben, um als Dynastie der Chin den Drachenthron zu besteigen. Es ist also müßig, wenn wir uns gegenseitig mit ›Exzellenz‹ ansprechen! Wir wissen doch beide längst, dass jeder von uns auf seine Art exzellent ist – in jeder Kunst, in der er sich übt, um sich selbst zu vervollkommnen. Förmlichkeiten und Rituale der Macht lenken doch nur vom Wesentlichen ab.«

Er war wirklich ein Meister in der Kunst des Sagens durch das Nichtsagen. Ich wusste genau, was für ihn das Wesentliche war! Und schon deshalb war ich mit seinem Vorschlag einverstanden.

Wei und ich verstanden uns hervorragend, nachdem wir nun wussten, wie weit der andere gehen würde, um sein Ziel zu erreichen. Da Ying Hua kein Mongolisch verstand und unserem Gespräch nicht folgen konnte, wechselten wir zurück in die chinesische Sprache.

Es war ein vergnüglicher Abend. Wir scherzten und lachten bis nach Mitternacht, als sich Ying Hua mit einem Kuss von mir verabschiedete und sich zurückzog, um schlafen zu gehen.

Wei und ich blieben sitzen. Als meine Geliebte in der Dunkelheit jenseits des Fackelscheins, der den nächtlichen Garten erleuchtete, verschwunden war, sagte er leise: »Ich muss euch beide nur ansehen, um zu wissen, dass ihr euch liebt.«

»Ja, ich liebe sie sehr.«

»Ying Hua erzählte mir, du hättest zwei Frauen …«

»In den letzten Jahren hatte ich wenig Zeit für meine Familie. Ich habe Krieg geführt und mir als Sieger das Recht genommen, meine Nächte nicht an Ehebündnisse zu verschwenden, die ohnehin zum Scheitern verurteilt sind. Ich habe aus Liebe geheiratet. Nomolun hat mir bisher zwei wundervolle Söhne geschenkt, Kaidu und Chinkim. Und Kokatschin ist schwanger.«

»Ying Hua wird deine dritte Frau. Ziehst du in Erwägung, sie zu deiner Ersten Gemahlin zu machen … ich meine, falls sie dir einen Sohn schenkt?«

»Nomolun ist meine Erste Gemahlin«, erinnerte ich ihn. »Ich werde das nicht entscheiden, ohne mit ihr darüber gesprochen zu haben. Und mein Ermessen ist nicht davon abhängig, wer mir einen Sohn schenkt und wer nicht.«

Wei nickte nachdenklich und füllte meinen Becher mit süßem Pflaumenwein. Wir tranken schweigend.

»Mein Vorschlag, dich dem Kaiser vorzustellen, war ernst gemeint«, sagte er plötzlich. »Nun, da ich dich als meinen künftigen Schwiegersohn kennen gelernt habe, halte ich es sogar für außerordentlich sinnvoll – aus politischen wie familiären Gründen. Du bist ein Sohn Dschingis Khans, eines chinesischen Verbündeten.« Er verzichtete darauf, den angeblichen Vasallenstatus des Khans zu erwähnen. »Zhang Zong ist mein Cousin. Du heiratest also in die kaiserliche Familie ein.«

»Wie wird Yun Qi auf meine Heirat mit Ying Hua reagieren?«

»Er wird dir einen Dolch zur Hochzeit schenken und dir nahelegen, ihn an dir selbst zu erproben«, seufzte Wei. »Deshalb werde ich morgen mit dem Kaiser sprechen. Yun Qi soll den Eindruck gewinnen, es sei die Idee des Himmelssohnes, dass du aus politischen Gründen eine kaiserliche Prinzessin heiratest. Er wird es nicht wagen, seinem Onkel zu widersprechen. Der Kaiser hat selbst keine Tochter oder Nichte, die er dir geben könnte. Also werde ich ihm aus der Verlegenheit helfen und Ying Hua anbieten. Kann es denn ein verlässlicheres Bündnis zwischen dem chinesischen und mongolischen Reich geben als das zarte Band der Liebe?«

Ich schenkte ihm Wein nach und verkniff mir ein Grinsen. »Du hast dich so schnell in dein Schicksal gefügt, als ich dir sagte, ich wollte Ying Hua heiraten, dass ich dich einen Moment lang für einen liebevollen Vater hielt, dem nur das Glück seiner einzigen Tochter am Herzen liegt«, sagte ich und bemühte mich, ernst zu bleiben. »Wenn ich dein Schwiegersohn werde, wirst du nicht nur der Cousin des Himmelssohnes sein, sondern auch der Schwager Dschingis Khans, eines mächtigen und loyalen *Verbündeten* … Und damit der nächste Kaiser von Chin.«

In dieser Nacht kehrte ich nicht in meine Wohnung in Maliks *Funduk* zurück. Wei brachte mich persönlich zum Schlafzimmer seiner Tochter, als fürchte er, ich könnte mich in seinem Palast auf dem Weg zwischen dem Gästetrakt und ihrer Wohnung verirren – oder es mir anders überlegen …

»Ich war entsetzt, als Ying Hua mir gestern Abend erzählte, dass sie dich kennen gelernt hatte«, gestand er. »Und ich war traurig über ihre Liebe zu dir, weil sie Ying Hua zutiefst unglücklich machen würde, wenn sie Yun Qi heiratete. Aber nun habe ich dich kennen gelernt. Und darüber bin ich sehr glücklich. Denn nun bekomme ich nicht nur einen einflussreichen und überaus fähigen Schwiegersohn, sondern auch einen sehr liebenswerten.« Er küsste mich wie ein Vater seinen Sohn, dann wünschte er mir eine gute Nacht: *»Wan An!«*

»*An Mian* – Schlaf gut!«, rief ich ihm hinterher.

»Das werde ich. Und mit Sicherheit mehr als du!«, lachte er und verschwand mit dem Diener, der ihm den Weg erleuchtete. Ich war sicher, dass auch er in dieser Nacht kein Auge zutun würde.

Ying Hua erwartete mich. Sie schlug die Decke zurück und rückte zur Seite, als ich mich auf den Rand der Estrade setzte, auf der ihre Bettdecken lagen. Im Mondlicht betrachtete ich ihr Gesicht.

Sie setzte sich auf und küsste mich. »Du bist wirklich ein Magier, Temur! Du hast meinen Vater bezaubert«, flüsterte sie, während sie die Verschlüsse auf der rechten Schulter meiner Seidenrobe öffnete und mir aus den Ärmeln half. Ihre Hände glitten sanft über meine nackte Haut, umfassten meine Schultern, dann zog sie mich zu sich herunter, und ich ließ mich in die seidenen Kissen sinken.

»Das war nicht schwierig«, seufzte ich, während sie an meiner Hose herumnestelte. »Er *wollte* bezaubert werden …«

Sie beugte sich über mich. »Würdest du auch mir heute Nacht deine ›magischen Fähigkeiten‹ beweisen, mein Liebster?«, neckte sie mich. »Ich will mich gern in den nächsten Stunden von dir verzaubern lassen …« Ihr Kuss war atemberaubend.

In jener Nacht liebten wir uns mit einer ekstatischen Leidenschaft, die ich sonst nur während meiner Himmelsreisen erlebt hatte. Wir lagen auf dem Bett, unsere Glieder ineinander verwoben, und entzündeten uns aneinander, bis die Funken der Lust in unserem Inneren aufstiegen, bis das Feuer der Ekstase aufloderte und wir lichterloh brennend in den Himmel hinaufgerissen wurden, immer höher, der Erlösung entgegen. Dann lagen wir einen endlosen Augenblick still, keuchend von der Anstrengung, zitternd vor Lust, die uns jeden Moment mit sich reißen konnte, lauschten dem Schlag unserer Herzen, streichelten uns, küssten uns und stiegen dann mit langsamen Bewegungen noch weiter hinauf in den Himmel, wo wir in einem Feuerwerk der Lust zerbarsten und zurück in die Wirklichkeit stürzten.

Eng an mich geschmiegt, als wollte sie mich festhalten und nie wieder gehen lassen, schlief sie in meinen Armen ein.

»Die erhabenste aller chinesischen Tugenden heißt: Geduld!«, ermahnte mich Wei, als ich zu ihm in die Sänfte stieg, die uns in den Palast des Himmelssohnes bringen sollte.

Am selben Tag, an dem ich als künftiger Schwiegersohn in seinen Palast gezogen war, hatte er mit dem Kaiser gesprochen und eine Audienz für mich arrangiert. Drei Tage später war der Himmelssohn bereit, mich zusammen mit den höchsten Würdenträgern des Reiches zu empfangen.

In der offenen Sänfte lehnte Wei mir gegenüber in einem Berg von Brokatkissen, während wir von acht Trägern zum Kaiserpalast gebracht wurden. Mir wäre es lieber gewesen, die wenigen Schritte durch den Park zum Nordtor des Palastes zu reiten, aber Wei hatte abgewinkt: »Das entspricht nicht unserem Rang als kaiserliche Prinzen. Und wie willst du in dieser Robe auf ein Pferd steigen?« Er hatte Recht: Mein Diener hatte mir in eine saphirblaue Seidenrobe mit Drache-und-Phoenix-Stickerei geholfen, deren viel zu weite Ärmel bis auf den Boden hinabreichten und deren viel zu langen Saum ich ungeduldig raffte, um nicht darüber zu stolpern.

»*Wu Wei:* das taoistische Prinzip des Handelns durch Nichthandeln, durch Geschehenlassen. Und während du dich in dieser erhabensten aller Tugenden – der Geduld – vervollkommnest, hast du viel Muße, darüber nachzudenken, welches die zweitwichtigste aller Tugenden ist«, lächelte er verschmitzt.

»Den richtigen Zeitpunkt zum Handeln zu erkennen?«

»Die Antwort eines Prinzen von Chin! Du lernst die Regeln des kaiserlichen Hofes schnell«, meinte er anerkennend.

»Die höchste mongolische Tugend lautet: Sei wie das Wasser!«

Wei sah mich verblüfft an. »… wie das Wasser?«

»Das Wasser ist das mächtigste der vier Elemente«, erklärte ich. »Es kann nicht bezwungen werden, weil es seine Form ändert und doch im tiefsten Inneren immer Wasser bleibt: Es ist kalt und hart wie Eis und trägt alles, es ist tief und du kannst seinen Grund nicht erkennen und wirst versinken, es ist heiß und schwül und unsichtbar, aber doch immer da. Wasser ist nachgiebig und umfließt jede Form. Es kann alles in sich aufnehmen und wieder loslassen. Es erscheint willenlos. Aber Wasser hat die Macht, Feuer zu löschen, Felsen zu zerbrechen und Berge abzutragen. Wasser ist ruhig, bis es durch einen Wind aufgewühlt wird – und in einem Sturm wird es zur Gewalt, die alles mit sich reißt und vernichtet. Wasser ist unzerstörbar und kann nicht besiegt werden – es findet immer seinen Weg, und du kannst es nicht aufhalten, nicht mit Mauern und nicht mit Schwertern. Ich bin ein Mongole: Ich bin wie das Wasser!«

Wei sah mich nachdenklich an. Während des restlichen Weges zum Nordtor des Palastes schwieg er. Er dachte wohl darüber nach, was ich ihm über den Schamanenkampf mit meinem Vater erzählt hatte: dass ich als Schamane auch über den Sturm gebot …

Am Tor empfingen uns die Palastwachen mit einem Kotau und ließen uns passieren. Während wir durch den Palast zum Audienzsaal getragen wurden, beobachtete ich durch die Gitter der Sänfte die Beamten und Diener, die sich zwischen den verschiedenen Palastgebäuden bewegten.

Schließlich erreichten wir die Halle, wo die Audienz stattfinden sollte. Der Kaiser hatte sich entschlossen, mich nicht im Thronsaal zu empfangen, wo eine persönliche Unterhaltung schon wegen der Entfernung zwischen dem Drachenthron und mir unmöglich gewesen wäre. Dort hätte eine Audienz einen zu offiziellen Charakter gehabt – mit einem Kotau vor dem Kaiser von Chin. Dem Rat seines Cousins Wei folgend, wollte Zhang Zong mich nicht formvollendet demütigen, sondern anhören. Das Gebäude, in dem der Himmelssohn mich empfangen würde, war gut gewählt. Ich musste lächeln, als ich die Schriftzeichen auf der Tafel über dem Eingang las: »Halle der Berührung von Himmel und Erde.«

Die Sänfte wurde abgestellt, und mehrere Diener halfen Wei und mir beim Aussteigen. Mit gesenkten Gesichtern zupften sie an den Roben und strichen die Falten glatt.

Dann wies der Prinz mit einer weiten Geste die neun Marmorstufen hinauf, wo mehrere hohe Beamte des Reiches warteten, um uns zum Kaiser zu geleiten. »Prinz Temur, wenn Sie erlauben, werde ich Sie nun Seiner Majestät, dem *Tianzi,* vorstellen.«

»Ich danke Ihnen, Prinz Wei. Es ist eine Ehre für mich, den Kaiser von Chin kennen zu lernen«, sagte ich meinen Text auf. Dann schritt ich ihm voran die Stufen hinauf, wo mich die Staatsbeamten mit tiefen Verbeugungen begrüßten und an zwei Bronzelöwen vorbei in die Halle geleiteten. Prinz Wei ging neben mir bis zum Thron, wo er zum Kotau auf die Knie fiel, während ich mich vor dem Kaiser nur verneigte.

Zhang Zong war Mitte fünfzig, wirkte aber älter. Seine Schultern waren gebeugt, was nicht nur an der drückenden Last seines Amtes lag. Er war krank, das sah ich ihm an. Sein Gesicht war blass, und er schien Schmerzen zu haben, denn er hob kaum die Hand, als ich ihn begrüßte, und nickte mir nur zu.

Die höchsten Würdenträger des Reiches hatten sich um den Thron des Herrschers versammelt. Yun Qi, der direkt neben den Stufen zum Drachenthron stand, ließ mich nicht aus den Augen, während sein Cousin Wei mich den Beratern des Kaisers – kaiserlichen Prinzen, Ministern der Regierung und zwei Generälen – ihrem Rang entsprechend vorstellte.

Zhang Zong hatte seinem Neffen offenbar schon seine kaiserliche Entscheidung zu meiner bevorstehenden Heirat mit Ying Hua mitgeteilt. Hass und Verachtung umspielten Yun Qis Mundwinkel, als ich ihm gegenübertrat. Die Entscheidung seines Onkels hatte ihn tief getroffen. Er war zornig und enttäuscht: Die Verbindung mit seinem Cousin Wei, dem mächtigsten Rivalen auf den Stufen des Throns, wäre für seine weitere Karriere außerordentlich wichtig gewesen.

Yun Qi war wenige Wochen zuvor von seiner diplomatischen Mission zu Dschingis Khan nach Zhongdu zurückgekehrt. Er hatte die Hinrichtung von Dschamuga beobachtet, die Vernichtung des letzten Feindes des Khans, der damit zum mächtigsten Herrscher der Steppe geworden war. Er hatte meinen Vater von einem starken mongolischen Reich sprechen hören, von *einem* Volk aus Mongolen, Tataren, Merkiten, Kereiten und Naimanen, das von *einem* Khan regiert wird, von Wohlstand, Frieden und Freiheit. Und er fürchtete, dieses Reich nördlich der Mauer könnte eines Tages zu mächtig sein, zu einig. Und für einen Vasallenstaat zu freiheitsliebend …

Er funkelte mich zornig an, als der Kaiser mir das Wort erteilte. Ich nahm ihm nicht nur Ying Hua weg, die er offensichtlich liebte, ich stand ihm nicht nur im Weg auf den Stufen zum Drachenthron – ich erzählte dem Kaiser auch noch *meine* Version der Wahrheit, die sich von seiner unterschied: Er verlor das Gesicht. Wie sehr Yun Qi mich hasste!

»Ich habe einen Traum«, begann ich meine Rede und blickte in die erwartungsvollen Gesichter der kaiserlichen Gefolgsleute. »Dieser Traum lässt mich die Leiden der Vergangenheit vergessen – das Blut der Gefallenen, die Schmerzen der Wiederaufgestandenen, die Schuld all jener, die gekämpft haben – weil er dem Leiden einen Sinn gibt. Dieser Traum gibt mir Hoffnung«, fuhr ich fort. »Er zeigt mir das Volk der Mongolen, das in Frieden seine Herden weidet, das in Frieden Handel treibt, das in Frieden reich wird.« Die Würdenträger sahen mich zweifelnd an, tuschelten leise, raunten sich ungläubige Bemerkungen zu. »Frieden – das ist der Zustand, wenn wir einander nicht umbringen …«, erläuterte ich ihnen, und sie lachten. »… die Chin nicht die Mongolen und die Song nicht die Chin.«

Jetzt hatte ich ihre volle Aufmerksamkeit! Sie fürchteten einen Krieg mit dem Kaiser von Song, der ihnen in den Rücken fallen würde, während sie sich jenseits der Großen Mauer mit uns Mongolen herumschlugen.

Nun ging ich zu einem Offizier der kaiserlichen Leibwache am Portal der Halle, der einen Köcher mit Pfeilen über der Schulter trug. Ich ergriff sechs Pfeile und zog sie aus dem Köcher. Der Offizier wollte mir die Pfeile wieder entwinden, aber der Kaiser winkte ihn zurück.

Ich hob einen der Pfeile hoch. »Ein Pfeil ist eine starke Waffe, nicht wahr?« Die Prinzen und Minister nickten zustimmend. »Noch stärker ist der Pfeil, wenn er auf einer gespannten Bogensehne liegt.« Die beiden Generäle wechselten einen alarmierten Blick.

Mit einer schnellen Bewegung brach ich den Pfeil in zwei Teile. »So gefährlich die Spitze des Pfeils auch ist: Er kann zerbrochen werden!« Ich warf das zersplitterte Holz auf den Boden und hob den nächsten Pfeil: »Das hier sind die Mongolen.« Und einen weiteren: »Das hier sind die Tataren.« Die nächsten Pfeile symbolisierten die Merkiten und die Kereiten, der fünfte Pfeil waren die Naimanen. Dann legte ich die fünf Pfeile nebeneinander und fasste sie zu einem Bündel zusammen, das ich mit meiner Faust umschloss. Während ich zum Kaiser hinüberging, sagte ich: »Fünf Pfeile sind viel gefährlicher als ein Pfeil, nicht wahr?«

Der Kaiser nickte gedankenvoll. Yun Qi starrte mich finster an: Vor diesen fünf Pfeilen hatte er seinen Onkel gewarnt!

»Dieses Pfeilbündel ist das mongolische Reich. Es symbolisiert meinen Traum von einem friedlichen Zusammenleben der Steppenvölker unter einem starken Herrscher.« Ich trat vor Wei, der mich nicht aus den Augen ließ. »Zerbrechen Sie diese Pfeile, Prinz Wei! Zerbrechen Sie meinen Traum!«, forderte ich meinen künftigen Schwiegervater auf.

»Das kann ich nicht, Prinz Temur«, erwiderte Wei. »Ich kann fünf Pfeile nicht auf einmal zerbrechen ...«

»Ich kann es!«, fuhr Yun Qi auf wie eine Sturmbö.

Aus dem Augenwinkel sah ich, wie der Kaiser ihn zurückhalten wollte, aber bevor er reagieren konnte, hielt ich Yun Qi die Pfeile hin, die ich mit meiner Faust umschloss. Ich ahnte, was er vorhatte, und wollte ihn auf keinen Fall davon abhalten. Der Himmelssohn hieb zornig mit der Faust auf die Lehne des Thrones, konnte seinen Neffen aber nicht mehr zurückrufen.

Der Prinz schob den weiten Ärmel seiner Robe hoch, um seinem wütenden Onkel zu demonstrieren, wie er mir einen Pfeil nach dem anderen wieder entriss – die einzige Möglichkeit, meinen Traum zu vernichten. Mit einer raschen Bewegung griff er nach einem Pfeil und zog ihn aus dem Bündel. Dass er sich an der scharfen Pfeilspitze verletzte, schien ihm angesichts seines Triumphes über mich nichts auszumachen. Er entriss mir den nächsten Pfeil. Seine Hand blutete, als er mir den dritten Pfeil entwand, und er hatte offensichtlich Schmerzen, als ich ihm auch den vierten Pfeil überließ. Er nahm alle vier Pfeile in die andere, die unverletzte Hand, um nach dem fünften Pfeil zu greifen. Um mich zu besiegen.

Mit einer schnellen Bewegung ergriff ich die blutige Hand und drehte sie ihm auf den Rücken. Er stöhnte vor Schmerz, fiel gegen mich, aber ich fing ihn auf, bevor er stürzte. Dann packte ich die Hand mit den Pfeilen, die er in seiner Überraschung beinahe fallen gelassen hätte, verdrehte seine Faust und hielt ihm die vier scharfen Pfeilspitzen an die Kehle.

Als ich Yun Qi wieder losließ und er an seinen Platz neben dem Thron zurückstolperte, sah mich der Kaiser sehr nachdenklich an. Es war ihm nicht entgangen, dass der Prinz mich angegriffen und ich mich nur verteidigt hatte. Ich spürte den Zorn des Herrschers über seinen Neffen, obwohl er ihn hinter einer unbeweglichen Maske aus Selbstbeherrschung zu verbergen versuchte.

»Ich habe einen Traum. Es ist eine Vision vom Frieden«, fuhr ich fort, als hätte Yun Qi nicht gerade versucht, diesen Traum zu zerstören. Wer mir bis jetzt nicht zugehört hatte, tat es nun ganz sicher. »Ich habe zwei Söhne. Kaidu ist drei Jahre alt, Chinkim ist zwei. Sie haben mich, ihren Vater, in den letzten Jahren nur selten gesehen, weil ich Krieg führte. Als ich in ihrem Alter war, habe ich *meinen* Vater nur selten gesehen, weil er Krieg geführt hat, einen endlosen Kampf, der bis vor wenigen Monaten gedauert hat. Dschingis Khan hat jahrelang um das Überleben gekämpft, doch am Ende hat er gesiegt. Alle unsere Pfeile sind verschossen. Die letzte Schlacht ist geschlagen, der letzte Feind besiegt, die Toten sind begraben. Jetzt kann endlich Frieden herrschen!«

Ich hob den fünften Pfeil.

»Als Sohn meines Vaters und als Vater meiner Söhne will ich nicht, dass auch nur noch ein einziges Opfer gebracht wird: Es wären meine eigenen Söhne!« Ich warf den Pfeil weg und wandte mich an den Kaiser:

»Ein geeintes mongolisches Reich unter der Herrschaft Dschingis Khans ist keine Bedrohung für Chin, sondern ein Garant für den Frieden an Ihrer Nordgrenze, Majestät. Sechzigtausend mongolische Krieger gegen sechzig Millionen Chinesen – das ist kein Kampf, den wir gewinnen könnten. Aber Sie wären ebenso wenig der Sieger, denn sobald Sie nach Norden marschieren, um die Mauer zu überschreiten, wird Song im Süden den Yangtse überqueren und die vor achtzig Jahren durch Ihre Dynastie eroberten Provinzen zurückgewinnen. Im Falle eines Krieges wird es nur einen einzigen Verlierer geben, Majestät: Das Reich von Chin. Es wird nichts übrig bleiben außer den Ruinen dieses großartigen Reiches.«

Yun Qi brauste auf: »Das ist …«

»Schweigen Sie!«, befahl ihm der Kaiser. Dann wandte er sich an seine Gefolgsleute. »Lassen Sie Uns allein mit Prinz Temur sprechen.«

Mit einer tiefen Verneigung zogen sich die Prinzen und Würdenträger zurück. Wei warf mir einen zufriedenen Blick zu, als er den tobenden Yun Qi am Ärmel aus dem Saal zog. Der Himmelssohn und ich blieben mit den kaiserlichen Bediensteten zurück.

Der Kaiser winkte einem Diener, der mir ein Kissen brachte, auf dem ich vor dem Thron Platz nehmen konnte. Er war mir auch beim Hinsetzen behilflich und ordnete die Falten meines weiten Gewandes.

»Das war eine beeindruckende Rede, Prinz Temur«, begann der Kaiser.

»Ich freue mich, wenn sie Ihnen gefallen hat, Majestät.«

Er lachte trocken. »Es waren nicht so sehr die Gesten und die Wortwahl, mit denen Sie es verstanden haben, alle in Ihren Bann zu ziehen, als vielmehr Ihre rücksichtslose, fast schon schmerzhafte Aufrichtigkeit. Sie haben die Konsequenzen eines Krieges sehr eindringlich beschrieben.«

»Ich habe die Konsequenzen eines Krieges sehr eindringlich *erlebt*, Majestät. Wer je einen sterbenden Freund auf dem Schlachtfeld eine Nacht lang im Arm hielt, wer seine Schmerzen miterlitten hat, wer bis auf die Haut nass war von seinem Blut, wer den Gestank des Blutes gerochen und das grauenhafte Stöhnen um sich herum gehört hat und erst im Morgengrauen das ganze Ausmaß der Katastrophe erkennen konnte – Tote und Sterbende, so weit das Auge reichte –, der macht sich keine Illusionen mehr über die Sinnhaftigkeit eines solchen Gemetzels oder die Konsequenzen eines Krieges für sich selbst und für alle, die er liebt und die er so gern beschützen wollte.«

»Unser Cousin, Prinz Wei, hat Uns vor Ihnen gewarnt – wie auch Unser Neffe, Prinz Yun Qi. Aber beide gebrauchten völlig verschiedene Worte, um Sie zu beschreiben. Wir waren sehr gespannt darauf, den Menschen kennen zu lernen, der durch sein Handeln so unterschiedliche Reaktionen hervorrufen kann: Liebe und Hass. Wei schätzt Sie sehr, als Sohn Dschingis Khans, als Feldherr und als Mann mit Visionen, und Wir geben viel auf seine Meinung. Unser Cousin ist einer der wenigen, die Uns ehrlich sagen, was sie denken, auch wenn die Wahrheit eine scharfe Waffe ist, die den verletzen kann, der sie nicht zu führen versteht. Wir erwarten einen solchen Umgang mit der Wahrheit auch von Ihnen, Prinz Temur, wenn Sie Ying Hua heiraten und Mitglied der kaiserlichen Familie werden.«

Ich nickte.

»Wei deutete an, Ying Hua und Sie hätten Gefallen aneinander gefunden …«

»Wir lieben uns, Majestät.«

»Das freut Uns aufrichtig!«, lächelte er zufrieden, als glaubte er tatsächlich, diese Heirat wäre *seine* Idee gewesen. »Werden Sie Yun Qi zu Ihrer Hochzeit einladen?«

»Ja, ich werde ihn einladen. Aber ich habe Zweifel, dass er diese Einladung annehmen wird.«

»Wir könnten ihm die Anwesenheit befehlen …«

»Das wäre unsinnig, Majestät. Denn es würde ihn noch mehr gegen mich aufbringen. Und gegen Sie.«

»Wir wollen keinen Streit in der kaiserlichen Familie. Unser Neffe hat seine Beherrschung verloren und Sie angegriffen. Wir werden ihn dafür bestrafen.«

»Ich bitte Sie, diese Entscheidung zu überdenken, Majestät.«

»Und warum?«, fragte er erstaunt.

»Yun Qi ist zornig. Sie haben ihm Ying Hua weggenommen. Machen Sie nicht den Fehler, ihn für seinen Zorn auf mich zu bestrafen. Das würde er Ihnen nie verzeihen, Majestät. Lassen Sie das Feuer brennen, bis der letzte Funke ausgebrannt ist. Und dann vergeben Sie ihm.«

»Vergeben?«, fragte er mich. »Er hat die Selbstbeherrschung verloren. Das können Wir ihm nicht vergeben.«

»Haben *Sie* noch nie die Beherrschung verloren?«, fragte ich. »Waren Sie noch nie so wütend, dass Ihre Hände gezittert haben, dass Sie den anderen am liebsten geschlagen hätten?«

»Nein! Kung Futse hat gesagt: ›Das Einzige, was der Mensch beherrscht, ist er selbst.‹«

»Ich weiß, Majestät. Kung Futse war ein großer Weiser, aber er war kein heilkundiger Schamane. Ich *bin* ein Schamane«, sagte ich, erhob mich von meinem Kissen und stieg langsam die Stufen zum Thron hinauf.

Er sah mich verblüfft an: Das hatte wohl noch niemand gewagt. Als die Leibwächter mich aufhalten wollten, winkte er ab.

Ich kniete mich vor den Thron, ergriff seine Hände und hielt sie in meinen. Als ich sie sanft zu streicheln begann, zog er sie erschrocken zurück. »Sie leiden unter der Gicht, Majestät«, sagte ich.

»Sie können sich kaum noch aus eigener Kraft bewegen und haben furchtbare Schmerzen. Ihre Ärzte können Ihnen offensichtlich nicht helfen. Opium könnte Ihre Qualen lindern, doch Sie lehnen es ab, weil es Ihnen den Verstand vernebelt.«

»Woher wissen Sie …?«

Ich hielt ihm meine offenen Hände hin, bis er seine vom Schmerz verkrümmten Finger hineinlegte. Er ließ mich nicht aus den Augen, als ich seine Finger zu streicheln begann und einen nach dem anderen aus der schmerzhaften Verkrampfung löste.

»Wann sind Sie zuletzt auf diese Weise berührt worden, Majestät?«, fragte ich ihn und küsste zart seine Hände.

»Noch nie«, murmelte er mit geschlossenen Augen. »Die Person des *Tianzi* darf nicht berührt werden. Von keinem Menschen.«

»Aber der Mensch sehnt sich nach Berührungen, nach Gefühlen, die seine Seele zum Schwingen bringen und die Einsamkeit erträglich machen. Und die Schmerzen in seinem Körper.«

Er nickte und begann still zu weinen. Wie sehr er sich danach sehnte, einmal nicht der allmächtige, unfehlbare, selbstbeherrschte Kaiser zu sein, sondern nur Mensch: schwach, fehlbar und liebenswert!

»Soll ich aufhören, Sie zu berühren?«, fragte ich sanft.

Er schüttelte den Kopf und ließ endlich seinem Schmerz freien Lauf.

Ich richtete mich auf und umarmte ihn. Er schlug mich, damit ich ihn losließ, aber ich ertrug seine Schläge, die sich nicht gegen mich, sondern nur gegen ihn selbst richteten. Eine Weile tobte er, dann hielt er sich an mir fest und weinte, bis er keine Tränen mehr hatte.

Dann ließ ich ihn los, erhob mich und trat einen Schritt zurück.

Mit dem Ärmel seiner kaiserlichen Robe wischte er sich die Tränen aus dem Gesicht und sah erst mich, dann seine Hände an. »Ich habe keine Schmerzen mehr!«, sagte er erstaunt und vergaß in seiner Freude das kaiserliche Wir. »Wie haben Sie das gemacht?«

»Nicht ich war das, Majestät. Sie haben es selbst geschafft, sich von Ihren Schmerzen und Ihrem Zorn zu befreien. Ich habe nichts getan, als Ihre Hände zu halten und Sie zu umarmen, als Sie dafür bereit waren«, erklärte ich. »Und ich würde mich freuen, wenn Sie mit Yun Qi dasselbe tun würden – wenn sein Zorn ausgebrannt ist und er wieder vernünftig denken kann. Gehen Sie ihm den einen Schritt entgegen, den er nicht gehen *kann.* Vergeben Sie ihm, wie Sie mir vergeben haben, dass ich Sie berührte! Denn *ich* habe ihm bereits vergeben.«

Unsere Hochzeit wenige Wochen später war eine großartige Inszenierung kaiserlicher Macht. Ying Hua war nur die Tochter eines Cousins des Himmelssohns und ich lediglich der illegitime Sohn eines Khans, eines wichtigen Verbündeten – das Wort »Vasall« vermied der Kaiser sehr beflissen in meiner Gegenwart. Dennoch ließ Zhang Zong während der Feierlichkeiten keinen Zweifel daran, wie wichtig ihm diese Verbindung war.

Der Himmelssohn hatte beschlossen, das Bankett mit Musik und Tanz und einem großartigen Feuerwerk im Kaiserpalast zu feiern, und die ganze kaiserliche Familie war anwesend. Er wollte Yun Qi den Weg zu meiner Hochzeit so kurz und so leicht wie möglich machen. Und der Prinz erschien – allerdings erst kurz vor Mitternacht als letzter Gast, um mir zu zeigen, wie schwer ihm diese Entscheidung gefallen war.

Er überraschte mich mit einem überaus großzügigen Geschenk: einer prächtigen Residenz in den Bergen oberhalb des Kunming-Sees. Yun Qi schien zu wissen, wem er die unverhoffte Gnade verdankte, durch den Kaiser nicht bestraft und seiner Ämter enthoben zu werden. Ich verlor kein Wort darüber und dankte ihm herzlich für seine Großzügigkeit. Er reichte mir die Hand, aber ich spürte, wie seine Erbitterung mir gegenüber hinter dem maskenhaften Lächeln noch immer schwelte und sich tiefer und tiefer in seine Seele hineinbrannte.

In den Monaten nach meiner Hochzeit mit Ying Hua war ich sehr glücklich. Ich liebte sie und freute mich auf unser Kind, das zur Zeit der Kirschblüte geboren werden sollte. Ich war zufrieden in Zhongdu, weil ich endlich zur Ruhe kam. Weil ich vergessen konnte, was geschehen war. Weil ich meinen Frieden mit mir selbst machen konnte. Ich wollte in Zhongdu bleiben und mit Ying Hua und unserem Kind ein neues Leben beginnen: ein Leben voller Besinnung auf das, was ist, ein Leben diesseits des Horizontes, ohne den Blick auf die Welt jenseits dieser Grenze zu richten – die Welt dessen, was sein könnte.

Mit Wei verstand ich mich ausgezeichnet. Wir fochten im Garten miteinander – er weigerte sich allerdings, das Schwert, das ich ihm geschenkt hatte, gegen mich zu erheben – oder wir spielten eine Partie Weiqi, ein Brettspiel für Strategen, das mir sehr viel Vergnügen machte. Manchmal spielten wir auch Polo mit Weis dschurdschischen Freunden, General Kao Chi und General Wan Yen Siang, den Helden des Tatarenfeldzuges.

Polo ist ein wildes Reiterspiel, bei dem ein kleiner Ball mit Weidenschlägern in das gegnerische Tor geschossen wird. Kein chinesischer Prinz hätte Polo gespielt, ein Zeitvertreib der barbarischen Steppenbewohner! Die Verachtung der Chinesen für körperliche Anstrengungen war zu tief verwurzelt. Sie verabscheuten das wilde Herumtollen, das spielerische Kräftemessen, das Geschrei, das Lachen und das unbeherrschte Siegesgebrüll, wenn man, statt den Ball ins Tor zu schießen, entgegen allen Spielregeln den Gegner mit einem gezielten Stoß des Weidenschlägers aus dem Sattel warf. Meist endeten unsere Polo-Spiele unter fröhlichem Gelächter mit einer wüsten Prügelei um den Ball und einer anschließenden ausgelassenen Siegesfeier in Kao Chis oder Wan Yen Siangs Palästen.

Oft besuchte ich mit meinem Freund Malik den *Hamam,* begleitete ihn zum Freitagsgebet in die Moschee und sprach mit ihm über Karakitai. Der Mullah kam mehrmals in der Woche zu mir in die Kaiserstadt, um mich in der arabischen Sprache zu unterrichten, denn Wei hielt es nicht für angemessen, dass ich als Mitglied der kaiserlichen Familie die *Medrese* besuchte: »Das ist nicht standesgemäß!« Meine regelmäßigen Besuche im Badehaus kommentierte er nicht – weiß der Himmel, was er dachte, wie ich mich dort vergnügte …

Mein Schwiegervater bat einen angesehenen Meister der Lehre des Kung Futse, mich in der chinesischen Schrift zu unterrichten und meinem Chinesisch »einen eleganten höfischen Schliff zu geben«. Also lernte ich bei ihm das Dichten. An eines meiner Gedichte kann ich mich noch heute, so viele Jahre später, erinnern. Es begann mit der Verszeile: »Des Menschen Spuren sind verweht …«

Dass der Gelehrte mich während der nächsten Monate in Kung Futses Regeln zur chinesischen Staatsführung einführte und mir den Begriff der Staatsraison erklärte, war Bestandteil meiner höfischen Ausbildung als kaiserlicher Prinz. Stundenlang diskutierte ich mit ihm über die absurde Idee eines nach Kung Futses Regeln sittlich und damit vernünftig handelnden Herrschers – ein Regent *kann nicht* vernünftig handeln, wenn er Krieg führt, um den Frieden zu sichern. Ich jedenfalls habe es in späteren Jahren als Regent von Chin nicht geschafft, mir auch nur an einem einzigen der tausend Tage meiner Regentschaft einzureden, ich hätte *vernünftig* gehandelt, als ich meinen eigenen Sohn tötete.

Abgesehen von Kung Futses Philosophie standen Geschichte, Literatur und Musik auf meinem Stundenplan, der am Abend meist mit einer Stunde Bogenschießen endete – einer Disziplin, die laut dem großen Denker ebenso den Geist vervollkommnete wie das Lesen, Schreiben, Rechnen, das Spielen eines Instrumentes oder das Auswendiglernen eines Gedichtes: »Das Bogenschießen erinnert an die Lebensprinzipien des bewusst handelnden Menschen: Wenn er die Mitte nicht getroffen hat, sucht er in sich selbst die Ursache seines Versagens.«

Zhang Zong nahm mein Lernen sehr wohlwollend zur Kenntnis und lud mich immer häufiger zum Essen in den Palast ein, um sich mit mir zu unterhalten. Dem Mandat des Himmels entsprechend lehrte der *Tianzi* an der Kaiserlichen Akademie Kung Futses Philosophie, aber ich kam in den Genuss einiger privater Vorlesungen in seinen Räumen: »Der wahrhaft Weise liebt die Menschen. Er, der die Tugenden der Würde als Mensch, der Toleranz, der Wahrhaftigkeit, der Geduld und der liebevollen Vergebung beherrscht, ist der vollkommene Mensch. Er ist Priester und Herrscher in einer Person.«

Manchmal befragte mich Zhang Zong zu meiner schamanischen Heilkunst, die sein schmerzhaftes Leiden ein wenig gelindert hatte. Er suchte meine Nähe wie ein Erfrierender das Feuer zu erreichen versucht, auch wenn er weiß, dass er sich verbrennen wird, wenn er ihm zu nah kommt.

In jenen ruhigen Monaten dachte ich oft an meinen Freund Tarik, der im Sommer mit seiner Karawane nach Samarkand aufgebrochen war. Und während vor dem Fenster die ersten dicken Schneeflocken auf den zugefrorenen Lotusteich fielen, entfaltete ich die Seite aus Tariks Notizbuch mit den Skizzen von Venedig, blätterte in meinem Atlas und dachte daran, wie er wohl gerade seine Kamele durch die Wüste Taklamakan nach Kashgar führte und seine Kameltreiber mit französischen Flüchen und der Androhung von Allahs Zorn vorantrieb.

Was wäre geschehen, wenn ich Tarik vor einem halben Jahr nach Samarkand begleitet hätte, wenn ich von dort aus weitergezogen wäre nach Bagdad, nach Jerusalem, nach Rom und Venedig?, fragte ich mich, als ich selbstvergessen auf meinen Atlas starrte. Heute, so viele Jahre später, frage ich, mir meiner unermesslichen Schuld bewusst: Was wäre alles *nicht* geschehen, wenn ich mit ihm gegangen und nie mehr zurückgekehrt wäre?

Ying Hua und ich verbrachten in jenen Monaten viel Zeit miteinander. Sie malte zauberhafte Landschaften mit schwarzer Tusche auf Seidenpapier: Die Rollbilder in Weis Empfangsraum – der schroffe Fels im Nebel und der Baum über dem Abgrund – waren von ihr gemalt worden. Ich saß oft bei ihr und las oder sah ihr zu, wie sie mit wenigen Pinselstrichen einen Berg, einen Fluss, einen einsamen Baum malte. Und einen nachdenklichen Menschen, der vom Fuß der Berge aus die grandiosen Landschaften um sich herum bestaunte. An dem langen, im Wind fliegenden Haar erkannte ich immer mich selbst.

Ying Hua erklärte mir die Prinzipien der Kunst, die Shen Gua formuliert hatte. Der Meister hatte in seinem Buch die Unabhängigkeit der Darstellung von der Ähnlichkeit mit der Wirklichkeit gefordert. Der Sinn der Darstellung – eines Bildes, einer Geschichte – liege nicht in der gedankenlosen und detailgetreuen Wiedergabe des Sichtbaren und des wirklich Geschehenen, sondern in der intuitiven Erfassung des Unsichtbaren: der Veränderung des Seins sowie der geistigen Haltung des Malers oder des Dichters. Lao Tse hatte gesagt: »Das Sichtbare bildet die Form eines Werkes, das Unsichtbare macht seinen Wert aus.«

Als ich ihre Tuschezeichnungen zum ersten Mal sah, hatte ich die Kunst des Sagens durch das Nichtsagen bewundert, die Darstellung durch das Weglassen des Dargestellten. Aber als ich mich in ihren Bildern erkannte, fragte ich mich: Was war es, das in ihren Darstellungen fehlte und doch jederzeit anwesend war? Und was sah sie in mir? Den Mann, der sich ihr entzog, wenn sie ihn festhalten wollte? Den Mann, der den Blick nicht vom Horizont lassen konnte, auf der Suche nach immer neuen Bergen, die er noch besteigen konnte, nach immer neuen Grenzen, die ihn doch nicht aufhalten würden? Ich habe sie nie gefragt. Ich habe nur versucht, *da* zu sein. Bei ihr.

Das Neujahrsfest verbrachten Ying Hua und ich allein in unserer Residenz in den verschneiten Bergen, von wo aus wir einen großartigen Blick über das nächtlich erleuchtete Zhongdu hatten – und das herrliche Feuerwerk, das mit bunten Lichtfunken und lautem Geknatter das neue Jahr begrüßte: das Jahr des Tigers (1206). Mit einer äußerst fadenscheinigen Begründung, wie mir der Kaiser ein paar Tage später in gespielter Entrüstung vorwarf, verzichteten wir auf ein zeremonielles Bankett im Kaiserpalast, wickelten uns in ein Zobelfell und hielten einander mit unserer Liebe die ganze Nacht lang warm.

Am nächsten Morgen erwachte ich in ihren Armen. Meine Hand ruhte auf ihrem Bauch, und ich spürte deutlich die Bewegungen des Kindes.

»Die letzte Nacht war wunderschön, Temur«, sagte sie und strich mir sanft über das Gesicht. »Ich habe deine Leidenschaft sehr genossen, aber …«

»Aber?«, fragte ich und sah zu ihr auf. »Habe ich dir wehgetan?«

»Nein, Temur, du bist der zärtlichste Liebhaber, den ich mir vorstellen kann. Aber ich bin im siebten Monat schwanger. Es wird Zeit, dass wir eine Geliebte für dich suchen, die in den langen Winternächten dein Bett warm hält.«

Ich setzte mich überrascht auf. »Eine Geliebte?«

Sie fuhr mir zärtlich durch das zerwühlte Haar, das mir über die Schultern fiel. »Prinzessin Xiao Chen hat sich in dich verliebt. Sie hat sich mir vor einigen Tagen anvertraut und mich um Rat gefragt, wie sie deine Aufmerksamkeit und deine Zuneigung erringen kann. Xiao Chen ist hübsch, hat gute Manieren und wäre eine standesgemäße Geliebte. Wenn du einverstanden bist, werde ich sie fragen, ob sie deine Konkubine werden will.«

»Ich will sie nicht«, sagte ich. »Ich will dich.«

»Temur, sei vernünftig! Wir werden nicht mehr lange miteinander schlafen können …«

Ich beugte mich über sie und küsste sie. »Ich *will* nicht vernünftig sein. Ich bin nämlich verliebt. In dich. Wenn wir nicht mehr miteinander schlafen können, weil es dir unangenehm ist, dann werde ich mich beherrschen und dich nur im Arm halten … dir ein paar zärtliche Worte zuflüstern … so etwas wie: ›Ich liebe dich‹ oder ›Ich habe nie geglaubt, dass ich nur mit einer einzigen Frau so glücklich sein kann‹ … dann werde ich dich küssen …« Ich küsste sie auf die Lippen, glitt dann tiefer und liebkoste ihre Brüste, deren Knospen sich unter meinen Lippen aufrichteten. »… und streicheln …« Meine Hand fuhr sanft über ihren Bauch und blieb zwischen ihren Beinen liegen, und sie räkelte sich in den Kissen. »… und vielleicht werde ich noch ein paar andere Dinge tun, die uns beiden Vergnügen machen …«

»Du bist ein Eroberer, Temur!«, seufzte sie und zog mich ungeduldig zu sich herunter. »Wie kann ich dir widerstehen?«

»Das schaffst du nicht, mein Schatz!«, flüsterte ich und küsste sie erneut. »Meine Strategie der Eroberung besteht darin, dir jede Möglichkeit zu einem organisierten Widerstand zu nehmen. Also verbünde dich lieber nicht mit Prinzessin Xiao Chen, um mich aus deinem Schlafzimmer zu vertreiben und auf Schlachtfelder in Betten zu locken, in denen mir das Kämpfen keinen Spaß bringt.«

Sie lachte entzückt und umarmte mich, als ich sie hinter dem Ohr küsste und ihr Ohrläppchen liebkoste.

»Xiao Chen ist so in dich verliebt, dass sie dich gewinnen lassen würde … jede Nacht«, lockte sie mich, von ihr abzulassen.

»Ein derart leichter Sieg wie die Erstürmung von Xiao Chens Bett würde meinen Ruf als Eroberer ruinieren!«, scherzte ich und küsste sie leidenschaftlich.

Ying Huas Widerstand war nicht ernst gemeint, und so ergab sie sich selig lächelnd in ihr Schicksal.

Mit einem zischenden Laut schnellte der Pfeil von der Sehne, der Bogen in meiner Hand vibrierte, und ich ließ ihn sinken. Der Pfeil steckte im Stamm des blühenden Magnolienbaumes hundert Schritte entfernt am anderen Ende des Gartens, nur zwei Fingerbreit neben Weis Pfeil. Genau dort, wo ich ihn haben wollte. Genau dort, wo ich gesagt hatte, dass er sein würde.

»Unglaublich!«, murmelte mein Schwiegervater kopfschüttelnd. »Wie machst du das bloß? Du hast doch nicht einmal gezielt.«

»Ich bin ein Schamane«, erinnerte ich ihn.

»Bist du bereit zu einem weiteren Schuss?« Ohne meine Antwort abzuwarten, zog er sein Halstuch hervor, trat näher und verband mir mit dem Seidentuch die Augen. Dann drückte er mir einen zweiten Pfeil aus seinem Köcher in die Hand, und ich hörte, wie die Diener fluchtartig den Garten verließen. Wei hielt sich direkt hinter mir, um nicht durch den Schuss verletzt zu werden.

Ich befühlte den Pfeil, seine scharf gefeilte Spitze, die Metall durchschlagen konnte, den Schaft, die Federn am Ende, und wog ihn in der Hand, um sein Gewicht zu schätzen. Wie hoch würde ich zielen müssen? Dann legte ich ihn auf die Bogensehne und konzentrierte mich, als ein Diener herbeieilte.

»Ein Bote ist für Sie angekommen, Prinz Temur!«, verkündete er.

Ungeduldig gebot ihm Wei zu schweigen: »Nicht jetzt!«

Der Bedienstete trat einen Schritt zurück.

Das Erste, was ein Schamane lernen muss, ist die Unterscheidung von zwei Wirklichkeiten: der zeitgebundenen Welt des Glaubens, wo alles möglich ist und nichts getan, und der zeitlosen Welt des Wissens, wo alles bereits vollendet ist. Jeder Mensch kennt beide Welten, das Bewusste und das Unbewusste, aber nur ein Schamane kann beide gleichzeitig wahrnehmen.

Ich legte den Pfeil auf die Bogensehne, hob den Bogen und konzentrierte mich … atmete tief meinen Geist ein, sog ihn immer tiefer in mich hinein … immer tiefer …

Langsam zog ich den Pfeil auf der Sehne zurück, und der Bogen knarzte. Ich hielt die Spannung, spürte sie in den Muskeln meiner Schultern und des gestreckten linken Arms, der den Bogen hielt, in der Hand, die die Sehne spannte, in den Fingern, die den Pfeil festhielten. Dann richtete ich meine Aufmerksamkeit auf den Pfeil, *wurde* der Pfeil, noch ziellos, noch nicht losgelassen, noch keine tödliche Waffe, gab mir und ihm eine Richtung, ein Ziel … dann schoss ich – und machte wahr, was ich durch das Seidentuch nicht sehen, aber in mir erkennen konnte: den Pfeil, im Stamm des Baumes steckend.

Ich ließ den Bogen sinken und riss mir das Tuch ab.

Der Diener trat näher und nahm es mir ab. »Prinz Temur, Sie haben Besuch …«, erinnerte er mich.

»Er soll in meinem Arbeitszimmer warten. Ich werde gleich kommen!«, befahl ich ungeduldig und ging zu Wei hinüber, der zum Magnolienbaum gelaufen war, um den Pfeil zu suchen. Der Diener eilte hinter mir her.

»Es ist erstaunlich«, gestand Wei. »Wenn ich es nicht gesehen hätte, würde ich es nicht glauben!« Er hob den Pfeil, den er aus dem Stamm gezogen hatte. »Wie machst du das?«

»Es hat nur wenig mit Können zu tun und umso mehr mit Wollen. Jeder Zweifel, ob der Pfeil sein Ziel erreicht oder nicht, lenkt ihn von seinem Weg ab. Wenn du darauf vertraust, dass er genau dorthin fliegt, wo du ihn haben willst, wird er das auch tun.«

»Exzellenz!«, erinnerte mich der Diener: »Der Besucher bat

mich, Ihnen das hier zu geben.« Er überreichte mir mit beiden Händen einen in himmelblaue Seide eingewickelten Gegenstand.

Ich starrte überrascht auf den mongolischen *Khadag*, unfähig mich zu bewegen. Nein!, dachte ich, zutiefst erschrocken: Nein! Die himmelblaue Seide konnte doch nur bedeuten …

»Was ist mit dir, Temur?«, fragte Wei besorgt. »Du bist plötzlich so blass …«

Mit zitternden Fingern schlug ich die Seide zurück und zog das Geschenk hervor. Es war ein goldener Tigerstab, prächtiger als der, den ich besaß! Ich las den in das Gold eingravierten mongolischen Text, der die Befehlsgewalt des Besitzers und seine Privilegien nannte. Und den Namen: Fürst Temur.

Ich stand wie erstarrt: *Fürst* Temur! Der Khan hatte mich also gefunden. Er hatte die ganze Zeit gewusst, wo ich war. Er hatte gewartet und mir ein Jahr Zeit zum Nachdenken gelassen. Und nun wollte er eine Antwort von mir! Er wollte, dass ich zu ihm zurückkehrte … als Fürst! Ich besann mich und wandte mich an den Diener: »Der Bote … hat er seinen Namen genannt?«

»Ja, Exzellenz. Er sagte, sein Name sei Dschebe.«

Mit einem gemurmelten »Bitte entschuldige mich!« ließ ich meinen Schwiegervater stehen, der mir überrascht hinterhersah, und stürmte mit dem Tigerstab in der Hand zum Palast.

Dschebe wartete im Empfangsraum auf mich. Als ich in den Raum rauschte, wandte er sich zu mir um. »Temur!«, rief er erfreut. Dann hielt er erschrocken inne, als er meine offenen Haare sah, und wandte bestürzt den Blick ab.

Wir waren uns in den vergangenen Jahren sehr nah gekommen und hatten alles miteinander geteilt: in der Nacht vor der Schlacht die Decke, in die wir uns gegen die eisige Kälte wickelten, den letzten Bissen Fleisch, den letzten Schluck Wasser, unsere tiefsten Gedanken, unsere Hoffnungen und Ängste, aber er hatte mich nie mit offenen Haaren gesehen. Er war bestürzt.

»Eine kluge Entscheidung des Khans, von allen seinen Feldherren ausgerechnet dich zu schicken, um mich zurückzuholen: meinen besten Freund! Sag ihm: Wie immer sein Befehl lautet, meine

Antwort ist Nein!« Ich warf Dschebe den Tigerstab zu. »Ich lasse mich nicht kaufen! Nicht mit Gold und auch nicht mit einem Titel! Und mit Dschamugas Titel schon gar nicht!«

Dschebe hielt den Tigerstab in der Hand. »Dein Vater kennt dich gut genug, um zu wissen, dass du mir den Tigerstab vor die Füße werfen würdest und dein Nein dazu.« Er griff an seinen Gürtel und zog etwas hervor. »Das hier soll ich dir geben, Temur.« Er reichte mir einen gefalteten Brief.

Ich stand wie erstarrt und sah auf das Schreiben in seiner Hand. Ein Brief vom Khan? Als ich ihn nicht nahm, drückte Dschebe ihn mir in die Hand und wandte sich ab, damit ich ihn lesen konnte. Aber vermutlich auch, damit ich ihm den Brief nicht ungelesen zurückgab.

Ich entfaltete das Schreiben und starrte auf das Siegel des Khans, ohne seine Worte zu lesen. Dann besann ich mich und überflog die wenigen Zeilen:

»Mein Sohn! Ich sende Dschebe zu dir, damit er dich zu mir zurückbringt. Ich hoffe, du hattest genug Zeit, in Ruhe nachzudenken und endlich den ersehnten Frieden zu finden. Auch ich habe nachgedacht in den vergangenen Monaten. Und ich habe mich entschlossen, dich als meinen Sohn anzuerkennen. Ich verspreche dir, dich nie wieder mit meinen Zweifeln zu quälen, ob du nun mein Sohn bist oder Dschamugas. Diese Frage darf nicht mehr zwischen uns stehen, nie mehr!

Dschebe wird dir einen Tigerstab übergeben, der deinen neuen Rang als Fürst bestätigt. In der Nacht, bevor du mich verlassen hast, sagtest du mir in deinem Zorn, du wolltest für Dschamugas Hinrichtung nicht mit seinem Titel belohnt werden. Du hattest Recht: Dein Titel würde immer zwischen uns stehen. Deshalb habe ich mich entschlossen, dir nicht seinen, sondern meinen Titel zu geben, den ich als Fürst Temudschin trug, bevor ich Khan wurde. Komm zurück, Fürst Temur, ich brauche dich. Es gibt viel zu tun – lass es uns gemeinsam tun! Dein Vater.«

Das war kein Befehl meines Khans, das war die Bitte meines Vaters, der seinen Sohn vermisste! Seinen Befehl hätte ich ignorieren können, wie ich es schon so oft getan hatte, aber diesen Brief …? Durfte ich ihn zurückweisen?

Ich dachte an Dschamugas Hinrichtung, seinen letzten Blick, der mir gegolten hatte: Du bist mein Sohn! Und ich sah das traurige Gesicht des Khans, als ich dem Toten die letzte Ehre erwies. »Die Stunde meines Triumphes ist die Stunde meiner größten Niederlage«, hatte er gesagt. Kein verzweifeltes »Lass Dschamuga nicht über uns beide triumphieren, mein Sohn!«, kein bittendes »Lass uns auf den Ruinen der Vergangenheit gemeinsam eine neue Zukunft errichten, Temur!« Kein Wort, außer dem Eingeständnis seiner Niederlage!

Schon vor Monaten hatte ich beschlossen, nicht mehr zu ihm zurückzukehren. Ich war glücklich in Zhongdu, war unbeschwert wie noch nie in meinem Leben, hatte alle Ängste vergessen können, hatte meinen Frieden mit mir selbst gemacht, hatte versucht, die Vergangenheit hinter mir zu lassen und ein neues Leben zu beginnen. Ich war glücklich mit Ying Hua und unserem Kind, das in wenigen Tagen geboren werden sollte. Ich liebte sie so sehr. Und nun dieser Brief! Er wollte, dass ich zu ihm zurückkam. Ich konnte die Tränen nicht mehr zurückhalten.

Dschebe umarmte mich. »Er braucht dich.«

Ich wollte mich ihm entwinden, doch er ließ mich nicht los.

»*Er* hat seinen Stolz vergessen, Temur«, erinnerte mich mein Freund an meine eigene Unnachgiebigkeit – er sagte nicht: ›Vergib ihm, wie er dir vergeben hat!‹ »Dein Vater war sehr verletzt, als du ihn verlassen hast. Tagelang war er nicht ansprechbar, schlug in seiner Wut um sich wie ein verwundeter Drache. Dein Freund Mukali hat einen schmerzhaften Schlag zu spüren bekommen, als er den Feuer speienden Drachen besänftigen wollte.«

Ich riss mich los und wandte mich ab.

»Er will dich wiederhaben, Temur.«

»Will er sich wieder mit mir streiten?«, fragte ich wütend. »Wenn er einen zuverlässigen Gegner für erbitterte Wortgefechte sucht, könntest du ihm ja ein bisschen Widerstand leisten, Dschebe! Nur damit ihm nicht langweilig wird.«

»Er will sich nicht mehr mit dir streiten, Temur. Er ist ruhiger geworden seit Dschamugas Tod, nachdenklicher, besonnener. Manchmal zieht er sich für Stunden zurück, um eine Himmelsreise zu machen oder mit Gott zu sprechen, und niemand darf ihn dann stören. Er ringt um eine Entscheidung, aber er redet mit keinem seiner Vertrauten darüber: nicht mit Mukali, nicht mit Subotai oder mir. Nicht einmal seine Söhne Dschutschi, Tschagatai, Ogodei oder Tolei wissen, was er vorhat. Ich glaube, er will mit dir reden, bevor er sich entscheidet. Er bat mich, dich zum heiligen Berg zu bringen. Er erwartet dich.«

Nach dem Abendessen mit Dschebe, der mich auf andere Gedanken zu bringen versuchte, flüchtete ich mich in den nächtlichen Garten. Ich musste allein sein. Nachdenken.

Ying Hua hatte meine Unruhe während des Essens bemerkt und wollte mir folgen, doch ihr Vater hielt sie zurück. »Lass ihn in Ruhe!«

Als ich Dschebe meinem Schwiegervater vorgestellt hatte, war Wei überrascht gewesen, dass mein Freund den weiten Weg auf sich genommen hatte, um mich zu besuchen, und erfreut, den berühmten Feldherrn des Khans kennen zu lernen. Er hatte Dschebe eingeladen, für einige Tage sein Gast zu sein, und mein Freund hatte zugesagt. Er wusste, dass er mir Zeit lassen musste, um zu einer Entscheidung zu gelangen.

Eine Weile saß ich allein in der Finsternis und dachte an das, was Dschebe mir erzählt hatte. Er erwartet dich!, hatte mein Freund gesagt. Als wüsste mein Vater ganz genau, dass ich zu ihm kam, wenn er mich rief! Was mich so wütend machte, war nicht, dass er glaubte, ich würde ihm gehorchen, sondern dass ich ernsthaft darüber nachdachte, zu ihm zurückzukehren.

Ich bin nicht frei!, dachte ich verzweifelt. Ich habe ihn verlassen, um nie mehr zu ihm zurückzukehren. Ich habe alles hinter mir gelassen – meine Frauen, meine Kinder, meinen Rang, meine Verantwortung. Und ich dachte, Ying Hua hätte mich befreit, als sie die Zöpfe öffnete, die mein Vater vor Jahren geflochten hatte. Ich glaubte wirklich, ich wäre frei, aber ich war es nicht. Und ich hatte nicht einmal jetzt die Freiheit, mich gegen ihn zu entscheiden! Welche Macht hatte er über mich, dass er glaubte, mich zurückholen zu können – und welche Macht hatte ich über ihn, dass er glaubte, mich zu brauchen!

Was wollte er auf dem heiligen Berg mit mir besprechen? Was beschäftigte ihn so sehr? Ein neuer Krieg? Nein! Meine Ernennung zum Fürsten? Nein, den Tigerstab mit der Bestätigung meines neuen Titels hatte er mir durch Dschebe überbringen lassen, ohne mich auch nur gefragt zu haben, ob ich die Würde annehmen wollte. Es war etwas anderes, worüber er nachdachte, und ich ahnte, was er vorhatte! Der heilige Berg … seine Himmelsreisen … seine Nachdenklichkeit … und ich, der Vertraute, auf dessen Rat er hörte, der Schamane, der seine Visionen verstehen und die furchtbaren Konsequenzen einer solchen Entscheidung erfassen konnte …

Die Frühlingsnacht war kalt, aber ich spürte die Kälte nicht – mir war heiß, als sei ein Feuer in mir entzündet worden.

Nach einer Weile setzte Wei sich wortlos neben mich ins Gras. Schweigend wartete er ab, ob ich von mir aus zu reden anfangen würde, aber ich sagte kein Wort.

»Temur, ich weiß nicht, welche Nachricht Dschebe dir von deinem Vater überbracht hat. Und ich weiß nicht, wie du dich entscheiden wirst. Aber ich sehe dir an, dass du seit seiner Ankunft mit dir ringst.« Als ich nicht antwortete, fuhr er fort: »Ich will, dass du eines weißt, Temur: Du bist der Sohn, den ich mir immer gewünscht habe. Und es wird mir wehtun, wenn du zu ihm zurückkehrst. Aber Ying Hua wird es das Herz brechen, wenn du sie verlässt. In wenigen Tagen wird sie dir das Kind schenken, auf das du dich so sehr gefreut hast.«

Ying Hua – mein Traum von Freiheit, von Glück. Mein ungeborenes Kind – meine Vision einer neuen, friedlichen Welt voller Hoffnung. Der Brief meines Vaters hatte alle meine Träume und Hoffnungen zerstört, meine ganze Zukunft infrage gestellt. Wie in jener Nacht, als Dschamuga mit seinem Geständnis alles vernichtete, was mein Leben ausgemacht hatte: meine ganze Vergangenheit.

Ich würde Ying Hua verletzen, wenn ich fortging – wie ich Nomolun und Kokatschin wehgetan hatte, als ich sie vor einem Jahr verließ. Dschebe hatte mir beim Abendessen erzählt, dass ich nun vier Kinder hatte. Nomolun hatte kurz nach meiner Abreise einen Sohn geboren – »unseren Sohn« Nogai nannte ihn Dschebe, denn er war der Vater, nicht ich – und nun war sie schon wieder im achten Monat schwanger. Kokatschin hatte mir drei Monate zuvor die ersehnte Tochter geschenkt: »Die kleine Temelün ist so schön wie ihre Mutter«, hatte mein Freund gesagt: »Du solltest sie lächeln sehen …«

Ich konnte nicht länger vor der Verantwortung weglaufen – und musste es doch schon wieder tun. Ich musste Ying Hua verlassen, um zu meinem Vater zurückzukehren. Ich konnte sie so kurz vor der Geburt nicht mitnehmen. Und ich konnte nicht warten, bis das Kind geboren war. Der Abschied würde nur noch schlimmer werden, weil Ying Hua hoffen würde, sie könnte mich umstimmen, mich festhalten …

Sie musste mich nur ansehen, um zu wissen, welche Entscheidung ich getroffen hatte.

»Du wirst mit deinem Freund zurückgehen, nicht wahr?«, fragte Ying Hua traurig, als ich in jener Nacht zu ihr ging.

»Im Morgengrauen werde ich mit Dschebe aufbrechen.«

Sie nickte, rang mit den Tränen und wandte sich ab. »Wirst du … irgendwann … zurückkehren?«, fragte sie leise.

»Ich weiß es nicht«, sagte ich ehrlich und nahm sie in den Arm.

»Ich habe immer geahnt, dass du eines Tages gehen würdest«, gestand sie schluchzend. »Ich habe versucht, dich festzuhalten, aber ich konnte es nicht … Du hast einmal gesagt, du seist wie das Wasser. Du hattest Recht, Temur: Niemand kann dich aufhalten! Wie ein ungezähmter Strom reißt du jeden mit dir fort, der sich auf dich einlässt und dir zu nahe kommt, wirbelst ihn herum, bis er nicht mehr weiß, wie ihm geschieht, ertränkst ihn in Gefühlen, und dann lässt du ihn los, lässt ihn irgendwo am Rand deines

Weges zurück und fließt allein weiter. Wohin, das weißt du selbst nicht.« Sie presste ihr Gesicht in mein Haar und weinte mit bebenden Schultern.

Ich hielt sie und sagte kein Wort. Es gab keine Worte, die meine Trauer, meine Verzweiflung, sie verlassen zu müssen, und meine Hoffnungslosigkeit, sie je wiederzusehen, ausdrücken konnten. Es gab keine Worte, die sie nicht noch mehr verletzen würden. Sie musste mich doch nur ansehen, um zu wissen, wie sehr ich sie liebte und wie schwer es mir fiel, sie zu verlassen.

Schließlich löste sie sich aus meiner Umarmung, küsste mich, strich mir sanft über das Haar. Dann nahm sie es, teilte es und begann, einen Zopf zu flechten. Meinem Blick wich sie aus.

Ich konnte die Tränen nicht mehr zurückhalten. »Ying Hua, bitte lass das …«

Ich ergriff ihre Hände, um sie zu küssen, aber sie entzog sie mir. »Nein, Temur, ich will deine Haare flechten! Ich habe dich deinem Vater weggenommen, und ich werde dich ihm wiedergeben …«

»Du hast mich ihm nicht weggenommen, Ying Hua«, sagte ich sanft. »Er war doch die ganze Zeit da, und du hast es gespürt. Du hast ihn sogar in deinen Bildern dargestellt, ohne ihn zu malen. Er war doch immer der Punkt jenseits des Horizontes, auf den ich so sehnsüchtig, so selbstvergessen gestarrt habe – der Fluchtpunkt der Perspektive deiner Bilder, auf den sich alles bezieht und der alles ordnet: die ganze Welt und den Menschen als Teil von ihr.«

Ich strich ihr über das Gesicht, als sie erneut in Tränen ausbrach, und hielt sie fest. »Ich war bestürzt, als ich die Wahrheit in deinen Bildern erkannte: Ich kann nicht vor ihm fliehen, weil ich nicht vor mir selbst fliehen kann. Er hat mich erschaffen, wie ich bin. Und ich bin wie er. Er hat jahrelang auf mich eingeschlagen wie ein Schmied auf das glühende Eisen, hat mich geformt, hat mich erhitzt und wieder abgekühlt, hat mich geschärft und mit jedem neuen Schlag immer härter gemacht. Dafür kann ich ihn lieben oder hassen, wie er mich liebt und hasst, und ich kann ihm jeden seiner grausamen Schläge zurückgeben, aber vor ihm weglaufen kann ich nicht …«

Kapitel 4

Ein Gott im Himmel – Ein Herrscher auf Erden

Blauschwarz und schwer von Schnee fegten die Gewitterwolken über den heiligen Berg Burkhan Khaldun, der zwischen den Gipfeln des Khentii-Gebirges über den Quellen der Flüsse Onon und Kherlen aufragte, um sich in die Weite der Landschaft zu seinen Füßen zu ergießen, sie mit seiner Erhabenheit fast zu erdrücken. Ein majestätischer, Ehrfurcht gebietender Berg: Er wurde auch Khentii Khan genannt, der »Herrscher des Khentii-Gebirges«. Sein sturmumtoster Gipfel und die Schwarze Krone an der höchsten Stelle waren in dunkle Schneewolken gehüllt. Blitze zuckten, Donner grollte, dröhnend wie der Trommelwirbel einer Schamanentrommel. War der Sturm ein Zeichen Gottes?

Eine eisige Windbö fuhr vom Gipfel herab, und ich zog meine dünne Seidenrobe enger um mich. Ich fröstelte nicht wegen der Kälte oder weil ich an diesem Tag meines Aufstiegs gefastet hatte, sondern weil ich tief in meinem Innersten Angst verspürte.

Neben mir zügelte Dschebe sein Pferd und folgte meinem Blick hinauf zum Gipfel. »Fürchtest du dich vor dem Sturm?«, neckte er mich, als wollte er mich im Scherz daran erinnern, dass ich, der allmächtige Schamane, über den Wind gebot.

»Ja, ich habe Angst, Dschebe«, gestand ich. »Ich habe Angst wie noch nie zuvor in meinem Leben. Denn *dieser* Sturm wird anders sein als alles, was wir bisher erlebt haben.«

Erschrocken sah mein Freund mich an – er nahm meine Prophezeiungen sehr ernst. Zögernd trieb er sein Pferd an und folgte mir den Hügel hinab zum See.

In einer Talsenke am Fuß des Berges schimmerte das Wasser silbrig-still und geheimnisvoll wie ein Schamanenspiegel, die dunklen Wolken reflektierend, aber vom Sturmwind nicht bewegt. Mein Blick glitt am Ufer entlang, zum *Owoo,* einem kultischen Steinhaufen aus Felsblöcken und mit himmelblauen *Khadags* geschmückten aufgerichteten Baumstämmen, an dem den Geistern geopfert wurde. Dann betrachtete ich den Weg, den ich gehen wollte: mit den aufsteigenden Nebelschwaden durch den dichten Wald aus Fichten, Kiefern und Lärchen hinauf, durch die Weglosigkeit an der Bergflanke aufwärts, immer höher, den Wolken und dem Sturm entgegen, zum Gipfel, der gewaltig über uns aufragte – hinauf zur Schwarzen Krone, dem heiligsten Ort.

In der Nacht meiner Initiation war ich zum ersten Mal dort oben gewesen. Der Schamane Kökschu hatte mich zum Gipfel geführt und dann eine Nacht lang allein gelassen. Ich war fünf Jahre alt gewesen, als er begann, mich das Schamanen zu lehren.

Dschebe und ich trabten am Ufer des Sees entlang, bis wir den *Owoo* auf der anderen Seite erreichten. Subotai und Mukali, die Vertrauten meines Vaters, erwarteten uns am wärmenden Feuer.

Subotai, der in der letzten Schlacht durch einen Schwertstreich ein Auge verloren hatte und dessen Gesicht von jener furchtbaren Verwundung entstellt war, zog mich vom Pferd, umarmte mich stürmisch und wirbelte mich herum. Sein gelähmter Schwertarm lag schwer auf meinen Schultern, als er mich begrüßte. »Ich danke Gott, dass du endlich zurückgekehrt bist, mein Junge!«, rief er ausgelassen, um gleich wieder ernst zu werden. »Bitte vergib mir, *Fürst* Temur, ich hatte vergessen …«

»Tu mir den Gefallen und vergiss es auch weiterhin, Subotai!«, unterbrach ich ihn. »Ich lege keinen Wert auf diesen Titel.«

Auch Mukali, der für mich ein zweiter Vater war, umarmte und küsste mich auf beide Wangen.

»Wo ist er?«, fragte ich.

Mukali deutete die Flanke des Burkhan Khaldun hinauf. »Wo soll er sein, wenn nicht auf dem Gipfel?«

»Warum seid ihr nicht bei ihm?«, fragte ich.

»Er wollte allein sein. Mit sich selbst. Und mit Gott. Vor neun Tagen ist er allein auf den Berg gestiegen, ohne Waffen, ohne Proviant und ohne Wasser. Seitdem haben wir nichts mehr von ihm gehört. Ich mache mir Sorgen um ihn …«

»Moses blieb vierzig Tage und vierzig Nächte auf seinem Berg, Mukali. Und mein Vater scheint ebenso viel mit Gott zu besprechen zu haben wie jener Prophet.«

Mukali nickte: »Er erwartet dich.« Dann legte er mir meinen Zobelfellmantel um die Schultern, den er aus dem Lager mitgebracht hatte, um mich vor der eisigen Kälte zu schützen, und überreichte mir ein Bündel, das Nomolun geschnürt hatte: mein Schamanengewand, die Trommel, der Spiegel, die Maske, die silberne Opferschale.

Als Subotai mir eine Tasche mit Proviant und Wasser geben wollte, lehnte ich ab: »Das Reich, das ich betreten werde und wo ich mich während der nächsten Tage aufhalten werde, ist nicht in dieser Welt.«

»Wie wäre es mit einem heißen Buttertee, bevor du gehst?« Mukali deutete auf das im Sturmwind flackernde Feuer neben dem *Owoo,* wo ein Teekessel vor sich hin simmerte.

Ich schüttelte den Kopf. »Mir wird beim Aufstieg warm werden.«

Mukali seufzte: »Ein Schamane, zum Leiden geboren! Pass auf dich auf, mein Junge! Und auf deinen Vater!«

»Das verspreche ich.« Ich legte den Gürtel mit dem Schwert ab, das Wei mir geschenkt hatte, und übergab es Dschebe. »Würdest du mir den Gefallen tun, es für mich aufzubewahren, bis ich wiederkomme?«

»Würdest du mir den Gefallen tun, es mitzunehmen, *damit* du wiederkommst?«, bat er mich.

»Gegen wen soll ich mich mit meinem Schwert schützen, Dschebe? Gegen Gott?«

Mein Freund schüttelte traurig den Kopf, umarmte mich zum Abschied: »Kann ich noch etwas für dich tun?«

»Bete für uns, Dschebe!«, erwiderte ich leise und deutete in den Himmel hinauf: Es hatte zu schneien begonnen.

Er wich meinem Blick aus. »Das werde ich, Temur. Ich werde Gottes Segen für deinen Vater und dich erbitten.«

Nachdem ich mich von meinen Freunden verabschiedet hatte, ging ich allein zum Steinhaufen, der nur wenige Schritte entfernt lag. Ich legte einen weiteren Stein auf den *Owoo* und sprach ein Gebet. Dann umrundete ich das Heiligtum drei Mal und begann den langen und beschwerlichen Aufstieg in die eisige Einsamkeit des heiligen Berges.

Einen Weg gab es nicht. Jeder, der hinaufwollte, musste sich selbst einen Pfad suchen, und jedes Mal war er anders, denn im dichten Nadelwald an den Berghängen konnte man sich leicht verirren. Nebelschwaden, geheimnisvoll wie Geister, wehten vor mir her, wirbelten um Felsen herum und blieben in Baumwipfeln hängen. Aber ich ging unbeirrt weiter, kämpfte mich durch den dunklen Wald und den Schneesturm und fand schließlich den zweiten *Owoo* auf halber Höhe des Berges.

Diese Kultstätte bestand aus wenigen Steinen und hohen, an der Spitze aneinander gelehnten Baumstämmen und war so groß wie eine Jurte. Die Stämme waren mit seidenen *Khadags* geschmückt, die wie tibetische Gebetsfahnen im Wind flatterten. Vor dem *Owoo* stand ein eisernes Herdgestell, das Kökschu vor Jahren auf seinem Rücken den Berg hinaufgeschleppt hatte. Zwischen den Bäumen sammelte ich trockenes Holz, um das Feuer zu schüren, damit es bis zu unserem Abstieg nicht erlosch, und sprach ein Gebet zum Himmelsgott. Dann ging ich hinüber zum *Owoo* und erhöhte ihn durch einen weiteren Stein, den ich am Ufer des Sees aufgelesen hatte. Ich umrundete ihn drei Mal, dann ging ich weiter.

Eine Stunde später hatte ich die Baumgrenze überschritten. Auf einer mit Edelweiß und Enzian übersäten Wiese blieb ich keuchend stehen, um zu Atem zu kommen und einen Blick hinunter auf den See zu werfen. Es hatte aufgehört zu schneien, und so konnte ich tief unter mir Mukali, Dschebe und Subotai erkennen, die sich am Feuer wärmten. Menschen, gering und bedeutungslos, zerbrechlich und verloren in der Großartigkeit dieser Landschaft. Unter mir die ganze Welt, über mir nichts als der sturmdurchtoste Himmel – und Gott.

Es war ein seltsames Gefühl der Macht, das mich durchströmte. Der Macht, dem Schneesturm zu trotzen. Auf dem Gipfel Gott zu finden. Nicht nur auf einem Berg treffen Himmel und Erde aufeinander, sondern im Schamanen selbst berühren sie sich, entzündet sich das Irdische am Göttlichen: Ich brannte lichterloh in einem Feuersturm von Gefühlen. Die am hellsten flackernde Regung war nicht die Angst, sondern die Verzweiflung.

Als ich über die Bergwiesen höher stieg, umfingen mich die Sturmwolken wie undurchdringlicher Nebel, und der eisige Wind schob mich vor sich her. Es begann wieder zu schneien, so stark, dass ich meinen Weg kaum erkennen konnte. Dann konnte ich endlich den Gipfel vor mir sehen: die Schwarze Krone. Dort oben, inmitten der Schneewolken, fand ich meinen Vater.

Er saß, in das Schamanengewand gehüllt, das er über seinen Zobelmantel gezogen hatte, mit gekreuzten Beinen im Schnee vor dem dritten *Owoo*. Seine zum Himmel offenen Hände ruhten auf den Knien, seine Augen waren geschlossen. Neben ihm lag die Schamanentrommel, mit deren rhythmischen Schlägen er sich selbst in Trance versetzt hatte. Obwohl sich sein Geist in der Anderen Welt befand, spürte er, dass ich da war.

Während ich einen Stein auf den *Owoo* legte, ihn drei Mal umrundete und dabei still mein Gebet sprach, wand er sich heraus aus seiner Trance. Ich ließ ihm Zeit für die schmerzhafte Rückkehr in seinen vor Kälte erstarrten Körper und ging hinüber zum Rand der Schwarzen Krone, um den Ausblick über die schneebedeckten Berggipfel des Khentii zu genießen.

Nach einer Weile trat er zu mir, um mich zu umarmen. »Du bist gekommen«, sagte er und drückte mich an sich.

»Du hast mich gerufen.«

»Wann hast du je getan, worum ich dich gebeten habe?«

»Hast du mich gerufen, um dich wieder mit mir zu streiten? Willst du mich herausfordern? Ein Schamanenkampf hier oben könnte bei diesem Wetter sehr unterhaltsam werden … und lebensgefährlich!«

Er schüttelte langsam den Kopf. »Ich will nicht mit dir streiten, mein Sohn. Ich will, dass du siehst, was ich sehe, hörst, was ich höre, und fühlst, was mich quält! Ich bitte dich um deinen Rat.«

»Ich dachte, du seist hierher gekommen, um mit Gott zu sprechen. Und Ihm deine Bedingungen zu diktieren …«

Meine bissige Bemerkung überhörte er großzügig. »Gott spricht nicht mit mir«, gestand er. »Seit neun Tagen hüllt Er sich in Wolken und schweigt.«

Um ihm meine Meinung zu seiner Entscheidung zu offenbaren, musste ich nicht erst seine Visionen sehen, doch fügte ich mich seinem Wunsch.

Aus der Tasche, die ich den Berg hinaufgeschleppt hatte, holte ich mein Schamanengewand und zog es wie er über meinen Zobelmantel. Dann hängte ich mir meinen Schamanenspiegel um und ging mit der Maske und meiner Trommel hinüber zum *Owoo*, wo mein Vater und ich ein Opfer darbrachten – ein paar Tropfen unseres Blutes in einer silbernen Opferschale.

Dann setzten wir unsere Schamanenmasken auf, hinter denen wir nichts sehen konnten, tauchten in die Finsternis ein, die in uns selbst war, und begannen zu trommeln, schnell und hart, nahmen den Rhythmus des anderen auf, bis wir uns in Einklang befanden. Wir schlugen auf die Trommeln ein, als wollten wir uns selbst in den Mut hineinsteigern, als wollten wir die Furcht besiegen, die uns jedes Mal ergriff: die Angst, nicht mehr zurückzukehren von dieser Reise nach innen. Mit rasenden Herzen entzündeten wir unseren Geist am feurigen Rhythmus der Trommeln, am Donnergrollen unserer Schläge, die uns mit sich rissen, wirbelten herum, tanzend, taumelnd, mit klingenden Glöckchen an unseren Gewändern, stürzten in die Finsternis, ließen uns hinabfallen in den bodenlosen Abgrund, zitternd, bebend, atemlos im Rausch der Ekstase, drangen tief in uns selbst ein, ungeduldig, euphorisch, uns in die Trance hineinwirbelnd, uns diesen gewaltigen Gefühlen ergebend … dann sahen wir das Licht …

Trommelschläge, schneller jetzt, ekstatischer Rhythmus, der mich entzückte, erregte, der mich rasend machte. Ob ich stürzte, ob ich während der Trance umfiel wie ein vom Sturm gefällter Baum – ich weiß es nicht mehr.

Zeit existiert nur in jener Welt, in der wir einen Körper haben, in der wir sterblich sind. Ich folgte meinem Vater dorthin, wo die Zeit stillsteht. Dorthin, wo die Konsequenzen unseres Handelns so offenbar sind, als wäre alles bereits geschehen.

Mein Vater und ich wurden eins. Ich wusste, was er dachte. Was er wollte. Wer er sein wollte. Was er erreichen konnte. Wo die Grenzen lagen – die wirklichen Grenzen, jenseits unseres eigenen Wollens. Ich sah, was er sah: Zhongdu und Ningxia, Bokhara und Samarkand – ein mongolisches Weltreich, größer als jedes Reich der Vergangenheit. Ich fühlte, was er fühlte: Triumph und Niederlage, Macht und Ohnmacht, Notwendigkeit und Unvermeidlichkeit, Verantwortung für Leben und Tod, den Zweifel und das Gewissen. Und immer wieder die Illusion der Freiheit jenseits unserer Bestimmung.

Ich sah meine Söhne durch meine Schuld sterben, ich sah, wie ich einen von ihnen selbst durch das Schwert richten musste, um mein eigenes Leben zu retten.

Ich hatte genug gesehen! Mehr wollte ich nicht ertragen. Ich kehrte um, wartete nicht darauf, dass mein Vater mir folgte, brach aus. Die Schmerzen der Rückkehr in meine sterbliche Hülle nahm ich kaum wahr, mein Entsetzen über das, was wir beide tun würden, tun mussten, war zu groß. So viel Blut, so viel Zerstörung … so viele Tote!

»Wer hat das entschieden, du oder Gott?«, fragte ich schließlich atemlos, als auch der Khan in seinen Körper zurückgekehrt war. Zitternd vor Erschöpfung, zu schwach, mich zu erheben, deutete ich auf die Sturmwolken. »Wenn es Gott ist, der dich diese Visionen sehen lässt, wozu brauchst du mich? Und wenn du es selbst bist, der diese Entscheidung getroffen hat: Wozu willst du dann meinen Rat hören? Soll ich dir widersprechen, damit du mir später vorwerfen kannst …«

»Nein, Temur«, unterbrach er mich. Seine Hand lag auf meinem Arm. Sie zitterte. »Ich will dich anhören, weil ich weiß, dass du trotz unserer Wortgefechte, trotz unserer schamanischen Machtkämpfe aufrichtig zu mir bist und mich nicht schonst. Die Wahrheit ist ein scharfes Schwert, aber du weißt es zu führen, ohne uns beide zu verletzen.« Er seufzte – resigniert, wie mir schien. »Ich kann nicht tun, was ich will. Gott bestimmt mein Schicksal seit meiner Geburt. Diese Vision zeigt mir, was ich tun muss. Aber die Konsequenzen meines Handelns sind furchtbar. Sag mir, Temur: Darf ich mich gegen Gott auflehnen? Darf ich mein Schicksal selbst bestimmen?«

Dieselben Worte, derselbe Zweifel an seiner Bestimmung, dieselbe Auflehnung gegen das Schicksal wie damals, in jenem kalten Sommer vier Jahre zuvor im Baldschuna-Sumpf, wohin wir geflohen waren, um unser Leben zu retten! Dschamuga hatte uns gejagt, bis wir vor Erschöpfung und Verzweiflung zusammengebrochen waren, dem Tod näher als dem Leben.

»Ich kann nicht tun, was ich will. Gott bestimmt mein Schicksal«, hatte mein Vater gesagt, als wir in der Abenddämmerung am morastigen Ufer des Baldschuna nebeneinander an einem Baum gelehnt hatten. »Ich habe euch alle in diese ausweglose Situation gebracht: Subotai, Mukali, Dschebe, dich und all die anderen, die überlebt haben. Wir sind auf der Flucht, können nirgendwo hin, ohne getötet zu werden. Ihr alle seid hier, weil ich hier bin.«

»Wir folgen dir überallhin«, hatte ich geantwortet.

»Ihr werdet mir in den Tod folgen.«

»Wenn es sein muss.«

»Ihr könntet mich an Dschamuga ausliefern und mit ihm Frieden schließen. Er wird euch vergeben.« Ich hatte sein Gesicht in der Dämmerung nicht erkennen können: Hatte er das ernst gemeint?

Ich hatte den Kopf geschüttelt. »Wem von uns traust du solch einen Verrat zu? Wir haben dir als unserem Khan die Treue geschworen.«

»Deine Treue ehrt dich, Temur, aber du musst deinem Gewissen folgen.« Nachdem er einige Minuten geschwiegen hatte, fügte er leise hinzu: »Ich könnte meinen Titel als Khan niederlegen wie mein Schwert. Dann müsste keiner von euch mir folgen.«

»Das ist Unsinn!«

»Auch ich muss meinem Gewissen gehorchen.«

»Dein Gewissen befiehlt dir, für die Überlebenden zu sorgen und sie aus diesem verdammten Sumpf wieder herauszuführen. Das ist die einzige Verpflichtung, die du als Khan uns gegenüber hast. Du hast uns hierher geführt, und du führst uns aus dem Sumpf wieder heraus. Wir folgen dir. Das ist unsere Verpflichtung.«

Lange hatte er geschwiegen, aber im Licht der untergehenden Sonne hatte ich ihn lautlos weinen gesehen. Es war das letzte Mal gewesen, dass ich ihn Tränen vergießen sah … bis vor einem Jahr, als Dschamuga hingerichtet worden war.

Ich besann mich: »Meine Meinung wird dir nicht gefallen«, warnte ich meinen Vater.

»Ich habe dich nicht von Zhongdu hierher gerufen, damit du mir sagst, was ich hören will.«

Schweigend erhob ich mich und ging ein paar Schritte auf den Abgrund zu. Am Rand der Schwarzen Krone blieb ich stehen und starrte hinab in den Sturm, nachdenklich, still. Mein Vater wartete ab, bis ich zu sprechen begann:

»Als ich ein Kind war, waren die mongolischen Klans zerstritten und führten Krieg gegeneinander. Sie brannten sich gegenseitig die *Ordus* nieder, verschleppten Frauen, Herden und Besitz. Die Fürsten waren so uneinig, dass sie sich gegenseitig das Leben zur Hölle machten. Aber einer von ihnen, Fürst Temudschin vom Klan der Kiyat, der Nachkomme des letzten mongolischen Khans, hatte eine Vision …« Ich drehte mich zu ihm um, als ich fortfuhr: »Du hast vor fünfzehn Jahren den mongolischen Fürsten erklärt, was das Wort Frieden bedeutet. Ich entsinne mich noch sehr gut des Tages, an dem sie dich zu ihrem Khan wählten. Obwohl ich damals erst fünf Jahre alt war, erinnere ich mich noch an deine Cousins, an Fürst Kuschar vom Kiyat-Klan, Fürst Buriboko vom

Dschurkin-Klan, Fürst Targutai vom Taidschiut-Klan und all die anderen.

Die Namen der Fürsten sind längst vergessen, denn du hast aus den zerstrittenen Klans *ein* Volk gemacht, das von *einem* Khan regiert wird – so wie früher, als dein Urgroßvater noch lebte. Du hast uns Kiyat und Taidschiut und Dschurkin und all den anderen Klans geduldig erklärt, was es heißt, ein Mongole zu sein – nicht nur mit Worten, sondern auch mit Taten.

Wir Mongolen wissen nun, wer wir sind und wofür wir kämpfen: für die Freiheit, die du uns zurückgegeben hast. Wir sind nicht mehr die Vasallen der Kereiten, und wir leben nicht mehr in Furcht vor den Angriffen der Tataren oder der Naimanen, die uns zu vernichten drohten. Fürst Dschamuga, der letzte Feind, ist besiegt. Frieden ist endlich möglich!«

Tränen der Verzweiflung stiegen in meine Augen. Ich wünschte mir nichts sehnlicher als Frieden, aber glaubte ich wirklich, dass er in greifbarer Nähe lag? In diesem Augenblick schien er mir ferner als je zuvor. Die Vision war so deutlich gewesen … Dann wand ich mich aus meiner Angst heraus:

»Noch nie waren wir so reich. Wir treiben Handel mit Karakitai, Xixia und Chin und dank unserer muslimischen Freunde sogar mit dem fernen Khwarezm. Wir haben gelernt, dass die Welt jenseits unseres Horizontes viel größer ist, als wir dachten. In den letzten Jahren haben wir alles in uns aufgenommen, was wir kennen lernten: fremde Völker wie die Kereiten, die Tataren, die Merkiten, die sich nun alle stolz Mongolen nennen, ihre Sprachen und ihre Religionen: das Christentum, den Islam, den Buddhismus und den Glauben an den Himmelsgott Tenger. Und dabei haben wir versucht, wir selbst zu bleiben. Einem Volk ohne Bücher hast du eine Schrift geschenkt, damit es die Gesetze, die du ihm gegeben hast, lesen kann … wie seine Geschichte, die du begonnen hast zu schreiben.

Wenn du jetzt nicht den nächsten Schritt tust, wird all das, wofür du in den letzten fünfzehn Jahren gekämpft hast, zerbrechen. Deine Spuren werden im Wind der Geschichte verwehen. Das Volk braucht einen starken Herrscher, mehr als je zuvor.«

»Aber die Vision … Es wird Krieg geben!«, wandte er ein.

»Ja, Vater, es wird Krieg geben«, stimmte ich ihm zu. »Wenn du dich zum Khakhan ernennst, zum ›Khan der Khane‹, wird dir der Himmelssohn den Krieg erklären, um dich auf den dir seiner Meinung nach zustehenden Platz zu verweisen: den eines tributpflichtigen Vasallen.«

Diese Erkenntnis war schmerzhaft: Während meines Aufenthaltes in Zhongdu hatte ich die chinesische Kultur geschätzt, hatte Zhang Zong als vernünftigen Herrscher kennen gelernt. Aber der Krieg zwischen Dschingis Khan und dem Kaiser wäre nicht zu verhindern: ein erneuter Kampf ums Überleben, in dem Wei und ich uns mit gezogenen Schwertern gegenüberstehen würden. Meine geliebte Ying Hua!

Ich fuhr mir mit beiden Händen über das Gesicht: »Aber wenn du dich trotz all deiner Siege über deine Feinde, trotz all deiner Erfolge bei der Errichtung eines mongolischen Staates mit einem Heer von über sechzigtausend Kriegern, mit einer gut organisierten Verwaltung, mit einer Schrift und einem verbindlichen Gesetzbuch, *nicht* über deine Vorgänger, die Stammesfürsten Kabul Khan, Ambakai Khan und Kutula Khan, erheben kannst, werden die Fürsten dich nicht für bescheiden halten, sondern für schwach.

Und du weißt, was die Fürsten mit einem Herrscher tun, den sie nicht mehr ernst nehmen! Im besten Fall ignorieren sie seine Befehle oder lachen darüber, im schlimmsten Fall stürzen sie ihn und richten ihn, wie es das Gesetz der Steppe verlangt. Die alten Fehden zwischen den ehrgeizigen Fürsten, die zu gern selbst Khan wären, würden erneut entbrennen. Damit hätten wir dann wieder den Zustand von vor fünfzehn Jahren: Mord, Blutrache, Stammesfehden, Machtkämpfe. Mit einem Wort: Krieg.«

Mein Vater schwieg. Er schien an die Zeit seiner Jugend zu denken, als sein Cousin, Fürst Targutai, ihn gefangen nahm und wie einen Sklaven hielt, als sein Freund, Fürst Dschamuga, ihn zu töten versuchte, als seine Gefolgsleute wie Fürst Kuschar ihn verrieten, um ihn an seine Feinde auszuliefern. Der Khan schrak aus seinen Erinnerungen auf, als ich weitersprach:

»An deiner Autorität und deinen Fähigkeiten, dein Volk zu führen, zweifelt niemand, ebenso wenig an deiner Macht, die aufsässigen Fürsten zu bändigen. Werde Khakhan, aber verzichte auf diesen unsinnigen Titel ›Khan der Khane‹. Es gibt keinen Khan neben dir. Die Mongolen verehren dich. Schmücke den Namen Dschingis Khan, den du angenommen hast, nicht mit Titeln, sondern mit Taten. Sie werden dich dafür zum Gott erheben und dir bis zum Ende der Welt folgen.«

Er fuhr auf, erschrocken über meine Rede: »Es gibt keinen Gott außer …«

»Weißt du, wie man dich nennt?«, unterbrach ich ihn. »Nicht Temudschin, nicht Dschingis Khan, nicht Herrscher der Mongolen. Sie nennen dich *Sutu Bogdo.* Sie halten dich für einen Gesandten Gottes, für einen Propheten, der auf den Berg steigt, um wie Jesus und Mohammed mit dem Allerhöchsten zu sprechen. Wenn du wieder zu ihnen herabsteigst, solltest du alle Zweifel über die unvermeidlichen Folgen deines Handelns für immer hier oben zurücklassen.«

Er wandte sich ab, um zum Abgrund auf der anderen Seite des Gipfels hinüberzugehen. Der Wind zerrte an ihm, aber er stemmte sich dagegen. Eine Weile stand er so, unbeweglich wie eine Statue seiner selbst. »Ich kann nicht anders handeln«, sagte er schließlich, ohne sich zu mir umzudrehen.

»Nein, das kannst du nicht«, stimmte ich zu. »Die Aufgabe eines Schamanen ist es, die Welt zu schützen und zu bewahren, die Menschen zu heilen und frei zu machen. Er muss seine ihm von Gott gegebenen Fähigkeiten, sein ganzes Denken und Handeln dieser Aufgabe unterordnen, und er darf sich nicht dagegen auflehnen. Niemals! Du musst deinen Weg weitergehen, bis zum Ende. Moses hat seine Gesetzestafeln auch nicht auf dem Berg zurückgelassen, weil er Angst vor den Konsequenzen seiner Berufung durch Gott hatte.«

»Der Pharao von Ägypten hat Moses den Krieg erklärt und versucht, sein Volk unter das ägyptische Joch zurückzutreiben. Und der Kaiser von Chin wird mir den Krieg erklären und mit seinen

Regimentern die Große Mauer überschreiten, um mich zu stürzen und bis in die sibirischen Wälder zu jagen … zurück in den Sumpf des Baldschuna-Flusses, wohin Dschamuga mich gejagt hatte …«

»Ein Krieg mit Chin ist unvermeidlich«, sagte ich und schluckte meine Tränen herunter.

Drei Tage und drei Nächte verbrachten mein Vater und ich auf dem heiligen Berg, fasteten, beteten, schwiegen, machten gemeinsame Himmelsreisen, um »nach den Sternen zu greifen«, wie mein Vater sein Vorhaben nannte. Wir erflehten Gottes Segen, diskutierten miteinander die weit reichenden Folgen seiner Entscheidung, schmiedeten Pläne und verwarfen sie wieder.

Nachts schliefen wir, in der Kälte eng aneinander geschmiegt, unter unseren Zobelpelzen. Noch nie waren wir uns so nah gewesen wie in jenen Tagen auf dem Burkhan Khaldun.

Am vierten Tag nach meiner Ankunft auf dem heiligen Berg stiegen wir wieder hinab in die Welt.

Dschebe, Mukali und Subotai erwarteten uns am See, wo ich sie verlassen hatte. Sie umarmten uns ungestüm, sichtlich erleichtert darüber, dass wir heil vom Burkhan Khaldun heruntergekommen waren und den tagelangen Schneesturm überlebt hatten.

Gemeinsam ritten wir zum Lager des Khans, das zwei Tagesreisen entfernt lag. Mein Vater hatte es nicht eilig, und so trabten wir gemächlich durch die herrliche Landschaft des Khentii und rasteten oft auf blühenden Bergwiesen und an Bachläufen, wo wir in der Sonne lagen und das warme Sommerwetter genossen – und die Ruhe vor dem Sturm, dem schlimmsten unseres Lebens: dem Krieg mit Chin.

Mukali, der seinen Freund Temudschin noch nie so gelassen und unbeschwert, geradezu leichtsinnig erlebt hatte, wurde mit jeder Stunde ungeduldiger. Er wollte wissen, was auf dem Berg geschehen war, aber mein Vater und ich hüllten uns in Schweigen und konterten jede seiner gut gezielten Fragen mit einem Lächeln. Niemand sollte je erfahren, was wir gesehen hatten.

Die Tage der Entbehrung und der Inspiration auf dem heiligen Berg hatten mich empfindsam gemacht, leicht erregbar und verletzlich. Und Kokatschin nutzte meine Schwäche ungeniert und sehr hingebungsvoll aus, um mich auf andere Gedanken zu bringen. Am Abend meiner Rückkehr ins *Ordu* hatte sie mich in ihre Jurte eingeladen und mit einem köstlichen Abendessen verwöhnt, nein: verführt, denn sie gab sich wirklich Mühe, mich meine Enttäuschung und meine Traurigkeit vergessen zu lassen.

Das lange Gespräch mit Nomolun und dann die Aussprache mit Dschebe an jenem Nachmittag meiner Ankunft hatten mich mehr verletzt, als ich zugeben wollte. Nicht, weil ich nicht damit gerechnet hätte, dass Nomolun mich irgendwann um die Scheidung bitten würde, damit sie ihren geliebten Dschebe heiraten konnte, auch nicht, dass sie mit ihrer Bitte nicht einmal wartete, bis ich nach einjähriger Abwesenheit meine Taschen ausgepackt und meine Kinder begrüßt hatte, sondern weil ich sie immer noch liebte, trotz ihrer Affäre mit Dschebe, trotz ihres gemeinsamen Sohnes, trotz ihrer erneuten Schwangerschaft – sie war im achten Monat.

Nomolun war meine Erste Gemahlin, die Mutter meiner Söhne, meine Geliebte, meine Freundin, meine Vertraute, die ich um Rat fragen konnte, wenn ich nicht weiterwusste, und die mich nicht mit ihrer Kritik verschonte, wenn »das Feuerpferd mit mir durchging« – so nannte sie es. Dass sie mich verließ, tat mir sehr weh, und ich rang mit meinen Gefühlen, als ich ihr sagte, dass ich in die Scheidung einwilligen würde: Sie liebte meinen besten Freund, und ich wollte nicht zwischen ihnen stehen.

Sie war schluchzend zusammengebrochen, als hätte sie die Bitte um die Scheidung unserer Ehe ihre letzte Kraft gekostet. Weinend hatte sie sich auf mein Bett geworfen und wollte sich von mir nicht trösten lassen. Ich hatte sie allein gelassen – sie hatte es so gewollt. Und ich musste in Ruhe nachdenken.

»Ich will mit dir über Kaidu und Chinkim reden«, hatte ich Dschebe gesagt, als ich ihn eine Stunde später aufsuchte, um ihm mitzuteilen, dass ich der Scheidung zustimmen wollte. Er war erleichtert gewesen, dass ich ihm keine Vorwürfe machte.

»Nomolun erzieht meine Söhne im christlichen Glauben. Ich kann das nicht, da ich kein Christ bin«, hatte ich gesagt, als ich auf einem Kissen an seinem Feuer Platz genommen hatte. »Chinkim hält sich mit drei Jahren bereits für einen angehenden Schamanen. Kökschu hat ihm das in meiner Abwesenheit eingeredet. Mein Sohn ist nicht von Gott berufen wie sein Vater und sein Großvater, und dafür danke ich dem Allmächtigen. Ich will, dass du Chinkim diese verrückte Idee wieder ausredest, Dschebe.«

»*Ich?*«, hatte er überrascht gefragt. »Aber du bist sein Vater …«

»Chinkim war zwei Jahre alt, als ich vor einem Jahr fortging. Er kann sich nicht mehr an mich erinnern.«

»O mein Gott!«, hatte Dschebe geflüstert. »Es tut mir Leid …«

»Ich will, dass meine Söhne von ihrer Mutter im christlichen Glauben erzogen werden. Und ich will, dass du Kaidu und Chinkim ein liebevoller Vater bist, Dschebe.«

»Willst du deine Söhne nicht selbst erziehen?«, hatte er gefragt.

Wir Mongolen unterscheiden nicht zwischen »meinen und deinen Kindern«: Jeder sorgt sich um ein Kind, das vom Pferd gefallen ist und weint, jeder ist dafür verantwortlich, dass es sich anständig benimmt, jeder ist berechtigt, es zu bestrafen, wenn es nicht gehorcht. Mukali war für mich ein zweiter Vater gewesen. Meine Bitte an meinen Freund war also nicht so ungewöhnlich.

»Mein Vater ist gerade dabei, den Rest meines Lebens zu verplanen. Wie du weißt, hat er heute Mittag, eine Stunde nach seiner Rückkehr ins Lager, Pfeilboten zu den Fürsten gesandt und sie zu einem *Kuriltai* geladen, einer Versammlung der Fürsten und Noyans, die in wenigen Wochen stattfinden soll. Ich werde nach diesem *Kuriltai* neue Aufgaben übernehmen, die all meine Kräfte fordern.

In den nächsten Jahren werde ich oft monatelang abwesend sein. Für die Erziehung meiner Kinder werde ich dann kaum noch Zeit haben. Ich bitte dich als meinen besten Freund, mir mit Nomolun diese Aufgabe abzunehmen. Mach Krieger aus meinen Söhnen, die nicht nur ihr Schwert, sondern auch das Wort Vergebung zu führen verstehen. Mach Prinzen aus ihnen, auf die ich stolz sein kann.«

Dschebe hatte mich gerührt umarmt: »Das werde ich, Temur! Ich verspreche es dir!«

Ich schreckte aus meinen Gedanken hoch, als Kokatschin sich über mich beugte, um mich zu küssen. »Schläfst du schon?«, wisperte sie und schlüpfte unter die Bettdecke. Sie war nackt.

»Nein, wie kann ich denn schlafen mit einer solchen Anmut und Schönheit im Arm? Es war Liebe auf den ersten Blick«, flüsterte ich, weil ich die schlafende Temelün nicht wecken wollte, die sich selig lächelnd an mich geschmiegt hatte. Kokatschin hatte unsere drei Monate alte Tochter zu mir ins Bett gelegt, nachdem sie sie gestillt hatte, und Temelün war in meinen Armen ruhig eingeschlafen.

Kokatschin lächelte verführerisch und küsste mich. Ihre Zunge fuhr provozierend über meine Lippen. »Ich schätze deine Fähigkeiten als Liebhaber, Temur, aber ich fürchte, dass *zwei* Geliebte in deinem Bett, Temelün und ich, dich heute Nacht überfordern.«

Leidenschaftlich erwiderte ich ihren Kuss. »Du hast Recht, Geliebte«, flüsterte ich in ihr Ohr. »Ich werde meine Kräfte schonen und auf eine leidenschaftliche Nacht mit dir verzichten.«

»Über so viel Selbstbeherrschung verfügst nicht einmal du, mächtiger Schamane!«, lachte sie leise und nahm mir behutsam unsere schlafende Tochter aus dem Arm, um sie in die Wiege zu legen. Dann kroch sie wieder zu mir ins Bett, legte sich auf mich und zog die Decke über uns.

Ihre Küsse waren ungeduldig und fordernd. »Ich habe dich vermisst!«, hauchte sie.

»Ich hatte Dschebe gebeten …«, begann ich, aber sie küsste mir die Worte von den Lippen.

»Er hat sein Versprechen gehalten, Temur. Er hat versucht, mir den verlorenen Gemahl zu ersetzen, war mir ein guter Freund und hingebungsvoller Geliebter. Aber Dschebe ist kein so zärtlicher, selbstvergessener Liebhaber wie du … Der Feldherr des Khans liebt pfeilgeschwinde Ritte, und wie bei allem, was er tut, kommt er schnell und ohne lange Umwege zum Ziel. Enttäuschend schnell …« Sie seufzte: »Wie sehr ich dich vermisst habe, mein Geliebter! Selbst wenn Dschebe neben mir in meinem Bett lag …«

Meine Hände streichelten ihren Rücken, glitten tiefer, umfassten ihre Schenkel. Sanft zog ich sie näher zu mir heran. Sie lächelte glücklich über meine Verliebtheit, meine Erregung und meine Ungeduld, mich ihr hinzugeben. Seufzend öffnete sie sich mir und ließ mich sanft in sich hineingleiten, während sie meine Beine mit ihren Schenkeln umschloss.

Wir hatten diese Stellung noch nie zuvor versucht, aber offensichtlich genoss sie die Macht, die sie über mich hatte. Sie beherrschte mich völlig. Aber auch mich erregte diese sinnliche Stellung. Ich konnte ihr nicht entkommen, musste mich ihr ergeben. Es war ein berauschendes Gefühl, enttäuscht und verletzt zu sein und von ihr getröstet zu werden, schwach sein zu dürfen und mich trotzdem in ihren Armen geborgen zu fühlen, von ihr begehrt zu werden, trotz allem, was ich ihr angetan hatte.

»Ich liebe dich«, flüsterte ich und küsste sie.

»Und ich liebe dich«, antwortete sie.

Kokatschin streichelte zart mein Gesicht, meine Augen und meine Lippen, als sie sich langsam auf mir zu bewegen begann, küsste mich und flüsterte mir verliebte Worte ins Ohr, als sie irgendwann den Rhythmus beschleunigte, und ließ mich keinen Moment aus den Augen, als wir schwer atmend miteinander rangen. Sie erreichte vor mir den Himmel, selig lächelnd, ekstatisch glücklich, dann folgte ich ihr in einem Sturmwind der Lust, dessen lodernde Flammen nur langsam zu Funken verglühten und schließlich verloschen.

Mit geschlossenen Augen lag ich auf dem Bett, erschöpft, aber glücklich, als sie sich seufzend neben mich legte.

»Lebst du noch?«, fragte sie leise und strich mir über das Gesicht.

»Ich glaube schon«, murmelte ich undeutlich. »Aber ganz sicher bin ich mir da nicht …«

Sie lachte. »Schlaf ein wenig und komm wieder zu Kräften! Du wirst sie heute Nacht noch brauchen«, neckte sie mich mit einem Kuss. Dann nahm sie mich in die Arme und streichelte und liebkoste mich, bis ich eingeschlafen war.

Ich erwachte, als Dschebe mir die Bettdecke wegzog.

Seufzend drehte ich mich auf die andere Seite, zog die Decke wieder über mich und Kokatschin, die sich im Schlaf eng an mich geschmiegt hatte.

Aber Dschebe gab nicht auf: »Wach auf, Temur!«

Verschlafen drehte ich mich zu ihm um. Kokatschin und ich hatten uns ein zweites Mal geliebt, leidenschaftlicher und wilder, und ich war müde.

»Nomolun schickt mich. Die Aufregung und ihr Zusammenbruch waren zu viel für sie. Ihre Wehen haben begonnen.«

Ich setzte mich erschrocken auf. »Hat sich das Kind gedreht?«

»Woher soll *ich* das wissen? Du bist der Schamane!«, rief Dschebe verzweifelt. Er hatte wirklich Angst um Nomolun! »Bitte komm, Temur! Ich weiß nicht, was ich tun soll …«

»Beten wäre eine gute Idee!«, sagte ich und erhob mich, um mich anzukleiden. Er reichte mir mein Schamanengewand, das er bereits aus meiner Jurte geholt hatte. Ich zog es eilig über, dann folgte ich ihm hinaus in das erste Licht des neuen Tages.

Nomolun sah mir vom Bett aus ängstlich entgegen, als ich ihre Jurte betrat, die nur wenige Schritte entfernt war von meiner eigenen. Das Feuer war zu einem Haufen glühender Asche niedergebrannt. Die Decken neben ihr waren zerwühlt: Dschebe hatte bei ihr geschlafen, als die Wehen begannen. Die Betten meiner Söhne auf der anderen Seite der Jurte waren leer.

Dschebe hatte meinen Blick gesehen: »Dein Vater war schon aufgestanden. Ich traf ihn, als ich dich in deiner Jurte suchte. In meiner Aufregung habe ich ihn fast umgerannt. Er hat versprochen, sich um Kaidu und Chinkim zu kümmern. Ich habe sie bei ihm gelassen.«

Ich nickte wortlos, kniete mich neben Nomolun, schob die Decke zurück und befühlte mit beiden Händen ihren Bauch. Das Kind bewegte sich unruhig, als wisse es, welche Torturen ihm bevorstanden. Nomolun wand sich zähneknirschend unter einer neuen Wehe, griff nach meiner Hand und hielt sie fest.

»Setz dich hinter sie und halte sie im Arm!«, befahl ich

Dschebe, der hilflos neben mir kniete und nicht wusste, was er tun sollte.

Er gehorchte wortlos und hielt Nomolun fest, als eine neue Wehe sie nach Atem ringen ließ. Beruhigend redete er auf sie ein, streichelte sie und küsste sie.

»Dein Sohn liegt falsch herum«, erklärte ich Nomolun, nachdem ich sie gründlich untersucht hatte.

»Was bedeutet das?«, fragte Dschebe.

»Blut und Tränen, wenn es gut geht.«

»Und wenn es nicht gut geht?«, fragte mein Freund ängstlich.

»Nur Blut, keine Tränen«, sagte ich, und er verstand: Nomolun und ihr Sohn würden die Geburt nicht überleben, wenn das Kind sich nicht drehte. Aber da die Wehen bereits eingesetzt hatten und in regelmäßigen Abständen kamen, konnte es sich nicht mehr aus eigener Kraft umwenden.

Ich habe keine Zeit mehr!, schoss es mir durch den Kopf. Es geht alles viel zu schnell!

Entschlossen griff ich nach einer Schale Wasser und wusch mir die Hände. Mit geschlossenen Augen sprach ich ein kurzes Gebet: »Himmlischer Vater, nicht ich bin es, der Leben rettet, sondern Du. Schenke ihnen Deine Gnade, Vater! Lass sie leben!« Als ich die Augen öffnete, blieb mein Blick an der Darstellung des gekreuzigten Propheten am hölzernen Wandgitter der Jurte hängen.

Dann schob ich die Ärmel meines Schamanengewandes hoch und legte meine Hände auf Nomoluns Knie. Mit einem fast panischen Blick zog sie die Knie an und spreizte die Beine.

»Es wird wehtun«, entschuldigte ich mich. Aber für einen schmerzstillenden Aufguss aus Kräutern blieb keine Zeit mehr.

Sie schloss die Augen, biss die Zähne zusammen und nickte.

Vorsichtig, um ihr keine unnötigen Schmerzen zu bereiten, drang ich mit meiner Hand in sie ein. Der Weg für das Ungeborene war weit geöffnet, die Wehen kamen in regelmäßigen Abständen, alles war bereit – nur das Kind nicht. Vorsichtig schob ich meine tastende Hand weiter vor. Was würde ich als Erstes zu fassen bekommen: einen Fuß oder eine Hand? Ich schloss die Augen und konzentrierte mich auf das Kind, während Nomolun unter einer neuen Wehe aufschrie. Dann berührte ich es: Ich griff zu und hielt eine winzige Hand in meinen Fingern. Das Kind hatte sich nur halb gedreht!

»Bete!«, befahl ich Dschebe.

Er sah mich entsetzt an und bekreuzigte sich. »Allmächtiger Vater im Himmel, Dein Reich komme, Dein Wille geschehe ...«, flüsterte er sein Gebet.

»Alles wird gut«, flüsterte ich beruhigend und strich mit der Hand sanft über Nomoluns Bauch. »Gleich ist es vorbei!«

Mit aller Kraft presste und schob ich gegen ihren Bauch. Ich weiß nicht, wie, aber ich schaffte es zwischen zwei Wehen, den kleinen Körper so zu drehen, dass sein Kopf für die Geburt richtig lag. Dann drängte es ungeduldig vorwärts, dem Licht und der rettenden Hand entgegen. Und ich hoffte, dass die Nabelschnur sich bei der Drehung nicht um seinen Hals gelegt hatte und es während der Geburt erstickte.

Als sein Kopf erschien, half ich ihm bei seinem schweren Weg ins neue Leben und zog es sanft zu mir heran. Dann glitt das Kind mit der Nabelschnur aus seiner Welt heraus und betrat eine andere Welt: ein winzig kleiner Mensch, zerbrechlich, blutig, mit von den Qualen der Geburt verzerrtem Gesicht, aber mit einem ungeheuren Willen zu leben.

»Willkommen in dieser Welt, mein kleiner Held!«, begrüßte ich Dschebes Sohn. »Du hattest eine anstrengende Reise, aber nun bist du angekommen!« Ich legte ihn auf Nomoluns Bauch und deckte die beiden mit der Bettdecke zu. Die Durchtrennung der Nabelschnur war Aufgabe des Vaters.

Sie strahlte mich erschöpft, aber glücklich an. »Danke!«, flüsterte sie und ergriff meine blutige Hand, um mich zu sich herunterzuziehen. Dann küsste sie mich auf die Lippen. »Ich danke dir für deine Liebe und deinen Großmut! Ich danke dir für das Leben unseres Kindes!«

Zärtlich strich ich ihr über das schweißnasse Haar. »Danke nicht mir, Nomolun: Gott hat dir geholfen, weil Er es so wollte. Ich bin nur Sein Diener. Wie *er* Sein Diener war.« Ich deutete auf den Gekreuzigten an der Zeltwand, und sie nickte erschöpft.

»Er hat dein wunderschönes goldenes Haar, meine Geliebte …«, flüsterte ich und küsste sie. »… und die kräftige Stimme eines Feldherrn, wie sein Vater. Nenne ihn Dayan.«

Ich strich dem Kleinen über das Gesicht, segnete ihn, dann erhob ich mich. Dschebe geleitete mich bis vor die Jurte.

Wortlos umarmte er mich, hielt mich fest, als hätte er Angst, mich zu verlieren. Seine Tränen sagten mehr als tausend Worte.

Träge ließ ich mich in die Kissen zurücksinken. Mit geschlossenen Lidern genoss ich die warme Abendsonne auf meinem Gesicht, während mein Vater mich nicht aus den Augen ließ.

»Du bist ein guter Spieler, Temur«, lobte er mich. »Du hast nicht nur deine Spielfiguren im Griff, sondern auch dein Gesicht.«

Wir lagen auf bequemen Kissen und einem Filzteppich auf einem Hügel oberhalb des *Ordu* und spielten eine Partie Weiqi. Ich hatte dieses chinesische Strategiespiel an langen Winterabenden oft mit meinem Schwiegervater Wei gespielt und es bei meiner Abreise aus Zhongdu mitgenommen. Mein Vater war begeistert gewesen, als ich ihm das Spiel erklärt hatte, und hatte mich gleich herausgefordert. Seither spielten wir jeden Tag.

Er wich meinem Blick aus und beugte sich über das Spielbrett, um die Konstellation der Spielsteine zu betrachten.

Jeder von uns hatte einhunderteinundachtzig schwarze oder weiße Steine, die auf den Schnittpunkten von neunzehn waagerechten und neunzehn senkrechten Linien auf dem Spielbrett platziert werden mussten. Die Aufgabe bestand darin, mit den Steinen zusammenhängende Fronten zu bilden und damit umschlossene Gebiete zu erobern. Ein Spiel für Strategen.

»Mein Gesicht?«, fragte ich.

»Man sieht dir nicht an, was du gerade denkst oder welchen Spielzug du als Nächstes planst«, erklärte er, ohne den Blick vom Spielbrett zu wenden, als fürchte er, ich könnte ein paar Figuren verschieben, wenn er gerade nicht hinsah.

Er will mich unbedingt besiegen!, dachte ich amüsiert und verzog keine Miene. »Das ist auch gut so«, murmelte ich.

Ich setzte eine weiße Figur zu seinem Nachteil. Wenn er so unkonzentriert weiterspielte, würde ich gewinnen. Jeder von uns hatte nur noch eine Hand voll Spielfiguren.

»Dschebe hat mir von deiner Trennung von Nomolun vor ein paar Tagen erzählt«, sagte er so beiläufig, als konzentriere er sich auf das Setzen seines schwarzen Spielsteines. »Eure Scheidung missfällt mir sehr. Du liebst Nomolun. Sie ist die Enkelin des letzten Khans der Kereiten, und sie hat dir zwei Söhne geschenkt. Warum überlässt du sie Dschebe?«

»Ich weiß nicht, was dich das angeht«, gab ich ärgerlich zurück. »Nomolun ist *meine* Frau, und Dschebe ist *mein* Freund. Die beiden lieben sich, und ich stelle mich nicht zwischen sie.«

Er setzte einen schwarzen Stein zwischen zwei weiße und verhinderte, dass ich meine Linien schloss. »Und du bist *mein* Sohn, und deine Söhne Kaidu und Chinkim sind *meine* Enkel. Es geht mich also sehr wohl etwas an.«

Ich wandte mich wütend dem Spielbrett zu, um die Eroberungszüge des Khans mit einem weißen Stein zu beenden.

»Du bist mein ältester Sohn.« Er setzte seinen Stein in eine Ecke des Spielbrettes, die keiner von uns bisher erobert hatte.

Ich antwortete nicht und konterte seinen Zug. Worauf wollte er hinaus?

Um mich zu verwirren, machte er einen unsinnigen Spielzug. Dann lehnte er sich auf seinem Polster zurück und sah mir in die Augen. »Und du bist mein fähigster Sohn. Ein hervorragender Feldherr, ein weiser Schamane, ein geschickter Diplomat. Du kannst lesen und schreiben und sprichst Chinesisch und Arabisch. Du hast zwei wundervolle Söhne und eine hübsche Tochter. Deine Gemahlin Ying Hua ist eine kaiserliche Prinzessin von Chin. Nenne mir einen Grund, warum du mir nicht nachfolgen solltest.«

Ich knallte einen Spielstein auf das Brett. »Mir fällt beim besten Willen keine vernünftige Begründung ein …«

Mit dem Spielstein in der Hand starrte er mich an, ohne einen Zug zu machen.

»… aber wenn ich ein bisschen länger darüber nachdenke, fällt mir doch einer ein: Ich will nicht!«

Wie kam er denn plötzlich auf die absurde Idee, ich könnte ihm eines Tages nachfolgen? Er war angespannt wegen des bevorstehenden *Kuriltais*, beunruhigt wegen der zu erwartenden Reaktionen der Fürsten und Noyans, die nicht ahnen konnten, was während der Ratsversammlung geschehen würde. So viel stand auf dem Spiel: sein Titel als Khan und die Zukunft des mongolischen Reiches! Wollte er mich provozieren, wie er es schon so oft getan hatte, um meinen Ehrgeiz und meine Loyalität zu prüfen? Oder war das wieder eine von Kökschus Intrigen gegen mich? Ich hoffte, ihm würden seine giftigen Lügen eines Tages im Hals stecken bleiben.

Mein Vater betrachtete die Konstellation der weißen und schwarzen Steine, als habe er sich eben erst hingesetzt, um die Partie mit mir zu spielen.

»Kökschu behauptet, du wolltest mich stürzen, sobald ich Khakhan bin, um selbst zu herrschen«, sagte er. »Er erklärte mir, du hättest durch deine Heirat mit Ying Hua ein Bündnis mit Prinz Wei geschlossen, der mit deiner tatkräftigen Unterstützung auf dem mongolischen Thron der nächste Kaiser von Chin werden könnte. Und indem du Dschebe Nomolun und deine Söhne überlässt, machst du ihn dir zum treu ergebenen Gefolgsmann, der dir den Rücken freihält und dich vor den Dolchen deiner Brüder schützt.«

Ich seufzte. »Wir Schamanen sind von Gott begnadet, Visionen zu haben …«

Mein Vater sah mich lauernd an. Obwohl er Kökschu wegen seiner arroganten Selbstüberschätzung nicht leiden konnte, nahm er die Visionen des Schamanen doch ernst, weil seine Prophezeiungen meist eintrafen. Der Khan und sein ehrgeiziger Stiefbruder waren in den letzten Jahren mehr als ein Mal heftig aneinander geraten. Aber jedes Mal hatte Kökschu das letzte Wort behalten.

»… und Kökschu ist sicherlich zu Recht der Oberste Schamane deines Reiches«, fuhr ich fort. »Seine Einbildungskraft übersteigt alles, was ich bei anderen Schamanen erlebt habe! Sie ist so stark, dass er sogar Dinge sieht, die gar nicht existieren – nur, weil er sie sehen *will.* Aber vor allem ist Kökschu eifersüchtig, weil ich, sein Schüler, der Stärkere von uns beiden bin. Ich habe ihn im Schamanenkampf besiegt. Ich habe seinen Stolz verletzt. Das kann er mir nicht vergeben.«

»Ich will keinen Streit in der Familie!«

»Ich streite mich nicht mit Kökschu. Er streitet sich mit mir.«

Der Khan sah mich nachdenklich an. »Du hast mir gestern während unserer Partie Weiqi von Kung Futse erzählt, der gesagt hat: ›Wer seinen Staat gerecht regieren will, muss sich zuerst um seine Familie kümmern. Wer aber in seiner Familie in Harmonie leben will, muss zuerst sich selbst vervollkommnen, um gerecht handeln zu können‹«, zitierte mein Vater, der weder lesen noch schreiben konnte, aus dem Gedächtnis. »Ich werde kein gerechter Herrscher sein«, sagte er mit gespielter Resignation. »Ich werde bereits an der Harmonie in meiner Familie scheitern. In den Monaten deiner Abwesenheit hatte sich dein Bruder Dschutschi andere Opfer für seine Angriffe gesucht. Er hatte sich mit seinen Brüdern herumgestritten. Weiß der Himmel, was sie ihm getan haben. Aber in den wenigen Tagen seit deiner Rückkehr seid ihr beide schon zwei Mal aufeinander losgegangen.«

»Wir hatten Meinungsverschiedenheiten …«

»Ist das ein Grund, den Dolch zu ziehen?«, fragte er scharf.

»Ich habe mich gegen seinen Angriff verteidigt«, sagte ich ruhig.

»Lass uns nicht darüber streiten, was Verteidigung war und was ein Gegenangriff, als du Dschutschi seinen eigenen Dolch an die Kehle gehalten hast!«, wies er mich zurecht.

»Hast du mich nicht selbst gelehrt, den Feind mit den eigenen Waffen zu schlagen?«

»Weshalb habt ihr gestritten?«

»Er hat mich gestern Abend bei einem gemeinsamen Abendessen vor allen unseren Brüdern ›Fürst Dschamugas Sohn‹ genannt.

Dschutschi ist neidisch, weil du mich zum Fürsten gemacht hast und nicht ihn, deinen ältesten legitimen Sohn. Und Kökschu hetzt ihn immer wieder gegen mich auf. Schigi hat versucht, Dschutschi zur Vernunft zu bringen, aber unser Bruder hat in seiner unbeherrschten Wut mit weiteren Beleidigungen um sich geworfen. Deinen Adoptivsohn nannte er einen ›gezähmten Tataren‹, was Schigi schwer getroffen hat. Als Tschagatai die beiden trennen wollte, nannte Dschutschi ihn einen ›verdammten Christen, der einen gescheiterten und hingerichteten Propheten anbetet‹, woraufhin Tschagatai zornig auf ihn einschlug und Dschutschi seinen Dolch zog, um sein muslimisches Glaubensbekenntnis mit Waffengewalt zu verteidigen. Ich habe ihm den Dolch weggenommen, bevor er sich selbst damit verletzen konnte – und bevor aus einem vergnüglichen Abend ein blutiges Massaker wurde.«

Mein Vater ließ sich in die Kissen zurückfallen. »Ich werde kein gerechter Herrscher sein. Nicht mit euch als meinen Söhnen!«

Er war verstimmt über das unbeherrschte Verhalten seiner Söhne, die in ihrem Zorn aufeinander losgingen. Seit Jahren hatte er mit Geduld, Beharrlichkeit und einer geradezu übermenschlichen Selbstbeherrschung ein Reich erobert. Nie war es ihm um seinen eigenen Ruhm als Eroberer, als Herrscher gegangen, sondern immer nur darum, das Reich vor dem Untergang zu bewahren und das Versprechen der Freiheit und Unabhängigkeit des mongolischen Volkes einzulösen, das er als Khan gegeben hatte. Der Streit seiner Söhne, der ihn an die blutigen Auseinandersetzungen der mongolischen Fürsten noch vor wenigen Jahren erinnerte, musste ihn zutiefst verbittern.

Deshalb schluckte ich meine Antwort herunter, die ihn nur weiter erzürnt hätte, setzte meinen letzten Stein und beendete das Spiel mit einem Sieg.

Er betrachtete das Spielbrett, dann sah er mir in die Augen. »Du bist gefährlich, Temur! Ich war mir die ganze Zeit nicht sicher, ob du die Partie benutzt hast, um von deinen Worten abzulenken, oder deine Worte, um vom Spiel abzulenken.«

»Ich spiele mit Worten *und* Steinen, Vater. Genau wie du! Aber ich überlasse niemandem den Sieg, der schlechter spielt als ich. Warum hast du mich gewinnen lassen?«

Er lächelte. »Ich wollte sehen, ob du es bemerkst. Es wird nicht wieder vorkommen!«

Als ich eine Stunde später ins Lager zurückkehrte – mein Vater und ich hatten noch über die bevorstehende Versammlung der Fürsten und Noyans gesprochen –, erwartete mich Kökschu in seinem langen Schamanengewand. Ehrlich gesagt war ich überrascht, denn er war mir seit meiner Rückkehr aus Chin ausgewichen: Sein Stolz war verletzt, denn mein Vater hatte mich zu sich auf den heiligen Berg gerufen, um seine Visionen mit mir zu teilen, nicht ihn, den Obersten Schamanen des Reiches und Ratgeber des Khans. Kökschu war *mir* ausgewichen, nicht aber der unabwendbaren Konfrontation, denn hinter meinem Rücken intrigierte er seit Jahren gegen mich.

Unser letztes Zusammentreffen wenige Tage vor Dschamugas Hinrichtung war unerfreulich gewesen:

»Wenn du mir den Krieg erklärst, Kökschu, dann sag es mir gefälligst ins Gesicht!«, hatte ich ihn angeschrien. »Wie kannst du vor aller Welt behaupten, dass ich die elfte Schamanenweihe nicht bestehen werde? Ich habe es ja noch nicht einmal versucht!«

»Dann erspare uns beiden dein Versagen«, hatte mein alter Lehrer gefaucht. »Du hast nicht genug Kraft …«

»Während meines letzten *Tschanars* hast du gesehen, über welche körperlichen und geistigen Kräfte ich verfüge!«, hatte ich gebrüllt.

»Ich habe mich geirrt.« Kökschu hatte sich mühsam beherrschen müssen, um mich unter seinen Willen zu zwingen.

»*Geirrt?*«, hatte ich in einem Ton gefragt, der so scharf war wie mein Dolch. »Und ich dachte, als Vertrauter des Himmels wärst du unfehlbar!«

»Willst *du mir* den Krieg erklären?«, hatte Kökschu ungläubig gefragt. Er hatte alle dreizehn Weihen bestanden, ich bisher nur zehn. »Beim letzten Schamanenkampf habe ich dich gewinnen lassen, aber den nächsten wird nur einer von uns überleben.«

Kökschu rauschte hinter mir her und versuchte mich einzuholen. Sein prächtiges Schamanengewand aus weißem Brokatstoff mit Schnüren aus geflochtenem Pferdehaar und Bändern aus bunter Seide behinderte ihn beim Gehen. »Du bist ein besserer Schamane, als ich bisher angenommen hatte«, murmelte er in spöttischer Anerkennung. »Du hast deinen Vater verzaubert, Temur. Seit du ihn auf den Burkhan Khaldun begleitet hast, weichst du kaum noch von seiner Seite ...«

Ich blieb stehen und drehte mich zu ihm um. »Ja und?«

»Dschutschi ist ungehalten, weil dein Vater dich aus Zhongdu zurückgerufen hat. Er und der Khan hatten eine Auseinandersetzung ...«

Ich zuckte mit den Schultern und schritt weiter.

Dass zwischen meinem eigensinnigen Bruder und meinem Vater die Funken flogen, wusste ich seit Jahren. Und dass Kökschu Dschutschi gegen mich aufhetzte, um uns gegeneinander auszuspielen, war offensichtlich. Eine scheinbar achtlose Bemerkung über Dschutschis Gemahlin und ihren Kuss, als sie mich herzlich begrüßte – »War das Verliebtheit in ihrem Blick?« –, ein vermeintlich anerkennender Vergleich zwischen Dschutschis Sohn Batu und meinem Sohn Kaidu – »Welch eine Ähnlichkeit, als wären sie Brüder!« –, ein paar beiläufige Bemerkungen zu meinen häufigen Besprechungen mit unserem Vater, die einen Feuersturm von Eifersucht, Zorn und Hass entfachten.

Mein Stiefonkel gab nicht auf und folgte mir wie mein Schatten. »Ich will dich warnen, Temur!«, murmelte er verschwörerisch.

»Warnen, Kökschu? Vor wem?«

»Vor denen, die dich aus dem Weg räumen wollen«, erwiderte er unbestimmt. »Deine Brüder fürchten, dein Vater könnte schon bald sterben, und du würdest ihm nachfolgen ...«

»Das ist Unsinn!«, wies ich ihn zurecht. »Mein Vater ist vierundvierzig. In den letzten fünfzehn Jahren hat er seine Hände mit Staub und Blut beschmutzt, um seine Vision von einem starken mongolischen Reich zu verwirklichen. In drei Tagen wird er sich von den Fürsten zum Khakhan wählen lassen.«

»Nimm dich vor Dschebe in Acht!«, zischelte er. »Er hat dir Nomolun weggenommen. Und er wird in seinem Ehrgeiz nicht davor zurückschrecken, dich erneut zu verraten. Er wäre selbst gern Khan …«

Dass Kökschu meinen besten Freund zu seinem nächsten Opfer auserwählt hatte, machte mich wütend: Dschebe konnte sich gegen ihn nicht wehren. »Mach dich nicht lächerlich! Dschebe verehrt den Khan wie seinen eigenen Vater. Lass ihn in Ruhe, er hat dir nichts getan! Deine Intrigen langweilen mich. Denk dir etwas Neues aus, wenn du mich bei Laune halten willst!«

»Das werde ich!«, fauchte er, wütend darüber, dass das Gift, das er verspritzte, mich nicht traf. Wie ein Sturmwind rauschte er davon und ließ mich stehen.

Im ersten Licht des Tages war ich hinausgeritten in die menschenleere Steppe. Ich musste allein sein. Nachdenken. Und nach den Aufregungen der letzten Tage endlich zur Ruhe kommen. Ich stieg vom Pferd und setzte mich ins Gras.

»Wann wärst du zurückgekommen, wenn dein Vater dich nicht gerufen hätte?« Nomoluns Worte, als sie mir sagte, dass sie mich verlassen wollte, gingen mir nicht mehr aus dem Sinn, quälten mich seit Tagen. Ich hatte keine Antwort gehabt, hatte geschwiegen, mit Tränen in den Augen – Tränen der Scham und der Schuld über mein Fortgehen ohne Abschied, Tränen der Verzweiflung über die Notwendigkeit meiner Rückkehr, das Eingeständnis meiner Unfreiheit – und sie hatte sich abgewandt.

Wann wäre ich zurückgekommen aus Zhongdu?, fragte ich mich selbst. Oder, wenn ich vor einem Jahr mit meinem Freund Tarik nach Westen aufgebrochen wäre, nach Samarkand, Bagdad, Rom oder Venedig? Die Antwort war immer dieselbe: Niemals!

Seit den Tagen auf dem Burkhan Khaldun und der furchtbaren Vision ließ mich der Gedanke nicht mehr los, fortzugehen. Meine Taschen zu packen und zu verschwinden, ohne Abschied, ohne irgendjemandem zu sagen, wohin ich ging, ohne jemals wieder zurückzukehren. Aufzuhören, Temur, der Fürst, der Feldherr, der Schamane, *jemand* zu sein, und zu lernen, *niemand* zu werden. Seine Bestimmung zu erfüllen ist Unfreiheit. Aber war das Ungebundensein durch Pflichten und Verantwortung, die ich übernommen hatte, die ersehnte Freiheit? Oder war das Durchtrennen der Fesseln, die mich an meinen Vater banden, die Flucht, doch nur eine Form der Unfreiheit?

Ich litt, wie damals, als Kökschu mich, als ich fünf Jahre alt war, das Schamanen lehrte. Er hatte mein Leiden erkannt und versucht, es zu lindern. Nicht mit Heilkräutern, sondern mit Wissen. Ich hatte viel von ihm gelernt: die andere Sicht der Dinge. Selbstdisziplin. Gehorsam. Unterwerfung unter einen höheren Willen. Aber auch Intuition und Selbstvertrauen. In einer Zeit, als andere Kinder mit dem Bogen schossen und mit dem Holzschwert kämpften, hatte ich das Schamanen gelernt.

Kein Mensch will freiwillig Schamane werden, denn es ist eine anstrengende Tätigkeit für Körper und Geist, die nie endet. Die Gabe hat man nicht – man erleidet sie, wenn man berufen ist. Und wer sich weigert, seiner Berufung zu folgen, muss mit dem göttlichen Unwillen leben. Oder sterben.

Ich besann mich: Es ist die Pflicht des Schamanen, sich seinen Aufgaben zu stellen, gleichgültig, wie schwierig es ist, sie zu erfüllen, gleichgültig, was sie von ihm fordern. Die Vorbereitungen für den *Kuriltai,* der am nächsten Tag stattfinden sollte, hatten die Dimensionen eines Feldzuges. Die Planung und Koordination hatte mein Vater mir übertragen: Die Versammlung der mongolischen Fürsten und Noyans war die größte, die jemals stattgefunden hatte.

Endlose Gespräche hatte ich mit dem Khan geführt, der mir die Aufgabe abgenommen hatte, die Opferzeremonien und seine Proklamation zum Khakhan mit Kökschu zu besprechen, mit dem Kanzler Chinkai, der die seit Tagen eintreffenden Fürsten und Noyans begrüßte und ihre Geschenke an den Khan entgegennahm, mit Hassan, der sich um die höchst diffizile Aufgabe ihrer Unterbringung kümmerte. Ein mongolisches Jurtenlager ist immer in einer bestimmten Ordnung errichtet, mit dem Zelt des Herrschers in der Mitte. Die Fürsten bestanden darauf, in seiner unmittelbaren Nähe untergebracht zu werden, aber dort standen bereits die Jurten der Freunde des Khans, seiner engsten Vertrauten und Gefolgsleute! Ich beneidete Hassan nicht um die Aufgabe, den Fürsten zu erklären, wo sie ihre Zelte aufschlagen sollten. Ich hatte mich mit Dschutschi beraten, der für die Verpflegung von tausenden Kriegern zuständig war, die sich während eines Feldzuges selbst versorgten, während der mehrtägigen Feiern jedoch nicht auf die Jagd gehen konnten, mit Dschebe, der für die Sicherheit im *Ordu* zuständig war und die nahezu unlösbare Aufgabe hatte, allen Fürsten und Noyans und ihren Gefolgsleuten die Waffen abzunehmen, damit es nicht zu blutigen Auseinandersetzungen kam. Es gab so viel zu tun!

Und dann hatte Dschebe mir am Abend zuvor die bestürzende Nachricht überbracht, eine Delegation aus Zhongdu wäre auf dem Weg ins Lager, das sie an diesem Nachmittag erreichen würde. Ich hatte die Beherrschung verloren und Dschebe mit meinen scharfen Worten verletzt: Die Kamele und Pferde des chinesischen Botschafters, sein Gefolge und sein umfangreiches Gepäck waren von Dschebes Pfeilreitern irrtümlich für eine Handelskarawane gehalten worden. Dass ein Botschafter des Himmelssohnes im *Ordu* weilte, während Dschingis Khan sich zum Khakhan ernannte, zum Kaiser der Mongolen, das war … undenkbar! Sofort hatte ich den Befehl gegeben, alle Vorbereitungen für den *Kuriltai* einzustellen, und meinen Vater aus einer Beratung mit seinen Gefolgsleuten herausgezerrt.

In den vergangenen Nächten hatte ich wenig Ruhe gefunden, nicht nur, weil ich bis zum Umfallen arbeitete, sondern weil ich in den schlaflosen Nächten immer wieder im Schein einer Butterlampe in meinem Reisebuch mit den Skizzen aus Zhongdu blätterte und an meine geliebte Ying Hua dachte, die ich dort zurückgelassen hatte. Und an mein Kind, das ich noch nie gesehen hatte …

In der letzten Nacht war Kaidu lange nach Mitternacht unter meine Decke gekrochen, hatte sich wortlos an mich geschmiegt und war dann in meinen Armen eingeschlafen. Dschebe hatte ihm vor einigen Tagen gesagt, dass er fortan sein Stiefvater sein würde.

Mein Sohn hatte akzeptiert, dass mein Freund ihn das Reiten lehren würde, den Schwertkampf, das Bogenschießen, die Kunst der Kriegführung. »Aber Lesen und Schreiben soll mir mein Vater beibringen!«, hatte Kaidu selbstbewusst gefordert. »Und Chinesisch und Arabisch …«

Kaidus Liebe und Verehrung rührten mich: Den ganzen Tag hatte ich keine Zeit für ihn gehabt, obwohl er mit mir sprechen wollte, obwohl er mit dem kleinen Holzpferdchen aus Zhongdu unter dem Arm immer wieder geduldig vor meiner Jurte stand. Ich war gereizt gewesen, hatte meine Wut über die unerwartete Ankunft der chinesischen Delegation an Dschebe ausgelassen, und nachts kam mein Sohn ohne ein Wort des Vorwurfs in mein Zelt, um mich zu trösten. Dann endlich hatte ich ein paar Stunden Schlaf gefunden.

Im Morgengrauen war ich hinausgeritten in die Einsamkeit. Die Stille um mich herum tat mir gut und erfrischte meinen Geist wie das kühle Wasser des Baches, an dem ich meinen Durst stillte.

Während die Sonne über dem Horizont aufging, saß ich im Gras, die Arme verschränkt, den Kopf auf den Knien, und hörte auf meinen Atem und meinen Herzschlag.

Alles ist verbunden. Nichts steht für sich allein. Alles enthält alles andere in Form der Möglichkeit in sich. Alle Antworten tragen wir in uns selbst. Wir müssen nur den Mut aufbringen, nach innen zu schauen und zu erkennen. Ich sah in die Zeit hinein, versuchte zu erkennen, was in den nächsten Tagen, die uns alle so beunruhigten, geschehen würde …

… und schreckte entsetzt hoch: Ich hatte Verrat gesehen, Gewalt und Tod, noch in dieser Nacht! Aber die Vision war dunkel und undeutlich gewesen: Zwischen all den Gefühlen des Hasses und des Zorns hatte ich nicht erkennen können, wer der Verräter war und wer sterben würde.

Verstört kehrte ich in das *Ordu* zurück, um den Khan zu warnen.

Aber wovor?

»Wer führt die Delegation an?«, fragte ich Dschebe, als er mir zwei Stunden nach meiner Rückkehr ins Lager die Ankunft des Botschafters von Chin meldete.

»Prinz Yun Qi«, sagte er und wich meinem Blick aus.

Seit meinem Wutanfall am Vortag, als er mir meldete, die vermeintliche Handelskarawane sei eine Delegation des Himmelssohnes, hatten wir nicht mehr miteinander gesprochen.

Ich schwieg und beobachtete ihn, während ein Diener mein Schwert am Gürtel befestigte. Ich spürte, dass er sich mühsam beherrschen musste, weil ich sein Verbot, während des *Kuriltais* Waffen zu tragen, einfach ignorierte und damit seine Autorität infrage stellte. Aber die Vision an diesem Morgen war erschreckend gewesen, und ich wollte gerüstet sein für das, was unvermeidlich kommen würde. Dass ich selbst derjenige war, der die Vision wahr machen würde, konnte ich nicht ahnen …

Ich legte ihm die Hand auf die Schulter. »Dschebe, verzeih mir meinen Zorn! Ich bin gereizt …«

»… wie ein Tiger, der in einen Käfig gesperrt werden soll«, ergänzte er und umarmte mich. »Natürlich vergebe ich dir! Auch ich war wütend und habe Dinge gesagt, die dich verletzt haben.«

»Wenn der *Kuriltai* vorbei ist, würde ich gern ein paar Tage mit dir verschwinden. Ich will in den nächsten Wochen meinen elften *Tschanar* durchführen. Irgendwo in Sibirien. Allein – ohne einen besorgten Vater, der während der Zeremonien aufgeregt um mich herumflattert und fürchtet, ich könnte den Sprung in den Baum nicht schaffen, ohne einen noch besorgteren Stiefonkel, der sich nichts sehnlicher wünscht, als dass ich mir bei meinem Sturz das Genick breche. Dich hätte ich allerdings sehr gern dabei, Dschebe! Willst du mich begleiten?«

Mein Freund lächelte müde. »Sehr gern! Das wäre großartig!«

Ich legte ihm den Arm um die Schultern und rang zum Spaß mit ihm. Lachend wehrte er sich – er war stärker als ich.

Dschebe ging mit einem träumerischen Lächeln auf den Lippen: Die stille Einsamkeit Sibiriens würde uns beiden gut tun.

Ein Diener kündigte Prinz Yun Qi an und führte ihn in mein

Zelt. Ich ging ihm entgegen, und er verneigte sich vor mir, als ich ihn freundlich begrüßte: »Wie schön Sie wiederzusehen, Exzellenz! Wie geht es Ihnen?«

Seine Überraschung über einen Empfang in meiner Jurte und mein zwangloses Auftreten verbarg er hinter einem maskenhaften Lächeln. »Es geht mir gut, Fürst Temur.«

»Das freut mich zu hören. Wie ist das Befinden Seiner Majestät?«

»Der Himmelssohn lässt Ihnen durch mich seine herzlichen Grüße überbringen, Fürst Temur, und seinen Dank: Er ist von seinen Schmerzen genesen. Er bat mich, Ihnen zu Ihrer Ernennung zum Fürsten zu gratulieren. Das sei eine weise Entscheidung Ihres Vaters gewesen.« Dann überreichte er mir mit beiden Händen eine längliche Lackschachtel und verneigte sich. »Ein Geschenk von Seiner Majestät, Fürst Temur!«

Mit unbewegtem Gesicht nahm ich das Geschenk entgegen.

Hatte Yun Qi auf seinen diplomatischen Missionen immer noch nicht gelernt, dass Geschenke bei uns Mongolen zum Abschied überreicht werden, nicht bei der Ankunft? Wenn ich es unserem Brauch gemäß ungeöffnet und ohne Ausrufe der Freude und Dankbarkeit neben mich gestellt hätte, wäre er beleidigt gewesen. Also öffnete ich die Lackschachtel und tat ihm den Gefallen, Überraschung zu zeigen – was mir nicht besonders schwer fiel. »Ein Buch?«

»Ein Horoskop, Fürst Temur, erstellt von einem der größten Gelehrten von Chin: Prinz Yelu Chutsai. Seine Majestät fühlt sich dem Prinzen sehr verbunden: Er nennt ihn liebevoll den ›Herrscher der Sterne‹. Prinz Yelu, ein buddhistischer Mönch, bezeichnet sich selbst bescheiden als den Astrologen des Kaisers. Er hat die Daten Ihrer Geburt von Prinzessin Ying Hua erfahren: das Jahr des Feuerpferdes zur Stunde des Tigers. Der Kaiser wollte Ihnen gern ein persönliches Geschenk machen.«

Ein persönliches Geschenk – das ist es!, dachte ich verbittert. Ein Versuch, Macht über mich auszuüben, mich zu beherrschen, mich zu unterwerfen! In Chin war es zwar üblich, sich mit dem

Sternzeichen des Geburtsjahres vorzustellen, denn so wusste man immer, wie man sein Gegenüber einschätzen konnte, aber es war völlig unüblich, die Stunde der Geburt zu offenbaren. Denn der so genannte Weggefährte würde jedem Eingeweihten meinen Charakter offenbaren: Mein Tiger war die Stimme, die ich tief in meinem Innersten vernahm, die mich zum Handeln antrieb.

Sein »Ich weiß wer du bist«-Lächeln verriet mir, dass er in den vergangenen Wochen seiner Reise mein Horoskop gelesen hatte. Das Pferd sucht das Abenteuer, diesseits und jenseits des Horizontes, und es ist nur schwer zu halten, wenn es losstürmt. Das Pferd liebt seine Freiheit, entkommt im Galopp jedem Versuch, es einzufangen, lässt sich nicht bezwingen und lächelt im Stillen über alle anderen, die gefangen und gezähmt sind, deren Stolz gebrochen wurde. Es bleibt nicht stehen, es geht tapfer immer weiter – Grenzen können es nicht aufhalten, nur herausfordern, zu erkunden, wie oft man sie überschreiten kann. Das Feuerpferd – das Jahr meiner Geburt wurde durch das Element Feuer beherrscht – ist noch intensiver: Es ist feurig, aufsässig, ja: sprunghaft, es ist leidenschaftlich in Liebe und Hass und sucht noch unter dem kleinsten Sandkorn das aufregende Abenteuer. Und wenn es spielt, will es gewinnen. So wie der Tiger … der unbezwingbare Eroberer.

Ich musste mich mühsam zusammenreißen, mir meinen Zorn nicht anmerken zu lassen. »Bitte richten Sie dem Kaiser meinen herzlichen Dank aus! Es ist ein wirklich sehr persönliches Geschenk!«, sagte ich. Dann deutete ich auf zwei Sitzkissen auf dem bestickten Filzteppich und bat ihn, neben mir am Feuer Platz zu nehmen.

Meine Unbefangenheit verwirrte Yun Qi. Er wusste nicht, was er von einem derart inoffiziellen Empfang in meiner Jurte halten sollte. Warum wurde er nicht durch den Khan empfangen? Wieso nicht im Audienzzelt, wo er seine Eskorte um sich hatte? Warum begrüßte ich ihn allein, ohne mein Gefolge?

Prinz Yun Qi ließ sich umständlich auf einem Kissen nieder und ordnete die Falten seiner langen Robe. Einer meiner Diener reichte ihm einen silbernen Becher mit Airag, von dem er nur einen winzigen Schluck trank, bevor er die Trinkschale bedächtig vor sich auf den Boden stellte. »Als ich vorhin im Lager ankam, schien mir, als würde ein großes Fest vorbereitet werden. Viele Fürsten sind gekommen …«, begann er eine scheinbar unverfängliche Unterhaltung.

Obwohl ich befohlen hatte, die aufwändigen Vorbereitungen für den *Kuriltai* am nächsten Tag sofort einzustellen, waren dem Prinzen die ungewöhnlichen Aktivitäten im Lager aufgefallen! Ahnt er, was der Khan vorhat?, fragte ich mich unruhig.

Während meines Empfangs bei Kaiser Zhang Zong hatte Yun Qi versucht, meinen Traum von einem mongolischen Reich, das von meinem Vater in Frieden und Freiheit regiert wird, zu zerstören, indem er mir die fünf Pfeile, die diese Einheit symbolisierten, zu entwinden versuchte. Er hatte sich dabei verletzt – nicht nur seine Hand, sondern vor allem seinen Stolz. Er fürchtete ein starkes mongolisches Reich und einen mächtigen Khan, der durch ein Ehebündnis seines Sohnes mit Prinz Wei, seinem Rivalen auf den Stufen zum Drachenthron, liiert war.

Nicht auszudenken, was geschehen würde, wenn Yun Qi erfuhr, dass Dschingis Khan sich in wenigen Stunden zum Khakhan, zum Kaiser der Mongolen, ernennen wollte!

»Mein Vater feiert morgen den fünfzehnten Jahrestag seiner Thronbesteigung«, erklärte ich ihm. »Die Fürsten und Feldherren sind gekommen, um ihm die Treue zu schwören. Aus Anlass dieser Feierlichkeiten wird auch das Naadam-Fest mit Pferderennen, Ringkämpfen und Bogenschießen in diesem Jahr einen Monat früher gefeiert als üblich. Es soll für alle ein unvergessliches Erlebnis werden …«

Und das würde es sein, da war ich mir sicher. Nicht nur wegen der Vision von Gewalt und Tod, die ich an diesem Morgen gesehen hatte und die mich noch immer beunruhigte: Etwas Furchtbares würde an diesem Abend geschehen.

Nachsichtig belächelte der Prinz die barbarischen mongolischen Sitten während des Naadam-Festes. »Dann ist es kein Wunder, dass Dschingis Khan in der Aufregung vergessen hat, den diesjährigen Tribut nach Zhongdu zu schicken. Ich bin sicher, dass der Himmelssohn unter diesen Umständen Verständnis für dieses Versäumnis haben wird.«

Yun Qi war ein Meister in der Kunst des Sagens durch das Nichtsagen. Er übermittelte keine Glückwünsche zum Jahrestag der Thronbesteigung des Khans. Stattdessen sprach er von der Nachsicht des Himmelssohnes gegenüber seinem tributpflichtigen Vasallen, der seinen Verpflichtungen nicht nachkam.

»Das ist sehr freundlich vom Himmelssohn«, wich ich ihm aus.

»Wäre es unter den gegebenen Umständen möglich, mit dem Khan zu sprechen?«, fragte Yun Qi.

»Der Khan ist beschäftigt.«

»Ich verstehe, dass er angesichts der geplanten Feierlichkeiten viel zu tun hat. Aber ich bin aus Zhongdu gekommen, um ihn …«

»Der Khan hat mich gebeten, Sie zu empfangen, Exzellenz, um Ihnen die *Geschenke* an den Himmelssohn zu überreichen.«

Am Abend zuvor hatte ich eine halbe Stunde auf meinen Vater eingeredet, bis er endlich eingewilligt hatte, Tribut an Chin zu zahlen. »Zum letzten Mal!«, hatte er wütend entschieden.

»Mein Vater stellt Ihnen bis zur Grenze eine bewaffnete Eskorte zur Verfügung, um für Ihre und die Sicherheit der kostbaren Geschenke zu garantieren«, erklärte ich dem Prinzen.

Yun Qi starrte mich an. Offenbar hatte er mit langwierigen Verhandlungen wegen der ausstehenden Tributzahlungen gerechnet.

»Er bittet Sie, dem Kaiser seinen Wunsch nach einem dauerhaften Frieden zwischen dem mongolischen und dem chinesischen Reich zu übermitteln«, fuhr ich fort.

Yun Qi holte tief Luft, als wollte er gegen das unerbittlich freundliche Hinauskomplimentieren aus dem Lager des Khans protestieren, doch dann verneigte er sich höflich vor mir. »Ich danke Dschingis Khan und versichere ihm, dass ich dem Sohn des Himmels seine Worte übermitteln werde.«

Als ich mich erhob, um dem Prinzen eine gute Reise zu wünschen, war Yun Qi sprachlos. Er war seit nicht einmal einer Stunde im *Ordu* und sollte bereits wieder die Rückreise nach Zhongdu antreten. Mit den geforderten Tributen, die bereits auf Lastkamele verladen waren, und einer Eskorte, die sicherstellen sollte, dass er sich nicht unnötig lange im Lager aufhielt, um herausfinden zu können, was Dschingis Khan plante.

Er erhob sich, nickte mir zu und rauschte aus dem Zelt. Eine halbe Stunde später war er auf dem Weg zurück nach Zhongdu.

An jenem Abend vor seinem großen Triumph hatte der Khan meine Brüder Dschutschi, Tschagatai, Ogodei, Tolei, Schigi und mich in sein Zelt eingeladen, um mit uns zu speisen. Seine Bemühungen, uns zu versöhnen, machte Kökschu mit seinem dramatischen Auftritt kurz vor Mitternacht gründlich zunichte.

Nach dem Abendessen saßen wir am Feuer, tranken Airag, scherzten und lachten. Die Stimmung war trotz unserer Anspannung vor dem *Kuriltai* fröhlich, und Ogodei spielte seine Pferdekopfgeige. Mein Bruder war ein begnadeter Spieler – »Ein wirklicher Magier!«, wie ich ihn liebevoll genannt hatte, was ihn verlegen, aber glücklich den Blick senken ließ. Er verstand es, seiner Bogensehne Töne zu entlocken, die uns alle verzauberten. Denn es war auch seine Seele, die die Saiten zum Vibrieren brachte und sich mühelos wie eine fliegende Lerche durch die Lieder schwang.

Er spielte ein wundervolles Stück aus einem alten mongolischen Epos: eine getragene Melodie, am Anfang sanft und betörend, dann schnell wie ein wild dahingaloppierendes Pferd, das mit dem Wind in seiner Mähne über die Steppe rast, dem fernen Horizont entgegen, atemlos und erregt, wie der Reiter, der diesen schnellen Ritt genießt.

Mit geschlossenen Augen lag ich neben dem Feuer und lauschte selbstvergessen Ogodeis Geigenspiel, als die rasant dahineilende Melodie in einem erschreckt stöhnenden Ton abriss: Kökschu war in Schamanengewand und Maske in die Jurte gestolpert.

Seufzend setzte ich mich auf.

Mit atemloser Stimme verkündete der Schamane: »Gott hat zu mir gesprochen! Er sagte: ›Ich gebe Temudschin die Macht über alle Länder zwischen den Meeren. Wie es im Himmel nur einen

Gott gibt, soll es auf Erden nur einen Herrscher, den mächtigen Dschingis Khan, geben.‹«

Mein Vater schüttelte missbilligend den Kopf: »Kökschu, wir haben doch schon besprochen, was du morgen sagen sollst.«

Der Schamane schwankte und streckte beide Arme aus, um sich festzuhalten, aber niemand reichte ihm eine helfende Hand. Ogodei, der direkt neben ihm saß, ignorierte ihn und spannte eine Saite seiner Pferdekopfgeige nach.

»Ich rede nicht aus eigener Vollmacht, Temudschin«, hauchte der Schamane. »Gott selbst spricht durch mich.«

Ich erhob mich und wollte Kökschu zu meinem Kissen führen, damit er sich setzen konnte, doch er riss die Augen auf und wich entsetzt vor mir zurück. »Gott hat mir offenbart, dass Dschingis Khan regieren wird. Er wird ein weiser und gerechter Herrscher sein. Er wird von den Mongolen geliebt werden. Und dann …« Kökschu verdrehte die Augen. Ein Röcheln entrang sich seiner Kehle. »… und dann …«

Ich musste grinsen: Ein wirklich beeindruckender Auftritt!

»Was dann?«, fragte mein Vater ungeduldig.

»… und nach dir wird Temur als Khakhan regieren. Wenn du Temur nicht vernichtest, wird er dich stürzen und ermorden.«

Dschutschi war zornig aufgesprungen, doch ich kam ihm zuvor: »Eine wirklich gute Vorstellung, Kökschu! Die Darsteller der chinesischen Opern erreichen nicht deine Vollkommenheit in Wortwahl und Dramatik des Auftritts«, erklärte ich kalt.

»Ich bin der Oberste Schamane des Reiches! Ich spreche mit Gott und kenne Seinen Willen. Und Gott will, dass du stirbst!«, berauschte er sich an seinen eigenen Worten.

Ein zufriedenes Lächeln huschte über Dschutschis Gesicht, als der besonnenere Ogodei ihn mahnend am Ärmel zog und er wieder auf seinem Kissen Platz nahm.

»Aber nicht heute Abend!«, erwiderte ich. »Auch ich habe wie du in die Zeit hineingesehen. Die Vision ließ mich Verrat in der Familie des Khans sehen und Gewalt und Tod noch in dieser Nacht. Aber deine eigenen Worte, Kökschu, waren viel eindeutiger als alle Visionen, die Gott uns senden kann. Du hast mir gedroht, dass …«

»Du bist eben nur ein erbärmlich schlechter Schamane. Du siehst, aber du erkennst nicht. Du hörst, aber du verstehst nicht«, zischte er, seinen warnenden Finger erhoben.

»Ich habe sehr wohl verstanden, Kökschu! Ich habe dein Spiel um die Macht nicht mitgespielt. Nachdem du mit deinen Intrigen gegen mich bei meinem Vater keinen Erfolg hattest, wolltest du mich benutzen, um Dschutschi vom Spielfeld zu werfen.«

Dschutschi sah mich betroffen an, schwieg aber.

Kökschu brauste auf wie ein Sturmwind, aber ich ließ mich nicht beirren: »Und nun, da du erkennst, dass du in mir keinen Verbündeten auf deinem eigenen Weg zur Macht hast, lässt du mich fallen. Und nachdem Dschutschi es nicht geschafft hat, mich mit seiner Beleidigung, ich sei Dschamugas Sohn, herauszufordern und im hitzigen Zweikampf mit seinem Dolch zu töten, musst du dich selbst mit mir herumschlagen.«

Mein Vater beobachtete mich, griff aber nicht ein.

»Die Vision von Verrat und Tod ist wahr!«, schrie Kökschu.

»Ich gebe dir Recht, Kökschu. Ich werde sie wahr *machen!*«, sagte ich in einem bedrohlich ruhigen Tonfall, der ihn erschrocken zurückweichen ließ.

»Das wagst du nicht! Du wirst niemals Khakhan werden!«, brüllte er und warf dem Khan einen Hilfe suchenden Blick zu.

Der Blick meines Vaters ließ mich erschauern. »Streite dich draußen mit Kökschu! Beende diesen Kampf, der unsere Familie entzweit, ein für alle Mal. In deinem wie in meinem Sinne.«

Offenbar war er nicht mehr bereit, Kökschus anmaßendes Verhalten als Oberster Schamane und Ratgeber des Khans und seine dramatischen Inszenierungen als Vertrauter des Himmelsgottes länger zu dulden. Monatelang hatte er zugesehen, wie respektlos Kökschu in den Ratsversammlungen vor den Fürsten und Noyans sprach und sogar den Khan selbst mit demütigenden Worten zurechtwies, als er seinem vermeintlich unfehlbaren Schamanen widersprach. Monatelang hatte er geschwiegen, als Kökschu gegen Dschutschi intrigiert hatte, den ältesten legitimen Sohn des Khans, den er als »Sohn eines Merkiten« bezeichnete, und gegen mich, seinen Schüler, der es gewagt hatte, ihn im Schamanenkampf vor aller Welt zu besiegen und zu demütigen.

Blass starrten mich meine Brüder an: Der Befehl unseres Vaters war erschreckend eindeutig.

Ich nickte und verließ nach Kökschu das Zelt.

Er erwartete mich vor der Jurte des Khans. Im Feuerschein der beiden Kohlebecken sah ich ein triumphierendes Lächeln über sein Gesicht huschen. Wir würden kämpfen, unsere Kräfte messen. Zum letzten Mal.

»Nicht hier!«, sagte ich und ging an den Wachen des Khans vorbei in die Nacht hinaus. »Lass uns in die Steppe gehen.«

»Wo in der Finsternis niemand deine Niederlage beobachten kann?«, fragte er verächtlich, als er mir nach kurzem Zögern folgte. »Hast du Angst, ich könnte dir nicht nur dein Leben, sondern auch deine Selbstbeherrschung, deine furchtbare Arroganz und deine Würde nehmen? Du wirst vor mir auf dem Boden kriechen und darum betteln, dass ich dich endlich töte!«

»Ja, ich habe Angst«, sagte ich. »Nicht vor dem Sterben, denn ich weiß, dass ich irgendwann als neuer Mensch in diese Welt zurückkehren werde. Sondern davor, dass ich überleben werde und mit der Schuld weiterleben muss, einen von Gott Berufenen getötet zu haben. Dass ich lügen muss, was mir zutiefst zuwider ist. Dass ich das mongolische Volk betrügen muss, was ich vor mir selbst nicht rechtfertigen kann.«

»Du hältst dich wirklich für den Stärkeren, obwohl du Angst hast?«, fragte er ehrlich erstaunt. Er blieb stehen.

Wir waren umgeben von Finsternis, und ich hatte Mühe, sein Gesicht zu erkennen.

»Ich bin der Stärkere, *weil* ich Angst habe«, sagte ich leise.

Er lachte höhnisch, zog die Schamanenmaske über das Gesicht und ging hinüber in die Andere Welt. Ohne Tanz. Ohne Trommeln. Ohne Trance.

Er ist wirklich ein mächtiger Schamane!, dachte ich – und

konnte trotz meiner Furcht meine Bewunderung für seine magischen Kräfte nicht leugnen. Mit geschlossenen Augen konzentrierte ich mich auf meinen Atem und meinen Herzschlag. Ich hatte weder eine Maske noch mein Schamanengewand, das mich vor seinen Angriffen schützen konnte.

Kökschu erwartete mich in der Anderen Welt. Aber er hatte die Gestalt eines Feuer speienden Drachens angenommen. Das war nicht besonders originell für einen Weisen, der schon vor Jahren den dreizehnten *Tschanar* absolviert hatte und damit der beste Schamane des Reiches war! Hielt Kökschu den Drachen für die gefährlichste Bestie, deren Feueratem verbrannte, was die scharfen Krallen zuvor zerrissen hatten, und die ihr Opfer vernichtete, bis nichts übrig blieb?

In diesem Augenblick stürzte sich der Drache auf mich und hüllte mich in seinen feurigen Atem, um mich zu töten. Ich änderte meine Gestalt und schwang mich mit einigen kräftigen Flügelschlägen als Phoenix in den Himmel hinauf, um mich ihm in meiner ganzen bunt schillernden Pracht zu zeigen. Ich gebe zu: Ich genoss diesen Moment stolzer Überheblichkeit! Der Feuer speiende Drache ist nicht der mächtigste Gegner: Es ist der Phoenix, der nicht sterben kann! Und es ist der Mensch, der nicht aufgibt, niemals – nicht einmal in ausweglosen Situationen wie dieser.

Ich stürzte zurück in die wirkliche Welt und wartete auf Kökschu. Es wäre leicht gewesen, ihn zu töten, während er noch in der Anderen Welt war und sich an meiner Flucht und seinem vermeintlichen Sieg berauschte. Aber ich wollte, dass er mir in die Augen sah, wenn ich ihn tötete.

Erschrocken starrte er auf das Schwert in meiner Hand, dessen scharfe Klinge im Mondlicht schimmerte.

»Ich hatte gehofft, dass mir das, was ich tun muss, wenigstens ein bisschen Vergnügen bereitet«, sagte ich ruhig. »Aber es bringt mir keinen Spaß und keine Befriedigung, mit dir meine Kräfte zu messen. Wir können diesen lächerlichen Kampf also jetzt gleich beenden.«

Er wich einen Schritt zurück, starrte mich an, erkannte, dass er gegen meinen Zorn und mein Schwert keine Chance hatte. Eine Flucht war sinnlos, denn in *dieser* Welt war ich stärker und schneller. Er blieb stehen und erwartete mit geschlossenen Augen sein Schicksal. Die Klinge meines Schwertes lag an seiner Kehle.

»Knie nieder!«, befahl ich.

»Willst du mich demütigen? Willst du dich an deiner Macht berauschen, mich besiegt zu haben? Erwartest du, dass ich dich auf Knien um Gnade anflehe?«

»All die Jahre, in denen du mein Lehrer warst, hatte ich zu viel Respekt vor dir, als dass ich dich nun demütigen wollte. Als dein Schüler habe ich dich und deine magischen Fähigkeiten verehrt, Kökschu«, gestand ich. »Aber nun bin ich *dein* Lehrer …«

»Was glaubst du denn, mich noch lehren zu können?«

»Das Sterben in Würde«, sagte ich, während ich das Schwert in die Scheide zurückschob und neben ihm auf die Knie sank. »Ich verspreche dir, dein Blut nicht zu vergießen.«

Ich legte meinen linken Arm um seine Mitte und drückte ihn mit dem rechten Arm mit aller Gewalt auf den Steppenboden. Seine Hände krallten sich ins Steppengras, als suche er nach einem Halt, seine Beine zuckten. Ich verbog seinen Körper, spannte ihn wie das Holz eines Bogens, bis er vor Schmerz stöhnte, dann zerbrach ich ihn mit einem gewaltigen Ruck. Sein Rückgrat barst wie der Ast eines Baumes unter der Macht des Sturmes.

Kökschus Todeskampf war gnädig kurz: Er schien keine Schmerzen zu haben. Er rang nach Atem, als ich seinen zerschmetterten Körper auf den Boden legte, röchelte, seufzte, hauchte mit einem fast unhörbaren »Wir sehen uns … im nächsten Leben … wieder« seine Seele aus. Dann lag er still.

Traurig schloss ich seine Augen und sprach ein Gebet. Dann nahm ich ihn in die Arme und trug ihn hinaus in die Finsternis.

Am nächsten Morgen, dem Tag des *Kuriltai,* begrüßte ich die Gäste neben dem Eingang des großen Festzeltes.

Die eindrucksvolle Jurte aus weißem Brokatstoff mit himmelblauen Verzierungen wurde von zwölf vergoldeten Holzsäulen getragen. Vor dem offenen Eingang im Süden flatterte auf der einen Seite die weiße Fahne des Khans, auf der anderen Seite neigten sich seine Feldzeichen in den Sommerwind.

Dschebe trat zu mir und legte liebevoll die Hand auf meine Schulter. »Du siehst müde aus, Temur. Als wärst du letzte Nacht wieder spät ins Bett gegangen«, sagte er besorgt.

»Ich bin letzte Nacht überhaupt nicht ins Bett gekommen.«

Ich hatte die Nacht im Zelt meines Vaters verbracht. Bis zur Morgendämmerung hatten wir geredet: Nach Kökschus Tod gab es viel zu besprechen. Bis zum Sonnenaufgang hatte ich meinen Text gelernt – aber würde es mir gelingen, die misstrauischen Fürsten und Noyans mit meiner Inszenierung nicht nur im Innersten zu treffen, sondern sie von der Idee zu überzeugen, sie aus ihrem verunsicherten Schweigen herauszureißen und zu begeistern? Dieses Wunder musste ich vollbringen!

Dschebe, der meine Unruhe bemerkt hatte, deutete auf mein Schamanengewand. »Willst du dich ausgerechnet heute mit Kökschu anlegen und ihn zum Kampf herausfordern? Er wird toben, wenn er dich im Schamanengewand sieht, Temur.« Er sah sich um. »Wo ist Gottes Stellvertreter auf Erden eigentlich heute Morgen? Ich habe ihn noch nicht gesehen …«

»Er wird nicht kommen«, sagte ich und hielt Dschebes Blick stand. »Nie mehr.«

Mein Freund starrte mich entsetzt an, eine Frage auf den Lippen, die ich nicht beantworten konnte und wollte. Ich unterbrach ihn: »Erwarte keine Antwort von mir, Dschebe! Meine Gelübde als Schamane verbieten mir, dich anzulügen.«

Er bekreuzigte sich. »Möge Gott seiner Seele gnädig sein und ihn auf den rechten Pfad zurückführen.«

Als die Fürsten und Feldherren des Khans sich im Zelt versammelt hatten, betrat ich die Palastjurte.

Alle Blicke waren auf mich gerichtet. Sie hatten Kökschu erwartet, der als Oberster Schamane die Opferrituale zu Beginn des *Kuriltai* durchführen sollte. Die Unterhaltungen im Zelt versiegten im abwartenden Schweigen.

In meiner Erschöpfung konzentrierte ich mich nur auf meine Aufgabe – ich hatte die schwierigste Rolle in dieser perfekten Inszenierung der Macht des Khans –, und so konnte ich diesen Moment, der für das Schicksal der ganzen Welt so bedeutungsvoll war, diesen kleinen Tropfen Zeit im endlosen Meer der Geschichte, nicht einmal angemessen würdigen.

In der Mitte der weißen Filzdecke des Khans begann ich mit den heiligen Zeremonien. Noch nie war mir bei Opferhandlungen die Aufmerksamkeit aller Anwesenden so sicher wie an diesem Morgen.

»Lasst uns beten!«, rief ich mit lauter Stimme. »Möge Gott den Schamanen Kökschu mit allen ihm zustehenden Ehren bei sich aufnehmen!« Ich wartete ab, bis das erstaunte Gemurmel verklungen war, und fuhr mit Kökschus Heiligsprechung fort: »Er hat in dieser Nacht seine letzte Himmelsreise angetreten. Er hat sich entschieden, Dschingis Khan seine Ratschläge von nun an direkt vom Himmel aus zu senden. Kökschu ritt auf einem weißen Pferd zu unserem himmlischen Vater.«

Im Zelt herrschte atemlose Stille.

Ich kniete nieder und rief: »Vater Himmel, höre unser Gebet …«

Aus dem Augenwinkel nahm ich das zufriedene Lächeln meines Vaters wahr, der vor dem offenen Zelteingang wartete, bis ich die Zeremonien beendet hatte. Als ich die weiße Decke verließ, betrat er mit seiner Leibwache das Zelt. Die Anwesenden erhoben sich und neigten ihre Köpfe in Ehrerbietung.

Mein Vater ging zu dem Thron, der in der Mitte des weißen Filzteppichs aufgestellt worden war, stieg langsam die Stufen hinauf und setzte sich. Die Fürsten und Noyans nahmen wieder Platz auf ihren Kissen.

»Es ist Gottes Wille, dass Dschingis Khan heute zum Khakhan, zum ›Herrscher der Herrscher‹, ernannt wird«, rief ich, als ich neben meinem Vater stand. Die Entscheidung des Himmels schien keinen der Anwesenden zu überraschen. Aber meine nächsten Worte taten es: »Der Wille Gottes ist für Dschingis Khan ein

Grund, diese hohe Würde ernsthaft in Erwägung zu ziehen. Er will aber nur Khakhan werden, wenn das Volk der Mongolen ihn erwählt.« Ich ließ die Fürsten in Ruhe über meine Worte – und ihre Konsequenzen – nachdenken, dann fuhr ich fort: »Wollt ihr Dschingis Khan zu eurem Khakhan machen?«

Einige der Anwesenden zögerten, ihr »Ich will!« laut zu äußern. Sie fragten sich wohl immer noch, warum Kökschu nicht an meiner Stelle die Zeremonien leitete und ob ihnen ein ähnliches Schicksal bevorstand, wenn sie sich nicht eindeutig für Dschingis Khan entschieden.

»Ich lehne diese Würde ab, wenn ich nicht von allen gewählt werde«, sagte mein Vater so leise zu mir, dass er in der letzten Reihe der Würdenträger gerade noch verstanden werden konnte. Dann erhob er sich, stieg die Stufen des Thrones hinab und ging langsam in Richtung des Ausganges.

Ich überließ es den Fürsten und Noyans zu entscheiden, wessen Unvernunft ich mit einem Kopfschütteln bedachte – die des Khans oder die seiner Gefolgsleute.

»Kabul Khan«, rief ich und hatte die uneingeschränkte Aufmerksamkeit, denn alle kannten den Namen des ruhmreichen Herrschers, »Kabul Khan war der Urgroßvater Dschingis Khans. Er hat die Klans zu einem scharfen Schwert geschmiedet, das selbst der Himmelssohn in Zhongdu fürchtete. Kabul Khan hatte viele Söhne, die wegen ihres Mutes den Namen Kiyat, ›reißender Wildbach‹, erhielten.

Als Nachfolger Kabul Khans wurde jedoch sein Cousin Ambakai gewählt. Ambakai Khan wurde in seinem Krieg gegen die Tataren gefangen genommen und nach Zhongdu gebracht, wo er hingerichtet wurde. Der sterbende Khan prophezeite dem Kaiser blutige Rache. Ein *Kuriltai* der Fürsten wurde einberufen zur Wahl eines neuen Khans. Kutula Khan war ein Großonkel Dschingis Khans. Trotz seiner Körperkräfte als unbesiegbarer Ringer hatte er keinen Erfolg im Kampf gegen die Tataren. Dreizehn Mal versuchte er vergeblich, Ambakais Tod zu rächen.

Mit Kutula endete die Dynastie der Khane und das von Kabul

Khan erschaffene Reich zerfiel. Die Fürsten und die Klanführer der Kiyat, der Dschurkin und der Taidschiut und all der anderen Klans rangen wieder um die Macht in der Steppe.«

Abwartendes Schweigen.

»Dort drüben steht euer Khan und will auf seine Würde verzichten, weil einige von euch sich nicht entscheiden können, ob sie ihn zum Khakhan wählen sollen oder lieber ihre eigenen ehrgeizigen Wege beschreiten wollen. Habt ihr denn vergessen, was er für euch getan hat?«, rief ich, zornig über ihr Zögern. »Ihr habt ihn zum Khan gemacht, damit er für euch erfolgreich Krieg führt. Damit ihr von den Feldzügen Beute mitbringt. Hat er das nicht getan? Haben wir nicht gemeinsam gegen die Tataren, die Kereiten und die Naimanen gekämpft? Hat er nicht aus den untereinander zerstrittenen Kiyat, Dschurkin, Taidschiut und all der anderen Klans *ein* Volk gemacht, hat er nicht aus den Völkern der Tataren, Merkiten und Kereiten *ein* starkes Reich geschmiedet? Hat er uns nicht unsere Freiheit wiedergegeben?«

Die Fürsten tuschelten untereinander, betroffen, verunsichert.

Mein Vater wandte sich schweigend zum Gehen.

»Du bleibst gefälligst hier!«, rief ich hinter ihm her.

Der Khan drehte sich zu mir um. »Ich gehe, wenn ich den Eindruck habe, dass ich nicht gebraucht werde.«

Ich wandte mich wieder den Fürsten und Noyans zu. »Wie könnt ihr ihn gehen lassen? Bittet ihn zu bleiben!«

Dschebe unterdrückte nur mühsam ein Grinsen und erhob sich: »Ich bitte dich, Temudschin, werde unser Khakhan! Führe uns in den Krieg! Ich schwöre, dir zu folgen und dorthin zu gehen, wohin du mich sendest: bis ans Ende der Welt.«

Mukali und Subotai riefen gleichzeitig: »Wir bitten dich, Temudschin! Führe uns! Wir werden dir folgen!«

Immer mehr der Fürsten und Noyans erhoben sich.

Das Zögern meines Vaters war nicht gespielt.

»Du hast eine Verpflichtung übernommen, mein Khan«, rief ich so laut, dass mich trotz der Unruhe im Zelt jeder verstehen konnte. »Ich befehle dir als Fürst und als dein Gefolgsmann, zurückzukommen und auf der weißen Decke Platz zu nehmen. Du bist mein Khan!«

»Du *befiehlst* es mir, Temur?«, fragte er ungläubig. Er war im Eingang des Zeltes stehen geblieben.

»Als Fürst habe ich das Recht dazu! Und als gewählter Khan hast du die Pflicht, zu gehorchen!« Ich ging zu ihm, nahm seine Hand und führte ihn zur weißen Filzdecke. Viele der Anwesenden verließen ihre Plätze und hoben den Rand der Decke hoch.

Mein Vater warf mir einen siegesgewissen Blick zu: Er war längst nicht mehr der Mann, der vor fünfzehn Jahren bescheiden den Titel des Khans seinen Cousins anbot, bevor er die Wahl annahm. Schon der damalige *Kuriltai* war ein Verzicht aller Fürsten zugunsten eines einzigen gewesen – desjenigen, den sie für den Schwächsten und daher am leichtesten zu Führenden hielten. Wie sehr sie sich in ihm getäuscht hatten!

Der neu gewählte Khakhan stieg wieder die Stufen zum Thron hinauf, um die Ehrungen und Glückwünsche seiner Gefolgsleute entgegenzunehmen.

»Wenn ihr wollt, dass ich euer Herrscher sein soll, seid ihr dann auch entschlossen, alles zu tun, was ich euch befehle: zu kommen, wenn ich euch rufe, zu gehen, wohin ich euch sende, und jeden zu töten, den ich euch bezeichne?«, sprach er die traditionellen Worte.

»Das sind wir! Wir werden dir gehorchen!«, gelobten die Fürsten.

»Von nun an sei mein Wort mein Schwert!«, antwortete Dschingis Khan.

Das Wort eines Schamanen ist Magie, dachte ich. Es ist schärfer als ein Schwert, verletzender als ein Pfeil und mächtiger als ein Heer. Es erweckt, stürmt vorwärts, reißt alles mit sich, löst eine Sturmflut von Gefühlen aus, flößt Angst ein, bricht jeden Widerstand, überredet, überzeugt, bekehrt und erobert. Ein Wort hat die Macht, die Welt zu verändern. Denn es ist unbesiegbar.

»Ich bin der Tropfen, ihr seid die Flut. Ich bin der Funke, ihr seid die Glut. Ich bin der Wind, ihr seid der Sturm«, rief Dschingis Khan, der Kaiser der Mongolen.

Die Fürsten und Noyans jubelten ihrem Khakhan zu. Dann fielen sie, einer nach dem anderen, vor ihm auf die Knie.

An diesem Tag erschufen wir einen neuen Gott, der neben dem Himmelsgott Tenger die Welt regierte. Einen *Sutu Bogdo,* einen von Gott gesandten Herrscher, der uns gegenwärtiger war als der Himmelsgott und der unsere Opfergaben direkt entgegennahm: unsere Unterwerfung unter seinen Willen.

Meine Freiheit – das war das Opfer, das ich ihm brachte.

Während sie ihm ihre Treue schworen, sah ich in die Gesichter der Fürsten und Noyans und dachte: Der Mensch ist immer dann am glücklichsten, wenn er die Verantwortung für seine Handlungen einem anderen übertragen kann, wenn er seine Selbstbestimmung für ein Lächeln seines Herrschers verschenkt. Liebe und Verehrung leuchteten in ihren Gesichtern. Die Männer, die vor dem Khakhan knieten, waren glücklich, seine Auserwählten zu sein, an die er großzügig Titel verteilte.

Der Khakhan bestätigte Chinkai in seinem Amt als Kanzler des Reiches und Tatatungo als Bewahrer des Jadesiegels mit der Inschrift: »Ein Gott im Himmel und ein Khakhan auf Erden. Siegel des Herrschers der Welt.« Mein Freund Hassan blieb Finanzminister, mein tatarischer Bruder Schigi wurde zum Obersten Richter des Reiches ernannt, der für die Einhaltung der *Yassa,* für Ehre und Disziplin verantwortlich sein sollte.

Zum Obersten Schamanen wählte der Khakhan seinen Schwiegervater Dayir Usun, einen angesehenen Mann, der seit Jahren im Ruf der Heiligkeit stand und in wenigen Wochen seinen dreizehnten und letzten *Tschanar* durchführen wollte.

Dschutschi wurde zum Obersten Jagdherrn ernannt, Tschagatai war nun zuständig für die Steuern und die Weiderechte des Reiches, Ogodei sollte zusammen mit Hassan die Verwaltung des Staates organisieren, und der fünfzehnjährige Tolei war als Großer Noyan verantwortlich für die Ausrüstung des stetig wachsenden mongolischen Heeres.

Dann wandte der Khakhan sich an mich: »Fürst Temur! Du hast dich in den letzten Schlachten als geschickter Feldherr erwiesen, dem seine Krieger treu ergeben sind. Du hast bewiesen, dass du in der Schlacht siegen kannst und dass du selbst eine vernichtende Niederlage noch in einen Triumph zu verwandeln vermagst.« Ich wusste, was er meinte: Dschamugas Hinrichtung, die ihn gedemütigt und verletzt hatte, aber letztlich dorthin brachte, wo er jetzt war, auf den Thron des Khakhans. »Ich bestätige dich in deinem Rang als Noyan und ernenne dich zum Führer einer Eliteeinheit von zehntausend Kriegern, die bisher meinem persönlichen Kommando unterstanden. Du wirst die Aktivitäten der Agenten meines Geheimdienstes in Chin, Xixia und Karakitai koordinieren …«

»Das ist nicht die Aufgabe eines Noyans«, wandte ich ein.

»Ich weiß, Fürst Temur«, lächelte er. »Deshalb ernenne ich dich als meinen Stellvertreter zum Minister für ausländische Angelegenheiten.«

Kapitel 5

... und als Opfer die Freiheit

Die Nacht war sternenklar und kalt. Der kurze sibirische Sommer neigte sich dem Ende zu. Das Laub der Birken leuchtete bereits in den Farben des Herbstes. Bald würde der erste Frost eine funkelnde Schicht aus Eis auf die Flüsse und Seen zaubern.

Gerade noch rechtzeitig vor dem Wintereinbruch waren Dschebe und ich endlich nach Norden aufgebrochen, um meine elfte Schamanenweihe zu begehen. Nur mit viel Geduld hatte mein Freund mich aus Besprechungen mit dem Khakhan und Empfängen für ausländische Botschafter herauszerren können.

Dschingis Khan verstand es als Herrscher ausgezeichnet zu delegieren. Je größer sein Reich wurde, desto mehr beschränkte er sich darauf, nur noch die wichtigen politischen und militärischen Entscheidungen selbst zu treffen. Die Verwaltung des Reiches legte er in die Hände seines Kanzlers Chinkai, seiner Minister, der Fürsten und Noyans. Niemals diskutierte er eine bereits getroffene Entscheidung, niemals revidierte er sie oder zog denjenigen, der sie in bestem Wissen und Gewissen getroffen hatte, zur Rechenschaft. Wenn ihn einer seiner Gefolgsleute enttäuschte, schickte er ihn ohne viele Worte fort. Es war Demütigung genug, das Vertrauen des Khakhans, die Würde und die damit verbundene Macht verloren zu haben.

Als Minister für ausländische Angelegenheiten hatte ich oft mit Tschagatai zusammengesessen, der das Steuersystem reformieren sollte, mit Ogodei, der sich um den Aufbau einer Staatsverwaltung kümmerte, mit Tolei, der das Heer neu organisierte, mit Schigi, der das neue Gesetz einführen sollte. Endlos hatten wir über die Pläne des Khakhans zur Umgestaltung des Reiches diskutiert, und er hatte uns bei der Umsetzung freie Hand gelassen. Nicht ein einziges Mal hatte er eine unserer Entscheidungen infrage gestellt. Wir alle wussten, wie wichtig es ihm war, dass seine Söhne sich gegenseitig berieten und unterstützten, aber auch Rat und Tat der anderen voller Respekt für abweichende Meinungen anzunehmen lernten.

Mein Bruder Tolei war mit fünfzehn Jahren ein strategisches Genie – in der Theorie! Die praktische Anwendung seiner Taktiken in der Schlacht fehlte ihm wegen seines jugendlichen Alters noch, ebenso die Erfahrung im Umgang mit erschöpften und mutlosen Kriegern, mit aufsässigen Offizieren und mit Stellvertretern, die die Befehle des Noyans nach eigenem Ermessen auslegten, seine Autorität untergruben und die Schlacht zu ihrem eigenen Ruhm entscheiden wollten. Und so suchte Tolei häufig meinen Rat.

Der neue Führungsstil des Heeres – die Einteilung der Truppen in Zehnerschaften, Hundertschaften, Tausendschaften und Zehntausendschaften, die von einem Noyan geführt wurden – gewährleistete die rasche Übermittlung von Befehlen. In weniger als einer Stunde gelangten sie vom Noyan, der dem Khakhan unterstellt war, zum einfachen Krieger. Diese Reaktionsschnelligkeit und der absolute Gehorsam gegenüber den Offizieren machte unsere Streitmacht jedem anderen Heer überlegen.

Der Khakhan zerschlug den Zusammenhalt der Klans und organisierte die Krieger in Heereseinheiten, unabhängig von ihrer Zugehörigkeit zu einem Volk: Merkiten, Kereiten, Tataren, Naimanen und Mongolen dienten in der gleichen Einheit. Die Fürsten, deren Macht über ihre Klans eingeschränkt wurde, hatten beim Khakhan lautstark protestiert – erfolglos! – und dann zornig das Lager verlassen, um in ihre Herrschaftsgebiete zurückzukehren und von ihren Gefolgsleuten erneut den Treueschwur zu verlangen – vergeblich!

In den folgenden Monaten hatte ich die aufsässigen kereitischen und tatarischen Fürsten in ihren *Ordus* besucht, um mit ihnen zu reden – nicht als Gesandter und Vertrauter des Khakhans oder als

Minister, sondern als Fürst. Wochenlang war ich zwischen der Menengin-Steppe im Osten und dem Altai, dem »Goldenen Gebirge«, im Westen unterwegs gewesen. Erst im Spätsommer war ich mit meinem Gefolge ins Lager zurückgekommen.

Wenige Tage nach meiner Rückkehr waren Dschebe und ich nach Sibirien aufgebrochen, um meine elfte Schamanenweihe zu begehen. Wir hatten die Täler des Khentii durchquert und waren dem Orkhon nach Norden gefolgt, bis zum Selenge-Fluss, der weiter westlich in den Baikal-See mündet.

Die Einsamkeit der sibirischen Wälder hatte mir gut getan. Die herbstlich vergoldeten Birkenwälder auf den mit Moos und roten Flechten bewachsenen Berghängen und die kristallklaren Flüsse, die im Sonnenlicht blauschwarz schimmerten, waren atemberaubend schön, und ich hatte unseren sechstägigen Ritt durch die Wildnis der Taiga sehr genossen. Zwischen Steinen und Gräsern leuchteten weiße und blaue Blüten, und die klare Luft war erfüllt von ihrem Duft. Dschebe und ich hatten auch viele Elche und Bären gesehen, die wir jagen konnten – und einen Schneeleoparden.

Auf einer Lichtung inmitten eines Birkenwaldes nahe dem Selenge-Fluss hatte ich den idealen Platz für meinen elften *Tschanar* gefunden. Dschebe und ich hatten die vier Packpferde, die den Proviant und meine Schamanenausrüstung trugen, abgeladen und im Schutz eines hohen Felsens am Rand der Lichtung unser Nachtlager aufgeschlagen. Während ich das Gelände meiner Schamanenweihe besichtigte und einen steilen Felshang hinaufkletterte, um die Welt von oben zu betrachten, war mein Freund mit Pfeil und Bogen zur Jagd gegangen und eine Stunde später mit einem toten Murmeltier zurückgekehrt.

Ich half ihm bei der Zubereitung, erhitzte Steine im Feuer, machte mich auf die Suche nach ein paar Zutaten wie Thymian, wilden Zwiebeln und Knoblauch, während Dschebe dem Murmeltier das Fell abzog und das Fleisch von den Knochen löste. Dann füllten wir das Fleisch, die Kräuter und die heißen Steine zurück in das Fell, das mit einer Schnur verschlossen wurde. Über dem Feuer erhitzte Dschebe den verschnürten Balg, und die Steine im

Inneren garten das zarte Fleisch. Mit dem Dolch stach er dann in den Balg und ließ die Fleischbrühe in unsere Trinkschalen laufen. Danach genossen wir, träge am Feuer liegend, das köstliche Murmeltierfleisch und unterhielten uns bis spät in die Nacht.

»Was für ein friedlicher Abend!«, seufzte Dschebe, berauscht vom Airag und unseren tiefsinnigen Gedanken. Er wickelte sich in seine Decke.

»Genieße die Ruhe, so lange du kannst!«, murmelte ich, als ich mich zum Schlafen neben ihn legte. »Es wird Krieg geben.«

Dschebe drehte sich zu mir um und zog die dicke Filzdecke über uns. »Ich hatte schon angefangen, mich während des letzten Jahres zu langweilen. Eine fröhliche Schneeballschlacht mit deinem Vater ist keine Herausforderung für einen Noyan wie mich. Selbstverständlich wird es Krieg geben, Temur! Daran wird auch dein diplomatisches Geschick nichts ändern.«

»Mein Vater will keinen Krieg ...«

»Ach nein?«, lachte Dschebe, als hätte ich einen Scherz gemacht. »Ich dachte, deswegen haben wir ihn zum Khakhan gewählt: damit er uns in den Krieg führt.«

Ich seufzte. »Weiß er das?«

»Wenn er mir während meines Treueschwurs zugehört hat, dann weiß er es«, sagte Dschebe. »Und wenn er gesehen hat, dass es seine besten Noyans waren – Subotai, Mukali, Kubilai und ich –, die ihm die Treue geschworen und ihn damit zum Khakhan erhoben haben, und nicht die Fürsten, deren Pflicht es gewesen wäre, dann weiß er es. Hast du nicht während des *Kuriltais* die Gesichter der Fürsten gesehen, als sie sich dem Khakhan unterwerfen sollten? Ich wusste nicht, ob ich lachen oder weinen sollte. Deinem Vater erging es ähnlich. Ihr Zögern, ihn zu wählen, war für ihn ein Schlag ins Gesicht – nach allem, was er für sie getan hat. Er hat versucht, sich nichts anmerken zu lassen, aber ich kenne ihn gut genug, um zu wissen, wie sehr ihn ihr Verhalten erzürnt hat.«

Schweigend starrte ich in den Nachthimmel hinauf.

»Der Krieg ist unvermeidlich, denn wir Mongolen sind nur einig und stark, solange wir gegen äußere Feinde kämpfen. Weißt du, was geschehen wird, wenn Frieden herrscht? Ich werde es dir sagen, Temur: Wir werden uns wieder gegenseitig bekämpfen. Die Fürsten werden den Khakhan stürzen, dein Vater wird seine Noyans gegen sie ins Feld schicken, und es wird einen Kampf geben, den niemand gewinnen kann. Dieses Mal werden sich nicht zwei Fürsten gegenüberstehen, Temudschin und Dschamuga, die um die Macht als Khan ringen. Dieses Mal wird jeder gegen jeden kämpfen, mit Waffen und Intrigen, mit Verrat und Mord, um den Thron des Khakhans zu besteigen.«

»Und weißt du, was geschehen wird, bevor das passiert? Ich werde es dir sagen, Dschebe: Es wird keine Fürsten mehr geben. Sie haben sich durch die Wahl meines Vaters zum Khakhan, aber vor allem durch die Art, wie sie ihn gewählt haben, entbehrlich gemacht. Ihr Verhalten mir gegenüber, als ich sie in ihren *Ordus* besuchte, ihr Stolz, ihre Aufsässigkeit, ihre Weigerung, sich ihm zu unterwerfen, ihre Drohungen, ihn zu stürzen, wenn er ihre angestammten Rechte als Fürsten weiter ignoriert, haben sie für den Khakhan nicht nur entbehrlich, sondern gefährlich gemacht. Er muss ihre Macht brechen, wenn er Khakhan bleiben will. Und das weiß er, weil er mir zugehört hat.«

»Du bist doch selbst Fürst ...«, wandte Dschebe erstaunt ein.

»Ich werde der Erste sein, der auf diesen Titel verzichtet.«

»Weil er es so will?«

»Weil *ich* es so will.«

Dschebe seufzte über meinen Eigensinn. »Er wird auch dich irgendwann vor die Entscheidung stellen, um deine Loyalität zu prüfen.«

»Das hat er schon getan ...« Ich dachte an seinen Befehl, Kökschu zu töten.

»Er wird es wieder tun«, prophezeite Dschebe. »Und ich bete zu Gott, dass ihr beide euch niemals zerstreitet und ich zwischen die Fronten gerate. Die Friedensverhandlungen zwischen euch könnten schwierig werden.«

Mit einem Ruck zog er die gemeinsame Schlafdecke ein wenig zu sich herüber, drehte sich um und war lange vor mir eingeschlafen.

Ahnte Dschebe, dass seine bedingungslose Loyalität gegenüber dem Khakhan und seine treue Liebe zu mir ihn eines Tages in einen furchtbaren Gewissenskonflikt stürzen würden, weil er sich zwischen uns entscheiden musste?

Die Weihe eines Schamanen ist ein großes Ereignis: Tausende Zuschauer hatten sich bei meinem letzten, dem zehnten *Tschanar* in einem Birkenwald am Ufer des Kherlen eingefunden. Meine elfte Prüfung wollte ich allein ablegen, ohne die neun Himmelskinder, ohne den zweiten Schamanen, der mir bei den Opferzeremonien assistierte, ohne die Helfer, die die hundert Birken pflanzten und schmückten, und vor allem ohne Zuschauer, die jede Zeremonie, jedes Opfer, jedes Gebet und vor allem meinen Sprung in den Baum kommentierten.

»Wichtig ist doch nur, dass ich vor mir selbst bestehen kann«, hatte ich meinem Vater gesagt, der beifällig nickte. Er wusste, dass eine solche Prüfung eine Herausforderung für alle geistigen und körperlichen Fähigkeiten des Schamanen war – und für die Geduld desjenigen, der ihm zur Seite stand.

Am nächsten Morgen begannen Dschebe und ich schon bei Sonnenaufgang mit den Vorbereitungen für meine Schamanenweihe. Zuerst mussten die Löcher für die Bäume gegraben werden. Elf gerade Reihen – für jeden *Tschanar* eine – von jeweils neun Löchern, in denen ein Wäldchen von neunundneunzig Birken gepflanzt werden sollte, das sich nach Süden erstreckte. Im Norden der Birken ein tieferes Loch für den Baum des Lebens, der bis in den Himmel hinaufreichte.

Während Dschebe noch die letzten Löcher grub, durchstreifte ich den Wald, um die passenden Bäume zu suchen: hoch gewachsen und stark. Vor Sonnenuntergang gruben wir gemeinsam noch drei der ausgewählten Birken mit ihren Wurzeln aus, schleppten sie mithilfe unserer Pferde zu ihrem vorbestimmten Standort auf der Lichtung, richteten sie auf und versenkten sie in ihren Löchern. Für das Pflanzen aller hundert Bäume brauchten wir sieben Tage – und unsere gesamten Kräfte.

Als endlich alle Birken aufgerichtet waren, verbanden Dschebe und ich am achten Tag die hundert Bäume mit einem Seidenband, dessen Ende über die Zweige des Lebensbaumes im Norden des Kultplatzes bis in den Himmel hinaufführte. Dann begann ich den Baum des Lebens zu schmücken – die Verbindung von Erde und Himmel. Ich stieg hinauf und band himmelblaue *Khadags* in die Äste. Die wie Gebetsfahnen im Wind wehenden Seidenschals waren ein herrlicher Anblick!

Als ich selbstvergessen die Opfergaben für die Geister in den Zweigen befestigte – kleine Figuren aus Stoff oder Fell –, dachte ich an meine erste Schamanenweihe, die Kökschü mit mir durchgeführt hatte, als ich fünf Jahre alt war. Seitdem hatte ich fast jedes Jahr einen *Tschanar* absolviert, obwohl Kökschu mich lehrte, ein Schamane sollte nicht öfter als alle drei Jahre diese schwere Prüfung wagen. Wie so oft hatte ich seinen Rat mit einem trotzigen »Jeder muss seinen eigenen Weg gehen« in den Wind geschlagen. Mein Weg war steil gewesen und hatte all meine Kräfte gefordert, aber ich hatte jede Prüfung bestanden. Mit zwanzig Jahren bereitete ich mich auf meinen elften *Tschanar* vor. Auf dem Weg des Schamanen war ich weiter gegangen als manch anderer in seinem ganzen Leben.

»Warum hängst du so viele Geschenke in den Baum?«, wollte Dschebe wissen, der mich beim Schmücken beobachtet hatte. Mit verschränkten Armen lehnte er am Stamm und sah zu mir empor.

»Es kommen immer mehr Geister als die, die man ruft«, erklärte ich und sprang zu ihm hinunter. »Ein *Tschanar* ist ein Fest für die Geister. Sie wollen Geschenke, und wenn sie keine bekommen, werden sie aufsässig. Dann war der ganze *Tschanar* vergeblich.«

»Es gibt keine Geister«, erklärte mir Dschebe sein christliches Glaubensbekenntnis.

Sollten mich seine Worte trösten – als ob unter diesen Voraussetzungen mein Sprung in den Baum, den ich am folgenden Tag wagen wollte, gar nicht misslingen konnte?

»Ach nein?«, fragte ich unbeeindruckt. »Dann erlöse mich aus meiner Unwissenheit und erkläre mir Ungläubigem, wer der Heilige Geist ist!«

Mein Freund schwieg betroffen. »Bitte verzeih mir! Ich war gedankenlos und habe dich damit verletzt. Es tut mir Leid!«

»Du hast nicht mich verletzt, Dschebe, sondern dich selbst. Aber außer deinem Stolz und deiner christlichen Intoleranz ist ja nichts wirklich Wichtiges zerbrochen.«

»Hast du etwas einzuwenden, wenn ich …?« Er nahm den Gekreuzigten, den er an einem Lederband um den Hals trug, und gab ihn mir.

»Nein, ich habe nichts dagegen«, sagte ich und hängte die Figur in den Baum.

Dann erläuterte ich Dschebe den Ablauf der Zeremonien und seine Aufgaben. Je länger ich sprach, desto zweifelnder sah er mich an.

»Ich weiß nicht, ob ich das schaffe, Temur! Wenn ich einen Fehler mache …«

»Es ist nicht komplizierter als das christliche Abendmahl. Du trommelst, hältst die Opferschale und bleibst immer in meiner Nähe. Wenn du meine Anweisungen sorgfältig und bedächtig und mit der nötigen Ehrerbietung ausführst, wirst du alles richtig machen«, beruhigte ich ihn.

»Erst jetzt wird mir bewusst, welche Ehre du mir erweist, Temur«, gestand er gerührt. »Ich bin kein Schamane, obwohl die Regeln vorschreiben, dass dir ein Schamane assistieren soll, der höhere Weihen hat als du. Ich teile nicht einmal deinen Glauben, und doch vertraust du mir deinen *Tschanar* an, deine heiligsten Zeremonien, die dir so viel bedeuten …«

»Eben *weil* sie mir so viel bedeuten, vertraue ich sie dir an, Dschebe. Meinem besten Freund, nicht irgendjemand anderem. Du wirst es schon schaffen!«, erklärte ich zuversichtlich. Dann legte ich ihm den Arm um die Schultern und knuffte ihn spielerisch in die Rippen. »Nur um sicherzugehen, dass du alles verstanden hast: *Ich* bin derjenige, der springen wird!«

»So weit konnte ich Ungläubiger dir folgen, o großer Schamane, Sohn von Vater Himmel und Mutter Erde, Herrscher über den Sturm und das Feuer«, neckte er mich.

Lachend rangen wir miteinander, und ich ließ ihm das Vergnügen, mich auf den Boden zu werfen und zu besiegen. Am nächsten Tag würde er noch genug unter meinen schamanischen Fähigkeiten zu leiden haben.

»Vater Himmel, Dein Sohn bin ich!«, rief ich mit lauter Stimme. »Geist von Deinem Geist, wiedergeboren als Mensch, schwach und fehlbar. Du hast mir den Weg gezeigt, den ich gehen soll. Ich bin bereit! Schenke mir die Fähigkeiten, mich heute als Dein Auserwählter würdig zu erweisen!« Mit weit ausgebreiteten Armen und geschlossenen Augen betete ich am Opferaltar, einem flachen Stein vor dem Baum des Lebens. »Mutter Erde, Dein Kind bin ich. Staub von Deinem Staub, geformt als Mensch, unbedeutend und zerbrechlich. Gib mir die Kraft, mich heute zu bewähren und den Sprung in den Himmel zu wagen!«

Dschebe stand mit dem Dolch in der Hand drei Schritte hinter mir und hielt den weißen Hengst am Zügel. Mein Freund versuchte, das unruhig schnaubende Pferd zu beruhigen, indem er ihm die Nüstern zuhielt, um mein Gebet nicht zu stören. Doch der Hengst wich ihm aus, wieherte trotzig und stampfte mit dem Huf auf. Dann begann er zu tänzeln und zerrte Dschebe hinter sich her, der ihn nur mit Mühe festhalten konnte.

Ich wandte mich um, nahm Dschebe die Zügel aus der Hand und zog das scheuende Tier sanft zu mir heran. »Ganz ruhig, mein Schöner«, flüsterte ich beruhigend und streichelte das Pferd. »Sei nicht so ungeduldig! Es wird schnell gehen, das verspreche ich dir. Du wirst nicht leiden …«

Erneut reichte ich Dschebe die Zügel und kehrte zum Altar zurück, um mein Gebet fortzusetzen, dem die Opferung des weißen Hengstes folgen würde. Und mein Sprung in den Lebensbaum …

»Bruder Sonne, Schwester Mond, euer Bruder bin ich«, rief ich. »Als Mensch gehe ich den mir vorherbestimmten Weg, wie ihr eure unveränderliche Bahn am Himmel zieht …«

Während ich das Gebet sprach, dachte ich: Ist mein Schicksalsweg wirklich vorherbestimmt? Welcher Weg ist es: der steile Pfad des Schamanen, der zum Licht führt, oder der Weg des Kriegers, der in der Finsternis endet? Welche Entscheidungen in unserem Leben treffen wir wirklich selbst und welche werden für uns getroffen, ohne dass wir es wissen? Wie viel Macht haben wir über uns selbst, wie viel Kraft für das, was wir von ganzem Herzen tun wollen, wie viel Zeit? Viel zu wenig!

Ich beschloss, auf meine Titel als Fürst und Noyan zu verzichten und von meinem Amt als Minister zurückzutreten. Wie konnte ich denn ahnen, dass im gleichen Moment mein Vater eigenmächtig über meinen weiteren Lebensweg entschied, ohne mich zu fragen!

Ich setzte mein Gebet fort: »Bruder Wind, höre meine Bitte …«

Hinter mir rang Dschebe mit dem scheuenden Hengst, versuchte ihn zu beruhigen – vergeblich. Irgendetwas machte ihm Angst.

»Bruder Feuer …« Dann hörte ich es auch und hielt inne: Ein Knacken im Unterholz am Rand der Lichtung: ein zerbrechender Ast, raschelndes Laub, dann ein tiefes Grollen, wie von einem sich nähernden Gewitter.

Der Hengst riss sich los und floh im Galopp über die Lichtung.

Dschebe fuhr herum. »Ein Tiger!«

Die Raubkatze hatte sich uns unbemerkt genähert, angelockt vom ängstlichen Wiehern des Hengstes und den verführerischen Düften unserer Abendmahlzeit, die wir nicht vergraben hatten.

Der sibirische Tiger stand zwischen uns und unserem Lager, wo sich unsere Schwerter, Pfeile und Bogen befanden. Er wirkte unentschlossen, ob er sich zuerst dem duftenden Murmeltierbraten oder den beiden Menschen zwischen den Birken zuwenden sollte.

Ohne lange zu überlegen, stürmte Dschebe los, auf den Tiger zu, der überrascht zur Seite wich, und rannte zum Lagerfeuer, um seinen Pfeilköcher und den Bogen an sich zu reißen. Mit einer tausend Mal in der Schlacht geübten Bewegung wirbelte er herum, legte an und schoss, während der Tiger sprang.

Wie kann er sich allein mit einem Tiger anlegen!, fluchte ich. Nur ein Narr hat keine Angst!

Ich zog meinen Dolch und rannte auf den Tiger zu, der vor Schmerz und vor Zorn brüllte. Der Pfeil hatte getroffen.

Die tobende Raubkatze griff Dschebe an, der viel zu nah war, um einen zweiten Pfeil auf die Bogensehne zu legen und zu zielen. Sie schlug nach Dschebe, der sich duckte, um den scharfen Krallen auszuweichen. Er sprang einen Schritt zurück, zog seinen Dolch und traf das Tier an der zum Schlag erhobenen Pranke.

Rasend vor Schmerz stürzte sich der Tiger auf meinen Freund. Mit einem einzigen Schlag seiner gewaltigen Pranke warf er ihn um. Dschebe stürzte rückwärts auf den Boden, blieb einen Herzschlag lang benommen liegen. Dann trat er nach dem Tiger und versuchte, ihm kriechend zu entkommen.

Ich hob einen Stein auf und provozierte die Bestie mit einem gut gezielten Wurf, der sie seitlich am Kopf traf. Einen Augenblick zögerte sie, ob sie sich auf den neuen Angreifer stürzen sollte, aber dann wandte sie sich dem noch immer hilflos am Boden liegenden Dschebe zu.

Der Tiger grub seine Zähne in sein linkes Bein und zog ihn über die Lichtung. Mein Freund schlug wild mit einem Ast um sich und versuchte, ihn auf die empfindliche Nase zu treffen – den Dolch hatte er bei seinem Sturz verloren. Aber die Wildkatze war schneller, duckte sich, wich ihm aus, ohne das Bein loszulassen, und wirbelte Dschebe herum. Mein Freund schrie vor Schmerz.

Mit meinem Dolch in der Hand rannte ich auf den Tiger zu, stolperte über eine Wurzel, fing mich wieder und hob im Laufen Dschebes Klinge auf, die er bei seinem Sturz verloren hatte.

Dann stand ich vor dem Tiger. Ich provozierte das Tier mit meinem Dolch, bis es von Dschebe abließ. Da sprang ich vor, ergriff die ausgestreckte Hand meines Freundes und zog ihn hinter mir her über die Lichtung. Die scharfen Zähne des Tigers waren durch das Leder von Dschebes Reitstiefeln gedrungen: Der Stoff seiner Hose war blutgetränkt.

Der Tiger war mir gefolgt und schlug nach mir. Ich hatte keine Chance, ihm nahe genug zu kommen, um mit meinem Dolch zuzustoßen, ohne selbst von seinen Krallen zerrissen zu werden.

»Wie wäre es mit einem Rückzug?«, schlug ich Dschebe vor, der sich mühsam und mit schmerzverzerrtem Gesicht an meinem Arm aufrichtete. Ich reichte ihm seinen Dolch.

Er ließ den Tiger nicht aus den Augen. »Wir haben keine Chance: Er ist schneller als wir beide.« Dschebe hielt sich an mir fest, um nicht zu stürzen. Er wehrte einen Prankenschlag mit seiner Klinge ab und traf. Der Tiger brüllte und wich zurück.

Ich hatte einen kräftigen Ast aufgehoben. Mit dem Stoff meiner Gürtelschärpe befestigte ich hastig meinen Dolch an seiner Spitze. »Du gehst links herum und ich rechts. Wir marschieren getrennt und greifen gleichzeitig an.«

Er nickte, sprang vorwärts und lief humpelnd um den Angreifer herum.

Der Tiger verhielt sich wie ein feindliches Heer im Krieg: Er wandte sich dem Gegner zu, der sich auf ihn zubewegte und angriff, und ließ den Gegner außer Acht, der unbeweglich verharrte und dessen Stärke er nicht abschätzen konnte. Da ich zunächst stehen blieb, folgte der Tiger Dschebe und wandte mir seine ungeschützte Flanke zu.

Langsam schlich ich einige Schritte nach rechts, um ihn von der Seite anzugreifen. Dschebe provozierte ihn mit seiner Klinge, brüllte so laut er konnte und stach immer wieder auf ihn ein.

Dann rannte ich los. Ich hielt den Ast fest, um den am Ende befestigten Dolch tief in das Herz der Raubkatze zu stoßen. Doch während ich mich ihr näherte, wirbelte sie herum, sodass die Klinge tief in ihren Bauch eindrang. Der Tiger schlug nach dem Speer, der zu Boden fiel. Nun stand ich unbewaffnet vor der wütenden Raubkatze.

Den Kopf geneigt, die Zähne gefletscht, fauchte das Tier mich an und ließ mich nicht aus den Augen. Sprungbereit stand der Tiger vor mir und betrachtete mich, den Menschen, der es wagte, sich mit ihm, dem König der Tiere, anzulegen.

Ich ging in die Knie, neigte den Kopf, als wollte ich mich ihm unterwerfen, und hielt seinem Blick stand.

Der Speer lag zwischen uns, eine Armlänge von mir entfernt.

Plötzlich ließ ich mich fallen, ergriff den Ast und wirbelte herum, sodass ich auf dem Rücken lag. Der Tiger, verwirrt über meinen Angriff, der keiner war, setzte zum Sprung an, um sich auf mich zu werfen. Ich riss den Speer hoch, und die Klinge bohrte sich in die Brust des springenden Tigers. Der Ast zerbrach unter der Wucht des Aufpralls.

In dem Moment, als die Raubkatze auf meinen Beinen zusammenbrach, dachte ich, sie würden brechen wie das Holz. Ich stöhnte vor Schmerz, versuchte mich zu befreien, aber es gelang mir nicht.

Der Tiger richtete sich auf und drückte mich auf den Boden. Seine Zähne waren nicht einmal eine Armlänge von meinem Hals entfernt, sein Atem wehte mir ins Gesicht. Der zerbrochene Speer hatte sich unter dem Gewicht des Tieres in den Boden gerammt und hielt es dort fest, sodass es weder vor noch zurück konnte. Er tobte auf mir, versuchte sich aufzurichten, loszureißen – vergeblich! Aber seine Pranken hatten eine unglaubliche Kraft. Immer wieder schlug der Tiger nach mir, traf mich an Armen und Schultern, zerbrach Knochen, riss tiefe Wunden und erdrückte mich fast, als Dschebe sich auf ihn stürzte. Sein zusätzliches Gewicht presste die Luft aus meinen Lungen, keuchend rang ich nach Atem, brüllte vor Schmerz!

Der Tiger wollte sich dem neuen Angreifer zuwenden, doch mein Freund war schneller. Er schnitt ihm die Kehle durch. Mit einem Röcheln hauchte die Raubkatze ihr Leben aus. Der Kopf sank auf meine Brust. Ich stöhnte.

Dschebe fiel neben mir auf die Knie und wischte sich mit der blutigen Hand über das Gesicht. Wessen Blut war es: das des Tigers oder meines?

»Getrennt marschieren, vereint kämpfen: Das ist eine gute Strategie, Temur. Du solltest künftig darauf achten, dass du noch in der Lage bist, anzugreifen«, keuchte er.

Er reichte mir seine blutige Hand und half mir, mich unter der toten Raubkatze herauszuwinden. Ein stechender Schmerz raubte mir den Atem.

»Wie konntest du nur allein und mit Pfeil und Bogen auf einen Tiger losgehen!«, keuchte ich, als ich mich erhob. Ich musste mich an ihm festhalten, um nicht umzufallen. Ich fühlte, wie das Blut an mir herunterlief, spürte den harten, schnellen Schlag meines Herzens, erlitt furchtbare Schmerzen, die mir fast den Verstand raubten. »Das war so heldenhaft, dass es schon idiotisch war. Lebensgefährlich!«

»Wer von uns beiden ist nur mit einem Dolch auf den Tiger losgegangen?«

»Ich!«, fauchte ich ihn an. »Ich wollte dir das Leben retten, du leichtsinniger Narr!«

»Wer von uns beiden hat den Tiger getötet?«

»Du«, gab ich zu.

»Und wer von uns beiden hat wem das Leben gerettet?«

»Du hast mir das Leben gerettet. Wie schon so oft.« Mit letzter Kraft hielt ich mich an ihm fest, doch meine blutige Hand glitt an seinem Ärmel ab. Stöhnend vor Schmerz sank ich in die Knie.

Er fing mich auf, bevor ich auf dem Boden aufschlug, und legte mich vorsichtig ins Gras. »So viel Blut ...« Vorsichtig schob er den zerrissenen, blutnassen Seidenstoff zur Seite – und hielt entsetzt den Atem an. »O mein Gott!«, hauchte er und presste die Hand auf meine Halsschlagader.

»Dschebe ...«, stöhnte ich.

»Sprich nicht, Temur! Deine Wunden sind furchtbar. Ich muss sie sofort verbinden, sonst verblutest du ...« Er konnte die Tränen nicht mehr zurückhalten.

»Ich weiß, mein Freund. Mir bleibt nicht mehr viel Zeit, bevor ich ohnmächtig werde. Also tu, was ich dir jetzt sage! In meiner Satteltasche ist ein Beutel mit getrockneten Fliegenpilzen. Du hast schon gesehen, wie ich die Pilze gekocht habe, um mich zu berauschen. Nimm die doppelte Menge ...«

Fliegenpilze versetzten mich in ekstatische Rauschzustände, sodass ich stundenlang bewusstlos war, wenn ich zu viel nahm. Doch ich wusste nicht, welche Wirkung das Gift auf meinen geschwächten, blutenden Körper hatte. Dschebe würde meine Wunden mit frischem Quellwasser und Honig auswaschen, mit der Sehne seines Bogens vernähen und mit den Kräutern aus meiner Satteltasche verbinden. Die offene Halsschlagader würde er mit einem Druckverband verschließen. Wenn ich überleben wollte, musste ich für einige Tage ins Koma fallen, meinen Herzschlag verlangsamen und die Blutung stillen, die Schmerzen, die mich weiter schwächen würden, lindern und still liegen, damit die gebrochenen Rippen meine Lunge nicht verletzten. Nur dann hatte ich eine Chance!

»Temur, ich kann …«

»Unterbrich mich nicht!«, hauchte ich. Meine Stimme versagte. Ich wurde immer schwächer, taumelte der erlösenden Ohnmacht entgegen. Ich musste mich konzentrieren, um weiterzusprechen. »Ich werde nach einigen Stunden einschlafen … Du wirst mich nicht wecken können … Mach dir keine Sorgen, Dschebe, auch wenn es einige Tage dauert! Ich werde nicht sterben. Ich werde … zu dir … zurückkommen … Das verspreche ich dir!«

Dann wurde ich ohnmächtig …

… und erwachte erst wieder, als Dschebe mir Flüssigkeit auf die trockenen Lippen träufelte. Ich öffnete den Mund, um zu trinken, und Dschebe drückte das nasse Tuch aus, sodass ein schmales Rinnsal auf meine Zunge tropfte. Der Geschmack war furchtbar! Ich verschluckte mich, hustete, stöhnte vor Schmerz. Ich versuchte ihn davon abzuhalten, mir noch mehr einzuflößen, doch ich schaffte es nicht.

Dschebe strich mir über das Gesicht. »Du liegst auf einem Bett aus jungen Birkenstämmen und unseren Filzdecken. Ich habe dich festgebunden, damit du dich während deines Rausches nicht bewegst. Zwei deiner Rippen sind gebrochen. Die Blutungen sind gestillt. Aber ich habe mich noch nicht getraut, deine Wunden zu schließen. Ich werde sie mit der Bogensehne vernähen, wie du gesagt hast. Es wird höllisch wehtun …«

Ich nickte. Selbst diese kleine Bewegung war anstrengend.

»Ich werde dir jetzt die Brühe der gekochten Fliegenpilze zu trinken geben, damit du die Schmerzen ertragen kannst.« Er hielt das getränkte Tuch wieder an meine Lippen und wrang es aus. Der Sud lief in meine Kehle, und ich schluckte.

»Wie geht es deinem Bein?«, fragte ich mit tonloser Stimme, als er das Tuch erneut in den Topf tauchte.

»Ich kenne die Grundregeln, Tiger: Versorge erst die eigenen Wunden, bevor du anderen Verletzten hilfst. Es nützt weder dir noch deinem Freund, wenn ihr beide ohnmächtig werdet und verblutet.« Er ließ mich wieder trinken.

»Achte auf den Wundbrand«, presste ich hervor. »Wenn dein Bein anschwillt ...«

»Ich weiß, Tiger, ich weiß!« Er strich mir sanft über die Stirn. »Ein leichtes Hinken wird meine Erinnerung an deinen elften *Tschanar* sein. Aber das wird mich bei den Frauen interessanter machen, begehrenswerter. Sie werden mein Bett belagern ...« Er zwinkerte mir zu, um mich von meinen Schmerzen abzulenken, aber ich spürte, dass seine Fröhlichkeit nur gespielt war. Er hatte selbst furchtbare Schmerzen. Und er machte sich Sorgen um mich.

Ich verzog die Lippen. »Als ob du ... jemals ... Probleme hattest, ein Mädchen ... in dein Bett zu bekommen ...«

»Bei deiner Schwester Yesugan bin ich vor ein paar Wochen gescheitert«, erinnerte er mich. »Dein Vater hat mir freundlich, aber unmissverständlich erklärt, er schätze meine Fähigkeiten auf dem Schlachtfeld, aber nicht in Yesugans Bett. Er weiß, dass wir uns lieben und miteinander geschlafen haben. Er hat mir sogar gesagt, dass er mich gern als seinen Schwiegersohn hätte. Aber als Christ könne ich leider nur eine Frau haben, und ich sei ja schon mit Nomolun verheiratet. Er wolle Yesugan in einigen Monaten vermählen, und das ginge nicht, wenn sie von mir schwanger sei ...«

»An seinen Niederlagen ... lernt der Feldherr das Siegen ...«, presste ich atemlos hervor.

»Und im Sterben lernt der Mensch das Leben!«, sagte er. »Komm zur Ruhe, Tiger! Es ist nicht mehr viel Leben in dir. Schone deine Kräfte! Das Sprechen strengt dich zu sehr an.«

»Warum ... nennst du mich ... Tiger?«, wollte ich wissen.

»Ich habe dir vom Blut des Tigers zu trinken gegeben, während du ohnmächtig warst. Damit seine Kraft auf dich übergeht und du überlebst.« Bevor ich ihn fragen konnte, wie die Heil bringende Kraft des Blutes mit seinem christlichen Glauben vereinbar war, hielt er mir erneut das Tuch an die Lippen, und ich trank.

Dann nahm er die kleine Figur des gekreuzigten Propheten, die ich vor wenigen Stunden in den Lebensbaum gehängt hatte und die er wieder am Band um seinen Hals trug. Er drückte sie mir in die Hand.

»Hast du Angst?«, fragte ich ihn matt. Das Gift der Fliegenpilze begann meinen Verstand zu vernebeln. Ich war so unendlich müde … wollte mich fallen lassen … die Augen schließen …

Mit der Hand schloss er meine Finger um die Figur. »Ja, ich habe Angst, Tiger. Ich will dich nicht verlieren.«

»Ich habe … keine Angst … vor dem Sterben«, hauchte ich und genoss mit geschlossenen Augen die Schwerelosigkeit meines Körpers. Es fühlte sich an, als ob ich schwebte. »Und wenn dein geliebter Jesus mich sicher hinaufgeleitet … in sein Himmelreich … schon gar nicht. Ich freue mich darauf, ihn kennen zu lernen, nachdem du mir so viel von ihm erzählt hast … Ich bedauere allerdings … dass ich die himmlischen Freuden nicht lange genießen kann, bevor ich … in die Welt zurückkehre, um wiedergeboren zu werden … Ich habe nur eine Angst: dass ich die Vollkommenheit als Mensch … die Erlösung aus dem endlosen Kreislauf des Samsara … vielleicht niemals erreichen könnte …«

Mein Geist begann zu springen. Das war ein Gefühl, das nicht in Worte zu fassen ist. Ich begann einen Gedanken, vollendete ihn nicht, weil bereits der nächste Gedanke über ihn hinwegschwappte wie eine Meereswoge und ihn mit sich riss, um nichts als Leere zu hinterlassen. Das Denken und das Gedachthaben, das Tun und das Getanhaben nahm ich gleichzeitig wahr.

Dschebe beobachtete mich besorgt, wie ich immer tiefer in den Rausch hineinglitt. Er war so unerreichbar fern, nicht nur, weil ich meine Hand nicht heben konnte, um ihn zu berühren. Es war ein Gefühl, als ob ich von ihm fortgerissen wurde, als ob meine Seele in den Himmel hinaufflog. Ein schmerzhaftes Zittern durchfuhr meinen Körper, meine Glieder zuckten unkontrolliert, und wenn ich nicht an den Birkenstämmen festgebunden gewesen wäre, hätte ich wild um mich geschlagen.

Dschebe beugte sich über mich, damit ich ihn ansehen konnte. »Ich bin bei dir!«, flüsterte er, um mich zu beruhigen.

Dann verlor ich ihn. Er war da und war es doch nicht. Anders kann ich dieses Gefühl nicht beschreiben. Worte spiegeln nur die Sinnlichkeit der Dinge, das Sichtbare, das Hörbare, das Fühlbare, das in der Zeit Existierende, aber nicht deren Sinn, der weit jenseits ihrer Funktion und ihrer Existenz liegt. Die Welt, die mich umgab, war nicht sinnlich. Sie *war* der Sinn.

Dann versank ich in der Nacht meiner Seele, einer Finsternis, die fünf Tage und Nächte dauerte.

Ich brauchte mehrere Wochen, um mich so weit zu erholen, dass ich in den Sattel steigen und mit Dschebe nach Süden zurückkehren konnte. Mit dem Winter war der Schnee nach Sibirien gekommen, und so brachte mein Freund mich zu den Tungusen, die weiter nördlich in runden Hütten aus Birkenrinde und Moos lebten und Rentiere züchteten.

Die »Tochter des Mondes«, eine junge tungusische Schamanin, kümmerte sich liebevoll um meine Wunden und prophezeite mir: »Was einen Schamanen nicht umbringt, macht ihn noch stärker. Du bist kräftig wie ein Tiger!«

Das Fieber kostete mich viel Kraft, weil ich mich zitternd und stöhnend auf meinem Lager hin und her warf und Dschebe sich neben mich legen und mich festhalten musste, damit meine Wunden nicht erneut aufbrachen. Erst nach zehn Tagen sank das Fieber, sodass ich ruhig schlafen konnte.

Während ich dem Tod näher war als dem Leben, hatte Dschebe mir die kleine Figur des gekreuzigten Jesus um den Hals gehängt und für mich gebetet. Er hatte Gott gebeten, mir das Leben zurückzugeben, hatte Ihn angefleht, mich zu retten. Als mein Fieber nicht sank, hatte er Ihm auch gedroht. Ich kann mich vage erinnern, dass ich ihn neben meinem Bett knien sah und verzweifelte Forderungen zu Gott hinaufbrüllen hörte. Meine Wunden waren lebensgefährlich gewesen, aber ich überlebte, und Dschebe schenkte mir die Figur des Gekreuzigten, die ich fortan an einem Band um den Hals trug. Mein Freund war davon überzeugt, dass seine Gebete erhört worden waren.

Während meiner Genesung ließ ich mich gern von der »Tochter des Mondes« verwöhnen, denn sie kochte wirklich gut. Rentierbraten mit Fliegenpilzen wurde schnell mein Lieblingsessen, und sie freute sich jedes Mal über meinen Appetit – und über meine Wissbegier. Während ich im Bett lag, erklärte sie mir die Heilwirkungen vieler Kräuter, Beeren, Pilze, Flechten und Baumrinden und ließ mich von manchen Arzneien kosten, damit ich ihre Wirkung kennen lernte. Diese endlosen Gespräche machten mir ebenso viel Vergnügen wie ihr.

Nach drei Wochen verließ ich zum ersten Mal das Bett, um, auf Dschebe gestützt, ein paar Schritte zu gehen. Dann legte ich mich freiwillig wieder zwischen die Felle, denn ich war noch zu schwach für unsinnige Heldentaten wie einen längeren Spaziergang durch das Lager.

In den kalten Nächten kroch »Mondkind« zu mir unter die Decke, schmiegte sich an mich und hielt mich warm. Die Tollkirschen, die sie mir gab, hatten sehr lustvolle Nebenwirkungen. Auch für sie, wie sie mir mit einem verzückten Lächeln gestand, wenn sie sich an mich schmiegte, nachdem wir uns gegenseitig intensive, den Körper erschütternde Lust bereitet hatten.

Es war eine unbeschwerte Zeit, eine Ahnung von Glückseligkeit. Ich hatte sehr viel Zeit zum Nachdenken – über mich und darüber, was ich künftig tun wollte. Und ich hatte mich entschieden.

Ich wäre gern länger beim »Mondkind« geblieben als nur ein paar Wochen, aber ich wusste, dass mein Vater sich Sorgen um Dschebe und mich machte, uns vielleicht schon suchen ließ. Wir hatten keine Winterkleidung mitgenommen, da wir noch vor dem ersten Schnee wieder zurück sein wollten. Und nun waren Wochen vergangen, ohne dass wir heimgekehrt waren.

Die Tungusen schenkten uns Pelze, Proviant für die lange Rückreise, aber vor allem einen herzlichen Abschied mit Umarmungen und den besten Wünschen für die Heimkehr.

Die Trennung von der »Tochter des Mondes« fiel mir schwer. »Es tut mir Leid, dass ich dich verlassen muss«, sagte ich ihr, als ich sie umarmte. »Ich werde oft an dich denken!«

»Und ich an dich!« Sie lächelte mit Tränen in den Augen. »Ein Teil von dir wird immer bei mir bleiben: dein Kind.«

Für die Reise nach Süden brauchten Dschebe und ich zwanzig Tage. Die sibirischen Wälder waren tief verschneit und machten einen raschen Ritt unmöglich. Und die vier Rentiere, die unseren Proviant und die von mir in den Wäldern gesammelten und getrockneten Heilpflanzen trugen, waren nicht so schnell wie unsere Pferde. Aber schließlich erreichten wir den Selenge-Fluss, den wir bis zum Orkhon hinaufritten. Dann wandten wir uns nach Südwesten zum Khangai-Gebirge, wo der Khakhan das Winterlager am Oberlauf des Orkhon aufgeschlagen hatte. Es lag inmitten einer weiten Ebene, die auf jeder Seite von Bergen eingeschlossen war. Der Name dieses weiten Tales am Fuß des Khangai war Kharkhorin.

Als ich das Zelt des Khakhans betrat, sprang er auf und kam mir entgegen, um mich herzlich zu umarmen. »Ich danke Gott, dass du zurückgekommen bist, Temur! Ich habe mir Sorgen um dich gemacht!«

»Es geht mir gut«, beruhigte ich ihn.

Der Diener, der mich in die Jurte geführt hatte, half mir aus meinem mit Schneeflocken bedeckten Zobelmantel und verschwand dann wieder lautlos nach draußen in die eisige Kälte.

»Wann bist du angekommen?«, wollte mein Vater wissen.

»Vor einer Stunde. Kaidu und Chinkim sind sofort über mich hergefallen und haben mich erst gehen lassen, als ich ihnen versprochen habe, den Abend mit ihnen zu verbringen und von meinen Abenteuern zu erzählen.«

»Die beiden lieben dich sehr«, lächelte mein Vater. »Sie haben mich in den letzten Wochen oft nach dir gefragt. Es tat mir jedes Mal in der Seele weh, wenn ich sie ohne Nachrichten von dir wieder fortschicken musste. Die beiden sind tapfere kleine Krieger! Keiner von ihnen hat geweint.«

Schigi, der mit seinem Adoptivvater am Feuer gesessen hatte, erhob sich ebenfalls, um mich zu begrüßen. Mein tatarischer Bruder trug das dunkelrote Gewand eines buddhistischen Mönchs. Schigi war vor Jahren von missionierenden tibetischen Lamas zum buddhistischen Vajrayana-Glauben bekehrt worden. Zwei Jahre zuvor war er von seinem Abt in einer feierlichen Zeremonie zum Lama ordiniert worden.

Schwungvoll warf Schigi den roten Umhang über die Schulter, dann umarmte und küsste er mich. »Ich freue mich, dass du wieder da bist!«, rief er und wirbelte mich ausgelassen herum.

Schigi, zwei Jahre jünger als ich, war für mich mehr ein guter Freund als ein Bruder. Mein Vater hatte ihn nach einem Feldzug gegen die Tataren als Zweijährigen adoptiert. Das Kind war ängstlich und verstört durch das niedergebrannte *Ordu* geirrt und hatte seinen Vater – den besiegten Fürsten der Tataren – und seine Mutter gesucht. Beide waren im Kampf gefallen. Fürst Temudschin hatte das Waisenkind mitgenommen und es von seiner Gemahlin wie einen eigenen Sohn erziehen lassen.

»Wie war dein elfter *Tschanar?*«, fragte mein Vater und deutete auf die Kissen am Feuer. Er hatte die elfte Weihe und war begierig zu hören, ob ich sie ebenfalls erlangt hatte.

»Er hat nicht stattgefunden. Ich bin nicht in den Baum gesprungen«, erklärte ich, während ich mich setzte.

»Warum nicht?«, fragte er überrascht.

»Ein Tiger hat Dschebe und mich angegriffen, als ich das Gebet für die Opferzeremonien sprach. Wir haben mit ihm gekämpft, und Dschebe hat ihn getötet und mir wieder einmal das Leben gerettet. Er hat mich zu einer tungusischen Schamanin gebracht, die mich gesund gepflegt hat.«

Mein Vater schüttelte den Kopf. »Drei Monate warst du fort, Temur. Und dein Bericht über den *Tschanar,* der dir so viel bedeutet und dessen Misslingen dich zutiefst enttäuscht haben muss, besteht aus drei kurzen Sätzen? Und in den meisten von ihnen erzählst du von Dschebe, nicht von dir!«

»Wenn du einen ausführlicheren Bericht wünschst, werde ich ihn heute Nacht meinem Sekretär diktieren. Dann kannst du ihn morgen Früh lesen«, erklärte ich bissig.

Mein Vater sah mir nachdenklich dabei zu, wie Schigi mir eine Schale mit Buttertee eingoss und ich den ersten Schluck trank.

»Ich will die Wunden sehen, die der Tiger gerissen hat!«

»Sie sind verheilt.«

»Ich will sie sehen!«

Ich schluckte mein unwilliges »Wozu denn?« hinunter und öffnete die Verschlüsse meiner Robe. Dann glitt ich aus den langen Ärmeln und ließ den gefütterten Seidenstoff über meine Schultern zu Boden gleiten.

Im Schein des Feuers betrachtete mein Vater meine Verletzungen. »O mein Gott!«, flüsterte er. Mit der Hand strich er vorsichtig über die Narben, die von meinem Hals über die Brust bis zur Hüfte reichten. »Es ist ein Wunder, dass du überlebt hast«, sagte er schließlich, als ich meine Kleidung wieder in Ordnung brachte.

»Ich habe einen starken Willen«, erinnerte ich ihn.

Er nickte. »Wann willst du die Schamanenweihe wiederholen?«

»Dschebe hat die hundert *Tschanar*-Bäume stehen lassen, als er mich zu den Tungusen brachte. Im nächsten Sommer werde ich dorthin zurückkehren und den Sprung wagen.«

»Glaubst du, dass du das tun solltest?«, zweifelte er.

»Das nächste Mal kann mich nicht einmal ein Tiger davon abhalten. Ich werde diesen elften *Tschanar* durchführen, und ich werde springen. Und wenn ich zurückkomme, werde ich die elfte Weihe haben.«

»Und wenn es nun kein Tiger war? Vielleicht war Gott in der Gestalt des Tigers erschienen, um dich davon abzuhalten …« Als er meine ungläubige Miene sah, fuhr er fort: »Gott ist schon in Feuersäulen in der Wüste erschienen und in brennenden Dornbüschen auf Bergen. Warum also nicht in einem Tiger?«

»Weshalb sollte Gott mich abhalten, meinen *Tschanar* durchzuführen?«

»Vielleicht hat Er eine andere Berufung für dich als die eines Schamanen ... eine wichtigere Aufgabe ...«, orakelte er.

»Was könnte wichtiger sein, als Gott zu dienen?«

Bevor er antworten konnte, betrat Mukali die Jurte. »Temudschin, bitte entschuldige die Störung! Ein Pfeilbote ist eben angekommen. Er bringt Nachrichten von Dschutschi.«

»Ich werde ihn empfangen«, entschied der Khakhan.

Mukali nickte und verschwand, um den Meldereiter zu holen.

»Während deiner Abwesenheit hat es eine Revolte mehrerer Fürsten gegeben«, erklärte mir mein Vater. »Du hattest Recht, als du mich im Sommer vor ihnen gewarnt hast, Temur. Drei Tatarenfürsten und ein Merkitenführer hatten sich verbündet, um mich zu stürzen. Ich habe Dschutschi mit zwanzigtausend Kriegern losgeschickt, um die Aufstände niederzuschlagen ...«

Der Pfeilreiter betrat das Zelt und verneigte sich vor dem Khakhan. Er trug noch seine enge lederne Reitkleidung, die ihn Gewaltritte von bis zu achthundert Li an einem Tag und einer Nacht ohne schmerzhafte Verletzungen auf dem Pferd festgeschnallt ertragen ließen. An seinem Gürtel hingen hell klingende Glöckchen, die jedes *Ordu* und jede Pferdestation lange vor seiner Ankunft warnten, mehrere frische Pferde für ihn bereitzustellen, damit er die Nachrichten, die er bei sich trug, sofort an den Khakhan weiterleiten konnte. Die Pfeilreiter waren nicht umsonst das schnellste Nachrichtensystem der Welt.

»Dein Sohn Dschutschi sendet diese Botschaft«, begann der Pfeilreiter seinen auswendig gelernten Text aufzusagen: »›Die Revolte der Fürsten habe ich ohne große Verluste auf unserer Seite niedergeschlagen. Die vier Führer des Aufstandes habe ich hinrichten lassen, die überlebenden Offiziere der Tataren, die mir die Treue schworen, in meine Heereseinheiten aufgenommen. Sie dienen als einfache Krieger, bis sie sich meines Vertrauens würdig erweisen. Dein Einverständnis vorausgesetzt, habe ich den Titel eines Fürsten der Tataren angenommen. Ich werde noch einige Wochen hier bleiben, um die letzten Funken des tatarischen Widerstandes auszutreten, die erneut zu einem Steppenbrand aufflackern könnten. Erwarte mich im Frühjahr zurück. Fürst Dschutschi.‹«

Der Khakhan schwieg. Nur das leise Knacken des Feuers unterbrach die Stille im Zelt.

»Soll ich die Botschaft wiederholen?«, fragte der Pfeilbote.

Mein Vater schüttelte langsam den Kopf. »Meine Befehle an Dschutschi … an *Fürst* Dschutschi … waren eindeutig. Ich habe die Vernichtung der Tataren befohlen, die sich schon zum dritten Mal gegen mich erhoben haben. Aber er missachtet meinen Befehl, nimmt die Aufständischen in sein Heer auf und macht sich zu ihrem Fürsten. Ist er verrückt geworden?«

»Die Tataren sind besiegt«, wagte der Pfeilreiter zu sagen.

Schigi, der neben mir am Feuer saß, war sehr blass. Seine Hand mit der Teetasse zitterte so sehr, dass er den Buttertee verschüttete. Die Vernichtung seines Volkes traf ihn schmerzhaft.

»Besiegt?«, donnerte der Khakhan, und der Pfeilreiter senkte den Blick. »Fürst Dschutschi weiß offenbar nicht, was dieses Wort in letzter Konsequenz bedeutet!«

»Er weiß es, mein Khakhan. Der Fürst nahm die Tochter eines hingerichteten Tatarenfürsten zur Gemahlin, um seine Ansprüche auf den Titel zu rechtfertigen …«

Mein Vater beherrschte sich nur mühsam. »Ist sie schön?«

Der Pfeilreiter lächelte. »Ja, sie ist schön.«

»War sie in seinem Bett, bevor er sie zu seiner Gemahlin machte?«

»Ich verstehe nicht …«, sagte der Bote verdutzt.

»Was gibt es da nicht zu verstehen? Meine Wortwahl war doch eindeutig!«, fuhr der Khakhan auf wie eine Sturmbö. »Ich will wissen, ob sie ihn verführt, in sein Bett geschleppt und dann gefickt hat.«

»Ja …«, druckste der Bote herum.

»Und dann hat Fürst Dschutschi sie zur Gemahlin genommen?«

»Ja, während der Siegesfeier.«

»Offenbar hat sie nicht nur seinen Körper, sondern auch seinen Verstand in Flammen gesetzt. Fürst Dschutschi hat sich von einer

Tatarin besiegen lassen. Im Bett!«, erregte sich mein Vater. »Und nach dem anstrengenden Ringen in seinem Hochzeitsbett hat er am nächsten Morgen den Befehl gegeben, die tatarischen Offiziere zu begnadigen?« Als der Pfeilbote den Blick senkte, brüllte er: »So war es doch, nicht wahr?«

Der Bote nickte.

»Du reitest zurück zu Fürst Dschutschi!«, befahl ihm der wütende Khakhan. »Sag ihm: ›Ich gab dir den Befehl, die Tataren zu vernichten, und nicht, dich ihnen zu unterwerfen. Ich erwarte von dir, dass du die Tatarin, die dich in deinem eigenen Bett besiegt hat, hinrichten lässt.‹«

Schigi protestierte. »Vater, das ist …«

»Schweig!«, befahl ihm sein Adoptivvater. »Das ist eine Sache zwischen Dschutschi und mir.«

»Es scheint mir eher eine Sache zwischen dir und dem Volk der Tataren zu sein«, wagte Schigi zu sagen. »Du hasst die Tataren!«

Der Khakhan starrte ihn wütend an. »Sie haben meinen Vater ermordet, als ich dreizehn Jahre alt war.«

»Es waren *vier* Tataren, die Großvater in einer Blutfehde ermordeten«, wandte Schigi ein. »Lass uns nicht darüber diskutieren, was er ihnen vorher angetan hatte.«

»Die Tataren sind ein ungehorsames, treuloses Volk, das sich in den letzten Jahren immer wieder gegen mich erhoben hat«, übertönte ihn der Khakhan.

»Ich bin ein Tatare!«, erinnerte ihn Schigi wütend.

Mein Vater starrte ihn an. Hatte er vergessen, aus welchem Volk sein Adoptivsohn stammte?

Als der Streit zwischen Vater und Sohn im Sturmwind der Gefühle zum alles vernichtenden Steppenbrand zu werden drohte, erhob ich mich schweigend und zog den verwirrten Pfeilboten am Ärmel aus der Jurte. Draußen gab ich ihm noch eine kurze Botschaft an Dschutschi mit auf den Weg und befahl ihm, sofort aufzubrechen. Dann kehrte ich in die Jurte zurück.

»Du vernichtest mein Volk, weil es dir so gefällt!«, beschuldigte

Schigi seinen Adoptivvater in seinem ungezügelten Zorn, als ich wieder Platz nahm und mir in aller Ruhe einen Buttertee einschenkte.

Wenn ich in ihren Streit eingriff, würde ich mir nur von beiden ein wütendes »Halte du dich da raus!« einfangen. Also ließ ich sie in Ruhe zu Ende streiten. Lange konnte es ohnehin nicht mehr dauern, denn beiden würden bald die schlagkräftigen und verletzenden Argumente ausgehen.

»... weil es mir so gefällt!«, brüllte mein Vater. »Und ich werde dir auch sagen, warum es mir so gefällt, Schigi: Es ist notwendig für den Fortbestand des mongolischen Reiches. Die Tataren werden sich immer wieder erheben und gegen mich kämpfen, wenn sie nicht endlich vernichtet werden. Endgültig!«

»Das ist gegen die Gesetze, die du selbst erlassen hast: Gnade und Vergebung gegenüber einem unterworfenen Feind! Du hast doch selbst nach der Schlacht deinen gefährlichsten Feinden das Leben geschenkt. Deinem merkitischen Schwiegervater Dayir Usun, der jetzt der Oberste Schamane des Reiches ist. Und Dschebe, deinem besten Feldherrn, den du wie einen eigenen Sohn bei dir aufgenommen hast. Du hast ihnen verziehen und ihnen ihre Würde wiedergegeben, obwohl sie gegen dich gekämpft haben, obwohl Dschebe dich mit seinen Pfeilen lebensgefährlich verletzt hatte. Das haben sie dir nie vergessen.«

»Du musst mich nicht an meine eigenen Gesetze erinnern!«

»Gerade das ist meine Aufgabe! Du hast mir selbst den Befehl gegeben, die Gesetze aufzuschreiben ...«

»Aufzuschreiben, Schigi! Nicht zu interpretieren!«, übertönte ihn der Khakhan.

»Wozu habe ich dann muslimisches und chinesisches Recht studiert?«, fragte Schigi. »Wozu habe ich hunderte Seiten Gesetzestexte zusammengetragen, gelesen, ausgewählt, übersetzt und kommentiert? Wozu hast du mich zum Obersten Richter ernannt, wenn ich die Gesetze nicht *anwenden* soll?«

Der Khakhan zwang sich, ruhig zu werden. »Ich habe dir den Befehl gegeben, über die korrekte Einhaltung zu wachen.«

»Ich bin ein Tatare. Du nennst mich ungehorsam und treulos. Wie sollte ich …«

»Du bist ungehorsam, Schigi, und du bist trotzig. Aber du bist nicht treulos!«, unterbrach ihn sein Adoptivvater. Dann besann er sich. »Du hattest Recht, und ich danke dir. Du hast mich daran erinnert, dass der Khakhan nicht über dem Gesetz steht.«

Schigi schwieg, warf gereizt den verrutschten Mönchshabit über seine Schulter und hüllte sich in die zerschlissenen Reste seiner buddhistischen Gelassenheit.

»Aber für meinen Befehl an Dschutschi, seine tatarische Gemahlin hinzurichten, muss ich mich als Khakhan nicht vor dem Gesetz, sondern vor meinem Sohn rechtfertigen. Dschutschi wird mir nie vergeben …«

»Doch, das wird er«, sagte ich ruhig. »Er wird eine Weile toben und Allahs Zorn mit Feuer und Schwert auf dich herabflehen, aber er wird dir vergeben. Ich habe ihm in einer zweiten Botschaft deine Entscheidung begründet. Das magische Wort ›Warum‹ kann manchmal wahre Wunder wirken. Es soll Fälle gegeben haben, da regte es sogar zum Denken an. Ich weiß, Dschutschi ist ein schwieriger Fall, aber ich habe doch noch Hoffnung, dass er es eines Tages lernt, seinen Verstand zu gebrauchen.«

»Du wagst es, meinen Befehl infrage zu stellen?«, fragte er ungläubig.

»Ich habe ihn nicht infrage gestellt, Vater. Ich habe deine Entscheidung Dschutschi gegenüber begründet und damit gerechtfertigt. Ist es nicht meine Pflicht als dein Stellvertreter zu verhindern, dass du Fehler machst, die du später bereuen wirst? Verlangst du von deinen Gefolgsleuten nicht selbstständiges Denken und Eigeninitiative?«

»*Ich* mache Fehler?«, brüllte er mich an.

»Wenn du eine schlaflose Nacht lang darüber nachgedacht hast, wirst du erkennen, dass es ein Fehler war.«

Er atmete tief durch, um sich zu beruhigen. »Also gut: Es war ein Fehler! Ich danke dir, dass du so besonnen bist, Temur!«, seufzte er. »Du hättest deinen Bruder gegen mich aufwiegeln und dann vernichten können. Warum hast du es nicht getan?«

»Ich führe keinen Krieg gegen meinen Bruder.«

»Aber er führt Krieg gegen dich.«

»Weil er mich ›Dschamugas Sohn‹ nennt? Weil er seit Jahren von dir verlangt, mich von deiner Nachfolge auszuschließen? Weil er neidisch ist, dass ich dein Stellvertreter bin, dass ich Fürst bin und Noyan? Das sind keine Angriffe, die mich verletzen können, da ich ohnehin vorhatte, deine Einwilligung zu meinem Rücktritt zu erbitten …«

»Das Gefühl für den richtigen Zeitpunkt ist dir in Sibirien abhanden gekommen!«

»Für eine solche Entscheidung gibt es keinen richtigen oder falschen Zeitpunkt. Ich habe mich entschieden und sehe nicht ein, warum ich dir meinen Entschluss noch zwei oder drei Tage vorenthalten sollte. Ich werde als Fürst abdanken und bitte dich, mich auch als Noyan von meinen Pflichten zu entbinden. Wenn du gestattest, werde ich noch so lange Minister für ausländische Angelegenheiten bleiben, bis du über meine Nachfolge entschieden hast. Ich schlage Chinkai vor, der dir als Kanzler bisher sehr gewissenhaft und loyal gedient hat.«

»Das kannst du nicht tun!«

»Ich *habe* es gerade getan!«

»Schigi, lass uns allein!«, befahl er. »Ich will mit Temur reden.«

Mein Bruder raffte seinen Mönchshabit, warf mir einen warnenden Blick zu und verschwand.

Als wir allein waren, fragte mein Vater: »Hast du dir gründlich überlegt, worauf du verzichtest, Temur? Ich habe dich zum mächtigsten Mann des Reiches gemacht …«

»Zum mächtigsten, aber nicht zum glücklichsten. Ich hatte in Sibirien drei Monate Zeit zum Nachdenken, was ich künftig tun will. Das ist die längste Zeit, die ich jemals für eine Entscheidung hatte. Und ich habe mich entschieden. Wenn du Zeit brauchst, um über meinen Entschluss nachzudenken, bin ich damit einverstanden. Aber ich wäre glücklich, wenn du ihn akzeptieren würdest, ohne ihn infrage zu stellen.«

»Du lässt mir keine Wahl …«

»Nein.«

»Vorhin hast du mich gefragt, was wichtiger sein könnte, als Gott zu dienen. Ich werde es dir sagen, mein Sohn: Gott *und deinem Volk* zu dienen, wie ich es als Khakhan tue.«

Ich hielt seinem Blick stand.

»Ich nehme deinen Rücktritt als Fürst und als Noyan an«, sagte er schließlich. »Ich entbinde dich von allen deinen Pflichten. Unter einer Bedingung …«

Überrascht, weil ich mit längeren Verhandlungen und Verzögerungen gerechnet hatte, fragte ich: »Welche Bedingung?«

»Du stimmst deiner Ernennung zum Khan zu.«

»Nein!«

»Nur wer das Verlieren gelernt hat, darf ein Heer führen. Nur wer das Verzichten gelernt hat, darf ein Reich regieren. Ich will, dass du Khan wirst.«

»Falls ich mich missverständlich ausgedrückt habe, bitte ich um Entschuldigung. Ich sagte: Ich will nicht!«

»Dass du eigensinnig und ungehorsam bist, wusste ich schon! Aber dass du derart selbstverliebt und egoistisch bist, erschreckt mich!«

»*Ich* bin selbstverliebt?«, fragte ich.

»Du bist nur auf deine eigene Vollkommenheit bedacht! Du hast Lesen und Schreiben gelernt, Chinesisch und Arabisch. Die Kunst des Krieges beherrschst du ebenso gut wie die Kunst des Regierens oder die Kunst der Magie. Du bist selbstbeherrscht, besonnen und tatkräftig. Du kennst deine Pflichten. Du triffst Entscheidungen. Du übernimmst Verantwortung. Bei all deinen Erfolgen bleibst du bescheiden.

Jeder andere hätte mir vorhin selbstgefällig erzählt, wie er tapfer mit dem Tiger gerungen hat, um ihn am Ende zu besiegen. Jeder andere hätte mir stolz seine furchtbaren Wunden gezeigt, um mich zu beeindrucken. Du nicht. Du sagst: Ich versuche es nächstes Jahr wieder – mit oder ohne Tiger. Mit oder ohne Gott.«

»Macht es dir eigentlich Spaß, bei dem Spiel zwischen uns jeden Tag meine Loyalität zu riskieren? Macht es dir Vergnügen, mich herauszufordern, immer wieder meine Kräfte mit dir zu messen?«, fauchte ich zornig.

»Es amüsiert mich, weil ich genauso selbstverliebt bin wie du, Temur! Es gefällt mir, mich selbst in dir zu sehen, wenn ich mit dir ein Wortgefecht führe, das am Ende doch keiner von uns gewinnen kann. Du und ich, wir sind uns so ähnlich. Wir wissen genau, was wir wollen und wie wir es erreichen können. Wir treiben uns gegenseitig bis an die Grenzen unserer Fähigkeiten, und darüber hinaus. Wir lernen voneinander: Selbstbeherrschung, Vergebung, Toleranz und das Zurückstellen eigener Bedürfnisse und Wünsche. Du bist schon vollkommen, Temur! Was willst du noch erreichen? Soll ich dich ehrfürchtig mit ›Heiligkeit‹ ansprechen, weil du auf die ganze Welt verzichtet hast und auf die Macht, sie zu beherrschen? Sie zu verändern? Sie zu vervollkommnen?«

»Schigi würde sich über diesen Titel mehr freuen als ich!«

»Selbstverständlich würde er das! Dein Bruder arbeitet sehr ›selbstlos‹ an seiner eigenen Heiligsprechung und seiner Erlösung ohne unnötige Umwege ins Nirvana. Wir sprechen aber nicht über Schigi, sondern über dich! Du hast vorhin gesagt, die Macht würde dich nicht glücklich machen. Sag mir, *was* dich glücklich macht.«

»Die Freiheit.«

»Die Freiheit, was zu tun?«

»Zu lernen, um *mich selbst* zu vervollkommnen.«

»Hast du mir nicht selbst gesagt, dass Kung Futse der Ansicht war, die höchste praktische Stufe des Lernens und der Selbstvervollkommnung sei der Dienst für den Staat?

›Wer seinen Staat gerecht regieren will, muss sich zuerst um seine Familie kümmern. Wer aber in seiner Familie in Harmonie leben will, muss zuerst sich selbst vervollkommnen, um gerecht handeln zu können‹«, zitierte mein Vater aus dem Gedächtnis. »Im Gegensatz zu mir wirst du ein gerechter Herrscher sein, Temur. Du lässt dich von Dschutschi nicht provozieren und verhinderst zudem mutig einen Streit zwischen mir und meinem aufsässigen Sohn, an dem unsere Familie zerbrochen wäre. Du hilfst Tolei, das Heer zu organisieren, und unterstützt Ogodei beim Aufbau der Verwaltung des Reiches. Du bist der ideale Herrscher – selbstlos und entschlossen. Du hast das Dienen gelernt, Temur. Nur wer dienen kann, darf herrschen.

Ich will, dass du Khan wirst, aber ich weiß, dass es keinen Sinn hat, es dir zu befehlen. Also *hoffe* ich, dass du meinen Wunsch respektierst, Temur Khan.«

»Temur!« Dschebe betrat meine Jurte und stellte überrascht fest, dass ich noch nicht fertig angekleidet war. »Wo bleibst du denn?«

»Wollt ihr ohne mich anfangen?«, fragte ich ärgerlich über seine Ungeduld.

»Eine Khanernennung ohne Khan?«, lachte Dschebe. »Dein fantasiebegabter Vater hätte bestimmt auch eine Lösung für dieses Problem! Das Wörtchen ›unmöglich‹ hat er vor sechzehn Jahren aus seinem Wortschatz gestrichen.«

Dschebe schritt zu meinem Thron an der Nordwand meiner Palastjurte und ließ sich auf den Stufen nieder, um mir beim Ankleiden zuzusehen.

»Du siehst großartig aus, Tiger!«, urteilte er, während einer meiner Diener das Schwertgehänge an meinem Gürtel befestigte. »Das weiße Brokatgewand eines Khans. Ein silberner Schwertgürtel über einer himmelblauen Seidenschärpe. Eine Kappe aus Seide mit weißem Hermelin. Bestickte Stiefel aus weißem Filz. Du bist prächtiger gekleidet als der Kaiser von Chin. Der Himmelssohn würde vor Neid erblassen!«

»Ich hoffe, dass meine Staatsrobe kein Grund für eine Kriegserklärung ist«, brummte ich. Meine Ernennung zum Khan, der über ein Gebiet herrschte, das sich bis zur Großen Mauer erstreckte und das Prinz Yun Qi als chinesisches Hoheitsgebiet betrachtete, wäre da schon eher eine Begründung …

Dschebe lachte. »Ich bin kein Schamane, doch ich wage eine Prophezeiung, Tiger: Dein Bett bleibt heute Nacht nicht leer! Du wirst Mühe haben, dich nach den Feierlichkeiten durch die Reihen der wartenden Mädchen bis zu deinen Bettdecken vorzukämpfen – aber wenn du dabei Unterstützung brauchst, mein Khan …«

»Wenn sie mich überwältigen, lasse ich dich rufen, mein Held!«, versprach ich, und er lachte.

Dschebe spürte meine Anspannung seit Tagen. Mehr als ein Mal waren wir nach unserem Umzug in mein eigenes *Ordu* aneinander geraten. Ich war ihm dankbar, dass er mich an diesem furchtbaren Tag auf andere Gedanken zu bringen suchte: Denn ich fühlte mich, als ginge ich zu meiner eigenen Hinrichtung. Was war das Ankleiden anderes als das Schmücken des Opferlammes?

Mein Diener richtete die Falten meines weiten Gewandes, zupfte an den Ärmeln herum, setzte mir schließlich die Hermelinkappe auf und ordnete meine aufgesteckten Zöpfe, sodass die langen Schlaufen über beide Schultern fielen. Dann verneigte er sich und verschwand.

Dschebe erhob sich von den Stufen und kam zu mir herüber. »Ich wollte dir noch etwas sagen, bevor …«, druckste er herum, »… bevor sich unser Verhältnis ändert und du mein Khan wirst …«

»Es wird sich nichts zwischen uns ändern, mein Freund«, sagte ich und umarmte ihn.

»Ich bin sehr dankbar, dass du mich gefragt hast, ob ich mit dir gehen will, Tiger. Es ist eine Ehre für mich, deine Söhne zu erziehen. Und wie auch immer mein Treueschwur gegenüber dir als meinem Khan lauten wird … du weißt schon: ›Ich folge dir, wohin du gehst‹ und ›Ich bin dein Schwert‹ … eines sollst du wissen: Ich bin nicht hier, weil du heute in den Himmel aufsteigst und Khan wirst. Ich wäre auch mit dir gegangen, wenn du mich gebeten hättest, dich in die Hölle zu begleiten.«

»Ich weiß, Dschebe«, erwiderte ich gerührt und drückte ihn an mich. »Und eben deshalb habe ich dich gebeten, mit mir zu gehen.«

»Ich wünsche dir als Khan viel Glück und Verstand, Tiger!«, flüsterte Dschebe und küsste mich auf beide Wangen. Dann ließ er mich los, führte mich zum Eingang meiner Jurte und öffnete den Türfilz, damit ich hinaustreten konnte.

»Soll ich dir etwas verraten, mein Freund?«, flüsterte ich, als ich an ihm vorbeiging. »Es *ist* die Hölle, in die du mich begleitest …«

Vor meiner Jurte erwarteten mich die höchsten Würdenträger meines Reiches und meine Noyans. Sie hatten sich in zwei langen Reihen aufgestellt, die den Weg zu meinem Thron säumten – ein weißer Filzteppich, der die Stufen zu einem vergoldeten Sessel mit Brokatkissen und Leopardenfellen hinaufführte.

Ich sah in ihre Gesichter, doch sie senkten die Blicke. Demütig? Ehrerbietig? Oder verbargen sie ihre Gedanken und Gefühle, weil sie Angst vor mir hatten? In den vergangenen fünf Monaten hatte ich die besten Männer ausgewählt und in langen Gesprächen auf ihre neuen Aufgaben vorbereitet. Die meisten waren Tataren, die mir mit Misstrauen und Furcht begegneten. Dschutschis Feldzug gegen die aufständischen Tatarenfürsten hatte blutige Spuren in ihrer Erinnerung hinterlassen. In dieses steinige Feld der Verwüstung und der Angst neues Vertrauen zu säen war meine Aufgabe als Khan.

Vier der Würdenträger fielen auf die Knie und baten mich, auf dem weißen Schild Platz zu nehmen, der vor der Schwelle meiner Jurte auf dem Boden lag. Der Schild zeigte, wie mein neues Banner, einen goldenen Tiger. Ich trat einen Schritt vor, stellte mich auf den Schild, und meine Gefolgsleute hoben mich hoch. Dann trugen sie mich auf ihren Schultern bis zu meinem Thron.

Während ich an ihnen vorbeigetragen wurde, sah ich in die Gesichter der Männer und Frauen, über die ich künftig herrschen sollte. Einige sahen zur Seite, andere erwiderten meine Blicke, manche wagten sogar ein Lächeln. Wie dachten sie über mich? Was erwarteten sie von mir als ihrem Khan?

Der von den Würdenträgern des Reiches gesäumte Platz war festlich geschmückt. Ein riesiger weißer Filzteppich bedeckte das Steppengras und die ersten Frühlingsblüten des Hasenjahres (1207).

Neben dem Altar für die Opfer an Himmel und Erde, die Dayir Usun als Oberster Schamane durchführen sollte, loderten Feuer in zwei bronzenen Kohlebecken mit Dufthölzern und Thymian.

Ich hatte darauf bestanden, dass die Feierlichkeiten unter freiem Himmel und nicht in der Palastjurte stattfinden sollten, damit das Volk zusehen konnte – damit es das Gefühl hatte, dabei gewesen zu sein, wenn es schon auf das Recht verzichten musste, seinen Khan selbst zu wählen. Eine Demütigung des besiegten Volkes der Tataren durch die Ernennung eines mongolischen Herrschers hatte ich verhindert, indem ich meine tatarischen Berater die Zeremonien meiner Inthronisation festlegen ließ. Sie waren dankbar, dass ich nicht darauf bestand, als Khan das letzte Wort haben zu müssen. Meine Autorität als Herrscher würde ich ihnen anders beweisen. »Nur wer vertraut, dem wird vertraut«, hatte Lao Tse gesagt.

Neben dem Thron wehten meine Feldzeichen mit den schwarzen Pferdeschweifen im warmen Frühlingswind. Das große Banner aus weißer Seide trug ebenfalls den mit Goldfäden gestickten springenden Tiger – ein Ehrfurcht gebietender Anblick!

Unter einem dröhnenden Trommelwirbel wurde der Schild vor den Stufen des Throns abgesetzt, und ich betrat den weißen Teppich, die letzte Erinnerung an die uralten Zeremonien der Wahl eines Khans durch die Fürsten. Von nun an würde jeder Khan vom Khakhan ernannt werden.

Mein Vater, dessen Thronsessel nur ein paar Schritte von meinem entfernt aufgestellt worden war, nickte mir zu, und ich begrüßte ihn mit einer tiefen Verbeugung. Wie ich trug er das Glück verheißende weiße Gewand eines Khans.

Ich wandte mich um und wartete, bis Dayir Usun, der Schwiegervater meines Vaters, die Opferzeremonien beendet und mit lauter Stimme den Willen des Himmels verkündet hatte, dass ich, Temur, Sohn des Temudschin, Khan werden sollte. Dann kam der Schamane zu mir herüber, nahm meine Hand und führte mich die Stufen zum Thron hinauf, wo ich Platz nahm. Dayir Usun reichte mir eine silberne Trinkschale mit Airag, und mit dem Ringfinger der rechten Hand brachte ich ein paar Tropfen als Opfer für Himmel und Erde dar. Dann reichte ich sie ihm zurück.

Mein Vater beobachtete mich von seinem Thronsessel aus. Er wirkte zufrieden, wie an jenem Tag fünf Monate zuvor, als ich mich seinem Wunsch fügte, Khan zu werden:

»Hilf mir, das Reich zu erschaffen, das wir beide in der Vision gesehen haben. Hilf mir, es weise zu regieren«, hatte er gesagt. »Ich werde dir die gesamte tatarische Steppe bis zur Mauer im Süden geben. Du wirst das Reich vor den chinesischen Regimentern beschützen, die dein Schwiegervater Wei kommandiert. Und du wirst das Volk der Tataren für mich regieren, bevor sie mich in Versuchung führen, sie für immer von der Landkarte des mongolischen Reiches zu tilgen. Dschutschi wird auf seinen Fürstentitel verzichten, sobald er von seinem Feldzug zurückgekehrt ist und ich mit ihm gesprochen habe.«

»Wenn ich Khan werde: Was ist mit meinen Brüdern?«

»Irgendwann werde ich auch sie ernennen. Aber jetzt noch nicht«, hatte er geantwortet. »Dschutschi muss mir erst beweisen, was er kann. Denn nur wer sich selbst beherrscht, darf über andere herrschen. Im nächsten Sommer werde ich ihn nach Norden schicken, damit er sich ein Reich erobert. Wie groß es sein wird, hängt von seinem Geschick als Feldherr ab. Wie groß es *bleiben* wird, wird von seinen Fähigkeiten als Khan abhängen. Ich werde ihm freie Hand lassen, genau wie dir, Temur. Tschagatai ist fähig zu regieren, aber er ist erst achtzehn. Über Ogodei und Tolei will ich jetzt noch nicht nachdenken. Und Schigi strebt nach den höheren Weihen als buddhistischer Heiliger. Meine Söhne Khagan, Yesun Möngke und Jegu sind hervorragende Offiziere, aber sie werden niemals Khan werden. Alle anderen spielen noch mit Holzpferdchen.«

»Du willst dein Reich also schon zu Lebzeiten aufteilen?«

»Wann sonst? Wenn ich tot bin und ihr mich in der Steppe verscharrt habt, werdet ihr mein Testament zerreißen, um das Erbe kämpfen und gegeneinander Krieg führen. Dann wird das Reich, das ich mit meinem Blut errichtet habe, zerbrechen und im Wind der Geschichte verwehen wie alle Reiche vor ihm. Das werde ich nicht zulassen! Kung Futse hat gesagt: ›Ein Staat, der von fähigen Männern regiert wird, wächst mit der Kraft und der Schnelligkeit einer Pflanze, die auf fruchtbarem Boden gedeiht.‹ Ich werde die Fähigsten ernennen und sie allein nach ihrer Leistung beurteilen, nach ihren Fähigkeiten und ihrer Loyalität. Herkunft und Glauben werden dabei keine Rolle spielen.

Du hast die Vision gesehen, Temur: Mein Reich wird irgendwann zu groß für einen Herrscher sein. Ich kann nicht allein regieren, ich muss meine Macht mit euch teilen. Aber geteilte Macht ist größere Macht.« Er hatte gegrinst: »Das ist nicht von Kung Futse. Das ist von mir.«

Und nun war ich Khan … und hatte damit das höchste Stadium der Unfreiheit erreicht. Wenn ein Traum zerplatzt und man die Scherben festhalten will, weil sie das Letzte sind, woran man sich klammern kann, verletzt man sich sehr schmerzhaft. In diesem furchtbaren Moment empfand ich nur die qualvollen Stiche von Enttäuschung und Trauer.

Mit Tränen in den Augen hob ich den Blick über die zu mir aufsehenden Menschen hinweg zur weiten Menengin-Steppe, zum tiefblauen Frühlingshimmel, zum fernen Horizont. Dahinter lag die Gobi … die Große Mauer … Zhongdu … die Freiheit … und die Erinnerung an die wundervolle Zeit mit Ying Hua …

Meine Geliebte, ich vermisse dich so sehr! Ich liebe dich immer noch! Ich sehne mich nach dir …

»Träumst du, mein Khan?«, flüsterte Dschebe. Er war die Stufen emporgestiegen, um mich zum Khakhan zu geleiten. »Verrätst du mir deine Visionen?«, fragte er.

»Wenn ich heute Abend betrunken genug bin …« Ich erhob mich und ließ mich von ihm die Stufen hinunter bis vor den Thron meines Vaters führen.

Der Khakhan hatte sich erhoben und erwartete mich. Langsam stieg ich die Stufen hinauf, fiel vor ihm auf die Knie und legte meine Hände in die seinen. Dann schwor ich ihm Treue bis in den Tod, und er überreichte mir feierlich meinen neuen Tigerstab. Der goldene Kommandostab wog schwer in meiner Hand, nicht weil er aus purem Gold war, sondern wegen der Verantwortung, die ich damit übernahm.

»Erhebe dich, Temur Khan! Du regierst von nun an in meinem Namen«, sprach er mit lauter Stimme.

Als er vortrat, um mich zu umarmen, fügte er leise hinzu: »Rechtfertige als Herrscher meinen Titel ›Khan der Khane‹!«

»Das werde ich«, versprach ich ihm.

Dann kehrte ich zu meinem Thron zurück, um Kokatschin als meine Erste Gemahlin zur Khatun, zur Herrscherin, zu ernennen und die Treueschwüre meiner eigenen Gefolgsleute entgegenzunehmen.

Meine Söhne standen bei Nomolun am Rand des Platzes. Kaidu winkte mir zu, und ich hob die Hand, um ihn zu grüßen. Da riss er sich während der feierlichen Schwüre los, rannte quer über den Platz, stürmte an dem vor mir knienden Noyan vorbei und lief die Stufen zu meinem Thron hoch. »Darf ich bei dir bleiben?«, fragte mein fünfjähriger Sohn, als ich den Schwur des Noyans beantwortet hatte. »Dann bist du nicht so allein.«

»Ja, setz dich zu mir, Kaidu. Ich bin wirklich ein bisschen einsam«, lachte ich und deutete auf das Leopardenfell zu meinen Füßen. Kaidu ließ sich sehr würdevoll darauf nieder, während der nächste Gefolgsmann vortrat und auf die Knie fiel, um mir seine Treue zu schwören.

Dschebe entschuldigte sich mit hilflos erhobenen Händen und einem »Dieser Wirbelwind ist *dein* Sohn – wie soll ich ihn denn aufhalten?« auf den Lippen. Doch ich winkte ab. Solange Kaidu sich ruhig verhielt, konnte er bei mir bleiben.

Ich fing einen eisigen Blick von Schigi auf, der in seinem roten Mönchshabit zwischen meinen Brüdern Tschagatai und Ogodei stand und mich beobachtete. Seit dem Abend vor meinem Umzug in das neue *Ordu,* in dem ich künftig als Khan residieren sollte, hatten wir nicht mehr miteinander gesprochen.

In Tränen aufgelöst war er in mein Zelt gekommen. »Ich bin verliebt!«, hatte er mir gestanden, als hätte ich als Schamane ein Heilmittel gegen die Verliebtheit.

»Was ist daran so schlimm?«, hatte ich gefragt. »Du kannst doch jederzeit deinen Abt bitten, dich von deinen Mönchsgelübden zu entbinden …«

»Ich liebe einen Mann!«, hatte er geschluchzt.

»Wen?«, hatte ich verblüfft gefragt.

»Den du mir weggenommen hast! Ich liebe Dschebe!«, rief er verzweifelt.

»Weiß Dschebe davon?«

»Nein!«, hatte Schigi geseufzt. »Er ist so glücklich mit Nomolun. Ich habe mich nie getraut, es ihm zu sagen. Außerdem hat unser Vater die Liebe zwischen Männern bei Todesstrafe verboten. Aber ich kann nicht anders: Ich liebe ihn!«

Mein tatarischer Bruder konnte mir nicht vergeben, dass ich Dschebe als meinen Gefolgsmann gebeten hatte, mich zu begleiten. Der Blick, den er mir zuwarf, war erfüllt von Hass und Zorn, aber ich hielt ihm stand, bis er sich abwandte und Dschebe wieder mit seinen sehnsüchtig-verliebten Blicken streichelte und liebkoste, die mein Freund gar nicht wahrnahm.

Was wäre geschehen, wenn ich an jenem Tag schon meinen geliebten Yelu Chutsai gekannt hätte? Wenn ich dieselbe sehnsüchtige Liebe wie Schigi damals schon zu erleiden gelernt hätte, die Sehnsucht nach der Vereinigung mit dem geliebten Menschen jenseits des Rauschs sexueller Ekstase, nach dem Einssein mit seiner Seele. Vielleicht hätte ich trotz der Verwirrung der Gefühle und der Gefahren dieser verbotenen Liebe verständnisvoller reagiert und ernsthaft mit Dschebe über seine Liebe gesprochen.

Aber ich hatte meinem Freund nichts von Schigis Gefühlen für ihn erzählt. Ich hatte ihn als meinen Gefolgsmann mitgenommen in mein Herrschaftsgebiet, das sich weit im Osten des Reiches befand. Ich hatte Schigi seinen geliebten Dschebe genommen. Das würde er mir nie verzeihen … ebenso wenig, wie er mir nie vergeben konnte, dass ich ihm Jahre später auch noch Yelu Chutsai wegnahm …

Kurz vor Sonnenuntergang endeten die Zeremonien in einer ausgelassenen Feier, die bis lange nach Mitternacht dauerte.

Ich war der strahlende Mittelpunkt, saß prächtig gekleidet auf meinem Thron, lächelte huldvoll, verschenkte großzügig meine Gunst in Form von Titeln und Privilegien, spielte meine Rolle als Khan sehr überzeugend … und war doch zutiefst unglücklich.

Meine Ernennung zum Khan hätte ein großartiger Triumph sein sollen, der Höhepunkt meines Lebens, aber sie war es nicht. Sie war eine Niederlage, weil ich an diesem Tag ein viel zu großes Opfer brachte: meine Selbstbestimmung … und die Freiheit, einfach nur Mensch sein zu dürfen, nicht Khan, nicht Noyan, nicht Schamane, nur ich selbst.

Dschebe fand mich lange nach Mitternacht im Palastzelt, in dem ich künftig meine Audienzen abhalten würde. Ich saß auf den Stufen meines Throns und trank einen Becher berauschenden Arkhis – nicht den ersten dieses Abends.

Ich hatte die erste Gelegenheit genutzt, um der Feier zu entfliehen, und war mit einer jungen Frau im Arm in Richtung meines Zeltes verschwunden. Die anzüglichen Bemerkungen meiner Freunde – »Allah ist mit den Standhaften!« und »Leiste ihr Widerstand, aber nicht zu sehr!« – hatte ich ignoriert, ebenso das enttäuschte Gesicht der Tatarin, als ich mich vor meinem Zelt mit einem Kuss von ihr verabschiedete und sie dann wegschickte.

Es war fast dunkel im Zelt – nur auf beiden Seiten des Eingangs brannten Feuer in zwei Bronzebecken – und so blieb Dschebe stehen, um seine Augen an die Finsternis zu gewöhnen. Als er mich auf den Stufen sitzen sah, kam er näher. »Ich habe dich überall gesucht. Wieso bist du nicht in deinem Zelt und vergnügst dich mit dem Mädchen? Was tust du hier?«

»Wonach sieht es denn aus?«, fragte ich und hob meinen Becher, um ihn in einem Zug zu leeren. »Ich betrinke mich.«

»Allein?«, fragte er.

»Jetzt nicht mehr. Du bist ja gekommen.«

Besorgt über meinen Zustand kam er zu mir herüber. Er hatte mich zwar schon in der Ekstase einer Himmelsreise erlebt und in der selbstvergessenen Raserei einer Schlacht, aber noch nie betrunken. Dschebe setzte sich neben mich auf die Stufen.

»Wie geht es dir, Tiger?«, fragte er leise.

»Wie soll es einem Mann gehen, der alles erreicht hat, wovon andere nur träumen können!« Ich schenkte mir erneut den Becher voll. »Mir ging es nie besser, Dschebe! Wenn ich noch ein bisschen mehr trinke, werde ich gar nicht mehr spüren, *wie* gut es mir geht. Dann könnt ihr mir die Fesseln anlegen, und ich werde mich gegen meine Gefangenschaft im goldenen Käfig nicht mehr wehren!« Ich kippte den Arkhi hinunter. »Jedenfalls nicht heute Nacht ...«

Dschebe seufzte, nahm mir den Becher aus der Hand und stellte ihn neben sich. Im düsteren Schein der beiden Feuer sah sein Gesicht müde aus. In den letzten Nächten war er auch erst spät ins Bett gekommen. »Ist es möglich, dass deine Erwartungen an die Freiheit ein bisschen zu hoch sind?«

»Wie sollte ich denn nicht nach dem Höchsten streben, was ich als Mensch erreichen kann? Freiheit macht süchtig. Wenn du einmal von ihr berauscht warst, kommst du nicht mehr von ihr los. Du willst dieses Gefühl vollkommenen Glücks festhalten, immer wieder neu erschaffen, um es zu genießen. Ich war so glücklich in Zhongdu ... mit Ying Hua ... wie könnte ich das vergessen?

Muss ich mir nicht immer wieder wünschen, frei zu sein? Zu tun, was ich will, ohne über die unvermeidlichen Konsequenzen meines Handelns nachzudenken? Zu genießen – das Leben, das Lernen, die Lust und die Liebe? Ja, ich sehne mich nach dem Rausch der Freiheit, Dschebe. Sollte ich jemals diesen Traum aufgeben, kannst du mich im Sand verscharren. Dann bin ich nämlich tot.« Ich ergriff den Becher, bevor Dschebe ihn mir wieder wegnehmen konnte, und füllte ihn mit Arkhi. »Nein, ich werde diesen Traum nicht aufgeben! Solange ich noch kämpfe und vom Sieg träume, habe ich noch nicht aufgegeben und meine Niederlage eingestanden! Erst wenn ich den Kampf beende und die Hoffnung zerbricht, habe ich verloren.« Ich trank den Becher leer.

Dschebe schwieg betroffen, als ich berauscht fortfuhr:

»Ist es nicht furchtbar, wenn alles festgelegt ist? Dein Lebensweg, dein Schicksal, deine Visionen. Ist es nicht furchtbar, wenn du weißt, was geschehen wird, und es trotzdem nicht verhindern kannst? Wenn du ohnmächtig zusehen musst, wie die Vision, die dich erschreckt hat, wahr wird? Wenn du mit jeder Entscheidung, die du triffst, dich tiefer in Handlungen verstrickst, die du nicht tun wolltest, für die du keine Verantwortung übernehmen willst, weil dich dein Gewissen quält? Wenn du mit jedem Schritt, den du gehst, weiter auf das Verderben zustolperst? Und wenn du am Ende die Illusion in den Wind schlägst, einen freien Willen zu haben, wenn du die Hoffnung aufgibst, *irgendetwas* ändern zu können? Ich sage dir: Es ist ein furchtbares Gefühl! Als ob du stirbst, während du noch mit letzter Kraft lebst, atmest, fühlst, liebst, hoffst und alles erträgst …«

»Ich habe keine Ahnung, wovon du sprichst«, gestand er.

Ich blickte ihm in die Augen: Belächelte er meine Seelenqual? Nein, das würde er nie tun. Es tat ihm weh, mich so zu sehen, das sah ich ihm an. »Dann sei glücklich, dass du es nicht weißt, und genieße die Illusion der Freiheit, so lange du kannst!«

»Was ist los mit dir?«, fragte Dschebe besorgt.

»Ich bin gerade aufgewacht aus diesem wunderschönen Traum«, antwortete ich und leerte den Becher. »Und ich habe Angst vor einer weiteren schlaflosen Nacht in meinem Bett. Heute will ich endlich wieder tief schlafen und nicht vor dem Morgengrauen aufwachen …«

»Du bist betrunken, Tiger. Ich bringe dich jetzt ins Bett!«, sagte er und erhob sich, um mir aufzuhelfen.

»Ich entscheide, wann ich gehe und wohin!«, protestierte ich, aber er nahm mich nicht ernst.

»Ja, mein Khan. Du entscheidest. Und ich sorge dafür, dass alles geschieht, wie du es willst«, lachte er und reichte mir die Hand. »Und jetzt komm endlich! Ich werde sehen, ob ich das Mädchen, mit dem du vorhin verschwunden bist, irgendwo finden kann. Sie schien dir zu gefallen. Vielleicht bringt sie dich im Bett auf andere Gedanken …«

Ich erhob mich schwankend, und er musste mich festhalten.

»Ich will sie nicht!«, wies ich ihn zurecht. »Ich will nicht getröstet werden! Und ich will auch nicht auf andere Gedanken gebracht werden! Dschebe, ich bin dir sehr dankbar für deine innige Freundschaft und deine Liebe.« Ich befreite mich aus seinen Armen. »Aber tu mir … tu dir selbst einen Gefallen und versuche nie wieder, mich vor mir selbst zu schützen! Du wirst scheitern!«

Kapitel 6

Einen abgeschossenen Pfeil hält niemand auf

Ihr Kuss weckte mich.

Verschlafen drehte ich mich zu ihr um. Es war dunkel in meiner Jurte. Das Feuer war niedergebrannt, und auch unter dem Jurtenfilz, der wegen der Sommerhitze eine Handbreit hochgezogen war, um den kühlen Nachtwind in die Jurte zu lassen, drang kein Licht herein. Es war mitten in der Nacht.

Eine Hand strich zart über meine Schulter, fand die Seidendecke, unter der ich schlief, und hob sie an.

»Kokatschin?«, fragte ich und ließ meine Hände über ihren nackten Körper gleiten. Sie hatte die lange Robe ausgezogen und trug nur eine weite Seidenhose.

»Nein«, flüsterte sie, als sie neben mir unter die Decke schlüpfte.

»Nomolun?«

»Du schläfst immer noch mit Nomolun?«, flüsterte sie erstaunt. »Was sagt denn Dschebe dazu?«

»Wer bist du?« Verwirrt tastete ich in der Finsternis nach ihrem Gesicht. »Naimatai?«

»Ist Naimatai eine deiner tatarischen Geliebten?«, fragte sie.

Es schien ihr unbändigen Spaß zu bringen, mich zu überraschen!

»Li Rong?« Ihr zuliebe tat ich, als wüsste ich nicht, wer sie war. Ich fuhr ihr durch das Haar, ergriff einen ihrer Zöpfe und ließ ihn langsam durch die Finger gleiten.

»Ich dachte, du willst sie nicht«, sagte sie erstaunt. Dabei vergaß sie zu flüstern und ich erkannte ihre Stimme. »Ist das Gerücht wahr, dass deine Gemahlin Li Rong die Einzige in deinem *Ordu* ist, mit der du noch nicht im Bett warst?« Sie hauchte einen Kuss auf meine Wange und strich mir sanft über den Nacken. »Sag mir, Temur Khan: Wie viele Gemahlinnen und Geliebte hast du eigentlich – wie viele Frauen, deren Herz du gebrochen hast?«

»Drei Gemahlinnen: Kokatschin Khatun, Ying Hua und Li Rong, eine gute Freundin: Nomolun, und eine Geliebte: Naimatai. Und dich, meine geliebte Yesugan«, zählte ich auf. »An die Namen der anderen kann ich mich nicht erinnern …«

»Und ich dachte, du langweilst dich!«, neckte sie mich.

»Jetzt nicht mehr!«, lachte ich, nahm ihr Gesicht in beide Hände und küsste sie auf die Wange. »Du wirst mir sicher keine Chance geben, mich in deiner Gegenwart auch nur eine Stunde zu langweilen …«

»Darf ich mich zu dir legen? So wie früher?« Bevor ich antworten konnte, schmiegte sie sich an mich und zog die Decke über uns.

»Wenn man uns so findet!«, protestierte ich und rückte zur Seite. »Es wird einen Skandal geben: Der Khan mit seiner Schwester im Bett! Yesugan, bitte … Denk an meinen Ruf!«

Sie kicherte, als hätte ich einen Scherz gemacht. »Deinen Ruf, Tiger? Den kann selbst deine Lieblingsschwester in deinem Bett nicht mehr ruinieren! Weißt du, wie ich deine Leibwächter, die um das Zelt des Khans Wache halten, überzeugt habe, mich durchzulassen? Ich sagte, ich sei die Nachtmahlzeit für den hungrigen Tiger. Sie haben gelacht und mich zu dir gelassen. Offensichtlich sind sie es gewohnt, dass du mitten in der Nacht Besuch von jungen Frauen bekommst. Sie haben mich nicht einmal nach meinem Namen gefragt …«

»Ich nehme an, sie hätten dich auch zu mir gelassen, wenn du ihnen gesagt hättest, dass du Prinzessin Yesugan, Dschingis Khans Tochter und Temur Khans Schwester …«

»… Lieblingsschwester – auf diesem Titel bestehe ich!«

»… dass du meine Lieblingsschwester bist«, korrigierte ich mich.

»Wieso weiß ich eigentlich nichts von deiner Ankunft? Hast du den Pfeilreiter, der mir dein Kommen ankündigen soll, überholt? Dann muss ich ernsthaft darüber nachdenken, ob die Pfeilboten wirklich das schnellste Nachrichtensystem der Welt sind.«

»Ich habe niemandem gesagt, wohin ich reite«, gestand sie leise. »Mitten in der Nacht habe ich mein Pferd gesattelt und bin verschwunden.«

In der Finsternis versuchte ich ihr Gesicht zu erkennen. »Du reitest allein von Kharkhorin bis in die tatarische Steppe?«, fragte ich entsetzt. »Fünf Tagesritte ohne bewaffnete Eskorte! Das ist schon für einen Mann, der allein reitet, gefährlich. Für eine junge Frau ist es lebensgefährlich!«

»Seit einem Jahr herrscht Frieden – seit mein Bruder Temur Khan für Recht und Ordnung sorgt und jeden Übergriff streng bestraft. Was soll mir also geschehen?«, versuchte sie mich zu beruhigen und legte ihren Kopf an meine Schulter.

»Du hättest entführt werden können!«, regte ich mich auf. »Vergewaltigt …«

Sie lachte, aber es lag keine Fröhlichkeit in ihrer Stimme. »Das wäre kein schlimmeres Schicksal als das, was mir ohnehin bald bevorsteht. Vater will mich verheiraten! Vor ein paar Tagen hat er mich rufen lassen, um mir mitzuteilen, dass ich Bartschuk Khan heiraten soll, den Herrscher der Uighuren. Er ist ein Vasall des Khans von Karakitai. Vater will ihn an sich binden, indem er ihn zu seinem Schwiegersohn macht.« Sie schluckte, rang mit den Tränen und konnte sich doch nicht beherrschen.

Ich war betroffen und legte tröstend den Arm um sie.

»Nach meiner Affäre mit Dschebe vor ein paar Monaten hat Vater wohl damit gerechnet, dass ich dieser Ehe nicht zustimmen werde. Es hat mich sehr verletzt, als er Dschebe aufforderte, mein Bett zu verlassen … und er wusste, dass ich ihm das nicht vergeben hatte«, schluchzte sie. »Als er mich zu sich rief, um mir zu sagen, dass ich … bitte entschuldige!« Sie fuhr sich mit der Hand über das Gesicht und schniefte. »… dass ich in wenigen Monaten heiraten soll, hat er mir keine Chance gegeben, ihm mein trotziges Nein vor die Füße zu werfen. Er hat mich überhaupt nicht zu Wort kommen lassen und mir seine Bündnispolitik mit Karakitai erläutert … als wollte er sich vor mir rechtfertigen.« Ihre Schultern zuckten, als sie lautlos weinte, und ich hielt sie schweigend im Arm. Dann seufzte sie:

»So wütend ich auf ihn war: Ich muss gestehen, dass er sich bemüht hat, mir das Gefühl zu geben, *ich* würde diese Entscheidung treffen, nicht er. Weil sie vernünftig ist. Weil sie notwendig ist. Weil sie den Frieden sichert. O Temur, dieses Mal war es nicht der allmächtige Khakhan, der mir befohlen hat, sondern mein Vater, der mich sehr gefühlvoll um mein Einverständnis gebeten hat.

Was sollte ich denn anderes sagen als: ›Ja, Vater, selbstverständlich werde ich Bartschuk Khan heiraten‹? Aber ich habe die Worte nicht über die Lippen gebracht! Ich konnte es nicht! Als er gestand, dass er wüsste, was er mir mit seiner Bitte antut, konnte ich mich nicht mehr beherrschen und bin in Tränen ausgebrochen. Ich war so wütend … so ohnmächtig … so verzweifelt! Du hättest sein Gesicht sehen sollen! Er war betroffen … nein, Temur: Er war traurig, als er mich weinen sah. Er wollte mich in den Arm nehmen und trösten, so wie früher, als ich klein war und er mich ›Prinzessin Abendstern‹ nannte … aber ich habe mich losgerissen und bin aus der Jurte gerannt. Dann habe ich mein Pferd gesattelt und bin aus dem Lager geflohen.«

Ich strich ihr liebevoll über das Haar. »Und nun bist du hier …«

»Und nun bin ich hier.« Sie wischte sich über das Gesicht. »Ich bitte dich um Zuflucht …«

»Nein, Yesugan, das ist unmöglich! Ich werde dich morgen mit einer bewaffneten Eskorte zurückschicken«, entschied ich, aber sie gab nicht auf:

»… nur für ein paar Tage, Temur!«, flehte sie mich an. »Lass mich meine Freiheit ein paar Tage genießen! Dann werde ich freiwillig zu Vater zurückreiten und mich in mein Schicksal fügen und Bartschuk Khan heiraten.«

Freiheit! Mit diesem Wort hatte sie eine immer noch sehr empfindliche Wunde ganz nah an meinem Herzen getroffen. Wie konnte ich ihr die Freiheit verwehren, nach der ich mich selbst so verzweifelt sehnte? »Versprochen? Nur ein paar Tage?«

»Versprochen!«

»Na gut, dann werde ich in den nächsten fünf oder sechs Tagen vor lauter Arbeit vergessen, Vater einen Pfeilboten zu schicken, um ihm mitzuteilen, dass du wohlbehalten hier angekommen bist. Und ich werde mich auch nicht entsinnen können, dass du mir jemals etwas von einer Heirat mit einem Khan erzählt hast … Wie hieß er noch?«

Sie umarmte mich überschwänglich. »Den Titel ›Lieblingsbruder‹ hast du dir redlich verdient!«

In der Finsternis tastete ich nach ihrem Gesicht und wischte ihr die Tränen von den Wangen. »Und wenn du zu Bartschuk Khan reitest, um ihn zu heiraten, dann werde ich dich begleiten«, versprach ich ihr.

»Weil du deine Schwester so sehr liebst, dass du dich gar nicht von ihr trennen willst? Diese Taktik, um meinen Wert als Braut zu erhöhen, könnte von Vater sein.«

»Nein, geliebte Schwester: Weil ich selbst meinen Pflichten als Khan für ein paar Wochen entkommen könnte.«

Sie schlug nach mir: »Du verdammter …«, und ich nahm sie lachend in die Arme und küsste sie auf die Wange.

»Du hast Angst, nicht wahr?«, fragte ich sie, als sie sich an mich schmiegte – so wie früher, als wir Kinder waren und im Zelt unserer Mutter in einem Bett schliefen.

»Ja, ich habe furchtbare Angst!«, gestand sie leise, legte ihren Kopf an meine Schulter und umarmte mich. »Alle meine Brüder sind bereits eine solche Ehe eingegangen, um ein Bündnis zu schließen, um einen Krieg zu verhindern, um den Frieden zu garantieren – weiß der Himmel, wie viele Begründungen für sinnlose Ehen Vater schon gefunden hat.

Ist Ogodei glücklich mit Turakina, oder Tolei mit Sorkaktani? Nein: Der Krieg findet nun nach dem Abendessen im Bett statt. Von Dschutschis Ehen will ich gar nicht reden – er erschreckt in seiner ungestümen Art *jede* Frau. Obwohl Vater uns jeden Tag vorlebt, wie man leidenschaftlich und zärtlich liebt – so wie er Börte liebt und wie er unsere Mutter angebetet hat –, hat Dschutschi offensichtlich nichts von ihm gelernt.« Sie seufzte. »Aber selbst deine Ehe mit Li Rong ist gescheitert, Temur, und du bist ein großzügiger und rücksichtsvoller Geliebter, dem das Glück seiner Gemahlin nicht gleichgültig ist. Aber Li Rong ist todunglücklich darüber, wie du sie behandelst.«

Der Hieb saß und riss eine schmerzhafte Wunde, die noch nicht verheilt war, wieder auf.

Yesugan war nach meiner Hochzeit mit Li Rong, der Tochter des Kaisers von Xixia, die wenige Wochen nach meiner Ernennung zum Khan stattgefunden hatte, noch einige Wochen in meinem Lager geblieben. Sie hatte ihre beste Freundin und einstige Schwägerin Nomolun vermisst, die mit ihrem ehemaligen Geliebten Dschebe in meinem *Ordu* lebte, und die beiden jeden Tag besucht. Sie hatte mit Kaidu und Chinkim und Temelün ausgelassen herumgetobt, war oft mit meinen Söhnen ausgeritten und hatte meine jüngste Tochter Yulun, die damals gerade zwei Monate alt war, auf dem Arm durch das ganze Lager getragen, als wäre die Kleine ihr eigenes Kind. Während ihres wochenlangen Besuches hatte sie sich auch mit Li Rong angefreundet.

»… wie ich sie behandle?«, fragte ich nach. »Was tue ich denn?«

»Nichts! Das ist es doch: Du weigerst dich, sie in dein Bett zu holen, um die Ehe mit ihr zu vollziehen.«

»Sie ist sechzehn! Ich vergewaltige keine Kinder!«

»Li Rong ist kein Kind mehr, sie ist eine erwachsene Frau! Du demütigst sie, indem du dich ihr verweigerst. Du nimmst ihr ihre Würde als deine Gemahlin, indem du dich mit deinen unzähligen Geliebten vergnügst …«

»Ich habe als Khan genug Verpflichtungen«, unterbrach ich sie ärgerlich. »Seit über einem Jahr will ich meine elfte Schamanenweihe nachholen – aber ich habe keine Zeit mehr für das, was mir wirklich wichtig ist! Meine Tage gehören mir nicht mehr: Jeder nimmt sich von meiner Zeit, so viel er bekommen kann. Spät in der Nacht falle ich dann erschöpft ins Bett und frage mich, wie viel

Zeit eigentlich noch bleibt: zum Leben, zum Lieben und für das, was ich gern tun würde. Also habe ich sehr eigennützig beschlossen, wenigstens meine Nächte so zu verbringen, wie ich will. Und mit wem ich will. Ich liebe Li Rong nicht …«

»Und sie liebt dich nicht«, fügte meine Schwester hinzu. »Wie auch? Du lässt ihr keine Chance, dich kennen zu lernen! Dein *Li Rong,* dein ›schöner Lotus‹, welkt schweigend und unglücklich vor sich hin, Temur.«

Ich wollte etwas sagen, aber sie unterbrach mich:

»Wie Li Rong muss ich auf meine Freiheit verzichten, um schweigend und in aller Demut zu einem Mann ins Bett zu kriechen, den ich nicht liebe und der mich nicht liebt. Der mich im besten Fall ein Mal zu sich befiehlt, um einen Sohn zu zeugen, und mich dann in Ruhe lässt, wenn seine ›Bemühungen‹ im Bett erfolgreich waren. Der mich im schlimmsten Fall jede Nacht vergewaltigt, weil er seinen Spaß daran hat.« Wieder rang sie mit den Tränen. »In beiden Fällen lege ich mit meinen Kleidern meine Würde ab, fühle mich vor, während und nach dem Liebesakt … dem Vollzug der Ehe gedemütigt … Irgendwann werde ich alle Hoffnung aufgeben, jemals glücklich zu sein. Wie sollte ich denn … Bitte entschuldige, ich muss schon wieder weinen! … Wie sollte ich denn keine Angst vor diesem Schicksal haben, das mir alle Frauen unserer Familie so tragisch vorleben: Turakina, Sorkaktani und Li Rong?«

Ich wusste, dass Li Rong mit mir nicht glücklich war. Aber ich hatte keinen Funken Ahnung, wie ich das ändern sollte. Ich liebte sie nicht, begehrte sie nicht, interessierte mich im Grunde nicht einmal für sie. Und sie liebte mich nicht. Sie fühlte sich gedemütigt, weil ich nicht mit ihr geschlafen hatte. Andererseits war sie zu ängstlich, um in mein Bett zu kommen und mich zu bitten, diese absurde Situation zu beenden, damit alle anderen, die *nicht* mit uns im Bett lagen, endlich zufrieden waren.

Interessiert es eigentlich irgendjemanden, was *ich* dabei empfinde?, dachte ich verärgert.

»Auf meine Gefühle hat Vater auch keine Rücksicht genommen, als er mir mitteilte, dass ich Li Rong heiraten soll«, begehrte ich auf. »Glaubst du nicht, dass ich mich gegen diese unsinnige Heirat gewehrt habe? So lange, bis Vater zornig fragte, ob die Ehe, die ein Friedensbündnis mit dem Kaiser von Xixia sein sollte, zum Anlass eines Krieges werden soll.

Ich habe nachgegeben und Li Rong geheiratet. Ich behandle sie freundlich, lade sie zum Abendessen ein, unterhalte mich mit ihr, erweise ihr alle Ehren, die ihr als Prinzessin zustehen, und mache ihr großzügige Geschenke: Schmuck, Perlen, Pelze, Seide und Brokat. Sie kann von mir verlangen, was sie will: Sie wird es bekommen, wenn es sie glücklich macht. Und auch Vater kann mir Befehle erteilen und mich als Khan herumkommandieren, wie es ihm beliebt«, verbiss ich mich in meinen Zorn. »Aber über mein Bett bestimme ich allein!«

Sie schwieg betroffen. Schließlich sagte sie traurig: »Du bist also genauso unglücklich wie ich. Dann wirst du sicher Verständnis haben, wenn ich ... wenn ich meine Freiheit noch ein paar Tage genießen will, bevor ich zu Vater zurückreite ...« Dann brach sie erneut in Tränen aus.

In diesem Augenblick betrat Dschebe mit einem brennenden Butterlämpchen in der Hand die Jurte. »Temur! Bitte entschuldige, wenn ich dich geweckt habe ...«

Er hielt inne, als er im flackernden Lichtschein die weinende Frau neben mir im Bett sah.

Ich richtete mich auf. »Was ist denn?«

»Ein Pfeilreiter ist eben angekommen ... Verzeih die Störung! Ich wusste nicht, dass du nicht allein bist ...«

Yesugan setzte sich auf und wischte sich die Tränen aus dem Gesicht. »Es ist schön, dich wiederzusehen, Dschebe!«

»Yesugan«, flüsterte er, erstaunt über ihr unerwartetes Auftauchen im Lager. »Ich freue mich auch.« Er stellte die Butterlampe auf den Boden und kniete sich neben sie, um sie zu küssen. Yesugan umarmte ihn und erwiderte seinen Kuss sehr leidenschaftlich. Liebevoll strich er ihr die Tränen aus dem Gesicht: »Du hast geweint, ›Prinzessin Abendstern‹.«

Dann besann er sich und löste sich aus Yesugans Umarmung. Im flackernden Lichtschein sah er mich besorgt an: »Vor einer halben Stunde ist ein Pfeilreiter angekommen. Er hat mir berichtet, dass die Delegation des Kaisers von Chin auf dem Weg in dein *Ordu* ist und in drei Tagen hier eintreffen wird.«

»In *mein* Lager? Nicht in das Sommerlager des Khakhans in Kharkhorin?«, fragte ich überrascht. »Ich hatte dem Botschafter doch einen Boten gesandt, dass er meinen Vater und mich dort treffen soll …«

»Er will offenbar mit dir reden, nicht mit dem Khakhan.«

Dschebe warf Yesugan, die mit beiden Händen ihre langen Haare ordnete, einen sehnsüchtigen Blick zu. Das seidene Bettlaken war an ihrem nackten Körper herabgeglitten, und ihre Schultern, ihre vollen Brüste und ihr flacher Bauch schimmerten im sie umschmeichelnden Schein der Butterlampe zart wie Seide. Meine Schwester war eine schöne Frau, die ihren begehrenswerten Körper, ihr goldblondes Haar, ihre opalblauen Augen und ihr Lächeln sehr selbstbewusst und ungeniert für ihre Ziele einsetzte.

Ich riss Dschebe aus seinen verliebten Träumen:

»Wer führt die Delegation an? Prinz Yun Qi?«, fragte ich ärgerlich. »Will er sich mit mir wieder über den Grenzverlauf zwischen dem chinesischen und dem mongolischen Reich streiten? Oder will er mich erneut auffordern, als Vasall dem Himmelssohn meine Treue zu schwören? Ich dachte, ich hätte ihm sehr deutlich erklärt, was geschehen wird, wenn er es wagt, mein Reich zu betreten.«

»Du hast gesagt, du würdest ihn hinrichten lassen. Deine Worte waren unmissverständlich. Dein unbeherrschter Wutanfall hat selbst mich erschreckt, Tiger! Du bist derart brutal und rücksichtslos auf ihn losgegangen … so eiskalt berechnend … so habe ich dich noch nie erlebt! Nicht einmal in der Schlacht. Von einem Augenblick zum anderen hast du deine scharfen Krallen nach ihm geschlagen, ihn verletzt und gedemütigt und in die Ecke gedrängt, bis er nicht mehr vor oder zurück konnte. Du hast ihn mit Worten, scharf wie ein Schwert, verprügelt. Und du hast erst von ihm abgelassen, als er sich dir unterworfen hatte. Kein Wort hat er herausgebracht, solche Angst hatte er. Yun Qi wird sich hüten, dir noch einmal über den Weg zu laufen. Aber auch der Kaiser scheint die Geduld mit ihm verloren zu haben. Er hat dieses Mal einen anderen Botschafter geschickt.«

»Wen?«

»Er stellte sich als kaiserlicher Prinz vor, der das uneingeschränkte Vertrauen des Kaisers genießt. Dann zeigte er deinem Boten ein Beglaubigungsschreiben des Himmelssohnes und erklärte, er habe Vollmacht, mit dir zu verhandeln. Er sagte, er freue sich darauf, mit dir zu sprechen und die durch Yun Qi verursachten Missverständnisse, die die freundschaftlichen Beziehungen zwischen dem chinesischen und dem mongolischen Reich so schwer belastet haben, ein für alle Mal aus der Welt zu schaffen …«

Hätte ich nur geahnt, *wer* der Gesandte des Kaisers war … wie viel Leid wäre uns allen erspart geblieben: eine verbotene Liebe, ein eifersüchtiger Streit, Hass, Misstrauen, Verrat und Tod.

»Temur, deine Zöpfe müssen neu geflochten werden …«

Eine Bemerkung meiner Schwester, achtlos dahingesagt und liebevoll gemeint, stürzte mich am nächsten Morgen in ein Chaos von Gedanken und Gefühlen.

Meine geflochtenen Haare waren für mich zum Symbol meiner Gefangenschaft geworden. In Zhongdu hatte Ying Hua meine Zöpfe geöffnet, und ich hatte zum ersten Mal das berauschende Gefühl der Freiheit gespürt. Aber als ich dann zu meinem Vater zurückkehrte, flocht Ying Hua meine Haare wieder in der mongolischen Haartracht. »Ich habe dich deinem Vater weggenommen, und ich werde dich ihm wiedergeben …«, hatte sie gesagt. Meine Schwester hatte mir am Morgen liebevoll über das Haar gestrichen, das seit dem letzten Flechten gewachsen war. Yesugan hatte Recht: Die Zöpfe mussten wirklich neu geflochten werden …

… und noch ein paar andere Dinge sollten in Ordnung gebracht werden – nicht nur meine eigene Bestimmung, sondern auch das Schicksal von jemandem, der unter dem Verlust der Freiheit ebenso litt wie ich …

Aber zuerst musste ich mich um den Empfang des chinesischen

Botschafters kümmern. Ich rief meine Vertrauten zu mir und gab Anweisung, das *Ordu* für die Ankunft des Gesandten vorzubereiten. Nach dem katastrophalen Verlauf von Yun Qis Besuch im letzten Sommer wollte ich dem neuen Botschafter den größtmöglichen Respekt erweisen, indem ich seine Gästejurte direkt neben meinem Zelt errichten und prächtig ausstatten ließ. Ich gab meinen Leibwächtern die Anweisung, ihn jederzeit zu mir vorzulassen, wenn er um eine Audienz bat.

Während seines Besuches würden Feiern zu Ehren des Gesandten stattfinden – Empfänge, Bankette und Tänze, deren Organisation ich meinen Beratern überließ. Mein chinesischer Koch strahlte mich glücklich an und fiel mir fast um den Hals, als ich ihn bat, der Delegation chinesische Speisen vorzusetzen – auf keinen Fall »Murmeltier im Fellbalg« und »Ziege in der Milchkanne« oder andere mongolische Köstlichkeiten wie Buuds, gedämpfte Hackfleischbällchen im Teigmantel –, auch wenn sie mein Lieblingsessen waren. Aber sofort wurde er wieder ernst: Woher sollte er Rinder, Schweine, Hühner, Enten, Fische und das Gemüse für die Gerichte nehmen … mitten in der Steppe, ohne einen Fluss oder See oder ein Reisfeld in der Nähe?

Das Naadam-Fest, das eigentlich einige Tage später stattfinden sollte, wurde vorverlegt. Aus den benachbarten Lagern wurden Männer und Frauen durch Pfeilboten zu den Wettkämpfen eingeladen. Die Pferderennen, das Ringen und die Wettbewerbe im Bogenschießen würden den Besuch des Prinzen zu einem unvergesslichen Erlebnis machen.

Im Herbst sollte der nächste Lagerumzug stattfinden. Meine Offiziere berichteten mir von saftigen Weiden fünf Tagesmärsche weiter im Süden, in der Nähe der chinesischen Dörfer am Huang He. Nahe der Großen Mauer wäre mein Lager für die Karawanen der chinesischen Händler leicht zu erreichen, und wir konnten während der Wintermonate mit ihnen Handel treiben, wenn sie sie bei uns im *Ordu* verbrachten. Meine Männer hatten herrliche Pelze von Wölfen, Füchsen und Schneeleoparden, die sie bei den Händlern gegen grünen Tee, Zucker, Mehl und bunte Seidenstoffe aus Chin eintauschen wollten. Unsere Vorräte würden nicht über den endlosen Winter reichen. Und ein Tsagaan Sar-Neujahrsfest ohne *Khadags* aus himmelblauer Seide und weiße Neujahrsbrote, die Symbole für Glück und Zufriedenheit, war für einen Mongolen undenkbar. Ich sah mir das Gebiet nördlich des Gelben Flusses auf der Karte an und stimmte dem Umzug dorthin zu.

Die Abendsonne stand schon tief über dem Horizont, als ich mich von meinen Vertrauten verabschiedete, sie in meiner Palastjurte allein weiter diskutieren ließ und die wenigen Schritte zu Nomoluns Zelt hinüberging.

Als ich eintrat, sprangen meine Söhne von ihren Kissen am Feuer auf und liefen mir entgegen: »Wie schön, dass du gekommen bist! Bleibst du bis zum Abendessen? Es gibt dein Lieblingsgericht! Spielst du nach dem Essen mit uns eine Partie Weiqi? Erzählst du uns die Geschichte von deinem Kampf mit dem Tiger? Bitte, Vater, bitte!«, riefen beide durcheinander, als sie ausgelassen um mich herumsprangen.

Ich umarmte sie, und sie quietschten vergnügt, als ich sie herumwirbelte, auf die Arme nahm und zum Feuer schleppte, wo ich sie wieder auf den Boden stellte. »Wenn eure Mutter nichts dagegen hat, bleibe ich zum Essen …«

Nomolun erhob sich, umarmte und küsste mich zur Begrüßung. »Dschebe ist nicht da«, sagte sie.

»Ich will mit dir reden, nicht mit ihm.«

Während ich mich ans Feuer setzte, meine silberne Trinkschale aus dem Brustlatz meiner Robe zog und mir Airag einschenkte, schickte Nomolun unsere Söhne aus dem Zelt, damit wir uns ungestört unterhalten konnten. Bevor die beiden abzogen, musste ich ihnen versprechen, den Abend mit ihnen zu verbringen. Als Kaidu und Chinkim verschwunden waren, setzte sie sich neben mich ans Feuer.

»Nomolun, ich brauche deinen Rat«, begann ich.

Sie lachte. »Wozu hast du deine Berater, mein Khan, wenn du am Ende deine geschiedene Gemahlin um Rat fragst?«

»Sie sind Männer, Nomolun. Sie haben wie ich nur Unsinn im

Kopf: wie man eine Schlacht gewinnt, wie man ein Pferd zureitet, wie man eine Frau ins Bett bekommt … Du weißt schon! Du bist eine vernünftige Frau. Du weißt, was wirklich wichtig ist«, neckte ich sie. »Deshalb habe ich dich doch geheiratet: weil du vernünftig bist, umsichtig und weise, weil du keine Hemmungen hast, mich zu kritisieren, weil ich deinen Rat schätze …«

»Nur deshalb?«, fragte sie mit funkelnden Augen.

»… weil du ein schönes Gesicht hast, einen begehrenswerten Körper, ein charmantes Lächeln, ein unwiderstehliches Lachen …« Ich küsste sie zart auf die Lippen »… weil du zärtlich und leidenschaftlich bist …« Ich zog sie näher zu mir, um sie erneut zu küssen. »Habe ich einen Grund vergessen?«

»Ja, hast du: Du warst bis über beide Ohren in mich verliebt«, flüsterte sie und küsste mich.

»Ich bin immer noch in dich verliebt, Nomolun!«, lächelte ich, ließ mich auf den Teppich neben dem Feuer zurücksinken und zog sie zu mir herunter. »Wo ist eigentlich dein Gemahl?«, fragte ich zwischen zwei Liebkosungen.

»Er ist heute Morgen mit Yesugan ausgeritten«, sagte sie, ohne mit dem Küssen aufzuhören.

»Wann erwartest du ihn zurück?«, murmelte ich.

»Nicht vor morgen, sagte deine Schwester. Wir haben also genug Zeit für uns …«

»Yesugan war hier?«, fragte ich.

»Sie wollte Dschebe abholen, aber er war noch auf den Weiden bei den Fohlen. Deine Schwester und ich haben uns eine Weile unterhalten. Sie hat mir von ihrer bevorstehenden Hochzeit mit Bartschuk Khan erzählt. Sie hat furchtbare Angst, dass es ihr ergeht wie Li Rong.« Nomolun streichelte mein Gesicht und küsste mich zart.

»Hat sie geweint?«

»Mhm.« Ihre Hände strichen über meine Brust und meinen Bauch und lösten dann meine Seidenschärpe. Durch den dünnen Stoff fühlten sich ihre Bewegungen sehr sinnlich an. Ich war erregt.

»Hat sie noch geweint, als Dschebe kam?«, wollte ich wissen.

»Sie hat ihre Tränen getrocknet und gelächelt. Aber ihr Lächeln wirkte gequält, als müsste sie sich Dschebe zuliebe dazu zwingen.«

»Liebt sie ihn noch?«

»Ich weiß es nicht ...« Nomolun begann die Verschlüsse meiner Seidenrobe zu öffnen. »Ihre Affäre ist doch schon so lange her. Ich glaube, der heutige Ausritt ist eine Flucht vor der Wirklichkeit, die sie nicht ertragen will. Die beiden werden stundenlang zusammen durch die Steppe galoppieren, dann erschöpft ins Gras fallen und sich verzweifelt lieben. Den Rest der Nacht werden sie reden ...«

»Dschebe liebt sie immer noch. Das habe ich ihm angesehen, als er sie letzte Nacht wiedersah. Macht er sich Hoffnungen?«

Nomolun schob ihre Hände unter den Seidenstoff und streichelte meine Schultern und Arme. Dann fanden ihre Finger die Figur des Gekreuzigten, die ich seit dem Tag, als ich mit dem Tiger kämpfte, um den Hals trug. Dschebe hatte sie mir geschenkt, weil er glaubte, dass Jesus mich vor dem Sterben gerettet hatte.

»Du bist völlig verspannt, mein Liebster«, flüsterte sie und begann, meine Schultern zu massieren. »Nein, Dschebe macht sich keine Hoffnungen. Er freut sich, dass sie da ist, und er weiß, dass sie ihn in ein paar Tagen wieder verlassen wird. Dazwischen wird er die Zeit sehr intensiv nutzen ... Du kennst ihn!«

»Und ob ich ihn kenne!«, seufzte ich wohlig unter ihren Händen. Ich war tatsächlich angespannt. »Wie fühlst du dich dabei?«

»Ich bin nicht gekränkt, falls du das meinst.«

»Ich könnte die Affäre verbieten ...«

»Nein, Temur, tu ihnen das nicht an. Lass die beiden sich austoben, lass sie ihr Glück genießen. Ich mag deine Schwester, und es tut mir weh, wie sehr sie leidet. Sie hat mich gefragt, ob ich mit Dschebe glücklich bin, und ich habe gesagt: Ja, ich bin glücklich. Und dann hat sie mich gefragt, ob ich mit dir glücklich war, und ich habe gesagt: Ich bin es immer noch.«

»Warum bist du mit mir glücklich?«, murmelte ich und genoss ihre Hände auf meinen Schultern.

»Weil ich dich liebe. Und weil ich weiß, dass du mich liebst.«

»Liebe mich, Nomolun!«, flüsterte ich. »Ich sehne mich nach dir.«

Ich richtete mich auf, umarmte sie und zog sie an mich, um sie zu küssen. Ihre Hände glitten unter die Robe, streichelten mich und schoben den Seidenstoff über meine Schultern. Dann half sie mir aus den Ärmeln, während ich nicht aufhörte, sie zu liebkosen.

»Liebe mich …«, hauchte ich, zutiefst erregt von ihrer Nähe.

»Bist du einsam, Tiger?«, flüsterte sie zwischen zwei Küssen.

»Ich friere vor Einsamkeit.« Es fiel mir schwer, das zuzugeben. Aber ich litt unter der Einsamkeit des Mächtigen, der nicht um seiner selbst willen geliebt wird. Das Feuer von Respekt und Verehrung brennt nicht so heiß wie das der Liebe – ein Erfrierender kann sich daran nicht wärmen.

Sie sah mich erstaunt an: »Was ist mit deinen Geliebten? Befriedigen sie dich nicht?«

»Sie schenken mir Lust, Sinnlichkeit, Zärtlichkeit. Sie wollen mir gefallen, sie verwöhnen mich und lesen mir jeden noch so ausgefallenen Wunsch von den Augen ab. Sie streicheln mich, küssen mich, fordern mich heraus oder leisten ein wenig Widerstand, ganz wie ich es wünsche. Sie erregen mich bis zur Ekstase und zur Erlösung. Sie tun alles, was ich will. Alles, außer mich zu lieben. Sie … sie *berühren* mich nicht in meinem tiefsten Inneren. Sie bringen meine Seele nicht zum Schwingen.«

»Naimatai liegt dir zu Füßen und betet dich an …«

»Sie liebt Temur Khan, den mächtigen Herrscher. Sie will den Tiger beherrschen, indem sie sich ihm hingibt. Sie genießt die Illusion, mich zähmen zu können, weil ich nach unserem wilden Ringen zufrieden und entspannt in ihren Armen einschlafe«, seufzte ich resigniert. »Wer Temur ist, weiß sie nicht. Und auf eine demütigende Weise interessiert es sie auch nicht.«

Ich entwand mich ihren Armen, setzte mich auf und fuhr mir mit beiden Händen über das Gesicht, als wäre ich gerade aus einem bösen Traum erwacht. Sie setzte sich neben mich, strich mir über die Haare und küsste mich.

»Würdest du mir … den Gefallen tun und meine Haare neu flechten?«, presste ich schließlich hervor.

Sie nickte und löste die silbernen Haarspangen, die die aufgesteckten Zöpfe zusammenhielten.

Ich lehnte mich gegen sie – ihre Nähe tat mir unendlich gut.

»Manchmal habe ich das Gefühl, ich könnte nicht mehr lieben«, gestand ich traurig. »Meine vielen Affären haben alle nicht länger als nur ein paar leidenschaftliche Nächte gedauert. Sie sind sinnlose Versuche, vor dem Nachdenken zu fliehen und die Unfreiheit und die Einsamkeit im Rausch der Lust nicht mehr zu spüren. Meine vielen Geliebten sind doch nur das demütigende Eingeständnis meines Scheiterns. Ich bin doch nicht frei, nur weil ich mich eine Nacht lang an der Illusion meiner Freiheit errege. Ich bin doch nicht frei, nur weil ich die Mädchen am nächsten Morgen fortschicke, um mich an ihren Tränen zu berauschen, an ihrer Enttäuschung, mich nicht lieben zu dürfen.

Sieh mich nicht so an, Nomolun! Eine Weile habe ich mich wirklich über ihre Tränen gefreut: Ich konnte mir einen Augenblick lang einreden, dass sie mich tatsächlich liebten … und dass ich die Freiheit hätte … die Freiheit, zu tun, was ich tun will … mit ihnen und ihren Gefühlen zu spielen … mit ihren Hoffnungen …«, sagte ich traurig. »Es ist ein lächerliches und sinnloses Spiel: Ich kann gegen mich selbst doch nur verlieren.

Und es ist ein grausames Spiel: Ich kann es endlos spielen und unzähligen Menschen damit wehtun, denn es endet erst, wenn ich meine Niederlage akzeptiere und damit aufhöre. Wenn ich allein in meinem Bett liege und mir eingestehen kann: Ich bin einsam, und ich bin unglücklich.« Ich seufzte aus tiefstem Herzen. »Ich fühle mich … als ob ich in meinem Innersten erfroren bin. Ich glaube, ich habe in den letzten Monaten das Lieben verlernt …«

»Das hast du nicht, Temur. Du liebst Kokatschin über alles. Und du liebst mich, obwohl ich dich verlassen habe. Und du sehnst dich nach Ying Hua, obwohl du nicht weißt, ob du sie je wiedersehen wirst. Du bist deinen Kindern ein zärtlicher Vater. Du solltest dich einmal sehen, wenn du die kleine Yulun im Arm hältst, mit Temelün eine ernsthafte Unterhaltung führst oder mit Kaidu und Chinkim ausgelassen herumtobst! Du bist für Dschebe der beste Freund, den er sich wünschen kann. Ich kenne keinen anderen Menschen, der so liebt wie du.« Sie hatte einen Zopf geöffnet und fuhr mit den Fingern durch das lange Haar.

»Und trotzdem bin ich immer noch auf der Suche …«

»Und du wirst die Suche auch nicht aufgeben, bis du gefunden hast, was du so unbeirrt und voller Hoffnung suchst: die große Liebe, das Berührtwerden in tiefster Seele, nach dem du dich so verzweifelt sehnst. Den vollkommenen Menschen, den Bodhisattva, dem du dich hingeben kannst und der dich in deiner Intensität ertragen kann, weil er ist wie du, dem du deine tiefsten Gefühle zeigen kannst und der sie versteht, weil er denkt wie du. Irgendwann wirst du einen solch vollkommenen Menschen finden, Temur.« Sie küsste mich zärtlich. »In der Zwischenzeit solltest du deine Liebe aber uns Sterblichen schenken, denn wir sehnen uns danach, von dir geliebt zu werden.

Für uns andere, die wir nicht wie du inspiriert sind, ist die Liebe – die Sinnlichkeit, die Lust, die Leidenschaft und das Glück – das Ziel unseres Lebens. Wenn wir lieben, wenn wir glücklich sind, dann sind wir angekommen. Dann suchen wir nach keinem anderen Weg, der uns über unsere Grenzen hinaus bis zum fernen Horizont führt. Aber für dich ist die Liebe, das bewusste Aufgeben deiner Selbstbeherrschung und die Hingabe an den geliebten Menschen nicht das Ziel, sondern nur der erste Schritt auf einem langen Weg, und wir anderen können nicht einmal erahnen, wohin er führt.«

Ich schwieg eine Weile und sann über ihre Worte nach.

Nomolun wollte schon die erste Haarsträhne flechten, als ich ihre Hand ergriff: »Würdest du bitte alle Zöpfe öffnen? Ich will meine Haare für einen Moment offen tragen. Ich habe dieses Gefühl seit der Zeit in Zhongdu nicht mehr gespürt.«

Sie war erstaunt über meinen Wunsch, aber dann löste sie einen Zopf nach dem anderen und ließ meine langen Haare über meine Brust und meinen Rücken fallen. Ich schloss die Augen und genoss ihre Finger in meinem Haar.

»Wie fühlt es sich an?«, fragte sie, als sie eine Strähne durch ihre Finger gleiten ließ.

»Wundervoll!«, seufzte ich. »Du bist sehr zärtlich.«

Ich ließ mich auf den Teppich zurücksinken und zog sie zu mir herunter. Fasziniert von meinem offenen Haar beugte sie sich über mich und vergrub ihr Gesicht darin. Ich umarmte sie und hielt sie fest. Ihre Nähe war tröstlich.

»Es ist ein ungewohnter Anblick, Temur, und er erschreckt mich«, gestand sie. »Du bist so anders ... noch intensiver. Deine wunderschönen langen Haare, dein Gesicht, deine blauen Augen ... sie leuchten ... Ich weiß nicht, wie ich das sagen soll ...«

»Ich bin derselbe ... mit offenen Haaren oder mit Zöpfen.«

Sie kannte mich gut genug, um mir in diesem Moment nicht zu widersprechen.

»Bist du wirklich glücklich mit mir?«, fragte ich, als sie schweigend begann, den ersten Zopf zu flechten.

»Ja«, lächelte sie verträumt.

»Warum?«

»Weil du ...« Sie überlegte. »... weil du genau diese Frage stellst: ›Bist du glücklich?‹ Weil du willst, dass ich glücklich bin. Weil du mich gehen ließest und einer Scheidung zugestimmt hast, obwohl es dir sehr wehgetan hat. Weil du es genießt, dass ich immer noch in dich verliebt bin. Weil du ein verlässlicher Freund bist ... und ein guter Liebhaber«, schmunzelte sie.

Ihrem Kuss wich ich aus. »Nicht alle meine Frauen sind glücklich mit mir ...«

»Nein, nicht alle«, seufzte sie, als sie die nächste Haarsträhne nahm, um sie zu flechten.

»Weshalb hat Li Rong so viel Angst vor mir?«

»Du bist so ... intensiv, Temur, in allem, was du tust. Du bist so selbstbeherrscht, und doch unbeherrschbar, dass selbst die kleinste Geste von dir, eine Handbewegung oder ein Lächeln, sie zutiefst erschreckt. Ihre empfindsame Seele spürt, dass es in deinen vulkanischen Tiefen brodelt, und sie fürchtet eine gewaltige Explosion und den Ausbruch der heißen Lava. Sie sagte zu mir: ›Temur Khan ist wie ein Lavafels aus Eisen. Wo er steht, steht er fest und unverrückbar. Er ist unzerstörbar. Selbst die Kompassnadel richtet sich nach ihm aus.‹«

»*Das* hat sie gesagt?«, fragte ich.

»Und noch ein paar andere Dinge …«

»Was denn noch?«

»Sie hat mich weinend um Rat gefragt. Denn sie erträgt die Demütigung nicht mehr, von dir abgewiesen zu werden. Sie hat mich gefragt, wie sie dir gefallen kann. Sie weiß, dass du sie mit sechzehn Jahren für unerfahren und naiv hältst. Sie weiß, wie viel Mühe du dir gibst, ihr ihre Scheu zu nehmen, wenn du sie zum Abendessen einlädst, wenn du mit ihr redest, aber in deiner Gegenwart fühlt sie sich unwissend und dumm. Sie spürt deinen Unwillen und deine Ungeduld mit ihr. Sie fürchtet, den Mund aufzumachen, und weiß doch genau, dass dieses ängstliche Schweigen von dir falsch verstanden wird. Sie hat Angst, du könntest sie nicht attraktiv finden. Sie fragt sich, wie sie dir gefallen kann oder was du im Bett von ihr erwartest. Sie hat Angst, sie könnte nicht schwanger werden, dir nicht den ersehnten Sohn schenken, dich enttäuschen, verletzen, deinen Zorn erregen …«

Ich setzte mich auf. »Habe ich mich ihr gegenüber irgendwann falsch verhalten?«, fragte ich bestürzt. »Habe ich etwas gesagt, das sie verletzt hat, das sie erschreckt hat? War ich unbeherrscht, unfreundlich oder rücksichtslos? Habe ich etwas von ihr verlangt, was sie nicht tun wollte?«

»Nein, natürlich nicht! Sie hat einfach nur furchtbare Angst.«

»O Nomolun, tu mir den Gefallen und nimm ihr diese Angst. Verwandele dieses verschreckte Kind in eine schöne und selbstbewusste Gemahlin des Khans, die mir gegenüber laut und deutlich ihre Wünsche äußert. Was immer sie verlangt: Ich werde es tun. Zärtlich oder leidenschaftlich, ganz wie sie es will.« Ich seufzte. »Erkläre ihr, wie ich mich fühle, wenn sie mir verkrampft gegenübersitzt, mich mit großen Augen ansieht und kein Wort herausbringt, wenn ich sie etwas frage. Sag ihr, dass mir die Rollenverteilung hungriger Tiger und verschüchtertes Lämmchen im Bett nicht gefällt ... Es sei denn, sie hat selbst Spaß an der Rolle des Tigers ...«

Nomolun schüttelte den Kopf. »Das wird Wochen dauern ...«

»Ich habe Zeit. Ich werde warten, bis sie so weit ist.«

Nomolun sah mich mitfühlend an und strich mir über das Haar. »Warum tust du das, Temur? Warum lässt du sie in dein Bett und gibst freiwillig den letzten Rest von Freiheit und Selbstbestimmung auf, den du bisher so energisch gegen deinen Vater verteidigt hast?«

»Während der letzten zwei Jahre, seit er Khakhan geworden ist, habe ich ein Rückzugsgefecht nach dem anderen gegen ihn geführt. Immer wieder habe ich mich seinen Wünschen unterworfen und bin wieder einen Schritt vor ihm zurückgewichen.

Aber wenn ich zulasse, dass sich meine Freiheit und Selbstbestimmung als Herrscher nur noch auf mein Bett erstreckt, habe ich verloren – wie Dschamuga, der am Ende auch nur noch ein lächerliches Reich von der Größe einer Filzdecke regierte. Dieser Gedanke erschreckt mich, und ich habe mir heute Nacht geschworen, dass ich den Kampf um meine Freiheit nicht aufgeben werde – niemals!«

Der Einzug des chinesischen Gesandten zwei Tage später war ein großartiges Schauspiel. Mein Lager war wegen des bevorstehenden Naadam-Festes, das in diesem Jahr zu Ehren des Botschafters besonders aufwändig gefeiert wurde und dessen Wettkämpfe sich kein Krieger entgehen lassen wollte, prächtig mit Seidenbannern geschmückt. Es hatte fast das Vierfache der üblichen Größe des *Ordu*. Viele der Krieger waren in ihren mit Silberbeschlägen verzierten Rüstungen, mit ihren funkelnden Schwertern und bunten Seidenfähnchen an ihren Lanzen der Delegation entgegengeritten, um den Botschafter zur Palastjurte zu geleiten.

Dschebe und ich standen hinter dem nur einen Spaltbreit geöffneten Türfilz meiner Jurte. Ohne dass wir gesehen werden konnten, beobachteten wir den grandiosen Einzug. Ich wollte erst mit Dschebe zum Audienzzelt hinübergehen, wenn der Gesandte bereit war, von mir empfangen zu werden. Sicherlich wollte er nach der langen Reise durch die Gobi und die staubige Steppe zunächst die Reisekleidung ablegen …

Nach meinem Wortgefecht mit Yun Qi im letzten Sommer sah ich den Verhandlungen mit widersprüchlichen Gefühlen entgegen: mit Hoffnung, aber auch mit Ungewissheit, wie der neue Botschafter auf mich reagieren würde.

»Sieh ihn dir an! Er trägt eine prächtige Rüstung«, sagte Dschebe bewundernd. »So etwas Kostbares habe ich noch nicht gesehen! Der lederne Schuppenpanzer ist ganz mit Silber und Jade beschlagen. Wie schön er aussieht … wie gefährlich!«

»Das ist die Rüstung eines kaiserlichen Generals«, sagte ich.

Der Kaiser schickt mir einen General?, fragte ich mich beunruhigt. Wer ist er?

Yesugan drängte sich zwischen uns und schob mich zur Seite, um etwas sehen zu können. »Ein attraktiver Mann!«, urteilte sie.

»Woher willst du das wissen?«, fragte Dschebe eifersüchtig. »Du kannst sein Gesicht unter dem Helm doch nicht erkennen!«

»Sieh dir doch nur seine Haltung an!«, erwiderte Yesugan und lehnte sich mit dem Rücken gegen Dschebe, der sie an sich zog, um ihren Nacken zu küssen. »Siehst du, wie er nur mit einem Wink seinem Gefolge befiehlt, von den Pferden zu steigen, bevor er selbst aus dem Sattel springt? Welch eine kraftvolle Anmut! Trotz der schweren Rüstung sind seine Bewegungen geschmeidig. Wenn jemand das Schlachtfeld beherrscht, dann *er*.«

»Das will ich gnädig überhört haben«, murmelte ich, als Dschebe amüsiert lachte. Über seine Schulter hinweg sah ich nach draußen, wo das Gefolge des Generals abstieg. Alle Mitglieder der Delegation waren schwer bewaffnet. Und sie blieben auch während der Begrüßung in Kampfformation – als fürchteten sie einen Angriff …

»Deine Schwester hat Recht, mein unbesiegbarer Khan!«, neckte mich Dschebe. »Der General sieht wirklich überwältigend aus. Er will dich, den kleinen unbedeutenden Steppenfürsten, mit der Macht des Kaisers von Chin beeindrucken.«

»Wenn er es für nötig hält, mich mit der Macht des Reiches von

Chin zu beeindrucken, bin ich wohl *kein* kleiner, unbedeutender Steppenfürst«, konterte ich. »Siehst du, wie aufmerksam er sich umsieht? Er ist angespannt. Er hat Angst. Er weiß nicht, was er von der bewaffneten Eskorte und dem Empfang durch die Noyans halten soll. Er nimmt den Helm nicht ab und hat die Hand am Schwertgriff, während er meine Offiziere mit einem Kopfnicken begrüßt. Er hält Abstand und verneigt sich nicht … als fürchte er einen Anschlag.«

»Jetzt geht er zum Brokatzelt hinüber. Offensichtlich will er sofort von dir empfangen werden.« Dschebe hielt die Luft an. »So will er vor dir erscheinen? In der Rüstung? Mit dem Schwert in der Hand? So kann er doch nicht mit dir verhandeln! Das ist eine Beleidigung für dich als Khan! Für wen hält er sich: den Kaiser von Chin?« Dschebe wollte aus dem Zelt stürmen. »Ich lasse ihm die Waffen abneh…«

»Nein, Dschebe!« Ich hielt ihn am Ärmel fest. »Lass ihm sein Schwert! Wenn er Angst hat, kann ich das nicht ändern, und schon gar nicht, indem ich ihm seine Waffen wegnehme. *Ich* habe keine Angst vor ihm.«

»Du bist verrückt, Temur! Das ist lebensgefährlich …«

»Angst ist keine Grundlage für eine Beziehung. Nicht zwischen zwei Menschen und schon gar nicht zwischen zwei Staaten.«

Dschebe folgte mir mit der Hand am Schwertgriff, als ich meine Jurte verließ, um die wenigen Schritte zum Audienzzelt hinüberzugehen, wo der Botschafter mich bereits erwartete.

Meine Offiziere, die den Gesandten mit allen Ehren empfangen hatten, verneigten sich vor mir. Die Mitglieder der chinesischen Delegation, die den Botschafter mit seiner Leibwache nicht in das Brokatzelt begleitet hatten, erkannten mich an meiner prächtigen weißen Kleidung und fielen vor mir zum Kotau auf den Boden. Ich nickte ihnen zu und ging hinüber zum Zelt.

Zwei meiner Leibwächter öffneten mir, und ich trat ein. Yesugan schlüpfte hinter uns ins Zelt und huschte still an ihren Platz. Als künftige Khatun wollte sie sich den Empfang auf keinen Fall entgehen lassen.

An der Nordseite der Jurte, dem Eingang gegenüber, hatte sich mein Gefolge um den Thron versammelt. Kokatschin, die gerade ihren Platz eingenommen hatte, erhob sich von ihrem Sessel, um mich zu begrüßen.

Der chinesische Botschafter stand mit dem Rücken zum Eingang vor den Stufen meines Throns. Das angebotene Sitzkissen hatte er abgelehnt. Kampfbereit stand er da, in Helm und Rüstung, die Hände am Schwertgürtel.

Seine ganze Haltung ist eine Provokation!, dachte ich und zwang mich zur Ruhe. An ihm vorbei ging ich zu meinem Thronsessel, stieg die Stufen hoch und setzte mich betont gelassen auf das Leopardenfell. Kokatschin, die auf einem Thron links neben mir saß, sah mich beunruhigt an, aber ich erwiderte ihren Blick nicht.

Der General trat mit respektvoll gesenktem Gesicht einen Schritt vor, verneigte sich und fiel dann zum Kotau auf die Knie und Hände. »Majestät!«, begrüßte er mich auf Chinesisch. »Ich danke Ihnen, dass Sie mir die Ehre erweisen, mich sofort zu empfangen.«

Ich starrte ihn an. Nein, dachte ich, das kann nicht sein! Um Himmels willen …

Während er sich erhob und seinen Helm abnahm, stieg ich die Stufen vom Thron herunter. »Prinz Wei! Es freut mich aufrichtig, Sie wiederzusehen, Exzellenz!«, rief ich aus.

»Danke, Majestät!«

Kein Ausdruck der Freude, keine Frage nach meinem Befinden! Im ersten Moment hatte ich mich gefreut, ihn zu sehen. Die Überraschung war gelungen! Ich hatte gehofft, wir könnten uns vernünftig unterhalten. Aber nun war ich enttäuscht. Was sollte ich von diesem distanzierten Auftreten halten? Warum trug er eine Rüstung, wieso ruhte seine Hand immer noch auf dem Griff seines Schwertes?

Ich trat dicht vor ihn hin und sah ihm in die Augen. »Musst du dich bewaffnen, wenn du mir gegenübertrittst, Wei?«

Er antwortete auf Mongolisch, aber nicht aus Höflichkeit, sondern damit meine Offiziere und Berater verstanden, was er mir zu sagen hatte. »Deine Drohung an Yun Qi war sehr deutlich.«

»Meine Drohung galt Yun Qi. Nicht sechzig Millionen Chinesen. Nicht dem Kaiser von Chin. Und dir schon gar nicht, Wei. Noch bin ich nicht so zornig, dass ich nicht zwischen Freund und Feind unterscheiden könnte.«

Eine eisige Windbö aus Worten wehte mir entgegen: »Ich bin nicht als dein Freund hier …«

»… aber auch nicht als mein Feind«, fiel ich ihm ins Wort, bevor er etwas sagte, was wir beide schon bald bereuen würden. »Yun Qi hat mich herausgefordert. Immer wieder. Ich sage ein Mal, was ich tun werde und was nicht. Ich sage es den Begriffsstutzigen, die es nicht verstehen können, und den Besserwissern, die es nicht verstehen wollen, auch zwei Mal. Yun Qis Verstand ist sicher nicht beschränkt, im Gegensatz zu seinem diplomatischen Geschick, seiner Wortwahl und seinem Gefühl dafür, wie weit er bei mir gehen kann. Mein Nein bleibt auch beim dritten oder vierten Mal ein Nein«, erklärte ich mit schneidend scharfer Stimme. »Danach wird meine Antwort allerdings noch deutlicher sein: unmissverständlich!«

Unsere Blicke kreuzten sich wie scharfe Schwerter: »Das war sie, Majestät: unmissverständlich!«

»Dann habe ich die erste Schlacht gewonnen!«, sagte ich mit einem eisigen Lächeln auf den Lippen. »Yun Qi wurde geschlagen von der Front zurückbeordert, und ich bekomme endlich einen würdigen Gegner. Willst auch du mit mir die Klingen kreuzen und mich herausfordern, Wei? Wenn ja, möchte ich dir vorher noch meine Erste Gemahlin, die Herrscherin Kokatschin Khatun, vorstellen. Sie wollte dich gern kennen lernen, bevor wir auf einander losgehen.«

Kokatschin erhob sich von ihrem Thron und schwebte in ihrer langen scharlachroten Brokatrobe sehr anmutig die Stufen herunter. Die langen weißen Perlenschnüre ihrer schwarzen Haube, die ihr von den Schläfen bis weit über die Schultern fielen, klickten bei jedem Schritt. Ich reichte ihr die Hand und stellte sie Wei vor.

Er verneigte sich vor ihr. »Majestät!«

»Der Khan hat mir viel von dir erzählt, Prinz Wei«, lächelte Kokatschin. »Er schätzt seinen Schwiegervater sehr und erinnert sich gern an die Zeit in Zhongdu. Ich freue mich aufrichtig, dich kennen zu lernen.« Dann trat sie an ihn heran und küsste ihn nach mongolischer Sitte auf beide Wangen.

Unbeeindruckt von ihrer Herzlichkeit wandte er sich an mich: »Du hast Ying Hua nicht zu deiner Ersten Gemahlin gemacht!«

Das war keine Frage, sondern eine Feststellung. Ein Vorwurf. Eine Herausforderung.

»Nein, ich habe sie nicht zu meiner Ersten Gemahlin gemacht. Und damit auch nicht zur Khatun. Denn dazu hätte sie hier bei mir sein müssen. Ich nehme an, du hast sie nicht mitgebracht?«

»Nein, Ying Hua ist mit deinem Sohn in Zhongdu geblieben«, erklärte er, um seinen Worten ein gemurmeltes »Nur zur Sicherheit!« hinterherzuwerfen.

»*Wessen* Sicherheit?«, fragte ich scharf. »Glaubst du, ich würde meine Gemahlin und mein Kind töten? Sag mir: Was hätte ich damit erreicht? Ich liebe Ying Hua immer noch, ich sehne mich nach ihr, und ich wünsche mir jeden Tag, sie wäre hier. Ich liebe das Kind, das ich noch nie gesehen habe und von dem ich nun endlich weiß, dass es ein Sohn ist. Du weißt, welche Hoffnungen ich in ihn gesetzt hatte – ein Kind des Friedens! Wie oft haben wir in deinem Garten über den Frieden gesprochen?«

Er konnte mir nicht in die Augen sehen.

»Ying Hua und mein Sohn sind also in Zhongdu geblieben«, sagte ich verbittert. »Mit anderen Worten: Sie sind Geiseln. Sie sollen mich an meine guten Manieren als Khan und Vasall des Himmelssohnes erinnern. Und daran, wem ich als kaiserlicher Prinz von Chin Loyalität schulde.«

»Der Kaiser ist besorgt«, presste Wei hervor.

Ich lachte schallend, aber es klang wohl sehr verbittert. »Der Kaiser ist besorgt? Das freut mich aufrichtig! Dann waren die Wortgefechte mit Yun Qi zu *irgendetwas* gut, und ich habe meine Zeit nicht sinnlos vergeudet. Der Himmelssohn ist besorgt!« Ich ging ein paar Schritte, um mich wieder Wei zuzuwenden: »Welche Vollmachten hat dir der besorgte Kaiser gegeben?«

»Ich soll dir den Krieg erklären, wenn ich es für richtig halte.«

Kokatschin schlug erschrocken die Hand vor den Mund und warf mir einen entsetzten Blick zu.

»Dann nutze deine Chance und schlag zu, General, denn ich bin unbewaffnet und kann mich gegen dich nicht wehren!«, sagte ich scharf. Als er nicht reagierte, trat ich dicht vor ihn hin. »*Willst* du mir den Krieg erklären, Wei? Wir können die Formalitäten gleich erledigen, wenn du das wünschst. Beim Abendessen würde mir eine Kriegserklärung den Appetit verderben, und ich bitte dich, darauf Rücksicht zu nehmen. Es gibt einige chinesische Gerichte, auf die ich mich seit Tagen freue. Eigentlich hatte ich vorgehabt, dich als Botschafter von Chin mit allen Ehren zu empfangen, mit feierlichen Banketten und einem großartigen Naadam-Fest. Aber als hervorragender Feldherr hast du mein Vorhaben bereits in der Planungsphase zunichte gemacht. Ein taktisch kluges Vorgehen, General! Aber jetzt bin ich am Zug!

Völlig unbeeindruckt von diesem Wortgefecht lade ich dich zum Abendessen in meine Jurte ein. Ich schlage vor, wir vergessen die Förmlichkeit des offiziellen Banketts mit Musik und Tanz und langen nichtssagenden Reden und unterhalten uns vernünftig bei einem Becher Wein. Meine Gemahlin Kokatschin wird uns Gesellschaft leisten, ebenso meine Söhne Kaidu und Chinkim. Du kannst in mein Zelt mitbringen, was du willst, von mir aus auch dein Schwert, deine Rüstung, deine Leibwache und deine kaiserliche Vollmacht, wenn du glaubst, dass sie dir etwas nützt. Aber die Worte ›Krieg‹ und ›Frieden‹ lass bitte draußen. Ich habe keine Lust, in Gegenwart meiner Kinder darüber mit dir zu streiten. Ich erwarte dich in einer Stunde in meiner Jurte. Ich würde mich aufrichtig freuen, wenn du kommst.«

Dann ging ich an ihm vorbei und verließ das Zelt. Nun war es an ihm zu entscheiden, was er tun wollte.

Und er kam. Ohne Rüstung, ohne Schwert und ohne kaiserliche Vollmacht, die doch nur ein Verhalten rechtfertigen sollte, das weder vernünftig noch verantwortungsbewusst war.

Dschebe führte ihn in mein Zelt und bat ihn leise, nicht auf die hohe Schwelle der Jurte zu treten, um die Geister nicht zu erzürnen. Kokatschin und ich erhoben uns bei seinem Eintreten von unseren Kissen am Feuer.

Ich hatte befürchtet, er würde nach unserem ersten Kräftemessen nicht zum Abendessen in meine Jurte kommen, sondern mich warten lassen und erst zu den Verhandlungen am nächsten Morgen erscheinen. Umso erleichterter war ich, als Dschebe ihn zu meinem Zelt geleitete.

Wei hatte sich umgezogen und trug nun eine purpurrote Seidenrobe mit weiten Ärmeln, wie er sie bei einer kaiserlichen Audienz getragen hätte. Wie eine Maske verbarg sein Lächeln seine wahren Gefühle, als er mir gegenübertrat.

»Willkommen in meinem ›Palast‹!«, begrüßte ich ihn, um ihn zu seinem Platz zu geleiten, während Dschebe wieder nach draußen verschwand. Er kommandierte die Leibwachen, die rund um das Zelt aufgestellt waren, und sorgte für die Sicherheit während des großen Banketts, das ein paar Schritte entfernt im Festzelt stattfand.

Die Luft knisterte vor Spannung, als wir uns gegenüberstanden, und ich fragte mich, wann die ersten Funken fliegen würden …

Ich bat ihn auf den Ehrenplatz, der dem Eingang direkt gegenüberlag, nicht auf die Kissen für die Gäste, die im Westen der Jurte, also links vom Zelteingang, am Feuer lagen.

Wie ich selbst war er angespannt und wusste offensichtlich nicht, wie er auf meine Herzlichkeit reagieren sollte. Am Ende entschloss er sich zu einem höflichen Protest: »Majestät, das ist doch der Platz für den Khan oder den Gastgeber!«

Ich ignorierte seine Worte und setzte mich auf das Brokatkissen neben ihm. Schließlich gab er nach und machte es sich am Feuer bequem, während Kokatschin zwei silberne Trinkschalen aus einem Schlauch mit frischem Airag füllte.

»Wei, tu mir den Gefallen und sprich mich nicht mit Majestät an«, bat ich ihn. »Das ist bei uns Mongolen nicht üblich. Wir halten den anderen nicht mit großartigen Titeln und langatmigen Anreden auf Abstand. Jeder Mensch ist ein ›Du‹, egal ob Khan oder

Diener. In dieser Jurte bin ich Temur – für *jeden*, der hier hereinkommt.« Ich nahm von Kokatschin eine Schale mit Airag entgegen und reichte sie Wei.

Er trank einen Schluck, setzte ab und sah mich betroffen an. »Bitte verzeih mir, ich habe vergessen …«

Mit dem Ringfinger der rechten Hand schnippte er ein paar Tropfen Stutenmilch in die Luft, das traditionelle mongolische Opfer für Vater Himmel und Mutter Erde.

»Ich danke dir«, erwiderte ich und trank nun selbst, nachdem ich feierlich ein paar Tropfen Airag geopfert hatte.

»Ehrlich gesagt, war ich verwirrt, als Dschebe mich an meiner Jurte abholte«, gestand er. »Ich dachte, du empfängst mich in deiner großen Palastjurte, in der auch dein Thron steht.«

»Die Palastjurte ist die offizielle Jurte des Khans. Dort halte ich Besprechungen mit meinen Vertrauten ab und empfange Besucher. Sie ist der öffentliche Teil meines ›Palastes‹: mein ›Arbeitszimmer‹ und mein ›Audienzraum‹. Jeder, der mich zu sprechen wünscht, kann das dort tun. Jederzeit. Wenn ich schlafe, werde ich geweckt. Wenn ich nicht da bin, weil ich gerade eines der benachbarten *Ordus* besuche, wird er von meinem Stellvertreter empfangen.

Das Brokatzelt ist prächtiger ausgestattet als diese Jurte. Die hohen Säulen, die das Dach tragen, und die Stangen, die es aufspannen, sind himmelblau lackiert, der weiße Teppich auf dem Boden ist sehr schön mit Blumen und Vögeln bestickt. Die Jurte repräsentiert Himmel und Erde. Ich habe es vorgezogen, dich nicht auf meinem goldenen Thron als Herrscher zu empfangen, sondern hierher, in diese Jurte zu bitten.

Dieses Zelt ist mein ›Studierzimmer‹ und mein ›Schlafgemach‹. Hier haben lediglich meine Frauen, meine Kinder und enge Freunde wie Dschebe Zutritt. Meine Diener kommen nur, wenn ich sie rufe, sonst lassen sie mich in Ruhe. Hier schlafe ich: Die zusammengerollten Decken dort am Scherengitter sind mein Bett. In den Truhen verwahre ich meine Schamanenausrüstung und meine Bücher. Dort, neben dem Eingang, hängen meine Waffen: Schwert, Pfeilköcher und Bogen.«

Wei ließ seinen Blick über die wenigen Möbel gleiten, hinauf zu den bemalten Dachstangen. »Ein sehr behagliches Zuhause, Temur. Aber es ist … bescheiden für einen König.«

»Ich bin Nomade und damit ein praktisch denkender Mensch. Mein ganzer Besitz – die Jurte mit Scherengittern, Dachstangen und mehreren Lagen dicken Filzes, der Teppich, das Bettzeug, die Truhen – muss alle paar Wochen abgebaut, eingepackt, verladen und mehrere hundert Li zu den nächsten Weiden transportiert werden, wo alles wieder so errichtet wird, wie es vorher war. Besitz belastet, hält auf, wiegt schwer, bereitet Sorgen und raubt dir deine Zeit und deine Gedanken. Und ich habe jetzt schon viel zu wenig Zeit für das, was ich tun will.«

»Und was ist das?«, wollte er wissen. Hinter der Maske seines Lächelns blitzte das Misstrauen auf.

»Ich hätte gern mehr Zeit für meine Familie. Bei uns Mongolen ist es üblich, dass die Kinder bei ihrem Vater oder ihrer Mutter sind, egal, was sie gerade tun. Wir schicken sie auch nicht aus dem Zelt, wenn wir uns streiten oder lieben. Als Khan habe ich nicht einmal die Zeit, meinen Söhnen selbstverständliche Fertigkeiten wie das Reiten oder das Bogenschießen beizubringen. Zum Glück nimmt mir Dschebe diese Aufgabe ab und ersetzt ihnen den Vater. Kaidu und Chinkim leben bei Nomolun. Ich sehe meine Söhne nur abends, wenn sie mich besuchen. Ich lehre sie das Lesen und Schreiben und ein paar Worte Chinesisch. Manchmal, wenn es spät wird, schlafen sie bei mir im Bett … Wieso sind sie eigentlich noch nicht hier?« Ich ging zum Eingang und schlug den Türfilz zurück: »Dschebe!«

Mein Freund tauchte aus der Dunkelheit auf. »Ja, mein Khan?«

»Würdest du bitte Kaidu und Chinkim holen lassen?«

»Selbstverständlich!« Ich wollte mich schon umwenden, als er mich am Ärmel festhielt. »Wie geht es dir da drin?«, flüsterte er so leise, dass er im Zelt nicht gehört werden konnte.

»Gut. Sehr gut. Bis jetzt hat er mir nicht den Krieg erklärt.«

Dschebe lachte leise. »Du hast ihn ja auch noch nicht zu Wort kommen lassen …«

Er verschwand, und ich kehrte ins Zelt zurück.

»Warum steht Dschebe draußen und leistet uns nicht Gesellschaft beim Abendessen?«, fragte Wei, als ich mich setzte. Kokatschin hatte seine Trinkschale mit Airag schon wieder aufgefüllt.

»Ich dachte, die Übermacht würde dich erschrecken«, entgegnete ich ironisch. »Ich habe meine Gemahlin an meiner Seite, die meine Wunden versorgen kann, wenn du mich überwältigst. Und ich habe meine beiden Söhne, die mich mit ihrem Leben verteidigen würden. Meinen besten Freund zum Essen zu bitten wäre ungerecht gewesen, da du allein zu mir gekommen bist. Außerdem sorgt er als mein Noyan für die Sicherheit …«

»Lade Dschebe zum Essen ein, Temur! Ich würde ihn gern wiedersehen«, unterbrach er mich. »Im Übrigen sorgen fünfzig schwer bewaffnete Leibwächter, die rund um dein Zelt postiert sind, für die Sicherheit – wessen auch immer.«

»Deine Sicherheit, nicht meine. Ich werde in meinem eigenen Lager nicht angegriffen. Die fünfzig Krieger vor meinem Zelt sind eine … nun ja: eine Geste von mir. Damit du dich sicher fühlst. Sie gehören zu meiner persönlichen Leibwache, die von Dschebe kommandiert wird. Ich hielt es für eine nette Geste dir gegenüber, aber im Grunde hast du Recht: Sie ist lächerlich. Zurzeit leben in meinem *Ordu* wegen des bevorstehenden Naadam-Festes rund vierzigtausend Krieger.«

»Vierzigtausend?«, rief er aus. »Das ist ja ein ganzes Heer!«

»Nein, nur tausende Männer, die sich amüsieren und ihre Kräfte messen wollen. Beim Pferderennen, Ringen, Bogenschießen – und in den Betten anderer Frauen als ihrer eigenen.«

»Befürchtest du kein Chaos? Ich meine … so viele Krieger … Wettkämpfe … Sieger und Verlierer … leidenschaftliche Liebhaber und eifersüchtige Ehemänner … Wenn es betrunkene Schlägereien gibt, wird Blut fließen!«

»Nichts dergleichen wird geschehen«, versicherte ich ihm. »An den drei Tagen des Naadam-Festes herrscht Frieden. An den übrigen dreihundertzweiundsechzig Tagen des Jahres herrsche *ich*. Und ich sorge für Frieden. Ich dulde keine Prügeleien, weder beim

Naadam noch an den anderen Tagen. Wer die Hand gegen einen anderen erhebt, wer ihn herausfordert, wer eine Frau belästigt oder vergewaltigt, wer stiehlt oder sich unehrenhaft verhält, wird nach dem Gesetz gerichtet. Die Spielregeln sind sehr einfach zu verstehen. Wer sich nicht daran hält, fliegt vom Spielfeld. Für immer.«

»Du meinst … du verurteilst ihn zum Tode?«, fragte er.

»Ja, das ist doch die gnädigste aller Strafen: der sofortige Tod. Keine Schmerzen. Kein langes Leiden. Keine Aberkennung seiner Ehre, seiner Verdienste, seiner Ämter oder seiner Würde als Mensch. Kein Entzug der Freiheit – denn Unfreiheit ist die grausamste Strafe für einen Mongolen. Nein, nur der schnelle Tod. Und eine neue Chance im nächsten Leben.«

»Wann hast du zuletzt die Todesstrafe verhängt?«, fragte er gespannt und trank einen Schluck Airag.

»Ich muss das nicht oft tun. Das letzte Mal war vor einem Jahr, glaube ich. Ein Mann hatte mit einer verheirateten Frau geschlafen. Der betrogene Gemahl war gegen diese Beziehung, und damit handelte es sich um Ehebruch, auf den die Todesstrafe steht. Hätte der Gemahl die Affäre seiner Frau stillschweigend geduldet, würde der Mann noch leben.«

Wei schluckte. »Das ist …«

»… nicht grausam. Es ist hart, aber gerecht. Jeder kennt die Spielregeln. Sie lauten: Redet vernünftig miteinander, bevor ihr die Hand oder das Schwert gegeneinander erhebt. Und deshalb bist du in meinem Lager so sicher, als säßest du neben dem Kaiser in dessen Palast. Die Person des Gesandten ist für uns Mongolen unverletzlich. Wer gegen dich die Hand erhebt, dich beleidigt oder dir Schaden zufügt, wird hingerichtet. Und selbst wenn du gegen mich die Hand erhebst oder mir sogar den Krieg erklärst, würde ich dich wohlbehalten nach Zhongdu zurückeskortieren lassen. So ist das Gesetz. Und ich stehe als Khan nicht über dem Gesetz.« Ich sah ihm in die Augen. »Wenn ich also Yun Qi auffordere, mein Reich zu verlassen, und ihn unmissverständlich bitte, nicht zurückzukehren, habe ich meine Gründe. Bitte akzeptiere das und stelle es nicht weiter infrage.«

Er nickte nachdenklich. »Ich würde wirklich gern verstehen, was vorgefallen ist …«

Ich schüttelte den Kopf. »Das halte ich nicht für sinnvoll. Das Verfahren ist abgeschlossen, die Zeugen wurden gehört, das Urteil ist gefällt und ausgeführt und wird danach nicht mehr widerrufen. Ich würde meine eigene Autorität infrage stellen – und Yun Qis Würde. Das will ich nicht.«

Er seufzte. »Es wird schwierig sein, dem Kaiser zu erklären, was vorgefallen ist. Yun Qi ist zornig. Er hat erneut die Selbstbeherrschung verloren – und alle seine Ämter. Das kann er dir nicht vergeben. Er hetzt den Kaiser gegen dich auf.«

»Ich vertraue dir und deinen Fähigkeiten, vernünftig mit Zhang Zong zu reden. Du wirst ihn von meinen friedlichen Absichten überzeugen können«, sagte ich zuversichtlich.

In diesem Augenblick betrat Yesugan mit meinen Söhnen an der Hand das Zelt.

»Darf ich dir meine Söhne vorstellen? Kaidu, mein kleiner Wirbelwind, ist fünf Jahre alt. Chinkim ist ein tiefes, stilles Wasser. Er ist vier.« Sie verneigten sich artig, und Wei erwiderte ihren Gruß mit einem freundlichen Nicken. Dann ließen sie sich auf zwei Kissen neben Wei nieder.

Als ich seinen fragenden Blick zu meiner Schwester sah, stellte ich ihm auch Yesugan vor, die keine Anstalten machte, die Jurte wieder zu verlassen. »Yesugan ist meine jüngere Schwester, die erste Tochter des Khakhans. Sie ist einundzwanzig und besteht sehr selbstbewusst auf dem Titel ›Lieblingsschwester‹.«

»Ich … bin erfreut …«, stotterte Wei verlegen, starrte sie an und vergaß sogar, sich zu erheben.

»Ich freue mich auch«, lächelte Yesugan, beugte sich über ihn und küsste ihn zur Begrüßung auf beide Wangen. Ihre Hand lag dabei auf seiner Schulter. Dann wandte sie sich ab und warf mir einen sehnsüchtigen Blick zu: Schick mich nicht fort, Bruder! Als ich nicht reagierte, machte sie Anstalten, die Jurte wieder zu verlassen.

»Yesugan!«, rief Wei sie zurück. »Wenn du nichts Besseres vorhast … als am Bankett im Festzelt teilzunehmen … könntest du doch … ich meine: Warum bleibst du nicht hier und isst mit uns? Ich würde mich darüber sehr freuen.«

Yesugan strahlte mich an: »Wenn du erlaubst, Temur …«

»Setz dich zu uns«, gab ich nach, und sie nahm am Feuer Platz.

Verlegen wich Yesugan meinem Blick aus. Immer wieder sah sie zu Wei hinüber, der den Blick auch nicht von ihr wenden konnte. Dass die beiden voneinander fasziniert waren, erkannte ich am Funkeln ihrer Augen, an ihrem verführerischen Lächeln und ihren Händen, die nicht einen Herzschlag lang stillhalten konnten, als suchten sie den anderen zu berühren. Ich schwieg so lange, bis beide aus ihren Träumen in die Wirklichkeit zurückfanden.

»Bitte entschuldige, Temur!«, besann Wei sich schließlich und entzog sich Yesugans fesselndem Blick. »Ich habe völlig vergessen, dir Ying Huas Geschenk zu überreichen. Bitte vergib mir meine Unhöflichkeit!«

Er zog eine Rolle aus seiner Seidenrobe und überreichte sie mir.

»Ein Bild von ihr?«, fragte ich gespannt, als ich die Schnüre aufknotete, die das Bild aus Seidenpapier zusammenhielten. Ich entrollte das Gemälde und breitete es auf dem Teppich aus, um es in Ruhe zu betrachten.

Das Bild aus Seidenpapier war auf einen Streifen dunkelblauer Seide mit eingewebtem Drachenmuster aufgenäht. Mit schwarzer Tusche hatte Ying Hua eine grandiose Landschaft auf das Papier gezaubert. Steile Felsklippen überragten einen Fluss, der sich seinen Weg durch das Gebirge bahnte. Seine Richtung war durch ein winziges Boot nur angedeutet. Zwischen den steilen Gipfeln wand sich eine Mauer quer durch das Bild: die Große Mauer. Tief bewegt und mit Tränen in den Augen suchte ich zwei winzige Figuren. Ich fand Ying Hua auf der rechten Seite des Bildes. Sie saß in einem Bambushain am Fluss und schien auf etwas zu warten. Auf jemanden. Und dann sah ich mich selbst mit im Wind wehenden Haaren – auf der anderen Seite des unüberwindlichen Gebirges, auf der anderen Seite der Mauer, die unsere Welten trennte …

Die Trauer überwältigte mich. Ich konnte die Tränen nicht

mehr zurückhalten, barg mein Gesicht in den Händen und weinte still in mich hinein. Es dauerte eine Weile, bis ich mich wieder beruhigte. Kokatschin, die neben mir saß, hielt den Blick gesenkt, um mich durch ihre mitfühlenden Blicke nicht zu demütigen und mir damit noch mehr wehzutun. Sie kannte meine Gefühle für Ying Hua – wir hatten oft genug darüber gesprochen.

Als ich mich gefasst hatte, sagte ich leise: »Bitte richte Ying Hua aus, dass ich sie ebenso sehr vermisse wie sie mich … Ich liebe sie immer noch …« Ich wischte mir die Tränen aus dem Gesicht. »Ich sehne mich danach, mit ihr zu sprechen, mit ihr zu lachen, sie zu berühren, sie zärtlich im Arm zu halten, sie zu lieben. Daran ändert auch eine Mauer zwischen uns nichts.«

»Das werde ich ihr sagen«, versprach er mir und legte mir sichtlich bewegt die Hand auf den Arm. »Auch sie hat geweint … Und sie hat mich gebeten, dir noch etwas auszurichten: ›Du hast einmal gesagt, du seiest wie das Wasser, niemand könne dich aufhalten. Siehst du den Fluss, der sich durch das Gebirge kämpft und an dessen Ufer ich dich voller Sehnsucht erwarte? Wie sein reißendes Wasser wirst du eines Tages jedes Hindernis überwinden und deinen Weg zu mir finden. So lange werde ich auf dich warten, mein Geliebter.‹«

Ich nickte und rang erneut mit den Tränen. »Würdest du mir bitte … von meinem Sohn erzählen, Wei?«, bat ich ihn.

»Er heißt Yong Le, ›Fortdauernde Freude‹. Mit seinen zweieinhalb Jahren ist er ein liebenswertes Kind – ein kleiner Prinz«, lächelte der stolze Großvater. »Er sieht dir sehr ähnlich, Temur. Ying Hua steckt ihm die langen Haare nicht zum traditionellen chinesischen Haarknoten auf, sondern lässt sie über die Schultern wachsen – so wie du sie damals in Zhongdu getragen hast.«

Ich nickte. »Weiß er, dass ich sein Vater bin?«

»Ja, ich habe ihm gesagt, dass ein mächtiger Herrscher in einem fernen Land jenseits der Großen Mauer sein Vater ist. Für ihn klingt es wie ein schönes Märchen, einen so geheimnisvollen Vater zu haben. Er liebt dieses wundervolle Märchen und kann gar nicht genug davon bekommen. Er fragt mich oft nach dir, will immer neue Geschichten hören aus der Zeit, als du in Zhongdu warst. Und dann will er immer wissen, warum du nicht mehr da bist. Und wann du wiederkommst, um ihn zu holen.«

»Ich danke dir, dass du dich so liebevoll um Yong Le kümmerst.«

»Es ist mir eine Freude, Temur. Er ist so … liebenswert. Und so aufgeweckt wie Kaidu und Chinkim. Es macht mir viel Vergnügen, ihn zu erziehen.«

»Ich würde ihn gern kennen lernen«, sagte ich. »Ich weiß, dass es … wie ich dieses Wort hasse! … dass es *unmöglich* ist, aber würdest du ihm ausrichten, dass ich ihn sehr lieb habe?«

»Ja, natürlich«, versicherte er mir.

»Ich werde dir Geschenke für ihn mitgeben. Und für Ying Hua.«

»Ich habe eine Bitte an dich, Temur: Lass mich dem Kaiser Wort für Wort berichten, was wir heute Abend besprochen haben. Und wie du immer noch für Ying Hua empfindest. Deine Tränen sagen mehr als tausend Worte. Ich denke, der Kaiser wird sein Bild von dir, das Yun Qi in den Farben des Hasses und der Eifersucht gemalt hat, ändern. Als du Zhang Zong zum ersten Mal gegenübertratest, hast du ihm fünf Pfeile gezeigt, die ein starkes mongolisches Reich symbolisierten. Diesen Traum hast du nun wahr gemacht, Temur. Du wirst auch die Vision vom Frieden wahr machen.«

»Ich werde dir einen Brief mitgeben, in dem ich dem Kaiser meine friedlichen Absichten versichere. Nicht als sein Vasall, sondern als sein Verbündeter.«

»Ich werde ihm dein Schreiben geben, Temur«, versprach er mir.

»Und jetzt werde ich mich um das versprochene Abendessen kümmern, damit du dich nicht beim Kaiser beschwerst, dass du bei mir nichts zu essen bekommen hast!« Ich erhob mich und verließ die Jurte, um mit Dschebe zu sprechen.

Er kam mir sofort entgegen, als er mich sah. Im Schein der beiden Feuer vor dem Zelt betrachtete er mein Gesicht. »Was ist los?«, fragte er besorgt. Er sah mir an, dass ich geweint hatte.

»Nichts. Mach dir keine Sorgen.«

»Wie sieht es auf dem Schlachtfeld aus? Seid ihr aufeinander losgegangen? Wird es nach dem Kampf Überlebende geben?«

Ich legte ihm beruhigend die Hand auf die Schulter. »Wir vertragen uns erstaunlich gut. Viel besser, als ich gehofft hatte. Ich schlage mich schon allein durch: Du musst mir keine Verstärkung schicken. Würdest du stattdessen den Koch bitten, das Essen zu servieren?«

»Ja, sofort.« Er wollte schon losstürmen, aber ich hielt ihn fest:

»Sag ihm, ich wäre ihm sehr dankbar, wenn er noch irgendwo einen Schlauch Wein aus Shiraz auftreiben kann. Du weißt schon, den schweren süßen Rotwein, den Djafar mir letztes Jahr von seiner Reise nach Samarkand mitgebracht hat.«

»Ja, ich weiß. Das ist der, der so herrlich betrunken macht.«

»Warte! Ich bin noch nicht fertig. Ich will, dass du Nomolun holst und mit ihr zum Abendessen in die Jurte kommst. Sie soll deine Söhne bei Li Rong lassen.«

»Bei Li Rong? Deine Gemahlin weiß doch gar nicht, wie man mit Kindern umgeht ...«

»Dann lernt sie es eben heute Abend!«

»Aber ... Li Rong spricht kein Wort Mongolisch, und Nogai und Dayan verstehen kein Chinesisch ...«

»Dann ist es eine einmalige Gelegenheit, dass alle drei heute Abend etwas lernen, nicht wahr?«, fragte ich ungeduldig. »Und damit auch du eine Chance bekommst, verrate ich dir etwas: Ich liebe Überraschungen! Überrasche mich heute Abend, indem du zur Abwechslung tust, worum ich dich bitte, ohne so lange darüber zu diskutieren, bis ich am Ende vergessen habe, was ich eigentlich wollte!«

»Zu Befehl, mein Khan!« Er verneigte sich mit einem ironischen Grinsen und verschwand.

Als ich in das Zelt zurückkehrte, hatten Kokatschin und Yesugan das Gemälde von Ying Hua an der Wand oberhalb meines Bettes befestigt. »Ich dachte, es gefällt dir, wenn es dort hängt«, sagte Kokatschin.

»Ja, es gefällt mir!« Ich umarmte und küsste sie. »Ich liebe dich«, flüsterte ich in ihr Ohr, und sie lächelte.

»Es hat mir so Leid getan, als ich dich vorhin weinen sah«, wisperte sie leise, damit keiner der Anwesenden sie hören konnte.

»Es geht mir gut«, versicherte ich ihr. Dann nahm ich ihre Hand und führte sie zum Feuer zurück.

Yesugan folgte uns und nahm auf einem Kissen direkt neben Wei Platz. Es war nicht zu übersehen, dass die beiden Gefallen aneinander gefunden hatten. Sie warfen sich lange Blicke zu. Verliebte Blicke.

Wenig später erschien Dschebe mit Nomolun, und das mehrgängige Abendessen wurde aufgetragen. Mein Koch hatte einen Schlauch des herrlichen Rotweins herbeigezaubert und reichte ihn uns in silbernen Bechern. Das chinesische Essen war köstlich und der schwere Wein berauschend.

Um Kaidu und Chinkim zu beeindrucken, erzählte Wei ihnen ein chinesisches Märchen von einem wilden Tiger, der mit einem Feuer speienden Drachen kämpft. Doch die beiden lachten ihn aus, als hätte er einen Witz erzählt. Die Geschichte war ihnen einfach nicht spannend genug.

»Das ist doch Unsinn, dass der Drache den Tiger besiegt! Mein Vater ist ein Tiger. Er siegt immer. Er kann jeden Drachen töten!«, erklärte Kaidu im Brustton der Überzeugung. »Jetzt werde *ich* dir mal eine Geschichte erzählen, die dich das Fürchten lehrt …«

Und dann begann mein Sohn, Wei von meinem Kampf mit dem sibirischen Tiger zu erzählen. Dschebe und ich lachten Tränen, als Kaidu mit einem unsichtbaren Tiger ringend durch meine Jurte tobte. Um den Kindern einen Gefallen zu tun, tat Wei so, als bekäme er entsetzliche Angst vor dem Tiger, und kippte schließlich mit einem Seufzer »ohnmächtig« um. Chinkim, der seinen Traum, Schamane zu werden, noch nicht aufgegeben hatte, rief ihn mit einem magischen Spruch ins Leben zurück.

Trotz aller Befürchtungen wurde es doch noch ein fröhlicher Abend. Wir aßen, tranken, scherzten und lachten, und Wei flirtete gegen Mitternacht ungeniert mit meiner Schwester, der das sehr zu gefallen schien. Ihre Hände berührten sich wie zufällig, wenn beide zum gleichen Stück Fleisch auf der Silberplatte greifen wollten. Dann lachten sie, boten sich das begehrte Stück gegenseitig an und einigten sich schließlich darauf, es zu teilen.

Es war schön, Yesugan so glücklich zu sehen, auch wenn ihr Glück und ihre Freiheit nur wenige Tage dauern sollten, bevor ich sie zu unserem Vater zurückschickte. Sie war glücklich, und ich war es nicht – vielleicht habe ich sie deshalb gewähren lassen, ohne ein Wort zu sagen, ohne Dschebes eifersüchtige Blicke zu beachten, ohne Kokatschins besorgte Hand auf meinem Arm ernst zu nehmen. Ich habe Yesugan ihr gefährliches Spiel mit dem Prinzen spielen lassen, obwohl ich wusste, wie diese Nacht für beide enden würde: in einem Sturmwind der Leidenschaft. Aber wie konnte ich denn ahnen, dass daraus schon bald ein vernichtender Feuersturm aus Zorn und Hass werden sollte, der uns alle mit sich riss!

»Temur?« Sie küsste meine Schulter.

Stöhnend drückte ich mein Gesicht in das Kissen. Ich lag auf dem Bauch, die dünne Seidendecke bedeckte meinen nackten Körper nur bis zur Hüfte. »Yesugan, ich hoffe, du hast einen sehr wichtigen Grund, mich zu wecken«, seufzte ich und drehte mich zu ihr um. »Es war spät gestern Abend! Ich bin müde!«

Sie kniete neben meinem Bett und lächelte. Das goldene Licht der aufgehenden Sonne fiel durch den hochgerollten Jurtenfilz und ließ ihr Gesicht erstrahlen. »Einen guten Grund habe ich, Temur: Ich bin verliebt wie noch nie zuvor! Ich bin so glücklich! Ich dachte, du würdest das gern wissen. Weil du selbst so … so unglücklich bist.«

Ich vergrub mein Gesicht im Kissen und schwieg.

»Bitte entschuldige, ich wollte dir nicht wehtun!« Sie legte sich neben mich und strich mir über das Haar. »Es hat mich sehr berührt, wie du gestern Abend geweint hast, Temur. Ich weiß, wie sehr du Ying Hua liebst, wie du dich nach ihr sehnst.

Ich habe deine Fähigkeit, so intensiv zu lieben, immer bewundert. All die Jahre habe ich gesehen, wie du liebst, wie du dich verschenkst, an Nomolun, an Kokatschin und an all die anderen, die du mit deiner Art zu lieben glücklich gemacht hast. Ich habe es auch versucht, immer wieder, aber ich konnte es nicht – nicht so selbstvergessen wie du. Ich hatte viele Affären, aber keine dauerte länger als ein paar Wochen. Dschebe war der Einzige, mit dem ich länger zusammen war.«

»Du hättest Vater nicht sagen sollen, dass du ihn liebst. Hätte er eure Beziehung für eine kurze Affäre gehalten, dann hätte er Dschebe nicht aus deinem Bett geworfen. Du bist seine älteste Tochter, und er will dich an einen Khan oder einen Fürsten verheiraten. Gegen ein Strohfeuer der Leidenschaft hat er nichts einzuwenden – schließlich lebt er selbst nicht gerade enthaltsam mit seinen vielen Geliebten. Aber eine ernste Liebesbeziehung ist etwas anderes. Dschebe wäre ihm als Schwiegersohn mehr als recht gewesen, aber er hätte dich nicht heiraten können. Er kann als Christ nur eine Frau haben.«

»Ich weiß. Dschebe und du – ihr habt damals schon mit Nomolun eine Ehe zu dritt geführt«, seufzte sie. »Dschebe ist ein leidenschaftlicher Liebhaber. Er ist auf eine liebenswerte Art maßlos, ja: extrem. Er ist so ruhelos wie du: Er will immer mehr und gibt nicht auf, bis er es geschafft hat. Er hat so viel Kraft und setzt sie sehr ausdauernd ein, auch im Bett. Er ist ein Eroberer, der seinen Willen durchsetzen muss.

Wei ist ganz anders. Er lag in meinen Armen und suchte bei mir Geborgenheit. Zärtlichkeit. Glück. Ich glaube, er hat lange nicht geliebt – seit dem Tod seiner Gemahlin. Es hat mich im tiefsten Inneren berührt, wie dieser starke … dieser selbstbeherrschte Mann sich mir hingegeben hat. Wie er sich in meine Arme fallen ließ und darauf vertraute, dass ich die Kraft habe, ihn aufzufangen. Es war ein berauschendes Gefühl, als er dann in meinen Armen einschlief, ganz entspannt, mit einem glücklichen Lächeln auf den Lippen. O Gott, es war so schön!«

Ich strich ihr sanft über das Gesicht, und sie lächelte. »Du bist also glücklich.«

»So glücklich wie noch nie in meinem Leben! Ich liebe ihn.«

»Wir haben eine Vereinbarung, Yesugan«, erinnerte ich sie ernst. »Du hast noch drei Tage, bis ich dich zu Vater nach Kharkhorin zurückschicke. Genieße jede Minute! Ich gönne dir dein Glück. Aber, um Himmels willen, werde nicht schwanger!«

Wir Mongolen lieben sehr freizügig und sind deshalb sehr tolerant. Bei uns ist es für junge Frauen nicht unüblich, schon vor der Ehe ein Kind zu haben. Gerade Frauen mit Kindern gelten als besonders begehrenswert: Sie haben bewiesen, dass sie schwanger werden können – und sie haben sexuelle Erfahrungen mit anderen Männern gemacht. Bartschuk Khan war Christ. Ich hatte gehört, dass Christen ganz versessen auf Jungfrauen waren, die keine Ahnung hatten, was im Bett von ihnen erwartet wurde. Weiß der Himmel, warum!

»Ich bin einundzwanzig, Temur!«, erinnerte Yesugan mich ernst. »Wei ist nicht mein erster Liebhaber …«

»Nein, aber mit Sicherheit dein letzter!«, sagte ich. »Bartschuk Khan kann als Christ nur eine Frau haben – auch wenn er angeblich einen ansehnlichen christlichen Harem hat. Aber er wird nicht begeistert sein, wenn seine Braut mit einem Kind auf dem Arm zur Hochzeit erscheint.« Ich erhob mich vom Bett, wickelte mich in das Laken und kniete mich vor die Truhe, in der ich die getrockneten Heilkräuter und Arzneien aufbewahrte. Schließlich fand ich, was ich suchte.

Dann drückte ich Yesugan ein Seidensäckchen in die Hand: »Bereite aus dem Pulver einen Tee und trinke ihn, sobald dein Mondzyklus ausbleibt. Er ist weniger umständlich und wirkt zuverlässiger als die übliche Verhütungsmethode während des Liebesaktes. Die starken Blutungen werden den Fötus aus der Gebärmutter herausschwemmen. Achte darauf, dass du nicht allein bist, wenn die Krämpfe einsetzen. Nimm jemanden mit, dem du vertraust – Nomolun wird dir sicher helfen, wenn du sie darum bittest. Es wird furchtbar sein …«

Sie küsste mich auf die Wange. »Tausend Dank!«

Ich löste mich aus ihrer Umarmung. »Würdest du mich jetzt bitte allein lassen? Ich muss mich auf die Friedensverhandlungen mit deinem Geliebten vorbereiten.« Sie sah mich betroffen an, als ich fortfuhr: »Gestern, als er ankam und mir mit einer Kriegserklärung drohte, hielt ich die Situation für schwierig. Aber heute Morgen ist sie durch eure Affäre noch komplizierter geworden.«

»Es tut mir Leid!«, sagte sie bestürzt. »Ich weiß nicht, ob es dich beruhigt, aber Wei ist ebenso besorgt wie du. Wir haben letzte Nacht mehr getan, als uns zu lieben. Er hat mir gesagt, wie er sich fühlt, wenn er mit dir verhandeln soll. In Rüstung und Schwert und mit einer Kriegserklärung in der Hand.

Ursprünglich wollte der Kaiser jemand anderen schicken, aber Wei hat darauf bestanden, selbst zu kommen. Der Himmelssohn hat von ihm gefordert, dass Ying Hua und dein Sohn während seiner Abwesenheit in den Kaiserpalast umziehen. Als Geiseln, Temur! Damit nicht nur du darüber nachdenkst, wem du Loyalität schuldest. Wei hat Angst. Er sagte mir, er wäre gestern Abend erleichtert gewesen, dass du Ying Hua immer noch so sehr liebst und sie nicht vergessen hast. Und deine Tränen hätten ihn sehr berührt.«

»Ein geschickter Spielzug des Kaisers, uns beide unter Druck zu setzen!«, rief ich verbittert. »Diese geniale Idee stammt mit Sicherheit von diesem intriganten Yun Qi. Er spielt uns gegeneinander aus. Er glaubt, dass er uns beide so auf einmal loswird! Falls ich nicht nachgebe und mein Schwiegervater mir den Krieg erklärt, wird der Kaiser ihn als seinen besten General gegen mich einsetzen. Und falls wir uns friedlich einigen, kann Wei wegen Hochverrats angeklagt werden. Dann wäre der Weg zum Thron für Yun Qi frei. Die Geisel Ying Hua wäre in diesem Fall entbehrlich und mein Sohn Yong Le für ihn gefährlich. Und wenn Yun Qi auf dem Drachenthron sitzt, wird er mir sowieso den Krieg erklären und die chinesischen Regimenter auf den Hals hetzen. Er hat ein zehnmal stärkeres Heer als ich, aber auch wenn ich seinen Fußsoldaten mit meinen schnellen Reitern in der Schlacht überlegen bin: Es wird ein furchtbares Gemetzel geben, ein sinnloses Morden. Verdammt sei er in alle Ewigkeit!«

Yesugan beobachtete mich ängstlich, als ich wie gehetzt in meiner Jurte auf und ab lief und mir eine Strategie für die Verhandlungen mit meinem Schwiegervater zurechtlegte. Dann blieb ich vor ihr stehen: »Hat Wei dir gegenüber erwähnt, dass er überwacht wird?«

Sie nickte. »Deshalb sind wir heute Nacht in die Steppe hinausgeritten, um allein zu sein. Er sagte, in der Gästejurte könne jedes Gespräch durch den dünnen Filz mitgehört werden. Er wollte nicht, dass jemand erfährt, dass wir …«

»Seid ihr beobachtet worden?«

»Nein, wir sind vor Sonnenaufgang getrennt zurückgekommen. Er ritt auf dem direkten Weg ins Lager zurück, um sich auf die Verhandlungen mit dir vorzubereiten. Ich habe das *Ordu* in einem weiten Bogen umritten, um eine halbe Stunde später von der anderen Seite zurückzukehren. Ich glaube nicht, dass irgendjemand etwas bemerkt hat.«

»Die Affäre muss geheim bleiben«, ermahnte ich sie.

»Ja, selbstverständlich! Aber du verbietest sie mir nicht …?«

»Nein, ich verbiete dir nicht, ihn wiederzusehen. Es ist mir lieber, wenn ich weiß, was ihr tut, als wenn ich es nicht weiß, und ihr tut es trotzdem. Und es ist mir lieber, wenn ich durch dich mit ihm reden kann als gar nicht, weil Yun Qis Spione uns überwachen.«

»Ich werde deinem Willen gehorchen«, versprach sie mir.

»Ich weiß, was ich von dir verlange, aber ich brauche dich.«

»Heißt das, du wirst mich nicht in drei Tagen zu Vater zurückschicken?«, fragte sie vorsichtig.

»Nein, du wirst zunächst einmal hier bleiben. Und ich werde dir sogar Dschebe vom Hals halten. Ich rede mit ihm.«

Sie fiel mir um den Hals. »Du bist der beste Bruder, den ich mir wünschen kann!«

Wie sehr sie sich in mir täuschte! Am Abend zuvor hatte ich nicht gezögert, meine Gemahlin und meine Söhne für meine Ziele einzusetzen und in eine gefährliche Situation hineinzuziehen. Und nun schickte ich meine Schwester auf ein unübersichtliches Schlachtfeld, wo kein Gegner das war, was er zu sein vorgab. Nein, ich war ganz sicher kein liebevoller Bruder!

»Dschebe soll kommen!«, befahl ich dem Offizier meiner Leibwache ein paar Minuten nachdem Yesugan gegangen war.

»Er schläft noch …«, begann er, doch ich unterbrach ihn ungeduldig: »Dann wecke ihn!«

»Ja, mein Khan!« Er rannte los, um seinen Noyan zu holen.

Ich kehrte ins Zelt zurück. Während ich auf meinen Freund wartete, überlegte ich, welche Alternativen mir eigentlich noch blieben. Die Verhandlungen sollten eine Stunde später beginnen – also hatte ich nicht viel Zeit, um eine Entscheidung zu treffen.

Hatte sich Wei wirklich in Yesugan verliebt und ihr seine Ängste anvertraut? Hatte er sie benutzt, um mich zu warnen, weil er keine andere Möglichkeit sah, mit mir zu sprechen? Oder hatte er nur mit meiner Schwester geschlafen, um mich in eine Falle zu locken? Wurden Ying Hua und mein Sohn wirklich als Geiseln festgehalten? Setzte der Kaiser ihn, den mächtigsten Mann des Reiches, unter Druck, oder war das alles nur eine perfekt inszenierte Falle?

Ich hatte Yesugan meine Befürchtung mitgeteilt, dass Yun Qi uns beide, Wei und mich, mit diesem genial einfachen Spielzug vom Spielfeld werfen wolle. Und dann hatte ich sie zu Wei zurückgeschickt: Sie sollte ihm sagen, sie hätte sich mir anvertraut und ich sei mit ihrer Affäre einverstanden, auch wenn sie die Verhandlungen erschwere.

Aber ich hatte ihr nicht gesagt, dass es noch eine andere Möglichkeit gab: Dass Wei sich meiner bediente, um Kaiser zu werden. Schon vor Monaten hatte Yun Qi seinen Einfluss beim Himmelssohn verloren. Er hatte mit dem Scheitern seiner diplomatischen Mission zu mir das Gesicht verloren. Und er wusste, dass das meine Absicht gewesen war, als ich ihn verbannte. Selbst wenn er auf Rache sann – was blieb ihm anderes, als verletzende Worte gegen mich abzuschießen? Wei war der mächtigste Mann des Reiches. Er konnte die Stufen zum Thron hinaufsteigen, wenn er sich mit mir verbündete.

Wollte er mich als seinen Feldherrn benutzen, der ihm die glühenden Kohlen aus dem Feuer holte? Und wenn ich mir dann gründlich die Finger verbrannt hatte, würde er mich fallen lassen. Denn ein durch den Krieg in Chin gestärktes mongolisches Reich an seiner Nordgrenze war für ihn als Kaiser eben kein verlässlicher Bündnispartner. Nein, Wei würde sich niemals von mir als seinem Verbündeten abhängig machen. Er wäre ein Narr, wenn er es tat.

Er würde darauf achten, dass ich meine Kräfte gegen die chinesischen Regimenter verschliss, dass ich geschwächt nach Hause zurückkehrte – dann würde er mich vernichtend schlagen, meine Jurten niederbrennen und mich bis in die sibirischen Wälder jagen. Und das wäre das Ende des Traumes von einem freien mongolischen Reich …

»Und wie sieht nun deine Strategie aus?«, fragte Dschebe eine halbe Stunde später, als ich ihm die Situation erläutert hatte.

»Meine Strategie ist, dass ich es vermeide, eine Strategie zu haben. Mir bleibt nichts anderes übrig, als mich Schritt für Schritt durch diesen Nebel aus Lügen und Intrigen vorzuarbeiten. Ich habe keine Ahnung, wen ich verletze, wenn ich ein bisschen im Nebel herumstochere. Ich weiß auch nicht, was als Nächstes geschehen wird.«

»Du täuschst Wei über deine wahren Absichten, indem du Yesugan zu ihm schickst. Du betrügst deine eigene Schwester, indem du ihr nicht die ganze Wahrheit erzählst und sie über die Gefahr, in der sie schwebt, im Unklaren lässt. Sag mir, Temur: Hast du *mir* die ganze Wahrheit erzählt?«

»Willst du eine ehrliche Antwort von mir, Dschebe?«

»Ich bitte darum!«

»Nein, ich habe dir nicht alles erzählt.«

»Und warum nicht?«, fragte er ärgerlich. »Vertraust du mir auch nicht? Ich bin dein bester Freund! Ich habe dir als meinem Khan die Treue geschworen!«

»Und eben das ist mein Problem, Dschebe: dein Treueschwur mir gegenüber als deinem Herrscher. Wem schuldest du Loyalität, wenn ich abdanke? Denn auch darüber habe ich nachgedacht.«

»Du hast *was?*«, fragte er ungläubig.

»Dschebe, ich *habe* kein Problem, ich *bin* das Problem. Dieses ganze Intrigenspiel, egal ob mit Yun Qi oder Wei als Gegner, ist doch nur möglich, weil ich Khan bin. Mit niemand anderem als mir kann mein Gegner dieses Spiel um die Macht spielen. Für einen Augenblick dachte ich darüber nach, auf den Thron zu verzichten, um den Frieden zu retten. Aber dann habe ich diesen Gedanken verworfen. Ich *bin* das Problem, und damit trage ich die Verantwortung für diese Situation. Ich habe als Khan die Pflicht, den Krieg zu verhindern, und diese Aufgabe werde ich nicht meinem Nachfolger überlassen.«

»Das alles wolltest du mir nicht sagen? Warum nicht?«

»Weil ich daran gedacht hatte, dich als meinen Nachfolger zu benennen.«

Er starrte mich sprachlos an. »Danke für dein Vertrauen«, murmelte er schließlich. »Ich kann verstehen, dass du mir *das* nicht sagen wolltest.«

»Wenn ich dich nicht hätte, Dschebe, dann wüsste ich im Augenblick nicht, wem ich vertrauen könnte. Ich stehe im Nebel mit dem Rücken zum Sumpf, kann weder vor noch zurück und spüre schon den Dolch an der Kehle. Aber ich kann meinen Gegner nicht erkennen, weiß nicht, wo er steht, weiß nicht, ob ich nicht den Falschen verletze, wenn ich zuschlage. Und das macht mir furchtbare Angst.«

Die Verhandlungen mit Wei waren schwierig, weil wir beide sehr unterschiedliche Ansichten über den Grenzverlauf zwischen dem chinesischen und dem mongolischen Reich hatten, aber denselben Willen, unsere Vorstellungen durchzusetzen. Sie waren umständlich, weil wir vor unseren Beratern nicht offen miteinander reden konnten und weil ich nicht wusste, wer Wei und mich belauschte. Wir konnten nicht offen miteinander reden und hofften, dass der andere verstehen konnte, was wir sagen wollten. Oder verstehen wollte. Die Verhandlungen waren nach nur einer Stunde festgefahren, weil ich nicht wusste, auf welcher Seite Wei stand.

Wir hatten uns mit unseren Beratern in die Palastjurte zurückgezogen und um eine Landkarte aus gegerbtem Leder versammelt. Die Karte zeigte das mongolische Reich vom Altai-Gebirge im Westen bis zur Menengin-Steppe im Osten, vom Baikal-See im Norden bis zur Gobi und der Großen Mauer im Süden. Im Südwesten: das Reich Xixia mit seiner Hauptstadt Ningxia in der Schleife des

Huang He. Im Südosten: das Reich Chin mit seiner Hauptstadt Zhongdu.

Zwischen uns lagen eine Wüste aus Ignoranz für die unabdingbaren Interessen des anderen, größer als die Gobi, und ein Wall aus fest gefügten Meinungen, höher als die Chinesische Mauer. Aber bisher hatte niemand die offene Konfrontation gewählt und eine rote Linie auf die Karte gezeichnet, die fortan die Grenze symbolisieren sollte. Wei beharrte unnachgiebig auf dem Standpunkt, dass das Gebiet nördlich der Mauer chinesisches Hoheitsgebiet sei.

»Was heißt: nördlich der Mauer? Zeigen Sie mir auf der Karte, wovon Sie sprechen«, bat ich ihn auf Chinesisch. Meine Berater sprachen besser Chinesisch als Weis Begleiter Mongolisch. Auf Übersetzer hatte ich verzichtet – sie hätten die Verhandlungen noch umständlicher gemacht.

Wei trat zur Karte und strich mit der flachen Hand über ein Gebiet, das von der großen Schleife des Huang He im Westen in einem weiten Bogen durch die südliche Gobi bis in die Steppe reichte. »Das alles hier gehört zu Chin, Majestät. Um diese Gebiete haben die Vorgänger des Kaisers Zhang Zong mit Ihren Vorfahren Ambakai Khan und Kutula Khan Krieg geführt. Und, wie Sie wissen, Majestät, hat Chin den Krieg gewonnen. Damit ist der von Ihnen angesprochene Friedensvertrag zwischen dem Kaiser und Kabul Khan, in dem Chin vor sechzig Jahren die Räumung aller Grenzposten nördlich der Mauer zusagte, nichtig.«

Ich schüttelte den Kopf. »Über das Gebiet um die Huang He-Schleife streiten Sie sich lieber mit meinem Schwiegervater, dem Kaiser von Xixia. Es liegt nah an seiner Hauptstadt Ningxia, und ich befürchte, er ist da ganz und gar nicht Ihrer Meinung. Die Gobi und die Menengin-Steppe gehören zu meinem Reich. Das sind meine Winterweiden.«

»Dass Sie sich während des letzten Winters mit Ihrem Heer dort aufgehalten haben, um Truppenübungen durchzuführen, ist uns nicht entgangen, Majestät«, entgegnete er scharf.

Dschebe wollte etwas einwerfen, doch ich gebot ihm zu schweigen.

»Ich habe keine Truppenübungen durchgeführt, Prinz Wei«, sagte ich und musste mich mühsam beherrschen, um nicht wütend zu werden. »Sie wissen so gut wie ich, dass ich über eine Streitmacht verfüge, die derartige Manöver nicht benötigt. Wir haben in den letzten zwanzig Jahren Krieg geführt, nicht Krieg *gespielt.* Mein Heer ist gut ausgerüstet, diszipliniert und jederzeit einsatzbereit. Nur um Missverständnisse auszuschließen, Exzellenz: ›Jederzeit‹ heißt in meinem Sprachgebrauch ›innerhalb einer Stunde‹.« Ich hob die Hand, als er aufbegehrte: »Bitte unterbrechen Sie mich nicht, Prinz Wei! Ich bin noch nicht fertig.

Im Norden herrscht seit drei Jahren eine Dürre. Während des Sommers fällt kaum Regen, und die Steppe ist karg und ausgedörrt. In diesem Jahr des Drachens (1208) ist es besonders schlimm: Immer wieder vernichten Steppenbrände die Weiden. Es gibt kaum noch Futter für unsere Herden, und wir müssen weite Entfernungen zurücklegen, um von einem Weidegebiet zum anderen zu gelangen. Die Pferde, Yaks, Kamele, Schafe und Ziegen sind unsere Lebensgrundlage. Ohne die Herden können wir nicht existieren. Ich muss also nach Süden ausweichen, wenn ich die Tiere nicht verlieren will.

Und noch etwas macht die Weiden unbrauchbar: der Schnee. Aus ihm gibt es kein Entrinnen. Hoher Schnee und heftige Eisstürme verhindern jeden Lagerumzug in mildere Gegenden. Werden Familien im Schnee eingeschlossen, endet das meist in einer Katastrophe.

Was Sie eben so großzügig zum chinesischen Hoheitsgebiet erklärt haben, sind meine Winterweiden, die noch im späten Herbst schneefrei sind. Im Winter finden meine Pferde und meine Yaks weiter im Norden kein Gras mehr unter der dicken Schneedecke. Der Aufwand, im Herbst Heu zu schneiden, um die Kamele, Ziegen und Schafe, die unter dem Schnee nicht nach Gras scharren, durch den harten Winter zu bringen, ist gewaltig und fordert all unsere Kräfte. Ein Ausweichen nach Süden ist also nicht nur praktisch, sondern notwendig. Lebensnotwendig.«

Wei schüttelte nur den Kopf, und ich hatte das Gefühl, gegen eine Mauer aus Unverständnis anzurennen.

»Waren Sie schon einmal im Winter hier?«, fragte ich und wartete seine Antwort gar nicht erst ab. »Nein, natürlich nicht. Es wäre zu unbequem. Der Winter beginnt bei uns im September, wenn der erste Schnee fällt, und endet im Mai, wenn der Schnee wieder schmilzt. Wir haben hier keinen warmen Frühling mit Kirsch- und Pflaumenblüte oder einen schönen, sonnigen Herbst mit rotgoldenen Ahornblättern wie in Zhongdu. Wenn der Winter zu Ende geht, zerbricht das Eis der zugefrorenen Flüsse mit einem lauten Knall. Dann lässt das warme Tauwetter die Flüsse Onon, Kherlen, Orkhon, Tuul und Selenge zu gewaltigen Strömen werden, die alles mit sich reißen: zerborstenes Eis, Bäume, Felsen und auch unsere Herden.

In der Steppe genießen wir drei oder vier Monate lang den Sommer. In den Bergen des Altai, des Khangai und des Khentii dauert er kürzer, am Baikal-See und in der Taiga noch kürzer. Im Juni herrscht an manchen Tagen eine solche Gluthitze in der Steppe, dass Sie kaum atmen können, und wenige Tage später kann es so kalt werden, dass es schneit – mitten im Sommer. Dann toben gewaltige Gewitter über der Steppe, Blitze zucken aus einem schwarzen Himmel, und wenn ein Blitz einschlägt und kein Wolkenbruch das Feuer löscht, brennt die Steppe so weit Ihr Auge reicht. Und am Neujahrsfest Anfang Februar ist es hier so kalt, dass Sie selbst mit ihrem wärmsten Pelz draußen erfrieren würden, weil Sie die Kälte nicht gewohnt sind.

Ich bin hier geboren, und die Kälte macht mir nichts aus. Erst wenn ich stehen bleibe, werde ich erfrieren: Ich bin wie das Wasser!«, erinnerte ich ihn an unser Gespräch in Zhongdu. »Niemand kann mich aufhalten, wenn ich den Weg des geringsten Widerstandes gehe: nach Süden. Auch keine Große Mauer.«

Wei sah mir in die Augen und versuchte zu ergründen, wie weit ich gehen würde.

Ich erhob mich, nahm einen Pinsel und eine Schale mit roter Tinte und hielt ihm beides hin. »Würden Sie bitte den Grenzverlauf auf die Karte malen, Exzellenz?«

Er zögerte, aber er konnte sich unmöglich weigern – denn genau deshalb war er doch zu mir gekommen.

»Ich verspreche Ihnen, dass ich diese Linie nicht mehr korrigieren werde, sobald sie festgeschrieben ist. Aber ich bitte Sie, eine Linie zu ziehen, mit der wir beide leben können. *Leben* – nicht sterben!«

Er nahm mir den Pinsel aus der Hand. Dann trat ich einen Schritt zurück, damit er sich in Ruhe darüber klar werden konnte, wo er diese Grenze zog. Er überlegte lange, dann malte er sehr bedächtig einen roten Strich, der sehr viel näher an der Großen Mauer lag, als er mir bisher zugestehen wollte. Sehr großzügig überließ er mir einen riesigen Haufen Sand: die Gobi. Weiter östlich verlief die rote Linie durch die Menengin-Steppe und nahm mir das südliche Drittel meines Reichsgebietes.

Ich starrte auf die Karte und atmete tief durch. Ich war wütend über seine wirklichkeitsfremden Forderungen und seine Unnachgiebigkeit. Ich war enttäuscht. Und ich hatte keine Hoffnung mehr, dass unsere Verhandlungen zu einem Ergebnis führen würden, mit dem mein Volk leben und *überleben* konnte.

Rot wie Blut leuchtete die Linie auf der Karte – wie eine offene Wunde zerriss sie mein Reich in zwei Teile. Dieser Strich schnitt mich von den lebensnotwendigen Winterweiden ab. Er fügte mir Schmerzen zu. Aber ich hatte versprochen, die Linie nicht zu korrigieren und ohne weitere Verhandlungen zu akzeptieren.

Dschebe beobachtete mich gespannt, wie ich nachdenklich die Karte betrachtete. Er wusste genau, was in mir vorging.

Die Steppe gehört niemandem – sie ist kein Stück bebautes Land oder ein Reisfeld, das man besitzen oder mit einer roten Linie zerschneiden kann. Für einen Nomaden ist die ganze Erde von Horizont zu Horizont ein einziges weites, gemeinsames Land, auf dem er seine Herden weiden kann, wo und wie lange es ihm beliebt. Er schließt sich nicht mit anderen zusammen, um gemeinsam eine Stadt zu bauen, einen Kanal zu graben oder ein Feld anzulegen, denn er lebt allein in der menschenleeren Steppe. Er muss niemanden um Erlaubnis fragen, wenn er irgendwo in diesem endlosen Land seine Jurte aufbaut, und er muss niemandem Bescheid sagen, wenn er sie wieder auf seine Kamele lädt, um weiterzuziehen. Denn er ist frei wie der Wind! Rote Linien auf Landkarten haben für ihn keine Bedeutung.

»Bevor ich dir meine abschließende Antwort gebe, will ich in Ruhe darüber nachdenken«, sagte ich auf Mongolisch. »Ich habe lange still gesessen und brauche vor dem Mittagessen ein wenig Bewegung. Möchtest du mich begleiten? Ich will dir draußen in der Steppe etwas zeigen. In einer Stunde werden wir zurück sein.«

»Nur wir beide?«, fragte er vorsichtig.

Ich nickte. »Nur wir beide.«

Er erhob sich von seinem Kissen und folgte mir aus dem Zelt. Draußen befahl ich einem Diener, zwei meiner schnellsten Pferde vorzuführen. Wenig später schwangen wir uns in die Sättel.

»Komm mit!«, rief ich ihm zu und galoppierte vor ihm aus dem Lager. Ich stellte mich in die Steigbügel, zog die Knie an, beugte mich tief über die wehende Mähne, trieb meinen Hengst an und flog so schnell über die Steppe, dass Wei, der diese Art zu reiten nicht beherrschte, mir kaum folgen konnte. Die Ebene vor mir war völlig flach, und so dauerte es lange, bis die weißen Jurten des Lagers in der Ferne verschwanden. Ich war wütend, und der scharfe Ritt tat mir gut. Mit geschlossenen Augen genoss ich eine Weile den Rausch der Geschwindigkeit meines dahinfliegenden Pferdes, seine kraftvollen Bewegungen, das Trommeln seiner Hufe auf dem Steppenboden, meine Atemlosigkeit, den harten Schlag meines Herzens und das Streicheln des Sommerwindes auf meinem Gesicht. Je länger ich ritt, desto ruhiger wurde ich.

Wei und ich galoppierten wohl eine halbe Stunde durch die Menschenleere. Er hatte Mühe, Schritt zu halten, und blieb immer weiter hinter mir zurück, bis ich meinen Hengst zügelte, aus dem Sattel sprang und auf ihn wartete.

Außer Atem vom schnellen Ritt glitt er vom Pferd und sah sich um: »Was willst du mir zeigen? Hier ist nichts.«

»Du irrst dich. Die ganze Welt ist hier. *Meine* Welt.« Ich setzte mich ein paar Schritte entfernt ins hohe Sommergras und sah zu ihm auf. »Sag mir, was du siehst!«

»Ich sehe die Steppe: wogendes Gras, ein Meer von Blüten. Ich sehe die unendliche grün-blau schimmernde Weite, die bis zum fernen Horizont reicht, eine Linie zwischen Himmel und Erde.« Er drehte sich langsam um sich selbst. »Ich sehe *einen* Horizont, der die Welt umschließt. Es ist unglaublich! Die Steppe ist hier völlig flach, kein Baum, kein Strauch verstellt den Blick zum Horizont. Ich bin hier völlig allein mit mir selbst! Welch ein berauschendes Gefühl! Und über dieser grenzenlosen Weite, diesem Meer aus Farben, wölbt sich ein unendlicher, tiefblauer Himmel. Das Land ist überwältigend schön!«

»Ja, das finde ich auch. Ich liebe meine Heimat sehr.« Ich sah zu ihm auf. »Sag mir, wo Süden ist!«

»Süden ist …«, begann er und sah zur Sonne hoch, die gerade im Zenit stand. Verwirrt suchte er seinen eigenen Schatten im hohen, wogenden Gras, konnte ihn aber nicht finden. Und auch der Wind half ihm nicht, weil er nicht wusste, woher er wehte.

»Ich weiß es nicht«, gestand er leise.

»Sag mir, aus welcher Richtung wir gekommen sind!«

Unsere Spuren im Gras suchte er vergeblich: Menschen hinterlassen in der Steppe keine Spuren. Dann orientierte er sich an den grasenden Pferden, die sich aber bereits einige Schritte von uns entfernt hatten. Verwirrt blickte er zum Horizont, um in den Luftspiegelungen weiße Jurten zu erkennen. Am Ende verließ er sich auf seinen Orientierungssinn: »Von dort sind wir gekommen«, sagte er und deutete auf den Horizont hinter sich.

»Nein, von dort.« Ich deutete in die Gegenrichtung. »Ich habe dich vom *Ordu* in einem weiten Bogen durch die Steppe geführt. Du hast es nicht gemerkt.«

»Nein«, gestand er verlegen.

Aber ich war mit ihm noch nicht fertig. Noch lange nicht. »Weißt du, wie weit die Große Mauer von hier entfernt ist?«

»Nein.«

»Eintausend Li. Mehr oder weniger. Und wie weit, glaubst du, liegt Zhongdu von hier entfernt?«

»Ich weiß es nicht.«

»Du hast also keine Ahnung, wo du gerade bist?«

Er schüttelte den Kopf.

»Aber trotzdem behauptest du, genau hier verläuft die Grenze zwischen dem mongolischen und dem chinesischen Reich?«

Er starrte mich an, verwirrt, betroffen.

»Wir befinden uns genau auf der Linie, die du vorhin so großzügig mit roter Farbe auf die Karte gepinselt hast. Mit anderen Worten: Du stehst in meinem Reich und ich in deinem.«

Er schwieg bestürzt, und ich erhob mich. »Ich bin also jetzt im Reich Chin. Ich hoffe, du gestattest mir, ein paar Schritte weiter nach Süden zu gehen.« Ich wartete nicht auf sein Einverständnis und spazierte los. Er folgte mir sehr nachdenklich.

Während wir gingen, sagte ich:

»Ich hatte dich eben gefragt, ob du weißt, wie weit Zhongdu von hier entfernt ist. Ich schulde dir noch eine Antwort, Wei. Es sind zehn Tagesmärsche. Neun, wenn ich jetzt sofort zurückreite, auf das Mittagessen verzichte und meinen Kriegern den Befehl gebe, in die Sättel zu steigen. In einer Stunde sind wir bereit zum Abmarsch, und die Geschwindigkeit unserer Pferde hast du eben selbst erlebt. Du hattest das schnellere der beiden Pferde, warst aber langsamer als ich, denn du kannst nicht reiten wie wir Mongolen: in den Steigbügeln stehend und dabei tief über die Mähne gebeugt. Das ist für dich zu anstrengend, obwohl du in bester körperlicher Verfassung bist. Du würdest einen solchen scharfen Ritt nicht einmal zwei Stunden durchhalten.«

Ich gab ihm Zeit, über meine Worte nachzudenken, dann fuhr ich fort: »Ich werde in Chin sein, bevor du überhaupt merkst, dass ich da bin. Und wenn du es bemerkst, wird es zu spät sein. Dann hast du keine Zeit mehr, deine Regimenter gegen mich zu hetzen. Und du weißt weder, wo ich bin, noch wo ich als Nächstes zuschlagen werde. Ich stehe vor den Stadtmauern von Zhongdu, bevor du überhaupt weißt, dass die Stadt, das empfindliche Herz des Reiches, mein Ziel ist. Und wenn du versuchst, mich zum Kampf herauszufordern, wirst du feststellen, dass ich gar nicht mehr dort bin, wo du mich vermutet hattest, sondern bereits die Stadt Datong hinter deiner rechten Flanke angreife und dich von den Regimentern, die dir viel zu langsam aus den südlichen Provinzen zu Hilfe kommen wollen, und von deinen Nachschublinien abschneide. Und wenn du den Fehler machst, dein Heer zu teilen, um Datong *und* Zhongdu zu verteidigen und vielleicht auch noch die Gebirgspässe, die in die reiche Westprovinz hinüberführen – denn genau dort werde ich in diesem Augenblick sein! –, hast du im Grunde schon verloren.

In der Schlacht hast du keine Chance gegen mich. Ich habe Pferde, du nicht. Und selbst wenn du welche hättest: Meine Bogenschützen schießen im Galopp nach hinten Pfeile ab, die Stahlrüstungen durchschlagen können und tödliche Wunden reißen – schneller und treffsicherer als deine Repetierarmbrüste.

Und ich habe noch einen unschlagbaren Vorteil: Ich bin Nomade. Ich bin überall zu Hause. Mein Zelt ist in einer Stunde aufgebaut. Ich muss auch nicht zur Aussaat oder zur Ernte zu Hause sein. Ich muss meine Krieger nicht bezahlen wie du deine Soldaten, denn sie haben ein starkes Interesse daran, mir zu folgen. Ich muss meine Krieger nicht einmal motivieren! Ich muss mir nicht den Kopf über die Planung meines Nachschubes zerbrechen, weil ich ihn ständig bei mir führe. Ich habe keine Angst vor den Aufständen der chinesischen Bauern, die seit drei Generationen von euch dschurdschischen Eroberern unterdrückt und mit Frondiensten und Steuern bis aufs Blut ausgepresst werden – und zwangsrekrutiert für den Krieg.

Und ich habe keine Angst vor deiner Strategie der verbrannten Erde, weil *ich* die Erde verbrennen werde, bevor du es tust. Ich brauche deine Ernten nicht zum Leben. Ich habe Zeit für diesen Krieg. Und deshalb werde ich ihn gewinnen.« Ich sah ihm in die Augen. »Einen abgeschossenen Pfeil kann niemand aufhalten.«

Dann machte ich meinen nächsten Zug, mit dem ich Wei in eine Ecke des Spielfelds drängte, aus der er nicht mehr entkommen konnte, ohne mir in die Arme zu laufen:

»Was hältst du eigentlich von der Idee, dass ich Zhongdu zu meiner Hauptstadt machen will?«

»Das ist lächerlich!«, rief Wei sichtlich schockiert. Er war plötzlich sehr blass. »Du kannst keine Stadt erobern. Schon gar nicht eine so starke Festung wie Zhongdu. Du hast keine Belagerungsmaschinen. Völlig unmöglich!«

Wie ich dieses kleine, viel zu oft benutzte Wort »unmöglich« hasste – leicht dahingesagt und scheinbar unüberwindlich! Wie konnte er denn wissen, was ich tun konnte und was nicht?

»Ich schieße ›Fliegendes Feuer‹ in die Stadt«, erklärte ich ihm gelassen. »Zhongdu ist aus Holz erbaut und wird brennen. Und ›Fliegendes Feuer‹ kann mit Wasser nicht gelöscht werden. Es brennt, bis es ausgebrannt ist«, redete ich ihn nieder und drängte ihn mit meinen Worten wie mit einer Salve gut gezielter Pfeile in die Richtung, in der ich ihn haben wollte:

»Zu Recht wirst du mich fragen, was mir eine zerstörte Stadt nützt, wenn ich sie nicht plündern kann. Und ich muss dir zustimmen, wenn du einwendest, dass die Vernichtung aller größeren Städte in Chin keinen Sinn macht. Ich verstehe deine Besorgnis, dass meine Krieger, die auf Beute hofften, enttäuscht sind und ihre Wut an der Bevölkerung auslassen. Wie du fürchte ich, dass es zu sinnlosen Massakern kommen wird.

Und dein Argument, dass ich mit der Zerstörung der Hauptstadt Zhongdu und des Kaiserpalastes auch die Staatsverwaltung vernichte und damit das Reich unregierbar mache, überzeugt mich ebenfalls. Ohne Beamte wird es Jahre dauern, aus einem brennenden Trümmerhaufen wieder ein Reich zu machen, mit mir als Regenten, mit einer neuen Regierung und einer neuen Dynastie.

Und ich gebe dir Recht, wenn du sagst, dass diese Art der Kriegführung sinnlos ist, denn ich gewinne nichts außer einem Reich, das aufgehört hat zu existieren, nichts außer verbrannten Feldern und rauchenden Ruinen, die zuvor reiche und schöne Städte waren. Ich würde eine Kultur vernichten, die ich sehr bewundere.« Ich seufzte. »Ich danke dir, dass du dich bemüht hast, mich zu überzeugen: Ein Krieg ist nicht die Lösung unseres Problems. Wenn zwei mächtigen Herrschern wie uns beiden die Argumente ausgehen, sollten sie nicht zum Schwert greifen.«

Er starrte mich an und dachte wohl darüber nach, warum ich ihn als mächtigen Herrscher bezeichnete. Ich wusste immer noch nicht, auf welcher Seite er stand, aber im Augenblick war es mir auch gleichgültig. Ich hatte meine Worte gut gezielt. Er war getroffen, das sah ich ihm an. Er sah nicht viele Fluchtwege von diesem Schlachtfeld der Worte – nur einen einzigen …

»Nein, das sollten sie nicht tun«, nickte er schließlich und sah in die Weite der Steppe hinaus, ging allein ein paar Schritte, blieb stehen, wandte sich zu mir um. »Und wenn zwei vernünftige Herrscher wie wir beschlossen haben, nicht zum Schwert zu greifen, sollten sie sich die Hand reichen.«

Er streckte die Hand zum Bund aus, aber ich beachtete sie nicht und sah ihm fest in die Augen: »Selbstverständlich sollten sie das. Aber wer ist schon vernünftig, wenn er wütend ist …«

»Ich verstehe deinen Zorn, Temur!«, beschwichtigte er mich. Er war also tatsächlich an einem Bündnis interessiert! »Ich werde dir einen Schritt entgegenkommen und …«

»*Einen Schritt?* Das wird nicht ausreichen«, wies ich ihn ab. »Die Distanz zwischen uns beträgt im Augenblick eintausend Li: Das ist die Entfernung zwischen hier, wo ich stehe, und der Großen Mauer, von der aus du dein Reich verteidigst. Wenn du mir also die Hand reichen willst, musst du mir schon noch ein paar Schritte entgegenkommen.«

»Den ganzen Weg?«, ließ er sich auf die Verhandlungen ein.

»Nein, das verlange ich nicht von dir. Du kannst und willst nicht ohne ein Verhandlungsergebnis nach Zhongdu zurückkehren. Ich komme dir auch ein paar Schritte entgegen. Ich überlasse dir die reichen chinesischen Dörfer im Schatten der Großen Mauer. Dafür gewährst du mir die Steppengebiete nördlich davon als meine Winterweiden. Wir sichern einander zu, Streitigkeiten im persönlichen Gespräch zu klären. Und wir versprechen uns gegenseitig, Frieden zu halten.«

Er zögerte. »Ich weiß nicht, ob der Kaiser zustimmen wird …«

»Ich will dieses Bündnis nicht mit dem Kaiser schließen, sondern mit dir.«

»*Mit mir?*«, fragte er überrascht.

»Es ist eine persönliche Absprache zwischen uns beiden, besiegelt per Handschlag. Sobald du Kaiser bist, können wir einen Friedensvertrag schließen – zwischen zwei Herrschern, die einander achten, ihre Hoheitsgebiete respektieren und regelmäßig diplomatische Beziehungen unterhalten. Wir werden uns ein Mal im Jahr treffen. Und ich wünsche, dass du mir Ying Hua und meinen Sohn schickst: Ich will nicht länger auf sie verzichten. Ich kann sie nicht zur Khatun ernennen, weil ich Kokatschin diesen Titel nicht nehmen will, aber ich werde Ying Hua zu meiner Ersten Gemahlin machen. Yong Le wird als ihr Sohn mein Erbe sein, gleichberechtigt mit Kaidu und Chinkim.«

»Wirst du mir helfen, den Thron zu besteigen?«

»Als befreundeter Herrscher werde ich dich nach Kräften unterstützen – solange deine Interessen auch die meinen sind. Aber ich werde nicht als dein Bündnispartner in den chinesischen Provinzen für dich Krieg führen. Denn ein Krieg in Chin ist, wie du vorhin so richtig bemerkt hattest, *nicht* in meinem Interesse.«

Gedankenvoll sah er mich an, dann ging er ein paar Schritte, um sich wieder zu mir umzuwenden. »Ich bin mit deinen Bedingungen einverstanden, Temur. Lass uns ein persönliches Bündnis des Vertrauens schließen!«, stimmte er zu. »Eine mächtige Allianz, gestärkt durch unsere Freundschaft und durch das zarte Band der Liebe. Ich bitte dich um die Hand deiner Schwester! Ich will Yesugan heiraten und sie mit mir nach Zhongdu nehmen. Ich liebe sie. Und ich glaube … ich *hoffe,* dass sie mich auch liebt.« Er reichte mir seine Hand. »Als Kaiser von Chin brauche ich einen Erben.«

Ich starrte auf seine ausgestreckte Hand.

Sein Vorschlag war nicht nur akzeptabel, er war gut. Er war sogar sehr gut! Wenn da nicht Yesugans geplante Hochzeit mit Bartschuk Khan gewesen wäre, um den Khan der Uighuren aus seinem Vasallenverhältnis mit Karakitai herauszulösen und unsere westliche Grenze jenseits des Altai zu schützen! Mein Vater würde toben, wenn ich eigenmächtig seine Pläne zerschlug, ohne zuvor mit ihm gesprochen zu haben. Aber er würde sich wieder beruhigen, wenn ich ihm erklärte, dass ich keine Zeit hatte, ihn über meine Entscheidung zu informieren – denn Wei wollte jetzt gleich eine

Antwort von mir. Ihm Yesugan zu geben war vernünftig. Mein Vater würde meine Entscheidung verstehen und Bartschuk Khan eine andere Tochter schicken. Denn welche Macht hatte der Khan im Vergleich mit dem Kaiser von Chin? Yesugan liebte Wei. Mit ihren einundzwanzig Jahren konnte sie ihm nicht nur einen Sohn schenken, sondern mehrere Erben, die seine Dynastie fortsetzen würden … Ein verlässliches Bündnis mit Chin … Frieden …

Ich wollte ein erleichtertes »Ja!« hinausbrüllen, doch ich riss mich zusammen und nickte nur: »Ich werde das nach unserer Rückkehr mit Yesugan besprechen. Aber ich glaube, sie wird einer Heirat mit dir zustimmen. Sie hat sich in dich verliebt.«

»Ich werde deine Schwester zu meiner Kaiserin machen«, versprach er. »Und du wirst als mein Schwiegersohn den Titel Kaiserlicher Prinz von Chin führen …«

Er war wirklich gerissen! Er hatte schon alles erreicht, was er konnte, aber er wollte noch mehr.

Ich schüttelte den Kopf: »Ich kann und will dir als dein Schwiegersohn nicht die Treue schwören! Ich bin der Bruder deiner Ersten Gemahlin, der Gemahl deiner Tochter und der Onkel deiner künftigen Söhne. Ich bin dein Freund und Bündnispartner. Ich bin als Herrscher dein Nachbar nördlich der Großen Mauer. Aber ich bin *nicht* dein Vasall!«

Ich reichte ihm die Hand, und er schlug seufzend ein.

Dann gingen wir zu den grasenden Pferden, stiegen in die Sättel und galoppierten ins Lager zurück.

Als die weißen Jurten am Horizont auftauchten, zügelte er seinen Hengst und trabte neben mir her. »Ich bin froh, dass wir ein Bündnis geschlossen haben«, sagte er nach einer Weile. »Es wäre mir unerträglich gewesen, gegen dich zu kämpfen.«

»Was wirst du dem Kaiser erzählen, wie wir uns geeinigt haben?«

Er lächelte gequält: »Als erfolgreicher Feldherr werde ich in Sun Tses *Kunst des Krieges* nachschlagen und dort den guten Rat lesen: ›Verrate niemandem deine wahren Absichten!‹ Die dramatisch inszenierten Gespräche mit dir, die ich Zhang Zong in allen Einzelheiten ausmalen will, mit tragischem Höhepunkt und glücklichem Ende, werden ihn schon überzeugen …«

»Du hattest als Gesandter des Himmelssohnes den Auftrag, mit mir zu verhandeln«, erinnerte ich ihn. »Dass du als künftiger Kaiser mit mir, einem befreundeten Herrscher, ein derartiges Bündnis geschlossen hast, ist Hochverrat.«

»Ja, das ist Hochverrat«, nickte er.

»Yesugan sagte mir, du würdest überwacht …«

»Jeder meiner Schritte wird beschattet, jedes meiner Worte notiert. Wir werden unser entschlossenes Ringen um den Grenzverlauf noch ein paar Tage fortsetzen – um unser beider Glaubwürdigkeit willen. Zhang Zong kennt dich gut: Er wird nicht glauben, dass wir uns so schnell geeinigt haben.« Wei überlegte kurz: »Es wird schwierig werden, uns in den nächsten Tagen vertraulich zu unterhalten. Ich schlage vor, dass wir, wie letzte Nacht, Yesugan bitten, unsere Nachrichten weiterzuleiten …«

»Einverstanden.«

»… und dass *du*, wenn wir nachher die Verhandlungen wieder aufnehmen, eine Heirat zwischen deiner Schwester und mir vorschlägst … eine Ehe, um den Frieden zu sichern … Dir wird schon eine glaubwürdige Begründung einfallen, die du mir in verführerische Argumente verpackt vorsetzt … Ich werde überrascht sein von deinem Vorschlag, unwillig, nachdenklich, aber dann werde ich mich nach einer angemessenen Bedenkzeit besinnen und schließlich mit einem gequälten Seufzer Yesugan zu meiner Ersten Gemahlin machen …«

Ich grinste. »Ein guter Feldherr ist immer auch ein hervorragender Schauspieler. Es wird sicherlich eine amüsante Vorstellung werden.«

»Ich werde mir ebenso viel Mühe geben wie du!«, versprach er.

Wir hatten das *Ordu* erreicht. Durch die weiten Jurtenkreise ritten wir bis zur Mitte des Zeltlagers, das bereits für das bevorstehende Naadam-Fest mit bunten Seidenbannern geschmückt war.

Vor meiner Palastjurte sprangen wir von den Pferden und reichten die Zügel einem Diener.

Dschebe, der mit der chinesischen Delegation in der großen Palastjurte auf unsere Rückkehr gewartet hatte, kam zu mir. »Wo wart ihr denn so lange? Fast zwei Stunden wart ihr fort! Ich wollte euch schon suchen lassen.« Er warf uns besorgte Blicke zu, als fürchtete er, wir wären in der Einsamkeit der Steppe aufeinander losgegangen.

Wei hielt einige Schritte Abstand, um mir die Chance zu geben, kurz allein mit Dschebe zu sprechen. »Sag mal, was soll denn die ganze Vorstellung?«, fragte mich mein Freund ein wenig ärgerlich, weil ich ihn nicht vorher über meine Verhandlungen mit Wei informiert hatte. »Was gibt es da draußen in der Menschenleere, was man sich zwei Stunden lang ansehen kann?«

»Nichts, was einen vom Wesentlichen ablenken könnte …«

»Deine Orakelsprüche als Schamane sind manchmal verständlicher«, beschwerte er sich. »Was habt ihr besprochen? Nun sag schon …«

Ich legte ihm den Arm um die Schulter und ging langsam mit ihm hinüber zu meiner Jurte, während ich ihm in kurzen Sätzen erklärte, was Wei und ich vereinbart hatten.

Dschebe sah mich betroffen an. »Du willst ihm Yesugan geben?«

»Ich werde die beiden selbst verheiraten«, erklärte ich meinem Freund. »Würdest du zu ihr gehen und sie in mein Zelt bitten, Dschebe? Ich will sofort mit ihr sprechen.«

»Aber …«, begann er, doch als er meinen Gesichtsausdruck sah, schluckte er seine Worte herunter. »Yesugan spielt mit deinen Kindern. Ich werde sie holen.« Mit gesenktem Blick verschwand er zwischen den Jurten, und ich winkte Wei, mir in mein Zelt zu folgen.

Dort schenkte ich ihm eine Schale Airag ein, und wir tranken schweigend, während wir auf meine Schwester warteten.

Dann kam Dschebe in die Jurte, trat wortlos zu uns und füllte seine eigene Trinkschale randvoll mit Stutenmilch, die er in einem Zug leerte. Mein eifersüchtiger Freund wollte sich unser vertrauliches Gespräch offensichtlich auf keinen Fall entgehen lassen. Ich hätte ihm Yesugans Antwort auf meine Frage gern erspart, aber ich konnte ihn unmöglich jetzt aus dem Zelt werfen, ohne ihn noch mehr zu verletzen.

Wenige Augenblicke später betrat Yesugan meine Jurte – mit Kaidu, Chinkim und Temelün im Gefolge und der kleinen Yulun, die den Kopf an ihre Schulter gelegt hatte, auf dem Arm. Dschebe hatte ihr offenbar nicht gesagt, warum ich sie sprechen wollte.

Hinter dem Türfilz blieb sie überrascht stehen, als sie Wei neben mir erkannte, und stellte Yulun auf den Boden. Meine kleine Tochter sah Wei mit großen Augen an und versteckte sich hinter Yesugan vor dem Fremden.

»Komm näher!«, bat ich sie. »Ich will dir eine Frage stellen.«

Kaidu nahm Yulun bei der Hand und zog seine Geschwister zu meinem Bett, ließ sich auf den zusammengerollten Decken nieder und gebot den Kleinen zu schweigen.

Yesugan sah Wei und mich erwartungsvoll an. Dschebes traurigem Blick wich sie aus.

»Ich will wissen, ob du einverstanden bist, Prinz Wei zu heiraten. Vor einer Stunde hat er bei mir um deine Hand angehalten, und ich habe als dein Bruder dieser Verbindung zugestimmt. Doch ich will ihm keine endgültige Antwort geben, ohne zuvor mit dir gesprochen zu haben.«

Zuerst starrte sie mich an, als hätte sie mich nicht verstanden. »Aber …«, begann sie verwirrt und schluckte die Erwähnung ihrer bevorstehenden Hochzeit mit Bartschuk Khan herunter.

»Versteh mich nicht falsch, Yesugan: Dies ist eine Bitte, kein Befehl. Die Entscheidung liegt bei dir«, sagte ich. »Wenn du ihn nicht willst, werden wir eine andere Lösung finden.«

Ein zauberhaftes Lächeln huschte über ihr Gesicht. »Aber ich will ihn doch!«, strahlte sie und rannte mich fast um, als sie mir um den Hals fiel und auf beide Wangen küsste. »Ich weiß nicht, wie ich dir danken soll, Temur!«, rief sie glücklich.

Dann wandte sie sich Wei zu, der neben mir stand, und umarmte auch ihn. Er schlang seine Arme um sie, zog sie an sich und küsste sie leidenschaftlich.

»Ich freue mich … ich freue mich so sehr, dass du mich willst«, flüsterte er zwischen zwei ungeduldigen Küssen.

Dschebe starrte mit geballten Fäusten auf die beiden glücklich

Verliebten. Nur mühsam konnte er sich beherrschen: In seinem Blick funkelte der Hass. Ich legte ihm tröstend die Hand auf den Arm, aber er fegte sie mit einer wütenden Geste vom Ärmel. »Lass mich in Ruhe!«, brauste er auf wie ein Sturm in der Steppe.

Ich wandte mich Yesugan und Wei zu.

»Wenn ihr beide einverstanden seid, wird die Hochzeit in den nächsten Tagen nach dem Naadam-Fest stattfinden. Ich werde als Schamane die Zeremonien der Eheschließung vollziehen und Gottes Segen für diese Verbindung erflehen.«

»Vielleicht hättest du erst *meinen* Segen erbitten sollen, bevor du Gott um den Seinen anflehst!«, hörte ich eine zornige Stimme hinter mir.

Erschrocken fuhr ich herum. Ich dachte, mein Herz bliebe stehen.

Grollend wie ein Gewitter über der Steppe stand er vor mir.

»Vater!«, flüsterte ich.

Kapitel 7

»So sei mein Wort mein Schwert!«

Der Khakhan starrte mich unversöhnlich an.

Hinter ihm betrat mein Bruder Schigi im granatroten Gewand eines buddhistischen Lamas die Jurte.

»Vater! Was tust du denn hier?«, rief Yesugan bestürzt und entwand sich hastig Weis Umarmung.

»Ich suche dich!« Nur mit Mühe rang er seine Wut nieder. »Wenn ich mich recht entsinne, bist du vor einigen Tagen weinend und zutiefst unglücklich aus meinem Zelt gerannt und seitdem nicht wieder zurückgekehrt. Bis eben war ich besorgt um dich. Ich hatte mir gedacht, dass du zu deinem Bruder geflohen bist, habe aber vergeblich auf einen Pfeilboten von ihm gewartet, der mir von deiner Ankunft in seinem Lager berichtet. Da habe ich mich auf den Weg gemacht, um dich zurückzuholen. Und wie mir scheint, komme ich gerade noch rechtzeitig zu deiner Hochzeit.«

»Bitte verzeih mir!«, flüsterte Yesugan beschämt.

»Schweig!«, brüllte ihr Vater, und sie fuhr zusammen und senkte den Blick.

Dann trat er vor mich hin, um mir in die Augen zu sehen. In seinen opalblauen Augen zuckten die ersten Blitze eines Eissturms der Gefühle.

»Ich bin zutiefst enttäuscht von dir, Temur«, sagte er leise. »Nach allem, was wir gemeinsam ertragen haben – in endlosen Nächten auf den Schlachtfeldern, als wir nicht wussten, ob wir den Kampf gewonnen oder verloren hatten und ob wir den nächsten Angriff unserer Feinde im Morgengrauen überleben würden, in ausweglosen Situationen wie im Sumpf des Baldschuna, als unsere Feinde und der Hunger uns zu vernichten drohten, und in den Tagen des Triumphes, als wir beide auf dem heiligen Berg die Vision von einem starken mongolischen Reich sahen und als ich mich dann zum Khakhan machte: Ich hätte nicht gedacht, dass du mir derart in den Rücken fällst.«

Sichtlich bewegt rang er um Worte. Ich wollte etwas sagen, aber er gebot mir zu schweigen:

»Lass mich ausreden, Temur! Ich weiß nicht, ob ich nochmals dieselben Worte finden werde, dieselben Gefühle, bevor ich dich verurteile.« Er strich sich mit der Hand über die Augen. »Ich habe dich zu dem gemacht, der du heute bist: ein eigensinniger und konsequenter, aufsässiger und loyaler, unvernünftiger und begabter Mann. Ein überlegener Feldherr. Ein weiser Herrscher. Du hast schon immer selbstverantwortlich gehandelt, ohne mich um Rat oder um Erlaubnis zu fragen. Und ich habe dich gewähren lassen. Aber das hier … das ist …« Ihm fehlten die Worte, in die er sein Empfinden verpacken konnte. »Ich habe dir vertraut, Temur! Und du hast mein Vertrauen auf unverschämte und schändliche Weise missbraucht!«

»Vater, das ist nicht wahr!«, widersprach ich ihm energisch. »Ich habe nichts getan, was deinen Zorn rechtfertigen könn…«

»Du verhandelst hinter meinem Rücken mit Prinz Wei« beschuldigte er mich. Dann rief er »Dschebe!«, ohne mich aus den Augen zu lassen. Als mein Freund neben uns trat, befahl ihm mein Vater: »Du wirst Temur sein Schwert abnehmen und ihn festnehmen! Ich klage meinen Sohn an, mir als seinem Khakhan die Treue gebrochen zu haben. Auf Hochverrat steht nach dem Gesetz die Todesstrafe!«

Angstvolles Schweigen.

»Hochverrat?«, flüsterte Dschebe schließlich entsetzt, während sein Blick vom Khakhan zu mir irrte. Er rührte sich nicht. »Aber das ist nicht wahr … O Gott, nein! Das kann nicht sein!«

Schigi beobachtete meinen Freund, ohne in die Auseinandersetzung einzugreifen. Sein Lächeln erschreckte mich mehr als der Zorn meines Vaters. Seit ich ihm seinen geliebten Dschebe weggenommen hatte, hasste mich mein Bruder mit derselben Leidenschaft, mit der er seinen Angebeteten verehrte.

»Temur hat ohne mein Wissen mit Wei verhandelt und wollte ihm ohne meine Zustimmung Yesugan zur Gemahlin geben! Weiß der Himmel, was er noch alles hinter meinem Rücken getan hat«, donnerte der Khakhan. »Das ist Hochverrat! Dschebe, ich befehle dir, Temur festzunehmen! Er bleibt in seiner Jurte, bis ich das Urteil über ihn spreche und er hingerichtet wird!«

»Vater, das kannst du nicht tun!«, protestierte Yesugan ängstlich.

»Ich dulde keinen Verrat! Schon gar nicht in meiner eigenen Familie!«, übertönte ihr Vater sie unerbittlich.

Dschebe sah mich verzweifelt an. Nun war der Augenblick des Gewissens gekommen, vor dem er sich in jener sternenklaren Nacht in Sibirien so gefürchtet hatte: der Moment, in dem er sich zwischen mir und meinem Vater entscheiden musste. Mein Freund suchte ängstlich meinen Blick: Sag mir, was ich tun soll!

Schigi, der unseren Blickwechsel bemerkt hatte, legte Dschebe die Hand auf die Schulter: »Wenn du den Befehl des Khakhans verweigerst, wirst du wie Temur zum Verräter. Du wirst hingerichtet werden. Ich flehe dich an: Sei vernünftig!«

Dschebe sah mir in die Augen. Ich nickte und hob beide Arme, damit er mir meinen Schwertgürtel abnehmen konnte.

»Es tut mir Leid, Tiger«, flüsterte er. »Ich kann nicht anders …«

»Tu, was du tun musst«, sagte ich leise, als er mich entwaffnete.

Kaidu war aufgesprungen und zu mir herübergelaufen. Weinend presste er sich gegen meine Beine, hielt sich an mir fest. »Bitte, tu ihm nichts, Dschebe, bitte, bitte tu ihm nicht weh!«

Mit Tränen in den Augen kniete sich Yesugan neben mich und befreite mich aus Kaidus Umarmung. »Alles wird gut, Kaidu!«, flüsterte sie beruhigend und strich dem schluchzenden Kind tröstend über das Haar. »Deinem Vater wird nichts geschehen!«

Kaidu vergrub sein tränennasses Gesicht an ihrer Schulter und ließ sich von ihr in die Arme nehmen. Meine Schwester sah mich traurig an, als sie meinen Sohn zu meinem Bett hinübertrug, wo Chinkim, Temelün und die kleine Yulun sich zwischen den Decken verkrochen hatten. Sie verstanden nicht, was hier vorging – warum ihr sonst so liebevoller Großvater auf ihren Vater losging und welche Rolle ihr Stiefvater dabei spielte.

Wei trat einen Schritt vor. »Majestät, ich bitte dich …!«, sprach er den Khakhan an.

Als mein Vater zornig auf ihn losgehen wollte, trat Schigi mit erhobenen Händen zwischen die beiden, um sie zu trennen. »Prinz Wei, das hier ist eine Angelegenheit zwischen Dschingis Khan und Temur Khan«, sagte er. »Ich bitte dich inständig, dich nicht in diesen Streit einzumischen. Die Person des Gesandten ist nach unserem Gesetz unverletzlich. Sollte sich jedoch herausstellen, dass du *nicht* als Botschafter des Kaisers gekommen bist, um gegenüber dem Khakhan seine Interessen zu vertreten, sondern mit Temur Khan in eigener Sache verhandelt hast, droht dir wie meinem Bruder eine Anklage wegen Verrats und die Hinrichtung. So will es das Gesetz. Und weder Temur Khan noch der Khakhan stehen über dem Gesetz.«

Worauf willst du warten, wenn du dein Leben zu Ende gelebt hast? Wenn du nichts mehr zu erhoffen hast, keine Freude, kein Glück, keine Liebe, nur noch deinen Tod. Wenn du weißt, dass die Stunde deines Todes über dein ganzes Leben entscheidet: Ein einziger Augenblick der Schwäche, ein Schritt, ein Schrei konnte alles zerstören, was mein Leben ausgemacht hatte.

Hoffnungslos starrte ich den buddhistischen Thangka an der Jurtenwand an, den Schigi mir vor Jahren geschenkt hatte. Das mit feinen Pinselstrichen bemalte Seidenbild zeigte das Rad des Lebens. Dargestellt waren die sechs Möglichkeiten einer Wiedergeburt in ein neues Leben, in der Mitte des Lebensrades waren die Symbole für Gier, Hass und Verblendung angeordnet, die das noch unerlöste Leben bestimmen. Woran war ich in diesem Leben gescheitert? An der Verblendung? Hatte ich zu viel erreichen wollen, als ich meine

Hand nach dem Frieden ausstreckte? War ich zu verblendet, um erkennen zu können, dass Frieden nur ein Traum war, der in dem Augenblick zerplatzt, wenn man nach ihm greift? Welch grausame Erkenntnis!

Die Anhänger des Buddha sagen, die verschiedenen Leben seien wie brennende Kerzen. Die Flamme, die von Docht zu Docht wandert, von Inkarnation zu Inkarnation weitergegeben wird, ist das ewige Leben. Die Flamme ist in keinem Augenblick dieselbe, und doch brennt sie stetig und ohne zu verlöschen. Erst das Nirvana ist das endgültige Erlöschen des Lichts, das Verwehen der Flamme. Wer würde ich im nächsten Leben sein? Was würde ich tun, was lernen? Würde ich mich erinnern, wer ich war und was ich getan hatte?

Ich weiß nicht mehr, wie lange ich gewartet hatte – drei Stunden, vier Stunden? –, als ich vor meiner Jurte aufgebrachte Stimmen hörte: »Du kannst nicht zu Temur Khan, Dschebe Noyan!«, rief der Offizier meiner Leibwachen, die mein Zelt bewachten. »Auf Befehl des Khakhans darf niemand mit ihm sprechen!«

»Soll Temur Khan in seinem Zelt verdursten, weil niemand zu ihm gelassen werden darf? Morgen Früh soll die spektakuläre Hinrichtung des Khans stattfinden, und da wäre es doch nicht im Interesse seines Vaters, wenn er vor Schwäche nicht aufrecht stehen kann, findest du nicht?«, fragte Dschebe bissig. »Ich habe einen Schlauch Airag für ihn, damit er bei dieser Hitze seinen Durst stillen kann. Lass mich zu ihm … und ich werde als dein vorgesetzter Noyan von disziplinarischen Maßnahmen wegen Verweigerung des Gehorsams und Respektlosigkeit mir gegenüber absehen … Vielleicht werde ich mich sogar in den nächsten Tagen an deine unbeirrbare Loyalität gegenüber deinem Khan erinnern und dich bei Dschingis Khan für eine Beförderung vorschlagen … Du weißt: ›Gehorsam‹ ist sein Lieblingswort.«

»Also gut: Aber nur kurz!«, ließ sich der Offizier auf ein Rückzugsgefecht mit dem besten Noyan des Khakhans ein.

»Eine wirklich umsichtige Entscheidung!«, bedankte sich Dschebe mit beißendem Sarkasmus und kam zum Zelt herüber. Dann schlug er den Türfilz zurück und trat ein.

Er legte den Schlauch mit Airag auf den Teppich und hockte sich neben mich. »Wie geht es dir?«

»Es gab Situationen in meinem Leben, in denen ich mich wesentlich besser gefühlt habe«, antwortete ich. »Aber das kann sich ja noch ändern! Ich gebe die Hoffnung nicht auf: Noch habe ich ein paar Stunden zu leben …«

»Bitte entschuldige, Temur! Meine Frage war gedankenlos.«

»Schon gut, Dschebe. Mach dir keine Sorgen um mich.«

»Ich bin nicht besorgt, Temur: Ich habe Angst um dich!« Dschebe schenkte mir meine Trinkschale mit Airag voll. Als ich durstig trank, sagte er: »Dein Vater hat mir verboten, mit dir zu sprechen! Er redet mit jedem von uns. Mit Nomolun. Mit Kokatschin. Sogar Kaidu und Chinkim hat er zu sich befohlen, um sie über dich zu befragen. Temur, es sieht nicht gut aus! Nomolun hat geweint, als sie von dem Gespräch mit deinem Vater zurückkam! Sie sagte mir, er sei furchtbar wütend.« Er sah mich traurig an. »Er wird mich bald rufen lassen, um mich als Zeuge über deinen Verrat zu befragen. O Temur, es tut mir so Leid … Ich weiß nicht, was ich tun soll. Wenn ich ihm sage, was ich gesehen und gehört habe, spreche ich dein Todesurteil, so sicher, als würde ich selbst das Schwert führen. Und wenn ich dich, meinen Freund und Khan, beschütze und ihm verschweige, was ich weiß, dann breche ich meinen Treueschwur und verrate ihn. O Gott im Himmel, was soll ich denn tun?«

»Du musst tun, was dir dein Gewissen befiehlt, Dschebe! Aber, um Himmels willen, halte Wei in unser aller Interesse aus dieser Sache heraus. Wenn mein Vater ihn des Verrats anklagt und hinrichten lässt, wird der Kaiser ihm den Krieg erklären, um seinen ermordeten Botschafter zu rächen! Wenn also heute Schuld zu verteilen ist, sei großzügig mit mir, Dschebe. Ein Opfer ist genug. Es sollen nicht hunderttausende unschuldiger Menschen sterben, die niemals wissen werden, dass wir in unserer Selbstüberhebung mit ihrem Leben gespielt haben.«

»Ich werde tun, was ich kann«, versprach mein Freund. Mit zitternden Händen füllte er seine eigene Trinkschale bis zum Rand mit Airag und trank sie in einem Zug leer. »Hast du Angst, Tiger?«, fragte er leise.

»Ich habe keine Angst vor dem Tod. Nur vor dem Sterben ohne Würde. Falls mein Vater mir die Hinrichtung als Khan verweigert, will ich, dass du mich mit dem Schwert richtest.«

»Ich werde nicht das Schwert gegen dich erheben! Ich habe dir so oft das Leben gerettet, und nun soll ich es dir nehmen? Das kann ich nicht!«

»Versprich es mir, Dschebe! Sag: ›Ich werde dich richten, Temur! Als letzter Dienst an meinem besten Freund. Weil es dein letzter Wunsch ist.‹«

»Temur, ich bitte dich: Verlange das nicht von mir!«, wand er sich unter der Last seines Gewissens.

»Soll ich es dir als dein Khan befehlen, Noyan?«, fragte ich ruhig. »Ich dachte, es wäre schwer genug für dich, deinen Freund zu töten. Dir dabei auch noch deinen freien Willen zu nehmen, hielt ich für zu grausam …«

Er stöhnte resigniert. »Also gut: Ich verspreche es!«

»Ich will auf dem Burkhan Khaldun begraben werden.«

»Ich werde dir ein schönes Grab anlegen. Das beeindruckende Grabmal eines großen Khans, der viel zu kurz regierte. Eine Pyramide aus Steinen, wie die des Kaisers Qin Shi Huangdi, auf dem Gipfel des Berges …«

»Nichts dergleichen wirst du tun! Du wirst das Grab unkenntlich machen und Gras darüber wachsen lassen. Und du wirst auf einen Grabstein verzichten … Nein, lass mich ausreden, Dschebe! Es ist *mein* Grab! … Ich wüsste nicht, was auf dem Stein stehen sollte, außer: ›Hier liegt Temur Khan begraben. Aber ob er hier jemals zur Ruhe kommen wird, ist ungewiss. Er hat sein Leben lang Krieg geführt, hat mit zweiundzwanzig Jahren viele Siege errungen und am Ende nur eine Niederlage hinnehmen müssen: Er ist am Frieden gescheitert.‹«

»Du bist nicht gescheitert, Temur!«, flüsterte er bestürzt. »Gescheitert ist nur, wer nicht einmal versucht hat, seine Visionen zu verwirklichen. Als dein Vertrauter weiß ich sehr genau, wie oft du gezweifelt hast, all die Jahre. Aber du hast trotzdem nie resigniert. Du hast die Hoffnung nie aufgegeben, Narren wie mich zur Vernunft zu bringen! Du hast immer an deine Vision vom Frieden geglaubt, hast uns allen geduldig erklärt, was das ist: Freiheit! Und du hast uns deinen Traum mit dir träumen lassen. Du bist ganz sicher nicht gescheitert!«

»Danke für deinen Trost, Dschebe!«, erwiderte ich. »Dies ist vielleicht unser letztes Gespräch vor meiner Hinrichtung. Lass uns jetzt Abschied nehmen! Ich entbinde dich von deinem Treueschwur mir gegenüber: Ich bin nicht mehr dein Khan. Folge nun nicht mehr mir, sondern deinem Gewissen. Du warst der beste Freund, den ich mir wünschen konnte! Sei es bis zu meinem Ende und tu, worum ich dich gebeten habe!«

Er konnte die Tränen nicht mehr zurückhalten, bedeckte die überströmenden Gefühle in seinen Augen mit der Hand. Ich umarmte ihn herzlich, und er vergrub sein Gesicht an meiner Schulter.

»Was immer über dich gesagt wird, Temur ... ich meine: wegen deines Verrates ... ich bin sehr stolz darauf, dass ich dein Freund sein durfte«, bekannte er leise. »Und es ist mir eine große Ehre, dein Noyan gewesen zu sein.«

»Ich weiß, als Christ kannst du sie nicht heiraten, aber bitte sorge für Kokatschin und Li Rong. Tröste sie. Sei ihnen ein zärtlicher Geliebter. Und sei meinen Kindern ein liebevoller Vater. Und achte darauf, dass Chinkim nicht Schamane wird. Ich glaube, er besitzt die Gabe. Er ist reif für sein Alter, versteht so viel, erahnt noch mehr. Aber solange Gott ihn nicht berufen hat, hat er noch eine Chance, frei zu sein.«

»Ich werde deine Schamanenausrüstung verbrennen, wie es beim Tod eines großen Weisen üblich ist. Es sei denn, du willst sie als Grabbeigabe mitnehmen ...«

Ich schüttelte den Kopf. »Ich werde nichts mitnehmen, wenn ich diese Welt verlasse. Nichts, was mich an dieses Leben bindet.« Mit einem Lächeln fügte ich hinzu: »Weißt du, was mich zufrieden macht? Ich werde endlich frei sein! Ist die Freiheit nicht etwas, wofür es sich, wenn nicht zu leben, so doch zu sterben lohnt?«

Die Sonne war bereits untergegangen, als sie mich holten.

Dschebe hatte mich zwei Stunden zuvor verlassen, um dem Khakhan seine Version der Wahrheit zu erzählen. Als er gegangen war, hatte Yesugan versucht, mit mir zu sprechen, war von den Wachen aber abgewiesen worden. Ihr verzweifeltes Schluchzen hatte ich durch den Jurtenfilz gehört.

Ich trat hinaus in das letzte Licht des Tages. Einen Augenblick hielt ich inne: Welch ein atemberaubender Anblick! Der westliche Himmel war ganz in strahlendes Gold getaucht, das im Osten im tiefen Blau der heraufziehenden Nacht versank. Ein Himmel wie ein blau-goldener Opal, sternfunkelnd und unendlich tief! Die aufgewühlten und vom Wind zerrissenen Wolken über dem westlichen Horizont glühten wie in einem gewaltigen Feuersturm, dazwischen leuchtete klar der blau-goldene Abendhimmel, darunter zerschnitt die schwarze Linie des Horizontes Himmel und Erde. Es schien, als ob hinter dem Horizont die Welt aufgehört hatte zu existieren …

Ich besann mich und folgte meinen Bewachern die wenigen Schritte zu meiner Palastjurte, in der mein Vater den Prozess gegen mich führen wollte. Meine Leibwachen verneigten sich respektvoll und zogen den Türfilz zur Seite, sodass ich eintreten konnte. Hinter dem Eingang blieb ich stehen und sah mich um.

Mein Vater hatte auf meinem Thron Platz genommen. Er hielt sich sehr aufrecht, aber ich sah ihm an, dass ihn mein Verrat schwer getroffen hatte und er um Haltung rang.

Schigi saß im Lotussitz rechts neben ihm auf einem Sitzpolster. Vor ihm stand ein niedriger Tisch, der mit einer silbernen Tintenschale, Schreibpinseln und einem Haufen von Schriftstücken – offenbar protokollierte Zeugenaussagen – bedeckt war. Darauf lag auch sein *Vajra* aus Gold, das Diamantzepter der Lamas.

Seit dem letzten Sommer war mein Bruder Abt eines Jurtenklosters, das ein paar Li vom riesigen *Ordu* des Khakhans entfernt lag. Ich fragte mich, warum er meinen Vater auf seinem Ritt begleitet hatte. Wollte er seinen geliebten Dschebe wiedersehen, ein paar Tage unter dessen Interesselosigkeit für seine Person leiden und dann, geläutert und der Erlösung aus dem Leiden an der Welt einen Schritt näher gekommen, in sein einsames Kloster zurückkehren?

Dschebe saß ein paar Schritte von ihm entfernt auf der westlichen Seite der Palastjurte. »Ein guter Feldherr ist immer auch ein hervorragender Schauspieler«, hatte ich an diesem Morgen zu Wei gesagt. Dschebe spielte mir sehr überzeugend die Rolle des Freundes vor, der seine Gefühle unter Kontrolle hatte. Aber die kleinen Gesten verrieten ihn: Dschebes Finger waren wie zum christlichen Gebet ineinander verkrampft.

Kokatschin, Nomolun, Yesugan und meine beiden Söhne saßen an der östlichen Jurtenwand. Kokatschin lehnte an Nomoluns Schulter, Nomolun hatte tröstend ihre Hand ergriffen.

Als ich das Zelt betrat, sprang Chinkim auf und rannte auf mich zu: »Vater!«, rief er, umarmte mich stürmisch und warf mich dabei fast um. »Ich habe Angst! Etwas Furchtbares wird geschehen! Ich hatte eine Vision! So viel Blut … so viel Leid!«

Ich kniete mich vor ihn hin und nahm ihn zärtlich in die Arme. »Alles wird gut, Chinkim!«, beruhigte ich ihn und strich dem schluchzenden Kind über das Haar. »Alles wird gut!«

Yesugan kam zu mir herüber, um Chinkim an seinen Platz zurückzubringen. Sie warf mir ein tapferes Tränenlächeln zu und nahm meinen weinenden Sohn bei der Hand.

Ich ging hinüber zum Thron, wo mein Vater mich erwartete.

Schweigend kreuzten wir unsere Blicke wie scharfe Klingen. Zorn, Enttäuschung und Trauer funkelten in seinen Augen. Er wartete ab, ob ich etwas sagen würde, aber ich blieb still und stand aufrecht und ohne ängstliches Zittern vor ihm. Hatte er erwartet, ich würde vor ihm auf die Knie fallen, mich demütigen und ihn um Gnade anflehen, um Schonung meines Lebens, nur damit er mich feigen, angstbebenden Verräter dann mit einem weniger schmerzenden Gewissen hinrichten lassen konnte? Nein, diesen Gefallen tat ich ihm nicht! Ich hielt seinem Blick stand.

»Du bist der einzige Mensch, dem ich in meinem Leben vertraut habe. Auf niemanden habe ich mich so verlassen wie auf dich«, sagte er schließlich verbittert. »Wie konntest du mir das antun?«

»*Was* habe ich dir angetan, Vater?«, fragte ich ihn.

»Du hast mich verraten!«

»Das habe ich nicht!«

»Du hast versucht, mich zu stürzen, um selbst den Thron zu besteigen. Alle anderen Anschuldigungen, die gegen dich vorgebracht wurden, wie Mord und Hochverrat, sind diesem höheren Ziel untergeordnet. Die Strafe für *jedes* dieser drei Vergehen ist der Tod.«

»Mord?«, fragte ich ungläubig. »Wen habe ich ermordet?«

»Kökschu hast du umgebracht!«, brauste mein Vater auf wie ein Steppensturm. »In der Nacht vor dem *Kuriltai*.«

»Weil du mir den Befehl dazu gegeben hast!«

»Ich habe dir nie einen solchen Befehl gegeben!«, brüllte er.

Ich schnappte nach Luft. »Aber … du hast gesagt …«

»Ich weiß sehr gut, was ich gesagt habe«, donnerte er. »Ich sagte: ›Beende diesen Kampf mit Kökschu, der unsere Familie entzweit, ein für alle Mal. In deinem wie in meinem Sinne.‹ Ich habe nicht befohlen: ›Bring ihn um, denn seine Intrigen schaden dir auf deinem Weg zum Thron!‹ Die Entscheidung, Kökschu zu ermorden, hast *du* getroffen!«

»Aber warum sollte ich ihn töten?«, fragte ich verbittert.

»Weil er seit deiner Rückkehr aus Zhongdu vor aller Welt behauptet hatte, du wolltest mich stürzen, sobald ich Khakhan geworden bin, um selbst zu herrschen. Eines Nachts sagte er mir, du hättest durch deine Heirat mit Ying Hua ein Bündnis mit Wei geschlossen, der mit deiner tatkräftigen Unterstützung der nächste Kaiser von Chin werden kann. Und er sagte, du hättest Dschebe Nomolun und deine Söhne überlassen, um ihn zu deinem dir treu ergebenen Gefolgsmann zu machen. Und ist nicht genau diese Prophezeiung eingetreten? Hast du nicht Dschebe als deinen besten Freund mitgenommen, als ich dich zum Khan machte? Hast du nicht erneut versucht, ein Bündnis mit Wei zu schließen, um ihm die Stufen zum Drachenthron hinaufzuhelfen? Damit er dir als Kaiser hilft, Khakhan zu werden?«

»Das ist absurd, Vater!«, unterbrach ich ihn ungehalten. »Ich will nicht Khakhan werden! Ich wollte nicht einmal Khan werden!«

»Nein, mein selbstverliebter Sohn wollte *gebeten* werden!«, verbiss er sich in seinen Zorn. »Dass du eigensinnig bist, wusste ich schon, aber dass du angefleht werden willst, Khan zu werden, das erschreckte mich zutiefst!

All die Jahre hast du dich unentbehrlich gemacht. Du warst ein hervorragender Noyan und ein umsichtiger Herrscher, der es verstanden hat, innerhalb von wenigen Monaten aus den aufsässigen Tataren ein mir loyal ergebenes Volk zu machen. Du kanntest deine Pflichten, trafst Entscheidungen und übernahmst Verantwortung. Ich habe mich all die Jahre auf dich verlassen wie auf keinen anderen meiner Söhne! Das wusstest du genau!

Wenn du mich gebeten hättest, dich zum Khan zu machen, wie Dschutschi es letztes Jahr tat, bevor er sich dann ohne mein Einverständnis selbst zum Khan der Kirgisen ernannte, wäre ich misstrauisch geworden. Aber nein: Du bringst mich dazu, dich als meinen fähigsten Sohn anzuflehen, damit du hinterher sagen kannst: ›Ich wollte es nicht!‹ Du bist nicht nur auf dem Schlachtfeld ein genialer Stratege …«

»Das ist nicht wahr!«, begehrte ich auf.

»… und wie ein umsichtiger Feldherr planst du deine Feldzüge sehr sorgfältig und weit vorausschauend.«

»Was sollte ich denn bei diesem Feldzug gegen dich gewinnen?«

»Macht.«

»Macht?«, lachte ich verächtlich. »Das ist eines der wenigen Dinge auf dieser Welt, die mir nichts bedeuten. Wenn du gesagt hättest: Seelenfrieden … oder Freiheit … dann hätte ich dir zugestimmt. Aber *Macht?* Ein Mensch, der sich so an der Macht berauscht und sich damit von ihr so abhängig macht, dass er ohne sie nicht mehr leben kann, ist niemals frei!«

»Dir ging es nie um etwas anderes als Macht!«, brüllte er. »Kökschu hat mir bei deiner Geburt prophezeit, dass du mir nachfolgen wirst …«

»Lass die Prophezeiung aus dem Spiel!«, übertönte ich ihn mit donnernder Schamanenstimme. Ich war es leid, erneut mit ihm zu diskutieren, was jene dunklen Worte bedeuten mochten.

Mit der Faust schlug er auf die Sessellehne des Throns, dann atmete er tief ein, um sich zu beruhigen. »In den letzten Stunden hatte ich viel Zeit, um die andere Seite von dir kennen zu lernen: der verschwiegene Temur, der niemandem seine Pläne anvertraut, der eigensinnige Temur, der schon immer getan hat, was er wollte, ohne Rücksicht auf die Gefühle anderer, der skrupellose Temur, der auch vor einem Mord nicht zurückschreckt. Je länger ich darüber nachdenke, desto klarer wird mir, was du vorhattest. Deine Vorgehensweise war die eines guten Feldherrn: strategisch vorausschauend, taktisch denkend und stets bedacht, deine wahren Pläne vor jedem zu verbergen.

Als Dschutschi dich in seinem Zorn ›Dschamugas Sohn‹ nannte und mit dem Dolch auf dich losging, hat dich das nicht besonders empört. Dschutschi für deine Pläne einzusetzen war ein geschickter Spielzug, das gebe ich zu: Ich habe lange nicht gemerkt, wo das hinführen sollte. Aber jetzt weiß ich es!

Denn es ist gleichgültig, ob du nun mein Sohn bist oder nicht. Und es ist sogar gleichgültig, dass ich mit deiner Mutter nicht verheiratet war und du nur mein illegitimer Sohn bist – und damit nicht erbberechtigt wie die Söhne meiner Ersten Gemahlin Börte. Du bist durch deine Mutter der letzte lebende Urenkel Kutula Khans, und damit – nach meinem Tod – der rechtmäßige Erbe des Reiches. Und die Ratsversammlung der Noyans wird nicht zögern, dich zum Khakhan zu wählen! Wen denn auch sonst? Dschutschi hat sich durch seinen unglaublichen Ehrgeiz und seine Ruhmsucht selbst vom Spielfeld der Macht geworfen, Tschagatai ist viel zu besonnen, um seine Ansprüche gegen dich durchzusetzen und einen Krieg mit dir anzufangen, Ogodei ist dir loyal ergeben, und Tolei ist, obwohl ein hervorragender Feldherr, viel zu jung, um Khakhan zu werden. Es steht also außer Frage, dass der *Kuriltai* dich wählen wird.

Ich habe lange gebraucht, um zu verstehen, was du vorhast, und ich muss zugeben: Es ist ein genialer Plan, klug durchdacht und sorgfältig vorbereitet! Du konntest gar nicht scheitern!«

Ich schüttelte nur still den Kopf … zutiefst enttäuscht … und entsetzt, dass er mir zutraute, ihn in den letzten zwei Jahren getäuscht und verraten zu haben. Ich hatte meine Freiheit geopfert, um Khan zu werden, hatte meine Hoffnungen aufgegeben, meine Träume und Visionen zu vergessen versucht, hatte mich wortlos in mein Schicksal gefügt. Und nun sollte ich auch noch mein Leben hingeben!

»Sobald du wusstest, dass Wei zu dir unterwegs war, hast du dich über Nacht besonnen, endlich deine Ehe mit Li Rong zu vollziehen, um das Bündnis mit deinem Schwiegervater, dem Kaiser von Xixia, zu stärken.«

»Das ist völliger Unsinn!«, erklärte ich.

Schigi hob die Hand, um mich zum Schweigen zu bringen. Er nahm ein Schriftstück vom Tisch und las daraus vor: »Nomolun hat bezeugt, dass du vor einigen Tagen ihr gegenüber gesagt hast: ›Wenn ich zulasse, dass sich meine Freiheit und Selbstbestimmung als Herrscher nur noch auf mein Bett erstreckt, habe ich verloren – wie Dschamuga, der am Ende auch nur noch ein Reich von der Größe einer Filzdecke regierte. Ich habe mir geschworen, dass ich den Kampf um meine Freiheit niemals aufgeben werde.‹ Hast du das gesagt oder nicht?«

Nur mühsam bezwang ich meinen Zorn. »Ja, das waren meine Worte«, erwiderte ich verbittert: Dass ich noch mehr gesagt hatte, schien niemanden zu interessieren.

Nomolun begann leise zu weinen. Kokatschin nahm sie in die Arme, um sie zu trösten.

»Da war es wirklich ein glücklicher Zufall, dass deine Schwester Yesugan bei dir auftauchte, als du dein Bündnis mit Wei schließen wolltest«, redete mein Vater sich in Rage. »Dass Yesugan sich angeblich in ihn verliebt hat und die Nacht mit ihm verbracht hat, war wirklich ein genialer Spielzug von dir.

Letztes Jahr hast du Yun Qi derart erschreckt, dass er es nicht wagen wird, jemals als Botschafter von Chin zurückzukehren, ohne sein Leben zu riskieren. Du wolltest sichergehen, dass Wei die Initiative ergreift, um mit dir zu verhandeln.

Die Inszenierung der Kriegserklärung, die ihr vorher in allen dramatischen Einzelheiten durch Boten abgesprochen hattet, das Abendessen in deiner Jurte, Yesugans und Weis Affäre noch in derselben Nacht, die angeblich so komplizierten Verhandlungen über den Grenzverlauf, die blutrote Linie auf der Landkarte, die das Reich in zwei Teile zerreißt, das vertrauliche Gespräch in der Steppe, dein Versprechen, Wei deine Schwester zur Gemahlin zu geben, damit er mit ihr seine eigene Dynastie gründen kann – das war alles sehr glaubwürdig inszeniert!

Dein Freund Dschebe …« Mein Vater deutete auf Dschebe, der unter dem Blick des Khakhan zusammenzuckte. »… war der Einzige, der zweifelte. Aber du hast ihm einen fetten Brocken hingeworfen, an dem er lange zu kauen hatte: Du hast ihm gesagt, du wolltest ihn nach deiner angeblichen Abdankung zu deinem Nachfolger als Khan machen. Aber du hast vergessen, zu erwähnen, dass du ihn ernennen wolltest, sobald du Khakhan geworden bist, damit er dir weiterhin als dein treuer Freund und bester Noyan den Rücken freihält – auch gegenüber den chinesischen Regimentern, falls dein Schwiegervater als Kaiser von Chin zu dem Schluss gelangen sollte, dass ein ehrgeiziger Khakhan und hervorragender Feldherr wie du auf dem mongolischen Thron, der ihm den Vasalleneid verweigert, nicht das ist, was er eigentlich wollte.

Er suchte dich auf, um einen starken Verbündeten im bevorstehenden Krieg zwischen Chin und Song zu gewinnen. Meine Pfeilboten haben mir vor wenigen Tagen gemeldet, dass ein General des Song-Reiches mit seinem Heer den Yangtse überschritten hat und in Chin eingefallen ist. Die Felder im Süden brennen. Wei, der beste General von Chin, hätte deine Reiter gut gebrauchen können, um die Song, die ihr Reich zurückerobern wollen, aus dem sie die Chin vor achtzig Jahren vertrieben haben, über den Yangtse zurückzutreiben und vernichtend zu schlagen. Zufall? Für einen genialen Strategen wie dich gibt es keinen Zufall, den du nicht selbst als solchen inszeniert hast!«

»Du hast Recht: Ich bin schuldig«, nahm ich ihm den Wind aus den Segeln.

»Du bekennst dich schuldig?«, fragte mein Vater überrascht.

Hatte er eine ängstliche Beteuerung meiner Unschuld erwartet, ein verzweifeltes Flehen, mein Leben zu schonen? Es wäre für ihn leichter gewesen, einen feige um sein Leben winselnden Verräter zu verurteilen als seinen stolzen Sohn, den er mehr als alle anderen liebte und von dem er nun so enttäuscht war.

Schigi blickte mich zuerst verwirrt an, doch dann verzog er seine Lippen zu einem mitleidlosen Lächeln. Er genoss seine Rache an mir, nachdem ich ihm seinen geliebten Dschebe weggenommen hatte – aber vielleicht bekam er ihn ja bald zurück! Denn nach meiner Hinrichtung würde Dschebe dem Khakhan als sein Noyan erneut den Treueeid schwören und in sein *Ordu* zurückkehren ... und Schigi würde sich als lamaistischer Priester hingebungsvoll um den Trauernden sorgen, ihm zur Seite stehen, ihm nah sein, ihn berühren, ihn lieben ...

»Ich bin schuldig, all das gesagt und getan zu haben«, sagte ich und deutete auf die protokollierten Zeugenaussagen auf Schigis Tisch. »Ich bekenne, Kökschu getötet und seine Leiche in der Steppe verscharrt zu haben. Ich habe es getan, weil ich es für notwendig hielt, um den Frieden in unserer Familie zu erhalten, um zu verhindern, dass wir eines Tages alle aufeinander losgehen – Dschutschi hatte mit dem Streit bereits angefangen und seine Brüder gegen sich aufgebracht. Und ich kann nicht leugnen, dass mir Kökschus Tod trotz aller Zweifel, die mein Gewissen quälten, eine tiefe Befriedigung verschafft hat.

Ich bekenne, am Morgen nach dem Mord Kökschus Platz als Oberster Schamane eingenommen zu haben, um dir auf den Thron des Khakhans zu helfen. Ich habe die zweite Hauptrolle in dieser großartigen Inszenierung deiner Macht gespielt, die wir in der Nacht zuvor Wort für Wort durchgesprochen hatten. Und ich bekenne mich schuldig, eigenmächtig und ohne dein Wissen von meinem Rollentext abgewichen zu sein, als ich dir als Fürst *befahl*, mein Khakhan zu werden. Ich hoffe inständig, dass du mir meine Wortwahl vergibst. Denn schließlich hast du ja dein Ziel erreicht! Du bist ›Herrscher der Herrscher‹.«

Bevor er etwas entgegnen konnte, fuhr ich fort:

»Ich gestehe, selbstverliebt und egoistisch zu sein. Ich gestehe, dass es mir schwer fiel, meine Freiheit und meine Seelenruhe zu opfern, als du mich vor zwei Jahren gebeten hast, Khan zu werden. Ich habe lange mit mir gerungen, bevor ich deinem Drängen nachgab und der Ernennung zustimmte. Ich gestehe, eigennützig gewesen zu sein, als ich meinen besten Freund Dschebe bat, diesen schweren Weg mit mir zu gehen.

Ich gestehe, ungehorsam gewesen zu sein, als ich mich monatelang weigerte, Li Rong zu meiner Gemahlin zu machen, als ich mich ein Jahr lang weigerte, sie in mein Bett zu nehmen, um die Ehe mit ihr zu vollziehen. Es ist auch wahr, dass ich Nomolun vor einigen Tagen gebeten habe, sie darauf vorzubereiten, das Bett mit mir zu teilen, denn ich habe erkannt, dass ein Herrscher nur dann herrscht, wenn sein Reich ein bisschen größer ist als sein Bett. Und dass er seine Pflichten und seine Verantwortung als Herrscher nicht mit seinen Kleidern ablegt, wenn er ins Bett geht, mit wem auch immer.

Ich gestehe, meine eigene Freiheit über alle anderen Bedürfnisse gestellt zu haben – denn meine Freiheit und meine Selbstbestimmung sind das, wofür ich zweiundzwanzig Jahre lang erbittert gegen jeden gekämpft habe, der sie mir wegnehmen wollte!« Mein Vater wollte etwas einwerfen, aber ich hob die Hand: »Lass mich ausreden! Ich bin noch nicht fertig!

Ich bekenne mich schuldig, mit Prinz Wei ein Bündnis abgeschlossen zu haben, um den Frieden zu sichern. Er kam mit einer Kriegserklärung in mein Lager, und so habe ich keine andere Möglichkeit gesehen. Wenn mir vor meinem Tod noch genug Zeit bleibt, werde ich ihn um Vergebung bitten, weil ich ihm während unseres vertraulichen Gespräches mit einem vernichtenden Krieg gedroht habe, um ihn zum Frieden zu zwingen. Ich habe Wei sehr eindringlich die blutigen Konsequenzen geschildert, wenn er sich nicht mit mir einigt. Und ich bekenne, ihm meine Schwester als Gemahlin versprochen zu haben. Ich habe eigenmächtig gehandelt, ohne dich um dein Einverständnis zu fragen. Vielleicht habe ich unbesonnen gehandelt, aber ich hielt es für die einzige Möglichkeit, den Frieden zu retten. Ich bin meinem Gewissen gefolgt und übernehme dafür die Verantwortung.«

Yesugan war aufgesprungen. »Temur, du sprichst dein eigenes Todesurteil!«

Mein Vater sah meine Schwester wütend an. »Bringt sie aus dem Zelt!«, befahl er den Wachen, die Yesugan hinausführten.

Während ich meiner Schwester nachsah, fing ich einen verzweifelten Blick von Dschebe auf.

Dann wandte mein Vater sich wieder mir zu. »Deine Schwester hat Recht: Das war dein eigenes Todesurteil.«

»Ich dachte, es wäre dir lieber, wenn ich mich selbst verurteile, als wenn du mich richten müsstest.«

»Du bist stolz!«, warf er mir vor. »Selbst jetzt noch!«

»Ja, ich bin stolz, Vater. Ich bin stolz, dein Sohn zu sein. Du hast mich gelehrt, was es heißt, Verantwortung zu übernehmen – bis zum bitteren Ende.«

Er nickte nachdenklich. »Ich gestatte dir, in Würde zu sterben: als Khan. Deine Hinrichtung wird im Morgengrauen stattfinden.«

»Ich wünsche, dass Dschebe das Urteil an mir vollstreckt.«

»Ich bin einverstanden, wenn Dschebe dazu bereit ist.«

Mein Freund nickte bleich.

»Ich habe noch eine letzte Bitte, Vater! Ich will heute Nacht beten. Draußen in der Steppe. Allein mit Gott. Als freier Mann. Ich werde im Morgengrauen zu meiner Hinrichtung zurück sein.«

Mein Vater zögerte. Aber selbst wenn mir in dieser ausweglosen Situation die Flucht gelingen würde: Er konnte mich in wenigen Stunden einfangen und zurück ins Lager schleppen. Würdelos. Gedemütigt. Gebrochen. Nein, ich würde nicht fliehen. »Ich gewähre dir deinen Wunsch. Du kannst gehen, wohin du willst, und tun, was du willst. Du bist frei. Ich erwarte dich bei Sonnenaufgang.«

Die Sonne war längst untergegangen, als ich das Zelt verließ, um allein in die Nacht hinauszugehen. Die Verzweiflung meiner Frauen, die Angst der Kinder und die tiefe Traurigkeit meines Freundes ließ ich hinter mir zurück. Ich entkam diesen überwältigenden Gefühlen wie einem dichten Nebelschleier, der mir den Verstand zu vernebeln drohte. Ich lief davon, weil ich allein sein, weil ich endlich mit mir selbst Frieden schließen, weil ich mein Leben zu Ende denken wollte. Ich lief davon, weil ich wenigstens in den letzten Stunden meines Lebens frei sein wollte.

Langsam ging ich hinaus in die mondlose Finsternis.

Es war eine herrliche Sommernacht. Das Sternflimmern erhellte die Steppe. Ich genoss die tiefe Stille. Nur meine Schritte im Gras waren zu hören. Nichts als Finsternis war zwischen mir und dem fernen Horizont. Und hinter dem Horizont – zum ersten Mal in meinem Leben kein sehnsuchtsvoller Blick, kein Ziel jenseits des Horizontes, kein Träumen, kein Hoffen, kein Wollen.

Tief atmete ich den Augenblick ein, schloss die Augen und ließ mich von der Strömung meiner Erinnerungen mitreißen …

»… ein guter Tag zum Sterben«, hatte ich gemurmelt, ohne den Blick von Dschamugas Heer zu lassen, das sich uns aus dem Gegenlicht der untergehenden Sonne schnell näherte. Die Staubwolke, aufgewirbelt von tausenden Pferdehufen, war gewaltig gewesen. Wie viele Krieger hat Dschamuga?, hatte ich mich besorgt gefragt. Wir sind nicht einmal fünfhundert …

»Versuch, diese Nacht zu überleben, Temur!«, hatte mein Vater gesagt. Dann hatte er sein Schwert gezogen und das Signal zum Angriff gegeben.

Mit dem Mut der Verzweiflung hatten wir uns gegen die heranstürmenden Reiter geworfen. Aber trotz der Disziplin, der Tapferkeit und der Ausdauer unserer Krieger war die Übermacht zu groß gewesen. Wir hatten keine Chance gehabt: Dschamugas Angriff auf unser *Ordu* eine Stunde zuvor war zu überraschend gewesen. Unsere Flucht zu einem geeigneten Schlachtfeld, auf dem wir unsere Pferde wenden und ihm erbittert Widerstand leisten konnten, ohne unsere Frauen und Kinder zu gefährden, war zu überstürzt gewesen. Er hatte uns keine Zeit gelassen, die wenigen Krieger zu formieren, hatte uns verfolgt, gejagt und in die Enge getrieben. Es war ein grauenhaftes Gemetzel gewesen.

Furchtbare Gedanken hatten mich gequält, als ich spät in der Nacht zwischen den entstellten Leichen einen Freund suchte, der aus der Schlacht nicht zurückgekehrt war.

Wem opfert der Mensch den Menschen als Blutopfer in der Schlacht?, hatte ich mich gefragt. Gott? Einer Vision? Oder sich selbst, seiner Ruhmsucht, seinem Unsterblichkeitswahn? Warum berauscht sich der Mensch am Blut der erschlagenen Gegner? Weil er sich zwischen den niedergetrampelten, zerstückelten, gefallenen Feinden für einen kurzen Augenblick unsterblich fühlt! Weil er, vom Tod umgeben, den eigenen Tod vergessen kann – denn er hat überlebt! Der Mensch fühlt sich niemals lebendiger als im Angesicht des Todes. Was für ein armseliger Weg, sich selbst das ekstatische Gefühl zu verschaffen, unbesiegbar zu sein, auserwählt, von Gott beschützt!

Auf der Suche nach meinem Freund war ich über das Schlachtfeld geirrt. Die meisten der Männer, die blutüberströmt im Gras lagen, waren bereits tot. Aus der Finsternis jenseits meines Fackelscheins hatte ich die Schreie der Verwundeten gehört, die leisen Selbstgespräche der Sterbenden, Gebete, Flüche, Stöhnen und letzte Worte, die niemand verstehen konnte. Den Sterbenden hatte ich die Hand gehalten. Ich hatte ihnen zu trinken gegeben, hatte mit ihnen gebetet, hatte gewartet, bis sie von ihren Leiden erlöst waren, und ihnen dann die Augen geschlossen. Im Morgengrauen hatte ich dann meinen Freund gefunden – er war tot und ich lebte …

… aber es war kein Leben, es war nur ein Überleben!

Wir hatten die Gobi durchquert. Das sagt sich so leicht: eine Hand voll Worte, achtlos dahingeworfen.

Wir – zweihundert erschöpfte Männer, verwundet und nach der Schlacht gegen Dschamuga so schwach, dass wir uns kaum auf den Pferden halten konnten, ohne Nahrung, ohne Wasser. Der Mann, der uns geführt hatte, war zerrissen von Vorwürfen, weil er unser Leben nicht hatte schützen können. Er hatte mehr gelitten als wir alle an unseren Wunden: Seine Schmerzen waren in seiner Seele gewesen.

Die Gobi – Sand und Stein bis zum flimmernden Horizont, kein Gras für die Pferde, kein Wasser für die Menschen. Nichts außer Hitze, Einsamkeit und den eigenen quälenden Gedanken.

Dreizehn Tage lang war unser Blick zum westlichen Horizont geirrt. Würde Dschamuga es wagen, uns durch die Wüste zu folgen? Im Sumpf des Baldschuna hatten wir uns dann wochenlang vor ihm versteckt, hungrig, durstig, erschöpft und hoffnungslos …

… und in jener düsteren Ausweglosigkeit des Sumpfes hatte ich das erste Mal daran gedacht, meinen Vater zu verlassen. Ich hatte nichts mehr besessen außer meinem eigenen Leben. Ich hatte die hochschwangere Nomolun und mein ungeborenes erstes Kind zurücklassen müssen, als ich während Dschamugas Angriff überstürzt aus dem Lager geflohen war. Ich hatte nicht gewusst, ob Nomolun noch lebte, ob ich sie jemals wiedersehen würde. Und ob mein Kind jemals geboren werden würde. Ich hatte ja nicht einmal gewusst, ob ich den Baldschuna-Sumpf jemals in meinem Leben wieder verlassen würde oder ob ich bis ans Ende meiner Tage das bittere Wasser trinken musste.

Sollte sich hier die Prophezeiung erfüllen, die Kökschu bei meiner Geburt gestellt hatte? »Temur wird seinem Vater auf allen seinen Wegen nachfolgen – bis auf einen. Bis ans Ende der Welt wird er reisen. Bei seiner endlosen Reise an die eigenen Grenzen kann ihn niemand aufhalten.« Ist der Baldschuna-Sumpf schon das Ende der Welt?, hatte ich mich gefragt. Erfüllt sich hier die Prophezeiung? Ist dies das Ende?

So viele Erinnerungen! Mein Wiedersehen mit Nomolun Monate später … meine Freude, als sie mir meinen zwei Monate alten Sohn Kaidu in den Arm legte, dieses winzige Bündel Mensch … mein Entsetzen über die Prophezeiung des Schamanen: »Kaidu wird seinem Vater bis ans Ende der Welt folgen, aber seinen Weg nicht zu Ende gehen können« …

… Dschamugas Gefangennahme und Hinrichtung drei Jahre zuvor, sein Geständnis, er wäre mein Vater … mein Aufbruch nach

Zhongdu … mein Traum von Freiheit … meine geliebte Ying Hua … meine Hoffnungen auf einen Frieden … meine Rückkehr zu meinem Vater … meine Ernennung zum Khan …

Mehr Erinnerungen, als der Himmel Sterne hatte!

Ich hatte mein Leben gelebt, Schmerz, Trauer und Verzweiflung bewusst durchlitten, Liebe, Lust und Glück aus vollem Herzen genossen, als wäre jede Stunde, jede Minute die letzte. Ich hatte aufgehört, in Träumen zu leben, und angefangen, die Träume zu leben, mit allen Risiken und Konsequenzen, mit Hingabe und Aufopferung meiner Freiheit. In jener furchtbaren Nacht, als mein Freund Jesutai in meinen Armen verblutete, hatte ich das Sterben gelernt, das Fortgehen, ohne etwas zu hinterlassen, was an mich erinnert. Der Mensch hinterlässt in der Steppe keine Spuren. Nicht einmal einen Grabstein, um seiner Taten zu gedenken.

Ich fürchtete den Tod nicht – ich war ihm schon zu oft begegnet in meinem Leben. Aber ich hatte Angst vor dem Versagen, Furcht davor, vergeblich gelebt zu haben. Und ich hatte eine grauenvolle Angst davor, ich könnte durch mein Handeln – meinen Verrat? – schuld sein, dass die Vision, die mein Vater und ich auf dem heiligen Berg gesehen hatten, Wirklichkeit wurde.

Und wenn ich ehrlich zu mir war: Ich war in meinem Leben gescheitert. Ich hatte mich um Frieden bemüht und nichts als Krieg und Verwüstung erreicht – zerstörte Reiche: Xixia, Chin, Karakitai, Khwarezm … brennende Städte: Zhongdu, Bokhara, Samarkand … Berge von verwesenden Leichen, Ströme von Blut bis vor die Tore Bagdads … denn all das, was ich in der Vision gesehen hatte, würde nun unausweichlich geschehen.

»Ich bin schuld!« Diese Erkenntnis überwältigte mich, lähmte mich und ließ mich nach Atem ringen.

»O Gott, Du bist erbarmungslos, mich im vollen Bewusstsein meiner Schuld sterben zu lassen! Wer bin ich, dass Du mir eine derartige Bürde aufläds? Wie hätte ich denn als Khan, der seine Verantwortung ernst nimmt, oder als Mensch, der sich nach Frieden und Liebe sehnt, anders handeln können? Sag es mir!

Du hast mich inspiriert! Du hast mich zum Schamanen berufen, und Du weißt, wie sehr ich gezweifelt habe, wie sehr ich gelitten habe. Und doch habe ich mich Dir demütig unterworfen: ›Dein Wille geschehe, himmlischer Vater, nicht meiner, denn ich bin nur Dein Werkzeug!‹ Du hast mit Deinen Schlägen aus diesem Werkzeug eine scharfe Waffe geschmiedet. Du benutzt mich, um mich anschließend zu zerbrechen und wegzuwerfen, wenn ich meine Aufgabe erfüllt habe!«, rief ich verbittert. »Welch grausames Schicksal für einen Menschen!«

Mit beiden Händen fuhr ich mir über das Gesicht, atmete tief die milde Nachtluft ein.

»Wenn es Dein Wille ist, dann werde ich sterben. Lass meinen Vater mich hinrichten! Lass die Menschen mich hassen, lass sie mich in der Steppe verscharren, lass sie mein Andenken vergewaltigen und mich am Ende vergessen. Das alles kann ich ertragen. Aber, himmlischer Vater, sag mir, dass ich nicht vergeblich sterben werde! Du hast mich berufen, um Deinen Willen zu erfüllen. Und nun, wenn alles vollbracht ist und ich die Schuld auf mich genommen habe, schweigst Du! Sprich mit mir, bevor Du mich opferst!«

Aber Gott ließ sich nicht herab, sich vor mir zu rechtfertigen. Keine sturmtosende Stimme aus den Wolken des Himmels, kein Blitz, kein Donner. Gott schwieg.

»… Vater Himmel, Dein Sohn bin ich«, sprach ich im Licht des werdenden Tages mein letztes Gebet. Mit weit ausgebreiteten Armen stand ich in der Einsamkeit der Steppe, den Blick auf den östlichen Horizont gerichtet. »Geist von Deinem Geist, wiedergeboren als Mensch, schwach und fehlbar. Gib mir die Kraft, mich an diesem Tag als würdig zu erweisen! Nimm mich zurück! Lass mich in Deine Ewigkeit zurückkehren und wieder eins mit Dir werden!« Ich verneigte mich demütig vor dem Himmelsgott. Dann kniete ich mich auf den Steppenboden. »Mutter Erde, Dein Kind bin ich. Staub von Deinem Staub, geformt als Mensch, unbedeutend und zerbrechlich. Nimm mich zurück …«

Das Donnern von Hufen ließ mich innehalten. Ein Reiter näherte sich im Galopp. Wenig später zügelte Yesugan ihr Pferd vor mir und sprang atemlos aus dem Sattel. »Temur, bitte verzeih! Ich weiß, du willst lieber allein sein, aber ich muss unbedingt mit dir sprechen, bevor …« Sie brach in Tränen aus. »Ich habe dich die halbe Nacht gesucht. Ich wusste nicht, wohin du gegangen warst.«

Ich ergriff ihre Hand und zog sie an mich.

»Es ist alles meine Schuld! Ich bin verantwortlich, dass du hingerichtet wirst … O Temur, ich kann das nicht ertragen!«, schluchzte sie verzweifelt und lehnte sich gegen mich.

Schweigend nahm ich sie in die Arme, wiegte sie wie ein Kind, das getröstet werden muss, strich ihr liebevoll über das Haar und ließ sie weinen. Ich sagte nichts, um die schwelenden Schuldgefühle, die ihre Seele verbrannten, nicht weiter anzufachen. Es war unsinnig, mit ihr zu streiten, wer von uns wie viel Schuld trug. Mein Leben war zu Ende. Ich sagte nichts – und machte mich mit diesem Schweigen selbst schuldig.

Nach einer Weile wischte sich Yesugan die Tränen aus dem Gesicht. »Ich ertrage es nicht! Ich werde alles wieder gutmachen, was ich dir angetan habe, Temur. Das verspreche ich dir!«, sagte sie. Dann küsste sie mich, lief zu ihrem Pferd und galoppierte zurück ins Lager.

Verwirrt sah ich ihr nach: Was hatte sie vor?

Als das erste Sonnenlicht über den östlichen Horizont schwappte und die Welt in ein Meer aus flüssigem Gold tauchte, machte ich mich auf den Weg, den letzten meines Lebens.

Endlich war ich zur Ruhe gekommen, fühlte mich erleichtert, als sei eine schwere Last von meinem Herzen genommen, fühlte mich erlöst. Meine Füße schienen den Boden nicht zu berühren, als ich wie auf Flügeln schwebend und mit einem Lächeln auf den Lippen zurück zum Lager ging.

Dschebe erwartete mich mit einer berittenen Eskorte in einiger Entfernung vom *Ordu*. Die Reiter waren hohe Offiziere meines Heeres, die mir auf meinem letzten Weg das Ehrengeleit geben wollten. Alle trugen ihre Rüstungen, ihre Schwerter und Lanzen mit bunten Seidenfähnchen. Sie verneigten sich vor mir im Sattel, als ich näher kam.

»Dschurdschedei, Megudschin und all ihr anderen … Ich danke euch, dass ihr gekommen seid«, begrüßte ich sie.

»Mein Khan!«, murmelten sie betreten und senkten die Blicke.

»Ich habe einen Wunsch, meine Freunde: keine Trauer und keine Tränen! Eure Ehrerbietung und euer Respekt sind mir viel lieber. Behaltet mich in Erinnerung, als wäre ich in der Schlacht gefallen, im Kampf um meine Freiheit. Und wer immer als Khan mein Nachfolger wird: Dient ihm ebenso treu wie mir.«

Dann trat ich zu meinem Freund: »Guten Morgen, Dschebe!«

»Es ist kein guter Morgen, Tiger«, entgegnete Dschebe leise.

»Doch, mein Freund«, sagte ich und deutete auf das Sonnenfeuer am östlichen Horizont. »Kannst du dir einen schöneren Tag zum Sterben vorstellen als diesen?«

Bevor er mir in seiner Hoffnungslosigkeit eine Antwort gab, die seiner nicht würdig war, ging ich an ihm vorbei zu meinem Pferd, das meine Freunde mitgebracht hatten, um mich ins Lager zu geleiten, und schwang mich in den Sattel. Dann wendete ich und stob davon. Meine Begleiter folgten mir.

Mein Einzug ins Lager glich einem Triumphzug. Die Krieger hatten ihre Rüstungen angelegt und erwarteten mich auf ihren Pferden am Rand des *Ordu.* Sie hatten ihre Schwerter gezogen und begrüßten mich mit einem ohrenbetäubenden Beifallssturm, als sie die funkelnden Klingen gegen die Schwertscheiden schlugen und laut meinen Namen riefen: »Temur Khan!«, als wäre ich der Sieger dieser letzten Schlacht. Sie wollten meinen Vater beschämen – und das gelang ihnen!

Langsam ritt ich durch die sich vor mir öffnenden Reihen meiner Krieger und winkte ihnen zu, schüttelte Hände, fing himmelblaue *Khadags* auf, die mir zugeworfen wurden, um mir Glück zu bringen, ließ mich von ihren Händen berühren. Dann stieg ich vom Pferd. Über einen bunten Teppich aus Blumen schritt ich zur weißen Khandecke hinüber, die ganz mit weißen Blüten bedeckt war. Immer mehr Frauen traten vor und warfen frisch gepflückte Edelweißblüten auf die Decke.

Ich nickte ihnen zu, um ihnen zu danken.

Dann wandte ich mich um und trat vor meinen Vater hin. Er saß sehr aufrecht auf den Leopardenfellen meines Throns, hatte die Hände im goldbestickten Stoff seiner weißen Robe verkrampft und sah zu mir herunter. Er wirkte niedergeschlagen … besiegt.

»Sie lieben dich …«, stellte er leise fest.

»Ja.«

»… mehr als mich.«

»Ja.«

»Warum?«

»Weil ich gerecht bin.«

Bevor er noch etwas sagen konnte, wandte ich mich ab und ging an Schigi vorbei zu meiner Familie, um mich zu verabschieden.

Kokatschin erwartete mich mit unseren Töchtern ein paar Schritte entfernt vor meiner Jurte. Weinend fiel sie mir um den Hals und klammerte sich an mir fest.

»Meine geliebte Kokatschin!«, tröstete ich sie. »Sei tapfer!«

Ich küsste sie, dann kniete ich mich ins Gras, um mich von meinen kleinen Töchtern zu verabschieden. Sie umarmten mich herzlich. »Gute Reise!«, schluchzte Temelün.

»Leb wohl, meine kleine Prinzessin!«

Als ich mich erhob, trat mir Nomolun entgegen. »Verzeih mir, Temur, bitte verzeih mir …«, bat sie verzweifelt. »Ich habe deinem Vater von unserem Gespräch über deine Gefühle für Li Rong erzählt. Ich wusste doch nicht, dass er meine Worte so falsch verstehen würde …«

Ich umarmte sie. »Schon gut, Nomolun, schon gut!«, flüsterte ich. »Ich danke dir für deine Liebe und für deine Freundschaft. Und für zwei wundervolle Söhne. Ich liebe dich.« Ich küsste sie zart.

»Und ich liebe dich. Ich hoffe, dass du … nicht leiden musst.«

Dschebe erwartete mich mit Kaidu und Chinkim, und ich kniete mich vor meinen Söhnen ins Gras, um mich von ihnen zu verabschieden. Kaidu schlug das Kreuzzeichen und segnete mich. »Unser Vater im Himmel leite dich auf deinem Weg und beschütze dich in Ewigkeit. Amen.«

Chinkim warf sich in meine Arme: ein zitterndes, ängstliches Menschenkind.

»Was ist mit dir, Chinkim?«, fragte ich ihn.

»Die Vision … es ist so furchtbar … so viel Blut!«, flüsterte er, hielt sich an mir fest und sah mir beschwörend in die Augen.

In diesem Augenblick dachte ich entsetzt: O Gott, Du hast ihn Dir genommen!

»Du irrst dich, Chinkim!«, versuchte ich ihn – und mich – zu beruhigen. »Das Blut eines Khans wird nicht vergossen. Ich werde in die weiße Decke gewickelt, und dann wird Dschebe über mich hinwegreiten, bis mein Rückgrat gebrochen ist …«

Chinkim schüttelte den Kopf. »So viel Blut! Ihr Blut wird über uns alle kommen. Sie opfert sich. Ich habe es gesehen!«

»Wer opfert sich?«, fragte ich erstaunt.

»Yesugan!«

Ich sprang auf und sah mich nach meiner Schwester um, aber sie war nirgends zu sehen. Vor einer Stunde war sie zu mir in die Einsamkeit hinausgeritten, um mit mir zu sprechen. »Ich ertrage es nicht! Ich werde alles wieder gutmachen, was ich dir angetan habe, Temur. Das verspreche ich dir!«, hatte sie gesagt, bevor sie ins Lager zurückgeritten war. Wo war sie? Warum verabschiedete sie sich nicht von mir?

Dschebe riss mich aus meinen Gedanken.

»Bist du bereit?«, fragte er leise und umarmte mich fest.

»Ja, ich bin bereit. Bist du es auch?«

Er schüttelte traurig den Kopf.

Ich nahm die Figur des Gekreuzigten, die ich seit dem Kampf mit dem Tiger um den Hals trug, und drückte sie ihm in die Hand. »Nimm ihn zurück!«

»Behalte ihn, Temur! Jesus wird dich sicher in den Himmel geleiten. Gott sei mit dir!«

Dann führte er mich zur weißen Khandecke, wo ich auf den Blüten niederkniete, während Dschebe sein Pferd bestieg.

Mein Vater erhob sich vom Thron und kam die Stufen herab, um sich von mir zu verabschieden.

Die großen Trommeln dröhnten, ließen mich in meinem Innersten erbeben. Selbstvergessen ergab ich mich dem harten Schlag. Ich erwachte zu mir selbst.

Mit rasendem Herzen und wirbelndem Geist ließ ich mich mitreißen in die Verzückung der Trance, ließ mich fallen, schloss die Augen, versank in Finsternis, tötete jedes Gefühl, das mich an mein Leben band, tötete jeden Gedanken, jede Erinnerung, atmete aus, zitternd, bebend, weinend vor Glückseligkeit, ließ mich in die Blüten fallen, stieg im Geist hinauf zum Himmel, wo Liebe und Hass eins sind: in Gott, wo Wollen und Sollen bedeutungslos sind … wo ich frei sein konnte, endlich frei …

In diesem Augenblick, in dem keiner von uns mehr zurückkonnte, erschien Yesugan. Die Trommeln verstummten. Ihr lautes Dröhnen versank in atemloser Stille.

Ich öffnete die Augen, richtete mich auf, musste mich festhalten, um nicht in die Blüten zu stürzen. Ich war noch zu benommen …

Yesugan war in eine weiße Robe gekleidet und trug ihr langes goldblondes Haar offen. Die aufgehende Sonne ließ ihr Gesicht erstrahlen, und ihre blauen Augen funkelten, als sie auf ihren Vater zuschwebte.

Der Khakhan sah sie verblüfft an. »Yesugan!«

Wei, der die Zeremonien vor meiner Hinrichtung von seiner Jurte aus beobachtet hatte, kam näher, zögerte, blieb stehen.

»Wenn du heute eines deiner Kinder wegen Verrat richten willst, Vater, dann mich!«, sagte Yesugan. »Ich bin schuld. Ich habe Temur in diese Situation gebracht. Verurteile mich wegen meines Verrats, und alle Anklagepunkte gegen meinen Bruder werden sich in nichts auflösen!«

Ich erhob mich, ergriff ihren Arm und riss sie herum. »Yesugan, ich will nicht, dass du dich für mich opferst!«

»Aber ich bin schuld, Temur!«, rief sie verzweifelt. »Wenn ich nicht zu dir geflohen wäre, hätte Vater mir nicht nachreiten müssen, um mich zurückzuholen. Du hättest mit Wei als Botschafter verhandelt, nicht als Geliebtem deiner Schwester. Ihr seid beide vernünftig: Ihr hättet eine einvernehmliche Lösung gefunden, um den Krieg zu vermeiden.

Dann hättest du Wei zum Khakhan geschickt, wie es von Anfang an vorgesehen war. Du hättest ihn sogar begleitet, um weitere Missverständnisse, wie damals bei Yun Qi, auszuschließen. Du hättest keinen Verrat begangen und wärst auch nicht in den unsinnigen Verdacht geraten, Vater stürzen zu wollen, indem du dich mit Wei verbündest, um die Macht zu ergreifen. Vater hat dir doch immer vertraut, Temur! Kökschus Tod, seine endlosen Intrigen gegen dich, seine Prophezeiung bei deiner Geburt: All das wäre nicht aus dem Sumpf des Vergessens gezogen worden! Ich bin schuld, ich allein. An allem. Aber nicht an deinem Tod, mein Bruder! Das kann ich nicht auch noch ertragen!«

»Yesugan, das ist …«, begann ich, aber sie riss sich los und wandte sich zu ihrem Vater um:

»Vater, ich habe dich verraten. Verurteile mich!«

Er schüttelte traurig den Kopf.

»Ich werde Bartschuk Khan nicht heiraten!«, warf sie ihm trotzig vor die Füße. »Ich habe es Temur gesagt, und ich sage es auch dir, Vater: Ich weigere mich, ihn zu heiraten! Und nun bestrafe mich für meinen Ungehorsam!«

»Vater, das ist nicht wahr!«, rief ich. »Yesugan hat mir niemals gesagt, dass sie Bartschuk Khan nicht heiraten wird! Sie wollte in ein paar Tagen zurückkehren und dann der Ehe zustimmen …«

»Temur will mich schützen, Vater!«, unterbrach mich meine Schwester. »Er verdreht die Wahrheit, um mich zu retten!« Dann sah sie mich flehentlich an. »Und weil er mich liebt, vergisst er seine Verantwortung, die er als Khan seinem Volk gegenüber hat – am Leben zu bleiben!«

Überrascht holte ich Luft, zögerte einen Augenblick …

… während sie ihren Dolch zog und sich die blitzende Klinge in den Leib rammte.

Mein Vater schnellte vor, um ihr den Dolch zu entwinden, aber er hatte nicht mit der Entschlossenheit seiner Tochter gerechnet. Sie riss die Klinge durch ihr Fleisch, stöhnte vor Schmerz, sank in sich zusammen.

Mein Vater fing sie auf und ließ sie vorsichtig auf die weiße Khandecke gleiten. »Meine kleine ›Prinzessin Abendstern‹ …«

»Temur! Halt mich fest …« Sie tastete nach meiner Hand.

Ich kniete mich neben sie, und sie lehnte sich gegen mich. Ihr Blut tränkte meine Seidenrobe.

»Ich habe … dich immer bewundert, wie du liebst … wie du lebst. Ich wollte immer so sein wie du, Temur«, hauchte sie. »Für einen kurzen Augenblick … in meinem Leben … war ich glücklich … mit Wei. Ich liebe ihn! Ein solcher Augenblick wird nicht wiederkommen, nie mehr.« Sie schloss die Augen, rang nach Atem, dann sprach sie weiter: »Wenn du … wenn du erkannt hast, dass alle Hoffnung verschwunden ist … dass du nie mehr glücklich sein kannst in deinem Leben … dass du den Geliebten verloren hast … ihn nie wiedersehen wirst … dich nicht nach ihm sehnen darfst … dann ist dein Leben sinnlos geworden … und du kannst es mit einem Rest von Würde beenden!«

»O Gott, Yesugan …« Mit Tränen in den Augen öffnete ich die Verschlüsse ihres Gewandes, schlug den blutnassen Stoff zurück und untersuchte die Wunde. Es war ein Schnitt quer über ihren Bauch, die schlimmste aller Wunden, die tödlichste.

»Nicht einmal du kannst mich jetzt noch retten, mächtiger Schamane!« Ihre Hand strich über mein Gesicht. »Erlöse mich von meinen Qualen! Hilf mir, in Würde zu sterben!« Sie drückte mir ihren blutigen Dolch in die Hand und schloss meine Finger um den Griff. »Hilf mir, Bruder!«, flehte sie mich an und ließ sich in die mittlerweile blutgetränkten Edelweißblüten auf der Decke zurücksinken. »Ich bitte dich: Hilf mir …«

Ich nahm den Dolch in beide Hände und richtete ihn auf ihr Herz.

Mein Vater kniete sich neben mich und hielt Yesugans Hand.

Dann stieß ich mit aller Kraft zu.

Im Sterben trat ein seliges Lächeln auf Yesugans Lippen. Mit einem gehauchten »Ich … bin … frei!« atmete sie ihr Leben aus.

Weinend brach ich über ihrem toten Körper zusammen.

So viel Blut … so viel Leid … der Preis für Macht und Ohnmacht!

Mein Vater legte mir tröstend die Hand auf die Schulter, und ich sah zu ihm auf. Er half mir auf, umarmte mich und hielt mich fest: »Lass uns Yesugan … lass uns unsere Ohnmacht gemeinsam begraben, mein Sohn!«

Dann: ein Schrei! Ich wirbelte herum.

Mit einem zornigen Aufschrei stürzte sich Wei auf den Khakhan. Ein verzerrtes Gesicht. Zorn. Hass. Enttäuschung. Das Scheitern großer Hoffnungen. Ein blitzender Dolch, zum tödlichen Stoß erhoben. All das nahm ich gleichzeitig wahr.

Ich warf mich zwischen Wei und meinen Vater, um den Khakhan vor dem tödlichen Dolch zu schützen, rang mit Wei, der sich mit voller Wucht gegen mich warf, hielt ihm stand, alle Muskeln angespannt, ergriff die Faust mit der Klinge, bog sie zurück, zitternd vor Anstrengung, hielt ihn fest, riss ihn herum, legte ihm seinen eigenen Dolch an die Kehle, sah ihm in die Augen, sah die Enttäuschung und den Zorn … die Angst …

… dann – endlich! – griffen die Wachen des Khakhans ein, nahmen ihn fest, führten ihn ab.

Drei Stunden nach Yesugans Tod, Weis Verbannung durch den Khakhan und seiner überstürzten Flucht nach Zhongdu brachen mein Vater und ich zusammen mit Chinkim auf, um meine Schwester zu begraben.

Wir hatten das Blut von Yesugans sterblicher Hülle gewaschen, sie in eine Robe aus pfirsichgelber Seide mit aufgestickten Rosenblüten gekleidet und sie mit der schwarzen Perlenhaube geschmückt. Dann hüllten wir sie in ein Futteral aus kostbarer Shantung-Seide und legten sie auf einen mit Brokatstoffen ausgeschlagenen Karren, der von zwei Kamelen gezogen wurde.

Chinkim, immer noch zitternd vom Entsetzen und erfüllt von

der furchtbaren Angst, *er* könnte durch seine Gabe schuldig sein an Yesugans Tod, half meinem Vater und mir beim Schmücken des Wagens. Mein Sohn war still und in sich gekehrt.

Nach unserer Versöhnung an Yesugans irdischer Hülle hatten mein Vater und ich beschlossen, ihn zum heiligen Berg mitzunehmen. Ich war viel zu erschöpft von der durchwachten Nacht, viel zu benommen von den dramatischen Ereignissen dieses Tages, viel zu traurig über den Tod meiner Schwester, viel zu erschrocken über Weis Attentat auf den Khakhan, seine Verbannung und seine Flucht nach Zhongdu, um meinem Vater ernsthaft zu widersprechen.

Die zehn Tage unseres Rittes bis zum Burkhan Khaldun würden mir gut tun. Ich brauchte Zeit, um zu begreifen, dass Yesugan tot war und ich lebte. Ich brauchte Zeit, um mein Leben, das beendet schien, neu zu beginnen. Ich brauchte Zeit, um nachzudenken, was ich künftig tun wollte, denn es war für mich undenkbar, mein Leben einfach weiterzuleben ... ohne Zeit für das, was ich wirklich tun wollte ... ohne meine lang ersehnte Freiheit ...

Wir stiegen in die Sättel, nahmen die Zügel der Packpferde, die unseren Proviant und die Grabbeigaben für meine Schwester trugen, die Kokatschin und Nomolun eingepackt hatten, und ritten in Richtung Norden, zum Khentii-Gebirge. Die bewaffnete Eskorte des Khakhans folgte uns in angemessenem Abstand, um unsere Trauer nicht zu stören.

Nach zwei Tagen im Sattel verließen wir die flache Menengin-Steppe und kamen durch hügeliges Gelände. Dann, am dritten Tag unserer Reise, erschienen die erloschenen Vulkane Altan Owoo und Schilijn Bogd Uul, beides heilige Berge, am Horizont. Ihre steilen smaragdgrünen Kegel mit den abgrundtiefen Kratern erhoben sich majestätisch über die blühende Steppenlandschaft. An der großen Lavahöhle ein paar Li nordwestlich des Schilijn Bogd Uul verbrachten wir die Nacht. Am nächsten Morgen stiegen wir über die zu bizarren Formen erstarrte Lava hinunter in die schwarze Tiefe, die mich immer wieder faszinierte. Hier unten beteten wir zu Mutter Erde, sie möge Yesugan bei sich aufnehmen.

Dann zogen wir weiter, fünf Tage lang den Kherlen-Fluss aufwärts bis zum Burkhan Khaldun, wo wir Yesugan oberhalb des Sees in der Nähe des ersten *Owoo*-Steinhaufens begruben.

Mein Vater sprach die Gebete zu Himmel und Erde und bat um gnädige Aufnahme ihrer Seele: »Geist von deinem Geist, Vater Himmel«, und ihrer sterblichen Hülle: »Staub von deinem Staub, Mutter Erde.«

Ich stand neben ihm und sah hinab zu ihrem Körper, der vor wenigen Tagen noch so lebendig war ... so verliebt ... so glücklich ... Und nun war sie tot – und ich lebte! Ich barg mein Gesicht in meinen Händen und weinte still in mich hinein. Nicht nur meine geliebte Schwester, auch meine Hoffnung auf Frieden wurde an diesem Tag begraben.

Mein Vater legte mir tröstend die Hand auf die Schulter, und ich trocknete meine Tränen.

Chinkim vollzog die Opferrituale mit der Würde eines sich selbst und seiner geheimnisvollen Fähigkeiten bewusst werdenden Fünfjährigen.

Ich beobachtete ihn, als er den Airag ausgoss: Wie ernst er war und wie besonnen! Mit welcher Anmut er sich bewegte – wie ein schamanischer Tänzer in Trance! Und dann fragte ich mich: Wie wird er reagieren, wenn mein Vater und ich ihm sagen, dass wir mit ihm den Gipfel des heiligen Berges besteigen wollen, um ihn dort, im Angesicht seines himmlischen Vaters, zum Schamanen zu weihen? Für meinen Sohn würde mit seiner Initiation ein Traum in Erfüllung gehen. Aber wusste er denn, worauf er sich einließ? Ein Leben voller Leiden an dem Gefühl der Macht, ein endloses Getriebensein von Gott, vom eigenen Gewissen, dreizehn schwierige, demütigende, lebensgefährliche Schamanenweihen, dreizehn Stufen der Erkenntnis der eigenen Schwäche, Fehlbarkeit und Sterblichkeit. Der eigenen Ohnmacht.

Mein Vater setzte sich neben mich auf den umgestürzten Baumstamm und sah zu, wie Chinkim sehr bedächtig einen Stein auf Yesugans Grab legte und sich dann erhob. »Er ist berufen«, sagte er. »Er hat die Gabe, in die Zeit zu sehen. Seine Vision von Yesugans

Tod war so erschreckend klar. Während des Rittes und in den Nächten am Lagerfeuer habe ich mit ihm geredet – sehr ernsthaft. Er ist ein Schamane.«

Ich nickte still.

»Ich weiß, du hättest ihm als sein Vater dieses Schicksal gern erspart. Du hast getan, was du konntest, um ihm seinen Traum auszureden. Aber am Ende geschieht Sein Wille …« Mein Vater deutete hinauf in den Himmel. »… nicht deiner. Dein Sohn ist von Gott berufen.« Als ich schwieg, legte er mir tröstend die Hand auf den Arm: »Glaube mir, mein Sohn: Ich weiß genau, wie du dich jetzt fühlst. Als Kökschu mir sagte, dass du Schamane werden solltest, habe ich Gott für seine Unerbittlichkeit verflucht. Ich habe selbst unter der Berufung zu sehr gelitten, als dass ich dir dasselbe Schicksal zumuten wollte. Vater und Sohn als Auserwählte, das konnte einfach nicht gut gehen! Und nun auch noch *dein* Sohn! Ich frage mich, was Gott mit uns allen vorhat …«

Überrascht sah ich ihn an. »Was meinst du?«

»Ich bin Khakhan, Dschutschi und du seid Khans mit großen Herrschaftsgebieten, Tschagatai, Ogodei und Tolei werde ich auch bald zu Khans ernennen. Schigi ist ein Heiliger. Du bist, wie ich, ein mächtiger Schamane. Und auch dein Sohn ist berufen. Wir alle – ich, du, deine Brüder, deine Kinder – wir alle werden von Gott beschützt. Wie oft hatten wir alles verloren, hungerten, dürsteten, waren verzweifelt. Wie oft standen wir am Abgrund und wussten nicht mehr, wohin wir noch fliehen sollten, wie oft waren wir lebensgefährlich verletzt und in der Schlacht dem Tode nahe? Wir haben überlebt, immer wieder! Und jedes Mal haben wir von Gott mehr zurückbekommen, als Er uns genommen hatte. Er führt uns …«

»… in die Tiefen des nächsten Abgrunds!«, sagte ich verbittert.

»Und dann führt Er uns aus der tiefen Hoffnungslosigkeit heraus auf die höchsten Gipfel von Macht, Ruhm und Erfolg! Gott liebt uns! Er hat uns erschaffen, wie wir sind, Temur: Wir alle besitzen außergewöhnliche Fähigkeiten. Und Er erwartet, dass wir sie auch nutzen – wozu hätte Er sie uns sonst gegeben, als Gott zu dienen und über die Welt zu herrschen?«

Bevor ich antworten konnte, kam Chinkim und überreichte jedem einen großen Stein. »Die Steine sind die Gabe für den zweiten *Owoo*«, erklärte er. »Ich habe trockene Zweige gesammelt, damit wir das Heilige Feuer entzünden können. Das Moos wird feucht sein nach den Gewitterregen der letzten Wochen.«

Wir hatten ihm nicht gesagt, dass wir mit ihm den Gipfel besteigen wollten! Woher wusste er, dass es am zweiten *Owoo* keine Steine gab und dass man sie vom See mitnehmen musste, wenn man aufsteigen wollte? Und woher wusste er, dass dort oben auf dem feuchten Waldboden Moos wuchs und selbst im Sommer nur selten trockenes Holz zu finden war?

Mein Vater warf mir einen triumphierenden Blick zu: Ich habe es dir ja gesagt!, dann erhob er sich, ergriff Chinkims Hand und ließ sich von meinem Sohn zum ersten *Owoo* am Seeufer führen. Er legte einen runden Kiesel auf das mit seidenen *Khadags* geschmückte Heiligtum, umrundete es drei Mal mit Chinkim. Ich folgte ihnen und sprach ein Gebet.

Wenig später machten wir uns mit unserer Schamanenausrüstung allein auf den Weg zum Gipfel des Burkhan Khaldun: mein Vater, mein Sohn und ich. Die Leibwächter des Khakhans blieben am See zurück, wo sie auf unsere Rückkehr warteten.

Während des Aufstiegs durch den Wald und über die blühenden Bergwiesen erinnerte ich mich an meinen letzten Besuch auf dem Gipfel zwei Jahre zuvor, als mein Vater mich aus Zhongdu zurückgerufen hatte. Ich dachte an die Vision, die mich zutiefst erschüttert hatte. Monatelang hatte ich mich dagegen gewehrt. Ich wollte nicht akzeptieren, dass alles, was ich gesehen hatte, so geschehen würde. Ich konnte die Hoffnung, ich sei selbst Herr über mein Schicksal, nicht einfach in den Wind schlagen. Ich hatte gekämpft, hatte mich um Frieden bemüht, und was hatte ich erreicht? Die Vision wurde Wirklichkeit! Und je mehr ich kämpfte, desto schneller, desto unaufhaltsamer geschah, was geschehen musste.

Der Weg hinauf auf den Gipfel war mir noch nie so lang erschienen. Schweigend folgte ich Chinkim und meinem Vater, die vorangingen und sich atemlos unterhielten. Sie waren zu weit entfernt, als dass ich verstehen konnte, was sie sich zu sagen hatten. Chinkim hatte seine Hand ergriffen und zog ihn hinter sich her, als könnte er den heiligen Gipfel nicht schnell genug erreichen, um Gott zu sehen.

Als ich endlich auf der Schwarzen Krone ankam, hatten mein Vater und mein Sohn bereits die Taschen ausgepackt und Chinkims Nachtlager errichtet. Nachdem ich am *Owoo* geopfert hatte, holte ich meine Schamanenausrüstung aus der Tasche: Trommel, Spiegel und Maske. Nachdem ich mein Schamanengewand angelegt hatte, reichte ich Chinkim ein verschnürtes Päckchen aus himmelblauer Seide.

Ungeduldig riss er an dem Seidenband, dann zog er den blauen Stoff auseinander. »Eine Schamanentracht!«, freute er sich und zeigte sie stolz seinem Großvater. Das Gewand war eine weiße Seidenrobe in seiner Größe, mit bunten Seidenbändern, Amuletten und silbernen Glöckchen geschmückt. Kökschu hatte meine erste Schamanenrobe all die Jahre aufbewahrt – ich hatte sie nach seinem Tod gefunden, als ich seine Schamanenausrüstung begrub.

»Ich habe dieses Gewand getragen, als ich von Kökschu hierher geführt wurde, um von ihm in die heiligen Zeremonien eingeweiht zu werden«, erklärte ich meinem Sohn. »Ich war in deinem Alter, Chinkim: Ich war auch fünf Jahre alt.«

»Ich werde Schamane!«, rief er aufgeregt, zog sich das Gewand über und drehte sich ausgelassen tanzend einmal um sich selbst, um die Glöckchen zum Klingen zu bringen. Dann warf er sich in meine Arme. »Danke, Vater! Das ist das schönste Geschenk, das du mir jemals gemacht hast.«

»Bist du glücklich?«, fragte ich ihn.

»Ja, sehr!«, sagte er ernst. »Und ich wünschte, du wärst es auch.«

»Hör auf, dir Sorgen zu machen, Temur! Dein Adlerküken wird heute Nacht fliegen lernen und nach seinem ersten *Tschanar* zum mächtigen Adler werden«, sagte mein Vater, als ich mich nach dem Essen von meinem Platz am Feuer erhob, um zum nächtlichen Gipfel hinaufzusehen.

Nach den Zeremonien von Chinkims Initiation waren mein Vater und ich zum zweiten *Owoo* abgestiegen, um dort im Schutz der Bäume die Nacht zu verbringen. Meinen Sohn hatten wir auf dem Gipfel zurückgelassen. Er würde diese Nacht mit Gott verbringen.

»Chinkim ist allein. Er hat Angst«, erwiderte ich.

»Ich war allein. Du warst allein. Und seit dem Tag unserer Einweihung hat sich daran nichts geändert. Wir sind immer noch allein und werden es unser ganzes Leben lang bleiben«, erinnerte mich mein Vater. »Es gibt Dinge, über die du selbst als Schamane keine Macht hast. Was geschehen muss, wird geschehen, auch wenn du dich dagegen wehrst.«

Ich wandte mich ab und ging ein paar Schritte in die Finsternis. »Du wirst also Krieg führen?«, fragte ich nach einer Weile.

Er nickte. »Im nächsten Frühjahr werden wir nach Süden ziehen und Xixia angreifen. Ich wollte diesen Krieg und unser Bündnis mit Bartschuk Khan eigentlich in Ruhe mit dir besprechen, wenn du anlässlich des Besuches des Botschafters von Chin nach Kharkhorin gekommen wärest. Ich wollte deinen Rat hören …«

»Warum willst du dich mit Xixia anlegen? Mein Schwiegervater, Kaiser Li An Chüan, hat dir nicht den Krieg erklärt.«

»Die Noyans sollen lernen, ein Reich zu erobern. Sie sollen lernen, dem mächtigen Drachen von Chin entgegenzutreten, wenn die Zeit dafür gekommen ist.«

»Glaubst du, dass Chin uns angreifen wird?«

»Chin hat mich doch bereits angegriffen!«, gab er zurück. »Prinz Wei ging wütend mit seinem Dolch auf mich los, als deine Schwester starb. Und nur du hast ihn davon abgehalten, mir die Klinge ins Herz zu stoßen. Ich habe ihn verbannt, und er ist nach Zhongdu geflohen. Wei hasst mich! Er wird mir den Krieg erklären, sobald er den Drachenthron bestiegen hat – was, wie unsere Kundschafter in Zhongdu vermuten, schon sehr bald geschehen könnte. Der Kaiser ist sehr krank, hat große Schmerzen und verlässt kaum noch sein Bett. Ob er noch die Kraft hat, das riesige Reich zu regieren, bezweifle ich. Vermutlich hat Wei die Fäden der Marionette Zhang Zong längst in der Hand …«

Auch ich hatte die Berichte unserer Geheimagenten in Chin gelesen. Mein Vater unterhielt seit Jahren ein weit gespanntes Netz von Informanten – bestochene Staatsbeamte, die ihm alle verfügbaren Nachrichten über Chin, Song, Xixia und Karakitai lieferten. Die Nachrichten der letzten Monate aus Zhongdu waren eindeutig gewesen: Der Kaiser von Chin war tief besorgt über Dschingis Khans Verhandlungen mit Bartschuk Khan. Der Khakhan wurde zu mächtig für einen Vasallen, der seinen Treueschwur vergessen hatte. Es war nur noch eine Frage der Zeit, dass der Kaiser die Mauer überschritt, um den größenwahnsinnigen Herrscher der Mongolen in die sibirischen Wälder zu jagen. Die Kriegserklärung, die Wei mir überbringen sollte, war für mich keine Überraschung gewesen.

»Ich verstehe nicht, warum du Xixia angreifst, wenn du die Macht von Chin fürchtest. Der Kaiser wird uns in den Rücken fallen, sobald wir die Gobi durchquert und die Mauer überschritten haben, um Xixia zu erobern.«

»Ganz sicher wird er das! Aber der Kaiser von Song wird ihn davon abhalten, wenn er mit seinem Heer den Yangtse überschreitet, um Chin von Süden her zu erobern.

Wir sind noch zu schwach, um Chin anzugreifen, die Mauer zu überschreiten und in die Nordprovinzen einzufallen, wo Weis Regimenter das Reich beschützen. Was, glaubst du, wird geschehen, wenn Kaiser Li An Chüan in seiner panischen Angst vor einer mongolischen Invasion beschließt, während unserer Abwesenheit unsere *Ordus* in der Heimat zu überfallen und unsere Frauen und Kinder zu töten? Nichts wird von meinem Reich übrig bleiben als verbrannte Visionen von Freiheit und Unabhängigkeit, die der Wind der Geschichte verweht.« Er sah mir in die Augen: »Temur, sieh endlich ein: Dieser Krieg ist unvermeidlich! Es ist wie beim Weiqi-Spiel: Wer den ersten Stein setzt, bestimmt das Spiel. Er legt fest, wann, wo und wie alle anderen Steine gesetzt werden. Ich setze meinen ersten Stein in das Spielfeld Xixia. Wir erobern die lebenswichtigen Weiden im Süden und bringen den Handel über die Seidenstraße unter Kontrolle.«

»Und der nächste Stein?«

»Koryo.«

»Und dann?«

»Chin.«

»Und nach Chin?«

»Karakitai.«

»Und dann?«

»Dann ist das Spiel noch lange nicht vorbei. Es ist ein Spiel, das niemals enden darf.«

Ich nickte resigniert. Seine Argumente waren logisch – erschreckend, verletzend und menschenverachtend, aber logisch. »Du hast dich also entschlossen, Xixia zu erobern, um deine Gefolgsleute zufrieden zu stellen. Es herrscht bereits zu lange Frieden. Die Noyans streiten sich schon wieder. Nichts hat sich geändert.«

»In meinem Reich herrscht das Gesetz, das ich erlassen habe. Ich dulde keinen Streit!«

»Dein Erfolg hält das Reich zusammen, nicht das Gesetz der *Yassa!* Nur deinen Siegen verdankst du deine Wahl zum Khan und die Erhebung zum Khakhan. Siege bringen deinen Gefolgsleuten Ruhm und Reichtum. Siege bringen dir als ihrem Herrscher Macht. Aber Macht verlangt nach immer neuen Siegen. Und da der letzte Feind seit Dschamugas Tod besiegt ist, suchst du dir neue Feinde, damit du an der Macht bleiben kannst. So wird dieses Spiel, wie du es nennst, niemals enden.«

»Als Khan weißt du, dass die Bereitschaft der Beherrschten, ihrem Herrscher zu dienen, von ihrer Zufriedenheit abhängt.«

»Wir Mongolen sind reich geworden in den siebzehn Jahren deiner Herrschaft. Wir schlafen auf Zobelpelzen und kleiden uns in Seide. Wir essen von chinesischem Porzellan und trinken aus silbernen Trinkschalen. Wir sind nicht reich geworden, weil wir diese Dinge den Merkiten, Kereiten, Naimanen und Tataren weggenommen haben, als wir sie unterwarfen. Sondern weil sie sie *uns* nicht mehr wegnehmen. Unsere Herden sind groß geworden in den letzten Jahren – so groß, dass wir mehr als fünf oder sechs Mal pro Jahr umziehen müssen, um neue Weiden für die Tiere zu finden, was wegen der

Dürre immer schwieriger wird. Wozu benötigen wir denn noch mehr von all dem? Wir belasten uns doch nur mit zu viel Besitz!«

»Mir brauchst du das nicht zu sagen, Temur! Ich besitze weniger Pferde als du – deine Herden sind viel größer als meine. Ich trage auch keine eleganten chinesischen Seidenroben wie du, sondern schlichte mongolische Kleidung. Ich leiste mir keinen chinesischen Koch. Und ich schlafe nicht auf Zobelpelzen. Du sagst, du habest es dir mit deinem Schweiß und deinem Blut verdient, weil du es dir selbst erobert hast? Ich gebe dir Recht!

Aber all die anderen Noyans – Dschebe, Subotai, Kubilai, Mukali, meinen Freund Bogurtschi – habe ich *gekauft*. Mit Versprechungen, mit Beute, mit Titeln, mit Macht.

Bogurtschi steht mir so nah wie dir Dschebe. Ich weiß nicht mehr, wie oft ich ihm mein Leben anvertraut habe. Aber er hat keinen eigenen Willen. Er geht den Weg des geringsten Widerstandes. In den letzten vierzig Jahren hat er mir nicht ein einziges Mal widersprochen.

Dein Freund ist kein bisschen anders. Wie ein treuer Hund weicht Dschebe nicht von deiner Seite und liegt dir zu Füßen, weil er weiß, dass ein paar Knochen und vielleicht auch einmal ein anderer Leckerbissen für ihn abfallen, wenn er nicht allzu ungeduldig an seiner Leine zerrt. Du hast ihn gekauft, wie ich Bogurtschi gekauft habe. Du hast ihm Nomolun überlassen, als er sie für sich allein haben wollte. Du hast ihm Kaidu und Chinkim anvertraut, damit er sie erziehen kann. Du hast ihm einen Titel gegeben und Macht, indem du ihm dein Vertrauen schenkst. Du spielst doch mit Dschebe dasselbe Spiel, das ich mit Bogurtschi und den anderen Noyans seit Jahren spiele: Ich habe ihnen das Blau des Himmels versprochen.

Und soll ich dir sagen, was geschehen wird, wenn die Noyans ungeduldig werden? Erst gehen sie aus Langeweile aufeinander los, wie Subotai und Mukali vor einigen Tagen, dann fragen sie sich wütend, warum sie einen Khakhan gewählt haben, der sie davon abhält, Krieg zu führen und Beute zu machen. Warum sie einem Herrscher folgen, der ihnen verbietet, neue Weidegründe zu erobern, die unser Überleben sichern.«

»Du willst also Krieg führen, um an der Macht zu bleiben.«

»Ich lasse mir meine Spielsteine von niemandem aus der Hand nehmen! Ich setze den ersten Stein auf das Feld Xixia, bevor es jemand anderer tut. Mukali, Subotai, Dschebe – sie alle sind begnadete Spieler. Sie sind die Besten. Und das wissen sie genau.

Was, glaubst du, wird geschehen, wenn ich Dschebe und Subotai von der Leine lasse? Sie stürmen los und rennen alles über den Haufen, was sich ihnen in den Weg stellt. Subotai und Dschebe können Xixia allein erobern. Uns beide brauchen sie dazu nicht.

Jahrelang haben wir mit ihnen am Lagerfeuer unser karges Abendessen geteilt, haben ihnen unsere Hoffnungen und Ängste anvertraut – aber am Ende verraten sie uns trotzdem ... Dschebe hat dich in der Nacht vor Yesugans Tod verraten!«

»Ich weiß«, sagte ich leise.

»Dann weißt du auch, dass du allein bist. Ein Mächtiger hat keine Freunde, niemanden, dem er wirklich vertrauen kann. Deshalb war ich von deinem scheinbaren Verrat so maßlos enttäuscht. Ich war so verbittert, dass ich dich hinrichten lassen wollte. Dabei bist du einer der wenigen, denen ich überhaupt jemals vertrauen konnte ... vertrauen kann. Ich bin erleichtert, dass wir uns am Grab deiner Schwester versöhnt haben und du mir vergeben kannst.

Bei diesem Spiel geht es um die Macht – um nichts anderes. Und weißt du, warum ich Khakhan der Mongolen bleiben muss? Weil ich nicht will, dass ich meine Hände in den vergangenen zwanzig Jahren vergeblich mit dem Staub der Schlachtfelder und dem Blut der gefallenen Freunde und Feinde beschmutzt habe. Wozu habe ich Krieg geführt gegen die Tataren, die Kereiten, die Merkiten und die Naimanen? Wozu ist dein Freund Jesutai in der Schlacht gefallen, wofür haben so viele andere ihr Leben gegeben? Weshalb musste Dschamuga sterben, wenn ich jetzt aufhöre? Ich habe die Völker zu einem Volk vereint, das sich stolz Mongolen nennt. Ich führe Krieg, damit die Mongolen ein Volk *bleiben*.«

Nach einer schlaflosen Nacht stieg ich am nächsten Morgen mit meinem Vater auf den Gipfel des heiligen Berges, um Chinkim zum

Schamanen zu weihen. Mein Sohn empfing uns mit einem triumphierenden Lächeln auf den Lippen. Nachts hatte er von einem weißen Adler geträumt, der ihn in seine Fänge nahm und in den Himmel hinauftrug.

Nach den feierlichen Opfern am *Owoo* gingen wir gemeinsam zum See hinab, wo die Eskorte des Khakhans wartete, um ihn ins Lager in Kharkhorin zurückzugeleiten.

Mein Vater küsste seinen Enkel liebevoll zum Abschied und versprach dem kleinen Schamanen »Wir sehen uns in einem halben Jahr zum Neujahrsfest, mein kleiner Adler«, dann umarmte er mich: »Bring dem Adlerküken das Fliegen bei!«

Die Sonne war untergegangen, als ich mich zwischen den schneebedeckten Kiefern und Lärchen die Berghänge des Khentii hinaufkämpfte. Einen Weg zum Kloster gab es nicht – tiefer Schnee bedeckte den Pfad der Lamas, den sie täglich benutzten, um im *Ordu* des Khakhans Almosen zu sammeln.

Als mein Pferd an einem steilen Hang ausglitt und beinahe gestürzt wäre, stieg ich ab, zog es am Zügel hinter mir her und band es an einem Baum fest. Dann stolperte ich zu Fuß weiter durch den tiefen Schnee.

Der Winter war in diesem Jahr gefährlich früh gekommen. Anfang September, nur wenige Wochen nach Yesugans Tod, war der erste Schnee gefallen. Einige Tage nach Weihnachten und Chinkims erstem *Tschanar* waren Dschebe und ich mit meinem Gefolge und einer Eskorte aufgebrochen, um rechtzeitig vor dem Neujahrsfest des Schlangenjahres (1209) das Lager des Khakhans am Burkhan Khaldun zu erreichen, wo mein Vater am Neujahrstag die Ratsversammlung abhalten wollte. Erst wenige Stunden zuvor, zwei Tage vor dem Neujahrsfest Tsagaan Sar, hatten wir mitten in einem eisigen Schneesturm das Lager erreicht. Nachdem ich mich in den Jurten meiner Brüder, die alle bereits in den letzten Tagen eingetroffen waren, aufgewärmt hatte, war ich erneut aufgebrochen, um Schigi zu besuchen.

Das Jurtenkloster war auf einer Bergwiese oberhalb eines Felssturzes errichtet worden. Von hier oben hatte ich einen großartigen Blick auf das nächtliche *Ordu,* das von tausenden Feuern hell erleuchtet wurde. In der Mitte die große Palastjurte des Khakhans, umgeben von den Zelten seiner Noyans. Auf dem großen Platz vor dem Zelt meines Vaters war eine riesige Jurte für die Ratsversammlung errichtet worden, die in zwei Tagen stattfinden sollte – die erste seit dem großen *Kuriltai*, auf dem er drei Jahre zuvor zum Khakhan gewählt worden war. Das weite Areal rund um das Ratszelt war durch ein Viereck aus weißen Windsegeln vom restlichen Lager abgeteilt worden. Ich musste lächeln: Welch eine Symbolik! Ein Kreis in einem Quadrat: Himmel und Erde. Ein Mandala der Welt – und in seiner Mitte der »Herrscher der Herrscher«.

Ich wandte mich um und stapfte durch den hohen Schnee zum Kloster hinüber. Leiser Schellenklang und der tiefe Gesang der Mönche, der die Seele zum Schwingen brachte, wehten zu mir herüber. Vor den Zelten brannten die traditionellen zwei Reinigungsfeuer, um Geister und Dämonen fern zu halten. Jede Jurte war vom goldschimmernden Licht der Butterlampen erleuchtet.

Ich wusste, dass Schigi in seinem Kloster eine Schule eingerichtet hatte, in der junge Novizen das Lesen und Schreiben in Mongolisch und Sanskrit übten. Die angehenden Mönche lernten Sutrentexte auswendig, um sie in Disputationen fehlerfrei zitieren zu können, erlernten die buddhistische Logik und wurden in der Lehre des Dharma unterrichtet. Und in der *Yassa*, dem mongolischen Gesetzbuch.

Schigi, der Oberste Richter, bildete in seinem Kloster eine Elite von Verwaltungsbeamten aus, deren schwierige Abschlussprüfung es mit den Beamtenprüfungen in Chin aufnehmen konnte. Mein Bruder prüfte die angehenden Würdenträger des mongolischen Reiches nicht nur in den klassischen Schriften des Kung Futse, sondern auch in den buddhistischen Sutren und den Rechtswissenschaften, in Geschichte und Geografie. In einer der Jurten hatte er eine ansehnliche Bibliothek tibetischer und chinesischer Schriften untergebracht, die allen offen stand, die lesen konnten und lernen wollten. Dort hätte ich sehr gern einmal gestöbert: Seit meinem

Aufbruch in Zhongdu drei Jahre zuvor hatte ich kaum Gelegenheit gehabt, neue Bücher zu lesen.

Ich hatte keine Ahnung, wo ich Schigi finden würde. Also ging ich zur nächsten Jurte hinüber und klopfte mit meiner Reitgerte auf den hölzernen Türrahmen, dann trat ich ein.

Zehn Mönche saßen im Lotussitz auf dem Filzteppich. Sie hatten die Augen geschlossen, schwenkten ihre tibetischen Gebetsmühlen und sangen leise ihr »*Om mani padme hum*«. Jede Drehung entsprach einer Rezitation der Gebetsformel. Als ich die Jurte betrat, verstummte der tiefe, brummende Gesang. Einer der Mönche erhob sich und kam mir entgegen. Er war erstaunt über mein Eintreten: Die Gläubigen umschreiten betend die Heiligtümer und drehen die Gebetsmühlen, aber nur selten werden die Lamas bei ihren Andachten gestört.

Ich trug einen langen Zobelmantel und darunter ein rubinrotes chinesisches Gewand, aber keine Khanrobe. Daher hielt mich der Lama zuerst für einen Gläubigen, der im Allerheiligsten beten oder den Segen eines Mönchs erflehen wollte.

»Ich suche den Abt Schigi«, sagte ich.

»Seine Heiligkeit ist in seiner Jurte, meditiert und schweigt. Er bereitet sich auf die Segnungsrituale und die Andachten zum Neujahrsfest vor. Er will nicht gestört werden.«

Die letzten fünf Tage des Jahres waren für die Lamas angefüllt mit heiligen Ritualen: dem Backen von kleinen heiligen Opferkuchen, dem festlichen Schmücken der Jurten, den Segnungsritualen für die Gläubigen und dem Vorlesen aus den Sutren für diejenigen, die nicht lesen konnten.

»Ich bin Temur«, stellte ich mich vor. »Ich will mit meinem Bruder sprechen.«

Er verneigte sich ehrerbietig. »Ich bitte um Vergebung, Temur Khan. Ich führe dich zu ihm.«

Ich folgte ihm aus dem Zelt. Als der Türfilz hinter mir herabfiel, begannen die Lamas wieder mit ihrem Gesang. Wir gingen am Tempelzelt vorbei, das mit Gebetsfahnen geschmückt war. Bunte Bänder mit vom Wind zerfransten Seidenfähnchen führten vom

Himmelskranz der Jurte zur Erde, wo die Enden im Schnee verschwanden. Am Dach des Zeltes waren kleine Glöckchen befestigt, die leise im Nachtwind klingelten.

Dann hatten wir Schigis Jurte erreicht. Der Lama öffnete mir den Türfilz, und ich trat ein.

Die Jurte war ganz mit safranfarbigem und dunkelrotem Stoff ausgeschlagen, was das Zelt in ein geheimnisvolles Licht tauchte.

Auf dem Altar gegenüber dem Eingang erhellten zwei Reihen Butterlampen eine goldene Figur des Erleuchteten in tiefer Meditation. An der Jurtenwand hinter dem Buddha hing ein Thangka-Seidenbild des Bodhisattva Avalokiteshvara.

Mein Bruder saß im Lotussitz mit überkreuzten Beinen und geschlossenen Augen auf dem Boden, schweigend, still und in sich gekehrt. Seine Hände hielten das *Vajra*, sein tantrisches Gebetszepter, und die Gebetsglocke.

Vor ihm auf dem Filzteppich leuchtete ein herrliches Mandala aus gefärbtem Sand, das er offenbar in den letzten Tagen angefertigt hatte. Ein wunderschönes Mandala!, dachte ich bewundernd, als ich das Sandbild betrachtete. Welch eine Anstrengung für Körper und Geist, es in endlosen Tagen und Nächten zu erschaffen.

Schigi meditierte über dieser farbenfrohen Darstellung eines göttlichen Palastes. In seinem Geist legte er den langen Weg vom Rand des Bildes, vom Flammenkreis, der den gesamten Kosmos umschloss, durch blühende Lotusgärten und prunkvoll mit Glückssymbolen verzierte Tore bis zum Zentrum des Mandala zurück, wo das Erleuchtungswesen Avalokiteshvara thronte. Seine Reise in das Mandala war im Grunde nichts anderes als eine meiner Himmelsreisen.

Leise, um ihn nicht unnötig zu erschrecken, ging ich an Schigi vorbei, setzte mich auf den Boden und wartete, bis er geruhte, mich zu bemerken.

Erst als ich nicht geruhte, wieder zu gehen, öffnete er die Augen.

»Was willst du?«, fuhr er mich an.

»Mit dir reden.«

»Das setzt voraus, dass ich mit *dir* reden will.«

»Buddhistische Logik«, neckte ich ihn mit einem Lächeln. »Ist das ein Spruch des Erleuchteten? So wie: ›Ich streite nicht mit der Welt – die Welt streitet mit mir‹?«

»Nein!«, fauchte er und warf den verrutschten Überwurf seines Lamagewandes über die Schulter. »Verschwinde und lass mich in Ruhe. Hat man dir nicht gesagt, dass ich meditiere und nicht gestört werden will?«

»Ich nahm nicht an, dass das auch für deinen Bruder gilt.«

Er schnaubte, schwieg aber. Dann legte er das *Vajra* und die Gebetsglocke auf den Tisch neben sich, der mit Sutrentexten in Sanskrit-Schrift bedeckt war. Die schmalen, querformatigen Blätter lagen lose zwischen den Holzdeckeln, die nach dem Lesen mit Seidentüchern umwickelt und fest verschnürt wurden.

Der Gesang der Lamas, ihr *»Om mani padme hum«*, der metallische Klang ihrer Schellen und das tiefe, durchdringende Dröhnen von Trompeten drangen leise zu uns herüber.

»Dass du mich nicht liebst, weiß ich, seit du mich voller Zorn beschuldigt hast, dir Dschebe weggenommen zu haben. Aber dass du mich derart hasst und nicht einmal mit mir reden willst, erschreckt mich«, gestand ich leise.

Er wich mir aus, zog sein Lamagewand und den Anschein buddhistischer Gelassenheit enger um sich, starrte Avalokiteshvara, den Bodhisattva der Liebe und des Mitgefühls, auf dem Thangka an der Jurtenwand an und schwieg.

»Ich bin gekommen, um dich zum Neujahrsfest einzuladen.«

Seit Wochen freute ich mich auf Tsagaan Sar, wie sich Kaidu und Chinkim jedes Jahr auf das Weihnachtsfest freuten. Aus jeder Jurte duftete es an Neujahr köstlich nach Hammelbraten, nach Tee mit süßer Yakbutter und frisch gebackenen Neujahrsbroten. Tsagaan Sar, der »weiße Monat« mit dichtem Schneetreiben und eisigen Stürmen außerhalb der warmen und gemütlichen Jurten, die »glückliche Zeit« mit köstlichem Essen und Arkhi, ist der höchste Feiertag der Mongolen.

»Ich werde morgen Abend nach sieben Jahren wieder mit unserer ganzen Familie feiern«, sagte ich. »Vater wird zur Feier kommen. Und Dschutschi, Tschagatai, Ogodei, Tolei, Jegu, Kulkan, Khagan und Yesun Möngke und viele andere unserer Brüder, die meisten mit ihren Frauen. Und unsere Schwestern werden mit ihren Ehemännern erscheinen. Viele werden eine wilde Horde Kinder mitbringen. Es wird ein fröhliches Fest, so wie früher …«

»Morgen ist das buddhistische Neujahrsfest«, unterbrach er mich. »Ich kann nicht kommen. Ich bin Abt dieses Klosters. Ich werde aus den Sutren rezitieren und um Mitternacht eine Andacht abhalten, um für Glück und Wohlstand im neuen Jahr zu beten. Dann werde ich die Andachten für die Gläubigen vorbereiten, die am Neujahrstag ins Kloster kommen, um zu beten und sich von mir segnen zu lassen.«

»Auch wir begehen das Fest des Neumonds, den Beginn eines neuen Jahres«, erinnerte ich ihn. »Lass uns alle gemeinsam feiern, Schigi! Zum letzten Mal!«

Er sah mich erstaunt an. »Zum letzten Mal?«

»In zwei Tagen werde ich im Rat einen Krieg beschließen. Nur der Himmel weiß, ob wir alle – Vater, Dschutschi, Tschagatai, Ogodei, Tolei, du, ich – je wieder so zusammenkommen werden: lebendig, gesund, ohne Streit und ohne Machtkämpfe. Ich will mit allen feiern, bevor wir uns in alle Welt zerstreuen, um das Reich, das wir erobern werden, zu regieren. Bevor wir aufhören, eine Familie zu sein, die zusammenhält, um zu überleben. Bevor wir eine Dynastie von Herrschern werden, die sich gegenseitig misstrauen und bekämpfen.«

»Eine Familie?«, schnaubte er. »Das sind wir doch schon lange nicht mehr! Seit jeder von uns einen anderen Glauben angenommen hat und sich zu unterschiedlichen Göttern und Propheten bekennt …«

»Vater ist es völlig gleichgültig, an welchen Gott wir glauben und welchen Propheten wir verehren, so lange wir an *ihn* glauben. Und so lange die Familie einig ist und wir uns gegenseitig respektieren und den Glauben des anderen tolerieren. Komm zu Tsagaan Sar!«, drang ich in ihn. »Lass uns vergessen, was zwischen uns geschehen ist! Ich will mich mit dir versöhnen. Was auch immer ich getan habe – ich bitte dich: Vergib mir!«

Er starrte auf das Mandala auf dem Teppich und ignorierte die Hand, die ich ihm reichte.

»Dschebe wird auch da sein«, sagte ich leise.

Er stöhnte wie unter Qualen, ergriff sein *Vajra* und warf es verzweifelt in das Mandala aus Sand. Das Diamantzepter hinterließ eine breite Spur der Verwüstung im Sandbild und zerstörte das in tagelanger mühsamer Arbeit erschaffene Symbol der Endlichkeit der Welt ... der Vergänglichkeit der Leidenschaft.

Weinend brach Schigi zusammen und barg sein Gesicht in beiden Händen.

Ich wollte ihm aufhelfen, aber er hob abwehrend die Hand, ohne mich anzusehen. »Bitte geh jetzt, Temur! Bitte geh ... lass mich ...«, schluchzte er.

Den Schmerz der Trennung von Dschebe hatte er offenbar noch nicht überwunden.

Still erhob ich mich, verließ sein Zelt und ließ ihn allein.

Zwei Tage später, am Morgen nach der Neujahrsfeier, begann die Ratsversammlung der Khans und Noyans.

Der Platz um das mit Seidenbannern geschmückte Ratszelt war mit einer Wand aus weißen, sich im Wind blähenden Segeln vom Rest des Lagers abgetrennt. Das ganze Areal wurde streng bewacht: Alle paar Schritte stand ein Krieger mit Lederrüstung und Helm, einen Pfeil auf der Bogensehne, um zu verhindern, dass sich jemand unbefugt dem Ratszelt näherte. Außer den Khans und Noyans und den höchsten Würdenträgern des Reiches sollte niemand erfahren, was an diesem Tag beschlossen wurde.

Die Wachen am Eingang des abgeteilten Platzes warfen sich zum Kotau in den Schnee, als ich mich mit meinem Gefolge näherte. Der Kanzler Chinkai begrüßte mich ehrerbietig und geleitete mich durch die Reihen der hohen Offiziere und Beamten zum Ratszelt. Mein Gefolge schloss sich den Würdenträgern an, die auf die Beschlüsse des *Kuriltai* warteten, um die Befehle ihrer Khans und Noyans sofort nach der Verkündung auszuführen.

Vor der großen Jurte flatterten die Feldzeichen des Khakhans und sein weißes Banner mit dem schwarzen Adler im schneidend kalten Wind, der kleine Eiskristalle mit sich riss.

Dschingis Khan erwartete seine Heerführer zusammen mit seinem Freund Bogurtschi bei den beiden bronzenen Feuerbecken am Eingang des Zeltes. Zur Begrüßung reichte er mir eine Schale Airag. Wegen der eisigen Kälte hatte sich auf der Stutenmilch in der Silberschale eine dünne Eisschicht gebildet. Ich schob den langen Ärmel meiner Staatsrobe hoch, opferte einige Tropfen, indem ich den Airag mit dem Ringfinger verspritzte, dann leerte ich die silberne Trinkschale in einem Zug und reichte sie meinem Vater zurück. Danach betrat ich das Ratszelt.

Dschebe kam mir entgegen. »Frohes Tsagaan Sar, Temur!«

»Ich wünsche dir auch ein erfolgreiches Jahr! Hast du dein Schwert geschärft, mein Held?«

»Ja, mein Khan!«, lachte er.

Dann betrat der Khakhan die Jurte, schritt durch die Reihen seiner Noyans und nahm auf seinem Thron Platz. »Setzt euch!«

Wir ließen uns in einem weiten Kreis auf niedrigen Sesseln mit geschnitzten Rückenlehnen nieder. Der gesamte Führungsstab des Reiches war bei diesem *Kuriltai* anwesend. Die ältesten Söhne des Khakhans – Dschutschi, Tschagatai, Ogodei, Tolei, Schigi, Khagan, Jegu, Yesun Möngke, sein Schwiegersohn Tokutschar und ich selbst – saßen ihrem Rang entsprechend rechts von ihm, seine Noyans – Bogurtschi, Dschebe, Subotai, Kubilai, Mukali und die anderen – hatten, da außer meiner Schwester Altan keine Frauen anwesend waren, links von ihm Platz genommen. Direkt neben seinem Thron ließen sich sein Kanzler Chinkai mit seinen Sekretären und sein Siegelbewahrer Tatatungo nieder und breiteten Papier, Tintenschalen und Schreibpinsel auf den Tischen vor sich aus. Daneben nahmen Hassan und Djafar ihre Sitze ein.

Dann betrat Dayir Usun das Zelt und erflehte Gottes Segen für den *Kuriltai*. Während der Trankopfer fühlte ich, dass die Blicke der meisten Anwesenden immer wieder zu mir herüberirrten. Sie alle wussten, wie ich zu diesem Krieg stand. Sie alle kannten meine Bemühungen um einen Frieden mit Chin, die beinahe zu meiner Hinrichtung geführt hätten, und sie wussten um mein Verhältnis zu meiner Gemahlin Li Rong, der Tochter des Kaisers von Xixia. Ich lehnte mich auf meinem Sessel zurück und erwiderte ruhig ihre Blicke. Als der Schamane die Zeremonien beendet und seinen Platz eingenommen hatte, erhob sich der Khakhan.

Vier Diener entrollten auf dem Filzteppich in der Mitte der Jurte eine riesige Landkarte aus bemaltem Leder. Vier Seiten waren noch eingefaltet, sodass nur das mongolische Reich vom Altai im Westen bis zum Khingan im Osten, von der Taiga im Norden bis zur Gobi im Süden zu sehen war.

»Meine Khans und meine Noyans … meine Söhne und meine Freunde!«, begann Dschingis Khan seine Rede. »Wir sind hier im *Kuriltai* zusammengekommen, um über einen Krieg zu beraten. So wie es seit Jahrhunderten in der Steppe üblich ist …«

Während er von der Größe des mongolischen Reiches redete, das er erschaffen hatte, schritt er über die lederne Karte.

Er sprach von den Kriegen der letzten Jahre: »Gegen die Tataren!« Er wies auf meinen südöstlichen Reichsteil, den ich seit zwei Jahren als Khan regierte. »Gegen die Kirgisen und Merkiten!« Er deutete auf den nordwestlichen Reichsteil, der von Dschutschi beherrscht wurde. »Gegen die Kereiten und Naimanen, die künftig von meinem Sohn Tschagatai geführt werden sollen. Seine Ernennung zum Khan wird noch während des *Kuriltais* stattfinden.« Dann gab er den Dienern ein Zeichen, die Landkarte vollständig zu entfalten.

Viele der Noyans sprangen überrascht von ihren Sesseln auf, um die Karte zu bewundern. Sie war eine vergrößerte Kopie der Landkarten in meinem chinesischen Atlas – sie zeigte ganz Asien! Die endlose Schlange der Seidenstraße vom östlichen Meer bis zum westlichen und der steinerne Drache der Großen Mauer, der das Reich Chin beschützt. Die Städte Zhongdu, Linan, Ningxia, Balasaghun, Samarkand, Bokhara, Bagdad und Delhi. Spielfelder eines gigantischen Strategiespieles!

Ich lehnte mich auf meinem Sitz zurück und konnte ein Lächeln nicht unterdrücken: ein geschickter Spielzug! Gleich zu Anfang zeigt er ihnen das gesamte Spielfeld, auf dem er sie als seine Spielfiguren hin- und herschieben will. Ich beobachtete die Reaktionen der Noyans, als sie die riesige Karte betrachteten … die Ausrufe … das Funkeln in ihren Augen … die angespannten Muskeln … die Ungeduld … Er versprach ihnen Himmel und Erde. Sie mussten nur hingehen und sie sich holen!

Als die begeisterten Noyans sich endlich wieder hingesetzt hatten und ruhig geworden waren, ergriff der Khakhan das Wort: »Seit der letzte Feind besiegt ist, herrscht Frieden in meinem Reich. Wir sind stark geworden in den Jahren des Krieges, und, dank Hassan und Djafar, reich geworden in den Jahren des Friedens.« Er nickte den beiden anerkennend zu. »Seit meiner Wahl zum Khakhan ist das mongolische Reich eine Macht geworden, die jenseits ihrer Grenzen gefürchtet wird.«

Er deutete auf das Reich Karakitai, das mit seiner Hauptstadt Balasaghun südlich des Balkhash-Sees, mit der Taklamakan und dem Pamir auf der Karte eingezeichnet war: eine schimmernde Perle an der endlosen Schnur der Seidenstraße.

»Im Westen herrscht Idikut Bartschuk Khan, der König der Uighuren. Er kontrolliert den Karawanenhandel über die beiden Wege der Seidenstraße. Derzeit überlegt der Idikut, ob er seinen Treueschwur gegenüber Tschuluk Khan, dem Herrscher von Karakitai, brechen und sich mir anschließen soll. Ich ließ ihn durch einen Botschafter fragen, wem er denn nun die Treue schwören wollte. Er antwortete: ›Dem Sieger‹. Ich ließ ihn fragen: ›Vor oder nach dem Sieg?‹«

Die Noyans lachten.

»Ich hatte geplant, Bartschuk Khan zu meinem Schwiegersohn zu machen, indem ich ihm Yesugan zur Gemahlin gebe. Doch, wie ihr alle wisst, starb Yesugan vor einem halben Jahr unter tragischen Umständen. Meine Tochter Altan wird im Sommer an ihrer Stelle zu Bartschuk Khan nach Beshbalik reisen.«

Meine Schwester Altan, die sich bisher im Hintergrund gehalten hatte, erhob sich von ihrem Sitz und verneigte sich. »Ich danke dir für dein Vertrauen, Vater, und hoffe, dass ich mich als Khatun würdig erweisen werde!«

»Ich bin sicher, dass du das wirst!« Der Khakhan marschierte auf die andere Seite der Karte: »Im Osten fürchtet der König von Koryo unsere Macht. Er überlegt, ob er sich mit dem Kaiser von Chin gegen mich verbünden soll. Aber im Fall eines Sieges würde der Kaiser von Chin Koryo annektieren. Und wenn er sich nun mit dem Kaiser von Song verbündet? Der ist weit im Süden und kann ihm nicht schaden. Aber die Kriegsdschunken im Hafen von Linan nützen ihm nichts und das Heer von Song schlägt sich gerade mit den Truppen von Chin am Yangtse … Oder soll der König von Koryo sich lieber mit mir, seinem gefürchteten Feind, verbünden, damit er einem Angriff des Inselreichs Nippon standhalten kann? Eine wirklich schwierige Entscheidung – ich beneide ihn nicht!« Der Khakhan überstieg die auf die Karte gemalte Große Mauer und blieb am Ufer des Huang He stehen. »Und im Süden liegt Xixia mit seinen unermesslichen Reichtümern …«

Nachdem mein Vater wenig später seine Rede beendet hatte, sprang Dschebe als erster Noyan auf und verkündete seine Meinung zum Angriff auf Xixia: »Meine Freunde und Waffenbrüder! Ein mongolisches Sprichwort sagt: ›Wenn der Bogen gespannt ist, sollte man den Pfeil abschießen!‹« Er genoss es sichtlich, auf der Karte Asiens herumzulaufen, während er redete.

Ich sah hinüber zu Schigi, der Dschebes Worte in sich einsog, als wären sie das Lebenselixier. Er war aufgewühlt, wusste nicht, wohin mit seinen Händen: Unruhig spielte er mit seinem *Vajra.* Mein Bruder war am Vorabend zur Neujahrsfeier erschienen und hatte Dschebe den ganzen Abend lang wortlos angestarrt, als wäre er ein Bodhisattva, den er anbetete, vergötterte, liebte. Dass Dschebe sich nun in einen Krieg stürzen und in der Schlacht sein Leben riskieren wollte, machte Schigi verzweifelt, ihn für immer zu verlieren, hoffnungslos, ihn jemals für sich zu haben, traurig.

Nach Dschebe sprachen Subotai, Mukali und Kubilai. Auch sie stimmten für den Angriff auf Xixia.

»Dschutschi Khan?«, forderte mein Vater die Khans und Noyans schließlich zur Abstimmung auf.

»Krieg«, erwiderte mein Bruder.

»Tschagatai Khan?«

»Krieg.«

»Temur Khan?«

»Du kennst meine Meinung, Vater.«

»Ja, ich kenne sie«, nickte er. »Ogodei?«

Mein Bruder zögerte, aber dann stimmte er doch für den Angriff.

»Tolei, mein Großer Noyan?«

»Mein Pferd ist schon gesattelt!«

Auch die anderen Mitglieder der Ratsversammlung stimmten für den Krieg noch in diesem Frühjahr.

»So sei es entschieden! Mein Wort ist mein Schwert!«, rief mein Vater mit einem triumphierenden Lächeln. Dann wandte er sich an mich: »Temur, du bist der Einzige, der nicht für den Krieg gestimmt hat.«

»Ich werde niemals gegen meine Überzeugung stimmen, Vater. Ich träume einen Traum von Frieden und Freiheit. Er ist überwältigend schön. Dieser Traum ist der einzige Grund, warum ich noch Khan bin: weil ich als Herrscher etwas verändern kann. Ich weiß, dass es Jahre dauern wird, vielleicht Jahrzehnte, bis ihr alle diesen wunderschönen Traum mit mir träumen werdet, aber ich werde nicht aufhören, euch davon zu erzählen. Niemals!«

»Ich schätze deine Aufrichtigkeit, Temur. Und aus diesem Grund werde ich dich nicht zwingen, gegen dein Gewissen an diesem Krieg teilzunehmen. Du bist zwar einer meiner besten Heerführer, aber auch ein hervorragender Diplomat – was du in den letzten Jahren oft bewiesen hast. Ich will deine Fähigkeiten an einer anderen Front nutzen: im Westen.

Bartschuk Khan rebelliert gegen den Khan von Karakitai und bricht seinen Vasalleneid. Er hat mich um Unterstützung gebeten, und ich werde sie ihm nicht verweigern – die Kontrolle über den Handel auf der Seidenstraße ist immens wichtig. Aber erst soll der

Idikut mir als mein Schwiegersohn den Treueschwur leisten. Du wirst mit Altan nach Beshbalik reisen, um deine Schwester mit Bartschuk Khan zu vermählen und ihm an meiner Stelle die Hand zum Bündnis zu reichen.« Mit einem Lächeln fügte er hinzu: »Und ich will, dass du tust, was du am besten kannst.«

»Was ist das?«

»Deinen Traum wahr machen.«

Kapitel 8

Jenseits des Horizontes

Wie sehr ich mich freute, wieder unterwegs zu sein! Ich bin eben ein Nomade: frei wie der Wind! Mir gehört die ganze Welt.

Im tiefsten Inneren war ich aufgewühlt von einem Sturm der Gefühle, denn ich ahnte, dass diese Reise mich an einen Ort führen würde, an dem ich eine wichtige Entscheidung traf. Es war eine dieser Ahnungen gewesen, die ich in Träumen habe – Träume, die mich wie im Fieber mein Bett zerwühlen lassen und auch beim Aufwachen nicht loslassen. Ich hatte nicht in die Zeit hineingeschaut, um zu sehen, was geschehen würde. Wozu? Um mich erneut gegen das Unabänderliche aufzulehnen?

Ich starrte hinab in den Abgrund. Tief unter mir floss der Huang He. An dieser Stelle südlich von Lanzhou, an den Grotten des Bingling-Si-Tempels in der Felswand oberhalb der Karawanenstraße hatte mein Freund Tarik drei Jahre zuvor mit seiner Karawane auf dem Weg nach Westen den Fluss überquert. Gedankenvoll saß ich am Rand der Schlucht und sah hinab in die Tiefe: Was wäre geschehen, wenn ich mit ihm nach Samarkand gegangen wäre, wenn ich weitergereist wäre nach Venedig, bis zum Ende der Welt, bis zum Ende meiner Träume?

Von meinem Platz auf dem Felsen hatte ich einen fantastischen Blick auf den siebenundzwanzig Schritt hohen Buddha Maitreya und die einhundertdreiundachtzig Grotten des Zehntausend-Buddha-Tempels, die in die Felswand oberhalb der Karawanenstraße geschlagen worden waren und nur auf Schwindel erregendem Weg über schmale Stege, steile Treppen und Strickleitern zu erreichen waren. Gemeinsam mit Altan hatte ich die Grotten besucht, um die Wandmalereien und Reliefs der Bodhisattvas zu bewundern. Altan wollte den Abt um seinen Segen für unsere Reise bitten und war noch im Tempel geblieben.

Ich zog mein Notizbuch hervor, das ich in Zhongdu für meine Reise nach Westen gekauft hatte, um meine Erinnerungen darin zu bewahren. Mit dem Dolch spitzte ich das Stück Kohle, das ich bei mir trug, und begann, die Grotten und den Buddha Maitreya zu zeichnen.

Dann steckte ich die Kohle wieder ein, blätterte zurück und betrachtete versonnen die Skizzen: der Kaiserpalast in Zhongdu … der Himmelstempel, wo ich meine geliebte Ying Hua kennen gelernt hatte … der Ahnentempel des Kung Futse, wo wir uns so oft heimlich getroffen hatten. Wie lange war das her? Vier Jahre! Tariks Skizzen von San Marco und dem Dogenpalast von Venedig lagen zwischen den Seiten meines Buches. Dann: die Große Mauer … der heilige Berg Burkhan Khaldun mit dem großen *Owoo* auf dem Gipfel … das riesige *Ordu* während der Ratsversammlung im Jahr des Tigers, als mein Vater sich zum Khakhan ernannt hatte. Drei Jahre waren seither vergangen! Wie oft hatte ich diese Skizzen, meine Erinnerungen, angestarrt. Ich blätterte weiter: der Drache im Wüstensand! Versonnen lächelnd strich ich über das Papier … erinnerte mich …

Ich hatte mich auf ein paar unbeschwerte Tage mit Chinkim gefreut und ihm während eines Ausrittes in die Gobi das Skelett eines Drachens gezeigt. Zwischen den roten Dünen des ausgetrockneten Ulaan-Nuur-Sees hatte ich ein wenig suchen müssen, aber schließlich fand ich die von einem Regenguss freigespülten und vom Wind fast wieder zugewehten Knochen.

»Ein echter Drache!«, hatte mein Sohn ergriffen geflüstert, als wir die versteinerten Knochen freigelegt hatten und auf die Düne gestiegen waren, um sie von oben zu betrachten.

Ich hatte Chinkim beobachtet: Hatte er Angst? Nein, er war fasziniert gewesen von dem Drachen. In der Steppe war der Tod allgegenwärtig. Der Anblick der Kadaver von Yaks und Pferden, die während des Winters verendet waren und überall in der Steppe lagen, war ihm vertraut. Auch ein Schlachtfeld, auf dem vor Jahren gekämpft worden war und wo die gebleichten Knochen der gefallenen Krieger unbestattet im Gras lagen, hatte er bereits gesehen. Chinkim war dem Tod schon begegnet: Doch einen toten Drachen hatte er noch nie gesehen!

»Wie groß er war! Und wie gefährlich!«, hatte er gerufen, als er die Düne hinabstürmte. Seine blauen Augen hatten begeistert gefunkelt, als er mit großen Schritten am Skelett entlanghüpfte, um es zu vermessen: »Neun Schritte von den Füßen bis zum Kopf und fünfzehn Schritte vom Kopf bis zum Schwanz! Sieh dir nur die scharfen Zähne an … und diese riesigen Krallen! Ich habe immer geglaubt, dass es Drachen nur in Märchen gibt! Den Phoenix – gab es den auch?«

»Weit im Süden der Gobi habe ich das Skelett eines versteinerten Phoenix gesehen«, hatte ich genickt. »Er muss aus dem Himmel gestürzt sein, denn seine riesigen Flügel lagen weit ausgebreitet auf der Erde. Ein beeindruckender Anblick …«

Die Nacht hatten wir im Windschutz eines kleinen Saxaul-Wäldchens am Abhang einer Düne verbracht. Das eisenharte, in sich verdrehte Holz der Saxaul-Bäume, die mich immer an chinesische Miniatur-Bäume erinnerten, hatte uns vor dem nächtlichen Sandwind geschützt. Es war kalt in der Wüste, und Chinkim hatte sich unter unserer Filzdecke eng an mich geschmiegt. Ich hatte den Arm um ihn gelegt, bis er endlich eingeschlafen war. Er hatte sich vor dem Drachen gefürchtet, auch wenn er es nicht zugab …

Ich sehnte mich nach meinen Kindern. Nach Kaidus unbeschwertem Lachen, wenn er mit mir in Nomoluns Zelt herumtobte, nach Chinkims Liebe und Anhänglichkeit, wenn er spätabends zu mir in die Jurte kam, weil er nicht schlafen konnte und am Lichtschein der Butterlampen gesehen hatte, dass ich noch wach war und arbeitete. Wehmütig schloss ich das Buch meiner Erinnerungen und steckte es ein.

Als Altan mit dem Segen des Abtes aus den Grotten kam, stiegen wir wieder hinab zur Karawanenstraße am Huang He, wo unsere Eskorte auf uns wartete. Dann brachen wir nach Xining auf, das einige Tagesritte westlich lag.

In manchen Nächten rasteten meine Begleiter und ich in den Jurten tangutischer Nomaden, die uns am abendlichen Feuer mit Lammbraten und Reisbier bewirteten. Niemand ahnte, wer ich war, denn ich reiste mit meiner Eskorte von fünfzig Bewaffneten, meinen Dienern und nur wenig Gepäck wie ein Kaufmann über die Seidenstraße – die Karawane mit Altans Brautschatz würde folgen, sobald Bartschuk Khan den Treueeid geleistet hatte.

Die Sympathien der meisten Steppenbewohner galten nicht ihrem Kaiser in Ningxia, sondern Dschingis Khan. Von unseren Gastgebern erfuhr ich am abendlichen Feuer viel über Xixia:

Das Nomadenvolk der Tanguten war zweihundert Jahre zuvor aus dem Song-Reich im Osten gekommen, bevor dieses erst durch die Kitan der Liao-Dynastie und dann durch die Dschurdschen der Chin-Dynastie erobert worden war. Sie hatten ein Reich gegründet, dem sie den chinesischen Namen Xixia gaben. Der Kaiser herrschte über ein Volk aus Tanguten, Chinesen und Tibetern. Karawanenhändler, Ackerbauern und nomadische Viehzüchter, Anhänger der Lehren Mohammeds, Buddhas und Kung Futses lebten friedlich nebeneinander. Die Kultur von Xixia, obwohl von den Lehren des Kung Futse geprägt, war einfacher als die der Chinesen – die zweihundert Jahre, die das Reich bestand, konnten die zweitausend Jahre der chinesischen Kultur von Kung Futse, Meng Tse und Lao Tse nicht aufwiegen.

Wir folgten dem Karawanenweg bis nach Xining. Die blühende Stadt im Tsongkha-Tal war ein wichtiger Knotenpunkt für die Handelsrouten nach Lhasa im Süden und von dort über die Berge des Himalaya nach Indien, nach Balasaghun und Bokhara im Westen, nach Zhongdu und Linan im Osten.

Der Markt von Xining, die leuchtenden Farben, die betörenden Gerüche und das Geschrei der Händler beeindruckten mich sehr:

Seidenballen und Brokatstoffe, blau bemaltes Porzellan aus Chin und Song, Silberschmuck mit Türkisen und Korallen aus Tibet, Jade aus Khotan, Safran und Henna aus Indien, Moschus aus Tibet, Schneeleopardenpelze aus dem Altai, Lackarbeiten aus Thang Long, Thangkas mit Buddha-Darstellungen aus Lhasa, Gold und Lapislazuli aus Bokhara und Merw, arabische Bücher aus Bagdad und Glaswaren aus Venedig. Die Farben und Düfte waren überwältigend!

Xixia kontrollierte den Handel über die Seidenstraße, erhob hohe Schutzzölle, um die Kamelkarawanen gegen Räuber zu schützen. Kein Wunder, dass Händler wie meine Freunde Hassan, Djafar und Malik sichere Ausweichrouten durch die mongolische Steppe suchten. Xixia war unermesslich reich – die Eroberung der Handelsstädte würde die Beute bringen, mit der mein Vater hoffte, die Noyans zufriedenzustellen.

Am nächsten Tag – Buddhas Geburtstag –, besuchte ich mit Altan das tibetische Viertel der Stadt, das sich deutlich von den muslimischen und chinesischen Stadtteilen unterschied. Die Häuser hatten keine geschwungenen Dächer, sondern Dachterrassen, die mit Gebetsfahnen geschmückt waren. Die dicken Hauswände waren ein wenig nach innen geneigt, was ihnen eine verspielte Leichtigkeit verlieh. Die gemauerten Fensteröffnungen der drei Stockwerke hohen weißen Häuser waren blau oder rot bemalt und von gelben oder weißen Borten aus im Frühlingswind flatterndem Seidenstoff geschmückt. Die Fenster hinter den geschnitzten Holzrahmen waren aus durchscheinendem Papier. Ein zauberhafter Anblick!

In den verwinkelten Straßen drängten sich tausende Pilger. Sie waren zum Saga-Dawa-Fest gekommen, das dem Gedenken an Buddhas Geburt, Erleuchtung und Tod gewidmet war. Mit ihren Gebetsmühlen in der Hand und einem endlos rezitierten *»Om mani padme hum«* auf den Lippen strebten sie zum Tempel. Manche von ihnen maßen die Wegstrecke mit ihrem Körper aus, fielen auf die Knie, auf den Bauch, erhoben sich, gingen betend drei Schritte, legten die Hände am Scheitel zusammen, vor der Stirn, der Kehle, dem Herzen und warfen sich wieder zu Boden. Altan und ich schoben uns durch die Menge der Pilger, um im Tempel die berühmten Cham-Maskentänze der Mönche zu sehen.

Die farbenprächtigen Masken, die mit Seidenbändern und Perlenschnüren geschmückten Brokatgewänder der Mönche, die komplizierten Schritte und Sprünge der Mysterientänze und die Musik der Trommeln, Schellen und Trompeten zogen mich in ihren Bann. Die Cham-Tänze waren rituelle Darstellungen der Gottheiten, die den Menschen im Totenreich erwarteten. Die herumwirbelnden Skelett-Masken riefen den Zuschauern die Vergänglichkeit des irdischen Daseins in Erinnerung. Der Höhepunkt war ein Entsühnungstanz: Die Menschen werden gereinigt, indem eine kleine Figur, in die ihre Sünden gebannt worden waren, in immer enger werdenden Kreisen umtanzt wird. Am Ende wird sie schließlich mit einem Schwert zerschlagen.

Wie verzaubert starrte ich auf die tanzenden Mönche: Wenn es doch genauso einfach wäre, nicht nur die Schuld und die Sünde vom Menschen zu nehmen, indem man eine kleine Figur zerstörte, sondern auch sein empfindliches Gewissen zu reinigen. Immer wieder dachte ich während des Tanzes an die furchtbare Vision. Der Klang der Trommeln riss mich in die Andere Welt, und ich sah alles noch einmal … Leichen in einem Reisfeld … eine zu Tode vergewaltigte junge Frau, ihre weit aufgerissenen Augen in den Himmel gerichtet … am Horizont eine brennende Stadt … ein Kind, das weinend flieht, nackt, verzweifelt, hoffnungslos.

»Temur, geht es dir gut?« Besorgt strich Altan mir über die Stirn: »Du bist so blass. Und du zitterst. Hast du Fieber?«

»Es ist nur wieder die Vision«, sagte ich und drückte ihre Hand.

»Immer noch? Du leidest schon so lange. Letzte Nacht hast du wieder wach gelegen. Diese Vision muss furchtbar sein … Wirst du sie jemals besiegen?«

Als ich stumm nickte, drang sie nicht weiter in mich.

Nach den farbenprächtigen Tänzen kauften Altan und ich gefangene Vögel in Käfigen, die vor dem Tempel angeboten wurden. Das Freilassen von Vögeln gehörte zum tibetischen Saga-Dawa-Fest. Ich nahm die Lerchen aus ihren Gefängnissen, warf sie in den

Himmel und sah ihnen nach, wie sie mit kräftigen Flügelschlägen zwischen den Tempeldächern verschwanden.

»O Temur, jetzt verstehe ich, dass du reisen willst, um die Welt kennen zu lernen, dass dich nichts zu Hause halten kann!«, schwärmte meine Schwester einigen gut aussehenden jungen Lamas hinterher, die sie freundlich anlächelten und ihr verstohlen zuwinkten. »Die Cham-Tänze erinnern mich an die Zeremonien anlässlich deines neunten *Tschanars*. Temur, du siehst in deinem Schamanengewand mit Maske und Trommel und Spiegel genauso prächtig aus wie die tanzenden Mönche! Wie froh bin ich, dass wir den langen Umweg durch die Gobi und Xixia gemacht haben und nicht nach Westen über den Altai nach Beshbalik geritten sind! Für einen so wundervollen Anblick ertrage ich gern die Gefahren und Entbehrungen der Wüste!«

Am nächsten Morgen reisten wir durch schattige Haine von blühenden Aprikosen- und Apfelbäumen nach Nordwesten, in Richtung der Stadt Zhangye. Hassan hatte mir erzählt, dass es dort einen »Tempel des Schlafenden Buddha« gab. Die mit Blattgold verzierte Statue des im Nirvana Versinkenden maß vom Kopf bis zu den Füßen fünfunddreißig Schritte – ein gewaltiges Monument! Von Zhangye wollte ich dann mit meiner Eskorte nach Jiayuguan reiten, dem westlichen Ende der Großen Mauer, das in der Zeit der Tang-Dynastie der letzte Außenposten des chinesischen Reiches gewesen war. Von Jiayuguan bis zur Festung Shanhaiguan am östlichen Meer hatte die Mauer die unglaubliche Länge von zwölftausend Li! Mithilfe von Rauch- und Feuersignalen, die von Wachturm zu Wachturm weitergegeben wurden, konnten Angriffe auf die Westgrenze innerhalb eines einzigen Tages von Jiayuguan nach Zhongdu gemeldet werden! Das *musste* ich mir ansehen!

Wir hatten auf unserem Weg von Xining nach Zhangye bereits den vom Schmelzwasser der Berge reißenden Datong He überquert und ritten die steilen Bergpfade zum Qilian-Shan-Gebirge hinauf, als wir in der Abenddämmerung von tangutischen Karawanenräubern angegriffen wurden: Fünfzig Bewaffnete trabten uns vom Pass aus entgegen, fünfzig weitere verhinderten mit Pfeilen auf gespannten Bogensehnen unsere Flucht talabwärts – mit hundert Mann war es leicht, in diesem unwegsamen Gebirge eine Karawane aufzuhalten, die sich schwer beladen den Berg hinaufschleppte.

Wir saßen in der Falle! Außer meinen und Altans Dienern hatte ich nur fünfzig Bewaffnete mitgenommen, die das Leben der künftigen Khatun der Uighuren schützen sollten – ich wollte in Xixia kein Aufsehen erregen. Wenn meine Schwester nicht bei mir gewesen wäre, hätte ich mich auf einen Kampf mit den Karawanenräubern eingelassen, aber so …

Jeder von uns hatte drei Ersatzpferde dabei. Ein Mongole reitet nie zwei Tage nacheinander denselben Hengst, denn wenn möglich schont er seine Pferde. Es tat mir in der Seele weh, die Tiere so zu quälen, indem ich sie den Steilhang hinabjagte. Wie leicht konnten sie sich die Beine brechen!

Auf einen Wink von mir stürzten sich meine Begleiter mit ihren Pferden und den scheuenden Lasttieren mutig über die steilen Berghänge. Die Pferde rutschten über das weggleitende Geröll. Die Reiter duckten sich tief in die Sättel. Pfeile zischten über uns hinweg. Ich zog zwar einen Pfeil und meinen Bogen aus dem Köcher, hatte aber keine Gelegenheit, mich umzuwenden und zu schießen: Ich hatte Mühe, mich im Sattel zu halten. Beinahe wäre mein Pferd auf dem nachgebenden Felsschutt des Berghanges gestürzt. Doch im letzten Moment fing es sich wieder. Hinter uns hörte ich das Wutgeheul der enttäuschten Räuber, die uns über die engen Schleifen der Handelsstraße folgen wollten und sich beim Wenden ihrer Pferde gegenseitig behinderten.

Dann hatten wir den Fluss erreicht. Das reißende Wasser konnten wir auf unserer Flucht nicht überqueren: Die Holzbrücke war vom Schmelzwasser weggerissen worden. In wildem Galopp stürmten wir am Fluss entlang nach Westen und versuchten, unsere Verfolger in der Abenddämmerung abzuhängen.

Die Tanguten würden während der Nacht angreifen. Ich ließ das Lager zwischen großen Felsen oberhalb des Flusses aufschlagen und Wachen aufstellen, die die Pferde und das Gepäck bewachten. Und ich gab den Befehl, keine Feuer zu entzünden, in deren Schein wir hervorragende Zielscheiben für tangutische Pfeile gewesen wären. Während der endlosen Nacht lauschten wir in der Finsternis auf die ersten Geräusche eines Angriffs. Altan kroch neben mich unter die Filzdecke und schmiegte sich an mich. Sie zitterte vor Angst, und ich legte beruhigend meinen Arm um sie. Von überall her aus dem engen Tal erklang das Heulen von Wölfen: Die Tanguten wollten uns erschrecken! Einer meiner Offiziere begann auf seinen Kochtopf zu schlagen, um ihnen zu zeigen, dass wir nicht schliefen. Der Krach und die Rufe »Wollt ihr fühlen, wie scharf mongolische Schwerter sind? Dann kommt getrost näher!«, die meine Männer übermütig in die Finsternis hinausbrüllten, hielten mich die ganze Nacht wach, während Altan in meinen Armen schlief.

Bei Sonnenaufgang waren die Tanguten verschwunden, aber ich war sicher, dass sie uns auf dem Karawanenweg nach Zhangye erneut auflauern würden. Wir ritten den ganzen Morgen am Datong He entlang, dann überquerten wir den Fluss und wandten uns nach Süden, zum großen Qinghai-Hu-See, den die Tibeter den »Blauen See« nennen. Sein Wasser funkelte wie ein türkisfarbener Edelstein im Sonnenlicht. Am Horizont waren die schneebedeckten Berge des Kunlun Shan zu erkennen: Schwerelos, wie auf einem von Ying Huas Tuschgemälden, schwebten die Berge des Schneelandes Tibet, dem geheimnisvollen »Reich des ewigen Winters«, über den Wolken.

Die tibetischen Nomaden, die mit ihren Zelten und ihren Yakherden am Blauen See lebten, waren ein freundliches und großzügiges Volk, voll Freude, Mitgefühl und tiefer Zufriedenheit. Ihrem Brauch entsprechend steckten sie uns zur Begrüßung die Zunge heraus – ein Zeichen besonderen Respekts, mit dem sie zeigten, dass sie uns nichts Böses wollten. Denn nach tibetischem Glauben färbt sich die Zunge beim Fluchen schwarz.

Das Herausstecken der Zunge reizte uns zum Lachen. Wir mussten uns zusammennehmen, um die Tibeter durch unser Gekicher nicht zu beleidigen, wenn sie uns einen weißen *Khadag* um die Schultern legten und uns mit *Tsampa,* einem dicken Gerstenbrei, mit Yakfleisch, Ziegenkäse und Bier bewirteten.

Mein Freund Megudschin grinste und kicherte unaufhörlich. Er konnte sich überhaupt nicht mehr beruhigen, vor allem, wenn ihm hübsche tibetische Mädchen in ihren farbenfrohen Gewändern und mit roten Korallen verzierten Schürzen die Zunge herausstreckten und ihn mit einem freundlichen Lächeln für eine Nacht in ihr Zelt einluden. Irgendwann fuhr ich ihn an, wir wären nicht zum Spaß in Tibet, was wahre Lachsalven unter den Männern hervorrief. Da konnte ich mich auch nicht mehr beherrschen und ließ mich von einem Sturzbach von Gelächter mitreißen. O ja, wir hatten eine Menge Spaß … trotz oder gerade wegen der gewaltigen Frühlingsstürme und der Gewitterhagel, die uns fast zwei Wochen am See festhielten und in tibetischen Nomadenzelten Zuflucht suchen ließen.

Wie die mongolischen Frauen waren die Tibeterinnen den Männern gleichgestellt und sehr selbstbewusst. In der Einsamkeit der tibetischen Steppe war es üblich, dass ein Mann mehrere Gemahlinnen hatte oder dass eine Frau mehrere Männer heiratete. Die Tibeter lebten die Liebe ebenso offenherzig wie wir Mongolen. Für eine junge Frau war eine Schwangerschaft vor der Ehe keine Schande, im Gegenteil: Kinder bedeuteten Glück und Reichtum. Mit einem kleinen Kind auf dem Arm hatte sie eine bessere Chance, den Mann zu heiraten, mit dem sie zusammenleben wollte.

Tashi war neunzehn Jahre alt und noch nicht verheiratet. Ihr Name bedeutete »Glück«, und er war bei ihrer Geburt vom Lama gut gewählt worden: Tashi verschenkte ihr Glück sehr großzügig an mich und war eine eifrige Lehrerin in der Kunst des Glücklichseins. Ihre hundertacht Zöpfe reichten bis über den mit Silber verzierten Gürtel ihres langen Gewandes und waren an den Enden zusammengebunden. Ihre geflochtenen Haare trug sie wie einen mit Türkisen und Korallen bestickten schwarzen Schleier um die Schultern – ihre Haartracht entsprach den hundertacht heiligen Eigenschaften, die ein erleuchteter Geist nach buddhistischer Tradition besitzen soll.

Nie habe ich irgendwo anders auf der Welt einen Menschen derart gelassen, ja heiter lächeln gesehen wie Tashi – nicht in den schattigen Gärten von Bokhara und Samarkand, nicht in den prunkvollen Palästen von Bagdad und Delhi –, obwohl ihre Lebensumstände in der atemberaubend dünnen Luft Tibets, in eisigen Wintern und kühlen Sommern, mühsam waren, und voller Entbehrungen. Dieses besinnliche, selbstvergessene Lächeln habe ich in all den Jahren meiner Reisen nur noch ein Mal gesehen: in Stein gehauen, in Angkor Thom.

Ich gestehe: Ich war vom ersten Augenblick an in sie verliebt. Diese Verliebtheit war anders als meine vielen Affären, die mir helfen sollten, meine Traurigkeit zu vergessen: Es war Liebe um ihrer selbst willen, denn Tashi hatte keine Ahnung, wer jener Temur war, der sie so stürmisch umarmte, küsste und in den eisigen Nächten mit seiner feurigen Leidenschaft wärmte. Diese Art der Liebe war aufregend – als ob ich einen lang gesuchten Schatz gefunden hätte und nun mit beiden Händen in den funkelnden Edelsteinen meiner Gefühle wühlte, um mich an ihnen zu erfreuen. Ich fand ein kostbares Juwel, das ich längst verloren glaubte: die Zufriedenheit.

Ich genoss die Zeit mit Tashi, ging stundenlang mit ihr am See spazieren und kaufte zwei Tibetern schöne silberne Behälter mit Buddhafiguren und Sutrentexten ab, die sie um den Hals trugen. Dann ruderte ich mit Tashi in einem Yakhautboot zu den Eremiten im Kloster auf der Insel in der Mitte des Sees hinüber und ließ die kleinen Reliquienbehälter – Geschenke für Schigi und Ogodei – von ihnen weihen. Auf der Rückfahrt beobachteten wir Kraniche, die nach Norden zogen, in die mongolische Steppe.

Jeder Augenblick, den ich mit Tashi verbrachte, war kostbar.

»Verlass mich nicht, Temur!«, bat sie mich mit Tränen in den Augen, nachdem wir uns am Abend vor meinem Aufbruch leidenschaftlich geliebt hatten.

Da dachte ich an die »Tochter des Mondes«, die tungusische Schamanin, die mich nach meinem Kampf mit dem Tiger gesund gepflegt hatte. Wie so viele andere hatte ich sie auf meinem Weg hinter mir gelassen, ohne auch nur ein Mal zurückzublicken. Nein, ich wollte Tashi, mein »Glück«, nicht verlassen! Ich, der das Stehenbleiben nie gelernt hatte, der den Blick nicht vom fernen Horizont wenden konnte, fragte: »Willst du mich heiraten?«

Ihr glückliches Lächeln und ihre funkelnden Augen kann ich nicht in Worte fassen. Sie antwortete mit einem Kuss.

Noch in derselben Nacht heirateten wir nach mongolischem Ritus: Ich flocht unsere Zöpfe zu einem Ewigen Knoten ineinander, dem Symbol der Unendlichkeit.

Am nächsten Morgen brachen wir auf. Nach dem Steinopfer am mit Gebetsfahnen geschmückten *Owoo,* der in Tibet ebenso verehrt wurde wie bei uns, reisten wir am Nordufer des Sees nach Westen. Wir trabten durch hügeliges Gelände, dessen sumpfige Senken durch die heftigen Gewitterregen der vergangenen Wochen zu himmelblau schimmernden Tümpeln geworden waren. Silbergraue Kraniche stelzten durch das flache Wasser und pickten mit ihren langen Schnäbeln nach ihrem Spiegelbild. Ein endloser Blütenteppich aus rubinroten Lilien dehnte sich bis zum Kunlun Shan am fernen Horizont, dessen schneebedeckte Gipfel wie schwerelos über blauschwarzen Wolken schwebten. Ein gewaltiger, Ehrfurcht gebietender Anblick!

Als wir die Qaidam-Ebene durchquerten, kämpften wir nicht mit tangutischen Karawanenräubern, sondern mit dem Wetter. An jedem Tag, den die ungezähmten tibetischen Götter werden ließen, gab es vier Jahreszeiten: Schneetreiben und Sonnenglut, Sandsturm und Hagelschauer erlebten wir manchmal innerhalb weniger Stunden. Abends, wenn ich mit Tashi zwischen den warmen Pelzen lag, zeichnete ich im Schein einer Butterlampe unseren Weg nach Shazhou in die Karten meines chinesischen Atlas ein, korrigierte Berge und Flüsse, die falsch eingezeichnet waren, und pinselte Notizen und auch einige Skizzen in mein Reisebuch.

Am Stadttor von Shazhou betraten wir Karakitai, das Reich der Kitan. Die Kitan stammten ursprünglich aus der mandschurischen Steppe. Ihre Liao-Dynastie hatte die chinesische Song-Dynastie vertrieben und den Drachenthron in Zhongdu erobert. Unter dem Ansturm der Dschurdschen zerbrach das mächtige Liao-Reich, das von der mandschurischen Steppe im Osten bis zu den Bergen des Tian Shan im Westen reichte und diplomatische Beziehungen zum

Inselreich Nippon und zum Khalifa von Bagdad unterhielt. Nach dem Sturz der Liao-Dynastie waren die meisten Mitglieder der kaiserlichen Familie unter der Führung von Yelu Tashi – einem Verwandten meines geliebten Yelu Chutsai – nach Balasaghun geflohen. Achtzig Jahre zuvor hatten sie das Reich Karakitai gegründet, das von Samarkand im Westen bis Shazhou im Osten reichte.

Nach dem Sieg der christlichen und buddhistischen Kitan über die muslimischen Heere des Seldjuken-Sultans Sandjar bei Samarkand entstand in Europa die wunderschöne Legende vom christlichen »Priester Johannes«, dem mächtigen Herrscher jenseits des Pamir, der die Ungläubigen vernichtet und endgültig aus Jerusalem vertreibt. Jahre später hatte ich durch den Botschafter des Khalifas davon gehört.

In Shazhou stießen wir wieder auf die von Osten kommende Route der Seidenstraße, die von Jiayuguan, dem westlichen Ende der Großen Mauer, zu der Handelsstadt am Rand der Taklamakan führte. Ich beschloss, einige Tage in Shazhou zu bleiben, bevor ich mit Altan und Tashi nach Beshbalik weiterreiste.

Shazhou war eine große Stadt – nicht so groß wie Kaifeng oder Linan, die ich fünf Jahre später besuchte –, aber man sagte mir, sie habe über hunderttausend Einwohner, buddhistische Chinesen und muslimische Uighuren.

Die zweistöckigen Häuser im chinesischen Viertel waren aus dunklem Ulmenholz erbaut und weiß verputzt. Die Läden im unteren Geschoss – Teehäuser, Garküchen, Verkaufsläden – waren zur Straße offen und von roten und gelben Sonnensegeln beschattet. Eine drei oder vier Stufen hohe Treppenrampe aus Stein führte von der sandigen Straße in die Läden, die in den Abendstunden von bunten Papierlaternen erleuchtet wurden. Die Fensterrahmen der Häuser waren aus feinem Schnitzwerk, die Fenster aus durchscheinendem Papier, das den heftigen Staubstürmen von der Taklamakan allerdings nicht standhielt. Viele Fensterpapiere waren zerrissen und zerfetzt – in der Nacht vor unserer Ankunft hatte ein Sandsturm durch die Straßen getobt.

Mit Tashi ließ ich mich durch die Gassen schieben. Ich genoss die Düfte, das Geschrei, die Enge der Straßen, die Berührungen, wenn ich von einem vorbeieilenden Wasserverkäufer mit einer Tragestange über den Schultern angerempelt wurde, wenn ich zur Seite gedrängt wurde, um einem Eselskarren mit Reissäcken Platz zu machen.

Vor einem Laden blieb ich fasziniert stehen und bewunderte die herrlichen Flugdrachen aus bemaltem Seidenpapier, die Drache und Phoenix und Tiger darstellten. Der Tiger mit spitzen Krallen und scharfen Zähnen erinnerte mich an mein Banner mit dem goldgestickten springenden Tiger! Der Händler erklärte mir, dass die sieben dünnen Bambussaiten an der Unterseite im Wind ein tiefes Brummen verursachten: als ob der Tiger brüllte! Kaidu würde sich gewiss darüber freuen. Ich kaufte den Flugdrachen, der zerlegt und eingerollt in ein Bambusrohr passte.

Für Tashis Kind, das in einem halben Jahr geboren würde, erstand ich ein Kamel aus gebranntem Ton. Eine Mahnung an die lange Reise, die ich unternehmen wollte – vielleicht war ich bei der Geburt noch nicht zurück! Tashi hatte beschlossen, dass unser Sohn oder unsere Tochter Samdup heißen sollte, was auf Tibetisch so viel bedeutet wie »Erfüllung der Sehnsucht«. Einen passenderen Namen hätte ich als Schamane nicht finden können!

Von ferne hörte ich eine mir vertraute Musik – eine chinesische Oper! Ich folgte mit Tashi dem dramatischen Klang der Geigen, Bambusflöten, Gongs und Trommeln bis zu einem Theater, einem großen zweistöckigen Gebäude, dessen unterer Raum ein gut besuchtes Teehaus war. Das obere Stockwerk war zur Straße offen, sodass die Schauspieler von den Zuschauern, die sich unter ihnen drängten, gut zu sehen waren.

Ich hatte die Oper in Zhongdu lieben gelernt. Daher blieb ich eine Weile stehen, trank einen Reiswein, den mir ein Bediensteter des Teehauses brachte, und sah begeistert den Akrobaten zu, die in bunten Kostümen zu Trommel- und Schellenklang über die Bühne wirbelten, mit hohen Stimmen Dialoge vortrugen und zur Musik der Geigen und Bambusflöten sangen. Eine Erinnerung an die herrliche Zeit in Zhongdu!

Nachdem ich Tashi zu dem *Funduk* gebracht hatte, in dem wir einige Tage von den Strapazen der Reise ausruhen wollten, suchte ich den *Hamam* im uighurischen Viertel der Stadt auf. Ich ließ mich mit einem Dampfbad und einer ausgiebigen Massage mit duftenden Ölen verwöhnen und genoss schläfrig die wohlige Entspannung. Wie lange hatte ich auf solche Annehmlichkeiten verzichten müssen! Später sprach ich in einem Teehaus mit einem khwarezmischen Händler, der mit seiner Karawane über den Pamir gekommen war. Bei einem Tee mit getrockneten Minzblättern fragte ich ihn über die Route von Kashgar nach Samarkand aus. *Insh'Allah* würde ich sie in einigen Wochen selbst bereisen. Samarkand – vielleicht würde sich dort die Prophezeiung erfüllen, die Kökschu anlässlich meiner Geburt gestellt hatte!

Am nächsten Morgen ritten Altan, Tashi und ich zu den fünfzig Li entfernten Mogao-Grotten. Die Reisenden, die über die Nord- oder die Südroute der Seidenstraße von Westen kamen, dankten hier für den glücklich überstandenen schwierigen Teil der Reise über den Pamir und entlang der Taklamakan. Die Reisenden, die von Changan, Lanzhou und Xining bis Shazhou gereist waren, erflehten in diesen Grotten eine sichere Weiterreise durch Sandstürme und Schneetreiben bis nach Samarkand.

Vor achthundertvierzig Jahren, so erzählte eine Inschrift in einer der Mogao-Höhlen, hatte ein buddhistischer Mönch eine Vision. Er soll die erste Grotte zu Ehren des Buddha in die Felsklippen geschlagen haben. Im Lauf der Jahrhunderte waren über tausend weitere Grotten angelegt worden, die den Berg wie eine gigantische Bienenwabe aushöhlten. Alle Grotten, untereinander durch schwankende Stege und schmale Treppen am Felshang verbunden, waren farbenprächtig bemalt mit Szenen aus dem Leben des Siddharta Gautama Buddha und seiner früheren Existenzen. Diese Szenen sollten den Gläubigen, die nicht lesen konnten, die Lehre des Erleuchteten anschaulich machen.

Angesichts der schönen Darstellungen geriet Altan fast in Ekstase. Mit einem »O Temur, sieh doch nur!« und einem »Du meine Güte, ist das schön!« auf den Lippen zog sie mich von Grotte zu

Grotte, erklärte mir mit strahlendem Gesicht einige Szenen: die erste Predigt, die Erleuchtung, der Tod des Buddha.

Altan, Tashi und ich verbrachten den ganzen Tag in den Grotten. Gegen Abend gewährte uns der Abt des Klosters eine Audienz. Ich war verwundert, dass er kein granatrotes Lamagewand trug, sondern einen leuchtend safranfarbigen Habit, der über der linken Schulter getragen wurde und den rechten Arm freiließ. Noch erstaunter war ich, als ich erfuhr, dass er aus Indien stammte. Als buddhistischer Missionar war er über Srinagar in Kashmir bis nach Shazhou gekommen. Ich erzählte ihm, dass ich in der Nähe der Flüsse Onon und Kherlen geboren worden war, und er lächelte: »Wie klein die Welt ist! Und wie groß Shazhou, dass wir – Mongolen und Inder – sich die Hand reichen können!«

Tashi bat den Abt um seinen Segen für unsere nach mongolischem Ritus geschlossene Ehe, dann kehrten wir nach Shazhou zurück.

Am nächsten Tag besuchten wir die Singenden Sandberge, hohe Dünen, die bei Wind pfeifende und trommelnde Töne von sich gaben – es klang, als ob Ogodei seine Pferdekopfgeige spielte. Inmitten der Dünen lag wie eine Luftspiegelung der Mondsichel-See. Atemlos kämpfte ich mich trotz der Sommerhitze durch den lockeren Sand auf einen Dünengipfel und genoss einen fantastischen Blick über den opalfarbenen See zu meinen Füßen und die smaragdgrüne Oase von Shazhou am Horizont.

Nach ein paar Tagen der Ruhe in diesem Paradies brachen wir nach Norden auf, entlang der Nordroute der Seidenstraße. An der alten Handelszoll-Festung Yumenguan, dem »Jadetorpass«, dem letzten Tor nach Westen, hörte ich von einem geheimnisvollen wandernden See namens Lop Nor, der sich jedes Jahr an einer anderen Stelle der Wüste Taklamakan befinden soll. Wie gern hätte ich diesen wundersamen See erforscht, aber er lag zu weit im Westen – und niemand wusste, wo er sich gerade befand oder ob er bereits im Sand versickert war …

»Beshbalik!«

Im Schatten der roten Berge strahlte die Stadt im Abendlicht, als wären die ockerfarbenen Lehmhäuser mit Gold überzogen. Zwischen den Palästen, Kirchen, Moscheen und Buddha-Tempeln lockten schattige Gärten zum Verweilen, darüber wölbte sich ein lapisfarbener Himmel. Wie schön die Stadt war!

Ich war glücklich, nach einer Reise von fast fünf Monaten endlich in Beshbalik angekommen zu sein.

Wir betraten die befestigte Stadt durch das südliche Tor und ritten eine breite Straße entlang nach Norden zum prächtigen Palast des Khans, der schon von weitem zu sehen war. Der große Platz in der Mitte der Stadt war im Westen gesäumt von einer *Masdjed* mit einem hohen Turm, im Osten von einer christlichen Kirche. Daneben leuchteten im Abendlicht die vergoldeten Dächer eines Tempels, wie ich ihn noch nie zuvor gesehen hatte – es war ein Gotteshaus der Manichäer, Anhänger des persischen Propheten Mani. Im Norden der Stadt, in Richtung der Berge, ragten buddhistische Stupas in den glühenden Abendhimmel.

Der Palast des Khans war aus luftgetrockneten, unglasierten Lehmziegeln errichtet worden, die in wundervollen Mustern versetzt verlegt waren: Bänder aus stilisierten Weinranken und Blumen zierten die Wände, die in der grellen Wüstensonne herrliche Licht- und Schatteneffekte erzeugten.

Ein Sekretär des Khans empfing mich, den mongolischen Botschafter Kiyan Temur, und geleitete mich und mein Gefolge zu einer großzügigen Wohnung mit mehreren prächtig ausgestatteten Räumen im Westflügel des Palastes.

Der Garten war schattig und kühl, und ich verbrachte den Abend mit Tashi und Altan auf Brokatkissen unter einer von Wein umrankten Laube. Der Rotwein, den mir der Khan bringen ließ, war süß und schwer und stammte aus den Weinbergen vor der Stadt. Als die Sonne untergegangen war, nahm ich ein Bad im Wasserbecken des Gartens – welch ein unglaublicher Luxus in einer Oasenstadt am Rand der Taklamakan!

Die Nacht war schön, und so befahl ich meinen Dienern, mein

Bett vom Schlafzimmer in den Garten zu bringen. Nachdem ich fünf Monate lang im größten Palast der Welt unter einem diamantfunkelnden Sternenhimmel mit dem Wind auf meiner Haut und der Nachtmusik der Grillen geschlafen hatte, ertrug ich die Stille und die Enge des prächtigen Gemachs nicht. Es war mir unmöglich, meinen Geist auf die Dimensionen eines Raumes zusammenzufalten. Ich fühlte mich gefangen wie ein Vogel im Käfig, der seine Flügel nicht ausbreiten kann. Eine Weile lag ich schläfrig vom Wein auf dem Bett und lauschte der wispernden Melodie einer Sitar-Laute, die irgendwo im Palast gespielt wurde, dann schlich Tashi zu mir, kroch unter die Decke und küsste mich. Danach war an Schlaf nicht mehr zu denken.

Idikut Bartschuk Khan war ein Spieler. Seit er seine Rolle als wichtige Figur im Spiel um die Macht an der Seidenstraße erkannt hatte, seit er wusste, dass Tschuluk Khan und Dschingis Khan sich um ihn stritten, war er launisch und unberechenbar.

Obwohl er meinen Vater um Unterstützung für seinen Aufstand gegen Tschuluk Khan gebeten hatte, ließ er mich tagelang warten, bevor er mich empfing. Er wollte mir seine Macht demonstrieren. Aber je länger er glaubte, mich warten lassen zu müssen, je unsinniger die Ausreden waren, mit denen er sich mir, dem Botschafter, gegenüber entschuldigen ließ und je öfter er eine Stunde zuvor anberaumte Audienzen im letzten Augenblick wieder absagte, desto dringender brauchte er mich. Und desto mehr Angst hatte er vor mir, denn er hatte keine Ahnung, was ich als Gegenleistung für Dschingis Khans Unterstützung von ihm verlangen würde: den Vasalleneid – oder mehr?

Geduldig ertrug ich seine Launen und konterte sie mit meinen eigenen: Ich hatte seinen Sekretären nicht gesagt, wer der Botschafter Temur in Wirklichkeit war … oder seine verschleierte Dienerin Altan, die im Gästetrakt im Palast des Khans vor der Schlafzimmertür ihres Herrn schlief. Ich machte mir einen Spaß daraus, ihn zu überraschen.

Tagelang erkundete ich die Stadt und den Markt, dessen Stände erst gegen Abend aufgebaut wurden. Tagsüber war der große Platz wegen der flirrenden Sommerhitze menschenleer, aber sobald die ersten Schatten über den ockerfarbenen Sand krochen, kamen die Menschen aus ihren kühlen Lehmhäusern und schattigen Gärten, um die Abendluft zu genießen, spazieren zu gehen und auf dem Markt einen Tee zu trinken und zu schwatzen.

Unter den bunten Sonnensegeln der Stände, die vor dem allgegenwärtigen Staub und der unbarmherzigen Sonne schützten, kostete ich gefüllte Teigtaschen, gegrillte Lammfleischspieße, süße Zwiebeln und heißes Fladenbrot.

Am Sonntag nahm ich in der Kirche an einem Gottesdienst teil, von dem ich kein Wort verstand: Der Bischof sprach nicht Uighurisch, einen türkischen Dialekt, der mit der mongolischen Sprache verwandt und mir vertraut war, sondern Syrisch. Aber ich war beeindruckt von der Pracht der Weihrauchfässer und Kreuze. Anders als im mongolischen Reich war in Beshbalik zu erkennen, woher das Christentum des Patriarchen Nestorius stammte: aus der goldenen Stadt Konstantinopolis.

Im Buddha-Tempel im Norden der Stadt erstaunte mich das fremdartige Aussehen des Erleuchteten. Der Abt des Klosters erklärte mir, dass diese Darstellung des Buddha eine Mischung aus griechischer, persischer und indischer Kunst sei und aus Gandhara im Südosten von Khwarezm stamme. In Beshbalik hörte ich zum ersten Mal von Alexander dem Großen, der eintausendfünfhundert Jahre zuvor in Makedonien aufgebrochen war, um ein Reich zu erobern, das bis zum Indus reichte.

Die Spuren Alexanders sollten in den kommenden Jahren noch oft meinen Weg kreuzen: in Bagdad, Samarkand und Indien. Jahre später stand ich an der Stelle, wo Alexander umgedreht war, um nach Babylon zurückzukehren. Ich drehte nicht um, sondern durchquerte ganz Indien von Delhi bis Kalikut, und als mein Weg am Meer endete, bestieg ich ein Schiff und segelte weiter.

Welche Sehnsucht ist es, die die Menschen immer weiter bis in die Länder jenseits des Horizontes treibt, ohne stehen zu bleiben, ohne sich umzusehen, was sie hinter sich zurücklassen?

Nachdem Idikut Bartschuk Khan mich sechs Tage hatte warten lassen, lud er mich zu einem Polo-Spiel vor die Mauern der Stadt ein. Ich freute mich darauf, denn ich hatte zuletzt mit Wei und seinen Freunden in Zhongdu Polo gespielt.

Der Khan empfing mich auf dem Spielfeld im Sattel seines Pferdes. Er trug einen weiten Mantel in einem aufdringlichen Purpurrot und eine runde weiße Kappe, die mit Blüten aus kleinen roten und blauen Perlen bestickt war. Sein schwarzes Haar, das nach uighurischem Brauch kurz geschnitten war, zeigte die ersten Silbersträhnen, sein wallender Bart war so lang, dass er beinahe die Figur des Gekreuzigten auf seiner Brust verdeckte.

Die dunklen Augen des Khans funkelten zufrieden, als ich mich dazu herabließ, mich vor ihm zu verneigen. Was für ein überheblicher Mensch, dachte ich amüsiert, selbstgefällig und stolz! Bartschuk Khan war fünf oder sechs Jahre älter als ich, hoch gewachsen und stark – ein Krieger. Aber meinen Wahlspruch »Kämpfen um des Kampfes willen, nicht um Sieg oder Niederlage!« hätte er nicht verstanden. Der Khan hatte sich vorgenommen, mich zu besiegen, zu demütigen und dann zurückzuschicken. Dass er den Kampf ohne Waffen bereits verloren hatte, konnte er noch nicht begreifen. Noch nicht!

Ein Diener kniete vor dem Khan nieder und reichte ihm mit ergeben gesenktem Kopf den Poloschläger aus Weidenholz. Der Khan entriss ihm ungeduldig den Schläger, dann wandte er sich mir zu: »Du bist Temur?«, fragte er von oben herab und verzog abschätzig die Lippen, als er mich betrachtete. »Ich dachte, Dschingis Khan entsendet ein Heer, um mir gegen Tschuluk Khan beizustehen! Deine bewaffnete Eskorte kann man nicht einmal mit viel Fantasie als Streitmacht bezeichnen.«

»Das Beglaubigungsschreiben des Khakhans mit der Erklärung, warum ich hier bin und kein mongolisches Heer, war meines Erachtens eindeutig formuliert.« Ich ließ mich durch seine Arroganz nicht aus der Ruhe bringen.

»Du kennst die Botschaft? Du hast den Brief gelesen?«, fragte Bartschuk Khan überrascht.

»Ich habe ihn verfasst. Der Khakhan hat sein Siegel daruntersetzen lassen.«

»Der Khakhan – der ›Herrscher der Herrscher‹!«, warf er mir verächtlich vor die Füße. »Ein anmaßender Titel! Wie ich gehört habe, lässt er sich mittlerweile Sutu Bogdo Khakhan nennen – der ›von Gott gesandte Herrscher der Herrscher‹.«

»Hältst du den Titel Idikut – ›Herrscher über Schicksal, Reichtum und Erfolg‹ – etwa für bescheiden?«, konterte ich eisig lächelnd.

Nur mit Mühe würgte er meine Bemerkung hinunter, ohne sie zu beantworten. Du wirst gleich noch mehr schlucken müssen, Idikut Bartschuk Khan!, dachte ich vergnügt.

»Ich will mich nicht mit dir streiten, Botschafter Temur, ich will mit dir spielen«, knirschte er. Er deutete auf das Spielfeld.

Die Zweideutigkeit seiner Worte war mir nicht entgangen.

»Du kannst nicht *mit* mir spielen, Idikut Bartschuk Khan. Du kannst nur *gegen* mich spielen«, wies ich ihn zurecht.

Der Khan warf mir einen fast amüsierten Blick zu, als wollte er sagen: »Was glaubst du eigentlich, wer du bist?«, dann wendete sein Pferd und ritt zur Mitte des Spielfeldes.

Ein Diener brachte mir mein Pferd, und ich stieg in den Sattel, um mich meiner Mannschaft anzuschließen.

Die Schlacht um die Vorherrschaft in Beshbalik und die Kontrolle über die Schätze der Seidenstraße hatte begonnen.

Acht Männer stürzten sich mit ihren Weidenschlägern auf den faustgroßen Lederball. Das Polo wurde von den Uighuren mit unglaublicher Rücksichtslosigkeit gespielt. Immer wieder wurden die Spieler von den Weidenstöcken getroffen, als die anderen hart auf den Ball einschlugen, um ihn ins gegnerische Tor zu schießen, und stürzten aus dem Sattel in den Sand.

Tief beugte ich mich über die Mähne meines Hengstes und entging durch die Reihen der Spieler galoppierend den meisten Schlägen. Den Weidenschläger hielt ich locker in der rechten Hand, als ob ich mich in der Schlacht mit erhobenem Schwert auf einen Gegner stürzte. Mit einem weiten Schlag schoss ich das erste Tor.

Bartschuk Khan lenkte sein Pferd neben mich. »Du spielst gar nicht so schlecht! Hin und wieder triffst du sogar den Ball und nicht meine Männer!«, rief er mir zu. Dass ich so schnell in sein Tor geschossen hatte, ärgerte ihn maßlos.

Statt einer Antwort trieb ich mein Pferd vorwärts, an zwei Uighuren vorbei, die mir den Weg verstellen wollten, und jagte dem Ball hinterher.

Als unsere Pferde aufeinander prallten und sich unsere Steigbügel ineinander verhakten, rief Bartschuk Khan: »Du hast mir noch nicht gesagt, weshalb du hier bist und nicht ein Heer von zwanzigtausend Kriegern, um das ich Dschingis Khan bat.«

Ich schlug den Ball, bevor ich ihn einer Antwort würdigte. »Du hast den Treueeid noch nicht geschworen. Deshalb bin ich hier.«

Der Idikut zügelte wütend seinen Hengst. »Dein größenwahnsinniger Khakhan meint also, dass ich ihm den Treueschwur leisten werde? Für wen hält er sich?«, regte er sich auf. »O gewiss, er ist der Gottgesandte! Wie konnte ich das nur vergessen!« Dann trieb er sein Pferd vorwärts, dem Ball hinterher. Sand spritzte hoch, als er scharf wendete, um den Lederball zu schlagen.

Ich galoppierte am Spielfeldrand entlang, überholte ihn und nahm ihm den Spielball ab, den ich mit einem einzigen Schlag auf die andere Seite zum gegnerischen Tor schoss. Als ich am Idikut vorbeitrabte, sagte ich: »Das Spiel der Macht hat einfache Regeln. Wie das Polo. Allein kannst du gegen Tschuluk Khan nicht gewinnen. Verbünde dich mit Dschingis Khan! Das heißt in einfachen Worten: kein Treueschwur – kein Heer.«

Er starrte mich an. »Dein allmächtiger Khakhan erwartet doch nicht ernsthaft, dass ich zu ihm in sein Lager reite und dort vor ihm auf die Knie falle!«

»Nein, deshalb bin ich hier. Du kannst mir die Treue schwören.«

»Dir?«

»Ich bin Temur Khan.«

Verblüfft starrte er mich an. »Der Tiger!«, presste er schließlich hervor. »Dein Name eilt dir voraus, Temur Khan. Aber du … du trägst deinen Titel nicht …«

»Nein, Idikut Bartschuk Khan, *ich* brauche meinen Titel nicht, um zu sein, wer ich war, bin und immer sein werde«, konterte ich.

Zornig wendete er sein Pferd und galoppierte dem abgeschlagenen Ball hinterher. Ich folgte ihm.

Er war nicht bei der Sache, denn einer der Spieler meiner Mannschaft schoss den Ball unter den Hufen seines Pferdes weg in die Richtung seines Tores. Als ich an ihm vorbeitraben wollte, hielt er mich auf: »Angenommen, ich würde dir den Treueeid leisten, Temur Khan. Was dann?«

»Dann würde ich dir meine Schwester Altan zur Gemahlin geben.«

Er starrte mich ungläubig an. »Du willst mich mit deiner Schwester verheiraten?«

»Ich bin Schamane«, sagte ich. »Ich kann euch vermäh …«

»Das ist unmöglich, Temur Khan! Ich bin Christ!«

»Meinetwegen kann der Bischof von Beshbalik die Trauung vornehmen«, gestand ich ihm gnädig zu.

»Ich bin bereits verheiratet!«, protestierte er. »Die Eheschließung mit deiner Schwester ist unmöglich!«

»Man muss Opfer bringen, wenn man einen Krieg gewinnen will«, entgegnete ich kühl. »Ich bestehe nicht auf dem Bischof. Von mir aus bring einen Imam mit zur Trauung.«

»Ich soll wegen dieses Bündnisses mit Dschingis Khan meine Seele an Allah verkaufen?«, fragte er entsetzt.

»Nein, Idikut, es reicht, wenn du dich und dein Reich an Dschingis Khan verkaufst. Deine Seele darfst du behalten.«

Nach langem Zögern leistete Bartschuk Khan drei Tage später mir als Stellvertreter meines Vaters seinen Treueschwur. Irgendwie gelang es ihm, die prunkvollen Zeremonien in seinem *Diwan*, seinem Thronsaal, wie eine Siegesfeier aussehen zu lassen, obwohl ich auf seinem Thron saß und er auf einem Kissen vor mir kniete.

»Ich schwöre als dein Vasall, dass ich im Krieg wie im Frieden deinen Befehlen gehorchen werde …«, murmelte der Idikut so leise, dass er von seinem Gefolge, das ein paar Schritte entfernt stand, schon nicht mehr verstanden werden konnte.

Ich nahm seine Hände in die meinen und antwortete: »Im Namen des ›Herrschers der Herrscher‹ nehme ich deinen Treueschwur an, Idikut Bartschuk Khan. Dein Schwert ist sein Schwert.«

Der nestorianische Bischof von Beshbalik segnete unser Bündnis. Er hatte das Bildnis des Gekreuzigten auf meiner Brust bemerkt und sprach das Gebet aus Höflichkeit nicht auf Syrisch, sondern auf Uighurisch, damit ich es verstehen konnte.

Während der Anrufung Gottes saßen Bartschuk Khan und ich nebeneinander auf seinem prächtigen Thron.

»Hast du deinem Priester schon gebeichtet, dass du zum Islam übertreten wirst?«, fragte ich und deutete auf den Bischof, der sich nach dem Gebet mit einer Verneigung vor uns zurückzog.

»Ich habe in die Vermählung mit deiner Schwester noch nicht eingewilligt, Temur Khan!«, fauchte er mich an. »Ich kaufe kein Pferd, das ich noch nicht geritten habe. Ich will deine Schwester sehen, bevor ich mich entscheide.«

Er wollte Zeit gewinnen! Wahrscheinlich dachte er, es würde Monate dauern, bis die Prinzessin mit ihrem Tross und einer Karawane voller kostbarer Geschenke von der mongolischen Steppe bis nach Beshbalik gereist wäre – falls sie jemals dort ankam.

»Wie du willst!«, seufzte ich.

Mit einem Wink gebot ich einer verschleierten Dienerin in meinem Gefolge näher zu treten. Altan zog den duftigen Seidenschleier vom Gesicht. Ihre opalblauen Augen strahlten Bartschuk Khan an.

Der Idikut sah verwirrt von ihr zu mir und wieder zu Altan und schüttelte ungläubig den Kopf. »Du hast deine Schwester gleich mitgebracht? Deine Selbstgefälligkeit übersteigt noch die Anmaßung deines Vaters! Wieso glaubst du, dass ich dieser Heirat zustimme?«

»Soll ich deiner Vernunft schmeicheln oder ersparst du mir eine Antwort?«

Bartschuk Khan lehnte sich seufzend auf seinem Thron zurück. »Du hast gewonnen: Ich werde Altan heiraten.«

Noch am selben Tag sandte ich meinem Vater einen meiner Männer als Pfeilboten nach Xixia:

»Siegen ohne Krieg zu führen, das ist ein wirklicher Triumph!«

Zwei Tage nach der prunkvollen Hochzeit meiner Schwester mit Bartschuk Khan hielt es mich nicht länger im Palast. Ich brach auf: nach Samarkand!

Tashi begleitete mich die erste Wegstunde nach Westen, dann verabschiedete ich mich von ihr und ritt allein weiter – einer Karawane würde ich mich erst in Kashgar anschließen, denn die hohen Pässe des Pamir wollte ich nicht allein überqueren.

Die Taklamakan, an deren nördlichem Rand die Karawanenstraße von Oase zu Oase führte, war ganz anders als die Gobi, die aus endlosen roten Sandflächen und schwarzen Schieferebenen bestand. Die Taklamakan dagegen war ein windgepeitschtes Meer steiler Sandhügel, die im Abendlicht, wenn die Nacht zwischen die Dünen kroch, rot glühte. Wie ich diesen Anblick liebte!

Als ich die Oase von Turfan hinter mir gelassen hatte, trieb mir der Wind den Staub in die Augen und zwischen die Zähne, und ich wickelte mir ein Seidentuch über Mund und Nase, um atmen zu können, ohne zu ersticken. Ich ritt den ganzen Tag über, rastete nur abends, im letzten Licht des Tages, und bereitete mir auf einem Feuer eine Mahlzeit: heiße Fleischbrühe aus gemahlenem Trockenfleisch und Tee mit Milchpulver aus hart geronnener Yakmilch – Getränke, mit denen wir Mongolen uns auch während unserer oft monatelangen Feldzüge ernährten. Nach der Abendrast sattelte ich ein frisches Pferd und ritt im Mondschein weiter, um die Kälte der Wüstennacht auszunutzen. Dann schlief ich ein paar Stunden zwischen meinen Pferden und stieg im ersten Tageslicht wieder in den Sattel.

Nach acht Tagen hatte ich Aksu erreicht. Die einzige Sehenswürdigkeit der Stadt waren die schneebedeckten Berge des Tian Shan, des »Himmlischen Gebirges«, die im Norden aus dem Dunst ragten. Einer der gewaltigen Gipfel zog mich in seinen Bann: der Khan Tenger. Ich wollte ihn mir unbedingt ansehen! Und so machte ich mich auf den langen Umweg nach Norden, um dem »Herrscher des Himmels« meine Ehrerbietung zu erweisen.

Zwei Tage brauchte ich bis zum Fuß des majestätischen Berges, dessen Fels- und Eiswand vor mir aufragte. An einem Gebirgsbach ließ ich meine Pferde zurück und ging mit nur wenig Gepäck allein weiter.

Der Aufstieg über den Gletscher und die Felsbrüche bis zum westlichen Sattel war eine unbeschreibliche Tortur. Die Luft war so dünn, dass ich nur keuchend atmen konnte. Das grelle Licht blendete mich. Mein Herz raste, meine Hände zitterten, mir war schwindelig und ich hatte starke Kopfschmerzen. Aber ich gab nicht auf und stieg Schritt für Schritt weiter hinauf zum Himmel.

Ich hielt mich in Richtung Westen und durchquerte den endlosen Gletscher, der wie ein erfrorenes Wildwasser zu Tal floss. Spalten und Risse durchfurchten das opalblau schimmernde Eis, und das Voranschreiten war nur am Rand des zerklüfteten Eisfeldes möglich, wo der schroffe Fels aufragte. Nach zwei Stunden hatte ich einen Grat erreicht, der steil bis zur halben Höhe des Gipfels hinaufführte, einem großen, flachen Schneefeld. Dort oben wollte ich die Nacht verbringen.

Die Kletterei über den vereisten Felsgrat war mit meinen Reitstiefeln nicht schwierig, denn die dicken Filzsohlen rutschten auch auf Eis nicht ab. Doch wie alle Mongolen trug ich keine Handschuhe, und so grub ich meine schmerzenden, blutigen Finger in den gefrorenen Schnee, um Halt zu finden.

Obwohl ich als Mongole Kälte gewohnt bin, fror ich erbärmlich. Deshalb gönnte ich mir keine längere Rast, bis ich spät abends, zwei Stunden vor Sonnenuntergang, völlig erschöpft das Eisfeld erreichte. Ich sank zu Boden, starrte in den tiefblauen Himmel und rang nach Atem. Als mein Herz wieder ruhiger schlug, setzte ich mich auf und genoss die grandiose Aussicht auf die umliegenden Gipfel. Ein seltener und umso kostbarerer Augenblick des Glücks!

Die Tibeter glauben, sich von ihren Sünden reinigen zu können, indem sie zu einem weit entfernten Ort wie der Stadt Lhasa oder dem Berg Kailash pilgern. Manchmal messen sie ihren Weg mit ihrem Körper aus, gehen ein Mantra murmelnd drei Schritte, fallen auf die Knie, den Bauch, richten sich auf und werfen sich drei Schritte weiter wieder zu Boden. Je beschwerlicher ihre Reise, desto tiefer die Reinigung von der Schuld. Ich bin mein ganzes Leben unterwegs gewesen, von einem Ende der Welt zum anderen, habe Berge bestiegen, Wüsten durchquert und mich durch Dschungel gekämpft. Aber kann mir meine Schuld und die Entscheidung, die ich in Samarkand treffen sollte, jemals vergeben werden?

Der Khan Tenger war ein majestätischer Berg. Je näher ich seinem Gipfel kam, desto deutlicher trat er aus dem zarten Wolkenschleier hervor, den der Westwind am steilen Felsgrat zerriss. Der wolkenlose Himmel über mir leuchtete in einem tiefen Blau, das im Kontrast zum gleißenden Schnee immer schwärzer wurde, je höher ich stieg. Welch ein würdiger Platz für meinen *Tschanar!*, dachte ich, als ich zum Schneegipfel hinaufsah, der fast senkrecht über mir aufragte. An welchem anderen Ort der Welt als hier sollte ich die elfte Weihe vollenden?

Und es wurde die seltsamste Schamanenweihe, die ich jemals durchgeführt habe: begonnen in einem herbstlich vergoldeten Birkenwald in Sibirien, beendet im ewigen Eis des Khan Tenger, ohne einen assistierenden Schamanen, ohne einen Lebensbaum, ohne Spiegel und ohne Trommel, ohne einen Sprung in den Himmel, denn dort war ich ja bereits! Und ohne einen Tiger, der mich das Sterben lehrte! Hier gab es weder Sieg noch Niederlage, hier gab es nur das Überleben. Das Erleiden von Schmerzen macht die Erfahrung des Glücks viel intensiver – denn je dunkler der Schatten, desto heller das Licht.

Geborgenheit und Einsamkeit, ekstatische Verzückung und himmlische Glückseligkeit, ein den ganzen Körper erschütternder sexueller Höhepunkt und dann Frieden, nichts als Frieden – all diese überwältigenden Gefühle, die mich wie Meereswogen überfluteten und alles andere mit sich rissen, kann ich mit Worten nicht beschreiben. So muss es sein, vor Glück zu sterben und in demselben Augenblick wiedergeboren zu werden!

Während der eisigen Nacht schlief ich in einer Schneehöhle, die ich mit den Händen und meinem Dolch gegraben hatte. Ich hatte kein Brennmaterial für ein Feuer, konnte mir keine heiße Brühe und keinen Buttertee kochen oder einen Hitzestein in die Glut legen, um mich dann an ihm zu wärmen. So blieb mir nichts anderes übrig, als mich in meinen Zobelpelz und die Filzdecke zu wickeln und den Sonnenaufgang zu erwarten. Ich war viel zu erschöpft, um unter den Schmerzen, dem Hunger, dem Durst, der Atemnot und der Kälte zu leiden. Und viel zu glücklich!

Sechs Tage nach meinem Abstieg vom Khan Tenger erreichte ich Kashgar, wo die Nord- und Südroute der östlichen Seidenstraße wieder zusammenfanden und die westliche Handelsstraße sich nach Khwarezm und Kashmir verzweigte.

Ich schloss mich einer Karawane an, die nach Samarkand unterwegs war. Die Kamele kamen nicht so schnell voran wie meine Pferde, aber der Pass hinter Kashgar war so hoch, dass ich meine erschöpften Tiere schonen wollte. Auf dem Markt von Kashgar kaufte ich ein Kamel, auf dem ich über den Pass bis ins Fergana-Tal reiten wollte.

Tagelang waren das Klingen der Karawanenglocken aus Messing, die die Lastkamele um den Hals trugen, und das Rasseln der Ketten, mit denen sie aneinander gebunden waren, die einzigen Geräusche, die ich hörte. Die Treiber schritten nach Atem ringend neben den Kamelen aus, die Reisenden schwiegen und ertrugen in den Sätteln halb wachend, halb schlafend und vom Paradies träumend die Strapazen ihrer monatelangen Reise.

Ich war nicht müde. Und ich empfand die Reise zum Ziel meiner Träume auch nicht als Qual. Die Taklamakan war nicht tödlicher als die Gobi, die ich bereits vier Mal durchquert hatte, und der Weg über den Pamir war nicht anstrengender als eine ekstatische Himmelsreise im Schneetreiben auf dem Burkhan Khaldun. Diese Reise über den Pass, die Mitte der Welt, war eine … wie soll ich es nennen? … eine Reise nach innen.

Während des Rittes blätterte ich in meinem Reisebuch und betrachtete die Skizzen von Zhongdu. Wie weit ich von dort entfernt war – nicht nur die Große Mauer, sondern auch die halbe Welt lag zwischen mir und Ying Hua.

O Gott, wie ich sie immer noch vermisste, mit jedem Schritt nach Westen mehr! Ich zog meinen Kohlestift hervor und begann die ersten Worte eines Gedichts auf das Papier zu kritzeln: »Königin meines Herzens, ich sehne mich nach dir, nach deiner Liebe und deiner Zärtlichkeit, nach deinen Händen in meinem offenen Haar. Königin meines Herzens, ich will dich wiedersehen!« Eine Weile starrte ich versonnen auf die Worte, dann strich ich das Wort »ich will« entschlossen durch und schrieb »ich werde«.

Es ist nicht wichtig, in welche Richtung du aufbrichst, dachte ich in diesem Augenblick. Es ist nicht wichtig, wie viele Umwege du machst, um zum Ziel zu kommen. Es ist nicht wichtig, wann du ankommst. Nur dass du irgendwann aufbrichst, um deinen Weg zu gehen, der dich am Ende zu dir selbst führt … in Samarkand … in Zhongdu … oder am Ende der Welt.

Dann lag sie vor mir, die Schöne, die Gebildete, die Stolze: Samarkand! Wunderbare Stadt der Märchen aus Tausendundeiner Nacht. Stein gewordenes Gedicht von Omar Khayyam. Kristallisationspunkt meiner Träume. Wie lange hatte ich mir gewünscht, hierher zu reisen!

Inmitten der smaragdgrünen Oase des Sarafshan, des »Goldenen Flusses«, funkelten die türkisblauen Kuppeln der Moscheen in der Sonne. Hunderte von Minaretten reckten sich hinauf in den glühenden Abendhimmel, wie Hände, zum Gebet erhoben. Daneben prangten die gewaltigen, mit bunten Ornamenten verzierten Torbögen der Universitäten. Mitten in der Stadt ragte ein hoher Turm aus einem Park: das Himmelsobservatorium der Astronomen. Samarkand war eine Stadt der Wissenschaft, die größte des islamischen Glaubensreiches.

Auf der Karawanenstraße, die vom Fergana-Tal über Kokand und Khodjend herabführte, ritt ich durch Obstgärten und Melonenfelder der Stadt entgegen.

Vor der Stadtmauer lag ein gewaltiger Trümmerhügel, zerklüftet und mit Gras bewachsen: die Ruinen von Marakanda, der Stadt, die Alexander eintausendfünfhundert Jahre zuvor erobert hatte. Der große Eroberer war hier gewesen!

Und nicht nur er, wie ich in Samarkand erfuhr. Wenige Jahre nach dem Tod des Propheten Mohammed hatten die Araber das Land erobert und zunächst Dimashk und dann, unter al-Mansur, Bagdad zur Hauptstadt des Khalifats gemacht. Samarkand war eine arabische Stadt gewesen. Doch vor hundertsiebzig Jahren waren die Türken unter ihrem Feldherrn Seldjuk aufgebrochen, um sich das Reich zu unterwerfen. Unter der Dynastie der Seldjuken und ihrem letzten Herrscher Sultan Sandjar war ein riesiges Reich entstanden, mit türkischer Sprache und arabischer Schrift. Sultan Sandjar wurde von den Kitan besiegt, Samarkand hatte sich dem Khan von Karakitai unterworfen.

Ich passierte das Tor und betrat die Stadt. Wie alle Städte dieser Gegend war sie in drei Stadtdrittel aufgeteilt: *Rabat*, die Äußere Stadt, *Sharestan*, die Innere Stadt, und *Ark*, die Zitadelle mit ihren gewaltigen Festungsmauern, wo sich der Regierungspalast des Emirs, die Stadtverwaltung, das Schatzamt, das Gericht und das Gefängnis befanden. Samarkand war eine großartige Stadt mit sechshunderttausend Einwohnern, und jedes der fast hunderttausend Häuser hatte fließendes Wasser! Da es im Sommer und im Herbst nur selten regnete, waren zwei Wasserläufe umgeleitet worden, und das Wasser wurde in Kanälen neben den Straßen entlanggeführt, sodass jedes Haus frisches Wasser hatte.

In der Stadtmitte fand ich den *Rigestan*, was »Sandplatz« heißt, einen großen, mit Steinplatten gepflasterten Platz, der auf drei Seiten von Moscheen, Universitäten, Bibliotheken und überdachten Markthallen gesäumt war. Welch eine Pracht!

Auch die Menschen waren schön. Die Männer trugen türkische Gewänder, die nicht auf der rechten Schulter, sondern auf der Brust geschlossen wurden. Die meisten ließen den obersten Verschluss der farbenfrohen Seidenroben offen und schlugen die Kragen zur Seite, was wegen des andersfarbigen Innenfutters sehr elegant aussah. Viele trugen lange und weite Mäntel, die bis zu den Lederstiefeln reichten und nicht geschlossen wurden.

Die Frauen waren nach muslimischem Brauch verschleiert. Wenn sie durch die Straßen gingen, entstand ein zauberhafter Klang: Sie trugen goldene Armreifen, Ringe, Diademe, Ohrgehänge, die bei jedem ihrer Schritte leise klirrten. Es war Brauch, dass die Frauen ihren Besitz in Form von Goldschmuck ständig bei sich trugen.

Bewundernd schritt ich über das Steinpflaster des *Rigestan* zur Moschee hinüber, einem gewaltigen Bauwerk. Der Eingang war, wie bei der *Medrese*, der Universität auf der anderen Seite des Platzes, ein gewaltiger Torbogen, vier Stockwerke hoch. Die Seitenflügel links und rechts des hohen Prunkportals wurden von spitzbogigen Arkadennischen unterteilt. Darüber ragten eine in strahlendem Türkis geflieste Kuppel und ein schlankes Minarett in den Himmel. Das Tor und der Rand des Gewölbes waren mit goldenen Fayence-Mosaiken auf lapisblauem Grund verziert: stilisierte Koranverse, geflochtene Bänder und Arabesken.

In der Moschee dankte ich Gott für das glückliche Ende einer langen Reise, dann schritt ich durch das majestätische Gebetshaus, das weder Mohammeds Gebot der Schmucklosigkeit noch dem muslimischen Verbot der Abbildung von Menschen entsprach. Der reich verzierte Brunnen im Hof war mehr ein Symbol für Reichtum und Überfluss als ein schlichter Ort für rituelle Waschungen. Die nach Mekka ausgerichtete *Kibla*-Wand des Gebetssaals und die *Mihrab*-Nische waren mit kobaltblauen und goldenen Mosaiken von Koranversen geschmückt, die *Minbar*-Gebetskanzel wurde von vergoldeten Engeln gehalten.

Der überdachte Bazar war nicht weniger imposant als die Moschee und die Universität gegenüber. Fast schien es mir, als ob der Handel in Samarkand zur Religion erhoben worden war. Der Beruf des Kaufmanns war im Islam sehr angesehen, war doch der Prophet selbst ein Kaufmann gewesen.

Es war kein Wunder, dass meine Freunde Hassan und Djafar mit dem Handel über die Seidenstraße so wohlhabend und unabhängig geworden waren, dass sie nun die Muße hatten, sich um die Regierung des mongolischen Reiches zu kümmern – was für sie als Händler von größtem Interesse war! Und ich war auch nicht überrascht, dass Hassan und Djafar in der Ratsversammlung für die Eroberung von Xixia gestimmt hatten – es war so, als hätten sie Geschäftsanteile mit Gewinnbeteiligung nicht an einer Karawane, sondern an einem gigantischen Unternehmen erworben. Ihre Gewinne würden astronomisch sein!

Am Brunnen in der Mitte des *Rigestan* hockte ein Märchenerzähler und faszinierte die Menge mit einer Erzählung Shahrazads aus »Tausendundeiner Nacht«: Ala ad-Din und seine Wunderlampe. Ich kannte das Märchen – Djafar hatte es mir an einem Sommerabend im Sumpf des Baldschuna erzählt. Wie lange war das her! Sieben Jahre! Als ich näher trat, um einen Moment in Erinnerungen versunken zu lauschen, sah ich, dass der Märchenerzähler blind war – seine Augen waren weiß und glanzlos wie Murmeln aus Jade. Ein Junge, kaum älter als Kaidu, ging mit einer Schale zwischen den Zuhörern umher und bettelte um einige Dirhams, Silbermünzen, für seinen kranken Großvater.

In Erinnerung an meine Verzweiflung im Baldschuna-Sumpf, als alles verloren schien, meine Hoffnung, meine Liebe, alles bis auf mein Leben, warf ich keinen Dirham, sondern einen Dinar, eine Goldmünze, als Armenspende in die Schale. Der dankbare Junge küsste mir mit leuchtenden Augen die Hand.

Dann ging ich weiter, band meine Pferde fest und betrat die Markthallen, auf der Suche nach einem Geschenk. Immer wieder blieb ich stehen und beobachtete die Miniaturenmaler, die mit feinem Pinsel und leuchtenden Farben herrliche Bilder schufen. Eines gefiel mir besonders gut: die Himmelfahrt Mohammeds. Der Prophet ritt auf einem weißen Pferd über die Wolken in den Himmel hinauf. Er war umgeben von einer Glorie aus Licht, hell wie ein Feuer, gemalt mit Purpur und Gold. Sein Gesicht war mit einem weißen Schleier verhüllt – die übliche Darstellung des Propheten, dessen Antlitz nie gezeigt wurde. Engel mit weit ausgebreiteten Flügeln geleiteten ihn hinauf zum Allerhöchsten. Allah war nicht dargestellt, aber ganz oben auf dem Bild prangte in einem mit Gold gemalten Rahmen die *al-Fatiha,* »die Eröffnende«, die erste Sure des Korans: »Lob sei Allah, dem Herrn der Welt, dem Erbarmer, dem Barmherzigen, dem Herrscher am Tage des Gerichts. Dir dienen wir und zu Dir rufen wir um Hilfe. Leite uns den rechten Weg …«

Das Bild kostete ein Vermögen, doch nach geduldigen Verhandlungen zahlte ich schließlich nur die Hälfte der verlangten Dinare und nahm die wertvolle Miniatur in Empfang.

Dann verließ ich den Bazar und kehrte zum *Rigestan* zurück.

Der Junge erwartete mich. Als er mich sah, sprang er von den Stufen des Brunnens auf und rannte zu mir herüber. »Willst du noch ein Märchen der klugen Shahrazad hören, der der Sultan das Leben schenkte, weil sie ihn tausendundeine Nacht lang verzauberte?«, fragte er mich, ergriff meine Hand und wollte mich zu seinem Großvater am Brunnen bringen. »Komm, hoher Herr! Mein Großvater erzählt dir für einen Dirham das Märchen von Sindbad oder das von Ali Baba, nur für dich allein!«

»Nicht jetzt. Dein Großvater kann mich morgen besuchen.«

»Wer bist du?«

»Ein König«, sagte ich geheimnisvoll lächelnd.

»Wie im Märchen?« Er betrachtete meine staubige Kleidung und schüttelte ungläubig den Kopf. »Könige haben ein großes Gefolge. Du bist allein.«

»Dann sei du mein Gefolge und geleite mich zu meinem Palast.«

»Wo ist dein Palast?«

»Sag du es mir …«

Es war nicht weit, nur ein paar Schritte hinter der großen Moschee am *Rigestan.* Der Junge, der während des Weges meine Hand nicht losgelassen hatte, staunte: »Hier wohnst du?«

Das Haus war wirklich ein Palast mit einem blühenden Garten hinter einer hohen Mauer.

»Ja, hier wohne ich.« Ich gab ihm eine Goldmünze als *Bakshish.* »Ich erwarte dich und deinen Großvater morgen bei Sonnenuntergang.«

Ehrfürchtig nahm er den Dinar entgegen. »Wie du wünschst, hoher Herr … bitte entschuldige: Majestät«, stotterte er verlegen, dann rannte er so schnell er konnte zurück zum *Rigestan*, um seinem Großvater zu erzählen, dass er einen König getroffen hatte – wie im Märchen!

Ich klopfte an das Tor und ließ mich durch einen Diener beim Herrn des Hauses melden. In einem prächtigen Empfangsraum wartete ich auf sein Erscheinen.

Ich fuhr herum, als die geschnitzte Holztür aufgerissen wurde.

»Ich wollte es nicht glauben!«, rief er, als er mir mit offenen Armen entgegenstürzte. Seine eisblauen Augen strahlten. »Aber du bist es wirklich! *Mon cher ami*, ich freue mich, dich heil und gesund zu sehen! *Al-hamdu l'Allah* – Gott sei gedankt!« Er umarmte mich herzlich. Dann ließ er mich los, trat einen Schritt zurück. »Verzeih mir, Majestät! Ich vergaß, dass du ein mächtiger Khan geworden bist …«

»Tu mir einen Gefallen, Tarik, und vergiss es auch weiterhin. Die Anrede ›*mon cher ami*‹ gefällt mir besser als ›Majestät‹.«

Tarik führte mich in seinen Garten, ließ das Abendessen servieren und bestürmte mich den ganzen Abend mit Fragen nach meinem Aufenthalt in Zhongdu, nach Ying Hua, meinem Vater, meiner Ernennung zum Khan …

»… und wozu bist du nun nach Samarkand gekommen?«

»Ich will hier etwas tun, woran selbst der große Alexander gescheitert ist.«

»Willst du die Stadt erobern?«, fragte er.

»Nein«, lachte ich. »Ich will Samarkand nicht besiegen. Ich will *mich selbst* besiegen. Meine Sehnsucht, die mich immer weiter von mir selbst fortreißt, dem fernen Horizont entgegen. Meinen Willen, der mich nicht innehalten lässt und immer weiter treibt. Und meine Rücksichtslosigkeit gegenüber all jenen, die mich lieben und die ich auf meinem endlosen Weg in ihren Gefühlen schwer verletzt zurücklasse.«

In Zhongdu hatte ich eine alte chinesische Weisheit gehört: »Fürchte dich nicht vor dem langsamen Vorwärtsschreiten, sondern vor dem Stehenbleiben.« Aber genau das war es, was ich endlich tun wollte: stehen bleiben und mich besinnen.

Kökschu hatte mir bei meiner Geburt prophezeit: »Temur wird seinem Vater auf allen seinen Wegen nachfolgen – bis auf einen. Bis ans Ende der Welt wird er reisen. Bei seiner endlosen Reise an die eigenen Grenzen kann ihn niemand aufhalten.« Im Baldschuna-Sumpf, als mein Leben beendet schien, hatte ich geglaubt, die Prophezeiung hätte sich erfüllt. Aber der Sumpf war nicht das Ende, sondern nur ein neuer Anfang gewesen. Ein neuer Aufbruch auf einem neuen Weg.

In Samarkand, dem Ziel meiner Träume, wollte ich Kökschus Prophezeiung wahr machen. Ich war meinem Vater in den letzten Jahren überallhin gefolgt, aber zur Stadt meiner Träume war ich allein aufgebrochen. Damit war die Weissagung erfüllt. Und so konnte ich endlich meine Rastlosigkeit und meine Sehnsucht nach der Ferne besiegen – so dachte ich!

Aber was ist der Mensch ohne seine Sehnsucht, ohne seine Hoffnungen und Träume?

»Bis heute lag die Zukunft nicht in deiner Macht.
Dein Sorgen um das Morgen hat nur Qualen dir gebracht.
Den Augenblick, der Lust verheißt, versäume nicht!
Weißt du, wie lang dein Herz noch spricht, der Tag dir lacht?«

Das Gedicht aus den *Rubaijat*, den Sinnsprüchen von Omar Khayyam, traf mich wie ein Pfeil ins Herz. Jahrelang war ich gegen eine Vision angerannt und hatte mich an ihr schmerzhaft verletzt. Die Opfer, die ich brachte, waren viel zu groß: mein Seelenfrieden und meine Schwester Yesugan. Viel zu spät hatte ich erkannt, dass Visionen unbesiegbar sind.

Atemlos blätterte ich weiter und las:

»Ich geh dahin und lass die Welt zurück im Streit
und hatte von hundert Perlen noch kaum eine aufgereiht –
unausgesprochen blieb so manches tiefe Wort,
weil es niemals verstanden hätte meine Zeit.«

O Omar, wie gut ich dieses Gefühl kenne, gegen eine Große Mauer des Nichtverstehenkönnens und Nichtzuhörenwollens anzukämpfen, wenn ich von meiner Vision vom Frieden spreche! Aber ich werde nicht schweigen, nur weil niemand mich versteht!

Omar Khayyam, der »Sohn des Zeltmachers« aus Nishapur, der vor hundert Jahren lebte, war nicht nur ein berühmter Dichter, sondern auch ein großer Gelehrter gewesen, ein Astronom und Mathematiker, der den muslimischen Kalender reformierte – ein Universalgenie wie mein geliebter Yelu Chutsai, den ich Jahre später in Zhongdu kennen lernte.

Ich schloss das Buch mit den *Rubaijat*-Sinnsprüchen und legte es zu den anderen auf den Ladentisch des Buchhändlers.

Am Tag nach meiner Ankunft in Samarkand hatte ich die Stadt durchstreift und war in der Nähe der Universität auf einen kleinen Buchladen gestoßen – eine wahre Schatzkammer des Wissens! Der Pass über den Pamir würde in wenigen Wochen zugeschneit und unpassierbar sein. Deshalb wollte ich bis zum Frühjahr in Samarkand bleiben, um endlich zur Ruhe zu kommen. Ich würde in den kommenden Monaten viel Zeit haben, in Tariks Garten zu sitzen, zu lesen und nachzudenken.

Begeistert wühlte ich mich weiter durch die kostbaren arabischen Handschriften und fand philosophische Bücher des berühmten Arztes Ibn Sina und medizinische Schriften von Ibn Rushd, die mich als Schamane besonders interessierten.

Aber am meisten freute ich mich über die Lebensbeschreibung Alexanders des Großen. Dieses Buch las ich vor allen anderen!

Das Gefühl des Angekommenseins diesseits des Horizontes, in Samarkand und bei mir selbst, war unbeschreiblich schön. Keine Sehnsucht nach der Ferne, nach dem Abenteuer der Entdeckung riss meine Gedanken von mir fort, kein Blick zum Horizont lenkte mich ab vom Stehenbleiben, vom Umkehren, von meiner Reise in mich selbst.

Stundenlang ging ich allein spazieren – die Worte »ruhelos« oder »meiner Sehnsucht beraubt« auf meinen Seelenzustand anzuwenden, weigerte ich mich. Ich lenkte meine Schritte durch die Straßen von Samarkand, bis zur nächsten Kreuzung, wo ich dann die Richtung änderte, immer wieder, nur um endlich sagen zu können: »Ich gehe nirgendwohin.« Ich, der die Gobi bereits vier Mal durchquert, der den Pamir, die Mitte der Welt, überschritten hatte, der die Weglosigkeit der Steppe gewohnt war, lernte gehen: Schritt für Schritt, in schmalen, gewundenen Gassen, durch die unzählige Menschen vor mir gegangen waren, durch die ebenso viele Menschen nach mir gehen würden. Ich gebe zu: Dieses ziellose Umherirren war ein lächerliches Spiel, das ich gegen mich selbst spielte, sinnlos und absurd …

… sinnlos und absurd – und doch wahr! – wie der Traum des taoistischen Gelehrten Chuang Tse, der einst träumte, er sei ein Schmetterling, der von Blüte zu Blüte flattert, sein unbeschwertes Leben genießt und nicht weiß, dass er ein Mensch ist – bis er erwacht. Und wieder ist er nur er selbst: Chuang Tse. Aber ist er ein Mensch, der träumt, er sei ein Schmetterling, oder ein Schmetterling, der träumt, er sei ein Mensch? Und wer war ich? Ein Mensch, der träumte, nie mehr ein Schmetterling sein zu wollen, nie mehr von Blüte zu Blüte zu flattern, ein Mensch, der träumte, keine Träume mehr zu haben?

Oft saß ich in der warmen Herbstsonne in Tariks Garten, trank *Sherbet*, einen halb gefrorenen Fruchtsaft, naschte kandierte Rosenblüten, die zart auf der Zunge zergingen, und lauschte der Flötenmusik seiner Dienerinnen. Ich las in meinen Büchern, machte mir Notizen zu Alexanders Feldzügen und verfolgte seinen Weg in meinem Atlas bis nach Indien. Ich bewunderte ihn aufrichtig!

Wie ich war Alexander im Alter von zwanzig Jahren König geworden. Sein Lehrer war der griechische Philosoph Aristoteles gewesen, über den ich bereits in Ibn Sinas Buch gelesen hatte. Im Alter von zweiundzwanzig Jahren war Alexander mit seinem Heer aufgebrochen, um einen Rachefeldzug gegen König Dareios von Persien zu unternehmen. Was mich an seinem Siegeszug nach Süden beeindruckte, waren weniger seine Triumphe aufgrund seines strategischen Geschicks und seines überragenden Mutes, als vielmehr die Umsicht, mit der er den unterworfenen Völkern ihre Gesetze zurückgab und ihnen ihre Freiheit und Selbstbestimmung schenkte. Grausamkeit und Härte im Krieg, Großmut und Versöhnlichkeit im Frieden machten seinen Erfolg und damit seine Bedeutung als Herrscher aus.

»Mit vor Begeisterung leuchtenden Augen« – das waren Tariks Worte, nicht meine – las ich von der Schlacht bei Issos, einer bewundernswerten Glanzleistung des Feldherrn, der eine Niederlage in einen triumphalen Sieg verwandeln konnte! König Dareios floh, und Alexander machte sich zum König von Asien. Und selbst ein strategischer Fehler wie der Feldzug nach Ägypten, den er begann, ohne Dareios endgültig vernichtet zu haben, konnte ihm nicht schaden. Er ernannte sich zum Pharao von Ägypten, gründete die berühmte Stadt Alexandria, kehrte um und überrannte dann bei Gaugamela das persische Heer. Dann: Babylon, Susa und Persepolis. Alexander zerstörte den Palast des Königs. Sein Rachefeldzug war beendet. Er hätte aufhören können. Warum tat er es nicht?

Alexander litt unter einer unstillbaren Sehnsucht, die ich sehr gut verstehen konnte: Er wollte Grenzen überschreiten, die weit jenseits des Horizontes liegen, Grenzen, die weit jenseits des menschlichen »Ich kann« und »Ich will« lagen, Grenzen, die weit jenseits seines achtsam und feinfühlig nach innen gekehrten und mit Macht, ja mit Gewalt nach außen, ins Unbekannte, Unerforschte, Unbeherrschte drängenden Geistes lagen.

In langen Märschen eilte er nach Osten, gründete die Städte Herat, Kandahar und Khodjend und erreichte Marakanda – Samarkand –, das er eroberte. Aber auch in Samarkand war er, wie ich, dem Horizont noch nicht näher gekommen. Er überschritt den Hindukush, auf der Suche nach dem östlichen Meer, dem Rand der Welt. Sein Indienfeldzug war wohl eher eine Entdeckungsfahrt als eine militärische Notwendigkeit, um sein riesiges Reich zu festigen.

Jenseits des Indus schlug Alexander zwei Schlachten: seine letzte große Feldschlacht gegen den indischen König und seine Kriegselefanten – er siegte! –, die andere gegen sich selbst – er verlor! Er unterwarf sich der Vernunft, der Notwendigkeit, dem Unvermeidlichen und gestand sich resigniert ein, das Ende der Welt nicht erreicht zu haben, es trotz aller Anstrengungen niemals erreichen zu können. Er kehrte wieder um, zurück nach Babylon. Zurück in den goldenen Käfig aus Unverständnis, Hass und Verrat seiner engsten Freunde, wo er seine Flügel nicht mehr ausbreiten konnte, wo er an seiner Sehnsucht zu ersticken drohte. Er hatte die Niederlage gegen sich selbst nur drei Jahre überlebt. Welch ein tragisches Schicksal!

Stundenlang irrte ich durch die Straßen von Samarkand. Alexanders Geschichte hatte mich in der Seele getroffen, denn sie hätte meine eigene sein können: Wir hatten dieselbe Sehnsucht, dieselbe Rastlosigkeit, dieselben Fähigkeiten, unsere Visionen zu verwirklichen.

Ich konnte einfach nicht stillsitzen, ich musste nachdenken, was ich künftig tun wollte. Allein ging ich während der Abenddämmerung durch die Stadt. Wovor lief ich eigentlich davon? Vor mir selbst?

In der Moschee suchte ich die Ruhe zur Besinnung, saß eine Weile am Brunnen im Hof, dachte nach, betete, fühlte mich aber durch die Vorlesungen der Korangelehrten und die lauten Unterhaltungen der Buchhändler, die ihre Stände im Brunnenhof der Moschee aufgebaut hatten, gestört, sprang wieder auf und ging weiter, über den weiten *Rigestan* in das Labyrinth der Wege, die in jede Richtung führten und doch nirgendwo endeten. Sooft ich in den engen Gassen auch die Richtung änderte, immer wieder stand ich vor dem Turm des Himmelsobservatoriums. War mein Lebensweg so festgelegt wie der der Sterne? Wenn ja: Wohin führte mich mein Weg?

Verzweifelt stieg ich die Treppen hinauf zum Turm und sah in den Abendhimmel. Die Sonne hatte längst den Horizont entzündet und war im Flammenmeer versunken. Die ersten Sterne funkelten am dunklen Firmament. Ich lehnte mich auf die steinerne Brüstung und dachte nach: Kann der Mensch gegen sich selbst gewinnen? Kann er sich sein Herz … kann er sich seine Träume aus der Brust reißen, ohne qualvoll an seinen Verletzungen zugrunde zu gehen?

»Suchst du den Rat der Sterne?«, sprach mich einer der Astronomen an, die vom Turm aus den Himmel beobachteten. Es war ein Perser mit einem langen Gelehrtentalar und einem Turban auf dem Kopf.

Warum ich nickte, weiß ich bis heute nicht. Als ob mir die furchtbare Vision auf dem heiligen Berg nicht gereicht hätte, um mich endlich zu entscheiden!

Der Astronom fragte mich nach Ort und Zeit meiner Geburt, und ich nannte sie ihm: Im Jahr des Feuerpferdes, am dritten Tag des Monats Shawwal im Jahr 581 der *Hedjra.* In einer Neumondnacht, zur Stunde des Tigers. Er verschwand mit den Daten, um das Horoskop zu berechnen, und kehrte nach einer halben Stunde völlig aufgelöst wieder zurück.

»Das ist unglaublich!«, rief er und schwenkte einen Bogen Papier. Mit zitternden Fingern breitete er das Horoskop auf dem Tisch des Observatoriums aus und beschwerte es mit mehreren Kerzen, die im Nachtwind leise flackerten. Er deutete auf eine Anzahl von Symbolen. »Alle Planeten deines Horoskopes stehen eng nebeneinander in einem einzigen Zeichen, wie auf einem Schlachtfeld! Und alle sind in Opposition zu deiner Himmelsmitte, dem Symbol deiner Berufung!« Er deutete auf ein einsames Zeichen auf der anderen Seite des Horoskopes. »Das bedeutet starke Spannungen, die dich zu zerreißen drohen!«

»Ich verstehe kein Wort!«, unterbrach ich ihn und betrachtete die Zeichnung: ein großes Quadrat, das ein kleineres, auf einer Ecke stehendes Quadrat, einschloss. In einem Winkel standen dicht gedrängt Symbole, die wohl die Planeten darstellen sollten. Ein ganzes Bündel roter Linien verband die Planeten mit einem Punkt auf der anderen Seite des Horoskopes. Verwundert sah ich auf die Zeichnung: Alle meine Planeten standen *jenseits der Mitte.*

»Entschuldige meine Erregung! Ich habe solch ein Horoskop noch nie gesehen!« Er deutete auf eine blaue Linie. »Der Aszendent beantwortet dir die Frage: Was soll ich tun? Zum Zeitpunkt deiner Geburt stand er im Zeichen Löwe: Du bist selbstsicher, aufrichtig und stolz. Du hast die Kraft, aus dir selbst heraus zu leben, und du brauchst niemanden, der dir sagt, wer du bist. Du bist ein König. Der Löwe sagt dir: Du sollst herrschen!«

Ich deutete auf das Horoskop. »*Das* steht in den Sternen?«

»Ja, hoher Herr«, nickte er. »Und noch vieles mehr!«

»Was denn noch?«, fragte ich erstaunt.

»Deine Sonne steht, wie fast alle anderen Planeten, in der Waage, dem Zeichen der Harmonie. Frieden und Gerechtigkeit zu erschaffen und zu erhalten ist dein sehnlichster Wunsch. Das Streben nach Freiheit und Unabhängigkeit ist dein höchstes Ziel.«

Mit zitternden Knien ließ ich mich auf einen Stuhl sinken. Ich ahnte, was die Sterne mir noch über mich sagen würden. Wollte ich es wirklich hören?

»Fühlst du dich nicht wohl?«, fragte der Gelehrte besorgt.

»Es geht mir gut!«, versicherte ich ihm und verbarg meine Hände unter dem Tisch, damit er mein Zittern nicht sah.

Der Gelehrte wandte sich wieder dem Horoskop zu. »Dein Mond steht im Zeichen Wassermann: Du kämpfst einen endlosen Kampf gegen deine Pflichten und deinen Wunsch nach Freiheit und Selbsterfahrung.« Als ich nickte, wies er auf die Symbole der Planeten: »Du kannst deine Fähigkeiten mit bewundernswerter Leichtigkeit einsetzen. Was du beginnst, wirst du vollenden, leichter und sicherer als jeder andere Mensch. Du bist außerordentlich feinfühlig, hast die Fähigkeit zu heilen und leidest an Visionen. Bist du Priester oder Arzt?«

Ich hatte plötzlich Angst. Vor dem, was unvermeidlich kommen würde. »Ich bin Schamane«, murmelte ich. »Ein Schamane ist Priester, Heiler und Prophet in einer Person.«

Er nickte: »Merkur sagt: Du bist ein Denker mit einem scharfen Verstand, lässt dich von nichts und niemandem täuschen. Wissen ist für dich ein kostbarer Schatz, und deine Worte gebrauchst du wie ein scharfes Schwert.« Er deutete auf ein anderes Symbol. »Venus sagt: Du suchst die Liebe zu einem Menschen, der so ist wie du. Der dich ertragen kann, so wie du bist. Der deinen Weg mit dir gehen kann und will, egal wohin er führt. Und den du lieben kannst wie dich selbst.«

»Gibt es einen solchen Menschen?«, fragte ich leise.

»Ja, du wirst ihm begegnen.«

»Wann?«

»Das weiß ich nicht, hoher Herr! Das Horoskop zeigt wie eine himmlische Uhr, wann die Zeit für eine Entscheidung oder eine Veränderung in deinem Leben gekommen ist. Handeln musst du selbst!« Er wies auf die Zeichnung. »Und handeln kannst du! Mars sagt: Du forderst das Leben zum Kampf heraus, du liebst es, deine Kräfte zu messen, gehst dabei bis an deine Grenzen.

Aber du gehst auch gnadenlos, mit Feuer und Schwert bis an die Grenzen deiner Macht, wenn du dich in deinem Zorn nicht mehr beherrschen kannst. Und wenn du Krieg führst, tust du es nach deinen Regeln: Du bestimmst, wann und wo du kämpfst, und lässt dich von deinen Gegnern auf kein Schlachtfeld locken, auf dem du nicht kämpfen willst. Und wenn du siegst – und siegen wirst du! –, werden deine Gegner vernichtet sein.«

Ich sah es vor mir, und für einen Moment schloss ich die Augen: Die Vision! Ein galoppierender Reiter, das blutige Schwert erhoben, eine fliehende Frau, sich umwendend, stolpernd, stürzend, schreiend, die Hand vor dem Mund, die Augen aufgerissen, ein Schlag des Schwertes, der ihren Kopf abtrennt, die Bitte um Gnade noch auf den Lippen … So viel Blut, so viel Leid! Dann verschwanden die furchtbaren Bilder wieder. Ich zitterte wie in einem Eissturm.

Der Gelehrte sah mich betroffen an.

»Werde ich denn Krieg führen?«, fragte ich schicksalsergeben.

»Bei diesem Horoskop?«, fragte der Astronom. »Mit einer Himmelsmitte, die von Selbstdurchsetzung und Eroberung spricht? Mit einem Aszendenten, der dich ein großes Reich regieren lässt? Daran besteht kein Zweifel, hoher Herr! Du bist ein König, ein Krieger. Aber du führst nicht Krieg, um Reiche zu erobern, nur damit du, indem du sie beherrschst, die Grenzen deiner Macht und die Grenzen deines Selbst erweiterst. Du wirst für Frieden, Freiheit und Gerechtigkeit kämpfen.«

Eine Welle der Enttäuschung, ja Verzweiflung schwappte durch meinen Verstand. Ich konnte die Tränen nicht mehr zurückhalten, barg das Gesicht in meinen Händen und weinte.

Die Vision, die mein Vater und ich auf dem Burkhan Khaldun gesehen hatten, würde wahr werden. Ich würde sie wahr machen, wie ich Kökschus Prophezeiung wahr gemacht hatte: Ich war in Samarkand, ich war diesen einen Weg allein gegangen. Und nun würde ich mit meinem Vater in den Krieg ziehen, um das Weltreich zu erobern, das wir beide in der Vision gesehen hatten – damit am Ende Frieden möglich war.

Mein Kampf gegen mich selbst in jener Nacht, meine Unterwerfung unter die Macht des Schicksals war – wie bei Alexander – meine erste und meine letzte Niederlage.

Denn von nun an gewann ich jede Schlacht.

Als ich um Mitternacht in Tariks Haus zurückgekehrt war, saß ich noch lange allein im Garten und starrte in den Sternenhimmel hinauf. Dann löste ich die Spangen und öffnete meine Zöpfe. Das lange Haar floss in zwei Kaskaden bis zu meiner Hüfte. Es war wellig durch das jahrelange Flechten. Ich genoss das Gefühl von Freiheit und Ungebundenheit, das ich in Zhongdu so geliebt hatte, und beschloss, mein Haar nie mehr zu flechten.

Macht und Ohnmacht, Triumph und Niederlage, Notwendigkeit und Unvermeidlichkeit – sind sie nicht im Grunde Illusionen? Wie die Freiheit jenseits unserer Bestimmung nur ein wunderschöner Traum ist.

Meine Niederlage gegen die Macht des Schicksals, meine Unterwerfung unter Gottes Willen, war nur schwer zu ertragen. Tarik ahnte, was in mir vorging, und half mir dabei, auf andere Gedanken zu kommen. Er redete stundenlang mit mir und schwieg im richtigen Moment, um zuzuhören. In jenen Monaten in Samarkand wurde er mir ein treuer Freund und inniger Vertrauter. Ich erzählte ihm, was mich bewegte, meine Zweifel, meine Ängste, aber ich sagte nichts von der Vision. Sie hätte ihn entsetzt, erschreckt, und ich hatte Angst, ihn zu verlieren, wenn ich davon sprach. Also schwieg ich.

Tarik und ich gingen oft spazieren, besuchten zusammen den *Hamam* und die Moschee oder machten Ausritte am Sarafshan entlang. An manchen Nachmittagen spielte ich mit ihm Domino, ein chinesisches Strategiespiel mit achtundzwanzig Steinen, die je zwei aufgemalte Zahlen hatten. Sie mussten Zahl an Zahl aneinander gelegt werden. Gewonnen hatte, wer zuerst seine Spielsteine ablegte – oder sie unauffällig genug im Ärmel verschwinden ließ, um sich dann selbst zum Sieger zu erklären.

Beim Abendessen oder bei einem Becher Wein ließen wir uns von dem blinden Märchenerzähler verzaubern, dem Großvater des Jungen. Ich hatte Tarik gebeten, die beiden in seinem Gartenhaus wohnen zu lassen, und beschäftigte den kleinen Imad oft als Boten: Wenn ich in der Bibliothek der Universität Kopien von seltenen Büchern bestellt hatte, die einige Studenten für ein paar Dirhams für mich abschrieben – es gab in Samarkand keinen Buchdruck –, dann schickte ich Imad, sie zu holen, was er mit dem größtem Vergnügen tat, handelte er doch in »allerhöchstem Auftrag«. Mittlerweile wusste er, dass ich wirklich ein König war.

»Du verwöhnst Imad!«, beschwerte sich Tarik, weil ich dem Jungen immer wieder eine Hand voll Zuckermandeln zusteckte, wenn er mir ein neues Buch brachte.

»Er erinnert mich an meine Kinder«, seufzte ich. »Ich sehne mich nach Kaidu und Chinkim. Und nach Samdup, meiner ›Erfüllung der Sehnsucht‹. Ich freue mich auf das Kind, das im Winter geboren wird. Und auf Tashi. Ich vermisse sie so sehr …«

Die Monate verwelkten wie das Laub des Herbstes. Der Winter kam nach Samarkand. Ich las viel in diesen stillen Wochen, meditierte stundenlang, machte Himmelsreisen und fand endlich die Seelenruhe, nach der ich mich schon so lange sehnte.

Wenige Tage vor dem Beginn des Ramadan, dem muslimischen Fastenmonat, der im März des Pferdejahres (1210) begann, feierte Tarik mit mir Tsagaan Sar, das mongolische Neujahrsfest, und meinen vierundzwanzigsten Geburtstag – die zweite Vollendung eines Zwölfjahreszyklus. Alle Mongolen feiern an Tsagaan Sar ihren Geburtstag, ganz gleich ob sie, wie mein Vater, in einer hellen Vollmondnacht im Dezember geboren wurden oder, wie ich, in einer finsteren Neumondnacht im September.

Der Neujahrsbraten war ein Hammel, nach mongolischem Brauch zubereitet. Dazu gab es weiße Neujahrsbrote, die ganz wundervoll dufteten. Chinesischer Kandiszucker stand in einer Silberschale bereit, die bereits am Nachmittag von Imad geplündert worden war. Es war ein schönes Fest, so wie im letzten Jahr, als ich nach sieben Jahren endlich wieder mit meinen Brüdern und Schwestern feiern konnte.

Dann, nach dem Fest des Fastenbrechens am Ende des Ramadan, war die Zeit meines Aufbruchs gekommen. Der Abschied von Tarik fiel mir schwer. Seine Freundschaft hatte mir sehr gut getan. Er versuchte mich zu trösten, indem er mir bei meiner Abreise kein »*Besslama!* – Auf Wiedersehen!« hinterherrief, als ob er ahnte, dass wir uns eines Tages wieder treffen würden. Er lächelte und wünschte mir »*Terbah!*«, was »Viel Glück« oder »Du wirst gewinnen!« bedeutet.

Gewonnen hatte ich, als ich Samarkand verließ: Ich hatte endlich meinen Seelenfrieden gefunden. Und eine wichtige Erkenntnis:

Wirklich frei ist nur, wer aus eigenem Willen auf seine Freiheit verzichtet, um sich seiner Verantwortung als Herrscher zu stellen, wer sich selbst eine Aufgabe sucht, die alle seine Fähigkeiten fordert und ihn an seine eigenen Grenzen bringt – nicht die der Welt –, und wer seine Berufung mit Leidenschaft erfüllt.

Nach einer fünfwöchigen Reise über Khodjend, Kokand, Kashgar und Turfan erreichte ich Anfang Mai Beshbalik. Dieses Mal hatte ich mich keiner Karawane angeschlossen: Der Schnee auf der Passhöhe war noch nicht geschmolzen, und kein Händler wagte so früh im Jahr den Weg über den Pamir.

Tashi flog mir entgegen, als ihr meine Ankunft im Palast gemeldet wurde. Wie sehr ich mich freute, sie endlich wiederzusehen! Ich umarmte sie und wollte sie gar nicht mehr loslassen. Doch schließlich befreite sie sich aus meinen Armen und zog mich in einen Nachbarraum: »Da ist noch jemand, der dich sehnsüchtig erwartet …«

Mein Sohn Samdup war vier Monate alt. Er war ein ruhiges Kind. Aufmerksam betrachtete er mich, den Fremden, der sich über seine Wiege beugte. Er reckte seine winzigen Hände hoch, um nach meinen langen Haaren zu greifen. Ich ließ eine Strähne durch seine Finger gleiten, und er quietschte vor Vergnügen.

Über Samdup freute ich mich wie über jedes meiner Kinder. Inzwischen hatte ich über dreißig Söhne und Töchter von meinen Gemahlinnen und Geliebten, aber immer wieder staunte ich, wenn mir etwas so Vollkommenes wie ein glücklich lächelndes Menschenkind von Gott geschenkt wurde.

Ich blieb ein paar Tage im Palast, verbrachte die Nachmittage mit Altan und unterhielt mich mit Bartschuk Khan. Besorgt erzählte er mir, dass Sultan Ala ad-Din Muhammad von Khwarezm seinen Vasalleneid gebrochen, Tschuluk Khan angegriffen und gestürzt hatte. Dessen Schwiegersohn Gütschlüg Khan, der vor Jahren ein Verbündeter von Dschamuga gewesen war, hatte sich zum Herrscher von Karakitai ausgerufen. Im Reich herrschte das Chaos, Balasaghun brannte lichterloh.

Und dann kam die Nachricht, dass auch Samarkand überraschend angegriffen und erobert worden war. Ich war entsetzt! Was war mit Tarik? Hatte er den Angriff überlebt?

Jeden Tag schickte ich meine Männer in die *Funduks* von Beshbalik, aber es trafen keine Karawanen mit Nachrichten aus Samarkand mehr ein. Der Handel über die Seidenstraße war wegen der Eroberung der Stadt zum Stillstand gekommen.

Nach einer Woche brach ich auf. Mit Tashi und Samdup durchquerte ich die Täler des Altai und die mongolische Steppe. Wenige Tage vor dem Naadam-Fest erreichten wir das Sommerlager meines Vaters in Kharkhorin.

Meine Taschen mit den Büchern aus Samarkand hatte ich noch nicht ganz ausgepackt, da kam Schigi in meine Gästejurte geschwebt. Seine Heiligkeit strahlte über das ganze Gesicht.

»Temur, du siehst hinreißend aus mit deinen langen Haaren!«, sagte er, als er mich herzlich umarmte und auf die Wangen küsste. »Einfach zum Verlieben!«

»Was ist denn mit dir los, Schigi?«, fragte ich, als ich mich aus seiner Umarmung befreite. »Bist du betrunken?«

»Nur berauscht von der Liebe!«, lächelte er geheimnisvoll. »Wenn ich dieses wundervolle Gefühl doch nur ein einziges Mal in der Meditation erreichen könnte!«

»Hast du dich endlich Dschebe anvertraut?«

»Es ist nicht Dschebe. Ich habe jemanden kennen gelernt!«

»Wen?«

»Yelu Chutsai, er ist ein kaiserlicher Prinz aus Zhongdu. Ein großer Gelehrter und buddhistischer Mönch. Ein Rinpoche. Vor einigen Wochen kam er ins Lager und hat nach dir gefragt ...«

Ich erinnerte mich: Prinz Yelu war der Astrologe, der das chinesische Horoskop erstellt hatte, mit dem Yun Qi mich zu demütigen versucht hatte. »Was wollte er von mir?«

»Er wollte dich kennen lernen. Er wusste sehr viel von dir und wollte noch viel mehr erfahren. Er war enttäuscht und traurig, als ich ihm sagte, du wärest seit Monaten in Beshbalik und ich wüsste nicht, wann du zurückkehren würdest. Drei Wochen hat er auf dich gewartet, dann ist er nach Zhongdu abgereist. Das war vor vier Tagen ...«

»Und warum wollte er mich kennen lernen?«

»Wegen deines Horoskopes, sagte er. Es sei ganz außergewöhnlich! Temur, er wusste, dass du in diesem Jahr deinen zweiten Zwölfjahreszyklus vollendet hast! Er kannte auch dein Geburtsdatum und sogar die Stunde deiner Geburt! Er bat mich, dir diesen Brief zu geben.« Schigi zog ein gerolltes Schreiben aus seiner roten Mönchsrobe.

Verwundert zerbrach ich das Siegel, öffnete den Brief und las die formvollendete Handschrift:

»Mein Geliebter! Bitte vergib mir, wenn ich dich so nenne! Aber ich liebe dich, obwohl wir uns noch nie begegnet sind. Vor vier Jahren habe ich im Auftrag des Kaisers dein Horoskop erstellt und war fasziniert von der ungewöhnlichen Konstellation. Oft habe ich mich mit Ying Hua über dich unterhalten, und sie hat mir sehr viel von dir erzählt. Und ich kenne auch deinen kleinen Sohn, Yong Le. Ich wollte dich endlich persönlich kennen lernen!

Ich wollte zu dir kommen, um mit dir über dein Horoskop zu sprechen, nicht über die Konstellation deiner Geburt, sondern über sehr ungewöhnliche Aspekte dieses Lebensjahres. Enttäuscht muss ich nun wieder abreisen, ohne dich gesehen und mit dir gesprochen zu haben. Aber damit die weite Reise nicht vergeblich war, schreibe ich nieder, was ich dir sagen wollte:

Jupiter Konjunktion Saturn: Es ist Zeit, den Horizont deines Lebens zu erweitern! Jupiter Konjunktion Sonne: Wage den Neubeginn! Jupiter Konjunktion Mars: Du bist stark und voller Energie! Niemand kann dich aufhalten. Jupiter Konjunktion Venus: Glück in der Liebe! Unermesslich viel Lebensfreude!

Mein Liebster, komm nach Zhongdu! Voller Sehnsucht erwarte ich dich. Ich habe so viel mit dir zu besprechen. Dein Chutsai.«

Verwirrt ließ ich den Brief sinken.

»O Temur, ich bin so glücklich!«, schwärmte Schigi. »Ich bin verliebt in dieses Juwel von einem Menschen!«

»Ich freue mich für dich, Schigi!« Ich faltete den Brief zusammen und steckte ihn ein. »Aber … liebt er dich auch?«

»Ich wage es zu hoffen! Wir haben uns lange unterhalten. Er hat mir immer wieder sein bezauberndes Lächeln geschenkt, mich zart berührt. Wir haben zusammen eine tantrische Meditation durchgeführt. Es war … berauschend.

O Temur, er ist der vollkommene Mensch: Er besitzt einen scharfen Verstand, hat fast jedes Buch auf dieser Welt gelesen, er ist liebenswürdig, kultiviert, kleidet sich sehr elegant, ist selbstbeherrscht, sieht gut aus … und das ist noch untertrieben: Er ist wunderschön! Seine blauen Augen leuchten so intensiv wie deine. Und auch sein langes Haar trägt er offen wie du deines. Deshalb war ich vorhin so überrascht, als ich dich sah! Ich dachte schon, er wäre zurückgekommen. Yelu Chutsai und du, ihr seid euch unglaublich ähnlich …«

»Siegen ohne Krieg zu führen, das ist ein wirklicher Triumph!«, zitierte mein Vater die Nachricht, die ich ihm ein Jahr zuvor von Beshbalik aus nach Xixia geschickt hatte.

Nach dem Gespräch mit Schigi war ich zum Zelt meines Vaters hinübergegangen. Ich war immer noch verwirrt über den Brief des Prinzen Yelu, der mich liebte, obwohl er mich noch nie gesehen hatte. Was wollte er in Zhongdu mit mir besprechen? Und wieso nahm er an, ich würde zu ihm kommen?

Mein Vater hatte schon von meiner Ankunft erfahren und ließ mich sofort zu sich rufen. Er schien erleichtert, dass ich endlich zurückgekehrt war – nach eineinhalb Jahren! – und begrüßte mich sehr herzlich. Als er mein offenes Haar sah, ahnte er wohl, dass ich in Samarkand eine Entscheidung getroffen hatte.

Nachdem ich am Feuer Platz genommen hatte, reichte er mir eine Schale Airag und berichtete vom Krieg in Xixia:

»Deine Nachricht schlug in der Ratsversammlung der Khans und Noyans ein wie eine von Tschagatais chinesischen *Zhen-Tian Lei*-Sprenggranaten. Du hättest ihre Gesichter sehen sollen, als Dschebe in die verlegene Stille hinein sagte: ›Temur siegt, ohne Krieg zu führen, und wir führen Krieg, ohne zu siegen!‹

Dschebe hat eine erbarmungslose Art, die Wahrheit zu sagen: Seit drei Wochen hatten wir die Festung Wolohai belagert. Dein Freund war so wütend, wie ich ihn noch nie erlebt habe. Du hättest ihn sehen sollen, wie er in der Schlacht das Kommando führte: Er tobte vor Zorn, brüllte seine Befehle, schlug mit seiner Reitgerte auf die Offiziere ein, die sie nicht schnell genug ausführten! Sein Stolz als unbesiegbarer Feldherr war verletzt, und er befahl einen Reiterangriff nach dem anderen: erfolglos! Seine Männer stürmten gegen die Mauern der Festung an, aber was konnten sie ausrichten? Nichts! Subotai und Mukali erging es ähnlich. Unsere Verluste waren furchtbar!«

»Die Noyans haben nicht die Geduld, wochenlang eine Stadt zu belagern und darauf zu warten, dass der Feind sich unterwirft«, gab ich zu bedenken.

»Du hast Recht: Geduld ist nicht gerade ihre Stärke! Sie waren gereizt, zornig, aufsässig, mit einem Wort: unbeherrschbar! Dschebe und ich haben während der Belagerung von Wolohai so oft miteinander gestritten, dass Schigi befürchtete, wir könnten aufeinander losgehen. An dem Tag, als deine Botschaft über deinen Sieg eintraf, habe ich den Rückzug befohlen.«

»Ich dachte, du hättest das Wort Aufgeben schon im Sumpf des Baldschuna aus deinem Wortschatz gestrichen.«

»Wer sprach von Aufgeben?«, grinste er verschmitzt und schenkte mir meine Trinkschale mit Airag nach. »Ich schickte einen Boten zum Kommandanten der Festung: Gegen die Lieferung von Gold und Seide wäre ich bereit, die Belagerung von Wolohai abzubrechen. Der General lehnte meine Tributforderung mit selbstbewussten Worten ab. Nach unseren wochenlangen erfolglosen Angriffen fühlte er sich sicher hinter den Mauern seiner Festung. Eine Stunde später schickte ich einen weiteren Boten in die Stadt, der ihm vom schlechten Zustand unseres Proviantes erzählen sollte, von Mehlwürmern, verdorbenem Fleisch und ausbrechenden Seuchen, während er erneut unseren Abzug anbot.

Der General sah meinem Boten neugierig zu, wie er ungeheure Mengen Essen in sich hineinstopfte, und gelangte wohl zu dem befriedigenden Schluss, dass die Belagerer vor seinen Mauern hungerten. Ich erinnerte ihn an meinen Gesichtsverlust, wenn ich ohne Tribut und ohne Beute nach Hause zurückkehren müsste, und verlangte statt Seide und Gold tausend Katzen und zehntausend Schwalben …«

»Katzen und Schwalben?«, fragte ich ungläubig.

Mein Vater amüsierte sich über meine verdutzte Miene. »Der General reagierte ähnlich verwirrt wie du, Temur! Er hielt meine Forderung für einen Fehler seines Übersetzers und schickte meinen Boten zurück. Aber ich ließ ihm antworten, dass ich tatsächlich Katzen und Schwalben forderte, um sie dem Himmelsgott zu opfern, der sich gegen mich gewandt und mir keinen Sieg beschert hatte. Mit diesem Opfer wollte ich die sichere Rückkehr durch die Gobi beschwören.

Von einem Hügel oberhalb der Stadt beobachtete ich dann die

Treibjagd in Wolohai. Männer, Frauen und Kinder krochen auf allen vieren auf den Dächern ihrer Häuser herum, um an die Schwalbennester zu gelangen. Das war ein Anblick! Am nächsten Tag kaufte sich Wolohai von der Belagerung los. Der General hatte sich geweigert, die Stadttore zu öffnen, um die Katzen und Schwalben mit Wagen aus der Stadt zu bringen – er fürchtete einen Angriff. Seine Soldaten warfen die Käfige aus Weidenflechtwerk von der Stadtmauer, und Dschebes Krieger brachten die verängstigten Tiere in unser Feldlager. Der General stand auf der Mauer und beobachtete, wie ich das Feldlager abbrechen und die Karren zum Aufbruch beladen ließ. Er war zu weit entfernt, als dass ich die Erleichterung auf seinem Gesicht sehen konnte. Schade! Denn das triumphierende Funkeln in seinen Augen hätte mich doch amüsiert.

In derselben Nacht feierten wir unseren Sieg über Wolohai. Um Mitternacht gab ich dann den Befehl zu meinem spektakulären Feuerwerk. Die Katzen und Schwalben wurden aus den Käfigen befreit, die an den Schwänzen befestigten und mit Öl getränkten Stoffstreifen wurden entzündet. Dann wurden die Tiere freigelassen. Dieses Feuerwerk werde ich nie vergessen! Die erschreckten Vögel flatterten verzweifelt in ihre Nester, so lange ihre versengenden Federn sie trugen. Und die vor Schmerz wild gewordenen Katzen zwängten sich schreiend und fauchend durch versteckte Nischen in der Stadtmauer und verkrochen sich in ihren Schlupfwinkeln. Schwalbennester begannen zu brennen, dann Speicher, Ställe und Häuser. Innerhalb einer Stunde wütete ein Feuersturm in Wolohai. Die Verteidiger rannten in Panik über die Stadtmauer, um die überall ausbrechenden Brände zu löschen.

Als der Feuerschein über der Festung so hell geworden war, dass ich im Licht der brennenden Stadt das zufriedene Lächeln meiner Noyans erkennen konnte, gab ich den Befehl zum Angriff. Die Stadt fiel im Morgengrauen …«

»… und dann bist du nach Ningxia marschiert …«

»… wo mir meine eigenen Noyans den Krieg erklärten!«

»Was war geschehen?«, fragte ich entsetzt.

»Nach zwei Wochen der Belagerung von Ningxia habe ich erneut eine Ratsversammlung der Khans und Noyans einberufen. Während des *Kuriltais* legte sich Dschebe mit mir an. ›Warum erobern wir Ningxia nicht wie all die anderen Städte? Ich verstehe dich nicht, Temudschin!‹, griff er mich an. Subotai, Mukali und Kubilai gaben ihm Rückendeckung. Dschutschi, Tschagatai, Ogodei und Tolei waren besorgt über die Selbstherrlichkeit der Noyans. Und Schigi war erschrocken über Dschebes Zorn.«

Der Streit der Noyans mit dem Khakhan kam für mich nicht überraschend: »Ich habe ihnen das Blau des Himmels versprochen«, hatte mein Vater zwei Jahre zuvor an Yesugans Grab gesagt. »Und soll ich dir sagen, was geschehen wird, wenn die Noyans ungeduldig werden? Sie fragen sich, warum sie einen Khakhan gewählt haben, der sie davon abhält, Krieg zu führen, warum sie einem Herrscher folgen, der ihnen verbietet, neue Weidegründe zu erobern, die unser Überleben sichern.«

Mein Vater erzählte weiter: »Zwei Wochen hatten wir nun vor Ningxia gestanden und waren keinen Schritt vorangekommen. Dieses Mal waren nicht die Festungsmauern das Problem, sondern das Netz von Bewässerungskanälen, mit deren Hilfe das Wasser des Huang He auf die Felder geleitet wurde. Die Kanäle und Reisfelder machten jeden Sturmangriff unserer Reiter unmöglich – und den Bau von Belagerungsmaschinen sinnlos.

Ich sagte zu Dschebe: ›Ich verlange nicht von dir, dass du mich *verstehst,* Dschebe. Ich erwarte, dass du mir *gehorchst!*‹ In diesem Moment dachte ich, er ginge auf mich los. Ich befahl ihm, sich hinzusetzen und zu schweigen. Da sprang Mukali auf. ›Dasselbe gilt für dich!‹, warnte ich ihn. ›Für die Schwerhörigen und Eigensinnigen unter euch Noyans wiederhole ich: Wir werden Ningxia nicht angreifen. Ob es euch gefällt oder nicht.‹ ›Es gefällt mir auch nicht‹, wagte Mukali zu sagen. Da habe ich den Noyans gedroht: ›Wenn einer von euch seinen Kriegern den Befehl gibt, Ningxia anzugreifen, wird er seines Kommandos enthoben! Ihr alle kennt die Strafe für Ungehorsam: Tod durch das Schwert!‹ Eisiges Schweigen war ihre Antwort.«

»Und dann?«, fragte ich gespannt.

»Subotai ergriff das Wort: ›Temudschin, glaubst du im Ernst, dass der Kaiser von Xixia der Vasall eines mongolischen Khakhans wird?‹, fragte er. ›Glaubst du, dass er den Tribut zahlen wird?‹ ›Ja, das wird er‹, versicherte ich ihm. ›Selbst der Himmelssohn in Zhongdu hat mongolischen und tatarischen Khans Geschenke gemacht, damit sie nach ihren Plünderungen in Chin auf ihre Weiden zurückkehrten, um sich gegenseitig die Lager niederzubrennen und die Herden zu rauben.‹ Da sprang Mukali auf: ›Und dann sammelte Chin seine Heere und fiel über die Khans her. Denk nur an Prinz Weis Feldzug gegen die Tataren, die sich gegen den Himmelssohn erhoben hatten … Wir waren alle damals dabei!‹«

Mein Vater trank einen Schluck, bevor er fortfuhr: »Ich musste mich beherrschen, um ruhig zu bleiben, als ich sagte: ›Ihr habt mich zum Khakhan gemacht, damit ich für euch erfolgreich Kriege führe und ihr von den Feldzügen Beute mitbringt. Habe ich das nicht getan? Ihr habt mich zum Khakhan gemacht und geschworen, alles zu tun, was ich euch befehle – zu kommen, wenn ich euch rufe, zu gehen, wohin ich euch sende! Und ich befehle euch: Kehrt zurück nach Hause!‹«

Von Bartschuk Khan wusste ich, dass der Kaiser von Xixia dem Frieden nur widerwillig zugestimmt hatte. Der Handel über die Seidenstraße drohte nach dem Fall der Städte Xining und Lanzhou zusammenzubrechen – wie er nach der Eroberung von Samarkand durch den Sultan von Khwarezm wenige Wochen zuvor erneut zum Stillstand gekommen war. Diese Katastrophe wäre die endgültige Vernichtung seines auf dem Handel basierenden Reiches Xixia gewesen. Und für uns Eroberer hätte sein Ruin das Ende der regelmäßigen Tributzahlungen bedeutet, die doch ein wesentlicher Grund dieses Krieges gewesen waren …

»Hat der Kaiser Li An Chüan den Tribut geleistet?«, fragte ich.

»Nein, nachdem wir abgezogen waren, weigerte er sich zu bezahlen.«

»Und dann bist du umgekehrt und zurück nach Ningxia marschiert …«

»… und habe einen Damm bauen lassen.«

»Du hast *was?*«, fragte ich überrascht.

»Ich habe einen Damm aus Sandsäcken bauen lassen, um das Wasser des Huang He aufzustauen und umzuleiten. Das war ein Anblick! Die ganze Ebene vor Ningxia war ein riesiger See. Und Ningxia war eine Insel ohne Wasser. Dann brach der Damm, und der Huang He überflutete unser Feldlager. Eine gigantische Flutwelle riss alles mit sich, Männer, Pferde, das ganze Lager. Wir mussten nicht nur die Belagerung aufgeben, sondern uns in die Berge flüchten. Um ein Haar wäre ich ertrunken. Aber Dschebe hat mir das Leben gerettet. Er ritt in vollem Galopp der tosenden Flutwelle entgegen und riss mich auf sein Pferd. Im letzten Augenblick entkamen wir beide dem sicheren Tod.

Noch am selben Tag schickte ich einen Boten in die Stadt. Die Stadtmauer von Ningxia war von der Flutwelle des Huang He unterspült worden, und Li An Chüan wusste, dass die Mauern einem erneuten Sturmangriff nicht standhalten konnten.«

»Bei einem Strategiespiel heißt das: unentschieden. Der Kaiser war zwar in seiner Stadt eingeschlossen, aber du warst nicht in der Lage, ihn zu besiegen …«

»Er musste sich nicht nur zum regelmäßigen Tribut, sondern auch zur Hilfeleistung bei künftigen Feldzügen verpflichten.«

»Wo sind die Noyans jetzt? Ich nehme an, du hältst sie beschäftigt, damit sie sich nicht wieder gegen dich auflehnen …«

Er lächelte. »Dschebe und Subotai sind in Koryo. Gestern berichtete mir ein Pfeilbote, dass sie den König aufgefordert hatten, sich mir zu unterwerfen. Er lehnte ab, und die Noyans überschritten den Yalu-Jiang-Fluss. Dschebe kann mit Worten nicht so gut umgehen wie du und griff zum Schwert. Er ist jetzt irgendwo zwischen Kaesong und Seoul. Mukali ist bei Idikut Bartschuk Khan in Beshbalik. Kubilai sucht Arslan Khan in der Nähe von Balasaghun auf, um ihn nach dem Sturz des Khans von Karakitai zum Vasalleneid zu überreden. Die beiden Noyans können sich ganz gut selbst beschäftigen, wenn ich sie das tun lasse, was sie am besten können: kämpfen und siegen.

Aber sie alle werden bald zurückkommen: Ich habe einen *Kuril-*

tai einberufen, um über einen Krieg mit ihnen zu beraten. Und ich habe keine Lust, mich wieder mit ihnen herumzustreiten, wenn du nicht da bist. Am Ende sendest du mir wieder eine Nachricht, du hättest einen Sieg errungen, ohne das Schwert zu ziehen …«

Ich lachte. »Wohin schickst du mich?«

»Nach Zhongdu. Zu Kaiser Xing Sheng.«

Nach Zhongdu! Ich dachte an Prinz Yelus Brief, den ich noch immer bei mir trug: »Mein Liebster, komm nach Zhongdu! Voller Sehnsucht erwarte ich dich.«

»Xing Sheng?«, fragte ich verwirrt. »Wer ist das?«

»Prinz Wei. Dein Schwiegervater ist jetzt Kaiser von Chin.«

»Der Himmelssohn wird Sie in der ›Halle des Himmlischen Friedens‹ empfangen, Majestät«, erklärte mir Kao Chi, als er mich durch den Kaiserpalast in Zhongdu führte.

Der General, den ich fünf Jahre zuvor während meines Aufenthaltes in Zhongdu kennen gelernt hatte, war sehr ernst. Er wusste nicht, wie er sich mir gegenüber verhalten sollte. Vor Jahren hatten wir ausgelassen Polo gespielt und uns lachend um einen Lederball geprügelt, und nun war ich der Schwiegersohn des Kaisers und der Sohn des mongolischen Khakhans, der im Norden, Westen und Osten des Reiches die Grenzen bedrohte.

Schweigend folgte ich ihm die Marmorstufen hinauf zum Portal der Empfangshalle, wo der *Tianzi* mich mit seinen Würdenträgern und Generälen empfangen wollte.

Der Sohn des Himmels saß auf einem Thronsessel, dessen Rückenlehne von goldenen Drachen gehalten wurde. Er trug ein gelbes Brokatgewand mit goldenen und blauen Stickereien sowie einen purpurfarbenen Hut. Xing Sheng saß sehr aufrecht, ja sprungbereit auf seinem Thron und erwartete mich. Seine Hände verkrampften sich in den Stoff seiner kaiserlichen Robe. Als wir uns das letzte Mal sahen, zwei Jahre zuvor bei Yesugans Tod, war er zornig mit seinem Dolch auf meinen Vater losgegangen, und ich hatte ihn davon abgehalten, den Khakhan zu töten. Aber ich hatte *ihn* nicht getötet, obwohl ich es gekonnt hätte.

Als ich mich dem Zeremoniell entsprechend tief vor ihm verneigte, entspannten sich seine Gesichtszüge, ein Lächeln huschte über seine Lippen. »Wir freuen Uns, Sie zu sehen, Temur Khan«, begrüßte er mich auf Chinesisch.

»Ich freue mich, dass Sie mich empfangen, Majestät.«

»Wie geht es Ihrem Vater?«, fragte er.

»Der Winter war mild in Xixia: Es geht ihm gut.«

Er zuckte zusammen: Die Eroberung des westlichen Nachbarreiches Xixia musste ihn zutiefst erschreckt haben. »Sie erfreuen sich offenbar auch bester Gesundheit, Temur Khan – trotz der ›nassen Füße‹ bei der Belagerung von Ningxia«, konterte er schlagfertig meine Bemerkung über den erfolgreichen Krieg in Xixia. »Wir haben von der gewaltigen Flutwelle des Huang He gehört, die tausende Menschen in den Tod riss …«

»Mein Vater hat mir vor ein paar Wochen davon erzählt …«, erklärte ich ihm. »… als ich aus Karakitai zurückkam«, schob ich mit einem boshaften Lächeln hinterher.

Die Schadenfreude gefror auf seinen Lippen. »Aus Karakitai?«

»Ich war als Botschafter des Khakhans bei Idikut Bartschuk Khan in Beshbalik, um ihm den Vasalleneid abzunehmen. Arslan Khan hat sich meinem Vater nach dem Sturz des Herrschers von Karakitai ebenfalls unterworfen – wie auch einige andere Khans in den Steppen östlich des Balkhash-Sees.«

Ein Funken Hoffnung huschte über das angespannte Gesicht des Kaisers. »Hat sich Ihr Vater entschieden, nach Westen zu ziehen, um Karakitai an sich zu reißen – bitte verzeihen Sie: die brennenden Ruinen, die Sultan Ala ad-Din Muhammad von Khwarezm nach seinem Feldzug gegen Balasaghun und Samarkand zurückgelassen hat?«, fragte er. »Wir dachten, Dschingis Khan wollte den Osten erobern!«

»Der Osten *ist* erobert, Majestät. Das Stammland Ihrer dschurdschischen Vorfahren in der östlichen Steppe wurde von Dschebe besetzt, während Subotai durch Koryo zog. In diesen Tagen belagert Dschebe Seoul.«

»Und welche Pläne hat Dschingis Khan mit Chin?« Die Frage

stand zwischen uns wie ein scharfes Schwert, das zur Verteidigung gezogen wird – aus Furcht. »Wir wissen, dass Dschebe und Mukali während der Ratsversammlung vor wenigen Wochen den Khakhan aufgefordert haben, Chin zu erobern. Sind Sie hier, um Uns den Krieg zu erklären, Temur Khan?«

»Nein, Majestät. Ich bin nicht als Gesandter hier. Der Botschafter des Khakhans, Djafar Khodja, wird in einigen Tagen eintreffen.«

»Aber …«, begann der *Tianzi* verwirrt.

»Ich bin gekommen, um meine Gemahlin Ying Hua zu besuchen. Und um endlich meinen Sohn Yong Le kennen zu lernen.«

Er sah mich nachdenklich an, dann sagte er: »Wir wollen allein mit Temur Khan sprechen!« Auf einen Wink des Himmelssohnes verschwanden die Würdenträger aus dem Audienzsaal.

Als wir allein waren, fragte er: »Warum bist du hierher gekommen, Temur? Ein Befehl von mir, und du wirst hingerichtet.«

»Du wirst mich nicht töten lassen. Ich vertraue dir. Ich habe keinen Streit mit dir. Wir haben uns vor zwei Jahren die Hand gereicht, um ein Bündnis zwischen zwei vernünftigen Herrschern zu schließen, die nicht zum Schwert greifen, wenn ihnen die Argumente ausgehen. Unsere Freundschaft kann und will ich nicht verraten. Deshalb habe ich meinen Vater gebeten, meinen Freund Djafar als Botschafter zu entsenden, nicht mich.« Traurig sagte ich: »Du weißt doch, was geschehen wird, wenn er in wenigen Tagen vor dir erscheinen wird, um dir die Botschaft des Khakhans vorzulesen.

Dieser Krieg ist unvermeidlich: Wir werden gegeneinander kämpfen, auch wenn wir es beide nicht wollen. Einer von uns wird diesen Krieg nicht überleben. Und bevor alles vernichtet wird, was ich vor fünf Jahren erhofft hatte – Frieden und Freiheit und Glück –, will ich meine Gemahlin und meinen Sohn noch einmal sehen. Und ich *hoffe*, dass du es mir gestattest …«

Ich konnte nicht weitersprechen, die Worte blieben mir in der Kehle stecken. Ich war traurig und verzweifelt über die Hoffnungslosigkeit dieser Situation.

Wei sah die Tränen in meinen Augen und wusste, was ich empfand: Wenn ich gegen Chin Krieg führte, sprach ich das Todesurteil über Ying Hua und meinen kleinen Sohn. Er erhob sich von seinem Thron und kam die Stufen zu mir herunter.

Dann umarmte er mich wie ein Vater seinen Sohn.

»Temur!« Ying Hua flog in meine Arme. »Mein Liebster, wie ich mich freue, dass du gekommen bist! Ich wollte es nicht glauben, als mir vor einer Stunde deine Ankunft im Palast gemeldet wurde. Die letzten fünf Jahre schienen mir länger als mein halbes Leben! Aber nun bist du hier! Der Himmel hat meine Bitten erhört!«, seufzte sie und küsste mich. »O Temur, ich bin so glücklich!«

Zart küsste ich ihr die Freudentränen aus dem Gesicht. »Ich habe dich so vermisst, meine ›Kirschblüte‹.« Ich küsste sie leidenschaftlich. »Es ist so schön, dich wieder im Arm zu halten und deine Liebe zu spüren!« Tränen stiegen in meine Augen, und ich vergrub mein Gesicht in ihrem Haar: Ich konnte ihr unmöglich gestehen, dass ich sie in wenigen Tagen schon wieder verlassen würde, um gegen ihren Vater Krieg zu führen. Nicht heute!

Das Gefühl, von ihr geliebt zu werden war schön – herzzerreißend, atemberaubend schön.

Eng umschlungen, unsere Glieder untrennbar miteinander verwoben, lagen wir auf ihrem Bett. Sie hatte ihr Knie über meine Hüfte gelegt und sich eng an mich geschmiegt, ich hatte mein Bein zwischen ihre Schenkel geschoben und war tief in sie hineingeglitten.

Es war wie eine Erlösung: Ich hatte mich in ihr verloren.

Alles andere hatte aufgehört zu existieren, es gab nur noch uns, unsere Liebe, unser Sehnen, unser Glück, unser Lachen, unser Weinen. Ganz der Zeit entrückt streichelten wir uns, sanft, zärtlich, liebevoll, mit Händen und Lippen und unseren Körpern, flüsterten Worte der Liebe und der Leidenschaft, hauchten Versprechen der Unvergänglichkeit unserer Liebe bis in alle Ewigkeit, seufzten vor Einsamkeit und weinten vor Glückseligkeit. Tief drangen wir in die

Gefühle des anderen ein, berührten seine Seele, brachten sie zum Schwingen und küssten uns die Tränen von den selig lächelnden Lippen.

Ich lag in ihren Armen, zitternd, bebend, für einen endlosen Augenblick nichts wollend, nichts sollend, und genoss dieses unbeschreibliche Gefühl, schwach sein zu dürfen, mich fallen lassen zu können, ohne das Gefühl zu haben, in einen tiefen Abgrund zu stürzen, denn sie fing mich auf, hielt mich fest und ließ mich nicht mehr los. Ich war wie berauscht von ihr, war glücklich, ekstatisch glücklich.

Vielleicht ist der Mensch immer dann am glücklichsten, wenn er weiß, dass das Glück bald unvermeidlich enden wird, in Trauer und Verzweiflung, in Schuld und Schmerz und Leid vergehen wird, und wenn er trotzdem keinen Versuch macht, das Glück festzuhalten, sondern es mit allen Sinnen genießt, solange es andauert. Glück ist vergänglich, und doch vergeht es nicht. Denn mit dem geliebten Menschen kann es immer wieder neu erschaffen werden! Und ich wollte glücklich sein!

Sie strich mir über das Gesicht und küsste mich. »O Temur, ich dachte, dass wir uns nie wiedersehen!«

»Ich habe dich in all den Jahren nicht vergessen. Du bist die Königin meines Herzens!«, flüsterte ich. »Ich habe mich so sehr nach dir gesehnt, nach deiner Zärtlichkeit, nach deiner Liebe. Ich wollte dich so gern im Arm halten, so wie jetzt, dich spüren, dich küssen, dich lieben. Aber da war nur eine Erinnerung, die ich lieben konnte …«

»Ich bin hier, mein Geliebter, in deinen Armen.«

»Liebe mich, Ying Hua!«, seufzte ich. »Liebe mich!«

Sie zog mich näher an sich heran, legte ihre Arme um meine Schultern und begann langsam mit ihren Bewegungen. Seufzend schloss ich die Augen und vergrub mein Gesicht in ihren Haaren.

Gemeinsam stiegen wir hinab in unsere tiefsten Gefühle, versanken in ihnen, glitten immer tiefer hinunter in uns selbst, in jenes herrliche Gefühl des Einswerdens mit dem anderen, des Einsseins mit sich selbst, in das überwältigende Gefühl von tiefster Zufriedenheit, von Befreiung und Erlösung.

Glücklich schlief ich in ihren Armen ein.

Die Tage mit Ying Hua und meinem Sohn waren unvergesslich schön. Ich verschwendete keinen Gedanken an die unvermeidliche Trennung und ergab mich ganz meinen Gefühlen.

Yong Le war ein aufgeweckter Junge von fünf Jahren, den ich sofort in mein Herz geschlossen hatte, als ich ihn zum ersten Mal sah. Wei, der seinem Enkel schon so viel von mir erzählt hatte, stellte mich meinem Sohn vor: »Yong Le, das ist dein Vater!«

Wei hatte ihm erzählt, dass ein mächtiger Herrscher in einem fernen Land jenseits der Mauer sein Vater sei. Für meinen Sohn war das wie ein schönes Märchen gewesen. Und nun war dieser geheimnisvolle, lang ersehnte Vater gekommen!

Yong Le rannte auf mich zu und umarmte mich stürmisch. Ich war gerührt und hielt ihn fest. Wie ich dieses Kind liebte! Meine Hoffnung auf Frieden.

Ying Hua und ich gingen Hand in Hand mit unserem Sohn in den Bergen westlich von Zhongdu spazieren, ruderten in einem Drachenboot über den Kunming-See und teilten mit Wei seine einsamen kaiserlichen Mahlzeiten. Ying Hua und ich scherzten und lachten, als wären seit unserer Trennung und meiner Rückkehr zu meinem Vater nicht fünf Jahre vergangen, als wäre ich gestern erst fortgegangen und heute schon zurückgekehrt.

Eine Zeit des Glücks und der Freude hatte Prinz Yelu Chutsai mir in seinem Brief versprochen: Er hatte Recht!

»Mein Liebster, komm nach Zhongdu! Voller Sehnsucht erwarte ich dich. Ich habe so viel mit dir zu besprechen«, hatte Yelu Chutsai mir geschrieben.

Am Tag nach meiner Ankunft bestieg ich eine Sänfte und ließ mich zu seiner Residenz tragen. Ich musste diesen geheimnisvollen Menschen, der sich in mich verliebt hatte, ohne mich je gesehen zu haben, unbedingt kennen lernen.

Wie oft hatte ich in den vergangenen Wochen das Horoskop gelesen, das er vor Jahren erstellt hatte, wie oft hatte ich in Gedanken versunken die Schriftzeichen gestreichelt, mit denen er mein Schicksal niedergeschrieben hatte, wie oft hatte ich seinen Brief gelesen, seine verzweifelten Worte, als er mich nicht antraf: »Mein Geliebter! Bitte vergib mir, wenn ich dich so nenne! Aber ich liebe dich, obwohl wir uns noch nie begegnet sind …«

Warum berührte mich sein Brief in meiner Seele, dass ich ihn nicht mehr vergessen konnte, dass ich jenen Prinzen, der mir nach Schigis Worten so ähnlich war, so gern kennen lernen wollte?

Prinz Yelus Sekretär fiel vor mir zum Kotau auf den Boden, als ich ihm sagte, wer ich war und was ich wollte. »Majestät, ich bedaure sehr, aber Seine Exzellenz ist nicht hier! Er ist vor einigen Tagen nach Balasaghun abgereist. Der Sturz seiner Familie durch den Sultan von Khwarezm hat ihn sehr getroffen …«

Ich hörte nicht mehr zu, schwankte, musste mich festhalten. Erst jetzt merkte ich, wie sehr ich mich auf das Treffen gefreut hatte.

Der Sekretär trat besorgt neben mich. »Majestät, Sie sehen blass aus. Wollen Sie sich einen Augenblick setzen?« Er winkte einem Diener, Tee zu bringen, und wollte mir beim Hinsetzen helfen.

»Ich danke Ihnen, es geht schon«, murmelte ich. Warum bloß war ich so betroffen und traurig über Yelu Chutsais Abwesenheit?

»Es mag Ihnen seltsam erscheinen, aber ich würde sehr gern die Residenz des Prinzen besichtigen. Er hat mir einen Brief geschrieben, dass er mich gern kennen lernen würde.«

»Ich weiß, Majestät. Prinz Yelu sprach sehr oft von Ihnen – so oft, dass ich das Gefühl hatte, Sie lebten hier mit ihm. Ich werde Ihnen den Palast gern zeigen. Seine Exzellenz wird nichts dagegen haben, ganz im Gegenteil. Wenn er aus Balasaghun zurückkehrt und erfährt, dass Sie hier waren, wird er sehr glücklich sein.«

Prinz Yelus Sekretär führte mich durch den im wahrsten Wortsinn wundervollen Palast. Jeder Schritt bot eine neue, überraschende Perspektive: eine neue Sichtweise auf die Welt, wie Yelu Chutsai sie sah. Von jedem Raum aus konnte ich durch die stilvoll mit geschnitzten Gittern verzierten Fenster den Garten sehen –

und die darin aufgestellten Felsbrocken, die in ihrer Form berühmten Berggipfeln glichen und über einem seltsam verschlungenen und in sich selbst zurückfließenden künstlichen Fluss aufragten, der wohl den Fluss des Lebens darstellen sollte.

Die lichtdurchfluteten Räume der Residenz waren elegant eingerichtet: mit hohen Möbeln. Seit Jahrhunderten gab es im chinesischen Reich niedrige Tische mit Sitzkissen, auf denen man kniete. Die hohen Tische und Stühle waren erst in den letzten Jahren eingeführt worden. Eine sehr praktische Neuerung!

Der Sekretär führte mich in die umfangreiche Bibliothek des Gelehrten. Fasziniert blätterte ich in alten Schriftrollen, gebundenen Büchern und losen Blättern in Chinesisch, Arabisch und Sanskrit. Die meisten Bücher handelten von buddhistischer und taoistischer Philosophie und Naturwissenschaften wie Astronomie und Medizin, viele andere von der Kunst der Staatsführung. Auf dem Schreibtisch des Prinzen lag ein unvollendetes Manuskript.

Der Sekretär beobachtete mich, wie ich andächtig darin blätterte, um hier und dort einen Absatz zu lesen. Ich war im Innersten berührt, so tief in die Gedanken eines Fremden einzudringen, der mir plötzlich gar nicht fremd schien, der mir mit jedem Schritt vertrauter wurde. Welch ein Gelehrter! Welch ein faszinierender Mensch! Prinz Yelu war ein Kitan, ein Mitglied der Liao-Dynastie, die von den Dschurdschen vertrieben worden war. Er musste eine außergewöhnliche Persönlichkeit sein, wenn er einer der vertrauten Berater des Kaisers Xing Sheng war!

Nur widerstrebend riss ich mich los und folgte dem Sekretär hinaus in den blühenden Garten des Palastes.

»An dieser Kosmischen Maschine hat Seine Exzellenz ein Jahr lang gebaut«, erklärte er mir und deutete auf einen Turm aus lackiertem Holz. »Sie ist eine Kopie der berühmten Wasseruhr von Kaifeng, die vor hundert Jahren errichtet wurde. Er war davon so begeistert, dass er beschlossen hat, sie nachzubauen.«

Staunend sah ich an der großen Maschine hoch. Wassertropfen fielen auf ein großes Schaufelrad. Sobald eine Schaufel gefüllt war, drehte sich das Rad weiter. Ich trat näher und betrachtete die komplizierte Mechanik. Eine Kette übertrug die Drehung des Rades auf einen Himmelsglobus an der Spitze des Turms, der dem Betrachter anzeigte, welche Sterne in diesem Augenblick am Himmel zu sehen waren. Der Turm war eine Uhr: Vierundzwanzig hölzerne Figuren zeigten auf bemalten Täfelchen die Stunde an und traten einzeln aus einer Kammer hervor, wenn ein Trommelschlag der Mechanik sie rief. Eine zauberhafte Idee!

Lange stand ich vor der Kosmischen Maschine und dachte an Omar Khayyams Vers aus den *Rubaijat:*

»Von allen, die auf Erden ich gekannt,
ich nur zwei Arten Menschen glücklich fand:
den, der der Welt Geheimnis tief erforscht,
und den, der nicht ein Wort davon verstand.«

Prinz Yelu war tief in die Geheimnisse dieser Welt eingedrungen. Wie glücklich musste er sein! Er genoss sein Leben, die Eleganz, die Schönheit, die Anmut, die Sinnlichkeit, die Lust am Lernen und am Wissen, die Lust an der Neuerschaffung von erstaunlichen Dingen. Welch ungewöhnliche Eigenschaften für einen buddhistischen Mönch auf dem Weg zum Nirvana!

Nachdenklich folgte ich seinem Sekretär durch den Palast.

»Dies ist das Schlafzimmer des Prinzen«, erklärte er mir.

Betroffen darüber, zu weit vorgedrungen zu sein, sah ich mich um. Ein breites Bett mit weicher Strohmatratze, schwarze Truhen, rot lackierte Schränke, ein Schreibtisch, an den Wänden getuschte Rollbilder: »Schnee, der auf Bambus fällt« oder »Die erste Kirschblüte des Frühlings« und schön geschriebene Sinnsprüche.

Mir stockte der Atem, als ich mein Gedicht las: »Des Menschen Spuren sind verweht …« Yelu Chutsai hatte einen zweiten Abschnitt zu meinem Vers hinzugedichtet: »Wer aufsteigt zu den Sternen, sollte an den Abstieg denken …«

Es war ein seltsames Gefühl, mein eigenes Gedicht, meinen Seelenzustand tiefster Nachdenklichkeit über meine Freiheit im intimsten Raum eines fremden Menschen zu finden. Als Gegenstand der Verehrung. Als Gebet. Ergänzt durch einen Vers, der ebenso von mir stammen könnte wie der erste, vor fünf Jahren verfasste. Ich kann dieses Gefühl des Aufgewühltseins in den Tiefen meiner Seele nicht in Worte fassen.

Wer war dieser Mensch?

Am nächsten Morgen besuchte ich Malik in seinem *Funduk* in der Südstadt. Er freute sich sehr, mich wiederzusehen, umarmte mich herzlich und bestürmte mich mit Fragen nach Hassan und Djafar, die ich ausführlich beantwortete. Ich erzählte ihm von meiner Reise nach Samarkand und richtete ihm Tariks Grüße aus. Und dann verriet ich ihm, warum ich nach Zhongdu gekommen war: Djafar und ich hatten vereinbart, dass ich Malik auffordern sollte, seine Sachen zu packen und zu fliehen, bevor der Krieg ausbrach. Er konnte fortan im mongolischen Reich Handel treiben und in Kharkhorin ein Unternehmen aufbauen, das unter dem Schutz Dschingis Khans stand. Malik zögerte keinen Augenblick, alles aufzugeben und etwas Neues zu beginnen.

»Ich bin so glücklich, Temur«, hauchte Ying Hua und küsste mich leidenschaftlich. Sie schmiegte sich an mich und ließ ihre Hand zart über meine nackte Brust gleiten. »Ich wünschte, du könntest für immer bleiben! Es ist so schön, dich zu lieben, in deinen Armen einzuschlafen und am nächsten Morgen neben dir aufzuwachen.« Dann richtete sie sich auf und sah mir ernst in die Augen: »Temur, sag mir die Wahrheit: Wie lange wird unser Glück noch dauern?«

Ich seufzte. »Ich werde heute Mittag abreisen, Ying Hua …«

»*Heute?*«, fragte sie entsetzt.

»… nachdem der mongolische Botschafter bei deinem Vater war.«

Tränen stiegen in ihre Augen, als sie mich traurig ansah. »Dein Vater wird meinem Vater den Krieg erklären, nicht wahr?«

Ich nickte still.

Weinend ließ sie sich in die Kissen zurücksinken.

Nach der Audienz meines Freundes Djafar beim Himmelssohn und nach der Verlesung der Kriegserklärung verabschiedete ich mich allein von Wei.

Die Antwort des Kaisers an Dschingis Khan war kurz gewesen: Wenn der Khakhan Krieg will, könne er ihn haben. Jederzeit.

Seit Yesugans Tod und Weis gescheitertem Attentat auf meinen Vater hasste der Kaiser den Khakhan mit aller Leidenschaft.

Sofort nach der Audienz hatte Wei General Kao Chi den Befehl gegeben, das Heer in Eilmärschen in die Gegend um Fuzhou, sechzig Li außerhalb der Mauerschleife zu verlegen. Eine zweite, größere Streitmacht von dreihundertfünfzigtausend Soldaten sollte unter der Führung von General Hu Sha Hu nach Norden vorrücken, um uns Mongolen noch vor der Mauer aufzuhalten. Allein die Elitetruppe, die Hu Sha Hu kommandierte, zählte dreimal mehr Krieger als unsere zwölf *Tümen* – Heereseinheiten von je zehntausend Mann – zusammen.

Bei unserem Abschied trug Wei das kostbare Schwert, das ich ihm fünf Jahre zuvor geschenkt hatte. Er zog es aus der Scheide und zeigte mir die scharfe Klinge. »An dem Tag, als wir uns kennen lernten, habe ich dich gefragt, ob du mit diesem Schwert getötet hast.« Als ich nickte, fuhr er fort: »Du sagtest mir, dass du den Vater deiner Gemahlin damit gerichtet hast. Den Mann, dem das Schwert vor dir gehörte. Ich sagte damals, dass ich das für eine Ironie des Schicksals hielt, aber du hast mich belehrt, dass das Schicksal niemals ironisch ist, sondern grausam und erbarmungslos. Heute verliere ich einen geschätzten Freund und einen geliebten Sohn. Und ich muss dieses Schwert, das einmal dir gehört hat und das ich aus Hochachtung vor dir trage, nun gegen dich erheben. Ich empfinde das als tragisch.« Er umarmte mich. »Versuch diesen Krieg zu überleben, Temur!«

»Wir werden uns wiedersehen, Wei: auf dem Schlachtfeld.«

Kapitel 9

Der Sprung des Tigers

Wie ein mächtiger Drache schlängelte sich die Große Mauer von Osten nach Westen die grünen Berghänge hinauf, wand sich um Steilabhänge herum und glitt hinab in das Tal vor mir, um Chin zu beschützen. Auf dem zinnenbewehrten Rücken des Drachens ragten in regelmäßigen Abständen befestigte Wachtürme in den Himmel. Von den Türmen auf den Gipfeln eilten Soldaten über steile Treppen zum großen Tor im Tal, um das Reich zu verteidigen – und Zhongdu, das gefährlich nah an der Mauer lag.

Ich hob die Hand und gab den Befehl zum Aufsitzen. Pferde schnaubten, Lederrüstungen knarzten und Pfeile klapperten in den Köchern, als meine Krieger schweigend in die Sättel stiegen, ihre Bogen aus den Köchern am Gürtel zogen und auf meinen Befehl zum Angriff warteten.

Neben mir kniete sich ein Diener zum Kotau ins Gras. Meine lackierte und mit Silber verzierte Rüstung war so schwer, dass ich über seine Schultern in den Sattel steigen musste. Während er meinen rechten Stiefel in den Steigbügel schob, meinen langen Schuppenpanzer, den Schwertgurt und die beiden Pfeilköcher an meinem Gürtel ordnete, ergriff ich die Zügel. Dann lenkte ich mein Pferd durch die Reihen der zum Kampf gerüsteten Krieger.

»Einer von uns, einer von zehntausend Kriegern, hatte heute Nacht einen Traum«, brüllte ich so laut, dass das Echo meiner Worte von den schroffen Berghängen hallte, so laut, dass es auch die chinesischen Soldaten auf der Mauer hören konnten. Ein Lächeln huschte über die Gesichter der Krieger: Sie wussten, wen ich meinte. »Einer von uns, einer von zehntausend Kriegern, träumte von der Eroberung des Paradieses. Es war ein schöner Traum, denn er endete mit einem triumphalen Sieg.« Ich wartete ab, bis ihr Freudengeschrei und das euphorische Dröhnen der großen Kriegstrommeln verstummt waren, dann rief ich: »Ich bin einer von euch, meine tapferen Krieger, und ich bin stolz darauf. Und es ist mir eine Ehre, euch in den Kampf führen zu dürfen. Ich hoffe, dass ich mich als würdig erweisen werde.« Ihre Zustimmung brandete mir entgegen wie Meereswogen. »Wer von euch will meinen Traum mit mir träumen?«

Ihr »Ich will!« und »Wir alle!« dröhnte mir aus zehntausend Kehlen entgegen.

»Dann folgt dem springenden Tiger!«, brüllte ich und deutete auf mein im Sommerwind flatterndes Banner.

Einer der Krieger begann laut zu singen, ein weiterer fiel ein: »Wenn die Schläge der großen Trommeln nur das Echo deines Herzens sind, dann stürme vorwärts in den Kampf …«

Immer mehr Krieger sangen mit leuchtenden Augen dieses Lied, während ich durch ihre Reihen ritt, um einige, deren Tapferkeit oder Besonnenheit ich besonders schätzte, mit Namen anzusprechen. Sie verneigten sich ehrerbietig im Sattel, als ich an ihnen vorbeitrabte. Ich nickte ihnen zu: »Aldschai, tapferster meiner Krieger … Daaritai, welche Ehre, dich heute an meiner Seite zu haben … Megudschin, du bist wie immer in der ersten Reihe. Versuch, diese Schlacht zu überleben, mein Freund! Es wird noch viele weitere Schlachten geben …«

Zwei Monate nach meiner Rückkehr aus Zhongdu, am Neujahrsfest des Jahres der Ziege (1211), waren die Khans und Noyans des mongolischen Reiches am Fuß des Berges Burkhan Khaldun zu einem großen *Kuriltai* zusammengekommen. Wenige Tage nach der Ratsversammlung hatte sich ein ganzes Volk in Bewegung gesetzt, und aus dem stetig wachsenden mongolischen Reich war ein umherziehendes Volk geworden – ein gewaltiger Strom von Menschen, eine vernichtende Flutwelle, die auf dem Weg nach Süden alles mit sich riss, was sich ihr in den Weg stellte.

An einem klaren Wintertag vier Monate zuvor waren mein Palastzelt und mein Thron zerlegt und auf zweirädrigen Wagen verstaut worden, die zu einem Zug aneinander gehängt und von Kamelen gezogen worden waren.

Meine Jurte war von vier Männern auf einen riesigen Wagen gehoben worden, dessen Bodenfläche größer war als die des Zeltes. Zwanzig Ochsen hatten das riesige Gefährt durch die Steppe gezogen. So musste meine Jurte nicht an jedem Lagerplatz wieder aufgebaut werden. Die Besprechungen mit meinen Offizieren würden während des Feldzuges in meinem Zelt stattfinden, das damit zu meinem Hauptquartier wurde.

Ich hätte es vorgezogen, wie meine Krieger zu reiten, um mich während unserer Reise mit dem einen oder anderen, der mir während der letzten Jahre aufgefallen war, in Ruhe zu unterhalten. Aber während des Kriegszuges war es sicherer, dass meine Offiziere und die Späher, die dem Tross voranritten, jederzeit wussten, wo ich zu finden war. Also war ich auf den Wagen geklettert, hatte mich an die Brüstung gestellt und das Signal zum Aufbruch gegeben.

Unter einem dröhnenden Trommelwirbel hatte sich der gewaltige Zug in der traditionellen Marschordnung in Bewegung gesetzt: An der Spitze ritten hundert schwer bewaffnete Krieger, die stolz ihre Helme und Kampfrüstungen trugen. Ihre Pferde waren mit Lederpanzern bedeckt, die Brust und Flanken der Tiere gegen den Aufprall von Lanzen oder Pfeilen schützten. Neun der Männer hielten meine weißen, mit Goldfäden bestickten Seidenbanner mit dem springenden Tiger.

Hinter der Vorhut folgten der Ochsenkarren mit meinem Zelt, dahinter die ebenfalls auf großen Wagen stehenden Jurten meiner Offiziere. Die Zelte der Krieger und ihrer Familien waren gefaltet auf Wagen verladen worden, die von Yaks gezogen wurden. Die kleinen Kinder ritten vor ihren Müttern im Sattel, die größeren hockten zwischen den Truhen und verschnürten Ballen auf den Lasttieren und sahen zu, wie ihre Brüder und Schwestern mit großen Weidenkörben auf dem Rücken zwischen den Pferden und

Yaks umhersprangen und mit Mistgabeln Dung aufsammelten, der getrocknet als Brennmaterial verwendet wurde.

Der endlose Tross bestand aus zwanzigtausend Kriegern, ihren Frauen, Kindern und Dienern, Hengsten, Stuten und Fohlen, Yaks, Kamelen, Schafen und Ziegen, einem Dutzend großer Jurtenwagen und tausenden kleinen, zweirädrigen Lastkarren, die teilweise zu Zügen aus zehn und mehr Karren gekoppelt waren. Er wurde an den Flanken von schwer bewaffneten Reitern geschützt, die ihre Ersatzpferde mit sich führten. Wenn ich durch ein Flaggensignal den Befehl zum Angriff gab, würde das Dröhnen der großen Trommeln die Reiter alarmieren: Jederzeit konnten sie den Zug entlang nach vorne galoppieren oder zwischen den Wagen hindurch auf die andere Seite gelangen.

Kokatschin hatte neben mir auf dem Wagen gestanden und den Frauen und Kindern zugewinkt, die im Lager zurückgeblieben waren. Tashi sollte mit Nomolun, Li Rong, Naimatai und meinen und Dschebes Kindern im Winterlager bleiben, um im Frühjahr den Lagerumzug nach Norden vorzubereiten.

Mit zwölf *Tümen* – einhundertzwanzigtausend Kriegern – war der Khakhan noch vor der Schneeschmelze nach Süden vorgerückt. Mein Vater führte selbst das Zentrum des Heeres, Mukali befehligte den östlichen, Bogurtschi den westlichen Flügel.

Ich war besorgt. Mein Vater riskierte alles: Er setzte die Existenz des mongolischen Reiches aufs Spiel. Wenn wir auch nur eine einzige Schlacht verloren, dreitausend Li entfernt von unserer Heimat, waren wir vernichtet. Wenn wir uns zurückziehen mussten, würden Xixia und Koryo über unsere Frauen, Kinder und Herden herfallen, um sich zu rächen – nur zweitausend Krieger waren zurückgeblieben, um das mongolische Reich zu schützen. Nichts würde übrig bleiben. Nicht einmal ein schöner Traum von Frieden und Freiheit …

Nachdenklich ritt ich durch die Reihen meiner Krieger.

Sie sangen. Nicht weil sie sich Mut machen wollten, sondern weil sie sich auf den Feldzug freuten – den Kampf um das Paradies, in das ich sie an diesem Tag führen würde.

»Das Tor öffnet sich!«

Ich wendete mein Pferd und trabte zurück zum befestigten Tor.

Der Gesang der Krieger versiegte in atemlosem Schweigen. Nur das Knattern der Banner im Wind war zu hören.

Ein einzelner Mann in der Rüstung eines kaiserlichen Generals mit einem Helm, der sein Gesicht verdeckte, ritt durch das Tor. General Yelu? Seine Hand lag locker auf dem Schwertgriff, als er langsam zu mir herüberkam. Nein, es war nicht General Yelu!

»Kao Chi!«, rief ich, überrascht von seinem Mut.

Er verneigte sich im Sattel. »Temur Khan!«

Meine Leibwächter zogen die Schwerter und bedrohten Kao Chi, aber ich winkte ab, und sie senkten die Klingen.

»Das war eben eine beeindruckende Rede«, gestand er.

»Es freut mich, wenn sie Ihnen gefallen hat, General«, sagte ich ironisch. »Hat der Kaiser Xing Sheng Sie herbefohlen, um mir meine Visionen auszureden und mich zur Vernunft zu bringen?«

»Das hat er, Majestät«, sagte Kao Chi. »Es ist mir zuwider, gegen Sie zu kämpfen. Ich würde lieber eine Partie Polo mit Ihnen spielen, als mein Schwert gegen Sie zu erheben, Temur Khan. Aber Sie lassen mir keine Wahl!« Er betrachtete aufmerksam die kampfbereiten Krieger hinter mir. »Wann werden Sie angreifen?«

Ich belächelte seine Unverfrorenheit und beantwortete seine Frage mit kalter Arroganz: »Sobald unser Gespräch beendet ist. Machen Sie es kurz, General! Ich will zum Abendessen in Zhongdu sein.«

Er holte tief Luft und ballte die Fäuste, um sich zu beherrschen. »Dass Sie und Ihr Vater sich mit Chin anlegen, ist kein Mut, sondern Wahnsinn! Sie haben keine Chance! Ich kommandiere ein Heer von einhunderttausend Soldaten, das Sie fünf Li von hier erwartet – das sind zehnmal mehr Soldaten, als Sie in die Schlacht führen. General Hu Sha Hu verfügt über weitere dreihundertfünfzigtausend Männer. Und das sind nur die Regimenter an der Mauer! Die Heere von der Grenze zum Song-Reich werden innerhalb der nächsten Woche hier eintreffen. Chin hat sechzig Millionen Einwohner. Der Kaiser hat mir persönlich den

Befehl gegeben, Sie davon abzuhalten, die Mauer zu überschreiten.«

»Wer das Schlachtfeld wählt und den Feind in Ruhe erwartet, ist im Vorteil, wer zur Schlacht gerufen wird, ist schlecht vorbereitet«, hatte Sun Tse in *Die Kunst des Krieges* geschrieben. Und wer dem Feind verrät, wann und wo er angreifen wird, hat schon verloren. Das war nicht von Sun Tse, sondern von mir.

Nach einem mehrwöchigen Marsch durch die Steppe hatten wir das Feldlager nördlich der Mauerschleife aufgeschlagen und beobachtet, wie die Wachtruppen auf der Mauer verstärkt worden waren: Jeder Turm war mit fünfzig schwer bewaffneten Soldaten besetzt. Vom großen *Ordu* aus war Bogurtschi mit seiner Streitmacht nach Westen gezogen, um die chinesischen Heere, die aus dem Süden herbeieilten, hinter sich herzuziehen. Mukali war mit seinen Kriegern in Sichtweite der Mauer nach Osten geritten. Den Generälen Kao Chi und Hu Sha Hu war nichts anderes übrig geblieben, als ihre Soldaten über die gesamte Länge der Mauer zu verteilen, weil sie nicht ahnen konnten, wo wir den Durchbruch versuchen würden. Aber offensichtlich vermutete Kao Chi, dass mein Heer das erste sein würde, das die Mauer überschritt, und dass der Khakhan mir mit dem Hauptteil des Heeres folgen würde, sobald ich das Tor erobert hatte. Er hatte sein Feldzeichen und die Flagge mit dem fliegenden Adler neben meinem Banner mit dem springenden Tiger gesehen.

»Nachdem Sie mir nun Ihre Strategie verraten haben, Kao Chi, will ich Ihnen sagen, wie meine Befehle lauten. Ich werde die Mauer überschreiten und General Yelu, der diesen Mauerabschnitt kommandiert, als meinen Verbündeten mit nach Süden nehmen«, sagte ich. »Ich freue mich darauf, General Hu Sha Hu kennen zu lernen. Er soll ein hervorragender Feldherr sein, der die Song-Heere am Yangtse-Fluss das Fürchten lehrte.«

»Sie werden keine Gelegenheit haben, ihn persönlich kennen zu lernen. Ich werde Sie bis an die Mauer zurückdrängen«, warnte er mich. »Falls Sie es schaffen, sich so weit ins Landesinnere vorzukämpfen, dass die Mauer außer Sichtweite kommt. Sie werden

Zhongdu niemals erreichen, geschweige denn es erobern. Die Stadt ist uneinnehmbar. Wenn meine einhunderttausend Soldaten mit Ihren Kriegern fertig sind, werden Sie mich auf Knien um die Gnade eines schnellen Todes anflehen ...«

»Ich werde Sie besiegen, Kao Chi«, unterbrach ich ihn selbstsicher und deutete auf mein Banner: »Ein Tiger greift nicht an, wenn er nicht auch siegen kann.«

Als General Yelu das Tor öffnete, ritt ich mit meinem Heer nach Süden. Am Ausgang des engen Tales, das nach Zhongdu hinabführte, stellte sich mir Kao Chi mit seinem gewaltigen Heer entgegen, um mich aufzuhalten.

Ich triumphierte: Die Täuschung war gelungen!

Noch während der ersten Stunde der Schlacht erreichte ihn ein erschöpfter Bote aus dem Westen: Dschingis Khan war vierhundert Li entfernt mit dem Hauptteil des mongolischen Heeres durchgebrochen, Bogurtschi stand im Westen, Mukali im Osten! Die beiden Noyans rückten so schnell nach Süden vor, dass sie nicht aufgehalten werden konnten! Mein Angriff auf das Tor war nur ein Ablenkungsmanöver gewesen!

Sofort machte Kao Chi kehrt, verließ das Schlachtfeld und marschierte durch unwegsames und bergiges Gelände dem Khakhan entgegen, um Hu Sha Hus bedrohten Regimentern im Westen zu Hilfe zu kommen. Nach der Einnahme und Plünderung des kaiserlichen Sommerpalastes von Fuzhou folgte ich Kao Chi mit meinem Heer nach Westen.

Getrennt marschieren, vereint kämpfen: Niemals setzte der Khakhan das ganze Heer in einer einzigen Schlacht ein. So wurde durch eine Niederlage niemals der gesamte Feldzug gefährdet. In Chin folgten die Noyans, die in verschiedene Provinzen eingefallen waren, einem Plan von beeindruckender Weitsicht und gigantischen Ausmaßen. Pfeilreiter hielten die Verbindung zwischen den Khans und Noyans und dem Khakhan im Zentrum aufrecht.

Zwei Tage später hatte ich Kao Chi eingeholt und hetzte ihn durch das Bergland südlich der Mauer. Nachts hielt ich seine vom

Gewaltmarsch erschöpften Soldaten durch lautlose Angriffe mit Pfeilsalven aus der Finsternis wach. Sie hatten furchtbare Angst, und ich ließ sie nicht mehr zur Ruhe kommen. Völlig erschöpft und geschwächt traf Kao Chis Heer nach fünf Tagen auf dem Schlachtfeld ein, wo Dschingis Khan es erwartete.

»Das ist keine Schlacht, es ist eine Treibjagd: Die Chinesen haben keine Chance gegen unsere Pfeile«, sagte mein Vater, ohne den Blick von dem Kampf im Tal unter uns zu wenden. Er saß neben mir auf seinem Hengst, die Hände um die Zügel verkrampft, und beobachtete Dschebes Reiterangriff auf Kao Chis Heer.

Ich richtete mich im Sattel auf, um besser sehen zu können: Noch während des Angriffs rannten die ersten mongolischen Frauen über das Schlachtfeld, um Verwundete zu versorgen und wegzubringen und um Pfeile einzusammeln und in die Köcher an ihren Gürteln zu stecken. Eine junge Frau fand ihren gefallenen Gemahl im Gras und zog ihn weinend vom Schlachtfeld. Dann nahm sie Pfeil und Bogen, schwang sich in den Sattel ihres Pferdes und stürmte den Chinesen entgegen. Wie sehr musste sie ihren Gemahl geliebt haben! Sie legte an, schoss und traf, zehn Pfeile, elf, zwölf, dann stürzte sie, von einem Pfeil aus einer chinesischen Armbrust getroffen, im vollen Galopp vom Pferd, überschlug sich und blieb liegen. Sie war tot.

»Eine tapfere Frau!«, sagte ich anerkennend, und mein Vater nickte.

Eine Stunde später war der Kampf entschieden: Kao Chi war geflohen und das beste Heer von Chin war von Dschingis Khan an nur einem Tag vernichtet worden.

Am Abend suchte ich auf dem Schlachtfeld die Leiche der jungen Frau. Ich begrub sie zusammen mit ihrem Gemahl und erbat Gottes Gnade für die beiden Toten. Dann ließ ich ihre beiden kleinen Söhne zu mir bringen. Sie waren drei und vier Jahre alt und sehr aufgeweckt. Aus Achtung vor ihren gefallenen Eltern adoptierte ich die beiden, vollzog das Ritual des Haareflechtens und band ihnen ihre langen Zöpfe zur mongolischen Haartracht. Fortan behandelte ich sie wie meine eigenen Söhne.

Auf der Passhöhe der Straße nach Zhongdu stießen Dschebe und ich wenige Tage später überraschend auf Kao Chi, der sich uns mit einem neuen Heer entgegenstellte. Unser Pfeilregen von der Höhe des Passes herab brachte den Vormarsch der dschurdschischen Reiter zum Stehen. Dschebe drängte ungestüm vor, bis die Dschurdschen zurückwichen, und ich folgte ihm bergab stürmend mit meinen Kriegern, die jeden Widerstand vernichteten.

Dann brach das Chaos aus. Die zurückweichenden dschurdschischen Reiter stießen auf die langsamer nachrückenden chinesischen Fußtruppen, die in wilder Flucht umgeritten wurden. Die verängstigten Chinesen erkämpften sich den Rückweg gegen ihre eigenen Offiziere. Eine Flut aus schreienden Menschen ergoss sich wie ein reißender Strom von der Passhöhe zwischen den engen Felsen hindurch ins Tal und riss alles Lebendige mit sich. Es war ein grauenhaftes Massaker!

Der Kampf dauerte nur wenige Stunden, dann gelang es uns, den Pass nach Zhongdu zu überschreiten. Dschebe und ich sandten einen Pfeilboten zum Khakhan, der die Belagerung von Datong aufgab, um uns in der Ebene von Zhongdu zu treffen. Meine Brüder blieben mit ihren Heeren im Westen, während ich mit Dschebe Kao Chi verfolgte. Wir holten ihn ein, griffen ihn an, und wieder wich das Heer des Kaisers in wilder Panik zurück. Kao Chi floh überstürzt, um sein Leben zu retten …

»… und er erreichte Zhongdu, bevor Temur und ich ihn einholen konnten«, berichtete Dschebe und trank seinen Weinbecher leer.

Mein Vater, Dschebe und ich saßen beim Abendessen in der Jurte des Khakhans. Landkarten lagen verstreut zwischen den Schalen mit gegrillter Ente und Reis und Bechern mit chinesischem Wein.

Der Khakhan nickte zufrieden. »Dann kennt Kaiser Xing Sheng nun das ganze Ausmaß der Katastrophe. Dass wir in nur drei Schlachten ein Heer von dreihunderttausend Soldaten vernichtet haben. Dass wir innerhalb weniger Wochen den Norden von Chin erobert haben. Dass meine Söhne nun den Westen unterwerfen, während Mukali, Subotai und Kubilai im Osten sind.«

»Eine Katastrophe – das ist es!«, erklärte Dschebe ernst. »Der Verlust der dschurdschischen Reiter während der Schlacht auf der Passhöhe war ein empfindlicher Schlag für den Himmelssohn.«

»Xing Sheng wird es nicht schwer fallen, aus einer Bevölkerung von sechzig Millionen Chinesen neue Soldaten gegen uns aufzustellen«, sagte mein Vater. »Aber die dschurdschischen Reiter waren die Elite seines Heeres. Und er hat nun nicht mehr genug Pferde, um aus Fußsoldaten schnelle Reiter zu machen, nachdem Mukali die Herden im Norden zusammengetrieben und mitgenommen hat. Schnelligkeit ist im Krieg entscheidend.«

»Es ist jetzt Ende September, Temudschin, und bald wird es schneien. Wie planst du das weitere Vorrücken?«, fragte Dschebe, der sich einen dritten Becher Rotwein einschenkte.

»Nachdem wir mit Ausnahme von Datong alle Festungen zwischen der Mauer und Zhongdu erobert haben, bleibt hier nicht mehr viel zu tun, Dschebe. Ich werde das Winterlager in der südlichen Gobi aufschlagen.«

»Du willst Chin verlassen und im nächsten Frühjahr wiederkommen? Du willst den Rückzug befehlen?«, fragte Dschebe ungläubig. »Das kann nicht dein Ernst sein, Temudschin! Ich will nicht …«

»Wer hat von dir gesprochen, Dschebe? Ich sagte: *Ich* werde das Winterlager nach Norden verlegen. Du wirst mit Temur in Chin bleiben. Ihr werdet Zhongdu angreifen …«

»Nein, das werden wir nicht tun!«, fiel ich ihm wütend ins Wort. »Die Eroberung von Zhongdu ist unmöglich. Ich weigere mich, diesen unsinnigen Befehl …«

»Du *weigerst* dich, Temur?«, fragte mein Vater scharf.

Dschebe legte beschwichtigend seine Hand auf meinen Arm. Ich wusste, warum mein Vater ausgerechnet mir den Befehl gab, Zhongdu anzugreifen und zu vernichten. Weil ich fasziniert war von dieser großartigen Stadt, weil ich verliebt war in die chinesische Kultur. Weil er mein Bündnis mit Prinz Wei, meinen Verrat, der drei Jahre zuvor fast zu meiner Hinrichtung geführt hatte, immer noch nicht vergessen konnte.

Mühsam beherrschte ich mich. »Es gibt Wege, denen man nicht

folgt, und Schlachtfelder, die man meidet. Es gibt Heere, die man nicht angreift, und es gibt Städte, die man nicht erobert. Zhongdu ist eine von ihnen«, fauchte ich. »Und es gibt Augenblicke, in denen man Befehle nicht ausführt.«

»Du darfst den Befehl nicht verweigern: Das ist Verrat!«, warnte Dschebe mich besorgt.

Mein Vater starrte mich zornig an, aber ich hielt seinem Blick stand. Er atmete tief durch, dann sagte er: »Wenn du eigenmächtig entscheidest, meinen Befehl nicht auszuführen, will ich wissen, warum du ihn als unsinnig bezeichnest.«

»Wir können Chin vom Pferd aus erobern, aber wir können es nicht vom Sattel aus regieren.« Trotz meiner Wut bemühte ich mich um einen ruhigen, besonnenen Tonfall. »Wir benötigen eine Verwaltung mit chinesischen Staatsbeamten. Wenn wir Zhongdu erobern, zerstören wir den Staat, den du unterwerfen willst. Zhongdu ist der Schlüssel zur Herrschaft über das Reich: Wir dürfen ihn nicht zerbrechen.«

Mein Vater wollte etwas sagen, aber ich redete ihn nieder:

»In der Schlacht sind wir den Chinesen überlegen. Wir verlegen unser Heer so schnell, dass sie uns nicht folgen können – falls sie überhaupt wissen, wo wir gerade sind. In den letzten Wochen haben wir die nördlichen Provinzen erobert. Xing Sheng hat keine Generäle mehr, die den Mut haben, uns anzugreifen – selbst wenn sie ein Heer hätten, das stark genug wäre, uns aufzuhalten. Hu Sha Hu schlägt sich im Osten mit Mukali und Subotai, Kao Chi ist vor Dschebe und mir geflohen. Chin liegt am Boden und ist unfähig, sich zu erheben. Sende Djafar als Botschafter nach Zhongdu und biete dem Kaiser Frieden an. Gegen Tribut.«

Mein Vater sah mich nachdenklich an. »Die Spielregeln des Krieges lauten, dass der Verlierer den Sieger um Frieden bittet.«

»Wer sich an die Spielregeln hält, die nicht er selbst gemacht hat, hat den Krieg schon verloren«, entgegnete ich. »Du willst Frieden, also fordere ihn vom Kaiser.«

»*Ich* will Frieden?«, fragte mein Vater überrascht.

Verbittert dachte ich an die Worte des Astrologen in Samarkand: »Du führst nicht Krieg, um Reiche zu erobern. Du wirst für Frieden, Freiheit und Gerechtigkeit kämpfen.« Und was war das Ergebnis dieses endlosen Kampfes um den Frieden, der mich im Innersten zerriss? Krieg, Tod und Zerstörung! Das Hinausweinen meiner Gefühle, die Reinigung meines Gewissens durch bittere Tränen, um nicht länger unter der Schuld zu leiden, die ich mit meiner Niederlage unter den Willen Gottes auf mich geladen hatte. Das Einwickeln meiner verletzten Seele in eine schützende Rüstung aus Härte, Erbarmungslosigkeit und Grausamkeit.

Ich besann mich: »Frieden und Freiheit hast du deinem Volk vor fünfundzwanzig Jahren versprochen, als wir dich zu unserem Khan wählten«, erinnerte ich meinen Vater. »Du hattest einen Traum und hast uns alle dazu gebracht, ihn mit dir zu träumen. Dieser Traum zeigte uns, dass wir die Zukunft verändern können, dass wir das Gesetz der Steppe verändern können: Die Blutfehden zwischen den Klans und die Kriege zwischen den Stämmen sind beendet. Dieser Traum von Frieden und Freiheit ist wahr geworden – du hast ihn wahr gemacht. Mongolen, Tataren, Merkiten, Kereiten, Naimanen, Onguten, Tanguten, Tungusen, Oiraten, Kirgisen, Karluken, Uighuren, Kitan und viele andere, kleinere Völker sind *ein* Volk geworden, das Seite an Seite in den Krieg gegen Xixia gezogen ist, gegen Koryo und nun gegen Chin. Das war vor fünfundzwanzig Jahren ebenso undenkbar wie der Frieden in der mongolischen Steppe.

Denk das Undenkbare zu Ende, Khakhan! Ist es nicht möglich, dass die Bewohner der Steppe mit den sesshaften Völkern in Frieden miteinander leben? Dass die Mongolen ihre Pferde und die Tibeter ihre Yaks weiden, dass die Uighuren über die Seidenstraße Handel treiben, die Tanguten in Xixia Reis pflanzen und die Chinesen Seidenraupen züchten? Dass all diese Völker von *einem* starken Herrscher regiert werden? Du und ich hatten vor sechs Jahren dieselbe überwältigende Vision! Ich sehe sie noch immer, jeden Tag und jede Nacht. Und ich will sie trotz dieses entsetzlichen Mordens und Eroberns und Zerstörens, das mir in der Seele wehtut und meinen Verstand vergewaltigt, nicht aus den Augen verlieren: die

Vision vom Frieden! Ich will die Reiche nicht unterwerfen und vernichten. Ich will sie *beherrschen!*«

Mein Vater hatte erkannt, dass Chin nicht zu besiegen war. Zog er sich deshalb zurück? Bezweifelte er die Durchführbarkeit seiner Eroberungspläne? Alles, was er sich vorgenommen hatte, war nun erreicht: Die besten Heere des Kaisers waren vernichtet, unsere Krieger hatten reiche Beute gemacht. War die Belagerung von Zhongdu ein Zugeständnis, ein akzeptiertes, heroisches Scheitern an der übermenschlichen Aufgabe?

Lange hatte mein Vater mich schweigend angesehen und über meine Worte nachgedacht. »Du hast mich überzeugt, Temur«, hatte er schließlich gesagt. »Dschebe und du werdet Zhongdu nicht angreifen, sondern während des Winters belagern!«

Während er sich nach Norden wandte, zogen Dschebe und ich mit unseren Kriegern vor die Tore der Hauptstadt. Kein Heer, kein Regiment, kein einziger Bauer stellte sich uns entgegen.

Als wir Zhongdu vor uns liegen sahen, waren die Tore geschlossen: Die Stadt hatte sich auf eine monatelange Belagerung vorbereitet.

Das von der Versorgung abgeschnittene Zhongdu fror in diesem Winter. Xing Sheng hatte durch kaiserlichen Erlass gestattet, die Holzbauten der Stadtverwaltung abzureißen, um die Bevölkerung mit Brennholz zu versorgen. Dschebe und ich hatten es in meiner Residenz in den Bergen westlich von Zhongdu – Yun Qis Hochzeitsgeschenk an mich – gemütlich warm.

In unsere dicken Zobelpelze gehüllt und mit einem Becher heißen Pflaumenweins in der Hand amüsierten wir uns über das bunte Feuerwerk, das Xing Sheng zum Neujahrsfest veranstalten ließ, um die frierende Bevölkerung der Hauptstadt zum zähneknirschenden Durchhalten zu bewegen.

Zu Beginn des Affenjahres (1212) brach in den Nordprovinzen ein Aufstand der Kitan aus. Ein Pfeilbote meines Vaters traf ein: Dschebe wurde in den Norden befohlen, um den Aufstand zu unterstützen. Ich blieb mit meinem Heer vor den Mauern von Zhongdu und setzte die Belagerung fort.

Fünf Wochen nach Dschebes Aufbruch traf ein Bote von ihm ein. Ich empfing den erschöpften Pfeilreiter, der tagelang geritten war, im Audienzsaal meiner Residenz, wo er sich mir zum Kotau zu Füßen warf und die Nachricht meines Freundes vortrug:

»Dschebe Noyan sagt: ›Ich habe die Stadt Liaoyang erobert. Die Kitan haben ihre Unabhängigkeit von Chin erklärt. Ihr neuer Herrscher, König Yelu Liuge, der Erbe der gestürzten Liao-Dynastie, unterwarf sich mit seinen Generälen Dschingis Khan als Vasall. König Yelu gebietet über mehr als einhunderttausend Bewaffnete. Der Aufstand gegen Chin weitet sich aus. Vor einigen Tagen wurde ein kaiserliches Heer von König Yelu und mir gemeinsam vernichtet. Ich habe gestern mit dem Khakhan gesprochen: Er marschiert nach Zhongdu.‹«

Mit einem Nicken entließ ich den Boten, der sich erhob und mit einer tiefen Verbeugung den Saal verließ, um ein paar Stunden zu schlafen.

Mein Gefolge sprang überrascht auf, als ich mich schweigend von meinem Thronsessel erhob, um in den verschneiten Garten des Palastes hinauszugehen. Ein Diener eilte hinter mir her und legte mir meinen Zobelmantel um die Schultern, damit ich nicht fror. Tief atmete ich die kristallklare Winterluft ein. Ich genoss die eisige Kälte in meinem Gesicht.

Gedankenverloren betrachtete ich die gewaltigen Mauern und Wehrtürme von Zhongdu, die von mongolischen Jurten umgeben waren, von tausenden Karren und großen Pferdeherden. Hinter den Festungsmauern sah ich das Dach des Himmelstempels im eisblauen Licht des Spätnachmittags schimmern. Daneben funkelten die gelben Dächer des Kaiserpalastes. Ying Hua und mein kleiner Sohn waren seit Monaten hinter diesen Mauern gefangen. Sie hungerten und froren. Sie waren verzweifelt. Sie hatten Angst … vor mir, dem Eroberer, der ihnen ihre Freiheit nahm und eines Tages vielleicht sogar das Leben.

Verzeih mir, Ying Hua!, dachte ich. Ich hoffe, dass wir uns eines Tages wiedersehen. Ich sehne mich so sehr nach dir. Wie gern würde ich in deinen Armen liegen, die Augen schließen und von dir geliebt werden, nicht mehr der verhasste Eroberer sein, der Zerstörer, der Mörder, sondern nur wieder ein Mensch. Ying Hua, meine geliebte »Kirschblüte«, ich will so gern mit dir …

»Temur Khan?«, riss mich mein Sekretär aus meinen Gedanken. »Der Khakhan sendet dir eine Nachricht: Er wird in drei Tagen mit seinem Gefolge eintreffen.«

»Bereite einen Empfang für ihn im Thronsaal der Residenz vor. Ein mongolisches Festmahl mit Musik und Tanz. Lass mein Brokatzelt im Garten aufstellen und ein Bett hinübertragen. Mein Vater weigert sich beharrlich, in einem chinesischen Palast zu übernachten. Und sorge dafür, dass sich nachts einige junge Frauen zu seiner Verfügung halten. Vielleicht findest du ein paar chinesische Mädchen, die kein Mongolisch sprechen. Mein Vater hasst endlose Diskussionen im Bett …« Ich sah ihn von der Seite an. »… wie ich übrigens auch.«

»Ich habe schon entsprechende Anweisungen gegeben, um die Ankunft des Khakhans vorzubereiten«, sagte er. »Wenn dich das Mädchen von gestern Nacht enttäuscht hat, bitte ich um Verzeihung. Ich habe sie zu dir geschickt, weil ich dachte, sie würde dir nicht nur ein sinnliches Vergnügen bereiten. Sie ist schön, intelligent, gebildet und sehr verliebt in dich …«

»Ich will sie nicht wiedersehen!«, unterbrach ich ihn ungeduldig. »Richte meiner Geliebten aus, dass ich sie heute Nacht erwarte.«

»Ja, mein Khan«, nickte er ergeben. »Der Botschafter aus Linan ist vor einer Stunde eingetroffen. Er bittet um eine Audienz.«

Ich folgte ihm zurück in den Palast, wo mich der Gesandte aus Song bereits erwartete. Als ich den Empfangssaal betrat, fiel er zum Kotau vor mir auf den Boden.

»Majestät, ich überbringe Ihnen die Grüße des Kaisers Ning Zong«, begann der Botschafter, der sich mir als Prinz Zhao, Cousin des Herrschers von Song, vorstellte. Mein Sekretär nahm das Beglaubigungsschreiben mit dem kaiserlichen Siegel entgegen und brachte es mir. Ich warf nur einen kurzen Blick darauf, während ein Diener mir den Zobelmantel abnahm. Dann ließ ich mich auf meinem Thronsessel nieder.

»Der *Tianzi* ist Ihnen sehr dankbar für die Vernichtung von Kao Chi vor einigen Wochen. Wie Sie wissen, hat der General vor Monaten die nördlichen Provinzen von Song geplündert«, sagte Prinz Zhao. »Seine Majestät dankt Ihnen herzlich für die Befreiung Songs von der Unterdrückung durch die barbarischen Dschurdschen. Kao Chis Feldzug hat tausende Bauern in Song das Leben gekostet.«

Ich setzte ein liebenswürdiges Lächeln auf. »Der Kaiser Ning Zong ist sicher sehr zufrieden, dass die wilden Mongolenhorden und die barbarischen Dschurdschen sich gegenseitig die Köpfe einschlagen.«

»Nein, Majestät! Was für eine eine Unterstellung«, protestierte der Prinz verlegen. »Ich kann Ihnen versichern …«

»Ning Zong wartet sicher ungeduldig darauf, dass wir uns gegenseitig außer Gefecht setzen, damit er dann nach Norden marschieren kann, um die Gebiete zurückzuerobern, die die Kitan vor zweihundert Jahren dem Song-Reich weggenommen hatten.«

»Ganz im Gegenteil, Temur Khan«, versicherte mir der Prinz unruhig. »Der Kaiser von Song ist bereit, ein Bündnis mit Ihnen zu schließen. Er hat mir Geschenke für Sie mitgegeben.«

Prinz Zhao gab seinem Gefolge ein Zeichen. Ballen feinster Seide, Lackschachteln mit Goldschmuck und erlesenen Perlen, eine herrliche Rüstung aus versilbertem Stahl und ein verschreckter Affe in einem Bambuskäfig wurden in den Saal getragen und vor meinem Thron abgestellt.

»Ich bin überrascht«, gestand ich mit einem boshaften Seitenhieb, »wie schnell Ning Zong bereit ist, mir Tribut zu zahlen. Sagen Sie dem Kaiser, dass ich von dem Affen fasziniert bin. Ein wirklich amüsanter Einfall im Jahr des Affen. Wird er mir nächstes Jahr einen Hahn senden und übernächstes Jahr einen Hund? Ich bin gespannt, wie er mich im Jahr des Drachens bei Laune halten will.«

»Vergeben Sie mir, wenn ich mich missverständlich ausgedrückt habe, Temur Khan«, wand Prinz Zhao sich zwischen meinen scharfkantigen Worten heraus. »Aber die Geschenke Seiner Majestät sind kein Tribut, sondern persönliche Aufmerksamkeiten in Anerkennung …«

»Verraten Sie mir, wer wen anerkennen soll, Prinz Zhao!«, unterbrach ich ihn ungeduldig.

Er senkte den Blick und wagte kein Wort zu sagen.

»Oder erwartet der Kaiser in Linan ernsthaft, dass er mich und mein Heer *kaufen* kann?«, setzte ich nach.

»Kaufen …?«, flüsterte Prinz Zhao bestürzt.

»Wenn seine Geschenke kein Tribut sind, können sie doch nur eine Abfindung sein, damit ich nicht den Yangtse überschreite und mir die Reisfelder von Song ansehe.«

»Falls Sie statt Perlen und Gold lieber Reis und Getreide zur Verpflegung Ihrer Truppen wünschen, ließe sich das einrichten«, beteuerte er hastig.

»Sie sollten Händler werden, Prinz Zhao! Sie wollen mir Dinge aufschwatzen, die ich mir in den chinesischen Dörfern selbst besorgen kann. Versprechen Sie mir etwas, was ich *nicht* habe!«

Der Botschafter sah mich verunsichert an. »Woran denken Sie, Temur Khan? Ich bin sicher, dass der Kaiser von Song Ihnen jeden Ihrer Wünsche erfüllen wird.«

»Jeden?«, fragte ich unschuldig lächelnd nach.

»Wenn Sie eine Prinzessin zur Gemahlin wünschen …«

»Ich verzichte auf die Prinzessin«, entschied ich großzügig, und er atmete erleichtert auf. »Ich will Handwerker aus Song, Prinz Zhao. Ich benötige Ingenieure, die Straßen durch das Gebirge und Brücken über den Huang He bauen können. Ich brauche Techniker, die Belagerungsmaschinen und Repetierarmbrüste konstruieren. Ich will Offiziere, die mit ›Fliegendem Feuer‹, ›Himmelsdonner‹-Sprenggranaten und den neuen Bambusrohrkanonen, die mehrere hundert Schritte weit schießen, umgehen können. Und ich habe Bedarf an Waffenschmieden für Schwerter, Helme und Rüstungen aus chinesischem Stahl. Und wenn der Kaiser von Song sich mir gegenüber besonders großzügig zeigen will, kann er mir mehrere Kompasswagen und ein paar Wagenladungen Schießpulver zur Verfügung stellen.«

Prinz Zhao war blass geworden. Unruhig fuhr er sich mit einem

Seidentuch über die Stirn. »Ich muss mit dem Kanzler und dem Staatsrat in Linan sprechen. Ihre Wünsche sind ungewöhnlich.«

»Meine Wünsche sind bescheiden im Vergleich zu dem, was ich fordern könnte. Im Gegenzug zu seiner großzügigen Unterstützung werde ich den längst von beiden Seiten gebrochenen Friedensvertrag zwischen Chin und Song einhalten, meine Pferde nur am Nordufer des Yangtse weiden und die von den Song seit Jahrhunderten unterdrückten Reisbauern ihre unbezahlbaren Steuern an Linan zahlen lassen.«

»Wollen Sie dem Kaiser Ning Zong drohen?«, protestierte er ängstlich. »Die einhundertzwanzigtausend Krieger Ihres Vaters befinden sich zurzeit im Liao-Reich nördlich der Großen Mauer. Das ist weit entfernt von hier. Und Ihr Feldlager vor den Toren von Zhongdu ist dreitausend Li von Linan entfernt.«

»Einhundertzwanzigtausend Reiter sind mehr als die einhunderttausend Fußsoldaten, die Kao Chi mehr tot als lebendig zurückgelassen hat, als er Song verließ. Im ganzen Song-Reich gibt es nicht so viele Pferde, wie ich in meinen Herden vor den Toren von Zhongdu habe«, konterte ich. »Meine Reiter legen bis zu vierhundert Li am Tag zurück. In hellen Nächten noch mal so viel. Wir können in einer Woche in Linan sein.«

Er schluckte. »Wie … wie wollen Sie den Yangtse überqueren?«

»Der Fluss ist zugefroren, Prinz Zhao, und er wird es im nächsten Winter wieder sein: Die Überquerung ist auch mit Pferden und schweren Lastkarren möglich. Die meisten Probleme hat nur ein ungeduldiger Feldherr. Ich habe Zeit, sehr viel Zeit. Ich muss nicht zur Reisernte zu Hause sein.«

Er sah ein, dass er keine Chance hatte. »Wie viele Ingenieure, Techniker und Offiziere werden Sie für die Eroberung von Zhongdu benötigen?«

Drei Tage später traf mein Vater mit seinem Gefolge ein. Er hatte Mukali mitgebracht, der die Belagerung von Zhongdu fortsetzen sollte, während ich mit Dschebe in die Provinz Shantung zog, um den Osten des Reiches zu erobern.

Nur wenige Stunden später wurde mir Dschebes Ankunft im Palast gemeldet. Als ich meinen Freund im Hof begrüßen wollte, flog mir Nomolun entgegen und küsste mich leidenschaftlich. »Wie schön, dich zu sehen, mein Liebster!«

Dann begrüßte mich auch Chinkim mit einem stolzen Lächeln: »Ich habe den zweiten *Tschanar* bestanden!«

Mein Sohn war groß geworden in den Monaten, in denen ich ihn nicht gesehen hatte. Und ernst, nachdenklich, ja: still. Sein langes, nach mongolischer Tracht geflochtenes Haar war noch heller geworden und schimmerte wie Gold im Licht der ersten Frühlingssonne. Mit den blauen Augen der Kiyat war er ein gut aussehender Junge – der schöne Märchenprinz, der geheimnisvolle Schamane, den junge Mädchen anbeteten.

Chinkim war neun Jahre alt, und es wurde Zeit, eine Braut für ihn zu finden. In den nächsten Tagen stellte mir Nomolun die Bewerberinnen aus den besten Familien vor, deren stolze Väter sich bemühten, den Khansohn Chinkim als Schwiegersohn zu gewinnen. Mukali hatte seine zehn Jahre alte Tochter mitgebracht – der Noyan wollte sehr gern zur Familie des Khakhans gehören.

»Chinkim kann heiraten, wen er will! Solange er mich künftig mit diesen Verhandlungen um den Brautpreis verschont«, fluchte ich ein paar Tage später beim Abendessen in Dschebes Räumen. Er wohnte mit Nomolun im Palast. »Das ist Menschenhandel!«

Dschebe lachte. »Was hat Prinz Zhao dir alles geboten?«, fragte er und schenkte mir den Weinbecher nach.

»Er hat mir das Blau des Himmels versprochen, wenn Chinkim die Tochter des Kaisers heiratet. Ich habe meinen Sohn an den Kaiser von Song *verkauft*.«

»Ning Zong gibt sich wirklich sehr viel Mühe, dich bei Laune zu halten«, grinste mein Freund. »Er will dich an sich binden. Er braucht dich als Verbündeten, wenn er Chin angreift.«

Wenige Tage nach Chinkims Abreise nach Linan, wo er sich seinem kaiserlichen Schwiegervater vorstellen sollte, fielen Dschebe und ich mit zwanzigtausend mongolischen Kriegern und den übergelaufenen chinesischen Regimentern in die Provinz Shantung ein, während Dschutschi, Tschagatai und Ogodei nach Süden, in das Gebiet jenseits des Huang He, vorrückten.

Während des Herbstes flossen unsere Heere wie ein breiter Strom der Verwüstung durch Chin. Wir eroberten eine Stadt nach der anderen: Wer sich kampflos ergab, wurde verschont, wer Widerstand leistete, wurde hingerichtet. Städte, die uns ihre Tore nicht öffneten, wurden gestürmt und zerstört. Dschebe und ich hinterließen in Shantung abgeerntete Felder: Die Ernte waren Tod, Hunger und Seuchen. Unsere Sicheln waren der Zorn des Khakhans und sein verletzter Stolz, weil er Chin nach zwei Jahren Krieg immer noch nicht unterworfen hatte.

Im Frühjahr erreichte uns ein Pfeilbote mit dem Befehl zur Umkehr. Die mongolischen Heere sollten sich in der Ebene von Zhongdu wieder vereinigen, um endlich die Stadt zu stürmen. Als Dschebe und ich auf unseren eigenen Spuren nach Norden zurückkehrten, besiegte uns der Sturm, den wir selbst gesät hatten: Die Seuchen, die in den Dörfern und Städten wüteten, verschonten auch die Sieger nicht.

Die Heere, die sich im Frühling des Jahres des Hahns (1213) in der Ebene von Zhongdu trafen, waren nicht mehr so prächtig und unbesiegbar wie bei ihrem Aufbruch nach Süden im Jahr zuvor. Wir waren krank und müde. Unsere Träume waren verflogen, unsere Schwerter im Kampf stumpf geworden.

Nach einem Gewaltritt von zwei Tagen und zwei Nächten erreichten Dschebe und ich mit einer kleinen Eskorte das *Ordu* des Khakhans vor den Toren von Zhongdu. Ich war sehr erschöpft, als wir durch die Reihen der Krieger zur Mitte des Lagers ritten. Wie Helden wurden wir empfangen.

Vor dem großen Ratszelt des Khakhans kam uns Schigi entgegen. Er half mir vom Pferd und umarmte mich herzlich: »O Temur, ich bin so froh, dass ihr beide heil zurückgekommen seid!«

Ich schwankte und wäre beinahe gestürzt, aber er hielt mich fest. »Was ist mit dir? Du bist so blass … und du zitterst.«

»Es ist nichts, Schigi. Ich bin müde. Dschebe und ich sind seit zwei Tagen und zwei Nächten im Sattel. Ich will nur noch schlafen.« Ich befreite mich aus seiner Umarmung, versteckte meine zitternde rechte Hand im linken Ärmel und verschränkte meine Arme auf chinesische Weise. Mein Bruder sollte das Muskelzucken in meiner beinahe gefühllosen Hand nicht sehen, das mich seit einem halben Jahr quälte.

Schigi sah mich besorgt an. »Es tut mir Leid, aber du wirst noch ein paar Stunden wach bleiben müssen. Vater wartet ungeduldig auf euch: Die Ratsversammlung soll in einer Stunde beginnen.«

Dschebe trat zu uns, um Schigi zu begrüßen. Mein Bruder umarmte seinen Angebeteten und küsste ihn zart auf beide Wangen. Dann nahm er seine Hand und führte ihn zu seiner Jurte.

Sobald ich meine Kampfrüstung abgelegt und das weiße Brokatgewand eines Khans angezogen hatte, ging ich hinüber zum Ratszelt, um meinen Vater zu begrüßen.

»Ich bin sehr stolz auf dich, mein Sohn!«, sagte er, als er vom Thron herabstieg und mich umarmte. »Welch ein Triumph! Die Eroberung von Shantung war eine beeindruckende Leistung. Deine Brüder beneiden dich um deinen Erfolg.«

Er sah mir in die Augen, wollte etwas sagen, aber ich nickte müde, wandte mich ab und ging zu meinem Platz, einem Sessel rechts neben seinem Thron, um auf den Beginn der Ratsversammlung zu warten. Meine zitternde Hand hatte ich scheinbar lässig in meinen Gürtel gesteckt. Mein Vater beobachtete mich mit einer tiefen Falte auf der Stirn, doch ich wich seinem fragenden Blick aus und tat so, als bemerkte ich ihn nicht, und nickte den Khans und Noyans zu, die das Ratszelt betraten. Ein Diener reichte mir eine Schale mit Buttertee. Ich ergriff sie mit der linken Hand und trank einen Schluck, um wach zu bleiben. Mein Vater ließ mich nicht aus den Augen: Hatte er das Zittern meiner rechten Hand bemerkt? Hatte er in meinen Augen gelesen, was in mir vorging? Ahnte er, dass es nicht die Erschöpfung des Gewaltrittes war, mit der ich innerlich rang?

Als alle ihre Plätze eingenommen hatten, erhob sich der Khakhan von seinem Thron. Auf einen Wink des Kanzlers Chinkai entrollten Diener die riesige Landkarte, die das mongolische Reich darstellte. Es war dieselbe Karte wie beim *Kuriltai* vier Jahre zuvor, als wir über den Krieg gegen Xixia beraten hatten. Die Grenzen des mongolischen Reiches waren in den letzten Jahren verschoben worden. Xixia war erobert, Koryo unterworfen, Chin bis zum Huang He in die Knie gezwungen.

»Meine Khans und Noyans, meine Söhne und Freunde!«, begann mein Vater seine Rede. Er betrat die lederne Karte und blieb vor Zhongdu stehen. »Seit zwei Jahren sind wir nun in Chin und haben einen großen Teil des Reiches unterworfen. Dschebe hat es vor einem Jahr geschafft, Liaoyang zu erobern und König Yelu Liuge als Verbündeten zu gewinnen.«

Dschebe lächelte zufrieden über die anerkennenden Worte des Khakhans. König Yelu verneigte sich ehrerbietig vor Dschingis Khan, der ihm vor einem Jahr die Stufen zum Thron des unabhängigen Liao-Reiches hinaufgeholfen hatte. Dann sah er wieder zu mir herüber und nickte mir zu, als ich seinen Blick erwiderte.

Mein Vater sprach weiter. Er nannte jeden der Anwesenden beim Namen – Dschutschi, Tschagatai, Ogodei, Tolei, Subotai, Mukali, Kubilai, Megudschin – und lobte ihre Leistungen im Krieg.

Dann hielt er inne und wandte sich zu mir um. »Einige von euch habe ich für ihre Treue mir gegenüber ausgezeichnet«, rief er. »Andere für ihre Tapferkeit in der Schlacht.« Er stapfte über die Karte von Zhongdu nach Shantung im Südosten des Reiches. »Einen von euch habe ich bisher nicht erwähnt. Er lehrte Kao Chi, eine Niederlage demütig hinzunehmen. Er belagerte mit seinem Heer monatelang Zhongdu und zwang den Kaiser Xing Sheng in die Knie. Er verhandelte erfolgreich mit Kaiser Ning Zong, der uns großzügig mit Ingenieuren aus Song unterstützte. Er verlobte seinen Sohn mit einer Prinzessin aus Song. Aber der größte Triumph von allen war die Eroberung von Shantung zusammen mit Dschebe. In nur elf Monaten gelang es ihm, zehn Festungen, zweiundneunzig befestigte Städte und über zweihundert Dörfer zu erobern. Die Beute, die er in dieser reichsten Provinz gemacht hat, ist unermesslich. Und er hat den besten chinesischen General derart vernichtend geschlagen, dass Hu Sha Hu überstürzt nach Zhongdu geflüchtet ist, um sein Leben zu retten. Für diesen Erfolg will ich ihn heute auszeichnen!«

Mein Vater schritt über die Karte zurück nach Zhongdu. »Morgen Früh werden wir die Eroberung der Nordprovinzen von Chin abschließen und mit einem Sieg über die ›Stadt der Mitte‹ krönen. Wir werden Zhongdu gemeinsam angreifen …«

Die Noyans sprangen auf und riefen laut durcheinander: Sie freuten sich darauf, Zhongdu endlich zu unterwerfen.

»… und Temur Khan wird den Oberbefehl über alle Khans und Noyans haben.«

»Nein!«, rief ich und hielt meine zitternde Hand zur Faust geballt.

Die Noyans starrten mich überrascht an, unwillig, wütend.

Mein Vater drehte sich zu mir um. »Was hast du gesagt?«

»Ich sagte: Nein! Ich werde Zhongdu nicht angreifen. Die Stadt darf nicht zerstört werden.«

Dschebe sprang zornig auf. »Ich begreife dich nicht, Temur!«, brüllte er mich an. »Ich habe mich monatelang um Verständnis bemüht, aber ich kann es nicht. Du bist mit einer Geschwindigkeit eines Wirbelsturms durch Shantung gerast, dass ich dir kaum folgen konnte. Wir hatten kaum das letzte Schlachtfeld verlassen, da bist du schon auf das nächste gestürmt, als könntest du den Kampf gar nicht erwarten. Du hast uns bis zur Erschöpfung gehetzt, aber dich selbst hast du am meisten gequält. Du hast dir keine Ruhe gegönnt, hast gewütet wie ein blutdurstiger Tiger, der mit seinen scharfen Krallen wild um sich schlägt und jeden vernichtet, der es wagt, sich mit ihm anzulegen. Jeder Schlag ein schmerzhafter Treffer, jede Schlacht ein Sieg! So manchen schmerzhaften Hieb habe ich um unserer Freundschaft willen schweigend ertragen, weil du aus verletzten Gefühlen um dich geschlagen hast. Aber jetzt kann ich nicht mehr länger schweigen, Temur. Was ist bloß in dich gefahren?«

»Du willst wissen, welches Leiden mich quält?«, fauchte ich zornig. »Es sind zwei Jahre Krieg, Dschebe, zwei Jahre Selbstverleugnung und Selbstvergewaltigung.«

»Auch ich führe seit zwei Jahren Krieg, Temur. Und wie du will ich ihn so schnell wie möglich beenden. Wenn du Zhongdu nicht angreifst, werde ich es tun! Und wenn es das Letzte ist, was ich in meinem Leben tue!«, brüllte er mich nieder.

»Wer hält dich auf, Dschebe? Erobere Zhongdu! Brenne die Stadt nieder! Töte Ying Hua und meinen Sohn! Töte alles, was mir etwas bedeutet«, übertönte ich ihn.

Schigi, der im Lotussitz auf einem Thron links neben dem Khakhan saß, hatte den Blick gesenkt und ließ die Perlen seines Rosenkranzes durch die Finger gleiten. Seine Lippen bewegten sich, als er lautlos ein Mantra murmelte. Unser unbeherrschter Zorn erschreckte ihn.

Mein Vater sah mich betroffen an.

Meine Hand lag zitternd auf der Armlehne meines Sessels. Mühsam streckte ich die Finger aus und krallte sie mit aller Kraft um die Lehne, um sie ruhig zu halten. Vergeblich!

»Temur!«, beschwor mich mein Vater. »Ich habe dich zum Khan gemacht, damit du …«

»Nichts hast du getan!«, herrschte ich ihn an. »Gott hat mich zu dem gemacht, was ich war, was ich bin und immer sein werde: ein Mensch. Und nun zerstöre ich mich selbst, indem ich nichts mehr habe, was mich zu einem Menschen macht: kein Mitgefühl, keine Barmherzigkeit, keine Liebe. Keine Geduld mit meinem besten Freund. Weißt du, was ein Mensch ohne Hoffnung und ohne Träume ist? Er stirbt in seinem Innersten, obwohl er noch verzweifelt zu leben versucht, zu fühlen und zu ertragen.«

Ich zog meinen Tigerstab aus dem Gürtel und schleuderte ihn auf den Boden. Der goldene Kommandostab rutschte über die Landkarte und blieb zu Füßen meines Vaters liegen.

»Ich bin nicht mehr Khan. Und ich lege auch mein Kommando als Noyan nieder. Ich werde Zhongdu nicht angreifen! Nicht als Noyan und nicht als einfacher Krieger in der ersten Reihe.«

Schweigend hob mein Vater den Tigerstab auf, wog ihn nachdenklich in der Hand, dann kam er zu mir herüber und hielt ihn mir hin. Als ich ihn nicht ergriff, nahm er meine linke Hand, legte den Kommandostab hinein und schloss meine Finger darum.

»Ich weiß, wie du dich im Augenblick fühlst, Temur«, sagte er leise. »Du hast ein Jahr lang bis zur Erschöpfung gekämpft. Du bist müde vom langen Ritt von Shantung hierher und sehnst dich nach nichts als ein paar Stunden Ruhe und Schlaf. Aber dessen ungeachtet würde ich jetzt gern allein mit dir sprechen.«

Ich nickte still.

Er reichte mir seine Hand, um mir aufzuhelfen, fasste meine rechte Hand und hielt sie fest, damit niemand das Zittern sehen konnte. Dann verließ er mit mir das große Ratszelt.

Wir gingen ein paar Schritte vom Zelt weg, blieben stehen und sahen zur belagerten Stadt hinüber, die in der weiten Ebene vor uns lag.

»Deine Verbitterung hat mich getroffen …«, begann er schließlich.

»Ich will dein Mitgefühl nicht!«

»Das ist kein Mitgefühl, Temur. Das ist Mitleid mit mir selbst. Ich empfinde wie du«, gestand er leise. »Ich bin einsam, verzweifelt einsam und zutiefst unglücklich. Ich kann mich niemandem anvertrauen, weil niemand mich verstehen kann. Oder will. Gott weiß, wie sehr ich mich nach Frieden sehne, nach Besinnung, nach Seelenruhe, nach ein paar Augenblicken des Glücks.« Das Wort Glück schwebte haltlos im Schweigen zwischen uns: flüchtig wie ein schöner Traum. »Temur, ich muss Zhongdu erobern, sonst wird dieser Krieg endlos weitergehen.«

»Mein Angriff ist Ying Huas und Yong Les Todesurteil.«

»Es tut mir Leid, denn ich weiß, wie sehr du sie liebst. Aber deine Gemahlin und dein Sohn wären nach über zwei Jahren Krieg nicht die ersten Opfer, die wir beide bringen mussten.«

Ich stöhnte: Seine Worte fügten mir körperliche Schmerzen zu.

»Temur, morgen wird es nicht um die Eroberung einer weiteren chinesischen Stadt gehen. Es geht um das Überleben des mongolischen Reiches. Es geht um dich und um mich.« Als ich schwieg, fuhr er fort: »Wenn wir Zhongdu nicht einnehmen, werden wir Chin niemals beherrschen. Wenn wir Chin nicht beherrschen können, müssen wir abziehen. Wenn wir abziehen, wird uns Kao Chi mit seinem Heer in den Rücken fallen. Er wird uns vernichten, weil wir zu viel Beute mitschleppen. Wenn wir die Beute zurücklassen, werden mir die Noyans wie Dschebe und Subotai und Mukali nicht mehr folgen. Wenn die Noyans gehen, werden auch Idikut Bartschuk Khan, Arslan Khan und König Yelu Liuge mich verlassen. Wenn die Bündnisse zerbrechen, werden Xixia, Koryo und Chin über uns herfallen, um das mongolische Reich zu vernichten. Es geht um dich und mich, Temur, und um niemand sonst.«

Schweigend starrte ich die Stadtmauern von Zhongdu an.

Er legte mir die Hand auf die Schulter. »Ich würde jetzt gern ins Ratszelt zurückkehren und den Khans und Noyans sagen, dass du sie morgen in die Schlacht führen wirst.«

Ich nickte mit Tränen in den Augen. Ich fühlte mich, als hätte ich den Kampf bereits verloren.

Stundenlang lag ich mit geschlossenen Augen auf meinem Bett, aber der ersehnte Schlaf und das so verzweifelt erhoffte Vergessen kamen nicht.

Nach der Ratsversammlung trat Dschebe in mein Zelt. Er wollte wohl mit mir reden, aber als er mich scheinbar tief schlafend fand, verharrte er eine Weile schweigend neben meinem Bett und beobachtete mich. Ich lag ganz still. Ich wollte nicht erneut mit ihm streiten. Mit einem verbitterten »Was tun wir uns nur gegenseitig an?« verschwand er, ohne mich zu wecken.

Bis Mitternacht lag ich wach und dachte nach. Über den Angriff am nächsten Morgen. Über die hohen Verluste diesseits und jenseits der Mauer von Zhongdu. Über die unvermeidliche Zerstörung der Stadt. Über Ying Huas und Yong Les Tod. Ich musste sie retten! Aber wie sollte mir das während des Angriffs oder nach der

Eroberung von Zhongdu gelingen, wenn die vom Kampf berauschten und unbeherrschbaren Männer durch die Stadt tobten, um zu plündern, zu vergewaltigen und ihren Zorn an den Überlebenden auszulassen?

Plötzlich hellwach setzte ich mich im Bett auf. Dann erhob ich mich und zog mich hastig an. Ich wollte Ying Hua und Yong Le selbst aus der Stadt herausholen. Noch in dieser Nacht!

Eine Stunde später trabte ich durch das Zeltlager in Richtung Norden. Ich trug eine Robe nach türkischer Sitte und Lederstiefel. Meine langen Haare hatte ich, zu einem chinesischen Haarknoten gedreht, unter einer türkischen Samtkappe aufgesteckt. Aus wenigen Schritten Entfernung würden die Wachen mich für einen von Bartschuk Khans Kriegern aus Beshbalik oder Kashgar halten, der spät in der Nacht zu seinem Zelt zurückkehrte.

Sobald ich in der Finsternis jenseits der Lagerfeuer verschwand, trieb ich mein Pferd an. In der sicheren Entfernung von mehr als einem Pfeilschuss galoppierte ich an der Mauer und dem Festungsgraben entlang. Der Leichengestank war unerträglich.

In den vergangenen Monaten hatten die Chinesen ihre Toten von der Stadtmauer in den Graben geworfen, um sich vor den in der Stadt ausbrechenden Seuchen zu schützen. Und zur Verhöhnung der Belagerer hatten sie tausende tote Katzen und Schwalben über die Mauer geworfen: Das Schicksal von Wolohai wollten die Einwohner von Zhongdu nicht erleiden.

Ich zog ein mit Rosenduft parfümiertes Seidentuch über Mund und Nase, das den süßlichen Geruch verwesender Leichen überdeckte. Der Offizier aus Linan hatte wirklich an alles gedacht, als er mir das fest verschnürte Bündel brachte!

Vor mir in der Finsternis der mondlosen Nacht hörte ich das leise Getrappel von mit Filz umwickelten Hufen: Eine mongolische Patrouille, lautlos und in der Finsternis unsichtbar für die Scharfschützen auf der Festungsmauer von Zhongdu! Ein Pferd schnaubte, nur wenige Schritte entfernt! Ich zügelte meinen Hengst, verharrte bewegungslos im Sattel und lauschte. Stille.

War ich bemerkt worden? Die Krieger würden mich für einen Chinesen halten und auf mich schießen! Niemand, der noch einen Funken Verstand hatte, hielt sich nachts in der Nähe des Festungsgrabens auf.

Mein Pferd war unruhig, stampfte mit dem Huf. Lautlos glitt ich aus dem Sattel, zog den Kopf des Tieres an meine Brust, hielt ihm die Nüstern zu. Der Hengst wich mir aus, aber ich hatte das Halfter fest in der Hand. Ich lehnte meine Stirn an den Kopf des Pferdes und horchte in die Finsternis. Ein Knarzen! Ein gespannter Bogen? Oder nur ein Sattel? Stiegen sie ab, um sich mir lautlos zu nähern? Ich stand still, wagte kaum zu atmen, wartete auf den Pfeil, den Schmerz, den Tod.

Dann ein ungeduldiger Ruf: »Da ist niemand! Wir reiten weiter.«

Ich wartete, bis die Patrouille sich entfernt hatte, dann stieg ich wieder in den Sattel und trabte weiter nach Norden.

Wenig später hatte ich die Nordwestecke der Stadtmauer erreicht. Ich sprang ab, band mein Pferd fest und hängte mir die Tasche mit meiner Ausrüstung um. Dann schlich ich zum Festungsgraben, duckte mich in einen Schatten und betrachtete die Mauer und den Turm vor mir.

Der Turm war bewacht: Im Schein der Papierlaternen zählte ich vier, fünf, nein sechs Chinesen. Die anderen schienen zu schlafen, um am nächsten Morgen ausgeruht zu sein – sie rechneten wohl mit dem mongolischen Angriff im Morgengrauen.

Der Mond war noch nicht aufgegangen, und die Südwestseite des Turms, dessen gewaltige Befestigung bis weit vor die Stadtmauer reichte, lag in tiefe Schatten getaucht. Dort wollte ich unbemerkt von den Wachen den Wall erklimmen, der ebenfalls nicht beleuchtet war. Im Feuerschein wären die Chinesen zwischen den Zinnen leichte Ziele für mongolische Pfeile gewesen.

Leise kroch ich bis zum Rand des Grabens. Ich hielt die Luft an, rang mit der Übelkeit, die in mir aufstieg, und hätte mich fast übergeben. Tief atmete ich den Rosenduft des parfümierten Tuches ein, dann rutschte ich über die Uferböschung, glitt in das stinkende

Wasser, das mir bis zu den Schultern reichte, schob eine vor mir treibende Leiche zur Seite … und erstarrte!

Einer der Chinesen auf dem Turm war ans Fenster getreten, um in die Nacht hinauszublicken. Er rief seinen Freunden, die ein paar Schritte entfernt offenbar Domino spielten, ein paar Worte zu. Ich konnte nicht verstehen, was er sagte. Hatte er das leise Plätschern des Wassers gehört, als ich in den Graben rutschte? Ich hielt den Atem an und stand unbeweglich. Die Tasche mit meiner Ausrüstung hielt ich mit beiden Händen über meinen Kopf: Sie durfte auf keinen Fall nass werden. Dann verschwand der Chinese wieder. Kein Alarm! Er hatte mich nicht gesehen!

Erleichtert atmete ich auf. Durch die Brühe aus Blut, Tränen und Schweiß watete ich Schritt für Schritt über den schlammigen Grund auf die Mauer zu. Der Graben wurde tiefer. Das brackige Wasser schwappte mir über Mund und Nase. Ich hielt die Luft an und ging weiter. Dann hatte ich das andere Ufer erreicht, legte meine Tasche ab und zog mich die Böschung hinauf.

Eine Weile lag ich neben einer stark verwesten Leiche im Gras und rang wieder mit der aufsteigenden Übelkeit. Vor Erschöpfung zitterte ich am ganzen Körper. Doch dann setzte ich mich auf: Ich hatte keine Zeit zu verlieren. Ich schlich in den Schatten neben dem Turm und zog die nasse Kleidung aus, die ich um einen Stein wickelte und in den Graben gleiten ließ. Dann schnürte ich das Bündel auf, zog die Seidentunika eines chinesischen Offiziers, weite Hosen und Filzstiefel hervor, kleidete mich an und schnallte mir den Schwertgürtel um. Die Kleidung hatte mir der Song-Offizier eine Stunde zuvor von einem gefangenen Hauptmann des Palastregimentes besorgt.

Dann entrollte ich das Seil mit dem eisernen Haken und breitete es im Gras aus, damit es sich nicht verwickelte. Ich hoffte, dass der Haken stark genug war, um mein Gewicht zu tragen.

Fünf Schritte vom Turm entfernt steckte ich die Feuerwerksrakete in den Boden und befestigte den Haken direkt unterhalb des Zündkörpers. Die Rakete sollte eine leichte Neigung haben, hatte der Offizier aus Linan mir erklärt, denn sie würde während des steilen Fluges die Richtung ändern und der schwere Haken würde sie weiter von ihrer Flugbahn ablenken. Ich hoffte, dass er wusste, wovon er sprach, denn ich hatte nur diesen einen Versuch!

Meine rechte Hand zitterte so stark, dass ich beinahe das brennende Schwefelhölzchen, mit dem ich den Docht der Rakete entzünden wollte, fallen gelassen hätte. Mit beiden Händen führte ich es an den mit Sprengpulver getränkten Docht, bis er zu fauchen und Funken zu sprühen begann. Dann huschte ich zurück in den Schatten. Mit einem Zischen entflammte das Pulver, und die Rakete schoss in den Nachthimmel hinauf. Der Offizier des Kaisers von Song hatte mir eine Rakete ohne buntes Feuer gegeben, und so verriet kein rotes oder gelbes Glühen die Flugbahn. Die ausgebrannte Rakete mit dem daran befestigten Haken landete auf der anderen Seite der Mauer.

Ich zog am Seil. Es gab nach. Der Haken, wo immer er gelandet war, rutschte ab, fand keinen Halt. Ich holte das Seil langsam ein, weil ich nicht wusste, ob der Haken nicht vor den Füßen einer überraschten Patrouille über eine Straße rutschte. Dann straffte sich das Seil. Ich sah an der Mauer hoch. Wenn eine Wache den Haken und das Seil bemerkte und mich am Fuß des Festungswalls entdeckte, hatte ich keine Chance. Es gab keine Deckung, und selbst ein Sprung in den Graben hätte mich nicht vor einem Pfeil retten können. Aber alles blieb ruhig.

Mit beiden Händen umfasste ich das Seil und zog mich daran hoch, Armlänge um Armlänge. Meine rechte Hand war so gefühllos, dass ich das Seil nicht richtig greifen konnte. Als Ringer habe ich sehr viel Kraft in den Schultern und Armen, aber beinahe wäre ich aus halber Höhe abgestürzt, weil meine Hand zu sehr zuckte. Doch schließlich hatte ich die Zinnen erreicht. Ich zog mich hoch, schwang ein Bein zwischen die Zinnen, rutschte rittlings über das Mauersims und ließ mich keuchend vor Erschöpfung auf der anderen Seite zu Boden sinken. Eine Weile lag ich bewegungslos, um kein Geräusch zu machen, dann sah ich mich um: Der Wehrgang, in tiefe Finsternis getaucht, lag verlassen. Kein Chinese wagte sich nachts auf die Mauer, da die mongolischen Bogenschützen im Mondlicht auf alles schossen, was sich zwischen den Zinnen bewegte.

Ich holte das Seil ein, rollte es ordentlich zusammen und legte es mitten auf den Wehrgang – als hätte es ein nachlässiger Wächter dort liegen gelassen. Bei meiner Flucht mit Ying Hua und Yong Le würde ich nicht lange danach suchen müssen.

Wenig später schritt ich die schmale Treppe am Turm vorbei hinab zur Straße, die Richtung Osten zum Trommelturm führte. Trotz der späten Stunde – es war lange nach Mitternacht – waren die *Hutongs* nicht verlassen: Der Kaiser hatte während der Belagerung die nächtliche Sperrstunde aufgehoben. Ein Offizier des Palastregimentes, der noch so spät in der Nordstadt unterwegs war, fiel nicht weiter auf – dachte ich. Wie Pfeile spürte ich die feindseligen Blicke der Chinesen in meinem Rücken.

An der Straßenkreuzung stieß ich überraschend auf eine Schar Bewaffneter. Ihnen unbemerkt auszuweichen war unmöglich: Sie hatten mich gesehen. Ich blieb stehen, steckte meine zitternde Hand lässig in den Schwertgurt und wartete ab, was geschehen würde. Sie kamen auf mich zu. Der Führer der Gruppe grüßte mich und erstattete mir, dem ranghöheren Offizier, Meldung. Ich nickte wortlos und entließ ihn mit einer knappen Geste. Dann ging ich an den Bewaffneten vorbei zur Straße, die nach Süden führte – zum Tor der Kaiserstadt. Als ich um die Ecke bog, hörte ich den Offizier hinter mir flüstern – er dachte wohl, ich könnte ihn nicht mehr hören. »Du arroganter Dschurdsche! In ein paar Stunden werden wir dich Temur Khan zum Fraß vorwerfen! Der ›Tiger von Shantung‹ frisst Menschenfleisch. Diese wilde Bestie! Hoffentlich bleibst du dem Tiger im Hals stecken, damit er qualvoll an dir verreckt!«, zischte er mir hasserfüllt hinterher.

Wie sollte ich reagieren? Ich trug die Uniform des dschurdschischen Palastregimentes. Die Maskierung, die mein Leben schützen sollte, wurde für mich nun zur tödlichen Falle!

Unauffällig verschwand ich in einem *Hutong,* huschte durch die schmale, dunkle Gasse, bis die hohe Mauer der Kaiserstadt vor mir aufragte. Im Schatten des Walls schlich ich bis zum westlichen Tor. Es stand offen! Und es war unbewacht!

Alarmiert sah ich mich um: Wo waren die Torwächter? Was, um Himmels willen, ging in dieser Nacht vor in Zhongdu?

Hufgetrappel! Von Süden näherten sich Reiter!

Ich hastete durch das Tor der Kaiserstadt, bog nach links ab und schlich an der Mauer des Parks entlang nach Norden. Die Bewaffneten galoppierten an mir vorbei, ohne mich zu sehen.

Ein paar hundert Schritte weiter hatte ich Weis Residenz erreicht. Das Tor war verschlossen. Ich trat mit den Stiefeln dagegen, um den Torwächter zu wecken: »Öffne das Tor!«, brüllte ich.

Nach einer Weile erschien ein verschlafener Diener und fragte mich, den Offizier des Palastregimentes, was ich mitten in der Nacht wollte. Bevor er mein Gesicht im Schein der Laterne erkennen konnte, stürmte ich an ihm vorbei in den Hof des Palastes und rannte die Gänge entlang zu Ying Huas Wohnung.

Ich fand sie schlafend in ihrem Bett. Sie erwachte, als ich die Tür hinter mir schloss, und setzte sich auf.

»Was ist …?«, hauchte sie, erschrocken über den Anblick eines Offiziers in ihrem Schlafzimmer. Dann erkannte sie mich im Schein der Öllampe neben ihrem Bett, wirbelte herum, ergriff den Dolch, der neben ihrem Kissen gelegen hatte, und sprang aus dem Bett. Sie hob die Klinge, um sich gegen mich zu wehren.

»Ying Hua, um Himmels willen …«, versuchte ich sie zu beruhigen.

»Was willst du hier?«, fauchte sie mich an.

»Ich bin gekommen, um dich und Yong Le zu holen. Morgen werde ich einen Angriff auf Zhongdu führen. Du musst fliehen!«

Entsetzt starrte sie mich an, die Hand vor dem Mund.

»Bitte hole Yong Le und komm mit mir!«, drängte ich sie.

Sie schüttelte langsam den Kopf. »Ich werde nicht mit dir gehen, Temur. Ich werde die Stadt nicht verlassen. Ich kann meinen Vater nicht verraten.«

Ich trat auf sie zu, beschwor sie: »Ying Hua, bitte sei vernünftig.«

Sie hob den Dolch, um mich abzuwehren. »Wenn du den Angriff

befiehlst, werde ich das einzig Vernünftige tun: Ich werde mich umbringen. Ich will die Eroberung von Zhongdu nicht erleben. Ich will nicht vergewaltigt werden. Ich will nicht zusehen, wie Yong Le getötet wird. Ich will dich nicht hassen für das, was du uns antun wirst. Ich weiß, was du in Shantung getan hast, Temur. Und ich will nicht erleben, was du noch alles tun wirst. Wenn du Zhongdu angreifst, werde ich schon tot sein.«

Ich musste mich festhalten, sank auf die Knie. Dann barg ich mein Gesicht in den Händen und weinte bittere Tränen der Verzweiflung: Ich hatte mein Leben riskiert, um sie zu retten. Und nun sollte ich ohne sie zurückkehren. Den Angriff auf Zhongdu befehlen. Das Todesurteil über Ying Hua und Yong Le sprechen. Ohne sie weiterleben … ohne Hoffnung, jemals wieder lieben zu können … ohne Hoffnung auf Vergebung …

Zögernd kam sie zu mir herüber, kniete sich neben mich und strich mir über das Haar. Sie nahm meine zitternde Hand und hielt sie fest. Zart wischte sie mir die Tränen aus dem Gesicht. »Alles ist anders geworden, Temur. Du bist ein anderer.«

»Ich bin immer noch derselbe, Ying Hua.«

»Nein, Temur: Zwei Jahre Krieg haben dich verändert. Du bist ein Eroberer. An deinen Händen klebt das Blut tausender Opfer. Du stinkst Ekel erregend nach Tod und Verwesung …«

Die Schlafzimmertür wurde aufgerissen und fünf Bewaffnete stürzten mit gezogenen Schwertern in den Raum. »Dieser Mann drang mit Gewalt in den Palast ein …« Als sie Ying Hua neben mir auf dem Boden knien sahen, hielten sie überrascht inne.

Ich wandte das Gesicht ab und sah Ying Hua an. Was würde sie tun? Ein Wort von ihr, und ich war tot. Sie erwiderte meinen Blick, dann erhob sie sich und sagte ruhig:

»Es ist in Ordnung, ihr könnt euch zurückziehen! Der Kaiser sandte mir den Hauptmann mit einer Nachricht. Er befürchtet, dass die Mongolen im Morgengrauen angreifen werden.«

»Ist deshalb das Palastregiment in Alarmbereitschaft?«, fragte einer der Diener. »Die Kaiserstadt wird von chinesischen Soldaten besetzt. Die Tore stehen offen. Ich fürchte, dass der Kaiserpalast …«

Der Donnerhall einer Explosion ließ ihn erschrocken innehalten.

Zuerst dachte ich, mein Vater hätte einen nächtlichen Angriff auf Zhongdu befohlen. Ich sprang auf, stürmte an den Bewaffneten vorbei in den Garten der Residenz und sah mich um.

Feuerschein über dem Kaiserpalast! Was war geschehen?

Ying Hua trat neben mich. Entsetzt starrte sie in den Himmel hinauf. »Vater …«, flüsterte sie bestürzt und klammerte sich an meinen Arm. »Der Palast wird gestürmt! Die chinesischen Truppen erheben sich! Mein Vater ist in Lebensgefahr! Temur, ich bitte dich: Hilf mir … hilf *ihm!*«

»Du bleibst hier, Ying Hua! Versteck dich mit Yong Le, bis ich zurückkomme.«

»Temur …«

»Tu, was ich dir sage!« Ich küsste sie, dann stürmte ich durch den Garten zum Tor der Residenz.

Der Feuerschein über dem Kaiserpalast erleuchtete meinen Weg: Der Palast brannte! Schwer atmend rannte ich die von Papierlaternen erleuchtete Gasse entlang. Gerade als ich auf die Straße hinaustreten wollte, die zum Nordtor des Palastes führte, hörte ich die Hufschläge mehrerer galoppierender Pferde hinter mir. Die Reiter näherten sich schnell! Hastig sah ich mich um: Wohin sollte ich mich wenden?

Stolpernd rannte ich los, nach links, und eilte über die Straße. Nach Atem ringend warf ich mich auf die Steinstufen und sah mit starrem Blick zum Nachthimmel empor: ein dschurdschischer Offizier, der bei der Erstürmung des Palastes von den gegen den verhassten Dschurdschen-Kaiser revoltierenden Chinesen getötet worden war. Wenige Herzschläge später galoppierten die Reiter an mir vorbei zum Nordtor.

Einige Augenblicke wartete ich, lag reglos, lauschte, aber alles blieb still. Dann erhob ich mich und schlich mich näher heran. Das Palasttor stand offen. Es war aufgesprengt worden.

Ich blieb stehen. Was sollte ich tun?

Ich musste feststellen, ob Wei noch lebte. Und ich musste in Erfahrung bringen, wer die Macht in Zhongdu an sich reißen wollte. Ich musste wissen, gegen wen ich im Morgengrauen meine Krieger in die Entscheidungsschlacht führen würde: gegen einen kampferprobten General oder einen machtgierigen Würdenträger, der keine Erfahrung mit der Führung eines Heeres und der Verteidigung einer Stadt wie Zhongdu hatte.

Nur wenn ich wusste, dass Wei tot war, konnte ich Ying Hua dazu bewegen, mit mir aus der Stadt zu fliehen. Ihren Selbstmord würde ich nicht ertragen!

Durch das offene Tor betrat ich den Kaiserpalast. Ein Gebäude neben dem aufgesprengten Tor hatte Feuer gefangen, der hell lodernde Brand drohte auf die nächste Palasthalle überzugreifen. Mehrere Bewaffnete rannten herbei, um das Feuer mit dem Wasser aus den großen Bronzekesseln zu löschen. Zwischen den mir entgegeneilenden Soldaten bahnte ich mir einen Weg zur »Halle der Höchsten Glückseligkeit«, dem kaiserlichen Schlafzimmer.

Ich kam zu spät!

Der Kaiser, in ein seidenes Schlafgewand gehüllt, wurde von zwölf Bewaffneten aus dem Gebäude gezerrt, die Stufen hinunter, auf den gepflasterten Weg. Dort wurde er vor einem Mann in einem Rollstuhl zum Kotau auf den Boden gezwungen. Ich erkannte ihn, auch wenn wir uns bisher nur auf dem Schlachtfeld begegnet waren. Der Mann im Rollstuhl war Hu Sha Hu, dessen Beine wegen einer Verwundung in der Schlacht gelähmt waren.

Ich huschte rückwärts und verschmolz mit den Schatten im Säulengang der Halle.

Wei war sehr blass. »Sie wagen es …«

»Sie haben mir eine Audienz verweigert«, sagte der General kalt. »Wenn Sie mich nicht empfangen, empfange ich eben Sie.«

»Ich gewähre Verrätern keine Audienz!», brüllte Wei. »Ich hatte Ihnen den Befehl gegeben, das Reich von den Mongolen zu befreien! Sie haben versagt!«

»Ich bin kein Verräter!«, übertönte ihn der General. »Ich habe das Reich gegen die mongolische Invasion verteidigt. In Shantung hatte ich gegen den Tiger keine Chance! Ihre freundschaftliche

Haltung gegenüber Temur Khan, der nun mit dem gewaltigen Heer seines Vaters vor den Toren der Stadt steht, zeugt von *Ihrem* Verrat! Sie hätten Temur Khan vor zwei Jahren hinrichten lassen können, als er hier in Zhongdu war. Sie haben es nicht getan, obwohl Sie wissen mussten, dass Dschingis Khan Ihnen den Krieg erklären wird! Damit haben Sie das Reich verraten!«

»Was hätte ich denn tun können?«, brüllte Wei. »Gegen Dschingis Khan ins Feld ziehen? Sind Sie nicht selbst im letzten Augenblick entkommen, als Sie vor Temur Khan nach Zhongdu flohen? Was haben Sie denn in den vergangenen Wochen getan?«

»Ich habe überlegt, was ich tun werde. Ich werde den Oberbefehl über die Heere übernehmen und die Mongolen angreifen. Ich werde sie bis hinter die Mauer zurückdrängen …«

»Niemals! Ich verweigere Ihnen den Oberbefehl, Hu Sha Hu!«

»… und ich werde einen neuen Kaiser einsetzen«, fuhr der General unbeirrt fort. Er gab einem der Bewaffneten einen Wink, und dieser zog sein Schwert.

»Sie wollen Kaiser werden!«, rief Wei. »Sie nutzen das Chaos im Reich für eine Palastrevolution! Sie werden scheitern!«

»Ich habe Zhongdu in meiner Hand. Meine Regimenter haben alle wichtigen strategischen Positionen in der Stadt besetzt. Im Übrigen werde ich den Drachenthron nicht besteigen. Der nächste Kaiser wird Xüan Zong heißen.«

»Aber …«

»Seine Majestät wird mich morgen als erste Amtshandlung zum Oberbefehlshaber ernennen, und ich werde ihm die Last der Verantwortung abnehmen, damit er sich als Sohn des Himmels in Ruhe dem Handeln durch Nichthandeln widmen kann. Mit einem Mord werde ich das Gewissen Seiner Majestät nicht belasten!«

Auf ein Nicken von Hu Sha Hu riss der Bewaffnete sein Schwert hoch und schlug zu. Mit einem einzigen Hieb tötete er den Kaiser. Weis Kopf rollte zwei Schritte weit über den Hof und blieb dann liegen. Die Augen waren entsetzt aufgerissen.

Bestürzt wandte ich mich um und rannte so schnell ich konnte zurück zum Palasttor. Ich musste zu Ying Hua! Hu Sha Hu würde sie nicht am Leben lassen!

Einer der Bewaffneten hatte mich gesehen.

»Haltet ihn auf!«, hörte ich den General hinter mir rufen. »Er darf nicht entkommen!«

Am Tor schwang ich mich in den Sattel eines Pferdes und wendete das vor dem Feuer scheuende Tier. Vorbei an den Wachen, die sich mir in den Weg stellen wollten, galoppierte ich in die nächtlichen Straßen von Zhongdu.

»Tötet den verdammten Dschurdschen!«, hörte ich sie brüllen.

Pfeile zischten über mich hinweg. Tief duckte ich mich in den Sattel, als ich die Straße nach Norden entlangraste. Ein Pfeil traf meinen linken Arm. Ich zog ihn heraus, trieb das Pferd an, bog nach links ab und verschwand in den Schatten einer Straße, die zur Residenz führte.

Ich galoppierte nach Westen. Dort vorn war die Residenz des Prinzen Yelu Chutsai! Ein paar hundert Schritte entfernt lag Ying Huas Palast. Das Pferd war noch nicht zum Stehen gekommen, da sprang ich aus dem Sattel.

Ich war entsetzt: Das Tor stand weit offen!

Auf der Straße hinter mir hörte ich Hufgetrappel. Meine Verfolger!

Ich hastete durch das Tor, rannte durch den Garten bis zum hinteren Teil der Residenz, wo sich Ying Huas Schlafzimmer befand. Wo waren die Diener? Kein Bewaffneter hielt mich auf. Was war denn bloß geschehen? Dann riss ich die Tür zu Ying Huas Schlafzimmer auf.

»Ying Hua?«

Keine Antwort.

Ich hastete weiter, öffnete Türen, blickte in dunkle, verlassene Räume.

»Ying Hua! Yong Le!«, rief ich panisch.

Stille.

Waren sie geflohen?

Dann stürmte ich in den dunklen Empfangsraum, um sie zu suchen. Vielleicht hatten sie sich in den großen Wandschränken versteckt? In der Dunkelheit stolperte ich über etwas, das am Boden lag, stürzte auf den verletzten Arm. Stöhnend richtete ich mich wieder auf.

War da nicht ein Geräusch gewesen? Ich hielt den Atem an und lauschte.

Rufe. Kommandos. Schritte, die sich näherten.

Sie suchten mich!

Mit der rechten Hand tastete ich nach dem weichen Gegenstand, über den ich gefallen war, drehte ihn um … und zuckte zurück. Meine Hand war blutig. Es war Ying Hua! Sie war tot, hingerichtet wie ihr Vater.

Ich weiß nicht mehr, was ich in diesem Augenblick empfand! Trauer. Zorn. Verzweiflung. Hoffnungslosigkeit. Einsamkeit. Was fühlt ein Mensch, dem das Glück, die Liebe und die Lebensfreude aus dem Herzen gerissen werden? Schmerz, nichts als einen jeden Gedanken überwältigenden Schmerz.

Weinend brach ich über ihrem toten Körper zusammen. »Vergib mir, Ying Hua. Vergib mir, dass ich dich allein gelassen habe! Ich bin schuld an deinem Tod!«

Ein Geräusch, nur wenige Schritte entfernt!

Ich fuhr herum, aber es war zu spät. Der Dolch bohrte sich tief in meine rechte Seite. Stöhnend vor Schmerz sank ich zu Boden und riss den Angreifer mit mir.

Er schlug auf mich ein, schrie – ängstlich, hasserfüllt.

Dann hatte ich ihn überwältigt. Ich presste die Hand auf seinen Mund. »Yong Le! Ich danke Gott: Du lebst!«, seufzte ich nach Atem ringend. Die Wunde in meiner Seite schmerzte furchtbar.

Er trat nach mir, aber ich warf mich auf den Siebenjährigen und hielt ihn fest.

»Ich bin dein Vater, Yong Le!«, versuchte ich ihn zu beruhigen.

Dann lag er endlich still.

Ich richtete mich auf und nahm meinen Sohn in die Arme. Er presste sein Gesicht an meine verletzte Schulter und weinte. Tröstend strich ich ihm über das lange Haar. »Hab keine Angst, Yong Le. Ich bin bei dir!«

Er schluchzte, hielt sich an mir fest. »Ich habe mich im Schrank versteckt, aber ich habe alles gesehen … sie haben sie geschlagen und dann … und dann …«, stieß er hervor. »Ist sie tot?«

»Ja, Yong Le. Sie ist tot«, flüsterte ich.

Schritte, draußen im Gang!

»Durchsucht den Palast! Der verdammte Dschurdsche versteckt sich hier irgendwo! Er darf nicht entkommen!«

Schwankend erhob ich mich mit meinem Sohn auf den Armen, wäre vor Erschöpfung beinahe gestürzt. Ich stellte ihn auf den Boden. »Yong Le, wir müssen so schnell wie möglich den Palast verlassen. Ich bin verwundet. Ich habe keine Kraft in den Armen, dich zu tragen. Lauf, so schnell du kannst. Und lass meine Hand nicht los!« Ich ergriff seinen Arm und zog das schluchzende Kind hinter mir her aus dem Empfangsraum in den Garten.

Durch das Bambuswäldchen am Lotusteich schlichen wir zur westlichen Gartenmauer.

»Sieh nur, Vater: Der Palast brennt!«, flüsterte Yong Le bestürzt.

Meine Verfolger hatten die Residenz angezündet. Der Garten war durch das hell auflodernde Feuer erleuchtet.

Ich hob Yong Le hoch, damit er sich am Mauersims hochziehen konnte. Dann folgte ich ihm über die Gartenmauer, sprang auf die Straße, stürzte stöhnend zu Boden.

Yong Le kniete sich besorgt neben mich. »Du hast Schmerzen …«

»Mach dir keine Sorgen um mich, Yong Le. Wir müssen weiter!« Ich erhob mich und nahm seine Hand.

»Wohin gehen wir?«, fragte er.

»Wir verlassen die Stadt.«

»Aber vor der Stadt sind die Mongolen!«, protestierte er, blieb stehen und weigerte sich, weiterzugehen. »Sie werden uns töten!«

»Nein, das werden sie nicht. Du bist auch ein Mongole!«

»Ich bin ein *Mongole?*«, fragte er so entsetzt, als sei das ein furchtbarer Fluch.

»Du bist mein Sohn.«

Er riss sich los, trat ängstlich zwei, drei Schritte zurück, als wollte er vor mir fliehen.

»Yong Le …«

»Lass mich in Ruhe, du … du verdammter *Mongole!*«, schrie er, wandte sich um und rannte davon.

Nach wenigen Schritten hatte ich ihn eingeholt. Ich nahm den Siebenjährigen auf den Arm und stolperte mit ihm die Straße hinunter. Yong Le schrie, trat und schlug nach mir und versuchte zu entkommen. Aber ich hielt ihn fest.

Endlich hatte ich das westliche Tor der Kaiserstadt erreicht.

Es war verschlossen!

Dann hörte ich hinter mir eine Stimme: »Wer sind Sie?«

Ich wirbelte herum: Es war Hu Sha Hu in seinem Rollstuhl. Er hatte mich erwartet – es gab nur diesen einen Fluchtweg aus der Kaiserstadt. Ich trug meinen Sohn auf dem Arm und konnte mein Schwert nicht ziehen, um mich zu wehren. Zehn Bewaffnete traten auf mich zu, nahmen mir Yong Le ab, ergriffen meine Hände und fesselten sie mir auf den Rücken. Dann nahmen sie mir das Schwert und den Dolch ab.

Hu Sha Hu beobachtete mich neugierig. »Ich habe Sie vorhin im Palast gesehen! Sie sind geflohen, als der Kaiser hingerichtet wurde. Aber anstatt sich selbst in Sicherheit zu bringen, haben Sie versucht, dem Prinzen das Leben zu retten. Wer sind Sie?«

Ich antwortete nicht.

Der General rollte seinen Stuhl näher, um mir in die Augen zu sehen. Dann gab er einem der Bewaffneten ein Zeichen, sein Schwert zu ziehen.

In Erwartung des Schlages, der seine Mutter getötet hatte, wandte Yong Le das Gesicht ab.

Hu Sha Hu hob gebieterisch die Hand. Sein Blick irrte von mir zu Yong Le und wieder zurück zu mir. Dann begriff er. »Ich freue mich, Sie endlich persönlich kennen zu lernen, Temur Khan!«, sagte er mit einem feinen Lächeln.

Die Bewaffneten tuschelten überrascht: »Der Tiger!«

»Das bezweifele ich aufrichtig, General!«, erwiderte ich. »Als wir uns das letzte Mal trafen, flohen Sie vom Schlachtfeld. Mein Sieg war Ihre größte Niederlage.«

»Aber am Ende triumphiere ich: Der dschurdschische Drache ist tot, der gefährliche mongolische Tiger ist gefangen, und sein Tigerjunges ist ebenfalls in meiner Gewalt! Ich werde mich an Ihnen für jede Demütigung rächen, die Sie mir auf dem Schlachtfeld zugefügt haben!«

»Sie wollen mich hinrichten?«, fragte ich kaltblütig.

»Warum sollte ich Sie töten? Lebendig sind Sie mir viel nützlicher!« Dann wandte er sich an die Männer, die mich festhielten: »Bringen Sie Temur Khan zum *Yongding-Men*-Tor und binden Sie ihn auf den Mauerzinnen fest. Vielleicht wird Seiner Majestät Anwesenheit auf der Stadtmauer Dschingis Khan davon abhalten, Zhongdu anzugreifen. Denn dann wird sein Sohn sterben.« Hu Sha Hu sah mir in die Augen. »Glauben Sie, dass Ihr Vater ein derartiges Opfer bringen wird? Dass er das Todesurteil über Sie sprechen wird, um diesen Krieg zu gewinnen?«

»Ja, das glaube ich«, nickte ich. »Und sein Zorn und seine Rache werden umso größer sein, *weil* er mich opfern musste. Sie haben keine Chance, General!«

»Doch, eine Chance habe ich noch. Ich werde dem Angriff im Morgengrauen zuvorkommen. Ich werde Ihren Vater quer durch die mongolische Steppe bis in die sibirischen Wälder jagen. Ich werde ihn vernichten!« Mit einer ungeduldigen Geste befahl er den Soldaten, mich zum *Yongding-Men*-Tor zu schaffen.

»Was ist mit dem Prinzen?«, fragte der Offizier des Trupps.

»Töten Sie ihn als Warnung für Dschingis Khan«, befahl Hu Sha Hu. »Dann werfen Sie ihn von der Mauer. Wenn er Zhongdu angreift, dann nur über die Leiche seines Enkels.«

Zwei Bewaffnete packten mich bei den Schultern und stießen mich vorwärts zu den Pferden, halfen mir in den Sattel. Yong Le wurde auf ein Pferd gesetzt und festgebunden. Er weinte herzzerreißend. Dann wurde das Tor geöffnet, und wir ritten mit unseren Bewachern durch die Straßen der Nordstadt bis zum »Tor der Mittagssonne«. Hinter dem befestigten Tor betraten wir die Südstadt und die lange Straße, die zum südlichen Stadttor führte.

Fieberhaft überlegte ich, wie ich mein und Yong Les Leben retten konnte. Ich musste meinen Vater warnen, dass Hu Sha Hu ihn noch vor dem Morgengrauen angreifen würde! Der General würde die verschlafenen Krieger überraschen, wie Dschamuga uns vor Jahren mitten in der Nacht überrumpelt und bis in die Gobi und weiter in den Sumpf des Baldschuna gejagt hatte. Aber wie sollte ich mit meinem kleinen Sohn fliehen? Meine Hände waren gefesselt, ich war unbewaffnet, mein Sohn hatte Angst vor mir, würde eher vor mir fliehen als mit mir, und der erste Schritt in Richtung der Mauerzinnen wäre mein Tod: Die Bewaffneten würden nicht zögern, mich zu töten. Und selbst wenn ich ihnen trotz meiner Wunden entkam: Beim Sprung von der hohen Mauer in den Graben konnte ich mir einen Arm oder ein Bein brechen, wenn nicht gar das Rückgrat, denn das Wasser im Festungsgraben war nicht sehr tief und angefüllt mit verwesenden Leichen. Ein Pfeil, und ich wäre tot.

Dann hatten wir das südliche Tor erreicht. Die Bewaffneten stiegen ab und zogen mich vom Pferd. Sie stießen mich eine Treppe hinauf zum Wehrgang.

Was sollte ich tun? Ich sah in die Gesichter meiner Bewacher. Die Aussicht, mich zu foltern, zu demütigen und am Ende zu töten, schien ihnen Vergnügen zu bereiten: Sie hassten mich, den Menschen fressenden Tiger. Doch die Vorstellung, den kleinen Prinzen, dieses verzweifelt weinende Menschenkind, zu ermorden, schien ihr Gewissen zu quälen. Würden sie ihn töten, wenn ich zu fliehen versuchte?

Verzeih mir, Yong Le!, dachte ich traurig.

Ich riss mich los, stürmte vorwärts, rempelte einen der Bewacher an, der versuchte, meine Flucht zu verhindern, stolperte in Richtung der Mauerzinnen, um in die Tiefe zu springen, als sich drei Bewaffnete von hinten auf mich warfen. Ich stürzte zu Boden, schlug mit dem Kopf hart auf das Steinpflaster des Wehrganges. Ihre wütenden Schläge ertrug ich, indem ich meine Muskeln anspannte.

Ich sah Yong Le an. Dann schloss ich die Augen, lauschte auf den Schlag meines Herzens, fiel in Trance und verließ meinen Körper. Die Schmerzen hörten auf. Ich flog höher hinauf, um zu beobachten, wie die Wachen auf meinen vermeintlichen Tod reagieren würden.

Temur war unter den brutalen Schlägen seiner Bewacher leblos zusammengebrochen. Einer der Chinesen beugte sich über ihn und drehte ihn mit dem Stiefel auf den Rücken. Temurs Augen starrten blicklos in den Himmel hinauf.

Ich erschrak beim Anblick des blutigen Gesichts. Unzählige Male hatte ich mich während meiner Himmelsreisen selbst beobachtet, hatte den in Trance liegenden Körper unter mir betrachtet und hatte doch immer gewusst: Ich werde gleich wieder in die Maske Temur schlüpfen, wiederum er sein und in seinem Körper sein Leben weiterleben. Aber dieses Mal war es anders: Temur war in Lebensgefahr. Er war schwer verletzt. Und seine sterbliche Hülle konnte jederzeit von den Bewaffneten zerschmettert werden.

»Er ist tot«, fluchte der Offizier. »Sie haben ihn erschlagen und uns um das Vergnügen gebracht, den Tiger von seinem eigenen Vater hinrichten zu lassen. Hu Sha Hu wird toben …«

»… *wenn* er es erfährt!«, ergänzte einer seiner Untergebenen. »Ich werde es ihm nicht erzählen. Der General bereitet den Angriff auf das mongolische Lager noch vor der Morgendämmerung vor. Er wird keine Zeit haben, hierher zu kommen, um die Demütigung des Mongolen mit anzusehen. Wir werfen seine Leiche über die Mauer und verschwinden.«

Der Offizier nickte. »Und das Kind? Wollen Sie den kleinen Prinzen umbringen?«

Der andere zögerte: »Nein …«

»Aber wir müssen ihn beseitigen!«, mahnte der Offizier.

»Aber er ist ein Kind!«

»Yong Le ist der Enkel des Kaisers Xing Sheng: der rechtmäßige Erbe des Reiches! Und er ist der Enkel von Dschingis Khan.«

»Wir werfen ihn mit dem Tiger in den Graben«, schlug der andere eingeschüchtert vor. »Den Sturz wird er nicht überleben. Und wir haben uns nicht mit dem Blut eines Kindes die Hände schmutzig gemacht.«

Vier Soldaten packten Temur und hoben ihn über die Zinnen, dann stießen sie seinen leblosen Körper in die finstere Tiefe. Er stürzte in den Festungsgraben, trieb zwischen den verwesenden Leichen, sein Gesicht im Wasser.

Dann schleppten die Chinesen den weinenden Yong Le zur Mauerbrüstung, hoben ihn hoch und stießen ihn über den Rand. Sie sahen nicht hinunter, was mit dem Kind geschah, sondern verschwanden so schnell wie möglich von der Mauer, um sich auf den bevorstehenden Kampf mit den Belagerern vorzubereiten.

Ich kehrte in meinen leblosen Körper zurück, glitt vorsichtig hinein, um von den Schmerzen nicht überwältigt zu werden, drehte mich auf den Rücken, begann zu atmen und öffnete die Augen. Ich trieb zwischen den Leichen im Wasser des Festungsgrabens. Meine Hände waren noch immer hinter dem Rücken gefesselt. Lautlos richtete ich mich auf und kämpfte mich bis zur Uferböschung vor. Mein Körper schmerzte unerträglich, von den Wunden, von den Schlägen, von der Erschöpfung der letzten zwei Tage und drei Nächte.

»Yong Le?«, flüsterte ich, als ich müde ins Gras sank.

Stille.

Obwohl der Himmel sich bereits im ersten Tageslicht versilberte, konnte ich um mich herum nichts erkennen. »Yong Le!«

Leises Schluchzen.

Ich atmete auf: Also lebte er noch! Ich erhob mich und ging ein paar Schritte nach Westen. Mein Sohn lag weinend im Gras. Ich ließ mich neben ihn fallen und redete beruhigend auf ihn ein: »Yong Le, wir müssen so schnell wie möglich verschwinden. Es wird heller. Die Wachen auf der Mauer werden uns bald sehen können. Öffne die Knoten meiner Fesseln!«

Er schüttelte den Kopf. Er hatte Angst vor mir.

Ich hatte keine Geduld für eine Diskussion mit einem verängstigten Siebenjährigen. »Wie du willst, Yong Le. Es ist deine Entscheidung. Ich gehe jetzt in das mongolische Lager. Du kannst mitkommen, wenn du willst.«

Wieder schüttelte er stumm den Kopf, ohne mich anzusehen.

»Wenn du hier sitzen bleibst, wirst du in ein paar Minuten sterben. Die Bewaffneten, die uns von der Mauer warfen, haben deine Mutter und deinen Großvater ermordet. Du kannst nicht zurück, ohne selbst getötet zu werden.«

Yong Le sank in sich zusammen und schluchzte.

»Dein Großvater hat dich sehr geliebt«, flüsterte ich. Und als er nickte, fuhr ich fort: »Du hast noch einen anderen Großvater. Er hat dich auch sehr lieb. Er will dich sehr gern kennen lernen.« Das Schluchzen versiegte. »Du hast Brüder und Schwestern. Sie sind so alt wie du. Komm mit mir!«

»Werde ich auch eine Mutter haben?«, fragte mein Sohn.

»Du bist das einzige Kind auf der Welt, das sich seine Mutter aussuchen darf.«

Wenig später hatten Yong Le und ich das *Ordu* erreicht. Die Wachen hielten uns mit gezogenen Schwertern auf. Sie hatten mich wegen meiner Kleidung für einen chinesischen Offizier gehalten, aber dann erkannten sie mich. Zehn Krieger geleiteten meinen Sohn und mich zum Zelt meines Vaters.

Zwei Diener legten ihm gerade die schwere Rüstung an, als ich die Jurte betrat. »Temur! Dem Himmel sei Dank: Du lebst!«, rief er und umarmte mich. »Wo warst du? Ich habe um Mitternacht nach dir gesehen, um den Angriffsplan mit dir zu besprechen, aber du warst nicht in deinem Zelt.«

»Ich war in Zhongdu.« Er wollte etwas sagen, doch ich unterbrach ihn: »Ich habe versucht, Ying Hua und Yong Le zu retten, aber ich bin zu spät gekommen. Der Kaiser ist von General Hu Sha Hu hingerichtet worden. Ying Hua ist tot. Hu Sha Hu will noch im Morgengrauen angreifen, um unserem Angriff zuvorzukommen.«

Mein Vater warf dem verängstigten Yong Le einen kurzen Blick zu, dann befahl er seinen Dienern: »Mukali, Dschebe, Subotai und Kubilai sollen sofort zu mir kommen.« Die Diener rannten aus dem

Zelt, und mein Vater wandte sich mir zu. »Dschutschi, Tschagatai, Ogodei und Tolei sind mit ihren Noyans bereits auf ihren Angriffspositionen im Norden, Westen und Osten der Stadt. Ich werde ihnen Pfeilreiter senden.« Er legte mir die Hand auf die Schulter. »Du bist zu erschöpft, um den Oberbefehl zu führen, Temur. Ich werde den Angriff auf Zhongdu selbst führen. Aber ich hätte dich während der Schlacht gern an meiner Seite. Mein Arzt wird sich um deine Wunden kümmern.«

Ich nickte müde und befahl einem Diener, meine Rüstung und meine Waffen zu bringen.

Die Schlacht um Zhongdu war das Schlimmste, was ich je erlebt hatte. Unsere Heere waren in einer lang gezogenen Front in Fünferreihen aufgestellt. Die erste und zweite Reihe bestanden aus Lanzenreitern, ihnen folgten drei Reihen berittener Bogenschützen. Sobald das gegnerische Heer in Schussweite war, galoppierte die erste Reihe der Bogenschützen zwischen den Lanzenreitern hindurch und schoss Pfeilsalve um Pfeilsalve ab. Dann wendeten sie, stürmten zurück und schossen nach rückwärts weitere Pfeile ab. Die zweite Reihe raste an ihnen vorbei an die Front. Die dritte Reihe wurde nur selten zu Beginn einer Schlacht eingesetzt, denn die schnellen mongolischen Bogenschützen rissen wie ein alles vernichtender Wirbelsturm tiefe Schneisen in die gegnerischen Linien, die Reihe um Reihe zu Boden sanken. Wenn der Feind dann im ersten Erschrecken zurückwich, griffen die Lanzenreiter an. Die Wucht ihres Ansturms verwandelte die Angst des Gegners meist in Panik und trieb ihn in die wilde Flucht.

Hu Sha Hu leitete den Angriff auf unsere Streitmacht selbst. Er hatte seine Regimenter durch die Tore vor die Stadt geführt und sich uns mit dem Mut der Verzweiflung entgegengestellt. Kao Chi kam ihm mit einem gewaltigen Heer zu Hilfe, fiel uns in den Rücken und trieb unsere Krieger in Richtung der Festungswälle, wo sie ein leichtes Ziel für die chinesischen Armbrustschützen auf der Mauer waren. Zum ersten Mal seit Beginn des Chin-Krieges wurden wir derart bedrängt, dass mein Vater ernsthaft über einen

Rückzug nachdachte. Nur Kao Chis furchtsamem Zögern, sich auf den Kampf mit dem »Tiger von Shantung« einzulassen, verdankten wir, dass wir diese Schlacht überlebten.

Meine Beine zitterten vor Erschöpfung. Ich war so geschwächt, dass ich vom Pferd gefallen wäre, wenn ich meine Schenkel nicht so fest gegen den Sattel gedrückt hätte. Der Arzt meines Vaters hatte mit einem »Allah sei mit dir!« meine Wunden verbunden und mir ein schmerzstillendes Mittel gegeben: Opium.

Mein Vater lenkte sein Pferd neben meines und sah mich besorgt an. Dann wandte er den Blick wieder dem Schlachtfeld zu.

Die Toten behinderten die Lebenden, die im Blutrausch Kämpfenden, die zornig um sich Schlagenden, die verzweifelt um ihr Leben Ringenden. Pfeile, Schwerter, Lanzen und eines meiner Tiger-Banner lagen in Lachen aus Blut. Immer mehr Pferde irrten über das Schlachtfeld. Kao Chis Reiter stürmten von Westen heran und zerhieben mit blitzenden Schwertern unseren Widerstand. Viele mongolische Krieger stürzten verletzt zu Boden. Niemand holte die Verwundeten vom Kampfplatz.

Ein Pfeilhagel ging auf unsere Männer nieder. Pferde stürzten im Galopp, überschlugen sich, Krieger wanden sich unter ihren getroffenen Pferden heraus, sprangen auf, stürmten los, rissen die herannahenden Chinesen von ihren Pferden, um sich selbst in den Sattel zu schwingen und erneut in den Kampf zu werfen.

Waffenlärm und Schmerzensschreie! Und dann: Kanonendonner! Ich zuckte zusammen, als sei ich selbst getroffen. Hu Sha Hu setzte seine Bambusrohrkanonen ein und schoss *Zhen Tian Lei*-Granaten auf Subotais und Dschebes Krieger! Überall auf dem Schlachtfeld brach Feuer aus. Einer von Dschebes Männern, der vom »Fliegenden Feuer« getroffen wurde, rannte brüllend vor Schmerz über den Kampfplatz: Er verbrannte bei lebendigem Leib! Welch furchtbarer Tod!

Wo war Dschebe? Wie immer mitten im Schlachtgetümmel? War er verletzt? Oder schon tot?

Einigen Kriegern hatten die Explosionen Arme und Beine weggerissen. Ein Mann stolperte zwischen den Kämpfenden hindurch über das Schlachtfeld und suchte seinen abgerissenen Arm. Als er ihn gefunden hatte und sich hinkniete, um ihn aufzuheben, wurde ihm von einem herangaloppierenden chinesischen Soldaten der Kopf abgeschlagen.

»Dschebe hält sich tapfer«, sagte mein Vater. Seine Hände verkrampften sich um die Zügel. »Er ist keinen Schritt vor der Übermacht zurückgewichen.«

»Er wird nicht zurückweichen, selbst wenn du ihm den Befehl zum Rückzug gibst«, sagte ich mit schwerer Zunge. Das Opium berauschte mich, vernebelte meinen Verstand. »Er wird der Letzte sein, der das Schlachtfeld verlässt. Er wird bis zum letzten Atemzug kämpfen.«

… falls er überhaupt noch lebte!

»Auch General Hu Sha Hu hat tapfere Männer in seinen Reihen.« Mein Vater deutete auf das Schlachtfeld. »Der junge Mann dort gefällt mir: Er ist schnell und mutig, und sein Schwert ist scharf. Ich bedaure sehr, dass er auf der falschen Seite kämpft!«

»Er ist noch so jung, Temudschin«, warf Mukali ein. »Dreizehn oder vierzehn Jahre alt! Ein Kind!«

»Wir waren in seinem Alter, als wir im Kampf das Überleben lernen mussten, Mukali. Ich war so alt wie er, als ich zum ersten Mal um mein Leben kämpfte. Das ist achtunddreißig Jahre her, und nichts hat sich geändert: Ich kämpfe noch immer. Falls der Junge die Schlacht überlebt, will ich ihm das Leben schenken …«

In diesem Augenblick brach der junge Mann aus dem Gewühl der Kämpfenden hervor und trieb sein Pferd in wildem Galopp den Hügel hinauf, genau auf uns zu. Ich war so fasziniert von seinem Mut, von der Kraft seines heranstürmenden Pferdes und der geschmeidigen Bewegung seines Armes, mit dem er einen Pfeil aus dem Köcher zog, auf die Bogensehne legte und spannte, dass ich wie gebannt im Sattel saß und beobachtete, wie er immer näher kam.

Ich ahnte, was er vorhatte! Ich glitt vom Pferd, stolperte zwei, drei Schritte und riss meinen Vater aus dem Sattel, als ich einen Pfeil an mir vorbeizischen hörte. Dann wandte ich mich um. Der junge Mann galoppierte den Hügel hinauf. Ein zweiter Pfeil flog an meiner Schulter vorbei und traf das Pferd des Khakhans, das qualvoll wiehernd zurückwich und dann stürzte. Der Chinese zögerte nicht und schoss einen dritten Pfeil auf den Khakhan ab. Ich stolperte vorwärts und warf mich vor meinen Vater.

Der Pfeil durchschlug meine Rüstung und traf mich in die Brust.

Der junge Mann wendete sein Pferd und stürmte den Hügel hinab, dann rutschte er von einem Pfeil getroffen aus dem Sattel und blieb tot liegen.

Mukali rief: »Ein Schamane soll kommen! Temur Khan ist lebensgefährlich verletzt!«

Ich schwankte, fiel auf die Knie. Mein Vater fing mich auf.

»Temur, um Himmels willen!«, flüsterte er und legte mich vorsichtig auf den Boden. »Der Pfeil ist … O mein Gott! … Der Pfeil steckt direkt neben deinem Herzen …«

»Wo bleibt der Schamane?«, brüllte Mukali.

Mein Vater kniete sich neben mich ins Gras. »Ich werde mich um Temur kümmern. Mukali, du übernimmst den Oberbefehl!«

Der Noyan nickte, wendete sein Pferd und galoppierte davon.

Der Arzt des Khakhans hockte sich neben mich und begann, mir die Rüstung auszuziehen. Mein Vater brach den Pfeilschaft ab, sodass nur die Pfeilspitze in der Wunde stecken blieb.

»Allah, steh ihm bei!«, stöhnte der Arzt, als er die Wunde untersuchte. »Die feste Seide des Hemdes unter der Rüstung ist nicht gerissen, als der Pfeil eindrang. Aber ich kann die Pfeilspitze trotzdem nicht herausziehen. Der Pfeil hat das Herz getroffen und einen Teil der Lunge zerrissen. Es ist nicht mehr viel Leben in ihm. Temur Khan wird verbluten und an seinem Blut ersticken, wenn …«

»Er wird auch sterben, wenn der Pfeil nicht entfernt wird«, unterbrach ihn mein Vater, der meine rechte Hand ergriffen hatte. »Sein Herz schlägt nur noch leise und unregelmäßig.«

Ich fühlte, wie das Leben mit dem Blut aus meinem Körper sickerte. Der Schmerz an meinem Herzen war unerträglich, zerfetzte mich bei lebendigem Leib. Er riss mich immer wieder aus der Ohnmacht. Dann erstarb das Gefühl in meinen Armen und Beinen.

Der Tod war schon in meinem Körper. Ich konnte ihn spüren: seine Kälte, die mich innerlich erfrieren ließ, das Gefühl überwältigender Hoffnungslosigkeit, die unstillbare Sehnsucht nach Ruhe, nach Vergessen, nach erlösendem Schlaf.

Immer wieder verließ ich meinen Körper und sah auf Temur herab, wie er mit geschlossenen Augen in seinem eigenen Blut lag und mit Blut auf den Lippen röchelnd nach Atem rang, wie der Arzt den Pfeil aus dem Herzen zog, wie das Blut und mit ihm Temurs Leben und sein Wille zu überleben aus der Wunde floss – so viel Blut, wie in jener furchtbaren Vision! –, wie sein Vater mit einem seidenen Lebensfaden seine Hand mit Temurs Hand magisch verband, wie Temurs Lebenslicht wie eine Kerze im Wind flackerte, verlöschend zu einem leisen Glühen in der Finsternis, schwächer werdend, sterbend …

Kapitel 10

»Du bist die Mitte meiner Welt«

Das Meer! Ich stand am Rand der Welt, am Ufer der Ewigkeit, die unveränderlich und doch in jedem Augenblick anders war.

Alles verwandelt sich, nichts bleibt dasselbe. Und doch kehrt alles wieder, wie das Wasser ... wie ich. Alles endet und beginnt von neuem. Alles zerfällt und entsteht aus seinen Ruinen neu, um wieder zerstört zu werden. Alles, was verloren ist, wird wieder gewonnen, damit es wieder verloren werden kann – Macht und Ohnmacht. Die Wellen des Meeres kannst du nicht festhalten ...

Hinter mir, nur ein paar Schritte entfernt, versank der Chinesische Drache – die Große Mauer – bei Shanhaiguan in der Brandung, vor mir lag das Meer. Mein Blick glitt über die silbern funkelnde Gischt der Wellen: Jenseits des wogenden, sich immerfort verändernden Horizontes ragte Koryo aus dem Meer, hinter Koryo lag noch ein Meer und das Inselreich Nippon. Und jenseits von Nippon lag der Ozean ohne Anfang und ohne Ende.

In den letzten Jahren war ich gereist, von einem Ende der Welt zum anderen: Ich hatte Zhongdu und Samarkand gesehen, hatte den Pamir überquert und war erst am Meer stehen geblieben. Und ich hatte meinen eigenen Horizont erforscht. Mein Denken. Mein Fühlen. Meine Fähigkeiten. Meine Grenzen. Alles schien mir möglich: die Unterwerfung und Vernichtung von Chin – noch mehr Siege, die am Ende nur das hinter einem triumphierenden Lächeln versteckte Eingeständnis meiner Niederlage gegen das Schicksal waren, nicht anders handeln zu können … nicht mehr ich selbst zu sein, nicht mehr Mensch! Wie sehr ich mich danach sehnte, nicht mehr der allmächtige, unfehlbare, selbstbeherrschte Khan zu sein, sondern nur ein Mensch: schwach, fehlbar und liebenswert!

Ich konnte alles erreichen, was ich wollte. Aber was *wollte* ich noch tun? Als Reisender hatte ich die Welt zwischen den Horizonten erforscht, um das Unbekannte kennen zu lernen, hatte Wüsten durchquert, Berge bestiegen und war nun am Meer angekommen, das nicht mehr das Ziel einer Reise war, sondern nur eine weitere Möglichkeit der Umkehr. Als Schamane war ich in die Geheimnisse der Welt eingedrungen, um zu verstehen, um zu verändern, um zu vollenden. Als Noyan hatte ich die Welt erobert, und als Khan hatte ich sie beherrscht. Die Welt barg keine Geheimnisse mehr. Ich selbst war es, vor dem ich erschrak und von dem ich im tiefsten Entsetzen doch fasziniert war. Mich selbst wollte ich kennen lernen! Eine Reise nach innen wollte ich antreten, nicht zum Ziel meiner Träume, den Ländern jenseits des Horizontes, sondern zum Ursprung meiner Sehnsucht!

Wer war der Mensch, der Chuang Tses Traum träumte? Ist er ein Mensch, der träumt, er sei ein Schamane, ein Noyan, ein Khan? Oder ist er ein Mächtiger, ein Unbesiegbarer, ein Gefürchteter – ein Tiger, grausam und unberechenbar! –, der sich nichts sehnlicher wünscht, als ein Mensch zu sein, der alle seine Träume opfert, um nur er selbst zu sein, um geliebt zu werden, um endlich Frieden zu finden? Wer würde ich sein, wenn ich eines Tages erwachte?

In meinem Innersten aufgewühlt stieg ich vom Pferd und ging ein paar Schritte hinunter zum Meer. Ich wollte einen Herzschlag lang allein sein.

Einen Herzschlag lang – wie Worte in einem Moment des Lebens ihre Bedeutung verändern können! Ein Herzschlag war mir bis vor wenigen Wochen als kurzer, flüchtiger Moment erschienen. Aber seit meiner lebensgefährlichen Verwundung war ein Herzschlag zu einem ganzen Leben geworden. Mein Freund Tarik, wäre er in jenen furchtbaren Stunden des Ringens um Leben und Tod an meiner Seite gewesen, hätte den römischen Philosophen Horatius zitiert: *»Carpe Diem! Carpe Momentum!«* Lebe den Augenblick – still, selbstbewusst, selbstmächtig!

Nachdenklich schritt ich über den Sandstrand zum mir entgegenbrandenden Meer. Ich blieb nicht stehen, ging weiter in die Wellen hinein. Ich wollte das Wasser auf meiner Haut spüren! Ich wollte den unerträglichen Leichengestank, den ich seit jener furchtbaren Nacht in Zhongdu an mir wahrnahm, abwaschen. Ich watete in die Wellen, immer weiter, zerteilte das kühle Wasser mit meiner zitternden rechten Hand.

Die Bewaffneten meiner Eskorte, die hinter mir zurückgeblieben waren, sprangen von den Pferden und liefen aufgeregt zum Strand. Mein Sekretär rief etwas, das ich wegen der tosenden Wellen nicht verstehen konnte:

»… kannst nicht schwimmen!«

Eine Woge riss mich von den Beinen. Ich schloss die Augen und ließ mich fallen, ließ mich treiben. Ein herrliches Gefühl der Schwerelosigkeit, der Haltlosigkeit!

Die Wellen trugen mich zum Ufer zurück.

Mein Sekretär half mir aus dem Wasser, legte mit besorgtem Blick meinen Arm um seine Schultern und führte mich langsam zu einem Klappstuhl am Strand, den ein Diener aus meinem Gefolge aufgestellt hatte. »Du bist noch viel zu schwach!«, sorgte er sich, als er mir beim Hinsetzen half. »Die Reise von Zhongdu zum Meer war sehr anstrengend. Du bist erschöpft, und deine Wunden sind noch nicht verheilt. Du solltest dich schonen …«

Das tue ich seit drei Monaten!, dachte ich. Stillliegen und nachdenken. Aber wie sollte ich in einem Land, das von einem blutigen Krieg zerrissen war, Ruhe und Besinnung finden … und Frieden? Seelenfrieden, das Vergessen dessen, was ich getan hatte, war eine Gnade, die mir nicht zuteil werden würde und um die ich Gott auch nicht bitten würde, nicht einmal mit meinem letzten Atemzug. Was ich getan hatte, konnte ich nicht ungeschehen machen. Ich *wollte* nicht vergessen, denn ich trug die Verantwortung für Tod und Vernichtung, weil ich mich in Samarkand der Macht des Schicksals unterworfen hatte und einer Vision gefolgt war, die ich acht Jahre zuvor gesehen hatte. Aber ich wollte die aufgerissenen Wunden heilen, den Schmerz lindern und die Ruinen des chinesischen Reiches wieder aufbauen. »Die Welt steht in Flammen, die Feuer der Begierde und des Hasses lodern«, hatte der Buddha gesagt. Ich wollte endlich die alles vernichtenden Flammen löschen und das Leiden beenden.

Ich erinnerte mich an den Augenblick, als ich nach der Schlacht von Zhongdu zum ersten Mal die Augen geöffnet hatte. Mein Vater hatte neben mir auf dem Rand des Lagers gesessen. Seine Hand war durch einen Faden mit meiner verbunden. Er hatte uns mit einem magischen Lebensfaden zusammengebunden, damit sein Leben in meinen sterbenden Körper hinüberströmen konnte.

Nur unter großen Schmerzen hatte ich die ersten atemlosen Worte aus mir herausgepresst: »Zerschneide das Band … zwischen uns!«

Erschrocken über die Zweideutigkeit meiner Worte hatte er mich angesehen. »Ich habe dir vor siebenundzwanzig Jahren das Leben geschenkt, Temur. Du bist mein Sohn. Ich werde nicht …«

»Ich *bitte* dich, Vater!«, hatte ich gekeucht und versucht, mich aufzurichten, aber er hatte mich sanft auf das Lager gedrückt.

Dann hatte er seinen Dolch gezogen und den Lebensfaden zerschnitten, als sei er die Nabelschnur eines Neugeborenen.

Danach war ich wieder ohnmächtig geworden.

Mein Vater hatte mich nicht allein gelassen. Ich schlief in seinen Armen. Er sprach mit mir, auch wenn ich ihm nicht antworten konnte, hielt mich fest, wenn ich mich im Fieber auf dem Lager hin- und herwarf, hielt meine zitternde Hand in der seinen, gab mir zu trinken, wusch meine Wunden und gab mir Heilkräuter gegen das ansteigende Wundfieber und die Schmerzen. Und er betete zu Gott, mich überleben zu lassen.

Neun Tage lang war ich im Land der Träume gefangen, dem Reich des Todes näher als der Welt der Lebenden, war umhergeirrt, wieder umgekehrt, hatte einen Weg gesucht und schließlich doch zurückgefunden. Mein Vater war vor Erschöpfung zusammengebrochen und hatte geweint, als ich nach neun Tagen die Augen öffnete. Trotz der Schlacht um Zhongdu war er keinen Herzschlag lang von meiner Seite gewichen. Am Ende ging es um ihn und um mich und um niemand sonst.

Als ich wieder bei mir war, erzählte er mir, was in jenen neun Tagen geschehen war. Die Schlacht gegen Hu Sha Hu war verloren: Zhongdu war nicht gefallen. Zornig über Kao Chis ängstliches Zögern wollte Hu Sha Hu den General hinrichten lassen, aber der neue Kaiser Xüan Zong hatte Kao Chi begnadigt und erneut gegen die Mongolen ins Feld geschickt. Mit dem Mut der Verzweiflung hatte er sich auf eine zweite Schlacht mit meinem Vater eingelassen und verbissen gekämpft – was hatte er mehr gefürchtet: den Tod in der Schlacht oder die Hinrichtung als Verräter durch Hu Sha Hu, wenn er den Kampf überlebte? Schließlich war er bis an die Mauern von Zhongdu zurückgedrängt worden und verzweifelt in die Stadt geflohen. Dort hatte er den von Hu Sha Hu besetzten Kaiserpalast gestürmt, hatte den vor ihm fliehenden Oberbefehlshaber gefangen genommen und hingerichtet und war mit Hu Sha Hus Kopf und dem blutigen Schwert in der Hand vor den Kaiser Xüan Zong getreten, der ihn zum neuen Oberbefehlshaber der chinesischen Heere ernannte.

Meine Genesung hatte elf Wochen gedauert. Zu geschwächt, um mich zu erheben, und gestützt von weichen Kissen, hatte ich die Verhandlungen mit Prinz Zhao, dem Botschafter von Song, von meinem Krankenlager in Dschebes *Ordu* nahe der Großen Mauer aus geführt. Mein Vater brauchte die Unterstützung des Kaisers von Song in Linan, wenn er Zhongdu endlich besiegen wollte. Yong Le war mir in jenen Wochen nicht von der Seite gewichen. Nach dem Verlust seiner Mutter hatte er Angst, mich auch noch zu verlieren: den einzigen Menschen, den er verstehen konnte, denn mein Sohn sprach kein Wort Mongolisch.

Dann, endlich!, war die Nachricht des Kaisers in Dschebes Zeltlager eingetroffen: Ning Zong wollte selbst mit mir verhandeln. In Linan. In Anwesenheit des Kanzlers Shi Miyuan und des Staatsrates von Song. Er wollte mir seine kaiserliche Dschunke schicken, die mich nach Song bringen sollte. War das eine Falle?

Dschebes eindringliche Warnungen vor Intrige, Verrat und Mord im Palast von Linan und sein resigniert-verzweifeltes »Du tust ja doch immer, was du willst!« hatte ich in den Wind geschlagen. Ich hatte ihn umarmt, war in den Sattel gestiegen und nach Osten geritten, nach Shanhaiguan, wo ich an Bord der kaiserlichen Dschunke gehen wollte, um nach Süden zu segeln.

Während des tagelangen Rittes hatte ich viel Zeit gehabt, über meine Freundschaft zu Dschebe nachzudenken. Jahrelang waren wir Waffenbrüder gewesen, die einander das Leben retteten, Freunde, die sich ohne Worte verstanden, weil sie dasselbe dachten, Vertraute, die keine Geheimnisse voreinander hatten. In der Wüste hatten wir den letzten Schluck Wasser miteinander geteilt und vor der Schlacht unsere Träume, Hoffnungen und Ängste. Aber in Shantung war das Band zwischen uns zerrissen. Dschebe verstand mich nicht und – was für mich noch unerträglicher war – er *wollte* mich nicht verstehen. Seine scharfen Worte nach meinem Rücktritt als Khan und Noyan und unser erbitterter Streit hatten mich verletzt, auch wenn ich es ihm gegenüber nicht zugeben wollte. Tagelang war er mir ausgewichen, hatte mein Krankenlager gemieden, hatte sich verleugnen lassen, wenn ich ihn zu mir bat: »Der Noyan bespricht sich mit seinen Offizieren« und »Dschebe ist ausgeritten – niemand weiß, wann er zurückkehren wird« waren die häufigsten Ausflüchte, mit denen er sich mir entzog.

Wie besonnen hatte dagegen mein Vater auf meinen Rücktritt reagiert! Er hatte meinen Tigerstab genommen und kein weiteres Wort darüber verloren. Gewiss war er enttäuscht gewesen, aber er hatte meine Entscheidung akzeptiert.

»Prinz Temur!«, riss mich mein Sekretär aus den Erinnerungen und deutete zum Horizont, wo ich rote Segel erkennen konnte. »Die Dschunke aus Linan ist angekommen.«

Eine Stunde später ging ich an Bord. Ein Boot hatte mein Gefolge und mich zur Kriegsdschunke gebracht, einem großen Schiff mit fünf hohen Masten, das von zwei kleineren Dschunken mit drei

Masten eskortiert wurde. Am hochgezogenen Bug blickten große aufgemalte Drachen auf das Meer hinaus. Die rechteckigen Segel aus roter Seide waren mit dicken Bambusrohren versteift – von weitem sahen sie aus wie die aufgestellten Flügel eines Adlers. Auf dem Achterdeck über dem geschwungenen Heck, das über eine steile Treppe zu erreichen war, wehte stolz die Flagge des Kaisers von Song im Wind. Die Dschunke, ein schwimmender Palast aus Zedernholz und Seide, beeindruckte mich sehr – ebenso wie der höfliche Empfang an Bord.

Ein kaiserlicher Prinz begrüßte mich im Namen des Kaisers Ning Zong und fiel zum Kotau vor mir nieder, als wüsste er nicht, dass ich kein Khan mehr war. Da er mich dem Zeremoniell entsprechend mit »Exzellenz« ansprach und nicht mit »Majestät«, verhielt er sich wohl auf ausdrückliche Anweisung des Kaisers mir gegenüber derart ehrerbietig. Ning Zong hatte mir nicht nur seinen Cousin geschickt, sondern auch seinen Leibarzt, der sich während der wochenlangen Seereise um mich kümmern sollte – eine freundschaftliche Geste, die ich angemessen würdigte.

Der Prinz wollte mich in meine Kabine führen, damit ich mich ausruhen konnte, doch ich bestand darauf, an Deck zu bleiben. Von meinem Sessel am Bug der Dschunke aus verfolgte ich, wie der Anker eingeholt wurde, das Schiff in den Wind drehte und nach Südosten segelte, der Nordküste von Shantung entgegen.

Fasziniert beobachtete ich, wie das Land hinter mir im Meer versank. Es war ein seltsames Gefühl des Ausgeliefertseins an die Gewalt der See, deren Gischt mir der Wind ins Gesicht spritzte. Ehrlich gesagt genoss ich die Angst, die ich empfand. Angst war ein äußerst lebendiges Gefühl – die einzige Empfindung, die ich noch spüren konnte. Alle übrigen Gefühle wie Hoffnung und Liebe waren mit Ying Hua gestorben oder auf dem Schlachtfeld mit meinem Blut und meiner Lebenskraft aus mir herausgeflossen.

Eine Schlacht überlebt zu haben bedeutet nicht, noch am Leben zu sein.

Die ganze Nacht blieb ich an Deck – auch als der Sturm kam.

Vier Tage lang trieb uns der Taifun, der »Große Wind«, nach Osten, bis vor die Küste von Koryo. In der Bucht vor Seoul ankerte der Kapitän, um die Schäden an der Dschunke – ein gebrochener Mast und zerfetzte Segel – auszubessern. Während der Reparaturen, die mehrere Tage dauerten, ließ ich mich an Land rudern und besichtigte die nahe gelegene Stadt Seoul.

Koryo, das »Land der schönen Berge«, war ein Reich, das in Trümmern lag, zerbrochen unter den Angriffen der Kitan, der Dschurdschen und nun der Mongolen, zerrissen von inneren Konflikten zwischen der Herrscherdynastie und der mächtigen Familie Choe, die mit einem Staatsstreich vierzig Jahre zuvor die Macht ergriffen hatte, ohne selbst den Thron von Koryo zu besteigen. Wie in den chinesischen Reichen Liao, Chin und Song waren in Koryo die Lehren des Kung Futse Staatsphilosophie.

Zwei Tage lang ließ ich mich in einer Sänfte durch die Straßen von Seoul tragen – für lange Spaziergänge war ich noch zu schwach –, dann kehrte ich zurück zur Dschunke.

Von Seoul aus segelten wir nach Westen, zur Landspitze von Shantung, dann wochenlang an der chinesischen Küste entlang nach Süden, an der Yangtse-Mündung und am Hafen von Shanghai vorbei in die weite Meeresbucht von Linan.

Die Dschunke und die beiden Begleitschiffe hatten nach einem gewagten Wendemanöver im Hafen von Linan noch nicht angelegt, als mehrere prächtige Sänften auf den Hafenkai getragen wurden.

Als ich mit meinem Gefolge von Bord ging, wurde ich vom Kanzler Shi Miyuan mit allen Ehren empfangen. Es war wohl weniger die zeremonielle Höflichkeit oder das diplomatische Protokoll am kaiserlichen Hof von Song als vielmehr seine Neugier auf den »Tiger von Shantung«, die ihn bewogen hatte, mich im Hafen zu begrüßen.

»Es ist mir eine große Ehre, Sie kennen zu lernen, Prinz Temur. Ihr Besuch in Linan liegt Seiner Majestät sehr am Herzen. Er bat mich, Sie zum Palast zu geleiten.«

»Ich danke Ihnen, Exzellenz«, erwiderte ich mit einer Verbeugung vor dem Kanzler von Song, dem mächtigsten Mann des Reiches.

Der Kaiser Ning Zong, der achtzehn Jahre zuvor den Thron bestiegen hatte, hatte zwar den Vorsitz im Staatsrat, aber der Kanzler führte die Regierungsgeschäfte. Wenn Shi Miyuan mir den ganzen Weg zum Hafen entgegenkam und darauf verzichtete, mich in seinem Palast zu empfangen, musste mein Besuch in Linan eine größere Bedeutung haben, als ich bisher angenommen hatte. Der aufwändige Empfang, mit dem ich geehrt wurde, entsprach der Ankunft eines Königs, nicht der eines Prinzen und illegitimen Sohnes eines befreundeten Herrschers.

Was hatte der Kaiser vor, als er mich nach Linan einlud und seine Dschunke schickte, um mich abzuholen? Und warum wollte der Kanzler mich kennen lernen, bevor ich im Palast dem Kaiser vorgestellt wurde? Ich verbarg meine wachsende Verwirrung hinter einem freundlichen Lächeln und folgte Shi Miyuan zu seiner Sänfte.

»Ich hoffe, die Seereise war nicht zu anstrengend für Sie«, begann er das Gespräch. »Sind Sie von Ihrer schweren Verwundung genesen? Ich war zutiefst besorgt, als ich von Prinz Zhao erfuhr, Sie seien vor Zhongdu gefallen, und überglücklich, als er wenige Tage später die Nachricht sandte, Sie hätten die Schlacht doch überlebt.«

»Ich danke Ihnen, Exzellenz. Es geht mir gut!«

... auch wenn mein bester Freund mir bei unserem Abschied sagte, ich hätte völlig den Verstand verloren, mich in die Hände des Feindes zu begeben.

»Das freut mich zu hören!«, seufzte er.

Erstaunt sah ich ihn an, und er erwiderte meinen Blick mit einem Lächeln. Und wieder fragte ich mich: Was erwartete er von mir – abgesehen von dem Friedensvertrag, von dem er wusste, dass ich den Entwurf des mongolischen Kanzlers Chinkai mitgebracht hatte. Shi Miyuan wusste, dass die Tributzahlungen, die Song an Chin – und nach der Unterwerfung des Reiches an Dschingis

Khan – zu leisten hatte, sehr großzügig herabgesetzt worden waren. Was wollte er noch? Mich!

Die Song-Dynastie war durch den endlosen Krieg mit Chin geschwächt. Das Reich wurde von Machtkämpfen zweier Parteien zerrissen: Die einen wollten Chin zurückerobern, um Song in der alten Größe und Großartigkeit wiederherzustellen; die anderen strebten ein friedliches Zusammenleben mit den dschurdschischen Barbaren in Zhongdu an, um weitere Opfer zu vermeiden. Bisher waren alle Angriffe auf Chin an der militärischen Übermacht der Dschurdschen gescheitert. Das Song-Heer hatte keine Reiter, keine Pferde und nicht den nötigen Kampfgeist, ein Reich wie Chin zu erobern. Der Kanzler Qin Gui hatte fünfundsiebzig Jahre zuvor einen demütigenden Frieden mit Chin geschlossen, der jedoch trotz der enormen Tributzahlungen aus Linan von den Dschurdschen immer wieder gebrochen worden war.

Der andauernde Krieg mit Chin ruinierte den Handel und die Staatsfinanzen von Song, verstärkte die Geldentwertung und führte zu wachsender Arbeitslosigkeit. Hu Sha Hus und Kao Chis Offensiven am Yangtse hätten der Song-Dynastie beinahe den Todesstoß versetzt. Das Reich lag schwer verwundet auf den Knien und suchte nach einer rettenden Hand, damit es nicht völlig zusammenbrach. Der Kanzler Shi Miyuan streckte mir diese um Hilfe suchende Hand entgegen. Doch was erwartete er von mir?

Während die Sänfte zum Kaiserpalast getragen wurde, schwiegen wir. Ich lehnte in den Kissen und betrachtete durch das vergitterte Fenster die Stadt. Zhongdu, die mächtige »Stadt der Mitte«, hatte mich fasziniert, und Samarkand, die Schöne, die Elegante, die Gebildete, die »Perle des Islam«, hatte mich sehr beeindruckt: Aber Linan war ein kostbares Juwel! Vom ersten Augenblick an war ich verliebt in diese große … großartige Stadt. Linan hatte eine Million und vierhunderttausend Einwohner! Die Hauptstadt von Song war die prächtigste Stadt, die ich jemals gesehen habe, schöner als Bokhara, Bagdad, Delhi und Angkor.

Linan lag am Nordufer eines breiten Flusses, der sich in eine wie ein chinesischer Drache geformte Meeresbucht ergoss. Hinter den hohen Pagoden von Linan und dem für seine Harmonie und Schönheit durch Maler und Dichter verehrten Xi Hu, dem »Westlichen See«, erhoben sich wie Meereswellen wogende smaragdgrüne Berge. Welch ein bezaubernder Anblick!

Die breiten Straßen von Linan waren gepflastert, während die Mitte der Wege mit feinem Sand bedeckt war, um schnellen Reitern wie kaiserlichen Kurieren auf dem bei Regen rutschigen Boden Halt zu geben. Das Regenwasser konnte durch Rohre aus Bambus in die wie grüne Jade schimmernden Kanäle abgeleitet werden, die die Stadt durchzogen. Die Kanäle waren so breit, dass mehrere Schiffe nebeneinander fahren konnten – auf einem sah ich einen schwimmenden Markt: Händler, die Obst, Gemüse, Fisch und Geflügel auf *Sampans* anboten. Die Kanalbrücken waren hoch geschwungene, elegante Bögen, unter denen die Boote mit ihren Segelmasten durchfahren konnten.

Eine Stadt der Kanäle – wie Venedig!, dachte ich begeistert.

Shi Miyuan beobachtete mich, während ich die Stadt betrachtete. Hin und wieder deutete er schweigend auf eine Sehenswürdigkeit wie den Hafen des Kaiserkanals, der über Suzhou und an Kaifeng vorbei nach Norden, bis Luoyang und weiter fast bis Zhongdu reichte, sagte aber kein Wort, um mir – dem gefürchteten Eroberer? dem ungebildeten Barbaren? dem geehrten Gast? – gegenüber nicht herablassend oder gar belehrend zu erscheinen angesichts der großartigen Leistungen des Song-Reichs.

Dann hatten wir den Kaiserpalast erreicht, der auf der »Einsamen Insel« inmitten des Westsees lag. Sie war im Westen durch eine Brücke und im Norden durch einen Damm mit dem Ufer verbunden. Der durch den Damm entstandene Teich nördlich der Insel war ein smaragdgrünes Meer aus duftendem Lotus mit rosafarbenen Blüten. Der Palast war, anders als der Kaiserpalast in Zhongdu, der von einer hohen Festungsmauer umgeben war, eine weitläufige Anlage aus prächtig ausgestatteten Hallen, Wandelgängen und blühenden Landschaftsgärten. Über dem Palast ragte stolz eine drei Stockwerke hohe Pagode in den Himmel, die »Halle der Harmonie«. Die Wände der Hallen, die filigranen Fenstergitter und die Säulen waren purpurfarben lackiert, die geschnitzten und mit Drachen verzierten Dachbalken waren in Kobaltblau und Gold bemalt, die geschwungenen Dächer schmückten gelb glasierte Ziegel.

Anders als in Zhongdu, wo der Kaiserpalast, die Kosmische Ordnung widerspiegelnd, streng symmetrisch angelegt war, wuchsen hier im Palast blühende Bäume und Sträucher zwischen den Hallen, die durch Sandwege miteinander verbunden waren.

Zwei Diener knieten sich zum Kotau auf den Boden, damit ich über ihre Schultern wie über eine Treppe aus der Sänfte steigen konnte. Zwei weitere Bedienstete richteten mit furchtsam gesenktem Blick die Falten meiner weiten Seidenrobe und die langen Ärmel, um sich dann rückwärts gehend zu entfernen.

Der Kanzler deutete mit einer weit ausholenden Geste die Stufen zum Thronsaal hinauf. »Exzellenz, wenn Sie gestatten, werde ich Sie Seiner Majestät, dem Kaiser von Song, vorstellen! Und da ist noch jemand, der Sie ungeduldig erwartet ...«

Und so folgte ich Shi Miyuan die Marmorstufen hinauf in den Empfangssaal des Kaisers. Ich schritt über die hohe Schwelle, hielt einen Augenblick inne und verneigte mich dem Zeremoniell entsprechend.

Der Kaiser, der sich bei meinem Eintreten von seinem Thron erhoben hatte, kam mir einige Schritte entgegen.

Er war Mitte vierzig, hoch gewachsen und schlank. In seinen Haaren schimmerten die ersten Silbersträhnen, was ihn älter erscheinen ließ, als er war. Seine Gesten, selbst die kleinsten, waren anmutig, und er bewegte sich mit der kraftvollen Selbstbeherrschung eines Menschen, der sich täglich im Tai Chi übt. Seine achtzehnjährige Regentschaft war für Song zu einer Zeit der geistigen Blüte in Kunst und Philosophie geworden.

Als ich mich erneut vor ihm verneigen wollte, legte er mir mit einem »Bitte demütigen Sie sich nicht vor mir!« die Hände auf die Schultern und umarmte mich, um mich wie einen lang vermissten und endlich heimgekehrten jüngeren Bruder zu begrüßen. »Ich freue mich aufrichtig, dass Sie meiner Einladung gefolgt sind, Prinz

Temur!« Ning Zong, der dreizehnte Kaiser der Song-Dynastie, verzichtete mir gegenüber auf das kaiserliche Wir. »Nach allem, was Prinz Zhao mir in den letzten Monaten über Sie berichtet hat, war ich begierig darauf, Sie persönlich kennen zu lernen. Und auch Ihr Sohn, Prinz Chinkim, hat Sie sehnsüchtig erwartet.«

Mein Sohn trat zu uns, ernst und selbstbeherrscht. Chinkim, nun zehn Jahre alt, war groß und kräftig geworden. Übte er sich bereits im Tai-Chi-Schwertkampf? Er umarmte mich und begrüßte mich in einwandfreiem Song-Chinesisch, das er, wie das kaiserliche Hofzeremoniell, während der eineinhalb Jahre seines Aufenthaltes in Linan erlernt hatte.

»Ich würde mich geehrt fühlen, Prinz Temur, wenn Sie heute Abend, nachdem Sie sich von der langen Reise ausgeruht haben, mein Gast sind«, lud mich Ning Zong ein. »Es wird zu Ihren Ehren einen Empfang und ein Bankett im großen Saal des Palastes geben, wo Ihnen die höchsten Würdenträger des Reiches vorgestellt werden. Für die Zeit Ihres Aufenthaltes in Linan stelle ich Ihnen eine Residenz am Ufer des Westsees, ganz in der Nähe des Lingyin-Tempels, zur Verfügung. Ich hoffe sehr, dass Sie sie angemessen finden werden. Prinz Chinkim wird Sie dorthin begleiten: Gewiss haben Sie sich viel zu erzählen! Dann erwarte ich Sie vor dem offiziellen Empfang in meinen Privaträumen. Ich würde gern mit Ihnen über den Friedensvertrag und die bevorstehende Hochzeit Ihres Sohnes mit meiner Tochter Yi Ze, Prinzessin ›Perlenschimmer‹, sprechen.«

Ning Zong schien dem *Wu Wei,* dem taoistischen Prinzip des kaiserlichen Handelns durch Nichthandeln, des Herrschens und Ordnens des Staates durch bloße Anwesenheit, nicht allzu viel Bedeutung beizumessen. Er wollte mit mir reden – ohne Kanzler und Minister, ohne Staatsrat und ohne Generäle.

Ich nickte: »Ich werde kommen!«

Die Residenz, die der Kaiser mir zur Verfügung stellte, war ein Palast mit einem blühenden Garten, einem Lotusteich, einer kleinen Pagode und einem fantastischen Blick auf den Westsee und den

Lingyin-Tempel. Die Räume waren groß und hell und mit lackierten Möbeln und Seidenbildern ausgestattet. Die Fenstergitter waren fein geschnitzt und mit durchscheinendem Papier bespannt, sodass man auch bei geschlossenen Fenstern hinaussehen konnte. Und es gab sogar eine Bibliothek!

Chinkim freute sich sehr, mich zu sehen. Während die Diener im Speisesaal ein Mahl auftrugen, erzählte er mir von den Monaten, die er in Linan gelebt hatte. Als seinen künftigen Schwiegersohn ließ der Kaiser ihn in den taoistischen Lehren des Lao Tse und Chuang Tse unterrichten. Dschebe hätte sich amüsiert: aus dem »christlichen Schamanen« Chinkim wurde nun ein kaiserlicher Prinz von Song, der die Schwertkunst des Tai Chi ebenso beherrschte wie die Kunst der Weltverbesserung des Kung Futse.

»Ich will bald meine dritte Schamanenweihe erringen«, erzählte er mir während des Essens. »Würdest du mir bei den Ritualen als Schamane assistieren, Vater?«

Seine Bitte traf mich ins Herz. Wie gern hätte ich meinem Sohn gesagt: »Ja, Chinkim, ich stehe an deiner Seite, wenn du den *Tschanar* vollbringst!« Aber konnte ich meinem Sohn sagen, dass Gott nicht mehr mit mir sprach? Dass Er sich mir seit Monaten verweigerte und schwieg, wenn ich zu Ihm betete? Dass Er sich mir entzog, wenn ich eine Himmelsreise machte? Dass ich mit meiner Fähigkeit, Liebe zu empfinden, tiefe Freude und ekstatisches Glück, auch meine magischen Kräfte verloren glaubte? Dass ich nicht wusste, ob ich überhaupt noch ein Schamane war, ein von Gott Geleiteter und Beschützter?

Durfte ich ihm die Wahrheit sagen? Durfte ich seine Bitte abschlagen, ohne wenigstens versucht zu haben, ihm den *Tschanar*, der ihm so überaus wichtig war und den er nicht ohne mich durchführen konnte, zu ermöglichen? Chinkim vertraute mir. Und mein Sohn war einer der wenigen, die sich noch nicht aus Angst vor dem »Tiger von Shantung«, aus Enttäuschung über meinen Rücktritt als Khan oder aus dem verletzten Stolz eines Freundes von mir abgewandt hatten, weil sie mich nicht mehr verstehen konnten. Oder wollten. Ich war es leid, irgendwelchen Erwartungen wie denen von Dschebe zu entsprechen, nur damit mich die Scherben einer zerbrochenen Freundschaft nicht noch mehr verletzten. Aber ich wollte und *durfte* Chinkim nicht enttäuschen!

Ning Zong empfing mich am späten Nachmittag in seinen privaten Räumen im Palast. Wir sprachen lange miteinander, ernsthaft, freundschaftlich, vertraut. Wie ich hasste er das chinesische »Spiel mit Worten« – Schmeicheleien gegenüber seiner kaiserlichen Person und nichts sagenden Komplimenten, die nur den Sinn hatten, zu gefallen und vom Wesentlichen abzulenken. Er schätzte die Wahrhaftigkeit und Offenheit höher als die Illusion kaiserlicher Machtvollkommenheit.

Meinen Rücktritt als Herrscher bedauerte er aufrichtig, ohne darüber so viele Worte zu verlieren wie Dschebe es in seinem verletzten Stolz getan hatte. Ning Zong gefiel mir vom ersten Augenblick an. Ich vertraute ihm. Und er vertraute mir.

Nachdem ich ihm meine Vorschläge zu einem Friedensvertrag erläutert hatte – die Höhe der Tributzahlungen und die Wiederaufnahme des Handels über die Seidenstraße –, sprachen wir über die Hochzeit unserer Kinder, die nach mongolischem Brauch in drei Jahren stattfinden sollte, sobald Chinkim dreizehn Jahre alt wurde. So lange sollte er im Kaiserpalast von Linan bleiben. Ning Zong erwartete viel von diesem Bündnis: Chinkim war mein Sohn und der Enkel Dschingis Khans, der gerade Songs verlorene Nordprovinzen eroberte. Er fragte mich, ob Dschingis Khan den Krieg gegen Chin gewinnen würde, und ich sagte: »Kein Krieg kann jemals *gewonnen* werden«, dann fragte er einsichtig nickend, wann Chin fallen würde, und ich sagte: »In zwei Jahren«, was ihn sehr nachdenklich stimmte – hatten doch die Kitan für die Eroberung des nördlichen Song-Reiches und die Dschurdschen für die Unterwerfung der Liao-Dynastie wesentlich länger gebraucht.

Nach einem langen Schweigen fragte er mich, ob ich Interesse hätte, nach Beendigung des Krieges in Chin für Song zu kämpfen. Das war es! Er wollte mich als Noyan gewinnen – den Tiger, der nach dem Zerreißen seiner Beute Langeweile verspürte, der wieder unbändige Lust empfand, seine Kräfte zu messen, zu jagen und zu töten. Ich sagte »Nein!«, und er akzeptierte meine Absage mit einem »Das bedaure ich!«, das mich erahnen ließ, dass er noch nicht aufgegeben hatte, mich zu gewinnen. Ning Zong versprach, die Bedingungen des Friedensvertrages mit dem Kanzler zu besprechen.

Am Tag nach dem Staatsbankett, das der Kaiser zu meinen Ehren veranstaltet hatte, besichtigte ich mit Chinkim die Stadt Linan. Anders als in Zhongdu, wo es im Sommer heiß und schwül und manchmal sogar nebelig und im Winter eiskalt war, regnete es in Linan oft und viel. Die Luft in der Stadt war seidig weich und rein wie frisches Quellwasser.

Früh am Morgen, die morgendlichen Nebelschleier hatten sich noch nicht aufgelöst, besichtigten wir den Lingyin-Tempel, ein ehrwürdiges Kloster des Chan-Buddhismus, das ein indischer Mönch neunhundert Jahre zuvor gegründet hatte.

Gegenüber dem Eingang der prächtigen Halle des Tempels, nur wenige Schritte entfernt, besuchten wir den »Herbeigeflogenen Gipfel« mit seinen Inschriften und den aus dem Fels gemeißelten Buddhas. Der »Lachende Buddha«, ein an einen Stein gelehnter, überaus dicker und offenbar sehr glücklicher Erleuchteter, beeindruckte mich zutiefst. Ich konnte nicht anders, ich musste mit ihm lachen.

Ist es nicht so, dass der Mensch gerade in den schwierigsten Situationen seines Lebens, wenn er zu stürzen, wenn er zu zerbrechen und innerlich zu zerreißen glaubt, sein Leben für ein absurdes und grausames Spiel hält, ein Spiel der Götter, die ihn auf ihrem Spielbrett hin- und herschieben, damit er seine Grenzen erforschen kann? Und trotzdem: Ich lachte aus vollem Herzen.

Immer noch kichernd betraten Chinkim und ich den Tempel mit einer großartigen Statue des Buddha Maitreya – auch er lächelte! Der Abt des Klosters empfing uns nach der Morgenandacht und führte uns durch die Hallen. Er erklärte mir, dass der Chan-Buddhismus die innere Versenkung als den Weg zur Erkenntnis bevorzuge. Die Suche nach der Erkenntnis sei so unendlich wie die Suche nach der perfekten Kirschblüte, erklärte er uns. Jede Blüte sei anders in Farbe und Form, jede sei vergänglich, verlöre ihre Schönheit und sinke sterbend zur Erde nieder, um vom Wind verweht und von den Menschen vergessen zu werden.

Das Gleichnis von der Kirschblüte hatte mich im Innersten getroffen und mir das fröhliche Lachen des Buddhas von den Lippen gerissen: Ying Hua, meine geliebte »Kirschblüte«, war erst vor wenigen Wochen gestorben.

Chinkim und ich verließen den Tempel oberhalb des Westsees und kehrten in die Stadt zurück.

Stundenlang gingen wir durch die Straßen und an den Kanälen entlang – auf eine Sänfte und eine große Eskorte hatte ich verzichtet und nur fünf meiner eigenen Leibwächter mitgenommen. Wir besuchten den schwimmenden Markt, den Trommelturm mit der Wasseruhr – laute Trommelschläge signalisierten die Stunden des Tages und der Nacht – und naschten gerösteten Lotussamen bei einem fliegenden Händler, der auf der elegant geschwungenen »Mondbrücke« laut singend seine Köstlichkeiten anpries, mit Versen, die auch Omar Khayyam nicht schöner hätte dichten können.

Die Häuser in Linan – manche waren vier Stockwerke hoch – waren aus Bambusfachwerk und weiß verputzten Ziegeln erbaut. Neben den Türen hing zwischen den üblichen langen Papierfahnen mit chinesischen Segenssprüchen ein Zettel, auf dem die Namen aller Bewohner des Hauses verzeichnet waren. Auf diese Weise kannte die Stadtverwaltung stets die Zahl der Bürger von Linan.

Auf der Hauptstraße, einer breiten Allee, die Linan vom Westsee bis zum Qiantang-Fluss durchzog, entdeckte ich, was ich gesucht hatte: Neben den traditionellen Teehäusern gab es seit einigen Jahren so genannte Speisegärten, in denen die reichen Einwohner von Linan essen gingen – obwohl sie in ihren Palästen berühmte Köche beschäftigten, sie sich sogar gegenseitig mit Versprechungen abzuwerben versuchten. Prinz Zhao hatte mir an meinem Krankenlager davon erzählt, um meine Neugier auf Linan zu wecken. Damals hatte ich den Kopf geschüttelt über diese neue Art, seinen Reichtum zu zeigen, indem man nicht zu Hause speiste, sondern vor aller

Welt eine teure Delikatesse wie gerösteten Pelikan bestellte, gebratene Bambuswürmer, Seidenraupenpastete oder Schwalbennestersuppe aß.

Nach einem mehrgängigen Mahl – zum ersten Mal kostete ich zartes Schlangenfleisch in scharfer Chili-Sauce – gingen Chinkim und ich zum Hafen, wo Schiffe aus Dai Viêt, dem mächtigen Khmer-Reich von Angkor und sogar aus dem fernen Indien anlegten. Ihre Waren – Perlen, Korallen und Gewürze – würden von Linan aus über den Kaiserkanal nach Norden transportiert werden, nach Luoyang, und von Changan aus über den Weg der Seide nach Westen. Oder sie würden, wie die Seide und das Porzellan aus Song, auf ein Schiff geladen werden, das nach Koryo oder Nippon segelte.

Welch ein Anblick: mächtige Kriegsdschunken, große Handelsschiffe und *Sampans,* schwankende Masten, mit Bambus versteifte rote Seidensegel und im Wind flatternde Flaggen!

Eine Weile stand ich am Quai, schweigend, nachdenklich, und betrachtete die Schiffe, aber ich hatte keine Sehnsucht nach der Ferne. Die Sehnsucht, die mich jahrelang zu immer neuen Horizonten getrieben hatte, immer weiter von mir fort, war erloschen und hatte nichts zurückgelassen als eine stille Traurigkeit und Hoffnungslosigkeit. Ein furchtbares Gefühl! Tränen liefen über meine Wangen, und ein Schmerz in meiner Brust ließ mich nach Atem ringen. Ich schloss die Augen, schwankte, aber Chinkim hielt mich fest.

»Vater, um Himmels willen, was ist mit dir?«, sorgte er sich.

»Nichts, es geht schon. Die Pfeilwunde schmerzt …«

»Lass uns in den Palast zurückkehren«, schlug Chinkim vor und winkte eine in der Nähe wartende Sänfte herbei. »Du solltest dich hinlegen, Vater. Es geht dir nicht gut.«

Die Träger sprangen auf und brachten die Sänfte zu uns herüber. Chinkim drückte ihnen einige Münzen in die Hand und half mir in die weichen Kissen. Der Schmerz in meiner Brust wurde unerträglich, und ich schloss seufzend die Augen, als ich mich zurücklehnte. Chinkim hatte meine Hand ergriffen und ließ sie nicht mehr los, bis wir bei unserem Palast ankamen. Dann brachte er mich ins Bett, deckte mich zu und ließ mich allein. Allein!

Ich dachte an Alexander. Hatte er in Babylon ähnlich empfunden, hatte er diese Traurigkeit gespürt, diesen Schmerz, als die Sehnsucht in ihm starb? Hatte er sich auch so einsam gefühlt, so verlassen? Am Ende bleibst du mit dir selbst allein!

Leise weinte ich mich in den Schlaf.

Drei Tage blieb ich im Bett. Ich war zu schwach, um mich zu erheben. Chinkim war besorgt über meinen Zustand, gab mir Opium gegen die Schmerzen und Heilkräuter, die mich stärken sollten. Mein Sohn verbrachte viel Zeit mit mir. Er saß an meinem Bett und redete auf mich ein, um ja kein Schweigen, kein Nachdenken, keine Traurigkeit aufkommen zu lassen.

Er versprach mir, gleich nach meiner Genesung in den nächsten Tagen mit mir über den Kaiserkanal nach Suzhou zu fahren, einer schönen Stadt mit einem berühmten Park, einer bezaubernden Miniaturlandschaft mit winzigen Bäumen und bizarren Felsen, die berühmte Berggipfel darstellen sollten, oder zum Huang Shan, dem »Goldenen Gebirge« westlich von Linan, schroffen Felsklippen wie dem »Lotusblumengipfel«, die, smaragdgrün überwuchert, aus einem geheimnisvollen Nebelmeer in den leuchtend blauen Himmel emporragten – wie auf einem Rollbild des berühmten Malers Xia Gui. Die klare Bergluft würde mir sicher gut tun! Was ich denn von einem Ausritt in die stillen Bambushaine außerhalb von Linan hielt? Oder von einer Bootsfahrt auf dem Westsee? Im rosenfarbigen Licht des Spätnachmittags oder im silbernen Licht des Mondes sei der See besonders schön. Oder von einem Besuch in der Liuhe-Ta-Pagode, dem berühmten »Tempel der Sechs Harmonien« oberhalb der Stadt, von dem man einen fantastischen Blick auf den majestätischen Qiantang-Fluss und das Meer hätte? Wir könnten uns aber auch, wenn ich noch zu schwach war und, um mich zu schonen, nicht so weit fort wollte, die Pandabären im kaiserlichen Garten ansehen – aber wenn ich doch lieber im Palast bleiben wollte, würde er die Pandas zu mir in den Garten bringen lassen, damit die drolligen Bären mich aufheiterten.

Es rührte mich, wie Chinkim sich bemühte, mich auf andere Gedanken zu bringen. Seine Wortkaskaden rissen mich endlich aus meiner Traurigkeit.

Ning Zong, der durch seinen Leibarzt von meiner Erkrankung erfahren hatte, ließ mir meine Mahlzeiten aus der kaiserlichen Palastküche bringen. Die Speisen waren zwar kalt, als die Diener die Lackschachteln und Weidenkörbe mit den Tellern auf dem Tisch neben meinem Bett abstellten, doch sie schmeckten köstlich. Ich schickte einen Boten zum Kaiser, um ihm für seine Aufmerksamkeit zu danken, und er sandte seinen Arzt mit einer Nachricht zurück, es sei sein größter Wunsch, dass ich mich so schnell wie möglich erholte.

Drei Tage nach meinem Zusammenbruch verließ ich zum ersten Mal das Bett. Ich fühlte mich, als stecke der Pfeil noch immer in meinem Herzen.

»Meine Seele weint, und mein Herz blutet. Wie kann ich Ruhe finden?« Ich weiß nicht, wie lange ich auf die Zeilen starrte, die ich ganz in meinen Gedanken gefangen in mein Reisebuch geschrieben hatte. Eine Skizze des Lingyin-Tempels hatte ich als Erinnerung an Linan machen wollen und hatte stattdessen meine Gedanken auf das Papier gebannt. Meine Traurigkeit. Meine Einsamkeit.

Vor Jahren wäre ich vor solchen Gedanken geflohen, in die Menschenleere der Steppe, nach Zhongdu, nach Samarkand, in die Länder jenseits des Horizontes, auf der endlosen Suche nach der Freiheit.

Freiheit – die schönste aller Illusionen!

In Samarkand hatte ich gedacht, dass nur der wirklich frei ist, der aus eigenem Willen auf seine Freiheit verzichtet, um sich seiner Verantwortung als Herrscher zu stellen. Wer sich eine Aufgabe sucht, die alle seine Fähigkeiten fordert und ihn an seine eigenen Grenzen bringt, nicht die der Welt. Und wer seine Berufung mit Leidenschaft erfüllt. In Chin war ich an meine Grenzen als Mensch gestoßen, die körperlichen und geistigen Grenzen der Leidensfähigkeit. In Shantung hatte ich sie bis zur Unmenschlichkeit hin überschritten, immer wieder, bis die Grenzen aufhörten, Grenzen zu sein.

Vor Jahren hatte ich in Zhongdu einen Spruch des Kung Futse gelesen: »Das Einzige, was der Mensch beherrscht, ist er selbst.« Damals, selbstvergessen verliebt in Ying Hua, hatte ich gedacht, der Weise habe Unrecht, denn das wahre Menschsein beginne doch erst jenseits der Grenze der Selbstbeherrschung. Nun war Ying Hua tot, die Gefühle waren verflogen, die Liebe, die Hoffnung, die Zufriedenheit, die Glückseligkeit – geflohen vor der alles überwältigenden Traurigkeit, die Gott zurückließ, als Er sich von mir abwandte.

Warum hatte Gott mich mir selbst überlassen? Damit ich mit meinem Willen zur Verantwortung an mir selbst das vollendete, was ich in Shantung begonnen hatte: der hassenswerteste aller Menschen zu werden? Bestrafte ich, das unbezähmbare Feuerpferd, mich selbst dafür, mir und meinen Träumen untreu geworden und der Vision eines anderen gefolgt zu sein? Zerriss der Tiger am Ende sich selbst, fügte er sich Schmerzen zu, um zu spüren, ob er noch zu Empfindungen fähig war, ob er in seinem Innersten überhaupt noch am Leben war?

Ich starrte auf die Schriftzeichen in meinem Reisebuch: »Meine Seele weint, und mein Herz blutet. Wie kann ich Ruhe finden?«

In diesem Augenblick erkannte ich, dass ich eine weitere Reise antreten musste – keine Durchquerung einer Wüste, keine Überwindung eines Gebirges, kein Hinauswagen auf das Meer. Es war der schwierigste und längste von allen Wegen: die Reise zu mir selbst.

Am Tag nach Chinkims drittem *Tschanar* – welch eine Demütigung es für mich war, dass Gott sich mir verweigerte! – ging ich in den Lingyin-Tempel. Ich legte die Gelübde nicht ab, nahm keine »Zuflucht im Buddha, im *Dharma* und im *Sangha*«, verzichtete nicht auf meine Freiheit, indem ich mich Regeln unterwarf, die ich doch längst gebrochen hatte – nicht zu morden, nicht zu stehlen, nicht zu lügen, nicht die Ehe zu brechen und mich nicht zu berauschen –, aber ich lebte wie ein Mönch in dem buddhistischen Kloster. Ich legte meine Seidenrobe ab und kleidete mich in ein schlichtes, schwarzes Gewand: Denn ich fühlte mich unwürdig, dasselbe safrangelbe Wickelgewand wie der Buddha zu tragen. Meine langen Haare schnitt ich nicht ab, wie es die *Bhiksus*, die Mönche, taten, sondern band sie nur zusammen.

Was mir die Lehren des Buddha erstrebenswert machte, war die Tatsache, dass nicht ein Gott oder die Welt, sondern der Mensch selbst in der Mitte stand, und dass der Erleuchtete gesagt hatte: »Stütze dich nicht auf die Person deines Lehrers, sondern auf die Lehre. Im Verstehen der Lehre stütze dich nicht auf die Worte, sondern auf ihre Bedeutung.« Der Buddha wollte keine wörtliche Auslegung der Lehren – »Erkenntnis entsteht durch die Stimme eines anderen und das eigene Nachdenken« –, kein unbesonnenes Hinterherstolpern auf seinem Weg ins Nirvana, sondern das Suchen und Finden des eigenen Weges zur Erlösung, zum Frieden, zur Freiheit.

Schigi hatte mir vor Jahren die Geschichte des Buddha erzählt: Prinz Siddharta – sein Name bedeutet »Der sein Ziel erreicht hat« – war als Sohn des Rajas Shuddodhana, des Herrschers von Kapilavastu, einem kleinen indischen Reich südlich des Himalaya, zur Welt gekommen. Bei seiner Geburt – er entstammte dem alten Kriegergeschlecht der Shakya – war Siddharta prophezeit worden, dass er entweder ein Welteroberer oder ein Welterleuchter werden würde. Um Letzteres zu verhindern, hatte sein Vater, der Raja, eine Mauer um den Palast errichtet, die seinen Sohn vor den leidvollen Eindrücken der Welt schützen sollte. Aber Siddharta verließ den Palast immer wieder und lernte auf seinen Reisen die Welt zu erkennen, wie sie ist: Alles verging, alles war unvollkommen, alles starb. Nachdem er bei seinen Reisen einen Greis, einen Kranken und einen Toten gesehen hatte, traf er einen Mönch, der ihn zum Nachdenken über Vergänglichkeit und Weltüberwindung anregte.

Siddharta verließ seinen Vater, seine Frau und seinen Sohn ohne

Abschied und ging aus dem Palast fort. Er entledigte sich seiner kostbaren Kleidung, schor sich das Haar und legte die ärmlichen Gewänder eines Yogi an. Auf der Suche nach dem Weg der Erlösung schloss er sich Gurus an, deren Lehren er aber bald verwarf, um seinen eigenen Weg weiterzugehen. Er lebte streng asketisch, leugnete alle menschlichen Bedürfnisse und versenkte sich in die Betrachtung der Welt. Und doch kam er keinen Schritt voran. Da kehrte er um und ging in einer anderen Richtung weiter: Er schlug den Weg nach innen ein.

»In der Meditation erreichte Siddharta die Erleuchtung«, hatte Schigi mir vor Jahren erklärt. »Er errang die Erkenntnis der ›vier edlen Wahrheiten‹ über das Leiden, die Entstehung des Leidens, die Aufhebung des Leidens und den Weg zur Heilung durch sittliches Handeln, die meditative Versenkung und die erlösende Erkenntnis: rechtes Glauben, rechtes Entschließen, rechtes Wort, rechte Tat, rechtes Leben, rechtes Streben, rechtes Gedenken, rechtes Sichversenken.«

»Krankheit, Ursache der Krankheit, Möglichkeiten der Heilung und Behandlung durch den Schamanen. Die Heilung ist das Erwachen des Menschen zu sich selbst, zur Welt und zu Gott«, hatte ich als heilkundiger Schamane geantwortet, als ein in die Geheimnisse der Welt Eingeweihter, als ein von Gott Geleiteter.

Was war mir von all meinen Fähigkeiten geblieben? Nichts! Oder doch? Die Einsicht, etwas verändern zu können. Nicht die Welt, aber mich selbst.

Im Lingyin-Kloster hatte ich keinen Lehrer, denn ich wollte meinen Weg allein gehen. Was hätte mich ein Guru lehren können: die Askese, die Ekstase, die Meditation, das Schweigen? Jeden dieser Wege war ich doch bereits gegangen, in jeder Richtung – in Wüsten, auf Bergen, am Meer, während eines *Tschanars* in der Unterwerfung meiner selbst unter den Willen Gottes. Aber war ich vielleicht nicht weit genug gegangen?

Im Garten des Klosters versenkte ich mich während jener stillen Monate in die Einsamkeit, in das Schweigen und in das *Samadhi*, die Meditation. Endlich fand ich meinen Frieden, wenn auch nicht in der Welt – denn die Welt wird niemals friedlich sein –, so doch in mir selbst. Ich war durchdrungen von einer großen Ruhe und einer tiefen Gelassenheit, einem Gefühl des Segens.

Die Erkenntnis, dass ich mein Karma nicht mehr ändern konnte, und die Einsicht, dass ich es auch nicht ändern *wollte,* weil ich die Verantwortung für mein Leben nicht aufgeben wollte, waren befreiend. Die furchtbare Vision von Verderben, Leid und Tod, die mich seit Jahren gequält hatte, verwehte und verschwand: Sie war sinnlos geworden – sie war blutige, schmerzhafte Wirklichkeit, nicht nur ein erschreckender Traum.

Das Gefühl, während der Meditation in die Grenzenlosigkeit, die Leere hinein zu verwehen, war überwältigend, so intensiv, dass mir manchmal ein Seufzen, ein Stöhnen entfuhr. Das *Samadhi* war für mich ein Zustand vollkommener Schönheit jenseits des Denkens und Fühlens, ein endloser Augenblick der Glückseligkeit. Alles begann und endete im *Shunyata,* dem Zustand der Leere, der Stille, des Friedens, der Wahrheit, der Ewigkeit – was man nicht in Worte oder Gefühle fassen kann, darüber soll man schweigen!

In der Zeitlosigkeit des Klosters, so nahe an der Ewigkeit, hatte ich nicht bemerkt, wie die Tage, die Wochen, die Monate vergangen waren.

Chinkim, als Schamane mit Fasten und meditativer Versenkung vertraut, beobachtete mich besorgt. Jeden Tag besuchte er mich im Kloster, saß für eine Stunde neben mir und schwieg, aber ich nahm seine Besorgnis, sein Mitgefühl, seine Liebe wahr, obwohl wir kein Wort miteinander sprachen.

Aber eines Tages, ich war bereits seit eineinhalb Jahren im Kloster, brach Chinkim sein Schweigen.

Er stellte eine Schale mit Reis vor mich hin und setzte sich neben mich auf den Boden: »Iss!«, bat er mich.

»Ich will nicht essen!«, murmelte ich.

»Du hast seit Wochen nichts gegessen, Vater. Ich bitte dich: Iss ein wenig Reis. Brich dein Fasten!« Er nahm den Löffel, füllte ihn mit Reis und hielt ihn mir an die Lippen.

Ich wich ihm aus.

»Wann hast du zuletzt etwas getrunken?«, fragte er mich.

»Gestern … vorgestern … das ist doch bedeutungslos!«, presste ich hervor. Das Reden fiel mir schwer: Seit Wochen hatte ich kein Wort gesprochen.

Chinkim schwieg, verzweifelt über meinen Eigensinn.

Ich besann mich: »Kannst du dich an die Nacht deiner Initiation als Schamane erinnern, Chinkim? Dein Großvater und ich waren mit dir auf den Berg Burkhan Khaldun gestiegen, und ich habe dir meine alte Schamanenrobe gegeben, die ich bei meiner Initiation getragen hatte, obwohl ich mich jahrelang dagegen gewehrt hatte, dich einzuweihen. Ich habe dich damals gefragt, ob du glücklich bist, da deine Träume, Schamane zu werden, in Erfüllung gegangen waren. Du hast gesagt: ›Ja, ich bin glücklich. Und ich wünschte, du wärst es nun auch.‹ Ich wünschte, du würdest für meine Wünsche dasselbe Verständnis aufbringen, Chinkim!«

»Der Mensch ist nicht zum Leiden geboren, Vater. Sieh dich nur an, wie dünn und zerbrechlich du durch dein Fasten geworden bist. Die Mönche im Kloster verehren dich wie einen Heiligen. Sie nennen dich einen Rinpoche, ein kostbares Juwel von einem Menschen, weil du dein Leiden mit einem Lächeln erträgst!

Aber will Gott, der dich nach Seinem Bild erschuf, dass du dich zugrunde richtest, indem du dich selbst verleugnest, um der Welt zu entfliehen? Ich erschrecke, wenn ich dich ansehe, weil ich mich erinnere, wie du früher warst: ein mächtiger Schamane, das Kind von Vater Himmel und Mutter Erde. Ein Sohn Gottes, des Allmächtigen, Ihm ähnlich.«

»Gott spricht nicht mehr mit mir …«

»… weil du dich zu weit von Ihm entfernt hast. Gott ist in der Welt – Gott *ist* die Welt. Wenn du aus der Welt fliehst, kannst du Gott nicht nah sein«, erwiderte mein Sohn. »Jesus und Buddha haben die Umkehr gepredigt, nein: sie haben sie *gelebt*. Prinz Siddharta hat seinen Palast verlassen, um im Wald als Yogi zu leben, und als er erkannte, dass sein Weg nirgendwohin führte, kehrte er um und ging nach Bodhgaya, wo er die Erleuchtung fand. Rabbi Jesus hat in der Wüste die Askese aufgegeben, um, sein Leben genießend, glaubwürdig von Liebe, Freude und Vergebung zu predigen. Beide haben, wie du, Lust und Leid, Agonie und Ekstase erlitten, bevor sie die Einsicht hatten, dass sie auf ihrem Weg umkehren sollten. Ich bitte dich: Halte inne! Besinne dich! Und dann kehre um und suche einen Dritten Weg! *Deinen* Weg.«

Chinkim hatte Recht: Mein Weg führte nirgendwohin, nicht einmal ins Nirvana, denn das Verlöschen war nicht mein Ziel.

Der Dritte Weg! Nicht das Töten aller Begierden und Leidenschaften, sondern das bewusste Erleben von Lust und Leid, Agonie und Ekstase, ohne dabei das Loslassen zu verlernen – die Bereitschaft, jederzeit alles aufzugeben. Alles, auch einen einmal beschrittenen Weg, dessen lang ersehntes Ziel schon klar erkennbar in der Nähe liegt und leicht zu erreichen scheint, wenn man nur noch ein paar Schritte weitergeht. Alles, vor allem den Zweifel an der Richtigkeit deiner Handlungsweise und die Infragestellung deiner selbst, was du warst, was du bist und immer sein wirst: ein Mensch.

An Ostern im Jahr des Schweins (1215) – Chinkim hatte mich gedrängt, das Fest der Auferstehung mit ihm zu feiern – verließ ich das Kloster nach eineinhalb Jahren, um in die Welt zurückzukehren.

Im Aufhören hatte ich dann die Erkenntnis: Die Suche nach der perfekten Kirschblüte ist unendlich, aber nicht, weil keine von ihnen in Farbe und Form fehlerlos ist, sondern weil sie *alle* vollkommen sind. Denn jede von ihnen ist während ihres kurzen Lebens so sehr Kirschblüte, wie sie es zu sein vermag: Ist das nicht Vollkommenheit?

Wie diese Kirschblüten wollte ich künftig so sehr Mensch sein, wie ich nur konnte.

Im Mai erzählte mir der Kaiser Ning Zong beim gemeinsamen Abendessen, dass Zhongdu gefallen war.

Schon vor Monaten hatte Kaiser Xüan Zong von Chin einen Friedensvertrag mit Dschingis Khan geschlossen und den geforderten Tribut bezahlt. Mein Vater war mit seinen Heeren nach Norden zurückgekehrt, in die mongolische Steppe. Doch sobald er die Große Mauer überschritten hatte, war Xüan Zong von Zhongdu in die südliche Hauptstadt Kaifeng geflohen. Ning Zong, der die mongolischen Siege wie eigene Triumphe feiern ließ, war besorgt: Dschingis Khan war mit seinen Heeren aus Chin abgezogen, der Dschurdschen-Kaiser Xüan Zong war nach Kaifeng geflohen und sann auf Rache an Song. Was war Ning Zongs Bündnis mit Dschingis Khan noch wert, die Eheschließung seiner Tochter mit meinem Sohn?

Dann begann der Krieg in Chin von neuem: Der König von Liao wurde von den Dschurdschen gestürzt, die Hauptstadt Liaoyang für Chin zurückerobert. Mein Vater entsandte Mukali nach Osten, um Liao zurückzugewinnen, und marschierte selbst nach Zhongdu, um die Stadt endlich zu unterwerfen. Einzelne Provinzen und Städte erklärten sich nach der Flucht des Kaisers für unabhängig, Fürsten riefen sich selbst zu Königen aus, verbündeten sich mit Dschingis Khan, verrieten ihn wieder, kämpften gegeneinander, gegen die Mongolen, gegen die Dschurdschen, gegen die aufständischen chinesischen Bauern, gegen die unzähligen Flüchtlinge, die scharenweise nach Süden drängten, gegen die eigenen Truppen. Mukali erhielt vom Khakhan den Befehl, den Widerstand zu brechen – endgültig.

Im belagerten Zhongdu brach das Chaos aus: Der kommandierende General beging Selbstmord, weil er alle Hoffnung auf Rettung verloren hatte, sein Stellvertreter floh aus der Stadt, die chinesischen Regimenter plünderten den verlassenen Kaiserpalast und brannten ihn in ihrem Zorn nieder. Seit Monaten herrschten in der Stadt Hunger und Seuchen – in der Not wurden sogar Menschen geschlachtet und gegessen.

Dann traf die Nachricht eines erschöpften Boten ein, dass Mukali Zhongdu endlich erobert hatte. Die Stadt stand in Flammen …

… und sie brannte noch immer, als ich sie drei Wochen später betrat! Der Gestank nach brennendem Holz und verwesenden Leichen war furchtbar.

Ich zog ein Seidentuch über Mund und Nase und sah zum *Yongding Men*-Tor hinauf. Durch dieses Südtor hatte ich Zhongdu zehn Jahre zuvor, nach Dschamugas Tod, zum ersten Mal betreten. Was war alles geschehen in diesen Jahren! Ich hatte Tarik kennen gelernt und beschlossen, mit seiner Karawane nach Samarkand zu reisen. Dann hatte ich mich in Ying Hua verliebt und war mit ihr sehr glücklich gewesen. Ich hatte Zhongdu nie wieder verlassen wollen. Und dann war ich, der den Blick nicht vom Horizont lassen konnte, doch gegangen. Dann: die Vision auf dem Burkhan Khaldun. Meine Ernennung zum Khan. Mein Verrat und meine Hinrichtung, die Yesugan im letzten Augenblick durch ihren Selbstmord verhinderte. Meine Reise nach Samarkand und meine Entscheidung, mich dem Willen Gottes zu unterwerfen. Der Brief von Yelu Chutsai, der mich bei meiner Rückkehr so sehr verwirrt hatte. Der furchtbare Krieg mit Chin und meine Rückkehr nach Zhongdu: als Eroberer. Ying Huas Tod. Die Reise nach Linan, das Lingyin-Kloster und meine Entscheidung zurückzukehren. Und wieder Zhongdu.

Ich ritt durch das Tor und zügelte mein Pferd. Die Stadt war verwüstet, die meisten Häuser waren geplündert und niedergebrannt, nur noch schwelende Ruinen. Die Hauptstraße nach Norden, zum Kaiserpalast, war freigeräumt, aber in den schmalen Gassen versperrten die Trümmer eingestürzter Häuser den Weg. Die Toten waren nicht bestattet worden. Hunderte von Ratten huschten zwischen den aufgedunsenen Leichen hin und her, die bei der unerträglichen Sommerhitze verwesten. Ihr Blut war im Sand der Straße in großen dunklen Lachen getrocknet.

Die Verwüstung von Zhongdu war das demütigende Eingeständnis des Scheiterns. Die Mongolen hatten die Stadt nicht aus Lust an der Zerstörung vernichtet, sondern weil sie, im Rausch des Mordens und Vergewaltigens, nichts anderes zu tun wussten, um sich als Sieger zu fühlen. Die Massaker von Zhongdu, von denen ich gehört hatte, seit ich die kaiserliche Dschunke verlassen hatte, die mich nach Norden brachte, zeigten die Ohnmacht und Unwissenheit von Steppenbewohnern, die eine Stadt erobert hatten, die ihnen jahrelang erbittert Widerstand geleistet hatte. Sie wussten nicht, was sie mit einer Stadt anfangen sollten, als sie niederzubrennen und die Ruinen einzureißen, damit sie nie wieder ihre Mauern verstärkte und ihre Tore schloss, um einem Nomaden, der nichts so sehr hasste wie Mauern, seine Grenzen aufzuzeigen.

Statt die gut organisierte Verwaltung und die hervorragend ausgebildeten Beamten für die Sicherung der Macht zu nutzen, wurden diejenigen, die ihrem Kaiser die Treue gehalten und jahrelang Widerstand geleistet hatten, hingerichtet. Welch eine Unfähigkeit, vernünftig zu handeln, welch ein Versagen, bei diesem Massaker ein wenig Menschenverstand zu bewahren!

Mein Pferd scheute, als ich weiterreiten wollte. Ich stieg ab und zog es am Zügel hinter mir her durch die schmale Gasse, die nach Osten führte. Umgestürzte Ladentische, zertrampelte Waren, die bei der Plünderung nicht mitgenommen worden waren, die Leichen eines Großvaters und seiner beiden Enkel, die er noch während des Todes beschützend im Arm hielt. Eine zu Tode vergewaltigte Frau, der Mund verzerrt, vor Schmerz und Scham, die Augen weit aufgerissen – leere Augenhöhlen, denn nach den Mongolen waren die Ratten und die Krähen gekommen. Ein Kind, kaum vier Monate alt, bei der Flucht zurückgelassen, verhungert, vergessen. Entsetzt sprach ich ein Gebet zum Himmelsgott, fiel auf die Knie und weinte vor Scham.

Wie viele Kinder waren gestorben, durch das Schwert, durch den Hunger oder durch Krankheit, weil ich in Shantung gewütet hatte wie ein alles vernichtender Wirbelsturm? O Gott, wie kannst Du mir jemals vergeben, wie können die Menschen jemals vergessen, was ich getan habe? Ich barg mein Gesicht in den Händen und weinte meinen Schmerz still in mich hinein.

Ein Geräusch – hinter mir in den Ruinen!

Erschrocken fuhr ich herum: Eine Frau näherte sich mir vorsichtig. Im Arm trug sie ein Kind, zwei oder drei Monate alt, in der Hand hielt sie ein Bündel Brennholz, zerschlagene Fenstergitter und zerbrochene Möbel, die sie aus den Ruinen des eingestürzten Hauses geholt hatte. Die Flüchtlinge, die in armseligen Unterkünften – Hütten und Zelten aus Brettern und Stofffetzen – vor der Stadt wohnten, plünderten nun das, was die Eroberer übrig gelassen hatten: Brennholz, Lebensmittel, Decken, alles, was sie zum Überleben benötigten.

Die junge Frau kam näher und fiel vor mir auf die Knie. »Geben Sie mir Ihren Segen, ehrwürdiger Mönch«, bat sie mich. »Und segnen Sie auch mein Kind!«

Betroffen sah ich sie an, wusste nicht, wie ich mich ihr gegenüber verhalten sollte. Sollte ich ihr die Wahrheit sagen, dass ich einer der mongolischen Barbaren war, die die Stadt erobert und niedergebrannt hatten, die die Einwohner getötet, vergewaltigt und versklavt hatten? Nein, das konnte ich nicht tun! Sie sah in mir den buddhistischen Mönch, der ihr in ihrer Not Trost spenden konnte. Hoffnung. Leben.

Ich segnete sie und das Kind, und sie küsste kniend meine Hand, um mir für den Segen zu danken. Beschämt entzog ich sie ihr, ergriff die Zügel meines Pferdes und ging weiter, ohne sie noch einmal anzusehen.

In der Nähe des Himmelstempels fand ich den Buchladen, wo ich zehn Jahre zuvor den Atlas von Shen Gua gekauft hatte, der das Wissen um die Größe der Welt jenseits der mongolischen Steppe enthielt. Samarkand und Linan waren damals für mich unvorstellbar weit entfernt gewesen: unerreichbar. Alles war verwüstet, nur wenige Bücher lagen zerfetzt auf dem Boden, zerrissene Schriftrollen in chinesischer und arabischer Schrift. Der Buchladen war geplündert worden, um die Bücher als Brennmaterial zu verwenden. Welch eine Vergeudung der Werke von Kung Futse, Lao Tse und Ibn Sina!

Ich hob eine Seite aus dem Koran vom Boden auf, aber das Buch selbst konnte ich nicht finden. »O ihr, die ihr glaubt! Sucht Hilfe in Standhaftigkeit und Gebet. Siehe, Allah ist mit den Standhaften«, las ich auf der Seite. Ich faltete das Blatt mit der zweiten Sure des Korans, steckte es ein und floh mit Tränen in den Augen auf die Straße hinaus. Wo war Gott, als Zhongdu fiel?, dachte ich verbittert. Und warum ist Er jetzt nicht hier?

Ich ging weiter zum Himmelstempel und kam an der Stelle vorbei, wo ich Ying Hua zum ersten Mal gesehen hatte. Dort, unter jenem Baum, hatte ich im Schatten gelegen, als sie mich fand. Wie viele Leben war das her? Wer war ich seitdem gewesen: Träumer, Reisender, Schamane, Noyan, Khan, Eroberer, Eremit. Ein Narr, der sich seine Niederlagen nicht eingestehen konnte, weil er sie noch immer für Siege hielt! Ein Narr, der seine endlose Suche – wonach suchte er eigentlich? – fortsetzte, um sich nicht einzugestehen, dass sein ganzes Leben nutzlos war! Denn so sehr sich dieser Narr jahrelang um Frieden bemüht hatte, was hatte er erreicht außer Tod, Leid und Zerstörung? Die Vernichtung des großartigen Chin-Reiches. Die langsame Selbstzerstörung. Hatte dieser Narr jemals etwas getan, weshalb man sich seiner erinnern sollte? Hatte er etwas erschaffen? Hatte sein armseliges Leben überhaupt einen Sinn?

Langsam ging ich hinüber zum Tempel. Mein Pferd ließ ich im Park grasen und stieg die mit Blut befleckten Marmorstufen zur großen Halle hinauf.

Das Tor wurde von zehn Mongolen bewacht. Sie verstellten mir mit gezogenen Schwertern den Weg in das Heiligtum. »Wohin … du … wollen?«, fragte mich der Offizier in vergewaltigtem Chinesisch.

»In den Himmelstempel. Ich will beten«, antwortete ich in Mongolisch.

Er war überrascht, dass ich, der buddhistische Mönch in der langen schwarzen Robe, seine Sprache beherrschte. »Der neue Kanzler hat angeordnet, dass niemand den Tempel betreten darf.«

Ich nickte, murmelte »Eine weise Entscheidung!« und ging an ihm vorbei zum Portal.

»Bleib stehen, Mönch!«, rief er hinter mir her. Dann spürte ich die Spitze seines Schwertes in meinem Rücken. »Hast du nicht verstanden, was ich gerade gesagt habe?«

Ich drehte mich zu ihm um. »Ich bin nicht ›Niemand‹. Und ich will in diesem Tempel beten. Ich bin sicher, dass, wer auch immer in Zhongdu die Macht zu haben glaubt, nichts dagegen einzuwenden hat«, sagte ich ruhig.

Ich wollte mich umwenden, aber er hielt mir die Klinge seines Schwertes an die Halsschlagader. Eine winzige Bewegung seiner Hand, und ich würde verbluten. Voller Verachtung für mich fragte er: »Was glaubst du eigentlich, wer du bist, Mönchlein?«

Ich sah ihm in die Augen. »Ich weiß, wer ich bin. Aber du *glaubst* nur zu wissen, wer ich bin, weil du meinst, einen Mönch vor dir zu haben. Die ganze Welt ist *Maya,* ist Täuschung, mein Freund. Nichts ist, wie es scheint. Und doch ist alles, wie es ist.«

»Wer bist du?«, fragte er verwirrt und ein wenig verunsichert.

»Ich bin ein Mensch, der wütend ist. Furchtbar wütend!«

»Ein zorniges Mönchlein!«, lachte er höhnisch und trat ganz dicht vor mich hin, um mir in die Augen zu sehen. »Weißt du, was wir in den letzten Tagen mit Mönchen wie dir getan haben? Wir haben sie gekreuzigt. Und weißt du, was wir mit dir tun werden?«

Ich ergriff das Band mit der Figur des Gekreuzigten, die ich um den Hals trug, und holte sie unter der Robe hervor. Drei der Mongolen bekreuzigten sich hastig, für vier weitere war Jesus offenbar ein hoch geachteter muslimischer Prophet.

»Ja, ich weiß, was ihr tun werdet«, sagte ich ruhig. »Ihr werdet auf Knien darum flehen, dass ich euer armseliges Leben schone!« Mit einer schnellen Bewegung, tausend Mal im Kampf geübt, packte ich seine Hand mit dem Schwert und schob die Klinge von meinem Hals weg. Er war so überrascht, dass er sich nicht wehrte. Dann drückte ich ihn vor mir in den Staub. »Auf die Knie!«, befahl ich den anderen, die sich auf mich stürzen wollten.

»Wer bist du?«, fragte einer der Bewaffneten verblüfft.

»Ich bin Temur.«

»O mein Gott: der Tiger!«, flüsterte der Mann bestürzt, ängstlich, mich beleidigt und meinen Zorn erregt zu haben, dann kniete er vor mir nieder und drückte sein Gesicht in den Staub. Hastig folgten die anderen seinem Beispiel.

»Wir flehen dich an: Vergib uns, erhabener Prinz. Dein Mönchsgewand … Wir wussten doch nicht … Der Kanzler hat uns nicht verständigt, dass du kommen würdest! Vergib uns!«

Ich wandte mich um, ohne ein weiteres Wort zu verschwenden – meine grenzenlose Verachtung hätte ich nicht in zwei oder drei Worte pressen können –, ging zum Portal des Tempels, schob es auf und betrat den heiligen Ort, um ein stilles Gebet zu sprechen.

Als ich nach meinem Bußgebet die heilige Halle verließ, erwarteten mich die Bewaffneten, immer noch auf Knien.

»Wo finde ich den Khan?«, fragte ich sie.

»Im Palast, erhabener Prinz.«

Ich nickte, ging an ihnen vorbei und schritt langsam die Stufen hinab. Unten blieb ich stehen und wandte mich um, um zu ihnen hochzusehen.

»Ich wünsche, dass der Himmelstempel bewacht wird. Niemand darf ihn betreten. Wenn ich höre, dass die heilige Stätte geplündert oder geschändet wird, lasse ich euch kreuzigen«, drohte ich ihnen. »Wenn mir zu Ohren kommt, dass weitere Mönche gefoltert oder hingerichtet werden, wird mit euch dasselbe geschehen. Wenn ich erfahre, dass auch nur eine Frau vergewaltigt oder ein Kind getötet wird, werdet ihr dasselbe Schicksal erleiden. Ich wünsche, dass Verwüstungen, Plünderungen und Vergewaltigungen aufhören. Ich wünsche, dass die verwesenden Leichen aus der Stadt geschafft und verbrannt werden, um die Ausbreitung von Seuchen zu verhindern, und dass die Trümmer von den Straßen geräumt werden, damit die Versorgung der Stadt mit Lebensmitteln sichergestellt werden kann. Ich will, dass den Verwundeten geholfen wird, dass die Krankenhäuser wieder geöffnet werden, dass die Tempel ihre Tore öffnen, um Verzweifelten Zuflucht zu gewähren. Ich will, dass in Zhongdu Ordnung und Sicherheit herrschen, Mitgefühl, Achtung und so etwas wie Menschenwürde! Behandelt die Chinesen, als wäret ihr nicht die Sieger, sondern die Verlierer dieses furchtbaren Blutvergießens! Denn verloren habt ihr: eure Menschlichkeit, eure Selbstbeherrschung und eure Würde!«

Durch die Ruinen der Stadt bahnte ich mir meinen Weg durch das »Tor der Mittagssonne« zum Kaiserpalast, den ich durch das südliche Tor betrat. Die Palastanlage südlich der Thronhalle war bis auf die steinernen Fundamente niedergebrannt. Ich warf die Zügel meines Pferdes einem Bediensteten zu und stieg die Stufen zum Thronsaal hinauf. Ein Würdenträger hielt mich mit erhobener Hand auf und fragte mich nach meinem Namen und was ich vom Khan wollte. Mit einem erschrockenen Lächeln und einer tiefen Verbeugung wurde ich sofort durchgelassen.

Mukali saß auf dem Drachenthron und empfing eine Abordnung von Männern aus einem der Flüchtlingslager vor der Stadt, die den Khan um Brennholz, Lebensmittel und Decken anflehten.

Unauffällig blieb ich neben dem Eingang des Saales stehen und wartete geduldig ab, bis Mukali die Audienz beendet hatte und ihm von einem seiner Sekretäre mein Erscheinen gemeldet wurde.

Auf einen Wink Mukalis hin fielen die Chinesen zum Kotau auf den Boden, erhoben sich und verließen mit gesenkten Köpfen den Thronsaal, enttäuscht in ihrer Not und verzweifelt, weil ihnen nicht geholfen wurde. Zornig? Wenn sie sich erneut gegen die Eroberer erhoben, würde niemals Frieden herrschen!

»Warten Sie!«, bat ich die Flüchtlinge, und sie wandten sich zu mir um. »Was fehlt Ihnen?«

»Alles, was man zum Überleben braucht, ehrwürdiger Mönch«, sagte einer der vom Hunger ausgezehrten Männer. »Die Felder um Zhongdu sind niedergebrannt, die Herden weggetrieben. Wir haben nichts zu essen. Schon seit Monaten nicht! Die Wasserversorgung ist zusammengebrochen. Das Wasser des Yongding He ist mit verwesenden Leichen infiziert. Wir benötigen dringend Medikamente. Die Seuchen, die in der Stadt wüten, sind nun auch in den Flüchtlingslagern ausgebrochen. Wir sind erschöpft von der monatelangen Belagerung. Wenn wir nicht bald Hilfe bekommen, werden wir sterben!«

»Ihr werdet Hilfe bekommen!«, versprach ich ihnen.

»Aber Seine Majestät hat doch gerade gesagt, er könne uns nicht helfen. Er habe selbst nicht genug Lebensmittel …« Sein ängstlicher Blick huschte hinüber zu Mukali.

»*Ich* kann euch helfen. Kehrt zurück in eure Lager und wartet ab. Und habt Vertrauen!«

»Wer sind Sie, dass Sie so viel Macht haben, ehrwürdiger Mönch?«, fragte einer der Männer erstaunt.

»Ich bin ein Mensch, der Schuld auf sich geladen hat und versucht, wenigstens die größte Not zu lindern.«

»Sind Sie der neue Kanzler?«, fragte der Mann, ergriff ehrfürchtig meine Hand und wollte sie küssen. »Dann möge der Himmelsgott Tian Sie beschützen. Sie sind ein Heiliger, der Wunder vollbringen kann, ehrwürdiger Rinpoche!«

Peinlich berührt entzog ich ihm meine Hand. »Nein, ich bin nicht der Kanzler.«

»Aber … die Mönchsrobe und das lange Haar … wir dachten, Sie seien …« Er besann sich. »Umso mehr sind wir Ihnen für Ihre Initiative zu Dank verpflichtet! Mögen Ihnen Ihre guten Taten und Ihr Mitgefühl vergolten werden, in diesem wie im nächsten Leben!« Mit einer tiefen Verbeugung zogen sich die Männer aus dem Thronsaal zurück.

Dann trat ich vor den Drachenthron. Mukali, dem sein Zeremonienmeister gerade meine Ankunft gemeldet hatte, erhob sich und kam mir entgegen, um mich zu umarmen. Er trug nicht das weiße Gewand eines Khans, sondern eine schlichte mongolische Robe aus Wolle. Hatte er noch keine Zeit gehabt, sich eine Staatsrobe anfertigen zu lassen? Oder war es einfach die Tatsache, dass die Farbe, die bei uns Mongolen das Glück symbolisierte, bei den Chinesen die Farbe der Trauer war, die Mukali davon abhielt, sich in eine weiße Robe zu kleiden, um sich ein klein wenig Selbstachtung zu bewahren?

»Temur! Ich freue mich wirklich, dich zu sehen!«, rief er und küsste mich auf beide Wangen. Der Krieg hatte tiefe Spuren in seinem Gesicht hinterlassen. Er wirkte erschöpft und auf erschreckende Weise desillusioniert. Seine Augen hatten ihren Glanz verloren.

»Meine herzlichen Glückwünsche zu deiner Ernennung zum Herrscher der chinesischen Nordprovinzen, Mukali Khan! Das war eine weise Entscheidung meines Vaters! Du hast dir den Titel redlich verdient, Majestät!«

»Bitte, Temur, nenn mich nicht ›Majestät‹. Nicht angesichts meiner Ohnmacht gegenüber dem, was außerhalb dieser Mauern geschieht. Oder *nicht* geschieht.«

»Konntest du den Flüchtlingen vor der Stadt nicht helfen?«

Er schüttelte den Kopf. »Obwohl wir die Stadt nach der Eroberung gründlich geplündert haben, obwohl wir mehrere Versorgungskarawanen des Kaisers aus Kaifeng abgefangen haben, haben wir selbst nicht genug zum Leben. Die Flüchtlinge haben alles mitgenommen, was sie wegschleppen konnten. Wir sind ebenso erschöpft von vier Jahren Krieg wie die zurückgebliebenen Chinesen, die uns, die verhassten Eroberer, in ihrer Verzweiflung um Hilfe bitten. Ich weiß nicht, was ich ihnen geben soll. Ich muss selbst auf die Herden aus der mongolischen Steppe warten, bevor ich mich endlich satt essen kann.«

»Ich würde dir gern helfen, Mukali.«

»Sprich mit dem Kanzler, Temur! Er regiert seit drei Wochen Zhongdu, das eroberte Chin und das ganze mongolische Reich als Stellvertreter des Khakhans. Dein Vater hält sehr viel von ihm: Er hat ihn über alle Khans und Noyans und sogar über den alten Kanzler Chinkai erhoben und ihn damit zum mächtigsten Mann des Reiches gemacht.«

»Wer ist der neue Kanzler?«

»Ein Prinz der gestürzten Liao-Dynastie, der auch von den Chin-Kaisern Zhang Zong, Xing Sheng und Xüan Zong hoch geachtet wurde und hohe Ämter als kaiserlicher Berater und Minister innehatte, obwohl er erst fünfundzwanzig Jahre alt ist. Aber er ist ein außergewöhnlicher Mann!« Er zögerte. »Ich dachte, ihr kennt euch. Schigi sagte …«

»Wer ist es?«, unterbrach ich ihn atemlos.

»Yelu Chutsai.«

Der Kanzler residierte in meinem Palast in den Bergen oberhalb von Zhongdu. Mit einer Eskorte ritt ich durch das Nordtor des Kaiserpalastes zum Park, der völlig verwüstet war. Der See, auf dessen Wellen früher Drachenboote fuhren, war verschlammt und fast ausgetrocknet. Die Einwohner der Kaiserstadt hatten während der monatelangen Belagerung das Wasser des Sees getrunken, weil Mukali die Flüsse umgeleitet hatte, um den Festungsgraben trockenzulegen und Zhongdu von der Wasserversorgung abzuschneiden. Ich verließ die Stadt durch das Nordwesttor, wo ich zwei Jahre zuvor in der Nacht, als Ying Hua und ihr Vater ermordet worden waren, nach Zhongdu gekommen war, um sie und meinen Sohn Yong Le vor dem Sturmangriff zu retten. Dann folgte ich der Straße am Fluss entlang zum Kunming-See. Oberhalb des Sees lag meine Residenz, die bei der Plünderung verschont worden war und die der Kanzler zu seinem Amtssitz gemacht hatte.

Im Hof des Palastes sprang ich vom Pferd, reichte die Zügel einem Diener und betrat den Palast. Alles war so, wie ich es verlassen hatte, als ich drei Jahre zuvor mit Dschebe nach Süden aufgebrochen war, um die Provinz Shantung zu erobern.

Im Vorraum meines Empfangssaales saß an einem Schreibtisch der Sekretär des Kanzlers. Ich kannte ihn: Es war der junge Mann, der mich fünf Jahre zuvor durch Yelu Chutsais Palast geführt hatte, als der Prinz nach Balasaghun aufgebrochen war, um seiner Familie nach deren Sturz vom Thron von Karakitai beizustehen. Er war in ein Schriftstück vertieft und bemerkte mich erst nicht – offensichtlich hatte er mit der mongolischen Schrift noch Schwierigkeiten. Sein Finger, der an den geschwungenen Linien auf dem Papier nach unten glitt, blieb immer wieder an demselben Wort hängen.

»Was wollen Sie?«, fragte er, ohne aufzusehen.

»Ich wünsche eine Audienz beim Kanzler«, sagte ich.

»Seine Exzellenz empfängt heute nicht mehr«, murmelte er. »Am Portal des Palastes ist ein Schreibbüro. Nennen Sie dort Ihren Namen und Ihr Anliegen bei Seiner Exzellenz. Er wird Sie zu gegebener Zeit zu sich bitten.« Damit war ich entlassen, und er widmete sich wieder dem Schriftstück auf dem Tisch.

»Das Wort heißt *Yassa*«, sagte ich und deutete auf den Begriff, den er nicht lesen konnte. »Es bedeutet ›Gesetz‹. Das Wort *Yassa* bezieht sich auf das Gesetzbuch, das Dschingis Khan anlässlich seiner Wahl zum Khakhan vor neun Jahren erlassen hat.«

Überrascht sah er auf. Sein Blick glitt über meine einfache Mönchsrobe, mein langes Haar. Dann erkannte er mich. »Prinz Temur … bitte verzeihen Sie … ehrwürdiger Rinpoche! Es tut mir Leid: Ich habe Sie nicht gleich erkannt.« Er sprang auf, so hastig, dass sein Stuhl dabei umfiel und er in seiner Aufregung beinahe auch noch die Tintenschale mit dem Schreibpinsel umgeworfen hätte. »Seine Exzellenz sagte, Sie würden kommen. Eines Tages würden Sie zurückkehren. Er hatte Recht! Sie sind da«, hauchte er aufgeregt und stolperte rückwärts zur Tür des Empfangssaals. »Warten Sie bitte einen Augenblick. Ich sage ihm, dass Sie hier sind. Er wird Sie sicher sofort empfangen …«

Während er im Arbeitsraum verschwand, ging ich hinaus in den Garten. Von der Brüstung aus sah ich auf Zhongdu hinunter. Im Südwesten der Stadt stieg eine dunkle Rauchwolke auf. Offensichtlich war im muslimischen Viertel erneut Feuer ausgebrochen. Es würde wohl nicht gelöscht werden können, da es in der Stadt kein Wasser gab. Ob wohl irgendjemand auf die Idee kam, die benachbarten Häuser einzureißen, um durch die entstehende Schneise das Feuer aufzuhalten, das sich mit der Geschwindigkeit eines Steppenbrandes über die Stadt ausbreitete? Ich bezweifelte es. Und ehrlich gesagt fragte ich mich, ob es angesichts der ausbrechenden Seuchen nicht besser war, wenn Zhongdu bis auf die Grundmauern niederbrannte. Wenn man dann die Dämme der aufgestauten Flüsse durchbrach, würde sich das Wasser über die Stadt ergießen, die Ruinen niederreißen und die Brände löschen. Dann konnte Zhongdu wiederaufgebaut werden – schöner und größer als je zuvor …

»Welch ein Anblick!«, hörte ich eine Stimme hinter mir.

Ich wandte mich um.

Auf den Stufen zum Empfangssaal stand Yelu Chutsai. Er war hoch gewachsen und schlank. Sein schwarzes Haar fiel ihm in langen Kaskaden über die Schultern bis zum Gürtel und umrahmte sein fein geschnittenes Gesicht mit den strahlend blauen Augen, der geraden Nase und den sinnlichen Lippen. Welch ein schöner Mann er war! Auf eine seltsame Weise war ich von ihm verzaubert, von seiner Anmut, seinem sanften Lächeln, seinem Leuchten, anders kann ich es nicht nennen … und erregt, als er langsam die Stufen herunterkam. Er hatte eine überwältigende Präsenz, mehr als jeder andere Mensch, den ich bisher kennen gelernt hatte. Es war, als ob er aus sich selbst herausströmte, um Erlösung aus der Enge seines sterblichen Körpers zu suchen.

Ich sah ihm entgegen, einen endlosen, unvergesslichen Moment lang, erfüllt von Gefühlen, die ich noch nicht verstehen konnte.

Dann besann ich mich: »Ein furchtbarer Anblick! Es tut mir Leid, Zhongdu brennen zu sehen.«

»Ein wundervoller Anblick! Ich meinte nicht die Stadt, sondern dich, Temur«, sagte er leise. »Ich bin sehr glücklich, dass du gekommen bist, mein Geliebter! Bitte verzeih mir, dass ich dich so anspreche, aber so nenne ich dich in meinen Gedanken. Ich liebe dich! Neun Jahre lang habe ich mich nach diesem Augenblick gesehnt. Neun Jahre lang haben wir aufeinander gewartet. Als ich dich gesucht habe, warst du am anderen Ende der Welt, als du mich gesucht hast, war ich dorthin aufgebrochen. Aber jetzt haben wir uns endlich gefunden! Ich bin glücklich, dass ich dich nun endlich kennen lerne, mein Liebster!« Er trat ganz nah an mich heran, als wollte er mich umarmen. »Darf ich dich küssen?«

Ich nickte. Seine Nähe war berauschend.

Er umarmte mich und küsste mich zur Begrüßung auf beide Wangen, dann hielt er inne, sah mir in die Augen und küsste mich zart auf die Lippen. »Ich bin sehr glücklich«, hauchte er.

Ich war erregt von seinem Kuss. Und ich war irritiert über die intensiven Gefühle, die er in mir entfachte. Seine Nähe war wie ein wärmendes Feuer in einer langen, eisigen Winternacht.

Dann besann ich mich und entwand mich seiner Umarmung.

»Verzeih mir den Kuss, Temur. Ich habe mich so sehr nach dir gesehnt, so ungeduldig auf den Augenblick gewartet, wenn du nach all den Jahren endlich vor mir stehst, dass ich …«, begann er. »Verzeih mir, denn ich habe dich damit erschreckt.«

»Du hast mich nicht erschreckt, Chutsai. Es ist nur … Ich bin noch nie von einem Mann geküsst worden.«

»Ich auch nicht«, gestand er. »War es dir unangenehm?«

Ich zögerte, sah ihm in die Augen. »Nein, das war es nicht. Ich habe den Kuss genossen. Er war … er war erregend. Und das verwirrt mich.«

Er lächelte. »Soll ich dir im Garten eine Jurte aufstellen lassen oder willst du im Palast wohnen? Die Räume, die du mit Ying Hua bewohnt hast, stehen bereit, wenn du dort schlafen willst. Im Augenblick wohne ich dort, aber ich werde meine persönlichen Sachen sofort wegbringen lassen, damit du …«

»Nein, Chutsai. Du kannst in meinem Bett schlafen«, sagte ich und biss mir wegen der Wortwahl auf die Lippen. »Ein Gästezimmer wird mir genügen. Während der letzten zwei Jahre habe ich auf jeden Luxus verzichtet.«

»Ich habe gehört, dass du in Linan im berühmten Lingyin-Kloster Mönch warst. Dass man dir sogar den Ehrentitel Rinpoche verliehen hat, weil du heilig bist.«

»Ich bin nicht heilig. Ich bin immer noch derselbe, der ich war, bin und immer sein werde …«

»… sagte die Kirschblüte, nachdem sie sich geöffnet hatte und der Welt ihre Vollkommenheit offenbarte«, lächelte er. »Und nun hast du den Pfad der Erleuchtung verlassen und bist freiwillig in die Welt zurückgekehrt, um sie zu retten.«

»Ich bezweifele, dass die Welt ausgerechnet von mir gerettet werden will.«

Chutsais blaue Augen funkelten. »Du bezweifelst, dass die Welt von dir gerettet werden will! Aber du bezweifelst nicht, dass du in der Lage wärst, sie zu retten?«, lachte er herzlich. »Lass uns beim Abendessen darüber sprechen, wie du diese spektakuläre Rettung der Welt planst. Vielleicht erlaubst du, mein geliebter Siddharta, dass ich, ein Mensch, fehlbar und unvollkommen, aber stets bemüht, das Beste zu erreichen, dich ein wenig bei dieser übermenschlichen Aufgabe unterstütze?«

Während des Abendessens lagen Chutsai und ich auf weichen Polstern und seidenen Kissen. Die im leisen Sommerwind flackernden Butterlampen tauchten den Raum in ein sanftes goldenes Licht.

Die glühenden Räucherstäbchen dufteten betörend nach Moschus und Lotus und ließen uns für einen Moment den Gestank des Todes, der durch die offenen Gartentüren hereinwehte, vergessen.

Zwei Diener traten in den Raum und räumten das Geschirr mit den Resten der Mahlzeit ab. Nach der langen Zeit der Askese konnte ich nichts anderes zu mir nehmen als eine Schale voll Reis. Chutsai, selbst ein Mönch, hatte dasselbe gegessen.

»Du bist der schönste Mann, den ich je gesehen habe«, sagte er, als wir wieder allein waren. Er lag neben mir auf den Kissen, die Arme unter dem Kinn verschränkt, den Kopf leicht angehoben, und beobachtete mich aufmerksam.

»Ich bin schön?«

Er nickte seufzend. »Ich meine nicht deinen begehrenswerten Körper, deine Augen von der Farbe des Himmels, mein Siddharta, oder deine wohl gestalteten Hände, die jedes deiner Worte in der Luft zu greifen scheinen. Es ist dein Gesicht, das mich fasziniert. Jede Wahrheit, die du ins Licht der Erkenntnis gehalten hast, um sie zu erforschen, um sie nach der Prüfung wieder wegzulegen, spiegelt sich in deinen Zügen. Deine Worte, deine Gesten, dein Lächeln sind schillernde Facetten, die aus dem Menschen hervorblitzen wie das Funkeln eines geschliffenen Edelsteins.«

»Du hättest Dichter werden sollen, Chutsai, nicht der Kanzler des mongolischen Reiches«, versuchte ich meine Verlegenheit hinter einem ironischen Lächeln zu verbergen.

»Ich meine es ernst, Temur. Du faszinierst mich.« Er ließ mich nicht aus den Augen, während er eine Strähne meiner langen Haare ergriff und sie sanft durch seine Finger gleiten ließ.

»Ich empfinde ebenso, Chutsai: Du erstaunst mich«, sagte ich ehrlich. »Wie hast du es als Prinz der Liao-Dynastie geschafft, das Vertrauen von drei Chin-Kaisern zu gewinnen und bis in die höchsten Staatsämter aufzusteigen? Und wie ist es dir gelungen, meinen Vater zu gewinnen, dass er dich zum Kanzler ernannte?«

Chutsai lächelte geheimnisvoll. »Ich habe ihn verzaubert.«

»So wie du gerade versuchst, mich zu verzaubern?«

»Ich versuche es nicht nur, ich schaffe es auch!«

»Bist du Schamane?«

Er nickte. »Vor vier Jahren habe ich meine elfte *Tschanar*-Weihe bestanden. Aber ich musste meine magischen Fähigkeiten nicht einsetzen, um deinen Vater dazu zu bringen, mir zuzuhören.

Subotai hatte dem Khakhan vorgeschlagen, aus den Reisfeldern von Chin Weiden für mongolische Pferde zu machen. Auch über das Schicksal der Bauern hatte er bereits großzügig entschieden. Er wollte sie versklaven. Ich konnte Dschingis Khan davon überzeugen, dass eine weitere Zerstörung von Chin keinen Sinn hätte: Denn eine zerstörte Stadt kann keine Steuern zahlen, ein entvölkertes Land keinen Handel treiben, ein vernichtetes Volk keine Krieger stellen.

Noch am selben Tag ernannte der Khakhan mich zum Kanzler des mongolischen Reiches. Er übertrug mir die Verwaltung der eroberten chinesischen Provinzen und die Reform des chinesischen Steuersystems, die ich in den nächsten Monaten zusammen mit Hassan durchführen werde, sowie die Anpassung unseres Rechts an die mongolische *Yassa*, wobei mich dein Bruder Schigi unterstützen wird – er wird in einigen Monaten nach Zhongdu kommen, um die Schätze aus dem Kaiserpalast nach Kharkhorin zu schaffen. Subotais Vorschlag wurde nach diesem Tag nicht wieder diskutiert. Jedenfalls nicht in meiner Gegenwart.«

»Mein Vater vertraut dir.«

»Er vertraut keinem Menschen, Temur. Nicht mehr, seit du ihn vor zwei Jahren verlassen hast.«

»Ich habe ihn nicht verlassen.«

»Das habe ich deinem Vater auch gesagt. Ich sagte: ›Temudschin, dein verlorener Sohn wird wiederkommen‹.«

»... dein *verlorener Sohn?*«, fragte ich überrascht.

»Kennst du nicht das Gleichnis vom verlorenen Sohn? Dein Freund Dschebe hat es mir erzählt, als wir über dich sprachen. Der Sohn kehrt nach Jahren der Abwesenheit endlich nach Hause zurück. Der Vater freut sich sehr über die Rückkehr seines liebsten Sohnes, umso mehr, als er befürchtet, dass er schon bald wieder aufbrechen könnte. Zu einem neuen Land jenseits des Horizontes –

denn wie sollst du wissen, mein geliebter Siddharta, wo die Mitte der Welt ist, wo deine Mitte ist, zu der du zurückkehren kannst, wenn du nicht den Horizont erforscht hast? Wie kannst du lieben, wenn du nicht hassen gelernt hast? Wie kannst du hoffen, wenn du nicht zuvor verzweifelt warst? Wie kannst du glauben, wenn du nicht zuvor an Gott gezweifelt hast?«

»Wieso wusstest du, dass ich kommen würde?«

»Große Dinge werden möglich, wenn die Zeit dafür gekommen ist, und sie werden getan, wenn der Mensch dazu bereit ist.« Er lächelte rätselhaft. »Die Sterne haben es mir verraten. Und dir doch auch.«

»Mir?«

»Als Schamane weißt du, dass unsere Wege, wohin sie auch führen, festgelegt sind. Du ahnst, dass du nach einer Zeit im Paradies die Hölle durchqueren wirst. Du bist zurückgekommen, weil du die schlimmste Zeit deines Lebens bewusst erleben willst. Um zu lernen. Um dich zu vervollkommnen.«

»Was ist das: die schlimmste Zeit meines Lebens?«

»Ich weiß es nicht. Ich weiß nur, dass es furchtbarer sein wird als alles, was du bisher erlebt hast, entsetzlicher und demütigender. Was auch immer geschieht: Es wird dich beinahe um deinen Verstand bringen.«

»Und wann …«

»In drei Jahren. Im Jahr des …« Er zögerte. »Im Jahr des Tigers.«

Die Vision!, dachte ich entsetzt. Es ist noch nicht zu Ende!

»Mein Liebster, was ist mit dir?«, fragte Chutsai besorgt, beugte sich über mich und strich mir über das Gesicht. »Du bist plötzlich so blass …«

Ich wich ihm aus, drehte das Gesicht weg. »Nichts.«

»Es ist die Vision, nicht wahr?«, fragte er leise.

»Du weißt davon?«, rief ich fassungslos.

Er nickte. »Dein Vater hat sie mir gezeigt.«

»Einen größeren Beweis seines Vertrauens hätte er dir nicht geben können.«

»Doch, Temur: Er nennt mich seinen Sohn.« Chutsai strich mir sanft über das Haar. »Lass uns zusammenarbeiten, um diese Vision zu verwirklichen. Ich hätte dich gern an meiner Seite. Als mein Stellvertreter. Und als Minister für ausländische Angelegenheiten.«

»Ist das der Wunsch meines Vaters?«, fragte ich.

»Es ist *mein* Wunsch. Ich bin Kanzler des mongolischen Reiches. Und du bist der nächste Khakhan.«

»Nein!«, unterbrach ich ihn. »Er hat meinen Rücktritt als Khan akzeptiert ...«

»Selbstverständlich hat er das! Du hast ihm keine Wahl gelassen!

Dein Vater hat vor Jahren deinen Rücktritt als Fürst akzeptiert und dich zum Khan erannt. Was, glaubst du, plant er, wenn er deinen Rücktritt als Khan annimmt, ohne den Versuch zu machen, dich umzustimmen? Er hat etwas viel Wichtigeres mit dir vor, Temur, und deine Abdankung als Herrscher steht dem nicht im Weg. Ganz im Gegenteil: Deine Entscheidung erhebt dich über jeden deiner Brüder.

Dschutschi, Tschagatai, Ogodei und Tolei befürchten, dass der Khakhan dich, einen illegitimen Sohn, zu seinem Nachfolger machen könnte. Er ist dreiundfünfzig Jahre alt: Er macht sich Gedanken über die Zeit nach seinem Tod.

Dschutschi versucht deinen Vater gegen dich aufzuhetzen – er nennt dich ›Dschamugas Sohn‹. Tschagatai und Dschutschi streiten unablässig, welcher der Wahre Glaube ist: der christliche oder der muslimische. Ich habe mich lange mit Tschagatai unterhalten. Er nennt Dschutschi ›das Schwert des Islam und Allahs Schatten auf Erden‹ und bezeichnet ihn als selbstherrlich, herablassend und überempfindlich.

Und Ogodei? Dein Bruder trinkt zu viel. Er hatte schon Ärger mit seinem Vater, weil er gegen das Gebot verstieß, nicht öfter als drei Mal im Monat betrunken zu sein. Ogodei, so scheint mir, ist nicht öfter als drei Mal im Monat nüchtern. Dein Vater hält es mit Lao Tse: ›Andere zu beherrschen erfordert Macht – sich selbst zu beherrschen erfordert Stärke‹. Ich bezweifle, dass dein Vater ernsthaft erwägt, Ogodei zum Khakhan zu machen, um Völker zu beherrschen, bevor er sich nicht *selbst* beherrschen kann.

Und Tolei? Er leidet darunter, der jüngste Sohn zu sein. Er hat ein unglaubliches Talent, sich mit seiner geradezu verbissenen Überheblichkeit nicht nur in der eigenen Familie Feinde zu machen. Deine Brüder sind sehr zornig, weil dein Vater dich ihnen vorzieht, und dieser Neid wiederum macht deinen Vater wütend.

Dschebe dagegen ist sehr glücklich, dass sein bester Freund eines Tages Kaiser sein wird. Der Stiefvater deiner Söhne träumt davon, eines Tages Khan einer der Provinzen des Reiches zu sein. Und Mukali ist ganz seiner Meinung, denn er ist sicher, dass du ihn, den Schwiegervater deines ältesten Sohnes Kaidu, in seinem Amt als Khan bestätigen würdest.«

»Wenn das Dschebes Haltung mir gegenüber ist, ist er nicht mein Freund! Er kennt mich sehr gut und weiß genau, wie ich darüber denke. Wie kann er sich anmaßen, etwas von mir zu erwarten, was ich nicht aus meinem freien Willen tun würde! Dschebe als Khan? Niemals – nicht solange ich das verhindern kann!«

»Außer Dschebe hast du nicht viele Freunde, denen du vertrauen kannst. Und mit dieser Entscheidung machst du ihn dir zum Feind«, warnte er mich.

»Lieber ein Feind, der im Kampf das Schwert gegen mich erhebt, als ein Freund, der mir seinen Dolch in den Rücken stößt, um mich zu Entscheidungen zu zwingen, die ich nicht verantworten kann und will! Denn das ist nicht Freundschaft, sondern Verrat!«

Chutsai nahm meine Hand und streichelte sie sanft. »Du bist enttäuscht von Dschebe.«

»Ja, sehr enttäuscht.«

»Und du bist einsam.«

Ich zögerte. »Ja.«

Er küsste meine Hand. »Und du sehnst dich nach einem Freund, dem du dich anvertrauen kannst: deine Hoffnungen und Ängste, deine tiefsten Gefühle. Der so ist wie du und der dich deshalb ertragen kann, wie du bist. Der so stark ist wie du und der dich deshalb auffangen kann, wenn du dich in seine Arme fallen lässt.«

»Chutsai, ich …«

»Ich bin so einsam wie du, mein Geliebter«, flüsterte er. »Ich friere vor Einsamkeit, und ich wünsche mir nichts sehnlicher, als mich an dir zu entzünden.« Er beugte sich über mich und küsste mich sanft auf die Lippen.

Ich lag still und ließ es geschehen, bebend vor Erregung.

Seine Lippen huschten über meine Wangen. »Ich liebe dich!«, hauchte er. »Ich liebe dich so sehr!« Dann küsste er mich wieder auf den Mund, zart und sinnlich. Seine Zunge streichelte meine Lippen, bis ich sie öffnete, dann glitt sie hinein, sanft und erregend, und erforschte spielerisch meinen Mund, rang den Widerstand meiner Zunge nieder, spielte mit ihr, liebkoste sie.

Zitternd vor Erregung legte ich meine Arme um seine Schultern und zog ihn zu mir herunter.

Wie ich mich nach seinen zärtlichen Berührungen sehnte, ihm nah zu sein, ihn zu fühlen, ihn zu schmecken, seinen Atem zu spüren, seinen Herzschlag zu hören, wie ich mich nach seiner Liebe sehnte, nach seiner Leidenschaft, die mein erfrorenes Herz zum Leben erwecken konnte! Ich strich ihm über das lange Haar und erwiderte leidenschaftlich seinen Kuss.

Seine Hände glitten unter die Mönchsrobe und streichelten meine glühende Haut. Wie intensiv sich seine Berührungen anfühlten! Noch nie hatte ich eine derartig ekstatische Lust empfunden, mich in die Arme eines anderen Menschen fallen zu lassen, in ihm zu versinken, um eins mit ihm zu werden, um mit ihm …

Ich kam zur Besinnung, stieß ihn von mir, setzte mich auf. »O mein Gott, was tun wir nur?«

Chutsai lag neben mir und sah zu mir auf, enttäuscht, traurig. Er legte mir die Hand auf den Arm. »Bitte verzeih mir, mein Geliebter! Ich dachte … Du hast meinen Kuss so leidenschaftlich, so verzweifelt erwidert, dass ich dachte, du wolltest es. Du bist erregt …«

Ich wandte mich ab und atmete tief durch. »Es darf nicht sein, Chutsai.«

Er ließ seine Hand sinken, fuhr sich über die Augen. »Es tut mir Leid, wenn ich dir zu nahe gekommen bin«, sagte er leise, ohne mich anzusehen. »Ich liebe dich seit … seit einer Ewigkeit. Ich habe so lange auf diesen Augenblick gewartet. Und dann standest du vor mir, schöner, als ich dich mir vorgestellt hatte, sensibler, stiller. Ich war so glücklich, so unendlich glücklich, als ich dich sah! Ich dachte wirklich, meine Suche nach dir, dem vollkommenen Menschen, wäre beendet. Ich konnte nicht anders, als dich zu küssen, und du … du hast doch gesagt, dass es dir gefallen hätte … Da habe ich gedacht…« Er hielt inne. »Ich weiß nicht mehr, was ich gedacht habe, Temur. Bitte verzeih mir!«

Ich sah ihn an: Das Funkeln in seinen Augen – waren das Tränen?

Er erhob sich und raffte seine lange Mönchsrobe um sich, als könnte sie ihn vor der Kälte der Einsamkeit und vor weiteren Verletzungen schützen. »Es ist besser, wenn ich jetzt gehe, bevor ich…« Er rang um Fassung. »Morgen Früh werde ich meine Sachen packen und deine Residenz verlassen. Ich werde mit meinem Gefolge in den Kaiserpalast umziehen. Wenn wir getrennt leben … und uns nicht jeden Tag sehen … dann werden wir uns bestimmt nicht mehr … zu nahe kommen.« Mit einem Schluchzen drehte er sich um und verließ den Raum.

Was habe ich getan?, dachte ich und fuhr mit beiden Händen über mein Gesicht. Ich hatte den Menschen, der mich liebte, zutiefst verletzt. Er hatte mir nah sein wollen, hatte mich lieben wollen, zärtlich, leidenschaftlich, und ich hatte ihn zurückgestoßen, obwohl ich ihn ebenso liebte wie er mich. Ich war erregt gewesen, als er mich küsste, hatte seinen Kuss erwidert, leidenschaftlicher, fordernder, als ich es jemals mit Nomolun, Kokatschin, Ying Hua, Tashi oder irgendeiner anderen Frau getan hatte.

»Ich kenne keinen anderen Menschen, der so liebt wie du«, hatte Nomolun mir vor Jahren gestanden. »Du wirst die Suche nicht aufgeben, bis du gefunden hast, was du so unbeirrt und voller Hoffnung suchst: die große Liebe, das Berührtwerden in tiefster Seele, nach dem du dich so verzweifelt sehnst. Den vollkommenen Menschen, den Bodhisattva, dem du dich hingeben kannst und der dich in deiner Intensität ertragen kann, weil er ist wie du, dem du deine tiefsten Gefühle zeigen kannst und der sie versteht, weil er denkt wie du. Irgendwann wirst du einen solch vollkommenen Menschen finden.«

Mit aufgewühlter Seele saß ich in der Dunkelheit des Gartens und sah in die Nacht hinaus. Überall sah ich ihn, den Menschen, der so verzweifelt war wie ich selbst, sah seine Tränen im Funkeln der Sterne, hörte sein enttäuschtes Schluchzen im Rauschen des Windes in den Bäumen. Und da war noch etwas, ein Schimmer nur: Ich hatte mich selbst, den ewig suchenden Menschen, in seinen Augen gesehen wie in einem dunklen Spiegel – diese Erkenntnis hatte mich in meiner Seele berührt.

Chutsai war dieser Mensch, nach dem ich mich so lange gesehnt hatte! Ich hatte ihn gefunden und gleich wieder verloren. Durch mein Verhalten hatte ich ihn derart verletzt, dass er vor mir floh. Es tat mir in der Seele weh. Ich wollte ihn nicht gehen lassen, nicht in dieser Nacht und in keiner anderen, wollte ihn trösten und von ihm getröstet werden, wollte ihn lieben und von ihm geliebt werden. Ich brauchte Chutsai wie ein in der Wüste Verdurstender den rettenden Schluck Wasser.

Leise klopfte ich an seine Schlafzimmertür.

Keine Antwort. Ob er wohl schon schlief?

Ich öffnete die Tür und trat in den Raum, der von mehreren Öllampen erleuchtet war.

Chutsai hatte mir den Rücken zugewandt und mein Eintreten nicht bemerkt. Er warf einige Bücher in eine Reisetruhe und schloss den Deckel, um ihn zu verriegeln. Er packte!

Ich trat neben ihn und sah ihm in die Augen. Er hatte tatsächlich geweint. »Ich will nicht, dass du mich verlässt, Chutsai.«

Dann öffnete ich den Deckel der Truhe, nahm die Bücher heraus, seinen Schamanenspiegel, sein *Vajra*-Diamantzepter und die Gebetsglocke, und legte alles zurück auf den Schreibtisch.

Schweigend beobachtete er mich, wie ich zu ihm zurückkam. Er wich mir nicht aus, als ich ihm zart die Tränen aus dem Gesicht wischte und eine Strähne seines langen Haares aus der Stirn strich.

Er schloss die Augen und stand ganz still, wartete ab, was ich tun würde.

»Darf ich dich umarmen?«, fragte ich ihn sanft.

Er nickte, presste die Lippen zusammen, als fürchte er, ein Seufzen oder ein Schluchzen könnte ihnen entkommen, mich erschrecken und alles zerstören.

»Ich werde dich nie wieder gehen lassen, mein Geliebter!«, flüsterte ich, als ich ihn festhielt. »Ich würde mein Versprechen gern mit einem Kuss besiegeln. Erlaubst du es mir?«

Er nickte. Tränen liefen über sein Gesicht, als ich ihn zart auf die halb geöffneten Lippen küsste.

»Ich liebe dich, wie ich noch nie einen Menschen geliebt habe!«, flüsterte ich zwischen zwei Liebkosungen.

»Und ich liebe dich«, hauchte er. Seine Hände glitten über meinen Rücken, lösten den Gürtel und ließen ihn zu Boden fallen. Dann schob er den Stoff der Robe über meine nackten Schultern zurück. »Wie schön du bist!« Er streichelte die Narbe, wo der Pfeil mein Herz verwundet hatte. »Wie viele Narben dein Körper hat! Und wie viele noch nicht verheilte Wunden deine Seele hat! Ich bin Schamane, mein Liebster. Lass sie mich heilen!«

Sanft zog er mich hinüber zum Bett, lehnte sich in die Kissen, ohne meine Hand loszulassen, und zog mich zu sich herunter. Ich beugte mich über ihn und begann, ihn zu entkleiden, das Mönchsgewand, die weiten Hosen, bis er nackt war. Dann legte ich mich neben ihn, während er mir die Seidenhose auszog und zu Boden sinken ließ. Nun fuhr er mir langsam und sehr zart mit der Hand die Beine hinauf, seine Finger glitten zwischen meine Knie, wanderten zwischen den Schenkeln höher, tastend, streichelnd, wanderten dann weiter, über meinen Bauch, meine Brust, meine Schultern, griffen in mein langes Haar.

»Leg dich neben mich!«, flüsterte er zwischen zwei Küssen.

Ich ließ mich in die Kissen sinken, legte mein rechtes Bein über seine Hüfte und umarmte ihn. Wie nah wir uns waren! Kein Gefühl hatte zwischen uns Platz! Dann begann er langsam, sanft und zärtlich, sich zu bewegen.

»Hast du schon einmal einen Mann geliebt?«, fragte ich.

»Nein, noch nie«, seufzte er.

»Und … eine Frau?«

Er schüttelte den Kopf. »Ich habe die Mönchsgelübde abgelegt.«

Bestürzt hielt ich inne. »Chutsai …«

Er küsste mir die Worte von den Lippen, ohne in seinen lustvollen Bewegungen innezuhalten. »Es ist in Ordnung, mein Liebster. Wenn man Mönch wird, sind die Gelübde wichtig, um sich auf sich selbst zu besinnen. Ich praktiziere seit Jahren das Tantra-Yoga, um die Vollkommenheit zu erreichen. Die Vereinigung, die im ›Höchsten Tantra-Yoga‹ beschrieben ist, ist keine geschlechtliche Vereinigung aus sexueller Begierde, kein Rausch der Sinne, der den Verstand mit sich fortreißt. Es ist ein heiliger Akt, wundervoll und sinnlich. Ihn mit dir zu vollbringen ist … unbeschreiblich!«

»Aber im Tantra-Yoga vereinigen sich ein männlicher und ein weiblicher Eingeweihter.«

Er lächelte. »Je vollkommener du wirst, desto weniger bist du ein Mann oder eine Frau, desto mehr bist du ein Mensch, der beide Anteile in sich vereinigt. Deine Körperlichkeit ist weiblich, dein Geist ist männlich. Wenn beides in Einklang ist, bist du weder Mann noch Frau. Es ist also gleichgültig, in welchen Körper du in diesem Leben hineingeboren wurdest. Dein sterblicher Leib ist doch nur eine schöne, sinnliche, praktische, aber vergängliche Hülle für das, was du wirklich bist, Temur!«

Er legte seinen Arm um meine Schenkel, zog mich ganz nah an sich heran und küsste mich.

Ich schloss die Augen und ergab mich den wundervollen Empfindungen, die nicht Lust oder Begehren waren, die nach dem sexuellen Höhepunkt in einem Feuerwerk von Gefühlen vergingen, bis nichts mehr blieb, sondern eine Ekstase, die mich von mir fortriss und in den Himmel hinauftrug wie ein Sturm.

Wie zwei Hände im mystischen Gebet waren unsere Glieder untrennbar ineinander verwoben, zitternd, bebend, seufzend vor Glückseligkeit. Unser Atem und unser Herzschlag wurden eins, unsere Seelen waren in ekstatischer Verzückung auf der Suche nach einander, um uns am anderen zu entzünden, gefühlvoll, sinnlich, leidenschaftlich, um lichterloh zu brennen, wie das göttliche Licht, das wir zu erreichen suchten, um aus uns herauszuströmen, mächtig und gewaltig, um miteinander zu verschmelzen, nicht mehr Mensch zu sein, nicht mehr getrennt, nicht mehr Temur zu sein, nicht mehr Chutsai, nicht mehr Ich, nicht mehr Du, eins zu werden, vollkommen, Gott ähnlich.

Das war der Moment, auf den ich während meiner intensiven *Samadhi*-Meditationen im Lingyin-Tempel so sehnsüchtig gewartet hatte. Doch diese Gnade war mir nie zuteil geworden.

Einen Herzschlag lang hörte der Riss zwischen Himmel und Erde, zwischen Gott und Welt, zwischen Chutsai und mir auf zu existieren. Wir drangen tief in den anderen vor, seine Gefühle, seine Angst, sich aufzulösen und für immer im anderen zu verlieren, seine Glückseligkeit, sich im anderen zu erkennen, das Spiegelbild seiner selbst, das Echo seiner eigenen Vollkommenheit, die lang ersehnte Inkarnation seiner Hoffnung auf Glück und Liebe und Geborgenheit jenseits der Einsamkeit, ergossen uns ineinander, wurden eins. Dann sahen wir das Licht, dieses wundervolle, strahlend helle, warme Licht! Und dann vergingen die Gefühle, erloschen wie eine Flamme, starben leise, um zwei bebende, erschöpfte Körper zurückzulassen.

Schwer atmend sank ich in die Kissen.

Chutsai legte seinen Kopf an meine Schulter und umarmte mich. »Es war überwältigend schön!«, sagte er, während er unsere Haare zu einem Ewigen Knoten zusammenflocht. »Ich habe zwar während meiner Himmelsreisen schon die sexuelle Ekstase und die Erlösung erlebt, aber das hier mit dir, Temur, die Vereinigung unserer Seelen, war unbeschreiblich!« Er deutete auf die geflochtenen Haare. »Jetzt sind wir für immer verbunden!«

Am nächsten Morgen erwachte ich in seinen Armen.

Er hatte im Schlaf seinen Arm um mich gelegt, als fürchtete er, ich könnte so schnell aus seinem Leben verschwinden, wie ich es erobert hatte, um es künftig zu beherrschen. Ein entspanntes Lächeln lag auf seinen Lippen. Als ich ihm über das zerwühlte Haar strich, seufzte er im Schlaf und lehnte sich gegen mich.

Die Sonne war längst aufgegangen und tauchte den Raum in ein rotgoldenes Leuchten, das Chutsais Gesicht wie das eines selig lächelnden goldenen Buddhas schimmern ließ.

Ich küsste ihn wach.

Als er die Augen aufschlug, sagte ich: »Ich bin sehr glücklich« und hauchte ihm einen Kuss auf die Lippen.

»Ich auch, mein Liebster«, flüsterte er und strich mir über das Gesicht. »Ich befinde mich in einem wundervollen Land jenseits der Glückseligkeit. Ein Land, das nur sehr wenige Menschen bisher betreten haben. Und ich habe keine Lust, jetzt schon in die Welt zurückzukehren.« Er umarmte mich und zog mich zu sich herunter, um mich zu liebkosen. »Lass uns die Welt noch ein wenig länger verleugnen und uns ihr entziehen! Lass uns unser Glück genießen …« Er küsste mich zart. »… die Heiligkeit unserer tantrischen Vereinigung …«, flüsterte er zwischen zwei Liebkosungen, »… und die Liebe … diese großartige, Glückseligkeit erschaffende Liebe …«

Die Wochen mit Chutsai in Zhongdu waren die glücklichsten meines Lebens, obwohl unsere innige Beziehung – ich weigere mich, sie eine Affäre zu nennen, denn sie war so weit jenseits der Verliebtheit oder der Liebe – schwierig und sogar gefährlich war.

Vor Jahren hatte Nomolun zu mir gesagt: »Für uns andere, die wir nicht wie du inspiriert sind, ist die Liebe – die Sinnlichkeit, die Lust, die Leidenschaft und das Glück – das Ziel unseres Lebens. Wenn wir lieben, wenn wir glücklich sind, dann sind wir angekommen. Dann suchen wir nach keinem anderen Weg, der uns über unsere Grenzen hinaus bis zum fernen Horizont führt. Aber für dich ist die Liebe, das bewusste Aufgeben deiner Selbstbeherrschung und die Hingabe an den geliebten Menschen nicht das Ziel, sondern nur der erste Schritt auf einem langen Weg, und wir anderen können nicht einmal erahnen, wohin er führt.«

Wohin führte der gefährliche Weg, den Chutsai und ich gingen? Wir riskierten beide die Todesstrafe, wenn diese durch die *Yassa* verbotene Liebe entdeckt würde. Was sollte ich meinem Vater antworten, wenn er mich nach meiner innigen Freundschaft zu Chutsai fragte? Wie sollte ich mich Schigi gegenüber verhalten, der bald nach Zhongdu kommen würde und der selbst in Chutsai verliebt war? Mein Bruder hatte sich enttäuscht und hasserfüllt gegen mich gewandt, als ich ihm vor Jahren Dschebe wegnahm. Wie würde er reagieren, wenn er erfuhr, dass ich ihm nun auch noch Chutsai, seine Vision von der vollkommenen Liebe, nahm?

Am Tag waren Chutsai und ich ständig von einem großen Stab von Beratern und Sekretären umgeben, gewährten als Kanzler des Reiches Audienzen, empfingen als Minister Gesandtschaften und waren nur selten allein. Zarte Berührungen, verstohlene Blicke, ein Lächeln, ein geflüstertes Versprechen waren die einzigen Möglichkeiten, einander nah zu sein.

Erst am Abend konnten wir uns zurückziehen und vertraulich miteinander sprechen. Wir nahmen das Nachtmahl gemeinsam ein, dann lagen wir oft in den Kissen, eng aneinander gelehnt, und lasen gemeinsam ein Buch von Ibn Sina oder Ibn Rushd. Wir lasen einander vor, während wir in den Armen des Geliebten lagen. Ganz besonders genossen wir Omar Khayyams *Rubaijat*-Verse. Wir redeten und redeten, streichelten uns mit Worten und Blicken. Es war eine sehr innige und sehr intime Erfahrung eines einzigartigen Gefühls: des Wir.

Manchmal meditierten wir über einem herrlichen Mandala-Bild aus Tibet, machten gemeinsam eine Reise durch die Sphären der Reinigung des Geistes im Flammenkreis des Mandala, des Wortes an der *Vajra*-Mauer und des Geistes im Lotusblütengarten und durch die Tore der stufenweisen Erleuchtung zur Mitte des Palastes von Avalokiteshvara, dem Bodhisattva der Liebe.

Wir saßen nicht in der traditionellen Meditationshaltung im Lotussitz mit ineinander verschränkten Händen, sondern hielten uns an der Hand. Welch eine innige Berührung, welch ein überwältigendes Gefühl, den Weg durch das Mandala der Welt gemeinsam zu gehen!

An manchen Abenden praktizierten wir das Tantra-Yoga. Die

Anhänger des Tantrayana sehen in ihrem Weg zur Erleuchtung eine Höherentwicklung des Mahayana, der Großen Lehre des Buddhismus. Das Tantrayana lehrt den Eingeweihten den direkten Zugang zur Macht, den Weg zur Erleuchtung noch im gegenwärtigen Leben, nicht erst nach einer langen Folge leidvoller Leben, die im Nirvana enden. Das Ziel des Tantra-Yoga ist die Vereinigung mit Gott und Seiner Kraft auf sexuellem Weg. Wie der Schamane bedient sich der eingeweihte Yogi der Welt als Quelle seiner Kräfte. Die Welt wird nicht, wie im Mahayana, verleugnet, sondern bewusst als Instrument der Erlösung benutzt. Die sexuelle Vereinigung ist ein Weg, die menschliche Begrenztheit zu überwinden.

Nicht nur das Diamantzepter, das Symbol für die Männlichkeit und die Weisheit, und die Glocke, das Symbol für die Weiblichkeit, werden zu rituellen Instrumenten, sondern der Körper selbst wird zum Instrument einer Aufhebung aller Gegensätze in der Vereinigung, einer mystischen Liebe, einer Heilung des Menschen durch einen anderen Menschen.

Tausend Gedanken stürmten in jenen Wochen auf mich ein, Sehnsüchte, Wünsche, Ängste und Hoffnungen wirbelten vom Sturmwind der Gefühle getrieben durcheinander, vergingen, erloschen wie die Flamme einer Kerze – nach all den Jahren des Suchens, des Sehnens, des Hoffens hatte ich endlich mein Ziel erreicht. Die Sehnsucht nach dem Vollkommenen war so mächtig gewesen, dass schon die Suche danach so lustvoll war, dass ich sie nie aufgeben wollte. Aber das Finden war ungleich lustvoller. Die verträumte Stille der gemeinsamen Abende tat mir gut, und ich hatte viel Zeit zum Nachdenken, während wir uns zärtlich im Arm hielten und über diese schönste aller Lebensaufgaben sprachen: uns selbst im anderen zu finden.

Es war eine wundervolle Zeit der Freude und der Glückseligkeit, unermesslich sinnlich, unvergesslich schön. Der Tiger in mir schlief sehr friedlich.

Noch.

Durch meine Rückkehr aus dem Kloster hatte ich meinen Frieden mit der Welt machen wollen. Dazu hatte ich als Minister für ausländische Angelegenheiten und als Stellvertreter des Kanzlers genug Gelegenheit. Vier Jahre zuvor, zu Beginn des Chin-Krieges hatte ich zu meinem Vater gesagt: »Du und ich hatten dieselbe überwältigende Vision! Ich sehe sie noch immer, jeden Tag und jede Nacht. Und ich will sie trotz dieses entsetzlichen Mordens und Eroberns und Zerstörens, das mir in der Seele wehtut und meinen Verstand vergewaltigt, nicht aus den Augen verlieren: die Vision vom Frieden! Ich will die Reiche nicht unterwerfen und vernichten. Ich will sie *beherrschen!*«

Es gab so unglaublich viel zu tun. Chin lag verwundet am Boden, ausgeblutet vom langen Krieg, erschüttert von nicht endenden Aufständen gegen die Herrschaft der Mongolen, der Dschurdschen, der Kitan und des Kaisers in Kaifeng. Song lag nach dem Krieg mit Chin auf Knien und war zu schwach, sich zu erheben. Und auch Xixia drohte zu stürzen, weil der Handel über die Seidenstraße zum Stillstand gekommen war.

Dass auch das mongolische Reich trotz aller eroberten Gebiete, hoher Tributzahlungen und einer unermesslich großen Beute nicht in der Lage war, den endlosen Krieg auch nur ein Jahr lang weiterzuführen, machte mir Hassan nach seiner Ankunft sehr eindringlich klar. Im Herbst war er als Finanzminister nach Zhongdu gekommen, um zusammen mit dem Kanzler das Steuersystem und den Geldverkehr zu reformieren: Schnüre von Kupfermünzen und Silberbarren sollten mehr und mehr durch neu gedrucktes Papiergeld als Hauptzahlungsmittel im Reich ersetzt werden, die durch den Krieg und die Not der Bevölkerung ständig zunehmende Geldentwertung musste aufgehalten werden.

Ich hatte Hassan lange nicht gesehen und freute mich über sein Kommen, umso mehr, als er Malik mitbrachte, der ein wichtiges Amt in Djafars Ministerium innehatte und sich um die Wiederaufnahme des Handels über die Seidenstraße nach Westen, mit Khwarezm und dem Khalifat von Bagdad, kümmern würde.

In den folgenden Monaten teilte Chutsai die eroberten chinesischen Gebiete in Provinzen. Sie wurden nicht den mongolischen Noyans unterstellt, die sie erobert und besetzt hatten, sondern von kitanischen, türkischen und uighurischen Statthaltern regiert, die dem Kanzler und dem Khakhan verantwortlich waren. Mukali würde als Khan und Statthalter des Khakhans in Chin, Liao und Koryo mit seinem Heer von fünf *Tümen* – fünfzigtausend mongolischen, kitanischen und dschurdschischen Kriegern – künftig nicht mehr in Zhongdu residieren, sondern in einem *Ordu* nördlich der Großen Mauer, an der Grenze zu Koryo. Der König von Koryo hatte sich zähneknirschend bereit erklärt, die mongolische Oberhoheit anzuerkennen und Dschingis Khan Tribut zu zahlen.

Blutige Bauernaufstände erschütterten den Süden von Chin, der sich noch unter der Herrschaft des Kaisers Xüan Zong befand. Er musste seine Heere aus der mandschurischen Steppe abziehen und auf dem Seeweg nach Süden bringen, weil die Nordprovinzen von den Mongolen besetzt waren. Und auch der Kaiser von Xixia bereitete dem Kaiser in Kaifeng schlaflose Nächte. Gegen die Mongolen im Norden, Xixia im Westen und blutige Aufstände im Osten gleichzeitig zu kämpfen hätte für Xüan Zong beinahe seinen Sturz bedeutet – denn auch seine engsten Berater fielen ihm in den Rücken und diskutierten allen Ernstes die Rückeroberung von Zhongdu.

Zu Beginn des Jahres der Ratte (1216) reiste ich nach Kaifeng, um mit dem Kaiser von Chin über Frieden zu verhandeln. Xüan Zong hatte Tränen in den Augen, als ich ihm die Bedingungen nannte: Er sollte auf alle Gebiete nördlich des Huang He verzichten, seinen Titel als Kaiser ablegen, sich künftig nur noch König von Chin nennen und Dschingis Khan als Vasall die Treue schwören.

Während der Kaiser über die Bedingungen des Friedensvertrages nachdachte, besichtigte ich drei Tage lang die Stadt Kaifeng, die mit weit über einer Million Einwohnern so groß war wie Linan.

Schon vor Jahrzehnten hatten die Vorstädte die quadratischen Stadtmauern gesprengt und sich über die Ebene ausgedehnt. Nicht einmal die Stadtmauer entsprach der kosmischen Ordnung, denn sie hatte an einigen Stellen breiten Straßen und Kanälen weichen müssen. Der großartige Kaiserpalast im Norden der Stadt spiegelte wie die kaiserliche Residenz in Zhongdu die Kosmische Ordnung wider. Die prächtigen Hallen aus lackiertem und vergoldetem Zedernholz wurden von einer hohen, purpurfarbenen Festungsmauer umschlossen.

In den engen *Hutongs* von Kaifeng sah ich zu den Dächern der fünfgeschossigen Häuser auf, zu flatternden Wäscheleinen, zu Bambuskäfigen mit Singvögeln: Nie wieder habe ich Menschen so eng beieinander wohnen sehen wie in Kaifeng, weder in Bagdad noch in Delhi.

Der große Markt lag direkt vor einem bekannten Weinhaus, einem Tempel sinnlicher Genüsse, wo man speisen, trinken, spielen und lieben konnte. Ich ließ meine Eskorte im Weinhaus zurück und schlenderte mit zwei meiner Leibwachen über den Markt. In den offenen Läden der Buchhändler fand ich Schätze des Wissens. Drei Truhen voller Bücher und alter Schriftrollen erwarb ich als Geschenk für Chutsai – seine umfangreiche Bibliothek, seine kostbaren Bücher waren bei der Eroberung von Zhongdu verbrannt. Für Yong Le kaufte ich einen Flugdrachen aus Seide: ein Feuer speiender chinesischer Drache. Ich hoffte, dass mein Sohn sich darüber freuen würde. Da ich nicht wusste, wann ich ihn wiedersehen würde, beschloss ich, ihm den Drachen mit dem nächsten Pfeilreiter zu schicken, den ich zu meinem Vater in sein Winterlager in Kharkhorin sandte.

Als ich am nächsten Tag, wie vor Jahren in Samarkand, durch die Gassen von Kaifeng irrte, stand ich zu meiner Überraschung plötzlich mitten im jüdischen Viertel. Ich hatte nicht gewusst, dass es in Chin Juden gab, und erfuhr von einem Rabbi, dass sich die Gemeinde erst vor wenigen Jahren in Kaifeng niedergelassen hatte. Rabbi Elija zeigte mir die Synagoge – er hatte die Figur des Gekreuzigten um meinen Hals bemerkt und mich gefragt, ob ich Christ sei, und ich hatte verneint: »Ich achte jeden Glauben.« Da lud er mich zum Sabbat-Gottesdienst ein, von dem ich trotz meiner Kenntnisse der arabischen Sprache kein Wort verstand.

Tief beeindruckt vom heiligen Ernst des jüdischen Gottesdienstes, bat ich Rabbi Elija, mir von sich zu erzählen.

Er berichtete, dass er elf Jahre zuvor, während der Eroberung und Plünderung durch die Kreuzfahrer unter der Führung des Dogen von Venedig, Enrico Dandolo, aus Konstantinopolis geflohen war. Er hatte nach Jerusalem gehen wollen, aber das war zu gefährlich. Über Alexandria, Bagdad, Nishapur, Merw und Bokhara sei er schließlich nach Kaifeng gekommen, ans andere Ende der Welt.

»Willst du hier bleiben?«, fragte ich ihn.

Er nickte. »Ja, denn hier bin ich.«

Erst sah ich ihn verdutzt an, aber dann begriff ich, was er meinte: Er war hier Mensch, nicht Jude.

»Du bist aber sehr weit entfernt von zu Hause«, wandte ich ein.

Und er antwortete: »Ich war noch nie zu Hause.«

Die Antwort berührte mich sehr.

Er sagte, dass Jerusalem seine Heimat war, wohin alle Juden eines Tages zurückzukehren wünschten, um dort endlich in Frieden zu leben. Wir sprachen Arabisch miteinander, und er benutzte das Wort *Shalom* statt *Salam*, aber ich verstand ihn auch so.

Nachdem ich mich von Rabbi Elija verabschiedet hatte, ging ich lange gedankenvoll in den Gassen spazieren. Nachmittags besuchte ich einen berühmten Tempel und die *Tieta*, die dreizehnstufige »Eisenpagode«. Von der Spitze des hohen Turms hatte ich einen fantastischen Blick über die Stadt zu meinen Füßen und den gelb schimmernden Huang He im Norden.

Xüan Zong empfing mich zwei Tage später. Der Kaiser von Chin lehnte Dschingis Khans Friedensvertrag als unannehmbar ab. Der Krieg ging weiter. Im März – ich war noch nicht nach Zhongdu zurückgekehrt – zog ein mongolischer Noyan mit seinem Heer nach Süden, um die noch nicht eroberten Provinzen von Chin südlich des Huang He zu unterwerfen und Kaifeng zu belagern.

»Ich hätte große Lust, dir derartige Reisen zu verbieten, Temur«, begrüßte mich Chutsai bei meiner Rückkehr in unsere Residenz. »Ich habe dich so sehr vermisst, mein Liebster!«

Es war schon spät am Abend, aber er hatte noch gearbeitet. Als ich sein Arbeitszimmer betreten hatte, war er hinter seinem Schreibtisch aufgesprungen, um mich zu begrüßen.

Ich umarmte ihn. »Du bist besorgt. Was ist geschehen?«

Er lehnte sich gegen mich und seufzte. »Der Gesandte des Shahs belagert seit drei Tagen meinen Schreibtisch: Der Herrscher von Khwarezm will über einen Friedensvertrag verhandeln. Und Schigi ist seit einer Woche in Zhongdu und belagert mein Bett. Gestern beim Abendessen hat er mir seine Liebe gestanden – und seine Hoffnung, dass auch ich ihn lieben könnte.«

»Ahnt er, dass wir uns lieben?«

»Das glaube ich nicht. Aber wir werden uns nicht wie sonst sehen können, mein Liebster. Schigi wohnt hier im Palast.«

»Wie lange gedenkt er zu bleiben?«, fragte ich bestürzt.

»Bis er mein Bett erobert hat.«

Lange lag ich wach in jener Nacht und dachte nach.

Die Auseinandersetzung mit Schigi war unvermeidlich. Wenn mein Bruder unsere verbotene Liebe entdeckte, wäre er zutiefst gedemütigt und würde uns beide in seinem rachsüchtigen Zorn anklagen. Ich hatte gesehen, wie hasserfüllt er war, als ich ihm Dschebe wegnahm. Unsere Versöhnung sechs Jahre zuvor war nur möglich gewesen, weil Schigi sich in Chutsai verliebt hatte, als er mich im *Ordu* meines Vaters in Kharkhorin besuchen wollte und nicht antraf. Im Falle einer Anklage hatte mein Vater keine andere Möglichkeit, als Chutsai und mich hinrichten zu lassen: Er stand nicht über dem Gesetz.

Und wenn ich nun mit Schigi sprach, gleich am nächsten Morgen? Wenn ich ihm alles erzählte? Dass wir im anderen uns selbst suchten, um zu lernen, uns selbst zu lieben, dass wir miteinander meditierten und im Tantra-Yoga miteinander verschmolzen, um die Vollendung zu erreichen, dass wir uns liebten, heilig und vollkommen, dass wir untrennbar eins waren. Und dass er sich nicht zwischen uns drängen durfte. Dass wir zusammengehörten und er uns nicht auseinander reißen durfte.

Ich erschrak: Ein Geräusch an der Tür!

Atemlos lauschte ich in die nächtliche Finsternis.

Chutsai? Hatte er wie ich wach gelegen und kam nun zu mir, um mich im Arm zu halten, mich zu streicheln, mit seinen Worten und seinen Lippen, mich zu küssen, mich zu lieben?

Leise wurde die Schlafzimmertür geöffnet, ein Schatten in einem langen Mönchsgewand huschte herein und schloss die Tür hinter sich. Es war so dunkel im Raum, dass ich sein Gesicht nicht erkennen konnte. »Schläfst du, Temur?«, flüsterte er.

»Nein, ich kann nicht schlafen.«

»Ich auch nicht«, sagte er leise. Es war nicht Chutsai, der mitten in der Nacht zu mir kam – es war Schigi! »Ich habe gehört, dass du heute Abend aus Kaifeng zurückgekehrt bist. Ich dachte mir, dass du noch nicht schläfst. Ich wollte dich begrüßen ... nein, ehrlich gesagt, wollte ich mit dir reden ... Ich brauche deinen Rat. Darf ich mich neben dich legen? Es ist so kalt. Ich friere ...«

Ich zögerte. »Schigi, ich bin sehr müde.«

Er setzte sich auf den Rand des Bettes und küsste mich zur Begrüßung auf beide Wangen. Dann glitt er neben mir unter die warme Decke und legte seinen Kopf auf meine Schulter.

»Vater lässt dir seine Grüße bestellen, Temur. Er fragt, wann du gedenkst, endlich in die Heimat zurückzukommen. Er will in diesem Sommer seinen zwölften *Tschanar* durchführen und bittet dich, ihm dabei als Schamane zu assistieren.«

Ich schwieg.

Zurückkommen – wohin? Nach Kharkhorin? Ich war dort, wo ich sein wollte: bei Chutsai. Ein geliebter Mensch, ein vollkommener Mensch, war die Mitte meiner Welt geworden. Ich wollte ihn nicht verlassen, nie mehr.

Mein Bruder verstand mein Schweigen falsch. »Es tut mir Leid, wenn ich dir wehgetan habe. In Linan hast du Chinkim bei seiner Schamanenweihe assistiert. Da hatte ich angenommen ...«

»Nein, Schigi. Gott hat mich verlassen.«

»Bist du deshalb ins Lingyin-Kloster gegangen: um Gott zu suchen?« Als ich nickte, fragte er: »Und was hast du gefunden?«

»Mich selbst.«

Schigi schwieg eine Weile. »Du hast dich verändert in den letzten drei Jahren. Du bist so ernst geworden, so still. So … wie soll ich es nennen? … so heilig, so vollkommen.«

»Ich bin nicht vollkommen«, entgegnete ich. »*Du bist* Schigi Kutuktu, ›der Gesegnete‹, der ehrwürdige Rinpoche, Seine Heiligkeit, der Lebendige Buddha.«

Er seufzte aus tiefstem Herzen. »Es ist nicht leicht, die Menschwerdung von Avalokiteshvara, dem Bodhisattva des Mitgefühls und der Liebe, zu sein, wenn man eben das im Leben entbehrt: das Verständnis und die Liebe. Die Liebe zu einem Menschen, der mich aus meiner Einsamkeit befreien kann. Eine innige Liebe, voller …« Er schluchzte. »… voller Gefühle, voller Zärtlichkeit … und Verständnis.« Tränen liefen über seine Wangen. »Ich bin der Lebendige Buddha. Ich werde nur ehrfurchtsvoll berührt, damit ich den Menschen meinen Segen gebe. Nicht um der Liebe willen, nach der ich mich so sehr sehne, dass mein Körper schmerzt.

Ahnen die Menschen, wie ich mich fühle, wenn sie mich um meinen Segen bitten? Dass ich leer geworden bin, vollkommen leer, und nichts mehr zu geben habe? Dass ich keine Worte mehr finde, meine Gefühle zu beschreiben, und keinen Menschen habe, dem ich sie anvertrauen könnte? Der Buddha hatte Recht: Das Leben ist Leiden. Aber ohne Liebe ist es unerträglich. O Temur, ich bin so furchtbar einsam!«

Betroffen über seinen Gefühlsausbruch legte ich meinen Arm um seine zuckenden Schultern und ließ ihn weinen. »Ich kenne das Gefühl der Einsamkeit«, versuchte ich ihn zu trösten.

»Ich weiß, Temur. Ich weiß, dass du genauso gelitten hast wie ich. Deine vielen Affären, die du als Khan hattest … das waren doch alles nur Versuche, der Einsamkeit zu entfliehen. Yesugan hat mir am Abend vor ihrem Tod erzählt, wie unglücklich du warst. Deshalb …« Er schniefte. »… deshalb wage ich es, mich dir anzuvertrauen. Ich weiß nicht, mit wem ich sonst reden könnte. Was ich empfinde, kann niemand verstehen! Außer dir, Temur. Du hattest so viel Verständnis für mich, als ich dir von meiner Liebe zu

Dschebe erzählte. Du hast sie akzeptiert, obwohl sie verboten ist. Du hast mich all die Jahre nicht verraten. Nicht einmal, als ich dir erbitterte Vorwürfe machte, du hättest ihn mir weggenommen. Jetzt weiß ich, warum du es getan hast: Du hast gefroren vor Einsamkeit.« Er brach in Tränen aus. »So wie ich.«

Ich strich ihm tröstend über das Haar und ließ ihn weinen.

»Deine innige Freundschaft mit Chutsai … Ihr steht euch sehr nahe … vertraut euch … Ich bitte dich, Temur, hilf mir! Ich bete ihn an, ich liege ihm zu Füßen, aber er nimmt mich nicht wahr. Ich habe ihm meine Liebe gestanden, aber er kann mir nicht in die Augen sehen. Nicht mit einem einzigen Wort hat er mir Hoffnung gemacht, dass auch er mich lieben könnte. Temur, bitte sag mir, was ich tun soll!«, schluchzte Schigi verzweifelt. »Ich sehne mich so sehr nach ihm! Ich liebe ihn! Er ist der Lichtstrahl, der mein dunkles Leben erhellt. Er ist die Wärme des Frühlings nach einem langen, kalten, einsamen Winter. Er ist …« Er seufzte. »Er muss mich ja nicht lieben, wenn er nicht will! Nur ein Lächeln von ihm … seine Aufmerksamkeit … ein klein wenig Verständnis …«

Ich schwieg.

»Bin ich denn so hassenswert, dass er sich von mir abwenden muss?«, rief mein Bruder in seiner Verzweiflung aus.

Ich umarmte ihn und wiegte ihn wie einen meiner Söhne, als sie noch klein waren. »Nein, Schigi, das bist du nicht. Du bist ein sehr liebenswerter Mensch.«

»Liebst du mich? Obwohl ich dich so tief verletzt habe?«

»Ja.«

»Aber *er* liebt mich nicht!«, rief er hoffnungslos.

Ich konnte ihm die Wahrheit nicht vorenthalten, so schmerzhaft sie für ihn sein würde! Das durfte ich ihm nicht auch noch antun.

»Chutsai liebt einen anderen«, sagte ich leise.

»Wen?«

»Mich.«

Schigi entwand sich meiner Umarmung und setzte sich auf. »Er liebt *dich?*«, fragte er fassungslos. »Und du … du liebst ihn?«

Ich nickte.

Er weinte still vor sich hin. Ich legte die Hand auf seinen Arm, aber er schlug nach mir. »Jeden Menschen, den ich liebe, nimmst du mir!«

Still lag ich im Bett und ertrug seine Schläge, schweigend, und doch voller Mitgefühl für ihn. Wie sehr er litt: Er war in seinen Gefühlen verletzt! Als ich mich gegen seine Angriffe nicht wehrte, brach er zusammen und vergrub sein Gesicht im Kissen.

»Wir sind glücklich miteinander, Schigi. Glück ist ein kostbares Gefühl. Es ist wunderschön. Es ist vollkommen. Aber es ist vergänglich wie eine Kirschblüte. Reiß die Blüte nicht ab, denn sie wird welken. Erfreue dich an ihrer Schönheit und lass sie leben, lass sie aufblühen und ihre höchste Vollkommenheit erreichen.« Ich strich ihm über das Haar. »Chutsai und ich teilen unser Glück sehr gern mit dir.«

»Das ist … sehr großzügig von euch«, murmelte er ins Kissen.

»Glück ist das Einzige, das sich vermehrt, wenn es geteilt und an einen geliebten Menschen verschenkt wird. Wir wären sehr glücklich, wenn du dich mit uns freuen könntest.«

Leise schloss ich die Tür hinter mir, schlich hinüber zum Bett, ließ das Mönchsgewand zu Boden fallen, glitt nackt neben ihm unter die Decke und umarmte ihn.

Er erwachte, als ich ihn küsste. »Temur?«

»Ja, mein Liebster.«

»Temur, um Himmels willen! Wenn Schigi erfährt, dass wir …«

»Ich habe es ihm gesagt. Er war bei mir und hat mir sein Herz geöffnet. Er liebt dich sehr und hofft, du könntest ihn auch lieben. Da habe ich ihm gesagt, dass du einen anderen liebst. Mich.«

»Wie hat er reagiert?«

»Er hat geweint. Es hat lange gedauert, bis er sich wieder beruhigte. Aber dann hat er gesagt: ›Wenn ihr euch so vollkommen liebt und so glücklich miteinander seid, dass ihr eure Glückseligkeit mit vollen Händen an mich verschenken wollt, dann darf ich, der nicht weiß, was Liebe und Glück sind, mich nicht zwischen euch stellen.‹«

Chutsai umarmte mich und hielt mich fest. »O Temur, er könnte uns nicht trennen, selbst wenn er es wollte. Ich habe geschworen, dich zu lieben, bis der Tod uns auseinander reißt. Ich werde dich niemals verlassen.«

Ich küsste ihm die Worte von den Lippen, und er zog mich auf seinen Körper. Mit beiden Händen bändigte er meine langen Haare, drehte sie zu einem Zopf, der über meine Schulter herabfiel, und küsste mich dann.

»Liebe mich!«, hauchte er.

Es war das erste Mal, dass wir uns ohne das Tantra-Yoga liebten, ohne Meditation und ohne Ekstase.

Wir küssten und streichelten uns zärtlich, neckten uns, flüsterten uns verliebte Worte ins Ohr, wir liebten uns sinnlich und sehr leidenschaftlich und hielten uns aneinander fest, als ahnten wir, dass diese wundervolle Nacht unsere letzte war.

Am nächsten Morgen saßen Chutsai, Schigi und ich beim Frühstück und unterhielten uns über die bevorstehende partielle Sonnenfinsternis, die am späten Nachmittag über Zhongdu stattfinden sollte, als mein chinesischer Sekretär in den Speisesaal trat. »Vergeben Sie mir, ehrwürdiger Rinpoche. Der Emir wünscht Sie zu sprechen. Seine Exzellenz sagte …«

»Welcher Emir?«, fragte ich.

»Der Gesandte des Shahs von Khwarezm.«

»Ich werde ihn morgen empfangen. Bitte teilen Sie dem Botschafter mit, dass ich mich freue, ihn und sein Gefolge morgen anlässlich des Banketts zu seinen Ehren zu treffen.«

»Der Emir hat gestern Abend von mir die Einladung zu diesem Bankett erhalten. Aber er bittet darum, *heute* von Ihnen empfangen zu werden. Allein, ohne Gefolge.«

»Allein?«

»Er sagte, er kenne Sie persönlich. Und er hat mir eine Nachricht für Sie mitgegeben.« Mein Sekretär zog ein Papier aus dem weiten Ärmel, entfaltete es und begann stockend vorzulesen: *»Nihil minus est hominis occupati quam vivere.«*

Ich sprang von meinem Sitzkissen auf, riss ihm das Papier aus der Hand und versuchte die fremden Worte, niedergeschrieben in der mongolischen Schrift, zu lesen. »Wo ist der Botschafter?«

»Im Empfangssaal. Er wartet auf eine Antwort …«

An ihm vorbei stürmte ich aus dem Speisesaal, rannte zum Empfangsraum und riss die Tür auf, bevor einer der Diener herbeieilen konnte, um sie mir zu öffnen.

Der Botschafter wandte mir den Rücken zu, als ich den Saal betrat, und bewunderte meinen vergoldeten Thron, die Brokatkissen und das weiße Leopardenfell.

»Ich hoffe nicht, dass dies eine Kriegserklärung des Shahs ist! Eine der Grundregeln der Diplomatie lautet, eine Kriegserklärung in einer für den Gegner verständlichen Sprache zu verfassen!«

Der Gesandte drehte sich zu mir um. »Latein *ist* eine verständliche Sprache, *cher ami,* die in der zivilisierten Welt des christlichen Abendlandes gesprochen wird. Ich habe sogar gehört, dass der Khalifa von Bagdad Lateinisch spricht. Nur ihr ungebildeten mongolischen Barbaren versteht es nicht«, grinste er. »Der Spruch stammt von Seneca und heißt übersetzt: ›Nichts vermag ein beschäftigter Mensch weniger als zu leben.‹«

Ich schloss ihn in die Arme und küsste ihn auf beide Wangen. »Wie ich mich freue, dich zu sehen, Tarik! Seit wann bist du Emir und Botschafter des Shahs von Khwarezm?«

Ich führte ihn zu einem Kissen vor meinem Thron und nahm neben ihm Platz. Ein Diener brachte uns zwei Schalen Tee.

»Das ist eine lange Geschichte, Temur, die mit der Eroberung von Samarkand durch Shah Ala ad-Din Muhammad beginnt. Um es kurz zu machen: Ich wurde gefangengenommen, aber es gelang mir, das Vertrauen von Djelal ad-Din zu gewinnen, dem ältesten Sohn und Erben des Shahs. Der Prinz war erstaunt zu erfahren, dass ich ein Freund von Richard Löwenherz und Sala ad-Din war. Er ist ein großer Bewunderer von Alexander dem Großen. Ich habe dem Prinzen das Buch über Alexanders Leben geschenkt, das du vor sechs Jahren in Samarkand zurückgelassen hattest. Djelal ad-Din war beeindruckt. Er wollte von mir wissen, wem das Buch vorher gehört hatte – es enthielt so viele Anmerkungen, vor allem über Alexanders Feldzug nach Indien. Ich sagte es ihm: Temur Khan, dem ›Tiger von Shantung‹. Das hat ihn noch mehr beeindruckt. Er bewundert dich sehr wegen deiner militärischen Erfolge bei der Eroberung von Chin. Er will dich unbedingt kennen lernen.

Während der Feldzüge seines Vaters im südlichen Khwarezm und in Ghor wurde ich sein Berater. Als Djelal ad-Din meine militärischen Fähigkeiten und meine Kenntnis der Handelsrouten über den Pamir nach Chin schätzen lernte, ernannte er mich zum Emir, dem General einer khwarezmischen Truppe in Samarkand.«

»Und nun bist du als sein Botschafter hier?«

»Der Shah will mit dem Khakhan Frieden schließen.«

»Hat er denn Grund zu der Annahme, wir hätten ihm den Krieg erklärt?«, fragte ich erstaunt.

»Der Shah ist ein äußerst misstrauischer Mensch. Er will den Rücken frei haben, wenn er Indien erobert. Das ist sein Traum!«

»Noch ein Herrscher mit Visionen!«, seufzte ich.

»Er tobte vor Zorn, als er hörte, dass dein Vater ihm bei der Eroberung von Chin zuvorgekommen war. Der Shah träumt von einem Reich, das von Dimashk im Westen bis nach Delhi im Osten reicht. Er sieht sich als zweiten Alexander den Großen.«

»Erzähl mir mehr von ihm, Tarik!«

»Vor zwanzig Jahren, zur gleichen Zeit, als Dschingis Khan die Völker der Mongolen vereinte und Sultan Sala ad-Din im Heiligen Land den *Djihad* gegen die christlichen Kreuzfahrer unter Richard Löwenherz und Philippe von Frankreich begann, eroberte Sultan Ala ad-Din Tekish von Gurgandj die Steppen des Kiptschak östlich des Aral-Sees. Als ehemaliger Vasall der Seldjuken hatte er nach dem Tod des letzten Sultans Sandjar seine Unabhängigkeit erklärt. Ala ad-Din Tekish besiegte die Heere des Khalifas und eroberte Bokhara.

Vor sechzehn Jahren folgte Sultan Ala ad-Din Muhammad seinem Vater auf den Thron und setzte die von Sultan Ala ad-Din Tekish begonnenen Eroberungen fort. Er kämpfte gegen die christlichen Könige von Georgien und Armenien und immer wieder gegen den Khalifa. Als dein Vater sich zum Khakhan erklärte, eroberte Sultan Ala ad-Din Muhammad das Land Ghor im Hindukush und wandte sich dann Karakitai zu. Er überfiel Samarkand wenige Tage nach deiner Abreise.« Er seufzte, als er sich an die Eroberung seiner Heimatstadt erinnerte.

»Sultan Ala ad-Din Tekish war ein Vasall von Karakitai gewesen. Er hatte vermieden, seinen Treueeid zu brechen und den Khan von Karakitai anzugreifen, der zwischen Khwarezm und den Mongolenhorden im Osten stand. Sein Sohn war leider nicht so umsichtig. Er weigerte sich, als Muslim die Oberhoheit eines buddhistischen Herrschers wie Tschuluk Khan anzuerkennen.

In dem Jahr, als dein Vater in Xixia Krieg führte, nahm Sultan Ala ad-Din Muhammad Balasaghun ein und setzte Tschuluk Khan ab. Nachdem Idikut Bartschuk Khan und Arslan Khan bereits deinem Vater den Treueschwur geleistet hatten, verschwand Karakitai als souveräner Staat von der Landkarte. Der neue Herrscher in Balasaghun, Gütschlüg Khan, wurde der Vasall des Sultans. Und was Sultan Ala ad-Din Tekish immer gefürchtet hatte, war eingetroffen: das mongolische Reich grenzt nun an Khwarezm. Und der Sultan, der sich mittlerweile zum Shah gemacht hat, verkennt in seinem Wahn die Gefahr.«

»Mein Vater wird den Shah nicht angreifen!«, sagte ich.

»Mach keine Versprechen, die du nicht halten kannst, Temur! Nach der Eroberung von Karakitai wandte sich Djelal ad-Din nach Norden, um die Aufstände im Kiptschak niederzuschlagen. Seine Landkarten der Steppengebiete können sich wohl kaum mit der Genauigkeit deines Atlas von Shen Gua messen, denn er annektierte Gebiete, die zum Reichsgebiet deines Bruders Dschutschi Khan gehören.«

»Dschutschi hat mir durch einen Pfeilboten davon berichtet. Er hat sich mit einem Heer des Shahs am Jenissei eine vernichtende Schlacht geliefert, die er als Treibjagd bezeichnete. Er hat das khwarezmische Heer durch die sibirischen Wälder gejagt.«

»Während sich Djelal ad-Din mit Dschutschi Khan auseinander setzte, eroberte der Shah Ghazna, das südlich von Kabul an der

Straße nach Kandahar liegt. Der Weg über die Gebirgspässe nach Süden ins Tal des Indus lag offen vor ihm.

Der Shah hält sich für unbesiegbar und fühlt sich geschmeichelt, wenn man ihn ›den zweiten Alexander‹ nennt, der davon träumt, die islamische Welt unter seiner Regentschaft zu vereinigen. Sein Reich erstreckt sich vom Daryaye Khezer-See bis zum Indus und vom Aral-See bis zum Meer. Die christlichen Königreiche im Kaukasus zahlen ihm ebenso Tribut wie die russischen Fürsten und der Khan von Karakitai. Der Shah herrscht über fast hundert Millionen Menschen.«

»Dann ist sein Reich genauso groß wie das meines Vaters nach der Eroberung von Xixia und Chin und dem Treueschwur der Khans in Karakitai. Der König von Koryo zahlt ihm ebenso Tribut wie der Kaiser von Song. Und die tibetischen Fürsten schicken ›Geschenke‹ nach Kharkhorin.«

»Das ist doch das Problem, Temur! Zwei Großmächte, zwei Herrscher: ein Shah und ein Khakhan. Beide von Gott berufen, über die Reiche dieser Welt zu herrschen«, rief Tarik besorgt.

»Hörst du mir eigentlich zu, Tarik? Ich sagte gerade, dass der Khakhan den Shah nicht angreifen wird. Wir haben genug damit zu tun, Chin wieder aufzubauen. Der Kaiser von Song brennt darauf, den Kaiser von Chin aus Kaifeng zu vertreiben und die Nordprovinzen, die seine Dynastie vor zwei Jahrhunderten an die Kitan und die Dschurdschen verloren hat, zurückzuerobern. Der Khakhan hat weder Zeit noch Geld noch Interesse, diesen Krieg zu führen. Wozu auch? Wir leben in Frieden mit dem Shah.«

»Der Shah kann mit niemandem in Frieden leben, der die Größe hat, sich mit ihm anzulegen! Nicht mit dem Khan von Karakitai, nicht mit dem Khalifa von Bagdad und nicht mit dem Khakhan der Mongolen, der ihm seinen Traum von der Eroberung von Chin zerstört hat.« Tarik zögerte. »Ich bin nicht nur als Gesandter des Shahs hier, Temur. Er hat mir einen klaren Auftrag gegeben, die Absichten des Khakhans im Hinblick auf Khwarezm auszukundschaften.«

»Warum erzählst du mir das?«

»Weil ich einen Krieg verhindern will.«

»Mein Vater hat nicht die Absicht, einen Krieg zu beginnen.«

»Ich habe auch eine Nachricht des Khalifas für den Khakhan.«

»Ich dachte, der Khalifa und der Shah führen Krieg gegeneinander!«

»Das tun sie, mit aller Härte. Ala ad-Din Muhammad hatte vom Khalifa verlangt, ihn als Shah anzuerkennen und sich ihm zu unterwerfen. Der Khalifa Nasir li-Din Allah ist als Nachfolger des Propheten sowohl geistliches Oberhaupt als auch weltlicher Herrscher über das Khalifat Bagdad. Er regiert seit fünfundzwanzig Jahren. Er ist aus härterem Holz geschnitzt als seine Vorgänger, die nur selten ihren Palast verließen. Dieser ehrgeizige Herrscher schreckt auch vor Gewalt nicht zurück. Er hat die Vision, die islamische Welt, die in Sunniten und Schiiten zersplittert ist, unter seinem Banner wieder zu vereinigen.

Der Shah forderte, der Khalifa solle sich auf seine geistliche Macht beschränken und ihm seine weltliche Macht übertragen. Mit einem Wort: Bagdad sollte khwarezmisch werden.

Der Khalifa Nasir li-Din Allah ließ *Sultan* Ala ad-Din Muhammad wütend ausrichten, was er von seiner Anmaßung hielt. Weder erkannte er ihn als Shah an, noch schloss er seinen Namen in die Freitagsgebete ein. Stattdessen organisierte er ein Bündnis unabhängiger Fürsten gegen ihn.« Tarik seufzte. »Der Shah berief ein muslimisches Konzil ein und sprach dem Nachfolger des Propheten das Recht auf den Thron des Khalifats ab. Der von ihm ernannte neue Khalifa entsprach dann seinem Wunsch nach Anerkennung als Shah. Nun rüstet der Shah zum Krieg gegen Nasir li-Din Allah.«

»Und der Khalifa wendet sich an den Khakhan um Hilfe? Was gehen meinen Vater die Machtkämpfe zwischen dem Shah und dem Khalifa an?«

»Ein endloser Krieg zwischen dem Shah in Bokhara und dem Khalifa in Bagdad wird den Islam zerreißen, wenn der Khakhan nicht eingreift! Im Namen Allahs! Sprich mit deinem Vater!«

»Ich muss nicht mit ihm sprechen, um seine Antwort zu kennen, Tarik. Sie lautet: Nein!«

»Ich will nicht, dass du mich verlässt!«

Chutsai stand am Fenster, wandte mir den Rücken zu und blickte hinunter auf Zhongdu. Sich zu mir umzudrehen fiel ihm schwer. Er konnte mir nicht in die Augen sehen.

»Diese Reise ist notwendig, Chutsai. Tarik hat mich eindringlich vor dem Shah gewarnt. Ich werde nach Bokhara reisen und einen Friedensvertrag mit ihm schließen. Dann werde ich nach Bagdad weiterreisen, um mich mit dem abgesetzten Khalifa zu treffen. Ein Krieg zwischen dem Shah und dem Khalifa *muss* verhindert werden. Die Folgen für das mongolische Reich wären nicht abzusehen. Die türkischen und uighurischen Völker im Westen des Reiches sind Muslime. Was, glaubst du, wird geschehen, wenn der Shah und der Khalifa gegeneinander Krieg führen? Das mongolische Reich wird in diesen Glaubenskrieg hineingezogen, ob wir es wollen oder nicht. Denn der Sieger in diesem Krieg, sei es der Khalifa oder der Shah, wird uns Ungläubigen den *Djihad* erklären. Und wenn wegen der Kämpfe der Handel über die Seidenstraße erneut zusammenbricht …«

»Jemand anderer könnte als Botschafter nach Bokhara und Bagdad gehen! Ich könnte Malik entsenden. Oder Djafar.«

»Ich habe eine Aufgabe, die du mir gegeben hast, Chutsai«, sagte ich ruhig, und er stöhnte wie unter Qualen. »Und ich trage eine Verantwortung, die du mir nicht nehmen kannst. Nicht als Kanzler, nicht als Freund und nicht als Geliebter.«

»Aber wenn es nun eine Falle ist?« Er hielt sich mit beiden Händen am Fensterrahmen fest und rang um Haltung.

»Ich vertraue Tarik«, erwiderte ich ruhig. »Er ist mein Freund, und er hat keinen Grund, mich zu verraten. Tarik hat als Emir sehr viel Einfluss in Bokhara. Er kennt den Shah persönlich, hat ihn auf mehreren Feldzügen begleitet. Und er ist ein guter Freund seines Sohnes und Nachfolgers Djelal ad-Din. Wenn Tarik mich auffordert, mit ihm zu kommen, um im Namen meines Vaters selbst mit dem Shah und dem Khalifa zu sprechen, dann glaube ich ihm.«

»Du *willst* gehen«, sagte er leise mit gesenktem Kopf. Weinte er?

Dann drehte er sich zu mir um. Tränen liefen über sein Gesicht.

Ich trat zu ihm, küsste ihn zart und strich ihm über das Haar. Er umarmte mich und zog mich an sich, hielt mich fest.

»Nein, Chutsai, ich will dich nicht verlassen. Nie mehr! Ich will nirgendwo anders sein als bei dir – nicht diesseits und nicht jenseits des Horizontes«, flüsterte ich, während mir die Tränen über das Gesicht rannen. »Du bist die Mitte meiner Welt!«

Kapitel 11

Das Spiel der Könige

Das Licht des Mondes, hell und klar,
spiegelt sich im stillen See.
Ich steh am Ufer, tief bewegt,
bewundere sein Funkeln.
Ob ich es besitzen kann?
Ich geh hinein ins dunkle Wasser,
um nach dem Licht zu greifen, das mich so sehr fasziniert.
Doch ich kann es nicht erreichen,
es verschwindet in den Wellen, leuchtet auf, vergeht.
Darf ich es von ferne nur betrachten?«

Mit Tränen in den Augen faltete ich Chutsais Gedicht, das er mir zum Abschied gegeben hatte, und schob es wieder unter meine Kleidung. Seit fünf Monaten, seit ich Zhongdu am Tag nach der partiellen Sonnenfinsternis verlassen hatte, trug ich seine bewegten, bewegenden Worte an meinem Herzen. »Das Licht der Nacht«, so hatte er sein trauriges Gedicht genannt. Wie sehr mich seine Worte berührten: Ich war das Licht, das er auf den dunklen Wellen schimmern sah und das er nicht berühren konnte. Wie sehr ich mich nach ihm sehnte!

Chutsai und ich hatten die partielle Sonnenfinsternis vom neunzehnten Februar des Jahres der Ratte Hand in Hand im Garten der Residenz beobachtet – die Sonne hatte sich am späten Nachmittag zur Hälfte verfinstert, wie Chutsai es vorausberechnet hatte. Es war ein bewegender Augenblick gewesen!

Nach unserem Aufbruch am nächsten Morgen waren Tarik und ich nach Norden geritten. Wir hatten die Große Mauer an der Stelle überquert, wo ich fünf Jahre zuvor mit meinem Heer das Reich Chin betreten hatte, um es zu vernichten, hatten uns nach Westen gewandt, um die großen Sanddünen der Gobi zu umgehen, und waren dann durch die Weite der menschenleeren Steppe nach Nordwesten, nach Kharkhorin am Ufer des Orkhon, geritten, wo der Khakhan sein Winterlager errichtet hatte.

Mein Vater war sehr glücklich, als ich ihm bei seinem zwölften *Tschanar* als Schamane assistierte: nicht nur deshalb, weil wir uns seit meiner Reise nach Linan drei Jahre zuvor nicht gesehen hatten, sondern weil ich aus der Abgeschiedenheit des Lingyin-Klosters in die Welt zurückgefunden hatte. Er hatte mir einen so herzlichen Empfang bereitet, dass ich, während er mich umarmte und zum Abendessen einlud, immer wieder an das Gleichnis vom verlorenen Sohn denken musste, das Chutsai mir erzählt hatte. War ich das nicht: verloren? Immer noch, obwohl ich zu ihm zurückgekehrt war?

Yong Le war für mich verloren, für immer. Mein Sohn lebte bei Kokatschin, die ihn zusammen mit unseren Töchtern erzog. Yong Le war zehn Jahre alt, aber obwohl er seit über drei Jahren in der mongolischen Steppe lebte, weigerte er sich, Mongolisch zu lernen. Er sei kein *Mongole* – mein Sohn benutzte das Wort wie einen Fluch –, er sei Dschurdsche und seine Ahnen hätten acht Kaiser von Chin gestellt. Er fühle sich mit dem Kaiser Xüan Zong in Kaifeng, einem Cousin von ihm, verbundener – Yong Le sagte: »verwandter« – als seinem eigenen Vater. Als ich ihn besuchte, begrüßte er mich mit einem feindseligen »Ich hasse dich!«, und als ich ihn traurig und enttäuscht wieder verließ, rief er mir hinterher: »Ich will dich nie wiedersehen!«

Mit beiden Händen fuhr ich mir über das Gesicht, um die Erinnerungen loszuwerden, tat so, als würde ich mir den Schweiß und den Staub der langen Reise abwischen. Dann sah ich zur Stadt hinüber, die vor uns in der weiten Ebene lag.

Bokhara lag in einer Oase der Wüste Kizilkum, was so viel wie »Roter Sand« bedeutet, im Tal des Sarafshan. Nach der langen Reise über das *Ordu* meines Vaters in Kharkhorin, dann weiter über Balasaghun, Otrar und, drei Tage zuvor, Samarkand, freute ich mich auf die Stadt, die, von Dichtern gerühmt, den Beinamen »die Edle« trug. Der berühmte Philosoph und Arzt Abu Ali Ibn Sina war vor zwei Jahrhunderten hier geboren worden. Schon von weitem konnte ich hinter den gewaltigen Festungsmauern das schlanke Minarett der Kalan-Moschee erkennen und den *Ark*, die Zitadelle mit der Residenz des Shahs, die auf einem Hügel im Westen der Stadt errichtet worden war.

Der Shah hatte vor einigen Jahren seinen Regierungssitz von der alten Hauptstadt Gurgandj südlich des Aral-Sees nach Bokhara verlegt. Die khwarezmische Dynastie war hundertvierzig Jahre zuvor, zunächst als Vasallen der Seldjuken-Sultane und später als unabhängige Herrscher, von Anustegin gegründet worden, einem Sklaven, der zum Herrscher wurde. Achtzig Jahre zuvor waren die Seldjuken Vasallen des Khans von Karakitai geworden, und nach Sultan Sandjars Tod kämpfte Sultan Ala ad-Din Tekish um die Vorherrschaft in den Ländern westlich des Pamir. Sein Sohn, Ala ad-Din Muhammad, war ihm vor sechzehn Jahren auf den Thron gefolgt und hatte das Reich durch Eroberungen vergrößert.

Tarik lenkte sein Pferd neben mich. »Bist du bereit, das ›Spiel der Könige‹ zu beginnen?«

»Das ›Spiel der Könige‹?«, fragte ich verdutzt.

»Krieg führen.«

»Ich bin nicht hier, um Krieg zu führen.«

»Der Kampf wird nicht immer mit scharfen Waffen ausgetragen. Es gibt ein Spiel, das Shah-Spiel, das mit schwarzen und weißen Figuren gespielt wird, deren wertvollste ein Shah ist. Es geht darum, die Figuren über das Feld zu schieben, um die Konstellation der Macht zu deinen Gunsten zu verändern, um den gegnerischen König *ash-Shah mat* zu setzen. Was du vorhast, Temur, ist ein Shah-Spiel mit *drei* Königen: dem Shah, dem Khalifa und dem Khakhan. Ein gigantisches Spiel mit fünfhunderttausend Figuren auf der

Seite des Shahs, zweihunderttausend auf der Seite des Khakhans und dem Rest der muslimischen Welt auf der Seite des Khalifas. Wer, glaubst du, wird das Spiel gewinnen?«

»Die Vernunft, hoffe ich! Sende noch heute einen Boten zum Khalifa und lass ihm mitteilen, dass ich mit ihm sprechen will. Ort und Zeit dieses geheimen Treffens kann er festlegen.«

Tarik nickte.

Gefolgt von meiner Eskorte ritten wir auf die Stadt zu. Als wir uns dem östlichen Stadttor näherten, trabte uns eine Schar prächtig gekleideter Würdenträger entgegen, um mich mit allen Ehren in die Stadt zu geleiten. Ein Diener lief neben mir her und hielt einen großen Sonnenschirm aus gelbem Seidenstoff über meinen Kopf, zehn weitere eilten durch die Straßen voraus, um Rosenblüten auf meinen Weg zu streuen. Wie ein triumphierender Feldherr wurde ich empfangen! Tausende Menschen standen in ihren schönsten Gewändern am Straßenrand, die Männer mit weißen Turbanen, die Frauen verschleiert. Sie winkten und warfen bunte Tücher auf meinen Weg. Sie jubelten mir zu, als hätte ich ihre Herzen im Sturm erobert.

Der Empfang war sehr schön, farbenprächtig und ausgelassen. Er sollte mir gefallen, sollte mich ehren, sollte mir schmeicheln, aber ich genoss ihn nicht, denn ich erkannte die Absicht hinter dieser Inszenierung. Und ich fragte mich ernsthaft, wer im »Spiel der Könige« den Eröffnungszug gemacht hatte: ich, indem ich mich mit dem Khalifa treffen wollte, während ich noch mit dem Shah verhandelte, oder Djelal ad-Din, der Sohn des Shahs, der mich im Palast empfangen würde und der auf diese elegante Art versuchte, mich zu beeindrucken, mich für sich zu gewinnen – der Khalifa Nasir li-Din Allah würde sicher erfahren, wie prunkvoll ich in Bokhara empfangen worden war.

Im Stillen bewunderte ich Djelal ad-Din für sein taktisches Geschick: Er war ein würdiger Gegner!

Durch das »Tor der Gewürzhändler« gelangte ich in den *Sharestan*, die Innere Stadt. Auf der breiten gepflasterten Hauptstraße ritt ich, begleitet vom Trommelwirbel und Trompetenspiel mehrerer Musiker, die vor mir her marschierten, nach Westen. Die Musik übertönte fast die »*Allah'u akbar* – Gott ist groß!«-Rufe des Muezzins, der die Gläubigen zum Gebet in die Moschee rief – vergeblich! Niemand wollte sich den prächtigen Empfang für den fremden Prinzen entgehen lassen, der aus dem geheimnisvollen, fernen Land jenseits des Pamir nach Bokhara gekommen war.

Auf einer breiten Brücke überquerten wir den im Abendlicht funkelnden Sarafshan, der mitten durch die Stadt floss. Er war mit dem weiten Netz von Bewässerungskanälen verbunden, die die Felder zu einer grünen Oase machten. Unterirdische Wasserleitungen führten zu den Brunnen der Stadt.

Dann hatte ich mit meinem Gefolge den *Rigestan* erreicht. Der große Platz war ganz mit rotem Sand aus der Kizilkum-Wüste bedeckt: ein unvergesslicher Anblick! Südlich des *Rigestan* erhob sich die Kalan-Moschee mit ihrem Minarett. Vor mir, im Westen, ragte der *Ark*, die gewaltige Zitadelle mit der Residenz des Shahs, in den wolkenlosen Himmel.

Auf dem weiten Platz wartete eine weitere Überraschung auf mich: ein Elefant!

Als ich mich mit meiner Eskorte näherte, fiel das riesige Tier vor mir auf die Knie und trompetete seinen Gruß. Entgegen dem Zeremoniell sprang ich begeistert vom Pferd und ging zu dem Elefanten hinüber, der sich wieder aufgerichtet hatte. Zwei Treiber hielten ihn an Ketten fest. Ich streckte die Hand aus und streichelte die harte, faltige Haut des Elefanten. »Ich danke dir für den höflichen Empfang, du König der Tiere!«, flüsterte ich.

Sein Rüssel tastete mich ab, als erwartete er von mir eine Belohnung. Ich holte ein Stück trockenes Brot aus der Tasche, den Rest meines kargen Mittagsmahls – wir hatten an diesem Tag nicht gerastet, um vor dem Sonnenuntergang in Bokhara zu sein. Der Elefant nahm mir das Brot mit dem Rüssel aus der Hand und schob es sich ins Maul. Dann schlang er seinen Rüssel um meine Hüfte, hob mich hoch über seinen Kopf und setzte mich auf seinem Rücken ab.

Ich war begeistert! Und meine Bewunderung für Djelal ad-

Din, der mir diesen Elefanten geschickt hatte, wuchs noch: Er beherrschte die Kunst des Krieges und ahnte wohl, dass mir, dem »Tiger von Shantung«, der Triumphzug durch Bokhara nichts bedeutete. Aber mit der fantasievollen Idee des Empfangs durch den Elefanten hatte er mich überrascht! Ein äußerst geschickter Spielzug im »Spiel der Könige«: Selbst wenn ich ahnte, was er vorhatte, konnte ich ihm einfach nicht böse sein.

Den Ritt auf dem Elefanten über den *Rigestan* und den Weg hinauf zum *Ark* genoss ich sehr. Vor dem Portal kniete der König der Tiere nieder und ließ mich absteigen. Mit meinen Gefolgsleuten folgte ich einem Würdenträger zu Fuß durch das Tor mit zwei schlanken Ecktürmen, an das sich ein gewundener und ansteigender Verteidigungstunnel anschloss, der zur Festung hinaufführte. Als ich den dunklen Tunnel verließ, stand ich vor der Moschee der Zitadelle, die zur Residenz des Shahs gehörte.

Der Palast, umgeben von blühenden Gartenanlagen, war prunkvoll mit blauen und türkisfarbenen Fayence-Kacheln verziert, die verschlungene Ornamente und Arabesken bildeten. Ein märchenhafter Palast!

Djelal ad-Din empfing mich mit seinem Gefolge auf der Treppe, die zum *Diwan,* dem Thronsaal, hinaufführte. Als ich die Stufen hinaufstieg, kam er mir einige Schritte entgegen, um mich zu umarmen. »*Es-salamu alekum* – Friede sei mit dir!«

Er war schlank und athletisch und bewegte sich kraftvoll geschmeidig wie ein Löwe, die Augen wachsam, die Muskeln angespannt, jederzeit zum Sprung bereit. Er war ein Kämpfer, ein Eroberer, ein Sieger – nicht um zu kämpfen, nicht um sich selbst zu vervollkommnen, sondern um zu siegen und wegen seiner Macht bewundert und geliebt zu werden. Um sich für seinen Großmut gegenüber den Unterworfenen und vor ihm auf dem Boden Kriechenden selbst bewundern zu können.

Wie ich war er dreißig Jahre alt. Seine mit Duftöl gepflegten dunklen Haare fielen ihm in weichen Locken bis auf die Schultern, sein Bart war kurz geschnitten, die Lider seiner dunklen Augen waren mit schwarzen Strichen aus Bleiglanz untermalt, um ihn vor der Blendung durch das grelle Sonnenlicht zu schützen – er schien sich oft in der Schattenlosigkeit der Wüste aufzuhalten, wenn er sich das Schminken zur Angewohnheit gemacht hatte. Ich war fasziniert von ihm: Seine dunklen Augen mit den weit offenen Pupillen hatten eine geheimnisvolle Tiefe, die ich gern erforscht hätte.

»Mein Vater bat mich, dich wie einen geliebten Sohn zu empfangen, mein Bruder«, sagte Djelal ad-Din und drückte mir fest die Hand – er wusste, wie man ein Schwert hielt, damit es während des Kampfes nicht aus der Hand geschlagen wurde! »Die guten Beziehungen zwischen dem khwarezmischen und dem mongolischen Reich, den beiden größten und mächtigsten Herrschaftsgebieten der Welt, sind ihm überaus wichtig. Mein Vater bedauert sehr, dich nicht selbst in Bokhara begrüßen zu können.«

»Ich danke dir für den überwältigenden Empfang, mein Bruder«, erwiderte ich ernst. »Wo befindet sich unser geliebter *Ata*, unser Vater, denn im Augenblick?«

Wo sich der Shah aufhielt, wusste ich längst von unseren Spionen – wie ich auch den Aufenthaltsort des Khalifas kannte. Das Netz von Beobachtern und Informanten war in Khwarezm ebenso dicht wie in Xixia und Chin.

»Er ist mit seinem Heer in der Steppe nördlich des Syr-Darya«, erklärte mir der Prinz. »Zwei Khans verfielen auf die absurde Idee, sich für unabhängig zu erklären. In einigen Wochen, wenn er ihren Widerstand gebrochen und sie für ihren Verrat hingerichtet hat, wird er nach Bokhara zurückkehren. Er hat schon viel von dir gehört und freut sich darauf, den ›Tiger von Shantung‹ kennen zu lernen. Wie ich übrigens auch. Ich bewundere dich. Und ich glaube, wir verehren denselben großen Eroberer: Alexander.«

»Tarik hat mir erzählt, dass du nun das Buch besitzt, das mir zuvor gehört hat.«

Er nickte. »Ja, ich habe es gelesen. Und ich war begeistert. Aber noch mehr haben mich deine Anmerkungen an den Seitenrändern fasziniert, über die Schlachten bei Issos und Gaugamela und die Eroberung von Persepolis und Marakanda. Vor allem aber haben mich deine Kommentare zu Alexanders Indienfeldzug sehr nachdenklich gestimmt. Ich würde gern bei einem Becher Wein mit dir darüber sprechen, mein Bruder.«

»Es wäre mir ein Vergnügen.«

Zufrieden lächelnd reichte er mir seine Hand und führte mich die Treppe hinauf in den *Diwan.*

Am Abend, nach dem offiziellen Empfang, bei dem mir der Wesir, die Emire, Kadis, Mullahs und höchsten Würdenträger des Reiches vorgestellt wurden, fand im Garten des Palastes ein Bankett zu meinen Ehren statt.

Im Gras zwischen den im Mondlicht schimmernden Wasserbecken waren Teppiche ausgebreitet worden. Djelal ad-Din und ich lagen nebeneinander auf Polstern, aßen Lamm-Pilaw mit Rosinenreis und tranken einen schweren, süßen Rotwein aus silbernen Bechern. Weder das Gebot des Korans, keine berauschenden Getränke zu sich zu nehmen, noch das islamische Verbot, Gegenstände aus Gold oder Silber zu benutzen, schienen den Shah oder seinen Sohn im mindesten zu beeindrucken.

Im Vergleich zur selbstverherrlichenden Hofhaltung des Shahs lebte mein Vater, der in seinem *Ordu* inmitten der goldenen Pracht des geplünderten Kaiserpalastes von Zhongdu und mit mittlerweile sehr strengem Hofzeremoniell wie ein Sohn des Himmels residierte, geradezu bescheiden.

Djelal ad-Din und ich unterhielten uns, scherzten und lachten, angeregt von der feurigen Musik und dem betörend süßen Duft der Jasminblüten im Garten, während ein paar Schritte entfernt ein Mädchen in einem durchscheinenden Kleid zum Klang der Sitars und Trommeln über die Teppiche wirbelte. An den Hand- und Fußgelenken trug sie silberne Glöckchen, die bei jedem ihrer Tanzschritte, bei jeder Bewegung ihrer Hände leise klangen. Ihr schönes Gesicht war unverschleiert. Ihre großen, dunklen Augen waren schwarz umrandet, ihre Lippen waren mit Henna gerötet.

Djelal ad-Din legte mir vertraulich die Hand auf die Schulter und schenkte selbst meinen Weinbecher nach. »Gefällt sie dir?«

»Mhm«, murmelte ich und trank einen Schluck Wein.

»Sie stammt aus Peshawar. Ich habe sie mir von meinem letzten Kriegszug mitgebracht. Sie heißt Maya und lebt in meinem Harem. Wenn du sie willst, dann schenke ich sie dir. Sie wird dir im Bett großes Vergnügen und höchsten Liebesgenuss bereiten, denn sie versteht sich auf die indische Kunst des Kamasutra. Du wirst erstaunt sein, auf wie viele Arten Maya dich zufrieden stellen kann, um dich dann erneut zu erregen und wieder zu befriedigen, bis zur völligen Erschöpfung.«

Ich sah ihn überrascht an. Das Mädchen interessierte mich nicht, und ich hatte nicht die Absicht, sie in mein Bett zu bitten. Aber durfte ich sein Geschenk ablehnen, ohne ihn zu beleidigen?

»Das ist sehr großzügig von dir«, sagte ich.

»O Temur, das ist doch nicht ein einziges Wort des Dankes wert!«, lächelte er zufrieden. »Ich würde mich freuen, wenn du mich heute Nacht in den Harem begleitest. Hast du Lust? Nach dem Bankett könnten wir im *Hamam* ein Bad nehmen und uns dann von ein paar Mädchen mit Rosenöl massieren lassen. Dabei könnten wir uns unterhalten. Über deine Eroberung von Shantung. Über meine Eroberung von Ghor. Und dann ... wer weiß? Die Nacht ist noch lang. Ich bitte dich: Begleite mich!«

Ich war ein wenig betrunken von dem schweren Wein und sehnte mich nach der langen Reise nach einem Bett. Mich mit Djelal ad-Din in seinem Harem zu vergnügen war das Letzte, was ich in dieser Nacht wollte. Seit ich Chutsai liebte, seit ich die vollkommene Liebe kennen gelernt hatte, hatte ich mit keiner Frau mehr geschlafen, nicht einmal mit Kokatschin oder Tashi, als ich im *Ordu* meines Vaters in Kharkhorin war. Kokatschin, die seit Jahren auf meine Rückkehr aus Chin wartete, war über meine Zurückhaltung sehr verstimmt gewesen. Doch ich hätte ihr nicht in die Augen sehen können, wenn ich ihr ein atemloses »Ich liebe dich!« ins Ohr geflüstert hätte, während sie versuchte, mich zu erregen, mir mit ihren Händen und ihren Lippen Lust zu bereiten, und ich dabei an meinen geliebten Chutsai dachte.

»Es ist eine große Ehre, dass du mich in deinen Harem einlädst, aber ...«

»Du hast eine weite Reise von über fünf Monaten gemacht, um nach Bokhara zu kommen«, unterbrach er mich, bevor ich mein entschiedenes Nein in eine höfliche Absage verpackt hatte. »Es ist eine Ehre für *mich,* wenn du mein Gast bist, in dieser und in allen kommenden Nächten deines Aufenthaltes in Bokhara.«

War die Einladung in seinen Harem eine Falle? Aber ich konnte unmöglich Nein sagen! Er wäre zutiefst beleidigt gewesen, wenn ich seine Einladung ablehnte.

»Ich danke dir«, sagte ich also.

»Es ist mir ein Vergnügen, mit dem ›Tiger von Shantung‹ meine Kräfte zu messen«, grinste er und knuffte mich in die Seite. »Wenn auch nur im Bett …«

Um Mitternacht schleppte er mich durch den Garten zu seinem Harem. Das ausgelassene Bankett hatte sich längst zu einem betrunkenen Gelage entwickelt – der schwere Rotwein aus Shiraz floss in Strömen, und mein Weinbecher war nie leer geworden. Ich war schon längst nicht mehr nüchtern.

Djelal hatte meine Hand ergriffen und zog mich hinter sich her.

Im Westflügel des Palastes hatte der Prinz eine sehr großzügige Wohnung, an die sich der Harem anschloss, mehrere prunkvoll ausgestattete Räume für seine Gemahlinnen und Geliebten. Viele der Frauen seien ihm von Würdenträgern des Reiches geschenkt worden, erzählte er mir. Die meisten seien Sklavinnen aus allen Teilen des Reiches. Besonders stolz sei er jedoch auf eine Griechin.

Vier Dienerinnen führten uns in den *Hamam,* entkleideten uns, legten ihre eigenen Gewänder ab und stiegen dann mit uns ins Bad. Ich war überrascht, wie angenehm warm das Wasser war, lehnte mich seufzend in die Arme eines der Mädchen zurück, schloss die Augen und genoss den Duft des kostbaren Orangenblütenöls, mit dem sie mein Haar einrieb.

Ein Mädchen brachte zwei Gläser mit eisgekühltem *Sherbet,* eine Silberschale mit gerösteten Pistazien, getrockneten Feigen und Honigkonfekt, kniete sich am Beckenrand nieder und stellte die Erfrischungen auf ein im Wasser schwimmendes Tablett.

»Ich muss dir ein Geständnis machen, Temur«, sagte Djelal, der entspannt neben mir im Becken lehnte. »Ich bewundere dich sehr. Die Eroberung von Shantung war eine großartige Leistung.«

Ich lehnte mit geschlossenen Augen im Wasser, und er wartete vergeblich auf eine Antwort von mir.

Was sollte ich denn erwidern? »Ja, du hast Recht: Die Eroberung war eine militärische Glanzleistung.«, denn das war sie. Oder: »Nein, ich empfinde tiefe Scham für das, was ich getan habe. Ich trage eine Schuld, die mir niemals vergeben werden kann.« Würde er mich verstehen?

»Mein Vater und ich werden im nächsten Jahr Indien erobern«, fuhr Djelal fort, als ich schwieg. »Wir werden den Hindukush und den Indus überqueren und Lahore unterwerfen. Dann werden wir den Sultan von Delhi in die Knie zwingen.«

»Und dann?«

Er hatte wohl auf ein anerkennendes Lächeln für diese großartigen Eroberungspläne gehofft, ein Wort der Bewunderung, einen Vergleich mit Alexanders Indienfeldzug – Respekt? –, und sah mich verwirrt an. »Ich verstehe nicht …«

»Angenommen, der Feldzug ist erfolgreich – was immer das Wort Erfolg mit allen seinen furchtbaren Konsequenzen wirklich bedeutet. Angenommen, du eroberst Multan, Lahore und Delhi und ziehst weiter nach Süden, um Mumbai zu besiegen. Was dann? Du stürzt dich gleich auf das nächste Schlachtfeld, weil der nächste Sieg noch triumphaler sein soll, noch vernichtender, dich noch unbesiegbarer machen soll.«

Djelal blickte mich irritiert an. »Aber nur so kann ich meine Macht als Shah gewinnen und verhindern, dass ich sie wieder verliere.«

»Und was ist Macht?«

»Freiheit.«

»Du kämpfst also für deine Freiheit und bist bereit, für diese Illusion – denn die Freiheit ist eine Illusion! – anderen Menschen ihre Freiheit zu nehmen? Ihre Würde? Ihr Leben?«

Er schwieg und sah mich nachdenklich an.

»Du wirst am Ende ein prächtiges Mausoleum haben, und eine beeindruckende Grabinschrift wird es zieren: ›Er kämpfte sein Leben lang und unterwarf die ganze Welt. Aber am Ende gewann er die Freiheit!‹« Ich seufzte ironisch. »Ich werde keine solche Grabinschrift haben. Mich wird man in der Steppe begraben, ohne Grabstein, ohne Inschrift, und niemand wird wissen, wo ich liege. Ich werde vergessen sein.«

»Man wird sich deiner erinnern«, versicherte mir Djelal.

»Weshalb?«

»Weil du deinem Vater nachfolgen wirst. Du wirst der nächste Khakhan sein und die Eroberungen deines Vaters vollenden.«

»Mir wäre es lieber, wenn man sich meiner als Mensch erinnert.«

»Die Welt erinnert sich an Kaiser und Könige, an große Feldherren, an Propheten und Philosophen, aber nicht an *Menschen*«, entgegnete er ernst. »Es sei denn, sie haben eine Grabinschrift. Was würde ich eines Tages auf deinem Grab lesen, Temur, allmächtiger Khakhan der Mongolen?«

»Wenn ich Khakhan gewesen wäre, würdest du nichts lesen. Nichts, was ich tun müsste, wäre es wert, aufgeschrieben zu werden. Aber wenn ich *nicht* Khakhan gewesen wäre, würdest du fünf Worte auf meinem Grabstein lesen.«

»Nur fünf Worte?« Er überlegte, dann zählte er »Mut, Stärke, Weisheit, Gerechtigkeit und Mäßigung« auf.

Ich schüttelte den Kopf und sagte ruhig: »Selbstbeherrschung, Selbstbewusstsein, Selbstvertrauen, Selbstachtung, Selbstmacht.«

Er schloss die Augen und schwieg, nachdenklich und still. Nach einer Weile sagte er leise: »Ein schlichter Stein mit dieser Inschrift auf einem namenlosen Grab in der Weite der Steppe würde mich mehr beeindrucken als das größte und prächtigste Grabmal aus Marmor und Gold. Denn ich wüsste, dass dort, unter jenem schlichten Stein, ein ganz Großer liegt.«

Nach dem Bad stiegen wir aus dem Wasserbecken und begaben uns nackt in einen Raum, der, geschmückt mit duftigen weißen Segeln aus Damast, einem fließenden Stoff aus der Stadt Dimashk, weichen Teppichen und schwellenden Kissen, wie ein Zelt aussah. Die Herbstnacht war kühl, und so war in der Mitte des Raumes ein Feuerbecken entzündet worden. Ein Rauchgefäß verströmte einen aromatischen Duft. Hinter den Stoffsegeln saßen zwei Mädchen und spielten eine zarte Melodie.

Djelal und ich legten uns nebeneinander auf weiche Polster und ließen uns von den Mädchen trockenreiben und sanft mit Rosenöl massieren. Es war ein sehr sinnliches Vergnügen, das mich entspannte und, den Kopf in ein weiches Kissen gedrückt, schläfrig machte.

Verträumt lauschte ich der Sitar-Musik, die Ogodeis wundervollem Spiel auf der Pferdekopfgeige ähnelte. Ich erinnerte mich, wie mein Bruder nach einem Festmahl an Tsagaan Sar in der Jurte unseres Vaters zu seiner Geige gegriffen und ein paar melancholische Lieder für uns gespielt hatte, die mich in der Seele berührten. Mein Bruder war ein begnadeter Sänger, der den mongolischen Obertongesang meisterhaft beherrschte: Er benutzte seine Stimme wie ein zweistimmiges Musikinstrument. Neben einem schweren, schwingenden Grundton, der tief aus seiner Brust kam, sang er in seiner Kehle einen zweiten, höheren Ton, der klang wie von einer Bambusflöte gespielt. Ogodei sang zwei Stimmen des Liedes gleichzeitig – das Tosen eines Wildwassers wie des Orkhon-Wasserfalls, das Rauschen des Windes und die Schreie der Adler über der Steppe – und er spielte die Geige in höchster Vollendung. Es war wunderschön gewesen! Wie die Melodie der beiden Mädchen.

Eine Dienerin brachte ein Tablett mit zwei kleinen Gläsern aus geschliffenem Bergkristall. Djelal reichte mir eines. »Trink!«

Ich hielt mein Glas gegen das Licht der Kerzen und sah eine goldene Flüssigkeit schimmern. »Was ist das?«

»Das Lebenselixier: ein Schluck Glückseligkeit«, sagte er und trank ein wenig. »Das ist Opium, vermischt mit Honig und weiteren äußerst anregenden Zutaten.«

Ich konnte den Liebestrank nicht ablehnen und nippte an dem Glas. Das Getränk schmeckte angenehm nach Honig und Zimt und Pfeffer und noch einigen anderen Gewürzen.

Djelal sah mich an und lächelte zufrieden.

»Was ist?«, fragte ich.

»Du hättest mir keinen größeren Beweis deines Vertrauens geben können, als diese dir unbekannte Flüssigkeit zu trinken. Es hätte Gift sein können.«

Einen Augenblick lang sah ich ihn verwirrt an, dann begann ich zu lachen, erst leise, kichernd, aber dann immer lauter, mit Tränen in den Augen, bis ich ihn schließlich mitriss – eine Wirkung des Weines und des Opiums. »Soll ich dir etwas verraten, Djelal?« Ich wischte mir die Tränen aus den Augen und rang nach Luft – Atemlosigkeit war eine Nebenwirkung des starken Rauschmittels. »Opium, falsch dosiert, *ist* ein tödliches Gift.«

»Und soll ich dir etwas verraten, Temur? Genau diese Gefahr ist es, die mich reizt. Einmal abgesehen von den äußerst lustvollen Nebenwirkungen, denen ich mich jetzt hinzugeben gedenke.«

Er winkte den Mädchen und spreizte die Beine. Eine der Liebesdienerinnen setzte sich zwischen seine angewinkelten Knie und begann, sein Glied mit angewärmtem Duftöl sanft einzureiben und zu streicheln, bis es unter ihrem Griff hart wurde.

»Das ist gut … sehr gut«, seufzte er und räkelte sich in die Kissen.

Das andere Mädchen begann mich zu streicheln, erst sanft, dann fester, bis sich meine Männlichkeit stolz aufrichtete. Dann beugte sie sich über mich und nahm sie in den Mund.

Ich war zutiefst erregt, und doch empfand ich nichts als Widerwillen – keine Lust, kein Begehren, keine Liebe. Seit ich die vollkommene Liebe kennen gelernt hatte, die Verschmelzung mit dem geliebten Menschen, die schönste Erfüllung, empfand ich nichts mehr. In Kharkhorin hatte ich mich Kokatschin verweigert, denn ich hätte ihr die tiefe Befriedigung, die ich früher empfunden hatte, wenn ich erschöpft in ihren Armen einschlief, vorspielen müssen, hätte sie anlügen müssen, wenn sie mich gefragt hätte, ob es mir gefallen hat.

»Hör auf damit!«, befahl ich dem Mädchen, das erschrocken zu mir hochsah. Ich richtete mich auf und sah den verdutzten Djelal an. »Verzeih mir, aber ich bin zu müde. Die lange Reise … Ich gehe jetzt schlafen.«

»Warte einen Augenblick!«, bat er mich. Mit einem ungeduldigen Wink scheuchte er die Liebesdienerinnen fort. »Du hast vorhin gezögert, als ich dich einlud, mit mir in den Harem zu kommen. Du wolltest heute Nacht keine Frau, nicht wahr?«

Ich schüttelte den Kopf und wollte mich erheben, aber er hielt meine Hand fest.

»Hättest du lieber einen Mann?«, fragte er leise.

»Was?«

»Ich würde gern mit einem Mann schlafen. Ich will wissen, wie das ist.« Er küsste meine Hand, aber ich entzog sie ihm.

»Warum?«

»Ich will wissen, wie Alexander seinen Hephaistion geliebt hat.«

»Du glaubst, jemanden zu lieben bedeutet zärtlich zu sein, sinnlich, leidenschaftlich, um das höchste Glück in der körperlichen Vereinigung zu erreichen? Du glaubst, jemanden zu lieben bedeutet das Leben mit ihm verbringen zu wollen, seine Freude und sein Leid zu teilen, bis der Tod die Liebenden trennt? Nein, mein Freund, Liebe kann so viel mehr sein! Alexander hat seinem Geliebten Hephaistion in Babylon ein großartiges Grabmal errichtet und ihn wie ein göttliches Wesen verehrt. Glaubst du, dass er das getan hat, weil sein Freund im Bett besonders gut war und ihm alle seine Wünsche erfüllt hat?«

»Nein …«, seufzte er. »Aber du scheinst zu wissen, was Alexander empfunden hat.«

Ich zögerte. »Ja, ich weiß, was vollkommene, glückselig machende Liebe ist.«

»Du liebst einen Mann.« Als ich nickte, fragte er: »Ist er mit dir nach Bokhara gekommen?«

Traurig schüttelte ich den Kopf. »Ich habe ihn seit fünf Monaten nicht gesehen. Und es wird wohl noch ein Jahr vergehen, bis ich ihn wieder treffe.«

»Willst du ihm treu bleiben?«, fragte Djelal leise. Und als ich nickte, sagte er: »Das ist schade. Ich hätte dich gern getröstet.

Ich bin verzaubert von dir. Du bist sehr … wie soll ich es nennen? … intensiv, nein: heilig … erhaben und doch demütig, in allem, was du tust. Als ob der Schlamm der Welt dich, den weißen Lotus, der, zur Vollkommenheit erblüht, so hoch über den Schlamm aufragt, nicht beflecken kann. Und wenn du lachst, so wie vorhin während des Banketts, dann kommt deine Freude aus dem Herzen und bringt alle dazu, mit dir zu lachen. Wenn du traurig bist, so wie jetzt, dann rührst du mich zu Tränen. Ich will dich in den Arm nehmen und trösten, aber ich wage es nicht, weil ich fürchte, dich zu verletzen. Und trotz aller Faszination für deine Art zu leben, deine Art zu sein, erschrecke ich bei der Vorstellung, du könntest zornig werden. Der Tiger könnte wütend um sich schlagen und jeden vernichten, der es wagt, ihm zu nah zu kommen.«

In den kommenden Wochen, in denen wir auf die Rückkehr des Shahs vom Feldzug gegen die aufständischen Khans warteten, verbrachten Djelal und ich viel Zeit miteinander.

Zum Freitagsgebet besuchten wir die Kalan-Moschee, stiegen auf das hohe Minarett und bewunderten die Stadt zu unseren Füßen, das Labyrinth der Bazare mit ihren leuchtend bunten Sonnensegeln, die türkisfarbenen Kuppeln der Moscheen, die schattigen Gärten mit ihren glitzernden Wasserbecken.

Stundenlang gingen Djelal und ich am Sarafshan spazieren und unterhielten uns, machten Ausflüge in den Wildpark Shamsabad südlich der Stadt, wo der Prinz eine prächtige Residenz hatte, und ein paar Mal ritten wir auch nach Norden, in die Kizilkum.

Djelal liebte die Wüste wie ich. »Sie ist still und rein. Sie ist leer. Sie ist vollkommen«, sagte er. »Hier gibt es nichts außer mir selbst und Allah. Ich komme gern allein hierher, wenn ich zum Allmächtigen beten oder mich nur auf mich selbst besinnen will. Ein Tag und eine Nacht in der Wüste ist eine einzigartige Erfahrung, die ich gern mit dir teilen würde, Temur.«

Djelal liebte die Gefahr, das Wandeln am Abgrund, das Überschreiten von Grenzen. Der Wein, das Opium und der Rausch der Wüste waren drei Wege, die alle zu einem Ziel führten: in die Selbstzerstörung.

Wir verbrachten mehrere Tage und Nächte in der Wüste, lernten uns, einander das Leben anvertrauend, gut kennen und kamen uns sehr nah. Unsere Freundschaft war sehr innig und, da wir über alles sprachen, was uns bewegte, auch … wie soll ich es nennen? … sehr intim. Djelal gestand mir seine Gefühle für mich, die über Bewunderung, Vertrauen und Freundschaft weit hinausgingen. Dass er mich körperlich anziehend fand, dass er jede Berührung genoss, wenn einer von uns beim Schwertkampf stürzte und der andere ihm aufhalf, dass er gern meine Hand hielt, während wir in der Stadt spazieren gingen, dass er in der Wüste so nah neben mir schlief, dass er mich dabei im Schlaf umarmte, störte mich nicht, denn ich wusste, dass er nicht so weit gehen würde, mich zu verführen.

Im Dezember, drei Monate nach meiner Ankunft in Bokhara und wenige Tage vor Beginn des Fastenmonats Ramadan, kehrte der Shah im Triumph von seinem Feldzug im Norden zurück.

Djelal und ich warteten zusammen mit den Emiren im *Diwan* auf sein Erscheinen, nachdem wir zuvor den Triumphzug durch die Stadt von der Zitadelle aus beobachtet hatten.

Schließlich betrat der »Schatten Gottes auf Erden« den Saal und ließ sich auf dem Thron nieder, um die Huldigungen entgegenzunehmen. Die Würdenträger fielen vor ihm auf die Knie, küssten den Boden, auf dem er wandelte, und demütigten sich vor ihm. Niemand wagte den Blick zu heben, ohne von ihm angesprochen zu werden.

Der Shah war sehr prächtig gekleidet. Er trug mehrere mit Perlen bestickte Staatsgewänder in verschiedenen Farben übereinander, die er eines nach dem anderen ablegen würde, um sie einem Würdenträger um die Schultern zu legen und ihn derart zu ehren.

Der Wesir stellte mich dem Shah vor: »Majestät, das ist Prinz Temur, Dschingis Khans ältester Sohn, Minister des mongolischen Reiches, Mitglied des Staatsrates und Stellvertreter des Kanzlers,

Prinz Yelu Chutsai.« Dann senkte er die Stimme zu einem Flüstern: »Er ist wegen des Friedensvertrages hier …«

Der Vertrag war in den letzten Wochen mit keinem Wort erwähnt worden, nicht von Djelal, nicht vom Wesir, mit dem ich mich einige Male während der Bankette im Palast unterhalten hatte. Fürchtete der Shah das Bekanntwerden eines Friedensvertrages zwischen ihm und meinem Vater? Das Bündnis war ein klarer Verstoß gegen den Koran. Die siebenundvierzigste Sure gebot, den *Djihad* gegen die Ungläubigen niemals aufzugeben, um Frieden zu schließen: »Lasst in eurem Kampfeswillen nicht nach und bittet nicht um Frieden, da ihr doch letztlich siegen werdet.« Der Shah, der den Khalifa, den Nachfolger des Propheten Mohammed, durch ein Glaubenskonzil abgesetzt hatte, würde damit seine Glaubwürdigkeit riskieren.

Ich trat vor und verneigte mich vor dem Herrscher, der sich von seinem Thron erhob und mir eines der Ehrengewänder umlegte. »Ich freue mich, dass du die weite Reise auf dich genommen hast und nach Bokhara gekommen bist, mein Sohn.«

Der Shah war ein gut aussehender, von der Wüstensonne braun gebrannter Mann von fünfzig Jahren. Seine schwarzen Haare schimmerten silbern an den Schläfen, sein kurz geschnittener Bart umrahmte ein markantes Gesicht, das von Schnee, Wind und Sonne geformt war. Seine dunklen Augen schienen ständig auf der Suche nach jemandem, den er ernst nehmen konnte, wie er sich selbst ernst nahm. Die geschwungenen Brauen verliehen seinen Zügen einen ironischen, ja herablassenden Ausdruck. Die schmalen Lippen lächelten nur selten.

»Es ist mir ein Vergnügen, hier zu sein, *Ata* – mein Vater.«

Er sah mir in die Augen: Ob ich es wert war, ernst genommen zu werden? »Ich habe gehört, dass Djelal sich gut mit dir versteht«, sagte er schließlich, als ich seinem Blick standhielt.

»Das ist wahr, *Ata*«, nickte ich.

»Das freut mich, mein Sohn. Ich will das Band der Freundschaft zwischen meiner Familie und der Familie Dschingis Khans noch weiter stärken, damit es unzerreißbar wird. Es würde mir sehr gefallen, wenn du einer Eheschließung mit meiner Tochter Djahane zustimmen würdest. Lass uns heute Abend bei einem Becher Wein darüber sprechen.«

Ein geschickter Spielzug im »Spiel der Könige«, das musste ich zugeben! Durch die Heirat mit Djahane wurde ich der Schwiegersohn des Shahs und für den Khalifa ein unglaubwürdiger Verhandlungspartner, weil er annehmen musste, ich hätte mich mit dem Shah gegen ihn verbündet. Aber durfte ich die Ehe mit Djahane verweigern, ohne den Frieden zu gefährden?

Spät am Abend empfing mich der Shah in seinen Privaträumen im Westflügel des Palastes. Er lag auf einem Ruhebett und ließ sich von einem Mädchen die Schultern massieren. Die kostbaren Staatsgewänder und den Turban hatte er abgelegt, die bestickten Stiefel ausgezogen. Als ich mich vor ihm verneigte, winkte er mich zu sich. »Setz dich doch, Temur!«

Ich nahm auf einem Brokatkissen vor einem niedrigen Tisch Platz. Ein Diener reichte mir ein nach Rosenöl duftendes Tuch, mit dem ich mir Gesicht und Hände wusch.

Mit einer ungeduldigen Geste scheuchte der Shah das Mädchen fort. Er schlüpfte in einen Brokatmantel, ohne ihn zu schließen, und kam zu mir herüber. »Djelal hat mir erzählt, dass du gern spielst – Weiqi und Domino –, und dass du ihn beim Polo aus dem Sattel geworfen hast. Ich spiele auch leidenschaftlich gern. Wie wäre es mit einer Partie, während wir uns unterhalten?«

Er deutete auf ein Holzspielbrett auf dem Tisch, auf dem in zwei Reihen weiße und schwarze Figuren wie feindliche Heere aufgestellt waren. Die Formen der Figuren erklärten sich von selbst. Er erläuterte mir ausführlich die Regeln des Shah-Spiels.

»Lass uns spielen, *Ata!*«, lachte ich begeistert. »Das Ziel des Spieles ist doch klar: die Schlacht zu gewinnen und den feindlichen Shah gefangen zu nehmen!«

»Bism'Allah!« Der Herrscher machte den ersten Zug. Er setzte eine der kleinen weißen Figuren aus der ersten Reihe seiner Schlachtordnung ein Feld nach vorn.

»Was stellt diese Figur dar – einen khwarezmischen Händler?«, neckte ich ihn. »Führen wir einen Handelskrieg um die Vorherrschaft über die Seidenstraße?« Dann setzte ich eine meiner schwarzen Kriegerfiguren ein Feld vor.

»Und was soll deine Figur sein?«, fragte er amüsiert.

»Das sind Hilfstruppen, *Ata.* Jeder unserer Noyans schickt an der Spitze seines Heeres Truppen unterworfener Völker in die Schlacht: Krieger aus Koryo, aus Xixia, aus Chin. Dann erst rücken die mongolischen Reiter vor. Deshalb hat ein *Tümen* – das mongolische Wort bedeutet Zehntausend – nicht mehr, wie noch vor einigen Jahren, zehntausend Krieger, sondern fünfzehn- oder zwanzigtausend. Dabei sind die Belagerungstechniker aus Chin und Song noch nicht mitgezählt.«

Er schob eine weitere Figur zwei Felder vor. »Und wo sind sie, deine großartigen Heere?«, stichelte er, während er einen Schluck des eisgekühlten Rosenlikörs trank, der uns in schönen Bechern aus durchscheinendem Glas gereicht wurde.

Ich ergriff die Figur eines schwarzen Pferdes, durchbrach damit meine eigenen Reihen und zog über das Spielfeld. Da öffnete er seine Front, um den Turm bewegen zu können.

Das »Spiel der Könige« gefiel mir. Der Shah und ich hetzten wie zwei Feldherren unsere Krieger aufeinander, die sich in der Spielfeldmitte zum Kampf trafen. Er warf viele meiner Krieger vom Feld, aber ich sorgte mit meinen beiden Pferden für Ausgleich. Jedes Mal, wenn ich einen seiner »Händler« vom Spielbrett nahm, verfinsterte sich sein Blick. Er, der siegesverwöhnte Shah, hatte das Verlieren nie gelernt.

Ich beobachtete ihn, während er seine Figuren über das Spielfeld jagte. Was würde es für ihn bedeuten, wenn er diese Schlacht verlor? Er kämpfte so verbissen gegen mich, dass ich seine Angst spüren konnte – wovor fürchtete er sich? Er war der Shah, das »Schwert des Islam«, der »Schatten Gottes auf Erden«. Aber hatte er jemals gelernt, mit dem bisher Erreichten zufrieden zu sein? Hatte er Angst, das zu verlieren, was er sich unter großen Verlusten erkämpft hat? Was hatte er bei diesem endlosen Kampf geopfert – seine Gefühle? Er litt darunter, dass er für seine Eroberungen zwar bewundert und gefürchtet, aber nicht *geliebt* wurde, nicht einmal von seinem ältesten Sohn Djelal, den er die Kunst des Liebens nie gelehrt hatte. Er fürchtete seelische Verletzungen, gegen die er sich mit einer schimmernden Rüstung aus Selbstgefälligkeit und Arroganz und einem zum Wortgefecht erhobenen Schwert aus verletzenden Bemerkungen schützte.

Mit seinen beiden Festungstürmen verstellte er den Weg meiner Pferde zu seinem König. Dann sah er mich triumphierend lächelnd an.

»Du glaubst doch nicht im Ernst, dass zwei Festungen die mongolischen Reiter aufhalten können?«, lachte ich, um ihn vom Spiel abzulenken.

»Doch, das werden sie! Hast du nicht gesehen, wie stark die Mauern von Bokhara und Samarkand befestigt sind? Und auch die Städte Balkh, Merw und Nishapur sind uneinnehmbar.«

»Zhongdu war auch uneinnehmbar, bis wir es eingenommen haben«, konterte ich schlagfertig und brachte mein Pferd aus der Schusslinie einer seiner Festungen.

Der Shah schob die Figur seiner Königin über das Spielbrett. Sie stand nun auf einer Position, die meinen eigenen Khakhan bedrohen konnte, ihn verführen konnte, aus seiner Deckung zu kommen. Ich schloss die weiße Königin mit einem meiner eigenen Türme ein. Irritiert sah der Shah mich an. Wenn er meinen Turm vom Feld warf, konnte seine Königin zwar der Gefangenschaft entfliehen, würde aber mit Sicherheit von einem meiner Pferde eingeholt und vernichtet werden.

Ich lächelte und schwieg.

»Hast du schon über meinen Wunsch nachgedacht? Ich meine die Heirat mit Djahane …«, fragte er mich mit Blick auf das Spielbrett.

Sollten mich diese scheinbar gedankenlos dahingesagten Worte vom Spiel ablenken, oder sollte mich das Spiel von seinen Worten ablenken, damit er mich in argumentative Sümpfe aus zweideutigen Worten lockte, aus denen ich nicht mehr entkommen konnte?

»Ja, das habe ich«, wich ich ihm aus und tat, als konzentrierte ich mich auf die Schlachtordnung auf dem Spielbrett.

Bevor er mich fragen konnte, zu welcher Entscheidung ich gelangt war, nahm ich die Figur meines Khakhans und schob sie langsam, scheinbar alle Konsequenzen dieses Angriffs durch den Herrscher selbst durchdenkend, über das Spielfeld und nahm einen seiner weißen Festungstürme vom Brett. Ich warf ihm die Figur zu, die er verärgert auffing, um sie auf den Tisch zu stellen.

»Greift Dschingis Khan immer selbst in die Schlacht ein?« Der Shah deutete auf meine Königsfigur in der Spielfeldmitte.

»Mein Vater leitet jeden Feldzug persönlich«, sagte ich und trank einen Schluck des kühlen Rosenlikörs.

»Das ist gefährlich!«, sagte er und schob seine weiße Königin über das Spielbrett. Wollte er mich herausfordern? Oder war die Annäherung der Königin ein geschicktes Täuschungsmanöver, ein bewusst akzeptiertes Risiko, damit ich seine Shah-Figur am Spielfeldrand in Ruhe ließ?

»Ein Herrscher muss Risiken eingehen. Sonst bringt das Spiel keinen Spaß«, murmelte ich, scheinbar selbstvergessen mit der komplizierten Schlachtaufstellung beschäftigt.

Der Shah lachte amüsiert. »Hat dir die Eroberung von Shantung Spaß gemacht?«

»Nein«, gestand ich und nahm seine Königin vom Spielfeld. Sie war einem meiner Noyans zu nah gekommen.

Es schien ihn nicht zu kümmern, dass er seine Königin opfern musste. Mit einem seiner Emire bedrohte er nun meinen Khakhan. »Shah in Gefahr!«, rief er, als sei das Spiel schon vorbei. »Du musst dich zurückziehen, Temur!«

Dachte er wirklich, er könnte mich schlagen?

Ich zog meine Khakhan-Figur ein Feld zurück. Das verwirrte den Shah, der seine Emire und Pferde über das Spielbrett hetzte.

Eine Weile betrachtete er mit einer tiefen Falte auf der Stirn die neue Konstellation der Figuren. Es waren kaum noch Krieger übrig. Er hatte zwei Festungen eingebüßt, einen Emir und ein Pferd. Seine Königin war von mir gefangen genommen worden. Ich hatte eine Festung verloren und besaß noch beide Pferde. Zwei meiner Noyans bedrohten seine Shah-Figur.

Er zog seine Shah-Figur ein Feld zurück.

»Fliehst du vor dem übermächtigen Feind?«, neckte ich ihn und hetzte einen meiner Noyans hinter ihm her. Er schob die Figur ein weiteres Feld in Richtung Spielbrettrand. Mein Noyan folgte ihm. »Shah in Gefahr!«, sagte ich ruhig.

»Du spielst das Spiel gut, Temur. Aber du hältst dich nicht an die Spielregeln«, lächelte er verbissen. »Der Shah gewinnt immer.«

»Ich dachte, die Spielregeln besagen, dass der bessere Stratege gewinnt.«

Er zog sich um ein weiteres Feld zurück. »Und du bist ein guter Stratege?«

»Ich habe noch keine Schlacht verloren.« Ich zog meinen zweiten Noyan und drängte die weiße Shah-Figur in eine Situation, aus der die Flucht unmöglich war. »*Ash-Shah mat!* Der Shah ist tot!«

Sein Blick verfinsterte sich, als er meine beiden Noyans betrachtete. Ich hatte ihm keinen Ausweg gelassen. Er nahm die Shah-Figur und legte sie selbst auf das Spielbrett. Das tat er mit einem Gesichtsausdruck, als würde ich ihn zwingen, Selbstmord zu begehen. Dann nahm er die Figur des Khakhans vom Spielbrett, um sie zu betrachten. »Dein Vater hat Xixia und Chin erobert, und er hat Koryo und Song tributpflichtig gemacht. Welche Absichten hat Dschingis Khan im Hinblick auf Khwarezm?« Der Shah deutete auf die verlorene Schlacht auf dem Spielbrett.

»Mein Vater will einen Friedensvertrag abschließen, der den Handel sichert.«

»Als Minister weißt du sehr gut, dass Friedensverträge gebrochen werden, sobald die Tinte trocken ist.«

»Nur durch den, der sich nicht an die Spielregeln hält.«

»Verhandelt dein Vater auch mit dem abgesetzten Khalifa?«, versuchte er mich in die Enge zu treiben.

»Nein«, erwiderte ich, und es war nicht gelogen. Die Antwort des Khalifas auf meinen Vorschlag, mit ihm zu sprechen, war noch nicht in Bokhara eingetroffen.

»Aber der Khalifa hat ihn um Unterstützung gebeten?«
»Ja, das hat er.«
»Dschingis Khan entsendet keine Truppen nach Bagdad?«
»Nein.«
»Warum nicht?«
»Bagdad liegt zu weit im Westen.«
Mit einer Zornesfalte auf der Stirn starrte er mich an, aber ich hielt seinem Blick stand. »Wann will dein Vater Indien erobern?«
»Er will es nicht erobern.«
»Er hat Xixia und Chin erobert. Beide Reiche liegen auf dem Weg nach Süden.«
»Unsere Krieger haben am Nordufer des Yangtse Halt gemacht. Zwischen dem Yangtse und dem Sultanat von Delhi liegen Song, Dai Viêt, das Khmer-Reich von Angkor und das burmesische Reich von Pagan.«
»Oder, auf der Westroute, Karakitai und Khwarezm.«
Ich lachte amüsiert. »Was will der Khakhan in Delhi?«
»Was will Dschingis Khan in Ningxia, in Zhongdu und in Kaifeng?«, konterte der Shah.
»Was willst du in Balasaghun und Bagdad?«, forderte ich ihn heraus. »Bisher hat der Sultan von Delhi den Khakhan weder um Unterstützung gegen den bevorstehenden Krieg mit Khwarezm gebeten, noch unterhalten wir überhaupt diplomatische Beziehungen mit Delhi, um mit Sultan Iltutmish über ein Handelsabkommen mit seinem Reich zu verhandeln.«
»*Wir?*«
»Wir: Mein Vater als Khakhan, Prinz Yelu Chutsai als Kanzler und ich als Minister für ausländische Angelegenheiten.«
»Du bist sein ältester Sohn. Du wirst nach deinem Vater herrschen. Du bist eine wichtige Figur in diesem Spiel um die Macht. Ich könnte dich als Geisel hier behalten.«
»Ja, gewiss«, sagte ich. »Aber ich weise dich darauf hin, dass die Person des Gesandten nach mongolischem Recht unverletzlich ist. Meine Gefangennahme würde den Krieg, den du gerade zu ver-

meiden wünschst, heraufbeschwören. Mein Vater hasst es, wenn jemand seine Spielregeln eigenmächtig ändert.«

Nachdenklich nickend stellte er die Figur des Khakhans zurück auf das Spielfeld. Dann griff er mich mit allen Waffen an, die ihm nach seiner Niederlage noch zur Verfügung standen, um mich doch noch vor sich auf die Knie zu zwingen: »Nachdem das *Spiel* nun beendet ist …« Er sah mich scharf an, und die Zweideutigkeit seiner Worte entging mir nicht. »… kannst du mir nun meine Frage von vorhin mit allem nötigen Ernst beantworten: Wirst du Djahane heiraten?«

»Temur?«, muss er mich leise angesprochen haben, um mich nicht zu erschrecken – zu leise, denn ich hörte ihn nicht.

Ganz in meine Gedanken versunken legte ich die Feder weg. Der Brief an meinen Vater war noch unvollendet. Was sollte ich ihm schreiben, was dem Pfeilboten anvertrauen? Mit anderen Worten: Was durfte der Shah lesen, falls mein Schreiben abgefangen wurde? Was würde mich in Lebensgefahr bringen?

Von meiner Hochzeit mit Djahane nach dem *Id al-Fitr,* dem Fest des Fastenbrechens nach dem Ramadan, wusste er bereits – nein, er konnte noch nichts wissen, denn ich hatte die beiden Pfeilboten erst sechs Wochen zuvor, am Tag nach der Eheschließung, mit meiner Nachricht losgeschickt: einen nach Osten, über den Pamir, den anderen nach Norden, über Otrar, Balasaghun und die Berge des Altai, in der Hoffnung, dass einer von beiden den weiten Weg schaffte, ohne abgefangen zu werden. Wann würde meine Nachricht in Kharkhorin eintreffen? In zwei, in drei, in vier Wochen?

Sollte ich meinem Vater schreiben, dass Djahane glaubte, schwanger zu sein? Dass mein Schwiegervater, der Shah, darüber erfreut war? Nein, das wollte ich nicht. Chutsai würde diesen Brief lesen. Es würde ihn verletzen. Und ich konnte ihm unmöglich ein paar persönliche Zeilen schreiben, um ihm zu erklären, welche Überwindung es mich gekostet hatte, die Hochzeitsnacht mit Djahane zu verbringen, ihr die Schleier abzunehmen, mit ihr die Ehe zu vollziehen und so zu tun, als sei ich nun glücklich mit ihr. Es lag nicht an ihr, dass ich es nicht war: Sie war schön, intelligent und sehr belesen, im Bett zärtlich und unendlich geduldig mit mir, weil sie wusste, dass ich jahrelang als Mönch im Kloster gelebt hatte. Aber manchmal, wenn sie allein war und dachte, ich würde es nicht bemerken, da weinte sie bittere Tränen, weil sie dachte, es liege an ihr, dass ich nicht in ihr Bett kam. Voller Verzweiflung hatte sie begonnen, mir andere Mädchen ins Bett zu legen, die mir Vergnügen bereiten sollten, doch ich hatte sie alle fortgeschickt, obwohl ich wusste, dass ich Djahane damit noch mehr verletzte. Seinem eigenen Gemahl eine schöne Frau anzubieten war, dem moralischen Gebot des Propheten im Hadith entsprechend, nichts Verwerfliches, im Gegenteil: Der selbst so sinnenfreudige Mohammed hatte gesagt: »Wann immer ihr den Liebesakt vollzieht, gebt ihr ein Opfer.«

Ich fragte mich, ob es nicht das Beste war, wenn ich Bokhara bald verließ. Der Khalifa hatte auf keine meiner Botschaften geantwortet. Warum denn auch? Ich war nach Bokhara gekommen, um im Interesse des Khakhans zwischen dem Shah und dem Khalifa zu vermitteln. Und nun war ich der Schwiegersohn des Shahs und lebte seit Monaten in der Residenz in Bokhara, wurde von meinem Schwiegervater mit Banketten und Empfängen derart beschäftigt gehalten, dass mir keine Möglichkeit blieb, für mehrere Wochen aus dem Palast zu verschwinden, um den Khalifa aufzusuchen. Der Shah hatte mir an Tsagaan Sar – am Beginn des Jahres des Büffels (1217) – sogar eine prunkvolle Feier anlässlich meines einunddreißigsten Geburtstages ausrichten lassen, nachdem Tarik ihm erzählt hatte, dass wir Mongolen an Neujahr unseren Geburtstag feiern.

Der Khalifa war wieder nach Bagdad zurückgekehrt und plante, sich mit Gütschlüg Khan von Karakitai gegen den Shah zu verbünden, wie er bereits die afghanischen Fürsten in Ghor zum Aufstand ermutigt hatte – das berichteten mir meine Informanten. Gütschlüg Khan war nach der Eroberung von Balasaghun ein Vasall des Shahs von Khwarezm geworden, während Idikut Bartschuk Khan und Arslan Khan, ehemals Vasallen des Khans von Karakitai, vor Jahren Dschingis Khan die Treue geschworen hatten. Die

Lage in Karakitai war mehr als chaotisch, das Land war durch einen Glaubenskrieg zwischen Christen und Muslimen zerrissen. Nicht auszudenken, was geschehen würde, wenn der Khalifa die muslimischen Untertanen Dschingis Khans zum Krieg gegen den Shah aufrief und sich mit dem *christlichen* Khan verbündete. Der Shah rüstete zum Krieg gegen Karakitai.

Es wurde Zeit, dass ich nach Kharkhorin zurückkehrte! In den nächsten Tagen würde ich …

»Temur?«

Ich sah auf: Djelal stand in der Tür meines Arbeitszimmers. »Kann ich dich einen Augenblick sprechen, mein Bruder?«, fragte er leise. Er deutete auf die Dokumente auf meinem Tisch. »Wenn du keine Zeit hast … für mich … dann kann ich später wiederkommen.« Er wirkte traurig. Verzweifelt.

Ich sprang auf und ging ihm entgegen. »Was ist mit dir?«

»Vor einer Stunde war ich bei meinem Vater …« Er barg sein Gesicht in den Händen, damit ich seine Tränen nicht sah.

Ich legte meinen Arm um seine Schultern und führte ihn in den nächtlichen Garten. »Was ist denn geschehen?«

Er ließ sich auf ein Polster sinken und sah zu mir auf. Ich setzte mich neben ihn und nahm seine Hand.

»Mein Vater …« Er hielt inne, schüttelte den Kopf. »Nein, Temur, es war nicht mein Vater, der vor einer Stunde mit mir sprach. Es war der Shah von Khwarezm.« Er strich sich mit der Hand über die Stirn. »Seine Majestät hat mir mitgeteilt, dass ich nicht mehr … dass ich nicht mehr der Thronfolger bin.«

»*Was?*«, fragte ich zutiefst betroffen. Nein: Ich war entsetzt.

»Mein Bruder Uslak Khan wird der nächste Shah sein. Nicht ich.«

»Und warum nicht?«

»Meine Mutter ist eine Prinzessin von Ghor. Ich bin afghanischer Herkunft, Temur. Die Emire von Ghor verbünden sich mit dem Khalifa in Bagdad gegen meinen Vater. Er fürchtet, ich, sein ältester Sohn und Thronfolger, könnte mich ihnen anschließen, um ihn zu stürzen, um selbst die Macht zu ergreifen und Shah zu werden. Der Khalifa würde mich als Shah anerkennen, wenn ich ihm helfen würde, Bagdad zurückzugewinnen.«

Ich schwieg und dachte nach.

»Seine Selbstherrlichkeit« Uslak Khan und seinen gewalttätigen Cousin Inaltschik Khan hatte ich während meiner Hochzeit mit Djahane kennen gelernt. Beide hatten sich darüber erregt, dass ich, ein *Kafir*, ein Ungläubiger, der sich standhaft weigerte, sich Allah zu unterwerfen und den islamischen Glauben anzunehmen, in die Familie des Shahs einheiratete.

Die beiden hatten Djelal und mich wenige Tage später zum Freitagsgebet in die Kalan-Moschee geschleppt und gesehen, wie ich während des Gebetes nicht, wie alle anderen Gläubigen, gekniet hatte, sondern in der letzten Reihe stehen geblieben war. Das Wort »Islam« bedeutet Unterwerfung, aber ich wollte mich vor Gott nicht demütigen und mich vor Ihm niederwerfen, solange Er sich mir verweigerte. Noch in der Moschee waren die beiden wütend auf mich losgegangen – Djelal hatte sich zwischen uns gestellt und mutig verhindert, dass ich von Uslak und Inaltschik geschlagen und von der Menge der Gläubigen gerichtet wurde: Ich trug noch immer das Bild des Gekreuzigten um den Hals. Mit seinem beherzten Eingreifen hatte mir mein Freund das Leben gerettet.

Und nun war Uslak Khan Thronfolger! Sein Schatten Inaltschik Khan war Befehlshaber der Festung Otrar an der nördlichen Grenze zu Karakitai und damit zu dem Reichsteil, den mein Schwager Arslan Khan als Vasall meines Vaters regierte. Ihre offene Feindschaft und ihr Hass mir gegenüber war die denkbar schlechteste Voraussetzung für einen Friedensvertrag.

Djelal ergriff meine Hand. »Temur, du bist der einzige Freund, den ich habe. Ich weiß nicht, wem ich mich sonst anvertrauen soll. Nur du kannst mich verstehen. Sag mir, was ich tun soll!«

Was erwartete er von mir? Dass ich ihm die Stufen zum Thron hinaufhalf? Djelal als Shah! Dann war Frieden möglich!

Ich besann mich: »Ich bin Minister, Mitglied des Staatsrates, Stellvertreter des mongolischen Kanzlers und Berater des Khakhans. Wem, glaubst du, schulde ich Loyalität?«

Er starrte mich entgeistert an. »Deinem … deinem Vater?«

Ich schüttelte den Kopf. »Nur mir selbst.« Ich sah ihm in die Augen. »Und wem, glaubst du, schuldest du Loyalität?«

»Das ist Verrat!«, stieß er entsetzt hervor.

»Das ist es tatsächlich!«, hörte ich den Shah sagen. Ich fuhr herum: Er stand wenige Schritte entfernt in der Gartentür meines Arbeitszimmers und betrachtete uns. Auf einen Wink von ihm stürmten Bewaffnete in den Garten, zogen ihre Schwerter und bedrohten mich.

»Vater! Was tust du?«, rief Djelal erschrocken.

Der Shah kam langsam näher, die Hände hinter dem Rücken verschränkt, die Schultern angespannt, und betrachtete mich abschätzig. »Vor wenigen Minuten traf ein völlig erschöpfter Bote aus dem Norden ein. Ein Emir deines Vaters, Subotai, ist mit einer Streitmacht von zwanzigtausend Kriegern in Khwarezm eingefallen.«

»*Nein!*«, stöhnte ich entsetzt.

»Subotai ist nach Westen gezogen, um einen Aufstand der Merkiten niederzuschlagen, die sich gegen deinen Vater erhoben hatten. Aber die Merkiten haben sich rechtzeitig in die Steppe nördlich des Balkhash-Sees geflüchtet. Subotai folgte ihnen. Zurzeit befindet er sich mit seinem Heer nördlich des Aral-Sees. Der Friedensvertrag, die kostbaren Geschenke, die dein Vater mir sandte, deine Reise nach Bokhara – das war alles nur ein Ablenkungsmanöver! Er wollte Zeit gewinnen, bis er stark genug war, mich angreifen zu können! Er will Khwarezm erobern …«

»Nein, das will er nicht!«

»… und Subotai erkundet den besten Weg einer Invasion in Khwarezm!«, übertönte er mich. »Der Weg über den Pamir ist jetzt im Frühjahr wegen des Schnees noch unpassierbar …«

»Nein!«, rief ich verzweifelt.

»… und Dschebe, der seit einigen Wochen mit einem Heer von zwanzigtausend Mann durch Karakitai zieht, kann über die verschneiten Pässe nicht ins Fergana-Tal gelangen, um Samarkand einzunehmen!«

Ich schüttelte nur den Kopf.

»Dschebes Aufenthalt in Karakitai und Subotais Vorstoß nach Khwarezm sind eine unglaubliche Provokation, auf die ich als Shah nur eine Antwort habe: Krieg!« Er trat ganz nah vor mich hin und sah mir in die Augen. »Ich habe lange nicht begriffen, welche Figur du in diesem ›Spiel der Könige‹ bist. Aber jetzt verstehe ich, was du erreichen wolltest: ein Bündnis mit dem Khalifa, um mich zu stürzen. Du hast Djelal für deine Intrigen benutzt, hast mit ihm Freundschaft geschlossen, um den Kontakt zu den aufständischen afghanischen Emiren herzustellen. Dein Spiel ist beendet: *Ash-Shah mat!* Du bist mein Gefangener.«

An der Spitze eines Heeres von sechzigtausend Mann brach der Shah zwei Tage später mit seinen Söhnen Djelal und Uslak auf, um Subotai und sein Heer aus Khwarezm zu vertreiben. Ich begleitete ihn auf diesen Feldzug als sein Gefangener.

Wochenlang waren wir in Gewaltmärschen nach Norden unterwegs. In Otrar stieß Inaltschik mit seinem Heer zu uns. Dann fanden wir in den weiten Seengebieten der Turgai-Senke zwischen dem Ural-Gebirge im Norden und dem Aral-See im Süden das Schlachtfeld, auf dem Subotai mit den fliehenden Merkiten erbittert gekämpft hatte. Ein Überlebender berichtete, dass die Merkiten besiegt worden waren und dass Subotai nach der Schlacht mit seinem Heer nach Südosten in Richtung des Balkhash-Sees abgezogen war.

Tobend vor Zorn, dass Subotai tausende Li nach Khwarezm eindringen konnte, ohne aufgehalten zu werden – Inaltschik, Kommandant der Grenzfestung Otrar, duckte sich unter den scharfkantigen und schmerzhaft treffenden Worten des Shahs –, befahl Ala ad-Din Muhammad die Verfolgung. Innerhalb weniger Wochen holten wir Subotais Heer in der Betpak-Dala, der weiten und von Salzseen durchzogenen Hungersteppe westlich des Balkhash-Sees, ein.

Gefesselt stand ich neben dem Shah und sah das verächtliche Lächeln in seinem Gesicht, als er die mongolischen Krieger auf ihren kleinen Pferden betrachtete, die ledernen Helme und Rüstungen, die staubbedeckte Kleidung, den wenigen Proviant, den sie in ihren Satteltaschen mit sich trugen – sie waren tausende Li unterwegs gewesen. Wie prächtig waren dagegen seine eigenen Soldaten ausgestattet, mit Helmen und Rüstungen aus Stahl und blitzenden Schwertern, mit herrlichen turkmenischen Pferden, viel größer als die kleinen mongolischen Pferde! Und ich sah das Leuchten in seinen Augen, als er an die Siegesfeier dachte, wenn er die schlecht ausgerüsteten Barbaren in einer einzigen Schlacht vernichtet hatte.

Der Shah befahl Schlachtaufstellung.

Subotai hatte uns bemerkt. Als sich die beiden Heere in der weiten Ebene westlich des Balkhash-Sees gegenüberstanden, ritt der Noyan mit seiner Eskorte zu uns herüber und bat um eine Audienz beim Herrscher von Khwarezm.

Subotai war entsetzt, als er mich gefesselt im Zelt des Shahs erblickte. Er wollte etwas sagen, aber ich winkte ab.

Der Noyan bat den Shah um Verzeihung, dass er bei der Verfolgung der aufständischen Merkiten khwarezmisches Gebiet betreten musste. Aber er habe keine andere Möglichkeit gesehen, an diesen Verrätern Vergeltung zu üben, denn dem Befehl des Khakhans habe er unbedingt Folge leisten müssen. Die Vernichtung der Verräter sei im Übrigen auch im Sinne des Shahs gewesen, denn so sei eine erneute Revolte in den nördlichen Provinzen von Khwarezm verhindert worden.

Der Shah sprang zornig von seinem Thron auf und brüllte Subotai an, der weder demütig vor ihm auf die Knie fiel noch den Blick senkte: »Dschingis Khan hat dir nicht befohlen, gegen mich zu kämpfen?«

»Nein, Majestät!«, versicherte ihm Subotai. »Dschingis Khan will Frieden …«

»Frieden?«, warf Ala ad-Din Muhammad dem Noyan verächtlich vor die Füße. Als Subotai sich nicht provozieren ließ, fuhr er fort: »Dein Khakhan hat dir also nicht befohlen, gegen mich zu kämpfen. Mir dagegen hat es Allah zur heiligen Pflicht gemacht, alle Ungläubigen zu vernichten! Im Namen Allahs, des Allmächtigen, erkläre ich Dschingis Khan den *Djihad!*«

Nur eine Stunde später begann die Schlacht.

Kaum hatte Subotai sein Heer erreicht, das noch in Marschformation auf ihn wartete, als der Shah ihn angriff. Der Noyan, der sich so schnell wie möglich zurückziehen wollte, um der Schlacht auszuweichen, wurde durch den Angriff gezwungen, sich zu verteidigen. Er machte kehrt und stellte sich dem Shah.

Ich beobachtete das Gefecht, an einen Pfahl gefesselt und von zwei Bewaffneten bewacht, aus der Entfernung. Durch den aufwirbelnden Staub konnte ich nicht immer erkennen, was geschah. Djelal führte den rechten Flügel des khwarezmischen Heeres gegen Subotai, während der Noyan seinen eigenen rechten Flügel gegen Uslak führte, der den linken Flügel im Heer seines Vaters kommandierte. Die Schlacht wurde zum wirbelnden Strudel kämpfender, schwitzender, schreiender, stürzender, sterbender Menschen, der die letzte Hoffnung auf Frieden mit sich riss und zerschmetterte.

Am späten Nachmittag geriet der Shah durch einen Angriff Subotais in Gefahr und wurde nur durch das mutige Eingreifen seines Sohnes Djelal gerettet. Die Schlacht tobte weiter über die Steppe, bis die Dämmerung der Nacht die Fortsetzung der Kämpfe unmöglich machte. Die beiden Heere trennten sich, ohne dass eine Entscheidung gefallen war.

Nach dem Nachtgebet ließ mich der Shah gefesselt in sein Zelt bringen, um seinen Zorn an mir auszulassen. Er war entschlossen, die Schlacht gegen Subotai am nächsten Morgen fortzusetzen.

Djelal war zutiefst betroffen über das Verhalten von Uslak und Inaltschik mir gegenüber. Nach dem Essen begleitete er mich zu meinem Zelt. Eine Weile gingen wir schweigend nebeneinander durch die Dunkelheit des Lagers. Auf seinen Wink waren meine Bewacher einige Schritte hinter uns zurückgeblieben.

»Es tut mir Leid, was meine Familie dir antut, Temur. Dich so zu demütigen … einen *Kafir* zu nennen, einen Ungläubigen, der vernichtet werden muss … Ich bin zutiefst beschämt!« Er suchte nach Worten. »Du hast dich gegen ihre schmerzhaften Schläge und Demütigungen nicht gewehrt. Du hast nur geschwiegen und sie voller Mitgefühl angesehen. Auf den Knien, aber stolz und unzerbrechlich. Ich habe dich bewundert, Temur.«

»Ich will auch jetzt nicht darüber sprechen«, murmelte ich.

»Du musst einen sehr starken Glauben haben, wenn du eine solche Demütigung ertragen kannst.« Er zögerte. »Ich habe dich in all den Monaten unserer Freundschaft nie gefragt, woran du glaubst. Es schien mir nach deinem Streit mit Uslak und Inaltschik in der Kalan-Moschee nicht wichtig genug, um unsere innige Beziehung mit einer Antwort zu belasten, die mir nach dem Gebot des Korans nicht gefallen *durfte.* Aber nun, nachdem mein Vater deinem Vater den *Djihad* erklärt hat, würde ich gern wissen, woran du glaubst.«

»Ich glaube an mich selbst.«

Djelal schien um eine Entscheidung zu ringen. »Wenn du nur an dich selbst glaubst, kann ich dir nicht den *Djihad* erklären und dich töten.«

»Nein, das kannst du nicht.«

Er nickte, und ich sah ihm an, wie viel Überwindung ihn diese Entscheidung gekostet hatte! Djelal glaubte unbeirrbar an das *Kisma,* die unabwendbare Fügung des Schicksals. Er glaubte, dass Allah ihn lenkte. Wenn ich aber sagte, dass ich nur an mich selbst glaubte, musste ihm das wie eine Verleugnung der Macht Allahs erscheinen.

»Einen Menschen, der so frei ist wie du, können auch keine Lederstricke fesseln«, sagte er leise.

»Nein, das können sie nicht.«

»In der schwersten Stunde meines Lebens, als mein Vater mir meinen Lebenstraum zerschlug, hast du mir als mein bester Freund zur Seite gestanden. Du hast mir sehr besonnen geraten, mir selbst treu zu bleiben. Ich habe lange über deine Worte nachgedacht und bin zu der Erkenntnis gekommen, dass die Wahrhaftigkeit – das rechte Denken und das rechte Handeln – der erste Meilenstein auf dem langen Weg zur Freiheit ist. Ich werde also deinen Rat beherzigen, mein Freund, und so handeln, wie ich es für richtig halte.« Im Mondlicht sah ich seinen Dolch aufblitzen, der meine Fesseln durchtrennte. »Allah ist mit den Standhaften!«, flüsterte er. Dann küsste er mich zum Abschied. »*Bism'Allah* – Geh mit Gott!«

Eine halbe Stunde später erreichte ich Subotais Feldlager. Ich kam gerade noch rechtzeitig: Im Schutz der Dunkelheit zog sich der Noyan mit seinem Heer lautlos nach Osten zurück, um in der Weite der Steppe zu verschwinden. In der Morgendämmerung würde der Shah nur die niedergebrannten Feuer eines verlassenen Lagers finden und sich über seinen schnellen Sieg über die Mongolen freuen, die feige geflohen waren.

Während Subotai durch das Tal des Ili nach Osten ritt, um sich mit Arslan Khan zu treffen, reiste ich mit einer kleinen Eskorte nach Süden. Anfang September erreichte ich Balasaghun.

»Der Tiger ist endlich aus seinem Käfig ausgebrochen!«, begrüßte mich Dschebe in seiner Jurte vor den Stadtmauern von Balasaghun und umarmte mich herzlich. »Wie geht es dir, Tiger?« Er legte mir den Arm um die Schultern und führte mich zu einigen Sitzkissen, die vor seinem Thron lagen.

»Es geht mir gut.«

Obwohl wir im Streit auseinander gegangen waren, freute ich mich doch, Dschebe nach den Monaten in Linan, in Zhongdu und in Bokhara endlich wiederzusehen.

»Warum bist du nicht mit Subotai nach Kharkhorin zurückgekehrt? Willst du mir bei der Eroberung von Karakitai helfen?«, fragte er und reichte mir eine Schale Airag. »Dann schärfe dein Schwert und reite an meiner Seite in die Schlacht!«

»In welche Schlacht?«, neckte ich ihn und trank einen Schluck der vergorenen Stutenmilch.

Mein Vater hatte Dschebe vor wenigen Wochen aus Koryo zurückgerufen und mit zwanzigtausend Kriegern nach Karakitai geschickt, um Gütschlüg Khan, der nach dem Sturz seines Schwiegervaters durch den Shah den Thron bestiegen hatte, zu vernichten. Gütschlüg, ein Sohn des letzten Khans der Naimanen und damit ein Cousin meiner Gemahlin Kokatschin, war vor Jahren ein Freund und Verbündeter Dschamugas gewesen.

Als christlicher Herrscher hatte Gütschlüg Khan die Moscheen in Balasaghun geschlossen, die Imams gefoltert und hingerichtet und die Muslime verfolgt, die sich weigerten, den christlichen Glauben anzunehmen. Den Imam von Khotan ließ er am Portal seiner Moschee kreuzigen, als er es wagte, die Taufe zu verweigern. Dann rüstete Gütschlüg Khan, der seinen ehemaligen Vasallen Idikut Bartschuk Khan und Arslan Khan ihren Treueschwur gegenüber Dschingis Khan nicht verziehen hatte, zum Vergeltungsschlag gegen das mongolische Reich. Noch während er sein Heer sammelte, um über den Altai nach Osten zu ziehen, hatte mein Vater Dschebe seinen Marschbefehl gegeben.

»Du hast Recht, Tiger! Die Eroberung von Karakitai ist kein Krieg, wie wir ihn jemals geführt haben. Dein Vater wusste, warum er mir nur zwanzigtausend Krieger mitgab. Seit ich die Grenze zu Karakitai überschritten habe, musste ich nur ein einziges Mal mein Schwert ziehen. Khotan, Kashgar, Aksu und viele andere Städte ergaben sich kampflos, weil ich Plünderungen und Vergewaltigungen bei Todesstrafe untersagt habe.

Nachdem ich die Moscheen öffnen und die Freitagsgebete unter bewaffneten Schutz stellen ließ und nachdem ich durch einen Imam verkünden ließ, dass ich nicht gegen die Bevölkerung von Karakitai, sondern nur gegen Gütschlüg Khan Krieg führe, öffnen die Städte kampflos ihre Tore. Als Gegenleistung öffne ich die Tore der Moscheen und verkünde die durch die *Yassa* garantierte Religionsfreiheit. Dabei verstehe ich oft meine eigenen Worte nicht: Die Muslime feiern mich als ihren Befreier von der Unterdrückung ihres Glaubens – mich, einen Christen …« Er trank einen Schluck Airag. »… den Gesandten des Allmächtigen!«

»… des Allmächtigen?«, fragte ich erstaunt.

»Ich bin als Gesandter des Sutu Bogdo Khakhan gekommen, des Gottgesandten, des Allmächtigen und Allgegenwärtigen, des Herrschers über Himmel und Erde, des Herrn der Weltordnung: Dschingis Khan«, verkündete Dschebe mit großartiger Geste. »Und wie er mir befiehlt, so soll es geschehen.«

»Habt ihr wieder gestritten?«, fragte ich ihn besorgt.

»Mit wem soll er sich denn sonst herumstreiten, wenn nicht mit mir? Mit deinen Brüdern? Die regieren ihre Reiche und führen untereinander Krieg um den Thron ihres Vaters. Mit Seiner Heiligkeit, dem Lebendigen Buddha Schigi Kutuktu, der sein Kloster verlassen hat, um in die Welt zurückzukehren? Ich bin doch der Einzige, der deinen Vater hin und wieder von einer seiner Himmelsreisen auf den Boden der Tatsachen zurückholt. Seine Majestät der Khakhan ist in den letzten Jahren sehr selbstgefällig geworden. Er berauscht sich an seiner Macht … bitte verzeih: Allmacht!«

»Worum ging es dieses Mal?«, seufzte ich.

»Er befahl mir die Unterwerfung von Karakitai …«

»Dabei hat er dir sogar freie Hand gelassen!«, erinnerte ich ihn. »Und du hast das Reich innerhalb weniger Wochen erobert.«

»… er befahl mir, Gütschlüg Khan zu stürzen …«

»Du hast ihn durch die Täler des Pamir und weiter bis fast nach Badakhshan gejagt und dann hinrichten lassen!«

»… und er befahl mir, Karakitai als sein Statthalter zu verwalten.«

»Ja und?«, fragte ich ungeduldig.

Dschebe deutete auf den Thron – den erbeuteten Thronsessel des gestürzten Khans von Karakitai. »Warum ernennt mich dein Vater nicht zum Khan? Ich bin sein Schwiegersohn!«

Ich sah ihn verblüfft an. »Du bist sein *Schwiegersohn?* Aber …«

»Ich habe vor einigen Wochen eine deiner Schwestern geheiratet, Tiger. Dein Vater hat mir Kadagan zur Gemahlin gegeben.«

»Was ist mit Nomolun?«, fragte ich.

»Sie starb im letzten Winter bei der Geburt unseres dritten Sohnes. Ich dachte … ich dachte, das wüsstest du.«

Ich schüttelte stumm den Kopf. Meine Nomolun war tot! Meine geliebte Nomolun! Die Mutter meiner Söhne … Tränen traten in meine Augen.

Dschebe legte mir die Hand auf die Schulter. »Kaidu hat der Tod seiner Mutter tief getroffen. Er lebt nicht mehr im *Ordu* des Khakhans. Er bat seinen Großvater um die Erlaubnis, in Tschagatais neuer Militärakademie eine Ausbildung zum Offizier zu machen. Ja, du hast richtig gehört, Tiger! Dein Sohn Kaidu wird ein Noyan werden! Der Khakhan hält sehr viel von seinem ältesten Enkel.« Er wartete, bis ich meine Tränen getrocknet hatte. »Als ich das Lager unseres Vaters verließ, traf ich Prinz Zhao, den Cousin des Kaisers von Song. Er ist mittlerweile ständiger Botschafter beim Khakhan. Er brachte Neuigkeiten von Chinkim: Dein Sohn ist verheiratet! Und er hat in Linan seine vierte Schamanenweihe bestanden.«

»Und Yong Le?«

Dschebe wich mir aus. »Ich nehme an, es geht ihm gut …«

Ich legte meine Hand auf seinen Arm. »Was soll das heißen?«

»Yong Le ist seit Monaten spurlos verschwunden«, sagte er leise. »Eines Morgens während des Lagerumzuges von Kharkhorin zum Berg Burkhan Khaldun war er fort. Unser Vater hat ihn tagelang in der Weite der Steppe suchen lassen, aber dein Sohn konnte … wollte nicht gefunden werden.«

»*Was?*«, flüsterte ich.

»Unser Vater vermutet, dass Yong Le nach Chin geflohen ist. Er nimmt an, dass er zum Kaiser nach Kaifeng will. Xüan Zong ist sein Cousin. Yelu Chutsai hat sofort eine Gesandtschaft nach Kaifeng geschickt, um Yong Le zurückzuholen. Vergeblich! Und auch in Zhongdu blieb die Suche ergebnislos: Yong Le ist verschwunden. Chutsai ist zutiefst getroffen. In den letzten Monaten hatte er sich wie ein Vater um Yong Le gekümmert, hatte ihn erzogen, weil Kokatschin den Jungen nicht zur Vernunft bringen konnte, und hatte mit ihm Chinesisch gesprochen. Denn dein Sohn hatte sich geweigert, mehr als vier Worte Mongolisch zu lernen: ›Ich hasse euch alle!‹«

Fünf Wochen lang blieb ich bei Dschebe in Balasaghun und jagte mit ihm zusammen Bären in den dichten Wäldern des Tian-Shan-Gebirges. Doch es war nicht mehr wie früher, als wir gemeinsam während meines elften *Tschanars* in Sibirien gegen den Tiger gekämpft hatten. Der Krieg hatte uns auseinander gerissen. Und wir waren zu oft vom anderen enttäuscht gewesen, von seinen Erwartungen, von seinem Unverständnis für unsere eigenen Wünsche, von seinem Verhalten, als dass wir noch innige Herzensfreunde hätten sein können. Trotzdem sprachen wir über unsere Gefühle, unsere Enttäuschung und unsere Wut. Und das zeigte mir, dass wir, trotz der erbitterten Wortgefechte, die wir in Chin geführt hatten, immer noch Freunde waren, die einander vertrauten.

Als in den Bergen der erste Schnee fiel, nahm ich Abschied von Dschebe und brach nach Osten auf, um in das Winterlager des Khakhans zurückzukehren. Innerhalb weniger Wochen hatte ich mit meiner Eskorte die Steppe hinter mir gelassen, um die verschneiten Täler des Altai hinaufzusteigen.

Fest eingerollt in meine dicke Filzdecke lag ich im tiefen Schnee neben dem Feuer. Mein Kopf ruhte auf der gefalteten Satteldecke. Es schneite mir ins Gesicht, und so drehte ich mich auf die linke Schulter und zog die Decke höher. Mit vor Kälte zitternden Fingern zog ich Chutsais Abschiedsgedicht aus meiner Jacke und entfaltete es.

Im flackernden Schein des Lagerfeuers las ich die letzten Worte, die er mir bei meinem Aufbruch nach Bokhara vor eineinhalb Jahren mitgegeben hatte. Ich konnte sie längst auswendig, aber ich las sie immer wieder, jede Nacht, wenn ich mich in meine Decken wickelte und mich einsam fühlte: Wenn ich seine Schrift sah, war ich ihm nah.

»Das Licht des Mondes, hell und klar,
spiegelt sich im stillen See.
Ich steh am Ufer, tief bewegt,
bewundere sein Funkeln.
Ob ich es besitzen kann?
Ich geh hinein ins dunkle Wasser,
um nach dem Licht zu greifen, das mich so sehr fasziniert.
Doch ich kann es nicht erreichen,
es verschwindet in den Wellen, leuchtet auf, vergeht.
Darf ich es von ferne nur betrachten?«

Nein, mein Geliebter, ich werde bald wieder bei dir sein!, dachte ich. Nur ein paar Tage noch! Der Altai kann mich nicht aufhalten, ein Ritt durch die verschneite Steppe – die Flüsse sind längst zugefroren –, dann werden wir uns endlich wiedersehen, endlich wieder in den Armen halten. Wie sehr ich mich nach dir sehne, mein Liebster! Nur ein paar Tage noch, dann werden wir …

»Prinz Temur?« Der Offizier meiner Eskorte kniete sich neben mich in den Schnee. »Bitte verzeih, dass ich dich geweckt habe, aber wir haben vor dem Lager einen Mann aufgegriffen, der unbedingt mit dir sprechen will …«

»Wer ist es?«

»Er hat seinen Namen nicht genannt. Er sagte, er habe den ausdrücklichen Befehl, nur mit dir zu sprechen.«

Wer immer jener Mann war: Woher wusste er, dass ich hier war? Ich war nur mit einer kleinen Eskorte unterwegs, und unser Lager in dem tief verschneiten Tal des Altai unterhalb des Tamdsch-Passes bestand lediglich aus ein paar Feuern, um die die Männer in ihre Filzdecken gehüllt lagen, um sich vor der Winterkälte zu schützen. Wie konnte er wissen …?

»Bring ihn zu mir!«, befahl ich, und der Offizier verschwand.

Ich steckte Chutsais Gedicht ein und setzte mich, frierend in meine Decke gewickelt, im Schnee auf.

Der Fremde fiel vor mir auf die Knie und drückte seine Stirn in den Schnee. »*Es-salamu alekum* – Friede sei mit dir, mein Prinz!«

»*Alekum es-salam*«, erwiderte ich seinen Gruß. »Wer bist du?«

»Ich bin der Gesandte des Khalifas Nasir li-Din Allah – gepriesen sei sein Name! – und des nestorianischen Patriarchen von Bagdad. Der Khalifa und der Patriarch schicken mich zu dir. Als sie von deiner Gefangennahme durch den Shah hörten, waren sie sehr betroffen. Sie haben mich nach Bokhara geschickt, um dich zu befreien. Ich ritt so schnell ich konnte über Rai, Nishapur und Merw nach Bokhara. Doch als ich ankam, warst du bereits als Gefangener mit dem Shah zum Feldzug gegen die Mongolen nach Norden aufgebrochen. Ich reiste weiter nach Samarkand, und dann, weil die Pamir-Pässe wegen des Schnees noch unpassierbar waren, über Otrar nach Balasaghun. Dort hörte ich, dass du wenige Tage vor meiner Ankunft die Stadt verlassen hattest. Ich bat um eine Audienz bei Dschebe Noyan, der mir sagte, wo ich dich finden könnte. Ich bin Tag und Nacht geritten, um dich einzuholen. Allah sei Dank: Endlich habe ich dich gefunden!«, seufzte er erschöpft.

»Hast du ein Beglaubigungsschreiben?«

»Nein. Wenn ich gefangen genommen worden wäre …«

»Wie lautet dein Auftrag?«

»Ich soll den Beherrscher der Länder des Sonnenaufgangs um Unterstützung für den Beherrscher der Länder des Sonnenuntergangs bitten.«

»Beherrscher des Westens?«, fragte ich. »Wenn ich mich richtig erinnere, hat Shah Ala ad-Din Muhammad den Khalifa Nasir li-Din Allah abgesetzt und durch seinen eigenen Khalifa ersetzt.«

»Der Khalifa ist nach Bagdad zurückgekehrt und hat die Marionette des Shahs verjagt«, erklärte der Gesandte. »Er ist wieder der geistliche und weltliche Herrscher in Bagdad.«

»Warum bittet an-Nasir meinen Vater dann um Unterstützung?«

»Der Shah ist unberechenbar. Der Khalifa hat lange gezögert, auf deine Bitten um ein Treffen zu antworten. Zu lange. Deine Gefangennahme hat den Khalifa erschreckt. Er befürchtete das Schlimmste, als er mich losschickte. Und als ich vor wenigen Wochen in Bokhara ankam, war das Schlimmste bereits eingetreten: Der Shah stand vor den Toren von Bagdad!«

Während ich mit Subotai durch die Steppen des Ili-Flusses ritt und dann wochenlang bei Dschebe in Balasaghun weilte, hatte der Shah, berauscht vom leichten Sieg über die Mongolen, sein Heer nach Westen geführt. Er war bis Isfahan vorgedrungen. Nur der frühe Wintereinbruch hatte ihn von der schnellen Eroberung Bagdads abhalten können. Eis und Schnee machten die Gebirgspässe des Zagros-Gebirges unpassierbar.

Aber das ist alles schon Wochen her!, dachte ich. Vielleicht ist Bagdad längst erobert und zerstört …

»Der Khalifa und der Patriarch bitten Dschingis Khan um Unterstützung gegen den Shah«, sagte der Gesandte, der sich vor Kälte zitternd in seinen viel zu dünnen Mantel wickelte.

Der Schnee fiel jetzt in dicken Flocken.

»Wir befinden uns nicht im Krieg mit Ala ad-Din Muhammad«, erwiderte ich. Glaubte ich das eigentlich selbst noch?

»Im Namen des Allmächtigen!«, flehte er mich an. »Dschingis Khan erfüllt den Willen Allahs, wenn er durch Dschebe in Karakitai dem Islam zum Sieg verhilft und die Muslime befreit. Er hat sich dem Willen Allahs unterworfen, und nun ist es seine heilige Pflicht, dem Khalifa als Oberhaupt aller Muslime in seinem Kampf gegen die Unterdrückung beizustehen!«

»Mein Vater ist kein Muslim.«

»Dann stimmt das Gerücht, das ich in Bagdad gehört habe: dass er ein Nachkomme des großen christlichen Herrschers, des ›Priesters Johannes‹, ist, der jenseits des Pamirs lebte und vor Jahren die muslimischen Seldjuken-Sultane vernichtend schlug? Aber selbst wenn Dschingis Khan ein Christ ist, muss er helfen! Denn nicht nur der Khalifa, sondern auch der Patriarch von Bagdad ist in Gefahr!«

»Die Bitte des Khalifas und des Patriarchen muss abgelehnt werden. Mein Vater wird sich in diesen Krieg nicht einmischen.«

»Aber … die Öffnung der Moscheen in Karakitai … der Schutz der Freitagsgebete«, wandte der Botschafter ein.

»Das Gesetz des Khakhans sichert jedem Menschen im mongolischen Reich die uneingeschränkte Freiheit bei der Ausübung seines Glaubens zu. Karakitai ist mit Dschebes kampflosem Einmarsch in Balasaghun Teil des mongolischen Reiches geworden. Und der Islam ist eine von vielen Glaubensrichtungen. Sollten die Mullahs in einem unüberlegten Anfall von Glaubenseifer auf die Idee kommen, die Christen oder die Buddhisten durch *Mudjahedin,* durch ›Gotteskrieger‹, verfolgen zu lassen, um sich für das begangene Unrecht zu rächen, wird mein Vater die Aufständischen hinrichten lassen, zu welcher Religion auch immer sie sich bekennen.«

Im Morgengrauen gab ich den Befehl zum Aufbruch. Wir stiegen in die Sättel und ritten zum Tamdsch-Pass hinauf, von wo aus wir, das Khangai-Gebirge südlich umgehend, durch die Steppe nach Osten reiten wollten. Der Botschafter aus Bagdad begleitete mich ins *Ordu* des Khakhans am Burkhan Khaldun.

Wir hatten den verschneiten Pass noch nicht erreicht, als uns eine Kamelkarawane entgegenkam. Ich ließ meine Eskorte halten.

Der Weg, nur ein verschneiter Trampelpfad, war an dieser Stelle sehr schmal, und meine Reiter kamen nicht an den schwer beladenen und aneinander geketteten Lastkamelen vorbei, ohne sie am Abgrund zu gefährden. Im dichten Schneetreiben sah ich zum verschneiten Pass hinauf. Die Karawane war endlos lang.

Dann näherten sich die vorausreitenden Bewaffneten, die die große Karawane vor Überfällen schützten.

»Wohin wollt ihr?«, fragte ich einen der Krieger.

»Nach Bokhara.«

»Was habt ihr geladen?«

»Geschenke für den Shah.«

Mir stockte der Atem. »Wer führt die Karawane?«

»Seine Exzellenz, der Botschafter Malik ar-Rashid.«

Malik!

»Wo ist er?«, drängte ich ungeduldig.

»Am Ende der Karawane. Auf der Passhöhe gab es ein Problem mit den Lastkamelen. Der Botschafter sagte, er sei früher Karawanenführer gewesen. Er wollte …«

»Ich muss sofort mit ihm sprechen!«

»Das ist völlig unmöglich! Der Pfad ist zu schmal. Und weiter oben ist er beinahe unpassierbar – eine Eislawine hatte den Weg verschüttet. Du musst mit deinen Begleitern warten, bis die Karawane vorbeigezogen ist.«

Ich stöhnte. »Wie viele Kamele sind es?«

»Fünfhundertfünfunddreißig Kamele und einhundertundvierzig Pferde. Es wird Stunden dauern, bis die letzten aneinander geketteten Lasttiere den Pass verlassen haben.«

Welche Schätze die Karawane nach Bokhara schaffen sollte! Ein

Treiber berichtete mit leuchtenden Augen von Jadeschnitzereien, goldgesticktem Seidenbrokat, Perlen, bemalten Porzellanvasen aus dem Kaiserpalast von Zhongdu, seidenen Rollbildern, seltenen Büchern und vielen anderen Kostbarkeiten aus Silber und Gold.

Dschebe hatte mir in Balasaghun erzählt, wie mein Vater nach vier Jahren Krieg in Chin in die Heimat zurückgekehrt war. Das war nicht die triumphale Rückkehr eines Herrschers und Eroberers gewesen, sondern die Heimkehr eines ganzen Volkes, das jahrelang unterwegs gewesen war. Wir Mongolen waren in den wenigen Jahren des friedlichen Handels reich geworden, reicher als je zuvor. Doch die Schätze, die die schwer beladenen Beutekarawanen aus Chin in die *Ordus* brachten, ließen alles, was wir vorher besessen hatten, als armselig erscheinen. Jeder Mongole, ob Noyan oder, einfacher Krieger, hatte so viel Beute gemacht, dass er ein Leben führen konnte, wie es vor dem Regierungsantritt meines Vaters nur den Fürsten der Steppe möglich gewesen war.

Fast zwei Stunden musste ich mich gedulden, bis die endlose Karawane an mir vorbeigezogen war.

Wo war Malik?

»Er ist noch auf der Passhöhe«, ließ ich mir sagen.

Also ritt ich hinauf zum großen *Owoo* auf der Höhe des Tamdsch-Passes, wo ich Malik im tiefen Schnee beim Morgengebet fand. Einen Augenblick verharrte er aufrecht stehend, legte seine Hände vor das Gesicht, fiel auf die Knie und legte sie flach auf die Oberschenkel. Dann verneigte er sich, bis die Stirn fast den Gebetsteppich berührte, erhob sich und wiederholte die Verneigung in Richtung Mekka.

Ich wartete geduldig, bis er sein Gebet beendet hatte. Als ich dann zu ihm trat, sah er auf und erkannte mich. »Temur! Welch eine Überraschung!« Er sprang auf und umarmte mich.

»Wie schön, dich zu sehen«, lachte ich. »Herzlichen Glückwunsch zu deiner Ernennung zum Botschafter des Khakhans!«

»Du kannst dich mit mir freuen, Temur. Dein Vater hat mich aus Zhongdu zurückgerufen und mit einer wichtigen diplomatischen Mission betraut, nachdem er durch deinen Brief aus Bokhara von deiner Hochzeit mit Prinzessin Djahane erfahren hatte: Ich bringe Geschenke des Khakhans an den Shah nach Bokhara. Und seine besten Wünsche für den Frieden zwischen dem mongolischen und dem khwarezmischen Reich.

Und stell dir vor: Nach der Audienz beim Shah werde ich über Bagdad nach Mekka weiterreisen. O Temur, ich werde endlich meine *Hadj,* meine Pilgerreise nach Mekka, machen! Ich werde den Schwarzen Stein der Kaaba küssen, die Stelle berühren, die Abraham und Mohammed vor mir berührt haben! Wie lange habe ich mich darauf gefreut! Als wegen des Krieges in Xixia der Handel über die Seidenstraße zusammengebrochen war, da dachte ich schon: Ich komme nie mehr nach Mekka! Dann musste ich aus Zhongdu fliehen, weil dein Vater dem Kaiser von Chin den Krieg erklärt hat.« Er lächelte glücklich. »Aber jetzt kann mich nichts mehr aufhalten! Dschutschi hat mich gebeten, ihm ein Stück des schwarzen Tuches von der Kaaba mitzubringen, das nach der Wallfahrt als Reliquie zerschnitten wird. Und Tschagatai wünscht, dass ich auf dem Rückweg über Jerusalem reise und ihm geweihtes Öl von der Lampe über dem Grab Christi mitbringe.«

»Möge Allah dich auf deinem Weg nach Mekka und Jerusalem beschützen, Malik!«, sagte ich. »Als mein Vater die Karawane ausrüsten ließ, herrschte noch Frieden. Aber in der Zwischenzeit hat der Shah dem Khakhan den *Djihad* erklärt.«

»Der Khakhan weiß von der Kriegserklärung. Subotai ist mir und meiner Karawane vor einigen Wochen am Fluss Tuul begegnet, als er von seinem Feldzug gegen die aufständischen Merkiten zurückkehrte. Er hat mir von der Schlacht mit dem Shah erzählt. Dann ist er weitergeritten, um dem Khakhan zu berichten.«

»Und?«, drängte ich.

»Dein Vater sandte mir einen Pfeilboten. Die Reise nach Bokhara soll fortgesetzt werden. Er ließ mir ausrichten: ›Eine Schlacht ist noch kein Krieg.‹«

Nachdenklich stapfte ich ein paar Schritte durch den Schnee, legte einen Stein auf den *Owoo* und umrundete ihn drei Mal.

Mein Vater glaubte offenbar immer noch an den Frieden! Sonst hätte er der Karawane mit den kostbaren Schätzen die sofortige Umkehr befohlen, sonst hätte er seinen Freund und Vertrauten Malik zurückgerufen.

War der Frieden noch zu retten? Der Khalifa und der Patriarch hatten endlich – wenn auch viel zu spät – auf meine Bitten reagiert, hatten einen Botschafter zum Khakhan gesandt, den sie für den Retter des Islam hielten. Der Shah hatte Bagdad bedroht und vielleicht schon erobert. Der Khalifa hatte den Khakhan aufgefordert, den Shah von Osten her anzugreifen. Konnte Ala ad-Din Muhammad den *Djihad* mit den Mongolen wirklich ernst meinen, wenn er sich gleichzeitig im Westen mit dem Khalifa auseinandersetzte und sich bereits auf einen mehrere Jahre dauernden Indienfeldzug vorbereitete, um das Sultanat Delhi zu unterwerfen? Und wieder die Frage: War der Frieden noch zu retten? Ja, das war er! Wenn mein Freund Djelal immer noch mein Freund war, der mir zuhörte, der mir vertraute. Wenn er – wie ich ihm in seiner schwersten Stunde geraten hatte, als sein Vater ihm eröffnete, er sei nicht mehr Thronfolger – endlich gelernt hatte, nur sich selbst treu zu sein. Dann war Frieden möglich!

»Malik, ich werde dich nach Bokhara begleiten«, entschied ich.

Es war nicht der eisige Wind auf der Passhöhe, der mir die Tränen in die Augen trieb: Es war die Traurigkeit. Denn die monatelange Reise mit der Karawane nach Bokhara bedeutete, dass ich Chutsai, den ich so sehr vermisste, ein weiteres Jahr nicht sehen würde. Vielleicht noch länger.

Die Schneeflocken verwischten die Schrift des Briefes.

Mit den Fingern der linken Hand hielt ich mein Reisebuch auf meinem linken Unterarm und schrieb mit meinem Kohlestift auf der durch den Schnee welligen Seite aus Papier. Aber wenn ich das Buch anders hielt, um es vor den Flocken zu schützen, würde der eisige Nordwind an den Seiten reißen. Das Schreiben im Sattel meines Pferdes wäre dann völlig unmöglich gewesen.

Der Brief an Chutsai war bereits mehrere Seiten lang, begonnen an dem Tag, als ich Malik traf und mich ihm auf seinem Weg nach

Bokhara anschloss, weitergeschrieben an jedem Tag unserer Reise. Ich hatte Chutsai mitteilen wollen, warum ich mich entschieden hatte, nach Bokhara zurückzukehren, hatte sehr lange über meine ersten Worte an ihn nach eineinhalb Jahren nachgedacht, hatte alles niedergeschrieben, was mich bewegte. Aber dann hatte ich den Brief nicht mit einem Boten an ihn geschickt, weil ich das Gefühl hatte, ich hätte noch nicht alles gesagt. Und so schrieb ich weiter, während des Tages im Sattel, denn die Karawane hielt nicht an, um Rast zu machen, während der Nacht in meine Filzdecke gewickelt am Lagerfeuer.

Bevor ich das Buch zuklappte, blätterte ich gedankenverloren durch die Zeichnungen, die ich im Lauf der Jahre angefertigt hatte. Der Kaiserpalast von Zhongdu, der vor zweieinhalb Jahren während der Eroberung der Stadt niedergebrannt war. Der Burkhan Khaldun, wo mein Vater und ich vor fast zwölf Jahren die Vision sahen. Die Grotten von Shazhou, wo ich die Entscheidung traf, nach Samarkand zu reisen, um Kökschus Prophezeiung wahrzumachen: »Bis ans Ende der Welt wird Temur reisen. Bei seiner endlosen Reise an die eigenen Grenzen kann ihn niemand aufhalten.« Beshbalik, wo ich zum ersten Mal von Alexander dem Großen gehört hatte. Samarkand, das Ziel meiner Sehnsucht – wohin war sie verflogen? Während des Krieges in Chin hatte ich nicht gezeichnet – meine rechte Hand hatte zu sehr gezittert. Die Dschunken im Hafen von Linan, die ich skizziert hatte, als ich nach meinem Zusammenbruch krank im Bett lag. Der Lingyin-Tempel, wo ich fast zwei Jahre lang in tiefster Meditation gelebt hatte, bevor ich nach Zhongdu zurückgekehrt war, um dort Chutsai kennen zu lernen. Dann, vor zwei Jahren, die Reise nach Kaifeng, und, gerade erst nach Zhongdu zurückgekehrt, weiter nach Bokhara: die Residenz des Shahs und die Kalan-Moschee. Ein Buch voller Erinnerungen!

Ich klappte es zu und steckte es in die Satteltasche. Eine Weile ritt ich mit geschlossenen Augen und lauschte auf das Klingen der Messingglocken der Lastkamele und auf die Schläge des Trommelwagens, der die zurückgelegte Entfernung anzeigte.

Der Trommelwagen war eine chinesische Erfindung. Auf dem von Kamelen gezogenen Wagen standen zwei große hölzerne Figuren: Eine war über ein Zahnradgetriebe mit der Achse verbunden und schlug nach jedem zurückgelegten Li die Trommel, die andere wies – wie ein Kompass – mit der ausgestreckten Hand immer nach Süden.

Der chinesische Kompasswagen war ein Geschenk für den Shah, über das Malik nicht glücklich war: »Will dein Vater dem Shah wirklich seine militärischen Geheimnisse verraten?«, hatte er mich gefragt. »Wir sollten den Trommelwagen verbrennen, wenn wir Balasaghun hinter uns gelassen haben und uns Otrar nähern.«

»Glaubst du im Ernst, der Shah kennt unsere militärische Stärke nicht längst? Wenn sein Netz von Spionen und Informanten im mongolischen Reich nur halb so groß ist wie unseres in Khwarezm, dann weiß er auch von den mit Stahlplatten gepanzerten Wagen, den Belagerungsmaschinen, den Katapulten, den *Zhen-Tian-Lei*-Sprenggranaten und den Bambusrohrkanonen. Und er weiß von Tschagatais Militärakademie, wo mein Bruder die jungen Offiziere nach allen Regeln der mongolischen und chinesischen Kriegskunst ausbildet. Na und? Er ist selbst schuld, wenn er die wilden Mongolenhorden an seiner Ostgrenze trotzdem nicht ernst nimmt, obwohl sie über die modernsten Waffen der Welt verfügen.«

Das Donnern von Hufen!

Ich wandte mich um. Durch das dichte Schneetreiben erkannte ich schwer bewaffnete Krieger, die in zwei langen Reihen links und rechts an der Karawane entlang nach vorn galoppierten.

Dann tauchte Megudschin neben mir auf. Der Noyan war während der Eroberung von Shantung mein Freund und Stellvertreter gewesen.

»Wir ziehen nicht in den Krieg!«, begrüßte ich ihn ungezwungen. »Ich habe hier keine Aufgabe für dich, Megudschin. Jedes Mal, wenn ich die Kamele ein wenig antreiben will, damit sie schneller laufen, erklärt mir Malik, dass wir keinen Feldzug durchführen.«

»Ich freue mich, dich zu sehen, Tiger!« Megudschin ergriff meine Hand, zog mich zu sich herüber und küsste mich auf beide

Wangen. »Mir war furchtbar langweilig im *Ordu*. Und die Aussicht, dass sich meine Stimmung während des endlosen mongolischen Winters nicht ändert, hat mich zu einer Verzweiflungstat getrieben«, grinste er fröhlich. »Ich habe deinen Vater um dieses Kommando gebeten!«

»Da musst du wirklich hoffnungslos gewesen sein, mein Freund!«, neckte ich ihn. »Wie viele Krieger hast du mitgebracht?«

»Fünfhundert unserer besten Kämpfer als Geleitschutz für die Karawane. Seit einem Jahr kommandiere ich als Noyan eine Elitetruppe von zwanzigtausend schnellen Reitern. Der Khakhan wollte meine Männer, die sich alle in großen Schlachten bewährt haben, durch diesen ehrenvollen Auftrag auszeichnen.«

»Du wirst dich furchtbar langweilen«, prophezeite ich lachend. »Wir werden heute Nachmittag nicht in einem Gewaltmarsch den Hindukush überschreiten, um Indien zu erobern!«

»Ach nein? Wie schade!«, grinste Megudschin und legte mir die Hand auf die Schulter. »Aber ich reite ja an deiner Seite, Tiger! Da werde ich mich bestimmt nicht langweilen!«

Während des langen Rittes erzählte mir mein Freund, was in den letzten Monaten geschehen war:

Schigi hatte sein Jurtenkloster verlassen und lebte nun im *Ordu* des Khakhans. Seinen Titel als Oberster Richter hatte er an Tschagatai abgetreten. Dayir Usun, der Oberste Schamane, war vor einigen Monaten gestorben, aber mein Vater hatte keinen Nachfolger ernannt. Im Augenblick gab es im ganzen Reich keinen Schamanen, der den dreizehnten und höchsten *Tschanar* abgelegt hatte – er selbst hatte erst die zwölfte Schamanenweihe.

»Weißt du etwas von Kaidu?«

»O ja, Tiger, dein Sohn wird nach meiner Rückkehr aus Bokhara als Offizier meiner Eliteeinheit zugeteilt«, berichtete Megudschin. »Ich habe mich lange mit Tschagatai über ihn unterhalten. Dein Bruder ist sehr stolz auf seinen Neffen: Er wird einmal ein großartiger Noyan werden. Kaidu und Mütügen, Tschagatais ältester Sohn, sind eng befreundet. In Tschagatais *Ordu* werden sie ›die beiden Unzertrennlichen‹ genannt. Ich habe das Gerücht gehört …« Er hielt erschrocken inne. »Bitte entschuldige! Ich weiß nicht, was ich da rede.«

»Welches Gerücht?«

Er seufzte. »Dass Kaidu und Mütügen …« Er sprach nicht weiter.

»Ja?«, bohrte ich nach.

»… dass sie miteinander ins Bett gehen«, platzte er heraus. »Es tut mir Leid. Ich wollte dir davon nichts sagen.«

»Was sagt Tschagatai dazu?«

»Nichts.«

»Nichts?«

»Was soll er denn tun? Als Oberster Richter ist er dafür verantwortlich, dass die *Yassa* eingehalten wird. Mütügen ist sein ältester Sohn und wird eines Tages sein Khanat erben. Wenn es wahr ist, dass die beiden sich lieben, was soll er dagegen tun? Seinen eigenen Sohn und Erben hinrichten? *Deinen* Sohn und Erben hinrichten und mit dir, seinem älteren Bruder, der vielleicht in einigen Jahren Khakhan sein wird, einen erbitterten Streit riskieren? Und einen Skandal, der sehr viel Staub aufwirbeln wird? Kaidu und Mütügen sind *Cousins.* Wenn er die beiden hinrichtet, stellt er seine eigene Autorität als Khan und Vater infrage. Das *kann* er nicht tun. Also schweigt er.«

Ich nickte nachdenklich. Dann fragte ich: »Hast du Neuigkeiten über Yong Le?«

Er biss sich auf die Lippen, wich meinem Blick aus und schüttelte nur stumm den Kopf.

Gab es noch etwas, das ich nicht wissen sollte?

Ein paar Wochen später hatten wir auf unserem Weg nach Westen das Reichsgebiet von Arslan Khan erreicht. Die Karluken lebten wie wir Mongolen in Jurten in der Steppe.

Wenn wir mit unserer Karawane in einiger Entfernung an einem *Ordu* vorbeizogen, kamen uns oft Karluken entgegen und brachten uns Hitzesteine, große, flache Kiesel, die sie im Feuer erwärmt hatten und die wir uns in den Brustlatz unserer Pelzmäntel steckten, um uns daran zu wärmen. Häufig füllten sie unsere Trinkschalen mit heißem Tee. Manchmal kamen sie auch mit einem Topf mit Hammelfleisch zu uns. Dann stiegen wir nach dem üblichen ›Woher?‹ und ›Wohin?‹ und ›Wie lange seid ihr schon unterwegs?‹ von unseren Pferden und ließen die Kamele weiterlaufen. Die nächste Frage nach der Begrüßung lautet in der Steppe immer ›Soll ich dein Pferd absatteln?‹, was so viel bedeutet wie: Bleibst du länger – eine Nacht, zwei Nächte, drei Nächte? Wir ließen unsere Tiere nie absatteln, doch wir aßen und tranken mit den Karluken. Nachdem wir eine Stunde lang gerastet hatten, brachten sie uns unsere trockengeriebenen und mit Heu versorgten Pferde, frisch gefüllte Trinkflaschen mit heißem Tee und Satteltaschen, in denen wir später manchmal Süßigkeiten wie getrocknete Äpfel aus Almaligh oder geröstete Pistazien fanden, und wünschten uns eine gute Reise.

Während unserer Rast kümmerten sich unsere Gastgeber um die Lastkamele, die immer weiterliefen, richteten verrutschte Ladungen, zogen Gurte nach und trieben die Schafherde, die wir als Proviant mit uns führten, weiter, bis wir die Karawane wieder eingeholt hatten. Dann verabschiedeten sie sich herzlich und kehrten in ihr Jurtenlager zurück.

Das Neujahrsfest feierten wir in Kayaligh. Mein Schwager Arslan Khan hatte sich mit seinem Gefolge auf den Weg durch die Steppe gemacht, um uns zu Tsagaan Sar nach Kayaligh einzuladen. Gern nahmen wir die Einladung an – »Aber nur eine Nacht!« – und blieben dann doch zehn Tage, bevor wir mit der Karawane zu Beginn des Jahres des Tigers (1218) wieder in Richtung Balasaghun und Otrar, der khwarezmischen Grenzfestung am Syr-Darya, aufbrachen.

»*Al-hamdu l'Allah* – ich danke Gott: Endlich sind wir in Otrar!«, seufzte Malik, als wir nebeneinander durch das gewaltige Stadttor der Festung ritten. »Schon beinahe zu Hause in Samarkand – es sind nur noch ein paar Tagesreisen dorthin! *Zu Hause,* Temur! Gott weiß, wie sehr ich mich auf mein Haus in Samarkand freue. Achtzehn Jahre war ich fort. Mein halbes Leben.«

Während meiner Gefangenschaft und Ala ad-Din Muhammads Feldzug gegen Subotai war ich bereits in Otrar gewesen. Die Handelsstadt lag in einer weiten Ebene am Zusammenfluss des Arys und des Syr-Darya, zu Füßen der Karatau-Berge, die wir auf unserem Weg von Balasaghun durch das Tal des Tshu-Flusses durchquert hatten. Von Otrar aus führten Handelsrouten in östlicher Richtung über die Berge, nach Balasaghun und weiter nach Chin, in westlicher Richtung durch die Kizilkum nach Bokhara und Samarkand, nach Norden zu den russischen Fürstentümern jenseits des Ural.

Im Frühjahr war die Oase von Otrar besonders schön: In den Obstgärten vor den Festungsmauern blühten die Apfel-, Kirsch-, Pfirsich- und Aprikosenbäume. Die Stadt war wie von einem zarten rosafarbenen Schleier bedeckt, wenn der Wind aus den Bergen die Blüten mit sich nahm. Tief atmete ich den Duft des Frühlings ein.

Die Stadt mit ihrem *Ark*, der stark befestigten Zitadelle, war aus sandfarbenen Lehmziegeln errichtet worden, die hell in der Frühlingssonne leuchteten. Der *Funduk*, in dem wir rasten wollten, bis die Genehmigung des Shahs zur Weiterreise eintraf, lag im Osten der Stadt. Die schmalen Gassen mit den zweistöckigen Häusern und den ineinander übergehenden Höfen zu beiden Seiten der Hauptstraße erinnerten mich an die verwinkelten *Hutongs* von Zhongdu.

Malik hatte einen Boten nach Otrar geschickt, um unsere Ankunft ankündigen zu lassen. In Khwarezm war es üblich, dass Gesandte an der Grenze empfangen wurden. Dann entschied der Shah, ob die Botschafter weiterreisen durften. Da wir nicht wussten, ob er seinen Feldzug gegen Bagdad bereits beendet hatte und wo er sich gerade aufhielt, hatten wir uns auf eine längere Wartezeit in Otrar eingestellt und einen großen *Funduk* gemietet, in dem die Kamele und die wertvollen Geschenke untergebracht werden konnten.

Malik, Megudschin und ich beobachteten den Einzug der endlosen Karawane vom Stadttor aus: Wir warteten auf den khwarezmischen Beamten, der uns abholen sollte, um uns in den *Ark* zu geleiten, wo Inaltschik Khan, der Kommandant der Grenzfestung, uns empfangen würde.

Die Treiber führten die Kamele an ihren Ketten durch die Straßen bis zum *Funduk*, der nicht weit entfernt war. Dort würden sie abgeladen und nach der langen Reise versorgt werden. Einige der Tiere hatten tiefe, schmerzhafte Wunden, wo die Packsättel gescheuert hatten. Ihre Höcker waren klein geworden in den letzten Monaten, und sie mussten sich erholen: Die Reise nach Bokhara würde noch Wochen dauern.

Ein khwarezmischer Offizier tauchte auf. »Prinz Temur … Botschafter Malik … Megudschin Noyan …« Er verneigte sich vor uns. »Inaltschik Khan freut sich, euch in Otrar willkommen zu heißen. Er erwartet euch im *Ark* zur Begrüßungsfeier.«

»Herzlichen Dank für die Einladung«, lächelte Malik.

»Der Platz im *Funduk* ist sehr begrenzt. Der Khan stellt euch eine weitere Karawanserei innerhalb der Stadtmauern zur Verfügung, sodass alle Treiber unterkommen können.«

»Das ist sehr freundlich«, bedankte sich Malik.

»Und der Khan wünscht, dass Prinz Temur, Botschafter Malik, Megudschin Noyan und seine ehrenwerten Krieger heute Nacht seine Gäste in der Residenz auf dem *Ark* sind. Gemäß dem Wunsch des Shahs ist alles für einen großartigen Empfang zu Ehren des Prinzen vorbereitet.« Mit einer weiten Geste deutete er hinauf zur Zitadelle.

Als ich neben Megudschin mein Pferd wendete, um dem Khwarezmier zu folgen, hörte ich das Rasseln von Ketten und sah mich um. Das Stadttor wurde geschlossen!

Megudschin und ich tauschten besorgte Blicke. Die Hand des Noyans lag locker auf seinem Schwertgriff. Unsere Knie berührten sich, als wir nebeneinander durch die engen Gassen zum *Ark* hinaufritten. Ich ergriff seine Hand auf dem Schwertgriff und zog Megudschin zu mir herüber, um ihm etwas ins Ohr zu flüstern. Er lachte laut, als hätte ich einen Scherz gemacht, aber es war nichts Fröhliches in diesem Lachen. Dann ließ er seine rechte Hand locker herunterhängen … und war noch ernster und wachsamer als zuvor. Schließlich zog er ein weißes Tuch aus der Satteltasche und wischte sich damit den Schweiß und den Staub aus dem Gesicht. Dann legte er sich das Tuch gut sichtbar über die Schulter.

Ein besorgtes Raunen ging durch die Reihen der Krieger, die hinter uns durch die Gassen ritten: Das weiße Tuch war kein Schweißtuch, sondern eine der bunten Signalflaggen, mit denen ein Noyan eine Schlacht führen konnte. Die weiße Flagge bedeutete »Nicht angreifen«.

Dann ritten Megudschin und ich durch einen langen und dunklen Verteidigungstunnel in den großen Hof der gewaltigen Zitadelle, die viel stärker war als die von Bokhara. Unsere fünfhundert Krieger folgten uns und bildeten auf dem großen *Rigestan* eine Formation von fünf langen Reihen – mit ihren Rüstungen und Pfeilköchern sahen sie aus, als wollten sie die Schlacht eröffnen. Sie alle verneigten sich im Sattel, um Inaltschik zu ehren, der uns oben auf der Treppe zur Residenz erwartete.

Er neigte den Kopf, um den Gruß zu erwidern.

Megudschin hob die Hand und gab das Signal zum Absitzen, dann stieg er selbst aus dem Sattel. Ich spürte seine Anspannung, als er neben mir stand und unruhig beobachtete, wie einige Jungen über den Platz rannten, um unsere Pferde in die Ställe zu führen, abzusatteln und zu versorgen.

Inaltschik war mit seinem Gefolge oben an der Treppe stehen geblieben und hatte den Einzug der mongolischen Krieger beobachtet. »Schließt das Tor!«, brüllte er und kam nun die Stufen herunter.

Ich fuhr herum: Das große Portal zum Verteidigungstunnel wurde mit einem lauten Donnern zugeschoben und verriegelt. Die mongolischen Krieger zogen ihre Schwerter, aber ich hob die Hand.

»Keine Gewalt! Steckt die Schwerter wieder ein!«, rief ich.

Inaltschik kam zu mir herüber und stellte sich ganz nah vor mich, um mir in die Augen zu sehen. »Eine weise Entscheidung!«, höhnte er. »Ich freue mich aufrichtig, dich wiederzusehen, Temur. Das letzte Mal, als wir uns sahen, lagst du gefesselt vor mir auf den Knien und hast um Gnade gewinselt.«

»Daran kann ich mich nicht entsinnen, Inaltschik. Diese Erinnerung musst du aus mir herausgeprügelt haben«, entgegnete ich.

»Wenn ich mit dir fertig bin, du verdammter *Kafir*, dann wirst du mich auf Knien um einen schnellen Tod anflehen!«, fauchte er.

Ich wich ihm nicht aus. »Wenn du mit mir einen Privatkrieg führen willst, kann ich dich nicht davon abhalten. Aber lass meine Begleiter in Ruhe! Malik ist der Botschafter des Khakhans.«

»Im Augenblick ist er mein Gefangener«, erwiderte Inaltschik kalt. »So wie du!« Da schlug er mit aller Gewalt zu und traf mich mit seiner Faust unterhalb des Schwertgurtes.

Stöhnend vor Schmerz rang ich nach Atem und fiel auf die Knie, während Inaltschik mit seinen Stiefeln nach mir trat, bis ich vor ihm im Staub lag.

Megudschin wollte sich auf Inaltschik stürzen, um ihn zurückzuhalten. Aber ich bat ihn durch einen flehentlichen Blick, nichts zu unternehmen. Nicht auszudenken, was geschehen wäre, wenn Megudschin in diesem Moment sein Schwert gezogen hätte, um Inaltschik zu bedrohen. Alles wäre nur noch schlimmer geworden, als es ohnehin schon war.

Ohnmächtig musste mein Freund zusehen, wie ich geprügelt, getreten und gedemütigt wurde. Und auch die fünfhundert Krieger unserer Eskorte wussten nicht, wie sie sich verhalten sollten: Auf den Mauern der Zitadelle, die den *Rigestan* begrenzten, standen Bewaffnete mit gespannten Bogen.

»Die Person des Gesandten und seiner Eskorte sind nach mongolischem Gesetz unantastbar«, protestierte Malik energisch und zog seinen Tigerstab aus dem Brustlatz seiner Robe, um sich als Botschafter des Khakhans auszuweisen.

Inaltschik ließ nach einem letzten brutalen Fußtritt von mir ab und trat vor Malik. »Nicht nach khwarezmischem Recht«, lächelte er verächtlich und nahm Malik den goldenen Tigerstab ab, um ihn sich in den Gürtel zu stecken. »Nach dem Gesetz des Shahs bist du ein Verräter! Du dienst Dschingis Khan, dem der Shah vor Monaten den *Djihad* erklärt hat. Das ist Verrat!«

»Wir sind Botschafter des Friedens! Vor einigen Wochen haben wir einen Boten zu dir gesandt, um beim Shah sicheres Geleit von Otrar nach Bokhara zu erbitten!«, rief Malik.

»Die Antwort Seiner Majestät ist gestern eingetroffen«, höhnte Inaltschik. »Sie lautet: ›Hinrichten! Alle, bis auf einen!‹«

»Aber …«, begann Malik, verstummte aber, als zwei Khwarezmier seine Hände hinter dem Rücken fesselten und ihn vor Inaltschik in den Staub drückten.

Inaltschik kam zu mir herüber. »Für dich habe ich mir etwas Besonderes ausgedacht, Tiger. Ich hatte dir einen großartigen Empfang versprochen. Und du wirst dabei den Ehrenplatz bekommen!« Dann befahl er: »Kreuzigt ihn!«

Zwei Bewaffnete rissen mich hoch und schleppten mich zu einem hölzernen Gestell an der Südseite des Sandplatzes. Dann nahmen sie mir den Schwertgürtel ab, den goldenen Tigerstab und Chutsais Gedicht ›Das Licht der Nacht‹, das ich immer über dem Herzen trug, und zogen mir die Robe und die Filzstiefel aus. Nur mit meiner weiten Seidenhose bekleidet, drängten sie mich mit gezogenen Schwertern auf eine Kiste. Meine weit ausgebreiteten Arme wurden an Handgelenken und Ellbogen mit Seilen an den Querbalken gefesselt, meine nackten Füße in eine Seilschlaufe am senkrechten Pfahl geschoben.

Ich ballte meine Hände zu Fäusten und ertrug den Schmerz mit einem Zähneknirschen. Mein ganzes Gewicht hing an den ausgestreckten Armen und Schultern, die Spannung in den Muskeln nahm mir den Atem und die langsam am Pfahl abrutschende Seilschlaufe bot mir zu wenig Halt, um mich mit dem ganzen Gewicht meines Körpers abstützen zu können.

Inaltschik kam zu mir herüber. »Sag mir, Tiger: Kannst du alles sehen von dort oben? Es wäre schade, wenn dir etwas entgehen würde. Ich werde mir sehr viel Mühe geben, dich zu amüsieren!«

Ich antwortete nicht.

Da trat er einen Schritt vor und schlug mir mit aller Gewalt mit dem Unterarm auf die Brust. Ich keuchte und rang nach Atem. Dann riss er mir das Band mit der Figur des Gekreuzigten ab und hielt sie mir vor das Gesicht. »Sein Todeskampf währte nur Stunden. Deine Qualen werden Tage dauern. Du wirst mich um einen schnellen Tod bitten«, versprach er hasserfüllt. Dann warf er die Figur in den Sand und zertrat sie mit seinem Stiefel.

Malik und Megudschin wurden gefesselt herübergebracht. Der Noyan warf mir einen verzweifelten Blick zu.

Aber ich schüttelte nur den Kopf: Keine Gewalt! Wir dürfen nicht Gewalt mit Gewalt vergelten! Wenn wir uns wehren, sterben wir mit dem Schwert in der Hand – dann haben wir den Kampf provoziert und den Krieg unvermeidlich gemacht.

Megudschin verstand mich auch ohne Worte. Er senkte den Blick, damit ich die Tränen in seinen Augen nicht sah. Nach all den Schlachten, in denen wir über unsere Feinde triumphiert hatten, so zu sterben! Nicht sein bevorstehender Tod, sondern ohnmächtig und ohne Schwert in der Hand zu sterben, gedemütigt und hingerichtet zu werden, war für ihn das Schlimmste.

Malik murmelte mit geschlossenen Augen ein Gebet zu Allah, dann ließ er die gefesselten Hände sinken und schwieg. Er sah dem Tod sehr gefasst entgegen.

Dann gab Inaltschik den Befehl, mit den Hinrichtungen zu beginnen. Die ersten beiden Krieger wurden nur wenige Schritte von meinem Kreuz entfernt auf die Knie gezwungen und mit dem Schwert enthauptet. Ihre ausblutenden Körper wurden an den Füßen weggeschleift und auf Ochsenkarren geworfen. Die Köpfe wurden in den Sand des *Rigestan* gelegt. Dann traten die nächsten beiden Mongolen vor, fielen vor ihren Henkern auf die Knie, beugten sich vor … und starben.

Bald war der Sand des Platzes rot vom Blut der Hingerichteten, deren Köpfe zu einer grausigen Pyramide übereinander geworfen wurden. Der Gestank nach nassem Sand, nach Blut, nach Tod wurde in der Mittagshitze unerträglich.

Die Seile schnitten mir tief in die Handgelenke und Arme. Meine Hände waren längst gefühllos und tot. Die überdehnten

Muskeln und Sehnen in meinen Schultern zuckten, wenn ich versuchte, mich am Kreuz aufzurichten. Wenn ich mit meinem ganzen Körpergewicht an den ausgestreckten Armen hing, würde ich innerhalb weniger Stunden sterben. Zuerst würde ich ohnmächtig werden, dann würde mein Kopf nach vorn fallen, sodass die Atmung noch weiter behindert würde und ich am Ende erstickte. Aber Inaltschik hatte mir einen langsamen Tod versprochen: Die Seilschlinge, in der ich mich eine gewisse Zeit lang abstützen konnte, bis sie wegrutschte, war keine Gnade, sondern eine grausame Verlängerung meiner Qualen.

»Vergib mir!«, flehte ich jeden einzelnen meiner Krieger atemlos an. »Vergib mir, dass ich dich in diese Falle gelockt habe!« Ich hatte nicht genug Atem, um so laut sprechen zu können, dass sie mich hören konnten, aber sie verstanden mich auch so und verneigten sich vor mir, bevor sie sich in den Staub knieten, um zu sterben.

»Allah, wie kannst Du das zulassen!«, hörte ich Malik leise schluchzen, als die Krieger vortraten, um gerichtet zu werden.

Megudschin sprach kein christliches Gebet – er schwieg und starrte immer wieder auf die zerbrochene Figur des Gekreuzigten zu seinen Füßen. Jedes Mal, wenn er sich zu mir umdrehte, um zu sehen, ob ich noch atmete, wurde er geschlagen und gezwungen, die stundenlangen Hinrichtungen anzusehen.

Dann wurde das Tor geöffnet, und die ersten Ochsenkarren mit den enthaupteten Leichen verließen die Zitadelle. Die Kameltreiber der Karawane wurden von bewaffneten Khwarezmiern gefesselt auf den *Rigestan* getrieben.

»Das kannst du nicht tun, Inaltschik Khan!«, rief Malik entsetzt. »Sie sind Muslime, keine Ungläubigen!«

Inaltschik, der die Enthauptungen beobachtet hatte, drehte sich zu Malik um. »Bringt ihn zum Schweigen!«

Zwei Bewaffnete hielten den gefesselten Malik fest, ein dritter trat vor ihn, zog seinen Dolch, zwang ihn mit der Klinge an der Kehle, den Mund zu öffnen, ergriff die Zunge. Blut schoss zwischen Maliks Lippen hervor, als ihm die Zunge abgeschnitten wurde. Sein gequälter Schmerzensschrei war kaum mehr als ein Gurgeln. Dann sank er auf die Knie und beugte sich röchelnd und hustend vornüber, um an dem Blut, das ihm aus dem Mund quoll, nicht zu ersticken.

»O mein Gott!«, stöhnte Megudschin. Ein harter Schlag mit der flachen Klinge eines Schwertes gegen seine Schienbeine zwang ihn auf die Knie.

Nach einer weiteren Stunde war der *Rigestan* nass vom Blut der Getöteten, und immer mehr Köpfe fielen von der grausigen Pyramide, rollten über den Sand, um wieder hinaufgeworfen zu werden. Der Anblick der im Augenblick des Todes erstarrten Gesichter war grauenhaft! Keines der Gesichter, die mich anstarrten, zeigte auch nur einen Hauch von Todesangst. Sie wussten, wofür sie starben: für den Frieden. Aber die Tatsache, dass sie gefasst in den Tod gingen, konnte mir meine furchtbare Schuld nicht erträglicher machen. Ich hatte sie in den Tod geführt. Ich hatte befohlen, dass sie sich nicht wehren sollten. Ich trug die Verantwortung für ihr Sterben. O Gott, warum hast Du mich nach der Schlacht von Zhongdu nicht sterben lassen? Weshalb hast Du mich verlassen? Habe ich nicht immer getan, was Du von mir verlangt hast? Die Vision …

Das blutige Massaker von Otrar, die Hinrichtung von tausend Menschen, ließ mich zweifeln. An Gott. Am Verstand des Menschen. Und daran, dass ich jemals wieder Frieden finden würde, nachdem Inaltschik mich gezwungen hatte, tausend Hinrichtungen mit anzusehen.

Ich hatte selbst schon Exekutionen angeordnet. Nach der Schlacht. Um einen Krieg zu beenden. Ich hatte Gott für jeden einzelnen Toten um Vergebung angefleht und hatte allen zumindest einen schnellen Tod, ein letztes Gebet, ein ehrenvolles Begräbnis ermöglicht. Aber meine Krieger wurden mit einer eiskalten Ungerührtheit durch das Schwert gerichtet, die mir das Blut gefrieren ließ und meinen Zorn entfachte. Niemand betete für sie. Nach jedem Schlag des Henkerschwertes flüsterte ich: »Verzeih mir, dass ich dir nicht helfen konnte! Vater Himmel, nimm diesen tapferen Krieger bei Dir auf und sorge für seine Seele!« und »Vergib mir meine Schuld, dich hierher geführt zu haben! Ich werde gerecht sein!«

Die Seilschlinge, in der meine Füße steckten, um mir Halt zu geben, rutschte nach unten weg. Stöhnend vor Schmerz hing ich nur noch an meinen ausgestreckten Armen. Die Muskelspannung in meinen Schultern war unerträglich, riss an der Bauchmuskulatur und nahm mir den Atem. Keuchend rang ich nach Luft. Seit drei Stunden hing ich nun in der grellen, heißen Nachmittagssonne und sah ohnmächtig den Hinrichtungen zu.

»… macht«, flüsterte ich atemlos.

Inaltschik drehte sich zu mir um. »Was hast du gesagt?«

»Selbstbeherrschung … Selbstbewusstsein … Selbstvertrauen … Selbstachtung … Selbstmacht«, presste ich hervor.

Wütend starrte er mich an und wusste nicht, was er antworten sollte. In seinem ohnmächtigen Zorn, sogar vom Kreuz herab von mir gedemütigt zu werden, schlug er zu. Seine Faust traf mich wieder in den Unterleib, und ich stöhnte vor Schmerz. Dann wandte er sich wieder den Henkern auf dem *Rigestan* zu und gab ihnen das Zeichen, nach allen anderen nun Malik und Megudschin zu töten.

Malik wurde zur Hinrichtungsstätte gezerrt, in die Knie gezwungen und mit einem Schlag des Schwertes enthauptet.

Megudschin ging mit erhobenem Kopf selbst zu der Blutlache hinüber, um neben Maliks Leiche niederzuknien. Dann sah er zu mir auf. »Ich bin sehr stolz darauf, dein Freund gewesen zu sein, Temur«, sagte er im tatarischen Dialekt, den Inaltschik nicht verstehen konnte. »Bevor ich sterbe, erbitte ich einen letzten Gefallen von dir.«

»Welchen?«, hauchte ich.

»Räche unseren Tod, Tiger!«

»… schwöre: … das werde ich«, presste ich hervor.

Megudschin nickte, dann fiel er zum Kotau auf den Boden. Das Schwert des Henkers blitzte im Sonnenlicht, und sein Kopf fiel in den blutgetränkten Sand.

Inaltschik trat nach dem Kopf, der über den Sand rollte und unterhalb des Kreuzes liegen blieb.

»Was hat dir dein Freund gesagt, bevor er starb?«, wollte Inaltschik wissen, als er zu mir hochsah. »Dass er dich hasst?«

Ich schüttelte den Kopf. »Dass … er mich … liebt.«

Erst wusste er nicht, was er darauf sagen sollte. »Du hältst dich wohl für unzerbrechlich, nicht wahr?«, brüllte er mich an. »Aber ich verspreche dir: Ich werde dich zerbrechen!« Dann befahl er: »Nehmt ihn vom Kreuz und geißelt ihn!«

Die Seile um meine Handgelenke und Arme wurden gelöst, und ich wurde von dem Holzgestell heruntergehoben. Zu geschwächt, um aus eigener Kraft zu stehen, stürzte ich in den blutigen Staub und blieb zitternd und keuchend liegen.

Mehrere Männer packten mich an Armen und Beinen und schleppten mich zu der Treppe, die zur Residenz des Khans hinaufführte. Dann ließen sie mich auf die Stufen fallen. Ich biss die Zähne zusammen, um nicht laut aufzuschreien, als sich eine der Steinstufen in meine Rippen bohrte.

Dann trat einer der Männer von hinten an mich heran und schlug mit einer Peitsche auf mich ein, während die anderen mich an Armen und Beinen festhielten und auf die Treppe drückten.

Das Leder der Peitsche riss die Haut auf meinem Rücken blutig. »Eins.« Dann schlug er wieder zu. »Zwei.« Dann noch einmal. »Drei.« Und wieder, dieses Mal härter. »Vier.«

»Vergeht dir dein Lächeln?«, fragte Inaltschik, der ungeduldig die Stufen hochgestiegen war, um mir ins Gesicht zu sehen.

»Nein«, keuchte ich.

»Schlag härter zu!«, befahl er zornig.

»Fünf … sechs … sieben …«, zählten die Männer die Schläge.

»Du … tust mir … Leid …«, stöhnte ich zwischen dem zweiundzwanzigsten und dem dreiundzwanzigsten Schlag. Ich spürte die einzelnen Hiebe nicht mehr. Der Schmerz in meinem Rücken stieg mir durch das Rückgrat bis in den Kopf und machte meine Gedanken seltsam klar – wie im *Shunyata*, der großen Leere, die ich während meiner tiefen Meditationen im Lingyin-Tempel erreicht hatte.

»Was hast du gesagt?«, brüllte Inaltschik ungläubig.

»Du tust mir Leid, wenn du glaubst … mich auf diese Weise …

demütigen zu können. Du zeigst mir nur … deine Ohnmacht … mich nicht besiegen zu können.« Ich keuchte. »Aber es ist mein Lächeln, das dich besiegen wird. Das Lächeln des Siegers.«

»Dreißig … einunddreißig …«

»Du verdammter *Kafir!*«, schrie er und entriss dem mich geißelnden Mann die Peitsche, um seinen Zorn an mir auszulassen. Sein Schlag riss mir den Rücken blutig.

»Fünfunddreißig … sechsunddreißig … siebenunddreißig …«

»Du verlierst«, flüsterte ich. »Du verlierst … mit jedem Schlag … ein klein wenig mehr … von deiner Selbstbeherrschung …«

»Einundvierzig … zweiundvierzig …«

Die Schläge hörten auf, die Peitsche wurde neben mir auf die Stufen geworfen. Ich sah in die Gesichter der Männer, die mich an den Armen festhielten. Sie starrten Inaltschik verstört an.

Was tat er denn hinter meinem Rücken?

Dann zerriss meine seidene Hose, und die Fetzen wurden über meine Schenkel heruntergezogen.

»O mein Gott!«, ächzte einer der Männer und wandte entsetzt den Blick ab.

»Haltet ihn fest!«, befahl Inaltschik.

Ich spürte seine Hände auf meinen Schenkeln, dann drang er mit einer Gewalt in mich ein, dass ich vor Schmerz schrie. Ich bäumte mich auf, aber er drückte mich mit seinem Gewicht auf die Stufen und nahm mir den Atem. Dann begann er, sich auf mir zu bewegen, sich hart in mich hineinzurammen, sich an mir zu befriedigen, mich zu vergewaltigen, mich zu demütigen, mir meine Selbstachtung zu nehmen. Und mein Lächeln.

Während seine brutalen Stöße mich erschütterten, sah ich die Stufen der Treppe zum Palast hinauf. Im Geiste stieg ich die Stufen empor, eine nach der anderen, entfernte mich mit jedem Tritt von ihm, schritt die Treppe hinauf, wie ich während einer *Mandala*-Meditation durch den Palast von Avalokiteshvara ging, dem Bodhisattva des Mitgefühls und der Liebe. Ich stieg die Stufen hinauf, immer höher, dem Licht entgegen, hinein in die grenzenlose Leere des *Shunyata,* wo alle Gefühle aufhören.

Er stieß zu, härter und schneller jetzt, keuchte und stöhnte, lehnte sich über meinen blutigen Rücken, dann seufzte er, sein Glied begann zu zucken und seinen Samen in mich hinein zu verspritzen. Er riss sich aus mir heraus und erhob sich schwer atmend. Mit einem Fetzen meiner Seidenhose wischte er sich ab, dann brachte er seine blutige Kleidung in Ordnung.

Ich richtete mich auf, und der Mann, der während der Vergewaltigung sein Gesicht abgewandt hatte, ließ meinen Arm los. Ich wandte mich um und sah Inaltschik in die Augen.

»Ich hoffe, es hat dir ein wenig Lust bereitet ... auf diese Weise deine Selbstachtung zu verlieren«, keuchte ich in verächtlichem Ton. »Mir jedenfalls hat es Vergnügen gemacht ... und ich bin dir sehr dankbar, dass ich dir dabei helfen durfte ... nicht nur deine Selbstachtung, sondern auch noch die Achtung deiner Männer zu verlieren!«

In seinem unbeherrschten Zorn hieb er mir so hart ins Gesicht, dass ich mit dem Kopf auf die Stufen schlug.

Dann wurde ich ohnmächtig.

»Als Schamane weißt du, dass unsere Wege, wohin sie auch führen, festgelegt sind. Du ahnst, dass du nach einer Zeit im Paradies die Hölle durchqueren wirst. Du bist zurückgekommen, weil du die schlimmste Zeit deines Lebens bewusst erleben willst. Um zu lernen. Um dich zu vervollkommnen«, hatte Chutsai gesagt. Das Echo der Worte, die Erinnerung an eine friedliche Zeit voller Liebe und Glückseligkeit hielt mich am Leben. Und die Hoffnung: Ich atmete noch! Ich lebte noch! Ich hasste noch!

Mühsam richtete ich mich auf. Es war dunkel in meinem Verlies. Inaltschik hatte die Kerze mitgenommen, als er ging.

War es Tag oder Nacht? Wie viele Tage waren seit meiner Gefangennahme vergangen? Zehn, elf, zwölf? Oder mehr?

Die Schmerzen in meinen Beinen waren furchtbar, als ich langsam, mich auf meinen Ellbogen vorwärts ziehend, auf die andere Seite meiner Zelle kroch.

Inaltschik hatte mir beide Beine gebrochen, als ich mich nach ihm tretend gegen die Vergewaltigungen wehrte. Die Gewalt hatte ihn erregt, und er hatte es genossen, mich zu demütigen. An jenem Tag – war es gestern oder vorgestern gewesen? – hatte es lange gedauert, bis er sich stöhnend über mir aufbäumte, seine Finger in meinen blutigen Rücken krallte und sich nach einem letzten harten Stoß schwer atmend aus mir zurückzog.

In der Finsternis tastete ich nach dem Wasserbecher in der Ecke neben der Zellentür. Ich durfte ihn auf keinen Fall umwerfen und das lebensrettende Wasser über den Boden der Zelle verschütten, denn er wurde nur ein Mal am Tag aufgefüllt. Einer meiner Wächter hatte Mitleid mit mir und gab mir heimlich zu trinken.

Trotzdem stieg mein Fieber immer weiter. Die mit Blut verkrusteten Geißelwunden auf meinem Rücken waren nicht versorgt worden und hatten sich entzündet. Ich konnte weder aufrecht noch angelehnt sitzen, weder auf dem Bauch noch auf dem Rücken liegen, ohne grausame Schmerzen zu haben.

Aber ich gab nicht auf, nicht solange noch ein Funken Leben in mir war, ein Funken Hoffnung, ein Funken Hass, der einen lodernden Steppenbrand der Rache entzünden konnte. Solange ich noch hasserfüllt und verächtlich lächeln konnte.

Wie ein Tiger lächelt, bevor er tötet.

Tief versank ich in mir selbst, in meinen Erinnerungen, in der Zeitlosigkeit der Finsternis meines Verlieses, im Gefühl, langsam den Verstand zu verlieren. Es gab nichts zu sehen außer der undurchdringlichen Finsternis, nichts zu hören als meinen Atem und das Schlagen meines Herzens, nichts zu fühlen als den harten, kalten Steinboden, auf dem ich lag, nichts zu tun als zu denken, zu fühlen, mich zu entsinnen.

Die schönsten Augenblicke im Leben sind die, in denen die Seele berührt wurde. Alles Leiden ist doch immer nur die geistige Vorbereitung auf einen wundervollen Augenblick der Glückseligkeit, den man nur in seiner ganzen Schönheit erleben kann, wenn man zuvor das Leiden kennen gelernt hat. Und die Demut, wenn man wie ich der Glückseligkeit eines Tages unverhofft begegnet, sich in sie verliebt, sie in den Armen hält und nie wieder loslassen will.

Chutsai … Mein Licht in der Finsternis der Nacht … Darf ich dich von ferne nur betrachten? Werde ich dich jemals wiedersehen?

»O mein Gott!«

»Lebt er noch?«

»Ich glaube schon …«

Eine Hand, zart, liebevoll, auf meiner heißen Stirn. »Er hat hohes Fieber. Ist er bewusstlos?«

»Gib ihm zu trinken!«

Einer der beiden Männer beugte sich über mich, umfasste meine Schultern, richtete mich auf, hielt mir einen Becher mit kühlem Wasser an die Lippen.

»Allah, steh ihm bei!«, stöhnte der andere. »Djelal, sieh dir seine furchtbaren Wunden an. Was hat Inaltschik ihm nur angetan! Und was ist das …? Sag mir, dass das nicht wahr ist! Er hat ihn … O Gott! Inaltschik hat ihn vergewaltigt! Und nicht nur ein Mal!«

Ich trank einen Schluck des köstlichen Wassers, dann noch einen, dann verschluckte ich mich und begann zu husten. Ich stöhnte vor Schmerz und öffnete endlich die Augen.

Djelal stellte den Becher auf den Boden, umarmte mich und wiegte mich wie ein kleines Kind. »Wir bringen dich hier heraus, Temur. Das verspreche ich dir.« Er winkte dem anderen. »Hilf mir, Tarik. Wir müssen ihn tragen. Seine Beine sind gebrochen.«

Gemeinsam hoben sie mich hoch und trugen mich aus dem Verlies durch einen langen dunklen Gang hinaus ins grelle Sonnenlicht.

In die Freiheit?

Kapitel 12

»Ich bin das Schwert Gottes!«

Die Splitter einer zerbrechenden Welt!, dachte ich traurig und schob meine Finger durch das Gitter des Fensters, um mich daran festzuhalten. Meine Beine trugen mich noch nicht.

Ich lehnte meine Stirn gegen das geschnitzte Fenstergitter, um nicht nur sternförmige Lichtsplitter zu sehen, sondern, durch das Gitter hindurchsehend, die Welt. Bokhara. Die Kalan-Moschee. Die Wüste. Ein Traum von …

»Bitte, Mahatma, lass uns zurückgehen!«, bat mich Maya. »Du bist noch so schwach.«

… von Freiheit, unerreichbar weit entfernt. Jeden Tag kam ich hierher, um mich am vergitterten Fenster, auf die Welt hinabsehend, daran zu erinnern, dass ich seit Wochen ein Gefangener war.

Die Splitter einer am Krieg zerbrechenden Welt!, dachte ich wieder. Ich schloss die Augen und schlug mit den Fäusten gegen das Gitter. Dabei verlor ich den Halt und wäre beinahe gestürzt, wenn Maya mich nicht aufgefangen hätte.

»Bitte stütze dich auf mich, Mahatma. Ich werde dich in den Garten zurückbringen.« Maya legte meinen Arm um ihre Schultern und führte mich langsam die wenigen Schritte durch den blühenden Rosengarten zurück zu meiner Liege.

Nach Wochen auf dem Krankenlager hatte ich das Gehen mühsam und unter großen Schmerzen erst wieder lernen müssen. Inaltschik hatte meine beiden Beine zerschmettert. Ich, der es so sehr liebte, mit dem Wind zu reiten, über die Steppe zu galoppieren, dem fernen Horizont entgegen, wusste nicht, ob ich je wieder reiten, ohne fremde Hilfe gehen und im Lotussitz meditieren konnte. Das Gefühl der Ohnmacht, das mich seit meiner Kreuzigung quälte, war nur schwer zu ertragen.

Maya half mir beim Hinsetzen. Ich lehnte mich zurück in die Kissen, und sie hob meine Beine an und legte sie behutsam auf die Liege. Ich dankte ihr, und sie lächelte.

Voller Hingabe kümmerte sie sich um mich. Sie war bei mir geblieben, obwohl ich sie freigelassen hatte. »Du musst mich nicht pflegen, Maya«, hatte ich ihr gesagt, als ich endlich aus dem Opiumrausch erwacht war.

»Ich will es aber, ehrwürdiger Rinpoche«, hatte sie geantwortet. »Nimm mir nicht die einzige freie Entscheidung, die ich noch treffen kann. Die einzige Möglichkeit, Mitgefühl zu zeigen. Du hast mich, nachdem Djelal mich dir geschenkt hatte, immer als Mensch respektiert und mit Achtung behandelt. Nie hast du mich spüren lassen, dass ich deine Sklavin war. Nun will ich dir ein wenig von diesem Respekt zurückgeben. Wie du war ich gefangen und bin vergewaltigt worden. Du hast mich freigelassen und bist doch selbst noch immer ein Gefangener. Ich bleibe bei dir.«

»Soll ich dir vorlesen?«, fragte Maya, nachdem sie die Kissen in meinem Rücken zurechtgeklopft hatte, und ich nickte.

Sie setzte sich auf ein Kissen neben meinem Lager und legte die Bhagavadgita auf den Schoß. Dann begann sie zu lesen. Wie schön ihre Stimme war … wie tröstend und ermutigend die Verse.

Als ich zum ersten Mal aus dem Opiumrausch erwacht und in die Welt der Schmerzen zurückgekehrt war, hatte ich ihre Stimme gehört.

»Was liest du da?«, hatte ich sie erstaunt gefragt. Die Sprache, die so schön klang, war das heilige Sanskrit. Ich war zutiefst berührt von den Versen, aber ich verstand nicht genug Sanskrit, um zu erkennen, was sie las.

»Das ist ein Vers aus dem zweiten Buch der Bhagavadgita«, hatte sie mir erklärt. »Er lautet sinngemäß übersetzt: Nur der Körper ist sterblich. Aber der *Atman*, das wahre innere Selbst, ist unsterblich und wird niemals enden. Also kämpfe, o Krieger!«

Während ich vom Opium berauscht geschlafen hatte, hatte Tarik ihr anvertraut, dass ich fast zwei Jahre lang buddhistischer Mönch gewesen war. »Du bist ein heiliger Mann, ehrwürdiger Rinpoche«, hatte sie gesagt. »Du hast sehr viel erlitten, hast dich im Schlaf auf deinem Lager hin- und hergeworfen und konntest keine Ruhe finden. Deshalb dachte ich, die Bhagavadgita würde dich trösten, dich beruhigen und dir helfen, ins Leben zurückzufinden.«

Jeden Tag las sie mir im Garten vor. Ich ruhte mit geschlossenen Augen auf meinem Krankenlager und hörte ihr zu, während sie die Verse für mich ins Arabische übersetzte – ich hatte im Lingyin-Tempel nur ein paar Worte Sanskrit gelernt.

Die Bhagavadgita, der »Gesang des Erhabenen«, war ein Teil eines großen indischen Epos, das von einem erbitterten Streit um die Königswürde erzählt, um die in der Schlacht von Kurukshetra gerungen wird.

Arjunas Geschichte in der Bhagavadgita berührte mich tiefer, als es Siddhartas Lebensweg getan hatte, der meinem eigenen so ähnlich schien: ein Prinz, der seinen Vater verlässt, um die Welt jenseits der Palastmauern kennen zu lernen, ein Suchender, der nacheinander jeden Weg geht, um am Ende seinen eigenen zu finden. Aber dann war Siddharta in Bodhgaya stehen geblieben, weil er die Erleuchtung fand, die Erkenntnis, wie er das Leiden beenden konnte, um ins Nirvana zu verwehen. Ich war Siddharta eine Weile hinterhergestolpert, bis ich erkannt hatte, dass ich zwar von dort herkam, wo auch er herkam – aus einem königlichen Kriegergeschlecht –, aber dass sein Weg nicht mein Weg war. Auch Arjuna, ein tapferer Krieger und königlicher Prinz, war stehen geblieben – mitten auf dem Schlachtfeld, im Angesicht seiner Feinde. Ich hatte voller Verständnis gelächelt, als Maya mir die Verse vorlas. Dieser zutiefst verängstigte Arjuna, der sich auf dem Schlachtfeld von seinem Freund Krishna trösten ließ, gefiel mir sehr!

Die Bhagavadgita, ein tiefsinniges Juwel der Weisheit, erzählt die Geschichte des Kriegers Arjuna, der auf dem Schlachtfeld von

Kurukshetra von seinem besten Freund und Wagenlenker Krishna, einer menschlichen Inkarnation des Gottes Krishna, über das Leben und den Tod und die Pflicht zum Handeln belehrt wird.

Arjuna, sein ganzes Leben lang ein mutiger, siegreicher Feldherr, zieht in die Schlacht. Er will das Königreich, das ihm rechtmäßig gehört und das ihm weggenommen worden ist, zurückgewinnen und die Ermordung seiner Familie rächen. Unmittelbar vor der größten Schlacht seines Lebens beginnen seine Hände zu zittern, so stark, dass er seinen Bogen nicht mehr halten kann und ihn wegwirft.

Der Kampf, den Arjuna nun gewinnen muss, findet nicht auf dem Schlachtfeld von Kurukshetra statt, sondern in seinem Inneren. Es ist ein körperliches und geistiges Ringen, nicht mit den Feinden, die ihm bewaffnet gegenüberstehen, sondern mit sich selbst: seinem Hass, seinem Zorn und seinem Erschrecken über diese Gefühle. Hass und Zorn sind für einen siegreichen Feldherrn wie Arjuna schwieriger zu vernichten als das gegnerische Heer auf der anderen Seite des Schlachtfeldes. Ich war im Herzen getroffen, als ich diese Verse hörte!

Diese Schlacht sei anders als seine früheren, ruhmreichen Siege, sagte Arjuna verzweifelt zu Krishna. Wenn er seine Feinde töte, die doch einmal seine Freunde waren, hätte das Leben für ihn seinen Sinn verloren. Ob er diese Schlacht nun gewinne oder verliere – in jedem Fall sei er der Verlierer, *wollte* er den Krieg doch gar nicht führen, *wollte* er seine Freunde doch nicht töten: »Wie könnte ich je wieder glücklich sein?« Doch Krishna riet seinem Freund zu kämpfen: »Du bist ein großer Krieger, Arjuna, ein Sieger! Du kennst die höchsten Werte des Lebens: Wahrheit und Gerechtigkeit! Erhebe dich und kämpfe!«

Krishna hätte zu mir sprechen können!, dachte ich, als Maya mir die Verse vortrug. Aber dann hatte ich mich gefragt: Sprach Gott, der so lange geschwiegen hatte, nicht gerade in diesem Augenblick zu mir?

»O Bester unter den Menschen!«, sagte Krishna in langen Versen zu Arjuna. »Der heitere und gelassene Mensch, unbeeinflusst durch Gefühle wie Angst, Hass und Zorn, ist derselbe in Glück und Unglück, Freude und Schmerz: Er lässt nicht zu, dass er von Gefühlen abgelenkt wird. Du bist nicht dein Körper, Arjuna. Dein *Atman*, das wahre innere Selbst, ist unzerstörbar und unsterblich. Erhebe dich über die Qualen, die dir deine Kraft rauben. Erhebe dich und erobere dir zurück, was dir allein gehört: deine Gefühle und deinen Verstand! Kämpfe um des Kampfes willen, nachdem dir Freude und Leid, Sieg und Niederlage gleichgültig geworden sind: Schlage die Schlacht deines Lebens. Ich bin bei dir, Arjuna. Ich bin das Göttliche *in dir*.« Und weiter: »Ich bin Krishna, und ich bin Arjuna. Ich bin dein bester Freund. Ich bin die Weisheit, die ewige Wahrheit, die Liebe und das Leben. Ich bin die Glückseligkeit. Ich bin das Ziel am Ende aller Wege. Ich bin die ganze Welt. Ich bin in allem, und alles ist in mir. Ich kann dir nicht verloren gehen, und du nicht mir.«

Ich hatte geweint, als ich Krishnas Worte hörte. Ich empfand ein unstillbares Verlangen nach dem Göttlichen, das ich im Lingyin-Tempel nicht finden konnte. Wie denn auch? Ich hatte das *Shunyata*, die Leere in mir erschaffen, die Selbstlosigkeit, und hatte den göttlichen Funken in der Windstille der Gefühle verglimmen lassen, statt ihn anzufachen. In all den Jahren des Suchens hatte ich Gott – Tenger, Tian, Allah und Jahwe – in der Welt zu finden gehofft, jenseits von mir selbst, und hatte Ihn nicht gefunden. Und je ungeduldiger ich in meinem unstillbaren Verlangen jenseits aller Horizonte nach Ihm gesucht hatte, desto weiter hatte ich mich von Ihm entfernt, desto weniger konnte ich verstehen, was Er mir sagen wollte. Am Ende hatte ich Ihm verbittert vorgeworfen, mich verlassen zu haben. Dabei hatte ich doch *Ihn* verlassen. Denn Er war ja die ganze Zeit da gewesen: »Ich bin in dir, und du bist in mir. Ich kann dir nicht verloren gehen, und du nicht mir.«

Ganz ins Göttliche versunken hatte ich meditiert, hatte mich in mich selbst zurückgezogen, um die schwach glimmende Flamme zu entfachen, bis sie wieder zum lodernden Brand wurde.

Umfangen von einem strahlenden Glanz hatte ich mich in Seiner grenzenlosen Gegenwart geborgen gefühlt, hatte mich Ihm ergeben, staunend und ehrfürchtig, um mich von Ihm durchdringen zu lassen, sanft und doch so gewaltig, um mich von Ihm emportragen zu lassen. Welch ein Gefühl der Glückseligkeit, himmlischer Freude, unendlichen Entzückens und ekstatischer Gottestrunkenheit!

O mein Gott, nimm mich zurück!, hatte ich gefleht. Nie mehr will ich von Dir getrennt sein. Lass mich in Dir versinken! In Dir will ich enden, mich auflösen wie ein Tropfen im Meer, aus dem er einst kam, um einen weiten Weg durch die Welt zurückzulegen und endlich ins Meer zurückzufließen. Dann war ich das Meer, die ruhige, dunkle Tiefe, die wogenden Wellen und die funkelnden Tropfen der Gischt, war Stillstand und Bewegung und ewige Wiederkehr.

Dann erweiterte sich mein Bewusstsein, bis Himmel und Erde sich in mich ergossen, bis Denken und Fühlen in der Zeitlosigkeit verwehten, bis Glauben zu Wissen wurde und, die ganze Welt in sich widerspiegelnd, zum Sinn, dem Unendlichen Knoten, der die Welt zusammenhält.

Ich bin die Weisheit!, dachte ich entzückt und verströmte mich noch mehr. Ich bin Mann, und ich bin Frau. Ich bin die Liebe. Ich bin das Glück. Ich bin das Licht, und ich bin die Finsternis. Ich bin das Leben, und ich bin der Tod. Ich bin der Schöpfer, und ich bin der Vernichter. Ich bin die ganze Welt. Ich bin göttlich!

Ich weiß nicht, wie lange diese majestätischen Gefühle andauerten – Augenblicke oder Ewigkeiten? Dann verklangen sie wie eine Melodie, die auf einer Bambusflöte gespielt worden war, zart, leiser werdend, ins Nichts verwehend, nur noch Erinnerung.

Dann war ich wieder nur Mensch. Ein Mensch, der seine gewaltigen, leuchtenden Gedanken und seine Gefühle nicht in Worte wie Glaube, Hoffnung, Liebe und Glückseligkeit fassen konnte, die doch immer nur eine Empfindung beschrieben, nicht tausend gleichzeitig, nicht das, was ich erfahren hatte. Ein Mensch, der Worte wie duftende Blüten suchte, gefühlsberauschend und zart, Worte wie funkelnde Diamanten, sinnschillernd und tief, sie aber nicht fand und deshalb schwieg. Ein Mensch, der sich fünf Tage lang in sich selbst zurückzog, weil er so empfindsam geworden war, dass menschliche Berührungen ihm unerträglich waren.

Maya, die während meiner Meditation immer in meiner Nähe gewesen war, hatte erst keine Worte für ihr Staunen gefunden. »Du hast gelächelt, und dein Antlitz hat gestrahlt. Dein ganzer Körper hat gebebt. Du hast gesagt: ›O Gott, wie schön du bist!‹ – immer wieder. Dann hast du den Kopf geneigt und die Arme weit ausgebreitet, als wolltest du die ganze Welt umarmen. Bitte vergib mir, wenn ich dich beobachtet habe, aber es war so … so wunderschön, dir zuzusehen. Denn dein Anblick ließ mich erahnen, was du gefühlt hast.«

Aber erst als ich in die Welt zurückfand, mein Schweigen brach und wieder sprach, hatte sie den Mut gefunden, mir ihre Bitte vorzutragen: »Ich will deine Schülerin werden, Mahatma. Lehre mich!«

Mahatma bedeutet so viel wie ›große Seele‹. Es ist ein Ehrentitel für einen kostbaren Menschen von überragender geistiger Bedeutung, einen Menschen mit reinem Herzen – aufrichtig, furchtlos, unbeirrbar, bescheiden, selbstbeherrscht, sanftmütig, seelenstark und frei. Ich war beschämt, dass sie mich so nannte: Mahatma. Je tiefer ich in die Geheimnisse der Welt eingedrungen war, als Schamanenpriester, als Mönch, als Krieger und als Herrscher, um nacheinander jeden Weg bis zum Horizont zu gehen, um die Welt zu verstehen, um sie zu beherrschen, je mehr Wissen ich erwarb, je mehr Fragen ich für mich selbst beantwortete – am Ende blieb eine einzige Frage zurück: Die Frage nach dem ›Wozu?‹, die nur Gott allein beantworten kann.

»Ich kann dich nichts lehren, Maya. Jeder Mensch kann nur seinen eigenen Weg gehen, niemals den eines anderen.« Und als sie darauf bestand, dass ich sie unterwies, erklärte ich: »Ich kann dich nichts lehren. Wenn du einmal, wie ich, mit dem Denken angefangen hast, kannst du nicht mehr aufhören. Du denkst über alles nach. Du stellst alles infrage. Die Welt, wie sie ist. Gott. Und am Ende dich selbst. Wie kann ich mir anmaßen, dich zu lehren, da ich mich doch selbst infrage stelle?«

»Aber ... du hast die Wahrheit gefunden!«, hatte sie ausgerufen. »Du bist wie eine brennende Kerze. Ich will mich an deinem Licht entzünden, damit ich selbst leuchten kann!«

Ich hatte den Kopf geschüttelt. »Sag nicht: Ich habe die Wahrheit gefunden. Sag: Ich habe *eine* Wahrheit gefunden.« Als Maya mich verwirrt ansah, fuhr ich fort: »Gott hat sich bei der Erschaffung der Welt sehr viel Mühe gegeben, sie vollkommen zu machen. Jedem Menschen hat er seine eigene Wahrheit gegeben, an die er glauben kann. Jede ist anders. Und jede ist vollkommen. Wie jeder Mensch, der sie in seinem Herzen trägt, vollkommen ist.«

»Aber die Menschen sind nicht vollkommen! Du hast doch selbst an Körper und Seele erfahren, was Inaltschik Khan dir angetan hat. Wie kann jemand, der so böse, so gewalttätig und grausam ist, vollkommen sein?«, hatte sie entsetzt ausgerufen.

Und ich hatte mit dem Gleichnis vom Diamanten geantwortet: »Ein Diamant ist vollkommen, nicht wahr? Seine vielen Facetten funkeln und faszinieren dich. Aber was siehst du, wenn du ihn dir ganz genau betrachtest, wenn du verstehen willst, wie das helle Funkeln entsteht? Du siehst Licht und Schatten. Denn nur wo Schatten ist, kann das Licht hell aufstrahlen. Der Diamant enthält beides. Wie die vollkommene Welt das Gute und das Böse enthält. Du kannst das Böse nicht vernichten, ohne auch das Gute zu zerstören! Beide gehören untrennbar zusammen wie Frieden und Krieg, Glück und Leid. Wenn du das Leiden nicht durchlebt hast, kannst du nicht wissen, was wahre Glückseligkeit ist.«

Mit geschlossenen Augen lag ich auf dem Ruhebett und lauschte Krishnas Worten. Maya machte beim Lesen und Übersetzen längere Pausen zwischen den einzelnen Versen, sodass ich Zeit zum Nachdenken hatte.

»Es ist deine Verantwortung als *Kshatriya,* als Krieger, dass du niemals etwas tust, das im Widerspruch zu deinem *Atman,* deinem wahren Selbst, steht. Es ist deine Pflicht, das *Svadharma,* deine religiösen Prinzipien, zu erfüllen: den Kampf für die Gerechtigkeit.«

Maya sah auf und erklärte mir:

»In Indien gibt es drei Kasten: die *Brahmanas,* die Weisen, Priester und Gelehrten, die *Kshatriyas,* die Könige und Krieger, und die *Vaishyas* und *Shudras,* Kaufleute, Bauern und Arbeiter. Ein *Kshatriya* ist ein König oder Krieger, der durch sein Handeln dem Volk dient. *Kshatriyas* sollen durch ihre moralische Charakterstärke und ihre unbeirrte Pflichterfüllung die Gesetzestreue und die Gerechtigkeit in der Welt erreichen und erhalten.«

Dann übersetzte sie sinngemäß den nächsten Vers der Gespräche zwischen Krishna und Arjuna auf dem Schlachtfeld von Kurukshetra:

»Aber wenn du diesen Kampf um die Gerechtigkeit nicht führst, wirst du sowohl deine Verantwortung als *Kshatriya* wie auch deine Pflicht dir selbst gegenüber vernachlässigen. Für einen geehrten Krieger wie dich ist die Verweigerung der Verantwortung schlimmer als der Tod. Diese Schlacht ist eine gerechte Sache, o Arjuna. Erhebe dich und kämpfe für die Gerechtigkeit, ruhig und gelassen in Sieg und Niederlage! So wirst du keine Schuld auf dich laden …«

Maya hielt unerwartet inne, und ich öffnete die Augen.

War Djahane gekommen? Gestern hatte sie mich mit unserem vier Monate alten Sohn Talib besucht, damit ich ihn im Arm halten konnte, und versprochen, an diesem Nachmittag wiederzukommen – wenn sie es schaffte, unbemerkt aus dem Harem zu entkommen. Auch wenn ich ein Gefangener ihres Vaters war und sie eine furchtbare Angst hatte, er könnte erfahren, dass sie mich heimlich in meinem Garten besuchte, war sie in den letzten Tagen doch schon einige Male erschienen, um nach mir zu sehen und mir den kleinen Talib für eine oder zwei Stunden zu bringen.

Nein, es war nicht Djahane. Djelal war in den Garten gekommen, trat an mein Krankenlager und winkte Maya, uns allein zu lassen. Sie legte das Buch auf den niedrigen Tisch und verschwand.

»Ich komme gerade von meinem Vater«, sagte Djelal. »Er will wissen, wie es dir geht.«

»Seine Besorgnis rührt mich zutiefst«, murmelte ich.

»Er hat dir das Leben geschenkt!«, erinnerte er mich an den Befehl des Shahs an Inaltschik: ›Hinrichten! Alle, bis auf einen!‹

»Er hat mir nichts geschenkt, was ich nicht vorher schon besaß.«

Mein Freund seufzte und besann sich dann auf seinen Auftrag. »Der Shah wünscht dich zu sehen, Temur. Er will sich mit dir versöh …«

»Ich wünsche aber nicht, den Shah zu sehen. Ich habe ihn zum Tode verurteilt und werde das Urteil nicht mehr revidieren. Er braucht sich also nicht um eine Audienz bei mir zu bemühen.«

»Du hast meinen Vater zum Tode verurteilt?«, fragte Djelal erschrocken.

»Er hat gegen das Gesetz verstoßen. Er hat den unsinnigen Befehl gegeben, in Otrar tausend Menschen hinzurichten, die in friedlicher Absicht zu ihm kamen. Er trägt die Verantwortung für dieses blutige Massaker. Das kann ich ihm nicht vergeben, selbst wenn ich es wollte. In der Stunde ihres Todes habe ich meinen Freunden geschworen, für Gerechtigkeit zu sorgen. Ich werde dem Shah sein Herz herausreißen, wenn er mir zu nah kommt. Und Inaltschik werde ich hinrichten: Wer das Schwert erhebt, wird durch das Schwert gerichtet werden.«

Djelal schnappte entsetzt nach Luft und ließ sich auf ein Sitzkissen sinken. »Meinst du das ernst?«

»Todernst.«

Er schüttelte den Kopf. »Du bist so ruhig und gelassen. Und doch sprichst du davon, meinen Vater und meinen Cousin zu töten.«

»Dein Vater trägt die Verantwortung für die Entscheidung, die Männer, für deren Leben ich die Verantwortung trug, zu töten. Ich will keine blutige Rache für das Massaker von Otrar, keine Vergeltung, keine Genugtuung für die Demütigungen. Ich will Gerechtigkeit. Dein Vater hat sie mir bisher verweigert, indem er Inaltschik für seine Vergehen nicht bestraft hat.

Ich bin das ›Schwert Gottes‹. Hat ein Schwert Gefühle wie Hass oder Zorn? Nein, es richtet nur, weil es seine Aufgabe ist zu töten. Dafür ist es von Gott geschmiedet worden. Während der Tat empfindet es keine Lust am Töten und nach der Tat keine Befriedigung. Es tötet den, der getötet hat. Und damit ist es gerecht.«

»Aber … er ist mein Vater!«, rief Djelal aus. »Wie kann ich noch dein Freund sein, wenn du meinen Vater hinrichten willst?«

»Das kannst du nicht, wenn du nicht lernst, mit dir selbst befreundet zu sein. Ein Mensch, der nicht gelernt hat, sich selbst gegenüber loyal zu sein, eigene Entscheidungen zu treffen und dafür die Verantwortung zu übernehmen, kann nicht mein Freund sein.«

»*Was?*«, flüsterte er fassungslos.

Hatte er gehofft, dass ich ihm einen Weg zeigen würde, wie er trotz allem, was geschehen war, noch mein Freund sein konnte? Wie er sein Gewissen beruhigen konnte? Wie er das Schlimmste, den Tod seines Vaters und den unvermeidlich erscheinenden Krieg, verhindern konnte? Dass ich ihn derart zurückstieß, erschütterte ihn zutiefst.

Unbeherrscht sprang er von seinem Sitzkissen auf, warf dabei beinahe den niedrigen Tisch mit der aufgeschlagenen Bhagavadgita um und rannte ohne ein Wort des Abschieds aus dem Garten.

Djelal brauchte zehn Tage, um zu mir zurückzufinden. Aber am Ende kam er, still und nachdenklich, und erzählte mir, er sei einige Tage allein in der Wüste gewesen, um sich zu besinnen.

Schweigend umarmte ich ihn, fragte nicht, wem er dort, in der stillen Einsamkeit, begegnet war, denn ich wusste es auch so.

Nach Dschamugas Hinrichtung, den ich damals für meinen Vater hielt, war auch ich in die Wüste gegangen, um nachzudenken. Die Gobi hatte alles, was nicht ich selbst war, von mir abgeschmolzen, bis nur noch der nackte, einsame Mensch übrig blieb: ein Mensch ohne Vater. Ein Mensch, dem seine Vergangenheit fortgerissen worden war. Ein Mensch, der alles hinter sich zurückgelassen hatte. Ein Mensch, der in der Wüste keine Spuren hinterließ. Ein glücklicher Mensch, der gelernt hatte, sich auf das Wesentliche zu besinnen: sich selbst.

Djelal und ich unterhielten uns im Garten. Er erzählte mir, dass ein Gesandter meines Vaters in Bokhara eingetroffen war: Djafar Khodja. Der Botschafter forderte die Bestrafung Inaltschiks und meine sofortige Freilassung.

Mein Freund Djafar war in Bokhara? Ob ich ihn wohl sehen könnte?, dachte ich voller Freude, doch dann besann ich mich. Djafar war in größter Gefahr: Der Shah hatte in Otrar unseren Freund Malik als Gesandten des Khakhans hinrichten lassen. Würde er Djafar nach Kharkhorin zurückkehren lassen?

»Mein Vater hat es abgelehnt, Inaltschik zu richten. Er erklärte Djafar Khodja, Inaltschik habe auf seinen Befehl gehandelt«, berichtete Djelal. »Und er nannte dem Gesandten die Bedingungen für deine Freilassung: Dschebes unverzüglicher Rückzug aus Karakitai und die Entlassung seiner Vasallen Idikut Bartschuk Khan und Arslan Khan. Außerdem hat mein Vater …« Er stockte. »… einen Kaufpreis für dich festgesetzt.«

»Er hat *was?*«

Djelal wirkte zutiefst beschämt. Er konnte mir nicht in die Augen sehen, als er mir erklärte: »Dein Vater kann dich freikaufen. In einem Stück, wenn er die Forderungen des Shahs innerhalb eines halben Jahres erfüllt, oder in Einzelteilen. Deinen Kopf … eine Hand …« Er verstummte und senkte den Blick.

Was ist der Wert eines Menschen? Die Frage, wie viel Gold, Perlen und Jade der Shah für mein Leben haben wollte, schien mir nicht wichtig genug, um sie zu stellen.

»Mein Vater wird keine einzige dieser Forderungen erfüllen«, erklärte ich ruhig. »Aber nicht, weil ein halbes Jahr zu wenig Zeit ist, um Djafar zwischen Kharkhorin und Bokhara hin- und herzujagen, sondern weil er es nicht will. Er lässt sich keine Entscheidung aufzwingen.«

»Nicht einmal, wenn es um das Leben seines Sohnes geht?«, fragte Djelal bestürzt.

»Nicht einmal dann!« Ich zog eine Münze hervor und warf sie ihm zu. »Ich werde selbst bezahlen! Glaubst du, mein Leben ist mehr wert als dieser Dirham? Mehr besitze ich nämlich nicht.«

Tarik besuchte mich oft in den Monaten meiner Gefangenschaft. Der Shah hatte ihn zum Stadtkommandanten von Bokhara ernannt und ihm eine Wohnung in der Residenz gegeben. Aber Tarik empfand keine Freude über diese hohe Ehre, denn er konnte nicht vergessen, dass Ala ad-Din Muhammad trotz seiner Warnungen vor den unvermeidlichen Konsequenzen eines Krieges mit dem mongolischen Reich Inaltschik befohlen hatte, seinen Freund Malik hinzurichten.

Tarik war verbittert über Maliks Tod, über meine Gefangennahme und Folterung, über die Weigerung des Shahs, Inaltschik für seine Grausamkeit zu bestrafen, und seine selbstgefällige Ignoranz, Dschingis Khan den *Djihad* zu erklären und einen Krieg zu entfesseln, wie ihn die Welt bisher noch nicht erlebt hatte. Und er war zutiefst beschämt, weil er mich zweieinhalb Jahre zuvor überredet hatte, nach Bokhara zu reisen: Er hatte geglaubt, ein Frieden zwischen dem Khalifa und dem Shah sei möglich, wenn ich mit beiden redete.

Oft gingen Tarik und ich Arm in Arm im Garten spazieren. Ich musste mich auf ihn stützen, denn das Gehen fiel mir auch nach Monaten noch schwer: Ich hatte Schmerzen und hinkte stark. Djelals *Hakim,* der mich seit meiner Ankunft in Bokhara pflegte, hatte befürchtet, dass ich meine Beine nie wieder bewegen könnte und wie der gelähmte Hu Sha Hu in einem Rollstuhl sitzen müsste, immer angewiesen auf die Hilfe anderer. Aber trotz aller Schmerzen mühte ich mich, das Gehen wieder zu erlernen.

Bei seinen Besuchen brachte Tarik mir Bücher aus der Bibliothek der Akademie der Wissenschaften mit. Neben der Meditation waren das Lesen und das Lernen meine einzigen Beschäftigungen. Ich lernte Sanskrit, damit ich die Bhagavadgita selbst lesen konnte, und Tarik brachte mir ein paar Worte in Latein bei. Damit er sich erinnerte, wer er war und woher er kam? Manchmal, wenn ich ihn dann in jener fremden Sprache reden hörte, sah ich die Sehnsucht nach seiner Heimat, dem Anjou, in seinen Augen funkeln. Dann schien es mir, als ob er alles aufgeben wollte, um eines Tages dorthin zurückzukehren.

Er erzählte mir von seiner Heimat Frankreich und von dem Glaubenskrieg, der den Süden des Landes verwüstete. Vor zehn Jahren hatte Papst Innozenz III. zum Kreuzzug gegen die christliche Sekte der Katharer in der Provence aufgerufen. Die katharische, aber auch die katholische Bevölkerung war im Namen Gottes massakriert worden – denn wie sollte man die Gläubigen von den Ketzern unterscheiden? War es nicht besser, wenn ein paar unschuldige Katholiken starben, bevor auch nur ein einziger Katharer überlebte? Derselbe Wahn – Christen gegen Christen – hatte die Kreuzfahrer unter dem venezianischen Dogen veranlasst, die Stadt Konstantinopolis zu erobern und zu plündern.

»Die Welt steht in Flammen, die Feuer der Begierde und des Hasses lodern«, hatte der Buddha gesagt. Katholiken kämpften gegen Orthodoxe, gegen Katharer, gegen Nestorianer, Schiiten gegen Sunniten und Ismailiten, Christen gegen Juden und Muslime, Muslime gegen Christen und Buddhisten, Wissende gegen Unwissende, Gläubige gegen Ungläubige, die von Gott Geliebten gegen die von Gott Verdammten, Fanatiker gegen die Sanftmütigen, die Stillen und Toleranten. Gotteskönige rechtfertigten mit der Bibel oder dem Koran in der Hand ihre Handlungen und nannten ihre Kriege »heilig«. Gotteskrieger erhoben ihr Schwert gegen jene, die sich nicht wehren konnten.

Und am Ende blieb nur die Frage, die mich in jenen stillen Monaten am meisten beschäftigte: »Wozu?«

Fünf Tage nach *Id al-Fitr,* dem Fest des Fastenbrechens nach dem Ende des Ramadan im Jahr 615 muslimischer Zeitrechnung, am ersten Weihnachtstag des Jahres 1218 christlicher Zeitrechnung, kam Djafar zurück nach Bokhara.

Ich wartete, ob Djelal oder Tarik mir nach dem Empfang des Botschafters berichten würden, wie die Antwort meines Vaters auf die Forderungen des Shahs lauteten. Doch ich hatte keine Hoffnung, in absehbarer Zeit freigelassen zu werden. Ich war eine viel zu wichtige Figur in diesem »Spiel der Könige«, als dass Ala ad-Din Muhammad mir, der Noyan-Figur, gestatten würde, die Residenz zu verlassen und gegen ihn, die Shah-Figur, zu kämpfen und vielleicht sogar *ash-Shah mat* zu setzen. Er wusste, dass ich ihn zum Tode verurteilt hatte, und er konnte sich denken, dass ich mein Urteil nach zehn Monaten Gefangenschaft nicht mehr revidieren würde. Ich war für ihn so wichtig, dass er mich, obwohl er Angst vor mir hatte, nicht einfach vergiftete, denn ich war seine Geisel. Erst wenn ich zu fliehen versuchte, würde er mich töten. Aber auch nach zehn Monaten der Genesung konnte ich mit meinen zerschmetterten Beinen nicht schnell genug laufen oder weit genug reiten, um eine Flucht ernsthaft zu versuchen – weder über Samarkand zum tief verschneiten Pamir-Pass noch durch die Wüste nach Otrar und weiter nach Balasaghun, noch nach Süden über den Hindukush nach Delhi.

Ich saß in meinem Arbeitszimmer und las, als Tarik in den Raum stürzte. Er war blass und zitterte am ganzen Körper.

»Djafar …«, begann er verstört.

»Was ist mit Djafar?«, fragte ich erschrocken.

»Er soll hingerichtet werden.« Tarik ergriff meine Hand und zog mich mit sich. »Komm!«

»Was ist geschehen?«, fragte ich, während wir durch den Garten zu jenem Fenster eilten, von dem aus wir auf Bokhara hinabblicken konnten.

»Djafar traf vor einer Stunde in Bokhara ein. Der Shah hat ihn sofort empfangen. Aber Djafar brachte nicht die erwartete Zusage des Khakhans. Dein Vater ist zu keinen Verhandlungen bereit. Weder zieht er Dschebe und sein Heer aus Karakitai ab, noch bricht er seinen Schwur gegenüber Idikut Bartschuk Khan und Arslan Khan. Und dann sagte Djafar …« Er stockte.

»Was sagte er noch?«

Tarik konnte mich nicht ansehen, als er weitersprach. »Und dann sagte er, dein Vater sei nicht bereit, auch nur eine Hand voll mongolischen Wüstensand für dein Leben zu geben.«

»*Das* hat er gesagt?«, fragte ich und blieb stehen.

Ich war zutiefst enttäuscht. Hoffnungslos, weil ich gehofft hatte, er würde mich nach meiner langen Gefangenschaft befreien und nach Hause bringen. Enttäuscht von mir selbst, weil ich mich einer Täuschung hingegeben hatte. Nein, mein Vater würde keinen Krieg riskieren, um mich zurückzugewinnen.

»Es tut mir Leid, Temur«, sagte Tarik und umarmte mich. »Der Shah war genauso überrascht wie du. Er hatte wohl mit einem großzügigen Angebot des Khakhans gerechnet, dich zurückzubekommen, und war zornig. Er verlor die Beherrschung und befahl, Djafar festzunehmen und hinzurichten. Er soll vom Turm gestürzt werden.«

»Nein!«, flüsterte ich entsetzt.

»Komm zum Fenster, Temur! Lass uns Djafar die letzte Ehre erweisen. Lass uns in der Stunde seines Todes für ihn beten.«

Tarik führte mich zum Fenster, durch dessen geschnitztes Gitter wir auf die Kalan-Moschee und ihr Minarett hinabblicken konnten. Djelal hatte mir vor Monaten erzählt, dass zum Tode Verurteilte, in einen schwarzen Sack gesteckt, vom Turm herabgestürzt wurden. Welch eine demütigende Art des Sterbens, dem Tod nicht in Würde entgegentreten zu können!

Schweigend standen wir am Fenster und beobachteten das Minarett. Dann erschienen mehrere Männer auf der obersten Plattform, von wo aus die Muezzins fünf Mal am Tag zum Gebet riefen, und hoben einen Sack über die Brüstung aus gebrannten Ziegeln. Djafar fiel in die Tiefe, prallte im Fallen gegen das sich nach unten verbreiternde Minarett, wirbelte herum, rutschte ab und stürzte schließlich auf den Boden neben der Moschee.

Den Aufprall konnten wir nicht hören, wohl aber das Freudengeschrei der Menge.

Tarik barg sein Gesicht in den Händen. Er weinte um seinen Freund Djafar und um die letzte Hoffnung auf Frieden, die mit ihm starb.

»Domine, dimitte illis non enim sciunt quid faciunt«, schluchzte er. »Herr, mein Gott, vergib ihnen, denn sie wissen nicht, was sie tun!«

Eine Weile stand er neben mir und lehnte mit der Stirn gegen das Fenstergitter, rang mit einer Entscheidung. Schließlich richtete er sich auf und wischte die Tränen aus dem Gesicht. »Von diesem Tag an bin ich nicht mehr Tarik, der zum Islam übergetretene Christ. Von heute an kann ich nicht mehr Christ oder Muslim sein. Ich bin nur noch Léon.«

Ein Geräusch riss mich aus dem Schlaf.

Die Tür meines Schlafzimmers zum Garten stand trotz der kühlen Herbstluft offen. Hatte der Wind ein paar Blätter vom Tisch neben meinem Bett zu Boden geweht? Der zarte Damastvorhang vor der Gartentür bewegte sich nicht – es war windstill!

Lautlos tastete ich nach dem Dolch unter meinem Kopfkissen. Dann drehte ich mich, wie im Schlaf seufzend, auf den Rücken und zog mit der linken Hand die dünne Decke höher, als ob ich im kühlen Lufthauch vom Garten fröstelte, und verbarg den Dolch in meiner rechten Hand unter dem Laken.

Ein Schatten in der Tür zum Arbeitszimmer! Er kam lautlos näher. Im Mondlicht blitzte sein Schwert. Ein Attentäter!

Es war völlig still im Raum, und ich konnte seinen schnellen Atem hören. Er war aufgeregt. Sein Herz raste. Er hatte Angst vor mir, dem schlafenden Tiger.

Er kam näher, einen Schritt, zwei Schritte, vorsichtig, beide Hände am Schwertgriff, als fürchte er meinen Angriff.

Ich lag ganz still und atmete tief und regelmäßig. Meine Hand umklammerte den Griff des Dolches. Hatte ich eine Chance, mich gegen ein zum Schlag erhobenes Schwert zu wehren?

Der Attentäter beugte sich über das Bett und schwang die Waffe hoch über seinen Kopf, um mich im Schlaf zu töten.

Komm näher!, dachte ich. Wenn du sicher sein willst, dass der Tiger nach dem ersten Hieb wirklich tot ist, dann schlag nicht zu. Es ist so dunkel, dass du mich nicht erkennen kannst. Komm her und ramme dem Tiger die Klinge ins Herz! Komm näher …

Aus dem Augenwinkel nahm ich wahr, wie eine zweite Gestalt in das Schlafzimmer gehuscht war.

Zwei Attentäter?

Der Mann mit dem Schwert beugte sich über mich. Er schob ein Knie auf das Bett und kam näher. Den zweiten Mann schien er nicht bemerkt zu haben – er war zu sehr auf seine Aufgabe, mich zu töten, konzentriert. Die Klinge hielt er mit hoch erhobenen Händen auf mein Herz gerichtet, ängstlich, zitternd, bereit zuzustechen.

Mein Herz raste. Ich spannte meine Muskeln an, wie ein Tiger, bereit zum Sprung. Meine Hand umklammerte fest den Griff des Dolches. Aber wie sollte ich die scharfe Klinge unter der Decke hervorziehen, um mich gegen den Mörder zu wehren – ich wäre nicht schnell genug!

Der Schatten huschte näher, hob sein Schwert …

Die Augen des Attentäters funkelten erschrocken, entsetzt über die Unvermeidlichkeit seines Todes. Er riss seine Waffe hoch, um sich gegen den Angriff zu wehren.

… dann schwang der Schatten sein Schwert: Ein Blitzen der scharfen Klinge im Mondlicht, ein leises Zischen, ein harter Schlag …

Der Attentäter brach zusammen, rutschte leblos zu Boden. Sein Kopf fiel neben mir auf das Bett.

Im letzten Augenblick konnte ich dem herabfallenden Schwert ausweichen. Ich wirbelte herum, um den Dolch unter der Decke hervorzuziehen und mich auf den Schatten zu stürzen.

Er wich zurück. »*C'est moi* – ich bin es: Léon!«

Ich hielt inne, versuchte in der Finsternis sein Gesicht zu erkennen.

»Temur, du musst sofort fliehen!«, flüsterte er hastig. »Der Shah hat den Befehl gegeben, dich zu töten. Dein Vater steht mit einem Heer von zweihunderttausend Kriegern bei Otrar am Syr-Darya!«

»Nein!«, flüsterte ich. Dann sprang ich aus dem Bett und begann mich hastig anzukleiden.

»Der Shah war völlig überrascht vom schnellen Vorrücken deines Vaters von der mongolischen Steppe bis nach Otrar. Vor einer Stunde hat er den Kriegsrat einberufen«, erklärte mir Léon aufgeregt flüsternd, während ich eine Truhe nach einer dunkelblauen türkischen Robe durchwühlte. »Einer der Emire des Shahs schlug vor, das gesamte Heer von fünfhunderttausend Mann entlang dem Fluss Syr-Darya aufzustellen, um die Invasion aufzuhalten. Doch der Shah lehnte das ab und befahl, die Regimenter nach Süden zu verlegen. Er fürchtet, dass sich einige der Emire mit Dschingis

Khan verbünden und ihn stürzen könnten, um diesen furchtbaren Krieg zu verhindern. Seit Ala ad-Din Muhammad vor Bagdad umkehren musste, sind die Emire und Khans aufsässig geworden. Seit Monaten droht eine Revolte.

Dann traf noch ein weiterer Bote ein, nicht aus Otrar, sondern aus Fergana. Dschebe hat trotz des einsetzenden Schneefalls mit zwanzigtausend Kriegern den Pamir überschritten und marschiert in Richtung Samarkand und Bokhara! Eine unglaubliche Leistung! Du hättest den Shah sehen sollen, als der Bote berichtete, Dschebe hätte Fergana eingenommen. Der ›Retter des Islam‹ von Karakitai! Wie sollte der Shah gegen Dschebe den *Djihad* führen? Ala ad-Din Muhammad ist überstürzt geflohen, Temur! Er wird über Samarkand nach Balkh nördlich des Hindukush reiten. Bevor er aufbrach, gab er den Befehl, dich zu töten«, flüsterte Léon. »Beinahe wäre ich zu spät gekommen, um dich zu warnen. Aber der Shah hat mich aufgehalten: Vor seiner Abreise befahl er mir, als sein Emir Bokhara gegen die Mongolen zu verteidigen.«

Ich umarmte ihn. »Ich danke dir, dass du mir das Leben gerettet hast, Léon. Doch damit hast du den Shah verraten. Er wird dich hinrichten lassen.«

»Ich werde mit dir fliehen. Und dich nach Otrar begleiten.«

»Temur!«, rief mein Bruder Tschagatai, als ich mein Pferd vor der Palastjurte des Khakhans zügelte. »Ich danke Gott: Du lebst!«

Ich war sehr müde. Seit Tagen hatte ich nicht länger als drei oder vier Stunden geschlafen. Nach dem langen Ritt durch die Wüste war ich erschöpft.

Bokhara war in der Nacht der Flucht des Shahs in hellem Aufruhr gewesen. Die Menschen waren auf den Straßen zusammengelaufen und auf den *Rigestan* geströmt. Die panischen Rufe »Die Mongolen kommen!« und »Sie haben Samarkand erobert!« und »Allah, steh uns bei!« hatten sie noch vor dem ersten Ruf des Muezzins zum Gebet in die Moscheen getrieben. Die Flucht aus dem Palast, durch die Straßen und das weit geöffnete Stadttor war nicht schwierig gewesen. Dann hatten Léon und ich die Sanddünen der Kizilkum durchquert, um wenige Tage später im *Ordu* meines Vaters vor den Mauern von Otrar einzutreffen.

Tschagatai half mir aus dem Sattel und umarmte mich herzlich. »O Temur, ich freue mich wirklich, dich zu sehen! Wir dachten schon, der Shah hätte dich bei seiner Flucht mit sich genommen … oder hingerichtet. Vater wird sehr glücklich sein, dich wiederzuhaben. Komm, ich bringe dich zu ihm.«

Ich sah hinüber zur Zitadelle von Otrar, dem Ort meiner Kreuzigung und Vergewaltigung. Die Stadt wurde belagert, mehrere große Katapulte und Belagerungstürme waren rings um die hohen Mauern errichtet worden. Der Wind vom Karatau-Gebirge wehte den Kanonendonner und den beißenden Rauch der Sprenggranaten bis zu uns herüber.

Ich, das »Schwert Gottes«, werde dich richten, Inaltschik!

Dann wandte ich mich ab, winkte Léon, mir zu folgen, und betrat mit Tschagatai die Palastjurte.

Der Khakhan saß auf seinem Thron. Er hielt mit seinen Khans und Noyans Kriegsrat. Als ich mit Léon das Zelt betrat, sah er überrascht auf.

Subotai, der sich von seinem Sitz erhoben hatte und auf der großen ledernen Karte von Khwarezm herumlief, um seinen Angriffsplan zu erläutern, verstummte und drehte sich zu mir um.

Mein Vater sprang auf und kam mir über die Stufen seines Throns entgegen. Die drei Jahre, in denen ich ihn nicht gesehen hatte, hatten ihre Spuren in seinem Gesicht hinterlassen: feine Sorgenfältchen um die Augen und die Mundwinkel. Und was mich noch mehr erschreckte: Seine Zöpfe und sein Bart waren weiß geworden. Aber seine blauen Augen funkelten wie immer.

Er schloss mich herzlich in seine Arme. »Ich bin so glücklich!«, flüsterte er und küsste mich auf beide Wangen.

»Ich dachte, mein Leben wäre dir nicht einmal eine Hand voll Sand wert?«, murmelte ich tief bewegt an seiner Schulter.

»Ich sagte: *mongolischen* Sand«, flüsterte er zurück. »Ich hatte mein *Ordu* westlich des Altai aufgeschlagen, als Djafar aus Bokhara zurückkehrte. Ich wollte nicht den ganzen Weg bis in die Gobi zurückreiten, um eine Hand voll Sand zu holen.«

Die Noyans drängten sich zwischen uns, um mich zu begrüßen.

Mit einem übermütigen »Der Tiger ist zurück!« hob Subotai, der ein kräftiger Ringer war, mich hoch und wirbelte mich einmal herum, um mich dann wieder auf den Boden zu stellen. Die anderen Noyans schoben sich vor und zogen sich lachend gegenseitig von mir weg, um mich zu umarmen.

Mein Bruder Ogodei fiel so ungestüm über mich her, dass er mich beinahe umgeworfen hätte. »Nun, da du zurückgekehrt bist, hört der Krieg in der Familie hoffentlich endlich auf!«, seufzte er.

Dschutschi und Tschagatai starrten ihn wütend an – zur Überraschung aller waren sie endlich einmal einer Meinung. Djafar hatte Léon in Bokhara von Ogodeis Ernennung zum Nachfolger des Khakhans erzählt. Waren die seit Jahren andauernden Machtkämpfe meiner Brüder noch immer nicht beendet?

Hassan hatte glücklich lachend seinen Freund Tarik begrüßt, der ihm erst einmal erklären musste, dass er seinen alten Namen wieder angenommen hatte und nun wieder Léon war. Hassan stellte Léon dem Khakhan vor, der den Freund seines Sohnes herzlich willkommen hieß.

Dann stand Chutsai vor mir. Mein geliebter Chutsai!

Wir umarmten uns und hielten uns aneinander fest. Zeitlose Momente des Glücks. Ein Tropfen Zeit im Meer der Ewigkeit.

»Mein Liebster, ich habe mich so sehr nach dir gesehnt!«, seufzte Chutsai auf Chinesisch. »Das ›Licht der Nacht‹ – erinnerst du dich an mein Gedicht? – ›Darf ich es von ferne nur betrachten?‹«

»Nein, mein Geliebter«, flüsterte ich. »Heute Nacht darfst du es berühren und in ihm versinken. Denn es gehört dir, für immer.«

Ich küsste ihn, wie einen innigen Freund, auf die Wangen. Unsere Lippen streiften sich ganz zart, so nah waren wir uns. Da hauchte ich einen Kuss auf seine halb geöffneten Lippen. »Ich liebe dich!«

Die Khans und Noyans wandten verlegen ihre Blicke ab, betrachteten das gestickte Muster im Filzteppich und wichen einen

Schritt zurück, als Chutsai und ich Hand in Hand zum Thron des Khakhans hinübergingen.

Schigi war auf seinem Sessel rechts neben dem Thron sitzen geblieben und hatte meine Begrüßung aus der Entfernung beobachtet. Er hatte Tränen in den Augen, als ich zu ihm hinüberging, um auch ihn zu umarmen.

Schigi, der schon vor Monaten sein Jurtenkloster verlassen hatte, trug die schwere, mit Silber geschmückte Rüstung eines Noyans und versuchte, seine Gefühle dahinter zu verstecken – vergeblich! Meine unerwartete Rückkehr hatte ihn erschreckt, und der Kuss zwischen mir und Chutsai hatte ihn enttäuscht. In ohnmächtigem Zorn starrte er mich an, weil er wusste, dass er seinen angebeteten Chutsai drei Jahre nach meinem Aufbruch in Zhongdu nun an mich verlieren würde – für immer.

Er erhob sich. »Ich hasse dich, Temur!«, zischte er, als er mich auf die Wangen küsste: »Jede Nacht habe ich gebetet, dass du niemals zurückkommst! Ich hasse dich so sehr! Du hast ihn vor allen anderen geküsst! Wenn du mir Chutsai wegnimmst, bringe ich dich um …«

Ich küsste Schigi auf die Lippen, und er schwieg erschrocken. »Ich hasse dich nicht«, sagte ich leise. »Ich nehme dir Chutsai nicht weg, sondern werde ihm die Entscheidung überlassen, ob er mich noch will.« Dann wandte ich mich ab und ließ ihn stehen.

Chutsai ergriff meine Hand und führte mich zu seinem Sessel neben dem Thron des Khakhans. Voller Mitgefühl beobachtete er mein starkes Hinken und half mir beim Hinsetzen. Dann setzte er sich auf ein Kissen zu meinen Füßen. Ich winkte Léon, zu mir herüberzukommen.

Als die Khans und Noyans ihre Plätze wieder eingenommen hatten, betrat Subotai, der bei meinem Eintreten seine Rede unterbrochen hatte, wieder die lederne Landkarte, die Khwarezm vom Daryaye Khezer-Meer im Westen bis zum Pamir-Gebirge im Osten zeigte, vom Aral-See im Norden bis zum Indus im Süden.

Nachdem Bogurtschi, der beste Freund meines Vaters, in der Schlacht um Zhongdu gefallen war, war Subotai der ranghöchste

Noyan. Mukali war als Khan in Chin geblieben, um dort die immer wieder aufflackernden Aufstände niederzuschlagen und die Kaiser in Ningxia und Kaifeng *ash-Shah mat* zu setzen.

Subotai deutete auf die Festung Otrar. »Wir sind hier, vor den Mauern von Otrar.« Lauter Kanonendonner unterbrach ihn. Er wartete geduldig ab, bis die *Tiepao*-Salve auf die Festung vorüber war, dann fuhr er fort:

»Tschagatai und Ogodei werden die Stadt belagern, bis sie fällt. Dschutschi wird nach Westen ziehen, um die alte Hauptstadt Gurgandj einzunehmen. Der Khakhan wird mit Tolei und mir die Kizilkum durchqueren und Bokhara belagern.« Subotai lief über die Karte. »Dschebe ist im Augenblick hier bei Khodjend. Er sandte einen Pfeilboten, der vor zwei Stunden im *Ordu* eintraf. Er berichtet, er habe sich mit dem Shah und seinem Sohn Djelal ad-Din eine vernichtende Schlacht geliefert. Das muss hier gewesen sein.«

Subotai wies auf das westliche Ende des Fergana-Tals.

»Beinahe wäre es Dschebe gelungen, den Shah gefangen zu nehmen, aber ein fast schon selbstmörderischer Gegenangriff von Djelal konnte das im letzten Augenblick verhindern. Der Prinz ist derart hitzig über das Schlachtfeld gestürmt, dass er Dschebe beinahe gefangen genommen hätte. Dschebe berichtet, Djelal und er hätten sich schon Auge in Auge gegenübergestanden, als der Prinz sich zurückziehen musste. Die Schlacht dauerte bis zur Abenddämmerung. Während der Nacht ließ Dschebe seine Krieger aufsitzen und war im Morgengrauen bereits einen guten Tagesritt entfernt. Dschebes Männer sind vom Übergang über den Pamir und von der Schlacht erschöpft. Er wird erst in einigen Tagen nach Samarkand aufbrechen, wenn sich seine Krieger erholt …«

»Er kann Samarkand nicht einnehmen!«, unterbrach Léon, und Subotai drehte sich erstaunt zu ihm um.

Der Noyan wollte etwas sagen – Léon hatte kein Recht, in der Ratsversammlung zu sprechen –, aber ich winkte ab.

»In Samarkand befindet sich eine Garnison von einhundertzehntausend Soldaten. Dschebe wird sich an den Mauern von Samarkand eine blutige Nase holen.«

»Dieser Krieg ist ein *Djihad* – er wird anders sein als jeder Krieg zuvor«, unterstützte ich Léon. »Wir kämpfen nicht gegen fünfhunderttausend Khwarezmier, die wir, wenn sie auch in der Übermacht sind, besiegen könnten. Das Reich von Khwarezm ist erst vor wenigen Jahren erobert worden, und die russischen Fürsten sind ebenso wenig mit der Oberherrschaft des Shahs einverstanden wie die afghanischen Fürsten. Ala ad-Din Muhammad kämpft seit Jahren gegen den Khalifa, hat sogar erfolglos versucht, Bagdad zu erobern. Die Bevölkerung von Khwarezm – Russen, Araber, Perser, Afghanen und Inder – hassen die türkische Herrschaft. Der Shah ist nach Balkh geflohen. Das Reich wird unter dem Druck unserer Angriffe zerbrechen. Aber das wird diesen Krieg nicht etwa leichter machen oder schneller beenden, nein: im Gegenteil. Wir werden gegen Intrigen und Verrat kämpfen. Und gegen das *Kisma.*«

Subotai, der kein Muslim war, sah mich fragend an.

»Das *Kisma* ist das von Allah bestimmte unabänderliche Schicksal des Menschen. Der Islam lehrt die Allmacht Allahs und macht den Menschen zu einer Spielfigur in der Hand Gottes. ›Wer sein Können sich selbst zuschreibt, ist ein Ungläubiger‹, sagte der Prophet Mohammed. Ein Muslim kann sein Schicksal nicht selbst bestimmen. Wir kämpfen gegen *Mudjahedin,* gegen Gotteskrieger, die ihre Freiheit mit ihrem Leben verteidigen. Die *Mudjahedin* kommen als Märtyrer in die Himmlischen Gärten. Für sie ist der Tod im Kampf eine Erlösung. Macht nicht den Fehler, die Gotteskrieger des Shahs zu unterschätzen!«, warnte ich die Noyans.

»›Töte keinen Menschen, da Allah es verboten hat!‹«, zitierte Tschagatai den Koran. »Es ist den Muslimen nicht erlaubt …«

»Wenn du schon die siebzehnte Sure zitierst, Tschagatai, dann lies den Text auch zu Ende!«, unterbrach ich ihn. »›Töte keinen Menschen, da Allah es verboten hat, es sei denn im Namen einer gerechten Sache!‹ Islam bedeutet Unterwerfung – Unterwerfung des Menschen unter den göttlichen Willen und Unterwerfung aller Ungläubigen im *Djihad.* Die Ungläubigen, das sind wir! Die siebenundvierzigste Sure gebietet, den Heiligen Krieg niemals aufzugeben: ›Lasst in eurem Kampfeswillen nicht nach und bittet nicht um Frieden, da ihr doch letztlich siegen werdet.‹ Dieser Krieg wird der furchtbarste sein, den wir jemals geführt haben.«

Nach der Ratsversammlung geleitete Tschagatai mich zu Chutsais Jurte, die nur wenige Schritte entfernt war. »Wartest du in meinem Zelt auf mich?«, hatte er mir zugeflüstert, als ich mit meinem Bruder die Palastjurte verließ.

»Ich freue mich, dass wir gemeinsam Otrar belagern«, sagte Tschagatai. Ich hatte meinen Vater um dieses Kommando gebeten, und er hatte es mir nicht verweigert. Er hatte Tschagatai und Ogodei meinem Oberbefehl unterstellt.

Ein gewaltiger Donner ließ Himmel und Erde erbeben. Eine schwarze Rauchwolke stieg über Otrar auf.

Ich sah hinüber zur Zitadelle. »Welcher Noyan führt denn den Angriff auf die Festung? Sie waren doch alle im Rat.«

»Nein, nicht alle, Temur. Unsere Söhne greifen Otrar an.«

Ich blieb stehen. *»Was?«*

»Kaidu und Mütügen haben als Noyans gemeinsam die Verantwortung für den Angriff.«

»Aber … sie sind noch Kinder!«, rief ich entsetzt.

Mein Bruder schüttelte den Kopf. »Mütügen und Kaidu sind Noyans. Jeder von ihnen führt eine Tausendschaft in meinem Heer.«

»Sie sind siebzehn!«

»Und was haben wir getan, als wir siebzehn waren? Wir haben Krieg geführt, gegen Tataren, Merkiten und Naimanen.«

Ich dachte an die Prophezeiung anlässlich der Geburt meines ältesten Sohnes: »Kaidu wird seinem Vater bis ans Ende der Welt folgen, aber seinen Weg nicht zu Ende gehen können«, hatte der Schamane, der ihn in die Welt holte, vorausgesagt.

»Wo ist Kaidu?«, fragte ich. »Ich muss mit ihm sprechen.«

»Dort kommt er.« Tschagatai deutete auf einen Reiter mit Rüstung, Schwert und zwei Pfeilköchern, der sich uns von der Stadt her im Galopp näherte. »Er hat wohl von einem seiner Offiziere gehört, dass du zurückgekehrt bist. Ihr habt euch seit Jahren nicht gesehen – ich lasse euch besser allein.« Er wandte sich um und ging zu seinem Zelt hinüber.

In einer Staubwolke zügelte Kaidu sein Pferd und sprang aus dem Sattel. Dann stand er vor mir. Ein junger Mann, schlank und hoch gewachsen, so groß wie ich. Wann hatte ich ihn zuletzt gesehen? Vor acht Jahren! Ich war gerade aus Samarkand zurückgekehrt und sollte bald wieder aufbrechen, um Chin zu erobern. Wie lange war das her! Mein kleiner Sohn war ein Mann geworden!

Er starrte mich an, so wie ich wohl auch ihn anstarrte.

»Vater?«, fragte er verunsichert. Als ich nickte, trat er auf mich zu und umarmte mich. »Es ist so lange her, Vater! Mein halbes Leben habe ich auf dich gewartet! Aber jetzt bist du da!« Er hielt sich an mir fest. »O Gott, meine Gebete sind erhört worden. Ich freue mich so sehr: Mein Vater ist endlich zurückgekehrt!«

»Kaidu …«, seufzte ich. »Mein kleiner Kaidu!«

Er hielt meine Hand fest. »Hast du heute Abend Zeit, mit mir zu Abend zu essen? Oder hat Großvater dich gefangen genommen, um dich heute Abend eigenhändig an das Scherengitter seiner Jurte zu fesseln, damit du nicht wieder verschwindest?«

Lachend schüttelte ich den Kopf. »Nein, das hat er nicht. Chutsai hat mich zum Abendessen eingeladen. Ich werde auch in seiner Jurte schlafen, bis ich eine eigene habe.«

»Das ist schade! Mütügen hätte sich sicher auch sehr gefreut, dich wiederzusehen. Er führt im Augenblick den Angriff auf Otrar …«

»Kaidu, ich muss mit dir reden«, sagte ich ernst, legte ihm den Arm um die Schultern und führte ihn zu Chutsais Jurte. Dann hob ich den Türfilz, ließ ihn eintreten und folgte ihm.

Neben dem Eingang blieb er stehen und sah mich fragend an.

»Setz dich!« Ich deutete auf die Sitzkissen um das Feuer in der Mitte der Jurte. »Kaidu …« Wie sollte ich beginnen? Meine Worte würden ihn verletzen. »Kaidu …« Ich rang mit meinen Gefühlen. »Ich will, dass du morgen deine Sachen packst und nach Kharkhorin zurückkehrst.«

Er sah mich fassungslos an. »Ich verstehe nicht …«

»Du wirst morgen Früh aufbrechen und auf dem schnellsten Weg an den Orkhon reiten.«

»Aber … aber warum?«

»Ich habe Angst um dich, Kaidu. Du kennst die Prophezeiung, dass du mir bis ans Ende der Welt folgen wirst, aber deinen Weg nicht zu Ende gehen kannst. Ich fürchte, dass du als Noyan in der Schlacht um Otrar fallen könntest. Darum will ich, dass du morgen zurückreitest.«

Er schüttelte den Kopf. »Acht Jahre haben wir uns nicht gesehen! Ich habe mich so sehr gefreut, dich wiederzusehen, Vater. Und du schickst mich gleich wieder fort?«, fragte er verbittert. »Ich kann mich erinnern, dass du früher ein sehr zärtlicher Vater für Chinkim und mich warst, obwohl du als Khan nur wenig Zeit für uns hattest. Und ich habe nie verstanden, warum Dschebe dich immer ›Tiger‹ nannte. Dann nannten dich die Noyans ›Tiger von Shantung‹. Und ich dachte: Das ist doch nicht mein liebevoller Vater, der Chinkim und mir Gute-Nacht-Geschichten erzählte, der mit uns in der Jurte herumtobte, der uns manchmal in seinem Bett schlafen ließ und zärtlich im Arm hielt.« Er schüttelte den Kopf. »Wie grausam von dir, mich derart zurückzustoßen!«

»Ich stoße dich nicht zurück. Ich liebe dich. Und ich will, dass du diesen Krieg überlebst. Deshalb wirst du morgen zurückreiten.«

»Es ist wegen Mütügen, nicht wahr?«, fragte er verbittert. »Onkel Tschagatai hat dir erzählt, dass wir uns lieben.«

»Nein, das hat er nicht.«

»Aber du weißt es.«

»Ja.«

»Du achtest unsere Gefühle füreinander nicht! Und deshalb willst du uns trennen …«

»Kaidu, das ist nicht wahr!«

»… aber ich werde nicht gehorchen, Vater!« Er sprang wütend auf. »Ich werde Mütügen nicht verlassen! Niemals, bis der Tod uns auseinander reißt.« Dann verließ er mich.

»Du hast dich verändert, mein Liebster«, flüsterte Chutsai und küsste mich zart.

Wir hatten uns geliebt, leidenschaftlich und selbstvergessen, und nun lag er entspannt in meinen Armen.

»Ich habe mich nicht verändert«, murmelte ich und genoss seine Finger in meinem Haar. »Ich bin immer noch derselbe.«

»Nein, das bist du nicht, und du weißt es genau!«, erwiderte Chutsai. »Du hättest dich sehen sollen, als du das Ratszelt betreten hast: hinter dir eine Gloriole aus Licht …«

Lachend küsste ich ihm die Worte von den Lippen. »Das war die Herbstsonne, deren Strahlen durch den Zelteingang hereinfielen.«

»… dann bist du ins Zelt geschwebt …«

»Ich bin nicht geschwebt. Ich bin gehinkt, und Tschagatai hat mich gestützt.«

»… und hast sie alle verzaubert.«

»Das habe ich nicht! Sie haben mich umarmt, um mich zu begrüßen …«

»… und um dir nah zu sein. Um dich berühren zu können und von dir berührt zu werden. Dein Vater und ich haben dich erstaunt beobachtet. Du übst eine unglaubliche Wirkung auf die Menschen aus. Du faszinierst sie, und sie können gar nicht mehr von dir lassen. Und dann hast du mich geküsst. Und alle haben weggesehen und sich im Stillen gefragt: Warum verschenkt er seine Gunst ausgerechnet an Chutsai?«

»Weil ich dich liebe.«

»Immer noch?«, fragte er.

Ich nickte. »Ich will nie wieder von dir getrennt sein, Chutsai. Du bist der Anfang und das Ende. Du bist die Mitte meiner Welt.«

Er lächelte glücklich. »Das klingt wie der Beginn eines neuen Gedichtes. Weißt du noch: Vor Jahren hattest du in Zhongdu einen Vers geschrieben: ›Des Menschen Spuren sind verweht.‹ Ich hatte, fasziniert von deinem Gedicht, einen zweiten Vers angefügt: ›Wer aufsteigt zu den Sternen, sollte an den Abstieg denken.‹ Unser Gedicht ist verbrannt.«

Er strich mir zart über das Gesicht.

»Du bist der Anfang und das Ende.
Du bist die Mitte meiner Welt.
Du bist das Ende allen Sehnens,
bist Hoffnung, Liebe, Glück …«

Er hielt inne und sah über meine Schulter.

Ich wandte mich um: Kaidu stand mit einer flackernden Butterlampe im Zelteingang. Er war zutiefst erschrocken, Chutsai und mich in inniger Umarmung im Bett zu finden.

»Ich dachte … ich dachte, ihr schlaft …«, stotterte er. »Ich wollte mit dir reden, Vater … dich für meine harten Worte um Verzeihung bitten … aber ich hätte nicht mitten in der Nacht kommen sollen. Bitte vergebt mir, dass ich … dass ich hier eingedrungen bin.« Er wandte sich um und stürzte aus dem Zelt.

»Warte!«, rief ich ihm nach. »Lauf nicht weg!«

Ich erhob mich, zog mir das Mönchsgewand über, das ich während des Abendessens getragen hatte, und wollte Kaidu folgen, als Chutsai mich aufhielt. »Temur, ich bitte dich: Schick deinen Sohn nicht fort. Das wird er dir niemals verzeihen.«

Ich sah ihn lange an, dann nickte ich und verließ die Jurte.

Kaidu war ein paar Schritte entfernt stehen geblieben, wandte mir den Rücken zu und starrte in den Sternenhimmel hinauf.

»Eine schöne Nacht!«, sagte ich, als ich an den Wachen vorbei zu ihm hinüberging.

»Eine schöne Nacht?« Er versuchte in der Finsternis mein Gesicht zu erkennen. »Du musst wütend sein … Meine zornigen Worte bei unserem Wiedersehen gestern Nachmittag … dann mein Eindringen mitten in der Nacht … Es tut mir Leid.«

»Es ist eine schöne Nacht, weil ich dich wiedergefunden habe, Kaidu. Und weil du trotz unserer Uneinigkeit zu mir gekommen bist«, entgegnete ich. »Lass uns ein paar Schritte gehen.«

Ich legte meinen Arm um seine Schultern und führte ihn über den großen, von bronzenen Feuerbecken erleuchteten Platz vor der Palastjurte des Khakhans, den Zelten der Khans, der Noyans und des Kanzlers hinaus in die Finsternis.

»Ich bin gekommen, weil ich mit dir sprechen wollte«, begann er. »Onkel Tschagatai hat mit Mütügen und mir zu Abend gegessen. Er hat mir von dem Kuss erzählt, der ihn sehr betroffen gemacht hat. Ich glaube, er wollte von Mütügen und mir erfahren, was ihr füreinander empfindet, wie sehr ihr euch liebt. Ich habe heute Nacht wachgelegen und darüber nachgedacht, was du mir gestern Nachmittag gesagt hast. Und *wie* du es mir gesagt hast. Du wolltest mich fortschicken, weil du befürchtest, die Prophezeiung könnte sich bewahrheiten. Du wolltest mich fortschicken, weil du mich liebst. Und ich habe gedacht, du wolltest Mütügen und mich auseinander reißen.«

»Nein, das wollte ich nicht.«

»Das weiß ich nun, Vater. Denn ich habe gesehen, wie du Chutsai im Arm gehalten hast.«

»Ich liebe ihn.«

»Ich bin gekommen, um dich um Verzeihung zu bitten. Ich habe dich beschuldigt, kein liebevoller Vater zu sein. Und ich habe dir vorgeworfen, mich wegschicken zu wollen. Was ich gesagt habe, tut mir Leid. Du bist der beste Vater, den ich mir nur wünschen kann. Du sorgst dich um mich. Du respektierst meine Liebe zu Mütügen. Weil du weißt, was ich für ihn empfinde.« Er blieb stehen. »Ich weiß jetzt, dass du mich nicht wegen meiner verbotenen Liebe wegschicken willst, sondern weil du furchtbare Angst hast, die Prophezeiung könnte sich erfüllen: Ich könnte dir auf deinem Weg folgen, aber meinen Weg nicht zu Ende gehen. Niemand weiß, was diese Worte bedeuten. Dass ich in einem Land am Ende der Welt in der Schlacht falle? Oder dass ich dir eines Tages nachfolge? Das ist es doch, was du wirklich fürchtest, nicht wahr? Du hast keine Angst vor dem Tod. Ich habe gesehen, wie gefasst du bei deiner eigenen Hinrichtung warst, als Großvater dich wegen deines angeblichen Verrats mit Wei anklagte. Du fürchtest den Tod nicht – auch nicht, dass *ich* in der Schlacht fallen könnte. Du fürchtest, dass, wenn sich meine Prophezeiung erfüllt, auch deine eigene wahr wird.«

Ich schwieg betroffen.

»Als du vor acht Jahren aus Samarkand zurückkamst, hast du mir erzählt, wie du versucht hast, deine eigene Prophezeiung zu erfüllen. ›Temur wird seinem Vater auf allen seinen Wegen nachfolgen – bis auf einen. Bis ans Ende der Welt wird er reisen.‹ Du bist nach Samarkand gereist, um dich zu besinnen, um diesen einen Weg ohne deinen Vater zu gehen, um stehen zu bleiben und umzukehren. Und was ist seitdem geschehen? Seit acht Jahren irrst du ruhelos umher. In Linan. In Zhongdu. In Bokhara. Du weißt genau, dass die Prophezeiung eben *nicht* erfüllt ist, und du weißt, dass mit dem ›Weg‹ deines Vaters keine Reise zum Horizont gemeint ist, keine Eroberung eines gewaltigen Reiches. Sondern deine Nachfolge als ›Herrscher der Herrscher‹.«

»Ich werde nicht Khakhan. Mein Vater hat Ogodei zum Thronfolger ernannt.«

»Onkel Ogodei wird den Boden küssen, auf dem du wandelst, wenn du ihm diese Verantwortung abnimmst. Dschutschi, Tschagatai und Tolei akzeptieren seine Ernennung nicht.«

»Und du?«, fragte ich Kaidu. »Wenn du *meine* Entscheidung schon nicht respektierst: Akzeptierst du wenigstens die Entscheidung deines Großvaters?«

»Vor einem Jahr, als er sie getroffen hat, war sie richtig. Du warst nicht da, und niemand wusste, ob und wann du zurückkommen würdest. Aber jetzt, da du zurückgekehrt bist, hoffe ich, dass er dich ernennen wird.«

»Das darf er Ogodei nicht antun!«, wandte ich ein.

»Das muss er Ogodei antun! Onkel Ogodei kann das riesige Reich nicht zusammenhalten. Die Machtkämpfe in unserer Familie haben doch längst begonnen. Bruder gegen Bruder, Cousin gegen Cousin, Vater gegen Sohn, Sohn gegen Vater. Stell dir vor, was geschehen wird, wenn Großvater eines Tages stirbt!

Wir haben alle das Kämpfen gelernt. Wir werden die Waffen gegeneinander erheben. Dschutschi und Tschagatai werden die Ersten sein, die sich den Krieg erklären. Aber es wird dabei nicht, wie bisher, um den Glauben gehen. Meine beiden Onkel glauben an nichts anderes als die Macht. Woran Tolei glaubt, habe ich noch nicht herausgefunden. Und Schigi? Seine Heiligkeit schießt Pfeilsalven aus Intrigen gegen jeden, der ihm oder Chutsai zu nahe kommt. Er hält dem Kanzler den Rücken frei – offenbar hofft er, Chutsai würde sich eines Tages dankbar erweisen und ihm die Stufen zum Thron hinaufhelfen. Dass Chutsai nicht längst die Geduld verloren und aus lauter Verzweiflung über die Intrigen und die Machtgier in unserer Familie sein Amt als Kanzler niedergelegt hat, hat mich bisher erstaunt. Aber jetzt verstehe ich ihn. Ich weiß, was er vorhat.«

»Ach ja? Was denn?«

»Chutsai wartet geduldig ab, bis du zurückkommst, damit er dich zum Khakhan machen kann. Chutsai ist nach dem ›Herrscher der Herrscher‹ der mächtigste Mann im Reich. Und der gefährdetste. In den letzten Jahren hat es mehrere Attentate auf ihn gegeben. Wenn du Khakhan wärest, könnte er endlich in Ruhe das Reich regieren, ohne befürchten zu müssen, am nächsten Morgen mit einem Dolch im Rücken in seinem Bett gefunden zu werden.«

»Wieso glaubst du, dass die Machtkämpfe aufhören, wenn ich Khakhan wäre?«, fragte ich. »Ich bin kein legitimer Sohn wie Dschutschi, Tschagatai, Ogodei und Tolei.«

»Na und? Schigi ist überhaupt nicht sein Sohn. Das hält ihn allerdings nicht davon ab, sich Hoffnungen auf die Nachfolge zu machen. Er ist der Meinung, er sei Sohn durch Adoption, also aus einer freien Entscheidung des Khakhans – das wiege schwerer als Blutsverwandtschaft.« Kaidu besann sich. »Warum sie dich in Ruhe regieren lassen werden? Weil du gerecht bist. Du wirst keinen deiner Brüder einem anderen vorziehen. Weil sie dich respektieren, als Khan, als Noyan, als Schamane. Weil du die Welt gesehen hast, die du regieren wirst – bevor du sie erobert hast. Weil du mehrere Sprachen sprichst, darunter auch die Sprache der Diplomatie. Weil du Menschen nach ihrem Verhalten beurteilst, nicht nach ihrer Herkunft oder ihrem Glauben. Weil du ihre Fähigkeiten kennst und sie dazu bringst, über sich nachzudenken und aus eigener Kraft ihre Grenzen zu überschreiten. Weil du sie nach ihrer Leistung bewertest. Weil dir deine unermessliche Macht nichts bedeutet. Weil du mit dreiunddreißig Jahren viele Söhne und Töchter hast, die deine Dynastie fortsetzen könnten. Chinkim ist in Linan – er ist der Schwiegersohn des Kaisers von Song. Yong Le ist in Kaifeng – er ist ein Cousin des Kaisers von Chin. Temelün und Yulun sind ...«

»Yong Le ist in Kaifeng?«, fragte ich entsetzt.

»Seit er geflohen ist. Es heißt, er habe dem Kaiser Xüan Zong die Treue geschworen. Und er soll seinen Schwur mit den Worten beendet haben: ›Ich werde die Mongolen aus Chin vertreiben!‹«

»Woher weißt du das?«

»Chutsai hat es mir erzählt. Yong Les Flucht ist im *Kuriltai* diskutiert worden. Er ist der Enkel des Kaisers Xing Sheng. Weißt du, was geschehen wird, wenn die chinesischen Generäle mit dem Schwächling Xüan Zong die Geduld verlieren, weil er es nicht schafft, Mukali aus Chin zu vertreiben, weil er es nicht schafft, die blutigen Bauernaufstände in seinem Reich niederzuschlagen, und weil er sich vom Kaiser von Song und vom Kaiser von Xixia im Norden und im Süden Gebiete abnehmen lässt? Es wird eine Palastrevolte geben wie vor fünf Jahren in Zhongdu, als General Hu Sha Hu Kaiser Xing Sheng ermordete und General Kao Chi dann Hu Sha Hu umbrachte. Es wäre nicht ausgeschlossen, dass ein Kind auf den Drachenthron gesetzt wird, weil die Generäle glauben, dass ein Dreizehnjähriger leicht zu führen wäre. Weißt du, was das bedeuten würde? Ich müsste in einigen Jahren gegen meinen eigenen Bruder, den Kaiser von Chin, Krieg führen.«

Ich schwieg und starrte in den Sternenhimmel hinauf.

»Glaubst du im Ernst, dass Onkel Ogodei als Khakhan das Reich beherrschen kann? Dass er sich seiner Verantwortung bewusst ist? Dass er seine gewaltige Macht weise gebrauchen kann? Dass er gerecht sein kann?«, fragte Kaidu. »Ich nicht. Und er selbst wohl auch nicht. Sonst würde er nicht vor der Verantwortung fliehen und sich jeden Tag betrinken.« Mein Sohn legte mir die Hand auf die Schulter. »Vater, ich bitte dich: Tu dir selbst und uns allen einen Gefallen und werde Khakhan.«

Sanft, um Chutsai nicht zu wecken, glitt ich unter die Decke. Aber er war noch wach und wandte sich zu mir um. »Du warst lange weg«, flüsterte er. »Der Morgen dämmert schon.«

»Kaidu und ich hatten viel zu besprechen.« Ich ließ mich in die Kissen sinken und schloss müde die Augen.

»Du lässt ihn nicht gehen?«, fragte Chutsai.

»Nein, ich lasse ihn nicht gehen. Er bleibt hier.«

»Das ist eine weise Entscheidung«, seufzte er erleichtert.

»Ich werde mit Tschagatai sprechen. Ich will seinen Sohn Mütügen zu meinem Stellvertreter ernennen. Mein Bruder soll Kaidu zu einem seiner Noyans machen. Ich will die beiden für ein Jahr trennen. Wenn ihre Liebe dann immer noch so stark ist wie jetzt, werde ich nie wieder versuchen, sie auseinander zu reißen. Kaidu hat lange mit sich gerungen, aber dann war er einverstanden. Er wird heute Nacht mit Mütügen sprechen.«

»Das ist auch eine weise Entscheidung«, lächelte Chutsai und herzte mich. »Ich hoffe, du wirst in den nächsten Monaten noch mehr derart einsichtsvolle Entscheidungen treffen!«

Ich wusste, welche Entscheidungen er meinte …

Am nächsten Morgen beobachteten Ogodei, Tschagatai und ich die Angriffe auf die Mauern von Otrar. Meine Brüder trugen ihre schweren Rüstungen, ich nur eine von Chutsais Mönchsroben.

»Die Mauern von Otrar sind so stark, dass wir mit unseren Bambuskanonen nicht viel ausrichten können. Inaltschik rechnet mit einer langen Belagerung«, erklärte mir Ogodei. Sein Pferd scheute und wich einen Schritt zurück, als vor den Mauern eine »Himmelsdonner«-Sprenggranate explodierte. »Er weiß, was ihm als Verantwortlichem für das Massaker von Otrar bevorsteht, wenn die Festung fällt. Er lässt die Mauern verstärken und Türme für seine Bogenschützen errichten. Ich nehme an, er hat die Munition und die Lebensmittel rationiert. Vor zwei Tagen schickte er die kampfunfähige Bevölkerung der Stadt – Alte, Kranke, Frauen und Kinder – vor die Tore in den sicheren Tod, um alle nutzlosen Esser loszuwerden.«

»Inaltschik hat Angst«, sagte Tschagatai.

Ich antwortete nicht und beobachtete schweigend die Kanonensalven auf die Mauern. Dann nahm ich die Zügel und lenkte mein Pferd in Richtung der Festung.

»Was hast du vor?«, fragte Ogodei.

»Ich will Inaltschik meinen Antrittsbesuch machen.«

»Du bist unbewaffnet!«, warnte mich Tschagatai.

»Nein, das bin ich nicht.« Ich zog ein Buch aus der Satteltasche und reichte es Tschagatai, der es durchblätterte.

»Der Koran?«, fragte er verwirrt und gab mir das Buch zurück.

»Allahs Wort ist die zweitstärkste aller Waffen.«

»Und welche ist die stärkste?«, fragte Tschagatai.

»Die Angst«, erwiderte ich und trieb mein Pferd an.

»Temur, um Himmels willen …«, hörte ich Ogodei hinter mir rufen, dann galoppierte ich schon mit dem Koran in der Hand in Richtung Otrar.

Kaidu und Mütügen führten den Angriff. Beide erschraken, als sie mich sahen. Ich befahl ihnen, den Angriff sofort abzubrechen und das Geschützfeuer einzustellen. Flaggensignale gaben den Befehl weiter.

Wenige Augenblicke später verwehte der Himmelsdonner in atemloser Stille. Die mongolischen Krieger und die chinesischen Belagerungstechniker an den *Tiepao*-Kanonen verharrten schweigend auf ihren Positionen und warteten ab, was nun geschehen würde.

Die Verteidiger von Otrar waren völlig überrascht von der plötzlichen Ruhe. Ihr wildes Kampfgeschrei versank in tiefem Schweigen. Kein einziger Pfeil flog mehr über die Mauer. Immer mehr Soldaten blickten neugierig zwischen den Zinnen herab. Ich war der einzige Angreifer vor den Mauern, der im buddhistischen Mönchsgewand ganz eindeutig als Ungläubiger zu erkennen war.

Atemlose Stille.

Ich ritt bis wenige Schritte vor die Mauer. Den Koran hielt ich gut sichtbar in der Hand. »Inaltschik!«, brüllte ich.

Schweigen.

Ich wartete ab, doch nichts geschah.

»Inaltschik!«, brüllte ich noch lauter.

Eine Bewegung auf der Mauer. Ich spannte die Muskeln an und erwartete den Pfeil, aber er kam nicht. Niemand wagte auf mich zu schießen.

»Inaltschik!«

Dann kam er endlich und beugte sich über die Brüstung. Entsetzt starrte er zu mir herunter. »Du?«

»Ich«, sagte ich. »Dein Richter und dein Henker.«

Bevor er etwas sagen konnte, öffnete ich den Koran und las mit donnernder Stimme vor: »›Wenn der Himmel sich spaltet, und wenn die Sterne sich zerstreuen, und wenn die Wasser sich vermischen, und wenn die Gräber umgewühlt werden, dann weiß die Seele, was sie getan und was sie unterlassen hat. O Mensch, was hat dich deinem großzügigen Herrn entfremdet, der dich erschaffen hat? Und doch leugnest du das Gericht. Aber über dich wacht ein Wächter, der deine Taten niederschreibt, der weiß, was du getan hast. Woher willst du wissen, welcher der Tag des Gerichts ist? Die Herrschaft an diesem Tag übt Allah allein aus.‹« Ich schloss den Koran und sah zu Inaltschik hinauf. »*Ich* kenne den Tag des Gerichts, Inaltschik. Es ist der Tag, an dem diese Mauern fallen werden. Es ist der Tag, an dem du gerichtet wirst. Denn *ich* bin das ›Schwert Gottes‹.«

Mit aller Kraft schleuderte ich das Buch hinauf, und Inaltschik duckte sich, um ihm auszuweichen. »Falls du Gottloser keinen Koran besitzt, nimm meinen. Ich schenke ihn dir. Lies nach in der zweiundachtzigsten Sure *al-Infitar*!«, brüllte ich hinauf. »Und tu es bald, denn von nun an wirst du keine Ruhe mehr finden. Die Angriffe werden von jetzt an Tag und Nacht fortgesetzt. Bis die Mauern fallen. Bis zum Tag des Gerichts.«

Ich wendete mein Pferd, hob die Hand und ließ Himmelsdonner und Höllenfeuer auf Otrar herabregnen. Und der aufsteigende schwarze Rauch verdunkelte die Sonne.

Die Belagerung von Otrar, begonnen Ende September des Hasen-Jahres (1219), zog sich über Monate hin. Während Tschagatai, Ogodei und ich mit unseren Kriegern in Otrar den Tag zur Nacht und die Nacht zum Tag machten, zog mein Vater mit den Khans und Noyans nach Süden, um Khwarezm zu unterwerfen.

Der Shah hatte vierhunderttausend Mann im Norden des Reiches zusammengezogen, aber er wagte es nicht, sich den Mongolen entgegenzustellen und das Schicksal von Khwarezm – sein Schicksal! – von einer Schlacht abhängig zu machen. Er war nach Balkh nördlich des Hindukush geflohen und wartete ab: Vielleicht würde die endlose Kizilkum die Mongolenheere aufhalten und zur Umkehr zum Syr-Darya zwingen?

Dann tauchte Dschebe, der wochenlang verschwunden gewesen war, plötzlich am Oberlauf des Amu-Darya auf – Dschebe, der »Pfeil«, der nicht aufzuhalten war, hatte den Pamir *zum zweiten Mal* überquert! Aber dieses Mal nicht über einen hohen Pass und einen verschneiten Karawanenweg, sondern eine Bergkette nach der anderen bezwingend, einen Gletscher nach dem anderen überwindend – ohne Weg, ohne Karte und ohne Führer. Eine gewaltige Leistung! Nun näherte sich Dschebe Samarkand und drohte, den Shah vom Norden seines Reiches abzuschneiden.

Shah Ala ad-Din Muhammad schickte seine Heere aus, um Dschebe noch vor Samarkand aufzuhalten. Doch als sie glaubten, seine schnellen Reiter endlich eingeholt zu haben, war das mongolische Heer wieder verschwunden. Wohin? Zurück in die bewaldeten Täler des Pamir? War das eine Falle?

Dann traf eine weitere Schreckensnachricht in Balkh ein: Dschutschi hatte das gesamte Fergana-Tal erobert und marschierte in Richtung Samarkand! Dschingis Khan näherte sich mit fünfzigtausend Kriegern Bokhara von Westen her! *Von Westen?* Das war völlig unmöglich – es sei denn, er hatte sein Heer mitten durch die oasenlose Wüste geführt! Aber, bei Allah, wie hatte er das bloß geschafft?

Und wieso marschierte Dschutschi von Khodjend aus wieder nach Norden? Wohin wollte er denn?

Und wo war eigentlich Dschebe?

Tschagatai, Mütügen, Kaidu und ich feierten mit Chutsai und Léon vor den Toren von Otrar das Weihnachtsfest, als ein erschöpfter Pfeilbote von Dschutschi im Lager eintraf. Er brachte eine traurige Nachricht.

Dschutschi hatte die Stadt Signaq zur Kapitulation aufgefordert. Er befolgte die Befehle unseres Vaters: Wer das Schwert erhebt, wird durch das Schwert sterben – wer sich kampflos ergibt, wird verschont. Als Unterhändler hatte er seinen Freund Hassan in die Stadt geschickt. Hassan war von den Einwohnern von Signaq hingerichtet worden! Seine geschändete Leiche wurde über die Stadtmauer geworfen.

Bedrückt schwiegen wir und gedachten unserer Freunde: Erst war Malik hingerichtet worden, dann Djafar, und nun auch noch Hassan! Unsere treuesten Gefährten, die uns auch in unserer schwersten Zeit im Sumpf des Baldschuna nicht verlassen hatten, waren tot – jeder von ihnen als Botschafter des mongolischen Reiches hingerichtet!

Dschutschis Schmerz und sein Zorn über den Tod seines besten Freundes waren furchtbar: Er nahm die Stadt Signaq im Sturm und machte sie dem Erdboden gleich. Dann zog er wie ein alles vernichtender Steppenbrand in Richtung Westen.

»Prinz Temur?« Mein Sekretär klopfte auf das Gestänge der Jurte.

Ich setzte mich auf. Chutsai, der im Schlaf seinen Arm um mich gelegt hatte, wachte auf. »Was ist los?«, murmelte er.

Ich lauschte: Der Kanonendonner hatte aufgehört!

»Prinz Temur! Bitte wachen Sie auf!«, drängte mein Sekretär.

Ich sprang auf und zog mir hastig meine Mönchsrobe über. Dann ging ich hinaus zu ihm.

»Inaltschik ist gefangengenommen worden!«, teilte er mir mit.

»Wo ist er?«

»Er wird in der Zitadelle festgehalten. Sie haben befohlen …«

»Lassen Sie das Gold in die Festung hinaufbringen. Und lassen Sie den Schmied das Feuer schüren, um es zu schmelzen.«

»Ja, Exzellenz!« Mein Sekretär wollte schon davoneilen, um den Befehl auszuführen, aber ich hielt ihn am Ärmel fest.

»Die Krieger, die Inaltschik gefangengenommen haben, sollen in der Zitadelle auf mich warten.«

»Ja, Prinz Temur.« Dann stob er davon, und ich kehrte in die Jurte zurück.

Chutsai hatte sich erhoben und seine Mönchsrobe angezogen. Er war sehr ernst. Er wusste, dass der Tag des Gerichts auch unsere Trennung bedeutete. Fünf Monate lang hatten wir während der Belagerung von Otrar zusammengelebt wie vor Jahren in Zhongdu: Tagsüber waren wir zwei enge Freunde gewesen, nachts zwei innig Liebende. Weder Tschagatai noch Ogodei hatten über unsere Beziehung auch nur ein Wort verloren. Aber nach der Eroberung von Otrar würde ich mit meinem Heer nach Bokhara und Samarkand ziehen, während Tschagatai und Ogodei nach Westen reiten würden. Chutsai und ich fürchteten, dass wir uns im Feldlager des Khakhans nicht so oft sehen konnten wie im *Ordu* von Otrar.

Ich ließ mein Mönchsgewand zu Boden fallen und glitt in die Ärmel der Seidenrobe, die Chutsai mir hinhielt. Langsam, fast zärtlich, schob er die Seide über meine nackte Haut. Hinter mir stehend schloss er die schwarze Robe aus fester Shantung-Seide, umarmte mich, lehnte sich gegen mich und vergrub sein Gesicht in meinen Haaren. Ich genoss seine Umarmung.

Dann trat er vor mich, schlug bedächtig den Seidenstoff übereinander, band die Verschlüsse auf der rechten Schulter zu und legte mir eine Seidenschärpe um, deren Ende er unter die Stofffalten schob.

Dann holte er meine Rüstung und half mir in den schweren, mit Silber verzierten Brustpanzer und schloss die Schnallen an meinen Seiten. Er sah mich dabei nicht an. Schweigend und in sich gekehrt, als ob er ein heiliges Opferritual durchführe, befestigte er die

Schulterstücke an ihren Schnallen und band mir meinen Schwertgürtel um.

Ich nahm seine zitternden Hände und führte sie an meine Lippen.

»Kämpfe, o Arjuna, kämpfe!«, flüsterte er. »Diese Schlacht ist eine gerechte Sache. Und deshalb wirst du siegen.«

Ich zog ihn zu mir heran und küsste ihn.

Dann verließen wir gemeinsam meine Jurte, um die vorgeführten Pferde zu besteigen und zur Zitadelle hinaufzureiten, wo uns Inaltschik fünf Monate lang erbittert Widerstand geleistet hatte.

Die Innere Stadt von Otrar war bereits kurz nach dem Ende des Ramadan gefallen, als die Stadtmauer an mehreren Stellen eingestürzt war. Durch die Mauerbreschen hatte Tschagatai die Belagerungsmaschinen in die Gassen der Stadt bringen lassen, um den *Ark,* in dem sich Inaltschik mit seinen Gefolgsleuten verschanzt hatte, mit »Fliegendem Feuer« zu beschießen.

Die Zitadelle hatte uns noch fünf Wochen standgehalten. Die wenigen Männer, die Inaltschik noch die Treue hielten, konnten das dunkle Labyrinth der Festung, wo sich immer nur zwei Kämpfer gegenüberstanden, leicht verteidigen. Trotzdem mussten sie Schritt für Schritt zurückweichen. Noch vom Dach seiner Residenz schoss Inaltschik mit Pfeilen auf meine Krieger, die den Befehl hatten, ihn lebendig gefangen zu nehmen. Die Ehre, mit dem Schwert in der Hand in der Schlacht zu fallen, wollte ich ihm nicht gewähren. Ich hatte eine Belohnung auf ihn ausgesetzt: Zwei Pfund Gold für denjenigen, der ihn fasste. Als Inaltschik die Pfeile ausgegangen waren, hatte er mit herausgebrochenen Ziegelsteinen nach den mongolischen Kriegern geworfen und bis zuletzt erbittert Widerstand geleistet.

Durch den langen, dunklen Verteidigungstunnel erreichten Chutsai und ich den weiten *Rigestan,* ein von Fackelträgern beleuchtetes Trümmerfeld. Teile des Palastes oberhalb der großen Treppe waren eingestürzt – Mütügen hatte die Fundamente untergraben lassen. In die westliche Befestigungsmauer war eine breite Bresche geschlagen worden, durch die die Belagerer in die Zitadelle eingedrungen waren.

Der Fall von Otrar hatte sich im nächtlichen *Ordu* herumgesprochen – tausende Krieger strömten neugierig durch die Straßen der Stadt hinauf zur Festung. Nach fünf Monaten erbitterter Kämpfe wollten sie sich Inaltschiks spektakuläre Hinrichtung auf keinen Fall entgehen lassen.

Kaidu und Mütügen erwarteten uns. Sie standen neben dem Feuer mit dem gusseisernen Topf, in dem das Gold geschmolzen wurde.

Ich stieg aus dem Sattel und ging hinüber zu ihnen. »Gut gemacht, meine Noyans«, lobte ich sie. »Ich bin stolz auf euch!«

Kaidu strahlte mich an, erschöpft, aber glücklich. »Ich danke dir, Vater!« Wie viele Nächte hatte er nicht geschlafen?

Tschagatai trabte über den Sandplatz und sprang neben mir aus dem Sattel, um unsere Söhne zu umarmen. Ogodei hatte seinen vierzehnjährigen Sohn Guyuk mitgebracht, der seit einigen Wochen im Feldlager war, um bei Tschagatai seine Ausbildung zum Noyan zu machen, sowie Dschebes Söhne, die vierzehn und fünfzehn waren. Die drei sahen Kaidu und Mütügen mit vor Bewunderung glänzenden Augen an.

»Wo sind die Männer, die Inaltschik gefangen genommen haben?«, fragte ich Mütügen.

Mein Neffe deutete auf vier Krieger, die erschöpft auf der Treppe zum Palast saßen. Als ich näher trat, wollten sie aufspringen, aber ich winkte ab. »Ihr habt Inaltschik gefasst?«

»Ja, erhabener Prinz.«

»Ich habe zwei Pfund Gold als Belohnung ausgesetzt. Sie werden auf dem Feuer dort drüben eingeschmolzen. Ihr wisst, dass ihr das Gold erst bekommen werdet, wenn es erkaltet ist?«

»Ja, erhabener Prinz. Und wir bitten in aller Demut um die Ehre, Inaltschik richten zu dürfen … wenn du es nicht selbst tun willst. Er hat mit seinen Pfeilen fünf unserer Freunde getötet, die wir rächen wollen.«

»Ich habe nichts dagegen«, sagte ich. »Wo ist Inaltschik?«

Einer der Männer deutete auf zehn Bewaffnete, die einen am Boden liegenden Mann mit funkelnden Schwertern bedrohten.

Ich ging hinüber zu ihnen, und die anderen folgten mir. Als ich mich mit dem Kanzler, den beiden Khans und den beiden Noyans näherte, zwangen die Bewaffneten Inaltschik mit ihren Klingen, die Stirn zum Kotau in den Sand zu drücken.

Dann stand ich vor ihm, und er sah hasserfüllt zu mir auf.

»Weißt du, welcher Tag heute ist, Inaltschik?«, fragte ich.

»Freitag!«, warf er mir trotzig vor die Füße.

»Dann sprich deine Gebete, Inaltschik. Denn heute ist der Tag des Gerichts.« Dann wandte ich mich an die Männer, die den Khan gefangen genommen hatten: »Kreuzigt ihn!«

Die Männer rissen ihn hoch, schleppten den vom tagelangen Kampf erschöpften Inaltschik zu dem hölzernen Gestell, an dem er mich zwei Jahre zuvor hatte kreuzigen lassen, und banden ihn mit ausgestreckten Armen daran fest. Seine angewinkelten Beine befestigten sie mit einer straffen Seilschlinge, sodass er sich abstützen konnte.

Ein Hoffnungsschimmer huschte über seine Lippen. Er würde nicht sofort sterben!

»Du siehst müde aus, Inaltschik, erschöpft und abgekämpft. Geht es dir gut? Ich will nicht, dass du ohnmächtig wirst. Es wäre wirklich schade, wenn dir etwas entgehen würde.«

»Es geht mir gut!«, presste er hervor. Sein Stolz war so ungebrochen wie seine Hoffnung zu überleben.

»Das freut mich aufrichtig«, sagte ich. »Die Gastfreundschaft, die großzügige Bewirtung von Fremden und die zuverlässige Hilfeleistung in jeder Art von Notlage ist uns Mongolen oberstes Gebot. Wir verweigern niemandem zu essen oder zu trinken, wenn er uns darum bittet – nicht einmal unserem gefährlichsten Feind. Die Beachtung dieses Gebotes ist in der Steppe zum Überleben notwendig. Sei mein Gast, Inaltschik!«

Er starrte mich ungläubig an, wusste nicht, was er von meinen Worten halten sollte.

»Hast du es auch wirklich bequem da oben?«, fragte ich besorgt und sah zu ihm hoch. »Die Seile scheinen sehr stramm zu sein. Soll ich sie ein wenig lockern lassen?«

»*Nein!*«, stöhnte er. »Bitte nicht! Es ist alles gut, wie es ist.«

»Wenn du zufrieden bist, dann bin ich es auch«, sagte ich ruhig. »Bei uns Mongolen ist es üblich, dass man dem Gast etwas zu trinken anbietet. Du hast tagelang gekämpft, ohne dich auszuruhen. Sicher bist du durstig.«

»Ja«, presste er hervor. »Ich bin sehr durstig.«

»Gebt dem Khan zu trinken!«, befahl ich den Männern, die Inaltschik gefangen genommen hatten. »Bringt meinem Gast das Beste, was ich ihm zu bieten habe!«

Zwei von ihnen gingen hinüber zum Feuer, die Zurückbleibenden stiegen über zwei angelehnte Leitern zum Kreuz hinauf und lockerten die Seile um Inaltschiks Arme, damit er die Schultern bewegen und seinen Kopf zum Trinken zurücklegen konnte.

Der Gefangene beobachtete die beiden Männer auf den Leitern und sah nicht, was die anderen taten. Erst als sie nur noch wenige Schritte entfernt waren, erkannte er, was ihm bevorstand.

»Nein!«, flüsterte er entsetzt. »Bitte nicht!«

»Du kannst nicht ablehnen, das wäre mir gegenüber sehr unhöflich«, erwiderte ich ungerührt. »So wie meine tausend Begleiter vor zwei Jahren deine Gastfreundschaft nicht ablehnen konnten. So wie ich deine ›liebevollen‹ Aufmerksamkeiten nicht zurückweisen konnte. Sie werden mir immer in Erinnerung bleiben!«

»Nein!«, brüllte er in die Nacht hinaus.

Die beiden Männer mit dem gusseisernen Topf stiegen die Leitern links und rechts von Inaltschik empor.

»Trink auf meinen Freund Malik! Trink auf meinen Freund Megudschin! Trink auf tausend tapfere Männer, die für den Frieden starben!«, rief ich.

Inaltschik warf den Kopf hin und her, um dem flüssigen Gold im Topf auszuweichen, aber die beiden Männer hinter ihm schlangen einen Ledergürtel um seinen Kopf und zogen ihn zurück.

Dann gossen die beiden anderen das Gold in Inaltschiks Mund. Seine Lippen und seine Zunge verbrannten mit einem Zischen, die Haut versengte, wo ihn das Gold berührte. Ein grauenhafter Schrei entrang sich seiner Kehle, ein Gurgeln, ein Röcheln, ein letztes Zucken, dann starb er.

Schweigend drehte ich mich um und ging.

Allein wanderte ich durch die dunklen Gassen und stieg über die Trümmer eingestürzter Häuser hinweg.

Die Katapulte hatten große Felsbrocken in die Stadt geschossen und die aus Lehmziegeln errichteten Häuser und Höfe zerstört. Das »Fliegende Feuer« hatte die Obstgärten der Stadt niedergebrannt. Niemand konnte sich hier verstecken, niemand noch Widerstand leisten. Die Stadt war menschenleer.

In meine Gedanken versunken stieg ich die Treppe zur Moschee hinauf.

Das schlanke Minarett war unter dem Beschuss der *Tiepao*-Kanonen schon zu Beginn des Ramadan eingestürzt und zum Grabmal vieler Betender geworden. Das große Gotteshaus war bis auf die Grundmauern zerstört. Nur die prächtige *Minbar*-Treppe ragte zwischen den Trümmern hervor: goldene Stufen, die nirgendwohin führten.

Chutsai war mir gefolgt. Er fand mich betend in der Moschee und wartete still, bis ich mich zu ihm umdrehte.

»Was ist mit dir?«, fragte er besorgt und versuchte, in der Finsternis mein Gesicht zu erkennen. »In der Zitadelle wird eine Siegesfeier vorbereitet. Willst du deinen Triumph nicht feiern?«

»Es ist kein Triumph. Es ist eine Niederlage.«

»Eine Niederlage?«, fragte er bestürzt.

»Ich habe nichts empfunden, als ich Inaltschik hingerichtet habe. Keinen Hass, keine Verbitterung, keine Verachtung, keine Zufriedenheit, keine Reue, keine Schuld, aber auch kein Mitgefühl. Ich habe verloren: meine Menschlichkeit.«

»Das ist nicht wahr, Temur!« Chutsai legte mir den Arm um die Schultern und zog mich tröstend an sich.

»Ich habe Angst!«, flüsterte ich und lehnte mich gegen ihn.

»Wovor hast du Angst, mein Liebster?«

»Der Tag des Gerichts ist noch nicht vorbei, Chutsai. Ich werde diese schwere Rüstung und mein Schwert in den nächsten Monaten nicht ablegen können. Ich werde gegen den Shah kämpfen, bis ich ihn gerichtet habe. Ich werde gegen Djelal, einen meiner besten Freunde, kämpfen und ihn verlieren. Ich werde nicht nur eine Stadt vernichten, sondern ein ganzes Reich. Ich werde zehntausende Menschen töten, um den einen Menschen zu bestrafen, der den Befehl zum Massaker von Otrar gegeben hat. Ich werde gegen mein Gewissen kämpfen. Gegen die Reue. Gegen die Schuld. Gegen das Mitgefühl. Gegen die Vergebung. Gegen die Liebe. Gegen meine Menschlichkeit.« Ich deutete auf die *Minbar*-Treppe, die wie ein schwarzer Schatten in den Nachthimmel ragte. »Ich fürchte, dass mich mein Weg nirgendwohin führt. Dass ich mich verirre und nicht mehr zurückfinde. Zu mir selbst. Und zu dir. O Chutsai, ich habe furchtbare Angst …«

Er küsste mir die Worte von den Lippen.

»… ich habe furchtbare Angst, dich zu verlieren!«, schluchzte ich.

Chutsai hielt mich fest und ließ mich weinen. »Du wirst mich nicht verlieren, mein Liebster. Niemals!«

Zwei Tage später brach ich mit meinem Heer nach Süden auf, nach Bokhara. Tschagatai und Ogodei wollten mit ihren Kriegern noch einige Tage vor den Mauern von Otrar lagern und dann nach Westen ziehen, in Richtung Gurgandj.

Mütügen begleitete mich als Noyan einer Tausendschaft und als mein Stellvertreter. Er war sehr still, als wir am Ufer des Syr-Darya nach Süden, nach Tashkent, ritten. Immer wieder zog er Kaidus Brief aus dem Ärmel und las die Zeilen, die sein Geliebter ihm zum Abschied geschrieben hatte. Als er aufsah und bemerkte, dass ich ihn beobachtete, wischte er sich über die Augen, als wäre ihm ein Sandkorn hineingeraten, und reichte mir wortlos den Brief meines Sohnes.

Ich schüttelte den Kopf. »Eure Gefühle füreinander gehen mich nichts an, Mütügen.«

»Doch, das tun sie, Temur. Eben gerade weil du sie respektierst, weil du ernsthaft mit meinem Vater gesprochen hast, weil du fünf Monate lang deine schützende Hand über Kaidu und mich gehalten hast und weil du versuchst, uns durch diese Trennung ein Jahr Zeit zur Besinnung zu geben – nicht um uns auseinander zu reißen, sondern um uns umso stärker zusammenzufügen … selbstbeherrscht, selbstbewusst, selbstvertrauend, selbstachtend und selbstmächtig. Bitte lies Kaidus Brief an mich. Ich bin sicher, er wäre damit einverstanden.« Damit drückte er mir den Brief in die Hand.

Und so las ich die bewegenden Zeilen meines Sohnes an seinen Geliebten, seinen Schwur ewiger Liebe, sein Versprechen, nach dem Krieg mit Mukali zu reden – er wollte die Ehe mit seiner Gemahlin, Mukalis Tochter, scheiden, aber zuvor mit seinem Schwiegervater darüber sprechen. Er habe keine Kinder, und er wolle auch keine. Er wisse, dass sein Vater, sollte er jemals Khakhan werden, ihn, seinen ältesten Sohn, aufgrund dieser Entscheidung niemals zu seinem Nachfolger und Erben bestimmen konnte. Aber er wolle auf alles verzichten, nur nicht auf seine Liebe. Es sei sein Vater gewesen, sein großartiger, liebevoller Vater, der ihn gelehrt habe, niemals einen anderen Weg zu gehen als den eigenen, ganz gleich, wie weit er war und wohin er am Ende führte. »Mein Herz, ich liebe dich mehr als mein Leben« – so endete der Brief meines Sohnes. Ich faltete ihn zusammen und gab ihn Mütügen zurück.

»Da gibt es noch etwas, was du wissen solltest, Temur. Meinem Vater kann ich es nicht erzählen, aber dir will ich es anvertrauen. Kaidu und ich haben in unserer letzten Nacht unsere Haare zum Ewigen Knoten verflochten und uns Treue geschworen, bis der Tod uns auseinander reißt.« Er zögerte, dann sah er mir in die Augen. »Ich bin also so etwas wie … dein Schwiegersohn.«

Bokhara fiel an einem Freitag.

Es war der sechste Tag des Monats Muharram des Jahres 617, der dreizehnte März 1220, im Jahr des Drachens.

Am Tag zuvor war ich mit meinem Heer im *Ordu* meines Vaters vor den Toren der belagerten Stadt eingetroffen. Noch am selben

Abend hatte ich mit meinem Vater die Festungswälle besichtigt: Die Mauern wurden unablässig mit Katapulten beschossen und drohten an einigen Stellen bereits einzustürzen. Das »Fliegende Feuer« hatte einige Stadtviertel in Brand gesteckt. Eine schwere Rauchwolke hing über der Stadt.

In der Gewissheit, die Stadt gegen die Mongolen nicht verteidigen zu können, waren die dreißigtausend türkischen Soldaten der Garnison nach Sonnenuntergang durch das unbewachte Südtor geflohen. Das unbewachte Tor war eine Kriegslist, die ich selbst schon unzählige Male in Shantung angewendet hatte. Subotai hielt die Fliehenden auf, bevor sie den Amu-Darya durchschwimmen und zum Shah nach Balkh entkommen konnten. Die Verteidiger von Bokhara starben alle *vor* den Mauern der Stadt, die sie doch mit ihrem Leben hätten verteidigen sollen.

Am nächsten Morgen hatte Bokhara die Tore geöffnet. Eine Delegation von Kadis und Imams war im *Ordu* des Khakhans vor den Mauern der Stadt erschienen und hatte dem »Weltenherrscher« die Unterwerfung angeboten. Er hatte ihre Huldigung akzeptiert und Subotai befohlen, den Beschuss sofort einzustellen. Nun ritt er mit Chutsai, Tolei, Schigi und mir in die brennende Stadt.

Dichter schwarzer Rauch und der beißende Gestank des »Fliegenden Feuers« wehte durch die Straßen, und ich zog mir ein Seidentuch über Mund und Nase. Vor uns ritt eine Hundertschaft schwer bewaffneter Männer aus der Leibgarde des Khakhans, hinter uns folgten weitere tausend Krieger. Mütügen hatte seinen Großvater um das Kommando gebeten, und der Khakhan, der seinen Enkel für dessen Leistungen bei der Eroberung von Otrar auszeichnen wollte, hatte ihm gestattet, uns zu begleiten.

Mütügen, der links von mir ritt, sah sich staunend um. Bokhara beeindruckte meinen achtzehnjährigen Neffen sehr – so wie mir Zhongdu gefallen hatte, als ich es zum ersten Mal sah. Ich war damals neunzehn gewesen: nur ein Jahr älter als Mütügen. Wie lange war das her! Fünfzehn Jahre!

Rechts neben mir ritt Schigi. Wie ich trug er seine versilberte Rüstung, ein Schwert und zwei lackierte Pfeilköcher am Gürtel.

Nichts an seiner Erscheinung deutete darauf hin, dass er der Lebendige Buddha, Seine Heiligkeit Schigi Kutuktu, der »Gesegnete«, war. Und nichts an seinem Verhalten mir gegenüber erinnerte daran, dass er mein Bruder war.

Schigi hasste mich. Der Blick, den er mir zugeworfen hatte, als er vor dem Stadttor sein Pferd zwischen Chutsai und mich drängte, damit wir nicht nebeneinander reiten konnten, hatte mich zutiefst erschreckt. Chutsai und ich würden uns nur selten treffen können, solange mein Bruder uns misstrauisch beobachtete. Die Drohung, die er mir bei unserem Wiedersehen in Otrar entgegengeschleudert hatte, war ernst gemeint: »Wenn du mir Chutsai wegnimmst, bringe ich dich um …«

Chutsai hatte Schigis Frontalangriff ins Leere laufen lassen, war ihm sehr würdevoll ausgewichen und ritt nun vor uns, neben meinem Vater, in die Stadt ein. Der dreißigjährige Kanzler des mongolischen Reiches sah sehr majestätisch aus in seiner schwarz lackierten Rüstung mit Silberbeschlägen und der saphirblauen Seidenschärpe mit dem Schwert. Der Khakhan und sein Kanzler unterhielten sich in freundschaftlichem Tonfall, und mein Vater legte Chutsai mehrmals vertraulich die Hand auf den Arm.

Am Vortag, als er meinen Geliebten und mich in seiner Jurte begrüßte und zum Abendessen einlud, hatte er Chutsai sehr herzlich umarmt und ihn »mein Sohn« genannt. Schigi war während des ganzen Abends sehr schweigsam gewesen. Eifersüchtig. Misstrauisch. Wollte unser Vater Chutsai als seinen Sohn adoptieren? Würde Chutsai – und nicht unser Bruder Ogodei – vielleicht sogar der nächste Khakhan sein?

Als wir auf einer Brücke den Sarafshan überquerten, sah ich es: Die Akademie der Wissenschaften stand in Flammen! Und die große Bibliothek! Unermessliches Wissen verbrannte dort zu Asche. Ibn Sinas medizinische Bücher. Ibn Rushds philosophische Schriften. Omar Khayyams astronomische Abhandlung zur neuen Kalenderrechnung. Ich war entsetzt!

Dann hatten wir den weiten *Rigestan* erreicht, wo die Kadis und Mullahs und Imams von Bokhara uns erwarteten, um den »Herrn des Zeitalters« in der Stadt zu begrüßen. Ich sah hinauf zum *Ark* und zur Residenz des Shahs, wo ich monatelang gefangen gehalten worden war. Die Zitadelle wurde von türkischen Soldaten unter dem Kommando eines Khans gehalten. Es würde noch Tage dauern, bis wir sie stürmen konnten … oder bis sie abbrannte: Der Ostwind vom Pamir konnte leicht die lodernden Feuer aus anderen Stadtvierteln zur Festung hinauftragen.

Mein Vater, der sein Pferd neben meines gelenkt hatte, sah hinauf zum *Ark.* »Ist das die Residenz des Shahs?«

Ich nickte. »Das ist der Palast von Bokhara. In Samarkand gibt es noch eine Residenz, den *Kök Serai,* den ›Blauen Palast‹.«

Er wendete sein Pferd. »Und das ist die Moschee, wo Djafar starb?«

»Ja, Vater. Das ist die Kalan-Moschee. Djafar wurde in einem Sack von diesem Minarett herabgeworfen.«

Durch die Reihen seiner Leibwächter ritt mein Vater hinüber zum Turm der Moschee. Einer der Offiziere ergriff die Zügel seines weißen Hengstes und half dem Khakhan beim Absteigen, während die Bewaffneten aus Mütügens Tausendschaft die Kadis und Imams und anderen Würdenträger von Bokhara, die zum Empfang des »Herrn der Weltordnung« auf den *Rigestan* gekommen waren, mit gezückten Schwertern zum Kotau auf die Knie zwangen.

Einige Bewaffnete sprangen von den Pferden, um dem Kanzler, den drei Söhnen und dem Enkel des Khakhans die Zügel und die Steigbügel zu halten und dann auf den Boden zu fallen und die Stirn in den Staub zu drücken.

Ich ging zu meinem Vater hinüber, der neben dem Minarett ein Gebet zu Vater Himmel und Mutter Erde sprach und um Aufnahme von Djafars Seele bat: »Geist von Deinem Geist, Vater Himmel!«, sowie seiner sterblichen Hülle: »Staub von Deinem Staub, Mutter Erde!« Dann verneigte er sich vor der Stelle, wo Djafar gestorben war. »Ich verspreche dir, für deinen Tod Vergeltung zu üben, mein Freund.«

Er verharrte einen Herzschlag lang, dann wandte er sich ab und ging zur Moschee. Zwei Leibwächter öffneten dem Khakhan das große Portal, damit er den weiten Brunnenhof betreten konnte.

Ich ging an ihm vorbei und wusch mir im Brunnen Gesicht und Hände. Er folgte mir und wischte sich ebenfalls den Staub aus dem Gesicht.

Einige der Kadis, Mullahs und Imams, die auf dem *Rigestan* gewartet hatten, betraten zögerlich den Brunnenhof. Sie wussten nicht, was sie vom Besuch des Khakhans in der Kalan-Moschee halten sollten – er war doch nicht zum Freitagsgebet gekommen?

Als mein Vater die Gebetshalle betrat und wir ihm folgten, kamen sie uns nach. Immer mehr Menschen strömten in den Hof, um zu sehen, was geschehen würde. Die Leibwächter des Khakhans hielten sie auf Abstand.

In der großen Säulenhalle war mein Vater vor der mit Fayence-Mosaiken geschmückten *Kibla*-Wand stehen geblieben. Er zeigte auf die türkisfarbigen Ornamente. »Was bedeutet dieses Wort?«, fragte er. Dabei legte er Zeigefinger und Daumen seiner erhobenen rechten Hand zusammen und hielt die übrigen drei Finger senkrecht.

»Es heißt: Allah«, erklärte ich meinem Vater, der seinem Volk eine Schrift geschenkt, aber nie Lesen oder Schreiben gelernt hatte. »Der Vers lautet: ›Es gibt keinen Gott außer Allah, und Mohammed ist Sein Gesandter.‹«

Gedankenvoll ging er zur *Minbar*-Treppe hinüber, dann wandte er sich um und beobachtete die in den Gebetssaal strömenden Imams und Kadis, die wohl immer noch hofften, vom »Herrn der Weltordnung« empfangen zu werden. Als er bedächtig drei, vier Stufen zur Kanzel hinaufstieg, kamen sie näher.

»Ihr wisst, wer ich bin!«, rief mein Vater auf Mongolisch.

Viele der Imams und Kadis waren Türken und verstanden die mongolische Sprache. Einige aber waren Perser, und so übersetzte ich seine Worte ins Arabische, die Sprache des Korans.

»Oder ihr glaubt es zu wissen, weil ihr meinen Namen schon einmal in demselben Atemzug mit den Worten ›Blut, Leid und Tod‹ gehört habt.« Er stieg eine Stufe höher und blickte in die angespannten Gesichter. »Ich will euch Gewissheit geben: Ich bin Dschingis Khan, der ›Herrscher der Herrscher‹, der ›Herr der Weltordnung‹, der Gesandte Gottes.«

Als ich die Übersetzung seiner Worte beendet hatte, herrschte atemlose Stille im Saal. Die Mullahs und Imams starrten ihn erschrocken an, als sei er eben, auf einem weißen Pferd reitend, vom Himmel herabgekommen.

»Allah erschuf den Menschen, um ihn zu prüfen«, rief er in das Echo seiner eigenen Worte hinein. »Wenn der Mensch zerbricht, war er wertlos. Wenn er besteht, darf er leben. Gott hat euch in meine Hand gegeben, damit ich über euch richte, allen voran über Shah Ala ad-Din Muhammad. Er ist aus Bokhara geflohen, weil er das ›Schwert Gottes‹ fürchtet: meinen Sohn Temur Noyan.« Mein Vater deutete auf mich, während ich seine Worte übersetzte.

»Ich führe keinen Krieg gegen das Volk von Khwarezm, gegen Türken, Perser, Afghanen, Araber oder Inder. Ich führe keinen Krieg gegen Muslime, die mir, einem Ungläubigen, den *Djihad* erklärt haben. Ich kämpfe gegen Shah Ala ad-Din Muhammad, der den Frieden mit mir verantwortungslos gebrochen hat, indem er vor zwei Jahren in Otrar tausend meiner Gefolgsleute und meinen Botschafter Malik ar-Rashid hinrichten ließ, indem er vor einem Jahr meinen Gesandten Djafar Khodja vom Minarett dieser Moschee gestürzt hat. Dafür werde ich Vergeltung üben: Der Shah wird durch das ›Schwert Gottes‹ gerichtet werden.«

Atemlose Stille. Bange Blicke zu mir.

»Verkündet es im ganzen Reich: Wer sich unterwirft, wird verschont«, rief mein Vater von der *Minbar*-Treppe. »Wer uns sein Haus öffnet, wird es behalten. Wer aber das Schwert erhebt, wird durch das Schwert sterben. Wer dem Shah Zuflucht gewährt, wird hingerichtet werden. Städte, die uns nicht freiwillig ihre Tore öffnen, werden niedergebrannt und für immer von der Landkarte verschwinden – so wie es mit der Stadt Otrar geschah, wo es Inaltschik Khan wagte, meinem Sohn Temur Noyan Widerstand zu leisten. Die einst so stolzen Mauern von Otrar sind heute ein Ruinenhügel. Die Bewohner der Stadt Signaq haben Hadji Hassan as-

Siddik, der als mein Botschafter zu ihnen kam, hingerichtet. Mein Sohn Dschutschi Khan hat die Stadt im Sturm genommen und Signaq in ein Gräberfeld verwandelt. Khodjend und Fanakat sind zerstört, weil sie Widerstand geleistet haben, Zarnuq und Nurata sind unversehrt, weil sie sich ergeben haben.

Bokhara wird verschont, weil ihr mir die Tore geöffnet habt. Gebt meinen Kriegern zu essen und zu trinken, gebt meinen Pferden Futter und Wasser! Sorgt für Ruhe und Ordnung in der Stadt und löscht die Feuer in den Vierteln! Sendet Boten in alle Städte von Khwarezm und teilt ihnen mit, was ich euch verkündet habe!

Wer sich mir unterwirft, wird am Leben bleiben! Wer sich mit dem Schwert in der Hand gegen mich erhebt, wird durch das Schwert sterben! Was ihr einem meiner Freunde und Gefolgsleute antut, tut ihr mir an. Der Tag des Gerichts ist gekommen!«

»Mahatma!«

Auf den Stufen der Moschee blieb ich stehen und sah mich um, wer mich gerufen hatte.

Chutsai, der neben mir das Gebetshaus verließ, nutzte die Gelegenheit, unbemerkt meine Hand zu berühren. Seine Finger schoben sich zärtlich zwischen meine – zwei Hände im Gebet … wie letzte Nacht … Er lächelte mich an.

»Mahatma!«

Eine verschleierte Frau mit einem Kind auf dem Arm drängte sich gegen die Reihe der bewaffneten Leibwächter des Khakhans, die die Menge auf dem *Rigestan* davon abhielt, in die Kalan-Moschee zu strömen. Sie wurde hart zurückgestoßen. Eine andere Frau half ihr auf. Einer der Leibwächter drehte sich mit gezogenem Schwert zu den beiden Frauen um. Sie schrien entsetzt. Das Kind, ein zweijähriger Junge, sprang auf, lief zwischen den Bewaffneten durch und rannte weinend zu mir herüber. Mit glänzenden Augen und dem Daumen im Mund blieb er stehen und sah mich ängstlich an.

Ich ging die Stufen hinab und kniete mich vor ihn hin, um ihn zu umarmen und zu küssen. »Talib, mein kleiner Talib!« Dann nahm ich ihn auf den Arm und erhob mich. »Lasst die beiden Frauen durch!«, befahl ich den Wachen. »Sie wollen zu mir.«

Djahane und Maya liefen mir entgegen und umarmten mich. »*Al-hamdu l'Allah,* du bist zurückgekommen!«, seufzte Djahane erleichtert. »Ich bitte dich, Temur: Erbarme dich unser!«

Und auch Maya flehte mich an: »Mahatma! Rette unser Leben!«

Mit Talib auf dem Arm sah ich, wie Chutsai mit Tränen in den Augen oben auf der Treppe stehen geblieben war. Er wusste zwar, dass ich in Bokhara die Tochter des Shahs geheiratet hatte, aber von Talib hatte ich ihm nie erzählt. Chutsai kannte meine Kinder ... Kaidu, Yong Le, Temelün, Yulun, Samdup und all die anderen. In meiner Abwesenheit hatte er sich wie ein liebevoller Vater um sie gekümmert. Aber Samdup, das jüngste meiner Kinder, war zehn Jahre alt. Alle meine Kinder waren geboren, lange bevor ich Chutsai kennen gelernt hatte.

Ich hatte befürchtet, er wäre verletzt, wenn er von Talib erfuhr. Der Anblick des Jungen, der seine Arme um meinen Hals geschlungen hatte, riss eine tiefe Wunde.

Doch Schigi war sofort zur Stelle, um selbstlos und liebevoll diesen Schmerz zu lindern. Mein Bruder legte Chutsai den Arm um die Schultern und führte ihn die Treppe hinab. Er flüsterte ihm etwas zu, was ich nicht verstehen konnte, doch ich bezweifelte, dass Chutsai auch nur ein Wort verstand. Er starrte mich an. Traurig. Enttäuscht.

In den Tagen vor unserem Aufbruch nach Samarkand sah ich Chutsai nicht. Er wich mir aus, ließ sich verleugnen, hatte zu viel zu tun, mit der Regierung des mongolischen Reiches, mit der Verwaltung der eroberten khwarezmischen Provinzen. Er führte endlose Besprechungen mit dem Khakhan, mit den Noyans, mit Mahmud Yalavadj, arbeitete bis spät in die Nacht und war dann zu müde, um mich zu empfangen. Wenn ich wegen der Verwaltung des Reiches mit ihm zu sprechen wünschte, ließ er mir durch seinen Sekretär ausrichten, dann solle ich mich doch an Mahmud

Yalavadj wenden, den er zum Statthalter der khwarezmischen Provinzen ernannt hatte. Falls ich wegen der bevorstehenden Eroberung von Samarkand mit ihm reden wolle, sei Subotai als erfahrener Feldherr sicher ein kompetenterer Ansprechpartner als der Kanzler des Reiches.

Der Feuersturm loderte über Bokhara. Rot glühender Rauch waberte über der Stadt. Während der tagelangen Plünderungen waren weitere Brände ausgebrochen, die sich zu schnell ausbreiteten, als dass sie gelöscht werden konnten. Die Akademie der Wissenschaften und die große Bibliothek, die Moscheen und die Residenz des Shahs – alles brannte nieder!

Ganz in Erinnerungen versunken stand ich vor meiner Jurte und beobachtete, wie die wundervolle Stadt, in der ich zwei Jahre lang gelebt hatte, vernichtet wurde. Zhongdu war ausgelöscht, Bokhara war zerstört, und auch Samarkand würde in einigen Tagen brennen. Mein Weg war eine Spur der Verwüstung!

Entsetzt hatte ich Mahmud Yalavadj zugehört, der mir vor einer Stunde erzählt hatte, dass mehrere führende Persönlichkeiten Bokharas sich selbst getötet hatten, um nicht als Gefangene im Heer der Mongolen gegen die Festungsmauern von Samarkand getrieben zu werden. Und auch viele junge Frauen hatten Selbstmord begangen, um nicht in den Straßen von Bokhara von den plündernden Mongolen vergewaltigt und versklavt zu werden. Kein Wunder, dass sich Djahane mit Talib in meine Arme geflüchtet hatte, dass sie ihren Hass und ihren Zorn hinter einem Lächeln versteckte, dass sie versuchte, mich zu verführen und in mein Bett zu kommen, nur damit sie am Leben blieb …

»Prinz Temur?« Mein Sekretär riss mich aus meinen Gedanken. »Ein Botschafter des Sultans von Delhi ist im *Ordu* eingetroffen und bittet, von Ihnen empfangen zu werden. Die Audienz für den Gesandten des Khalifas ist …«

»Der Sultan von Delhi schickt einen Botschafter?«, fragte ich überrascht.

»Der Gesandte war auf dem Weg zum Shah. Dann hat er sich

entschlossen, nicht nach Balkh zu reisen, sondern stattdessen nach Bokhara zu kommen.«

»Eine weise Entscheidung! Laden Sie ihn für morgen zur Audienz.«

Er nickte. »Der Kanzler ist bereit, Sie zu empfangen.«

»Wann?«

»Am späten Abend«, antwortete mein Sekretär. »Léon von Anjou erbittet ebenfalls eine Audienz.«

Léon?, fragte ich mich verwirrt. »Er soll sofort kommen!«

Mein Sekretär zog sich mit einer Verbeugung zurück, und ich ging in meine Jurte.

Léon erschien nur wenige Augenblicke später, als habe er darauf gewartet, von mir empfangen zu werden. Neben dem Zelteingang blieb er stehen und rang nach Worten.

»Was ist los? Wieso bittest du um eine Audienz?«, fragte ich und führte ihn zum Feuer.

Er setzte sich umständlich auf ein Kissen und ordnete die Falten seines Gewandes. »Temur, ich bin gekommen, um mich zu verabschieden.«

Ich war überrascht. »Ich dachte, du würdest mit mir nach Samarkand reiten, Léon. Ich breche mit meinem Heer erst in vier Tagen auf …«

»Ich gehe nicht nach Samarkand«, entgegnete er und biss sich auf die Lippen. Meinem fragenden Blick wich er aus. »Ich kehre morgen zurück nach Frankreich.«

Ich schwieg betroffen.

Als ich nichts erwiderte, fuhr er fort: »Temur, ich bin dreiundsechzig Jahre alt. Wenn ich meine Heimat vor meinem Tod noch einmal wiedersehen will, muss ich jetzt gehen. Ich habe furchtbares Heimweh! Es vergeht kein Tag, an dem ich nicht an die grünen Hügel des Anjou denke, an das Tal der Loire, an die Weinberge rund um das Château. Angers ist ein Spatzennest im Vergleich zu Bokhara oder Samarkand … aber ich bin dort geboren. Seit dreißig Jahren bin ich nicht mehr dort gewesen, Temur. Vor meinem Tod will ich nach Hause zurückkehren.«

Nach Hause!, dachte ich betroffen. Wie lange war ich selbst, abgesehen von kurzen Besuchen während meiner Reise von einem Horizont zum anderen, nicht in meiner Heimat, der mongolischen Steppe, gewesen? Fünfzehn Jahre! Ganz tief in meinem Innersten konnte ich ahnen, wovon Léon sprach. Es war ein leises Gefühl der Sehnsucht nach dem, was ich einmal besessen hatte und was nun verloren schien: eine Heimat.

Léon missverstand mein Schweigen. »Temur, vor Jahren habe ich mich zwischen zwei Freunden entscheiden müssen – zwischen Richard Coeur de Lion und Sala ad-Din. Ich will mich nicht erneut entscheiden müssen zwischen Djelal und dir, Temur Tigerherz.« Er lächelte traurig. »Ich weiß, wie schwer es euch fallen wird, gegeneinander zu kämpfen. Und ich weiß auch, dass nur einer diesen Krieg überleben wird. Ich will nicht erleben, wie einer von euch beiden stirbt, denn ihr seid doch beide … meine Freunde.«

»Léon …«

»Bitte, *mon ami,* lass mich sprechen, bevor mir die Worte ausgehen.« Léon fuhr sich mit beiden Händen über das Gesicht. »Ich bin traurig, dass ich dich verlassen muss, denn ich war … sehr gern dein Freund. Damals in Samarkand sind wir uns sehr nah gekommen. Deine innige Freundschaft hat mir in all den Jahren viel bedeutet … sehr viel! Bitte verzeih mir, dass ich so … so aufgewühlt bin und meine Gefühle nicht beherrschen kann, aber …«

Er hielt inne, atmete tief durch und nahm dann einen neuen Anlauf:

»Was ich sagen wollte: Ich werde morgen aufbrechen und über Bagdad und Jerusalem nach Alexandria reisen. Von dort werde ich ein Schiff nach Marseille nehmen. Und dann werde ich … die Rhône stromaufwärts reisen.« Tränen liefen über sein Gesicht. »Ich werde nach Paris reiten, um König Philippe meine Aufwartung zu machen … Ich habe gehört, dass er vor fünfzehn Jahren das Anjou, das Poitou und die Normandie für Frankreich erobert hat. Also bin ich nicht mehr der Gefolgsmann des Königs von England, sondern der des Königs von Frankreich – an diesen Gedanken werde ich mich erst einmal gewöhnen müssen. Vielleicht lässt König Philippe mich nach Angers zurückgehen, damit ich dort in Ruhe den Rest meines Lebens verbringen kann – immerhin waren wir während des Kreuzzugs gemeinsam im Heiligen Land, um es … um es von den Ungläubigen zu befreien.«

Er schüttelte den Kopf, als würden ihm erst jetzt, während er mit mir sprach, die Konsequenzen seiner Entscheidung bewusst.

»Von Paris nach Angers ist es nicht weit, nur ein paar Meilen. Ein Katzensprung im Vergleich zu den Entfernungen, die ich in meinem Leben zurückgelegt habe. Und dann werde ich endlich zu Hause sein!«

Er konnte nicht weitersprechen, starrte mit Tränen in den Augen ins Feuer.

»Ich werde mich furchtbar langweilen. Jeden Tag werde ich in meinem Skizzenbuch blättern und an Bokhara denken, an Bagdad und Samarkand und Zhongdu, an all das Wundervolle, was ich in meinem Leben gesehen habe … Und ich werde an dich denken, Temur Tigerherz. Ich werde hoffen, eines fernen Tages die Nachricht zu hören … dass am anderen Ende der Welt Temur Khan als ›Herrscher der Herrscher‹ den Thron bestiegen hat, um die Welt zu regieren. Dann werde ich an meinem Kamin sitzen, einen Becher Wein von der Loire erheben und auf das Wohl des ›Herrschers der Welt‹ trinken. Mögest du hundert Jahre regieren!«

Als er sich verabschiedete, sagte er nicht »*Bes-slama* – Bleibe gesund!« oder »*Au revoir* – auf Wiedersehen!«, denn wir würden uns nie mehr wiedersehen, sondern er wünschte mir »*Terbah!*«, was »Viel Glück« oder »Du wirst gewinnen!« bedeutet.

Dann ging er für immer.

»Was willst du?«, fragte Chutsai, ohne aufzusehen. Er saß an seinem Schreibtisch und malte chinesische Schriftzeichen auf ein Stück Papier. Der Pinsel huschte über das Papier, hielt inne, als ich nicht sofort antwortete.

Ich war zu erschrocken über sein Verhalten mir gegenüber. Er konnte mir nicht in die Augen sehen.

»Ich habe eine Bitte«, sagte ich leise.

»Welche Bitte?«, fragte er. Dann tauchte er den Pinsel in die Tintenschale und schrieb weiter.

»Ich habe mich entschlossen, in einigen Wochen, nach der Eroberung von Samarkand, meinen zwölften *Tschanar* zu machen. Und ich wollte dich fragen, ob du … ich weiß, du hast viel zu tun … ob du vielleicht Zeit hast, mir als Schamane zu assistieren. Es würde mir sehr viel bedeuten.«

Der Pinsel hielt inne, schwebte einige Herzschläge lang über dem Papier, dann begann die Tinte auf das Schriftstück zu tropfen. Chutsai schien es nicht zu bemerken. Er starrte auf das Papier.

Ich ertrug das Schweigen zwischen uns nicht: »Ich habe niemanden, den ich sonst fragen könnte … Es ist üblich, dass ein Schamane assistiert, der die höheren Weihen hat, aber … beim zwölften und vorletzten *Tschanar* ist es sehr schwierig, jemanden zu finden, der …« Ich stockte. »Der Oberste Schamane, Dayir Usun, hatte alle dreizehn Schamanenweihen, aber er ist vor drei Jahren gestorben. Du hast die elfte Weihe, und da dachte ich … ich meine: weil wir uns so nah stehen … weil wir uns lieben … dass du mir helfen würdest.« Ich rang mit meinen Gefühlen. »Chutsai, ich werde den *Tschanar* ohne dich an meiner Seite nicht versuchen.«

Er sah nicht auf. Der Pinsel fiel auf das Papier und hinterließ einen schwarzen Tintenfleck. Mit der Hand fuhr er sich über die Augen. Weinte er?

Wie gern hätte ich ihn umarmt, ihm die Tränen vom Gesicht geküsst und mich von ihm liebkosen lassen. Wie ich mich nach ihm sehnte! Nach seiner Zärtlichkeit, wenn er mich im Arm hielt, und ich mich geborgen fühlte. Nach seinen geflüsterten Worten, wenn er mich sanft streichelte und ich mich von ihm geliebt fühlte …

»Ich habe dir auf den Stufen der Moschee angesehen, dass dich der Anblick des kleinen Talib auf meinem Arm sehr verletzt hat. Ich weiß nicht, ob es noch wichtig ist, ob es unsere Liebe noch retten kann, aber ich will dir sagen, warum ich dir nie von ihm erzählt habe.

Als Talib geboren wurde, war ich seit zwei Monaten auf dem Weg nach Otrar, und du warst im *Ordu* des Khakhans am Burkhan Khaldun. Ich habe meinen Sohn zum ersten Mal gesehen, als Djelal mich als Gefangenen des Shahs von Otrar nach Bokhara zurückbrachte – damals war Talib vier Monate alt. Dann bin ich mit Léon aus Bokhara geflohen und habe Djahane und Talib dort zurückgelassen. Ich habe geglaubt, die beiden nie wiederzusehen, weil ich annehmen musste, dass Djahane, bevor mein Vater vor den Toren von Bokhara erschien, zum Shah nach Balkh geflohen wäre.« Ich atmete tief durch, dann fuhr ich fort:

»Ich liebe meinen Sohn. Wie viele Jahre bleiben mir noch, in denen auch er mich liebt? Irgendwann wird Talib erfahren, dass ich, das ›Schwert Gottes‹, seinen Großvater, den Shah, hingerichtet habe. Irgendwann wird er wissen, dass ich seine Heimat Khwarezm vernichtet habe. Sag mir, Chutsai: Wie viele Jahre bleiben mir noch, bis Talib mich hasst, wie es Yong Le tut?« Ich seufzte. »Es scheint mein Schicksal zu sein, dass ich denen, die mich am meisten lieben, am meisten wehtue, weil ich bin wie ich bin. In den vergangenen sechs Monaten war ich sehr glücklich mit dir. Ich wollte dieses Glück nicht zerstören. Es ist so kostbar … und doch so zerbrechlich – ein einziges Wort kann es vernichten.«

Als er sein Gesicht in seinen Händen barg und still weinte, sagte ich: »Falls du es wünschst, werde ich dir bis zum *Tschanar* aus dem Weg gehen. Denn ich will dir nicht noch mehr wehtun, mein Liebster, nie mehr! Ich werde dir durch deinen Sekretär den Tag der Weihe mitteilen lassen, dann kannst du entscheiden, ob es dir … wichtig genug ist … Ob *ich* dir wichtig genug bin.«

Traurig wandte ich mich um und wollte das Zelt verlassen, als er endlich aufsah.

»Temur, ich bitte dich: Geh nicht!«, rief er. »Verlass mich nicht! Das könnte ich nicht ertragen!«

Ich blieb stehen.

»Als ich dich mit Talib auf dem Arm sah, da dachte ich, mein Herz bliebe stehen. Ich war verzweifelt. Und dann habe ich in deinen Augen gesehen, wie sehr dich meine Reaktion verletzt hat. Ich war zutiefst beschämt, dass ich mich nicht besser beherrschen konnte und dir damit wehgetan habe. Ich wollte die Treppe hinunter zu dir gehen, aber Schigi hat mich …« Er fuhr sich mit der Hand über die Stirn. »Wie du mich in diesem Augenblick angesehen hast, als Schigi seinen Arm um mich legte, um mich die Treppe hinunterzuführen! Ich dachte, mein Herz zerspringt.

Ich wollte dich um Verzeihung bitten, weil ich dir so wehgetan habe, aber ich konnte es nicht. Ich weiß, dass du mir vergeben hättest, wenn ich zu dir gekommen wäre. Aber es wäre nicht dasselbe gewesen, als wenn du zu mir kommst. Weil du dich für mich entscheidest. Weil du mich noch liebst. O Temur, ich habe so sehr gehofft, dass du kommen wirst …«

Ich ging zu ihm hinüber und umarmte ihn. »Ich weiß, wie sehr du mich liebst, Chutsai. Aber diese innige Liebe ist nichts, was ich dir vergeben könnte … oder wollte. Ich bin gekommen, um dir zu sagen, dass ich dich liebe.« Dann wischte ich ihm die Tränen aus dem Gesicht.

»Ich bin so herzensfroh, dass du gekommen bist«, seufzte er.

»Ich werde immer zu dir zurückkommen, Chutsai!«, flüsterte ich.

»Du bist der Anfang und das Ende.
Du bist die Mitte meiner Welt.
Du bist das Ende allen Sehnens,
bist Hoffnung, Liebe, Glück.«

Ich küsste ihn zart.

»Du bist alles, was ich habe.
Du bist alles, was ich will.
Wo du nicht bist,
kann ich nicht sein,
denn du bist alles, was ich *bin*.«

Kapitel 13

Ash-Shah mat!

Vater Himmel, Dein Sohn bin ich!«, rief ich mit zum Himmelsgewölbe hinaufdonnernder Stimme die heiligen Worte des *Tschanars*. »Geist von Deinem Geist, wiedergeboren als Mensch, schwach und fehlbar. Schenk mir die Fähigkeiten, mich heute als Dein Sohn würdig zu erweisen!« Mit weit ausgebreiteten Armen betete ich, den Blick nach Norden gerichtet, am Opferaltar vor dem Baum des Lebens.

Mein Vater, der in seinem Schamanengewand mit Seidenbändern und Silberglöckchen links hinter mir stand und mir als Schamane assistierte, warf eine Hand voll getrockneten Thymian in das Feuer. Dann trat er neben mich und reichte mir die silberne Opferschale mit dem Airag.

Mit dem Ringfinger meiner rechten Hand versprengte ich einige Tropfen der Stutenmilch in alle vier Richtungen des Horizontes. Dann reichte ich die Opferschale meinem Vater zurück, der sie ernst und feierlich entgegennahm.

Nun wandte ich mich wieder nach Süden und betrachtete die hundertacht *Tschanar*-Bäume, die Chutsai für meine Weihe hatte pflanzen lassen: hoch gewachsene, schlanke Lärchen aus dem Pamir, in zwölf Reihen von jeweils neun Bäumen. Hinter mir, im Norden des Lärchenwäldchens, wiegte sich der mit himmelblauen *Khadags* und Geschenken geschmückte Baum des Lebens im Sommerwind – auf ihn würde ich springen, um symbolisch den Himmel zu erreichen. Ich dachte an meinen letzten *Tschanar* in Sibirien –

Dschebe und ich hatten die Bäume damals selbst gepflanzt. Wie lange war das her? Vierzehn Jahre!

Dieses Mal hatte Chutsai als mein Assistent mir die Vorbereitungen für die zwölfte Weihe abgenommen, die, wie ich scherzhaft angemerkt hatte, die Dimensionen eines Feldzugs hatten. Seit Tagen war er aufgeregt über die weite Ebene vor den Toren von Samarkand galoppiert, hatte wie ein Noyan kurz vor der Schlacht mit Anweisungen um sich geworfen, hatte die Helfer mit den Bäumen hin- und hergescheucht, bis jeder Baum an seinem vorbestimmten Platz aufgerichtet war – nichts konnte ihm schnell genug gehen und nichts war gut, wie es war.

Ich wandte mich wieder dem Lebensbaum zu.

Hinter dem Baum ragten die Mauern von Samarkand in den Sommerhimmel. Vor sechs Monaten, im März, hatten wir die Stadt erobert. »Die Mauern einer Stadt sind nur so stark wie der Mut ihrer Verteidiger!«, hatte mein Vater gesagt. Sie waren mutig gewesen, hatten ihre Kriegselefanten gegen uns gehetzt, die, in der Schlacht verwundet, sich umgewandt und die eigenen Reihen niedergetrampelt hatten. Am fünften Tag der Belagerung hatten die türkischen Söldner aufgegeben – die Bevölkerung von Samarkand hatte sich gegen die eigenen Verteidiger gewandt.

Die Würdenträger der Stadt waren im Lager des Khakhans im Park des »Blauen Palastes« des Shahs erschienen und hatten ihm, dem »Herrn des Zeitalters« die Unterwerfung angeboten. Er hatte akzeptiert, auf Anraten seines Kanzlers ein Lösegeld von zweihunderttausend Gold-Dinaren gefordert und den Beschuss einstellen lassen. Daraufhin hatten die Mullahs, Imams und Kadis kampflos die Tore von Samarkand geöffnet.

Die Stadt hatte wochenlang gebrannt, aber sie war nicht vernichtet wie Bokhara. Neun Tage später – die Plünderungen waren noch nicht beendet – war es zu einem bewaffneten Aufstand der Stadtbevölkerung gekommen, und mein Vater hatte in seinem Zorn die Hinrichtung aller Bewohner angeordnet. Aber Mahmud Yalavadj, der mongolische Statthalter in Khwarezm, ein weiser und gerechter Mann aus Gurgandj, hatte den Khakhan mit denselben Argumenten überzeugt, die Chutsai vor Jahren in Zhongdu gebrauchte – dass die Nutzung der vorhandenen Verwaltung sinnvoll war und dass der Schutz der Landwirtschaft nicht nur gute Ernten brachte, die die Versorgung der Bauern sicherstellte und blutige Aufstände verhinderte, sondern auch Steuern. Mutig hatte Mahmud Yalavadj so das Massaker an der Bevölkerung von Samarkand verhindert. Er benutzte seine Macht sehr weise: Nach wenigen Wochen waren die geflohenen Bewohner wieder in die Stadt zurückgekehrt.

Mahmud winkte mir zu, und ich neigte den Kopf, um ihn zu grüßen. Ein paar Schritte von ihm entfernt stand Dschebe mit seinen Söhnen, neben ihm erkannte ich Maya mit dem kleinen Talib auf dem Arm.

Kaidu und Mütügen hielten sich zärtlich an der Hand. Mein Sohn war gerade noch rechtzeitig vor Beginn der Feierlichkeiten meiner zwölften Schamanenweihe im »Blauen Palast« eingetroffen, wo ich mit meinem Gefolge residierte. Tschagatai, der sich im Norden des Reiches befand, hatte ihn zu mir geschickt. Ich war außer mir vor Freude, als mein Sohn völlig unerwartet vor mir stand und mir für den *Tschanar* alles Gute wünschte: »O Vater, ich freue mich so für dich!«

Mütügen hatte ich in den letzten Monaten in mein Herz geschlossen. Ich behandelte ihn wie meinen eigenen Sohn. Vor einigen Wochen hatte er mir gestanden, dass er zu mir ein vertrauteres Verhältnis habe als zu seinem eigenen Vater.

Alle, die ich liebte, waren zu meiner Weihe gekommen: Dschebe, Kaidu und Mütügen, Chutsai und mein Vater! Es hätte mir sehr viel bedeutet, wenn auch Léon gekommen wäre, doch mein Freund war wohl inzwischen irgendwo auf dem Weg zwischen Jerusalem und Alexandria.

Ehrlich gesagt, war ich erstaunt, dass Schigi erschienen war. Ich hatte erwartet, dass er den Feierlichkeiten aus Protest fernbleiben würde – schon allein deshalb, weil unser Vater ihm befohlen hatte, daran teilzunehmen. Aber dort drüben, zwischen den anderen Zuschauern, stand er in seinem granatroten Mönchsgewand. Nach meinen heftigen Auseinandersetzungen mit Schigi wollte mein Vater vor aller Welt die Einigkeit und Harmonie in der Familie des Khakhans beweisen – tausende Zuschauer hatten sich eingefunden, die meinen *Tschanar* auf keinen Fall versäumen wollten.

Ich konzentrierte mich wieder auf die heiligen Zeremonien.

»Mutter Erde, Dein Kind bin ich. Staub von Deinem Staub, geformt als Mensch, unbedeutend und zerbrechlich. Gib mir die Kraft, mich heute zu bewähren und den Sprung in den Himmel zu wagen!«, rief ich so laut, dass ich noch in der letzten Reihe der Zuschauer, die sich rings um das *Tschanar*-Wäldchen versammelt hatten, gehört werden konnte.

Chutsai hatte meinen zornigen Blickwechsel mit Schigi bemerkt.

Er trat neben mich und reichte mir die Opferschale mit dem Airag für Mutter Erde. »Du wirst es schaffen, Himmelssohn und Erdenkind!«, flüsterte er. Offenbar nahm er an, dass Schigi nur gekommen war, um zu sehen, wie ich scheiterte – wie der Sprung misslang, wie ich vom Baum fiel und mir das Genick brach.

»Du wirst es schaffen, Temur!«, hatte auch mein Vater vor einigen Wochen gesagt. »Ich habe keinen Zweifel, dass du den Sprung vollbringen wirst.«

Ich hatte in meiner Wohnung im Palast meditiert, um mich auf meine Weihe vorzubereiten, als er mich aufsuchte. An jenem Abend hatte er mir angeboten, mir als Schamane zu assistieren.

Ich hatte zuerst geschwiegen, weil ich ihn nicht abweisen wollte – wer wäre denn so anmaßend, den Khakhan als Assistenten zurückzuweisen? Aber ich hatte Chutsai bereits als zweiten Schamanen verpflichtet. Ich konnte meinem Geliebten unmöglich absagen, ohne ihn zu verletzen! Schließlich hatte ich weder »Ja, Vater, ich fühle mich geehrt« noch »Nein, Khakhan, das kann ich nicht annehmen« erwidert, sondern ihn nur gefragt: »Warum?«

»Wer soll dem Obersten Schamanen denn sonst assistieren, als der Einzige, der ihm ebenbürtig ist? Ich *habe* die zwölfte Weihe.«

Meine Ernennung zum Obersten Schamanen war ein kluger

Spielzug von ihm, das musste ich zugeben. Als Schamane und Rinpoche hatte ich keinen Grund, diese hohe Ehre abzulehnen. Ich hatte nicht einmal einen Grund, ihm wegen der Ernennung böse zu sein – denn was war der Titel »Heiligkeit« mehr als der funkelnde Schmuck am Weltenbaum, den ich als Schamane besteigen würde? Aber ich wusste genau, was er damit beabsichtigte. Bisher hatte ich mich geweigert, mich von ihm zum Thronfolger machen zu lassen. Wir hatten gestritten, aber schließlich hatte er meinen Wunsch respektiert: »Ich werde dich nicht gegen deinen Willen ernennen.«

Aber am Ende hatte er unseren Machtkampf doch gewonnen: Meine Einsetzung zum Obersten Schamanen *vor* dem zwölften *Tschanar* übertraf noch die Ernennung zum Thronfolger. Denn ein Schamane mit der zwölften Weihe, der die Kunst der Magie beherrschte, würde größere Achtung gewinnen, als es Ogodei jemals als Thronfolger und Khan erreichen konnte.

»Du wirst es schaffen, Temur!«, hatte mein Vater zuversichtlich gesagt, als er sich erhob, um zu gehen. »Ich habe keinen Zweifel, dass du den Sprung vollbringen wirst.« Er meinte *nicht* den Sprung in den Weltenbaum.

Ich hatte ihn aufgehalten. »Ich habe der Ernennung zum Obersten Schamanen nicht zugestimmt, Vater!«

»Das musst du auch nicht, mein Sohn. Wenn du mich in der Steppe verscharrt hast, kannst du tun, was du für richtig hältst. Aber heute bin *ich* der Khakhan, und *ich* treffe die Entscheidungen. Ich werde dich morgen, anlässlich des vierzehnten Jahrestages meiner Thronbesteigung als Khan der Khane, zum Obersten Schamanen des Reiches ernennen.«

Und so wurde mein zwölfter *Tschanar* eine spektakuläre Schamanenweihe: Seine Majestät, der »Herrscher der Herrscher«, und Seine Exzellenz, der Kanzler des mongolischen Reiches, assistierten Seiner Heiligkeit, dem Obersten Schamanen, bei seiner vorletzten Weihe.

Ich goss ein wenig Airag ins Gras, um ihn Mutter Erde zu opfern, dann reichte ich Chutsai die Silberschale zurück. »Bruder Sonne,

Schwester Mond, euer Bruder bin ich«, fuhr ich mit den Gebeten fort. »Als Mensch gehe ich den mir vorherbestimmten Weg, wie ihr eure unveränderliche Bahn am Himmel zieht.«

Mein Weg ... Wohin hatte er mich geführt? Nach außen, in die Welt: zu allen Horizonten – nach Norden, Süden, Westen und Osten, auf Berge, in Wüsten und zum Meer. Nach innen: zu mir selbst, als ich in Linan ins Kloster ging, um fast zwei Jahre lang allein zu meditieren. Immer weiter hatte ich mich von dort entfernt, wo ich hergekommen war. Dann war ich endlich stehen geblieben, mitten auf dem Weg, mitten auf dem Schlachtfeld, und hatte Gott gefunden, den ich schon verloren glaubte, weit hinter mir auf meinem endlosen Weg. War das Stehenbleiben das Ende aller Wege? *Ein* Weg blieb mir noch in diesem Leben – der Weg hinauf zu Vater Himmel. Der Letzte Weg führte dann zu Mutter Erde, in ein Grab in der Steppe.

Trotz aller Wege, die ich in meinem Leben gegangen war, hatte ich nun, an meinem vorletzten *Tschanar,* das Gefühl, ins Nirgendwo zu stolpern. Das Bild der zerstörten *Minbar*-Treppe der Moschee von Otrar, deren Stufen nirgendwohin führten, war in meinem Gedächtnis geblieben – genauso wie die Furcht, die mich in der Nacht von Inaltschiks Hinrichtung überkam, dass ich meine Menschlichkeit verlieren würde. »Wer aufsteigt zu den Sternen, sollte an den Abstieg denken«, hatte Chutsai vor Jahren gedichtet ... wie weise mir seine Worte plötzlich erschienen!

Ich setzte mein Gebet fort: »Bruder Wind ...«

Während ich sprach, öffnete ich meine Arme, als wollte ich die ganze Welt umarmen. Dann atmete ich den Himmel ein, die Erde, den Wind, nahm alles in mich auf: »Ich bin in allem, und alles ist in mir. Ich kann dir nicht verloren gehen, und du nicht mir.« Welch ein herrliches Gefühl!

»Bruder Feuer ...«, rief ich.

Mein Vater und Chutsai begannen zu trommeln, um meinen Geist zu entfesseln, aus dem Körper zu reißen, mich in die Trance hineingleiten zu lassen, damit ich den Sprung in den Baum schaffen konnte. Sie schlugen ihre Schamanentrommeln erst langsam, dann schneller. Die Schläge rissen mich mit sich, trieben mich an, wild und ekstatisch.

Wir begannen zu tanzen. Die Glöckchen und Amulette an unseren Schamanenroben klangen im selben Rhythmus, als wir gemeinsam dieselben Schrittfolgen ausführten. Welch einen Anblick mussten wir geboten haben: Drei in der Traumzeit wandelnde Schamanen, drei um sich selbst wirbelnde Menschen, die in vollkommener Harmonie untrennbar verbunden genau dasselbe taten, dieselben Schritte, dieselben Gesten! Welch eine magische Macht, die in uns einströmte!

Und trotzdem: Ich blieb stehen, mitten im Tanz, und hob meine Arme. Mein Vater und Chutsai ließen die mit *Khadags* geschmückten Trommeln sinken und sahen mich überrascht an.

Ein seltsames Gefühl war in mir, ernst und still. Frieden, jenseits von Verstand und Gefühl. Harmonie. Heiligkeit. Es war, als ob die Welt, die Sonne, der Mond, die Sterne, die Zeit plötzlich stillstanden. Der Tanz hatte mich in die falsche Richtung gerissen, aus mir heraus in die Ekstase, hatte mich nicht in mich hineingetrieben, wohin meine Gottessehnsucht mich nun mit aller Macht zog. Ich war ganz ruhig geworden. Es war unbeschreiblich: ein Gefühl eines großen Segens. Die Empfindung von Licht, von Hitze, die in mir aufstieg, hinauf in den Kopf, in die Gedanken, die jenes Licht vertrieb wie die Sonne den Morgennebel.

Ein grenzenloser, sich immer weiter hinauswogender Geisteszustand, der die ganze Welt in sich einsog, die Menschen, die mich umgaben, das Licht der Sonne über dem blau schimmernden Pamir, das goldene Funkeln des Wassers des Sarafshan, die klaren Farben der Sommerblüten, die betörenden Düfte. Geborgenheit in hell strahlender, göttlicher Liebe. Schönheit, jenseits von Worten und Gefühlen. Vollkommene Glückseligkeit, jenseits menschlicher Empfindsamkeit. Macht, keine Selbstmacht, sondern Gottesmacht.

Das war jenes wundervolle Gefühl, das durch kein Opfer erkauft werden kann, durch kein Gebet, durch keinen Lebenswandel, durch keine Askese, durch keine Unterwerfung unter den Allerhöchsten, durch keine Selbsttötung im *Shunyata* – das Gefühl des

Einsseins mit Gott, wonach alle Menschen sich sehnen und das sich ihnen doch immer entzieht, denn die Menschen wollen Gott *haben*, und wagen es nicht, Gott zu sein.

O Gott, ich bin in dir, und du bist in mir.

In diesem Augenblick selbstvergessener Gottestrunkenheit sprang ich. Wie mit Adlerflügeln schwang ich mich hinauf, zog mich immer höher und noch höher, bis ich die Krone des Weltenbaums erreicht hatte. Mit Armen und Beinen hielt ich mich am Baum fest, um nicht abzustürzen.

Ich hatte den Himmel erreicht!

Dann öffnete ich die Augen und sah, wie Chutsai und mein Vater glücklich lächelnd zu mir emporsahen. Kaidu und Mütügen lösten sich aus den Reihen der Zuschauer und liefen zu mir herüber.

Die Stirn an den Baum gelehnt, sprach ich ein Gebet. Dann machte ich mich an den Abstieg und sprang schließlich auf den Boden.

Kaidu fing mich auf, umarmte mich und wirbelte mich herum. »Herzlichen Glückwunsch zu deiner Weihe, Vater! Der Sprung war … beeindruckend!«

Dann fiel mir Mütügen um den Hals.

Mein Vater legte mir die Hand auf die Schulter und zog mich an sich. »Du bist höher gesprungen als ich! Das vergebe ich dir nie!«

Lachend umarmte ich ihn. »Du kannst die erlittene Niederlage bei deiner dreizehnten Weihe in einen triumphalen Sieg verwandeln! Es sei denn …«

»Es sei denn?«, fragte er.

»Es sei denn, ich mache meinen dreizehnten *Tschanar* vor dir«, neckte ich ihn.

Er drohte mir im Scherz: »Das wagst du nicht!«

Dann stand Chutsai vor mir, legte seinen Arm um meinen Nacken und küsste mich leidenschaftlich. Es schien ihm gleichgültig, dass uns tausende Menschen dabei zusahen, als er mich liebkoste. Im Innersten brennend erwiderte ich seinen Kuss.

Der erste Pfeil verfehlte uns nur knapp.

Er zischte über meine rechte Schulter hinweg und blieb wenige Schritte entfernt im Stamm des Weltenbaumes stecken.

Ein Mordanschlag auf meinen Vater?, dachte ich im ersten Augenblick. Hatte der Shah seine Attentäter ausgeschickt, um Dschingis Khan zu ermorden?

Kaidu und Mütügen hatten sich vor den Khakhan geworfen, um sein Leben mit dem ihren zu schützen.

Ein Aufschrei! Ein zweiter Pfeil!

Mütügen warf sich mit aller Kraft gegen Chutsai und mich, um unsere Leben zu retten.

Ich stürzte zu Boden, wirbelte im Fallen um mich selbst und sah in die Richtung, aus der der Pfeil gekommen war.

Schigi, offenbar erschrocken über das Attentat, hatte beherzt sein Schwert gezogen und rannte nun auf den Bogenschützen zu, der einen dritten Pfeil auf die Sehne legte und auf mich zielte.

»O mein Gott!«, hörte ich meinen Vater hinter mir stöhnen.

Ich sah mich um: Nur einen Schritt von mir entfernt stand Chutsai. Benommen starrte er auf den Pfeil, der tief in seiner linken Schulter steckte, versuchte danach zu greifen, um ihn herauszuziehen, schwankte. Das Blut schoss aus der getroffenen Halsschlagader und rann in einem breiten Strom über die weiße Schamanenrobe. Dann fiel er auf die Knie.

Ich wirbelte herum, um ihn aufzufangen, bevor er ohnmächtig wurde. Mein Vater half mir, Chutsai vorsichtig auf den Boden zu legen. Dann presste er seinen Ärmel gegen die blutende Wunde.

Ich beugte mich über ihn. »Mein Liebster, alles wird gut.« Dann sah ich auf. »Kaidu, bring mir ein Stück von dem roten Faden, der die *Tschanar*-Bäume mit dem Lebensbaum verbindet.«

Kaidu zog seinen Dolch und kam nur wenige Herzschläge später mit dem Lebensfaden zurück.

Ich schlang das eine Ende um Chutsais Hand, das andere Ende um mein rechtes Handgelenk. Mit dem Faden band ich ihn auf magische Weise an mich: Ich gab ihm von meinem Leben ab, gab ihm die Kraft zu überleben und schenkte ihm kostbare Lebenszeit. Dann schob ich meinen Vater auf die Seite und zog den Pfeil aus der Wunde. Die feste Seide der Schamanenrobe war nicht gerissen, und die Pfeilspitze war nicht zerbrochen. »Chutsai, ich werde dich nicht gehen lassen. Niemals! Bitte bleib bei mir!« Ich beugte mich über die blutende Wunde und trank das Blut.

»Um Himmels willen!«, seufzte mein Vater, der neben mir im Gras kniete.

»Weißt du noch, was ich dir vor Monaten gesagt habe, mein Liebster? ›Du bist alles, was ich habe. Du bist alles, was ich will. Wo du nicht bist, kann ich nicht sein, denn du bist alles, was ich *bin*.‹ Wenn du gehst, Chutsai, musst du mich mitnehmen. Wenn du stirbst, werde ich mit dir sterben! Wenn dieser Pfeil vergiftet war, werde ich dich auf deinem Weg begleiten. Bleib bei mir …«

Wieder trank ich von seinem Blut, um das Gift aus der Wunde zu saugen, falls der Pfeil vergiftet war.

Chutsai wurde ohnmächtig.

Mein Vater presste seine Hand auf die blutende Wunde.

Schigi kam zu uns herüber. Seine Kleidung war nass vom Blut des gerichteten Attentäters. Bestürzt fiel er neben unserem Vater und mir auf die Knie, um Chutsais kalte Hand zu halten.

Der Blick, den er mir zuwarf, war verletzender als die Pfeile. Erschreckender. Schigi war enttäuscht, ja: entsetzt, weil nicht ich, sondern sein angebeteter Chutsai getroffen am Boden lag. Erfüllt von Hass und Zorn starrte er mich an. Und da wusste ich: Die beiden Pfeile hatten mir gegolten. Und der Attentäter, der seinen Auftraggeber zu diesem Brudermord hätte verraten können, war tot – gerichtet von Schigi. Mein Bruder hatte das Versprechen, das er mir in Otrar gab, wahr machen wollen: »Wenn du mir Chutsai wegnimmst, bringe ich dich um!«

Mit dem Ärmel wischte ich mir das Blut aus dem Gesicht, dann nahm ich Chutsai, erhob mich und ging mit dem Ohnmächtigen auf den Armen an Schigi vorbei zu einem Karren, um ihn in den Palast zurückzubringen. Meinen Bruder würdigte ich keines Blickes.

»Der Shah ist aus Balkh geflohen«, sagte mein Vater. Er setzte sich auf die andere Seite des Bettes und nahm Chutsais Hand, um den Puls zu fühlen.

Seit Tagen hatte mein Geliebter hohes Fieber. Ich war nicht von seiner Seite gewichen, hatte neben ihm geschlafen, seine Hand durch den Lebensfaden mit meiner verbunden, hatte ihn umarmt und gestreichelt, hatte mit ihm geredet, als wäre er wach, hatte ihm aus der Bhagavadgita vorgelesen: »Kämpfe, o Krieger, gib dich nicht auf! Komm zurück ins Leben!«

»Er ist geflohen, Temur, wie ich vorausgesagt hatte! Die von Mahmud Yalavadj gefälschten Briefe, in denen die Emire des Shahs mir angeblich die Kapitulation anboten, haben ihn erschreckt. Er musste annehmen, dass seine Generäle ihn stürzen wollten. Daher entzog er jedem seiner Feldherren die selbstständige Befehlsgewalt und teilte seine Heereseinheiten noch weiter auf, sodass sie ihm selbst, aber auch uns, nicht gefährlich werden konnten.

Mahmud berichtete mir, wie der misstrauische Shah ein Truppenkontingent aus Ghor, das ihn in Balkh entsetzen sollte, zurückgeschickt hat, weil er dem Emir nicht traute – obwohl Dschebe und Subotai mit ihren Heeren auf dem Weg nach Balkh sind! Der Shah ist nach Merw geflohen. Ich habe Tränen gelacht. Ein Krieg der Worte, das ist es, was wir hier führen!

Dschebe und Subotai werden den Shah durch Khwarezm hetzen. Er darf keine Zeit haben, seine Heere zu sammeln oder den Widerstand zu organisieren. Sein Volk muss wissen, dass das Schicksal des Shahs nicht sein Schicksal ist.

Ala ad-Din Muhammad muss, von allen verraten und verlassen, so viel Angst haben, dass er an nichts anderes denken kann als an seine Flucht. Dann wird das ›Schwert Gottes‹ ihn richten und ihm bei lebendigem Leib das Herz herausreißen. Die Hinrichtung des Shahs wird gewiss ebenso eindrucksvoll sein wie die von Inaltschik. Wenn er tot ist, kann dieser Krieg beendet werden.«

Ich antwortete nicht und strich Chutsai eine Strähne seines langen Haares aus der Stirn.

»Temur, hast du gehört, was ich eben gesagt habe?«, riss mich mein Vater aus meinen Gedanken.

Ich nickte, ohne Chutsai aus den Augen zu lassen.

»Wann hast du zuletzt in deinem Bett geschlafen, Temur? Du bist völlig erschöpft. Der Lebensfaden nimmt dir deine Kraft. Leg dich ein paar Stunden hin. Ich werde mich um Chutsai kümmern. Ich werde dich wecken, wenn er ...«

»Nein, Vater. Ich will bei ihm bleiben. Ich will da sein, wenn er aufwacht. Ich werde ihn nicht verlassen.«

»Du liebst ihn sehr«, sagte mein Vater sehr sanft und legte mir die Hand auf den Arm.

»Ich liebe ihn mehr als mein Leben«, gestand ich.

»Und er liebt dich.«

Ich nickte, und er schwieg.

Ich sah ihm nicht an, wie er über diese verbotene Liebe dachte. Und, ehrlich gesagt: Es war mir in diesem Augenblick auch völlig gleichgültig. Chutsais und meine Liebe, die Blicke, die Worte, die Gesten, die Berührungen, das Lächeln und mein erbitterter Streit mit Schigi konnten meinem Vater in den letzten Monaten unmöglich entgangen sein. Schigis Attentat auf mich war missglückt, aber mein Bruder würde nicht aufgeben: Ich konnte ihm nicht nachweisen, dass er hinter dem Anschlag steckte, denn der Attentäter war tot. Jeden Tag musste ich mit einem weiteren Mordanschlag rechnen. Denn mein Bruder wusste sehr genau, was meine Ernennung zum Obersten Schamanen, zum geistlichen Oberhaupt des mongolischen Reiches, zu bedeuten hatte: meine mögliche Nachfolge als Khakhan, des »Herrschers über Himmel und Erde«, ohne dass Ogodei offiziell die Thronfolge entzogen wurde.

»Ich liebe Chutsai auch«, sagte mein Vater leise. »Wie meinen eigenen Sohn.«

Mein Amt als Minister für ausländische Angelegenheiten hatte ich mit meiner Ernennung zum Obersten Schamanen niedergelegt, doch ich war immer noch der Stellvertreter des Kanzlers. Während

Chutsai sich langsam vom Attentat erholte, übernahm ich für drei Wochen die Regierungsgeschäfte.

Mein Vater hatte sich entschlossen, dem mongolischen Reich eine Hauptstadt zu geben. Zuerst war ich erstaunt gewesen: eine *Stadt?* Der Khakhan hatte mich gefragt: »Welche der eroberten Städte würdest du zur Hauptstadt machen, Temur: Zhongdu, Bokhara oder Samarkand?«, und ich hatte gesagt: »Kharkhorin.« Er war überrascht gewesen, hatte aber zugestimmt, dass ein Reich, das aus dem Nichts erschaffen worden war, auch eine Hauptstadt brauchte, die erst erbaut werden musste. Eine mongolische Hauptstadt in der mongolischen Steppe: Kharkhorin – Karakorum.

Ich befahl, gefangene Handwerker aus Bokhara und Samarkand nach Osten zu schicken, damit sie die Hauptstadt der Welt errichteten. Dann schrieb ich einen Brief an Mukali, damit er ebenfalls chinesische Handwerker aus Zhongdu nach Kharkhorin schickte. Kharkhorin sollte von Anfang an eine die Völker verbindende und die ganze Welt regierende Stadt sein: arabisch, persisch, türkisch, uighurisch, chinesisch *und* mongolisch.

Als mein Vater Anfang Oktober mit seinem Heer nach Tirmiz aufbrach, um die Stadt zu unterwerfen, gab ich Mütügen den Befehl, alles für meine Abreise nach Merw vorzubereiten. Nach dem Tod meines Freundes Megudschin kommandierte ich die Elitetruppe schneller Reiter, die er vor Jahren geführt hatte. Viele meiner Krieger waren Verwandte oder Freunde der tausend Mongolen, die in Otrar hingerichtet worden waren.

Nach meinem Abschied von Chutsai, der, wieder genesen, die Regierungsgeschäfte erneut übernommen hatte, ritten Mütügen und ich mit meinem Heer nach Westen. Als wir den Amu-Darya überschritten hatten und auf dem Weg nach Merw waren, galoppierte ein Pfeilbote meines Vaters heran: Der Khakhan hatte Tirmiz nach nur elf Tagen Belagerung unterworfen und marschierte nun nach Balkh. Dann kam, noch vor Merw, ein weiterer Pfeilreiter, dieses Mal von Dschebe und Subotai: Der Shah war von Merw nach Nishapur geflohen!

Ala ad-Din Muhammad, ein gnadenloser Krieger, der das Aufgeben nie gelernt hatte, ließ bei seiner überstürzten Flucht ein verbranntes Land hinter sich. Er wollte verhindern, dass Dschebe, Subotai und ich unsere Heere durch die Landbevölkerung versorgen konnten, dass unsere Pferde ausreichend Futter fanden. Er überzeugte die Einwohner von Merw und Nishapur, dass es gegen die raubenden und mordenden, alles niederbrennenden und zerstörenden Mongolen, gegen die blutdurstigen Todesengel aus der *Djehennim,* der muslimischen Hölle, keine andere Rettung gab als den erbitterten Widerstand. Kampf bis zum letzten Blutstropfen!

Wer Wind sät, wird Sturm ernten: Der mongolische Sturm brach mit aller Gewalt über Balkh, Herat, Korendiz, Merw und Nishapur herein und riss alles mit sich fort, was sich ihm in den Weg stellte. Eine Festung nach der anderen ergab sich.

Meine Krieger und ich ritten durch ein verwüstetes, menschenleeres Land – bis zur Erschöpfung. Dann stiegen wir um auf unsere Ersatzpferde und ritten weiter, bis wir vor Müdigkeit beinahe aus dem Sattel fielen. Wir aßen, tranken und schliefen im Sattel. Wir banden uns die Zügel um die Handgelenke und ritten weiter in Richtung Nishapur.

Der Shah sandte mir Djelal mit einem Heer entgegen, um mich aufzuhalten. Aber als Djelal erfuhr, dass Tschagatai und Ogodei mit ihren Heeren ebenfalls den Amu-Darya überschritten hatten, machte er kehrt und floh zurück nach Nishapur.

»Nun ist es also so weit, mein Freund!«, sagte Djelal, als er mich zur Begrüßung umarmte und in sein Zelt führte. »Wir werden gegeneinander kämpfen!«

Ich hatte Djelal eingeholt, bevor er mit seinem Heer die schützenden Mauern von Nishapur erreichte. Kurz vor Sonnenuntergang war ich mit einer kleinen Eskorte in sein Feldlager geritten, um ihn zu treffen.

Ich setzte mich neben ihn auf ein Kissen und nahm den Becher mit Raki entgegen, den er mir anbot. Die »Löwenmilch« schmeckte nach Anis und brannte in der Kehle. »Der Kampf ist unvermeidlich, wenn du dich nicht ergibst. Gib mir dein Schwert!«

Djelal lachte, aber es war ein trauriges Lachen. »Das wollte ich *dir* gerade vorschlagen, Temur! Es wird mir kein Vergnügen bereiten, dich, meinen besten Freund, zu vernichten. Ich habe von dem Attentat auf dich in Samarkand gehört, bei dem der Kanzler Yelu Chutsai schwer verletzt wurde. Du musst mir glauben: Ich habe keinen Befehl gegeben, dich zu ermorden.«

»Es war ein mongolischer Pfeil, der mich töten sollte.«

Djelal starrte mich betroffen an. »Das ... das tut mir Leid, Temur.« Dann besann er sich. »Mein Vater und ich sind uns einig, dass wir euch aufhalten müssen. Ihr Mongolen verwüstet das ganze Land. Ihr zerstört Festungen, brennt Städte nieder, plündert, vergewaltigt und mordet.«

»Der Shah selbst hat das Todesurteil über Khwarezm gesprochen, als er die Bevölkerung gegen Dschingis Khan aufhetzte. Die Noyans zerstören nur die Festungen, die ihnen Widerstand leisten. Balkh hat sich kampflos ergeben und ist verschont worden. Korendiz, Herat und Merw haben uns ihre Tore geöffnet und unsere Heere mit Lebensmitteln versorgt. Nishapur wird, so hoffe ich, dasselbe tun. Niemand verliert sein Leben oder seinen Besitz, der Dschebe, Subotai oder mich in friedlicher Absicht unterstützt. Seinen eigenen Schwiegersohn Tokutschar Noyan hat der Khakhan zum einfachen Krieger degradiert, als er eine Stadt plündern ließ, die sich bereits friedlich ergeben hatte.« Ich trank den Becher leer. »Ich bitte dich: Lass uns nicht darüber streiten, *wer* diesen Krieg begonnen hat.«

Djelal sah mich lange an, dann nickte er und schenkte meinen Silberbecher mit Raki nach. »Lass uns auf das Ende unserer Freundschaft trinken, Temur. Ich würde dir so gern wünschen, dass du diesen Krieg überlebst, aber das darf ich nicht, denn dann würde der Kampf niemals enden. Am Ende muss jeder von uns tun, was er tun muss.«

»›Wenn der Himmel sich spaltet, wenn die Sterne sich zerstreuen, wenn die Wasser sich vermischen und wenn die Gräber umgewühlt werden, dann weiß die Seele, was sie getan und was sie unterlassen hat‹«, zitierte ich die zweiundachtzigste Sure über den Tag des Gottesgerichts. »Die Entscheidung, was du tun musst, und was nicht, liegt bei dir, Djelal.«

Am nächsten Morgen stand ich allein auf dem Schlachtfeld. Djelal hatte sich entschieden, nicht gegen mich zu kämpfen.

Als ich zwei Tage später Nishapur erreichte – die Stadt hatte Dschebe kampflos die Tore geöffnet –, war der Shah bereits in Richtung Westen geflohen. Nach Bagdad? Wollte er den Khalifa zum *Djihad* gegen uns aufhetzen?

Ich blieb zwei Wochen in Nishapur, um meinem Heer wenigstens ein paar Tage Ruhe und Erholung zu gönnen – der Weg nach Bagdad über die verschneiten Pässe des Zagros-Gebirges, wo der Shah vor Jahren bei seinem Feldzug gegen den Khalifa scheiterte, war weit und anstrengend.

Von der herrlichen Stadt – der Dichter und Mathematiker Omar Khayyam war vor hundert Jahren hier gestorben und in einem Garten außerhalb der Stadt begraben worden – sah ich nicht viel. Dschebe hatte Suchtrupps ausgeschickt, die den Shah aufspüren sollten. Pfeilreiter kehrten nach wenigen Tagen nach Nishapur zurück: Der Shah war in Rai, der Geburtsstadt des berühmten Khalifa Harun ar-Rashid, und wartete dort auf einen seiner Söhne, der in Qazwin ein Heer von dreißigtausend Mann kommandierte.

Mit Dschebe und Subotai besprach ich unseren weiteren Vormarsch nach Westen. Ich unterstellte den beiden Noyans einen großen Teil meines Heeres – nur Mütügen und seine tausend Krieger sollten mich begleiten. Dschebe und Subotai wollten nach Rai und weiter nach Qazwin und Hamadan ziehen, um Ala ad-Din Muhammad in die Enge zu treiben, während ich weiter südlich die längere und schwierigere Route über Isfahan und Qom und über die Pässe des Zagros-Gebirges nach Bagdad wählte, um den fliehenden Shah noch vor den Toren der Stadt aufzuhalten.

In den Spuren Alexanders des Großen ritt ich in Gewaltmärschen nach Westen. Ich umging die Dasht-e-Kavir-Salzwüste, bis ich, aus dem Nichts erscheinend, unerwartet vor den Toren von Isfahan stand, während sich Dschebe und Subotai mit ihren dreißigtausend Kriegern südlich des Elburs-Gebirges nach Rai durchkämpften.

Isfahan, die schöne Perle, tauchte wie eine Luftspiegelung aus dem Dunst der Wüste auf. Inmitten des persischen Hochlandes lag die Stadt in einer Oase des Zayandeh Rud. Zwei Jahrhunderte zuvor hatte der berühmte Philosoph Ibn Sina vierzehn Jahre seines bewegten Lebens hier verbracht. Tagsüber hatte er als *Hakim* gearbeitet, während der Nächte hatte er mit seinen Studenten über Philosophie und Wissenschaft diskutiert und Bücher wie den *Kanon der Medizin* geschrieben, den ich vor Jahren in Samarkand gelesen hatte.

Die Einwohner von Isfahan waren Perser, Araber, Türken, Kurden und Armenier. Die Landessprache war Farsi, das Persische, eine Schwestersprache des Sanskrit. Die Schriftzeichen waren allerdings arabisch, weil das Arabische seit Jahrhunderten die Sprache der Gelehrten war. Ich war erstaunt, dass ich in der Stadt, nördlich der Freitagsmoschee, sowohl ein Judenviertel als auch einen eigenen Stadtbezirk der armenischen Christen fand.

Ich blieb nur wenige Stunden in Isfahan: Gerade besuchte ich die Freitagsmoschee, die fünfhundert Jahre zuvor an der Stelle eines alten Feuertempels errichtet und unter den Seldjuken-Sultanen prächtig ausgeschmückt worden war, als ein Pfeilbote von Dschebe aus dem Norden eintraf: Der Shah war aus Rai geflohen! Aber wohin?

Ich brach sofort auf, nach Norden, in Richtung Qom. Wenn der Shah von Rai nach Shiraz fliehen wollte, musste er mir in die Arme laufen. Aber er kam nicht, und so wandte ich mich bei Qom nach Westen. Nach einem Gewaltritt durch die verschneiten Täler der Provinz Lurestan erreichte ich die »Schwarze Festung« von Khorramabad. Im dichten Schneetreiben schlich ich mich an der Burg vorbei, die die Karawanenroute zwischen Bagdad und Qom beherrschte, und war wenige Tage später in der Provinz Kermanshah östlich von Bagdad.

Und dann lag die Stadt des Khalifas Harun ar-Rashid, die wunderschöne Stadt der Märchen aus Tausendundeiner Nacht, wie Ali Babas Schatzkiste offen vor mir.

Die Khalifas – der offizielle Titel lautete *Khalifa Rasul Allah*, »Stellvertreter des Gesandten Gottes« – regierten seit der Zeit Djafar al-Mansurs und seines Enkels Harun ar-Rashid in Bagdad.

Mohammed hatte seine Familie nie zu einer Dynastie von Herrschern gemacht, weil er seine Berufung als Prophet Gottes für bedeutender hielt als seine Aufgabe als Staatsmann. Da er keinen Sohn hatte, war ihm sein Schwiegervater Abu Bakr als Khalifa nachgefolgt. In den Jahren seiner Herrschaft hatte der arabische Wüstensturm begonnen, die Ausbreitung des Islam, die Unterwerfung der Ungläubigen mit dem Schwert. Sie hatte zunächst das byzantinische Reich, Persien und Ägypten erfasst. Im Westen war sie mit der Schlacht von Poitiers in Frankreich und im Osten mit der Schlacht am Talas nördlich von Samarkand zum Stillstand gekommen.

Wenige Jahre nach Abu Bakrs Tod war der dritte Khalifa, Othman, in Medina ermordet worden. Sein Nachfolger wurde Ali, der Cousin des Propheten und Gemahl seiner Tochter Fatima. Der neue Khalifa, ein treuer Gefolgsmann Mohammeds, war beschuldigt worden, seinen Vorgänger ermordet zu haben. Nur wenige Jahre nach Mohammeds Tod kam es wegen der Frage der Rechtmäßigkeit von Alis Thronbesteigung zur Spaltung des Islam in die Sunniten und die Schiiten, der Partei des Khalifas Ali. Zweihundertfünfzig Jahre später hatte ein weiterer Konflikt das islamische Reich erschüttert: die Abspaltung des Khalifats von Córdoba vom Khalifat in Bagdad.

Der Khalifa Djafar al-Mansur hatte die Hauptstadt seines Reiches von Dimashk nach Bagdad verlegt, einer Festung, die er in nur vier Jahren zur großartigen Stadt ausbauen ließ. Damals hieß sie noch Medinat as-Salam, die »Stadt des Friedens«. Bagdad lag in einer weiten Ebene am östlichen Ufer des Flusses Tigris, wo er dem Euphrates am nächsten kommt. Die Stadt war umgeben von einem Netz von Kanälen, die die weite Ebene bewässerten.

Es war ein milder Wintertag Anfang Dezember. Ein starker Westwind fegte ockergelben Staub durch die Straßen und hüllte die Stadt der Märchen in einen geheimnisvollen Schleier.

Nur von einer kleinen Eskorte begleitet, betraten Mütügen und ich Bagdad durch das nördliche Tor. Vom Stadttor aus führte eine von hohen Dattelpalmen gesäumte Hauptstraße zum großartigen Palast der Abbasiden am Ufer des Tigris. Die zweistöckigen Häuser der Stadt waren aus gebrannten Ziegeln errichtet worden. Die meisten schienen einen offenen Innenhof zu haben, der von bunten Sonnensegeln beschattet war. Die mit Arabesken verzierten hölzernen Balkons und Erker der oberen Stockwerke wurden von geschnitzten Säulen getragen. Viele der Häuser hatten Dachgärten, auf denen, in Tontöpfe gepflanzt, Orangenbäume und Rosen wuchsen. Ein zauberhafter Anblick! Im Frühling, wenn die Blumen auf den Dächern blühten, war die Stadt gewiss das Paradies auf Erden. Und in den heißen Sommernächten, so nahm ich an, schliefen die Menschen auf den Dächern unter einem diamantfunkelnden Sternenhimmel im Duft des Jasmins, der »Königin der Nacht«.

Die Straßen von Bagdad waren breit und gepflastert, aber ein großer Teil des Verkehrs spielte sich auf den hunderten Kanälen ab, die die ganze Stadt durchzogen – wie in Venedig! Wie es hieß, musste jeder Bewohner von Bagdad »einen Esel im Stall und ein Boot auf dem Tigris haben«.

Mütügen und ich waren beeindruckt von der großartigen Hauptstadt des Islam. Wie wir staunend erfuhren, besaß Bagdad, die größte Stadt der Welt, fast drei Millionen Einwohner, während das Volk der Mongolen lediglich zwei Millionen Menschen umfasste!

Als Mütügen und ich nebeneinander durch die breiten Straßen der Stadt ritten, brach mein Neffe unerwartet in Gelächter aus und konnte sich überhaupt nicht mehr beruhigen.

»Mein Vater hat mir als Kind von der ›Babylonischen Sprachverwirrung‹ der Bibel erzählt!«, kicherte er und deutete auf zwei mit großartigen Gesten diskutierende Männer in Turban und langem, weitem Kaftan, dem traditionellen Gewand der Araber. »Als die Babylonier ihren Turm bis in den Himmel gebaut hatten, sprach Gott: ›Ein Volk sind sie, und eine Sprache haben sie alle, und dies ist erst der Anfang ihres Tuns. Jetzt wird ihnen nichts unmöglich sein, was sie zu tun ersinnen. Also, lasst uns ihre Sprache verwirren, dass sie einer des anderen Sprache nicht mehr verstehen!‹ Ich habe nie verstanden, was damit gemeint war.

Hier, in Babylon, verstehe ich es endlich. Araber, Kurden, Armenier, Inder, Afghanen, Türken, Ägypter und Juden leben in dieser wundervollen Stadt. Jeder trägt ein anderes Gewand, spricht eine andere Sprache und hat einen anderen Glauben! Jetzt kann ich mir vorstellen, wie es eines Tages in unserer neuen Hauptstadt Kharkhorin sein wird …«

Ich nickte versonnen. »Babylon liegt nur ein paar Li südlich.«

»Ich weiß, Temur. Könnten wir … ich meine, wenn wir genug Zeit haben, bevor wir wieder aufbrechen … könnten wir nicht in den nächsten Tagen einen Ausflug zu den Ruinen von Babylon machen? Ich würde zu gern wissen, ob es den Turm noch gibt!«

Ehrlich gesagt: Ich hatte große Lust, mit Mütügen die Ruinen von Alexanders Hauptstadt zu besichtigen. Nach drei Monaten anstrengender Ritte durch Salzwüsten und verschneite Gebirge von Samarkand über Merw, Nishapur, Isfahan bis Bagdad musste ich den Kriegern unbedingt ein paar Tage Ruhe gönnen.

Also nickte ich, und Mütügen ergriff meine Hand und küsste mich glücklich lächelnd auf beide Wangen. »Ich danke dir, Temur! Babylon ist der erste Ort, der in der Bibel erwähnt ist, den ich sehen werde. Das bedeutet mir sehr viel. Als Kind dachte ich, Babylon sei unvorstellbar weit entfernt. Aber nun … nun bin ich *hier!* Das ist unglaublich! Die Welt ist so klein geworden in den letzten Jahren. Plötzlich erscheint alles denkbar, erreichbar, durchführbar. Und doch: Wenn ich mich heute entschließen würde, nach Hause zurückzukehren, wäre ich von Bagdad aus mehr als ein Jahr unterwegs.«

»Warum sagst du das?«, fragte ich. »Hast du Heimweh?«

Er nickte. »Ja, hier in der Enge der größten Stadt der Welt sehne ich mich nach der menschenleeren und grenzenlosen Weite der

Steppe. Nach einer Welt, die nur *einen* Horizont hat, nicht unendlich viele, weil Mauern ihn zerschneiden.«

Ich war so viele Jahre länger unterwegs als Mütügen. Hatte ich Heimweh? Vor fast einem Jahr, als Léon mich vor den Toren von Bokhara verließ, hatte ich eine leise Sehnsucht im Herzen verspürt, und ich hatte verstanden, warum mein Freund nach Frankreich zurückkehren wollte. Er war wohl inzwischen in Paris angekommen. Doch ich war von meiner Heimat weiter entfernt als jemals zuvor. Wohin würde mich mein Weg noch führen? Wann würde ich heimkehren?

Gemeinsam ritten wir weiter durch die Stadt, bis wir einen *Hamam* fanden, wo wir uns den Staub unserer dreimonatigen Reise abwuschen und uns das lang ersehnte Wohlgefühl einer Massage mit warmem Rosenöl gönnten. Im Abbasiden-Palast bat ich um eine Audienz beim Khalifa und erkundigte mich nach dem, wie ich wusste, strengen Hofzeremoniell für Empfänge. Nach einem sehr vergnüglichen Einkauf in den Souks der Stadt – Mütügen und ich konnten unmöglich in unserer einfachen Reisekleidung oder unseren prächtigen Rüstungen zur Audienz erscheinen – begleitete ich meinen Neffen zum Gebet in eine christlich-orthodoxe Kirche. Es war Sonntag, und bis zum Weihnachtsfest waren es nur noch wenige Tage.

Der Palast des Khalifas war in der Nähe des Nordtores am Ufer des Tigris errichtet worden. Der Sandsturm vom Vortag hatte sich noch nicht gelegt, und ein zarter rosenfarbener Schleier legte sich am frühen Abend über das herrliche Bauwerk, das der Khalifa Nasir li-Din Allah, der »Sieger für den Glauben an Allah«, zwanzig Jahre zuvor errichtet hatte.

Der Palast war aus rötlich leuchtenden Ziegeln erbaut worden. Neben dem hohen, spitzbogigen Eingangsportal waren die wuchtigen Mauern mit einem geometrischen Muster aus versetzt verlegten Ziegeln geschmückt. Die tief stehende Sonne über dem Tigris schnitt ein herrliches Schattenmuster in die Wand. Dieser prächtige Palast, umgeben von paradiesischen Gärten, war neben der

Kaaba in Mekka und dem Felsendom in Jerusalem das Zentrum der islamischen Welt.

Am Tor wurden Mütügen und ich mit einer tiefen Verbeugung empfangen und zum Audienzsaal geleitet. Der Würdenträger, der uns abholte, sah sich erstaunt nach meinem Gefolge um, aber ich hatte mich entschieden, nur fünf meiner Männer als Leibwächter mit in den Palast zu nehmen und den anderen frei zu geben, damit sie sich in Bagdad vergnügen konnten. An diesem Morgen waren wir auf der Westseite des Tigris gewesen, um die Ruinen der runden Stadtfestung Medinat as-Salam zu besichtigen, die al-Mansur errichtet hatte. Doch es war nicht viel davon übrig. Die Söhne Harun ar-Rashids hatten um die Macht gekämpft, und die Festung war während dieses erbitterten Bruderkrieges zerstört worden.

Der Zeremonienmeister des Khalifas führte uns durch einen Innenhof, der von eleganten Spitzbogen-Arkaden gesäumt war. In allen Arkadennischen des Hofes waren von der Decke herabhängende Öllampen entzündet worden, die die kunstvoll mit Ornamenten verzierten Bögen erleuchteten. In der Mitte des Hofes plätscherte ein Springbrunnen.

Der Abbasiden-Palast war zwei Stockwerke hoch. Außer den großen Audienzsälen gab es zahlreiche Räume für die Würdenträger und Sekretäre sowie die Privaträume des Khalifas.

Wir wurden über eine Treppe zum Empfangsraum geführt. Mütügen stockte der Atem – er war nie in den Kaiserpalästen von Zhongdu, Kaifeng, Linan und in der Residenz des Shahs in Bokhara gewesen! Aber auch ich war beeindruckt. Noch nie zuvor hatte ich eine solche verschwenderische Pracht gesehen. Auf dem Boden der Säle lagen Teppiche in mehreren Schichten übereinander – tausend Sehnsüchte waren in die Teppiche eingeknüpft, die paradiesische Gärten und den Sternenhimmel darstellten. Jeder Teppich war ein ornamentaler Vers, ein farbenfrohes Gebet, ein sehnsuchtsvoller Traum von Glück. Die Wände des Palastes bedeckten Stoffe aus Goldbrokat mit aufgestickten Elefanten, Löwen und fliegenden Vögeln.

Trotz aller Pracht gab es nur wenig Möbel im Palast – wesentlich weniger als in Chin und Song. Wie bei uns Mongolen lebte man in Bagdad auf dem Boden. Außer den Betten und den Truhen für Kleider und Bücher waren Teppiche, der kostbarste Besitz eines Hauses, die einzigen Möbel.

Ohne viele Umwege gingen wir zum Audienzraum. Ich war zufrieden, auch wenn man mir nicht alles zeigte, was es zu sehen gab: Der Khalifa ersparte mir den langen, demütigenden Weg durch den ganzen Palast und den herrlichen Garten mit dem zahmen Löwen und den Pfauen, einen Umweg, der nur dazu gedient hätte, mich zu beeindrucken.

»Und ich habe die Märchen aus Tausendundeiner Nacht für Geschichten gehalten, die man Kindern erzählt, damit sie schön träumen«, flüsterte Mütügen mir zu, als wir einen langen Gang entlangschritten. »In diesem Palast sind sie goldschimmernde Wirklichkeit! Gleich wird uns die schöne Shahrazad begegnen und uns das Märchen von den beiden weit gereisten Prinzen aus dem fernen Land im Osten erzählen, die nach Bagdad kamen, weil sie das ehrfürchtige Staunen lernen wollten. O Temur, ich komme mir so schäbig gekleidet vor.«

»Du siehst umwerfend aus in deiner schwarzen Seidenrobe, Mütügen«, flüsterte ich zurück. »Du bist der Enkel des ›Herrschers der Herrscher‹, des ›Herrn der Weltordnung‹. Die Enkelinnen des Khalifas werden dir zu Füßen liegen …«

Mein Neffe schüttelte lachend den Kopf. »Ich will keine von ihnen. Mein Märchenprinz wartet in Samarkand auf mich.«

Ein goldverziertes Portal wurde geöffnet, und wir betraten die Privatgemächer des Khalifas. Erstaunt blieb ich stehen: Zum ersten Mal in meinem Leben sah ich einen schwarzen Menschen.

Er kam uns mit einem Tablett entgegen, auf dem Honiggebäck in Silberschüsseln angerichtet war. Ich starrte ihn an: Er war ungefähr zwanzig Jahre alt und kleiner als ich. Seine samtig-dunklen Augen faszinierten mich. Er hatte schöne Augen, in denen Leid lag.

Ich blieb stehen und hielt ihn auf: »Wie heißt du?«

Er verneigte sich. »Musa, mein Herr.«

»Woher kommst du?«

»Aus dem Königreich Aksum, mein Herr. Meine Eltern waren christliche Äthiopier.«

»Wo liegt das Reich Aksum?«, wollte ich wissen.

»An der Ostküste von Afrika, südlich von Ägypten. Die Hauptstadt befindet sich fünf Tagesmärsche im Landesinneren.«

»Du bist weit entfernt von deiner Heimat.«

»Sehr weit«, seufzte er. »Und ich habe keine Hoffnung, sie jemals wiederzusehen. Ich bin ein Sklave …«

Ich nickte voller Mitgefühl. »Wäre es dir unangenehm, wenn ich dich berühre? Ich habe noch nie in meinem Leben einen schwarzen Menschen gesehen.«

Er zögerte, sah mir scheu in die Augen, aber dann sagte er: »Nein, ich habe nichts dagegen, wenn du mich berührst, mein Herr.«

Ich strich zart über die ausgestreckte Hand, dann drehte ich sie um. Die Handfläche war viel heller als die übrige Haut.

»Ich danke dir, Musa«, sagte ich schließlich.

Dann wandte ich mich an den Würdenträger, der uns zum Khalifa führte. »Ich möchte diesen Sklaven freikaufen.«

Die Freilassung von Sklaven gilt im Islam als frommes, gottesfürchtiges Werk, und es gab keinen Grund, mir diesen Wunsch abzuschlagen. Musa hatte mir eine Freude gemacht, und ich machte ihm das einzige Geschenk, das ich ihm geben konnte: seine Freiheit.

Trotzdem sah er mich überrascht an. »Ich bin sicher, dass der Khalifa ihn dir schenken wird, wenn du ihn besitzen willst …«

»Ich will ihn nicht geschenkt haben, ich will ihn freikaufen.«

»Ich werde alles Nötige veranlassen«, nickte der Würdenträger mit zu einer tiefen Verbeugung gekreuzten Armen.

»Musa, du kannst gehen«, sagte ich.

»Gehen, mein Herr? Wohin?«, fragte er verwirrt.

»Nach Hause, Musa. Nach Aksum. Du bist frei.«

Er wollte mir die Hand küssen, aber ich entzog sie ihm. »Der Friede sei mit dir, Musa.« Ich wandte mich um und folgte dem

Würdenträger zum Khalifa, der uns in seinem Empfangssaal erwartete.

Dann stand ich vor Nasir li-Din Allah, dem »Beherrscher der Gläubigen«, dem vierunddreißigsten Khalifa der glorreichen Abbasiden-Dynastie, einem Nachfolger Djafar al-Mansurs und Harun ar-Rashids. Die Abbasiden waren über al-Abbas, den Onkel des Propheten, mit dem Gesandten Gottes verwandt.

Der Khalifa saß mit gekreuzten Beinen auf einem Prunkbett, das mit perlenbestickten Brokatstoffen überzogen war. Über ihm schwebte ein Baldachin aus Goldbrokat. Ein zarter Schleier, der bis auf das Bett herabfiel, trennte ihn von den Anwesenden. Drei seiner Söhne standen mit gekreuzten Armen neben dem Thron ihres Vaters und verneigten sich bei meinem Eintreten ehrerbietig vor mir, während sich etliche andere Prinzen, die auf dem Teppich zu Füßen des Khalifas gehockt hatten, mit tiefstem Respekt zu Boden warfen.

Das strenge Hofzeremoniell sah vor, dass ich auf dem Weg zum »Beherrscher der Gläubigen« neun Mal niederkniete, um den Boden zu seinen Füßen zu küssen, bevor er mir die Gnade erwies, seine Hand mit meinen Lippen berühren zu dürfen. Aber er ließ es nicht zu, dass ich mich vor ihm demütigte: Bei meinem Eintreten erhob er sich, schob den Vorhang zur Seite und kam mir entgegen.

Ich verneigte mich tief, aber er fasste mich an den Schultern. »Bitte nicht«, sagte er. »Ich freue mich sehr, dich doch noch in Bagdad begrüßen zu können.«

»Ich danke dir, dass du mich empfängst, *Khalifat Rasul Allah.*«

»Ich bitte dich: Vergessen wir doch beide unsere Titel. Sonst müsste ich dich den ganzen Abend lang mit ›Heiligkeit‹ ansprechen.« Als ich ihn überrascht ansah, lachte er und legte mir vertraulich die Hand auf die Schulter: »Vor wenigen Tagen traf der Bote meines Gesandten beim Khakhan in Bagdad ein und berichtete mir von den prunkvollen Zeremonien in Samarkand anlässlich deiner Ernennung zum Hohen Priester des mongolischen Reiches.« Als ich nickte, bat er mich: »Darf ich dich Abu Talib nennen?«

»Ich fühle mich geehrt.« Meinem Namen einen ehrenvollen arabischen Beinamen wie Abu Talib, »Vater von Talib«, anzufügen war eine überaus höfliche Geste.

»*Ich* fühle mich geehrt, Abu Talib.« Er deutete auf mein langes Gewand. »Du trägst, dem Hofzeremoniell entsprechend, einen schwarzen Kaftan – Schwarz ist die Farbe der Abbasiden.« Während er sprach, zog er seinen weiten, mit Perlen bestickten Brokatmantel aus, hängte ihn mir wortlos um und schloss eigenhändig die Knöpfe, in Gold gefasste Diamanten.

Ich verdarb die Situation nicht durch ein Dankeswort, sondern nickte ihm lediglich zu. Er lächelte voller Hochachtung.

Ich schätzte an-Nasirs Alter auf sechzig Jahre. Seine Haare und sein Bart waren silbergrau, was ihm ein sehr würdiges Aussehen verlieh. Ich musste lächeln, als ich ihm in die Augen sah: So hatte ich mir nach Dschebes Erzählungen am Lagerfeuer immer König David vorgestellt, einen älteren, weisen Herrscher, der seine Macht umsichtig einzusetzen verstand, aber auch vor Gewalt nicht zurückschreckte, um sie zu erhalten.

An-Nasir regierte seit vierzig Jahren mit starker Hand, bemüht, die alte Größe des Reiches von Harun ar-Rashid wiederherzustellen. Er hatte Sultan Sala ad-Din bei seinem Kampf gegen die christlichen Kreuzfahrer unter Richard Löwenherz unterstützt, die Jerusalem zurückerobern wollten. Und er hatte gegen Sultan Ala ad-Din Tekish gekämpft, den Vater des Shahs Ala ad-Din Muhammad, der den Khalifa seiner Oberhoheit unterwerfen wollte.

Unbeirrt von den Stürmen aus dem Osten und dem Westen versuchte der Khalifa, die islamische Welt – Schiiten und Sunniten – unter dem Banner der Abbasiden zu vereinen. Er unterhielt sogar freundschaftliche Beziehungen mit dem nestorianischen Patriarchen von Bagdad.

An-Nasir war ein Mann mit einer großartigen Vision – und dafür bewunderte ich ihn. Ich bedauerte sehr, dass wir uns nicht früher begegnet waren, um den Angriff des Shahs auf Bagdad und den furchtbaren Krieg gegen Khwarezm zu verhindern.

Nachdem der Khalifa mir seine Söhne vorgestellt hatte, lud er mich zum Abendessen ein. Mit nur wenigen Vertrauten speisten wir in einem Zelt im Paradiesgarten des Palastes – mit einem herrlichen Blick auf den majestätisch vorbeifließenden Tigris. Im Zelt war es gemütlich warm, obwohl es zum Garten und zum Fluss hin offen war. Wir lagerten auf bequemen Kissen zwischen Bronzebecken mit knisternden Holzkohlefeuern. Immer wieder wurden wir von Dienern mit duftendem Orangenblütenwasser, mit Rosenblütenessenz und Moschus gesalbt. Bei einem köstlichen Mahl – Huhn mit Walnüssen in Granatapfelsauce, Salate, mit Öl und Zitronensaft, Zwiebeln und Knoblauch gewürzt, und ofenfrisches Fladenbrot – unterhielten wir uns in sehr ungezwungenem und freundschaftlichem Ton und tranken eisgekühltes, mit Rosenessenz parfümiertes Zuckerwasser.

Nach dem Essen trug uns ein Dichter Verse zu Ehren des Khalifas vor, während wir kandierte Rosenblüten naschten. Doch der »Beherrscher der Gläubigen« verlor schnell die Geduld: »Wenn du nichts anderes zu sagen hast, als mich in deinen Versen mit der Sonne und dem Mond zu vergleichen, dann schweig und geh. Du langweilst mich.«

Der Poet, ein junger Mann aus Basra, fiel vor dem Khalifa auf den Boden und wagte es nicht aufzusehen. Dann rezitierte er noch ein Gedicht, keine Lobeshymne auf das »Licht der Welt«, sondern einen schönen Vers über den Tigris, den Lebensfluss, der, großzügig Fruchtbarkeit und Leben schenkend, durch Bagdad strömte und die Stadt zum Paradies auf Erden machte. Dabei erwähnte er nicht ein einziges Mal den Namen des Khalifas.

Der »Beherrscher der Gläubigen« war zufrieden. Er winkte einem Diener, der eine Bergkristallschale mit goldenen Münzen brachte. Der Dichter, offenbar vertraut mit den Sitten bei Hofe, verneigte sich tief vor dem Khalifa und steckte sich so viele Dinare wie möglich in den Mund. Ich zählte mit: Es waren zweiundfünfzig Goldmünzen.

Als ich zu kichern begann, stimmte der Khalifa ein. Er legte mir die Hand auf den Arm. »Sein Gedicht war die zweiundfünfzig Dinare nicht wert«, lachte er und wischte sich eine Träne aus dem

Augenwinkel. »Sein alberner Gesichtsausdruck mit den Goldmünzen im Mund aber sehr wohl! Es erstaunt mich immer wieder, zu welcher Selbsterniedrigung Menschen in ihrer Gier nach Gold fähig sind.«

Ein Diener brachte uns einen schweren, süßen Rotwein aus Shiraz. An-Nasir, nun wieder ernst, wollte wissen, warum ich den weiten Weg von Samarkand nach Bagdad gekommen war, und ich antwortete, dass ich auf der Suche nach dem Shah sei.

»Du willst ihn hinrichten«, sagte er. »Du bist das ›Schwert Gottes‹.«

»Ja, ich werde über ihn richten. Und das weiß er, denn er flieht vor mir. Von Balkh nach Merw, weiter nach Nishapur, von dort nach Rai, weiter nach Qazwin, dann nach Hamadan. Bei Hamadan hat er sich mit Dschebe und Subotai eine Schlacht geliefert. Er wurde verwundet, ist aber wieder entkommen. Ich hoffe, von dir zu erfahren, wohin der Shah geflohen ist.«

Nachdenklich reichte er mir eine Silberschüssel mit einer schwarz schillernden Paste. »Versuch das, Abu Talib. Das ist köstlich!«

Ich nahm den Silberlöffel und probierte. »Was ist das?«

»Kaviar vom Daryaye Khezer-Meer.«

»Ist der Shah hier in Bagdad?«, fragte ich, während ich noch einen Löffel voll Kaviar nahm.

»Nein, Abu Talib. Wenn er hier wäre, wüsste ich es. Was sollte der Shah in Bagdad, wenn nicht mit mir, dem Khalifa, zu sprechen, um sich mit mir gegen den Khakhan zu verbünden?«

»Nach drei Monaten der Flucht ist er verzweifelt genug, hierher zu kommen, um nach einem rettenden Strohhalm zu greifen.«

Der Khalifa lachte. »Dieser Strohhalm wird ihn in die Tiefe reißen. Wenn Ala ad-Din Muhammad es wagt, nach Bagdad zu kommen, lasse ich ihn hinrichten. Wenn du es wünschst, werde ich dir seinen Kopf nach Samarkand nachschicken.«

»Das wird nicht nötig sein. Ich werde ihn finden, wo auch immer er sich versteckt hat.«

An-Nasir war erfreut, als ich ihn um seine Unterstützung bat, und er versprach herauszufinden, wohin der Shah von Hamadan aus geflohen war. Dann lud er mich und Mütügen ein, während unseres Aufenthaltes im Abbasiden-Palast zu wohnen, und stellte uns zwei großzügig ausgestattete Wohnungen zur Verfügung.

Während der nächsten Tage spazierten mein Neffe und ich durch Bagdad, besichtigten Kirchen und Moscheen und die Buchläden in den großen Souks.

Mütügen bat um eine Audienz beim nestorianischen Patriarchen und wurde tatsächlich am Tag vor Weihnachten von ihm empfangen. Er war tief bewegt und sehr glücklich, als wir am Abend Arm in Arm mit dem Segen des Patriarchen in den Palast zurückkehrten. Nachdem sie als Ketzer verdammt worden waren, war nicht der Papst in Rom, sondern der Patriarch in Bagdad das Oberhaupt der nestorianischen Christen, die im Khalifat von Bagdad, in Khwarezm, im Sultanat von Delhi, in Chin und in Song lebten – und in der mongolischen Steppe. Der Patriarch war erstaunt, als ich ihm erzählte, dass zwei meiner Söhne Christen waren: Kaidu und Chinkim.

Nach unserer Rückkehr in den Palast schenkte mir Mütügen eine silberne Figur des gekreuzigten Jesus, die der Patriarch gesegnet hatte. »Du hast Jesus jahrelang an deinem Herzen getragen«, sagte er, als er mir die Figur in die Hand drückte. »Ich weiß nicht, ob du nach Otrar … ich meine: Beinahe hättest du dasselbe Schicksal erlitten … Wenn du das Kreuz nicht tragen willst, dann kann ich das verstehen. Aber ich würde mich sehr freuen, wenn du es als Geschenk annehmen würdest.« Dann fuhr er fort: »Dieses zweite Kreuz werde ich Kaidu geben, wenn wir uns wiedersehen. Ihr beide seid die Menschen, die mir am meisten bedeuten.«

Ich umarmte Mütügen herzlich und dankte ihm, während er mir das Band mit der silbernen Figur umlegte.

Zwei Tage nach der Weihnachtsmesse des Patriarchen ritten wir gemeinsam zu den Ruinen von Babylon, wo wir mehrere Stunden herumwanderten. Mütügen war betroffen: Vom Turm von Babylon waren kaum mehr als die Fundamente erhalten. Und auch von den

Palästen, die Alexander bis zu seinem Tod hier in Babylon bewohnt hatte, war nichts übrig geblieben. Ich wusste nicht, was ich in mein Reisebuch skizzieren sollte, außer ein paar Steinen im Wüstensand. Während unseres dreistündigen Rittes zurück nach Bagdad schwiegen Mütügen und ich. Ganz in Erinnerungen versunken dachte ich an mein Gedicht: »Des Menschen Spuren sind verweht …«

Seit drei Wochen waren wir in Bagdad, als der Khalifa uns rufen ließ: »Ala ad-Din Muhammad befindet sich mit nur einem kleinen Gefolge in einem Fischerdorf namens Fardha am Ufer des Daryaye-Khezer-Meeres.«

Am nächsten Morgen verließen wir Bagdad.

Über Kermanshah und Hamadan ritten Mütügen und ich durch die Berge von Kurdistan nach Qazwin, wo ich Dschebe und Subotai mit ihrem dreißigtausend Mann starken Heer traf. Die beiden Noyans hatten ihr Winterlager aufgeschlagen und den Shah in den Bergen suchen lassen – vergeblich.

Subotai blieb im großen *Ordu* vor den Toren von Qazwin, während Dschebe, Mütügen und ich mit nur zweihundert Kriegern im Tal des Safid-Rud-Flusses das Gebirge durchquerten und zum Ufer des Daryaye-Khezer-Sees hinabstiegen. Als wir uns, am Strand entlangreitend, dem Dorf Fardha näherten, sah ich in der Ferne ein Fischerboot ablegen, das, ein Segel hissend, auf eine Insel im See zusteuerte.

Dschebe, der neben mir ritt, deutete auf das Segelboot. »Er weiß, dass du ihn gefunden hast. Er flieht über das Meer.«

»Er wird mir nicht entkommen. Der Tag des Gerichts ist da.«

Eine Stunde später hatten wir das Fischerdorf erreicht. Ich bat einen der Fischer, mich mit ein paar Bewaffneten zum Eiland hinüberzubringen. Dann bestieg ich das Boot und segelte über das im Sonnenuntergang glühende Meer zur Insel am Horizont.

»*Ash-Shah mat!*«, sagte ich. »Das ›Spiel der Könige‹ ist beendet, mein Shah. Alle deine Figuren sind geschlagen.«

Ala ad-Din Muhammad sprang von seinem Kissen am Lagerfeuer auf und zog sein Schwert. »Du irrst: Nicht alle Figuren sind geschlagen. Djelal wird der nächste Shah sein. Er wird mich rächen. Das ›Spiel der Könige‹ und der Krieg werden fortgesetzt, bis zum bitteren Ende.«

Meine Krieger drängten die Eskorte des Schahs bis ans Ufer des Sees zurück und entwaffneten die Männer.

»Djelal wird nicht mit mir kämpfen«, sagte ich. »Er ist mir bereits einmal auf dem Schlachtfeld ausgewichen.«

»Er wird jeden einzelnen Noyan besiegen, und am Ende auch dich, Temur. Er wird den Thron von Khwarezm besteigen …«

»Das werde ich verhindern. Meine Pfeilboten haben mir berichtet, dass Djelal auf dem Weg nach Gurgandj ist, um die monatelange Belagerung der Stadt durch meine Brüder zu beenden. Noch heute Nacht werde ich nach Gurgandj aufbrechen.«

»Sobald du mir das Herz herausgerissen hast?«, fragte er und drohte mir mit dem funkelnden Schwert.

Zwei meiner Krieger wollten ihn ergreifen, aber ich winkte ab.

»Nein, sobald ich mit dir nach Fardha zurückgesegelt bin. Ich werde dich zu meinem Vater in sein *Ordu* vor den Toren von Thaleqan in Afghanistan bringen. Dort wirst du gerichtet werden. Durch deine Flucht hast du den Rückweg zu deiner Hinrichtung nur verlängert. Von Thaleqan aus werde ich nach Gurgandj reiten, um Djelal gefangenzunehmen. Und dann wird dieser sinnlose Krieg hoffentlich beendet sein.«

»Er wird niemals enden, das verspreche ich dir!«, schrie er. »Du wirst mich nicht als deinen Gefangenen nach Thaleqan bringen, um mich zu demütigen. Niemals!«

Mit gezogenem Schwert stürzte er vorwärts, als wollte er auf mich losgehen. Meine Leibwächter versuchten ihn aufzuhalten, aber er entkam ihnen, rannte ein paar Schritte in die Finsternis hinein. Dann blieb er stehen und rammte sich das Schwert in den Leib. Röchelnd sank er auf die Knie und fiel ins Uferschilf.

Der Shah hatte seine Flucht fortgesetzt. Bis zum Letzten Horizont.

Ash-Shah mat – der Shah war tot. Aber der Krieg war noch lange nicht beendet. Denn eine neue Figur war ins Spiel gekommen … ein würdiger Gegner, den ich nicht besiegen konnte: mein Freund, der Shah Djelal ad-Din.

Während der Rückfahrt zum Ufer ein paar Stunden später – wir hatten den Shah begraben – war ich sehr nachdenklich:

Wer hatte in dieser Nacht eigentlich wen *ash-Shah mat* gesetzt?

Kapitel 14

Shivas Tanz

Mütügen und ich waren auf dem Weg zurück nach Nishapur, als uns ein Pfeilreiter meines Bruders Tolei entgegengaloppierte, der auf dem Weg zu Dschebe und Subotai im *Ordu* bei Qazwin war.

Der Bote berichtete, dass Tolei seit einigen Tagen Merw belagerte und nach dem Fall der Stadt nach Nishapur weiterziehen wollte. Nach Dschebes und Subotais Abzug aus Nishapur im letzten November hatte die Stadt die Tore geschlossen, und mein Schwager Tokutschar, den mein Vater wegen unerlaubter Plünderung einer Stadt zum einfachen Krieger degradiert hatte, war bei einem Reiterangriff vor den Toren der Stadt gefallen. Tolei hatte von unserem Vater den Befehl erhalten, Tokutschars Tod zu rächen und Nishapur zu vernichten.

Djelal ad-Din war nach der Flucht seines Vaters aus Nishapur im letzten November in die alte Hauptstadt Gurgandj geritten. Ein Teil der khwarezmischen Truppen in Gurgandj hatte sich jedoch geweigert, ihn als Nachfolger des Shahs anzuerkennen, und verschwor sich gegen ihn, um seinen Bruder Uslak Khan zum Herrscher von Khwarezm zu machen. Djelal war nur knapp einem Attentat seines Bruders entgangen. Aus Gurgangj war er nach Süden entkommen, nach Afghanistan.

Uslak war vor dem gewaltigen Heer meiner Brüder Dschutschi, Tschagatai und Ogodei aus Gurgandj geflohen und vor einigen Wochen in der Schlacht gefallen. Djelal, der sich irgendwo in Afghanistan versteckte, war nun als ältester Sohn von Ala ad-Din Muhammad rechtmäßiger Shah von Khwarezm.

Gurgandj wurde seit neunzig Tagen von Dschutschi, Tschagatai und Ogodei mit hunderttausend Kriegern belagert, ohne dass die Festung gestürmt werden konnte. Da das mongolische Heer große Verluste erlitten hatte, war es zum Streit zwischen Dschutschi und Tschagatai gekommen. Nicht einmal der besonnene Ogodei, den mein Vater zum Oberbefehlshaber über seine beiden Brüder ernannt hatte, konnte ihre erbitterten Wortgefechte verhindern.

Dschutschi beharrte darauf, dass Gurgandj und die nördlichen Provinzen von Khwarezm zu seinem Reichsteil gehörten, der ihm von unserem Vater übertragen worden war. Tschagatai behauptete, das Gebiet seines Bruders, den er verächtlich »den Sohn eines Merkiten« nannte, ende nördlich des Syr-Darya, und Gurgandj, das südlich des Aral-Sees am Ufer des Amu-Darya lag, gehöre ihm als Khan. Tschagatai hielt sich für den Erstgeborenen Dschingis Khans, denn Dschutschi und ich wären zwar älter als er, aber lediglich Adoptivsöhne.

Dass mich Tschagatai in seinem Zorn als Dschamugas Sohn bezeichnete, verstimmte mich – mein Bruder und ich hatten uns immer sehr nah gestanden. Niemals hätte ich ihm seine rechtmäßigen Erbansprüche als Khan streitig gemacht! Von einem Dritten zu hören, wie mein Bruder über mich dachte, das war wie ein schmerzhafter Pfeil in den Rücken. Mütügen war sehr betroffen über das Gerede seines Vaters, denn er wusste, wie verletzend es auf mich wirkte. Und er wusste, dass sein Vater noch mehr scharfe Pfeile im Köcher hatte, die mich treffen konnten: meine Liebe zu Chutsai.

Von Nishapur wandten wir uns nach Südosten, um über die Straße nach Herat zum Winterlager des Khakhans an den Nordhängen des Hindukush zu gelangen. Den Plan, nach Gurgandj zu reiten, hatte ich aufgegeben, da sich Djelal nun im Bergland von Ghor versteckt hielt. Mütügen, der sich sehr auf das Wiedersehen mit Kaidu gefreut hatte, war traurig – das Jahr der Trennung der beiden Liebenden war längst vorbei –, aber er biss sich auf die Lippen und schwieg, um mich nicht noch mehr zu verstimmen. Aber ich wusste, wie sehr er litt.

Wir hatten Herat noch nicht erreicht, als uns ein weiterer Pfeilreiter von Tolei überholen wollte, der zum Khakhan unterwegs war. Atemlos berichtete er, Merw sei nach einundzwanzig Tagen gefallen. Die blühende Stadt, die in Khwarezm stolz »die Königin der Welt« genannt wurde, war Ende Februar des Schlangen-Jahres (1221) vollständig zerstört worden. Um die Brände in den Ruinen zu löschen, hatte Tolei die aufgestauten Fluten des Murghab-Flusses durch die Stadt geleitet. Merw existierte nicht mehr. Und Tolei war auf dem Weg nach Nishapur.

Anfang März kamen Mütügen und ich im *Ordu* des Khakhans an. Wir hatten den Weg von Samarkand nach Bagdad und zurück zum Winterlager östlich von Herat in nur sechs Monaten zurückgelegt. Schigi hatte diese Zeit geschickt für seinen Feldzug gegen mich genutzt: Er hatte meinen Vater gegen mich aufgebracht, indem er ihm von meinen leidenschaftlichen Liebesnächten mit Chutsai erzählte und ihn warnte, dass ich den Kanzler benutzte, um ihn zu stürzen.

Ich war verbittert über Schigis lebensgefährliche Intrigen. Mein Vater, der Schigis Absichten durchschaute, war zornig auf seinen Adoptivsohn. Aber was sollte er tun? Sollte er Schigi bestrafen, weil er die Wahrheit gesagt hatte? Chutsai und ich liebten uns, das hatten wir ihm doch beide gestanden.

Um mich vor Tschagatais und Schigis Angriffen zu schützen, verbot mir mein Vater, Chutsai wiederzusehen. Wir durften uns nicht treffen. Wir durften nicht allein miteinander sprechen. Wir durften nicht miteinander meditieren. Und wir durften uns nicht lieben. Obwohl ich verstand, dass er mich als seinen Nachfolger vor den Beschuldigungen meiner Brüder und einem unvermeidlichen Todesurteil bewahren wollte, war ich traurig und enttäuscht. Ich hatte mich so sehr nach Chutsai gesehnt. Ihn nicht zu berühren, ihn nicht zu streicheln, ihn nicht zu küssen, ihn nicht im Arm zu halten, ihn nicht zu lieben und nicht mit ihm zusammen zu sein, nicht einmal ein einziges Wort mit ihm sprechen zu dürfen war unerträglich. Nur von ferne durfte ich ihn betrachten und von ihm träumen.

Mein Vater hatte genaue Anweisungen gegeben, wie weit wir uns einander nähern durften, und unsere Leibwächter sorgten dafür, dass wir uns daran hielten. Als Chutsai und ich uns nach einer Besprechung in der Palastjurte des Khakhans gleichzeitig erhoben, wurde ich von meinen Leibwächtern aufgehalten, damit Chutsai vor mir das Zelt verlassen konnte und wir keine Gelegenheit hatten, uns einen Herzschlag lang zu berühren, an der Hand zu halten oder Zettel mit ein paar persönlichen Zeilen zuzustecken.

Ich litt unter der Einsamkeit. Außer Mütügen hatte ich niemanden, dem ich mich anvertrauen konnte. Mit meinem Geliebten durfte ich nicht sprechen. Meine Brüder intrigierten gegen mich. Und meine Freunde? Megudschin, Malik, Djafar und Hassan waren tot. Léon war nach Frankreich zurückgekehrt. Dschebe war mit Subotai von Qazwin aus durch den Kaukasus nach Norden aufgebrochen, um die russischen Steppen zu erforschen. Und gegen meinen Freund Djelal musste ich Krieg führen.

Die Wochen im *Ordu* des Khakhans waren nur sehr schwer zu ertragen. Ich hätte mich gern in einer sinnvollen Tätigkeit vergraben, um meine tiefe Traurigkeit und jenes furchtbare Gefühl der Ohmacht zu vergessen, um in den Nächten vor Erschöpfung einzuschlafen, und nicht bis zum Morgengrauen wach zu liegen und an Chutsai zu denken. Doch ich war nicht mehr Minister für ausländische Angelegenheiten. Ende März kamen zwei Botschafter ins *Ordu,* der eine vom Kaiser Xüan Zong aus Kaifeng, der andere von Kaiser Ning Zong aus Linan, aber der Khakhan empfing die beiden Gesandten selbst, weil ich mich nach meinem Gewaltritt nach Bagdad schonen sollte. Aber ich litt nicht an Erschöpfung, sondern an Einsamkeit.

Nach dem Empfang des Botschafters von Chin ließ er mich rufen. Er konnte mir nicht in die Augen sehen und redete lange herum, bevor er mir schließlich erzählte, was ihm der Gesandte berichtet hatte: Yong Le, mittlerweile fünfzehn Jahre alt, war als Offizier der Chin-Dynastie einer der Führer der blutigen Aufstände in den eroberten chinesischen Nordprovinzen. Mein Sohn hatte meinem Vater den Krieg erklärt!

Ende April trafen Tschagatai und Ogodei, die Gurgandj erobert und zerstört hatten, mit ihren Heeren im *Ordu* ein. Dschutschi war so verbittert über den Befehl unseres Vaters, sich Ogodeis Oberbefehl zu unterstellen, dass er sich weigerte zu kommen. Und mein Vater war so zornig über seine streitenden Söhne, dass er Ogodei und Tschagatai drei Tage lang vor seinem Zelt warten ließ und es ablehnte, sie zu empfangen.

Was mich traurig stimmte, war nicht die Tatsache, dass Mütügen sich aus Angst vor seinem Vater von mir abwandte – nie werde ich seinen Blick vergessen, als er mir sagte, er könnte nun nicht mehr jeden Abend zu einem Shah-Spiel oder einer Partie Weiqi in meine Jurte kommen –, sondern dass unsere Familie auseinander brach.

In Gurgandj hatte Dschutschis Sohn Batu einen Streit mit Ogodeis Sohn Guyuk angefangen. Mein Sohn Kaidu, der versucht hatte, die beiden Cousins bei ihrem erbitterten Wortgefecht zu trennen, war in derselben Nacht von Batus Freunden derart verprügelt worden, dass er drei Tage sein Bett nicht verlassen konnte. Ich erschrak, als ich Kaidu sah: Sein schönes Gesicht hatte einen tiefen Riss von der Stirn über die rechte Wange bis zu den Lippen – beinahe hätte er bei diesem Überfall sein rechtes Auge verloren. Ogodei hatte von Dschutschi verlangt, Batu für diese Misshandlung meines Sohnes zu bestrafen, aber dieser hatte sich geweigert: Batu habe Kaidu nicht verletzt, und selbst wenn er es getan hätte, würde er ihn nicht zur Rechenschaft ziehen. Dschamugas Brut, die sich wie Ratten in der Familie eingenistet habe, müsse sechzehn Jahre nach seiner Hinrichtung endlich ausgerottet werden.

Ich war erschrocken über die hasserfüllten Worte meines Bruders. Doch ich verzichtete darauf, Dschutschi zur Verantwortung zu ziehen, denn ich dachte, durch meinen Zorn würde alles nur noch schlimmer werden.

Aber es kam noch schlimmer: Im April entging ich nur knapp

einem zweiten Attentat auf mich. Ich war mit Kaidu in die Berge geritten, um in den einsamen Tälern des Hindukush zur Ruhe zu kommen, als auf mich geschossen wurde. Der Pfeil traf mich am Bein, und Kaidu brachte mich ins Lager zurück. Wer steckte hinter diesem Mordanschlag? Dschutschi? Tschagatai? Schigi?

Ogodei zeigte sehr viel Mitgefühl und wollte mich nach meiner Rückkehr ins *Ordu* aufsuchen. Aber ich ließ ihm durch meinen Sekretär mitteilen, ich habe wegen der Schmerzen Opium genommen und sei zu müde, ihn zu empfangen. Es tat mir Leid, ihn wegzuschicken, weil ich seinen Trost dringend nötig gehabt hätte – Ogodei war der Einzige, dem ich noch vertrauen konnte –, doch mein Bruder stand als Thronfolger selbst unter schwerem Beschuss. Ich wollte verhindern, dass man auch ihm nach dem Leben trachtete, weil er sich mit mir verbündete. Aber der empfindsame Ogodei fühlte sich zurückgestoßen und weinte bittere Tränen darüber, dass selbst wir beide einander nicht mehr vertrauen konnten.

Kaidu und Mütügen litten sehr unter dem Krieg in der Familie. Mütügen wusste nicht, wie er sich mir gegenüber verhalten sollte, so lange sein Vater im *Ordu* war, und ging mir aus dem Weg. In ein paar Zeilen teilte er mir mit, wie Leid ihm alles täte. Trotz allem, was geschehen war, wollte er mir loyal bleiben. Als sein Vater ihn aufgefordert hatte, sein Kommando als mein Noyan niederzulegen, hatte Mütügen sich geweigert. Tschagatai und sein Sohn hatten sich furchtbar gestritten. Mütügens verzweifelter Brief endete mit den Worten: »Wenn du in einigen Wochen zu deinem Feldzug nach Indien aufbrichst, dann nimm mich mit! Bis ans Ende der Welt werde ich dir folgen. Ich will nur noch fort von hier! Ich ertrage meine Trennung von Kaidu und den Streit mit meinem Vater nicht mehr.«

Kaidu bat den Khakhan um ein anderes Kommando. Ein paar Tage später wurde er wegen seiner herausragenden Leistungen bei der Eroberung von Otrar, Samarkand und Gurgandj zum Noyan eines Heeres von zehntausend Kriegern ernannt.

Wenige Wochen später brach er mit tausend Reitern auf, um über Balkh nach Osten zu reiten, nach Badakhshan. Kaidu sollte mit seinen Kriegern einen geeigneten Übergang über den Hindukush und den Himalaya nach Tibet oder zur Südroute der Seidenstraße finden, der die Rückkehr in die Heimat für die mongolischen Heere um mehrere tausend Li verkürzte. Nachdem Tolei im April die Stadt Nishapur vernichtet hatte, war das eroberte Khwarezm nun Teil des mongolischen Reiches geworden. Sobald der Shah Djelal ad-Din gefangen genommen worden war und endlich Frieden herrschte, wollte der Khakhan auf dem schnellsten Weg in die Heimat zurückkehren.

Und dann brachte ein Pfeilreiter die Nachricht: Der Shah war in Ghazna und sammelte ein Heer von neunzigtausend Afghanen, Türken und Persern! Ich war besorgt: Als Sohn einer Prinzessin von Ghor würde es Djelal nicht schwer fallen, in Ghazna, Kandahar, Peshawar und Kabul afghanische Gefolgsleute zu finden. Seine *Mudjahedin* würden uns in den Bergen bis zum letzten Blutstropfen bekämpfen.

Am vierundzwanzigsten Mai des Jahres der Schlange, einen Tag nach der partiellen Sonnenfinsternis, die Chutsai vorherberechnet hatte, brach ich mit Mütügen auf. Wir zogen mit meinem Heer in südöstlicher Richtung durch die Täler des Hindukush in Richtung Bamiyan, Perwan und Kabul, um Djelal aufzuhalten, bevor er mit seinen afghanischen Truppen den Hindukush überquerte und Khwarezm erreichte.

Die verdunkelte Sonne hätte ich als ein Zeichen Gottes sehen sollen! Die Schlacht um Bamiyan wurde meine größte Niederlage. Nicht weil ich im Kampf unterlag, sondern weil ich einen geliebten Menschen verlor, einen der wenigen, die mir noch etwas bedeuteten.

Bamiyan lag sehr hoch in einem fruchtbaren Gebirgstal, in dem gerade die Narzissen blühten. Nie werde ich diesen Anblick der tausenden gelben Blüten unterhalb der schneebedeckten Gipfel des Koh-i-Baba vergessen! Bamiyan war berühmt für die kolossalen stehenden Buddha-Statuen in der rötlichen Felswand nördlich der Stadt.

Mein Vater und ich belagerten die Festung. Der Khakhan hatte Mütügen nach einem langen und sehr ernsten Gespräch mit seinem Enkel das Kommando für den Angriff übertragen. Falls es ihm gelang, Bamiyan zu erobern, sollte er wie Kaidu ein eigenes Heer erhalten. Drei Tage lang führte Mütügen den Sturmangriff gegen die Stadt. Er wäre ein hervorragender Noyan geworden, wenn … ja, wenn!

Meinem Neffen wurde sein eigener Mut zum Verhängnis. Als die Mauern von Bamiyan einstürzten, führte er gegen meinen ausdrücklichen Befehl seine Männer in die Stadt hinein. Während ich ihm zwei Tausendschaften nachsandte, entbrannte in der Stadt ein mörderischer Kampf, den Mütügen nicht überlebte.

Der Zorn meines Vaters über den Tod seines Enkels war unermesslich. Er schwang sich auf sein Pferd, zog sein Schwert und führte selbst den Angriff auf Bamiyan. In der Stadt blieb kein Mensch und kein Tier am Leben. Als wir die Mauern hinter uns ließen, lag kein Stein mehr auf dem anderen. Nur die hohen Buddha-Statuen in der nördlichen Felswand beobachteten unseren schweigenden Rückzug. Auch sie schienen zu weinen. Um Mütügen. Um Bamiyan. Und um mich, der ich einen Menschen verloren hatte, den ich wie einen Sohn liebte.

Als Tschagatai von Mütügens Tod erfuhr, weinte er nicht, weil unser Vater es ihm verboten hatte – die Tränen seines Sohnes hätte er in seiner Trauer um seinen Enkel nicht auch noch ertragen.

Verzweifelt über Mütügens Tod ging Tschagatai mit seinem Dolch auf mich los. Er schrie, es sei alles meine Schuld, weil ich Mütügen in vorderster Front habe kämpfen lassen. Ich habe versagt in meiner Verantwortung als Noyan und als Bruder. Die Wunde, die er mir an der Schulter zufügte, schmerzte nicht so sehr wie seine bitteren Vorwürfe. Jene Nacht verbrachte ich in Tschagatais Zelt. Aber nicht aus Mitgefühl mit meinem Bruder, der mich so sehr hasste, dass er den Dolch gegen mich erhob. Sondern weil ich nach diesem furchtbaren Ereignis nicht allein bleiben wollte.

Dann brach der Sturm los und riss alles mit sich fort: die Vernunft, das Gewissen, das Mitgefühl, alles, was uns zu Menschen macht.

Djelal rief zum *Djihad* gegen die Mongolen auf. Die Noyans, die in den eroberten Städten von Khwarezm als Statthalter für Ruhe und Ordnung sorgten, wurden ermordet, und der Widerstand gegen die Eroberer flammte auf wie ein alles vernichtender Steppenbrand. Die Mullahs, Imams und Kadis, die sich gegen Ala ad-Din Muhammad erhoben und dem Eroberer Dschingis Khan angeschlossen hatten, liefen nun, tief enttäuscht von der religiösen Toleranz der Mongolen, scharenweise zu Djelal über, der geschworen hatte, den Islam im *Djihad* gegen die Ungläubigen zu verteidigen.

In seinem Zorn befahl Dschingis Khan: »Vernichtet Khwarezm!«, und der Krieg begann von neuem – vernichtender und erbarmungsloser als je zuvor. Die Noyans hielten sich nicht, wie im Jahr zuvor, mit Verhandlungen über die Kapitulation von Städten auf, um sie kampflos einzunehmen. Nein, sie eroberten sie, plünderten sie, zerstörten sie, brannten sie nieder und richteten hunderttausende Einwohner hin. In Herat überlebten den Feuersturm nur sechzehn Menschen, die sich in den brennenden Ruinen versteckt hatten, bis die Mongolen abzogen. Der Noyan, der die Stadt zerstört hatte, ließ sie einfangen und hinrichten. Danach war Herat menschenleer.

Im Herbst zog Djelal von Ghazna nach Kabul und schlug sein Feldlager bei Perwan auf, wo sich ihm Schigi mit seinem Heer entgegenstellte. Djelal, der mehr als doppelt so viele Krieger hatte wie mein Bruder, befahl seinen Truppen: »Sieg oder Tod!« Die Schlacht bei Perwan war die erste mongolische Niederlage in diesem Krieg. Als ein Pfeilbote die Nachricht brachte, dass Schigi die Schlacht verloren hatte, dass Djelal aber mehr als die Hälfte seiner Truppen eingebüßt hatte, schickte der Khakhan mich, das »Schwert Gottes«, hinter dem nach Ghazna fliehenden Shah her.

Vom *Ordu* des Khakhans aus ritt ich mit zweitausend Kriegern nach Süden, das Tal des reißenden Flusses Murghab hinauf in die stark zerklüfteten Schluchten des Hindukush. Durch tief in den

Fels eingeschnittene enge Flusstäler stiegen wir, unsere Pferde auf schmalen Pfaden hinter uns herziehend, immer höher hinauf. Der Abgrund lag an manchen Stellen wohl fünfhundert Schritte senkrecht unter uns, sodass wir auf jeden Tritt achten mussten, um nicht in die Tiefe zu stürzen. Aber die Landschaft war herrlich: In manchen der tiefen Täler, wo es trotz des Winters warm war, wuchsen zwischen bizarren Felsformationen Aprikosenbäume – obwohl die Sonne nur während der Mittagsstunden das Zwielicht erleuchtete.

Dann zogen wir auf steilen, gewundenen Pfaden zum türkisfarbenen Gebirgsbach hinab, durchquerten unter großen Mühen die reißende Strömung im felsigen Bachbett und stiegen auf der anderen Seite der Schlucht wieder hinauf zur Sonne.

Ich blieb einen Augenblick stehen und ließ meine Männer an mir vorbeiziehen. Die an die mongolische Steppe gewöhnten Pferde rutschten und stolperten zwischen den Felsen des Talgrunds, von den fluchenden Reitern gezogen und geschoben. Wenn Pferde ausglitten, stürzten und sich ein Bein brachen, war das sehr unerfreulich: Wir hatten keine Ersatzpferde mitgenommen.

Dann glitt mein Blick an den senkrechten Felswänden hinauf, die nur dort, wo sie dem Himmel nah waren, in helles Sonnenlicht getaucht waren. Ein atemberaubender Anblick! Ganz oben neigte sich eine vom Wind gebeugte Kiefer über den schroffen Abgrund, tief geneigt, aber dem Sturm noch immer Widerstand leistend.

Mein Herz krampfte sich schmerzhaft zusammen, als ich an Ying Hua dachte und an die unbeschwerte Zeit, die wir gemeinsam in Zhongdu verbracht hatten. Im Empfangssaal ihres Vaters hatten von ihr gemalte Rollbilder gehangen. Eines davon zeigte eine chinesische Landschaft: steile Felsklippen, die sich aus einem zarten Nebel erhoben, und oben, am Gipfel, eine solche Kiefer, über den Abgrund geneigt. Mit wenigen Pinselstrichen hatte Ying Hua in schwarzer Tusche den Augenblick der Entscheidung dargestellt: Der Baum in ihrem Bild schien stark und unzerbrechlich, und doch konnte er jeden Moment in die Tiefe stürzen.

So wie ich.

Dann ergriff ich die Zügel meines Pferdes und folgte meinen Männern den steilen Pfad hinauf.

Wenig später hatten wir die Hochtäler des Hindukush erreicht und ritten nach Ghazna, wo wir auf die Karawanenroute von Herat über Kandahar zum Khaibar-Pass stießen.

Noch vor den Toren von Ghazna traf ich auf Djelal, der mit seinem Heer von Perwan kam: Ich war, die zerklüfteten Schluchten des Hindukush durchquerend, schneller gewesen als er auf seinem Weg von Perwan nach Ghazna. Obwohl ich nur zweitausend Krieger ohne Ersatzpferde bei mir hatte, machte er mit seinen sechzigtausend Männern sofort kehrt und galoppierte zurück nach Osten.

Ich trieb ihn vor mir her, nach Kabul, dann weiter, bis zum Khaibar-Pass. Als ich den gewundenen Karawanenweg des Passes entlangtrabte, holte ein Pfeilbote meines Vaters mich ein. Der Khakhan, Tschagatai und Ogodei waren mit ihren Heeren nur zwei Stunden hinter mir. Ich wartete nicht auf sie, sondern hetzte Djelal den Khaibar-Pass hinunter. Ich wollte ihn einholen, bevor er östlich von Peshawar den Indus überquerte.

Nach mehreren Stunden schnellen Rittes hatten wir die engste Stelle in der Khaibar-Schlucht erreicht, die den Übergang zwischen Kabul und Peshawar bildete: Hier war die Schlucht nur fünf Schritte breit, und der schmale Weg führte neben dem von Bäumen gesäumten Flussbett entlang. Ein steiler Fels ragte an dieser engsten Stelle auf. Ich stieg aus dem Sattel und kletterte hinauf, um zuzusehen, wie sich meine von den Gewaltmärschen durch den Hindukush erschöpften Männer fluchend den Pass hinunterquälten.

Ich setzte mich auf den Felsen.

Ob Alexander der Große wohl auch auf diesem Stein gesessen hatte, um sich einen Augenblick lang zu besinnen, woher er gekommen war und wohin er ging? Ob er wohl ebenso viel Heimweh nach seiner Heimat Mazedonien hatte wie ich nach der grenzenlosen Weite der mongolischen Steppe? Hier, am Khaibar-Pass konnte ich mir zum ersten Mal in meinem Leben eingestehen, dass ich unter furchtbarem Heimweh litt, dass ich mich danach sehnte, nach Jahren in Zhongdu, Linan, Bokhara, Samarkand und Bagdad endlich in die Heimat zurückzukehren.

Dann riss ich mir diesen Gedanken aus dem Herzen, sprang vom Felsen herab, stieg wieder in den Sattel und machte mich auf den langen Weg hinab nach Indien.

»Schlachtaufstellung!«, befahl ich.

Mein Stellvertreter, der neben mir ritt, war verwirrt. »Willst du nicht warten, bis dein Vater …«

»Nein«, unterbrach ich ihn. »Gib das Signal!«

»Aber … du hast nur zweitausend Krieger.« Er deutete auf Djelals Heer, das über den Indus setzte. »Der Shah hat sechzigtausend Männer. Und sie haben nicht in den letzten Tagen die Schluchten des Hindukush durchquert …«

»Wenn wir ihn jetzt nicht aufhalten, müssen wir das gesamte mongolische Heer über den Indus übersetzen, um den Shah durch Indien zu jagen. Wo, glaubst du, werden wir ihn einholen? Im Dschungel? Am Meer? Nein, wir greifen jetzt an!«

Der Noyan zog eine rote Flagge aus seiner Satteltasche und hielt sie in den Wind, der von Süden heraufwehte. Die Offiziere der Hundertschaften, die noch immer die Straße von Peshawar herabströmten, gaben das Signal mit ihren Flaggen weiter. Meine zweitausend Krieger stellten sich in der Form eines weiten mongolischen Bogens auf, dessen gespannte Sehne die reißenden Stromschnellen des Indus waren.

Djelal, der wohl damit rechnete, von mir eingeholt zu werden, hatte für die Schlacht eine Stelle ausgewählt, wo der Indus in mächtigen Stromschnellen zwischen felsigen Steilufern nach Süden rauschte. Er wollte mir nicht auf einem offenen Schlachtfeld entgegentreten, wo meine Reiterangriffe ihn in den Fluss zurückgetrieben hätten – das Gelände war stark zerklüftet und scheinbar von seiner Seite leicht zu verteidigen.

»Ich will den Shah lebend haben.« Als mein Stellvertreter den Befehl weitergegeben hatte, befahl ich den Angriff.

Die Schlacht war ein furchtbares Gemetzel, ein wogender Strudel wütend anstürmender, kämpfender, ringender, mutig sich verteidigender Menschen. Djelals Krieger ließen sich während der ersten Stunde nicht zurückdrängen und hielten meinen Reiterangriffen stand. Doch dann erschien mein Vater mit Tschagatai und Ogodei und seinen tausenden Kriegern und verstärkte in Windeseile meine Reihen. Ich übergab ihm das Kommando, und seine Krieger stürzten sich in die Schlacht.

In Djelals Heer brach die Panik aus. Viele Krieger flohen zwischen die Felsen am Ufer des Indus, wohin ihnen die berittenen Mongolen nicht folgen konnten. Andere warfen sich verzweifelt in die gewaltigen Stromschnellen, um den mongolischen Pfeilen zu entkommen und schwimmend das andere Ufer zu erreichen.

Als die Sonne im Zenit stand, hatte Djelal kaum mehr als siebentausend oder achttausend Krieger, die anderen waren gefallen oder geflohen. Und trotzdem: Meine Reiter kamen nicht nah genug an den Shah heran, um ihn gefangen zu nehmen. Doch ich trieb ihn Schritt um Schritt an den Abgrund über dem Indus, bis er nicht mehr weiter zurückkonnte.

»Was hast du vor?«, fragte mein Vater, als ich mein Pferd in Richtung Schlachtfeld trieb.

»Ich will den Krieg beenden. Ich werde mit ihm reden.«

Er sah mich entsetzt an. »Temur, du kannst nicht …«

»Doch, Vater. Ich kann und ich werde! Man sagt, dass Krieger zum Schwert greifen, wenn ihnen die Argumente ausgehen. Aber ein schlagkräftiges Argument habe ich noch, das beste von allen, und ich gedenke es jetzt zu benutzen.« Dann wendete ich mein Pferd und galoppierte mit zehn meiner Leibwächter über das Schlachtfeld auf Djelal zu.

Der Shah hatte mich gesehen und befahl seinen afghanischen Kriegern, mich zu ihm durchzulassen. Mit gezogenem Schwert kam er mir entgegen, als ich aus dem Sattel sprang.

»Was willst du hier, Temur? Mir mit einem triumphierenden *ash-Shah mat* das Ende des ›Spiels der Könige‹ erklären? Ich bin noch nicht besiegt! Der Shah ist nicht tot: Ich lebe noch!«

Ich legte ihm den Arm um die Schultern und führte ihn ein paar Schritte in Richtung Fluss, wo wir, ohne unser Leben zu riskieren, miteinander sprechen konnten, während nur ein paar Schritte entfernt das Inferno der Schlacht tobte.

»Du hast Recht, Djelal: Das ›Spiel der Könige‹ ist noch nicht beendet. Aber das Ende ist absehbar, denn es entscheidet sich mit dem Ausgang dieser Schlacht, die nicht du gewinnen wirst, sondern ich. Doch ich will dir einen letzten Ausweg zeigen, um dieses Spiel in Würde zu beenden. Würdiger als dein Vater es vermochte.«

Ich sah hinunter auf den Indus, der zehn oder zwölf Schritte unter mir vorbeidonnerte. Der türkisfarbene Fluss war an dieser Stelle sehr tief und so schnell wie ein galoppierendes Pferd. Ein feiner Schleier aus Gischt lag in der Luft und erfrischte mich nach dem Gewaltritt den Khaibar-Pass hinunter. Die feinen Tropfen liefen wie Tränen an meinem Gesicht und meiner Rüstung herab.

»Einen Ausweg?«, lachte Djelal verächtlich. »Meinen Vater hast du auf der Insel in die Enge getrieben, bis er zum Schwert griff und sich selbst richtete. Ich werde den Kampf gegen dich nicht vor seinem Ende … vor *meinem* Ende verloren geben. Wenn du mich besiegen willst, musst du dein Schwert blutig machen.«

»Ich will dich nicht besiegen, Djelal. Ich führe keinen Krieg gegen dich.« Als er mich überrascht ansah, sagte ich: »Beende diesen sinnlosen Kampf, bevor es noch mehr Tote gibt. Ganz Khwarezm liegt in Trümmern. Otrar, Gurgandj, Bokhara, Samarkand, Tirmiz, Balkh, Merw, Nishapur, Herat und Bamiyan sind nur noch Ruinen. Die Städte sind vernichtet, verbrannt und menschenleer.

Es ist niemand mehr da, der für uns beide Grabmäler errichten wird, der unsere überheblichen Grabinschriften in den Marmor schlagen wird. Am Ende wirst du doch noch ohne einen Grabstein begraben werden, und niemand wird je wissen, was im Marmorportal eingemeißelt zu lesen gewesen wäre: ›Er kämpfte sein Leben lang und unterwarf die ganze Welt. Aber am Ende gewann er die Freiheit!‹

Die Freiheit? Djelal, besinne dich: Wie viele Opfer wollen wir beide für diese wunderschöne Illusion noch bringen? Lass uns diesen furchtbaren Krieg beenden, den keiner von uns *gewinnen* kann!«

Er wandte sich ab, um ein paar Schritte in Richtung Indus zu gehen. »*Wie* soll ich diesen Krieg beenden, Temur?«

»Gib mir dein Schwert! Und schick deine Krieger nach Hause.«

Er wandte sich zu mir um. »Und dann?«

»Dann kehrst du mit mir nach Bokhara zurück.«

»Zum Minarett der Kalan-Moschee? Willst du mich in einen Sack stecken und vom Turm werfen?«

»Nein, ich will dir die Stufen zum Thron von Khwarezm hinaufhelfen. Die Feierlichkeiten werden allerdings außerhalb von Bokhara stattfinden müssen, da die Stadt fast vollständig zerstört ist.«

»Das kann nicht dein Ernst sein!«, rief er aus. Aber als ich schwieg, zögerte er: »Du meinst das wirklich so?«

»Mein Vater ist der Khakhan, der ›Herrscher der Herrscher‹ aller unterworfenen Reiche, die ihm Gefolgschaft geschworen haben. Nach der Eroberung von Xixia blieb der Kaiser Li An Chüan im Amt. Als sich Prinz Yelu Liuge im Krieg gegen Chin unterwarf und seinen Vasalleneid schwor, hat mein Vater ihn zum König von Liao gemacht. Der Herrscher von Koryo hat meinem Vater ebenso die Treue geschworen wie die Khans in Karakitai oder die Fürsten in Tibet. Ich sehe keinen Grund, warum du ihm als Shah nicht ebenfalls den Vasallenschwur leisten solltest.«

»Als Gefangener des Khakhans?«

»Als sein Vasall, der in seinem Namen Khwarezm regiert.«

Er schwieg, dachte wohl ernsthaft über diesen Ausweg nach.

»Vor fünf Jahren hast du mir in Bokhara erzählt, was dereinst auf deinem Grabstein stehen soll: ›Selbstbeherrschung, Selbstbewusstsein, Selbstvertrauen, Selbstachtung, Selbstmacht.‹ Das hat mich sehr beeindruckt, Temur, und ich habe in den letzten fünf Jahren versucht, deinen hohen Grundsätzen zu entsprechen. Ich habe dich immer dafür bewundert, wie frei du warst, selbst als Gefangener meines Vaters. Du hast zu mir gesagt: ›Das Letzte, was du in diesem Leben besitzen kannst, ist deine Freiheit. Verschenke diese Kostbarkeit niemals!‹ Ich werde deinen Rat beherzigen, mein Freund.«

Ich nickte traurig. Dann umarmte ich ihn.

Als ich mich umwandte, um zu meinen Leibwächtern zurückzugehen, stieg er in den Sattel seines Pferdes. Dann riss er die Zügel des Hengstes herum und galoppierte auf das Steilufer des Indus zu. Djelal drängte sein scheuendes Pferd bis an den Rand eines über die donnernden Stromschnellen ragenden Felsens und … sprang!

Meine Krieger rannten an mir vorbei zum Felssturz und legten ihre Pfeile an, aber ich verbot ihnen zu schießen.

Der wild wogende Fluss wirbelte Djelal und sein Pferd herum und riss beide zwischen den hoch aufragenden Felsen hindurch mit sich fort. Ich stand am Abgrund und sah ihm nach.

Am nächsten Morgen – die Schlacht war beendet, und mein Vater kehrte über den Khaibar-Pass zurück nach Kabul, bevor der Übergang wegen des bevorstehenden Winters unpassierbar wurde – überquerte ich mit tausend meiner besten Krieger den Fluss.

Tschagatai, der westlich des Indus nach Süden bis zum Meer ziehen und dann sein Winterlager nördlich von Peshawar am Ufer des Indus aufschlagen wollte, um meinen Rückzugsweg im Frühling, nach der Schneeschmelze, nach Norden zu sichern, sah mir von einer hohen Felsklippe aus zu, wie ich in einem ledernen Boot über den reißenden Fluss gerudert wurde. Beim Abschied hatten wir uns nicht die Hand gereicht, und ich war traurig, dass mein gefährlichster Feind mich mehr liebte als mein eigener Bruder – Djelal hätte mich auf jenem Felsen oberhalb des Indus jederzeit töten können. Aber er hatte es nicht getan, und deshalb gab ich die Hoffnung noch nicht auf, diesen letzten Funken verglimmender Vernunft doch noch zu einer hellen Flamme zu entfachen, bevor er endgültig erlosch.

Ich musste Djelal finden und zurückbringen, bevor er in Indien ein Heer sammeln konnte, um Khwarezm zurückzuerobern. Nicht auszudenken, was geschehen würde, wenn er sich mit dem Sultan Shams ad-Din Iltutmish von Delhi und dem Khalifa von Bagdad gegen die ungläubigen Mongolen verbündete.

Den Khalifa quälte angesichts der zerstörten khwarezmischen Städte sicher das Gewissen, dass er die mongolischen Racheengel Gottes aufgefordert hatte, Khwarezm zu überfallen, um seinen Feind, den Shah Ala ad-Din Muhammad zu stürzen. Wenn er fürchtete, dass der mongolische Sturm auch vor den Toren von Bagdad nicht Halt machen würde, dann war meine Befürchtung zu diesem gefährlichen Bündnis zwischen Khalifa Nasir li-Din, Shah Djelal ad-Din und Sultan Shams ad-Din Iltutmish nicht ungerechtfertigt. Der Shah hatte nichts mehr zu verlieren. Der Khalifa und der Sultan hatten jedoch *alles* zu verlieren.

In den nächsten Tagen zog ich mit meinen Kriegern über die Karawanenstraße nach Südosten, in Richtung Rawalpindi im Pandjab, dem »Land der fünf Ströme«. Ich hatte Djelals Spur verloren und schickte Suchtrupps in die Stadt, aber er war nicht dort. Wollte er nach Kashmir fliehen, um sich in Srinagar zu verstecken, bis er sich von den Strapazen erholt und sein Heer gesammelt hatte? Er hatte einen Tag Vorsprung – ich würde ihn auf den Passstraßen bis Srinagar nicht einholen können. Also marschierte ich weiter in Richtung Südosten. Wenige Tage später stand ich am Ufer des Flusses Jhelum.

Alexander war hier umgekehrt, um nach Babylon zurückzukehren. Es war ein seltsames Gefühl, das mich in jenem Augenblick am Ufer des Jhelum überkam. Ein Jahr lang war ich seinen Spuren gefolgt, von Marakanda bis Babylon und zurück über den Hindukush bis zum Jhelum. Und nun stieg ich in ein Boot und ließ mich auf die andere Seite rudern, um meinen Weg durch Indien fortzusetzen, immer weiter fort von meiner Heimat. Wann würde ich endlich umkehren?

Wenige Tage später hatten wir Lahore erreicht. Sultan Shams ad-Din Iltutmish, der durch seine Meldereiter sicher längst wusste, dass ich auf dem Weg nach Delhi war, hatte bisher keinen Versuch gemacht, uns aufzuhalten. Wir blieben zwei Tage in Lahore, um uns auszuruhen. Dann ritten wir weiter in Richtung des gewaltig aufragenden Himalaya, des »Throns der Götter«.

Nur noch zwei Tagesritte von Delhi entfernt trafen wir Pilger, die wir auf unserem Weg überholten. Mit jeder Stunde, die wir entlang der weiten Zuckerrohrfelder des Pandjab nach Süden ritten, wurden es mehr. Ein großes hinduistisches Heiligtum, ein Wallfahrtsort, musste sich in der Nähe befinden.

Meine Männer trabten über die sandige Allee, als ich den Tempel und seine heiligen Teiche westlich der Straße erkennen konnte. Die Sonne stand im Zenit, wir waren alle müde vom langen Ritt seit Morgengrauen, und so befahl ich eine Rast.

Fröhlich lachend trabten meine Männer auf die östliche Seite der Straße, um sich im Schatten eines kleinen Wäldchens aus Mangobäumen niederzulassen, eine warme Mahlzeit zu kochen und dann eine Stunde im Gras zu schlafen. Viele von ihnen waren mit mir in Bagdad gewesen, und ich durfte nicht zu viel von ihnen verlangen – irgendwann wäre der Punkt erreicht, wo sie mir nicht mehr weiter folgen würden.

Da ich nicht hungrig war, ritt ich hinüber zum Hindu-Tempel, der in einer weiten, flachen Ebene lag. Ich ließ mein Pferd am Tempeltor zurück und ging hinüber zu dem großen Wasserbecken, um mir Gesicht und Hände zu waschen, bevor ich das Allerheiligste betrat.

Trotz der vielen Pilger herrschte auf dem weiten Tempelgelände andächtige Stille: Offenbar handelte es sich um einen überaus heiligen Ort.

Fünf Stufen, bedeckt mit den Kleidern der Pilger, führten in das Becken. Die Menschen tauchten nackt im klaren Wasser unter. Es war ein Ritual zur Reinigung von Sünden.

Nachdenklich entkleidete ich mich, ließ alles, was ich besaß, am Ufer zurück und stieg hinab ins erfrischende Wasser. Dann ließ ich mich fallen und mit geschlossenen Augen wie schwerelos treiben.

Einen der Pilger, einen weißbärtigen Alten in weitem Gewand

und Turban, fragte ich nach der Bedeutung des Tempels, doch er verstand mein Arabisch nicht und hob bedauernd beide Hände.

Also versuchte ich es mit Sanskrit. »Welcher Tempel ist das?«, fragte ich und deutete auf das Gotteshaus, zu dem die Pilger über eine geschwungene Brücke strömten.

Er war erstaunt darüber, dass ich nicht wusste, wo ich mich befand. »Das ist die Heilige Stätte von Dharmakshetra«, antwortete er. »An dieser Stelle sprach Krishna mit dem *Kshatriya* Arjuna. Dies hier ist das Schlachtfeld von Kurukshetra, dem Ort der Entscheidung in der Bhagavadgita.«

Ich erstarrte.

Ich stand auf dem Schlachtfeld von Kurukshetra! Welche seltsamen Wege führte mich Gott: »Ich bin in dir, und du bist in mir. Ich kann dir nicht verloren gehen, und du nicht mir.« In den letzten Jahren hatte ich die Bhagavadgita mehrmals gelesen, doch ich hatte nie geglaubt, dass Kurukshetra ein Ort in dieser Welt sein könnte. Ich hatte das Schlachtfeld für den symbolischen Ort von Arjunas innerem Ringen gehalten.

Zutiefst bewegt ging ich über die Brücke in den kleinen Tempel, an einen Ort, den ich nicht jenseits aller Horizonte gesucht und doch gefunden hatte. Ich war überzeugt, dass Gott mich hierher geführt hatte.

Aber warum? Ich hatte doch, Krishna gehorchend, für die Gerechtigkeit gekämpft und hatte als »Schwert Gottes« über Inaltschik und Ala ad-Din Muhammad gerichtet. Die Schlacht … *meine* Schlacht war beendet – hier auf diesem Schlachtfeld von Kurukshetra. Was sollte ich nun tun?

Selbstversunken wanderte ich allein über die weite Ebene von Dharmakshetra und dachte nach. In wenigen Tagen begann ein neues Jahr – das Jahr des Pferdes (1222). An meinem sechsunddreißigsten Geburtstag, am mongolischen Neujahrsfest, würde ich meinen dritten Zwölfjahreszyklus beenden. Geboren im Jahr des Feuerpferdes, hoffte ich, dass das Jahr des Wasserpferdes mir Ruhe schenken würde. Dass das Wasser das Feuer in mir löschen würde, damit ich endlich, endlich!, umkehren konnte.

Hatte Gott mich auf das menschenleere Schlachtfeld von Kurukshetra geführt, damit ich mich besinnen konnte, dass der Kampf nun beendet war?

Delhi, dreihundert Li südlich des schneebedeckten Himalaya, lag in der Nähe des Yamuna-Flusses, einem Zufluss des heiligen Ganges. Erst seit der Machtübernahme von Sultan Shams ad-Din Iltutmish vor elf Jahren, war Delhi die Hauptstadt und gehörte damit, wie das ganze Sultanat, zum *Dar al-Islam*, zum »Reich des Islam«.

Muizz ad-Din Muhammad, der Herrscher von Ghor, hatte vor fünfzig Jahren mit Shah Ala ad-Din Muhammads Vater, Sultan Tekish, um die Macht in Ghor und Khwarezm gerungen. Er hatte es sogar gewagt, Gurgandj, die damalige Hauptstadt des Shahs, anzugreifen, um Ala ad-Din Muhammad in die Knie zu zwingen. Der Shah hatte sich gerächt, indem er Ghor mit seiner Hauptstadt Ghazna unterwarf und seinem Reich einverleibte – sein Sohn Djelal hatte ihn auf diesem Eroberungszug begleitet.

Bevor sich Muizz ad-Din Muhammad auf diesen endlosen Krieg mit Khwarezm einließ, hatte er Nordindien erobert. In dem Jahr, als mein Vater sich zum Khakhan ernannte, war er in Lahore ermordet worden. Nach seinem Tod wurde sein Emir Khutb ad-Din Aybak, ein *Mamluk*-Sklave aus Nishapur, Sultan der nordindischen Provinzen um die Städte Multan, Lahore und Delhi. Sultan Aybak dehnte die Eroberungen über den Ganges bis nach Bengalen aus und machte aus dem neu gegründeten Sultanat einen unabhängigen muslimischen Staat. Sultan Aybak war vor elf Jahren gestorben, und sein Schwiegersohn Iltutmish, ebenfalls ein *Mamluk*, war ihm auf den Thron gefolgt.

Die *Mamluks* waren leibeigene Sklaven – intelligente, ehrgeizige und sehr loyale junge Männer, die schnell in der Hierarchie des Heeres zu vertrauenswürdigen Offizieren aufstiegen, höher, als sie es von Geburt in Freiheit an vermocht hätten. Ihr Status als *Mamluk* war ehrenvoll, verhieß Reichtum und Karriere für die talentierten jungen Männer. Schon die ersten Abbasiden-Khalifas hatten dieses äußerst effiziente System der Ausbildung von loyalen Offizieren eingeführt und Sklaven zu ihren engsten Vertrauten gemacht. Aybak und Iltutmish hatten ihre Chancen sehr umsichtig genutzt und waren von Sklaven zu Königen aufgestiegen. Sie hatten die so genannte »Dynastie der Sklaven« gegründet, deren dritter Herrscher Shams ad-Din Iltutmish war. Auch Iltutmishs engste Vertraute waren *Mamluks* und ihm treu ergeben – daher der seltsame Name der Dynastie.

Ehrlich gesagt, freute ich mich darauf, diesen Mann kennen zu lernen. Obwohl er ein sehr erfolgreicher Eroberer war, war er ein weiser Herrscher. Obgleich frommer Muslim – er ließ das hoch aufragende Minarett der Khutb ad-Din-Moschee als Zeichen des Sieges des Islam errichten –, achtete er die hinduistische Religion, zerstörte keine Tempel und verfolgte keine Hindus durch einen *Djihad*.

Mit nur zwei Leibwächtern – hätte der Sultan mich ermorden wollen, hätte er es schon in den vergangenen Tagen tun können – ritt ich durch das Kashmir-Tor nach Delhi hinein.

Die Straßen waren nicht so breit wie in Bagdad oder Bokhara und nicht so gerade und symmetrisch angelegt wie in Zhongdu oder Kaifeng: Links und rechts der Allee mit Mango- und Feigenbäumen, die zum *Kila Lal Kot* führte, der »Roten Zitadelle« mit dem Palast des Sultans, wanden sich schmale Gassen, die oftmals die Richtung wechselten, bis sie auf sich selbst zurückführten oder in Muslim- und Hinduvierteln als Sackgassen endeten.

Und noch etwas war anders: Die heiligen Kühe, die durch die ganze Stadt liefen, wurden von den Hindus wegen des selbstlos gegebenen Geschenks ihrer Milch, das anderen Lebewesen als Lebenskraft dient, als göttlich verehrt. Das Füttern und die Pflege von Kühen waren Verehrung des Göttlichen.

Im Süden der Stadt, hinter der Zitadelle, lag die neue Khutb ad-Din-Moschee, von der ich, da ich von Norden gekommen war, von weitem nur das eingerüstete und noch unvollendete Minarett sehen konnte. In den nächsten Tagen wollte ich mir das gewaltige

Bauwerk ansehen, das der Sultan errichtete, um ein paar muslimische Fußabdrücke in diesem hinduistischen Land zu hinterlassen. Auch wenn das Sultanat nun Teil des *Dar al-Islam* war, blieb es hinduistisch. Ich bezweifelte, dass es den Mullahs und Imams gelingen würde, die Anhänger einer derart toleranten Religion wie dem Hinduismus zum Islam zu bekehren.

Die Menschen in Delhi waren schön, jeder von ihnen. Ihre Haut war dunkel wie Bronze, ihre Augen waren schwarz. Es waren … wie soll ich es nennen? … *offene* Augen, durch die man bis in die Seele blicken konnte. Die Männer trugen weite Hosen, die aus einem geschlungenen Tuch bestanden, darüber ein weites Hemd und einen Turban – ob sie nun Hindus oder Muslime waren. Die Hindu-Frauen hatten sich in Saris gehüllt, mehrere Schritte lange Tücher aus Baumwolle, Seide oder Brokat, die sie in Falten um ihre Mitte wanden, um das lange Ende über die linke Schulter zu werfen. Sie trugen sehr auffälligen Schmuck wie breite Arm- und Fußreifen, Diademe, Ketten und große Ohrgehänge mit Perlen. Manche von ihnen hatten ihre Hände mit Ornamenten aus Henna geschmückt. Die Muslimas dagegen waren wie in Bokhara oder Samarkand verschleiert.

Auf dem weiten Platz vor der Zitadelle, die auf einem Hügel oberhalb der Stadt aufragte, gab es einen Markt. Das erregte Feilschen an den Verkaufsständen, die Rufe der sich gegenseitig übertönenden Wasserverkäufer, die Schmerzensschreie von den Stühlen der Zahnzieher und das Gemurmel der Märchenerzähler schwirrten durcheinander wie Schwalben kurz vor einem Gewitter. Eine Weile sah ich einem Flöte spielenden Schlangenbeschwörer zu, der eine Kobra tanzen ließ, dann ging ich weiter über den Markt.

Am Straßenrand, neben einer Garküche, hockte ein *Saddhu,* ein heiliger Asket, nur mit einem zerrissenen Lendentuch bekleidet, und aß mit den Fingern Reis aus einer Schüssel. Sein weißes Haar und sein Bart waren lang und verfilzt – wie alt mochte er sein? Wie lange war er schon als Wanderer in seinem Reich ohne Grenzen unterwegs, nachdem er sich von seiner Familie und seiner Kaste, von allem, was ihn zuvor gebunden hatte, losgesagt hatte? Die *Saddhus* wurden wie Heilige verehrt, denn sie hatten es geschafft, sich von allem Irdischen zu lösen.

Mit einem *»Namaste!«* auf den Lippen trat ich zu ihm und gab ihm eine Silbermünze. Er bedankte sich, indem er mich auf Hindi segnete. Dabei ließ er meine Hand nicht los. Da ich seine Worte nicht verstand, fragte ich ihn auf Arabisch, wie lange er schon als Wandermönch unterwegs wäre. Er streckte mir seine beiden erhobenen Hände entgegen: »zehn«, dann noch einmal die rechte Hand: »fünf«. Fünfzehn Jahre! Und dann deutete er auf mich: »Wie lange bist du schon unterwegs?« Ich sah ihn betroffen an, zögerte, aber dann machte ich das Zeichen für »siebzehn Jahre«. Er nickte lächelnd und malte mir mit roter Farbe ein Zeichen zwischen die Augenbrauen auf die Stirn.

Nachdenklich ging ich weiter über den Markt zu den Ständen der Sari-Händler: Ich wollte ein Gewand für die Audienz beim Sultan kaufen. In der prächtigen Rüstung, die ich während der Schlacht am Indus getragen hatte, konnte ich unmöglich vor ihm erscheinen, wenn ich ihm nicht den Krieg erklären wollte.

Wenig später – ich hatte mich inzwischen umgezogen und trug ein schlichtes indisches Gewand und einen Turban – stieg ich hinauf zum mächtigen Tor der Roten Zitadelle. Mehrere Wächter hielten mich mit gezogenen Schwertern auf.

»Ich bin Temur«, sagte ich ruhig. »Der Sultan erwartet mich.«

Das schien tatsächlich der Fall zu sein, denn einer der Wächter drehte sich um und rannte, so schnell er konnte, durch das Tor zur Residenz, um meine Ankunft zu melden.

Meine Schlacht gegen Djelal hatte sich wohl bereits im Palast herumgesprochen, denn ein anderer Bewaffneter näherte sich mir fast schüchtern: »Ist es wahr, was man sich erzählt? Dass du am Indus mit nur zweitausend Kriegern die sechzigtausend *Mudjahedin* des Shahs angegriffen hast?«

»Ja«, sagte ich. »Das ist wahr!«

Da schwieg er betroffen, wich scheu einen Schritt zurück.

Wenig später erschienen mehrere Würdenträger, um mich unter

vielen ehrerbietigen Verneigungen vom Tor zum Palast zu geleiten: »Der Sultan ist von deiner Ankunft verständigt worden. Er wird dich sofort empfangen!«

Shams ad-Din Iltutmish war gerade erst vom Freitagsgebet in der Khutb ad-Din-Moschee im Süden von Delhi zurückgekehrt. Er empfing mich nicht im prächtigen *Diwan*, sondern in seinen Privatgemächern.

Als ich den Empfangsraum betrat, kam er mir entgegen, legte beide Hände aneinander und verneigte sich. »*Namaste!*«, begrüßte er mich lächelnd auf Hindi, um dann auf Türkisch fortzufahren: »Es ist mir eine Ehre, dich kennen zu lernen, erhabener Mahatma! Ich habe dich erwartet.« Dann nahm er meine rechte Hand und küsste sie. »Mein Botschafter, der dich in Bokhara traf, hat mir von dir erzählt – neben vielen anderen erstaunlichen Dingen auch von deiner spektakulären zwölften Schamanenweihe vor den Toren von Samarkand. Ich war begierig, dich kennen zu lernen, und bin erfreut, dass du mich in Delhi besuchst, Mahatma … oder soll ich dich mit ›Heiligkeit‹ anreden?«

Iltutmish war ein großer Mann mit breiten, kräftigen Schultern. Sein Gesicht war von der Sonne verbrannt, die dunklen Augen waren zum Schutz vor dem grellen Licht mit Bleiglanz geschminkt, die feinen Fältchen um die Augen waren geschickt mit Goldstaub abgedeckt, was seinem Gesicht einen geheimnisvollen Schimmer verlieh. Der Sultan war vier oder fünf Jahre älter als ich, also Anfang vierzig. Seine langen, dunklen Haare fielen ihm bis auf die Schultern, sein Bart war kurz geschnitten. Er trug einen purpurfarbenen Turban mit einem funkelnden Diamanten sowie einen Perlenohrring im rechten Ohr.

»Es wäre mir lieber, du würdest mich bei meinem Namen nennen«, antwortete ich und entzog ihm meine Hand. »Ich danke dir, dass du mich sofort nach meiner Ankunft empfängst. Es ist Freitag, und ich will dich nach deinen Gebeten nicht lange aufhalten. Ich wünsche zu wissen, ob sich der Shah in diesem Palast befindet.«

Er zögerte einen Augenblick zu lang. »Was willst du von ihm?«

»Ich will mit ihm reden. Unser letztes Gespräch endete abrupt nach seinem Sprung in den Indus.«

Iltutmish nickte versonnen. »Ich habe von der Schlacht am Indus gehört. Eine großartige militärische …«

»Viele tapfere Krieger starben«, unterbrach ich ihn. »Die Schlacht war ein furchtbares Gemetzel. Djelals Heer wurde vernichtet. Ich will verhindern, dass dieser sinnlose *Djihad* weitergeht, den weder er noch ich gewinnen kann. Daher wäre ich dir sehr dankbar, wenn du mich nun zu meinem Freund Djelal führen würdest.«

Iltutmish starrte mich an und überlegte. Schließlich besann er sich: »Er kam vor fünf Tagen hier an, abgehetzt und abgerissen. Er ist krank. Sehr krank.«

»Was fehlt ihm?«, fragte ich besorgt.

»Der Shah hat sich bei dem Sturz in den Indus verletzt. Er ist am Ende seiner Kräfte und hat hohes Fieber. Als er in Delhi ankam, konnte er sich kaum noch im Sattel halten. Er wurde in den Thronsaal getragen, weil er zu schwach war, selbst zu gehen. Seitdem liegt er im Bett und schläft die meiste Zeit. Ich weiß nicht, ob es eine gute Idee ist, wenn du zu ihm gehst …« Er unterbrach sich, sah mir in die Augen. »Ich habe ihn in den letzten Tagen einige Male besucht, und jedes Mal sprach er von dir. Seine Worte erstaunten mich: Er hasst dich nicht, obwohl ihr gegeneinander gekämpft habt. Im Fieber nannte er dich den besten Freund, den er jemals hatte. Dabei hat er geweint.«

»Ich bitte dich: Lass mich zu ihm!«

Der Sultan nickte, nahm meine Hand und führte mich aus dem Saal, durch die Gänge des Palastes zu einer Wohnung, die nicht weit entfernt von seiner lag. Er öffnete die Tür und ließ mich eintreten.

Der Raum war durch Vorhänge vor den marmornen Fenstergittern verdunkelt. Die Luft war erfüllt vom blütensüßen Duft der Jasminkränze, die in einer Silberschale neben dem Bett standen.

Djelal lag mit geschlossenen Augen auf einem breiten Lager. Die dünne Seidendecke hatte er im Fieber weggestrampelt. Ich setzte mich auf den Rand des Bettes und zog behutsam die Decke höher, um seine Nacktheit zu bedecken. Als er die Augen aufschlug, beugte ich mich über ihn und küsste ihn auf beide Wangen. Er glühte vom Fieber. »Temur! O Gott, du bist hier …«, flüsterte er schwach und tastete nach meinem Gesicht.

»Ja, ich bin hier, Djelal.«

»Warum …«

»Ich will dich nach Hause bringen, mein Freund.« Sanft wischte ich ihm den Schweiß aus dem Gesicht.

Er ergriff meine Hand, presste sie an seine Wange und sah mir mit fiebrig mattem Blick in die Augen. »Bin ich immer noch … dein Freund?«, hauchte er.

Ich nickte, und er weinte still, ohne meine Hand loszulassen.

Iltutmish trat einen Schritt näher, im Herzen berührt von unserer innigen Freundschaft.

Dann beugte ich mich über Djelal, umarmte ihn und wiegte ihn sanft. In diesem Augenblick wurde mir klar, woran er so sehr litt, dass er krank wurde: Er hatte nicht nur sein großartiges Reich verloren, als er sich in den Indus stürzte, sondern auch seine Selbstbeherrschung, sein Selbstbewusstsein, sein Selbstvertrauen, seine Selbstachtung und seine Selbstmacht. Es war nicht viel übrig von dem stolzen Djelal, den ich vor Jahren in Bokhara kennen gelernt hatte, dem Kämpfer, dem Eroberer, dem Sieger, der kämpfte, um bewundert und geliebt zu werden, weil sein Vater ihm die Liebe verweigerte. Ich wollte ihm zurückgeben, wonach er sich so sehr sehnte: Macht und Selbstmacht. Und Liebe.

Shiva tanzt, dachte ich und betrachtete die kleine Figur aus Messing, die Raziyya mir geschenkt hatte. Unermüdlich wirbelt der Gott Shiva im kosmischen Tanz der Schöpfung und Vernichtung um sich selbst.

Dieselben Gedanken hatte ich vor Jahren gehabt, als ich bei Shanhaiguan auf das Meer hinausblickte und die Dschunke des Kaisers von Song erwartete, die mich nach Linan bringen sollte.

Alles verwandelt sich, nichts bleibt dasselbe. Und doch kehrt alles wieder. Alles endet und beginnt von neuem. Alles zerfällt und entsteht aus seinen Ruinen neu, um wieder zerstört zu werden. Alles, was verloren ist, wird wieder gewonnen, damit es wieder verloren werden kann.

Zart strich ich mit dem Finger über die Götterfigur.

Shiva, der Vernichter des Bösen im Denken und Fühlen, der den Menschen das Heil bringt. Ein Bein tanzend erhoben, das andere fest in der Welt, hielt der vierarmige Gott in einer Hand das Feuer, mit einer anderen machte er eine »Fürchte dich nicht!«-Geste. Shiva trug ein Tigerfell – er hatte einen Tiger, das Symbol aller irdischen Leidenschaften, im Kampf getötet und damit alle Gier nach dem, was man nur *haben*, aber nicht *sein* kann, überwunden. Warum hatte Raziyya mir diese Figur geschenkt? Weshalb hatte sie mir gesagt, der Sinn von Shivas Tanz sei es, den Menschen aus seinen Illusionen zu befreien?

Djalalat ad-Din Raziyya bint Shams ad-Din Iltutmish war die Tochter des Sultans. Raziyya war die ungewöhnlichste Frau, die ich in meinem Leben getroffen habe. Seit dem Augenblick, als Iltutmish sie mir am Abend meiner Ankunft in Delhi vorstellte, war ich von ihr ebenso fasziniert wie sie von mir.

Iltutmish hatte seine zweiundzwanzigjährige Tochter wie einen jungen Mann erzogen. Sie hatte nie im Harem gelebt. Sein ältester Sohn war gestorben, sein zweiter Sohn Rukn ad-Din Firuz war nicht besonders klug – der Sultan vermied geflissentlich das Wort »unfähig« – und sollte nicht herrschen, und so hatte Iltutmish beschlossen, Raziyya sollte ihm eines Tages als Sultana nachfolgen. Sie wäre die erste muslimische Herrscherin, die den Thron von ihrem Vater erbte!

Raziyya war eine der schönsten Frauen, die ich je gesehen hatte. Obwohl sie Muslima war, weigerte sie sich, einen Schleier anzulegen, und kleidete sich wie ein Mann in ein seidenes Hemd, weite Hosen und Stiefel. Sie trug einen Turban und ein Schwert, mit dem sie sehr gut umgehen konnte, wie ich während einer Tigerjagd mit Djelal und ihr feststellen konnte.

Dass sie sich wie ein Mann kleidete, störte mich nicht. Anfangs hatte sie versucht, mich durch ihr Auftreten zu schockieren und mich zu einem Schwertkampf im Hof des Palastes herausgefordert. Sie war erfreut gewesen, als ich nicht mit den Worten »Aber du bist doch eine Frau!« ablehnte, sondern mich auf den Kampf mit ihr einließ – sehr zu meinem Vergnügen, denn sie war eine geschickte und schnelle Schwertfechterin, die mein ganzes Können forderte. Es war ein außergewöhnlicher Kampf gewesen, denn es gab weder einen Sieger noch einen Verlierer. Wir fochten gegeneinander, weil es uns Spaß machte.

Aber nicht nur mit dem Schwert forderte sie mich heraus: Raziyya war sehr gebildet, gemäß dem Spruch des Propheten: »Die Tinte des Gelehrten ist heiliger als das Blut des Märtyrers.« Sie lieh mir ein Buch des indischen Philosophen Shankara, über das sie mit mir diskutieren wollte. Da sie dereinst ein Volk von Muslimen, Hindus, Christen und Buddhisten regieren würde, befragte sie mich nach dem mongolischen Gesetz der Religionsfreiheit. Sie führte mich in die Khutb-ad-Din-Moschee und über das Gerüst auf das noch unvollendete Minarett, aber auch in mehrere Hindu-Tempel in Delhi. In einem der Tempel hatte sie mir eine goldene Statue des Gottes Shiva gezeigt.

Während wir gemeinsam ausritten oder am Ufer des Yamuna-Flusses in der Sonne lagen, sprachen wir über viele Dinge, die uns bewegten. Sehr persönliche und intime Dinge. Ich hatte das Gefühl: Da ist endlich ein Mensch, der versteht, wie ich empfinde. Als Thronfolger waren wir beide in derselben Situation – und waren es doch nicht. Ich wollte nicht herrschen. Sie aber sehnte sich danach, trotz aller Schwierigkeiten, die ihr als Frau auf dem Thron bevorstanden. Und doch verstand sie meine Haltung, weil sie, die Tochter und Enkelin von Sklaven, einem Harem entkommen war. Sie wusste genau, was Freiheit bedeutete.

Wir waren uns sehr nah gekommen in den wenigen Wochen meines Aufenthaltes in Delhi. Zu nah.

Am Vortag, bei einem unserer Schwertkämpfe, hatte sie mich mit triumphierendem Lachen gegen eine Säule des Palasthofes gedrängt und versucht, mich zu küssen. Ich war ihr ausgewichen, hatte sie zurückgestoßen. So schmerzlich meine Erinnerungen an meine Liebe zu Chutsai auch waren: Ich konnte ihn einfach nicht vergessen. Ich sehnte mich nach ihm, umarmte im Schlaf das Kissen neben mir im Bett, träumte von ihm. Eine Nacht mit Raziyya wäre sicher schön gewesen und hätte uns beiden Vergnügen bereitet, doch ich wollte meine Liebe zu Chutsai nicht aufgeben, so hoffnungslos ich auch war. Glück macht süchtig. Ich konnte nicht mehr davon lassen und wollte mich nicht mit weniger zufrieden geben als dem Glück, das mir einmal von meinem Geliebten geschenkt worden war. Ich wollte Chutsai nicht verloren geben. Niemals!

Raziyya war enttäuscht gewesen. Sie war verliebt und hatte mit ihrem Kuss meine Freundschaft riskiert, um mehr zu bekommen: meine Liebe. Und nun hatte sie mir die Figur des tanzenden Gottes geschenkt, der den Tiger getötet hatte, der seine Leidenschaften besiegt hatte, der einen endlosen Reigen tanzte, um, wenn er am Ende seiner Schrittfolge angelangt war, zum Anfang zurückzukehren und den Tanz von neuem zu beginnen …

»Mahatma?«, sprach mich einer der Diener des Sultans an. »Eben ist ein Pfeilbote von Dschingis Khan aus seinem Heerlager in Baghlan eingetroffen.«

Ich stellte die Figur zurück auf den Tisch. »Ich werde ihn sofort empfangen.«

Der Diener verschwand und brachte einen erschöpften Boten zu mir. Er fiel zum Kotau auf den Boden: »Heiligkeit, ich bringe eine Botschaft des Khakhans.« Er zog ein Bambusrohr hervor, das er mir mit beiden Händen überreichte, bevor er wieder den Blick senkte.

Warum sandte mir mein Vater eine schriftliche Nachricht? Die Pfeilreiter hatten ein hervorragendes Gedächtnis und übermittelten die Botschaften wegen der Geheimhaltung während des Krieges immer mündlich. War die Botschaft meines Vaters so persönlich, dass er sie nicht einem Pfeilreiter anvertrauen wollte?

Ungeduldig riss ich den Verschluss des Rohres ab und zog ein gerolltes Papier hervor. Es war Chutsais Handschrift in schwarzer Tinte. Darüber prangte das große purpurfarbene Siegel des Khakhans mit der Inschrift: »Ein Gott im Himmel und ein Khakhan auf Erden. Siegel des Herrschers der Welt: Dschingis Khan.«

Meine Finger begannen zu zittern, und beinahe hätte ich das Papier fallen gelassen, als ich unter dem Siegel las:

»Komm sofort zurück!«

Am nächsten Morgen brach ich mit meinen Kriegern auf.

Djelal, der sich in den letzten Wochen von seiner Erschöpfung erholt hatte, wollte mich nicht nach Bokhara begleiten, sondern bei Sultan Iltutmish in Delhi bleiben, der dem Shah versprochen hatte, ihm eine seiner Töchter zur Gemahlin zu geben. Ich nahm nicht an, dass Djelal sich in Delhi zur Ruhe setzen wollte, um sich in den Armen einer schönen Prinzessin mit seinem Schicksal abzufinden. Er würde ein Heer sammeln und über den Hindukush nach Norden ziehen, um Khwarezm zurückzuerobern.

Unser Abschied war sehr herzlich, als ahnten wir, dass wir uns nie mehr wiedersehen würden. Djelal begleitete mich bis vor das Stadttor von Delhi, dann kehrte er mit seiner Eskorte in den Palast zurück.

Ich zog mit meinen Männern nach Norden, am Schlachtfeld von Kurukshetra vorbei nach Lahore, durchquerte den Pandjab, setzte bei Peshawar über den Indus und ritt den Khaibar-Pass hinauf in die Täler des Hindukush. Das *Ordu* des Khakhans fand ich im Tal von Baghlan nahe der Straße zwischen Kabul und Balkh.

Vor der Palastjurte meines Vaters sprang ich vom Pferd. Einer der Bewaffneten betrat das Zelt und meldete meinem Vater meine Ankunft: »Er ist da!«

Eine seltsame Art, mein Eintreffen anzukündigen – als ob ich seit Tagen ungeduldig erwartet würde!

Ich wollte gerade die Jurte betreten, als mir Chutsai aus dem Zelt entgegenkam. Er umarmte mich. »O Temur! Schatz meiner Seele!«, flüsterte er und küsste mich – und keiner der Bewaffneten, die mich so betroffen ansahen, hinderte uns daran. »Es tut mir so

Leid!« Tränen rannen über sein Gesicht. »Es tut mir so unendlich Leid!«

»Was, mein Liebster?«, flüsterte ich. Um Himmels willen, was war denn geschehen, dass mein Vater mich aus Delhi zurückrief?

Aber er schüttelte nur den Kopf. »Geh hinein, Temur! Er will es dir selbst sagen.« Dann riss er sich von mir los und eilte davon.

Ich betrat das Zelt.

Mein Vater kam mir entgegen und umarmte mich herzlich. Dann führte er mich zu einem bequemen Sessel, half mir beim Hinsetzen und reichte mir eine Schale gesalzenen Buttertee.

Ich ließ ihn gewähren. Wenn er mich aus Delhi zurückrief, hatte er seine Gründe.

Schließlich setzte er sich neben mich und nahm meine Hand in seine Hände. Sie zitterten. Was war denn bloß geschehen?

»Temur …«, begann er und senkte den Blick, damit ich die Tränen in seinen Augen nicht sah.

Eine furchtbare Ahnung überfiel mich, eine unerklärliche Angst. Mein Herz raste. »Vater, was ist los?«, fragte ich leise.

»Temur … Schwöre, dass du jeden meiner Befehle ausführen wirst«, flehte er mich an. »Jeden!«

»Das habe ich doch immer getan, Vater! Ich habe dir als Khan und Noyan Treue geschworen und dich niemals …«

»Schwöre!«, forderte er und rang mit den Tränen.

Ich legte meine zitternde Hand auf mein Herz. »Ich gelobe, dass ich jeden deiner Befehle ausführen werde.«

»Ich befehle dir, nicht zu weinen. Das würde ich nicht ertragen«, sagte er leise.

»Nicht zu weinen? Ich verstehe nicht …«

»Kaidu ist tot.«

Die Worte trafen mich wie ein Pfeil und rissen eine schmerzhafte Wunde. Mein Sohn war tot! Die Prophezeiung war wahr geworden! Kaidu war mir bis ans Ende der Welt gefolgt und hatte seinen Weg nicht bis zu Ende gehen können.

Mein Vater hatte meine Hand ergriffen. »Kaidu starb, als er einen Weg über die Gletscher von Badakhshan zurück in die Heimat finden wollte. Er starb ... nicht in der Schlacht ... nicht mit dem Schwert in der Hand, Temur! Er ist ...« Mein Vater wischte sich eine Träne aus dem Augenwinkel. »Kaidu ist erfroren.«

In diesem Augenblick erkannte ich, dass alles unvermeidlich so geschehen würde, wie es vorgesehen war. Ich konnte nichts anderes tun, als ohnmächtig zuzusehen, wie sich die Vision erfüllte, die mein Vater und ich sechzehn Jahre zuvor auf dem Burkhan Khaldun gesehen hatten, wie sich die Prophezeiung meines Sohnes erfüllte ...

... und meine eigene.

Kapitel 15

»Ich werde frei sein!«

Mein Weg ist eine Reise durch das Mandala der Welt, hatte ich in jener Nacht gedacht. Eine Reise zurück dorthin, woher ich einst gekommen war: in eine Welt, die, von den Bergen des Hindukush aus betrachtet, weit jenseits des Horizontes liegt. Die ganze Welt als Mandala und die Reise durch die bunten Ornamente aus Sand als Rückkehr zu mir selbst.

Ich weiß nicht, was mich in jener Nacht, nachdem mir mein Vater vom Tod meines Sohnes erzählt hatte, zu dieser Entscheidung trieb. Die verzweifelte Trauer um Kaidu, die mir das Herz zerriss? Das Heimweh nach der grenzenlosen mongolischen Steppe? Die Sehnsucht nach dem verlorenen Paradies, das doch einmal meine Heimat gewesen war? Die endlose Suche nach der Freiheit? Oder doch nur die Flucht vor der Verantwortung, die Angst vor der Prophezeiung, meinem Vater nachzufolgen?

Der Hass meiner Brüder hatte mich zutiefst erschreckt. Tschagatais schadenfrohes Lächeln und sein »Nun weißt du, wie es ist, wenn man seinen Sohn verliert. Ich hoffe, du leidest, wie ich gelitten habe, als du Mütügen in der Schlacht um Bamiyan in den Tod geschickt hast!«, als wir uns am nächsten Morgen vor dem Zelt unseres Vaters begegnet waren, hatte mich die Hand gegen meinen Bruder erheben lassen. Ich hatte die Beherrschung verloren und in meinem Schmerz mit aller Härte auf meinen Bruder eingeschlagen, bis sein Gesicht blutete. Hätten mein Vater und Chutsai uns nicht getrennt, hätten wir uns gegenseitig umgebracht.

In Chutsais Zelt war ich wieder zur Besinnung gekommen. Sehr liebevoll hatte er sich um die Wunden gekümmert, die Tschagatais Dolch gerissen hatte. Aber die Wunde, die am meisten schmerzte, hatte er nicht heilen können. Wie hatte ich nur derart die Selbstbeherrschung verlieren können? Und damit meine Selbstachtung.

Ich hatte Chutsai mitgeteilt, dass ich noch am selben Tag aufbrechen wollte. Er hatte geschwiegen, weil er keine Worte fand, seine herzensschweren Gefühle auszudrücken. Er verstand sehr gut, was ich fühlte, und wollte mich so gern trösten, zärtlich in den Arm nehmen und mir seine Liebe schenken. Aber er liebte mich zu sehr, als dass er mich festhalten wollte. Er litt unter meiner Entscheidung, doch er schwieg, weil er wusste, wie schwer mir die Trennung von ihm fiel.

Mein Vater war sehr traurig über meine Entscheidung, ihn zu verlassen. Doch da er wusste, dass er mich nicht aufhalten konnte, ließ er mich gehen, damit ich die Freiheit hatte, zu ihm zurückzukehren. Irgendwann.

Chutsai und mein Vater hatten mich die erste Wegstunde nach Süden, zu den Höhen des Hindukush, begleitet. Mein Vater hatte Tränen in den Augen, als er mich still umarmte. Er hoffte, mich vor seinem Tod noch einmal wiederzusehen, aber er hatte nichts gesagt, als er mich gehen ließ.

Chutsai hatte mich zart geküsst. »Ich werde auf dich warten, mein Liebster. Jeden Tag und jede Nacht werde ich warten, dass du zurückkommst. In den klaren Sommernächten werde ich am Ufer des Orkhon sitzen und das Mondlicht auf den Wellen betrachten, mein ›Licht der Nacht‹. Und ich werde denken: ›Darf ich es von ferne nur betrachten?‹«

Ich hatte ihn umarmt, war in den Sattel gestiegen und hatte die beiden hinter mir zurückgelassen. Ich war nach Süden geritten, über Perwan und Kabul zum Khaibar-Pass. Dann war ich die Schlucht entlang nach Osten getrabt, nach Peshawar. Als ich das Schlachtfeld am Indus erreichte, wo Djelal so mutig in die Fluten gesprungen war, hatte ich mich nach Süden gewandt und war tagelang am Fluss entlang geritten, bis ich den dichten Dschungel im Indusdelta erreicht hatte.

In der Abenddämmerung hatte ich mein Nachtlager aufgeschlagen. Nach dem Essen saß ich meditierend an einen Baum gelehnt, als plötzlich ein Tiger aus dem dichten Dschungel hervorbrach. Ich war unbewaffnet – mein Schwert lag neben dem Sattel auf der anderen Seite des Feuers.

Der Tiger trat aus der Finsternis ins Licht. Seine Augen funkelten im Feuerschein.

Ich saß ganz still und wartete, dass er sprang. Dass er mich zu töten versuchte, wie jener Tiger in Sibirien. Ich war ganz ruhig, hatte keine Angst vor dem Sterben. Ich erwartete ihn, doch er kam nicht näher. Ich sah ihm in die Augen, aber er wich meinem Blick aus, duckte sich, zog sich zurück, einen Schritt, zwei Schritte. Dann drehte er sich um und verschwand lautlos in den Schatten des Dschungels.

Eine Weile lehnte ich ganz still am Baum. Vor Jahren hatte mich Ying Hua bei unserem Kennenlernen »intensiv« genannt, Djelal hatte mich »heilig« genannt, Maya »erleuchtet« und Chutsai »vollkommen«. Was war in den letzten Jahren aus mir geworden, dass mich nun sogar ein Tiger in Ruhe ließ?

Wer war ich? All die Jahre hatte ich mir eingeredet, ich wäre immer noch derselbe. Wer war ich gewesen, bevor ich Schamane wurde, Noyan, Khan, Mönch, Gotteskrieger und Heiliger?

Wer war jener Temur gewesen, der vor vielen Jahren mit Kokatschin über die Steppe galoppierte, um sie im blühenden Sommergras leidenschaftlich zu lieben? Und wer war jener Temur gewesen, der nach der Hinrichtung Dschamugas seinen Vater verlassen hatte, um eine endlose Reise jenseits aller Horizonte zu beginnen, die nun schon siebzehn Jahre dauerte? Zhongdu … Linan … Samarkand … Bokhara … Otrar … Bagdad … Delhi. So viele Menschen, die mir etwas bedeutet hatten, waren in den letzten Jahren von mir fortgerissen worden. Nomolun, Ying Hua, Yong Le, Malik, Megudschin, Léon, Dschebe, Djelal, Mütügen, Kaidu und immer wieder Chutsai, der Mensch, den ich am meisten von allen liebte.

Hier in der Einsamkeit des indischen Dschungels konnte ich es mir endlich eingestehen: Nein, ich war nicht mehr derselbe. Und selbst wenn ich eines Tages in die Heimat zurückkehrte: Ich würde nie wieder derselbe sein, dem kein Horizont zu weit und kein Berg zu hoch war, den kein Meer, kein Dschungel und keine Wüste aufhalten konnte. Und kein Tiger.

Am nächsten Morgen brach ich auf und ritt durch das Indusdelta weiter nach Süden, bis ich das Meer erreichte.

In Karachi, einer kleinen Hafenstadt westlich des Indus, ging ich an Bord einer arabischen Dhau, die in dem durch dichte Mangrovensumpfwälder geschützten Hafen ankerte. Das Schiff, das Handelswaren aus dem Jemen geladen hatte, sollte die indische Westküste entlang nach Mumbai und weiter nach Sri Lanka segeln. Der Kapitän erzählte mir, als wir den Hafen von Karachi verließen und an den dem Festland vorgelagerten Austern-Felsen vorbeiruderten, von König Magha, der in der Hauptstadt Polonnaruwa regierte, einem indischen Abenteurer, der die Macht ergriffen hatte und die Insel seit sieben Jahren mit harter Hand regierte. Ich wollte in Sri Lanka von Bord gehen und mir dort ein anderes Schiff suchen, auf dem ich weiter nach Osten reisen konnte.

Aber dann kam der Sturm. Wir hatten gerade erst die Indusmündung hinter uns gelassen und segelten an der Küste von Gujarat nach Süden in Richtung Mumbai, als ein starker Westwind die Dhau erfasste und gegen die indische Küste drückte. Das Schiff wäre beinahe an einem Riff zerschellt, als wir in einer Bucht Zuflucht suchten. Der Mast war gebrochen, die Weiterreise ungewiss, und ich ließ mich an Land rudern.

Ich wandte mich nach Norden, nach Rajastan, ritt westlich des Aravalli-Gebirges zur heiligen Stadt Pushkar, umging die Wüste Thar und erreichte zu Beginn des Monsuns Delhi.

Iltutmish war erstaunt über meine Rückkehr. Von ihm erfuhr ich, dass mein Vater mit seinen Heeren nach Norden gezogen war, um in Samarkand den Sommer zu verbringen. Der Sultan bat mich, während der drei Monate des Monsuns sein Gast zu sein. Nach langem Zögern stimmte ich zu, denn das Reisen war während der tagelangen Regenfälle eine Qual. In Delhi wurden während des Regens Treppen zu Wasserfällen und Straßen zu Flüssen. Wie mir Raziyya erzählte, glaubten die Hindus, dass jeder Regentropfen eine Seele enthalte und dass alle Seelen in den heiligen Ganges flossen und von dort ins Meer.

Samsara – die ewige Wiederkehr!

Im Oktober packte ich dann wieder meine Taschen. Mein Abschied von Iltutmish war sehr herzlich – während der Zeit meines Aufenthaltes in seinem Palast hatten wir Freundschaft geschlossen. Er beschenkte mich reich und gab mir eine bewaffnete Eskorte mit, die mich bis zur Grenze seines Sultanats nach Varanasi begleiten sollte.

Raziyya überreichte mir zum Abschied die Statue des Gottes Shiva, die ich bei meinem überstürzten Aufbruch ein halbes Jahr zuvor in Delhi zurückgelassen hatte. Shiva tanzt seinen kosmischen Reigen, aber am Ende des Tanzes kehrt er dorthin zurück, woher er kam – um einen neuen Tanz zu beginnen.

Varanasi war der heiligste Ort der Hindus: eine Stadt halb im Diesseits, halb im Jenseits. Viele Hindus kamen, um hier zu sterben und am Ufer des Ganges verbrannt zu werden.

Nicht weit von Varanasi lag Sarnath, wo der Buddha seine erste Predigt gehalten hatte. Erst in Sarnath wurde mir bewusst, dass ich mich am Ufer des heiligen Ganges, südlich des Himalaya, in Siddhartas Heimat befand – dem Ort, von dem aus er zu seiner lebenslangen Reise ins Nirvana aufgebrochen war. Und dann war mir, als ob ich nicht nur durch das Mandala der Welt auf meinem Weg zurück in meine Heimat war, sondern auch auf einer Reise durch die Zeit, einem geistigen Weg, der mich über das Schlachtfeld von Kurukshetra auf Arjunas Spuren zurück zu Siddharta geführt hatte, nach Sarnath, wo er, der alles hinter sich zurückgelassen hatte, im Gazellenhain zum ersten Mal das »Rad der Lehre« gedreht hatte.

Von Sarnath aus reiste ich nach Osten, nach Bodhgaya, dem Ort der Erleuchtung des Buddha, den ich Ende November erreichte.

Tief bewegt stand ich unter dem Ableger jenes Bodhi-Baums, des Baums der Erleuchtung, unter dem der Buddha seine geistige

Vollendung erlebt hatte. Der Baum war mit bunten Gebetsfahnen, weißen tibetischen *Khadags* und Blumenkränzen geschmückt, Butterlampen und Räucherstäbchen brannten zwischen seinen Wurzeln. Mönche in safrangelben Gewändern beteten vor dem *Vajrasana,* dem »Diamantthron«, einer roten Sandsteinplatte, die den Ort markierte, wo der Buddha unter dem Bodhi-Baum meditiert hatte. Für einen gläubigen Buddhisten war Bodhgaya der heiligste aller Orte, das Zentrum des Universums.

Nach einem Gebet und der dreimaligen Umrundung des heiligen Baums ging ich in den Mahabodhi-Tempel, einen fünfzig Schritte hohen pyramidenförmigen Tempel, den ein runder Stupa krönte. In dem Gebäude befand sich ein kolossales goldenes Bildnis des Buddha im Augenblick seiner Erleuchtung.

Ich kaufte ein silbernes Amulett für Chutsai, das ich von einem Mönch aus Tibet segnen ließ. Würde ich Chutsai jemals wiedersehen und ihm den Glücksbringer überreichen können?

Als ich den Mönch ehrerbietig durch den tibetischen Gruß des Heraussteckens der Zunge begrüßte, freute er sich, jemanden zu treffen, der schon einmal in Tibet gewesen war und die Landessitten kannte. Er hieß Tshering Rinpoche – sein tibetischer Name bedeutete »Langes Leben« – und stammte aus Lhasa. Monatelang war er durch die Täler des Himalaya unterwegs gewesen, um nach Bodhgaya zu kommen. Begleitet von fünf anderen Mönchen hatte er betend, auf die Knie und auf den Bauch fallend, seinen Pilgerweg mit seinem Körper ausgemessen. Er wollte den Winter über in Bodhgaya bleiben und erst nach der Schneeschmelze nach Lhasa zurückkehren.

Und dann fragte er mich, woher ich gekommen war. Ich erzählte ihm, dass ich vor Jahren als buddhistischer Mönch im berühmten Lingyin-Kloster von Linan gelebt hatte. Welchen Rang ich hatte, wollte er wissen, und ich antwortete: »Ich habe keinen«, aber er glaubte mir nicht und bedrängte mich weiter. Da sagte ich ihm, dass ich wie er ein Rinpoche sei. Er nickte beeindruckt und bat mich dann, mit ihm unter dem Bodhi-Baum zu meditieren. Ich zögerte, aber sein strahlendes tibetisches Lächeln überzeugte mich.

Ich genoss die Monate in Bodhgaya. Der Ort war so still und friedlich und erinnerte mich an die Zeit meiner Meditation im Lingyin-Tempel. Und ich genoss Tsherings Gesellschaft. Er war ein wirklich kostbarer Mensch, heiter und gelassen, und ich mochte ihn sehr gern. Ihm verdankte ich das größte Geschenk, das ein Mensch einem anderen machen kann: den Seelenfrieden.

Wir wohnten in winzigen, selbst errichteten Pilgerzelten. Wir befestigten einen Sonnenschirm mit einem Seil in den Ästen eines Baumes, der nur ein paar Schritte vom Baum der Erleuchtung des Buddha entfernt war, und hängten ein Moskitonetz über den Schirm, das bis auf den Boden herabfiel und ein Zelt von der Größe einer Schlafmatte bildete. Tshering hatte sein Zelt an demselben Ast aufgehängt wie ich meines.

Während der Wochen an diesem heiligen Ort bat er mich, ihn und seine fünf Mönche in sein Kloster in Lhasa zu begleiten, doch ich lehnte ab. So gern ich mir Lhasa angesehen hätte: Der Umweg war zu weit. Im März des Jahres der Ziege (1223) schieden wir wie enge Freunde voneinander. Dann ritt ich durch Bengalen, dem Ganges folgend, zum Meer.

In einer kleinen Stadt namens Kalikut bestieg ich ein Schiff, das nach Osten segeln sollte. In einem Hafen des Reiches von Pagan ging ich dann nach einer wochenlangen ruhigen Überfahrt Ende Juni von Bord.

Fünfzig Li nördlich des Meeres lag in einer Flussschleife des Yangôn die Stadt Dagon mit einem großartigen Tempel, der Shwedagon-Pagode. Der große Stupa oberhalb der Stadt war eintausendachthundert Jahre alt und enthielt mehrere Reliquien des Buddha. Über der Reliquienkammer war eine goldene Pagode errichtet worden, darüber eine silberne, die wiederum von Pagoden aus Zinn, Kupfer, Blei, Marmor und Eisen umschlossen waren. Die oberste Schicht war eine Pagode aus Backsteinen, die vergoldet worden war und herrlich im Sonnenlicht funkelnd in den wolkenlosen Sommerhimmel aufragte. Die hundert Schritt hohe Shwedagon-Pagode stand auf einem Hügel, der in zwei übereinander liegenden Terrassen geformt worden war. Auf den Terrassen befanden sich unzählige kleine Stupas, Kapellen, Altäre und mit Blumenkränzen geschmückte Buddha-Statuen, vor denen Butterlampen und Duftstäbchen brannten.

Buddhistische Tempel durften nur mit bloßen Füßen betreten werden, was das rituelle Umschreiten der Pagode im Sommer zu einer Tortur machte, denn die Steinplatten der Terrassen glühten in der heißen Mittagssonne. Die schwüle Sommerhitze in der Stadt machte mir nichts aus, denn ich trug das weite, safranfarbige Wickelgewand der buddhistischen Mönche. Ich hatte mich entschlossen, als Mönch zu reisen, weil ich so in den vielen buddhistischen Klöstern schlafen und essen konnte. Da ich die Landessprache nicht beherrschte, konnte ich mich mit den Mönchen nur in der heiligen Sprache Sanskrit verständigen. Und als Mönch war ich sicher: Niemand belästigte mich oder versuchte mich zu berauben, wie es in Bengalen geschehen war.

Nach meinem Gebet an der großen Pagode stieg ich die Treppe zu den unteren Terrassen hinab. Obwohl das Fest von Buddhas Erleuchtung schon seit Wochen vorüber war, strömten immer noch viele Gläubige – Khmers, Thais und sogar Pilger aus Sri Lanka – zur Pagode, um zu beten. Das selbstverständliche Nebeneinander von stiller Anbetung des Buddha, dem Glockenklang zum Anlocken der *Nats*, der Geister, die die Geschicke der Menschen leiten, und sinnlicher Genüsse, die die Händler an ihren Ständen im Tempelbezirk feilboten, amüsierte mich. Zahllose Verkaufsstände für Opfergaben boten schimmerndes Blattgold zur Verzierung einer der Statuen des Erleuchteten an, Lotusblüten, deren rosafarbene oder weiße Blütenblätter einzeln nach innen gefaltet waren, und duftende Räucherstäbchen. Nur wenige Schritte entfernt wurden kühle Erfrischungen wie Zuckerrohrsaft oder grüner Tee angeboten oder eine wohltuende Massage mit Duftöl.

Ich blieb einige Tage in Dagon, wo ich im Kloster wohnte. Dann brach ich wieder auf und ritt nach Osten, nach Sukhotai im Land der Thai.

Sukhotai lag am Rande der von Hügeln umsäumten Ebene des Mae-Nam-Yom-Flusses. Die Stadt hatte keine Mauern, sondern drei Ringe von hohen Erdwällen, die von Wassergräben getrennt waren. Sie war von einer Garnison von Khmer-Kriegern besetzt.

Hier besuchte ich den Tempel Wat Phra Pai Luang, ein prächtiges, beeindruckendes Bauwerk aus großen Steinquadern, umgeben von großartigen, quadratischen Teichen. Eine der Darstellungen des Buddha im *Wat,* dem Klostertempel, erklärte mir der Abt, trage die Gesichtszüge des Khmer-Königs Jayavarman des Siebten, der in Angkor, der Hauptstadt des Khmer-Reiches, residiert hatte. Dieser König hatte erst im Alter von einundsechzig Jahren den Thron bestiegen, und in den folgenden dreißig Jahren seiner Herrschaft hatte er das Reich vergrößert und weise regiert. Vor acht Jahren war er im hohen Alter von über neunzig gestorben. Ich war verwundert, wie viel Hochachtung der Abt, ein Thai, dem Khmer-König entgegenbrachte, der die Fürstentümer der Thai als Vasallenstaaten regiert hatte.

Die Beschreibung der Stadt Angkor begeisterte mich so sehr, dass ich sie besuchen wollte, obwohl es ein weiter Umweg nach Süden war.

Und ich bereute meine Entscheidung nicht. Angkor war atemberaubend, die gewaltigste Stadt, die ich in meinem Leben gesehen habe, die einzige die ihren Namen – Angkor heißt einfach nur »Stadt« – vor allen anderen verdiente! Sie besaß weit mehr als eine Million Einwohner, die über eine riesige Ebene verstreut lebten. Zwei gewaltige künstliche Seen und ein weites Kanalnetz versorgten die Stadt und die ganze Ebene mit Wasser – eine ebenso beeindruckende technische Leistung wie der chinesische Kaiserkanal.

Angkor Wat, neunzig Jahre zuvor erbaut, war wohl der größte Tempel der Welt: ein Tempelgebirge als symbolischer Mittelpunkt der Welt, ein Stein gewordenes Gebet zum Welterhaltergott Vishnu! Das *Wat* diente den Priestern, aber auch dem Gottkönig der Khmer als Kultort und Wohnsitz und durfte vom Volk nicht betreten werden. Die rechteckige Umfassungsmauer war zwei Li breit und ebenso lang, die in den Himmel ragenden Tempeltürme waren gewaltig.

Einige Jahrzehnte nach der Fertigstellung von Angkor Wat hatte der verstorbene König Jayavarman einen weiteren Tempelbezirk errichtet, Angkor Thom, der dem Buddha geweiht war. Zweiundfünfzig Türme, jeder mit vier großartigen eingemeißelten Gesichtern, stellten die gottgleiche Macht des Königs dar.

Diese verzückt lächelnden Gesichter, die in alle vier Himmelsrichtungen blickten, faszinierten mich. So heiter und selbstvergessen hatte Tashi vor Jahren gelächelt, als ich sie am »Blauen See« während meiner Reise von Xining nach Shazhou und weiter nach Beshbalik traf.

Ich blieb ein paar Wochen in Angkor und wohnte im buddhistischen Kloster von Angkor Thom. Dann reiste ich weiter, überquerte den Mekong und erreichte im Februar des Affenjahres (1224) Thang Long, die »Stadt des aufsteigenden Drachens« am Song-Hong-Fluss, der in das Meer südlich von Song mündet.

Thang Long war die Hauptstadt des Dai-Viêt-Reiches, das dreihundert Jahre zuvor noch als chinesische Provinz zum Reich der Tang-Dynastie gehört hatte. Als die glorreiche Dynastie gestürzt war, flammten überall im riesigen chinesischen Reich Rebellionen auf und das Tang-Reich zerbrach in viele Königreiche. Die ehemalige Provinz im Süden erkämpfte sich die Unabhängigkeit und nannte sich nun Dai Viêt.

Der *Hoang Thanh,* der Königspalast, durch hohe Ziegelmauern von der Stadt, *Kinh Thanh* genannt, getrennt, erinnerte mich ein wenig an die Kaiserpaläste von Zhongdu und Kaifeng. Das Gebäude war allerdings vier Stockwerke hoch, mit zinnoberroten Lackarbeiten und vergoldeten Säulen verziert. Das oberste Stockwerk sollte angeblich mit vergoldeten Kacheln geschmückt sein – das erzählte mir der Botschafter von Song, den ich in seiner Residenz aufsuchte. Kaiser Ning Zong hatte vor Jahren einen ständigen Botschafter nach Thang Long entsandt.

Von ihm erfuhr ich, dass der Kaiser von Chin, Xüan Zong, vor wenigen Wochen gestorben war. Sein Sohn hatte als Kaiser Ningjiashu den Drachenthron bestiegen und kämpfte erbittert gegen die Mongolen. Ich war bestürzt, als der Botschafter mir berichtete, dass Ning Zong, der Kaiser von Song, schwer krank war. Chinkim hielt sich als kaiserlicher Prinz noch immer in Linan auf. Was würde geschehen, wenn Ning Zong starb? Seit der mongolischen Invasion vor dreizehn Jahren herrschte in Chin das Chaos. Song lag am Boden, unfähig, sich zu erheben. Ein neuer Kaiser in Kaifeng, ein neuer Kaiser in Linan, beide unerfahren, beide in derselben bedrängten Lage, ihre Macht festigen zu müssen – durch das Handeln, nicht durch das Nichthandeln des *Wu Wei*.

Um Himmels willen!, dachte ich besorgt. Der Botschafter gestattete mir, auf einer der Dschunken des Kaisers von Song, die im Hafen von Thang Long vor Anker lagen, nach Linan zu fahren. So verließ ich Thang Long schon nach wenigen Tagen und segelte die Südküste von Song hinauf.

Im Hafen von Linan mietete ich mir eine Sänfte und ließ mich zum Kaiserpalast auf der Insel im Westsee bringen.

»Sind Sie sicher?«, hörte ich die Stimme meines Sohnes durch die angelehnte Tür. »Er hat gesagt, er sei mein *Vater?*«

»Ja, Exzellenz. Er bat, zu Ihnen vorgelassen zu werden«, antwortete der Sekretär.

Die Tür zum Arbeitszimmer meines Sohnes wurde aufgerissen, und dann stand Chinkim vor mir. Er war ein gut aussehender junger Mann mit langen goldblonden Haaren und opalblauen Augen. In seiner pfirsichfarbenen Seidenrobe mit aufgestickten Blumen und Vögeln sah er großartig aus. Chinkim war nun einundzwanzig – neun Jahre waren seit meiner Abreise vergangen.

Mein Sohn umarmte mich stürmisch. »Vater! Welch eine Überraschung! Ich bin so froh, dich zu sehen.« Er betrachtete mich genauer: »Aber du hast ja Silbersträhnen im Haar!« Dann drückte er mich gleich noch einmal an sich. »Wie ich mich freue!«

»Mein kleiner Chinkim«, flüsterte ich bewegt und hielt ihn fest.

»Ich bin nicht mehr dein kleiner Chinkim! Ich bin größer als du, mein ›Heiliger Vater‹«, lachte er. »Herzlichen Glückwunsch zu deiner Ernennung zum Obersten Schamanen und deinem zwölften *Tschanar*. Er soll spektakulär gewesen sein – mit dem Khakhan und dem Kanzler als assistierende Schamanen und einem Sprung bis in den Himmel hinauf. Prinz Zhao hat mir davon berichtet, als er von seiner Reise nach Ghor zurückkam, wo er Großvater getroffen hatte. Der Botschafter hat mir erzählt, dass die Haare des Khakhans in den letzten Jahren weiß geworden sind …« Er fuhr mir liebevoll durch das lange Haar und ließ eine der silbernen Strähnen durch seine Finger gleiten. »… dass du eine Tochter des Shahs geheiratet hast und dass ich einen kleinen Bruder habe, der Talib heißt. Ist das wahr?«

»Ja, Chinkim, das ist wahr. Talib ist sechs Jahre alt.«

»Wie geht es Kaidu? Ich habe ihn eine Ewigkeit nicht gesehen. Er soll jetzt ein Noyan sein …«

»Kaidu ist tot.«

Chinkim starrte mich entsetzt an. »O mein Gott! Die Prophezeiung …«, flüsterte er und schlug sich die Hand vor die Lippen. »Wann …?«

»Vor zweieinhalb Jahren. Dein Bruder starb auf einem Gletscher in Badakhshan, als er einen Rückweg in die Heimat suchte. Er glaubte sich schon auf dem Weg in die mongolische Steppe.«

Mein Sohn legte mir die Hand auf die Schulter und umarmte mich innig. »Das ist tragisch. Es tut mir so Leid, Vater.«

»Du bist nun mein ältester Sohn und Erbe, Chinkim.«

Er nickte traurig.

In diesem Augenblick wurde die Tür zum Vorraum des Arbeitszimmers aufgestoßen. Ein kleines Mädchen von drei Jahren huschte herein und blieb überrascht in der offenen Tür stehen, als sie Chinkim und mich in enger Umarmung sah. Mit beiden Armen hielt sie ein Holzpferdchen an sich gepresst: ein Spielzeug, das ich vor Jahren in Zhongdu gekauft hatte.

Mein Sohn kniete sich mit weit geöffneten Armen hin. »Mei Hua! Komm her, mein Liebstes. Ich will dir jemanden vorstellen!«

Die Kleine warf sich in seine Arme, und Chinkim hob sie hoch.

»Vater, das ist Mei Hua. Prinzessin ›Pflaumenblüte‹ ist meine älteste Tochter. Sie ist drei Jahre alt. Prinzessin Yu Jie, ›Schöne Jade‹, ist zwei.«

Erstaunt sah ich das Mädchen auf seinem Arm an. Mein Sohn hatte Kinder! Mit achtunddreißig Jahren war ich Großvater!

Chinkim küsste seine Tochter auf die Wange und rieb seine Nase zärtlich an ihrem Ohr. »Mein Blütenblättchen, das ist dein Großvater, von dem ich dir schon so viel erzählt habe. Der durch alle Länder dieser Welt reist, um Träume zu fangen, die er dir und Yu Jie schenken kann. Ich habe dir versprochen, dass er eines Tages zurückkehren wird. Und jetzt ist er da.«

Mei Hua sah mich scheu an, dann wandte sie den Blick ab.

»Ich freue mich sehr, dich endlich kennen zu lernen, kleine Prinzessin«, sagte ich, aber sie wich mir aus, hielt sich an ihrem Vater fest und legte ihren Kopf an seine Schulter.

Chinkim seufzte. »Es tut mir Leid. Mei Hua liebt ihren anderen Großvater über alles. Der Kaiser ist sehr krank und kann nicht mehr wie früher mit ihr spielen. Das macht sie sehr traurig.«

»Wie geht es Ning Zong?«, fragte ich besorgt.

»Er stirbt.«

»Ich würde ihn gern noch einmal sehen …«

Chinkim nickte. »Ich werde dich zu ihm bringen. Bestimmt wird er sich freuen, dich wiederzusehen.«

Während ich meinem Sohn, der seine kleine Tochter auf dem Arm hielt, hinaus in den Palastgarten folgte, um zu den kaiserlichen Privaträumen in der »Halle der höchsten Glückseligkeit« hinüberzugehen, fragte ich:

»Hast du in den letzten Jahren etwas von Yong Le gehört?«

Chinkim sah mich überrascht über die Schulter an. »Ja«, sagte er, doch dann zögerte er. »Du weißt es noch nicht?«

»*Was* weiß ich noch nicht?«

»Yong Le ist mit achtzehn Jahren einer der besten Generäle des neuen Kaisers Ningjiashu. Er kämpft fanatisch gegen die Mongolen, um sie aus Chin zu vertreiben. Er hat dem Khakhan den Krieg erklärt.«

»Und Mukali?«

»Mukali ist tot. Er starb vor fünf Monaten.« Als Chinkim mein betroffenes Gesicht sah, blieb er stehen und ergriff tröstend meine

Hand. »Es tut mir Leid, Vater. Ich weiß, wie gut ihr euch verstanden habt …«

»Mukali war, als ich noch ein Kind war, wie ein zweiter Vater für mich«, sagte ich traurig. »Er lehrte mich das Reiten und das Bogenschießen, weil mein Vater als Fürst des Kiyat-Klans und dann als Khan der Mongolen zu wenig Zeit für mich hatte. Mukali war für mich, was Dschebe für Kaidu und dich war.« Ein Seufzer entrang sich meinem Herzen.

Mei Hua, die ihren Kopf an die Schulter ihres Vaters gelehnt hatte, beobachtete mich aufmerksam.

Chinkim sah mich nicht an, als er schließlich fortfuhr. »Vergib mir, wenn ich dir wehtue, aber es ist dein Recht, die ganze Wahrheit zu erfahren, Vater. Mukali hat die letzte Schlacht gegen Yong Le nicht überlebt.«

»Vater Himmel, sei seiner Seele gnädig!«, stöhnte ich.

Mei Hua streckte die Hand aus und berührte mich zart an der Wange, um mich zu trösten. Mein Sohn trat näher an mich heran, damit sie mich streicheln konnte. Da schlang sie ihre Arme um meinen Hals, und ich nahm sie Chinkim ab.

»Wer regiert nun in den Nordprovinzen von Chin?«, fragte ich, als wir langsam weitergingen.

»Niemand.«

»Niemand?«, fragte ich entsetzt.

»Mukalis Sohn Buri ist ein guter Noyan, und er führt die Heere in die Schlacht gegen Yong Le. Aber er ist kein Staatsmann, der Mongolen, Chinesen, Kitan und Dschurdschen zusammenhalten kann. Seit dem Thronwechsel in Kaifeng gibt es im ganzen Reich Aufstände. Buri kann als Noyan die Provinzen mit seiner Streitmacht verteidigen, aber nicht als Khan regieren. Und der Khakhan und sein Kanzler sind mit den mongolischen Heeren auf dem Rückweg in die Heimat. Sie sind in den Steppen zwischen dem Balkhash-See und dem Altai, viel zu weit entfernt, um Buri im Kampf gegen den ›Feuer speienden Drachen‹ zu unterstützen.«

»… gegen den Drachen?«

»So wird Yong Le genannt: der ›Feuer speiende Drache von Chin‹. Ein angemessener Name für den Sohn des ›Menschen fressenden Tigers von Shantung‹. Und mein Bruder macht seinem Namen alle Ehre: Wo er mit seinem Heer auftaucht, verbreitet er Angst und Schrecken.« Chinkim seufzte. »Die Lage in Xixia, in Liao, in den mongolischen Nordprovinzen, in Chin und in Song ist gefährlich.

Der Kaiser von Chin ist gestorben, und sein Sohn Ningjiashu ist ihm nachgefolgt. Chin wird seit Jahren von blutigen Bauernaufständen zerrissen. Yong Le kämpft im Norden erbittert gegen die mongolischen Heere. Mukali ist gestorben, und sein Sohn Buri ist nicht Herr der Lage. Der Kaiser von Song liegt im Sterben. Ich hoffe, der Kanzler Shi Miyuan kann seinen Nachfolger davon abhalten, Chin den Krieg zu erklären, um die verlorenen Nordprovinzen des Reiches zurückzuerobern. Und auch in Xixia brennt die Lunte schon seit Jahren. Vor fünf Jahren hatte sich der Kaiser von Xixia geweigert, den Khakhan bei seinem Feldzug gegen den Shah zu unterstützen. Nachdem Khwarezm derart gründlich vernichtet wurde, kann er sich denken, was der zornige Khakhan tun wird, sobald er in die Heimat zurückgekehrt ist. Xixia wird endgültig zerstört werden.«

Nachdenklich schwieg ich. Chinkim hatte Recht: Die Lage in den chinesischen Reichen war höchst gefährlich.

Wir hatten die Privatgemächer des Kaisers erreicht. Zwei Diener öffneten uns das rot lackierte Portal der Halle, dann führten sie uns bis zur Tür des kaiserlichen Schlafzimmers.

Leise traten wir ein. Mehrere Diener verneigten sich vor Chinkim, verschwanden lautlos und schlossen die Tür hinter sich.

Ning Zong lag mit geschlossenen Augen auf dem Bett. Er trug die gelbe Staatsrobe des Kaisers und lehnte halb sitzend, halb liegend in einem Berg von Kissen. Sein Gesicht hatte den nach innen gekehrten Ausdruck eines Menschen, der ständig Schmerzen hat und sie zu ignorieren versucht, um seiner Umgebung nicht mit seinem Leiden lästig zu fallen. Er war sehr blass.

Ich stellte Mei Hua auf den Boden, und sie rannte hinüber zum

Kaiser, um ihn zu wecken. »Großvater, du hast Besuch!«, rief sie, zog sich an der Decke hoch und kletterte auf das Bett.

Ich blieb an der Tür stehen, als Chinkim sich auf den Rand des Lagers setzte und die Hand des Kaisers ergriff. »Wie geht es dir?«

»… bin sehr müde …«, hauchte der Kaiser. »… habe Schmerzen.«

»Es ist jemand gekommen, um dich zu besuchen. Ich dachte, es würde dich freuen, ihn wiederzusehen.«

»Wer ist es?«, fragte Ning Zong.

Chinkim erhob sich und winkte mir, näher zu treten. Ich setzte mich auf das Bett und ergriff die zitternde Hand des Kaisers.

»Ehrwürdiger Rinpoche …«, flüsterte er bewegt.

Ich küsste ihn wie einen Freund auf beide Wangen. »Majestät, es tut mir sehr weh, Sie so leiden zu sehen.«

»Geben Sie mir … Ihren Segen … Heiligkeit«, hauchte er. »Ich werde bald sterben … erlöst sein.«

Ich beugte mich über ihn und legte schweigend meine Stirn an seine. Dann richtete ich mich wieder auf.

»… danke Ihnen … Heiligkeit.« Einen Moment lang schloss er erschöpft die Augen, dann sah er mich wieder an. »Es ist gut … dass Sie wieder da sind … so froh … Sie müssen mir helfen …«

Ich hielt seine Hand fest in der meinen. »Ich werde es versuchen, Majestät. Aber ich kann nicht mehr tun, als Ihnen Ihre Schmerzen erträglich zu machen und Ihnen einen sanften Tod zu schenken. Einen würdigen Tod.«

Er schüttelte den Kopf. »Sie sollen nicht mir helfen … sondern uns allen. Chin und Song … leiden wie ich, Heiligkeit. Ich bitte Sie: Beenden Sie diese endlosen Leiden!«

»Wie?«, fragte ich bestürzt.

»Kämpfen Sie!«

Kämpfe, o Arjuna, kämpfe!

»Ich will nicht mehr kämpfen, Majestät. Mein Leben lang habe ich Krieg geführt. Als junger Krieger gegen Kereiten, Merkiten, Naimanen und Tataren. Als Noyan und als Khan gegen die Chinesen, Dschurdschen, Kitan, Araber, Afghanen, Türken und Perser.

Ich habe genug Blut vergossen, genug Leid verursacht. Ich habe meine letzte Schlacht geschlagen. Endlich habe ich meinen Frieden gefunden.«

»Frieden …«, hauchte er. »Ein seltenes und überaus kostbares Wort: Frieden.«

Er kämpfte gegen den Schmerz, schloss die Augen, dann sah er mich wieder an.

»Temur, wir sind verantwortlich für die Welt, in der wir leben … Nicht weil wir Herrscher sind … sondern weil wir Menschen sind … Jeder Mensch ist verantwortlich für die Welt … für Krieg und Frieden … für Liebe und Toleranz … Aber wir Herrscher tragen vor allen anderen die Verantwortung.

Manchmal ist diese große Last … nur schwer zu tragen, sie drückt uns nieder und lässt uns auf unserem Weg stolpern … Und diese Verantwortung … diese Lebensaufgabe … diese *Würde* … lässt sich nicht wie eine Staatsrobe ablegen … nicht als Khan und nicht als Kaiser. Ich bitte dich … vergib mir, wenn ich dich so nenne, Temur … ich bitte dich im Namen unserer gemeinsamen Enkelinnen Mei Hua und Yu Jie … die nach uns in dieser zertrümmerten, brennenden und leidenden Welt weiterleben müssen … besinne dich auf deine Verantwortung!«

Ning Zongs Sterben dauerte elf Tage.

Jeden Tag saß ich mehrere Stunden an seinem Bett und versuchte, seine Schmerzen zu stillen. Mehr als seine Hand zu halten und ihm zuzuhören, konnte ich nicht tun. Das Opium konnte seine Leiden nicht mehr lindern. Und auch der magische Lebensfaden vermochte ihn nicht mehr zu retten. Der Tumor, der ihn im Inneren zerfraß, war zu groß.

So lange er genug Lebenskraft hatte, sprachen wir miteinander. Über Chinkim. Über unsere Enkelinnen. Über die Zeit, die ich im Lingyin-Kloster von Linan verbracht hatte. Und über meinen monatelangen Aufenthalt in Bodhgaya.

Ich schenkte ihm das silberne Amulett, das ich für Chutsai gekauft und das Tshering Rinpoche gesegnet hatte, und er freute sich sehr darüber. Trotz seiner unerträglichen Schmerzen lächelte er glücklich und drückte meine Hand.

Am elften Tag begann sein Lebenslicht zu flackern, schwächer zu werden, zu verglimmen. Um Mitternacht wurde er ohnmächtig.

Ich blieb die ganze Nacht neben seinem Bett sitzen und hielt seine Hand. »Du musst diesen Weg nicht allein gehen«, sagte ich immer wieder, weil ich hoffte, dass er mich verstehen konnte. »Ich bin bei dir.«

Während der Morgendämmerung kehrte er noch einmal zurück. Er wollte mir noch etwas sagen. Seine Lippen bewegten sich, aber die Worte verwehten ungehört. Ich setzte mich auf den Rand seines Bettes, ergriff seine Hand und beugte mich tief über ihn, damit ich verstand, was er mir mit letzter Kraft sagen wollte:

»Kämpfe, Temur Khan, kämpfe!«

Dann starb er. Friedlich?

Die Trauerzeit nach Ning Zongs Tod wartete ich nicht ab. Sobald ich wusste, dass einer seiner Söhne ihm als Kaiser Li Zong auf den Thron von Song nachfolgen würde, brach ich nach Norden auf. »Ich werde dich diesen Weg nicht allein gehen lassen, Vater! Ich werde immer an deiner Seite sein!«, hatte Chinkim gesagt. Gemeinsam bestiegen wir eine Dschunke und segelten nach Norden, nach Shanhaiguan, dem östlichen Ende der Großen Mauer, wo wir Anfang Juni des Jahres des Affen an Land gingen.

Mukalis Sohn empfing mich in seinem *Ordu*. Buri war überrascht über mein Erscheinen, aber auch erleichtert. Der Kaiser von Xixia hatte gegen ihn rebelliert und Yong Le, der »Drache von Chin«, hatte im Süden die Provinz Shantung zurückerobert. Nach dem Tode seines Vaters war er zwar zu dessen Nachfolger, nicht aber zum Khan ernannt worden, und so unterstellte er sich mir, ohne einen Augenblick zu zögern. Buri und ich kannten uns schon, seit wir laufen konnten. Als Kinder hatten wir zusammen gespielt. Sein Vater hatte sich um mich gesorgt, wie Dschebe sich um meine Söhne gekümmert hatte, und Buri bezeichnete mich immer noch scherzhaft als seinen »Stiefbruder«. Dass sein »Stiefbruder« eines

Tages womöglich Khakhan und Herrscher der Welt sein würde, erleichterte ihm gewiss die Entscheidung, sich und seine Heere meinem Oberbefehl zu unterstellen.

Mein Krieg gegen meinen eigenen Sohn dauerte acht Monate.

Immer wieder war Yong Le einer Schlacht mit mir ausgewichen, immer wieder war der Drache dem Tiger entkommen. Ich weiß nicht, ob er Angst vor mir hatte, Angst vor seiner ersten Niederlage, oder ob ihn sein Gewissen davon abhielt, seinen eigenen Vater in der Schlacht zu vernichten. Ihm war wohl wie mir selbst klar, dass es für den Unterlegenen keine Gnade geben würde. Es war ein Kampf auf Leben und Tod.

Ich hetzte meinen Sohn durch Shantung, wie ich vor Jahren den Shah durch Khwarezm gejagt hatte. Ich ließ ihm keine Zeit, ein Schlachtfeld zu finden, auf dem er gegen mich kämpfen wollte, ich ließ ihm keine Zeit zum Essen, Trinken oder Schlafen, ich ließ ihm keine Zeit, sich auszuruhen, ich ließ ihm keine Zeit zum Denken. Immer weiter wich er vor mir zurück, bis er schließlich nicht mehr weiter konnte. An der Küste von Shantung stand er mit dem Rücken zum Meer, wie Djelal am Ufer des Indus in die Enge getrieben worden war.

Yong Le war am Ende seines Weges angekommen.

Am Abend nach der Schlacht ließ ich meinen Sohn zu mir bringen. Ich empfing ihn in meinem Brokatzelt auf dem goldenen Drachenthron von Chin, den Mukali aus dem niedergebrannten Kaiserpalast von Zhongdu in sein *Ordu* hatte bringen lassen.

Yong Le wurde vor meinen Thron geführt. Er hielt sich sehr aufrecht, wollte mir Widerstand leisten, hatte die Schultern angespannt. Sprungbereit stand er vor mir. Er war nicht gefesselt.

Chinkim, der im Schamanengewand neben meinem Thron stand, betrachtete seinen Bruder, dem er zum ersten Mal gegenüberstand. Er war besorgt, das sah ich ihm an.

Als Buri näher trat, um Yong Le mit gezogenem Schwert vor mir in den Kotau zu zwingen, winkte ich ab. Yong Le hatte als Noyan tapfer gekämpft, und ich, der ich dieses Kind der Hoffnung immer noch liebte, weil es mein Kind war, ich, der ich stolz hätte sein können auf meinen Sohn, wenn er nicht ausgerechnet gegen mich gekämpft hätte, wollte ihn nicht demütigen. Wie sehr hatte ich mich vor neunzehn Jahren mit Ying Hua auf dieses Kind des Friedens gefreut! Wie sehr hatte ich es geliebt! Wie sehr hatte ich gehofft! Und wie sehr war ich enttäuscht worden.

Yong Le hielt meinem Blick trotzig stand. Er schwieg. Wie ich. Wir hatten uns nichts zu sagen. Kein Wort der Liebe, kein Wort der Versöhnung, kein Wort der Vergebung. Ich *durfte* Yong Le nicht vergeben. Und mein Sohn wusste das.

Plötzlich wirbelte Yong Le blitzschnell herum, entriss dem überraschten Buri sein Schwert und stürmte mit erhobener Klinge auf mich zu.

Ich sprang auf, ergriff seine Hand mit der Waffe, als er sich auf mich stürzen wollte, und entwand ihm das Schwert. Wir rangen miteinander, dann warf ich ihn auf den Boden. Schweigend starrte ich auf ihn herab, dann wandte ich mich mit dem Schwert in der Hand um und stieg die Stufen hinauf zu meinem Thron.

Chinkims Blick irrte zwischen Yong Le und mir hin und her. Als ich meinen Fuß auf die dritte Stufe setzte, sah ich, wie sich seine Augen weiteten. Vor Entsetzen.

Auf den Stufen des Throns wandte ich mich um und schwang das Schwert, das ich mit beiden Händen ergriffen hatte, in einer weiten, halbmondförmigen Bewegung.

Yong Le hatte sich erhoben und stürzte mit einem Dolch, den er aus dem Stiefel gezogen hatte, auf mich zu.

Ein Tropfen Zeit, angefüllt mit Gefühlen, wurde zur Ewigkeit. So viele Gefühle! Trauer. Enttäuschung. Hoffnungslosigkeit. In Ghor hatte ich die Selbstbeherrschung verloren und meinen Bruder Tschagatai geschlagen, bis er sich nicht mehr erheben konnte. In jenem Augenblick des Zorns hatte ich meine Selbstachtung verloren. Ich war zutiefst enttäuscht von mir selbst, als ich erneut die Beherrschung verlor.

Yong Le sah mich erstaunt an, als die Klinge des Schwertes

durch das Fleisch schnitt, die Halsschlagader durchtrennte, die Wirbel zerschmetterte. Seine Gesichtszüge erstarrten.

Zuerst dachte ich, er würde seinen Weg die Stufen hinauf zum Thron fortsetzen, um mich zu töten, denn sein Zorn machte einen so überwältigend lebendigen Eindruck auf mich. Doch dann strömte das Blut aus der Wunde, sein Kopf neigte sich zur Seite und fiel mit einem dumpfen Geräusch auf die hölzernen Stufen, während sein Körper zuckend vor mir zusammenbrach. Noch im Tode hielt Yong Le den Dolch umklammert.

Ich ließ das blutige Schwert fallen, schwankte.

Dann stand Chinkim neben mir und fing mich auf. »Vater, um Himmels willen, bist du verletzt?« Er half mir, mich neben Yong Les leblosem Körper auf die Stufen des Thrones zu setzen.

»Ich bin nicht verletzt«, murmelte ich und barg das Gesicht in meinen Händen, damit Chinkim meine Tränen nicht sah.

Mein Sohn, das Kind der Hoffnung, war tot.

Ich hatte meinen eigenen Sohn gerichtet!

Drei Tage lang wollte ich niemanden sehen. Ich verurteilte mich selbst zur Einsamkeit, zum Denken, zum Zweifeln. Mit geschlossenen Augen lag ich auf dem Bett in meiner Jurte, und wenn Chinkim kam, um nach mir zu sehen, stellte ich mich krank, als hätte der achtmonatige Feldzug in Shantung mich erschöpft. Chinkim, der als Schamane sehr feinfühlend verstand, welche Krankheit mich quälte, bestand darauf, mich gesund zu pflegen. Er gab mir keine bittere Medizin und verschonte mich mit Rechtfertigungen für mein Handeln, die am Ende die Wahrheit nicht ändern konnten: Ich hatte meinen eigenen Sohn getötet – wie ich es vor Jahren in der Vision gesehen hatte!

Nach ein paar Tagen brachte Chinkim ein paar Schriftstücke in mein Zelt und legte sie auf meinen Schreibtisch. Ob ich bei Gelegenheit einen Blick darauf werfen könnte – aber nur, wenn ich nichts Wichtigeres zu tun hätte? Es seien Mukalis letzte Befehle vor seinem Tod. Die Dokumente regelten die Verwaltung der chinesischen Provinzen. Buri wolle wissen, ob ich wohl damit einverstanden sei. Aber es eile wirklich nicht, denn die Dokumente lägen nun schon seit Monaten in Mukalis Kanzlei …

Mein Sohn versuchte mich auf andere Gedanken zu bringen, mir eine Aufgabe zu geben, mich an meine Verantwortung zu erinnern.

In den nächsten Tagen vergrub ich mich in meine Arbeit. Ich ließ Berge von mongolischen und chinesischen Schriftstücken aus Mukalis Reisekanzlei kommen und las bis spät in die Nacht. Chinkim half mir, die Verwaltung zu organisieren. Ich wollte Zhongdu wieder aufbauen, schöner und größer als jemals zuvor. Ich wollte in meinem Leben endlich etwas erschaffen.

Meinen Titel als Khan hatte ich nach der Schlacht um Zhongdu abgelegt – elf Jahre später kehrte ich als Regent von Chin nach Zhongdu zurück. Mit meinem Gefolge bezog ich erneut meine Residenz in den Bergen oberhalb der »Stadt der Mitte«.

Chinkim wohnte mit »seiner Dynastie«, wie er seine Familie scherzhaft nannte, die er von Linan nach Zhongdu kommen ließ, bei mir im Palast.

Ich war traurig gewesen, als ich allein durch die verlassenen Räume ging, die so viele sehnsüchtige Erinnerungen an glückliche Zeiten mit Ying Hua und Chutsai in mir wachriefen. Ich entsann mich, wie Schigi mir in meinem Bett so verzweifelt seine Liebe zu Chutsai gestanden hatte.

»Wir sind glücklich miteinander«, hatte ich meinem Bruder gesagt. »Glück ist ein kostbares Gefühl. Es ist wunderschön. Es ist vollkommen. Aber es ist vergänglich wie eine Kirschblüte. Reiß die Blüte nicht ab, denn sie wird welken. Erfreue dich an ihrer Schönheit und lass sie leben, lass sie aufblühen und ihre höchste Vollkommenheit erreichen. Chutsai und ich teilen unser Glück gern mit dir. Glück ist das Einzige, das sich vermehrt, wenn es geteilt und an einen geliebten Menschen verschenkt wird. Wir wären sehr glücklich, wenn du dich mit uns freuen könntest.«

Schigi hatte versucht, diese wundervolle Blüte zu pflücken – er hatte Chutsai und mich auseinander gerissen. War die Blüte in den letzten Jahren verwelkt, vergangen und vom Winde verweht? Wie sollte ich wissen, ob Chutsai mich noch liebte, da ich ihn doch so oft verlassen hatte? Wie überaus kostbar waren die wenigen Monate meines Lebens, in denen ich mit ihm glücklich gewesen war! Funkelnde Juwelen in einer großen Schatztruhe voller Erinnerungen.

Meine Enkelinnen Mei Hua und Yu Jie brachten mich auf andere Gedanken – und Chinkims kleiner Sohn, der während seiner Abwesenheit in Linan geboren worden war. Chinkim war sehr verliebt in seine Gemahlin Yi Ze, Prinzessin »Perlenschimmer«. Im Sommer gestand sie mir mit einem strahlenden Lächeln, dass sie erneut schwanger war. Und im Februar des Jahres des Hahns (1225), wenige Tage nach einem ausgelassenen Neujahrsfest, holte Chinkim als Schamane seinen zweiten Sohn in die Welt.

Im Frühling, nach der Schneeschmelze im Altai, schlug der Khakhan nach jahrelanger Abwesenheit sein *Ordu* wieder in der mongolischen Steppe auf. Er lagerte vor den Toren seiner neuen Hauptstadt Kharkhorin und blieb den Sommer über im Tal des Orkhon. Als Herrscher der Welt empfing er Gesandtschaften aus allen Teilen des großen Reiches, das sich nun von Kaesong im Osten bis Isfahan im Westen erstreckte. Sein Kanzler Chutsai, den er wie einen eigenen Sohn liebte, wich nicht von seiner Seite. Die innige Freundschaft, das bedingungslose Vertrauen, das ihn mit dem Khakhan verband, brachte meine Brüder gegen Chutsai auf. Fürchteten sie, mein Vater könnte Chutsai doch noch zu seinem Nachfolger ernennen?

Das Reich, das die halbe Welt umfasste, war im Westen drei Jahre zuvor zur Ruhe gekommen, als der Krieg in Khwarezm beendet worden war, und im Osten vor einem Jahr, als ich Yong Le gerichtet hatte. Frieden ist ein großes Wort, zu groß für diese Welt. Denn niemals herrscht wirklich irgendwo auf der Welt Frieden, nach dem wir uns alle so sehr sehnen, dass wir bereit sind, dafür Krieg zu führen. Doch das Jahr des Hahns und das darauf folgende Jahr des Hundes waren friedliche Jahre. Aber einige von uns, die schon als Kinder das Kämpfen gelernt hatten, um die nächste Schlacht zu überleben, die Flucht durch die Gobi, das Verstecken im Baldschuna-Sumpf, kämpften weiter.

Chutsai, der sehr unter den Angriffen meiner Brüder litt, schrieb mir einen langen Brief nach Zhongdu. Er berichtete, dass Dschutschi im Westen zurückgeblieben war, um als Khan sein Reich zu beherrschen. Mein Bruder war immer noch zornig, weil unser Vater nicht seinen ältesten Sohn, sondern Ogodei zum Thronfolger ernannt hatte. Tschagatai verkündete aller Welt, er sei der Erstgeborene des Khakhans, was meinen Vater derart erzürnte, dass er meinen Bruder, der Oberster Richter war, folgendes Gesetz in die *Yassa* aufnehmen ließ: Jeder, der selbstherrlich nach der höchsten Würde des Khakhans griff, ohne von einem *Kuriltai* gewählt worden zu sein, solle hingerichtet werden. Mein Vater zwang seinen Sohn, das Gesetz in seiner Gegenwart eigenhändig niederzuschreiben. Chutsai berichtete, wie Tschagatai zähneknirschend diesem Befehl nachgekommen war.

Und so war es für alle Zeit in der *Yassa* festgelegt, dass alle Nachkommen Dschingis Khans, wo auch immer auf der Welt sie sich befanden, nach dem Tod des Herrschers zum *Kuriltai* in der mongolischen Steppe zusammenkommen mussten, um einen der Ihren zum Khakhan zu wählen. Stets sollte der Würdigste und Fähigste von allen den Thron des Weltreiches erben.

Und Chutsai berichtete noch mehr: Der gutherzige Ogodei konnte das Verhalten seiner Brüder ihm gegenüber nur schwer ertragen. Chutsai war besorgt um ihn, denn Ogodei trank mehr denn je.

Der Brief endete mit seinen Wünschen, meine Regentschaft in Chin möge weiterhin so erfolgreich sein.

›Ich wünsche dir alles Glück dieser Welt. Chutsai.‹

Ich weinte, als ich den Brief sinken ließ.

Kein Wort der Liebe, kein Wort des Sehnens, kein Wort der Hoffnung, wir könnten uns eines Tages wiedersehen. Wollte er mich denn nicht wiedersehen? Hatte ich ihn mit meinem Abschied im Hindukush vier Jahre zuvor so verletzt, dass er es nicht wagte, sich erneut auf mich einzulassen, weil er befürchtete, dass ich ihm wieder wehtun würde, wie ich es schon so oft getan hatte? Ich war traurig: Blüht denn die vollkommene Blüte der Glückseligkeit nur im Sumpf des Leidens?

Nach diesen Zeilen riss ich mir meine Hoffnung, Chutsai wiederzusehen, aus dem Herzen. Ich war zu verletzt, als dass ich seinen Brief beantworten wollte. Ich arbeitete bis spät in der Nacht, um nicht mehr an ihn zu denken, verbrachte die Nächte in tiefer Meditation, um nicht bis zum Morgengrauen wachzuliegen und das Kissen neben mir zu umarmen, weil ich mich so sehr nach seiner Liebe sehnte.

Wochenlang vermied ich es, nach Kharkhorin zu reiten, um meinen Vater zu besuchen. Er hatte mich gebeten, zur Ratsversammlung zu kommen, die den Krieg gegen den Kaiser von Xixia beschließen sollte, der im Herbst des Jahres des Hundes (1226) beginnen würde. Aber ich verschob meinen Aufbruch von Woche zu Woche, fand immer neue Ausflüchte, warum ich nicht aus Zhongdu abreisen konnte. Ich wusste nicht, was ich sagen sollte, wenn ich Chutsai gegenüberstand. Wenn ich ihn umarmte und küsste. Wenn ich ihn berührte, so wie früher, als wir uns geliebt hatten. Chutsai für immer verloren zu haben war zu schmerzhaft, als dass ich ihn wiedersehen wollte, und so schickte ich im Sommer Chinkim zu meinem Vater, damit er als mein ältester Sohn seinen Sitz im Rat einnahm.

Als Chinkim wenige Wochen später aus Kharkhorin zurückkehrte, erzählte er mir, Chutsai sei sehr enttäuscht gewesen, weil ich nicht gekommen war. Chutsai habe ihn gefragt, ob ich meinem Sohn nicht eine Nachricht für ihn mitgegeben hätte. Als Chinkim ihm gestand, dass dies nicht der Fall war, hatte Chutsai sich still umgewandt und war weggegangen. Bis zu seiner Abreise einige Tage nach dem *Kuriltai* hatte Chinkim den Kanzler nicht mehr wiedergesehen. Es tat mir weh, dass ich Chutsai durch mein Schweigen so sehr verletzt hatte – aber litt ich denn nicht selbst an einem gebrochenen Herzen?

Und noch eine furchtbare Nachricht brachte Chinkim aus Kharkhorin mit: Dschebe war gestorben!

Mir war es, als ob meine Vergangenheit von mir fortgerissen würde. Dschebe, mein bester Freund, mein Herzensbruder, mit dem ich mich so oft gestritten und wieder versöhnt hatte, war tot!

Er war während seines jahrelangen Feldzuges mit Subotai durch die russischen Steppen nach der Belagerung von Kiyev an einem Fieber gestorben – am anderen Ende der Welt. Zu diesem Zeitpunkt war ich in Angkor gewesen. Wie weit hatten wir uns voneinander entfernt!

Ich wusste nicht, wie ich um Dschebe trauern sollte. Ich besaß nichts, was mich an ihn erinnerte, nicht einmal ein Grab, wo ich an ihn denken und um ihn weinen konnte. Die Figur des Gekreuzigten, die er mir während meines elften *Tschanars* in Sibirien geschenkt hatte, war in Otrar von Inaltschik zertreten worden. Ich versuchte mich daran zu erinnern, wie Dschebe und ich uns in Qazwin nach dem Tod des Shahs voneinander verabschiedet hatten. Aber es gelang mir nicht. Was hatten wir einander gesagt, als jeder von uns in eine andere Richtung aufbrach – er nach Westen, zu seinem Feldzug nach Isfahan und Hamadan und über den Kaukasus nach Russland, ich nach Osten, um Djelal zu finden, der sich in Afghanistan versteckt hielt? Ich konnte mich nicht mehr entsinnen, was wir einander gesagt hatten! Waren es scherzhafte Worte gewesen, waren es ernste Worte gewesen, die es wert gewesen wären, wie kostbare Reliquien bewahrt zu werden, weil sie unsere Seele berührt hatten? Hatten wir gelächelt? Hatten wir geweint? Ich konnte mich nicht einmal mehr an sein Gesicht erinnern!

Im Garten der Residenz hob ich mit Chinkim ein Grab aus, das bis auf ein kleines Spielzeugpferd leer blieb. Mei Hua hatte mir Chinkims altes Holzpferdchen, das ich vor Jahren in Zhongdu gekauft hatte, geschenkt, und ich hatte es in das Grab gelegt, bevor mein Sohn und ich es nach unseren Gebeten zu Vater Himmel und Mutter Erde wieder verschlossen. Chinkim war vom Tod seines geliebten Stiefvaters zutiefst erschüttert. Mein Sohn und ich weinten bittere Tränen an einem Grab, das keines war.

In jenen stillen Wochen dachte ich oft an meinen eigenen Tod. Was würde von mir bleiben? Nur ein Grab in der Steppe, über dem im nächsten Frühling das Gras wachsen würde. Niemand würde wissen, wo ich begraben lag. Wer würde sich meiner erinnern? Niemand, denn ich hatte alle meine Freunde verloren: Hassan und

Djafar, Malik und Megudschin, Djelal und Léon, Chutsai und nun auch noch Dschebe. Und auch drei meiner Söhne waren tot: Kaidu und Yong Le und Samdup, meine »Erfüllung der Sehnsucht« – er war im letzten Herbst an einem Fieber gestorben. Oft dachte ich an das Gedicht, das ich vor Jahren geschrieben hatte: »Des Menschen Spuren sind verweht …«

Im Herbst kam Ogodei nach Zhongdu. Mein Bruder erzählte mir, wie enttäuscht unser Vater gewesen war, als ich nicht zum *Kuriltai* erschienen und meinen Sitz im Rat weder als Oberster Schamane noch als ältester Sohn des Khakhans eingenommen hatte. Ich antwortete ihm, dass ich es aufgegeben hätte, die Erwartungen von irgendjemandem zu erfüllen. Ich wäre dabei zu oft gescheitert. Ogodei war sehr schweigsam, doch dann gestand er mir, ich hätte auch seine eigenen Hoffnungen vernichtet, dass ich unserem Vater eines Tages nachfolgen könnte. Und dann fragte er mich mutlos, ob ich ihm, wenn er nun Khakhan werden müsse, als sein engster Berater zur Seite stehen würde?

Mein herzensguter und in der Seele leidender Bruder tat mir Leid: Von seinen Brüdern verraten, von seinen Freunden verlassen, hatte er niemanden mehr, dem er wirklich vertrauen konnte. Und so warf er sich in meine Arme, damit ich ihm aus dem Sumpf aus Lügen und Intrigen heraushalf. Was sollte ich ihm erwidern als: »Ja, Ogodei, ich werde dir helfen, das Reich zu regieren!«

Um Himmels willen: Was versprach ich ihm denn da?

Wenige Wochen nach Ogodeis Abreise begann der Krieg gegen Xixia. Der Kaiser fürchtete Vergeltung, weil er sich geweigert hatte, den Khakhan im Krieg gegen den Shah zu unterstützen. Daher hatte er sich mit dem Kaiser Ningjiashu verbündet und rüstete zum Krieg gegen Dschingis Khan, um sich nach siebzehn Jahren der Vasallenschaft endlich für unabhängig zu erklären.

Das Schicksal von Xixia entschied sich in einer Schlacht auf der glatten Eisfläche des zugefrorenen Huang He. Der Kaiser hatte uns ein Heer von fünfhunderttausend Kriegern entgegengeschickt. Es war die größte Schlacht, die ich jemals geschlagen habe. Nach dem blutigen Gemetzel ließ mein Vater drei Stangen auf dem Schlachtfeld aufrichten. An jeder hing die Leiche eines tangutischen Kriegers mit dem Kopf nach unten: dreihunderttausend erschlagene Feinde.

Dann zog ich mit meinem Heer durch den Süden von Xixia und eroberte die Städte Lanzhou und Xining. Der tibetische Tempel, in dem ich mir vor Jahren mit meiner Schwester Altan auf dem Weg nach Beshbalik die bunten Cham-Maskentänze der Mönche angesehen hatte, wurde völlig niedergebrannt.

Nach der Eroberung von Xining stieg ich durch die Ruinen des Tempels und entsann mich jenes herrlichen Nachmittags vor fast achtzehn Jahren. Der dramatischste der Maskentänze war ein Entsühnungstanz gewesen. Die Menschen wurden von ihren Sünden gereinigt, indem eine Tonfigur, in die ihre Vergehen gebannt worden waren, von einem tanzenden Mönch mit einem Schwert zerschlagen wurde. Wäre es doch so leicht, meine Schuld von mir zu nehmen! Wie damals, an jenem warmen Frühlingsnachmittag, entsann ich mich noch einmal der furchtbaren Vision, die mein Vater und ich auf dem Burkhan Khaldun gesehen hatten und die sich in den letzten einundzwanzig Jahren erfüllt hatte – zerstörte Reiche, brennende Städte, Millionen von Toten, Blut, Schmerz und Leid.

Konnte jetzt, nachdem alle Kriege entschieden, alle Schlachten geschlagen und alle Feinde besiegt waren, endlich Frieden herrschen? Denn für den Frieden hatte ich doch all die Jahre gekämpft!

Hatte Shiva seinen Tanz beendet?

Es war schon spät, als Chinkim und ich mit den Kindern die Jurte des Khakhans verließen. Chinkim hielt seinen kleinen Sohn auf dem Arm. Mei Hua und Yu Jie, die ihre Finger noch einmal in die silberne Schale mit der süßen Yaksahne getaucht hatten, um davon zu naschen, tanzten ausgelassen um mich herum, als wir in die Sommernacht hinaustraten.

An diesem Julitag waren Chinkim und ich im *Ordu* des Khakhans angekommen, um am großen *Kuriltai* teilzunehmen, mit dem der Sieg über Xixia gefeiert werden sollte – und der Frieden. Ningxia hatte der Belagerung noch einige Monate standgehalten, dann hatte sich der Sohn des Kaisers von Xixia im Juni des Jahres des Schweins (1227) ergeben und sich Dschingis Khan unterworfen.

Am Abend unserer Ankunft hatte mein Vater Chinkim und mich zum Abendessen in seine Jurte eingeladen – er wollte Chinkims Kinder, seine Urenkel, kennen lernen. Und er wollte etwas mit uns beiden besprechen. Während des Essens hatte er mich dann gebeten, in den nächsten Tagen gemeinsam mit ihm meinen dreizehnten *Tschanar* zu machen.

Von seinem Vorschlag überrascht, hatte ich weder Ja noch Nein gesagt: Meine letzte Schamanenweihe hatte ich erst ein paar Wochen später in Kharkhorin machen wollen. Anschließend wollte ich mich dort in ein Kloster zurückzuziehen. Über diese Pläne hatte ich noch nicht mit meinem Vater gesprochen.

»Ich bezweifle nicht, dass du und ich gemeinsam die höchste Weihe schaffen werden, Temur. Wir haben immer alles geschafft, was wir uns gemeinsam vorgenommen haben. Es wird ein Triumph werden! Zwei derart hochrangige *Tschanare,* die gleichzeitig stattfinden, hat es meines Wissens noch nie gegeben!«, hatte er mich bestürmt. Als ich lediglich genickt hatte, drang er weiter in mich: »Nur unsere Familie wird dabei sein, Temur: deine Brüder, ihre Kinder und ein paar enge Freunde – nur die Menschen, die uns wirklich etwas bedeuten. Ich will keinen Zweifel daran lassen, wer mir ebenbürtig ist als mein Nachfolger. Ich will, dass wir diese höchste Weihe gemeinsam erreichen. Deshalb bitte ich nicht dich oder Chutsai, mir dabei zu assistieren, sondern Chinkim, deinen Sohn und Erben.«

Chinkim war sehr überrascht gewesen – und sehr stolz!

Mein Vater hatte mir die Hand auf die Schulter gelegt: »Dein Sohn ist ein guter Schamanenpriester. Mit vierundzwanzig Jahren hat er schon die neunte Weihe.« Er lächelte. »Und du wolltest nicht, dass er Schamane wird! Aber das Adlerküken hat fliegen gelernt und ist nun ein mächtiger Adler!«

Ja, ich hatte Chinkim das Leben eines Schamanen ersparen wollen. Ein lebenslängliches Erleiden der eigenen Macht und Ohnmacht, ein endloses Getriebensein auf der Suche nach Gott und dreizehn lebensgefährliche Schamanenweihen, dreizehn Stufen der Erkenntnis der eigenen Menschlichkeit. Aber nun würde mein Sohn meinem Vater helfen, die letzte Stufe in den Himmel hinaufzusteigen.

Während des Essens hatte ich geschwiegen. Mein Vater hatte mich beobachtet, während er sich mit Chinkim über seine Kinder unterhielt, die ausgelassen durch die Jurte tobten. Doch er hatte mich nicht gefragt, ob ich wünschte, dass Chutsai mir assistierte. Denn wie er wusste, war meine Enttäuschung über sein Verbot, uns zu lieben, fünf Jahre zuvor einer der Gründe für meinen Weggang gewesen. Und er wusste auch, dass Chutsai und ich uns seit unserem Abschied im Hindukush nie mehr wiedergesehen hatten.

Nach dem Essen erhob ich mich, eine Entschuldigung murmelnd. Ich war müde und wollte schlafen gehen – der *Kuriltai* würde am nächsten Morgen beginnen. Nachdem die Kinder sich vom Khakhan verabschiedet hatten, verließen wir das Zelt.

Meine Jurte war nicht weit entfernt, Chinkims Zelt nur ein paar Schritte weiter. Mei Hua sprang ausgelassen um mich herum, als Chutsai aus der Dunkelheit zwischen den Jurten auftauchte und zu uns herüberkam.

Mein Herz raste.

Chutsai! Mein geliebter Chutsai!

Dann stand er vor mir und sah mich unglücklich an. Ich dachte, mein Herz höre auf zu schlagen.

Chutsai begrüßte meinen Sohn sehr herzlich. Dann kniete er sich hin, um auch Mei Hua und Yu Jie zu küssen.

Anschließend erhob er sich, um auch mich zu umarmen: »O Temur, wie schön, dich wiederzusehen!«, flüsterte er.

Hatte er auf mich gewartet, um mit mir zu sprechen?

Der Schmerz zerriss mir das Herz. Ich wusste nicht, was ich ihm sagen sollte, und schwieg.

Chinkim, der ahnte, was in mir vorging, winkte seine Töchter zu sich: »Ich bringe die Kinder ins Bett, Vater. *Ming tian jian* – Wir sehen uns morgen …«

Als ich nickte, verschwand er und ließ mich mit Chutsai allein.

Langsam ging ich an ihm vorbei zu meiner Jurte.

Er folgte mir. »Seit fünf Jahren haben wir uns nicht gesehen. Hast du mir denn gar nichts zu sagen?«, fragte er mich traurig.

»Ich dachte, zwischen uns wäre alles gesagt«, presste ich hervor und verschwand in meinem Zelt.

Er folgte mir. »Temur, ich verstehe dich nicht! Brich dein Schweigen, ich ertrage es nicht mehr. Bitte sag mir, was zwischen uns steht!«

Ich zog seinen letzten Brief hervor und reichte ihn Chutsai. »*Das* steht zwischen uns.« Dann wandte ich mich ab, weil ich die Tränen nicht mehr zurückhalten konnte. »›Ich wünsche dir alles Glück dieser Welt. Chutsai‹«, zitierte ich seine letzten Zeilen. »Du hast mich … sehr verletzt. Ich habe geweint, als ich deinen Brief las. Dabei hatte ich so sehr gehofft, dass du mir sagst, wie sehr du mich vermisst hast, wie sehr du mich liebst, dass du mir vergibst und dass du mich wiedersehen willst. Kein Wort, kein Gefühl. Nur die besten Wünsche für eine weiterhin erfolgreiche Regentschaft in Chin«, schluchzte ich.

Als er nicht antwortete, redete ich weiter: »Ich habe dich mir aus dem Herzen gerissen, denn ich dachte, dass ich dich so sehr verletzt habe, dass du es nicht wagst, dich erneut auf mich einzulassen. Ich hätte es nicht ertragen, dir noch einmal wehzutun. Ich wollte dir nie wehtun und habe es doch die ganze Zeit getan.

O Chutsai, es tut mir so Leid … Ich habe wirklich versucht, dich zu vergessen, mein Liebster, aber ich konnte es nicht. Ich liebe dich!« Ich barg mein Gesicht in den Händen und weinte still. »Ich hatte Angst vor unserem Wiedersehen, weil ich nicht wusste, was noch zwischen uns ist. Ist die vollkommene Blüte unserer Liebe verwelkt und vom Wind verweht? Ich wollte dir so gern sagen, dass ich dich liebe, dass ich dich vermisst habe, dass ich mich nach dir gesehnt und mich in Delhi und in Bodhgaya monatelang in den Schlaf geweint habe, weil ich dich nicht vergessen konnte. Ich wollte dich so gern um Vergebung bitten für das, was ich dir angetan habe.

So viele Worte, so viele Gefühle, aber am Ende war da nur die Angst, wie du reagieren würdest, wenn wir uns wiedersehen … Ich hätte es nicht ertragen, wenn du mich … wenn du mich fortgeschickt hättest.« Ich fuhr mir über die heiße Stirn. »Chutsai, ich werde dir während des *Kuriltais* und des *Tschanars* aus dem Weg gehen. In ein paar Tagen werde ich nach Kharkhorin abreisen … ich werde dort bleiben … für immer … und nie mehr fortgehen. Ich werde zurück ins Kloster gehen … und versuchen, ohne dich weiterzuleben.«

Er trat hinter mich und legte mir die Hände auf die Schultern. »Temur, bitte sieh mich an!«, flüsterte er.

Ich wandte mich zu ihm um.

Tränen rannen über sein Gesicht. Er umarmte mich und zog mich an sich. »Bitte geh nicht! Verlass mich nicht schon wieder! Das würde ich nicht ertragen«, schluchzte er. »Ich hatte so sehr gehofft, dass du zu mir zurückkommst. Bei unserem Abschied habe ich versprochen, auf dich zu warten. Und ich habe auf dich gewartet, mein Liebster, jeden Tag und jede Nacht, fünf endlose Jahre lang.

Ich war besorgt, ich war ängstlich, weil ich nicht wusste, wo du warst. Ob du noch lebst, ob du tot bist. Ich hätte dir in diesem Brief so gern geschrieben: ›Komm zu mir zurück, ich brauche dich. Ich kann ohne dich nicht leben.‹

O Temur, ich wollte, dass du freiwillig zu mir zurückkommst. Weil du es so willst. Nicht weil ich dich anflehe oder mit meiner Liebe bedränge. Dass du meinen Brief nicht beantwortet hast, hat mich verletzt. Dass du im letzten Sommer nicht zum *Kuriltai* gekommen bist, sondern Chinkim geschickt hast, hat mich tief getroffen. Dein Sohn hatte nicht einmal eine Nachricht für mich, kein ›Ich sehne mich nach dir‹, kein ›Ich liebe dich‹.« Er weinte. »Nicht einmal die Frage, wie es mir geht … ob ich ohne dich überhaupt weiterleben kann …«

»O Chutsai …« Ich strich ihm zart die Tränen aus dem Gesicht.

»Unsere Liebe war so vollkommen … so heilig. Aber ich habe gelernt: Nichts ist so vollkommen, als dass es ewig dauern kann. Ich habe eingesehen, dass ich viel zu viel von dir verlangt habe, Temur. Ich wollte dich für mich haben. Immer wieder musste ich lernen, dass du deine Freiheit mehr liebst als mich. Ich hatte mich damit abgefunden, dich nur von ferne lieben zu dürfen. Ich habe dich gehen lassen, damit du aus freiem Willen zu mir zurückkommst. Aber …« Er schluchzte. »Aber du bist nicht zurückgekommen. O Temur, ich war so unglücklich … Und jetzt sagst du mir, dass du für immer gehen willst … Bitte verlass mich nicht!«

Ich ergriff mit beiden Händen zwei Strähnen seiner langen Haare und ließ sie durch meine Finger gleiten. Dann zog ich ihn an mich und umarmte ihn. »O mein Chutsai. Ich will dich nicht verlassen! Nie mehr – bis der Tod uns trennt.«

»Tat tvam asi!«, flüsterte ich und küsste ihn auf die Lippen.

O Gott, war es schön, von ihm im Arm gehalten zu werden und ihn zu umarmen, zärtlich zu streicheln und zu küssen!

Seufzend ergab ich mich den wundervollen Gefühlen der Geborgenheit, des Einsseins mit ihm. Ich schloss die Augen und ließ mich davontragen, ließ mich von mir selbst fortreißen, hinauf in den Himmel der Glückseligkeit.

O Chutsai, liebe mich! Nimm mich zurück, lass unsere Herzen im Einklang schlagen, lass unseren Atem eins werden, lass mich in dir versinken, mich in dich ergeben. Ich habe mich so lange danach gesehnt, wieder glücklich zu sein, ekstatisch verzückt, auf so wundervolle Art lebendig! Nimm mich zurück, Chutsai! Entzünde dich an mir und lass uns brennen, leidenschaftlich, sinnlich und hell, wie das göttliche Licht, das in uns ist! Lass uns aus uns selbst herausströmen und uns miteinander verbinden, verschmelzen, um nicht mehr getrennt zu sein – nicht mehr Temur, nicht mehr Chutsai, sondern ein vollkommenes Wir: Gott.

Gemeinsam erreichten wir das hell strahlende Licht, versanken darin, lösten uns auf, verwehten ineinander, wurden eins. Augenblicke versanken wie Tropfen im Meer der Ewigkeit, vergangen und doch unvergänglich.

Dann verglommen die wundervollen Gefühle wie eine Kerzenflamme, die hell aufflackerte, um leise zu verglühen und endlich zu verlöschen.

Schwer atmend sank ich in die Kissen. Chutsai umarmte mich und legte sich neben mich. »*Tat tvam asi*«, flüsterte ich ergriffen und küsste ihn. »*Tat tvam asi.*«

»Das ist Sanskrit: ›Das bist du‹«, sagte er verwirrt.

»Anders als mit diesen Worten kann ich dir meine Liebe nicht mehr ausdrücken, Chutsai. ›*Tat tvam asi*‹ ist ein hinduistisches Bekenntnis … eine Einsicht, dass alles auf der Welt verbunden ist, dass alle Seelen mit Gott eins sind. ›Das bist du: Gott.‹ Du bist alles, was ich habe, und du bist alles, was ich bin. Du bist ich. Ich liebe dich so sehr.« Ich küsste ihn. »Ich will nie wieder von dir getrennt sein.«

»Und ich nicht von dir.«

»In unserer ersten Nacht vor zwölf Jahren in Zhongdu hattest du unsere Haare zu einem Ewigen Knoten geflochten. Du hast gesagt: ›Jetzt sind wir für immer verbunden!‹ So oft wir auch für Monate und Jahre auseinander gerissen wurden, wir sind doch immer noch unzertrennlich eins.« Ich setzte mich auf. »Chutsai, ich will vor dir und der ganzen Welt meine unsterbliche Liebe bekennen. Ich werde für dich auf meine Freiheit verzichten, mein Liebster. Würdest du mir bitte … meine Haare flechten?«

Er sah mir in die Augen. »Ich will nicht, dass du dieses Opfer bringst! Ich weiß, wie viel dir deine Freiheit bedeutet!«

»Es ist kein Opfer, Chutsai. Es ist ein Geschenk an dich. Bitte weise es nicht zurück!«

Er fasste mir in die Haare, barg sein Gesicht darin und weinte. Schließlich trocknete er seine Tränen und begann den ersten Zopf zu flechten.

»Du siehst glücklich aus«, begrüßte ich Chutsai mit einem Kuss, als er am nächsten Morgen in mein Zelt kam, um mich zur Ratsversammlung abzuholen.

»Ich *bin* glücklich«, lächelte er. »Die letzte Nacht war wunderschön.« Er ließ meine Zöpfe durch seine Finger gleiten.

»Dann lass uns gemeinsam in die Schlacht ziehen, du König meines Herzens, und unser kleines und doch so schwer erobertes Reich der Liebe verteidigen.«

Er lächelte bezaubernd und küsste mich leidenschaftlich.

Dann verließen wir meine Jurte und gingen gemeinsam hinüber zum großen, mit Seidenbannern geschmückten Ratszelt.

Eine Wand aus weißen, sich im Sommerwind blähenden Segeln teilte den Platz vor der großen Jurte vom Rest des *Ordus* ab. Die Beratungen der Khans und Noyans waren geheim.

Die Wachen vor dem Eingang des umgrenzten Platzes warfen sich zum Kotau ins Gras, als Chutsai und ich uns näherten. Chinkai, der ehemalige Kanzler des Reiches, empfing uns mit einer Verneigung: »Exzellenz … Heiligkeit«, und geleitete uns zum Ratszelt, wo mein Vater uns neben seinen Feldzeichen und dem weißen Seidenbanner mit dem schwarzen Adler erwartete.

Er kam uns ein paar Schritte entgegen, um uns zu umarmen. Ich sah, dass er hinkte – vor einigen Wochen war er im Galopp vom Pferd gestürzt und hatte sich dabei verletzt.

Zur Begrüßung reichte er uns beiden silberne Trinkschalen mit Airag. Während wir mit dem Ringfinger einige Tropfen der Stutenmilch opferten und dann tranken, beobachtete er uns mit einer tiefen Falte zwischen den Augenbrauen.

Dass ich nach siebzehn Jahren meine langen Haare nicht mehr offen, sondern zu Zöpfen geflochten und mit Silberspangen zusammengebunden trug, schien ihn zu beunruhigen. Aber noch mehr irritierte ihn, dass auch Chutsai seine Haare wie ich geflochten, aber nicht nach der mongolischen Sitte aufgesteckt hatte. Seine Flechten fielen wie die meinen über seine Schultern bis zum Gürtel.

Nachdem ich meinem Vater gesagt hatte, dass ich mich entschlossen hätte, den *Tschanar* gemeinsam mit ihm durchzuführen, betraten Chutsai und ich das große Ratszelt.

Subotai stürmte mir entgegen und hob mich hoch wie ein Ringer. »Temur, mein lieber Junge!«

Ich freute mich sehr, den Noyan zu sehen. Seit unserem Abschied nach dem Tod des Shahs in Qazwin waren wir uns nicht mehr begegnet. Subotai war zwei Jahre älter als mein Vater: siebenundsechzig. Die Jahre hatten seine Haare versilbert, aber er wirkte so kraftvoll wie immer.

»Subotai, liebster Freund!«, lachte ich, als er mich wieder auf den Boden stellte. »Nach all den Jahren könntest du ein klein wenig Respekt vor mir haben. Schließlich bin ich kein Kind mehr: Ich bin einundvierzig!«

Subotai tätschelte liebevoll meine Wange. »Du warst nie ein Kind! Ich kann mich noch gut erinnern, wie Kökschu dich auf den Burkhan Khaldun schleppte, um dich zum Schamanen zu weihen. Du warst fünf Jahre alt, und dein Vater, der am zweiten *Owoo* unterhalb des Gipfels auf dich gewartet hat, war aufgeregter als du. Du lieber Himmel, wie er sich um dich gesorgt hat! Es ist, als wäre es gestern erst gewesen …« Dann besann er sich. »Temur, es tut mir sehr Leid wegen Dschebe. Ich weiß, wie nah ihr euch wart. Ich hätte es dir gern selbst gesagt, aber du …«

»Ich weiß, Subotai, ich weiß. Ich habe um ihn getrauert wie um einen älteren Bruder. Er ist dort geblieben, aber du bist zurückgekommen, was mich sehr glücklich macht. Komm doch heute Abend zum Essen zu mir. Dann kannst du mir erzählen, wie er gestorben ist. Für einen kurzen Augenblick wird es dann so sein, als wäre er noch bei uns.«

Subotai nickte ergriffen. »Ich werde kommen!«

Chutsai und ich gingen nebeneinander zu unseren Sesseln auf der westlichen Seite der großen Jurte. Schigi, der in Lotushaltung auf seinem Sitz Platz genommen hatte, beobachtete uns mit finsterem Blick. Es war ihm nicht entgangen, dass Chutsai und ich unsere Haare geflochten hatten, und er konnte sich denken, was das bedeutete. Chutsai und ich würden unser kleines Reich, dessen

Grenzen nur in unseren Herzen lagen, erbittert verteidigen müssen.

Ein Diener half mir beim Hinsetzen und ordnete die Falten meines weiten Schamanengewandes, dann verschwand er. Ich sah mich im Zelt um. Die meisten Noyans und Khans und ihre Söhne waren bereits erschienen, aber einige Sessel rechts vom Thron des Khakhans blieben leer: Auf Dschebes Sitzkissen lag sein Schwert, ebenso auf Mukalis und Megudschins Sitzen. Auch Hassans, Djafars und Maliks Stühle waren unbesetzt. Aus Hochachtung vor ihren Leistungen blieben ihre Sitze im Rat stehen, als wären sie nur eben aufgestanden, um gleich zurückzukehren.

Neben Chinkim, der wie alle Khansöhne seinen Platz in der Nähe des Zelteingangs hatte, waren zwei Sessel leer: Kaidus und Mütügens.

Leere Stühle!, dachte ich traurig: Das ist am Ende alles, was von uns bleibt.

Und noch ein anderer Platz neben mir blieb leer: Dschutschis Thron rechts neben mir.

Chutsai, der links neben mir saß, hatte meine Hand ergriffen. »Du bist traurig, mein Liebster«, flüsterte er.

Ich nickte. »So viele unserer Freunde sind tot. Hier, in dieser Ratsversammlung, haben wir über Krieg und Frieden entschieden. Ich kann mich genau erinnern, wie Dschebe über die große lederne Karte schritt und uns seinen Schlachtplan erläuterte. Ich höre noch immer seine Stimme, als er uns verkündete, wie er Ningxia einnehmen wollte, und dabei ist es achtzehn Jahre her. Achtzehn Jahre! Hier haben wir von einer neuen Welt geträumt, in der wir frei sein können. Hier haben wir die Flamme entzündet, die als Feuersturm über ganz Asien hinwegfegte. Hier haben wir an das Morgen gedacht und es uns in allen Farben ausgemalt, die Träume haben können, nur um das Gestern zu vergessen … und für einige von uns wird es nie wieder ein Morgen geben.«

Chutsai sah mich betroffen an.

Tschagatai, der rechts zwischen mir und Ogodei saß, beobachtete uns über Dschutschis leeren Sessel hinweg.

»Wo ist Dschutschi?«, fragte ich Chutsai leise.

»Er ist nicht gekommen«, flüsterte er.

Ich beobachtete, wie Chinkim sich erhob, um seine Cousins zu begrüßen. Ogodeis Sohn Guyuk kannte ich, die anderen nicht.

»Das sind Toleis Söhne Hulagu, Möngke und Kubilai«, erklärte mir Chutsai. »Der Khakhan hält sehr viel von Kubilai, obwohl er erst dreizehn Jahre alt ist. Der Junge ist sehr vernünftig. Er hat die Bücher von Kung Futse gelesen und spricht fließend Chinesisch. Im Scherz nennt dein Vater ihn manchmal Kubilai Khan …«

Mein Vater, der die letzten Noyans mit einer Schale Airag begrüßt hatte, kam ins Zelt und nahm auf seinem Thron Platz.

Sein Blick glitt über die Anwesenden und blieb an dem leeren Sessel neben mir hängen. Dass Dschutschi nicht zum *Kuriltai* gekommen war, verstimmte ihn. Nachdem der Krieg in Chin, in Khwarezm und Xixia nun endlich beendet war und Frieden herrschte, hatte er die eigene Familie versöhnen wollen. Er war verbittert, dass Dschutschi sich nach wie vor weigerte zu kommen, wenn er gerufen wurde.

Der Khakhan zögerte, den *Kuriltai* zu eröffnen, um seinem aufsässigen Sohn doch noch die Möglichkeit zu geben, rechtzeitig zu erscheinen und seinen Sitz im Rat einzunehmen. Aber dann erhob er sich. »Meine Khans und meine Noyans … meine Söhne, meine Enkel und meine Freunde«, rief er. »Bevor wir uns im *Kuriltai* beraten, will ich euch mitteilen, dass ich in wenigen Tagen meinen dreizehnten *Tschanar* durchführen werde. Und ich lade euch alle herzlich ein, daran teilzunehmen.«

Wie sie sich alle mit ihm freuten! Die dreizehnte Weihe wäre die Krönung seiner Siege bei der Eroberung der Welt, die Vollendung seiner selbst.

Er hob beide Arme, und sofort war es still. »Ich bin sehr glücklich darüber, einen würdigen Assistenten für diese schwierigste aller Prüfungen gefunden zu haben. Noch glücklicher bin ich, dass er sich bereit erklärt hat, mir zu helfen.«

Wer würde der zweite Schamane sein? Alle Blicke ruhten auf Chutsai, der die zwölfte Weihe bereits hatte.

Wie ein scharfes Schwert zerschnitt die Stimme meines Vaters das abwartende Schweigen, als er sagte: »Chinkim, komm her zu mir. Ich wünsche, dass du heute neben mir sitzt.«

Tschagatai ballte seine Fäuste auf den Armlehnen, als mein Sohn sich von seinem Sitz erhob und neben dem Khakhan Platz nahm. Immer wieder irrte sein Blick zwischen mir, meinem Sohn und Mütügens leerem Sessel hin und her. Wie sehr mein Bruder mich hasste! Schließlich hatte er mich beschuldigt, seinen Sohn in den Tod geschickt zu haben, als ich ihm angeblich den Angriff auf die einstürzenden Mauern von Bamiyan befahl!

Mein Vater war noch nicht fertig. »So wie ich mich auf meinen *Tschanar* freue, bin ich sehr stolz auf eine andere dreizehnte Weihe, die an demselben Tag stattfinden wird.« Er wartete ab, bis sich das Getuschel gelegt hatte und fuhr fort: »Temur wird gleichzeitig mit mir den Sprung in den Himmel wagen. Und Chutsai wird ihm dabei helfen.«

Schigi war zornig aufgesprungen, und der Jubel der Noyans verwehte in atemlosem Schweigen.

Der Khakhan sah seinen Adoptivsohn an. »Du willst schon gehen, Schigi?«, fragte er. Er musste sich mühsam beherrschen. Die Machtkämpfe in der eigenen Familie verbitterten ihn. »Der *Kuriltai* hat noch nicht begonnen. Du wirst das Beste verpassen.«

»Vater, ich …«

»Wenn du jetzt gehst, Schigi, brauchst du nie wieder in den Rat zurückzukommen. In diesem Fall werde ich Chinkim bitten, deinen Platz einzunehmen«, donnerte der Khakhan. »Ich dulde keinen Verrat in der Familie, weder an mir noch an Temur oder Chutsai! Habe ich mich verständlich ausgedrückt?«

»Unmissverständlich«, knirschte Schigi.

»Dann setz dich und schweig!«

Schigi raffte seine Würde um sich und nahm mit gesenktem Blick wieder im Lotussitz Platz.

Mein Vater blickte in die Runde: »Gibt es hier noch jemanden, der jetzt gehen will?«

Betretenes Schweigen. Niemand erhob sich.

»Ich danke euch, dass ihr euch alle …« Er warf einen Blick zu Tschagatai hinüber, der ihn nicht ansah. »… dass die meisten von euch sich mit Temur und mir freuen. Und diejenigen, die uns Glück wünschen, sind herzlich eingeladen, an der Weihe teilzunehmen. Die anderen, die nur an ihr eigenes Glück denken können, mögen sich rechtzeitig besinnen, uns den schönsten Tag in unserem Leben nicht mit ihrer Anwesenheit zu verderben.«

Auf ein Zeichen des Khakhans entrollten einige Diener eine große lederne Landkarte auf dem Teppich in der Mitte der Jurte. Die Karte zeigte das mongolische Reich, das vom Zagros-Gebirge bei Bagdad bis zum chinesischen Meer hinter Zhongdu reichte. Vier Teilreiche waren mit roter Farbe eingezeichnet. Dschutschis Khanat im Westen: Khwarezm, Ghor, Afghanistan, Persien bis zum Zagros-Gebirge vor den Toren Bagdads und die russischen Steppen, die Dschebe und Subotai vor fünf Jahren erobert hatten, bis nach Kiyev am Fluss Dnjepr. Von dort war es nicht mehr weit bis Europa. Ein Katzensprung!, hätte Léon gesagt. Tschagatais Reich umfasste Karakitai von der sibirischen Taiga bis zum Pamir und zum Himalaya. Ogodei sollte Xixia und Chin bekommen, Tolei als jüngster Sohn die mongolische Heimat von der Gobi bis zum Baikalsee.

Bevor mein Vater etwas sagen konnte, war Tschagatai wütend aufgesprungen. Er deutete auf Dschutschis Khanat auf der Karte und auf den leeren Thronsessel neben mir. »Vater, wie kannst du Dschutschi ein derart großes Reich geben! Es ist das größte Khanat! Und Dschutschi hält es nicht einmal für nötig, zum *Kuriltai* zu erscheinen. Er missachtet deinen Befehl und zeigt uns damit, welchen Wert er dieser Ratsversammlung beimisst: keinen.«

Mein Vater war zornig auf Tschagatai, aber bevor er seinen Sohn vor allen Anwesenden zurechtweisen konnte, warf ich ruhig ein:

»Wenn Dschutschi nicht zum *Kuriltai* kommt, wird er seine Gründe dafür haben.«

»So wie du deine Gründe hattest, zur letzten Ratsversammlung nicht zu erscheinen?«, griff Tschagatai mich an. »Du verstößt gegen jedes Gesetz unseres Vaters, du selbstherrlicher …«

»Tschagatai!«, rief ihn der Khakhan zur Ordnung. »Schweig und setz dich hin.«

Mein Bruder wandte sich zum Herrscher um. »Nein, Vater, ich kann nicht mehr schweigen. Ich werde nicht länger zusehen, wie Temur in seiner Selbstverliebtheit Chutsai mit sich ins Verderben reißt.«

Chutsai wollte mich verteidigen, aber ich schüttelte den Kopf, und er schwieg.

»Ich bin selbstverliebt?«, fragte ich Tschagatai.

»Du bist besessen von dir selbst«, schrie er mich an. »Du führst dich auf wie ein Weltenherrscher, der über allen Gesetzen steht!«

»Ich *bin* ein Weltenherrscher«, sagte ich lauter als beabsichtigt. »Ich beherrsche die Welt, damit sie nicht mich beherrscht. Damit Gier, Stolz, Zorn und Unwissenheit keine Macht über mich haben. Selbstbeherrschung, Selbstbewusstsein, Selbstvertrauen, Selbstachtung und Selbstmacht machen mich frei ge…«

»Du bist selbstherrlich! Du brichst jedes Gesetz«, brüllte er mich nieder. Dann wandte er sich um. »Temur und Chutsai haben die letzte Nacht gemeinsam verbracht, Vater. Chutsai hat sein Zelt erst im Morgengrauen verlassen. Sie haben sich über alle Regeln des Anstands und über die *Yassa* hinweggesetzt. Temur und Chutsai haben miteinander *gefickt*.«

Im Zelt war es totenstill.

Chinkim, entsetzt über die Vorwürfe gegen Chutsai und mich, hatte den Blick gesenkt – Kubilai, der neben ihm saß, hatte ihm tröstend die Hand auf den Arm gelegt. Ogodei sah mich traurig an. Sein Blick sagte mir: »Es tut mir so Leid, Temur. Ich weiß, was ihr füreinander empfindet.« In Schigis Augen loderte der Hass.

Es tat mir weh, dass meine schöne und vollkommene Liebe zu Chutsai derart entwürdigt wurde. Ich sah ihn an: Er war sehr blass.

»Temur, ist es wahr, was Tschagatai dir vorwirft?«, fragte mein Vater mit heiserer Stimme. Er war enttäuscht, hatte er uns doch schon vor Jahren befohlen, uns voneinander fern zu halten.

»Ja, es ist wahr, Vater!«, sagte ich. »Chutsai und ich haben die letzte Nacht gemeinsam verbracht. Aber wir haben gegen kein Gesetz verstoßen.«

»Die Liebe zwischen zwei Männern ist durch die *Yassa* bei Todesstrafe verboten!«, erinnerte mich Tschagatai.

Mein Bruder wollte mich demütigen, mir meinen Namen, meinen Ruf und mein Ansehen nehmen, mich vernichten, damit ich mich nie mehr erheben konnte, um ihm gefährlich zu werden. Dass ich bei meinem Sturz auch Chutsai mitreißen würde, schien ihn in seinem unbeherrschten Zorn nicht zu kümmern.

Ich rang meinen Zorn nieder. »Die *Yassa* regelt auch die Freiheit des Glaubens und die unbeschränkte Ausübung desselben. Das Gesetz gilt für *jeden* Glauben, gleichgültig ob er schamanistisch, muslimisch, christlich, taoistisch oder buddhistisch ist. Chutsai und ich praktizieren das Tantra-Yoga. Das sind Übungen des Vajrayana-Buddhismus und des Hinduismus, um die Vollkommenheit zu erreichen: Meditationen über einem Mandala, Rituale und Gebete …«

»… und sexuelle Praktiken!«, rief Tschagatai.

»Ja, im Tantra-Yoga werden nicht nur das Diamantzepter und die Glocke, sondern der Körper selbst zum mächtigen Instrument der Heilung des Menschen durch einen anderen Menschen. Es ist ein heilender … ein heiliger Akt«, erklärte ich. Dann wandte ich mich an meinen Vater. »Schigi kann bestätigen, was ich sage. Er hat selbst das Tantra-Yoga praktiziert, um sich zu vervollkommnen.«

Schigi funkelte mich wütend an.

Fürchtete er meine Rache für seine Intrigen, als er vor sechs Jahren meinem Vater verriet, Chutsai und ich würden die Nächte miteinander verbringen? Er war schuld an unserer Trennung. Schigi war niemals mit Dschebe oder Chutsai im Bett gewesen … aber sehr wohl mit einem seiner Mönche – das hatte er mir selbst einmal gestanden.

Mein Vater sah mich nachdenklich an, dann wandte er sich an Schigi: »Ist es wahr, was Temur da sagt? Ist das Tantra-Yoga ein heiliger Akt?«

Schigi senkte den Blick und nickte, was ihm sichtlich schwer fiel. Denn mit diesem resignierten Nicken gestand er ein, dass meine

Liebe zu Chutsai nicht verboten war und dass er nichts tun konnte, um uns zu trennen. »Ja, Vater«, erwiderte er schließlich leise. »Das Tantra-Yoga hat nichts mit dem Akt der Liebe zu tun, den Tschagatai mit dem Wort *ficken* entwürdigte.« Dann raffte er seine weite Mönchsrobe, um sich gegen weitere Fragen zu schützen.

Mein Vater, der ihn mit einer tiefen Falte zwischen den Augenbrauen beobachtet hatte, ersparte meinem Bruder die nächste Frage und sich selbst die Antwort. »Schigi, bitte korrigiere das Gesetz zur Religionsfreiheit in der *Yassa.* Offenbar ist es nicht eindeutig formuliert.«

Schigi nickte seufzend. »Ich werde es überarbeiten, Vater.«

Chutsai ergriff meine Hand und drückte sie.

»Temur und Chutsai!«, befahl mein Vater. »Heute Abend werdet ihr zu mir kommen und mir erklären, was das Tantra-Yoga ist. Ich will verstehen, was ihr tut.«

»Ja, Vater«, nickte ich. »Das werden wir sehr gern tun.«

... denn damit anerkannte er unsere Liebe ein für alle Mal.

Vor dem Zelt entstand Unruhe. Mehrere Reiter galoppierten auf den Platz vor der Jurte. Bewaffnete vor dem Zelt hielten sie auf.

Tschagatais Versuch, mich zu vernichten, war gescheitert. Gerade wollte er etwas sagen, als ein junger Mann ins Zelt stürzte. Den Tigerstab, mit dem er sich ausgewiesen hatte, hielt er noch in der Hand. Es war Dschutschis Sohn Batu! Er trug die engen, ledernen Bandagen eines Pfeilreiters, die ihn während des langen Rittes vor Verletzungen schützten.

Batu stürmte über die Landkarte des Reiches und fiel vor dem Khakhan auf die Knie. »Vergib mir! Ich konnte nicht schneller kommen«, bat er, noch ganz außer Atem vom scharfen Ritt.

»Hat dein Vater dich geschickt?«, wollte der Khakhan wissen, als er seinen Enkel umarmte.

»Ja, Großvater. Es war sein Wunsch, dass ich zum *Kuriltai* reite.«

»Warum kommt er nicht selbst?«, fragte mein Vater mit einem Seitenblick auf Tschagatai, der missgelaunt wieder auf seinem Thron Platz genommen hatte.

»Mein Vater ist tot.«

Der Khakhan schwankte. »Tot?«, flüsterte er heiser. »Dschutschi ist gestorben? Wann …«

»Mein Vater starb im Februar, vor fünf Monaten. Ich konnte nicht früher kommen, da nach seinem Tod die russischen Fürsten das Khanat angriffen. Ich bin sogleich mit meinem Heer nach Westen aufgebrochen. Mir blieb nicht einmal Zeit, die weiße Decke eines Khans zu betreten, um meinem Vater nachzufolgen. Nach dem Feldzug bin ich sofort hierher geritten.«

»Und … du bist jetzt Khan, Batu?«, flüsterte der Khakhan.

»Ja, Großvater. Nach dem Willen meines Vaters bin ich als Khan gekommen, um dir den Treueschwur zu leisten. Mit seinen letzten Worten bat er dich um Vergebung, dass er deinem Befehl zu kommen, nicht mehr gehorchen konnte. Es war sein größter Wunsch, sich mit dir zu versöhnen – in seinen letzten Tagen auf dem Sterbebett hat er von nichts anderem mehr gesprochen. ›Ob er mir vergeben kann?‹, hat er immer wieder gefragt.

Er bat mich, dir seine letzten Worte auszurichten: ›Sag meinem Vater, dass ich ihn sehr geliebt habe. Wenngleich er nicht wissen konnte, ob ich wirklich sein Kind war, hat er doch immer an mich geglaubt. Nicht, weil ich sein Sohn war, sondern weil er mich dazu gemacht hat.‹«

Tränen liefen über das Gesicht meines Vaters. Er, der Tschagatai und mir verboten hatte, über den Tod unserer Söhne zu weinen, konnte sich selbst nicht beherrschen. Wie gern hätte ich ihn in den Arm genommen und getröstet, wie er es in Baghlan mit mir getan hatte, als er mir gesagt hatte, dass Kaidu tot war. Und wie gern hätte er sich trösten lassen! Aber was er von Tschagatai und mir verlangt hatte, forderte er auch von sich selbst. Er wischte sich die Tränen ab, holte tief Luft und deutete auf den Sessel zwischen Tschagatai und mir. »Batu Khan! Nimm den Platz deines Vaters ein.« Dann wandte er sich um und schlich zu seinem Thron zurück. Es tat mir weh, ihn so zu sehen … so zerbrechlich.

Eine Weile starrte er gedankenverloren auf die Karte seines Reiches und las den Namen seines toten Sohnes. Dann richtete er sich auf und begann damit, sein Reich aufzuteilen. Seine Worte waren wohlgesetzt, wie Spielfiguren im »Spiel der Könige«. Die Spielzüge waren klug, die Konstellation der Khans und Noyans, der Pferde und Türme auf dem gigantischen Spielfeld des mongolischen Reiches sollte den Frieden garantieren und die Bewahrung des von ihm erschaffenen Reiches. Er erläuterte uns sein Vorhaben, als hätte er vor, erneut in den Krieg zu ziehen: gegen die Machtgier der Khans und Noyans. Mit jedem Spielzug, den er nun machte, veränderte sich das Kräftverhältnis in seinem Reich.

Ich beobachtete ihn, während er sprach. Dschutschis Tod hatte ihn ins Herz getroffen. Er, den es gestern noch amüsiert hätte, seine Söhne und Freunde wie Figuren auf einem Spielbrett hierhin und dorthin zu schieben, um sie herauszufordern, ihre Grenzen zu überschreiten und immer neue Ziele jenseits des Horizontes zu finden, war sehr still.

Dann sah ich zu den Khans und Noyans und ihren Söhnen hinüber und fing dabei einen Blick von Ogodei auf. Mein Bruder dachte wohl, ich wäre verbittert, weil er und nicht ich Chin erhalten hatte, obwohl ich mich drei Jahre lang als Regent für den Wiederaufbau des chinesischen Reiches eingesetzt hatte.

Mit den Fingern der rechten Hand formte ich das Zeichen für »Es ist alles in Ordnung«, eines der Handzeichen, die wir Noyans benutzten, wenn wir unsere Befehle nicht in Worte fassen konnten, weil wir fürchteten, belauscht zu werden.

Ogodei verstand und nickte erleichtert.

Dass Tschagatai meine Einigkeit mit Ogodei und mein Vertrauensverhältnis mit ihm als Machtbündnis missverstand, hätte ich mir eigentlich denken können. Er war argwöhnisch, weil mein Name nicht auf der Landkarte stand. Was hatte unser Vater vor? Ich sollte doch wohl nicht leer ausgehen?

Aber der Khakhan, tief betroffen von Dschutschis Tod, hatte nicht vor, an diesem Tag seinen eigenen Nachfolger zu benennen. Es wäre zu leidvoll gewesen.

Tschagatai hatte kein Erbarmen mit seinem Vater, der während seiner Rede nur sehr mühevoll Haltung bewahren konnte. Er griff ihn an, und Tolei gab ihm dabei Rückendeckung.

Die Aufteilung des Reiches sei ungerecht. Er, Tschagatai, sei der Erstgeborene. Ihm stehe der größte Reichsteil zu. Wieso erhielte Batu, gerade einmal dreiundzwanzig Jahre alt und nicht einmal der älteste Sohn Dschutschis, dessen legitime Herkunft immer noch nicht geklärt war, den größten Teil des Reiches? Wieso bekam Batu Subotai als erfahrenen Noyan an die Seite gestellt, damit dieser Europa für ihn erobern konnte?

Dann drängte auch Tolei ungestüm auf das Schlachtfeld und beschwerte sich bitter, weil er nur die mongolische Steppe erhalten habe. Hatte er denn als Großer Noyan nicht immer loyal an der Seite des Khakhans gestanden und so viele Schlachten gewonnen? Es folgte eine ganze Salve scharfkantiger Worte, die meinen Vater sehr verletzten.

Ich war zornig, weil meine Brüder derart auf unseren Vater losgingen. Chutsai spürte, dass ich am liebsten aufgesprungen wäre, und legte mir mahnend die Hand auf den Arm.

»... das kannst du nicht tun, Vater!«, erregte sich Tolei, als ich mich erhob und an ihm vorbei zum Zeltausgang ging. Mein Bruder sah mich irritiert an, setzte seine Angriffe aber fort.

Am Eingang winkte ich einen der Bewaffneten zu mir und bat ihn um fünf Pfeile. Mit den Pfeilen kehrte ich ins Zelt zurück.

Mein Vater sah mir erwartungsvoll entgegen. Auch die Noyans schenkten dem zornigen Tolei keine Aufmerksamkeit mehr und blickten mich an. Mein Bruder wandte sich zu mir um.

»Bitte verzeih, Tolei, ich wollte deine Rede im Rat nicht unterbrechen«, sagte ich ruhig.

Die Noyans tuschelten miteinander, einige lachten leise.

Tolei zog sich an seinen Platz zurück. Dachte er, ich würde nun Tschagatais und sein erbittertes Wortgefecht gegen unseren Vater fortsetzen?

»Ich hatte einmal einen Traum«, sagte ich so leise, dass alle den Atem anhielten, um mich verstehen zu können. »Dieser Traum ließ mich alles ertragen: die Entbehrungen während der jahrelangen Feldzüge, den Hunger und den Durst, die Hitze der Wüsten und die Kälte der Gebirgspässe, die durchwachten Nächte vor der

Schlacht, das Zittern meiner Hände, die mein Schwert kaum noch halten konnten, die Erschöpfung, die Verzweiflung, die Trauer, die Schuld. Die Schuld war für mich am schwersten zu ertragen, aber wenn sie in dunklen, einsamen Nächten unerträglich wurde, dann träumte ich meinen Traum. Dieser Traum gab mir die Kraft, all das durchzustehen, Tag für Tag und Nacht für Nacht, weil ich noch Hoffnung hatte, dieser furchtbare Krieg würde irgendwann enden. Ich hatte gehofft, wir wären nach dem Krieg, der doch unser ganzes Leben lang gedauert hat, in der Lage, den Wert des Wortes ›Frieden‹ schätzen zu lernen.«

Mein Vater beobachtete mich, wie ich auf der Karte herumlief.

»Heute ist mir bewusst geworden, dass Frieden nur eine schöne Illusion ist, und ich bin meinen Brüdern sehr dankbar für diese tiefe Einsicht in das Wesen des Menschen. Mein Traum vom Frieden ist zerbrochen, und ich werde mich verletzen, wenn ich die Scherben trotzdem festhalte, weil ich einfach nicht anders kann. Mein Vater hat mich das Aufgeben nie gelehrt, nicht, als wir nach der verlorenen Schlacht gegen Dschamuga verwundet und erschöpft durch die Gobi flohen, und auch nicht, als wir uns im Sumpf des Baldschuna verstecken mussten, um zu überleben. Und ich werde auch jetzt nicht aufgeben.

Vor achtzehn Jahren, als diese Ratsversammlung den Krieg gegen Xixia beschloss, den ersten einer langen Reihe von Kriegen, da habe ich euch gesagt, ich wüsste, dass es Jahre dauern würde, vielleicht sogar Jahrzehnte, bis ihr alle diesen wunderschönen Traum von Frieden und Freiheit mit mir träumen werdet, aber ich würde niemals aufgeben, euch davon zu erzählen. Viele von euch haben in den letzten Jahren diesen Traum mit mir geträumt. Viele von euch sehnen sich wie ich nach Frieden. Aber Sehnsucht ist nicht genug! Denn der Frieden ist kein Wort, das man achtlos ausspricht, weil es so schön klingt, der Frieden ist kein Geschenk, das man seinem besten Freund mit ein paar herzlichen Wünschen zum Neujahrsfest überreicht. Frieden ist etwas, wofür wir *kämpfen* müssen. Jeder von uns!«

Ich zog einen der Pfeile aus dem Bündel, das ich in der linken Hand hielt. »Ein Pfeil ist eine gefährliche Waffe. Mit ihr haben wir die Welt erobert.« Ich zerbrach den Pfeil und hob die beiden Teile hoch, damit jeder sie sehen konnte. »Aber ein Pfeil kann zerbrochen werden.« Ich warf das zersplitterte Holz auf den Boden. Dann hob ich einen weiteren Pfeil hoch: »Das hier ist Tschagatai«, dann einen weiteren: »Dieser Pfeil ist Ogodei«, dann noch einen: »Tolei«, und den letzten: »Batu«.

Und nun umschloss ich die Pfeile, wie damals in Zhongdu, mit meiner Faust. »Dieses Pfeilbündel ist das mongolische Reich. Eine mächtige Waffe, stark und unzerbrechlich – solange eine Hand diese Pfeile fest zusammenhält. *Ich* werde diese Hand sein!«, rief ich. »Wer gegen einen meiner Brüder die Waffe erhebt, erhebt sie gegen mich. Wer Ogodei beleidigt, beleidigt mich. Wer sich mit Tolei streitet, streitet sich mit mir. Wer Tschagatai angreift, greift mich an. Und wer Batu verrät, verrät mich …«

Ogodei hatte bei meinen Worten erleichtert aufgeatmet.

Tschagatai war aufgesprungen. »Vater! Erkennst du denn nicht, wie anmaßend und selbstherrlich Temur ist?«, rief er. »Er stellt sich schon wieder über uns …«

»Und dafür bin ich ihm sehr dankbar!«, antwortete der Khakhan. »Setz dich und lass deinen Bruder ausreden, so wie er dich ausreden ließ.«

Tschagatai trat den Rückzug an, ohne mich noch eines Blickes zu würdigen.

Ich hob das Pfeilbündel hoch. »Unser Vater, der unser aller Vater ist, der Vater des Reiches und des Volkes der Mongolen, das vor seiner Herrschaft nur ein zerstrittener Klan war, unser Vater hat uns schon vor zwanzig Jahren zu Khans mit eigenen Herrschaftsgebieten gemacht. Er hat seine Macht mit uns geteilt, er hat uns sehr großzügig unterstützt. Er hat unsere Wünsche immer respektiert, auch wenn sie ihm sehr wehtaten und er sie so manches Mal nicht verstehen konnte. Mit größter Nachsicht hat er vor vierzehn Jahren meinen Rücktritt als Khan angenommen. Er hat uns vertraut und niemals infrage gestellt, was auch immer wir getan haben. Und er hat uns geliebt, ob wir nun seine Söhne waren oder nicht. Und wie dankt ihr es ihm?

Ihr streitet euch um das Erbe, während euer Vater daneben sitzt. Ihr zerreißt das Reich, das er erobert hat. Seht ihr denn nicht, wie weh ihr ihm tut mit eurem respektlosen, rücksichtslosen, vertrauenslosen und lieblosen Verhalten? Ich bin zutiefst beschämt. Und ich bin zornig. Und trotzdem resigniere ich nicht: Ich werde für meinen Traum vom Frieden kämpfen, bis zu meinem letzten Atemzug!«

Meine letzten Worte verwehten in ein sehr besonnenes Schweigen, dann kehrte ich zu meinem Platz zurück und setzte mich neben Chutsai, der meine Hand ergriff und an seine Lippen führte, um sie voller Respekt zu küssen – eine Geste, die keinem der Anwesenden entging.

Ogodei hatte sich erhoben und kam zu mir herüber. Er fiel vor mir auf die Knie und ergriff meine Hand, um sie ebenfalls zu küssen. »Tausend Dank für deine Worte, Temur«, sagte er. »Ich habe die allergrößte Hochachtung vor dir.«

Dann erhob er sich und trat vor den Thron des Khakhans. »Vater, ich will dich in aller Demut um Verzeihung bitten für mein verachtenswertes Verhalten. Ich habe dein Vertrauen und deine Liebe missbraucht. Indem ich mich unwürdig verhielt, habe ich dich als meinen Vater beleidigt. Ich habe dir sehr wehgetan und hoffe, dass du mir vergeben kannst.« Dann fiel Ogodei zum Kotau auf den Boden.

Er, der sich an den Machtkämpfen seiner Brüder nicht beteiligt hatte, er, der nicht Khakhan werden wollte, demütigte sich vor seinem Vater!

Der Khakhan stieg herab von seinem Thron und hob seinen Sohn auf. »Ich will nicht, dass du vor mir kniest, Ogodei. Bitte steh auf!« Dann umarmte er ihn. »*Du* hast nichts getan, was ich dir zu vergeben hätte, mein Sohn.«

Da erhoben sich auch Schigi, Tolei und Tschagatai und drängten ihrem Vater entgegen.

»Temur!«, rief er mich schließlich zu sich, als sie ihre Plätze wieder eingenommen hatten.

Er schloss mich herzlich in seine Arme. »Ich bin dir sehr dankbar für deine Rede«, flüsterte er, sodass niemand verstehen konnte, was er mir zu sagen hatte. »Du hattest Recht, es fiel mir schwer, dich gehen zu lassen, als du beschlossen hattest, nicht mehr Khan zu sein. Aber ich habe deinen Wunsch respektiert. Und ich hoffe, dass du eines Tages auch meinen Herzenswunsch respektierst. Mach deinen Traum wahr, Temur! Lass nicht zu, dass das Reich, das ich erschaffen habe, zerbricht. Du kannst wie kein anderer die Religionen und die Völker vereinen. Folge deiner Bestimmung und kämpfe für Frieden, Freiheit und Gerechtigkeit. Werde Khakhan und herrsche!«

»Heute ist der schönste Tag in meinem Leben!«, sagte ich, als Chutsai mich umarmte, um mir viel Glück zu wünschen.

Der schönste Tag in meinem Leben, die letzte von dreizehn Stufen der Erkenntnis, die triumphale Vollendung – das sollte mein höchster *Tschanar* werden! Die dreizehnte Weihe war das Symbol der Freiheit, der absoluten Freiheit, durch eigene Kraft sich selbst vervollkommnen zu können.

Mit Chutsai ging ich zu den *Tschanar*-Bäumen, um die Gäste der Feier zu begrüßen.

Subotai kam mir entgegen. »Ich wünsche dir alles Glück dieser Welt, mein Junge«, lächelte er, als er mich in seine Arme schloss. »O nein, nur die Hälfte. Die andere Hälfte gehört deinem Vater.«

»Ich danke dir, liebster Freund!« Dann wandte ich mich meinen Brüdern zu. »Schigi … Ogodei … Tolei … Tschagatai, ich freue mich sehr, dass du gekommen bist.«

Mein ältester Bruder sah mich erstaunt an. »Meinst du das ernst, Temur? Ich meine: Nach allem, was in den letzten Jahren zwischen uns vorgefallen ist … Wenn du nicht willst, dass ich zusehe, dann werde ich gehen …«

»Ich bin sehr glücklich, dass du hier bist, Tschagatai. Und wenn du wieder gehen willst, lasse ich dich an einen der *Tschanar*-Bäume fesseln.« Ich drückte ihn an mein Herz. »Ich will nicht, dass du gehst. Auf keinen Fall!«

Auch Batu, Guyuk, Möngke und Kubilai drängten zu mir, um mir »Viel Glück!« zu wünschen.

Dann ging ich mit Chutsai an den beiden *Tschanar*-Wäldchen vorbei zu meinem Vater, der mit Chinkim bei den beiden geschmückten Lebensbäumen stand und mich erwartete.

Die Lebensbäume waren zwei sehr hohe Lärchen, deren Stämme von allen Ästen und Zweigen befreit im Abstand von nur drei Schritten aufgerichtet worden waren. In den Kronen der Bäume waren Nester befestigt, hölzerne Sitze, zu denen wir uns während des Himmelssprunges hinaufschwingen würden.

»Du siehst gut aus, mein Junge!«, begrüßte mich mein Vater.

»Ich habe mich selten besser gefühlt als heute. Die zehn Tage des Fastens und die Meditationen mit Chutsai haben mir sehr viel Kraft gegeben. Ich kann mich noch erinnern, wie Kökschu seinen höchsten *Tschanar* machte und wie sehr er gelitten hat – es müssen unvorstellbare Qualen gewesen sein. Ich hoffe, ich werde mich als würdig erweisen«, sagte ich. »Wie geht es dir?«

»Sehr gut, dank Chinkims heilenden Händen und den chinesischen Nadeln, mit denen er mich behandelt hat. Die Schmerzen, die ich seit meinem Sturz vom Pferd hatte, sind verschwunden. Dein Sohn ist ein sehr fähiger Schamane.«

Dann begannen wir mit den Zeremonien. Nach den Opfern unter dem Lebensbaum, nach der Anrufung von Vater Himmel und Mutter Erde, von Bruder Wind, Bruder Feuer und Bruder Wasser traten wir unsere gemeinsame Reise ins innere Jenseits an.

Der dreizehnte *Tschanar* ist eine rituelle Wiedergeburt. Und die Qualen des Sterbens, des Verlassens der Welt und des Wiedergeborenwerdens, dieses furchtbare ohnmächtige Geschehenlassenmüssen erlebte ich bei vollem Bewusstsein in der Trance.

Chutsai und Chinkim trommelten einen schnellen Rhythmus. Dann setzten sie einen Herzschlag lang aus und begannen von neuem mit den harten Trommelschlägen. Schneller. Lauter. Ich fing an zu tanzen. Shivas Tanz! Tod und Wiederauferstehung. Selbstvernichtung und Selbsterschaffung. Die Trommeln verstummten. Dann begannen die nächsten Schläge, noch schneller. Ich ließ mich in die Trance hineinfallen, versank in mir selbst, mitgerissen vom Schlag der Schamanentrommeln.

Das Sterben war ein seltsam wohliges Gefühl, der Tod war sanfte Erlösung, als ob alles Leiden von mir fortgerissen würde, aller Schmerz, alle Schuld, alles Menschsein. Ein friedliches Gefühl, nicht mehr ein kleiner Tropfen Leben zu sein, getrennt und einsam, sondern das große, wogende Meer des Lebens!

In diesem Augenblick hörten die Schläge der Trommeln wieder auf. Haltlos schwebte ich, war Tropfen, war Meer. Dann ein neuer Rhythmus, der mich mit aller Macht aus der Einheit herausriss. Die Qualen der Geburt waren unbeschreiblich, und mir schien, dass die Geburt ins Leben hinein das wahre Sterben war. Wie leidvoll das Leben doch ist!, dachte ich. Wie sinnlos! Wozu all das Leiden, all die Sorgen, all die Schmerzen? Ich zitterte am ganzen Körper, ich fror und ich hatte große Schmerzen, aber trotzdem spürte ich eine unbändige Kraft in mir, den Sprung zu wagen. So musste sich ein Kind fühlen, wenn es in die Welt geholt wurde! So viel Mut, sich auf das Leiden einzulassen, so viel Kraft!

Da sprang ich.

Ich kam sehr hoch hinauf, umklammerte mit beiden Armen den Lebensbaum und kletterte höher, dann zog ich mich auf den Sitz und lehnte erschöpft meine Stirn gegen den Stamm. Mein Herz raste, ich atmete schwer und zitterte. Die Anstrengungen von Tod und Wiedergeburt waren unbeschreiblich gewesen. Ich schloss die Augen und sprach ein stilles Gebet. Ich hatte es geschafft!

Dann sah ich hinunter. Mein Vater stand mit weit ausgebreiteten Armen unter seinem Lebensbaum, hinter ihm trommelten Chutsai und Chinkim.

In diesem Augenblick sprang auch er – sehr viel höher als ich. Er umfasste den Stamm und zog sich hoch. Er hatte wohl große Schmerzen, das sah ich ihm an, aber er besaß auch sehr viel Kraft. Immer höher kletterte er, bis hinauf zum Sitz. Schon hatte seine Hand das Nest erreicht, schon tasteten seine Finger nach einem festen Griff, als er abrutschte und den Halt verlor.

Verzweifelt streckte er seine Hand nach mir aus, damit ich ihn festhielt. Ich lehnte mich hinüber, wollte sein Handgelenk ergreifen, um ihn vor dem Sturz zu bewahren. Aber es war zu spät! »O Gott, nein!«, schrie ich, als er fiel.

Er schlug hart auf dem Boden auf, blieb benommen liegen.

Chutsai und Chinkim knieten sich neben ihn.

Ich riss mir die Hände blutig, als ich am Lebensbaum heruntergglitt, um bei meinem Vater zu sein.

»Er lebt!«, seufzte Chutsai, als ich mich neben ihn kniete.

»Chinkim, bring mir einen Lebensfaden!«, befahl ich.

»Lass mich das machen, Temur! Du bist viel zu erschöpft nach deinem Sprung«, erwiderte Chutsai. »Chinkim, kümmere dich um deinen Vater! Seine Hände sind aufgerissen und bluten. Tschagatai, komm her und hilf mir!«

Ogodei kniete sich neben mich und presste einen Fetzen Seidenstoff, den er aus seiner Robe herausgerissen hatte, auf meine Hände. »Das war ein großartiger Sprung, Temur«, sagte er, um mich von unserem gestürzten Vater abzulenken.

»Er ist höher gesprungen als ich«, murmelte ich. »Er hat so viel Kraft!«

»Aber du hast es geschafft, den Himmelsthron zu erreichen«, sagte Ogodei. »Wie fühlst du dich? Du bist so blass, und du zitterst. Um Himmels willen, Temur, was ist mit dir?«

Ich schloss die Augen, tastete nach einem Halt. Ogodei ergriff meine Hände. Entkräftet ließ ich mich gegen ihn sinken.

Dann fiel ich aus der Zeit heraus.

Es war dunkel, als ich die Augen öffnete.

In der Jurte brannten nur ein paar Butterlichter auf dem kleinen Altar gegenüber dem Eingang. Ich lag auf einem weichen Bett, aber es war nicht meines. Es war auch nicht meine Jurte.

»Dem Himmel sei Dank!«, seufzte Chinkim. »Er ist wach!«

Mein Sohn beugte sich über mich.

»Vater?«, hörte ich Chutsai. »Temur ist aufgewacht!«

Neben mir auf dem Bett lag der Khakhan. Chutsai beugte sich

über ihn. Im Licht der Butterleuchten konnte ich den magischen Lebensfaden zwischen ihm und meinem Vater erkennen.

»Wie … geht es ihm?«, hauchte er.

Ich wollte mich aufrichten, aber Chinkim drückte mich sanft in die Kissen zurück.

Chutsai sah mich an. »Es geht ihm gut, Vater.«

»Das ist gut«, seufzte der Khakhan.

Ich drehte mich auf die Seite, um ihn anzusehen … und erschrak. Sein Gesicht war schweißnass, und er war sehr blass.

Ich ergriff seine Hand, und die Wunden an meiner Handfläche rissen wieder auf. »Wie geht es dir, Vater?«

»Ich habe … große Schmerzen. Ich werde bald … sterben.«

»O mein Gott!«, stöhnte ich entsetzt.

Chinkim legte mir die Hand auf die Schulter. »Erst der Sturz vom Pferd, nun der Absturz vom Lebensbaum: Großvater hat schwere innere Verletzungen«, erklärte mir Chinkim. »Ich habe ihn gründlich untersucht: Er scheint innerlich zu verbluten. Und wir können nichts dagegen tun.«

Mein Vater hob die zitternde Hand. »Chutsai … Chinkim … lasst mich … einen Augenblick mit Temur … allein.«

»Vater …«, begann Chutsai.

»Bitte, mein Junge. Ich wünsche allein mit Temur zu sprechen.«

Chutsai nickte traurig, öffnete den Knoten des Lebensfadens, der ihn mit dem Khakhan verband, und erhob sich vom Bett. Dann verließ er mit Chinkim das Zelt.

Mein Vater seufzte. »Chutsai ist ein kostbarer Mensch«, flüsterte er schwach. »Ich habe ihn sehr gern.«

»Er liebt dich auch sehr. Er nennt dich ›Vater‹.«

»Das tut er, wenn wir allein sind. Er weiß, wie sehr ich mir all die Jahre gewünscht habe, er wäre mein Sohn«, presste er unter Schmerzen hervor. »Weißt du … warum ich ihn nie adoptiert habe? Ich habe auf Chutsai … als meinen Sohn … verzichtet, weil ihr euch … so sehr liebt.« Er ergriff meine Hand.

Ich weinte.

»Ich will, dass Chutsai auch nach meinem Tod Kanzler bleibt.«

»Ja, das wird er.«

»Und Chinkim … dein Sohn ist ein mächtiger Schamane … Wenn er in einigen Jahren seine zwölfte Weihe hat, dann ernenne ihn zum Obersten Schamanen. So wie ich dich ernannt habe …«

»Ja, Vater«, schluchzte ich.

»Tschagatai, Ogodei, Tolei und Batu sollen morgen in ihre Reichsgebiete zurückkehren … Mein Tod … mein Tod muss geheim gehalten werden, bis sie die Lage unter Kontrolle haben. Es darf keine Aufstände geben.«

»Es wird geschehen, wie du es willst, Vater.«

»Und sprich mit Ogodei, damit er nicht so viel trinkt. Er richtet sich noch zugrunde. Dein Bruder wird auf dich hören. Das hat er immer getan. Schon als ihr noch Kinder wart …«

»Ja, ich rede mit ihm.«

»Schreib alles auf, Temur«, hauchte er. »Ich werde mein Siegel daruntersetzen.«

Ich erhob mich vom Bett und ging hinüber zu einem Tisch am Scherengitter, auf dem gerollte Landkarten lagen. Ich schob sie zur Seite, fand aber kein Papier. Wie auch? Mein Vater konnte weder lesen noch schreiben. Ich nahm eine Karte des mongolischen Reiches, entrollte sie und drehte sie um. Dann kehrte ich mit einer Tintenschale und einem Pinsel zum Bett zurück, um seine letzten Anweisungen niederzuschreiben.

Tolei erhielt den Befehl, Kaifeng einzunehmen, Kaiser Ningjiashu abzusetzen und Chin zu unterwerfen. Subotai sollte mit Batu nach Westen reiten, um den Feldzug gegen die russischen Fürsten fortzusetzen.

»… und lass Subotai freie Hand, wenn er Europa erobern will. Er sagte mir, er bräuchte dafür nicht länger als vier oder fünf Jahre.«

Ich schrieb seine Worte nieder.

»… und du wirst als Regent herrschen, bis ein *Kuriltai* dich offiziell zum Khakhan wählt.«

Ich zögerte.

Mein Vater ergriff meine Hand, die den Pinsel hielt. »Schreib es auf!«, befahl er mir.

Ich schrieb seinen letzten Wunsch nieder. Dann erhob ich mich vom Bett, ging hinüber zum Tisch, tauchte das große Jadesiegel des Khakhans in purpurfarbene Tinte und brachte es ihm. Er war zu schwach, das schwere Siegel mit beiden Händen festzuhalten, und ich half ihm, es unter die Anweisungen auf der Rückseite der Landkarte zu setzen: »Ein Gott im Himmel und ein Khakhan auf Erden. Siegel des Herrschers der Welt: Dschingis Khan.«

Danach sank er in die Kissen zurück und ergriff meine Hand. »Ich konnte meinen Weg nicht zu Ende gehen. Ich habe mein Leben lang Krieg geführt, um den Frieden zu gewinnen. Es ist … nur schwer zu akzeptieren, dass ich in dem Augenblick sterbe, da ich ihn gewonnen habe.« Er seufzte. »Vollende, was ich begonnen habe, Khakhan. Du bist jetzt der Herrscher der Welt.«

»Ja, Vater«, schluchzte ich und faltete die Karte zusammen, um sie in mein Schamanengewand zu stecken.

»Ich will am Fuß des Burkhan Khaldun begraben werden«, sagte er leise. »Ich beneide dich … um den Grabstein, der einst dein Grabmal schmücken wird … Selbstbeherrschung, Selbstbewusstsein, Selbstvertrauen, Selbstachtung, Selbstmacht … Wie glücklich wäre ich gewesen, wenn ich das alles … auch erreicht hätte. Du hast immer getan, wovon ich nur geträumt habe. Du warst frei. All die Jahre habe ich dich gehen lassen, wenn du weggehen wolltest … nach Zhongdu, nach Linan, nach Samarkand … Ich wusste immer, dass ich dich nicht aufhalten konnte … Ich war niemals frei … nicht einen Augenblick meines Lebens.« Er weinte still.

Ich beugte mich über ihn und küsste ihn auf beide Wangen. Er umarmte mich und zog mich zu sich herunter.

»Temur, ich habe eine letzte Frage an dich …«, flüsterte er.

»Welche?«

»Habe ich so gelebt, dass du stolz auf mich sein kannst?«

»Ja, das hast du«, schluchzte ich.

Er hielt mich in den Armen und ließ mich weinen.

Chutsai war wieder in die Jurte gekommen. Er kniete sich neben mich und strich mir tröstend über die Haare. Ich richtete mich auf und wischte mir die Tränen ab.

»Chutsai?«, flüsterte der Khakhan.

»Ja, Vater?«

»Ich habe Temur … meine letzten Befehle gegeben … Ich will, dass du tust, was er dir sagt.«

Chutsai ergriff meine Hand und drückte sie. »Ja, Vater, das werde ich«, versprach er dem Sterbenden.

»Ich will mich jetzt … von meinen Söhnen und Enkeln … verabschieden.«

»Ich werde sie holen.« Chutsai erhob sich und verließ das Zelt.

Wenig später kehrte er zurück. Tschagatai, Ogodei, Tolei und Schigi betraten die Jurte, gefolgt von Batu, Chinkim, Guyuk, Hulagu, Möngke und Kubilai.

Kubilai kniete sich neben das Bett, ergriff die Hand des Sterbenden und küsste sie.

»Kubilai, mein kleiner Kubilai Khan«, flüsterte sein Großvater und drückte seine Hand. Dann wandte er sich an die anderen, die sein Lager umstanden.

»Einen von euch … habe ich ausgezeichnet … vor allen anderen. Nur einen … denn das Reich darf nicht geteilt werden!« Als meine Brüder traurig nickten, fuhr er stockend fort: »Wählt ihn … auf einem *Kuriltai* zum Khakhan. Gehorcht ihm, wie ihr mir gehorcht habt. Kommt, wenn er euch ruft, und geht, wohin er euch sendet«, sprach er die traditionellen Worte bei der Wahl eines Khans.

»Wir werden ihm gehorchen!«, sagte Tschagatai, und die anderen fielen ein: »Ja, das werden wir.«

Chutsai, der neben mir stand, legte die Hand auf meine Schulter.

»Von nun an sei sein Wort sein Schwert … Und dieses Schwert wird verhindern, dass das Reich auseinander bricht«, sagte mein Vater. »Ogodei, versprich mir, dass du alles tun wirst … alles, was Temur dir sagen wird.«

Ogodei sah mich überrascht an. »Ja, das werde ich!«, schwor er.

Mein Vater schloss für einen Augenblick die Augen, als wollte er schlafen. Er war sehr schwach. Dann sagte er: »Seid einig, meine Söhne. Dann seid ihr unbesiegbar.«

Das waren seine letzten Worte, bevor er starb:

»Ich werde frei sein!«

Epilog

»Staub warst du, Staub wirst du sein, ewig und unvergänglich und doch nicht mehr du selbst. Die Flamme deines Lebens ist erloschen. Deine Spuren wird der Wind verwehen …«

Das waren meine Worte an seinem Grab.

Der Mensch kann nichts mitnehmen, wenn er diese Welt verlässt. Nichts, außer den Gedanken eines anderen Menschen.

Ich habe ihn in die Heimat gebracht und ihn, seinem letzten Wunsch entsprechend, unterhalb des Gipfels des Burkhan Khaldun begraben, während die Khans in ihre Herrschaftsgebiete zurückkehrten, um den Frieden zu sichern.

Meine Gefühle ringen mich nieder, und ich weine lautlos in mich hinein.

Die Fetzen der zerrissenen Landkarte mit seinen letzten Befehlen hat der Wind zum Horizont geweht. Léons Skizze von Venedig halte ich immer noch in der Hand.

Von weitem höre ich das Donnern von Hufen auf dem Steppenboden. Ich setze mich auf und wische mir mit beiden Händen die Tränen aus dem Gesicht. Vom *Ordu* her galoppiert ein Reiter den Hügel herauf.

Neben mir zügelt er sein Pferd und springt aus dem Sattel. Dann kniet er sich neben mich, um mich zu umarmen.

»Im Licht der untergehenden Sonne habe ich gesehen, dass du zurückgekehrt bist. Ich habe auf dich gewartet, aber du bist nicht gekommen …« Chutsai unterbricht sich, als er meine Tränen sieht.

»Mein Liebster, was ist mit dir? Du hast geweint.« Er streicht mir sanft über das Gesicht und küsst mich.

Dann erst sieht er in der Abenddämmerung die Papierfetzen. Er hebt einen auf, dann noch einen, legt sie zusammen. »Das ist das Siegel deines Vaters. Du hast seine letzten Befehle zerrissen.«

Ich nicke mit Tränen in den Augen. »Die Grenzen meines Reiches liegen nur in meinem Herzen«, sage ich. »Tolei wird als Regent herrschen, bis ein *Kuriltai* Ogodei zum Khakhan wählen wird.«

Er sieht mich traurig an. Er hatte so sehr gehofft, dass ich Khakhan werde, dass wir gemeinsam die neue Welt erschaffen, von der wir beide träumen. Dann nimmt er mir sanft das Pergament mit Léons Zeichnung aus der Hand und betrachtet sie.

»Venedig?«, fragt er verzweifelt, dann bricht er in Tränen aus, als ich nicke und ihm die Skizze wieder abnehme. »Es war immer dein Traum, eines Tages dorthin zu reisen.«

»Ja, das war es: Venedig war ein schöner Traum«, sage ich leise. Dann zerreiße ich Léons Skizze und werfe die Fetzen in den Wind. »Ich habe dir versprochen, dass ich für immer bei dir bleiben und dich nie mehr verlassen werde.« Ich küsse ihn zart. »Du bist alles, was ich habe. Du bist alles, was ich will. Wo du nicht bist, kann ich nicht sein, denn du bist alles, was ich bin.

Tat tvam asi, mein Geliebter. *Tat tvam asi.*«

Die handelnden Personen

Temur	(mongol. »Eisen«) Dschingis Khans Sohn *Temur ist keine historische Persönlichkeit, sondern eine fiktive Figur, die aus vielen verschiedenen geschichtlichen Personen (mongolischen Noyans und Botschaftern) besteht. Ohne diese fiktive Figur, die die Handlung des Romans zusammenhält und vorantreibt, wäre es unmöglich gewesen, die historischen Ereignisse darzustellen, ohne eine große Zahl von handelnden Personen zu verwenden, deren Namen den Leser verwirrt hätten. Die Leistungen jener ungenannten Personen, die wirklich gelebt haben, soll jedoch nicht gemindert werden.* *Temur ist nicht historisch, aber was er erlebt hat, ist so geschehen.*
Ala ad-Din Muhammad*	Shah von Khwarezm, Vater von Djelal ad-Din, Temurs Schwiegervater, regierte 1200–1220
Altan*	(mongol. »Gold«) Temurs Schwester, Dschingis Khans Tochter, Gemahlin von Idikut Bartschuk Khan
Arslan Khan*	(türk. »Löwe«) Khan der Karluken, Temurs Schwager, Dschingis Khans Schwiegersohn
Batu*	Temurs Neffe, Dschutschis Sohn und Nachfolger als Khan, Dschingis Khans Enkel, lebte 1207–1255
Chinkai*	Kanzler des mongolischen Reiches, lebte ca. 1167–1251/52
Chinkim	Temurs Sohn mit Nomolun

(* historische Personen)

Chutsai*	Yelu Chutsai, Gelehrter, Astronom, Schamane, Prinz der Liao-Dynastie, Kanzler des mongolischen Reiches seit 1215, lebte 1190–1244
Djafar Khodja*	Karawanenhändler aus Karakitai, Dschingis Khans enger Vertrauter und Freund seit 1202, mongolischer Botschafter
Djahane	Temurs Gemahlin, Shah Ala ad-Din Muhammads Tochter, Djelal ad-Dins Schwester
Djalalat ad-Din Raziyya*	Tochter und Nachfolgerin von Sultan Shams ad-Din Iltutmish von Delhi, regierte als Sultana 1236–1240, gestorben 1240
Djelal ad-Din Mingburnu*	Sohn des Shahs Ala ad-Din Muhammad von Khwarezm, letzter Shah von Khwarezm, regierte von 1221–1231, gestorben 1231
Dschamuga*	Mongolischer Fürst und Khan, ehemaliger Jugendfreund Dschingis Khans, dann sein gefährlichster Gegner, lebte ca. 1162–1205
Dschebe*	(mongol. »Pfeil«) mongolischer Noyan, Temurs Freund und Stiefvater seiner Söhne Kaidu und Chinkim, gestorben 1224
Dschingis Khan*	(mongol. »Der ozeangleiche Herrscher«) Temurs Vater, 1191–1206 Khan der Mongolen, 1206–1227 Khakhan, Herrscher der Herrscher, lebte 1162–1227
Dschutschi*	(mongol. »Gast«) mongolischer Khan, Temurs Bruder, Dschingis Khans Sohn, lebte 1186–1227
Gütschlüg Khan*	Herrscher von Karakitai, regierte ca. 1210–1219
Guyuk*	Temurs Neffe, Dschingis Khans Enkel, Ogodeis Sohn und Nachfolger als 3. Khakhan der Mongolen, regierte 1246–1248, lebte 1206–1248
Hassan as-Siddik*	(arab. »der Rechtschaffene, der Aufrechte«) Karawanenhändler aus Karakitai, Dschingis Khans enger Vertrauter und Freund seit 1202, Finanzminister des mongolischen Reiches, gestorben 1219
Hu Sha Hu*	Chinesischer General der Chin-Dynastie
Idikut Bartschuk Khan*	Khan von Beshbalik, Temurs Schwager
Inaltschik Khan*	Khwarezmischer General, Djelal ad-Dins Cousin, gestorben 1220
Kaidu	Temurs Sohn mit Nomolun
Kao Chi*	Chinesischer General der Chin-Dynastie
Kokatschin	Temurs Gemahlin
Kökschu*	Dschingis Khans Stiefbruder, Temurs Schamanenlehrer, gestorben 1206
Kubilai*	Mongolischer Noyan
Léon von Anjou	Muslimischer Name: Tarik, Temurs Freund

Li An Chüan*	Kaiser von Xixia, Temurs Schwiegervater, Li Rongs Vater, regierte 1206–1211
Li Rong	(chin. »Schöner Lotus«) Temurs Gemahlin, Tochter von Kaiser Li An Chüan von Xixia
Mahmud Yalavadj*	Minister des mongolischen Reiches, Statthalter in Khwarezm, später Statthalter in Zhongdu, gestorben 1254
Malik ar-Rashid	(arab. Malik = »König«, arab. ar-Rashid = »Der auf dem rechten Weg des Glaubens wandelt«) Karawanenhändler aus Karakitai, Temurs Freund, Botschafter des mongolischen Reiches, gestorben 1218
Maya	Temurs Dienerin und Freundin
Megudschin	Mongolischer Noyan, Temurs Freund und Stellvertreter während des Shantung-Feldzuges, gestorben 1218
Mukali*	Mongolischer Noyan, Dschingis Khans Freund und Vertrauter, Regent der eroberten chinesischen Provinzen 1215–1223, gestorben 1223
Mütügen*	Temurs Neffe, Dschingis Khans Enkel, Tschagatais Sohn, Kaidus Geliebter, gestorben 1221
Nasir li-Din Allah*	(arab. »Sieger für den Glauben an Allah«) Khalifa von Bagdad, 34. Khalifa der Abbasiden-Dynastie, regierte 1180–1225, gestorben 1225
Ning Zong*	Kaiser von Song, regierte 1194/95–1224, lebte 1168–1224
Ningjiashu*	Kaiser von Chin, regierte 1224–1234
Nomolun	Temurs Gemahlin, nach der Scheidung Dschebes Gemahlin, Mutter von Temurs Söhnen Kaidu und Chinkim
Ogodei*	Mongolischer Khan, Temurs Bruder, Dschingis Khans Sohn, 2. Khakhan der Mongolen, regierte 1229–1241, lebte 1189–1241
Samdup	(tibet. »Erfüllung der Sehnsucht«) Temurs Sohn mit Tashi
Schigi Kutuktu*	(mongol. »der Gesegnete«) Temurs Bruder, Dschingis Khans tatarischer Adoptivsohn, Lama und Noyan, gestorben 1260/64
Shams ad-Din Iltutmish*	(arab. Shams = »Sonne«) Sultan von Delhi, dritter und bedeutendster Herrscher der Sklaven-Dynastie, regierte 1210–1235
Subotai*	Mongolischer Noyan, Dschingis Khans Freund und Vertrauter
Talib	Temurs Sohn mit Djahane
Tarik	Léon von Anjou

Tashi	(tibet. »Glück«) Temurs Gemahlin, Samdups Mutter
Temelün	Temurs Tochter mit Kokatschin
Temudschin*	(mongol. »Schmied«) Dschingis Khans Geburtsname
Tolei*	Mongolischer Khan, Temurs Bruder, Dschingis Khans Sohn, lebte 1191– 1232
Tschagatai*	Mongolischer Khan, Temurs Bruder, Dschingis Khans Sohn, lebte 1188–1242
Tschuluk Khan*	Herrscher von Karakitai, regierte bis ca. 1210
Uslak Khan*	Shah Ala ad-Din Muhammads Sohn, Djelal ad-Dins Bruder
Wan Yen Siang*	Chinesischer General der Chin-Dynastie
Wei-Shao Wang*	Prinz Wei, Cousin des Kaisers Zhang Zong von Chin, später Kaiser Xing Sheng, regierte 1208–1213
Xing Sheng*	Prinz Wei, Kaiser von Chin, regierte 1208–1213
Xüan Zong*	Kaiser von Chin, regierte 1213–1224
Yesugan	Temurs Schwester, Dschingis Khans Tochter
Ying Hua	(chin. »Kirschblüte«) Weis Tochter, Temurs Gemahlin
Yong Le	(chin. »Immerwährende Freude«) Temurs Sohn mit Ying Hua
Yulun	Temurs Tochter mit Kokatschin
Yun Qi*	(chin. »Glück«) Prinz der Chin-Dynastie, Neffe des Kaisers Zhang Zong
Zhang Zong*	Kaiser von Chin, regierte 1189–1208
Zhao	Prinz Zhao, Botschafter von Song, Cousin des Kaisers Ning Zong

Die Gedichte von Omar Khayyam auf den Seiten 375 und 403 entstammen dem Band *Die Sinnsprüche Omars des Zeltmachers (Rubaijat-I-Omar-I-Khajjam)*, übersetzt von Friedrich Rosen, Insel Verlag, Frankfurt am Main 1929.

Städte

Angkor	Ruinenstadt von Angkor, Kambodscha
Bagdad	Bagdad, Irak
Balasaghun	Ruinenstadt nahe Bishkek und Issyk-Kul-See, Kirgistan
Balkh	Balkh/Vazirabad, Afghanistan
Bamiyan	Bamiyan, Afghanistan
Beshbalik	Ruinenstadt in der Nähe der Nordroute der Seidenstraße, China
Bodhgaya	Bodhgaya, Indien
Bokhara	Buchara, Usbekistan
Changan	Xian, China
Dagon	Yangôn, Myanmar (bis 1989 Rangoon oder Rangun)
Daryaye-Khezer-See	(pers.) Kaspisches Meer
Delhi	Delhi, Indien
Dimashk	Damaskus, Syrien
Gurgandj	Kohne Urgendj, Turkmenistan
Herat	Herat, Afghanistan
Isfahan	Isfahan, Iran
Kaifeng	Kaifeng, China
Kalikut	Kalkutta, Indien
Kharkhorin	Kharkhorin/Karakorum, Mongolei
Kiyev	Kiew, Ukraine
Lahore	Lahore, Indien
Lanzhou	Lanzhou, China
Linan	Hangzhou, China
Merw	Mary, Turkmenistan
Ningxia	Yinchuan, China
Nishapur	Neyshabur, Iran
Otrar	Ruinenstadt am Syr-Darya, Kasachstan
Qazwin	Qazwin, Iran

Rai	Ruinenstadt in der Nähe des heutigen Teheran, Iran
Samarkand	Samarkand, Usbekistan
Seidenstraße	Handelsroute durch Asien. »Die Seidenstraße« ist eine Bezeichnung vom Ende des 19. Jahrhunderts. Sie ist nicht genau, da über die Handelsroute nicht nur Seide transportiert wurde, aber sie ist prägnant und leicht verständlich für den Leser, daher wurde dieser Begriff benutzt.
Shazhou	Dunhuang, China
Sukhotai	Sukhotai, Thailand
Thang Long	Hanoi, Vietnam
Varanasi	Varanasi/Benares, Indien
Xining	Xining, China
Zhongdu	Beijing, China

Zwischen Alchemie und Apokalypse

Barbara Goldstein
DIE KARDINÄLIN
Historischer Roman
928 Seiten
ISBN-13: 978-3-404-15467-8
ISBN-10: 3-404-15467-3

Florenz 1491. Caterina, illegitime Tochter von Lorenzo il Magnifico, wird in die geheime Kunst der Alchemie eingeweiht. Als der fanatische Mönch Savonarola die Apokalypse über Florenz prophezeit, flieht Caterina nach Rom. Sie stürzt sich in eine leidenschaftliche Affäre mit Cesare Borgia, dem Sohn des Papstes. Ihr roter Alchemistentalar und ihre enge Beziehung zu den Borgia machen sie in Rom als »Kardinälin« bekannt. Doch schließlich muss sie vor den Intrigen der Borgia erneut fliehen. Am Hof von Ludovico il Moro sucht sie verzweifelt nach dem al-Iksir, dem Lebenselixier der Alchemisten, um ihr eigenes Leben zu retten. Wird es ihr gelingen, das geheimnisvolle Elixir zu erschaffen und die Liebe ihres Lebens zurückzugewinnen?

Bastei Lübbe Taschenbuch

»Kai Meyer ist einer der größten deutschen Erzähltalente.«

DER SPIEGEL

Kai Meyer
DAS BUCH VON EDEN
Historischer Roman
832 Seiten
mit S/W-Illustrationen
ISBN-13: 978-3-404-15545-3
ISBN-10: 3-404-15545-9

Winter 1257. Zwei Reisende kämpfen sich durch Eis und Schnee bis zu einem einsamen Kloster in der Eifel. Der Novize Aelvin erkennt in einem der Fremden den berühmten Albertus Magnus, begleitet von dem todkranken Mädchen Favola. Sie trägt ein begehrtes Gut bei sich: die sagenumwobene Lumina, die letzte Pflanze aus dem Garten Eden. Während Favola das rätselhafte Gewächs zurück an seinen Ursprungsort bringen will, hat ein machtgieriger Erzbischof andere Pläne. Seine Krieger sind den Fliehenden dicht auf den Fersen. Aelvin schließt sich den beiden an – und ahnt nicht, dass damit eine Odyssee bis ans Ende der bekannten Welt beginnt.

Bastei Lübbe Taschenbuch

*Kaiser und Könige, Huren und Häscher –
und eine Frau in tödlicher Gefahr*

Uwe Westfehling
TANZ DER DÄMONEN
Historischer Roman
688 Seiten
ISBN-13: 978-3-404-15525-5
ISBN-10: 3-404-15525-4

Köln 1531. Heilloses Gedränge in den Gassen. Kaiser Karl V. und sein Gefolge erregen die Neugier der Schaulustigen. Im Schutz einer Gauklertruppe hat sich auch die junge Katerine van der Weyden in die Domstadt aufgemacht, nicht ahnend, dass ihr Weg sie an den Hof des Herrschers führen wird – und in tödliche Gefahr. Denn auf der Suche nach ihrem Vater rührt sie an finstere Geheimnisse und entfesselt die Dämonen einer chaotischen Zeit.

Ein großartiges, Jahrzehnte und Kontinente umspannendes Abenteuer um den Schicksalsschmied Irlands

Stephen Lawhead
DER SOHN
DER GRÜNEN INSEL
Historischer Roman
ca. 688 Seiten
ISBN-13: 978-3-404-15603-0
ISBN-10: 3-404-15603-X

405 n. Christus: Als der junge Brite Succat von irischen Piraten als Sklave verschleppt wird, ist dies der Beginn eines gewaltigen Abenteuers. Mehrere Fluchtversuche Succats scheitern; doch als die Lage schon aussichtslos erscheint, erregt Succat die Aufmerksamkeit der Druiden, die ihn in ihre Lehren einweihen. Schließlich kehrt er in seine Heimat zurück, um das Erbe seiner Väter anzutreten – eine Heimat, die in Trümmern liegt. In seiner Verzweiflung macht Succat sich auf eine Reise quer durch Europa, die ihn über die blutigen Schlachtfelder des von der Völkerwanderung heimgesuchten Galliens bis nach Rom führen wird. Aber was er auch tut, die Sehnsucht nach Irland bleibt, denn tief in seinem Herzen weiß Succat, dass er dort noch eine Mission zu erfüllen hat …

Bastei Lübbe Taschenbuch